国家清史编纂委员会·文献丛刊

中国荒政书集成

第十一册

主编 李文海 夏明方 朱浒

天津古籍出版社

国家清史编纂委员会出版编委会

本书被列为国家古籍整理出版“十五”重点规划

本书出版得到国家古籍整理出版专项经费资助

高等学校全国优秀博士学位论文作者专项资金资助项目

教育部人文社会科学重点研究基地重大项目清代灾荒研究

中国人民大学“十五”“二一一工程”清史子项目

北乡丰备仓志

清光绪二十八年初刻

(清)佚　名　辑

民国八年重镌

李文海　点校

北乡丰备仓志

纪　　略

桐邑北乡丰备仓，道光间乡前辈建于向阳门城内，积谷备荒，亦古社仓之遗意也。咸丰年间遭粤匪乱，仓谷无存，仓屋倾折。迨光绪初，迭奉上宪示谕，按亩积谷，以济荒歉。一半交稻储仓，一半折洋建仓。我乡各保所缴交半之稻与折半之洋，及蒂欠之数，均载档卷。越十余年，光故绅少泉等奉示盘量，折耗稻五百余担，其折半洋蚨，除前由官绅支消外，仅存洋蚨一千零九十四元有奇。光绪二十三年，梁邑侯季沅面谕修整，暨本年复整仓神祠厅并前进西庑，需款计洋四百余元，均于折半与粜价项下洋蚨支用。光绪二十四年春，谷价腾涨，乡民待哺嗷嗷。龙邑侯赞卿示谕将仓稻盘量出粜，以济民食，遂扫仓全粜，又折耗稻二百余担。龙邑侯又谕将该稻价洋买稻填仓，桐邑购稻维艰，旋奉示谕，从权购米。米难从储，嗣奉示谕，出米易稻。今春米复昂贵，又奉谢邑侯凤冈示谕，将储仓稻担全行出粜，接济乡民，并先后迭奉示谕，著将所粜稻价置田，仿照城乡永惠仓办法，为久远计。综核粜价并折半洋蚨，共置田租七百三十余担外，余洋存店租稻贮仓，均经在卷。将来租息生生不已，纵逢歉岁，不无小补。因志之成，略纪颠末，俾后之同志者，知斯仓之所由起云。

光绪二十八年岁次壬寅孟冬月谷旦

道光年藩宪桐城县新建丰备义仓记

（刊在《江坝纪略》）

盖闻积贮者生民之大命也。周官大司徒既以荒政十二聚民，又有仓人掌粟藏，遗人掌委积。夫粟藏、委积，先事豫防，皆所以备荒政也。后世积贮，其权舆于斯乎。我国家重熙累洽，子惠元元，每遇偏灾，账〔赈〕恤备至。后谕直省封疆大吏，令各属州县，仿常平等仓遗意，储蓄充裕，岁丰则积之，岁歉则散之，为斯民计生全者，至周且渥也。安徽丰备义仓，创于陶文毅公。维时阜阳、芜湖各属，均经办有成效，嗣以水涝频仍，其事渐寝。去岁秋，予奉命开藩皖省，时未之官也，张励庵廉访摄篆，王晓林中丞以是岁丰稔，议乘时广筹积贮。迨予履任，廉访为予述之，并商捐廉采购谷石，饬属劝捐，一体共成善举。史颖生明府时掌桐城，业已劝谕地方，有规模矣。然明府不欲以义行先人也，今年夏仲始详明，得谷万石，取次贮仓。是举也，中丞轸念民依，继陶文毅而兴举之，廉访相与预筹之，明府率绅民立应之，予幸乐观其成也。明府属予为记，将泐诸石。窃惟积谷之设，自汉耿寿昌仿李悝平粜之法，而立常平仓，储之在官者也。宋朱文公立社仓，储之在民者也。隋度尚书长孙平立义仓，民蠲之而官代储之者也。行之久而皆不能无弊者何也？

有治法无治人也。夫桐城本春秋桐国，山川灵秀，甲于江淮。汉、晋以来，名宦如朱司农邑、陶桓公侃，功在生民，至今照人耳目。其地人文济美，史不绝书，而好义之家，惠及桑梓，其踊跃输将如此，予知后之观感而兴起者，必能成始成终，用垂久远矣。所冀莅斯土者，一如史君，治洽舆情，善政具举，俾丰亨裕大之规，有备无患，以求仰副圣天子爱民如子之心，与大宪夙夜在公之意，是则予之厚望也夫。安徽布政使司布政使蔺文庆记。

道光年建仓工竣禀

（刊在《江坝纪略》）

具禀王善怀、戴纶济、王盈、蒋聚垣、王潆为仓工告竣开呈鉴核事。本年春间奉仁宪详请，职等北乡考棚捐输较多，内拨还捐钱三千串，在于向阳门内东隅预备仓基址，折卸改建北乡丰备仓，面谕职等购备木料砖瓦等项，督工监修。于四月二十一日开工，至十月二十七日一律完竣，通计修建大小瓦房三十八间，内仓廒二十二间，工料实用钱三千一百五十二千七百八文。除奉拨三千串照数领用外，尚不敷钱一百五十二千七百八文，职等五人情愿照派凑给，作为乐输。又在厂照应一切，亦系各备资斧，不敢开销公项。兹值工完事竣，理合开明工料清册，呈乞大父师鉴核备案。至义仓房屋每年岁修及看役工仓等事，在所必需，其邀恩筹备之处，俯候施行，上禀。

北乡丰备仓图说

丰备仓地基，通长十七丈四尺，前宽七丈三尺，后宽七丈七尺。甬道长十丈四尺，宽一丈。甬道左右仓房各十间，俱宽一丈，深二丈六尺四寸。仓门至后墙，二丈一尺四寸。上房七间，俱深二丈一尺。中一间，宽一丈；两副间，宽九尺，四边间，宽八尺五寸。上房前天井，宽七尺；后天井，宽三尺。厨房深二丈，前宽九尺，后宽一丈一尺。大门楼宽一丈五尺，深二丈。大门之东门房一间，深一丈七尺八寸，前宽一丈四尺六寸，后宽一丈五尺五寸。大门西戌、亥二仓，俱宽一丈，深一丈七尺八寸。仓门至后墙，一丈二尺八寸。戌仓之西间屋二间，小间宽九尺，深一丈七尺八寸；大间深一丈四尺，前宽一丈二尺，后宽一丈三尺。东仓后长衖，南宽一尺六寸，北宽八尺五寸。西仓后长衖，南宽五尺七寸，北宽二尺五寸。

积谷存仓禀

为集存原仓画一办理，请示遵行事。同治十一年，陈前县尊奉各宪札谕积谷防饥，遵发章程，除灾荒，每熟田一亩取谷四升，以一半变价，分建乡仓。奈值谷贱，不克变卖，无费建仓。多系保分各甲各家收存，间有盖草房暂存者，则水火匪窃之虞难免。况人心不齐，亦有觊觎挪借，将来弊出多端，不得不思患预防。且经委员下乡巡查，各保不无捉襟露肘，供应维艰。缘职北乡原有积谷丰备仓一所，坐落向阳门城内，虽经兵燹，仓屋尚存，略加修整，完固如新。合乡公议，佥云运交原仓画一办理，照旧章积贮，以垂久远。庶经收出入，官总其权，民亦乐从。为此开明各保清单，粘乞老父台赏示遵行，俾义举不废，则均感成全之恩德也。上叩。

光绪元年六月十八日禀

北乡各保按亩应派积谷稻并折半洋蚨数目列后

计开：

适冲铺　按亩应派稻二百九十二担三斗三升，折半应缴稻一百四十六担一斗六升五合，折半应缴洋七十三元零八分二厘五毛。稻收一百四十六担二斗四升五合，洋收七十三元零八分二厘五毛。

土铜山　按亩应派稻一百五十八担七斗一升，折半应缴稻七十九担三斗五升五合，折半应缴洋三十九元六角七分七厘五毛。稻收七十九担整，洋收三十七元三角。光绪二十五年收稻折洋一角七分七厘五毛，洋收二元三角七分七厘五毛。

吉冲岭　按亩应派稻一百九十七担四斗四升，折半应缴稻九十八担七斗二升，折半应缴洋四十九元三角六分。稻收六十九担五斗，洋收四十八元整。

北峡关　按亩应派稻二百二十八担四斗四升，折半应缴稻一百一十四担二斗二升，折半应缴洋五十七元一角一分。稻收一百一十四担二斗二升，洋收五十七元一角一分。

投子冈　按亩应派稻一百七十六担一斗四升，折半应缴稻八十八担零七升，折半应缴洋四十四元零三分五厘。稻收八十八担零七升，洋收四十四元三分五毛。

麻笃山　按亩应派稻二百零八担五斗，折半应缴稻一百零四担二斗五升，折半应缴洋五十二元一角二分五厘。稻收一百零四担二斗五升，洋收五十二元一角二分五厘。

黄公桥　按亩应派稻三百五十八担八斗，折半应缴稻一百七十九担四斗，折半应缴洋八十九元七角。稻收一百五十二担七斗，洋收五十六元整。

走马镇　按亩应派稻五百四十二担六斗四升，折半应缴稻二百七十一担三斗二升，折半应缴洋一百三十五元六角六分。稻收八十九担三斗三升，洋收一百零八元三角八分。

光绪二十五年收下保中甲稻二担六斗五升，收下保中甲洋二元六角五分五厘，收下保西甲稻八担一斗一升。收下保西甲洋四元六角八分四厘一毛，光绪三十一年收二甲稻十九担二斗，折洋十六元。民国三年收上保稻七担，收下保稻四担。

下坦冲　按亩应派稻五十二担七斗四升，折半应缴稻二十六担三斗七升，折半应缴洋一十三元一角八分五厘。稻收二十六石三斗七分，洋收一十三元整。

鲁祺山　按亩应派稻一百二十三担三斗四升，折半应缴稻六十一担六斗七升，折半应缴洋三十元零八角三分五厘。稻收三十八担五斗，洋收三十元整。光绪二十六年收洋三元整。

甑笨山　按亩应派稻一百一十三担四斗，折半应缴稻五十六担五斗二升，折半应缴洋二十八元二角六分。稻收五十五担整，洋收二十八元二角六分。

南掘冈　按亩应派稻六百九十六担四斗六升，折半应缴稻三百四十八担二斗三升，折半应缴洋一百七十四元一角一分五厘。稻收三百零七担五斗，洋收一百五十八元。

石牛头　按亩应派稻三百二十六担六斗三升，折半应缴稻一百六十三担三斗一升五合，折半应缴洋八十一元六角五分七厘五毛。稻收五十四担五斗二升，洋收四十四元七角九分八厘。

南湾　按亩应派稻二百零二担四斗二升，折半应缴稻一百零一担四斗二升，折半应缴洋五十元零六角五毛。稻收一百零一担四斗八升，洋收五十元零六角五厘。

冷水洞　按亩应派稻三百七十三担六斗六升，折半应缴稻一百八十六担八斗三升，折半应缴洋九十三元四角一分五厘。稻收一百五十九担九斗五升，洋收九十一元四角五分。

十五里坊　按亩应派稻一百零六担四斗五升，折半应缴稻五十三担二斗二升五合，折半应缴洋二十六元六角一分二厘五毛。稻收二十一担四斗三升，洋收二十二元整。民国七年一二甲缴收洋二十三元五角五分，折稻二十担。龙旺山　按亩应派稻六十六担八斗三升六合，折半应缴稻三十三担四斗五升八合，折半应缴洋一十六元七角零九厘。稻收二十一担整，洋收一十七元七角。古塘　按亩应派稻七十八担三斗九升二合，折半应缴稻三十九担一斗九升六合，折半应缴洋一十九元五角九分八厘。稻收三十九担一斗一升，洋收一十九元一角九分一厘。官庄山　按亩应派稻二百三十一担零九升，折半应缴稻一百一十五担五斗四升五合，折半应缴洋五十七元七角七分二厘五毛。稻收九十九担零二升，洋收六十九元零六角一分。挂车山　按亩应派稻一百三十八担二斗九升，折半应缴稻六十九担一斗四升五合，折半应缴洋三担四元五角七分二厘五毛。稻收六十九担一斗五升，洋收三十四元五角七分二厘五毛。

石井铺　按亩应派稻一百四十八担二斗二升，折半应缴稻七十四担一斗一升，折半应缴洋三十七元零五分五厘。稻收七十四担三斗八升，洋收三十六元七角七分。

南门坂　按亩应派稻二百八十一担零三升四合，折半应缴稻一百四十担零五斗一升七合，折半应缴洋七十元零二角五分八厘五毛。稻收一百三十五担二斗八升，洋收七十六元二角。

石河　按亩应派稻四百零八担六斗四升，折半应缴稻二百零四担三斗二升，折半应缴洋一百零二元一角六分。稻收一百二十担零五斗，洋收九十五元六角二分。

龙河　按亩应派稻二百七十六担零四升四合，折半应缴稻一百三十八担三斗二升二合，折半应缴洋六十九元一角六分一厘。稻收一百三十八担三斗二升二合，洋收七十一元零九分八厘。

寺庄沟　按亩应派稻三百五十一担零四升，折半应缴稻一百七十五担五斗二升，折半应缴洋八十七元七角六分。稻收一百四十六担七斗五升，洋收九十一元六角九分八厘。光绪三十一年收上保一二四甲十担零三斗二升，折洋八元六角；又，十一月三十收上保一二两甲稻六担七斗二升，折洋五元六合。

郭家墩　按亩应派稻二百五十二担二斗五升八合，折半应缴稻一百二十六担地斗二升九合，折半应缴洋六十三元零六分四厘五毛。稻收八十四担三斗六升，洋收五十九元八角。

朱家桥　按亩应派稻一百三十八担零二升，折半应缴稻六十九担零一升，折半应缴洋三十四元五角零五厘。稻收三十一担七斗，洋收二十九元整。

蔡家店　按亩应派稻二百六十四担九斗五升，折半应缴稻一百三十二担四斗七升五合，折半应缴洋六十六元二角三分七厘五毛。稻收一百三十担零四升，洋收六十六元二角三分七厘五毛。

夜插坂　按亩应派稻二百四十二担七斗六升，折半应缴稻一百二十一担三斗八升，折半应缴洋六十元零六角九分。稻收一百一十五担九斗一升，洋收六十二元四角一分。

火炉冈　按亩应派稻一百一十七担二斗九升，折半应缴稻五十八担六斗四升五合，折半应缴洋二十九元三角二分二厘五毛。稻收四十五担，洋收二十六元九角八分四厘五毛，光绪二十五年收上保稻二担八斗五升，收上保洋一元六角六分五厘。

演武亭　按亩应派稻二百六十八担九斗八升，折半应缴稻一百三十四担四斗九升，折半应缴洋六十七元二角四分五厘。稻收七十八担一斗，洋收五十二元五角二分。

阳和冈　按亩应派稻五百三十七担二斗一升，折半应缴稻二百六十八担六斗五升，折半应缴洋一百三十四元三角零二厘五毛。稻收一百四十担零五斗，洋收一百零二元四角二分。

官山　按亩应派稻三百四十七担九斗七升，折半应缴稻一百七十三担九斗八升五合，折半应缴洋八十六元九角九分二厘五毛。稻未收，洋收二十三元整。

民国七年，收稻折洋二百零五元零零七厘五毛，合算稻数收讫。民国七年，又收洋六十三元九角九分二厘五毛。

青竹涧　按亩应派稻二百零一担三斗五升，折半应缴稻一百担零六斗九升，折半应缴洋五十元零三角四分五厘。稻收七十四担零二升，洋收五十三元整。

钱家桥　按亩应派稻二百八十九担三斗，折半应缴稻一百四十四担六斗五升，折半应缴洋七十二元三角二分五厘。稻收一百四十二担七斗一升，洋收七十二元七角零五厘。

宋先虆　按亩应派稻一百九十担四斗一升，折半应缴稻九十五担二斗零五合，折半应缴洋四十七元六角零二厘五毛。稻收八十三担九斗七升六合，洋收五十三元一角八分。

孔城　按亩应派稻一百三十担零一斗，折半应缴稻六十五担零五升，折半应缴洋三十二元五角二分五厘。稻收四十三担二斗，洋收三十二元五角二分五厘。民国七年收洋二十五元七角，照粜价八五折稻二十一担八斗五升。

双河坂　按亩应派稻四百一十六担九斗六升，折半应缴稻二百零八担四斗八升，折半应缴洋一百零四元二角四分。稻收一百七十五担八斗，洋收九十八元五角。

三枫泊　按亩应派稻二百三十七担一斗一升，折半应缴稻一百一十八担五斗五升五合，折半应缴洋五十九元二角七分七厘五毛。稻收五十六担整，洋收三十二元整。

桦阳冈　按亩应派稻三百一十九担一斗五升，折半应缴稻一百五十九担五斗七升五合，折半应缴洋七十九元七角八分七厘五毛。稻收一百零八担零八升，洋收六十五元二角九分五厘。

白兔河　按亩应派稻七十八担九斗三升，折半应缴稻三十九担四斗六升五合，折半应缴洋一十九元七角三分二厘五毛。稻收三十担零五斗八升，洋收一十九元七角三分二厘五毛。

丰备仓程章

一、各保共缴稻三千七百九十一担九斗一升三合，除前董光绅并光绪二十四年盘量折耗外，实存稻三千零七十余担，有卷可稽。

一、各保共缴折半洋蚨二千二百余元，除前由官绅支消外，实存洋蚨一千零九十四元，有卷可稽。

一、各庄每年作租，按照大市收稻贮仓，不准折稻收洋。

一、佃人送稻交仓，路远者每担贴脚力稻四升，路近者每担贴脚力稻三升，于租稻内扣除。

一、折席费每担种大钱二百文。

一、仓内董事，每年按上、中、下三乡各二人经管。

一、仓内司账一人，夫工四人，工洋火食，按季给发。

一、仓内火食夫马，均出于折席费内，如不敷用，方准在正款内开支若干。

一、仓内每年收租完竣，即行报消。

一、仓内所收租稻，如值荒歉，即行出粜。

一、出粜按照从前缴稻保分几成摊买。

一、仓内屋宇墙垣，倘有损坏，随时修整。

一、仓内所置棹〔桌〕椅、板橙〔凳〕、锅碗、斗斛、风扇、笆斗、稻箩、床铺等件，无事时即行收贮，以免损坏。

一、仓内房间，无事常行封锁，不准闲人逗住。

一、仓内物件，不许看仓人擅行外借。

出粜仓谷谕

正堂龙谕北乡绅董知悉。照得前奉各大宪札饬，按亩筹捐，积谷以备济荒之用。嗣奉札饬，分半建仓，以备存储等因。经王前故县饬据北乡各保，将分半稻建存向阳门城内丰备仓。当此米价昂贵，乡民买食维艰，自应将前次各保运存仓谷，除去折耗，仍由原保价买，以济时艰。兹据该绅董等立即盘明存仓稻担，除去折耗，核明某保应买稻若干，定价变卖，派定日期，知会各保承买，毋任滋生事端，是为至要。切切，特谕。

从权购米谕

正堂龙谕北乡绅董知悉。照得丰备仓积谷，原为预备荒歉。上年春夏之际，因米价昂贵，居民买食维艰，当经谕饬该董等议价分保平粜，汇价存店。迨秋谷登场，米价平落，即经谕饬买还。嗣据该董等禀称，买稻维艰，旋奉示谕，从权购米，在孔镇各行，共买粮子米一千零五十四担九斗九升，运送交仓。查米粮非稻担可比，未便久储，现值夏令，应即议价出粜，合亟谕饬。谕到该董等立即来城会同议价出粜，汇价存店，秋成买稻填仓，以备荒歉。均毋违延，切切，特谕。

光绪二十五年五月二十四日谕。

粜稻章程五则

一、各保应买仓谷，仍照前缴数目，酌派发卖。

一、各保贫户，用矜保先将贫户姓名查实，造册送仓，不准朦造。每人买稻只准一元，不准多买，至起争端。

一、各保派定粜稻日期，由地保按期带同贫户，先行交洋给票，以凭拂稻而免混淆，毋得过期自误。

一、各地保来仓所贴火食，按路远近给发。

一、所定章程必须恪遵，毋得违玩，致干送究。

仓内器具

漆棹椅茶几一堂、木炕一张、炕几炕枕杭簟炕帏全副、脚榻一对、木床座四张、门帘二幅、风扇一乘、稞斛两个、稞斗两个、五升稞斗两个、稻箩三担、大小笆斗十个、木柜一个、木桶一个、契箱一个、锅三口、铁吊罐一个、水桶一担、大盆一个、提桶一个、水缸一口、瓮子一口、挽子一个。火钳、锅铲、铁掀〔锨〕、瓦茶酒壶、大小碗盏、酒杯、汤匙俱全。

续置器具

火盆一个、水烟筒一枝、板铺四张、长条棹一张、抽屉棹三张、牙牌橙十条、稻筹四十枝、澡盆一个、面架一个、洋磁脸盆两个、大小笆斗三个、木橱柜一乘、书架两个、稻箩两个、三升升子一个、铁丝灯笼一个、算盘一把、粗方棹三张、砚池一方、木推子一乘、长橙、铺板、火柜一个、旧双扇门两扇。

分年轮管谕

正堂龙谕北乡绅董知悉。据该董禀称，职等经管北乡丰备仓积谷，前曾禀乞另谕，沐批：毋萌退志，致堕善举。奈众望难孚，疏虞不免，再恳另谕接管等情。并据声明，旧岁放剩存仓米约二百余担，现值青黄不接，并请出示放借到县。据经批示，并据该董等以前项存米均已放给各保民借领等续禀，除批示外，合行谕饬。谕到该绅等立即遵照分年轮管，毋得推诿，仍将接管日期报县查考毋违。特谕。

光绪二十六年四月二十日谕。

按镇举董轮管禀

谨禀老父台案下。窃缕呈恳退，赏准接管，以重要务而专责成事。生等北乡丰备仓自光绪二十四年春，龙前宪以岁歉民艰粒食函谕光故绅循陔，与生等将存仓积谷约三千石粜卖济民，创置田租，为经久计。又以责任不可不专，旋经给谕生等，与蒋恭寿、尹孚九人分年轮管，三年一周。不数年，蒋、尹先后物故，仅生等七人经理。迭经禀辞，未邀允许。迄今十余年来，赖各前宪维持提挈，俾前后置买仓田百数十石，计租千有余石，生乡救荒基础，差幸粗立，其颠末俱存档案。顷者生等年齿衰危，收租粜稻，办理颇形竭蹶，实有力不从心之势。倘再勉强支持，一有疏虞，咎将谁属。惟是仓务重要，需人尤贵得人。生悉心筹思，函商合乡人士，择老成持重、热心公益者六人，按乡三区，区各二人。一区倪羽彝、吴云翥；二区齐锡周、黄华谷；三区五翰慈、兆璜接办仓事，一切遵循旧章，三年一轮，不取薪资，不许挪动。第本年秋谷转眼登场，间有涝旱成灾，亟应诣庄踹看，接办更不容缓。除渠稻存洋另具报消外，理合将坚恳赏退举人接管情形，呈乞宪台鉴核作主。赏体生等年衰求退确情，加恩俯准，一面赏谕公举六人接办仓事，免致诸事虚悬，专责成实，以重要务。生等合乡受赐无穷，不胜翘企待命之至。谨禀。

宣统元年六月二十四日禀。

历届仓董名目

道光年间：蒋正魁、戴锡三、王善恒、王聿恒、王士林、李晓爰。

光绪元年乙亥至七年辛巳：慈沍瀑、吴树棠、光世达、王祜循。

光绪七年辛巳至十年甲申：光世达、慈沍瀑、李西、王祜循、黄质彬。

光绪十年甲申至十五年己丑：李西、光世达、王祜循、黄质彬。

光绪十五年己丑至二十年甲午：光世达、王祜循、李西、黄质彬、杨邦彦、都品金。

光绪二十年甲午至二十四年戊戌：李西、王祜循、黄盾彬、杨邦彦、郑大年、光循陔。

光绪二十四年戊戌至宣统元年己酉：都辛桂、李若楠、倪之超、唐真泰、蒋恭寿、江燮阳、尹孚、杨邦彦、李世植。

宣统元年己酉至二年庚戌：吴云翥、倪羽仪、黄华谷、齐锡周、五翰、慈兆璜。

宣统二年庚戌至民国元年壬子：张寿、倪羽仪、林锺、刘世盛、五灿然、慈兆璜。

民国元年壬子至二年癸丑：陈梦如、安澜、齐锡周、项云昶、杨应鳣、吴燕谟。

民国二年癸丑至四年乙卯：胡光炬、安澜、孙发明、汪材干、杨应鳣、吴燕谟。

民国四年乙卯至五年丙辰：胡光炬、孙发明、杨应鳣、方祖荫、方清、汪鳌。

民国五年丙辰至七年戊午：方祖荫、方清、汪鳌、都其琛、朱国宾、蒋蘏荣。

民国七年戊午至八年己未：都其琛、朱国宾、蒋蘏荣、倪雅南、王寅张、方佩玉。

民国八年己未：倪雅南、王寅张、方佩玉、陈梦如、彭骏业、朱澍。

北乡丰备仓各庄田契议

寺庄沟保蒋家山大江庄田契

立杜卖田契胡有山，情因原买吴姓与彭姓公共寺庄沟保蒋家山大江庄田种二十二担三斗，额租一百八十三担稞斛拂数，田塘亩老荒八亩，实完熟亩三十七亩，登用寺庄沟二班并五班塥水车放浇灌埠岸俱全。水塘五口独管，又芦塘浮底水利。本庄有田三担，登用庄屋二所，门窗户扇俱全，随田山厂、树木、园圃、粪宕、稻场、石磙、余基出厂俱全，独管四至界段并在庄一切事宜。悉照各老契议，并新立议单公共管业，将己名下一半田种十一担一斗五升，额租九十一担五斗，亩各半完纳，凭中出杜卖与北乡丰备仓名下管业，当得受时值田价洋蚨五百十五元整，一切礼洋在内。比日田银两交，卖后永不言加，亦不言赎。倘有亲疏异言，卖者承管。以前钱粮，并重复抵典，卖者承完承管。此系二意情愿，并无逼勒等情，今欲有凭，立此杜卖田契，永远存照。

光绪二十四年十二月初八日立杜卖田契胡有山押。

凭中：江培斋、李云亭、李卓斋、倪竹斋、齐鸣钟、蒋咏生、都野秋、黄思陶、郑寿如、杨野卿、尹静亭、胡福南、光心莪、许思祖、江廷伯。朱少卿笔。俱押。

议　单

立议单齐鸣钟、黄思陶等，今因胡有山与彭姓公共寺庄沟保蒋家山大江庄田产一业，应分己名下田十一担一斗五升，额租九十一担五斗，田塘亩十八亩五分，老荒四亩，情愿凭中出售与北乡丰备仓名下为业，所有一切事宜，开列于后：

一、议田种二十二担三斗，额租一百八十三担稞斛拂数。　一、议田塘亩熟亩三十七亩，老荒亩八亩。　一、议田种十九担三斗，登用水塘五口独管，并寺庄沟二班、五班堨水车放浇灌沟路埠岸俱全。　一、议田种三担，登用芦塘浮底水利，并二班堨水车放浇灌沟路埠岸俱全。　一、议庄屋二所，门窗户扇俱全。　一、议随田山厂、树木、稻场、石磙、园圃、粪宕、余基俱系独管。　一、议田种十六担五斗五升，并随田山厂四界，东以蒋家山懒墙、北以人行大路、南以懒墙外脚、西以堰沟为界。界外沟西有田种二担七斗五升，计田四丘。又芦塘边田种三担，丘数不计。　一、议界内原有阮、李、邓、黄四姓坟茔，俱照老契，以罗圹为界。又李姓棉地园一个，周围以懒墙为界。　一、议凡在庄一切，俱照上老契议开载管业。老契议比缴以上田丘额租亩数，并在庄一切，均与彭姓各半管业。以前钱粮并重复抵典，系卖者承完承管。　一、议时值田价洋蚨五百十五元整，高堂劝仪礼洋、交庄礼洋、推图礼洋、中资润笔礼洋一切在内，当日亲手一并领讫。　一、议界内徐姓讨葬之坟，以准字界址为界。　一、议田系杜卖，永不言赎。价系时值，永不言加。

允议：卖者胡有山，买者北乡丰备仓。

光绪二十四年十二月初八日立议单。江培斋、李云亭、李卓斋、倪竹斋、齐鸣钟、蒋咏生、黄思陶、都野秋、郑寿如、杨野卿、尹静亭、胡福南、光心莪、许思祖、江廷伯。朱少卿笔。俱押。

黄公桥保何家坂下彭庄田契

立杜卖田契永隆店，今将原买金桂芳北乡黄公桥保何家坂下彭庄田种十二担，客租六十担稞斛拂数，折实田塘亩十六亩七分四厘，登用大塘一口独管，庄屋一所，门窗户扇俱全，稻场、石磙、园圃、粪宕、余基、树木俱系独管，所有一切事宜，俱载新立议单，并不遗留寸土尺木，凭中尽行出杜卖与北乡丰备仓名下收租管业，完粮当差。当面言定，时值田价洋蚨三百二十一元整，一切礼洋在内，亲手领讫。田上倘有重复典质，卖者承管，不干买者之事。田照时值价，永不言加。田系杜卖，永不言赎。此系情愿，并无逼勒等情。立此杜卖田契，永远存照。

光绪二十五年六月初六日立杜卖田契永隆店押

凭中：杨野卿、王仙舫、光心莪、都野秋、江培斋、倪竹斋、李卓斋、蒋咏生、尹静亭、李云亭、郑寿如、陈焕卿、姚生白。戴润甫笔。俱押。

议　单

立议单李卓斋、姚生白等，情因永隆店愿将续置黄公桥保何家坂下彭庄田产一业，出杜售与北乡丰备仓名下为业，所有一切事宜列后：

一、议田种十二担正，大小丘数不计，额租稻六十担正，凭稞斛拂数。　一、议田塘亩十六亩七分四厘。　一、议大塘一口，水利渔泥独管。　一、议庄屋一所，门窗户扇俱全。　一、议稻场、石磙、园圃、粪宕、余基、树木俱系独管。　一、议时值田价洋蚨三百二十一元整，高堂劝仪礼洋、交庄礼洋、推图礼洋、中资润笔礼洋，一切礼洋在内，比日亲手领讫。　一、议金姓入手契议，又上手老赤契议，并永隆入手赤契议，俱系比缴。　一、议比立推图过割。　一、议倘有重复典质，卖者承管，不干买者之事。　一、议田系杜卖，永不言赎。价系时值，永不言加。本年新租，归买者收拂。

允议：卖者永隆店、买者北乡丰备仓。

光绪二十五年六月初六日立议单。杨野卿、王仙舫、光心莪、都野秋、江培斋、倪竹斋、李卓斋、蒋咏生、尹静亭、李云亭、郑寿如、戴润甫、陈焕卿。姚生白笔。俱押。

走马镇保大林庄田契

立杜卖田契永隆店，将原买樊少恺等走马镇保大林庄田种七担三斗三升三合，额租五十六担零五升，折实田塘亩计十六亩正，凡在庄庄屋、塘堰、水利并一切各项，俱照老契议并新立议单照田派管，所有在庄并不遗留寸土尺木，凭中尽行出杜卖与北乡丰备仓名下收租管业，完粮当差。比言定田价洋蚨四百十一元整，一切礼洋在内，当日亲手领讫。田上倘有重复典质，卖者一力承管。田系杜卖，永不言赎。价系时值，亦不言加。彼此两愿，并无逼勒。今欲有凭，立此杜卖田契为据。

光绪二十五年六月初六日立杜卖田契永隆店押。

凭中：杨野卿、尹静亭、光心莪、江培斋、倪竹斋、李卓斋、蒋咏生、李云亭、郑寿如、戴润甫、陈焕卿、姚生白。王仙舫笔。俱押。

议　单

立议单李卓斋、姚生白等，情因永隆店愿将续置走马镇大林庄田产一业，出杜售与北乡丰备仓名下为业，所有一切事宜列后：

一、议本庄系邢姓原买，倪姓截卖，田种计种七担三斗三升三合。　一、议田塘亩十六亩零。　一、议额租稻五十六担零五升。　一、议小租一担三斗东斛拂数。　一、议水塘数口，照田派管。　一、议乌石堰水利车放浇灌，照田派管。　一、议本庄天河河埠三道，照田派管。　一、议本庄稻场、石磙、菜园、粪宕、余基、竹木照管。　一、议邢姓入手契议比缴上手，倘有遗失，查出仍归买者。再上老契仍存徐姓，因公业有事公照。　一、议田价洋蚨四百十一元整，高堂劝仪礼洋、交庄礼洋、推图礼洋、中资润笔礼洋，一切礼洋在内，比日亲手领讫。　一、议比立推图过割。　一、议本年新租，买者收拂。本年钱粮，买者完纳。　一、议田系杜卖，永不言赎。价系时值，永不言加。　一、议陈姓原买邢姓契议二纸比缴。

允议：卖者永隆店钱店　买者北乡丰备仓。

光绪二十五年六月初六日立议单。杨野卿、尹静亭、光心莪、郑寿如、江培斋、陈焕卿、李卓斋、王仙舫、都野秋、李云亭、倪竹斋、戴润甫、蒋咏生、姚生白俱押。

郭家墩保二甲天林硚詹庄田契

立杜卖田契光少昂，今将郭家墩保二甲天林硚詹庄田种一十担零三斗，额租八十二担四斗正，登用枝子堨十股之一，天河埠岸车放浇灌，长堨滩堨二口独管，田塘亩一十五亩一分，庄屋二所，仓房门扇俱全，凡在庄花果竹木并一切杂项，并不遗留寸土尺木，凭中尽行出杜卖与北乡丰备仓名下管业，收租完粮。当得受时值田价洋蚨五百一十八元三合七分，一切礼洋在内，当日亲手一并收讫，不另立领。倘有亲疏人等争索酒劝，卖者一力承管，不干买者之事。价系时值，永不言加，亦不言赎。恐口无凭，立此杜卖田契，永远存照。

光绪二十五年六月二十四日立杜卖田契光少昂亲笔押。

凭中：方庆伯、王学德、秦迪生、方西垣、方胜甫、陈国栋押俱。

议　单

立议单秦迪生、方西垣等，情因光少昂愿将郭家墩保二甲天林硚詹庄凭中尽行出杜卖与北乡丰备仓名下为业，收租完粮。所有事宜开列于后：

一、议田种一十担零三斗，额租八十二担四斗租斛拂数。　一、议登用枝子堨十股之一，并用天河埠岸车放浇灌。　一、议长堨滩堨二口，俱系独管。　一、议田塘亩一十五亩一分。　一、议庄屋二所，门窗户扇并仓房一切俱全。　一、议庄上花果竹木、稻场、石磙、菜园、粪宕、棉地、烧山挦厂、出入余基一切杂项俱全。　一、议本年新租归买者收纳，本年钱粮亦归买者完纳。　一、议小租一担五斗。　一、议在庄四界并照田派管之例，不及细载，俱照老赤契议管理。　一、议入手赤契议文尾比缴。　一、议老赤契议文尾比缴。　一、议时值田价洋蚨五百一十八元三合七分。　一、议高堂劝仪礼洋、交庄礼洋、推图礼洋、中资润笔礼洋，一切礼洋在内，当日亲手一并收讫。　一、议田系杜卖，永不言赎。价系时值，永不言加。

允议：卖者光少昂押、买者北乡丰备仓。

光绪二十五年六月廿四日立议单。方庆伯、王学德、秦迪生、方西垣、方胜甫。陈国栋笔。俱押。

寺庄沟保蒋家山大江庄田契

立杜卖田契彭养冲，今将分授己名下先祖尧堦公与吴瑞符各半公买姚牧祺堂寺庄沟保蒋家山庄田种二十二担三斗，额租一百八十三担稞斛拂数，田塘亩四十五亩，登用寺庄沟二班并五班堨水车放浇灌，埠岸俱全，水塘五口独管，又芦塘浮底水利，本庄有田三担，登用庄屋二所，门窗户扇俱全独管，随田山场、树木、园圃、粪宕、稻场、石磙、余基俱全独管，四至界段及界内阮、李、邓、黄四姓坟冢，李姓棉地各界，凡在庄一切己名下，俱系一半管业，一切事宜悉照各老契议并新立议单管业，并无遗留寸土尺木，凭中出杜卖与北乡丰备仓名下，在上收租为业。当得受时值田价洋蚨七百三十五元整，一切礼洋在内，比日田洋两讫，卖后永不言赎。倘有亲疏异言，卖者承管。本年新租钱粮，买者收拂完纳。以前缓征佃欠，卖者承完追取。此系两相情愿，并无逼准等情。今欲有凭，立此杜卖田契，永远为据。

光绪二十七年十月十五日立杜卖田契彭养冲亲笔押。

凭中：齐晓钟、唐雪帆、许孟怀、李卓斋、彭均臣、李云亭、许同勷、彭阁卿、彭向明、江培斋、彭鹤岩、倪竹斋、蒋咏生、杨野卿、都野秋。都席珍笔。俱押。

议　单

立议踩单许同勷、彭向明等，今因彭养冲祖遗分授己名下与吴姓公买寺庄沟保蒋家山庄田一业，出杜卖与北乡丰备仓名下为业，所有事宜开列于后：

一、议田种二十二担三斗，额租一百八十三担稞斛拂数。　一、议田亩三十七亩五分，塘亩七亩五分。　一、议田种十九担三斗，登用水塘五口独管，并寺庄沟二班、五班塥水车放浇灌，沟路埠岸俱全。　一、议田种三担，登用芦塘浮底水利，并二班塥水车放浇灌，沟埠岸俱全。　一、议庄屋二所，门窗户扇俱全。　一、议随田山场、树木、稻场、石磙、园圃、粪宕、余基俱系独管。　一、议田种十六担五斗五升，并随田山厂四界，东以蒋家山懒墙、北以人行大路、南以懒墙外脚、西以堰沟为界。界外沟西有田种二担七斗五升，计田四丘。又芦塘边田种三担，丘数不计。　一、议界内原有阮、李、邓、黄四姓坟茔，俱照老契，以罗圹为界。又李姓棉地园一个，周围以懒墙为界。　一、议凡在庄一切，俱照陈卖与戴二契、戴卖与李一契开载管业。至卖与张契失落，日后捡出，仍归买者。张卖与马契，议同各老契比缴。　一、议实田价洋蚨七百三十五元整，高堂劝仪礼洋、交庄礼洋、推图礼洋、中资润笔礼洋一切在内，比日亲手领讫。　一、议己名下一半田种尽行杜卖，永不言加，永不言赎。　一、议本年新租钱粮，买者收拂完纳。以前未完钱漕及田上佃欠陈租佃借顶首，仍归卖者承完追取。　一、议入手及各契，议照收字捡出。

允议：卖者彭养冲、买者北乡丰备仓。

光绪二十七年十月十五日立议踩单。齐晓钟、唐雪帆、许孟怀、李卓斋、彭灼臣、李云亭、许同勷、彭阁卿、彭向明、江培斋、彭鹤岩、倪竹斋、蒋咏生、杨野卿、都野秋。都席珍笔。俱押。

南掘冈保八甲潘庄田契

立杜卖田契汪晓成，情因用度不凑，将续置南掘冈保八甲潘庄田种三十担整，前已出卖一半，余田一半，计种十五担正，大小丘数不计，见田各半，额租六十九担正稞斛拂数，折实田亩十八亩四分三厘，塘亩二亩，水塘八口，照田种一半派管车放浇灌。庄屋二所，门窗户扇俱全。烧山挥厂、棉地、稻场、石磙、余基、树木、菜园、粪宕，凡在庄随田所有，俱系一半。照老赤契议并新立议单管理，凭中踩看明白，并不遗留寸土尺木，尽行出杜卖与北乡丰备仓名下为业，收租完粮。比得受时值田价洋蚨四百五十八元四合，一切礼洋在内，比日亲手收讫。自卖之后，倘有亲疏人等争索酒劝，卖者承管，不干买者之事。田系杜卖，永不言赎。价系时值，亦不言加。此系二意情愿，并无逼勒等情。立此杜卖田契，永远存照。

光绪二十八年六月初五日立杜卖田契汪晓成押。

凭中：崔锡宗、倪竹斋、陈少阳、戴兆甫、李卓斋、江培斋、唐雪帆、李云亭、杨野卿、都野秋、蒋咏生、吴竹如、王学德、胡仲虎、王敬之、孙云发、许思祖。吴春芳代笔。俱押。

议　单

立议单崔锡宗、倪竹斋等，今因汪晓成续置北乡南掘冈保八甲田种三十担正，土名潘庄，前已出卖一半，剩田一半，计种十五担正，见田一半，大小丘数不计，凭中踩看明白，出杜售与北乡丰备仓名下为业，所有事宜列后：

一、议田种十五担正，俱系各田一半，大小丘数不计。　一、议田亩十八亩四分三厘，塘亩二亩。　一、议水登本庄大小塘八口，照田派管车放浇灌。　一、议额租六十九担正稞斛拂数。　一、议时值田价洋蚨四百五十八元四合。　一、议高堂劝仪礼洋、交庄礼洋、推图礼洋、中资润笔礼洋，一切礼洋在内，当日亲手一并收讫。　一、议尤姓坟脚下古沟花水，以照旧例浇灌。　一、议庄屋二所，门窗户扇俱全。田上四至界址，烧山挥厂、棉地、稻场、石磙、余基、树木、菜园、粪宕，一切所有俱照老赤契议管理。　一、议田系杜卖，永不言赎。价系时值，永不言加。　一、议上手老契议并入手赤议比缴。

允议：卖者江苏晓成押、买者北乡丰备仓。

光绪二十八年六月初五日立议单。崔锡宗、倪竹斋、陈少阳、戴兆甫、江陪斋、唐雪帆、李云亭、吴春芳、蒋咏生、吴竹如、王学德、胡仲虎、王敬之、杨野卿、李卓斋、孙云发。许思祖笔。俱押。

石井铺保土名向家坂董庄田契

立杜卖田契姚余庆轩，今因正用莫度，愿将自买吴竹村石井铺保土名向家坂董庄田种十一担六斗，大小丘数不计，实额租八十一担二斗，实田塘亩十六亩正，在上庄屋一所，前厅后堂，门窗户扇俱全，并登用门首大塘一口，平塘一口，土塥一道，鱼泥水利，俱照本庄田独管，沟路埠岸车放浇灌，俱照老例，所有余基、隙地、稻场、石磙、菜园、粪宕、花果树木，并棉地、烧山挥厂，凡在庄一切各项，俱照新老议单管业，并不遗留寸土尺木，凭中踩看明白，立契尽行出杜卖与北乡丰备仓名下为业，召佃耕种，收租纳粮。当日三面议定，时值田价洋蚨六百三十二元八合，杂项礼洋，载明议单，俱系当日亲手一并领讫，不另立领。自杜卖之后，永不言赎。价系时值，永不言加。本年归买者收租完粮，以前倘有积欠钱粮、重复典当，并亲疏人等争索酒劝，尽系卖者承完承管，不干买者之事。此系两家情愿，并无逼勒等情。今欲有凭，立此杜卖田契，永远存据。

光绪二十八年六月初七日立杜卖田契姚章甫、俊甫亲笔。

凭中：都野秋、杨野卿、黄元吉、陈应宗、李云亭、唐雪帆、倪竹斋、许思祖、李恒甫。俱押。

议　单

立议单黄元吉、陈荫宗等，今因姚余庆轩正用莫度，愿将自买吴竹村石井铺保土名向家坂董庄田产一业，尽行出杜卖与北乡丰备仓名下为业，所有事宜开列于后：

一、议田种十一担六斗，大小丘数不计。　一、议实额租稻八十一担二斗稞斛拂数。　一、议田塘亩十六亩正。　一、议门首大塘一口，平塘一口，土塥一道，俱系独管。　一、议庄屋一所，前厅后堂，门窗户扇俱全独管。　一、议前后左右余基隙地、烧山挥厂，俱照老界。　一、议棉地、花果、树木、石礤、稻场、粪宕、菜园俱系独管。　一、议时值田价洋蚨六百三十二元八合。　一、议高堂劝仪礼洋、交庄礼洋、推图礼洋、中资润笔礼洋，一切礼洋在内，比日亲手一并收讫。　一、议田系杜卖，永不言赎。价系时值，永不言加。　一、议本年新租，买者收纳。本年钱粮，买者承完。　一、议老老赤总契议比缴。　一、议上首李姓原有老契并各姓契议及入手契议比缴。

允议：卖者姚章甫、俊甫亲笔，买者北乡丰备仓。俱押。

光绪二十八年六月初七日立议单。都野秋、杨野卿、黄元吉、陈荫宗、李云亭、唐雪帆、倪竹斋、许思祖、李恒甫。俱押。

双河坂保二甲高庄田契

立杜卖田契都成龙，今因用度不凑，奉母命将自置双河坂保二甲高庄田种十五担一斗，额租一百一十三担一斗，小租二担稞斛拂数，折实田塘亩二十二亩四分，庄屋一所，门窗户扇俱全，稻场、石礤、菜园、棉地、粪宕、竹园、搾厂、余基、树木，凡在庄所管塘水、堨水、鱼泥水，例俱照老契议并新立议单，不留寸土尺木，凭中尽行出杜卖与北乡丰备仓名下为业，收租纳粮。比得受时值田价洋蚨八百四十六元整，一切礼洋在内，当日亲手领讫。倘有亲疏人等争索酒劝，卖者一力承管，不干买者之事。田系杜卖，永不言赎。价系时值，亦不言加。自卖之后，永无生端异说。立此杜卖田契，永远存照。

光绪二十八年五月二十八日立杜卖田契都成龙亲笔押。

凭中：李云亭、江培斋、杨野卿、唐雪帆、陈少阳、方长桂、李卓斋、倪竹斋、蒋咏生、许思祖。都南郊笔。俱押。

议踩单

立议踩单陈少阳、方长桂等，今因都成龙用度不敷，愿将自置双河坂保二甲高庄田种十五担一斗，凭我等出售与北乡丰备仓名下为业。所有事宜列后：

一、议宅东南埨田一丘，种二斗；本田东小塘埨秧田一丘，种五升；大路边庙后一连二丘，种三斗二升；庙北大路西一丘，种一担一斗；本田南大路边田一丘，种六斗；本田西中路边田一丘，种七斗；本田西菜园地边小田一丘，种一斗；本田南田一丘，种七斗；本田南田一丘，种六斗；本田南田一丘，种七斗；堨西小宕北湾田一丘，种一斗五升；小宕南田一连二丘，种一斗；堨边濠田一连二丘，种四斗；本田西田一丘，种一斗二升；濠田北上田一丘，种二斗；闸下横路南小田一丘，种一斗；濠田西水沟边田一丘，种六斗五升；本田南一丘，种八斗八升；本田西田一丘，种八斗八升；本田北田一丘，种六斗；坂中横路南田一丘，种四斗六升；又坂中横路南田一丘，种一担；板中横北田一丘，种二斗；大路东蒲角纲田一丘，种一斗五升；丝机地前一连三丘，种八斗四升；高塘东塝田四丘，种五斗。以上共田三十四丘，共种十二担四斗。　一、议大路下一连二丘，种六斗；大路上一丘，种二斗；庙后田一丘，种一斗；堨汊田一丘，种三斗；一、小塘小田一丘，种二斗；又，本田下田一丘，种二斗五升；一、大路下连一丘，种五斗；凌堨边田二丘，种七斗五升，以上共田十一丘，共种三担。以上总共田四十五丘，共种十五担四斗。内有堨汊田一丘，计种三斗，退回吴荆善堂。　一、议额租一百一十三担一斗，小租二担。一、议折实田塘亩二十二亩四分。　一、议水登宅后小塘二口，三股之一，小塘一口独管，渣泊塥浮底水埠头车灌，门首大塘鱼泥水，例照田派管。 一、议田三担，登用塘塥水利，照田派管。 一、议本庄草屋一所，门窗俱全。北以封庙脚、西以老墙埂、南以田边墙埂、东齐稻场小宕边为界，独管。 一、议塥边菜地独管，粪宕、捍厂烧山、棉地俱全。 一、议水登大塘、水塘渣泊塥浮底水车义浇灌，埠头沟路，俱系公管。 一、议稻场、石磙、鱼泥、水利、园圃、粪宕及在庄一切，俱照老赤契议踩单并新立契议踩单管理。 一、议时值田价洋蚨八百四十六元整。 一、议高堂劝仪礼洋、交庄礼洋、推图礼洋、中资润笔礼洋，一切礼洋在内，比日亲手一并领讫。 一、议田系杜卖，永不言赎。价系时值，永不言加。 一、议田上倘有抵典并上年钱粮，卖者承管，不干买者之事。 一、议本年新租，买者收纳。 一、议以前老赤契议三纸，老契议踩四纸，又吴姓赤契议踩单文尾共四纸，并入手契议二纸比缴。业系杜卖，并不遗留寸土尺木。

允议：卖者都成龙押、买者北乡丰备仓。

光绪二十八年五月二十八日立议踩单。都野秋、李云亭、江培斋、唐雪帆、陈少阳、方长桂、李卓斋、倪竹斋、蒋咏生、杨野卿、许思祖。都南郊笔。俱押。

走马镇保土名倪家楼田契

立杜卖田契光伯衡、仲嶷，奉慈命将原买北乡走马镇保土名倪家楼田种七担正，额租四十二担正稞斛拂数载，折实田塘亩六亩二分，其田丘数、界段、庄屋、基地、捍厂、出入余基、稻场、石磙、园圃、粪宕、花果、竹木、塘堰、水利，凭中踩看明白，另立踩单，所有在庄一切，俱照新立踩单管业，界内并无遗留寸土尺木，凭中尽行出杜卖与北乡丰备仓名下管业，收租完粮。当得受时值田价洋蚨三百二十五元整，一切礼洋在内，比日亲手收讫。自卖之后，听其买者纳稞完粮，过割当差，卖者无得异说。倘有亲疏人等争索酒劝，归卖者一力承管，不干买者之事。田系杜卖，永不言加，永不言赎。此系彼此情愿，并无逼勒等情。今欲有凭，立此杜卖田契，永远存照。

光绪二十八年六月初二日立杜卖田契光伯衡、仲嶷亲笔。俱押。

凭中：光少昂、方西垣、李云亭、都野秋、江培斋、李卓斋、唐雪帆、倪竹斋、蒋咏生、杨野卿、王学德。许思祖笔。俱押。

议 踩 单

立议踩单李卓斋、唐雪帆等，情因光伯衡原买北乡走马镇保倪家楼庄田种七担正，凭中出杜售与北乡丰备仓名下为业。其田种丘数、亩数、塘堰、水利、庄屋、基厂界址，凭我等踩看明白，所有事宜列后： 一、议田种七担正，大小共□丘。 一、议田塘亩实折六亩二分。 一、议额租四十二担正稞斛拂数。 一、议时值田价洋蚨三百二十五元整。 一、议高堂劝仪礼洋、交庄礼洋、推图礼洋、中资润笔洋，一切礼洋在内，比日亲手一并收讫。 一、踩庄屋北首瓦了宕塘一口内有方姓田二斗共水。 一、大湾塘一口，照股派管。 一、康家堰、第二堰水利车放浇灌。 一、在庄水塘，均系康家大堰、第二堰水浇灌。 一、庄屋一所，门窗俱全。出入余基，俱照老界为界。 一、稻场石磙独管。 一、园圃、粪宕、捍厂、花果、竹木俱系照田派管。 一、界内原有倪姓坟山一片。 一、田种界址，东南与蒋姓毗连，西与方姓毗连，北与倪姓毗莲为界。 一、清水塘脚下田一连□丘，计种三斗。 一、清水塘下小湾田一丘，计种二斗。 一、小湾田下长四斗，田一连二丘，计种八斗。　一、长四斗田下半边田一丘，种七斗。　一、七斗南首田一连三丘，种四斗。　一、高瓜塘下田一丘，种六斗。　一、瓦了宕塘下田一丘，种一担。　一、大羊脑田一丘，种二斗。　一、方姓田下四方田一丘，种二斗。　一、四方田南首团田一丘，种三斗。　一、乌嫂塘背后田一丘，种四斗。　一、四斗田上田一丘，种四斗。　一、四斗田南首田一丘，种二斗。　一、龙尾田一丘，种五斗。　一、长田一丘，计种二斗。　一、庄屋后纱帽田一丘，计种四斗。　一、庄屋后沟边田一丘，计种二斗。　一、清水塘一口内有方姓田，计种五斗共水。　一、高瓜塘一口独管。　一、庄屋后草塘一口，照田派管。　一、议田系杜卖，永不言加，亦不言赎。　一、议界内并不遗留寸土尺木。　一、议本年新租，买者收纳。本年钱粮，买者承完。上年蓄欠，不干买者之事。　一、议老契议文尾共十四纸，及入手契议比缴。倘有遗留契议，日后查出，仍归买者。

允议：卖者光伯衡、仲嶷，买者北乡丰备仓。

光绪二十八年六月初二日立议踩单。光少昂、方西垣、李云亭、都野秋、江培斋、李卓斋、唐雪帆、倪竹斋、蒋咏生、杨野卿、王学德。许思祖笔。俱押。

南掘冈保龙家冲田契

立杜卖田契崔汝恺、来和，情因正用莫度，奉慈命将祖遗南掘冈保龙家冲田种八担五斗，实租四十二担五斗，小租一担，载折实田亩九亩一分六厘五毫，水塘三口独管，塘亩八分二厘五毫，水堨一道独管，庄屋二所，门窗俱全，其田界段南以刘宅懒墙埂斜下田埂至泊稍刘宅过水田头直上长塘中埂为界，内除留桦子墩义坟二冢，上下左右穿心三丈为界，西以长塘头花水沟至人行小路为界、北以姚宅懒墙直下人行路直上塘头为界、东以崔宅懒墙为界，内有周姓老坟，俱照老界，境内古坟俱系有坟无境，长塘头花水沟独管支用。四界踩看明白，并无遗留寸土尺木，凭中尽行出杜卖与北乡丰备义仓名下管业，收租完粮。比日三面议定田价洋蚨二百九十六元正，一切礼洋在内，比日亲手领讫。自卖之后，倘有亲疏人等争索酒劝及重复抵典，卖者承管，不干买者之事。田系杜卖，永不言赎。价系时值，永不言加。本年新租，买者收拂。此系二意情愿，并无逼勒等情。比将上赤契并入手契缴付。立此杜卖田契，永远存照。

光绪二十八年六月初十日立杜卖田契崔汝恺、来和。俱押。

凭中：李云亭、黄康林、蒋咏生、李卓斋、江培斋、陈少阳、崔锡宗、倪竹斋、崔敦启、唐雪帆。崔元庆、有庆笔。俱押。

议　单

立议单陈少阳、崔锡宗等，情因崔汝恺、来和将南掘冈保龙家冲田种一业，出售与北乡丰备仓名下为业，所有事宜列后：

一、田种八十五斗，大小丘数不计，小租一担，每年实租四十二担五斗稞斛拂数。　一、水塘三口，水堨一道独管。　一、田塘亩九亩九分九厘。　一、庄屋二所，门窗俱全。　一、随田界段南以懒墙斜下田埂至泊稍过水田头直上长塘中埂为界，内除留桦子墩义坟二冢，上下左右穿心三丈为界。　一、西以长塘头花水沟为至人行小路为界。　一、北以懒墙直下人行路直上塘头为界。　一、东以懒墙为界，内有周姓老坟，俱照老界。境内古坟俱系有坟无境。　一、长塘头花水沟独管支用。　一、随田山厂树木二片，棉地、捋厂、莱园、粪宕、稻场、石磙、余基俱全独管。一、光绪二十七年钱粮卖者完纳。一、时价田价洋蚨二百九十六元整。　一、高堂劝仪礼洋、交庄礼洋、推图礼洋、中资润笔礼洋，一切礼洋在内，当日亲手一并领讫。　一、田系杜卖，永不言赎。价系时值，永不言加。一、上契及入手契议比缴。

允议：卖者崔汝恺、崔来和，买者北乡丰备仓。俱押。

光绪二十八年六月初十日立议单。崔敦启、黄康林、蒋咏生、李卓斋、江培斋、陈少阳、崔锡宗、倪竹斋、崔元庆、唐雪帆、李云亭。崔有庆笔。俱押。

续置石井铺保向家坂庄田契

立杜卖田契周玉元，今因弃小就大，愿将原买张伯仁叔和田种十一担八斗二升半，额租七十担零九斗五升，田塘亩十七亩二分六厘，坐落石井铺保土名向家坂。其田登用大堛一道，大小水塘四口，车放浇灌，水利鱼泥，照田派管。庄屋一所，棋盘四正，门窗户扇俱全，稻场、石磙、莱园、粪宕、烧山捋厂、余基、隙地、随田树木，凡在庄所有俱照新立议单管业，凭中踏看明白，并无遗留寸土尺木，立契出杜卖与北乡丰备仓名下收租管业，纳粮当差。比得受时值田价纹银并一切礼银共洋蚨五百三十五元正，当日亲手领讫，另不立领。田系杜卖，永不言赎。价系时值，亦不言加。倘有重复典质，并亲疏人等争索酒劝，以及遗征钱粮，尽系卖者一力承管，不干买〈者〉之事。此系二意情愿，并无逼勒。立此杜卖田契存照。

光绪二十九年十月初八日立杜卖田契周玉元押。命男瑞芹笔。

凭中：李云亭、倪竹斋、唐雪帆、都野秋、刘学珍、程得才、周启元、刘道谋、齐小扣、江油然、吴鹏元、江培斋、许思祖、周召南。俱押。

议　单

立议单唐雪帆、刘学珍等，情因周玉元弃小就大，将石井铺保土名向家坂田种一业，出杜售与北乡丰备仓名下管业，所有事宜列后：

一、议田种十一担八斗二升五合，额租七十担零九斗五升。　一、议折实田塘亩十七亩二分六厘。　一、议水利登用大堛一道，大小水塘四口，车放浇灌，系与本庄蔡、李二姓存留田种照田派管。　一、议庄屋一所，棋盘四正，门扇俱全，亦与蔡、李二姓照田派管。　一、议稻场、石磙、莱园、粪宕、烧山捋厂、余基、隙地照田派管。　一、议宅后余基滴水外一丈六尺独管，宅左余基滴水外五尺独管，宅右余基滴水外六丈独管。　一、议随田树木独管。　一、议外蔡姓存留田种五斗七升五合，额租三担四斗五升。　一、议外李姓存留田种六斗，额租三担六斗。　一、议时值田价洋银并一切礼银，共洋蚨五百三十五元。　一、议李姓租山树木并山厂，除存留外，尽系出卖。　一、议田上如有重复典质及遗征钱粮，卖者一力承管。　一、议田系杜卖，永不言赎。价系时值，永不言加。一、议原买张伯仁叔和契议比缴。　一、议上首孚镜堂赤契议比缴。　一、议李蔡老赤契议并上上赤契议比缴。　一、议除蔡、李二姓存留外，并不遗留寸土尺木，如有遗漏，查出仍归买者。　一、议本年新租，买者收纳。本年钱粮，买者完纳。

允议：卖者周玉元，买者北乡丰备仓。押。

光绪二十九年十月初八日立议单。唐雪帆、倪竹斋、都野秋、刘学珍、李云亭、江培斋、齐小扣、吴鹏元、程得才、周召南、周启元、刘道谋、江油然。许思祖笔。俱押。

南掘冈保项庄田契

立杜卖田契王廷甫，今将脱业就业，将祖遗分授名下南掘冈保项庄田种九担正，额租五十四担正，田亩十亩零二分六厘，塘亩八分，水塘三口，浮底水利五股之三，车放浇灌，庄屋一所，门窗俱全，稻场、石磙、粪宕、园圃、烧山捋厂、余基、树木、界址一切俱载新立议单并老契议管理，并无遗寸土尺木，凭中尽行出杜卖与北乡丰备仓名下为业。当得受时值田价洋蚨三百八十元零六角三分，比日田洋两交。自卖之后，田系杜卖，永不言赎。价系时值，亦不言加。倘有亲疏人等异说，卖主一切承管，不干买者之事。此系二比情愿，并无逼勒等情。立此杜卖田契，永远存照。

光绪三十二年六月十五日立杜卖田契王廷甫亲笔。胜甫、章甫、端甫、同甫、仲甫。俱押。

凭中：唐雪帆、李云亭、杨野卿、倪竹斋、江培斋、都野秋、王楚桐、王联甫、许思祖、张少棠、陈少阳、李恒甫。俱押。

议　单

立议单唐雪帆、江培斋，今因王廷甫等原买马畏堂南掘冈保项庄田种一业，出杜卖与北乡丰备仓名下为业，所有事宜列后：

一、议田种九担正，大小丘数不计。　一、议田塘亩十一亩零六厘。　一、议水塘三口，五股之三，浮底水利，车放浇灌，鱼泥有分。　一、议庄屋一所，门窗俱全，至屏墙前后为界。　一、议园圃、粪宕、稻场、石磙、余基、树木、烧山捋厂、棉地俱全。　一、议四址界段俱照老契管理。　一、议实额租五十四担，正稞斛拂数。　一、议田价洋蚨三百八十元零六角三分，一切礼洋俱在价内。　一、议本年新租，买者收拂。本年钱粮，买者完纳。以前欠钱粮，卖者承完，不干买事。　一、议田上如有重复抵典，卖者一力承管。　一、议如有亲疏人等争索酒劝，俱系卖者承管。　一、议凡在庄随田所有一切尽行杜买，并不遗留寸土尺木，如有遗漏，日后查出，仍归买者。　一、议田系杜卖，永不言赎。价系时值，亦不言加。　一、议老赤契议并入手赤契议比缴。

允议：卖者王廷甫等，买者北乡丰备仓。俱押。

光绪二十三年六月十五日立议单。杨野卿、李恒甫、唐雪帆、王楚桐、李云亭、王联甫、倪竹斋、张少棠、江培斋、陈少阳、都野秋、许思祖。俱押。

火炉冈保中都庄田契

立杜卖田契饶荫山同孙其珺等，情因正用不凑，商议将公置火炉冈保一甲中都庄田种十七担一斗五升，额租一百零二担九斗，外小租三担，载折实田塘亩十四亩四分五厘，水塘坝段凡在庄一切界址庄屋事宜，载明议单，凭中立契，并无遗留寸土尺木，尽行出杜卖与北乡丰备仓名下收租管业。当得受时值田价洋蚨七百四十元正，比日田银两交，另立收字。自卖之后，听买者过割当差。此系二意情愿，并无逼勒等情。倘有亲疏人等争索酒劝，卖者一力承管，不干买者之事。今欲有凭，立此杜卖田契，永远存照。

光绪三十二年六月十七日立杜卖田契饶荫山亲笔。孙其珇、兆澄、其林俱押。

凭中：张少棠、许思祖、王联甫、陈少阳、江培斋、倪竹斋、李云亭、张宝翔。俱押。

议　单

立议踩单陈少阳、江培斋等，情因饶荫山同孙兆澄等将公置火炉冈保中都庄田种十七担一斗五升，凭中尽行出售杜卖与北乡丰备仓名下为业，所有一切事宜开列于后：

一、议额租一百零二担九斗正，外小租三担。　一、议载折实田塘亩十四亩四分五厘。　一、议田种大小丘数不计。　一、议庄屋三所，门窗俱全。　一、议稻场、石磙、园圃、粪宕、余基、树木均系独管。　一、议时值田价洋蚨七百四十九元，一切礼洋俱在价内。　一、议老契议兼入手契议文尾比缴。　一、议田系杜卖，永不言赎，亦不言加。　一、议其田倘有抵典及未完钱粮，卖主承管，不干买者之事。　一、议本年新租，买者收拂。本年钱粮，买者承完。　一、议踩本庄大小塘五口，车放浇灌，俱系独管。　一、大泊一口鱼水泥利，车放浇灌，内有下都庄左姓田种三担二斗，登用浮水，不准车放。又有大泊东首李庄小田一丘，亦在大泊用水。　一、大泊出水沟原走李庄田过，水利无方。　一、东首山厂一片，东至懒墙为界、西以小塘后埂为界、南至懒墙为界、北以立有封墩为界。　一、棉地五块，田种五丘，小塘一口独管。　一、大冲田一丘，系在大泊稍，田种六斗，登用徐宅大塘并张宅月塘，车放浇灌，其塘今俱属李。　一、对面田头水泊首中尾共五段，俱系独管。　一、西首下都庄小塘头田一丘，在下都庄左姓大四方塘内车放浇灌，又上田一丘，亦在下都庄菜园塘内车放浇灌。　一、东至都坟脚下为界。　一、田南至本庄田脚都水沟为界。　一、东塝至左姓塘头路为界。　一、议西南首左姓田埂为界。　一、西塝至左姓田埂为界。　一、西北首路塝下小塘一口，又横下小宕一个，俱系独管。　一、西北本宅塘下埂棉地一块，荒田数丘，下齐路止为界。　一、本宅荒田一丘，菜园四个独管。　一、本庄屋上北首田一丘，田边为界。　一、西首山边厂一片，山脊水沟毗连为界。　一、本山东边田边为界。　一、本庄屋后山界分水人行路横上齐稻场边为界。

允议：卖主饶荫山等，买主北乡丰备仓。押。

光绪三十二年六月十七日立议踩单。倪竹斋、陈少阳、张少棠、许思祖、王联甫、都野秋、江培斋、唐雪帆、李云亭、张宝翔。

夜插坂保姚庄田契

立杜卖田契吴胡氏同媳孟氏，商议将原买夜插坂保窑凹姚庄田种十六担二斗，大小丘数不计，额租九十七担二斗稞斛拂数，田塘亩十九亩七分，随田水塘六口独管，车放浇灌，外有窑凹东首山塘一口，水利与戴姓四股之一，长塥一道，水利车灌，以高□为止，草屋房一所，门窗户扇俱全。其田四界，北以方庄田埂为界、东以草塘稍斜至长塥边为界、西以湾上至人行大路为界、南以戴姓田边直下至长塥头为界。四至界址踏看明白，本庄北首姚庄坟境外余基一块，听买姓架屋筑墙。园圃、粪宕、稻场、石磙、捍厂、余基、树木并姚姓祖坟界段，一切俱照议单，并不遗留寸土尺木，凭中尽行出杜卖与北乡丰备仓名下为业，收租完粮。当得受田价洋蚨六百零二元，比日田银两交，倘有亲疏人等争索酒劝，卖主承管，不干买者之事。此系二比情愿，并无逼勒等情。自卖之后，田系杜卖，永不言赎。价系时值，亦不言加。今欲有凭，立此杜卖田契，永远存照。

光绪三十二年六月十九日立杜卖田契吴胡氏、媳孟氏，命子仲泉、季泉俱押。伯泉笔。

凭中：吴厚山、胡硕甫、胡和甫、胡允恭、都野秋、吴自勤、陶祥盛、吴兆熊、江福贤、吴尔庆、倪竹斋、唐雪帆、许思祖、江培斋、李云亭、吴砚耕、李恒甫、胡元甫。俱押。

议　单

立议单吴厚山、江培斋等，今因吴胡氏同媳孟氏将夜插坂保窑凹姚庄田种一业，出杜卖与北乡丰备仓名下为业，所有事宜列后：

一、议田种十六担二斗，大小丘数不计，折实田塘亩十九亩七分，塘亩在内。　一、议大小水塘六口，藕塘一口，俱系独管。外宅后山脊水塘一口，四股之一，长堨一道，车放浇灌。姚庄坟前小塘一口，车放浇灌。　一、议草庄屋一所，棋盘四正，门窗户扇俱全。　一、议石磙二条，稻场、园圃、粪宕、棉地俱全，周围山厂俱系独管。　一、庄屋后姚姓坟茔一冢，以老界为界。宅北首原卖主、姚姓坟境，外余基一块，听从买者架屋修墙，西以高□小田比踩为界。　一、议四至界段，北以汪姓方庄田埂为界、东以草堨稍斜至长堨边为界、西以宅后湾至人行路为界、南以戴姓田埂直下至长堨头为界。　一、随田松山，南以大山塘南头直上人行路为界、北以大山塘北埂为界。　一、议田价洋蚨六百二十元正，一切礼洋俱在价内。　一、议实租九十七担二斗。　一、议本年租稻，买者收纳给粮。不干卖者之事。　一、议田系杜卖，永不言赎。价系时值，亦不言加。　一、议田上倘有抵典及欠钱粮，不干买者之事。　一、议老契议并入手契议比缴，倘有遗失，日后捡出，仍归买者。　一、议庄基上卖者浮厝一棺，三年移厝还基。原笔又批。

允议：卖主吴胡氏、媳孟氏，买主北乡丰备仓。俱押。

光绪三十二年六月十九日立议单。江培斋、江福贤、吴厚山、胡硕甫、胡和甫、胡允恭、都野秋、吴兆熊、陶祥盛、吴自勤、倪竹斋、吴尔庆、李云亭、吴砚耕、李恒甫、胡元甫、唐雪帆、许思祖。俱押。

火炉冈保土名都家山庄田契

立杜卖田契叶浦生，今有正用，奉母命将祖遗分授火炉冈保土名都家山田种十四担，大小丘数不计，额租稻八十四担，田塘亩二十六亩三厘，登用水利并在庄一切，俱照新立议踩单管业，凭中踏看明白，并无遗留寸土尺木，尽行出杜卖与北乡丰备仓名下召佃耕种，收租管业，纳粮当差。比得时值田价足曹平纹银四百两正，当即亲手领讫，不另立领。田系杜卖，永不言赎。价系时值，永不言加。倘有重复抵质，以及亲疏人等争索酒劝，卖主一力承管，不干买者之事。此系二意情愿，并无逼勒。今欲有凭，立此杜卖田契，永远存照。

宣统元年六月二十三日立杜卖田契叶浦生押。叔亮臣笔。

凭中：都野秋、李云亭、唐雪帆、倪竹斋、江培斋、杨野卿、李卓斋、许思祖、叶一臣、孙少伯、叶亮臣、张根祥、洪述之、陈章恕、胡德文、陈少康。俱押。

议单

立议单李云亭、叶亮臣等，情因叶浦生将火炉冈保土名都家山田产，出杜卖与北乡丰备仓名下为业，所有事宜列后：

一、议田种十四担正，大小丘数不计。　一、议额租稻八十四担正，凭稞斛拂数。　一、议田塘亩二十六亩三厘，比立推图。　一、议水塘二口独管。　一、议稻场、石磙、粪宕、园圃、树木、余基、隙地一切独管。　一、议庄屋一所，门窗户扇俱全。　一、议山厂一片，内有古坟八冢，俱系有坟无境。　一、议时值田价银四百两。　一、议喜礼纹银二十四两。　一、议大小劝仪三十两。　一、议交庄润笔纹银十两。　一、议买卖中资平内扣取。　一、议田系杜卖，永不言赎。价系时值，永不言加。　一、本年新租，买者收纳。本年钱粮，买者完纳。　一、议契载田种内折除旱田五斗。　一、议田上并无重复典质，如有此事，归卖者承管，与买者无干。　一、议所有老契比缴，入手执业契议不知落在何处，查出仍归买者。倘有持契议异说者，卖者承管，入手领足价字比缴。　一、踏四至界段，东与曹姓山厂毗连为界、东南与张姓坟山毗连、南以封墩横绕小塘头为界、西以胡、张二姓田毗连为界、北与胡姓田毗连为界。第十九行添议字一个原笔。

允议：卖者叶浦生，买者北乡丰备仓。押。

宣统元年六月二十三日议单。李云亭、叶亮臣、唐雪帆、倪竹斋、江培斋、杨野卿、李卓斋、许思祖、叶一臣、孙少伯、张根祥、洪述之、陈章恕、胡德文、陈少康、都野秋。俱押。

石河沿保土名黄家祠堂庄田契

立杜卖田契叶浦生，今因正用，奉母命将祖遗分授石河沿保土名黄家祠堂十担五斗，额租稻一百十五担，载折实二十三亩，登用水利并在庄一切，俱照新立议单管业，凭中蹈看明白，并无遗留寸土尺木，尽行出杜卖与北乡丰备仓名下收租管业，纳粮当差。三面议定时值田价纹银七百两，比日田银两交，亲手收讫。田系杜卖，永不言赎。价系时值，永不言加。倘有重复典质以及亲疏人等争索酒劝，均系卖者一力承管，不干买者之事。此系二意情愿，并无逼勒等情。今欲有凭，立此杜卖田契，永远存照。

宣统元年六月二十三日立杜卖田契叶浦生俱押。亮臣代笔。

凭中：江培斋、杨野卿、李云亭、许思祖、李卓斋、叶亮臣、叶一臣、洪述之、倪竹斋、胡德文、都野秋、孙少伯、唐雪帆、张根祥、陈章恕、陈少庵。俱押。

议单

立议单李云亭、叶亮臣等，情因叶浦生将石河沿保土名黄家祠堂田产，凭我出杜售与北乡丰备仓名下为业，所有田上一切事宜，开列于后：

一、议田种十担五斗正，后经水推沙压田一担九斗三升，净熟田八担五斗七升。　一、议额租一百十五担，除折租二十一担二半三升，净熟租九十三担七斗七升。　一、议田塘额亩二十三亩正，除灾亩五亩二分，净熟亩十七亩八分。　一、议登用谢河堰塥水并石方塘鱼泥水例，沟路埠岸，照田派管。　一、议头塥水独管，祠堂后埠岸一座独管。　一、议庄屋一所，门窗户扇俱全。　一、议余基东齐河沟、西齐祠堂、南与黄姚毗连齐田边、北齐团宕为界。 一、议大河边挥厂一片，稻场、石磙、菜园、粪宕俱系独管。 一、议此田并无重复典质，倘有此弊，卖者承管。 一、议宣统元年新租归买者收纳，本年钱粮亦归买者完纳。 一、议时值田价纹银七百两正。 一、议润笔礼银十两。 一、议高堂劝仪礼银四十两。 一、议大小喜礼银二十两。 一、议交庄礼银十两。 一、议推图礼银六两。 一、议中资买三卖二平内扣取。 一、议田系杜卖，永不言赎。价系时值，永不言加。 一、议上首马姓印簿一纸，入手赤契议文尾四纸比缴。倘有失落契纸，日后查出，仍归买者。

允议：卖者叶浦生押，买者北乡丰备仓。

宣统元年六月二十三日立议单。李云亭、叶亮臣、江培斋、杨野卿、李卓斋、叶一臣、倪竹斋、洪述之、胡德文、孙少伯、都野秋、张根祥、唐雪帆、陈少庵、陈章恕、许恩祖。俱押。

南门坂保詹庄田契

立杜卖田契方恩龄，今将原买马松岩南门坂保添家桥詹庄田种十三担五斗正，大小丘数不计，额租八十一担正稞斛拂数，折实田塘亩十六亩四分八厘一丝，水塘四口独管，大堨一道公用，埠岸二座，老坝一道，折实塘亩二亩四分正，庄屋一所，门窗户扇俱全，山厂、余基、菜园、粪宕、稻场、石磙一切俱全，田山四界载明议单，在庄并无遗留寸土尺木，凭中立契，尽行出杜卖与北乡丰备仓名下管业，收租完粮。当得受时值田价本洋蚨七百九十二元正，一切礼洋俱在价内，比日亲手领讫，另立收字。自卖之后，不得言加，不得言赎。本年新租，归买者收纳，钱粮亦归买者承完，不干卖者之事。此系二家情愿，并无逼勒等情。今欲有凭，立此杜卖田契，永远存照。

宣统二年六月初五日立杜卖田契方恩龄亲笔押。

凭中：吴鹏九、方绍曾、汪桂馨、五玉坡、吴云卿、黄小山、张朗轩、齐小川、方良臣、许思祖、倪云卿、方锡林。俱押。

议　单

立议单汪桂馨、吴鹏九等，今因方恩龄将祖遗原买马松岩南门坂保添家桥詹庄田种一业，凭中立契，出售与北乡丰备仓名下为业，所有田上一切事宜列后：

一、议田种十三担五斗正，大小丘数不计。 一、议实额租八十一担整，凭东稞斛拂数。 一、议折实田亩十六亩四分八厘一丝，塘亩二亩四分正，比立推图。 一、议水塘大小四口独管，水堨一道公用，埠岸二座，老坝一道。 一、议庄屋一所，棋盘四正，门窗户扇俱全。稻场二个，石磙二条，粪宕二口，山厂、树木、园圃、余基、挥厂均系独管。 一、议田上四界，东至天河为界、西至江宅田埂、南至胡宅田埂为界、北至余宅田埂为界。四界凭中踩看明白，界内并无遗留寸土尺木。 一、议松山一片，内有李姓坟一冢，又阴塘上首有古坟一冢，均系有坟无境。 一、议田上钱粮，本年钱粮归买者完纳，已前钱粮倘有未清，不干买者之事。 一、议本年新租，归买者收拂。 一、议时值田价洋蚨七百九十二元正，中资买三卖二价内扣除，润笔照例，比日一并亲手收讫。 一、议田系杜卖，永不言赎。价系时值，永不言加。倘有亲疏人等争索酒劝，尽系卖者一力承管。 一、议入手赤契议交尾四纸，上首赤契议比缴。倘有遗漏契纸，查出仍归买者。第十六行添值字一个，一字二个，原笔批。

允议：卖者方恩龄押，买者北乡丰备仓。

宣统二年六月初五日立议单。汪桂馨、吴鹏九、方绍曾、五玉坡、吴云卿、黄小山、张朗轩、齐小川、方良臣、许思祖、倪云卿、方锡林。俱押。

冷水涧保胡庄田契

立杜卖田契吴镜朗，今将原买冷水涧胡庄田种二十四担，大小丘数不计，实折田塘亩三十三亩，塘亩一亩五分六厘，水塘五口独管，草房二所，门窗户扇俱全，随庄稻场、石磙、园圃、粪宕、挬厂、棉地、树木及一切事宜，悉照老议单管业，并无遗留寸土尺木，凭中出杜卖与北乡丰备仓名下，在上召佃耕种管业。当日亲手领时值田价纹银洋一千零五十三元，自卖之后，无得异说，倘有亲疏人等争索酒劝，尽系卖者承管，不干买者之事。田系杜卖，不得言赎。价系时值，不得言加。今欲有凭，立此杜卖田契为据。

宣统二年六月二十五日立杜卖田契吴镜朗俱押。兄鉴堂代笔。

凭中：张子寿、许世和、倪云卿、周舜琴、刘燕山、许思祖、林秀峰、许世学、五玉坡、慈璞初。俱押。

议　单

立议单刘燕山、倪云卿，今因吴镜朗原买冷水涧保土名胡庄田种二十四担正，出售与北乡丰备仓名下为业，所有事宜列后：

一、议田种二十四担正，大小丘数不计。　一、议额租一百二十担稞斛拂数。　一、议实折田亩三十三亩，塘亩一亩五分六厘，比立推图。　一、议水塘五口独管。　一、议庄屋二所，门窗俱全。　一、议随田四至界段，宅后以林姓坟山懒墙为界、北首山厂一片，上至懒墙埂为界、西至懒墙埂为界、东塝田种，俱以本宅田埂为界、南以本宅八斗四埂为界，西以叶姓田埂为界。　一、议稻场、石磙、园圃、粪宕、余基、树木、烧山挬厂、棉地俱全。　一、议时值田价纹银洋一千零五十三元。　一、议劝仪礼银。　一、议喜礼银。　一、议交庄银。　一、中资礼洋平内扣取。　一、议润笔银洋十六元。　一、议田上差粮以及抵典，卖者承完，不干买者之事。　一、议听其架屋扦葬。　一、议田系杜卖，永不言赎。价系时值，永不言加。　一、议老赤契议尾并入手契议尾共十三纸比缴。　一、议田银两交，过割完纳。

允议：卖主吴镜朗押，买主北乡丰备仓。

宣统二年六月二十五日立议单。刘燕山、倪云卿、张子寿、许世和、周舜琴、许思祖、林秀峰、许世学、五玉坡、慈璞初。俱押。

石河沿保黄家圩庄田契

立杜卖田契刘世珩同弟世英、世璋，情因正用不凑，愿将祖遗原买王姓石河沿保八甲黄家圩庄田种二十担三斗，除光绪二十八年截卖田种六担三斗三升与刘三善堂为业，所有一切俱照前立截卖契议管理外，兹仍存留田种十三担九斗七升，折实田亩二十二亩八分八厘，塘亩二亩二厘，额租一百二十三担九斗七升凭稞斛拂数，登用墨斗塘夫培塘黄土塥堰水浇灌，外塘长水八寸，比缴印牒为照，水圩一座，本庄照田派管，大塘一口原存独管，庄屋、余基、稻场、石磙、园圃、粪宕、挥厂，凡在庄一切，俱照老议单并新立议单管理，并不遗留，凭中尽行出杜卖与北乡丰备仓名下为业。当得受时值田价银币一千六百元，比日亲手领讫，外不另领。自卖之后，听其到庄过割，收租完粮，永不言加，亦不言赎。田上倘有抵典，以及亲疏人等争索酒劝，俱系卖者一力承管，不干买者之事。本庄老契议交入手契议比缴。此系二比情愿，并无逼勒等情。今欲有凭，立此杜卖田契，付丰备仓收执，永远为据。

民国四年阴历六月初六日立杜卖田契刘世珩亲笔。世英、世璋。俱押。

凭中：杨集堂、高逸之、汪传岩、胡曜卿、安绍泉、孙培林、刘志谋、都智亭、吴翠岩、汪梅魁、李成贤、黄汉廷。俱押。

议　单

立议单刘志谋等，情刘世珩兄弟等因正用不凑，愿将祖遗石河沿保八甲黄家水圩庄田种一业，出杜卖与北乡丰备仓名下为业，所有事宜列后：

一、议通庄田种二十担三斗，大小丘数不计。田亩三十三亩四分，塘亩三亩，额租一百八十担稞斛拂数。　一、议本庄于光绪二十八年截卖田种六担三斗三升与刘三善堂为业，庄上所有一切，俱照前立截卖契议管理。除前截卖契议外，仍净存田种十三担九斗七升，折实田亩二十二亩八分八厘，塘亩二亩二厘，额租一百二十三担八斗七升，兹尽行杜卖。一、议水圩一座，本庄照田派管。大塘一口原存独管，刘三善堂无分。一、议登用墨斗塘并夫培塘黄土塥堰水浇灌，外塘长水八寸，以印牒为照。一、议瓦屋一所，棋盘四正，门扇俱全。一、议水圩外庄屋一所，门扇俱全。稻场二处，石磙二条，粪宕五处，挥厂二片。一、议鱼泥水例照田派管。一、议本庄四至界段，照张姓原立议采单并叶远思、张鹤群老契管理。一、议通庄除前截卖与刘三善堂外，所有一切，并不遗留寸土尺木。一、议田系杜卖，永不言赎。价系时值，永不言加。一、议本年新租，买者收拂。一、议时值田价银币一千六百元。一、议中资银币八十元。一、议润笔银币六十元。一、议本年新租银币二百元。一、议交庄银币二百六十元。一、议劝仪喜礼银币二百八十元。一、议田上倘有抵典并未清粮欠，以及亲疏人等争索酒劝，系卖者一力承管，不干买者之事。一、议本庄老赤契议并入手赤契议并塘长印牒与刘姓清界议字，俱已比缴，倘有遗契据，查出仍归买者。

允议：卖者刘世珩、世英、世璋。俱押。买者北乡丰备仓。

民国四年阴历六月初十日立议单。刘志谋、吴翠岩、杨集堂、高逸之、汪传岩、胡曜卿、安绍泉、孙培林、都智亭、汪梅魁、李成贤。黄汉廷笔。俱押。

吉冲保砌庄田契

立截杜卖田契程迪先，今因弃小就大，愿将续置吉冲岭保田业内截砌庄一庄，田种五担，大小丘数不计，额租二十七担整稞斛拂数，折实田塘亩八亩。水塘三口独管，内田一担，登用堰北大泊水利枧沟车放浇灌。庄屋一所，门窗户扇俱全。余基、树木、园圃、粪宕、挥厂、稻场、石磙、周围山厂树木，凡在庄一切，悉照老契议并新立议单管理，并不遗留寸土尺木。凭中尽行出杜卖与北乡丰备仓名下管业，在上收租。此得受时值田价龙币二百六十元正，当日亲手领讫，不另立领。各项载明议单，田系杜卖，永不言赎。价系时值，永不言加。倘有亲疏人等争索酒劝，均系卖者一力承管，不干买者之事。此系二意情愿，并无逼勒等情。今欲有凭，立此杜卖田契，永远为据。

民国五年六月二十六日立截杜卖田契程迪光亲笔押。

凭中：吴孟侯、蒋经三、黄介卿、汪晴峰、胡耀卿、方祖阴、郑岳臣、杨集堂、方智甫、杨若生、孙培林、黄汉亭、周海林、程少启。俱押。

议　单

立议单方祖阴、汪晴峰等，情因程迪先弃小就大，愿将续置吉冲岭保砌庄田种五担，凭我等出售与北乡丰备仓名下为业，所有一切事宜列后：

一、议田种五担，大小丘数不计。额租二十七担正，凭稞斛拂数。一、议折实田塘亩八亩。一、议水塘三口独管，内田种一担，登用堰北大泊水利枧沟车放浇灌。一、议四至界段，东以程姓懒墙外人行大路直至桥头、北以上齐水沟下至郑姓田边为界、西南俱以封墩为界。一、议孙姓老坟以封墩为界，坟前屋厂、余基，孙都照合同管业。一、议孙姓新坟，上以懒墙、下以塘塝、左以懒墙、右以坟圹外二丈为界。一、议赵姓坟山前以大路左右后俱以懒墙为界。一、议随田山厂，东以懒墙黄姓古墩东新立封墩埋石直至田边大凸横懒墙为界，南至大墩懒墙埋石为界，北以六斗田背懒墙为界，内黄姓坟后粪宕一口独管，西至人行大路直至洼基荒地转湾窑塘稍高埂为界。一、议庄屋一所，门扇俱全。余基、树木、稻场、石磙、菜园、粪宕、棉地捍厂，凡在山树木一切，并不遣留寸土尺木。一、议田价龙洋二百六十元正。一、议润笔龙洋。一、议中资龙洋。一、议劝仪喜礼洋。一、议交庄礼洋。一、议上老赤契议比缴，如有遗漏契纸，日后捡出，仍归买者。一、议入手契议因系连业，未便缴付，当即批明，有事取出公照。一、议庄屋南首胡姓坟茔一冢，左右穿心三丈为界。一、议佃人所葬之坟，照程姓送字标管。一、议田系杜卖，永不言赎。价系时值，永不言加。

允议：卖者程迪先押，买者北乡丰备仓。

民国五年阴历六月二十六日立议单。方祖荫、汪晴峰、蒋经三、黄介卿、胡耀卿、郑岳臣、杨集堂、方智甫、杨若生、孙培林、周海林、黄汉亭笔。俱押。

蔡家店保方庄田契

立杜卖田契姚桂芳，情因弃小就大，愿将祖遗分授蔡家店保五甲土名方庄田种十担正，额租稻六十一担，大小丘数不计，田塘亩十二亩，已分下一半，计田种五担，额租稻三十担零五斗，田塘亩六亩整，登用水利大冲下大塘一口公管，车放浇灌，落坝与项姓公管，门首水塘一口，宅后湾塘一口，亦与项姓公管，鱼水泥例，稻场、石磙、菜园、粪宕、余基、树木，庄屋一所，门窗户扇俱全，随田捍厂界段，凡在庄一切，俱照老议单暨新立议单，均与项姓各半管理，踏看明白，并无遗留寸土尺木，凭中出杜卖与北乡丰备仓名下为业。比日三面议定时值田价大龙洋四百九十五元正，当日亲手领讫。自杜卖之后，听其过割收租，无得异说，永不言加，永不言赎。田上倘有重复抵典，以及亲疏人等争索酒劝，俱系卖者一力承管，不干买者之事。此系情愿，并无逼勒等情。今欲有凭，立此杜卖田契，永远存照。

民国七年旧历七月初四日立杜卖田契姚桂芳亲笔押。

凭中：朱羽仪、钱季熊、蒋经三、何星照、方厚堃、都智亭、汪晴峰、杨耀宗、都小砆、何金甫、方智甫、姚春发。俱押。

议　单

立议单汪晴峰、杨耀宗等，情因姚桂芳弃小就大，愿将祖遗分授蔡家店保五甲土名方庄田种一业，出杜卖与北乡丰备仓名下为业，所有事宜开列于后：

一、议田种十担，内田种五担，大小丘数不计。一、议额租稻六十一担，内三十担零五斗。一、议塘亩十二亩，内六亩正。一、登用大冲下大塘一口，照田公管，车放浇灌。落坝与项姓公管，门首水塘一口，宅后湾塘一口，均与项姓公管。一、捭厂北首一片，四至界段，北以城隍庙田边为界、东以黄姓田边为界、南以李姓田边为界、西以都姓田边为界。境内原有张姓坟茔，有坟无境。一、议稻场、石磙、粪宕、菜园、捭厂、余基，前后俱与项姓公管。一、议庄屋一所，门窗户扇俱全，与项姓各半管理。一、时值田价大龙洋四百九十五元正。一、交庄、劝仪、润笔照例。一、中资买三卖二平内扣。一、议本年新租，买者收取。一、老赤契议六纸比缴。一、田系杜卖，永不言加，亦不言赎。

允议：卖者姚桂芳押，买者北乡丰备仓。

民国七年旧历七月初四日立议单。方厚堃、汪晴峰、姚春发、钱季熊、何星照、蒋经三、朱羽仪、都小砆、方智甫、杨耀宗、何金甫、都智亭笔。俱押。

立承种字佃人黄兴照、黄寅道、唐开甲、唐宝光，今承种北乡丰备仓台下石河沿保九甲大小官庄田种三十一担三斗六升五合，折实额租每担种五担二斗整，凭仓戽拂数，仓门交兑。庄基二处，庄屋二所，门扇及稻场、石磙、菜园、粪宕、余基、隙地一切俱全。其田登用大塘、白塘、草塘、四方塘、沙塘、学书塘随河埠岸车放浇灌。其田界址，东与育婴堂庄田毗连绕至肤皮塘直下为界、南齐姚庄转至小叶庄横至黄姓山脚至江庄直抵河边为界、西齐天河为界、北齐大塘稍横至天河界。内有河边龙河保田种三斗，塘稍之田种一丘，本庄登水各照旧例，内有石枧一道，田系留接不种之日，自寻下手，不得还东。倘天年不等，请东踩看，以照大市，立此承种字为据。

民国己未年三月二十四日立承种字佃人黄自桂、黄自才、黄世昌、黄寅道、黄兴照、唐开甲、唐宝光、魏根华、叶秀和、黄丙辰、黄李氏、唐敦义、陆一元、李百根、李殿邦、李玉田、李春如、汪根礼、唐联甲。俱押。

凭中：王甲楼、方润予、都筱砆、李云亭、朱国宾、倪雅南、蒋经三、方恒益。陈邦俊笔。俱押。

立承种字陶南山、高玉田等，今承种到北乡丰备仓名下阳和冈保一甲梁庄田种一业，请凭保绅踏看明白，所有事宜开列于后：

一、田种三十五担六斗零六角六勺，大小丘数不计。一、庄屋三所，门扇俱全。一、大塘一口。一、腰泊一口，山塘一口，小塘一口，门池一口，大堰一道，俱系独管。一、堰西水稍田三丘，堰东长田一丘，尖地三双独管。一、下冲东塝小塘后埂长田一丘，塘南首横田一丘，亦在界内。一、由横田后埂人行小路西下八斗田下埂三坍田直至涧边小地为界，由小地绕涧边上至大堰由大堰东人行小路直上山脚由山脚水沟硬直上脊为界，北以大路北分水为界，东以山脊分水直至戏台墩由戏墩直至本宅后分水为界，西以人行大路新立封墩为界，南以陆家园墙脚外一丈直下田头高塝为界。花水归本庄独管，北界外水沟两道，东界外水沟一道，坐落施庄烧山。一、每年租稻务要干好，仓门交数不得短少，倘天年不等，请东踏看，照市股作。一、纳租悉照仓例。

民国八年三月二十八日立承种字尹万发、高玉田、陶南山、陶补之、陶义和、陶志取、周宝华、陶宝庆。俱押。

凭中：吴竹溪、方润予、蒋经三、光侣镬、倪萧成、都小砄、陆次侠。光鉴青笔。同见。

立承种字钱世得、汪长太、西纯益、童传发等，今种到北乡丰备仓名下北乡址五里坊保后坂庄庄屋一所，大小水塘十二口。其田四至界段，东与童姓田埂毗连小路为界、南齐小河边与前坂庄毗连为界、西齐梅庄田埂毗连小路为界、北以大路上懒墙埂外方姓、吴姓山厂毗连为界。菜园、粪宕、余基、捭厂、花果、竹木、稻场、石磙，一切俱全。其计田种三十六担，与养济院见田各半，田种十八担整。在庄一切，俱系各半管理。每年租稻，东戽拂数，送城交仓过割。其稻务要干好，不得短少升合。倘有天年不等，请东踩看。今欲有凭立此承种字为据。

民国八年旧历六月二十四日立承种字汪长太、童传信、钱世得、童应甫、丁纯益、汪根太、童传发、都锡良。俱押。

凭中：方恒益、李文起、吴尧卿、吴端卿、朱德善。江汇川笔。同见。

上海县积谷征信录

清光绪二十九年铅印本

（清）佚名 辑

李文海 点校

上海县积谷征信录

（光绪二十八年十月初一日起，光绪二十九年九月底止）

办理积谷官董衔名：

江南苏松太兵备道：袁树勋

上海县知县：汪懋琨

同仁辅元堂绅董：曹基善

接办同仁辅元堂绅董：莫锡纶

会同办理果育堂绅董：姚文枬

会同办理普育堂绅董：叶佳棠

闵行镇仓绅董：顾言、夏其钊、吴良谟、李祖锡

办理积谷事务同仁辅元堂职董曹基善呈为陈报接管日期事。窃查积谷定章，归三善堂按年轮管，历经遵办在案。本届轮应同仁辅元堂接管，因董系兼管普育堂事，上届即系职董管理，董以一人连管两年，深恐才难胜任，呈奉批饬循旧接管，以符向章等因，遵即于十月初一日起照章接管，除禀报道宪并按月造册呈请鉴核外，理合将接管积谷事务日期，陈乞公祖大人电鉴，无任屏营之至。谨呈。

光绪二十八年十月初五日

办理积谷事务董事曹基善、姚文枬呈为陈覆事。窃奉照会，本月初三日奉布政使司陆札开：照得积谷一项，实为备荒要需，不可不预为筹备。本年夏间，苏属米价飞涨，贫民谋食维艰，各州、厅、县纷纷禀请将仓谷碾米平粜，以济穷黎，叠经批饬照办。现查各处，或所存无多，或尽数粜变无存，仓储匮乏，殊为可虑。刻当新谷登场，亟应将所动积谷如数买补，以备缓急，续遇荒歉，随时动用。合特札县立即遵照，查明仓谷现存若干石，一面赶紧酌提本息钱文，慎选妥实经董，赴产米之区，采购干洁圆绽新谷，照额补足，禀司委员验收上仓，以重积储。所需脚价一切，均须核实报销，不得稍有浮冒，仍将遵办情形，刻日先行禀报，毋违，特札等因下县。奉此合行照会，烦为查照宪札指饬办理等因。奉此伏查本邑滨海而城，地气潮湿，谷易霉变，向章积钱多于积谷，成效昭然，早蒙宪鉴。且本届遵办平粜，只提用息钱一万六千二百千零，仓谷未经碾动，刻虽新谷久已登场，米价仍日有渐涨之势，若酌提本息钱文采购新谷，不特徒滋浮费，反多亏蚀之虞。为特据实覆陈，伏乞公祖大人电鉴，俯赐核详，实为公便。谨呈。

光绪二十八年十一月二十九日

接办积谷事务同仁辅元堂职董莫锡纶呈为陈报接办日期事。窃于本年四月二十八日奉照会内开：本月十九日准办理积谷事务同仁辅元堂董曹基善呈，以积谷事宜，向章归同仁

辅元、果育、普育三堂按年轮管，每年十月初一日为交接之期。现职董退办堂务，所有轮管积谷事务，请从五月初一日起一体退办等情前来，合行照会，烦为查照，希将积谷一事，照章兼管，一俟届期，仍应递交接办等因。奉此，旋据曹前董于五月初一日将常平、马家厂等仓存谷及发典生息钱折并备用钱文、钤记、文卷等件，一并开折移交前来，董即于五月初一日起遵章接管。除禀道宪暨收支各数仍归月报外，合将接管积谷事务日期呈乞公祖大人鉴核，备案施行。谨呈。

光绪二十九年五月十一日

办理积谷事务同仁辅元堂董莫锡纶呈为拟收屋价陈明备案事。窃马家厂积谷仓余地余房，统由秦燮廷认租，业经曹前董呈报在案。溯查马家厂积谷仓，于光绪八年，由海运局划分房地时，所有旧平房一百十间，自拆卸改建仓廒后，仓外余屋实存头门北间壁面东平房十间，又仪门外厨房一间，又北首弄内面北平房二十五间。除面东门房一间、仓夫住房一间、余屋一间外，计出租面东平房七间、面北平房二十五间，统计出租平房三十二间。至老马路外本有旧平房十七间，内披屋五间已于建仓时拆去，所存平房十二间，年久破坏，难于修理，今其地已租与秦燮廷，自应收回屋价。当经实估得该屋价每间钱三十五千文，实共应收回屋价钱四百二十千文，秦姓已愿照价认缴。除俟缴到后再行呈请发典照积谷正款生息外，合行陈报。为特呈祈公祖大人鉴核备案，实为公便。谨呈。

光绪二十九年闰五月十七日

县宪汪批：来牍阅悉。

办理积谷事务同仁辅元堂董莫锡纶呈为谨缴租值请赐谕发事。窃查马家厂积谷仓外余房余地，改租与秦燮廷，曾由曹前董基善于本年四月三十日陈明在案。惟当时仅议每年租钱一千八十千文，嗣经职董邀同城乡各董议加，秦燮廷情愿每年加租钱一百二十千文，合成每年租钱一千二百千文，闰月另加租钱五十千文，每年小租钱十二千文，业与订立合同。今收到夏季连闰租钱三百五十千文，合行呈缴，伏乞公祖大人鉴核，饬发典业司年转存生息，仍取具领状，息折照发，俾便分别存送。再，是项地租，系照积谷正本常年八厘生息，洋照衣牌，合并声明。谨呈。

计呈乾元庄票洋三百八十四元六角一分五厘。

光绪二十九年七月初六日

县宪汪批：来牍阅悉。票洋合钱三百五十千文，候即饬发照章生息，取具领折，分别存送。

办理积谷事务同仁辅元堂董莫锡纶呈为义仓基地请赐饬查事。窃查本邑城内义仓，于道光十六年邑人捐资，在二十五保四图北门内九亩地露香园故址，建仓储谷。旋于道光二十六年借设火药局被毁，后尚存余屋数间。同治八年前县廉朱详请建仓，本拟在该处勘估兴修，嗣因需费甚巨，改就县署西建设常平仓，而旧义仓基址，迄未清厘，亟应查明，归积谷董事经理，以免被人侵占。拟请饬下册书及该图地保，克日查明该地亩分四址，以便钉立界石，如能岁收租息，即可归入积谷项下，以备济荒之需。为特呈祈公祖大人俯准施行，实为公便。谨呈。

光绪二十九年七月初六日

县宪汪批：候饬册书地保查册按址清理。

钦加三品衔在任候选道特授上海县正堂汪为照会事。据新泾等局职董潘上珍等禀称：窃以上年五、六月间，米价翔贵，民食维艰，举办平粜案内，未领积谷息款，禀求另提生息等情到县。据此，除批示外，合将该局董等禀语并批一并抄录照会。为此照会贵董等，烦为查照，希将批示即行传谕该局董等一体知照。望切，须至照会者。

计抄粘禀批。

右照会办理积谷事务三善堂董姚、莫、叶

光绪二十九年九月十二日

计抄：

具禀新泾法华局董潘上珍李鸿模塘湾江境庙局董钱椒张鸿祁等为谷息备荒预请核提事。窃董等于上年五、六月间，迭奉钧谕，因米价翔贵，民食维艰，特饬四乡一律买米平粜，并准各局提取积谷息款，弥补折耗等因。董等奉谕后，随同各图董保商办一切，佥以米价未平，交现领米，只利奸商，于民无益，且设局售粜，什费又巨，因是迟未举办，此即董等四局当时并未领取谷息之实在情形也。查上年各乡局中有领取谷息买米平粜者，有不平粜而买米给发者，浦西惟董等北新泾、江境庙、塘湾、法华共四局全未领取。乡曲小民，见领者已领，不领者毫无影响，因疑此项谷息，或充公费，或饱私囊，悠谬之谈，百口莫解。为特环求公祖宪大人原情察核，谕知城总董姚文枬等，请查上年未领谷息合上四局，照每亩四十文计算，应派钱若干，另提生息，明刊征信录，中遇有凶歉，照数补给。盖积谷一项，均摊带征，必使惠益均沾，庶不偏苛而免争执，并请晓谕周知，以释疑惑。董等专为妥顺舆情起见，伏希鉴夺批示准行。上禀。

批：查上年因米价昂贵，诚恐贫民粒食维艰，办理平粜，原议各乡共设二十一局，提支积谷息款，按照各该乡额田，每亩给钱四十文，归各乡局董查明领支，购米减价发售，当已谕典由董按各局应领之数提齐备领。迨后仅据闵行等局照领举办，其余塘湾等八处未据遵办请领，自系各董身处是乡，稔知民食尚可支持，无须为此平粜，是以迟迟不办。所有提备各该乡未领钱文，嗣即全数发存各典照旧生息，即已办各局，除亏耗米价及运米杂支外，余存钱文亦均发典生息，一并据实造册，详送各宪查核在案。查积谷之举，原以备济灾荒，以本邑之捐，救济本邑之民，或彼荒此熟，或彼熟此荒，随时拨济。天时地利，难期一律，往复循环，理有必然，何必彼盈我绌，畛域显分。所请另提生息，上宪固必不准，亦无如此办法，实属窒碍难行，希即传谕周知可也。

办理积谷事务果育堂同仁辅元堂普育堂职董姚文枬莫锡纶叶佳棠

呈为遵饬覆陈环恳核转事。窃奉照会内开：八月初四日奉苏藩宪效批本县申送六月分积谷案内实存钱谷数折由，奉批：查积谷一项，实为备荒要需，必须仓廒储足，以期有备无患。该邑上年夏间，米价飞腾，民食维艰，办理平籴，以资接济，现在各县均已遵饬，陆续买补足额，禀司委验上仓在案。今核来折，并未遵饬买补，存典本息钱文，共有十二万七千四百四十余千之多，而仓谷只有二千数百石，设遇荒歉，将何措手？徒有积谷之名，而无积谷之实，殊与备荒本旨大相悖谬。总之，积谷定章，大县须积存四五万石，即小邑州县，亦须积存三万石为额，仰即遵照，速谕经董赶紧提款，如数买补足额，以重积储。所购谷石，务宜干洁圆绽，一俟运回另储，禀司委验上仓，一面将所存各典本息钱文典领，一并送司查核。文到即将遵办情形禀覆，毋稍违延，此批等因下县。奉此合行照会，烦为查照宪批事理，会议覆县核转等因。奉此，伏思积谷本属备荒要政，惟上邑为滨海之区，地气潮湿，入夏尤多霉雨，谷质每易霉变。故积谷不如积钱，积钱则日有盈余，积谷则徙滋折耗也。且本邑向无砻坊，如欲碾谷成米，必须运至他处，既多耗费，且又缓不济急。即如上年办理平籴，经城乡各董会议，咸以碾谷多费，不若提钱买米为宜。盖上邑虽不产米，而素为米商荟萃之区，但使积钱甚多，米粮可咄嗟立办。种种局面，实与腹里州县不同，历经各前董陈明在案。董等体察情形，总以积钱生息，为我邑备荒良法，为特呈祈公祖大人俯赐核转，实为公便。谨呈。

光绪二十九年九月十五日

县宪汪批：所呈系属实情，希候据情详覆。

光绪二十八年十月起至二十九年九月底止管收除在钱谷总数

计开：

旧管项下

一、存常平仓：谷二千一百九十三石九斗。

一、存马家厂仓：谷五百七十八石七斗零六合。

一、存各典正本：钱十万零五千四百十一千五百八十五文。

一、存各典正息：钱九千七百零四千文。

一、存各典马家厂仓余屋、地租款：钱二千一百千文。

一、存各典马家厂仓余屋、地租息：钱六百二十六千零零八文。

一、存各典备用余款：钱四千五百零八千八百零五文。

一、存总局备用：钱三百八十五千零四十九文。

共存谷二千七百七十二石六斗零六合，钱十二万二千七百三十五千四百四十七文。

新收项下

一、收各典二十八下半年正本八厘息：钱四千二百十六千四百六十五文。

一、收各典二十九上半年正本八厘息：钱四千二百十六千四百六十四文。

一、收各典二十八年冬季息本五厘息：钱六十七千三百八十文。

一、收各典二十九年春季息本五厘息：钱一百七十四千零三文。

一、收各典二十九年夏季息本五厘息：钱一百七十四千零三文。

一、收马家厂仓余屋、地租：钱九百八十千文。

一、收各典二十八下半年租款八厘息：钱八十四千文。

一、收各典二十九上半年租款八厘息：钱九十千零七百二十文。

一、收各典二十八下半年租息五厘息：钱十五千六百五十六文。

一、收各典二十九上半年租息五厘息：钱十八千一百四十文。

一、收各典二十八下半年备用五厘息：钱一百十二千七百二十一文。

一、收各典二十九上半年备用五厘息：钱一百十五千五百三十九文。

共收钱一万零二百六十五千零九十一文。

开除项下

一、总局支用：钱五百二十三千七百四十三文。

一、常平仓支用：钱九十二千九百七十一文。

一、马家厂仓支用：钱一百二十千零九百十五文。

一、闵行仓支用：钱二十五千六百二十五文。

一、法华仓支用：钱二十六千三百九十六文。

共支钱七百八十九千六百五十文。

实在项下

一、存常平仓：谷二千一百九十三石九斗。

一、存马家厂仓：谷五百七十八石七斗零六合。

一、存各典正本：钱十万零五千四百十一千五百八十五文。

一、存各典正息：钱一万八千一百三十六千九百二十九文。

一、存各典马家厂仓余屋、地租款：钱三千零八十千文。

一、存各典马家厂仓余屋、地租息：钱八百三十四千五百二十四文。

一、存各典备用余款：钱四千七百三十七千零六十五文。

一、存总局备用：钱十千七百八十五文。

共存谷二千七百七十二石六斗零六合，钱十三万二千二百十千零八百八十八文。

光绪二十八年七月初一日起至十二月底止，经收八厘正息，即转存各原典常年五厘生息钱数

计开：

同　昌：钱二百四千七百六十七文。

安　定：钱三百二十四千八百文。

恒　德：钱二百三十千二百七十六文。

源　来：钱一百八十工千八百四十一文。

益　昌：钱二百十五千六百四十文。

同　源：钱一百十千四百文。

公协泰：钱一百四十二千四百文。

滋　泰：钱一百八十三千七百九十四文。

同　德：钱一百六十二千四百文。

恒　大：钱二百五十七千七百七十六文。

恒　丰：钱一百七十四千四百四十三文。

鸿　裕：钱二百七十二千四百八十文。

萃　昌：钱一百六十一千一百九十二文。

源　盛：钱三百九千五十三文。

德　润：钱九十千六百五十七文。

万　昌：钱二十二千四百文（存德生典）。

益　茂：钱二十二千四百文。

晋　泰：钱九十五千五百二十文（存德生典）。

乾　昌：钱九十二千八百文。

公　泰：钱一百二十七千七百九十四文。

元　丰：钱二百五十九千五百五十文。

德　生：钱二百二十八千八十二文。

济　宏：钱一百四十千文。

泩　泰：钱八十千文。

厚　生：钱一百二十千文。

共收八厘息钱四千二百十六千四百六十五文。

右息除晋泰、万昌两典之息改存德生外，余均仍存各原典，于二十九年正月初一日起常年五厘生息。

光绪二十九年正月初一日起至六月底止，经收八厘正息，即转存各该典常年五厘生息钱数

计开：

同　昌：钱二百四千七百六十七文。

安　定：钱三百二十四千八百文。

恒　德：钱二百三十千二百七十六文。

源　来：钱一百八十七千八百四十一文。

益　昌：钱二百十五千六百四十文。

萃　昌：钱一百六十一千一百九十二文。

乾　昌：钱九十二千八百文。

同　源：钱一百十千四百文。

公协泰：钱一百四十二千四百文。

同　德：钱一百六十二千四百文。

恒　大：钱二百五十七千七百七十六文。

恒　丰：钱一百七十四千四百四十三文。

鸿　裕：钱二百七十二千四百八十文。

源　盛：钱三百九千五十三文。

德　润：钱九十千六百五十七文。

万　昌：钱二十二千四百文（存元丰典）。

益　茂：钱二十二千四百文。

晋　泰：钱九十五千五百二十文（存元丰典）。

公　泰：钱一百二十七千七百九十四文。

元　丰：钱二百五十九千五百五十文。

德　生：钱二百二十八千八十一文。

济　宏：钱一百四十千文。

泩　泰：钱八十千文。

厚　生：钱一百二十千文。

滋　泰：钱一百八十三千七百九十四文。

共收八厘息钱四千二百十六千四百六十四文。

右款除万昌、晋泰两典之息改存元丰外，余均仍存各原典，于七月初一日起常年五厘生息。

光绪二十八年冬季经收各典五厘息钱数（十一月十一日起）

计开：

同　昌：钱二千八十三文。

元　昌：钱二千八十三文。

公　泰：钱二千八十三文。

鸿　裕：钱六千九百四十四文。

滋　泰：钱二千八十三文。

厚　生：钱二千八十三文。

鼎　和：钱二千八十三文。

济　宏：钱二千八十三文。

晋　泰：钱二千八十三文。

萃　昌：钱二千八十三文。

益　昌：钱二千八十三文。

德　生：钱二千八十三文。

源　盛：钱二千八十三文。

恒　德：钱二千八十三文。

乾　昌：钱二千八十三文。

恒　丰：钱二千八十三文。

安　定：钱一千八十三文。

恒　大：钱六千九百四十四文。

源　泰：钱二千八百五文。

安　济：钱二千八十三文。

万　昌：钱二千八十三文。

德　润：钱二千八十三文。

源　来：钱二千八十三文。

元　丰：钱二千八十三文。

泩　泰：钱六千九百四十四文。

共收冬季五厘息钱六十七千三百八十文。

光绪二十九年春季经收各典五厘息钱数

计开：

同　昌：钱六千三百十文。

安　定：钱七千八百十文。

恒　德：钱六千六百二十八文。

源　来：钱六千九十八文。

益　昌：钱六千四百四十五文。

同　源：钱一千三百八十文。

公协泰：钱一千七百八十文。

同　德：钱二千三十文。

恒　大：钱十五千七百二十二文。

恒　丰：钱五千九百三十文。

鸿　裕：钱十五千九百六文。

萃　昌：钱五千七百六十五文。

源　盛：钱七千六百十三文。

德　润：钱四千八百八十三文。

万　昌：钱三千七百五十文。

益　茂：钱二百八十文。

晋　泰：钱三千七百五十文。

乾　昌：钱四千九百十文。

公　泰：钱五千三百四十七文。

元　丰：钱六千九百九十四文。

德　生：钱八千七十五文。

济　宏：钱五千五百文。

泩　泰：钱十三千五百文。

厚　生：钱五千二百五十文。

滋　泰：钱六千四十七文。

元　昌：钱三千七百五十文。

鼎　和：钱三千七百五十文。

源　泰：钱五千五十文。

安　济：钱三千七百五十文。

共收春季五厘息钱一百七十四千三文。

光绪二十九年夏季经收各典五厘息钱数

计开：

同　昌：钱六千三百十文。

安　定：钱七千八百十文。

恒　德：钱六千六百二十八文。

源　来：钱六千九十八文。

益　昌：钱六千四百四十五文。

同　源：钱一千三百八十文。

公协泰：钱一千七百八十文。

同　德：钱二千三十文。

恒　大：钱十五千七百二十二文。
恒　丰：钱五千九百三十文。
鸿　裕：钱十五千九百六文。
萃　昌：钱五千七百六十五文。
源　盛：钱七千六百十三文。
德　润：钱四千八百八十三文。
万　昌：钱三千七百五十文。
益　茂：钱二百八十文。
晋　泰：钱三千七百五十文。
乾　昌：钱四千九百十文。
公　泰：钱五千三百四十七文。
元　丰：钱六千九百九十四文。
德　生：钱八千七十五文。
济　宏：钱五千五百文。
泩　泰：钱十三千五百文。
厚　生：钱五千二百五十文。
滋　泰：钱六千四十七文。
元　昌：钱三千七百五十文。
鼎　和：钱三千七百五十文。
源　泰：钱五千五十文。
安　济：钱三千七百五十文。

共收夏季五厘息钱一百七十四千三文。

光绪二十九年经收马家厂仓余屋地租款钱数

计开

收前租户王瑞祥租：钱六百三十千文（存源泰典，于五月十二日起常年八厘生息）。

收新租户秦夑庭夏季连闰租钱三百五十千文（存镒泰典，于八月十一日起常年八厘生息）。

共收租钱九百八十千文。

光绪二十八年七月初一日起至十二月底止，经收马家厂仓余屋、地租款八厘正息，即转存各原典钱数。

计开：

鸿　裕：钱十六千一百文。
恒　丰：钱十六千八百文。
益　昌：钱十六千八百文。
德　生：钱十四千文。
同　昌：钱二十千三百文。

共收租款八厘息钱八十四千文。

右款仍存各该原典，于二十九年正月初一日起常年五厘生息。

光绪二十九年正月初一日起至六月底止，经收马家厂仓余屋、地租款八厘正息，即转存各原典钱数

计开：

鸿　裕：钱十六千一百文。

恒　丰：钱十六千八百文。

益　昌：钱十六千八百文。

德　生：钱十四千文。

同　昌：钱二十千三百文。

源　泰：钱六千七百二十文。

共收租款八厘息钱九十千零七百二十文。

右款仍存各该原典，于七月初一日起常年五厘生息。

光绪二十八年七月初一日起至十二月底止，经收马家厂仓余屋、地租息五厘息，即转存各原典钱数

计开：

同　昌：钱一百九十七文。

益　昌：钱一千八百八十三文。

德　生：钱八百六十九文。

恒　丰：钱二千二百八文。

鸿　裕：钱五千八百二十三文。

元　丰：钱二千四百三十文。

乾　昌：钱二千二百四十六文。

共收租息五厘，息钱十五千六百五十六文。

仍存各原典，于二十九年正月初一日起常年五厘生息。

光绪二十九年正月初一日起至六月底止，经收马家厂仓余屋、地租息五厘息，即转存各原典钱数

计开：

乾　昌：钱二各三百二文。

鸿　裕：钱六千三百七十一文。

恒　丰：钱二千六百八十三文。

德　生：钱一千二百三十三文。

同　昌：钱七百十文。

益　昌：钱二千三百五十文。

元　丰：钱二千四百九十一文。

共收租息五厘息钱十八千一百四十文。

仍存各原典，于七月初一日起常年五厘生息。

光绪二十八年七月初一日起至十二月底止，经收备用余款五厘息，即转存各原典钱数

计开：

元　丰：钱二十二千三百五十八文。

乾　昌：钱二十一千二百八十七文。

济　宏：钱十九千八百四十一文。

德　生：钱四十九千二百三十五文。

共收备用五厘息钱一百十二千七百二十一文。

仍存各原典，于二十九年正月初一日起常年五厘生息。

光绪二十九年正月初一日起至六月底止，经收备用余款五厘息，即转存各原典钱数

计开：

元　丰：钱二十二千九百十七文。

德　生：钱五十千四百六十六文。

乾　昌：钱二十一千八百十九文。

济　宏：钱二十千三百三十七文。

共收备用五厘息钱一百十五千五百三十九文。

仍存各原典，于七月初一日起常年五厘生息。

光绪二十八年十月朔起至二十九年九月底止，总局支用钱数

计开：

总董车马费（十三个月）：钱二百六十千文。

司账薪水（又）：钱六十五千文。

司书薪水（又）：钱二十六千文。

役使二名工食（又）：钱四十六千八百文。

司事四季（往城乡收息车饭）：钱二千文。

各衙门管案经承：钱七十八千文。

刻印二十四、五年征信录：钱四十五千九百四十三文。

共支用钱五百二十三千七百四十三文。

光绪二十八年十月朔起至二十九年九月底止，常平仓支用钱数

计开：

朔望香烛：钱三百九十文。

司事一人薪水：钱三十九千文。

仓役二名工食：钱四十六千八百文。

修理仓廒砖灰工料：钱六千七百八十一文。

共支用钱九十二千九百七十一文。

光绪二十八年十月朔起至二十九年九月底止，马家厂仓支用钱数

计开：

司事一人薪水：钱三十九千文。
仓役二名工食：钱四十六千八百文。
完芦课：钱四千四十五文。
亭耆丈量绘图（并界石等）：钱三十一千七十文。
　　共支用钱一百二十千九百十五文。

光绪二十八年十月朔起至二十九年九月底止，闵行仓支用钱数
计开：
仓役一名工食：钱二十三千四百文。
完二十八年上、下忙：钱二千二百二十五文。
　　共支钱二十五千六百二十五文。

光绪二十八年十月朔起至二十九年九月底止，法华仓支用钱数
计开：
仓役一名工食：钱二十三千四百文。
完二十八九年上、下忙：钱二千九百九十六文。
　　共支钱二十六千三百九十六文。

光绪二十九年九月底止应存各仓谷数
计开：
存常平仓：谷二千一百九十三石九斗。（内揭出仓面谷二十四石。）
存马家厂仓：谷四百七十一石三斗六合。
存马家厂仓：谷一百零七石四斗。（内揭出仓面谷三十二石九斗。）
　　共存各仓谷二千七百七十二石六斗六合。

光绪二十九年九月底止实存各典各项钱数表
计开：
正本项下
一、存同昌典：钱五千一百十九千一百六十五文。
一、存恒德典：钱五千七百五十六千八百九十九文。
一、存源来典：钱四千六百九十六千零二十二文。
一、存益昌典：钱五千三百九十一千零二十二文。
一、存恒大典：钱六千四百四十四千三百九十二文。
一、存安定典：钱八千一百二十千文。
一、存源盛典：钱七千七百二十六千三百十文。
一、存元丰典：钱六千四百八十八千七百四十九文。
一、存公协泰典：钱三千五百六十千文。
一、存同源典：钱二千七百六十千文。
一、存同德典：钱四千零六十千文。

一、存德润典：钱二千二百六十六千四百三十四文。
一、存滋泰典：钱四千五百九十四千八百四十文。
一、存恒丰典：钱四千三百六十一千零六十九文。
一、存萃昌典：钱四千零二十九千七百九十八文。
一、字〔存〕益茂典：钱五百六十千文。
一、存公泰典：钱三千一百九十四千八百四十文。
一、存晋泰典：钱二千三百八十八千文。
一、存万昌典：钱五百六十千文。
一、存鸿裕典：钱六千八百十二千零零八文。
一、存乾昌典：钱二千三百二十千文。
一、存德生典：钱五千七百零二千零三十七文。
一、存济宏典：钱三千五百千文。
一、存泩泰典：钱二千千文。
一、存厚生典：钱三千千文。

共计钱十万零五千四百十一千五百八十五文（常年八厘生息）。

正息项下
一、存同昌典：钱七百零九千五百三十四文。
一、存元昌典：钱三百千文。
一、存公泰典：钱五百五十五千五百八十八文。
一、存鸿裕典：钱一千五百四十四千九百六十文。
一、存滋泰典：钱六百六十七千五百八十八文。
一、存厚生典：钱五百四十千文。
一、存鼎和典：钱三百千文。
一、存济宏典：钱五百八十千文。
一、存晋泰典：钱三百千文。
一、存萃昌典：钱六百二十二千三百八十四文。
一、存益昌典：钱七百三十一千二百八十文。
一、存德生典：钱八百七十四千零八十三文。
一、存源盛典：一九百十八千一百零六文。
一、存恒德典：钱七百六十千零五百五十二文。
一、存乾昌典：钱四百八十五千六百文。
一、存恒丰典：钱六百四十八千八百八十六文。
一、存安定典：钱九百四十九千六百文。
一、存恒大典：钱一千五百十五千五百五十二文。
一、存源泰典：钱四百零四千文。
一、存安济典：钱三百千文。
一、存万昌典：钱三百千文。
一、存德润典：钱四百八十一千三百十四文。
一、存源来典：钱六百七十五千六百八十二文。

一、存元丰典：钱九百三十七千零二十文。
一、存泩泰典：钱一千一百六十千文。
一、存同源典：钱二百二十千零八百文。
一、存公协泰典：钱二百八十四千八百文。
一、存同德典：钱三百二十四千八百文。
一、存益茂典：钱四十四千八百文。
　　共计钱一万八千一百三十六千九百二十九文。（常年五厘生息。）
马家厂余屋、地租款项下
一、存鸿裕典：钱四百零二千五百文。
一、存恒丰典：钱四百二十千文。
一、存益昌典：钱四百二十千文。
一、存德生典：钱三百五十千文。
一、存同昌典：钱五百零七千五百文。
一、存源泰典：钱六百三十千文。
一、存镒泰典：钱三百五十千文。
　　共计钱三千零八十千文。（常年八厘生息。）
马家厂余屋、地租息项下
一、存鸿裕典：钱二百七十七千三百二十一文。
一、存恒丰典：钱一百二十六千七百九十七文。
一、存益昌典：钱一百十三千一百五十八文。
一、存德生典：钱六十四千五百八十一文。
一、存同昌典：钱四十九千四百零一文。
一、存乾昌典：钱九十四千四百零六文。
一、存元丰典：钱一百零一千一百四十文。
一、存源泰典：钱六千七百二十文。
　　共计钱八百三十四千五百二十四文。（常年五厘生息。）
借用余款项下
一、存元丰典：钱九百三十九千五百八十一文。
一、存德生典：钱二千零六十九千零九十四文。
一、存乾昌典：钱八百九十四千五百七十七文。
一、存济宏典：钱八百三十三千八百十四文。
　　共计钱四千七百三十七千零六十五文。（常年五厘生息。）

山萧两邑沿海筑堤工赈征信录

清光绪年间刻本

(清)佚　名　辑

夏明方　点校

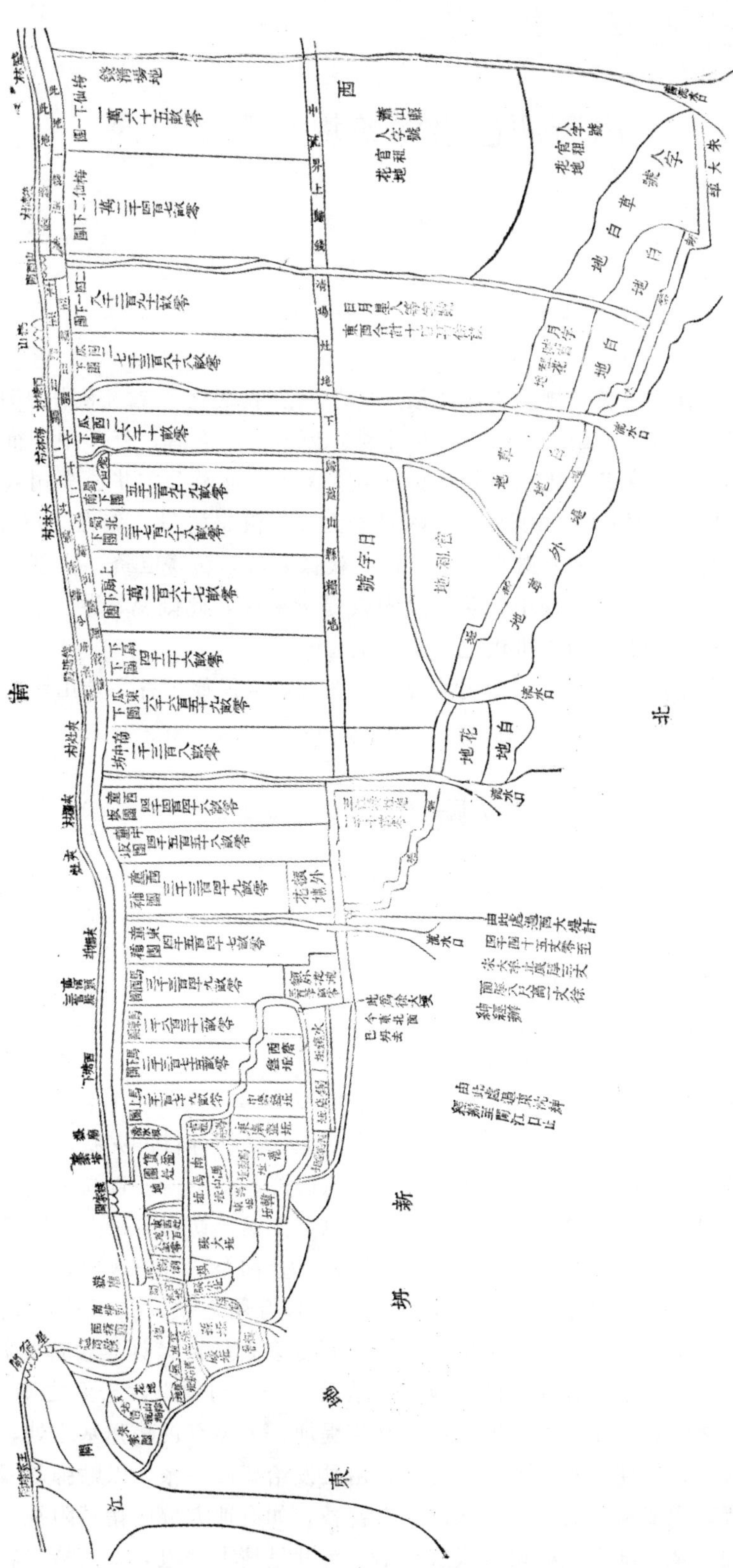

山萧两邑沿海筑堤工赈征信录

筑堤碑记

山、萧之际有沙衍焉。规为六区，以三才、三辰表缀之。辛丑秋仲，淫霖为灾。人、日、月、星四区丁其厄。山、会、萧三邑士绅，筹所以澹之者。稽丁中，徇施舍，赖以存活者实繁有徒。犹惧未蒇，驰书于京外诸同乡。蒙大司寇葛公宝华、少司寇胡公燏棻电汇墨银一万圆到越。时越中盖藏俄空，爰购粱于无锡。汎舟之役，偏滞于绛雍；移民之谋，较易于东内。及籴至，而灾黎既平。聿庸以工代振之法，转輚巨资，为创筑堤埂四千八百一十余丈。是役也，既节唐靡于今兹，复固崇堤于来许，此则葛、胡二公己饥己溺之诚，与诸士绅爰究爰度之识，为不可谖也，是为记。

光绪二十九年岁癸卯十月，山阴鲍临、徐嘏兰，会稽徐尔谷，萧山汤懋功同监造。慈溪冯一梅书。

义赈款征信录文案

具呈

三品衔补用知府分部郎中徐嘏兰

詹事府右春坊右中允鲍临

内阁中书汤懋功

丁忧二品衔直隶候补道徐尔谷

为呈请饬县出示晓谕事。窃查萧山县属日、月、星、人等字号沙地，去秋猝遭水患，荡析民居，无以为食。当蒙仁台筹款振济，全活无算。绅等目击灾状，集议举办义振，以补官振之未备。于是函电京外诸同乡，请速筹款协济。旋蒙葛振青尚书、胡云楣侍郎电汇洋一万元。当时绍地米谷稀少，价值翔贵，即电至无锡，饬司事采办谷三千余担，赶速运绍。迨既运到绍，察视该处情形，周谘就地绅耆，佥称今秋可望成熟，无待查户散振，不如修筑该处堤埂，俾沙黎永沾利益，无虞水患，且有用之款，亦不致虚縻。绅等咸韪其说。现将所办之谷，尽数售脱，籴贵粜贱，此间虽多折耗，核计粜价尚得洋七千余百元。今饬司事赴日、月、星、人等号勘查地段，估计工程，约须洋六千元之则。以是项粜价，作为修筑堤埂之需，计无不敷。惟查该处兴筑堤埂，未免有占著弹基之处，应请札饬萧山县出示晓谕沙民，如埂基有占著弹基之处，由县发给新沙一张，以贴弹基钱粮等项。并请晓谕是项工程，洵属地方义举，于沙民大有裨益，如有地方棍徒藉端阻扰，并居民牧放夜牛，践踏新埂等情，准由经办司事禀官究治。为此呈请大公祖大人察核，转饬萧山县迅即出示晓谕，实为德便。再，此项工程，系由绅捐绅办，应请免造报销，合并声明。须至呈者。

右呈绍兴府正堂熊

光绪二十八年九月　　日

具呈

三品衔补用知府分部郎中徐嘏兰

詹事府右春坊右中允鲍临

内阁中书汤懋功

丁忧二品衔直隶候补道徐尔谷

为呈请堤工告竣饬县定限谕禁加租事。窃查萧属日、月、星、人等号沙地，辛丑年间猝遭水患，沙民荡析离居，无以为食，曾经绅等将葛、胡两司寇电汇洋银以工代赈，修筑该处堤埂，俾沙民永沾利益，请示晓谕办理在案。查是项工程于去冬年间开办，今春告成，秋潮来复尚无损坏，现由绅等会同勘验，工程颇称巩固。唯此次修筑堤埂，实为振济沙民起见。该处业主审知筑埂以后，瘠地变成渥土，热必纷纷加租，若不定限示禁，是获益专在业主，而于地户反不能实受其惠，殊非体恤沙民之本意。所有此次修筑埂内沙地，应请仁台出示晓谕，或十年、或五年，饬令该业主不准加租，以示限制。如是定限，使业主限内不能加租，沙民限内得沾实惠，庶与以工代赈命意相符。再，绅等此次会勘堤工，间有私掘堤身，及堤上任牛车往来牧放夜牛等情，俱足损坏堤埂，应请一并谕禁。是否有当，拟合将请示定限谕禁限内加租缘由，备文具呈。为此呈请大公祖大人鉴核施行。须至呈者。

右呈绍兴府正堂熊

光绪二十九年十一月初九日

具呈

三品衔补用知府分部郎中徐嘏兰

詹事府右春坊右中允鲍临

内阁中书汤懋功

丁忧二品衔直隶候补道徐尔谷

为堤工告竣呈请饬县示谕按粮捐缴经费以备修筑堤身缺口事。窃查由赈款项所筑日、月、星、人等字号堤工，长四千余百丈，高一丈，底阔三丈，面阔八尺，内圈进三江、钱清两场粮地一千五百余亩，沙地生熟二万二千三百余十亩，尚有东首乾坤等号沙地相联在内。凡此地亩，一遇霖雨，出水较多，向系留有流水缺口三处，以备宣泄，每处计阔十余丈。若遇秋汛，必须缺口堵筑完固，方免潮水冲入之患。从前向章，沙地不分生熟，每年按亩捐钱十余文，以资修筑，因无县主告示，多有希图取巧，观望不前，因此贻误大局。若事关久远，非筹有常款修筑，断难经久。今拟每年按粮捐钱一次，如熟地每亩粮百余十文者，加一捐钱十余文；生地每亩粮七八十文者，加一捐钱七八文，如此办理，庶无偏枯，且轻而易举，并可一劳永逸。查去年筑缺口并修堤，计用去钱三百七十余千文，若照加一派捐，沙地可捐三百五十余千，场地每亩向捐十八文者，可捐二十七八千之则，除修筑缺口外，每年并可岁修堤身。其捐或由各佃长经收，缴县备领，或收交就地公正绅士积存，均出自宪裁。庶修筑缺口，岁有常款，沿海沙民，可免漂没之患。是否有当，拟合将捐筑缺口缘由备文具呈。为此呈请大公祖大人鉴核，饬县出示施行。须至呈者。

右呈绍兴府正堂熊

光绪三十年二月　　日

具呈

三品衔补用知府分部郎中徐嘏兰

詹事府右春坊右中允鲍临

内阁中书汤懋功

丁忧二品衔直隶候补道徐尔谷

为堤工告竣呈请出示按粮捐缴经费以备修筑堤身缺口事。窃查由赈款项下所筑日、月、星、人等字号堤工，长四千余百丈，高一丈，底阔三丈，面阔八尺，内圈进三江、钱清两场粮地一千五百余亩，沙地生熟二万二千三百余十亩，尚有东首乾坤等号沙地相联在内。凡此地亩，一遇霖雨，出水较多，向系留有流水缺口三处，以备宣泄，每处计阔十余丈。若遇秋汛，必须将缺口堵筑完固，方免潮水冲入之患。从前向章，沙地不分生熟，每亩捐钱十余文，以资修筑小堤。因未出有告示，多有希图取巧，观望不前，贻误大局。兹事关久远，更非筹有常款修筑不可。今拟将堤内之亩，每年按粮捐钱一次，随地生熟，视粮贵贱，作加一捐，以免偏枯，庶轻而易举。其堤外之亩，不在此例。已呈府宪在案。查去年筑缺口并修堤，计用去钱三百七十余千，若照加一捐，沙地可捐三百余十千，场地每亩向捐十八文者，可捐二十余千，以修筑堤身缺口，当无不敷。其钱或仍由各佃长经收缴县备领，或交就地公正绅士积存生息，均请酌裁。庶修筑缺口，岁有常款，沿海沙民，可免漂没之患。是否有当，拟合将捐筑缺口情形备文俱呈。为此呈请公祖大人鉴核，希即出示施行。须至呈者。

右呈萧山县正堂李

光绪三十年六月二十日

萧山县正堂李批：前奉府宪照章札饬会场议办等因，当以从前修筑之费，如何按亩派捐，县中无卷可稽，业经移询钱清场在案。所禀前情，希候场覆到县，再行分别禀复示谕可也，此复。

具呈

三品衔补用知府分部郎中徐嘏兰

詹事府右春坊右中允鲍临

二品衔直隶候补道徐尔谷

为堤工告竣岁修无资呈乞饬县出示每年按租带捐以便每年修堵缺口事。窃查光绪二十八年京都解绍赈款，移筑萧邑日、月、星、人等字号堤工，计长四千数百丈，堤身高一丈，底阔三丈，面阔八尺，其中圈进三江、钱清两场粮地一千五百余亩，沙地生熟两共二万二千三百数十亩，又有东首乾坤等号相联沙地，亦在圈进之内，一切详细情形，业经绘图呈请宪鉴在案。今查所筑堤身，留有寻常大雨流水缺口三处，每处计阔十余丈，每届秋汛时候，必须将流水缺口堵塞，可免潮水冲入之患。现在堤工早已告竣，而每年秋汛堵筑缺口之费，苦无所出。绅等再四筹商，别无良策，拟请每年沙地官租之多寡，随租加一捐一次，如熟地每年每亩纳官租百文者，加一捐钱十文；生地每年每亩纳官租七八十文者，加一捐钱七八文；若沙地在堤之外，不在带捐之列。如此办理，则每亩所捐不多，于沙地均有裨益，以沙地带捐之款，堵筑该堤缺口，并带修堤身之用，庶几圈进沙地，可免不常漂没，上年所筑堤身，不致全功尽弃。绅等为永远保全该处沙地起见，是否有当，理合将酌筹公捐公用并无窒碍难行缘由，呈乞大公祖大人鉴核，速饬萧山县以本年为始，出示遵行。再该处捐款，如照以上办理，每年约可捐集三百数十千文，其钱或由各佃长经收缴县备领，或随时收交就地公正绅士积存，出自宪裁。又该处今年秋汛较大，冲坏沙地不少，合并声明，须至呈者。

右呈绍兴府正堂熊

光绪三十一年九月二十五日

经办山、会、萧三邑义赈(先由无锡买谷，继售谷改为工赈，兴筑沙地埂堤)收支征信录

旧　　管

无

新　　收

一、收京都葛尚书、胡侍郎电汇洋一万元。

一、收绍兴钱庄掉息洋四百三元九角六分二厘。

前件系进出余洋拨存各庄掉期之息，兹将细数开载于后：厚孚庄洋一百元三角七分四厘，开源庄洋一百十七元四角八分四厘，恒余庄洋八十元六角五分七厘，乾泰庄洋十一元一分六厘，豫仓洋六十七元一角三分二厘，德昌庄洋二十六元三角一分七厘，堤工局洋九角八分二厘。

一、收赔谷洋五十三元四分九厘。

前件系杭省得胜坝莫乾记行赔洋二十四元二分五厘，江干丁永奇行赔洋二十九元二分四厘。

一、收售谷洋四千三百六十九元二角三分八厘。

前件系各行售去之谷，兹列细数于后，俾资众核。广源、宝裕两行售去一万四百八十七斤，洋二百六十二元六分九厘；又一万八百九十一斤，洋二百七十二元一角六分五厘。傅涨记售去四千八百二十一斤，洋一百二十元四角七分六厘。晋泰售去九千三百二十二斤，洋二百三十二元九角五分七厘。宝裕售去五千四百二十八斤，洋一百三十五元六角四分六厘。万兴隆售去五千五百六十九斤，洋一百三十九元一角六分九厘。周万盛售去一万一千二百九十八斤，洋二百八十二元三角三分七厘。傅涨记售去一万八百七十九斤，洋二百七十一元八角六分六厘。晋泰售去一万八百四十四斤，洋二百七十元九角九分三厘。傅涨记售去一万一百二十七斤，洋二百五十三元七分三厘。以上价均二百四十九元九角。宝

裕售去一万四百七十斤，洋二百五十一元二角八分。广源售去一万三百七十四斤，洋二百四十八元九角七分六厘。傅涨记售去一万七千八百十七斤，洋四百二十七元六角八厘。芝记售去九千五百六十五斤，洋二百二十九元五角六分。万兴隆售去八千一百二十六斤，洋一百九十五元二分四厘。以上价均二百四十元。傅涨记售去一万二百二十斤，洋二百四十元一角七分；又一万三百八十六斤，洋二百四十四元七分一厘。万兴隆售去六千十斤，洋一百四十一元二角三分五厘。星记售去二千二百九十斤，洋五十三元八角一分五厘。以上价均二百三十五元。云记售去四千三百五十一斤，洋九十六元七角四分九厘，价二百二十二元三角六分。共售出谷十七万九千二百七十五斤，砻谷十万八千六百十六斤，计折耗谷三千七百三斤。

一、收售米洋二千四百九十八元八角。

前件系各行售去之米，兹列细数于后：瑞泰售去三十担，洋一百三十九元五角。傅涨记售去九十六担，洋四百四十六元四角。万兴隆售去三十担，洋一百三十九元五角。以上价均四元六角五分。又售去七十五担，洋三百六十七元五角，价四元九角。通裕售去一百担，洋五百元。瑞源售去二十五担，洋一百二十五元。云记售去七斗，洋三元五角，以上价均五元。傅涨记售去一百六十九担，洋七百七十七元四角，价四元六角。其售出米五百二十五担七斗，计折耗米二十二石八斗七升。

一、收售砻糠瘪谷洋四十一元六角七分九厘。

一、收售旧栊洋三元三角。

前件系用过旧栊所售之洋。

开　　除

一、付谷价洋九千四百九十三元一分六厘。

前件系发电至无锡治大行购买船装之谷，细数照来账列后：第一船三百六十担，洋一千一百三十四元。第二船三百五十一担，洋一千一百五元六角五分。第三船二百八十八担，洋九百七元二角。第四船四百二十六担，洋一千三百四十一元九角。第五船二百四十担，洋七百五十六元。第六船三百二十三担四十斤，洋一千十八元七角一分。以上价每担三元一角五分。第七船一百四十七担六十斤，洋四百七十元八角四分四厘。第八船二百九十五担四十斤，洋九百四十二元三角二分六厘。第九船四百五十四担二十斤，洋一千四百四十八元八角九分八厘。第十船一百十五担二十斤，洋三百六十七元四角八分八厘。以上价每担三元一角九分。共计谷三千担八十斤，装运到绍，计折耗谷八千四百六十六斤，合九七一五五折。

一、付无锡行用洋一百九十五元五分二厘。

前件系每担六分五厘作算。

一、付缝袋口工洋二元八角。

一、付扎袋口添秤工洋十八元五厘。

一、付无锡至杭船力，并各局捐洋四百二十元一角一分二厘。

前三件均照无锡行来票摘出，每袋装一百八十斤，计九百六袋，走内河，并各局捐船价二角五分二厘；又装二百斤，计六百八十五袋，船捐价二角八分。

一、付由杭得胜坝至江干坝，船坝力洋一百元五角。

前件系每袋扯价六分一毫六厘七丝五忽。

一、付江干坝渡钱塘江至新坝，船坝力洋九十五元四角六分。

前件系每袋六分作算。

一、付新坝至城坝力、内河船驳船肩力、搬晒盘翻力等洋一百二十五元一分四厘。

前件计坝力、内河船驳船力洋九十四元七角六厘，肩力十五元八角七分二厘，糠力三元三角九分六厘，翻米装力三元三角五分，卸米装力一元四角四分，风扇两次米力四元四角，搬盘米力一元八角五分。

一、付由绍汇款至杭州、苏州，汇水洋八十八元七角一分五厘。

前件系五月初六日由厚孚庄算去洋三十九元，二十日又算去洋三十五元四角，八月初四日又算去洋十二元五角四分。十二月初一日由开源庄算去杭水洋一元七角七分五厘。

一、付贳袋并来往船力、肩力等洋一百六元七角二分五厘。

前件系贳袋一千五百九十一只，内六百十九只由无锡贳，九百七十二只由绍贳出，内有五百只装米四个月，并来往船川、肩力等。

一、付砻米、器物并工人饭食、杂用等洋四十三元五角一分六厘。

前件系工人饭米洋二十二元九角五分，木砻、砻筛等洋二十元五角六分六厘。

一、付砻米工洋四十二元八角四分一厘。

前件系砻谷十万八千六百十六斤，每人每日工洋一角七分，归米二石五斗。

一、付售出谷米时畚工、量工洋六元七厘。

一、付无锡来往电报并信力洋十七元三角六分二厘。

前件系五月间电至无锡买谷来往电费、信费等。

一、付筑堤工并贴草皮工洋四千八十元五角三厘。

前件系筑堤四千余丈，每十二丈为一坛，计三百三十三坛。兹将业主、筑堤工并贴草皮工洋数详列于后。堤脚厚计三丈，面厚八尺，高一丈，每一坛为一号。

山阴县童西补团，东南界起，团长袁明金、赵亦庚，监督陈光祥。

元至三号业主袁明金，堤工洋二十八元八角，贴草皮工洋三元五角。

四至十号业主俞六斤，堤工洋六十六元八角一分，贴草皮工洋十元。

十一至十六号业主俞阿大，堤工洋六十七元二角四分，贴草皮工洋八元七角。

十七至十九号业主金阿一，堤工洋三十一元四角，贴草皮工洋七元五角。

二十号业主范元林、徐文和，堤工洋十一元七角，贴草皮工洋二元五角。

二十一至三十号业主徐文和，堤工洋一百八元九角，贴草皮工洋二十一元四角。

三十一至四十二号业主卢友林，堤工洋一百二十六元四角，贴草皮工洋八元七角。

四十三号业主赵双喜，此二十号，计十二丈，作流水口门，秋汛时筑堵。（此为高中坊起。）

四十四至五十五号业主赵双喜，堤工洋一百三十三元九角，贴草皮工洋二十二元八角。

以上高中坊止，计堤工洋五百七十五元一角五分，贴草皮工洋八十五元一角。

萧山县官租地日字号起，佃长赵念八，盐工赵五三阿忠仁昌，监督陈兆祥。

五十六号业主赵双喜、熊阿保，堤工洋十元八角，贴草皮工洋二元。

五十七五十八号业主熊阿保，堤工洋二十一元，贴草皮工洋四元。

五十九六十号业主诸加信，堤工洋二十元八角，贴草皮工洋四元七角。

六十一六十三号业主赵阿祥，堤工洋二十八元八角，贴草皮工洋七元。

六十四号业主赵阿祥、杨加仁，堤工洋十元二角，贴草皮工洋二元。

六十五六十六号业主杨加仁，堤工洋十九元二角，贴草皮工洋四元二角五分。

六十七号业主陈六乙、六王户，堤工洋十二元，贴草皮工洋一元。

六十八至八十号业主赵春生，堤工洋一百一十六元九角二分，贴草皮工洋二十七元六角。

八十一至八十三号业主朱元荣，堤工洋二十九元八角五分，贴草皮工洋七元五角。

八十四八十五号业主蒋连丹，堤工洋二十三元四角，贴草皮工洋二元三角。

八十六号业主蒋连丹、赵春生，堤工洋十二元五角，贴草皮工洋一元三角。

八十七至九十一号业主赵春生，堤工洋五十五元二角三分，贴草皮工洋六元四角。

九十二号业主赵春生、徐阿大，堤工洋十元五角三分，贴草皮工洋一元二角。

九十三九十四号业主徐阿大，堤工洋二十元八角，贴草皮工洋二元八角。

九十五号业主徐阿大、倪念八，堤工洋十一元正，贴草皮工洋一元六角。

九十六至九十九号业主倪念八，堤工洋三十九元二角三分，贴草皮工洋二元八角。日月字号止末。

一百号计二十弓，合十二丈，作流水口门，秋汛时堵筑。

百一至百二号业主许成雀，堤工洋十八元六角，贴草皮工洋三元六角。

一百三号业主倪洪元，堤工洋八元八角，贴草皮工洋一元六角。

以上计堤工洋四百七十九元六角六分，贴草皮工洋八十三元六角五分。

萧山县月字号官租地，佃长赵张友，监工赵仁泰、陈柏友，监督陈兆祥。

百四至七号业主倪洪元，堤工洋三十六元九角，贴草皮工洋五元四角。

百八至九号业主洪太娘，堤工洋二十三元八角，贴草皮工洋二元。

一百十号业主赵念一、义记，堤工洋十四元七角，贴草皮工洋八角。

百十一号业主义记，堤工洋九元七角，贴草皮工洋八角。

百十二号业主瑞义，堤工洋十元二角，贴草皮工洋九角。

百十三至十四号业主观音殿，堤工洋二十元九角三分，贴草皮工洋二元。

百十五至十六号业主熊小九，堤工洋二十一元，贴草皮工洋二元二角。

百十七号业主观音殿，堤工洋十二元三角，贴草皮工洋一元一角。

百十八至十九号业主徐佩之，堤工洋二十四元四角，贴草皮工洋二元。

百二十至二十二号业主潘明友，堤工洋三十五元一角，贴草皮工洋三元。

百二十三至二十四号业主朱才元，堤工洋二十一元一角，贴草皮工洋二元。

百二十五至三十三号业主鲁友常，堤工洋一百二元，贴草皮工洋十一元五角。

百三十四至三十六号业主丁阿坤，堤工洋三十五元一角，贴草皮工洋四元。

百三十七至三十八号业主朱光裕，堤工洋二十三元一角，贴草皮工洋三元二角。

百三十九至四十一号业主谢正记，堤工洋三十六元四角，贴草皮工洋五元五角。

百四十二至四十三号业主余传忠，堤工洋二十二元一角，贴草皮工洋四元。

百四十四号业主余传忠、蔡锡方，堤工洋十二元四角，贴草皮工洋二元。

百四十五至四十七号业主蔡锡方，堤工洋三十五元三角，贴草皮工洋六元六角。

百四十八至五十一号业主傅大化，堤工洋四十六元八角，贴草皮工洋九元。

以上计堤工洋五百四十三元三角三分，贴草皮工洋六十八元。

萧山县月字号官租地，佃长倪元友，监工倪元士、周永仁，监督陈兆祥。

百五十二号业主傅大化，堤工洋十二元二角，贴草皮工洋二元四角。

百五十三至五十五号业主谢正昌，堤工洋三十八元，贴草皮工洋七元二角。

百五十六至六十号业主袁耀珍，堤工洋五十七元七角，贴草皮工洋十一元三角。

百六十一至七十一号业主朱光裕，堤工洋一百二十元二角，贴草皮工洋十七元二角。

百七十二至七十八号业主谢正昌，堤工洋九十四元六角，贴草皮工洋十一元四角。

百七十九至八十一号业主许老义，堤工洋三十六元，贴草皮工洋三元七角。

百八十二至八十四号业主戚应光，堤工洋三十二元三角，贴草皮工洋三元九角。

百八十五至八十七号业主陈耕山，堤工洋三十二元二角，贴草皮工洋四元。

百八十八至九十四号业主倪仁友，堤工洋六十九元四角，贴草皮工洋十三元七角。

百九十五号业主陈耕山，堤工洋九元七角，贴草皮工洋二元。

百九十六至九十七号业主赵桂，堤工洋二十二元，贴草皮工洋四元。

百九十八至二百五号业主钱青堂，堤工洋七十九元三角五分，贴草皮工洋十五元七角。

以上加[illegible]工[illegible]计，堤工洋六百七元七角五分，贴草皮工洋九十六元五角。

萧山县人字号官租地，佃长陆明智，监工陆石七、高云仁，监督陈兆祥。

二百六至十一号业主诸茂秀，堤工洋六十元九角，贴草皮工洋十元二角。

二百十二至十六号业主朱元高，堤工洋五十元五角，贴草皮工洋九元。

二百十七十八号业主陈元信，堤工洋二十三元四角，贴草皮工洋三元。

二百十九至二十三号业主钱老保，堤工洋五十四元六角，贴草皮工洋七元七角。

二百二十四二十五号业主朱元贵，堤工洋十六元，贴草皮工洋三元三角。

二百二十六至三十号业主朱元信，堤工洋四十三元一角，贴草皮工洋八元。

二百三十一三十二号业主戚成效，堤工洋二十三元四角，贴草皮工洋二元八角。

二百三十三至三十八号业主信昌，堤工洋七十一元二角，贴草皮工洋三元五角。

二百三十九号三十弓，计十八丈，作流水口门，秋汛时堵筑。

二百四十至四十五号业主朱义记，堤工洋六十六元四角，贴草皮工洋六元九角。

二百四十六四十七号业主信昌，堤工洋二十元七角，贴草皮工洋二元八角。

以上计堤工洋四百三十元二角，贴草皮工洋五十七元二角。

萧山县人字号官租地，佃长潘定春，监工赵仁耀、潘老庆，监督陈兆祥。

二百四十八至五十四号业主信昌，堤工洋六十六元五角，贴草叔工洋七元九角。

二百五十五至六十号业主徐小毛，堤工洋七十元三角，贴草皮工洋六元一角。

二百六十一至六十四号业主陈大奎，堤工洋四十六元八角，贴草皮工洋三元七角。

二百六十五至六十九号业主徐大毛，堤工洋五十五元八角，贴草皮工洋五元二角。

二百七十至七十三号业主潘定春，堤工洋三十八元四角，贴草皮工洋四元一角。

二百七十四号业主潘定春、龚大王，堤工洋九元，贴草皮工洋九角。

二百七十五七十六号业主龚大王，堤工洋十八元八角，贴草皮工洋一元九角。

二百七十七至八十四号业主李福寿，堤工洋九十三元三角，贴草皮工洋十二元一角。

二百八十五至八十七号旧流水口，堤工洋五十五元，贴草皮工洋二元五角。

二百八十八至九十五号业主王正记，堤工洋九十三元六角，贴草皮工洋六元四角。

以上计堤工洋五百四十七元五角，贴草皮工洋五十元八角。

萧山县人字号官租地，佃长洪士奇，监工潘阿福、洪纪全，监督陈兆祥。

二百九十六至三百号业主王正记，堤工洋五十五元八角，贴草皮工洋五元。

三百一号业主王正记、平中虚，堤工洋九元六角，贴草皮工洋一元三角。

三百二至七号业主平中虚，堤工洋六十九元四角，贴草皮工洋六元八角。

三百八号业主平中虚、裘加坤，堤工洋十一元七角，贴草皮工洋一元一角。

三百九十号业主裘加坤，堤工洋十九元九角，贴草皮工洋二元四角。

三百十一至十七号业主周小保，堤工洋六十七元五角，贴草皮工洋八元四角。

三百十八至三十三号业主沈如东，堤工洋一百六十六元一角，贴草皮工洋十八元七角。

以上计堤工洋四百元，贴草皮工洋四十三元七角；又〢〣〤号加十一元二角，〢〥〥加二元，〣〥〡号加一元六角，〢〥〡号加一元四角，〡〦〨号加五角九分五厘，〢〨〨至〢〩〢号除五元四角，〨〡号除六元四角五分；加贴草皮工洋六元四角，抱洋水二角一分八厘。除收外，统计堤工洋三千五百八十八元九角三分五厘，草皮工洋四百九十一元五角六分八厘，合成前数。

一、付掘地名十二埭沟工洋五十四元六角七分六厘。

前件系掘通旧流水沟长一千四百六十弓，面阔一丈，底阔六尺，深三尺。

一、付全堤增高工洋三百十七元九角八厘。

前件系堤筑就经霖雨，堤身坚实而低，仍加高至原筑尺寸，并前朱大埠款在内。

一、付大埂埂地基洋三百二十七元一角五分。

前件系筑埂地基每亩贴洋一元，并十二埭沟底，共三百二十七亩一分五厘，各归经手领去，开列于后：童西补团洋五十三元七角五分，由陈兆祥领去。日字号洋四十三元，由赵文元领去。月字号洋一百四元三角五分，计由陆名智领去二十二元七角，倪元友领去四十四元六角五分，赵张友领去三十七元。人字号洋一百二十六元五分，由潘定春、洪士奇领去。

一、付木料、竹、布一切杂用诸物等洋六十四元三角一分二厘。

前件系做坛架、弓尺、竹千、布票及一切杂用。

一、付伙食柴米洋五十元六角一分九厘。

前件系局中逐口饭食并来往办事包饭食等用。

一、付常川督工修金洋二百三十元。

前件系督工友十四名并饭食修金在内。

一、付司事修金洋七十六元四分七厘。

前件系蔡越山十元，丁焕章八元，杨柏斋十二元四分七厘，潘吉甫十四元，王和甫十六元，陈兆祥十六元。

一、付帮工、短工等洋二十五元八分六厘。

前件系耕界灰、印量弓地、总执炊、肩埂架等零星杂工。

一、付船、轿川洋九十三元六角七分三厘。

前件系内河、外沙河船并轿挑肩行李等用。

一、付贴现洋水洋十二元九分三厘。

前件系现洋水十一元二角四分，洋水八角五分三厘。

一、付验看堤工来去船、轿用洋十二元五角五厘。

前件系验看堤工，除绅士船饭自备外，所付轿饭等项。

一、付总司事修金洋八十元。

前件系蔡吉生洋四十元，高墨垞洋四十元。

一、付筑乾坤字号堤工洋五百六十元。

前件系沈绅一鹏领去，计筑堤七百六十余丈。

一、付太湖石碑料一块，计洋十六元一角一分二厘。

前件系石碑一块，阳面刊碑文，阴面刊地图，竖于沙地中荣贵庙内。

一、付刊碑绘图刊印征信录工料并立碑船力等洋一百十四元二角一分九厘。

实　　在

一、存一切支收付过余洋五百元。

前件存景泰钱庄

绅董汤懋功、鲍临、徐copy兰、徐尔谷；司事高嘉纶、蔡元祺经办。

灾赈日记

清光绪三十一年刻本

（清）邱柳堂　撰

李文海　点校

灾赈日记序

世俗人作一官便染官派，高卧衙斋，日旰不起。出则卤簿必具，肩舆中常有倦容，若询以城外事，则呼吏以对。噫！官而聋，官而聩，今世有勤求民瘼者乎？吾将物色之。戊戌秋，黄河溃决四出，山左灾区颇广。己亥春，余自京师来武属施放义赈，访诸乡父老，皆称邑侯纯斋柳君贤。既而晤谈，朴实若学究，而懃懃恳恳，惟以百姓疾苦为忧。叩以乡村灾形，应声答如指掌纹，非躬历日久，恐未易至此。嗣余露宿风餐，日在乡村，逐户阅查，自春徂夏，尚未蒇事。而柳君凡赴乡数次，出则数日始回署，迹其惩吏清讼，培养学校，几于百废具举，而穿渠涸出民田数十里，尤称实惠，始信前所闻誉言非虚。今事竣将返都，见公《灾赈日记》，自初决至合龙，漂没苦状，縨缕备悉，如绘流民图，而公之筹画已心力瘁矣，是真可谓惠民令。光绪二十五年初夏治愚弟刘彤光弁言

灾赈日记序

河南纯斋柳公，莅任惠邑，三年于兹矣。凡所施行，大抵兴利除害之事，实心实政，几于百废具兴。岁戊戌，黄流泛滥，惠民独当其冲。公乘舟施放急赈，察勘轻重情形，惟日不足，夜即宿舟中，真有所谓若已溺、若已饥者。尝语人云：明知于事无济，吾以尽吾心耳。今岁四月院试，凤冈谒见，公手一册相授曰：此《灾赈日记》十五卷，其为我校之，但须慎密，不足为外人道也。外人者，当途达官，恐记事直笔，触其忌讳云尔。凤冈受而读之，覙缕委折，罔不备具，不啻设身处地，共尝其艰辛。其尤堪发指者，协济桑工秸料一节，鬼蜮蛇蝎，殆不是过，得谓之有人心哉！而接河工钦使则大官来一章，描写尽致，北山之十二或不均所为叹也。凤冈独爱险阻艰难，中发为讴吟，皆轸民疾苦之隐，仁人之言，其利溥哉。课读之暇，摘录刘序、自序、凡例、诗歌及与溥钦差问对之言，辑为一卷，拟小引于前而跋其后，是书之梗概大略可睹矣。五月谒见，复蒙以作序相命，凤冈之谫陋，何足以序大著，谨述校字之颠末如此。光绪二十五年六月上浣治晚李凤冈谨识

灾赈日记题词

李凤冈

惠民本灾区，民罹昏垫苦；黄流灌济漯，阖境无干土；庐舍归漂没，况于倬彼甫；哀此无居民，鸿嗷谁为哺。我公亲履勘，痌瘝切肺腑；灾较重兼轻，赈施急与普；扁舟所经过，欢忻而鼓舞；周历八百村，情形可悉数。灾宽款偏绌，十不给四五；无计为请命，敢告钦差溥。尤恨邻封创，强令剜肉补；达官尔何人，底事乃相愈。日记十五卷，言之何覙缕；披读一恻然，为颂召与杜。

灾赈日记自序

自济阳县桑家渡决口，灾及惠民，余查灾放赈，在外者多，在署者少。每出经过灾区，大概情形，晚泊取纸笔记之，一纸不尽，续纸或背面书，鸦涂几不成字形，惟余自辨之，略过时日，恐余亦不能自辨也。拟回署誊不果，如是以为常。适封篆，冬赈竣，查河、查赈两大差过境讫，词讼亦照例不理。整顿书案，乱纸成堆，将命仆焚，复取视，觉百姓之昏垫，四境之周履，历历在目，此不可以弃。初拟为《灾赈记略》，继思半年以来，除寻常词讼，何一非为灾赈计。协济桑工秸料代换南绅现钱，灾之波及也。查河钦差，为灾来也。煮粥、平粜、津贴籽种，救灾也，即赈中事也。查赈钦差为赈来，亦即为灾来也。凡此数大端，或在署运筹，或在城布置，谋之于先，方不贻误于后，岂必在外始有可记乎？命检七月后卷宗之关乎灾赈者送阅，盈尺累寸，堆积如山。每卷查奉札、具禀、奉批各日期条记之，自立春至人日，手目并用，废寝忘餐，案上条几盈百，如一屋散钱，须用索子贯串。又逐条核对，按日分合，三昼夜始就绪，取前记挨之，居然不隔一日焉，因名曰《灾赈日记》。夫日记者，记其所可记者也，原不必挨日，然亦何必不挨日乎。惟稿新旧杂乱，纸长短参差，不随手经理，将又弃乱纸堆中。乃订册另草，随改随书。未数页，有札查河钦差来下游，例当接，遂于新正十三日来清河镇俟之。阻风未至，趁此数日暇，稿遂成。爰序颠末于卷首，并添续初一至十二日事。平粜将开，春抚不远，如有可记，即续于后云尔。时光绪二十五年新正二十日序于清河镇王家祠堂之南牖下，知惠民县事中州古桐邱柳堂纯斋甫

凡例十二则

一、桑家渡决口于六月二十五日，而记自二十三日者，以鄙人是日出城，即与灾遇原始也。

一、记为灾赈，无与灾赈者不记，间有牵连及之者，如赴苑庄王平口相验之类是也，至寻常词讼不与焉。然词讼亦州县之要，如半年不理，成何政体，故于每卷后查堂事簿，另行低二格，用一附字，下用双行小字，记自某月日至某月日，共理词讼若干起，卷末则附记总数焉。

一、有一日数事而文不相衔接者，则空一格记，如是日奉某札之类。

一、记有详略，如协济桑工秸料，灾中灾也。查赈钦差问答，关乎民命者也，故特详。勘灾一约而再三至，亦此意也，而庄名略焉。粥厂但记五日报府之始，而人数、米数略焉。平粜则但记奉札、请款、奉批而已，以有专簿可取而稽也。

一、查河钦使随员洋人测量生，星罗棋布，到处居民不安，非灾而亦灾也。郡守交替，本寻常事，而往来灾区，迎送维艰，车户、船户，亦皆灾民，如病人负戴，穷民添客，亦非灾而灾之类也。城门出入，关乎民食，故皆详记焉。

一、记中官阶平者、卑者，或称字，或称名，因一时所记，非有区别，亲友亦然。官阶尊者，则用官称，如称太尊、观察之类，尊之也。武定府系本管上司，不称太尊，但称本府某，亲之也。而官印均用双行小字注之。督粮道未放以前称本府，既放以后称观察，纪实也。

一、查河钦差李傅相任河帅，称钦差某。而自直隶来者，如周廉访，孙、吴二观察，启太尊之类，称钦使。张观察李傅相委者，亦称钦使。自东省来者，但称随员，而武职偶记一、二，不尽及焉。

洋人测量生记数而已，查赈钦差随员四人，皆掌稿之类，称司员焉。

一、自称鄙人、称余，随文为之。称卑职述对上司之言也，亦如述差役言称大人之类，押号头里差也，公地者公正而兼地方也，均从俗呼之。

一、记自六月二十三日至正月十二日二百日事，皆一气衔接，藕断丝连，卷数难分，略就事之多少，次之为十五卷，然终截不清。

一、每卷皆有要处。卷一自六月二十三至七月初二，以经理沙河为要。卷二自七月初三至十三，以分路放饼为要。卷三自七月十四至二十一，卷四自七月二十二至八月初五，均以查放急赈为要。卷五自八月初六至二十九，以查各约灾为要，而送旧迎新附焉。卷六自九月初一至十四，卷七自九月十五至三十，以协济桑工秸料为要。卷八自十月初一至二十九，以查普赈为要。卷九自十一月初一至十八，以经理粥厂为要，而查河钦使附焉。卷十自十一月十九至十二月初八，以放普赈为要，而代换义赈局现钱附焉。十二月初九赴商河见钦差溥，问答数百句，皆灾赈要领，自为十一卷焉。至自初十至十三，迎送钦差出境、入境，则为十二卷。自十二月十四至二十二，则以审问王平环家、纲口李家二庄奸民，赴钦差行辕揑控刘喜父子一案为要，灾案关乎民命，非寻常词讼可比，别为十三卷。十四卷自十二月二十三至二十九，以散放穷民赈为要。十五卷自新正初一至十二，以津贴籽种为要。是则全卷之大略焉。

一、卷内禀稿、禀批皆不录。惟普赈查竣请款批，关乎户口银数，协济桑工秸料初禀及报销抚批，一则为民请命，一则是非之公所在，故备录之。

一、文内称上宪处俱不抬格，称卑职、称名皆不旁列，以记事之文，非禀帖书札比也。

灾赈日记目录

卷一 …… (7407)
卷二 …… (7410)
卷三 …… (7413)
卷四 …… (7415)
卷五 …… (7418)
卷六 …… (7421)
卷七 …… (7424)
卷八 …… (7426)
卷九 …… (7428)
卷十 …… (7432)
卷十一 …… (7434)
卷十二 …… (7437)
卷十三 …… (7439)
卷十四 …… (7441)
卷十五 …… (7443)
附春赈记事一则 …… (7444)
跋 …… (7445)

灾赈日记卷一

六月二十三日，赴法字约张家集一带，督令挑毁所筑东西长堰。先是沙河南公字约寇家墩等村，自小支河淤塞，商河七十二洼之水无所渲泄，每大雨时行，田禾为灾。去岁查明淄角镇西之陈家湾，马家店西之大张家，及马家店东井畔三处阻水之处，督令挑开，积水立下，田禾救出十分七、八。惟流至张家集北，节节阻滞，不能顺入沙河。适商河县李香阁兆兰有疏通小支河之议，数日前会商于南王家，质之商河众父老，咸称自鄙人挑开陈家湾等处，已不甚为害，能将张家集北积水引入沙河，则害即全除云云。用力少而成功多，且惠、商两县蒙福，小支河之议遂寝，决意疏通张家集一带。回署出示晓谕，各由地头道沟，略加疏浚，不必宽深，以能引水入沙河为止。乃一阻于孟家庄之王永祥，由陈家湾去岁挑开之处，复率众堵塞，押令挑毁后，讹传水至张家集卢家、魏皮、虎家三庄，又纠集邻近二十余村，星夜筑东西长堰一道，延袤二十余里，使以上数十村田禾尽淹，而且用桩用料高宽三、五尺不等，一似堵御黄水者然。问之村民，皆莫明其故。尔时即恐有黄水之灾，除讯明诣将长堰督同抉毁，并嘱令将为首之王永祥、张和东、卢存云、魏宗典等六人严押待办外，未及回署，而黄河报险羽书，已飞驰数至。当即驰赴麻店小憩，抵清河镇时已四鼓矣。

六月二十四日，辰，调夫局首事李心恕等来见。据称在工多日，民夫或数十人，或百余人，或数百人，分布各段，帮同防营抢险，现白龙湾一带已经抢护稳固云云。余见杨督办、骆营官亦均称民夫踊跃，深资得力，即往白龙湾查勘，果可恃无虞。折赴王平口，尖，调夫局首事王在之，亦在工多日，赵丹桂新有丧，据称堤上邵家、小崔家叠出险工，民夫不下数百人。方谈论间，郭营官至，进门即大呼曰：非民夫得力，事已去矣，敬谢敬谢。稍坐，同往视工，仍回清河镇宿。

六月二十五日，辰，赴上段查勘。至归仁镇王枣家，两调夫局首事苏麟阁、刘汝棠等亦均在工，民夫数十成群，沿堤不绝。适遇赵竹溪自省来，据称济阳县桑家渡工极险要，抢险千余人，皆惠民民夫，以此处有失，全境被害也。然秸料毫无，恐难保。现有青料可买，盍往助之。余闻言，飞驰去。至于林西，遇济阳马夫云：水已至商家，余未深信，仍前往。嗣见有抢险民夫回者，知信确，事已不可为，一时神魂俱失，呆立久之。乃折至于林，河水已落数尺，命调夫局首事、差役等，预备船只，候派人来救护放饼，即驰回。沿堤飞谕民夫归修护庄堰，由南北王下堤，天昏黑，至申家桥，已交四鼓。见徒骇河水涨，传谕首事张文硕，调夫修守，坐定天已曙。噫！鄙人两年奔驰河上，创设调夫局，境内管辖七、八十里，幸不为害，竟不能防邻封之波及。闻桑家渡有料数十万，便可保护。营委既妙手空空，无能为役；印官又深坐不出，其以害不在本境耶，抑力有不逮耶？忆余初履兹土，清河镇出险，所须秸料数百万，皆余担承，卒能化险为夷，使数百万生灵，不与鱼鳖为伍。由是言之，不得谓天灾流行，不可挽回矣。为民父母，不力求尽职，则贻害岂浅鲜哉！

六月二十六日，查徒骇河新堤，卑薄不足恃，适新店首事马魁英率民夫持锨橛来安插之。余至药王庙，顺道至廖家屋，尖即回城。一面具禀各上宪，一面分谕各押号、各首事，星夜调夫守沙河，并移知阳信县，照章来分守。据押号面禀，分段派夫，非三日不能齐。余严加申饬，吩咐明日沙河无夫，定责革不贷。是日属余姻亲李光宇治国、聂甥登云带差役数十人赴于林，乘船分赴和平被水各村救护放饼。将至聂索桥，药王庙口决水，阻不能前，二更后回署。

六月二十七日，辰，谕三班总役，赴关厢搜寻旧船，木作铺制造新船，预备应用。仍令李光宇、聂甥骑快马由东路清河镇绕赴于林，多带船只差役，赴和平约，并由徒骇河穿过，赴公民等约救护放饼。即谕放过各村，造花户册，预备委员查放急赈。前押为首筑堰之王永祥等，已成灾民，释之去。此时徒骇南北尽成泽国，不知居民葬鱼鳖腹中几许，恨不呼天痛哭，为斯民请命耳。然沙河能守，尚有一片干土，敢不竭力哉！分布后即赴沙河，由黑风口至上段之王家庙查勘，民夫廖廖，堤亦多残缺，恐难守，惟尚未见水。父老云：水至此系倒漾，已无力，可无虞，遂回城。

六月二十八日，赴沙河，由黑风口至下段王图家，阳信县王清臣德本已到，会晤商修守事。据两县首事均称，金家口以上，归惠民修守，内陈坡牛家险工，阳信西数十村帮工；金家口以下，归阳信修守，惠民不过问，以万一有失，阳信被害重故也。历已遵办在案，议遂定。时阳信民夫数百人筑土牛，窃喜其踊跃。王清臣赴小桑落墅，余顺道回城时，沙河初见水，潺湲细流，冲豆科微动而已。是晚，绅士武锡庆协同马龙池家等七庄首事数人，面商陈坡牛家修守事宜。据称是郡城要工，此处不保，合境被害。向归城内惠、济二约守，距既远，雇夫又不力，易误事。伊数庄皆顶冲，害切身，欲与之易段，惟人少段长，恐不能兼顾云云。余许之能守尺则尺，能守丈则丈，所余之段，归惠、济，或大家分守。即令速去，率七庄民夫，星夜搭窝铺住工。

六月二十九日，赴沙河途中，闻陈坡牛家辰出漏，幸有马龙池家等七庄人看守填塞之。余驰往，一夜水涨五尺余，处处皆险，守堤不见一人，即马龙池等七庄亦无在工者。询悉惠字约首事赵本塝不让易段，该七庄填漏后，将窝铺彻去，而赵本塝又率夫回城，庸人执拗任性，若听自便，必贻误。一面谕马龙池家七庄仍来守，一面缮票传该管地方率夫来工，公事不准赵本塝过问。并谕各押号各首事，今日窝铺有不齐者，定重惩，由是乃稍有起色。嗣赵本塝请见，余厉色问：汝率夫回城，陈坡牛家如再出漏，岂不贻误大事！天下事不可大意，何处决口，水不到郡城耶？伊深自愧悔，余亦觉发之过暴，好言慰抚之，仍令住工。一面专差赴商河，函知李香阁，调夫守沙河上段郭梓家一带，并移知乐陵、庆云，以向系五县会修故也。是日禀明本府，请李中治住于家寨守上段，撒膏霖住后娘娘坟守下段，梁玢住大朱家守中段，余住刘玉亭家，上下查勘。三更后，闻东面鸣锣，天黑阴雨，驰观之，风吹烛尽灭。至后娘娘坟，借火见撒雨村云，是堤上树摇动出漏，已将树截去。归寓复听东面锣声，而村鸡乱鸣，天已东亮矣。七月初一日，余复往娘娘坟查探。有自下段来者，乃知五鼓时风雨交作，阳信民夫无窝铺存身，各归去。王图家村东新筑道沟，土性松浮，又未用料，遂冲开。疾往观，宽已数丈，由是守陈坡牛等七庄，半被水，各修护庄堰，守堤人益不敷分布，而阳信民夫为水阻，下段直无过问者。一时心忙意乱，左支右吾，徒唤奈何，恨不即弃之回城。继思本段无失，城西南两面尚可保全，岂可因咽废食耶！乃折回。适黑风口出漏，水自堤底出如涌，首事朱文璧仓皇失措。余督同用桩料在堤里面厢护，自巳至申，始闭气。晚复命朱文璧拨夫分守阳信所遗之郝家口，以亦郡城要害也。即将决口事函知王清臣，乃不以为伊之误工，而以余词涉诮让，亦殊愦愦矣。是日，城东南筑长堰一道，并堵塞古路沟，使水不贯入城濠。至夜分守之，烛照耀十数里，而沙河堤上，疏灯数点，落落如辰星而已，惟幸尚无疏虞耳。

七月初二日黎明，巡至娘娘坟，村人咸云：庄后水见涨，恐又有决口处。余疑是郝家口，以拨夫彻回也，往探果然。噫！有此一决，恐东南长堰亦不可恃矣。回遇前娘娘坟人求拨夫帮修护庄堰，许之。自徒骇决口，往来断行人，派出救护船，亦不得消息，每一念及，不胜焦灼。行至黑风口，有小船二只泊岸，急问之，据称自赵家坊至李家庄来，所过村庄，多有护庄堰，尚不至伤人，途遇救护船数次，已过徒骇河。言未毕，差至，本府尚来住工，督守沙河，已出城，因将余所住之刘玉亭家屋让出，余移后娘娘坟，与撒雨村同居。布既定，久候不至。侦者云：尹副爷带人堵塞古路沟，被阎家堤口孙家庙等庄所辱，禀本府弹压，本府绕道往古路沟督工，讵水拥积不下，行激从高阜地溢出，阎家堤口等庄有房屋倒塌者，本府知事不可为，已回城。得信余仍移刘玉亭家，幕友来函促回署者数次，答以水一日不围城，一日不离沙河，谋保上段也。夜二鼓，天黑不见人，大雨如注，出巡，适信来，水已由古路沟入城濠，本府谕速回，照料城门事。余持盖立雨中，望守堤人不动，一去恐摇乱，乃托巡东南堰，冒雨归。从者多倾跌，舆夫泥拥踝，行不能成步，衣湿如水洗。距南关数里，听水声澎湃，魂魄俱失。甫及城门，闻撒雨村在后，误入水坑中，家人负以归。方回顾，而新筑叠道已被水冲断，时巡城柝已三更，王少春尚督夫屯城门。至署，神情惝慌，气尽力竭，不能动移矣。命家人持手版禀知本府，自沙河工回，暂请假。

附自六月二十三日到七月初二日，共理词讼十三起。

灾赈日记卷二

七月初三日，禀见本府销假，巡查四城门。守东门者章调甫（锡元），马章甫（朝端）辅之。守北门者张仰虞（明扬），陆仲远（徕之）辅之。守西门者梁华卿（玢），陈杏园（德铭）辅之。守南门者王少春（彭龄），尹金甫（吉祥）辅之。均奉本府谕，在城门外筑一拦水横堰，出水三、四尺，一切桩料等物，皆取给县署。西门以梁华卿守沙河未归，陈杏园独当一面，力欲要好，筑堰高且固，行人甚不便，而本府不知也。南门地势高，十五、十六两年，水均未至城，王少春施工故迟迟，行人颇感德，而本府亦不知。至西门则嘉奖备至，至南门则呵责横加，相形之下，王少春难为情，遂不顾是非，亦筑起横堰一道，昨施夜工。职是之故，鄙人欲禀明，论者谓本府有老亲，恐水入城受惊，遂止，而西门于是惹出许多闲言矣。回署方、正二约首事十余人请见，据称带夫数百人，持锨橛布袋，在古路沟等候，信至即动工堵筑。余未明本府意，令往见本府，以一误不容再误，拒不纳伊，出遂传言余，嘱令堵筑。将施工，而阎家堤口等庄亦聚数百人，首事数人来见。据称持械将搅阻，两相持不下，恐酿成巨案。余令速回，谕众无械斗，必无堵塞事。一面传谕方、正二约首事，将夫唤回，乃各散。少顷，东南堰亦开，夫水性就下，听其自流，卑者受害，高阜地尚可保全，激而行之，如阎家堤口等庄向不见水，今亦受害，是谁之咎哉。守是土者，地理不熟，庸人妄议于其间，一有不察，将铸成大错。幸见几尚早，未甚为害，后之君子，可以知所鉴矣。

七月初四日，木匠铺造船成，总役搜寻四关渔船，亦修补可用。新旧数十只，分布西门，为定官价，并分数只赴沙河口门一带救护。每人发给饭食钱二百文，适李光宇令差役赴大碾陈家买饼五百斤，装船后与李不相见，载至城，即饬王升坐船赴沙河口门常家等七庄散放。至晚李光宇亦回，据称至于林，船已备齐，由桑家渡口门出，分赴和平各庄，即由赵家桥穿出徒骇河，赴公民各庄，散过村庄各有清单，不日即进户口册，共散饼一千二百斤有零，载回城者不与焉。由是城外渐有外来之船，而水路通矣。是日，本府以张仰虞筑北门堰不力，令撒雨村辅之。

七月初五日，随本府赴郝家口验口门，以马龙池等七庄请堵也。渡过南关水，乘肩舆西绕至刘玉亭家庄茶尖，登堤东行，至口门，适大风，吹浪数尺，堤塌陷不止。又无土，难施工，遂罢议。自初二日水围城，四乡断往来，是日集期，多乘船至者，较前稍有起色。然惟城西无水，买卖粮食、蔬菜，多自西门来，而隔一城濠，堰又高，有涉水过者，以手攀桩，足带水登堰，将送究，幸被首事人劝阻。

七月初六日早，聂甥由和平约至聂索桥石田家庄过河放饼回，共一千余斤。另有单，阅毕，余由东门上船，顺城濠南行，至南门，入道沟，东南至纪字约张五家园、瓦匠赵家等庄，高地尚无水。邓家新修护庄堰，水围绕道，沟旁柳树碍船行，命差役牛兴赴村中，唤人持斧锯，尽削其旁枝。行至富牛家，仅两姓，十数间屋，倒大半，人在屋顶立，甚可悯，各与锅饼十余斤。由郝家口入沙河，望河南郝家、石张家等庄，一片汪洋，西行出齐东道，西南望康家堡、陈坡、牛家等庄，亦尽在泽国，惟双庙房屋有坍塌，赏给锅饼二十余斤。民字约小郭家、宋家等庄，正临大溜，始见黄水，晚泊第三堡宿焉。大船一丈五、六者，船夫四人，丈余与不及丈者，船夫三人，每日每人发工食钱二百文，不准扣底，自是以为例。船夫无处购买吃食者，赏锅饼食之。

七月初七日，由第三堡顺大溜南行，东望廖家、张家集等庄，地颇高，虽见水，不甚为害。经过段家等庄，距药王庙口门五、六里，水均未进庄。由小韩家、大车吴家西经杭家、西陈家、后牛家入药王庙口，见有五、六丈长大船停泊，意是自省来查放急赈者，问之果然，委员乃余旧识傅大令鲁生（善宝）及彭大令晓峰（丙戌）、杜典史小村（从恩）也。带银三千两，舟子以船大，不敢出口行，方为难，余嘱令暂停。乘船东行至聂索桥，房屋倒殆尽。船浮水面，与戏楼平。余登楼与马首事略谈，赏给锅饼一百二十斤，与倒房者分食之，外给马首事馒首数十，以伊有老母也。命家人邵春赴南五庄，孙福赴南八庄，张铎赴西韩家口等庄，均带锅饼，每庄三二十斤、五六十斤不等。晚回药王庙，与委员船同泊，遇李光宇带饼赴直字约李家庄一带散放，遵余嘱也。

七月初八日，令差役雇小船二只，与委员傅、杜分乘，各带银千两，而余所乘船之略大者，让委员彭乘之，亦带银千两，以彭胆怯，小船恐有不测也。并另雇船一只，饬差役引路，先进城，余由药王庙顺河西行，出赵家桥口，经过高家大湾、周家楼、阎家河、夹河等庄，房屋倒塌，与聂索桥等。而大溜由村内穿过，灾民立倒房土堆上，曲突不烟者已累日。所带锅饼无多，又无处购买，尽予之，每人不能得一口，为不悦者久之。（嗣余放急赈，此数庄独多，而放普赈委员王玉堂大令未至村，但按册减口，转少于急赈，冥冥中亏德不少矣。）至淄角镇，稍泊，差役往购食。由陈家湾、孟家、安家、隋家经过，东西相望，公一、二约各村均四面水围，幸有护庄堰。隋家南水清黄各异，并流不相混，北望歇马亭等村亦尽在泽国。将至后屯，阴云密布，雷雨骤至，风掀船篷欲飞去，急倚村停泊。雨过，由石庙村入沙河，泊北岸大朱家宿焉。是日委员已到城。

七月初九日，由大朱家东行，出郝家口，过富牛家，雨将至，疾行至张五家园，稍泊，至东关下船回署，而李光宇亦由南关下船，自李家庄等村回矣。共散饼五百斤，另有单。

七月初十日，与委员会禀到境日期，并单衔请截留滨州银二千两接济，以滨州无灾，银误解故也。一面将赈银三千两分付钱、当各商变卖，即分运淄角镇、于林二处，以便散放。其被水钱店免分此款，以示体恤，此后不得援为例。嘱李光宇赴人、度二约散放饼，并查被水情形。

七月十一日，请委员入署午饭，以赈钱未运到，趁此稍尽地主意，非敢筵会也。并命押号先往放过饼村庄催户口册，候委员至投之。

七月十二日，和平、公民等约户口册陆续至，即分付委员傅赴于林一带查和平，彭赴淄角镇一带查公民，各带船三只，差役、清书数名，并饬门丁王庆赴淄角镇点钱。杜以要事，专差令回省，所应查村庄，余许代任之。是日传言西水至，沙河上段吃紧，函知李中治移居王家庙。本府谕守门委员堰加高，西门陈张大其词云：令加五尺，索桩料甚急。北、东门续至，南门未见水，亦将照加焉。余一时忍俊不住，乃托钱席金少仙函询府幕秦子琴，即略提不便行人意。本府见函叱曰：此欲借棍打骽耶？不知赴县如何需索矣！嘱子琴答余云：不过令严加防范耳，何有五尺之说哉。遂分谕四门，而外间舆论，本府亦不无所闻矣。君子爱人以德，此其进谏之时乎！

七月十三日，见本府，从容言曰：大人谕委员城门堰增高，诚恐水进城，乃保守城池之至意。实则城里地高于城外，即无堰，水亦只到瓮城内，况堰已数尺耶。再者，郡城食用，皆由外取给，而西门尤多。即如粜粮一节，驴驮至城濠，不敢令过堰卸粮，将驴寄关厢，须厂钱一百，复回将粮上船，或负以涉水，均非过此堰不可，稍有不慎，便不无毁伤，传闻有过粮食一驮索钱四百者，是以粮价日昂，其他货物亦然。大人到武定，无一不协舆情事，此恐非大人意。且委员无枵腹从公者，即照守沙河支发每人每日京钱一千，每月已须钱二百四十千，加以油烛桩料，总在三百千以上，以三月计之，便须钱一千余千，何处筹此巨款乎！以卑职愚见，责成四门首事看管，每门由卑职派差役二名伺候，每旦令赴府报水。如水过涨，再调夫加高，否则守之而已。如此则事不废而款省，又甚便于民，倘有遗误，卑职是问。本府闻余言未毕，即连称是、是，即日将委员彻〔撤〕去，并委王少春赴谷家寺守沙河，亦从余请也。贤哉大守，可谓从谏如流矣。由是乡民皆称便。是日，李光宇自度、人二约放饼回，共六百余斤，庄村另有单，而合境已无不到之处矣。

附自七月初三日至十三日，共理词讼十起。

灾赈日记卷三

七月十四日，五更，大风雨，沙河水涨三、四尺。除前报灾村庄数百不计外，沙河南岸报护庄堰开者纷纷，缘中游东阿县王家庙开口，西水与东水相汇也。拟往勘，适北道字约首事数人报险，据称水涨堤塌，危在旦夕。禀请太尊派材官刘玉泉抢护，以十五年曾在该处抢险，人颇相信，太尊许之，即命往。余复接委员函，急赈查将竣，因安排出示晓谕，公、民二约应赈村庄赴淄角镇领，平、和二约应赈村庄赴于林领。天晚未出城。

七月十五日，赴沙河南查勘开堰村庄，并会同委员商酌放赈事。方启行，而沙河五县会修之郭梓家首事武来报险，即余前函知商河者。据称水涨堤卑薄，率夫修，商河民不让使土，商河南岸民与北岸民械斗，互有伤，且毙命二人，是以惠民夫不敢动，恐酿成巨案云云。余闻之即禀见本府，本府一面飞札饬商河县弹压，一面札梁华卿同首事即由沙河赴郭梓家照料一切，以防滋事，并谕刘玉泉由北道字协往，以该处已抢厢稳固也。余复严谕正、道二约首事昼夜防守，毋得稍有懈弛，致干未便。先是水由东倒漾至城北，方字约曹家将道沟堵塞，故未遽贯入八方泊。及水溢出，正字约复由城西北至青阳店筑一拦水长堰，该约地卑下，向多种高粱，连日收获，已得十之七八，是夜风雨猝至，守堰人稍懈，遂冲开，而城西北已成泽国，所剩者城西南一隅耳。是日又未及出城。

七月十六日，由东门登船至郝家口，入沙河西行，由齐东道出河。一路查勘开堰村庄，由十五里堂、第二堡、宋家、屈家庙等庄经过，房屋间有倒塌者，其余报多不实。船泊第三堡宿焉。庄西护庄堰漫溢几开，督令推倒院墙堵之，得无虞。首事数十人求急赈，未许，颇不悦，详为开导始去。

七月十七日，由第三堡西南行，所过村庄，间有水入者，房屋均无碍。至淄角镇，会晤委员彭，据称连日乘船赴进册各庄查勘，无一不应赈济者，如村多银少何。即择其尤苦者，民字四仅放聂索桥六庄，公字五、六、七、八仅放阎家河等十二庄，照章大口一千，小口五百，以银一千两换钱计之，不敷尚十之六，而此十九庄又无可剔除，十分为难。不得已商定先发四成，即谕十八、十九日散放，其稍次村庄，俟续请款批准再议。

七月十八日，帮同委员放民字六庄急赈，放过村庄，即将花户姓名、人口、钱数榜示之。放已竣，公字十二庄期明日来领，属委员自放，留王庆点验钱数。饭后开船，自赵家桥穿徒骇河，行大溜，直通双庙街。顶溜顶风，船不能前。庄中灾民十数人，凫水牵缆，始得至村南。稍泊，南行，水已尽归洪，两岸地多成沙，距村均三、二里内外。一路逆风，半日行二十余里，依乱柳数株泊岸。有二童子赤脚立，询系和三约郭郎王庄，遂安排住宿。初更，饭未毕，电闪雷鸣，大雨倾盆。至船长不及二丈，上下几二十人，不惟无可栖止，即促膝坐亦难容，乃命舟子三人，赴村借宿。家人孙福、邵春用高粱秸撑布幔在前，差役顶席片在后，余在官舱，虽搭席棚、遮油布，风吹雨旁入，湿衣衫衾裯几透，而丁役之在外者可知。然此时巢居穴处之灾民，又不知如何支持，恐求此席棚不得矣。偶一念及，不禁怆然。方无聊间，忽有二人求上船避雨，噫！此好真不能行矣，指点令赴庄内去。二更后雨渐止，月亦高出，可以安寝，而席地不便出入，船小幛大，不能容仰卧。听蚊声如雷，以手取之可盈把，夜长如年，不能成寐，愁闷已极。成《郭郎王庄晚泊遇雨》七古一章，不论工拙，记实而已。诗云：波涛万顷连天起，电闪雷鸣惊百里，大雨倾盆天上来，廿人同在扁舟里。我在官舱虽小小，三尺席棚搭尚好，舟子家人无处眠，促膝倚背待天晓。问地说是郭郎王，房屋未塌意差强，最可怜是巢居民，夜来风雨何处藏。是日，守沙河者获商河县河南爬口人李庆，送案捕厅讯押。

七月十九日，五更，舟子自郭郎王庄回，问以情形，据称屋内多有水，倒塌者尚少。该庄年老数人来诉困苦状，慰之去，后予以急赈，酬舟子借宿也。命开船，风仍逆行，至寄庄郭家，稍停，望东西各庄情形。将入桑家渡，风忽顺，船入口门甚平稳。口门以下河水浅可涉，有盐船自下来，篙撑者、缆牵者、赤足推者，三十余人方行动，下水船略易。至于林，会晤委员傅，查亦竣事，村多银少，更甚于淄角镇。以二千银换钱计之，照章仅可放十余村，若亦发四成，平、和二约距口门近，四十余村尚可给，议逐定。晓谕各庄，二十、二十一日来领，其距口门稍远者，俟续款至再议。

七月二十日，帮同委员散放和字十村，放过一村即榜示，与在淄角镇同。风闻平字有毛王庄、商家、二寄庄，半系济阳民，户口多浮冒，几经核减，仍不实。因查照十八年赈册，严加剔除，核计可余钱五百余千，除放和字十庄、平字三十庄外，可多放二十庄，为之一快。即连夜传谕，令明日早来。

七月二十一日早，帮同委员放平字三十村。竣事，下余款五百余千，委员置不问，余未明何意，其以余放饼数千斤，留此弥补耶？亦未免以小人之心，窥君子之腹矣。查和字村距于林较远，取平字册核计，内注房屋倒至一半者，挑出二十村，即日散放，榜示放毕，将册送委员查看。闻委员对人曰：柳某君子，真不愧读书人矣。然倒房屋者，究不能遍及，有此一举，求者盈门，竟至舌焦唇敝，开导不去，非怒目厉声加之不可，愚民无知，可恨又复可怜，许以普赈乃各散。委员傅以续请银必不准，欲由于林回省，俟委员彭带去禀折，同销差。固留之不可，送之去。适肩舆送到，午后由北大堤取道查勘平、和二约放过各村榜，并验其房倒虚实。至桑树王家，入直字约界，查堤两面村庄，水一过即涸出，不甚为害。惟朱家与平字约小刘家毗连，水进庄，房亦多倒塌。至周家、马家，房屋倒殆尽，肩舆踏残墙，自灾民院中过，妇女露坐，无可藏头处，不觉凄然久之。李家庄东面亦然，入庄，灾民跪接，许以续款到赈之。有教读生员周某，失目，房又倒，予以京钱六千；李孙氏夫修护庄堰淹毙，予以京钱四千，借福寿堂药店宿焉。

附自七月十四日至二十一日，共理词讼六起。

灾赈日记卷四

七月二十二日，由李家庄东门乘小船赴徒骇河，经过塔子、小桥等庄，房屋均有倒塌。至申家桥西行，登北堤，瞭望南岸夹河翟家、荆家，房屋亦有倒塌，而高、杜、陈三庄尤甚，孟家较远，不甚了了，然传闻水进庄，其有倒塌信矣。北岸十数庄较轻，即质之张首事，亦云然。复由旧路回李家庄，饭后乘肩舆出庄，接委员彭函，据称十九日放竣，欲由淄角镇回省，并探听傅委员消息。余以有续请赈款事，未敢许，取回片予之，请回城候批。行过庄东灶户王家、杀猪邢家，房倒亦甚多，然地势较高，村亦富，水至三、二日即退出，高粱谷既登场，豆科亦大半青青，篝车往来，行堤上不断，灾轻于李家庄西等庄多矣。东行至杨家集，并未见水，余呼地方，将笞责，数求情，宽之。赴河北验李、马、冯、细狗刘家，张、孙、陈等庄首事，以报灾不实，求免验，至河而返，借杨家集赵姓宅宿焉。狗皮苏家、马家口二庄进花户册，询悉水一过即涸，掷还之。

七月二十三日，由杨家集过徒骇河，张、陈、孙等七庄田禾茂盛，樊家、陈洪口更属丰稔，报灾可恨。然首事、地方，无一来见者，自知理短也。至宋家桥尖，午后至陷棣州，易船行，一路查勘度字一、二各庄，船泊麻店宿焉。

七月二十四日，五更风雨大作，辰刻稍停。由麻店东行，至腰里、王家等庄，复为风阻折回。接城内专差信，续请赈款批准一千五百两已解到，请余回城。余函知委员彭无〔毋〕回省，候余至酌放。至晚风雨更甚，仍泊麻店宿。作勘灾遇雨诗云：雨打席棚如打鼓，扁舟一叶乱飞舞，此番本为灾民来，那惜身与灾民伍。灾民无屋我有舟，舟小如屋可藏头，胜他露宿风涛里，曲突无烟使人愁。

七月二十五日，风雨仍不息，度、人二约各公地冒雨来探行止，余执雨盖立船头，望小船在风浪中簸摇，浪过船数尺，险甚。因唤公地至前，问各村被灾情形，欲往勘不可，不往勘又不安。令公地稍候，归坐小舱，听风雨淅沥，愁闷无聊，仍回麻店宿。作《勘灾行》长古一篇，诗云：冯夷肆虐没田畴，八百村庄付黄流。日日历勘驾轻舟，舟小进退不自由，偶伸篷打头，蹲踞一似阶前囚。渴饮黄泉食干糇，向晚泊舟无干土，席地不堪容衾裯，蚊雷聒耳鸣不休，长夜何时报鸡筹，天明解缆赴上游，黑云忽起拥山邱，倾盆雨至风飕飗，衣衫尽湿使人愁，惊涛骇浪飞凫鸥。舟子乱呼何处投，伸头南望绿树稠，应是小村可句留，那知村已成浮沤。居民几与鱼鳖俦，屋顶树梢室家谋，老幼啼饥声啾啾，况复风雨送新秋，朝不谋夕等蜉蝣，灾民危苦竟如此，回视舟居胜高楼。作官当与民同忧，糇粮百斤饭盈瓯，先为老幼图一饱，再救尔等出壑沟。好言慰抚复移舟，如此辗转十余日，八百灾区履已周。屈指极重盈百二，帑藏支绌难尽酬，此事未雨宜绸缪。吁嗟乎！为民父母不能救民死，何以靦颜对赤子，吾将平粜煮粥以尽分内事，合龙与否且听之大吏。

七月二十六日，风雨稍急，急回署商办续赈事。命昨来公地回，俟再来往勘。方安排开船，而雨又大作，水路之难如此。幸风顺，张帆冒雨行如飞，顷刻至沙河。将近郝家口，船掉头，帆未及卸，被风吹回，倒行三、四里，几濒于危。至王图家庄，始停泊。雨仍不止，欲投宿而村内无干屋，船上席经雨淋数日，已俱透漏，衣裳尽湿。乃命押号头借席二片盖船上，复整棹行。出郝家口，至邓家西，柳数株碍船行，旁枝虽削去，大干尚在，船至须卸帆，舟子手稍迟，风又大，树绊帆桅折，声如雷，砸船篷倒，舱内水瞬息五寸余。幸余仰卧，未受伤，急鳖行出，命家人持衣被，而水已将满矣。一日两遭险，丁役皆惶恐失措，面几无人色，而余若固然者，非轻生也，古人云：忠信可涉波。余心无欺诈，何惧之有哉！复易船至南城门，天黑不辨路，舟子不敢行，遂停泊，而署内无知者，俟差至，方持灯登岸，一路泥没踝，舆夫行数倾跌。至署，听更鼓已三更三点矣。

七月二十七日，吩咐将银一千五百两，仍照前分付钱、当商换钱，运送淄角镇三之一，续放和、公民等庄；运送李家庄三之二，补放直字约等庄。所用不尽者，留赴度字约散放。

七月二十八日，奉河防局札，蒙抚台饬协济桑家渡秸料二百万斤，限八月十五日运到工一半，九月初运齐，丁督办达意派也。身为中游督办，不能防患未然，使殃及下游，不知自愧，犹责以协济秸料，亦乌知灾民与鱼鳖为伍，何暇及此乎！是犹人身染重病，日以参苓养之，犹恐不保，而乃令负重行百里，其有不速死者几希，抑亦不仁之甚矣。

七月二十九日，谕和、平二约首事，八月初三日赴李家庄商办买料事。是日，沙河上段均抢护平稳，水亦不再涨，委员欲回城销差，请本府示，许之。

七月三十日，沙河委员均回城，酌给薪水，梁华卿、李郢香均支钱三十四千，王少春支钱十八千，撒雨村支钱十千，均按日计算，由沙河经费项下支销。提讯李庆爬口，无证据，释之。未刻出城，住第三堡，以有示三十、初一日续放和、公民等庄急赈也。

八月初一日，由第三堡至淄角镇，会晤委员彭。所有应补放村庄，昨日已至，委员以余未来，不敢放，恐仍有应赈者来此滋闹也。即帮同散放，其未赈者，令俟领普赈。事竣，余船至王和普家宿，委员即由淄角镇赴桑家渡回省，候禀折送到销差，而直、度二约急赈，成余一人之事矣。

八月初二日，由王和普家至李家庄，仍借住福寿堂药店，令押号传谕应赈村庄，明日来领。

八月初三日，除放过朱家等十七村庄外，有灶户王家、杀猪邢家，即余前此见其篝车装载谷粱剔出不赈者，有生员某来纠缠不已，出言甚不逊，复令妇女来滋闹，余以盛气临之。赏灶户王家贫民钱十千，杀猪邢家贫民钱十八千，始散去。心抑郁不乐，居停主人王涉凡以诗献，读而和之，气始平，惟恨涵养之未至而已。仍住李家庄。是日和字约李振声、李思由至，谕以办料事，甚为难。余嘱令有料户无卖，归禀抚台求免，候批示。和王涉凡原韵，并序云：岁戊戌，黄水为灾，合境几无干土。八月初三日，查放急赈，至李家庄，假馆于福寿堂药店。其西地势卑下，连年灾区，东则地渐高，水一过即涸出，禾稼且纷纷登场，不得不稍示区别。乃妄生希冀，有秀才王某，饶舌不休，言语狂背，余怒不能平。与以京蚨十千，嘱其分散，挥之去。方抑郁间，仆执医师王涉凡诗以进，问之，则居停主人李强斋所延以济世者也。亟读之，不以余为激烈，而以余为至诚也。延之谈，雅甚。古人云：不为良相，当为良医，先生殆其流亚欤。夫博施济众，圣人犹难，况吾辈乎！（诗有“而能济众圣人难”之句）念至此，则一切冰释，惟自悔涵养之不深而已。阻雨无事，步韵以酬。诗云：救灾拯溺不辞难，恨不将心与众看。来复已占风浪息，（此处水来甚猛，七日即消，故较公民等约为轻。）无端饶舌起波澜。轻重灾区辨不难，忍将饥溺等闲看，我无点石成金手，莫挽滔滔舌底澜。活人济世古来难，良相良医一例看，倘借先生医国手，定纡妙术挽狂澜。

八月初四日，在李家庄，得信本府尚得明保，将交卸，新任黄太尊已出省，安排回城。适平字约首事刘汝棠亦到，亦以嘱和字约者嘱之，并令传谕归仁镇、于林二局首事各遵照。速登舟行，至徒骇河北之张家庄宿焉。

八月初五日，由张家庄回城，错道至第三堡，已过午，少泊，至沙河，天黑，张灯行至南门，下船回署，已三更。接差信，黄太尊自桑家渡换小船，星夜至第三堡住宿，初六日接印。

附自七月二十二日到八月初五日，共理词讼十四起。

灾赈日记卷五

八月初六日，禀贺本府尚毕，即赴南关，乘舟接黄太尊，至张五家园，与遇，泊岸，略周旋，速回。本府尚与同城均在南关接官厅，相见后，黄太尊赴东门，同城由南门赴贡院，候禀见。黄太尊入公馆，少停出，拜尚太尊与同城，未刻即接印。尚太尊约申刻启行，至刘玉亭家住宿，上灯犹未出，同城与黄太尊均在南关候送行。天黑不见人，大雨复潇潇不止，尚太尊行李船与黄太尊行李船不辨，一催装，一催卸，乱如麻。黄太尊家眷船刚至，尚太尊冒雨出迎，至官厅小憩。命差役唤船，船户多避雨去，人声与雨声、车马声相乱，无应者。余左支右吾，执雨盖立泥中，冠戴淋漓，与三班总役为难许久，始有船户至。然舟子多农人，黑夜行恐不便，不得已以实情上达。而刘玉泉已禀明尚太尊，乃回署，改初八日行。众散后，照料卸黄太尊行李船，三更始竣事。应差船十数只，有自桑家渡来者，有自徒骇河、沙河来者，大半村农失业，三、五家买一小船糊口，而送旧迎新，不下数十日，虽发给饭食，丁役不尽诚笃，不知受几许冤抑矣，岂不甚可悯哉！

八月初七日，雨止。检点船只，有逃走者，有被差役卖放者，已不敷用。除责革差役，将船追回外，复调船数只，余亲自发价，三日令候差。嗣后勘灾出发，船户饭钱，皆余目睹之，然余岂皆在船时哉，甚矣，用人之难也，亦随时查察焉耳。

八月初八日，尚太尊启行，命家人随船办差，余送至沙河回署。王平口被窃，报案张大其词，请诣验。

八月初九日，赴度字约查放急赈。船至小李家，水浅不能行，十数人推送至阎张家，天黑令回，赏钱十五千，即作为急赈，以该庄有穷民十五户也，船依护庄堰泊宿焉。

八月初十日，船行至陷棣州，乘肩舆至王平口，见王在之，告以办料事，即顺验窃案。验明贼挖出门限石，由门下入，窃去洋布等物，开门去，追至河套崔家，无踪，后获贼三人，皆邻村无赖。饭后拜防营郭希仲，晤，仍回陷棣州，赴小刘家住宿。作《勘灾偶成》诗云：惊涛骇浪任西东，小小扁舟短短篷。八百村庄行殆遍，恼人总是打头风。打头风遇最难行，况是雷鸣雨又倾，罅漏欲弥弥不得，巢居屡架架难成。巢架未成欢未已，家人舟子色然喜，为言西北天放晴，风不鸣矣雨将止。《悯灾偶成》诗云：百里灾区广，扁舟远近通。有田皆付水，无屋可栖躬，穴处偏多雨，巢居不避风，非遭昏垫苦，谁识禹王功。《勘灾自责》诗云：民在惊涛里，风雨又不止。上天本好生，底事逼人死。应是贪污吏，无状触天怒，与民干何事，祈将蚩蚩恕。余作惠民宰，已二年于兹，贪污与清廉，自有上天知。有患不预防，便难告无罪，灾民伍鱼鳖，敢曰邻封致。《勘灾自负》诗云：河鱼疾乱呼，（从人多有腹疾。）贱子犹故吾，十日风涛里，堪称铁汉无。

八月十一日，由小刘家经过油芝麻店、商家、胡家三庄，虽房屋未塌，而四面水围，十逃四、五，其苦甚于他庄，予以急赈，以示体恤。至人字约，由小支河查勘各村，入沙河，至桑落墅南泊焉。除河北数村，其余尽在汪洋，惟尚不至房屋坍塌，漂没资粮耳。饭后顺沙河西行至宁家胡同、盖家，均予以急赈，至小班家宿焉。（后查盖家，系寄庄，阳信实户普赈，除之。）

八月十二日，由小班家经过岭子孙家、崔家、小宋家、小郭家、周杜靳家，均择鳏寡孤独辈予以急赈。小周家尖，后得顺风回城，而急赈竣事矣。至各约查灾时，见有流民，或家有淹毙人口者，均赈济之，另有册，不及登。是日，禀抚台丁督办办料为难情形，其略云：惠民六月被水时，秸料未长成，灾民牛车均变价。现在徒骇河以南，水虽归洪，高地秸料有拔出者，均弃掷泥中，欲运家而不能，何力运至桑工乎？至徒骇河以北，一片汪洋，水深三、四尺不等，秸料在水中仅露梢，船由上行，大半皆折断，或朽烂，即不至如此，欲拔出而不能，更何力运至桑工乎？况灾民东逃西奔，性命不顾，而责以运料，是犹呼饥病之民而予以重负，其不至倾覆者几希。若谓责成县官，县官亦须购之民间，民间无料，何从购起？再者，惠民边界虽去桑工数里，而城则距桑工百里，现由水路绕至陆路，几二百里，往催既不易，出境亦呼唤不灵。且既有此五十千料价，何人不可买，何地不可买，岂必灾区？可否委员在桑工采办，而卑职督催之，则工不误，而灾民感德亦无既极矣。卑职为灾民起见，是否有当，伏望批示祗遵。

八月十三日，由东门登船，赴方、正二约勘灾。至城北台子崔家，四望村庄，历历在目，大约高粱收而豆禾被淹，即回城。

八月十四日，赴城东纪字约查灾。至傅牛家、蒋家、常家、徐家、蔚家、前后苏家等庄回城，房屋间有坍塌，嗣以赈款已竭，仅予傅牛家一庄，不无遗憾。

八月十五日，禀急赈竣事，共一百三十二村庄，计五千九百六十八户，大口二万一千二百三十七口，小口八千一百七十六口，折大口四千八十八口，共折实大口二万五千三百二十五口。每大口给赈京钱四百文，小口减半，共放京钱一万一百三十千文，又放淹毙流亡钱一百千文，二共放京钱一万二百三十千文。奉发赈银三千两，每两易京钱二千二百八十文，共易京钱六千八百四十千文；又奉发赈银一千五百两，每两易京钱二千二百六十文，共易京钱三千三百九十千文，二共奉发赈银四千五百两，共易京钱一万二百三十千文。照每大口一千章程，先发给四成，余俟补发。

八月十六日，赴沙河南法道各庄勘验。肩舆至王家庙，验路死贫人。尖后登舟过河，命肩舆在于家寨等候，一路查勘，至李御史家住宿。李毛家、葛家、张破鞋家等庄首事均来见，大概道四重于道五，后择尤散放普赈。

八月十七日，由李御史家经过崔家、王六莪家等庄，至袁家庙过河，赴于家寨尖，乘肩舆回城。

八月十八日，乘舟过东门城濠，由旱道赴纪字约杨家、五里井等庄勘验，水已涸出，有种麦者，即回城。是日派差赴省，与放急赈委员送折稿，令销差。

八月十九日，赴沙河南勘验，恐有未勘明村庄，至沙河北岸，遇尚太尊自省回，遂回城。

八月二十日，奉院批：协济桑工秸料不准辞，其略云：该县灾重且广，办料为难，自是实情。惟仅二百万斤，较之中游各县，承买七、八百万者，为数无多，尚易为力。仰即设法采买运工，毋得借此推诿，致误要需等因。明知此事扰民，州县力不能主，奈何！遂分谕沿河调夫局首事，五约分办，每约四十万斤，每一万斤，上发京钱五十千，有不敷者津贴之。

八月二十一日，属宫道生赴桑家渡设局，监收秸料，照料一切，命家人李玉随之，并派差役多人听用。

八月二十二日，勘验民字下四图村庄，至卞家天黑宿焉。是日，纲字约苑家庄报命案请验。

八月二十三日，由卞家至陷棣州，一路查勘民字下四图村庄，除溜沟有水，多有种麦者。绕道赴苑家相验，仍回陷棣州尖，至郝家口宿焉。

八月二十四日，由郝家口回城。先是有娘娘坟人在黑风口卖饭，来往客人多至彼处下船，由旱道行。自郝家口船路通，一水可至郡城，而彼处行人遂少。此处卖饭者亦娘娘坟人，伊心忌之，无如何。适道沟旁有柳树一株，风吹倒，碍船行，伊阴用钱购之，故弃置不问。舟子行颇难，将兴讼。余昨闻知，即传谕该庄地方，速令伊将树去，舟子既称便，而讼端亦可不起矣，行至此为之一快。

八月二十五日，送尚太尊进京，至信家坊，一路经过方字约各庄，虽多四面水围，而秫秸堆满场圃，其收高粱可知。前此仅到台子崔家，未若今日所见之真也。至王平环家、堤上李家等四庄，全在高阜矣。尖后与尚太尊别，复绕正字约石头孙家、俎家各庄，高粱收获与方字约各庄等，天黑始回城。

八月二十六日，勘验城西正字，乘肩舆至左家等庄回城。

八月二十七日，乘肩舆出南门，渡过城濠，赴庞家勘验。缘该庄上年以雨水蒙缓，今复存冀幸，无灾而请验者再。该庄豆禾茂盛，去水遥远，将地方掌责，首事严加申饬回城。

八月二十八日，乘肩舆验城西孙家、刘安庄高家、王瓜刘家、何家等庄回城。

八月二十九日，复乘肩舆至正字大皮李家、小王家勘验。水虽围庄，高粱、棉花均有收获，所微受灾者，惟豆耳。以连年灾区，从宽归入较重，而道字约小皮李家不与焉。

附自八月初六日至二十九日，共理词讼五十八起。

灾赈日记卷六

九月初一日，奉抚台札催协济桑工秸料，以丁督办禀玩视要工也。其大意扬济阳而抑惠民，济阳有丈夫子某，颇能干，得丁督办欢心，力欲成全之，故禀内亟称赞。幸余将办料为难情形禀在先，抚台不深加责，札催而已，而丁督办遂处处与余为难矣。

九月初二日，命家人王升往桑工帮催，并函知宫道生赶紧催各局首事采买运工，余明日即往。

九月初三日，检点查灾密册，八、九百村庄，有一信心不过者，即不能遽定，而桑工事关紧要，又不能不去。与钱席金少仙商，从缓出禀，赴桑家渡督催秸料。船行至郝家口午饭，接宫道生自桑工发插翼函，其略云：自二十三日到工，局设刘旺庄，五约首事均在工等候，秸料陆续送到者，已有数十垛。惟丁督办济阳料以高宽一丈二为率，且不必实排，收惠民料忽改章高宽一丈三，亲督勇丁监垛，有一排不实者，便棒责垛夫，并嘱收支委员苏巨川不准离左右。一垛已堆至一千五百束，尚不敷丈尺，现堆成五垛，每垛约有一万六、七千斤上下，是以料户观望，不敢再垛。百姓传言，丁督办有意与东家为难，非速来必误工等因，伊尚不知已禀余玩视要工也。读函罢，不觉气满胸臆，恨不插翼而往。水路较近，又适值顶风，不得已船行至陷棣州宿焉。

九月初四日，早起由旱道至陈家门口过徒骇河，至杨家集尖，至于林，天晚欲住，而宫道生专人来催，遂至刘旺庄局宿焉。先饬差赴桑家渡禀到，五局首事同来见，各道为难情形，好言慰抚之。

九月初五日，早起赴桑工晤收支局苏巨川，余旧雨也。亟道丁督办逼监垛，不能作主意，少坐即过河禀见。先诉到工之迟，一为灾案未定，限期已迫；一为禀督办未奉批，尚希冀幸免。再者由郡城至此，半水路、半陆路，非竭两日之力不能到，办料实不易。伊谓济阳能办，惠民独不能办耶？余答曰：是。少停从容言曰：惟一本境，一出境；一无灾，一有灾，不无区别耳。伊未答，余即续问曰：惠民与济阳，高宽丈尺何以不同？伊谓济阳买时，路多泥泞，故从宽验收。现路已干出，故仍归一丈三旧章，非独惠民也，不过惠民会逢其适耳。余答曰：是百姓皆谓督办有意难惠民，故知督办必不能。又问：昨日督办督同所垛之垛，有足一万斤否？伊答以不止，约有一万二、三千斤，料户未免少吃亏。问何故？答以初开垛，不得不然，并无他意。余曰：既如此，尚易为。若必以昨日所垛为式，百姓皆灾民，实赔累不起，恐必至误工，尔时即参卑职官已晚矣。伊似有愧色，答以但与济阳料相同便可，并嘱余见收料委员张倅，堆成即验收，一切无不可通融。且云：几见口门有足数料耶？百姓闻之，喜出望外，争先上垛。晤张倅后，已成垛三十余，即验收。复见丁督办，禀明灾案未定，不能在工督催。伊答以令张倅与首事面质，以后能照今日垛，便无不验收，惟嘱在工友人，务于十五日前垛齐，方不误应用。余唯唯，遂禀辞，仍回刘旺庄局。时已上灯，众首事来见，余催令速垛，咸以为如此验收，必不至误工，各散去。

九月初六日，由刘旺庄至桑家渡，趁直字约送料圆船回城，查验已堆成三、四十垛，首事皆云十五前可竣事，遂行。至赵家桥泊岸，有小船一只，将呼易之，见余至，如飞东去。问之乃本村渡船，往追不及。是日李家集集期，该管地方赴集，饬差往传，并谕带船二只，顷刻至，易船，赏圆船钱一千令去。问地方逃走船户姓名，留差传进城。夫船户之畏支差，常情也，无足怪。然所畏者，差役隔绝不能见官，或官不理琐事，以致枵腹从公，受累不浅耳。今日者肩舆仪仗均在船，官即必在船，差役既无能隔绝，而余到任以来，往来过渡，必赏钱二百或四百，至坐以赴聂索桥楼子冯家查灾，均赏给一千，余又非不理琐事者，何故避匿乎？况终年渔利，偶一支差，亦所应分，若不稍加惩创，伊必谓见几之巧，亦乌知弄巧之实以成拙乎？再者，自黄水为灾，每渡口均出示晓谕，船会支差一次者，予以票，非循环遍，不再令支差，可谓体恤之至矣。今非余目睹，必以为差役卖放，岂意有此刁诈之民哉。(余开船，伊即从东鼓棚回，见差役当必一惊矣。)以易船误事，至第三堡天黑宿焉。船三只，每船三人，各予饭钱六百。

九月初七日，由第三堡东行，再至民字下四图查勘。有欲列入极轻村庄，恐有屈抑也。实在柴草丰足，麦苗青青，意遂定。回城方吩咐赏船户钱，而赵家桥船户已传到，窃思有此一传，不惟不得钱，且必多费钱，亦足以罚矣。乃当堂发给支差船户钱六百，并问昨日六百钱得乎？曰得矣。故令逃走船户闻见之。发讫，问曰：逃走者便宜耶？支差者便宜耶？均不应，乃呼逃走船户而教之曰：昨日若送余来城，一日得钱一千二百文，即摆渡亦不过如此。汝欲讨巧，反不如拙者之得钱，汝知悔乎？伊但叩头不敢语，乃令与支差船户同去。自是余出，船户皆乐于伺候。

九月初八日，禀明分谕沿河五局首事李心恕等办料大概情形，以抚台有饬局议加运脚，务期不累官，不扰民，不准首事勒派札也。

九月初九日，赴民字一常家、后李家等庄勘验，至谭家庙天黑宿焉。

九月初十日，由谭家庙至民字一等庄，地有涸出者，柴草亦尚丰盈，遂列入极轻。夫以雨水灾论，今年九百村无非较重者，然国课与民命同重，固不得不略分区别，一概捐缓矣。

九月十一日，禀抚台，桑工秸料自八月二十二日开局，至九月初十日，已运工近一百垛，如随到随收，十五前后可竣事。以丁督办禀玩视要工，不得不随时禀也。

九月十二日，查灾密册已核定等次，交钱席再核，拟稿出禀。

九月十三日，灾案禀稿成，统计成灾七成，应赈者一百七十四村庄，较重者四百七十余村庄，较轻者三十余村庄，极轻者一百三十余村庄。其持平与否不敢知，而心不为不尽矣。命星夜缮发。是日奉抚札办平粜。

九月十四日，奉局札每垛料加运脚四千，除出示晓谕外，并饬令将示稿禀明抚台备查。先是抚台查知买料赔累，人人视为畏途，饬局以路之远近，酌加运脚。兹议定惠民与济阳均加运脚钱四千文，夫济阳在本境，灾又轻，皆干道，运料易。惠民相距百余里，灾又重，多水旱不通，运料难。同一加价，惠民亦吃亏不小。然多加一千，小民少受一千之累，宪恩高厚，不深可感哉。方议出示，而丁督办札饬，初九日未奉文以前，已收八十垛不加价，初十日既奉文以后，未收一百二十垛，准加价，亦甚为有理，并出示晓谕。忽接宫道生自桑工发来插翼函，急拆读之，略云：自东家去后，连已收、未收，堆成八十垛，以抚台札饬加运脚四千文，济阳料将竣事，不好领加价，丁督办亦不愿惠民领加价，令收料委员张函知，领加价则拆垛秤收，不领则按垛验收。弟稍为迟疑，即拆开二垛，一垛秤一万一千余斤，一垛秤八千余斤，每垛照足一万斤折算补秤。料户不得已，情愿不领加价，已按垛验收矣。最可笑者，误拆济阳一垛，仅六千余斤，委员方叱呼惠民料户，视牌骂垛夫曰：谁教尔秤济阳料，该死！剩一垛底不再秤矣。再者下余一百二十垛，百姓讹传东家为料得过，有包给料贩送者，有自送者，有水路送者，有陆路送者，有大车、小车送者，有水旱不通而肩挑者、驴驮者，有老幼男妇就地用绳捆拉者，自十一日起至十三日止，已齐运工。惟丁督办仍不愿加价，以抚台札不敢违，乃传谕领加价四千，须每垛一万二千斤。夫加价四千，加料二千斤，百姓皆知不如不领之为愈。然宪恩所在，谁肯轻弃，弟亦不敢自专。现料堆如山，均未成垛，料户守候日久，恐滋事，见函务祈星夜前来为妙。更难说者，传出惠民料只要一百五十垛，下余五十垛，令运送杨工，不愿者拉回，似此刁难，殊不可解，东家到此，当有一番解释也。千万勿迟，千万勿迟。再者闻丁督办左右云：东家不速来，将禀抚台，惠民料运到者无多，恐误公，令济阳续办五十垛。实则惠民料早运到，总之不愿惠民独领加价耳。颠倒是非，不意至于此极。阅函反覆思维，不知丁督办何故与余为难，不胜气忿。继思似此无情无理，有何气生，只好任伊铺排，不致误工，堕伊术中耳。好在灾案已定，安排明早起身，此次不目睹将二百垛验收竣事，不回署也。

附自九月初一日至十四日，共理词讼三十二起。

灾赈日记卷七

九月十五日，再赴桑工，登舟风不顺，至郝家口已过午尖，后至陷棣州宿。

九月十六日，由陷棣州陆行至李家庄尖，晚到刘旺庄料局，苏巨川已三、四次来探，恐余不到，丁督办出禀也。余当即赴桑工，苏巨川见余到，连声曰：好，好。赶紧往见丁督办。余过河禀见，佯若不知者，问料已运齐，如何堆垛？伊仍如宫道生函所云，加价即加料。余答以百姓虽愚，亦知加料不如不领加价，已均愿不领矣。伊云：百姓真不愿领，须首事出具甘结，不然恐往抚台处控告。余答以必不至有此事，且如首事欲控，即出结，岂即不控耶？伊语塞，乃推曰：俟明日再议。余回刘旺庄，众首事来见，已交三更矣。

九月十七日，早起方净脸，有差自桑工来，报云：丁大人见惠民堆垛，亲往叱呼，非一万二千斤不可，且只要一百五十垛，下余五十垛，以抚台所加之运脚四千，运送杨工，否则运回。噫！百姓恐鄙人得过，千辛万苦，方凑满二百万之数，乃复令运回，岂真料已有余耶，亦逼令不领加价耳。岂真为公节省耶，亦私心偏袒济阳耳。余检点赴工，又有差来报云：丁大人方在厂叱呼，听坝上乱喊，水声澎湃中，如屋倒塌然。众正惊惶，有勇丁来禀曰：东坝走埽矣。旁观者见丁大人面如土色，匆匆赴坝去。噫！有此一失，恐全收惠民料亦不敷用矣。何造物弄人之巧耶！一时料户哗然，皆以为无理之报云。余至工，见桩料漂浮走埽，确不敢遽禀见，适吴提调自王家庙合龙回，以有年谊，往见求先容，谈丁督办事，颇不以为然，即在工张鹤亭诸人，亦皆谓无理，岂非公道自在人心哉。吴提调偕余见，代言百姓不愿领加价，并求不运送杨工。伊颇气馁，允全收，惟不领加价。言之再四，终恐百姓控告。余性急，质言曰：承办秸料者，惠民知县，非惠民百姓也。如督办不信心，卑职回署出一印结何如？伊未答，吴提调从旁云：不然先令柳令与收料委员一亲笔信，俟回署补禀，再不然借收支局钤记亦可，有卑府作保，柳令必不敢食言，乃许之。将辞出，吴提调又云：将垛成者先验收何如？又许之。料户待已久，闻信踊跃争先，半日堆成五十余垛，请委员张验收，斤秤丈尺均相符。收讫，张灯回刘旺庄。自辰至戌，一粟未到口，真觉心力俱瘁矣。

九月十八日，桑工料厂来报，除前收八十垛，昨日收五十余垛，连夜及今晨又堆成六十余垛，已满二百垛之数，请余赴工催委员验收。余当即赴工，见收支苏、收料委员张，同赴料厂勘验，丈尺斤秤均与昨日同。收既竣，时大王数家至方演戏，余拈香后，同众委员往观，点《伐子都》一出，赏钱八千，以余有桑工合龙酬神心愿也。稍坐，辞众见丁督办收支委员周心卿，商领料价银，伊请示，许之。约明早嘱宫道生来领，亲笔信事不提矣。先是与丁督办有在工伺候合龙之说，以择定二十日也，嗣走失二占，恐不能如期，禀见丁督办，探其意。伊催余回署，遂禀辞，回刘旺庄。见众首事，询悉料价赔累，每垛加价四千文，既出示，决不肯失信，致负抚宪意，许以垫发，各散去。

九月十九日，宫道生赴桑工领款回，分饬各约首事具领讫，并嘱令赴城领加价。余由缕堤回城，见堤内麦出土，各庄柴草亦不枯，大异水初到情形，心为之一喜。至归仁镇尖，仍由堤东行，麦苗更茂盛，直无异完善之区矣。晚至清河镇宿焉。

九月二十日，由清河至陷棣州尖。易舟行，风不顺，至郝家口宿焉。

九月二十一日回城，与钱席商禀协济桑工秸料完竣事，颇为难。加价未领，不禀明，与抚台公事不合，禀明恐与丁督办有碍。乃议定正禀不提，夹单略叙及，且云丁督办为节省经费起见，甚不欲以属员而攻上司也。至丁督办报销禀内，添百姓均不愿领加价，合并声明句，以践前言，庶几可以两全矣。

九月二十二日，协济桑工秸料正禀拟就，命先缮。

九月二十三日，夹单稿亦拟就，勘酌再四，乃命同正禀缮发。

九月二十四日，三赴民字约，勘何、李家等庄，以列入极轻，请复验也。查庄内秫秸堆积，麦已布种，伊以邻村有缓、有赈，未免希冀耳。回住第三堡，是夜水陡落，传言二十二日已合龙，为之一快。

九月二十五日，速回城，船已抗浅，至城，水复涨，乃知合龙后复由东坝走二占，料用尽，已停工不做。天下事求省反费，求速反迟，理固然也。桑工著名险要，单坝进占后，戗又跟不上，在工均以为不可。即中丞亦谕令放开手做，无以估工太少，顾前言而失事机，今竟至束手，试问省耶，费耶？速耶，迟耶？虽其心无他，亦未免执拗任性矣。

九月二十六日，和、平二约领加价钱一百六十八千文，具领状存卷。

九月二十七日，直便纲领加价钱二百五十二千，具领状存卷。

九月二十八日，赴王瓜刘家复勘，以赴府署投诉也。往勘已种麦，以毗连何家庄蒙缓，故生希冀耳。

九月二十九日，查放冬赈委员挟赈票至，即用知县王玉堂（宝瑜）、候补州判宋遇滨（汝璜）、候补县丞王小堂（遇贤）也。住署东郭家店，吩咐每日送差饭。

九月三十日，奉丁督办批：协济桑工秸料报销相符，折存。

附自九月十五日至三十日，共理词讼十五起。

灾赈日记卷八

十月初一日，请委员进署，商分查事宜，并命差役预备船只，书吏编写赈票号，无误应用。

十月初二日，议定分四路，王玉堂查公、民等庄，宋遇滨查和、直等庄，王小堂查平字等庄，至道、法、纪、度则余自任之。

十月初三日，委员由东门登舟分路去，各带底册、赈票、清书及各押号差役。

十月初四日，闻桑家渡复动工，崔军门督同进双占。

十月初五日，赴法、道等庄查赈，由大朱家过沙河，至袁家庙，按册挨户查问，有人口不符者更之，有可支持者剔除之，有极苦者于册上图记之，余俱列次贫。尖后至崔家、王六莪家，亦如袁家庙办理，至火把李家宿焉。是日禀请领平粜银五千两。

十月初六日，冒雨至双庙王家、李御史家、张破鞋家、李茂家、葛家，均挨户查剔，暗分极、次，仍回火把李家宿。

十月初七日，风雨大作，水浪高数尺，小船不及丈者不能行。执雨盖，挨户查本庄，仍宿焉。

十月初八日，早起风雨仍不息，心燥甚。命能水之差役阎洪恩，冒险赴王家庙调船，以集期，亦渡口也。酉刻始回，调船三只，冒雨登入，舱以木板覆之，头不能仰，侧卧其中，仅容身。开船得偏风，张帆行如飞。余在舱内，惟觉欹侧不平而已。至大朱家泊，已二更，借地方朱升宅宿焉。

十月初九日，由大朱家回城。

十月初十日，奉抚札开设粥厂。是日，绅士武锡庆请堵沙河口，每银一两，摊钱一百二十文，批准行。

十月十一日，赴纪字约双庙等庄，按户查剔，至后灶户李家宿焉。

十月十二日，赴民字约第三堡等庄挨户查剔，晚回刘玉亭家宿焉。是日，奉本府札，催沙河堵口动工，查照向章办理，以阳信王清臣推诿故也。传闻桑家渡合龙。

十月十三日，尚观察由京回，出北门，登船往迎，阻风而返。设接官厅于北门城瓮庙内等候，本府黄、同城皆到，派全执事迎关外，观者荣之。至接官厅相见，略坐回署，随同城禀见，各散。

十月十四日，王玉堂查公、民二约各庄赈回城，添出楼子冯家、陈家二庄，后附入他庄，以灾案已定故也。晚在尚观察署中与诸幕友同饮，略尽宾主堂属之意。是日奉抚台批，买料不领加价，逼出印禀，令丁道明白禀覆。余不胜惶恐，以不愿有揭上司之名也。批云：禀单、清折均悉。该县此次代办秸料二百垛，尚为迅速，新料未必能干透，每垛以万斤秤收，系属定章，往往亦有不及万斤者，断无加收一万二千斤之理。奉文以后，收料应照加价发给，免得失信于民，续办庶可踊跃。究竟因何勒令出具乡民不领加价之结，殊为不解，仰候檄饬丁道明白禀覆。此缴，折存。

十月十五日，出示冬三月开粥厂，收养贫民，令首事进户口册，领同来食粥，如无住处，除庙宇外，予以席片，搭席棚宿焉。并设平粜局，除买乐陵漕米五百石，即在本城俟集散后，在集厂收买，恐与食户争籴长价也。是日尚观察进省，余送至棘城，回城吩咐制买粥厂应用器具并循环签。

十月十六日，赴于家寨散放道、法查过各庄赈票，即日回城。

十月十七日，赴度字约小李家等庄挨户查剔，忽水忽陆，甚不易行，宿油芝麻店。

十月十八日，赴宁家胡同等庄挨户查剔，有水旱不通者，小崔家、郭家二庄仅数户，传谕首事，问以极苦者记之，不得已也。其他无不到之村矣，遂回城。

十月十九日，赴钦风镇，令度字约查过村庄来领赈票，以路难行，有未到者，俟之宿焉。

十月二十日，散票完竣，由沙河堤回城，以查堵口开工也。

十月二十一日，赴刘玉亭家散放纪、民二约查过各村赈票，回城命将南关吴家胡同西道沟用桩料填塞，以车路不通，承尚老太爷命也。是日宋遇滨自和、直约查赈竣事，绕道至桑落墅回。

十月二十二日，尚观察家眷赴德州。先是尚观察因双亲在堂，眷属上下数十口，须用车辆过多，恐沿路骚扰，嘱代雇大车二十辆，自行发价，走差路者轿车数辆、轿数乘而已。送至南关回署。是日尚观察接粮道印。

十月二十三日，随本府黄赴王图家查勘堵口事宜，本日回城。

十月二十四日，请平粜粥厂银，均批准。

十月二十五日，放粥循环签成，红、绿各二千枝，命烙一恤字，以防假造。

十月二十六日，王小堂查赈由商河绕道回，车覆水，衣被尽湿。

十月二十七日，各约赈查竣，统计极贫折实大口六千九百八十四口，棉花二千七十三套；次贫折实大口二万三千七百三十二口，具禀请核发。是日查河钦差到省，李傅相（鸿章）、任河帅（道镕）。

十月二十八日，禀明本府黄王县丞回省养病，放时余代之。是日签二千枝俱烙成，命聂甥收藏。

十月二十九日出示，十一月初一、初二日发签，初三日开厂。谕令自带碗快，来厂足食，以有鉴于省城粥厂，领回多喂猪狗也。

附自十月初一日至二十九日，共理词讼三十一起。

灾赈日记卷九

十一月初一日在城隍庙发签，人甚拥挤，未竣事。是日乐陵解到头批小米。

十一月初二日，恐签仍难发，有误开厂，余赴城隍庙，嘱署捕厅李郅香（中治）在县大堂分发，以期迅速，而于是有一人两签之弊矣；有怀抱小儿索签者，许以挟之来不必签，而于是有小儿倍于大人之弊矣；首事、公地进册不实者，当厂点验，以期认真，而于是有弃衣涂面假作乞人之弊矣；有非贫貌饰为贫而予以签者，即有真贫稍顾体面不予以签者，而于是有贫富混淆之弊矣；有一二不贫者杂其中，则凡不贫者皆藉为口实，妄生希冀，求之不得，而于是有屯聚滋闹之弊矣。夫粥厂，小事也；放签，初基也；而弊端之多已如此，岂救荒果无善策耶，仰余不才耶？总之皆由不先清查户口耳。《中庸》云：凡事豫则立。不事前筹画，而迫切为之，未见有能立者也。悔之，悔之！亦随时查考焉而已。

十一月初三日，赴城隍庙开厂，贫民得此，不胜欢欣。有谓向不见米，今得食米者；有谓向不得饱，今得吃饱者，闻之为之一快。惟发签不过一千三百余枝，而每人按十两米煮粥，不敷用者尚十之三、四。一以饥民食过多；一以无签者不仅怀抱小儿，有十余岁而带之来者，不以为其子，即以为其侄，此即余前所云小儿倍于大人，而深悔余之失言也。至求签者尚拥门，几无可措手，善门难开，不信然欤。是日续请平粜银五千两。

十一月初四日，赴粥厂，小儿大者剔除之，贫者补以签，然仍无头绪。是日乐陵二批米解到。

十一月初五日，赴粥厂，再剔出小儿之大者，补衰残者签二百余枝，以米与人数核算仍不符，剔未尽故也。时有已至境者，有闻风来者，大抵多外州县人，若不稍示限制，款必不敷用，且每日添人，亦不胜其扰。因出示禁止外境人，本境人每月十五日补签。是日查出假签二，一妇人不言来历，掌责之；一小儿言二百钱买者，传卖签人已逃去，怜之，予以真签，令来食。嗣签暗添一烙印，而造者不易矣。先是每日收回签比放出者多数枝，不知何故。聂甥谓被人盗出，容或有之，万不料为此一顿粥，有造假签者，收签时亦毫不留意，见红头则换以绿头而已，今日细为点验，假签多至数十枝。如今日发出，明日人持以来，验出假，问以来历，必说不出，谓由厂中发，其谁信之？且必将责之矣，岂不冤哉！且又乌知今日所责之妇女，必不冤耶？惟余亲见其由外来，不应已食粥，掌责时牙齿米尚满，嗣闻乃张五家园人，先以真签入食讫，不知何人与以假签，令来换真签，被查出，果尔则不冤矣。噫！无论男妇，官刑一及，终身洗濯不净，乌可不慎哉！

十一月初六日，接济阳转准历城差信，查河钦使赴下游，正值水旱不通，除吩咐家人厨房预备一切，星夜先往。余辰刻起身，踏冰至陷棣州尖，清河镇宿。是日闻钦使船住归仁，一直隶候补道孙慕韩（宝琦），一前济东泰武临道张虞箴（上达），一统领王得胜也。其随员知名者有前临清州陶荃生（锡祺），候补知府前下游提调孙厚庵（嘉荣）。

十一月初七日，在清河候钦差，船阻风未到。傍午有坐车二，买卖车十六，同来办差，家人李玉亦到。据称车在于林，索二日价未发，到此必滋闹。嗣果来，余问昨日何时到于林？曰：午前。问：何不来清河？曰：济阳差令等候。余曰：果尔，则咎在济阳。惠民所辖九十余里，若至一处不走，便索一日价，则岂有穷已。伊语塞，求恩乃发一日价，每车加赏酒钱五百。以车户多武郡人也，饬差押赴老君堂滨州界。

十一月初八日，钦差船到，泊清河镇。禀见谈白茅坟分溜事，送酒席，辞不受。张观察者，同乡也，伊子曾从余受业，虽气谊不投，阔别数年，不无见面情。嘱余云：船行吃食尚便，回时由旱道查勘徒骇河，须预备，人过多，尤非宽大公馆数处不可，亦关切意也。稍停，开船去接济阳差信，吴钦使等将至，命办差家人候之。由是此往彼来，络绎不绝。缕堤、大堤、徒骇堤均近百里，钦使随员、测量生、武弁、洋人几于到处布满，而食宿无定所，期会无定时，夫马酒席无定数，办差非常棘手矣。赴陷棣州尖，麻店宿焉。

十一月初九日回城，自初六日出接差，本府日赴粥厂照料，余禀见以为收养太宽，宜再剔除。是日奉抚札，代义赈局换银一万两，限半月期，钱运齐东，即分交各钱、当商。

十一月初十日，赴粥厂扃门，剔出年力富强者，家不甚贫者，儿女之十几以上者，一概驱出，不予以签，亦不准来食。统计实签一千五百余枝，有此一清，而略有头绪矣。是日奉到赈抚局批云：禀单均悉。查明应赈一百七十四村庄，统计极贫灾民，共折实大口六千九百八十四口；次贫灾民，共折实大口二万三千七百三十二口。现经由局酌定，极贫灾民每大口给赈京钱一千二百文，次贫灾民每大口给赈京钱八百文，小口均各减半，核计共需京钱二万七千三百六十六千四百文。已由局札饬滨州在于漕折项下拨解京钱九千二百八十千文，按照该州所报银价，以京钱二千三百二十文作库平银一两计，合库平银四千两，下余京钱一万八千零八十六千四百文。按照该县所报银价，以京钱二千三百文作库平银一两计，合库平银七千八百六十三两六钱五分三厘。除将该县征收、截漕等银二千九百二十七两五钱八分三厘尽数拨放外，实由局找发库平银四千九百三十六两七分，同所请棉衣二千七十二套，一并饬令收支委员分别照数支出，派员解交，除汇案详咨外，仰即遵照。俟前项银两、钱文、棉衣解到，照数验收，赶将局发银两易钱，同该县征收、漕折钱文一并提出，于灾区适中处所，择定一两处，会同核实散放，毋稍浮滥。放竣一庄，即榜示一庄，咸使周知。事竣缮折通禀查考，仍先将收到银钱、棉衣数目各日期分报查考，一面将拨用该县漕折钱文并拨滨州款项，查照批示银价，分别合银，补具批领呈送，以凭印发备案，均毋迟延，切切，并候院司批示，缴。折存。

十一月十一日，派家人赴夏家桥借公馆，并布置一切。即命善走王凤鸣持禀往，面投详陈。夏家桥是惠民徒骇河入首之处，已预备宽大公馆数处等候矣。并询何日可到境，伊不能确指，付王回片，令销差，由是厨房夫马，均不敢拗矣。绅董武锡庆等禀沙河堵口工竣。是日禀粥厂开厂日期、收养人数兼续请银两，并章程十四条：一、设厂放粥，必须宽筹经费。除禀准动用赈捐等银外，官为倡捐，次及盐、当，次及殷实富户，不稍勉强，不拘多寡，随缘乐助。捐者姓名皆登印簿，以备完竣之日，分别标榜示众。一、粥厂设立郡城城隍庙，每日黎明开厂放粥一次。贫民凭签领粥，并分男、女两厂，以分其势，免致搀杂拥挤。一、签分循环，用红绿二色。附近灾民，先期由首事造册呈县，查明真贫实苦，按名发给循签，俟开厂放粥时，缴签领粥，换给环签。逐日循环缴领，以杜冒滥重复之弊。一、厂中派出诚笃耐劳亲友二人，常川驻厂总理一切。其经费、柴米、器具、人役，造具清册一本，出入流水赈一本，归其经管，以备稽考。一、每日放粥时，酌倩诚实幕友二人，分男、女两厂料理发放。同城官轮往稽查弹压，以防口角滋事。一、厂中安设大锅灶二十四座，大水缸四十口，用草围好，一半装水，一半盛粥，并做草盖如数，盛满盖好，以防粥冷。一、厂中须用勺夫、水夫、火夫，派定每锅勺夫一名，火夫一名。先择一承充饭锅头之人，令其挑选勤慎精壮者充当，以专责成。如有怠玩徇私情弊，一经查出，轻则立时更换，重则枷责示儆，不稍宽贷。一、厂中每日需用木柴，先期按每锅一座，应用若干，如数秤出，点交火夫承领；需用小米若干，亦约计秤出，装盛布袋封记，锁存空屋，俟夜间煮粥时，逐一点交饭夫人等承领。必须水烧滚开，方准下米。每下一锅，俱由厂中管事人轮流亲眼验看，概不假手丁役，以防徇纵偷减等弊。一、厂中前后门，各派把门二名，以司启闭。放粥处并派听事四名，以备指麾。均遴选勤慎之民人充当。各项夫役人等，均准在厂吃粥外，每日每名酌给工食京钱一百零十文，以示体恤。如有偷惰情弊，查出重责不贷。一、灾民距城较远，及外境流民，内有老弱残废者，雪地冰天，往返领粥，甚非易易。俾于城内附厂左近庙内，搭盖窝棚，由官发给干草、席片，以资栖止。其有实系御寒无具者，酌给捐备棉衣。一、开厂之日，先期出示晓谕，通知于何日起、何日止。停止之日，预筹经费若干，每人酌发三日口粮，令其自谋生活，或藉以还家，庶免难于遣散。一、放粥虽令贫民各自携带盆碗，然有竟不持器，空手领粥者，亦须预备瓦盆若干，以便发给使用，免得临时搅扰，转形棘手。一、路过难民，往往百十成群，经费无多，力难留养。然抚恤之谋，何分畛域，亦未便令其向隅，致滋搅扰。每人酌给馍饼若干，善为遣散，以免逗留滋事。一、撤厂之日，须将捐输人名、银钱数目及粥厂起止日期，共用柴米若干，并厂中器具、工料、灯油、工食一切经费，统计盈绌，标榜示众，不敷另为筹捐。如有盈余，少即散给贫民，多则发当生息，以备来年放粥之用。

十一月十二日，随本府验收惠民沙河堵口工，阳信工甚草草。是日粥厂较前大有头绪，食粥者亦多贫民，吩咐在厂、领出，听其自便。

十一月十三日，赈抚局派县丞刘炶解赈银四千九百三十六两七分，当面过平收讫，其余款在本县及滨州截漕项下，即移知滨州，速将截漕钱送归仁镇，以备散放。

十一月十四日，赴粥厂，见有衣不蔽体者。问姓名、住处，晚派人送棉衣一套。 是日赈银分发钱、当商换钱，并将本县截漕钱分运第三堡于家寨。

十一月十五日，赴粥厂，有求签者百余人，未之理。嗣聚满街巷，县署大门内外，拥挤不能行，且有赴府署滋闹者。盖以曾出示，是日补签也。乃嘱令赴城隍庙，俟验发。及至，扃门查看，大半有签者。余厉声言曰：有签者本县尽识之，走者免究，否则重惩不贷。由是走者已过半，除不应食者，仅补签二百三十余枝。嗣后每逢补签，便不放粥，恐有签与无签混也。是日禀各宪沙河堵口完工。

十一月十六日，赴粥厂，见有一、二荡妇，前夺其签，今又持签来，知必司签不慎，差役盗出者为之。谕聂甥签锁柜中，收发俱不令差役经手。日添一暗记，一日不来，暗记不合，便扣留，而签数出入，遂无不符矣。是日差信孙、张二观察至陈家庙，十七可至夏家桥。

十一月十七日，赴粥厂，查签出入相符，而按每人十两米煮粥，总不敷用。秤准米煮粥一锅，以承粥之铁勺量之，每勺只合十两，米收回，签又无假者，反覆推求，不知其故。嗣见有持一红头签来者，至大门内换给绿头签一枝，伊持绿头签，赴厂领粥一分，由后门去。稍停，是人又持一红头签来，心疑之至，大门内复换给绿头签一枝，见伊持二器，心更疑之。潜随其至粥厂，乃出两绿头签，领两分，复由后门去。余乃言曰：此弊也。众尚不悟，余告之曰：是人有签二枝，一次来领，只领二；分两次来领，则领三分矣。何以知之？伊先持一红签来，又换一绿签，领一分粥去，伊已有一枝绿签矣；再持一红签来，又换一绿签去，伊遂有二枝绿签矣，不又领二分粥乎？此所以以二枝签领三分粥也，何人心之巧诈哉！夫作二人之饭，而三人食之其不敷用也宜矣。众遂晓然。嗣谕每人只准领一分，不准代领，而弊绝风清矣。是日出赴夏家桥接钦使，大桑落墅尖，至夏家桥已二鼓。

十一月十八日，在夏家桥候半日差，无信即折回，以明日本府寿辰也。至小桑落墅，四面水围缘冰，过客店皆扃门，呼之不应，家人诈言查赈，方开门，以属阳信地也。未带火食，有单饼二，以水煮之，无油盐，然有咸菜，胜于灾民多多矣。赏店钱二千。是日棉衣陆续解到，解者正任曹县典史胡尚志也。即用其原来二把手车，分送第三堡、归仁镇、于家寨。

附自十一月初一日至十八日，共理词讼三十六起。

灾赈日记卷十

十一月十九日，五更自小桑落墅启行，到署略停，赴府署拜寿，同城尚在官厅候余也。是日，代义赈局换银一万两，现钱办齐，请抚台饬齐东设局验收。甚矣，惠民之多事也。以灾赈之区，自顾不暇，而令协济桑工秸料，民既受累，方竣事，又令代换义赈现钱，运赴齐东，商不又受累乎！值此水旱不通，节节阻滞之时，本境尚易为力，一至齐东，呼唤不灵，款又甚巨，前日饬差探路，据述能解旧齐东便得，然限期已迫未奉覆函，不得不预为地步，此禀之所以不能已也。

十一月二十日，赈钱、棉衣，连日分运，今始报齐，以须五更踏冰，傍午开化，便不能行也。是日，滨州头批钱已送到归仁镇，先出示晓谕，二十二在第三堡放公、民二约，二十五、六、七、八在归仁镇放直、和、平三约，二十三在于家寨放道、法、纪三约，二十五在本城放度字约。

十一月二十一日，王宋二委员赴第三堡放赈，坐小车冰上行，二十二日始到。

十一月二十二日，谕车行头预备大车，解义赈局现钱。

十一月二十三日，赴于家寨放道、法、纪三约各村赈钱、棉衣，放过一村，榜示一村，与急赈同。并将应领钱数、棉衣以硃笔标之，以防弊端。即派亲信人往查，委员所放亦如之。

十一月二十四日回城，奉抚批：代换义赈现钱，已饬齐东设局验收矣。先是以探路未奉回信，钱办齐后又派差去，其复函大略云：须运送新齐东，伊距三十余里，照应不便，一切水路、陆路，均不过问。更云：中多水旱不通之处，须多带差役，节节抬运，方不致临时棘手。阅函令人气极，又为之好笑，他人为尔县事，数百里不为远，到尔境内，三十余里便以为远，且令多带人抬钱，更属无理已极。试问二万数千串钱，带几许人能抬运完乎？何不通一至于此。方拟禀中丞，而复函适到，据称运旧齐东便可，奉中丞札饬也。益知前禀之不可以已也。

十一月二十五日，在本城放度字约小李家等庄赈钱、棉衣。

十一月二十六日，滨州二批钱解到归仁镇。

十一月二十七日，接委员王函，问棉衣短数，如何散放云云。余函复：好在花户并不知棉衣之谁有谁无，应领一套者，与以一件，将短者均出云云。是日奉抚批：粥厂章程十四条可行。续请银未准，如不敷用，饬仍捐本地富户。嗣余捐银三百两，盐、当各商捐银多寡不等，另有册。

十一月二十八日，冬赈一律散放完竣，委员来讨禀稿，专差送之。

十一月二十九日，接委员函，已由归仁镇回省销差。

十一月三十日，查赈榜道字约李茂家未张贴，方拟传讯，而李法崑呈控，饬差押令首事李明兰，将榜速贴出。该庄有绅士李荔村凤冈者，端人也。是日来面禀，缘伊在海丰主讲，管事人李明兰将伊父子名缮入领赈册，伊实不知也。余放票时，见名颇诧异，盖知李荔村必非食赈者。诓问李明兰，李先生知否？伊答以知。既知之，亦只好仍之。然有此一问，广众中无不听闻者，遂传入先生耳，向李明兰追问，明兰无以对，因痛加呵斥。有李法崑者，与明兰有讼嫌，遂以冒赈来控。实则李明兰粗人，不知君子爱人以德，而以财爱之，并无意肥已。赈榜之不贴为此。嗣李荔村督同李明兰将浮领之钱，分散该庄穷民，另榜示众，并禀明存卷，乃知端人终为端人也。

十二月初一日，赴粥厂，扃门补签，新旧共一千八百余枝，而无签就食者，日二百余人，已足二千之数矣。先是有遗失签者，补之则又失，以残废衰老故也。乃壮盛者亦失签求补，岂果失哉！亦逞刁耳。是以命残废衰老者就厂食，不与之签，而壮盛者乃无所借口。是日郝太尊奉抚札催冬赈。

十二月初二日，代义赈局换钱运赴齐东，并取有回照，即禀抚局，按大车一辆每日钱四千领运脚。是日续请平粜银五千两批准。

十二月初三日，赴夏家桥接查河孙、张二观察，已过去赴清河镇住宿，因驰赴，以有勘白茅坟之说也。黎明到，与青城令段受谦先见孙观察，极谦和。往见张，门者云：方净脸，燕窝粥点心尚未吃，令少候。顷刻径登车，余二人急往，伊勉强下让屋内。余谓：恐大人勘白茅坟，连夜来伺候。伊答：不勘了。余谓：因查赈钦差将到，冬赈未竣事，帮同放赈，是以来迟。伊答：做官惟赈是大事，一有错，便是玩视民瘼，切记、切记。匆匆遂辞去，窥其意似有不悦者。忆自十一月初八日接见嘱余预备宽大公馆，已在夏家桥、清河镇伺候二十余日，夫数十人，马二十余匹，公馆六、七处不敢撤，一切应用俱照办，有何开罪而不悦耶？殊不可解。作《大官来》诗云：大官来，小官去，东奔西驰知何处。小官来，大官去，东奔西驰差竟误。误差大官怒，大官不怒难自恕。此次误，再来补，一闻差信便出署。昨传差又至，出迎无此事，如此往返几三四，命健仆，广流布，缕堤遥堤漯河堤（俗呼徒骇河），行辕预备十数处，夫马足用，酒席不论数。那知差来到底误，伺候月余只一顾（过夏家桥公馆门口未入），糜费千金向谁诉。（传言余办差费七千金，禀明抚台。）我无逢迎奔竞才，不若挂冠官不做。君不见陶靖节，不向督邮将腰折，归去门前栽五柳，高风至今人称说。是日郝太尊赴阳信。

十二月初四日，闻吴某、周馥各钦使均自下游回，候之晚，接本府黄函查赈。溥良钦差已至德州，先赴武定一带查勘，嘱余速回城。

十二月初五日早回城，本府已赴商河矣。

十二月初六日，奉溥钦差札，调取赈务卷宗，到境禁男妇屯聚喧哗。有泼妇数人闻钦差至，在贡院招聚多人，候求赈查看，大半在厂食粥者，挥之不去。乃传四隅关厢及十里内外村庄地方，查明如有遗漏穷民，准于十五日补签，无则令具甘结各散去。是日奉札津贴籽种。

十二月初七日，赴棘城。至半途，接本府函，钦差在临邑，尚未到商河，嘱余俟确信，折回城。

十二月初八日夜，家人孙福持本府函来，据称钦差申刻到商河，已禀见，嘱余挟卷宗图折赴行辕投递，以便顺路查勘。

附自十一月十九日至十二月初八日，共理词讼五十一起。

灾赈日记卷十一

十二月初九日，遵本府黄函谕，赴商河。至沙河集，遇本府回，立谈送上舆，至商河已上灯。先赴钦差行辕禀到，将一切卷宗图折投递，至南门客寓更衣，即往见。传谕不行礼，接见言语和蔼，让屋里间坐，问距商河若干里，某字某省人，到任几年，一一对答。又云：闻官声甚好。即将所呈之图展开，先指问成灾一百七十四村庄，何者有急赈，何者有普赈，急赈何时放竣，普赈何时放竣，放急赈何人，放普赈何人，又一一对答。问：因何有庄有急赈，有庄无急赈？答以放急赈，以房屋倒塌、漂没资粮为率，故距黄河徒骇河口门近村庄居多。问：凭何散放？答以水一来，倩诚实亲友数人，赴桑家渡口门雇船分路救护放饼，放过村庄，告以进花户及倒塌房屋册，委员到时，何处灾重已知之八、九，即以所进之册为凭。问：放银若干两？答以委员来时，带银三千两，以不敷散放，续请截留滨州银二千两，批准一千五百两，二次共放银四千五百两。问：何以截滨州银？答以中丞闻桑家渡决口，知武属被灾，即委员带银分投各州县，尔时滨州尚无水，故请截留。问：每口放钱若干？答以上章每大口一千，小口五百。若照章散放，应放者一百三十余村，核计钱数，仅足放三十余村，恐向隅者多，不得已先发四成，许以普赈补六成。嗣奉赈抚局批，外州县每口放三、四百者亦有之，不必补放，以清界限。是名为大口一千、小口五百，实则大口四百、小口二百也。问：赈抚局何以不补？答以尔时黄水猝到，未筹出款，实无可补。问：放过急赈村庄，灾果重于不放急赈者否？答以查放急赈在七月初，水势汹猛，见房屋倒塌，灾民露宿者，即予以赈。尔时看是放急赈村庄灾重，欲办不计分数灾，及迟两月之久，水由徒骇河、沙河宣泄到，定灾案时，再往查勘，水归大溜，两岸地亩，已遍种麦，转较轻于放普赈村庄。是以急赈与普赈，共一百七十四村庄，同办成灾七分。问：既种麦，何不禀明，不放普赈。答以灾赈有例案，山东无放急赈不放普赈者。核减其户口则可，不放恐百姓有话说。是以有急赈放过二百余千村庄，普赈只放一百千者，从实剔除也。不然以急赈四百、普赈八百计之，已加一倍，以普赈一千二百计之，则加二倍矣，何至普赈少于急赈乎！草册内有涂改，为此之故，遂取草册数本查看。问：放过普赈一百七十四村庄外，尚有遗漏否？较重四百七十余村庄，岂均不应赈耶？答以以百姓希冀之心，均有赈才好。问：何以不请？答以向来普赈不过倍于急赈，急赈二次，仅准银四千五百两，普赈请万两银足矣。赈抚局屡奉中丞札饬，帑项支绌，认真剔除，多请恐亦必驳，徒劳往返，是以未请。至一百七十四村庄，除去放过急赈一百三十二村庄，仅添放四十二村庄，于五百余村中挑出此数，何能不遗？不过择连年被雨水灾村庄，及房屋间有倒塌者赈之而已。卑职自问，放急赈仓卒之间，急何能择，不能无滥；普赈灾宽款绌，不能不遗，实觉抱歉。问：不赈村庄，民至流离否？答以去岁收成甚好，今年麦已收三、四成，高粱在水中可剪上穗，不赈尚不至流离。惟来春为日方长，不无可虑耳。问：何以知其必有流离，来春又何以抚之？答以开设粥厂，正为此不得赈之民。出示晓谕较远村庄，来郡就食，为觅住处，庙宇住满，给以席片，现开厂月余，无一至者。所有食粥穷民，大抵皆城内关厢及十里内外村庄，是以知其尚不至流离。至办理平粜，正为来春计。惟款既少，粮价四外又昂贵，但在本处采买，终恐无多，难济事。闻山东京官有义赈，将来能一百七十四村庄归官赈散放，义赈于四百七十余村内择尤散放，庶可无遗，然恐做不到。问：何以做不到？答以官赈、义赈，恐不能兼有也。问：平粜领银若干两，粥厂领银若干两？答以平粜二次领银一万两，粥厂连绅商捐输共银三千余两。问：粥厂若干人？答对二千上下。问：每日安静否？答以昨闻钦差将到，聚妇女多人，候求签。卑职查看，年老者皆有签，或与他人，或卖去，复出滋闹。年幼多荡妇剔除者。传谕地方挨查，有真穷民遗漏造册，俟十五日补，如无遗漏，令具结乃散去。地方已具无遗漏穷民甘结矣。然钦差到时，恐仍不免，以泼妇不可情理谕也。钦差云：粥厂往往有此。稍停，问赈抚局详定章程内，有极贫、次贫，何以分之？答以大抵鳏寡孤独老幼残废及衣不蔽体者，列入极贫。问：何以记之？答以卑职笔谏图章盖花户姓名者，即极贫。一图章则一套棉衣，二图章则二套棉衣也。以此为记，填票时亦然。因取册翻看。又问委员亦有暗记否？答以有，皆随意为之，不必相谋，恐书差知之舞弊也。问：果能无弊否？答以家丁书差，严加防范，可以无弊。若首事庄长，往往有老幼残废及家无壮丁者求其代领，代领十数口，兼有棉衣，便须雇脚力，每口或扣十文、或十五文，此弊恐不能免。问：何以知之？答以放过一村，张贴一村榜示，恐首事握榜不贴，密派人挨庄查访，知有此弊。问之花户，皆云比自领便宜，以未合龙须船脚，既合龙水旱不通踏冰涉水，皆非所能也。然亦偶有之，不必皆然。且有此一查，有将扣钱退还者，此等弊似可不深究。钦差云：此雇人领赈脚力耳，不得为弊，不究甚是。问：水来有淹毙人口否？答以六月二十五日申刻开口，白昼尚易躲避，沿河村庄亦多有护庄堰，春间出示令补修，尚无淹毙人口。所有十数口，大抵捞禾稼被淹及房屋倒塌压毙耳，已均赏给棺木钱。又指图中徒骇河、沙河问：此口俱合龙否？答以沙河合龙，徒骇河未合龙。嘱贴签记之。问：坡有积水否？答以有。问：何以治之？答以来年春融，可顺入河，现地冻不可施工。惟城西北八方泊积水无可宣泄，即雨水亦然，以受害在惠民，施工在阳信，故屡议疏通，未协。问：此处有赈否？答以无赈，以地势卑下，向只种高粱。桑家渡水，此不为害；王家庙水至，高粱已收获。卑职查灾往来，见村内秫秸拥满，且去岁高粱即丰收。以连年灾区，从宽列入较重，故今年仍列入较重，钱、漕并缓，已足示体恤。又指图中小刘家等庄问：在武定城西南，明日可以顺道查勘否？答以须由商河至济阳方能到，合龙后正路尚不通。问：能验何村庄？答以能验道字约李御史家等村庄，须绕过沙河。稍停，令换茶。又问：惠民村庄，此图全否？答以不全。纲、便二约完善之区未报灾，三百余村不在图；报灾未实者一百余村不在图。问何以不实？答以或水在道沟，与田禾无与，或水一过不留，田禾无伤；甚有去水数里而亦报灾者。大抵小民贪恩，妄生希冀，一验不实，伊自无话说，若不勘验，便啧有烦言，刁者且上控矣。卑职平时无十日不下乡，村庄尚熟悉，水来，在水中几三越月，虽不能各村俱到，而大概情形亦瞒不了。故灾案定后，赴府投诉者，仅去城三里之王瓜刘家一村，亦以毗连之何家庄缓征为词，夫村岂有不毗连者，蒙府批驳，遂亦无事。问：山东灾以何处为重？答以闻杨史道口出水五分，桑家渡只出水三分，以河南为重。问：何以知之？答以闻河南船在高粱穗上行走，河北乘船翦高粱穗尚须仰攀，以此知之。问：京中以武定为重，何也？答以武定十属，九属有水，他府未必如此，或以灾宽为重耳。即惠民延袤一百三十里，尽成泽国，何得谓不重。然论水浅深，较轻于河南。方谈论间，有人禀司员查灾将进城，钦差命商河办差多派灯笼往接，遂让茶。余请示明日何时起节？答以明早再定。计自八点钟进见，至是已十点二刻，问答之可以记忆者如此，其不关灾赈者不与焉。出赴商河县拜李香阁，留饭。闻司员至，往拜未见。回寓已十二点钟矣，宿焉。

附此一日无词讼。

灾赈日记卷十二

十二月初十日，卯刻，往钦差行辕禀安，请示何时起节，仍未定。传谕令余回郡，遂禀辞，赴棘城，留孙福探明确信飞报。方至棘城街，孙福回云：钦差已到沙河集矣，住宿棘城勘灾，以惠民灾在西南，至郡恐折回查勘，绕道也。实则除桑家渡口门村庄，灾区多在城南，住此亦只距道字约较近，他约皆窎远。且店寓狭小，一切夫马均难容。方踌躇间，钦差已至门，迎至店中，随员亦到，均卸车，为住宿计。余见钦差禀明前情，钦差令速见司员商议。余挟图指点，住此只验道字约较近，不如验道字后住郡城。司员见钦差议已定，乃复驾车，令在沙河北岸候，钦差与司员各骑马过沙河，嘱押号与孙福引路，余飞驰回郡。已张灯，命多预备灯笼往迎，二鼓尚未到，本府黄及同城均在南关候。孙福回云：连至李御史家、双庙、张破鞋家三庄，照册点花户名，问以口数、钱数，有无棉衣，在何处领，何人来查，何时散放，所答一一均相符。又与榜对，亦无讹。押号引路，赴李茂家去，钦差云：不须去矣。言未毕，西南一片灯光，钦差已至大于家矣。预备肩舆，辞不坐，下车复换马，以天黑，传谕本府、同城到公馆再见。至行辕，本府与同城均禀安去，余以地主，少等候，司员晏传见，以在商河未晤，棘城又匆匆也。见面问一切公事，精细与钦差同。嘱令将粥厂、平粜卷宗送阅，钦差已开饭，余禀安回署，已三更三点。嗣开一条，问小支河旁小刘家有赈否？在何约何方？无知者，余条答：在人字约东北方较重，无赈。有赈小刘家在东南平字约，须由商河去。其念念不忘者，缘一百七十四村庄，以小刘家居首，意为惟小刘家灾重也。其实以平字一居首，造册时挨写耳。稍候无事，宿焉。

十二月十一日，早起赴行辕禀安，后赴粥厂。钦差吩咐，亲诣法、纪、公、民各约村庄查勘，以受炭烟熏，头目不清，早饭过午尚未开，乃命司员瑞、乐、蔡三人往晏在行辕看公事。钦差一切酒席均不受，略与随带厨房通融而已。是日城内泼妇果又屯聚多人，一以未得食粥，一以传言钦差来放赈，每人米四斗、钱二千、棉衣一套也。在行辕滋闹，驱之不去，闹更甚。余禀明钦差，命司员开导之。告以来查赈，非放赈，欲食粥，须求本县官，乃散去。余暗访闹者姓氏，二人一荡妇无耻，不应食；一有签二枝，已食月余矣。殊堪痛恨。午后天微雪，司员查灾回，孙福随之去，到纪字约双庙等庄，问犹前，有不在家者，更挨门查看，无一不符。见钦差，亟称惠民公事整齐，钦差喜甚，以为他约不必再勘矣。他县能均如此，岂不好办耶。钦差头已愈，饭后禀见，自道平日失教，致泼妇惹钦差生气。钦差云：此常事，到处皆有梗玩不化者。谈修守沙河及徒骇河事甚悉。出见司员，命摘录急赈、普赈、平粜，粥厂卷。是日禀抚局，于平粜本内买麦百石，作为津贴籽种。

十二月十二日，至行辕禀安，赴粥厂。昨日闹者，见余皆低头。钦差问发折仪注，本府以明本暗折对。吩咐预备跑折马，禀见进呈沙河、徒骇河修守图，八分泊亦在内，指问后命带回详细贴说。出见司员，命调十年灾赈卷，嘱该房检送。早辰阳信来禀见，问以公事，不甚了了，钦差甚不悦。出钦差随员自备饮食，不骚扰地方，及惠民县放过急赈、普赈钱数目甘结，交钦差。

十二月十三日，卯刻赴行辕，伺候发折。辰初，钦差在上房拜折，五门洞开，本府、同城均站班，利津县亦来。拜折后，捧交司员一人，司员跪接，余在屏门外跪候，司员跪交余，余受之，捧起由大堂中门，行至大堂前，分交马夫。一递德平，奏入山东查临邑、商河、惠民大概情形；一递斜庙，贺元旦也。钦差看马夫上马加鞭飞驰去，复掩门讫，钦差开饭，吩咐赴阳信。余以手版递贴说河图禀辞，赴何家坊送出境，钦差辞，令派人引路，乃派孙福带马夫壮丁四人导引，余与本府、同城均送之东关回。

附自十二月初十日至十三日，共理词讼五起。

灾赈日记卷十三

十二月十四日酉刻，孙福回。据称昨日至何家坊，拦舆者纷纷。随晏大人带至店中审问，将阳信差役驱出，令惠民差役伺候。问后赴他庄，拦舆者更多，钦差不再勘，遂进城。晚间海丰县管、沾化县丁俱至禀见，后命家人回销差。今午家人在院中行，钦差问何以不回去，禀称候送钦差大人，钦差亲付名片，令速回，云已海丰差领路，再晚便摸黑，不比余之到海丰路近也。其蒙优容如此，宜其为阳信所忌矣。

十二月十五日，绅士武锡庆面禀，八方泊居民百余人，联名赴溥钦差递禀，求疏通。据称禀府批惠、阳二县会勘，惠主往勘，阳信不管云云。钦差以无庄名，命补写，伊闻来请示可否再递。余以此泊已绘图贴说止之。又称闻有方字约堤上李家、纲口李家二庄为未缓征，赴钦差递呈，余疑信参半，以该庄在北堤上，余查勘二次，如有屈抑，灾案定后，何以不来诉，又何以不赴府投诉耶？有无姑听之而已。是日赴粥厂，扃门补签一百余枝，认明有签赴钦差滋闹二泼妇，掌责示惩。

十二月十六日，奉钦差札发纲口李家、王平环家二庄李化林、李彦彬、李登鳌三人控告刘喜父子因灾舞弊呈词，有无其事，饬令澈底根究等因，即出票传讯。是日出赴油房张家，验长山客人被劫银两案，连夜回。

十二月十七日，传到纲口李家地方李汝化，供称该庄并无李化林等三人，该二庄首事均在堂下候讯。即传讯，供称小的郭玉树、李振龙，是纲口李家庄首事，小的王振广、赵玉树、李振湖，是王平环家庄首事。又同供此事先前不知道，因奉票传李化林等三人，才知道的。合庄查无其人，都是已革刑书赵清汉，因刘喜之子刘三湘接充伊所遗刑书典吏，心怀不平，句〔勾〕串两庄素不安分之李鸿来、李振莪、李登高三人，捏写鬼名，赴辕控告的，希图告准后索诈乡愚钱文度岁。小的各庄蒙大老爷两次亲勘，因在北堤高阜之处未准灾，现在钱、漕已俱完纳，各花户亦无一人说闲话。贾文德是方字押号，催钱、漕则有之，并无因灾诈钱之事。小的地方李汝化亦并无见证的事，皆是赵清汉捏的，呈词亦是他亲笔，都认的他的笔迹。刘喜父子并不管方字约的事，无人见过他。现在赵清汉尚在家，李鸿来三人具呈后畏审，都躲避不知去向。小的情愿具甘结完案，俟李鸿来等何日回来，小的地方李汝化即将他送案云云。反覆究诘书差，实无因灾舞弊事，除将刘喜被控照例责惩，并传赵清汉对笔迹外，该首事等具甘结完案。

十二月十八日传到赵清汉，供称与李鸿来三人，在十字街同卓〔桌〕吃饭，不知道他赴钦差控告事，呈词亦不是伊写的。查刑房所存伊缮写旧卷光绪十四年等字，一一相符，押候与李鸿来对质。是日于林、归仁镇、清河镇、夏家桥办差家人厨房一切铺垫俱撤回。据称钦使十数人，均陆续回省。自十一月初办差起，已糜费千金，而来往仅见张、孙二观察，亦冤矣哉。

十二月十九日，录郭玉树等供词，并缮禀派专差赴溥钦差行辕探投。是日，接青城段受谦函，钦差催取十年灾赈卷宗节略，以卷盈尺，一时看无头绪，将卷掷还，复来取此也。令星夜缮写。又接差信，涂大令绍光带洋人丈量徒骇河申家桥至刘家桥一带，令随处预备公馆，准于二十日出省。

十二月二十日，本府赴东南密查阳信赴钦差控告各庄，本日回。十年灾赈节略缮成。

十二月二十一日，专差赴溥钦差行辕送节略。是日戌刻，自德平递到钦差批折，当递滨州，以钦差已过，不收，马夫恐误事，递蒲台，取有回照。

十二月二十二日，派专马送本府奉钦差密札查阳信民控告灾案公事。

附自十二月十四日至二十二日，共理词讼三十七起。

灾赈日记卷十四

十二月二十三日，本府面委赴粥厂查极贫之人，注册赈济，以有穷民津贴经费也。先是此款京钱三百余千，在本府衙门留一半，大约幕友、丁役皆有所私之人；以一半交委员，委员亦有所私，再留一半，穷民得者寥寥矣。本府力欲整顿，故委余清查，然于二千人中挑一二百人，夫岂易事耶。是日迎春。

十二月二十四日，赴粥厂，扃门令陆续出，见年老穷困者，问以姓名、住址，亲笔登册。自辰至申，挑出一百五十余口，晚见本府，以数少命复挑，须二百五十口。是日打春，奉抚批，以平粜本买麦作籽种，准行。

十二月二十五日，查出极贫一百余口，共二百七十六口，自辰至申，始查竣。皆亲笔登册，命该房誊清，将某街、某村人汇为一处，以便查放。

十二月二十六日，持册见本府，多二十余人，禀明如无款，以县署布税余项补之，以此款本为赈济用也。据云：填出赈票二百七十九张，留三张，恰好无须布税钱，俟盖戳记后，即专人送去，准于明日散票，令赴府经衙门领钱可也。余留册回署，本府晚命将册票封送。是日巳时，奉到自德平递到钦差批折一件，当递回商河。

十二月二十七日，扃门放粥后，持册点名，放穷民赈。所记姓名，多有未符者。一以不知放票，来领粥者非本人；一以外境穷民，前日随口混答，今日忘却也。按册有未到三十余人，欲另补，而厂内穷民尚盈百，厂外闻放票，令人代领粥之衰老残废，亦蜂拥而至，票既不敷，又恐一出一入，跌倒踏伤，滋出事端。不得已，属李光宇将布税钱四十余千取来，择尤放厂内穷民，每人钱贴一千，不必留册，以期迅速。厂外穷民，余带署扃大门，问姓名，另以笔登记，府署公事，不得不然也。将未到之三十余人涂消，而以此票分给之，乃散去。过午，府经来取册，余函知见票发钱，以册未齐，令执票久候，恐亦有拥挤之虞也。放既竣，检点名册送府经，命走府家人王太持手版禀知本府销差请假，明日往见。余自黄水为灾，日在一片汪洋中，坐小船往来不为劳，无有如今日疲困之甚者。良以于二千穷民中择二百余人，散票本不易，尤难在点名，所有聋聩老妇，非十问不应，即问此答彼，竭尽气力呼之，始问出姓名，而住址又多歧，以忽说娘门，忽说婆门也。其黠者即乘此冒名将票诓去，嗣知此弊，令伊自报名，故剩此三十余张票，无一合者。甚矣，善事之难而人心之诈也。其穷使然耶，亦余之失教耶！夜晚朱淦熙自府署来，据述吴湘亭称赈钱少十千属以布税钱补之，亦乌知非布税钱即无以解围哉，实以告之。是日谕纪字约首事进穷民地亩册，领麦种。

十二月二十八日，禀见本府销差。适钦差有公事到，仍系阳信民为灾案赴辕控告事，呈七纸，札饬本府明查暗访，据实禀覆，无涉徇隐，致干未便等因。阳信令有眼疾，查灾固稍差，而阳信百姓亦未免过矣。甚矣，作父母官平日不可不与民联络一气也。所谓民碞可畏者此哉！是日，沙河北纪字三各庄进地亩册，领籽种。

十二月二十九日，沙河南岸纪字四、五等庄进地亩册，领籽种，查核已五十余村，恐不敷散放，不敢再谕他约矣。本府夫马单下，正月初二日赴阳信东南乡查村庄，钦差所委，不敢延阁也。

附自十二月二十三日至二十九日，共理词讼二十二起。

灾赈日记卷十五

正月初一日卯时，雪即止。谕各押号分赴徒骇河北、沙河南各约查麦种几成，有无水坑，不能布种村庄，限五日禀明。

正月初二日，出东关，送本府。即赴沙河北常家、徐家、蒋路庄、前后苏家、蔚家、杨千家七村查户口，津贴籽种，即日回。先是水来此七庄，曾放饼五百斤，传言以饼坏不堪食，颇说闲话。该七庄亦不多贫民，急赈、普赈均未及。合龙后，数过后苏家庄，见房屋倒塌，虽不无稍有盖藏之户，而穷困者亦复不少，深悔务远遗迩，未免失察。钦差至，亦无一投诉者。余益觉抱歉，遂多发籽种，以补余过。嗣每亩发市斗四升，二十亩以上始扣除，河南则六亩以上便不发，所以示区别也。本府回，转到钦差札，饬禀明淹毙人口数目村庄，并有无饿毙之人，限文到即缮折禀明。是日领代换义赈局现钱运脚，奉赈抚局批驳。

正月初三日，纪字六、七进津贴籽种地亩册，已七十余村矣。

正月初四日，禀本府，递淹毙人口数目村庄折，并具无饿毙人口甘结。

正月初五日，公、法约押号查明各庄种麦分数递禀。派专马赴钦差行辕，送本府查明淹毙人口公事。

正月初六日，出东关，送本府赴阳信，即赴纪字约河南进地亩册村庄查勘，本日回城。是日，人、度、民三约查明各村种麦分数递禀。

正月初七日，复往沙河南查进地亩册村庄，本日回。

正月初八日，核定应津贴籽种四十二村庄，谕该房算明，写榜与放赈同，即传谕初十日放沙河北村庄，十二日发沙河南村庄。是日本府回。

正月初九日，谕道字押号赴孔家、杜家、岳吴家三庄进册领籽种，以道四、八各庄灾同双庙等五庄，有赈遗此三庄故也。是日，送淹毙人口公事马夫回，在新城行辕投递，钦差住龙山，初十日进省。

正月初十日，赴平粜局督同散放沙河北七村庄麦种。先是禀明每市斗二升，以市斗误为大斗也。兹问斗纪，仅十六斤，二升不敷布种，因加倍予之。有一庄领十余石者，无不欢欣鼓舞，而余之抱歉亦可稍释矣。即将榜示改正，令张贴。

正月十一日，道字四孔、杜、岳三庄进册到，核定命该房写榜。纪字约河南村庄榜示亦均改正，每亩发四升，均于明日发。

正月十二日，赴平粜局散放沙河南纪字三十余庄及道字三庄津贴麦种，自辰至酉，始发竣。有不敷数庄，每麦一斗，发大钱一千，均于榜示注明，共发一百三石零。有信，尚观察今日乘舟出省，来下游。

附自新正初一日至十二日，无词讼。

自光绪二十四年六月二十三日至二十五年正月十二日，统共理词讼三百二十一起。

附春赈记事一则

闻溥钦差查赈回省，见中丞张翰仙汝梅曰：查过省东十五州县，当以惠民县为第一，以钱数、口数无一不符也。是以他县冬赈委员，次年春赈多有更换，独惠民仍委王大令玉堂宝瑜司其事。而不知钦差之所查，在距城三十里内，皆鄙人自查自放，若查出三十里外，则不符者多矣。甚矣，王君之幸也，则宜如何感愧。讵春间到惠，自负有能，不问灾区之轻重，但就冬赈名册剔除口数，致灾民多有向隅。尤可笑者，请闻赈归来银五百两，未蒙允准，嗣于银价内增出银三百余两，则借此以补其缺，岂不甚善，君乃必欲带省缴还赈抚局。盖误会吉剑华灿升观察以省银为贵，而不知吉恐查放不实，若但欲省银，何如不放之为得乎？无如君执拗任性，牢不可破，不得已余从权补放其半，以一半付君。然票则余放，而钱则仍令君经手，君放竣，禀见督赈委员吴中钦太尊，以余为择富散放。夫谓补放，未及清查，容或有之，若谓择富散放，一似受富者之贿而与之者，而钱又经君手散出，则非受贿也明矣。质之于君，果作何解。乃称伊所放之村，有贫于余所补之村者，皆未及赈，故以余谓择富散放。余谓既知其贫，何不补放？无银犹有可说，有银而不散放，是何居心。且既分查分放，各有专责，余只能就余所放之村，分别贫富，固不能越俎，与君所放之村合而计之也。果如君言，则非余择富散放，乃君弃贫不放耳。君语塞。而此一半银则终带省，不肯施及灾民焉。甚矣，其忍也。闻君至一村，有款待以酒食者，便许以赈。去岁灾案已定，增入数村，皆为此也。此尤其卑鄙不堪者。君尔时未膺民社，为谋缺计，（闻君对宋遇滨曰：此银缴还，可望署事。）只知见好上司，刻已为民父母，想顾名思义，不似从前之于民瘼毫不关心矣。春赈未记，故追叙此事于后，以博大雅一噱云。时乙巳九月。

跋

盖尝读《灾赈日记》十五卷，而知我公之大也。夫自桑家渡溃决，驾轻舟遍历乡村，或六、七日一回署，或十余日一回署，风栉雨沐，星饭水宿，夫人而知其勤民矣。而不但已也，引而伸之，触类而长之，可以见世态之炎凉焉，可以见民情之诈谖焉，可以见仕途之险巇焉，可以见职守之劳瘁焉，可以见君子自反之功焉，可以见圣贤不欺之学焉。使斤斤以勤民目之，亦浅矣。古者左史记言，右史记动。灾赈之记，记动也，亦记言也。昔范文正公夜寝时，必计昼之所行，与食相称，而后即安。赵清献公每日所为，夜必焚香告天，不可告者不敢为也。司马温公云：吾无他过人者，惟生平所行，无不可对人言耳。读此记者，当作如是观。光绪二十五年五月下浣治晚李凤冈谨跋

宜荆城乡筹济公所各项章程办法汇录

清光绪末年铅印本

（清）佚名 辑

李文海 点校

宜荆城乡筹济公所各项章程办法汇录

宜荆城乡筹济公所简明章程

一、本公所现就在城东珠巷厚余堂现设商会之处设立，以城乡联络一气，毫无隔阂，遇事与两邑侯及各区图董直接商酌，照后开各条分别办理为宗旨，定名宜荆城乡筹济公所。此章程先由本公所公同酌拟，寄沪分别复核施行。

二、地方有灾，官司履勘，一面通禀请赈，分别灾区轻重，灾民极次，给与赈抚，并动支奉文随忙漕带征积存地方公项，如常平积谷仓等类之款以益之。一面按灾区情形，酌量蠲减忙漕应征款项办法，此官赈也。地方绅士公议动支历年积存义仓等类款项，又设法劝募义赈捐款，以补官赈之不足，此协赈也。本公所系绅士创议筹设，应以主持协赈为主义。官赈本应由两县官主政，本公所随时随处为官帮忙。特此揭示权限，以免临事致存意见。

三、官赈将来由官造报，本公所未便搀越，协赈则应始终其事。现当开办之初，务取核实，一面采用任氏业主自勘田亩荒熟开报，并自刊发两联免租票办法，取到票式，存于本公所，以便城乡各业主斟酌仿办。一面与各乡区图董事，坚明订约，凡遇被灾农民，必须先告。以时局如此艰难，务须各存国家官府思想，再及自己身家。现既官绅会同筹办赈抚，又设法筹办协赈，皆所以救民之苦，各宜安分守己，不得徇私妄想，亦不得恃众暴动。一面先由城乡经董，将向来民间积存备荒公项，清理提取，以备灾区之用。总宜多设粥厂，以备真正穷民果腹。尚可推广平粜之意，仿郡城从前赈案，多设粥店，以备体面人购食。清查户口，分别极贫、次贫，本系办赈第一要义，城乡各应认真设法清查。分别粥厂粥店，城乡应就适中紧要地方设立，宜多不宜少，宜散不宜聚。应预先公同酌定地方，各乡如自问力量，有足以任之者，务各声明，均详晰开单，送交本公所汇核，以便转商县官办理。此粥厂粥店，均按被灾量重之区而言，其较轻之区，或只须粥厂，无须粥店；或只须粥店，无须粥厂，仍应斟酌办理。其未被灾之区，本不在此列，应无庸议。

四、今年忙漕，究将作何办法，自应听候官府核定。向有办荒经费一项，穷民受累实深，本公所既经设立，即应设法真正禁革。但书差人等造册、油烛、纸笔等一切零费，断无赔垫之情理，该书差等何尝亦非业主，能好行其德，自即听之。本公所现查任氏免租办法，系由业主自缴，与佃户无涉。城乡各姓，如能仿办最妙，业主已无租可收，其力或难再赔，此项当由本公所设法筹给。其如何给付之法，另有专章。

五、既经设立公所，所有伙食、茶水、油烛、纸张等项；及延请会计、书记专司其事，请县拨到清书听差人等薪水工食等项；又延派正人带同丁役，分赴各乡办事，薪工川费杂用等项；又各乡任事绅董，前来公所议事茶水，间或便饭等项；又倘有远来义绅，携款躬亲查放，应由本公所款待等项，均由本公所设法筹备，撙节核实开支。其主持之官绅，及随时邀请前来会议之城乡各绅，仍均不开支薪水夫马分文，以尽义务。

六、本公所职事人姓名，均粘贴厅事，其清书、听差人等姓名，均粘贴门房，一面分折抄录，送官备查。上下皆取有才有品，认真办事，事关银钱出入，民命生死，理应格外慎重。如有假托本公所名目，在外招摇撞骗者，一经访闻确实，立即送官究治。协赈来源在沪，同人均至沪就商，以前任宜荆守府徐性模先生，朴实勤能，耐习劳苦，熟悉宜荆地方情形，舆情爱戴，现统带浙西缉私右营师船，正在宜、荆、坛、溧之间周巡，已呈明大宪，公同延请其主持协赈事务，即由其遴用会计、书记人等，以一事权。

以上六条，在沪公同决议施行。其未尽事宜，仍随时公同斟酌增减，总以因时因地制宜为主，合并声明。

酌拟宜荆城乡筹济公所协赈办法

一、本公所宗旨，已有章程宣明，协赈以补官赈之不足，权限截然，亦已详于章程。兹酌拟协赈办法，应先请两邑侯按被灾区图，或一图一人，或数图一人，由该区图绅民公同推举，其人必须明白事理，能耐劳苦，开送姓名到县，转送本公所，作为该区图经办灾赈董事。请县给与照会，或谕单，遇事即与公所接洽商办。该区图灾情虚实，赈务事宜，即惟其是问。果能劳绩卓著，舆论翕然，先请两县随时奖掖，事竣再议奖叙，否则仍随时请县撤退，另行推举。此经董不开支薪水夫马，以全其急公好义之居心名誉，其因公往来川费及在城宿食，仍由本公所核实量为支给，以示体恤而免赔累，即藉收群策群力之效。余条列于下。

二、协赈所及地方，应以官赈地方为主，而灾区本有重轻，即贫穷户亦分极次，或官赈难以遍及，由官嘱为协赈，则亦通融为之。其本非灾区，又如高田、或因水大转得丰收，自仍照常完课缴租。即系灾区，而此图真荒，彼图仍熟，所谓花灾者，真荒之田，应有官赈，自即协赈，熟田亦仍照常完课缴租，不得以同在灾区，希冀蒙混。此全在当地经董查报确实，务各去其向来捏熟作荒、以荒作熟之陋习，各发天良，据实查报，俾不灾之民，不稍冒滥，即真正灾民，可免向隅。为功为过，由当地经董之自为，本公所仍到处设法查察，能为匡正者自即匡正，否则伊戚自贻，各灾民应各惟当地经董是问，与本公所无涉。

三、协赈并无现成的款，全恃劝捐，多寡实难预知。以现在之物力艰难，地方僻小，及在外同乡宦商无多，各种情形而论，即有法必设，无策不施，约计募款未必能多。如现在城乡开动常平仓平粜之积谷，及将来忙漕，灾区或应蠲、应减、应缓，以纾民困，皆官赈也。忙漕自应听候官府核示，平粜向至新谷登场即应停止。现在情形，是否不灾之区先停，灾区仍旧接办，抑或普律接展平粜，应请两邑侯体察灾情，与本公所及各经董酌定。其在城之义仓、义社、厚余堂，并现在清理之恤农会，及各乡向有之各区图自立义仓、义社，无论是何名目，与现在宜、苏、沪筹募协济之款，皆协赈也。奉劝城乡各经董，深维先辈设立备荒之本意，光绪以前亦屡有灾荒，官赈之外，皆赖此以济，从无外来协赈，今即与主持协赈者会同和衷商办。或城乡各自顾其地，或就近彼此酌量通融。譬如以义仓社之谷，先酌留来春籽种若干，其余亦先碾动，以为该地粥厂、粥担、粥店之用，即可由本公所酌支经费开办，至仓谷不敷，预由本公所动款购办。如此和衷共济，其气始舒，其事亦无不举矣。

四、约计募款，只敷粥厂、粥担、粥店及一切经费，恐无按户放钱之望，仍宜多设粥店，以敷周转而期普遍。仍应于开办之前，在城分门、分街巷，按社清查户口；在乡分区、分图镇村，亦清查户口。在城除大家、在乡除大户不必清查，其余概应分别极贫、次贫两等，各有大、小口若干，由经董明晰开单，或造册，预送县署一份、本公所一份，该管区图董事，均留稿备查。如大家大户有好行其德，就本街巷社、本区图镇村独办粥厂，或粥店，及指捐成熟田所收租米为助者，望报明本公所，立即请官给奖，并即知会学界、商界诸君子，公同设法保护，并颂美以扬盛德。

五、无论灾区轻重，贫户极、次，总不宜轻去其乡，以致流离失所。本公所当就其数里之内，适中地方，开设粥厂，另有煮赈专章，到处张贴，俾共知晓，照章来厂领食。其向来体面、现苦难支、仍难靦颜至厂者，本公所另择适中地方，开设粥店，俾可至店购食。又有粥担办法，与粥店均详列煮赈专章，必使灾民乐其近便，领购果腹后，男女仍可照常事其所事，不至游手。譬如在徐舍镇煮赈，则粥厂必于镇外东西两头闲空处，借用大庙宇或空场，略搭草棚，东西各设一厂，粥店则就镇市中间，借屋或租屋，开设一店，或两店，或再量设粥担，当随时察看地方情形酌定，余即由此类推。其专章一切具备，本公所简明章程亦已详及，兹特再申言之，以昭郑重。

六、现在城乡各处均奉文开积谷仓平粜，此因米贵起见，非为灾赈也。而平粜为赈抚之先声，实荒政一端，本公所亦应讲求。究竟积谷尚有若干，约可支至何时，前闻拟以义仓积谷接济，应扣存来春籽种，约可接济若干，共可支至何时，务请各经董各自迅速查核，并请声明亟需接济若干，尚可随后接济若干，开单送存本公所备查一份，另送县署一份。一面本公所与各经董，各设法确探本境隔境何处现存实在米谷及售出实价，各自密开清单，请两邑侯及各经董约期齐集本公所，仿投票之法，当众开视，择货多价廉者，由本公所与官绅商拨平粜款，或暂借协赈款，公所派人发给宜荆城乡筹济公所采运赈米第几号黄色旗，旗上加盖印记，偕同原开价人，驰往该处购齐，即径运该接济处斛收。该派出之人及原开价人，于交竣后，仍来本公所结账，缴还运旗。该接济处经董收齐米后，亦来本公所眼同结账。倘采运或有不及，并有为难之处，则由本公所与该经董酌定，何处需米较缓，何处最亟，其最亟处请县速发简明告示，本公所亦广散报告，无论何处商贩，有运米至该处者，照门市价每石酌加若干，以为之招。该商贩如请领运旗，只须取具的保及声明运到日期，前来本公所给领，运到仍即缴旗，再与结账。此项酌加价值，只准截次计算，不得接算。至购运粥厂、粥店之米，即仿此办，其沿途应须照料保护之处，由本公所设法办理。

七、粥厂、粥店平粜办法，大略已备。给发籽种，应俟来岁春耕再体察情形，公同酌办。现只须预筹籽种，余可缓议。惟城乡民居房屋，前为雨水倾倒，力难修复，转瞬秋深冬寒，几无栖止，势所难免。本公所访查明确，其列作极贫户者，当酌购物料，给令自行修葺。隆冬号寒，本公所现亦劝募棉衣，如能募到，自必酌给。总之自设粥厂、粥店，以至为谋栖止御寒，本公所惟以核实秉公四字，会同官绅，相助为理，彼此亦必惟力是视也。

八、本公所办事人应开支各项，及量支各乡董往来川费、在城宿食，非办赈经费可比，均承上海协赈诸钜公酌核，列入简明章程，并嘱先就六月初间锡汾寄存元康之六百元核实酌支，随后再另筹接济，必不与协赈正款牵混含糊，致兹口实。所有此项开支经费，即由本公所造送上海核销，其协赈正款，无论如何筹办，或协助衣米，如何匀拨，本公所备有报销式纸，请各经手照式据实随办，随即开送本公所汇核。一面揭示通衢，并就邑庙神前焚化，一面造送两县署备案，并送上海协赈诸钜公复核，以昭信实而慎始终。

以上八条，就管见酌拟试办，其未尽事宜，仍应随时随地，斟酌其宜。锡汾曩在髫龄，与吾弟向生嬉戏，获见先人墨盾同磨，保卫桑梓。时阅八年，至咸丰庚申四月城陷，力不能支，孑身出险避地，先外祖旋即谢世，先公仗策军门，倡宜荆长团练向导官军之议，当事即藉奏平吴伟绩，而先外祖先公赍志九京，遗命家慈、先叔、家母舅，传付藐孤继述，吾弟又中道云亡，仅賸锡汾。光绪己丑、庚寅家乡两次水患，戊戌又几旱荒，及甲午筹防，庚子拳变，均勉随先筱沅叔后，请款请兵，接济保障。今又沈灾见告，荷承郡邑侯、诸同乡君子驰函垂询，或远道下顾，缅维先德，敢不率同弟子禀命慈闱，竭棉从事。屡蒙郡侯函嘱传语，如锡汾亲回料理，郡侯即枉驾偕行。自顾何人，讵敢当此。此身已非在官，亟应趋供驱策，无如此事旦夕难了，老母晨昏万难久旷，只可在沪筹募接济。徐性模兄朴实勤能，耐习劳苦，久任吾乡守府，又驻兵弹压多年，一切情形熟悉，舆情爱戴。现统浙西缉私右营，宜荆正其巡缉之地，事可兼顾，恳商再三，荷蒙慨允代劳，主持本公所协赈事务，即为官赈帮忙。本公所文函如须附列贱名，仍无不可，总远胜于锡汾之亲回，即与锡汾之亲回无异。除已呈明当道外，用胪拟办法如前，请性模兄就正郡侯，至宜就本公所驻办，会商两邑侯暨诸同乡君子，和衷共济，相与有成，以慰灾黎而全民命，锡汾之幸，亦不独锡汾之幸也。　　　　任锡汾谨附识

宜荆筹济公所酌拟煮赈专章

一、粥厂系为贫家不能起炊而设，外来流民，本地乞丐，亦准领食。仍每厂分别男女，老弱在前，少壮在后，均按后开办法遵照。进厂出厂，不得争先恐后，更不得恃众滋事。办法列后：

甲、厂应多设。譬如在城设厂，则就长桥左近设一处，四城内外各设一处，俾赴厂领食人各得近便，免于远道跋涉。在城如此，各乡即由此类推。

乙、无论城乡，厂地总宜宽平。以借用大庙宇，或闲空大宅公所为之。不可得，则就宽平空地，中央酌搭篾棚，为办公员董及煮粥之处。四旁均用绳或竹栅直隔，留中央为办公人往来办事。东为男厂，西为女厂。每厂仍用绳或竹栅横隔间数，每间即用绳或竹门，一间人满，再放一间，接续递进，不准紊乱。东西厂均开前后门，门外出路宜宽，领食人均由前门进，挨间放领，一间放完，即令由后门出，再放次间，仍令即出后门，接续递放，不准争挤。该领食人务各自带盆碗等盛粥器皿，切勿遗忘徒手而来，方可随领随盛，带回匀食。

丙、厂地中央前后之门，比官衙大门，东西厂前后之门，比官衙东西角门，中门惟在厂办公员董及粥夫人等行走出入。放粥时，前后门均仍关闭。东西厂前门外各设公案桌一，桌旁安置筹桶，领食人须离案桌数尺立定，挨次从容领筹，随领随即入厂。先入者至厂内底间，满则再至次底间，余以递及，不得互相争嚷喧哗，更不得成群结党，互相争持多事。至筹散完，厂前门随闭，即挨间放粥，开厂后门放出，至放完，门均关闭。该厂员

董，仍督率厂夫，检点粥筹，将各处打扫收拾干净，以备次日办事。

丁、每日黎明，员董督率厂夫，先淘米，务须干净，不得搀杂秕糠等物。淘净即入锅，用柴煮熟，宜稠宜厚，不得搀杂石灰等物。煮熟一锅，即过入粥缸或粥桶内，俟其可口时，员董先自取尝，再用筷或极洁净之竹木杆，植立粥中，以不倾不倒为主。粥缸或桶，均即加盖，以防秽物洒入。东西厂间，或每间置一缸或桶，或三间置两缸或两桶，总以相离厂栅三尺左右为主，以便按勺给领。每厂每日须米若干石，锅若干口，缸及桶各若干只，柴若干百斤，共须雇用厂夫人若干名，应先约计该厂领粥人数，其初从宽酌备，继即核实备办。其厂大人多之处，黎明淘煮，诚恐迟误，应酌量提早，于前夜四更起，即料理淘米煮粥，总以不误午前给放完竣为主。

戊、各厂所需米石，已另有章程办法。所用粥锅、粥缸、粥桶、粥勺，本公所均即制办，一律錾明宜荆城乡筹济公所字样，锅、缸、桶均用朱墨漆书于其边。及盖、筹用竹，以长短分大小，勺按漕斛较准定制，丝毫不稍克减，字均錾明。即厂夫亦制给单布背心，以示区别而昭郑重。其城乡同志，或自愿捐制，及有现成拨用者，自属尤妙，均请开明制价，及何物现成拨用，达知本公所备案，一面仍请錾明宜荆城乡筹济公所及某某捐置或拨用等字样，或预送本公所代为錾明，送还应用，以归一律。

己、灾赈定例，煮赈，苏人每大口米二合，小口减半。十六岁以上为大口，十六岁以下、能行走者为小口，襁褓不计。今将口例略为通融，预制粥勺，錾明大小口等字样，大口米三合，小口一合五为断，余照定例。仍比照考试点名办法，每厂当将米入锅时，在厂内放一炮，谓之头炮。此厂办事员董，如有寓居厂外者，即皆到厂齐集，督率厂夫赶紧料理。四近领赈之人，闻炮亦可在家陆续料理起身。粥已煮齐，均过入缸或桶，再在厂内放两炮，谓之二炮。中东西前后厂门均应关闭，预留人在厂外，安置案桌筹桶等件，一一齐备。察看领赈人已将齐，厂内再放三炮，谓之三炮。随开东西厂门，给筹鱼贯而入，挨次领完，又放一炮，谓之净厂炮。如此则办事始有一定时候次序，领赈者亦免早来迟到、久候漏领之苦。计每一日给放一次，如遇阴雨、大风或雪，粥不能煮，给领亦难，仍通融按大口三合、小口减半，按筹给米，但此系万不得已之所为，苟可不必，则仍以煮赈给领为要。

庚、此粥厂只给领，不留食，亦不留养。何处应何日开办，何时截止，应先由各办赈经董就地体察情形，预期前来本公所，商定即办。向来粥厂佣夫，只就本厂之粥，按照口例倍给，从无另给工资之处，今姑通融体恤，亦由该经董酌量情形，与本公所商定核支，交由该经董按日或按旬给领。如夫有不妥，应立即斥退换雇，切勿将就瞻徇贻误，尤为切要。至办厂员董伙食及一切杂费，自应由本公所于协赈经费项下，核实动支造销。但期各员董实心办事，不惜辛苦，以自求多福，断无再任赔累之情理，千万从实，不必客气。

辛、粥厂最为实惠，亦最多积弊，事前预拟，仍应因地因时，斟酌普惠杜弊。即以上各条，或有未妥，或施之此处可行，行之彼处未可，务请据实见告，本公所惟当择善而从，切望诸君子匡所不逮也。

一、粥店。此无锡余莲村先生倡办，郡城前已行之者，以待衣冠旧族，陋巷寒儒，及年老废疾，贫门孤嫠，既难靦颜赴厂领粥，枵腹亦实难支，吾乡近日情形，约计尤甚。今由本公所推广平粜之意，在城乡适中之地，仿设粥店，办法列后：

甲、地方屋宇，无须宽大，只须干净。苏沪等处向有此等店铺，一切即可仿办，惟门前标明宜荆城乡筹济公所粥店字样，以示有别。其屋及应用家俱，除粥勺外，其余或租、或借、或买，城乡皆应广设，总以贫户近便为主。应先粥厂开办，后粥厂停止。

乙、此店为不能赴厂领粥者而设，本无所用其机心，惟近来人心不古，难保无富足大家仆奴、官衙隶役倚势强购，转售取利，甚或以喂牲畜。彼购即多，此购即少，不得不预为之防。今由本公所印备两联粥照，仿吾乡向来年终抚恤办法，预交城乡各经董，按街巷、按村庄确切访查，实为难者，书姓讳名，询明大、小口数目，填入照内，并注明存根，将照给付此人，存根送交就近粥店收存。嘱领照人每日一次，自带盛粥家具，凭照赴就近粥店购取。该店即将收到之存根，按照比对，按大口三合、小口减半收价付粥。此两联照，在城在乡，均一月一换，仍由各经董预至本公所请领。换给后，遇便将旧照存根缴还本公所归档。

丙、煮粥悉照粥厂办法，务期慎重，不得搀杂克减。粥价应按平粜米价，折合减半收取。每日用纸条大书粘贴店门，本日半价若干字样，该店不得任意增减。经董固不时查案，本公所尤广寄耳目，如有意为增减、搀杂、克减等弊，立将主店者撤换，各夥酌量去留，撤去者并再送官究治不贷。

丁、每一店应有主店一人，应用伙几人，即由主店酌用。开设之初，各将姓名、籍贯，报由经董汇报本公所查核，伙有更换，随时报明。应由主店设日流簿一本，先送经董，或就近送本公所验明，加盖骑缝印记发还，出入均据实登记，每日一结，每旬总结，即将总结出入数目，开具草单，送请经董转报本公所查核。本公所或不时派人突至该店，以单对簿，不符即当撤换，该主伙务各自爱为要。

戊、每一店应用大、小口粥勺，应由本公所制就，与经董商酌，以其店之大小烦简，发给备用。该主店伙等不得私制，将发到者匿而不用，违者察出必究。其米自应就近拨给，每半旬给发一次，一旬单报。柴薪应于初开办时，由经董发价，开办后，由该主店于日收半价内扣支购办，以免采运之烦。其房租若干，应由经董经付，该主店及伙，每人每月薪工若干，应按市规加倍，伙食按人每日给洋五分，均由本公所于协赈经费项下动支。于每旬报单到日，核明一旬各应若干，发由经董转给，均实数实发，不折不扣。

已、此粥店乃赈务中推广救命之事，非寻常开店牟利可比。该主店伙又均有加倍薪工，仍各有伙食，本公所与各经董相待如此优厚，务各激发天良，认真办事，自修阴骘，以迓休祥。即本公所定章设有未到之处，该主店伙如有所见，许其直陈，善则从之。

一、粥担系仪封张清恪公抚吴办赈，以惠残废孤独者也。吾乡城乡残废孤独苦况，丰年尚不能堪，矧经此凶岁，前哲遗此良法美意，自应仿行，办法列后：

甲、此事亦应由经董，在城按门街巷，在乡按区图村镇，仿吾乡向来年终抚恤办法，详细确查，务得实在，即将其住址姓名，大小口数，开单送交本公所核准，发给红、绿、黑头三种加阔竹筹，筹阳面錾明宜荆城乡筹济公所粥筹字样，阴面錾明在城某门、某街、某巷，在乡某区、某图、某村镇、某姓，大若干口，小若干口，合作大若干口字样。上旬红头筹十根，中旬绿头筹十根，下旬黑头筹十根，小建减一，由该经董按旬送交某姓，每日挑送粥一次，换回筹一根，该送粥人，即将此筹送存取粥之店或厂，验明收存。每旬将届，仍由该经董先一日将下一旬之筹，送交该姓，以后即周而复始。

乙、此项之粥，不须另煮，由经董带同该挑粥人，向就近粥店或厂，报明应发口数，嘱其预备。每日午前后，即由该挑粥人，向该店或厂领取粥担，按照应送之处分送，取回竹筹，连同粥担，送请该店或厂前向领粥担之人，一并验明，收存备用。

丙、粥担及粥勺，均由本公所置备，发交各经董预送就近粥店或厂收储。一面自择可靠之人挑送，此挑送人薪工，应比照粥店主伙之间发给，仍给伙食，亦由本公所于协赈经费项下支由经董转给。其人如有不妥，及舞弊需索等事，各经董及本公所均不时查察，一经察出，立即撤换，仍将此人送官究治，不稍宽贷。

丁、此项粥担，应与粥店相终始。本公所于粥桶上，标明“不取分文挑担亦无分文花费”字样。

以上专章三条十八节，均查考往籍，参酌时宜，就管见酌拟如右。其未尽事宜，敬乞诸君子随时随事指教，以匡未逮，幸甚盼甚。至粥厂尚应预备义材、药料、防疫等物，应由本公所与各经董酌量办理。向来赈案，又有当牛、留婴等局，吾乡情形，是否需此，未敢遥必，亦由本公所与各经董斟酌。自来办荒无善策，锡汾昔曾从事其间，每设一厂，偶亲临监放。尝见有中年贫妇，扶持龙钟老妇，伶仃而来。询系距厂三里许，某家孀妇，扶持其衰姑，平日做苦过度，共栖败屋一椽，近因年荒米贵，做苦不敷过度，来厂就食。道里非远，衰姑步履艰难，间日始来一次。见有宪驾，益形恐惧。因唤令前来，详细询问，得其姓氏，一面给以两口两日之粥，饬从舆送归，一面密遣亲信人，前往侦察，确系孝妇，因饬县补给孤贫口粮，饬厂按五日派人送米一次，传谕无须远涉，又给“贤孝可风”额以荣之，藉以劝孝，此一事也。又见有衣衫蓝缕，领筹甚觉趑趄，其品貌与人不同，亦招令近前详细询问，得其姓名，其父在江南军营殉节，本人亦曾游庠，因贫欠考斥革，诘以四书，对诵如流，因饬取衣服，薰沐更换，送入书院肄业，采访士林，所言非谬，饬学查案，据咨学院，给还衣衿，藉以劝忠，其人旋即乡贡，教读以终，此又一事也。又每遇水旱，情形岌岌，官民百计筹维无效，因谨查列圣步祷故事，约同府县地方各官，先省刑狱，谘民疾苦，预期斋戒三日，步行十里外，竭诚祈祷，就查在野孤独残废，量加优恤。晴曦甘澍，旋踵而至，遂转歉为丰，民用大和。其类此攸关风化者尚多，一时不及记忆。吾乡今日岂竟野无遗贤，所望诸君子经理时，随时随处加意，神而明之存乎人，荒政善策似无逾此。锡汾身未在乡，心向往之，敢贡荅荛，以备采择焉。　　任锡汾谨附识

本公所清理本地备荒款项，劝募外来捐项，均须次第而来，万难一时齐集。而灾情又难延待，应先量设粥店及粥担，与平粜相辅而行。随后办量扩充，再添粥厂。其各区图自愿捐设者，仍听其便。本公所仍当随时竭力维持，特此声明。

粥照

宜荆城乡筹济公所为掣发粥照事。本公所定章开设粥店，减价出售，以次果腹。今由经董确查得　区门　图街　村巷　姓大　口、小　口，合作大　口。应掣此照，交该姓每日午前后，自备盛粥盆碗等器皿，携带此照，至就近粥店，按该店门悬减定之价，付钱购携，每日一次。购粥时，由该主店将后开月日逐日加盖朱印讫字，随粥交还购粥之人，以免漏误。一月届满，将此照送交原经董更换新照，收执为凭。至粥店停止日，一律撤销。该粥店于人价之外，并无分文花费。如违与受，并究不贷。除存查外，须至照者。

计开

月初一日　月十一日　月二十一日
月初二日　月十二日　月二十二日
月初三日　月十三日　月二十三日
月初四日　月十四日　月二十四日
月初五日　月十五日　月二十五日
月初六日　月十六日　月二十六日
月初七日　月十七日　月二十七日
月初八日　月十八日　月二十八日
月初九日　月十九日　月二十九日
月初十日　月二十日　月三十日

光绪三十年　月　日经董

字第　号

存查

宜荆城乡筹济公所为存查事。今本公所定章在　区门　图街　村巷　选择　开设粥店，减价出售，以赡饥口。由该经董查得　姓大　口、小　口，合作大　口，掣发粥照，嘱该姓自带盛粥碗盆等器皿，每日一次，至该店按门悬减定之价，按口付钱购粥。该主店可将来照与此比对无讹，随于后开月日，逐日概加朱印讫字，仍将照随粥交购还粥之人，仍留此存查，在店备查，慎勿漏误。一月届满，更换新照，亦循照办理。至该店停止日，一律撤销。该店于粥价之外，不得向购粥之人索取分文，如违严究不贷。除掣照外，须至存查者。

计开

月初一日　月十一日　月二十一日
月初二日　月十二日　月二十二日
月初三日　月十三日　月二十三日
月初四日　月十四日　月二十四日
月初五日　月十五日　月二十五日
月初六日　月十六日　月二十六日
月初七日　月十七日　月二十七日
月初八日　月十八日　月二十八日
月初九日　月十九日　月二十九日
月初十日　月二十日　月三十日

光绪三十年　月　日经董

字第　号

津贴经费凭票

宜荆城乡筹济公所为给发津贴事。本公所议定所有被灾田亩，先由各业主自行勘报列册，由官复勘定案，酌定忙漕办法。查各区图历来有办荒经费一款，民间受累实深。今官绅会商，真正禁革，以靖浇风。但念该经手造册、纸张、笔墨、饭食等项，亦不无所费。现查任宪蔼堂免租票办法，系由业主发给，人事未齐，城乡难必一律，业主已无租可收，其力或难再给。此项该经手若无此费，更难办公。本公所格外体谅，公同酌定于协账经费项下酌支津贴，已刊布章程，大众周知。今据　区　图　村　田系　姓之业，询据业主并未代给，即应由本公所给发，计田　亩　分应给前项经费钱　文，即由该经手执持此票，前赴本公所会计处请领。该经手随即出具亲笔收条，交存会计处备查。此系例应禁革之款，本公所以该经手办公无出，设法津贴，体谅已属极至。该经手更应激发天良，痛除积习，实事求是，共恤民艰。倘仍藉端苛敛，或阳奉阴违，受累灾民，定必告发，本公所到处认真查察，一经得有实据，定当立即送官究治，并驰报各大宪衙门严饬按律加等惩办，勿谓言之不预也。凛之，慎之。除存查外，须至票者。

右票给　区　图经手　准此

光绪三十年　月　日

字第　号

存查

宜荆城乡筹济公所为存查事。今给发津贴　区　图　姓业田　亩　分经费钱　文，除掣票给该经手持赴会计处请领外，须至存查者。

光绪三十年　月　日

（按：原书“津贴经费凭票”上写有“此项津贴系为体恤经手，免其赔累起见。公议每亩至多以五文为率，仍酌量区图大小，以足敷该经手川费、伙食、笔墨、纸张之需。特此声明。”字样。）

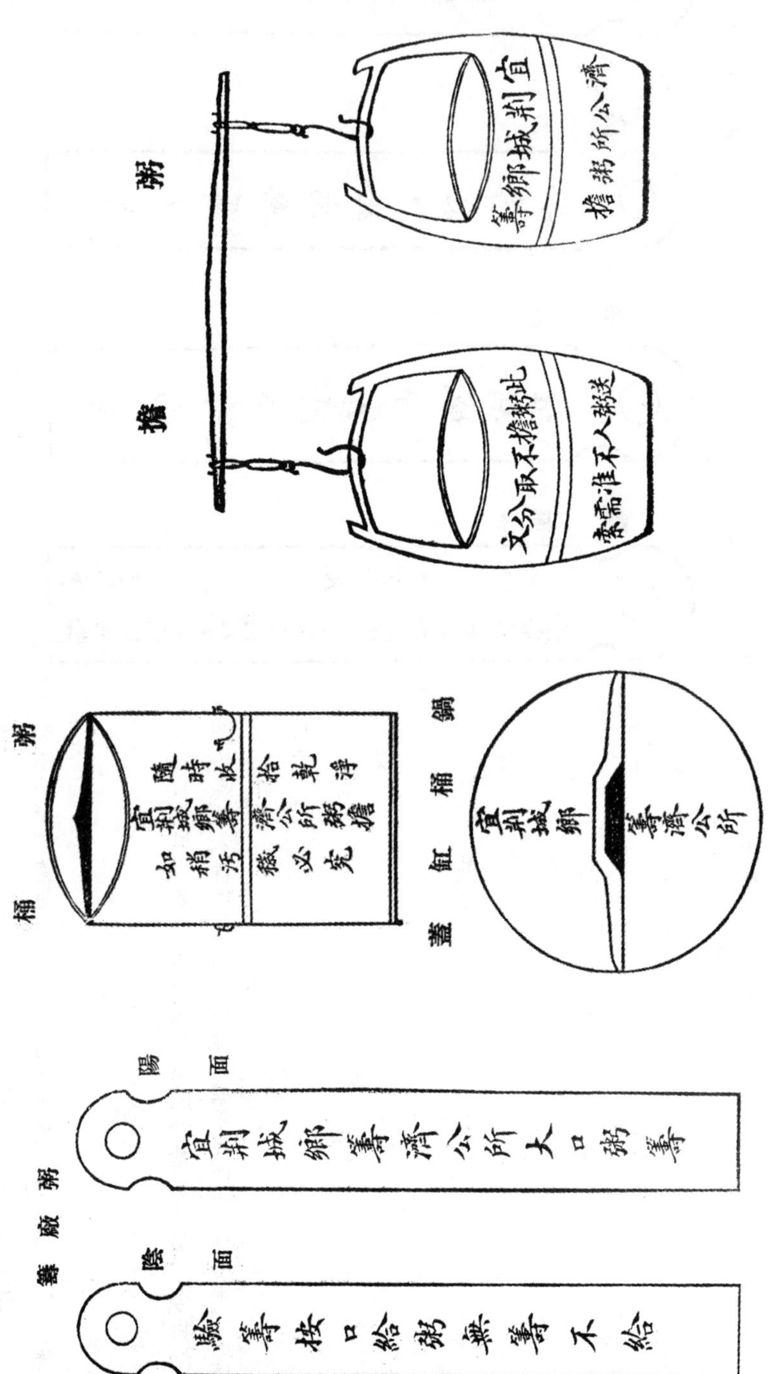

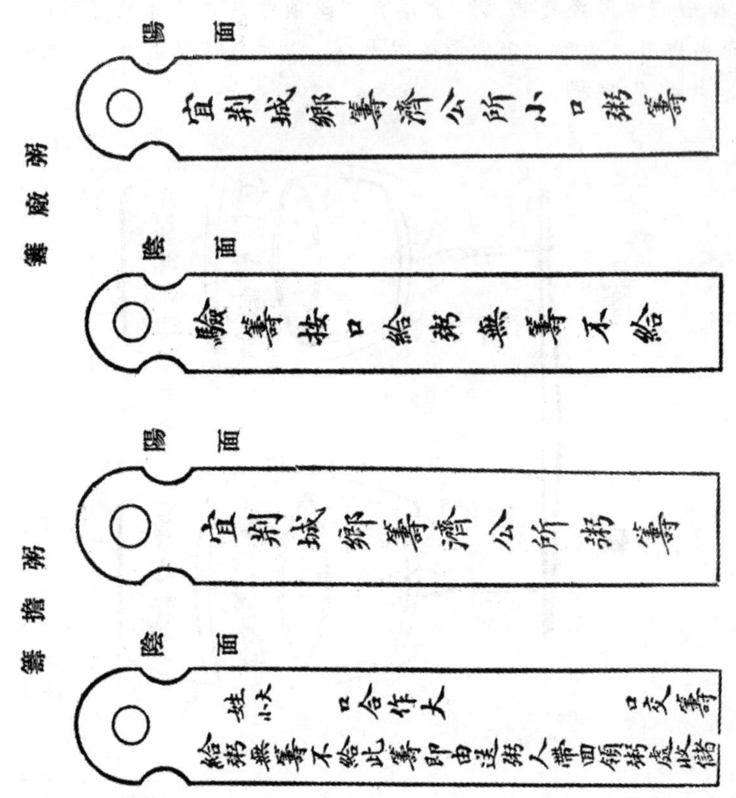

（按：原四柱清单样式上写有『各区图经董经手领放钱米各项，请照此式，用另纸，每一经董各据实开列一份，送交本公所汇案报销。辛勿遗漏错误，是为至要。』字样。）

宜荆城乡筹济公所某区某图经董某某某，今将经理本区图协赈钱米各项，除榜示外，据实核造四柱清单，送请鉴核。

计开

旧管

无

新收

一收　前项云云　登明

一收　前项云云　登明

开除

一支　前项云云　登明

一支　前项云云　登明

实在

一缴还银　前项云云　登明

一缴还银　前项云云　登明

一缴还家具　前项云云　登明

光绪三十二年　月　日经董某某某押

宜荆水灾亟应赈恤报告

窃照宜荆即古义兴郡，西南毗连安徽之广德州，东南毗连浙江之长兴县，与本省之吴县、金坛、溧阳、阳湖、锡金均水陆相接。迤南多山，余皆河湖氿荡环绕。按前明《海忠介集》，宜荆最高山顶，与常州府署大堂末阶相平，地极低洼。本境山水已多，皖南宣、歙各属，本省江宁府各属，诸山之水，又由金坛、溧阳下注宜荆，经太湖出松江府属之三江，即今黄浦、吴淞、浏河入海。论地势则汇皖南、江宁各属之水，不啻内地尾闾；论形势则当苏、浙、皖三省之冲，又为内地重镇。咸丰兵乱以后，承平虽已四十余年，元气迄未尽复。近更土民、客民、教民错杂以居，民间积苦，盗窃尤多。现患水灾，其亟应赈抚详细情形，公呈未便琐叙，募启亦难尽详，兹谨择要分晰条列于后：

一、通境二十一区，析为三百九十图，除山泽外，皆系产米田亩，一年一熟，夏初播种，秋深刈获，余日则种菜蔬、二麦。民间仍以食米为重，每年高平低田，约共产米二百数十万石，本境自食其半，其半运售，南抵杭州之湖墅，东抵无锡，间至上海，为各该米市之大宗。今因水灾，约计米收不过数十万石，民间自食，约尚缺半，其向可运售者无论矣。

二、宜荆水乡，是以低田居其多数。定例高按八八零折，低按七七零折，均作平田科算起则。兵乱荒芜，承平清丈，所用向无定准之弓，讲求无人，草率从事，官吏意在符合旧额，不恐遭驳，遇泥滩水荡，不能履勘处，驾舟绕行，用绳围度约算，凡圩乡间指芦滩为田，山乡则竟以山当之，含糊列册报溢，实则所缺尚多。地无潮汐，濒河湖荡氿之田，有坍无涨，更未必核实报免。历年既久，坍粮日积，陇亩岂能自言，官绅无可过问，虚赋抑熟，所在皆是。加以招垦为害，农佃无从控诉，客民因多谋赚，积弊非一朝所致，苦情更一言难尽。今论田亩大概情形，如公呈、募启所谓高田十之一、二，平田十之二、三，低田十之五、六，官书即有不同，实则确有可据。水性就下，被灾之重，不言可喻矣。

三、宜荆高、平、低田产米之外，山泽土货亦多，向为常州府属之最。约计产米运半出售，按时价约估，得价约洋四百万元左右，土货售价相称。原系乐土，代有寓贤，三国及南北朝，南京建都，宜荆实为咽喉，均开府置帅，以资控制，遗址迄今尚存。同治建元，合肥李文忠初统平吴师旅，采用绅士宜荆长（即浙属之长兴）团练向导官军之议，用水师取道太湖，克复宜荆，以占形势，遂尔肃清苏省，接应皖浙。是以宜荆被兵尤酷，孑遗仅存，田多人少，不得不下招垦之令。湘乡曾文正早薨于位，顺德丁雨生中丞抚吴未久，善后无策，继者多不经意，以致招垦转多遗害。再加虚赋抑熟流弊，司牧既只循例催科，大绅亦不尽恃田业资生，又以地多盗窃，去而侨居，地方利害，更不及过问，而风气愿朴，尚循尊官畏法守分之旧。承平后每届忙漕，凡成熟田应完钱粮，无不依限扫数完纳，并无烦催比，为苏属各县所仅有，其官之贤者，因多得奖。即有必不得已，姑作民欠者，民间亦从无违言。近数年来，客民内多耗而外逞强，教民亦日见多，有恃无恐，土民久苦入不敷出，渐相效尤缔欠，其拮据困难，可想而知矣。

四、戊戌〔戌〕年宜荆几致旱荒，官绅捐款购米平粜之后，今阅八年，其间雨旸失时，螟螣为害，俗谚谓之暗荒，几年年有之。官府办歉，向不按亩履勘，区图董据报于官，官付胥吏商酌，遂有做荒之说，按亩摊费，彼此分肥。此项荒费，如不照派完缴，则以熟作荒，以荒作熟，操纵不测，质证无凭，大致办缓一次，民间派出之费，必浮于缓完国课数倍不止。若己亥刚良相请旨南来，清理三吴田赋，尤为秕政。其来也，系前抚吴时披阅官牍，各属多有荒田，深疑吴民善于隐匿，在省设局，委员专办。殊未知官牍所谓之荒，半系官吏藉以弥补沾润，半系业主、佃户藉以抵制虚赋抑熟。清赋局倡设后，其向恃田业之苏属各大绅，尚仅略损，各属因而摊派清丈费，较荒费更为师出有名，明目张胆为之，农氓摊缴，即不必其卖妻鬻子，亦不离乎吸髓敲精，遗毒害人，怨咨迄尚未泯。现下水患，民间有鉴前车，诚恐惠未沾而费先摊，各存一不愿报官请赈之心。又迫于苦不能支，遂竞向同乡绅耆恳诉。历次同乡会议，以办歉摊费，清丈摊费，尚系假借荒名，今则真荒，灾情如此，以真正禁革摊费，不令荒熟颠倒混淆，为最要主义，议先设法正本清源，即从而周恤。

五、宜荆田业大户，至多不过三四千亩，大户亦只数人，以数百亩、百余亩、数十亩、十数亩、数亩之业主为最多。其人类守耕读相承之旧，即专赖田产存活，非比大户尚兼营别业，大绅并不恃田业也。如被水而田无所收，必仰屋兴嗟，幸尚有收，亦喜出望外。田之真荒真熟，纤悉必知。是以初次即定业主自勘呈报之议，犹虑其或有趋避也，又就佃户设想，如真荒即免租，其缴官之款亦由业主。仅歉及不荒，则租不尽免，缴款仍须斟酌，其出入实有两倍，佃户安肯含糊。现由任宪荫堂倡设免租票办法，饬其账房试办，公所即取存票式，藉劝城乡各姓仿办，而仿办与否，仍听其便，不稍勉强，此为厘正真荒真熟被水田亩之法。至摊费则巧取之道，百出不穷，无论官府如何廉明，绅士如何公正，禁革如何认真，仍恐有名无实。今姑准情酌理，优加体恤于先，严切究惩于后。该经手承办荒册之川费、伙食、纸笔各项零用，不能无出，业主或力难再给，因由公所倡设津贴经费凭票之法，与免租票协赈章程办法、煮赈专章，均刷印空白，先向城乡遍贴，俾众周知，再随时婉切劝导，庶几正本清源，或有可望。其协赈章程办法、煮赈专章、免租津贴各票式，均已另详不赘。

六、中国本以农立国，而宜荆农田之利，尤占通境土产之半。通境共一百十余万亩尚未一律成熟，业主有数万千百人之多，佃户更难以数计。今年雨水初发，无不波及。现在高田涸复，平田亦渐消退，低田仍多浸水，既为数万千百人及难以数计之业主佃户利赖所在，灾情据称较道光己酉为甚，是以城乡绅耆，亟起设法赈恤，并深知派费冒荒之积弊，竭力设法禁革。查道光己酉，苏、皖、鄂三省水灾，于蠲免减缓钱粮之外，又特颁内帑一百万两，派到宜荆银数无多。地方绅耆，各罄其累代富积之家私，合力筹办，以副皇仁而全民命，流风余韵，故老犹能言之。今物力远不如前，业主佃户之苦，更甚于前。若仅恃本地力量，万难自救。幸有义赈协助之举，不惜心思才力，多方呼吁，极数人之辛苦，奠众人之安全，岂敢侈功，惟恐丛过，所望数万千百人之业主，难以数计之佃户，均共谅此心，推诚相与，积弊何难尽去，实惠即可均沾。凡城乡张贴之协赈章程办法、煮赈专章及免租津贴各票式，务期心领神会，实力施行。其不识字者，由即识字者详细与之解说，俾各晓然。

七、警察为地方自治第一要务，现虽在城开办，多未合法，以致在城及在乡各区图户口丁数，及现在何处被灾最重，何处较轻，何处灾而无害，何处无灾，官固不能以一身亲历各乡，挨户清查，绅则远隔者但凭传说，亲历者亦无定见，其实在情形数目，迄尚茫然。特以坐视沦胥，不为援手，于心未忍。遂于官赈之外，清理本地备荒谷款，筹募外来捐款，查照道光年间侯官林文忠抚吴时，亲勘灾区，一面给赈，一面奏报成案办理。其官赈向有急赈、普赈、展赈、加赈、按户口、按月日各等办法，今应如何，应请两邑侯主政。协赈则先以本地备荒谷款，外募协款约略预算，万无查户按口放钱之力量，是以只能先筹煮赈，次筹来春籽种。隆冬号寒，如能募到棉衣，自即择尤散给。一切章程办法，均已另行刊布矣。两邑侯主持官赈，尤须兼顾忙漕考成，剔荒征熟，成法具在。其法真正荒田，钱粮应均请蠲，其毗连荒田之熟田，亦应酌量请缓或减。按成法而吁实情，是在贤父母，以两邑侯之贤能，又有勤求民隐、仰体圣慈、注重国民之贤大府在上。恭读庚子十月间变法谕旨，误天下在一例字。本年七月间宣布立宪谕旨，庶政公诸舆论。今不幸而至筹办荒政，自必破除成例，俯顺舆情。宜、荆两县通年钱粮，即按额全完，于通省度支，增益无多，全蠲亦所损有限。虽时局艰难，帑藏支绌，似出入尚不在此。况今年上忙已过，只下忙冬漕，及来年上忙，按剔荒征熟之法，蠲、减、缓并请，为灾民舒其喘息，官长自能秉公从宽核实筹办。若蒭荛之见，譬如初次文牍及册，或偶未周备，随后仍可据情驰达，或电请更正。事关民瘼，贤吏敷陈，定荷圣明俞允，无待瞻顾为难。地方绅民惟各切实查报，听候官长核办，慎勿冒饰冀幸，更勿渎议牵掣。只缘警策尚未办妥，其势只能如此。此次办赈，即可预为警策地步，以增地方之幸福。

八、宜荆现在田亩，均较乱前略大。如早讲求农学，筹备肥料，则每上则田一亩，约可得谷八九石，中则六七石，下则四五石，天时相凑，尚有加无已。宜荆全未讲求，以致收成歉薄。此后务望随处随时加意，果得丰收，同沾大利。现在城乡遵旨设立学堂，虽尚无农学，而其意自在，随后亦必兴办。凡各农佃，务期领会，勿为谗言贻误，以致后悔难追。农田外土产既多，亟应一面筹办工艺，一面推广树艺，现先于城内筹设惠工厂，以树风声。始事不惮经营，舆情尤宜赞助，总之警策学堂工艺，皆所以加惠地方，果皆次第兴办，成效昭著，今日之灾，即可自救。往不谏而来可追，特因办赈连类及之，为吾父兄子弟告焉。

以上八条，均就公呈、募启未尽之意，推暨言之，谨为募捐办事诸君子告。尚有未尽之意，容再赘陈。现绅耆公请徐性模先生主持协赈，固取其朴实勤能，耐习劳苦，前任宜荆守备，又带兵驻防有年，地方情形熟悉，舆论爱戴。宜荆东滨太湖，枭船出没无常，与浙、皖接壤瓯脱之处，向为盗薮，居民已苦饥寒，何堪再有惊扰。性模现带浙西缉私右营师船，向在宜荆一带巡缉，枭盗颇慑其威，今即请其主持，实为一举两得。上台洞察情形，俯如所请，其办公经费及各经董宿食川费，公同议章，由沪另行设法筹寄性模支发，不与协赈正款相混。官赈亦即帮忙，总与官绅和衷共济，胜任愉快，拭目俟焉。至论目前灾情，则历次乡函报告，迤西八区六十四图，每图约以四圩为率，六十四图共二百数十圩，五月间雨水，兼发山洪，均已浸水，尚可楼居。或设法一面筑梗堵水，一面补种。迨六月间雨水又至，挟坛、溧上游来水，合流下注，此六十四图，二百数十圩，仅四圩尚见烟炊，余皆一片汪洋。闻居民均趋避就近山麓，结茅觅粮暂度，雨淋之后，风侵日炙，无复人形。其塌倒之房屋，淹毙之人口，以水作漩涡，尚未见流出，实难知其实在。其余十一区三百二十余图，或水渐消，或仍水浸，略胜于此八区。而补种之禾苗，大半漂没，存者亦同腐草。其高田水到未淹过禾苗者，水退形极勃发，但禾根每多发软，蕊间红色，老农谓丰收与否，尚在难必。据此情形，较之徐海报告灾情，有增无减矣。昨苏、常来电，苏藩库先发银一万两，饬府委员会县查勘，当经电请印委，务先从此八区下手，余再依次递及。该区图现在舟车皆不能通，性模所部师船内枪划，道里熟悉，较为相宜，亦已电请其从速饬令驶候印委应用。窃幸官赈业已开手，前奉督宪来电，必能公溥，嘱传示绅民，均勿过虑，是宪泽下逮，官赈当尚有接济，以昭公溥。再有协赈以辅之，地方其庶有豸乎。谨附识之。

宜荆城乡同人公启

湖南筹赈捐输章程

清光绪年间刻本

（清）湖南筹振总局　辑

李文海　点校

湖南筹赈捐输章程

抚部院庞电陈开办赈捐

抚部院庞于光绪三十二年四月二十八日电陈北京军机处王爷中堂大人钧鉴：湘省水灾，蒙圣恩赏发帑银十万两，以济灾黎，殊恩特沛，优异逾恒，绅民莫不同声衔感，浃髓沦肌。查此次大水，实为数十年未有奇灾。自三月下旬省城及南路各属阴雨连绵，昼夜不止，至四月初旬，复大雨滂沱，各处山水齐发，潇、湘二水在永州合流，势即泛滥。故永属之零陵、祁阳二县，城外房屋，均被水淹。幸地处上游，二、三日即退。衡州、长沙两府，当湘流之冲，复有郴桂、茶陵、湘乡各小河之水汇之，尤极奔涌，以致衡阳、清泉、衡山、湘潭、长沙、善化各县，被淹之处甚多，为时亦久。夹湘两岸，田园庐舍均被浸没，淹毙人口、牲畜，漂流房屋，随波而下。遇救得生之人，俱风栖露宿，惨不可言。长沙会垣及衡州郡城，衡山、湘潭两县城，并沿河厘卡市镇，均被淹灌，倒塌公私房屋，冲失谷米货物，不知凡几。醴陵县之西乡渌口市一带，居衡山之下，湘潭之上，滨河田亩市镇，亦被淹没，第不及衡、湘各邑灾区之广。由省城而下，河道较宽，故下游之宁乡、湘阴两县，近水低田，虽今被淹，而水势稍缓，被灾不似上游各县之重。此湘省水灾由永州而发长、衡两郡各属被灾轻重之实在情形也。奉职无状，未能感召天和，殊深惶悚。当即遴派妥员，运解银款谷米，分赴各处查勘赈济。并电饬灾重之处，立开常平仓谷放赈，以广皇仁。严饬各地妥为抚恤，无任饥民轻出其乡，灾黎涵濡圣泽，幸未流亡。四月中旬，水势渐退。惟是灾区既广，饥口甚多，各市镇储存谷米，均被冲失，向所恃以备荒者，咸归乌有。现距秋成尚远，岁事丰歉亦未可知，除饬司遵旨在于藩库动支帑银十万两办理急赈，并由捐廉倡率，僚属各捐银款，仍敦劝士绅商富，量力捐资，共筹安集外，但就湘省公私财力而论，办理善后，实觉不敷。与其临时竭蹶，不如先事图维。惟有仰恳天恩，俯念湘省被灾奇重，赏准仿照四川、山东各省办赈成案，开办虚衔封典翎支贡监及七项常例捐输，俾资接济，免致灾民流离失所。谨请代奏，候旨遵行。于光绪三十二年闰四月初一日承准军机处电开，奉旨：庞电奏请开办赈捐等语，著户部速议具奏。钦此。闰四月初七日奉准户部歌电内开，贵省奏请开办赈捐并常捐七项，经本部议准覆奏，本日奉旨依议。谨先电闻各等因到局，遵照办理。

筹赈总局详为拟开办筹振章程

筹赈总局为详请奏咨事。窃照本年四月初七、八、九等日，河水陡涨，由永州上游，建瓴而下，势如箭急，致永、衡、长三府所属滨河两岸地方，冲漫堤岸，淹没田庐。而支河歧港，同时山水猛发，激迅慓悍，一并受灾。省垣西北城内外，屋宇亦多被水漫溢坍塌，旬日之久，始行渐退。其时各处灾民，或登楼房暂避，或上城栖止，乡间则露处高阜，而波涛澎湃，昼夜大雨如注，避之不及，溺毙甚多。灾黎待哺嗷嗷，情形极为可惨。各口岸如湘潭县属之易俗河，长沙县属之靖港等处，商贩囤积谷米，及存积备荒仓储，均被漂散。当奉宪台南抚宪谕饬由局赶办急振，城内则分设粥厂，附郭一带，雇用划船，分济民食埋费。一面委员将极贫、次贫灾户确切查明，造具灾册，以备振抚。并蒙宪台南抚宪电奏，奉旨颁发帑银十万两，振济灾黎。复奉札委本藩司及职道国均、必名等为督办、总办，督率先后所委在事各员，将振抚事宜妥慎经理，毋使灾民流离失所，仍将办理情形，随时报查各等因。奉此，伏查此次水患，究属偏灾，似无关大局利害。惟被灾之处，由永州府起，至湘阴、益阳等县界止，共计一千数百余里，灾民之众，约略计之，不下数十万。湘民生计，胥在农田，一旦被淹，顿失其业。若不极力振抚，非转徙逃亡，即流为匪类，后患何堪设想。现在淹没田地，亟须设法疏消，俾得及时垦复补种。并将溃决堤垸，赶紧修筑完好，而冲坏衙署、厘卡、学堂、城垣、驿舍、监狱以及民间房屋，亦应早为修复。此外牛力、籽种，并须酌量代筹。除衙署等由官修复不计外，其余民业，在有力之家，固可自行经理，其穷苦小民，灾后余生，救死不遑，何能规复旧业，则不能不仰藉官力为之保全，免填沟壑。更有被水之民，忍饥露处，感受疾疫，亟须制办药料，分别施散，并多备揞具，以为掩骼之资。以上各节，需款甚巨。虽蒙宵旰轸念民依，发帑振济，并蒙宪台南抚宪督同本司道等会集绅商，量力捐款。惟值此灾区甚广，办理振抚为日甚长，加以上年霪雨虫伤，岁收歉薄，民间十室九虚，刻值青黄不接，谷价昂贵，穷民动辄聚众生事。现据各州县纷纷请借省谷减价平粜，不能不应付维持，而省仓所储，亦仅存二十余万石。现拟筹款前赴抚州、芜湖一带，采买谷米，以资接济。惟是年来湘帑罗掘早空，竟有数千金立等应用之款，延待数日，设法息借，难于应手者。公私交困情形，实为数十年所仅见。荒歉之后，继以重灾，岂复得有余力兼顾振需，势不得不先事图维，免致临渴掘井。查光绪二十一年及二十六、七年旱涝成灾，经前南抚宪吴俞先后奏请开办振捐，只收虚衔封典贡监翎枝等项，办有成效。此次灾情，较之昔年尤甚，拟请宪台援案奏请开捐。惟查广西、奉天七项捐及实官花样捐输，并虚衔封典贡监翎枝等项捐章，均减成核收，且均派员驻湘劝办，湘省若仍照从前，仅收虚衔封典等项，必致相形见绌。并请援照广西成案，推广七项及实官并花样等捐，一切收捐数目办法，均照粤省章程办理。以一年为期，限满即行停止。而论者犹谓捐数彼此相同，仍难有济，不知恻隐之心，是人皆有，救灾恤怜，在外省尚且慷慨赀助，况湘人好义，事关桑梓休戚，必能起而援手。其外省在湘仕商，一经提倡，亦必不吝解囊。此次沪绅闻信即电汇银三万两，可为明证。其他应办事宜，本司职道等惟有殚竭心力，督率在事各员，核实认真经理。兹会商酌定章程十条，务令灾民得所，不致转徙流离，以仰副宪台饥溺为怀之至意。所有筹办振抚酌定章程缘由，是否有当，除详明督部堂南抚部院外，理合开具筹振章程清折，详赍宪台，俯赐查核，分别奏咨，并请批示饬遵。为此照详两院计呈赍清折一合，谨将会拟开办筹振章程录折敬呈钧鉴。

计开：

一、筹振办公之所，定名为筹振总局，即附于善后局开办，不另设局，以节糜费。

一、另颁关防，以备随时启用，文曰“湖南筹振总局关防”。俟振务办竣，即行缴销。查曩岁办振，一切公赎及收捐请奖实收，均用本藩司印信，现在开办振抚，案牍纷烦，兼之官钱局票币均用司印，动辄数千万张，实难兼用。拟请嗣后文牍等项，均用新颁关防，开捐实收，仍用司印，以示区别而昭便捷。

一、筹振局文案收支暨稽查灾册各员，均就善后局原派之员，按照名目，分别经理，不另开支薪水夫马。此外书识人等，亦就善后局原有之人承办，惟须略加津贴，以资办公。

一、筹振局出入银钱、米谷，须分别各立一簿，按月造册呈报。

一、办理振抚，由局体察情形，或即由地方官，或遴员前往，以专责成。除永州属灾情轻重，俟该府县禀到再行核办外，衡州所属地方，拟即移请衡永道督率该府县查照详定章程，认真办理。长沙府属即由局分别遴派妥员，会县督率团保，按团散振。一面清查极贫、次贫，造具灾册呈赍，以凭核办。

一、现办振抚，除已分途散放急振外，嗣后只宜散放米谷。查照灾户丁口，每人每日给米半升，谷则倍之，十日一发。并另刊灾户门牌，载明极贫、次贫以及丁口数目，及有无淹没田庐、伤坏人口，一一注于牌内，毋滥毋漏。

一、各属灾民，拟请分饬各地方官妥为振抚，务令各安田里，毋任出外逃荒。其外来灾民，亦即随处截留，资遣回籍，不得稍分畛域，听其转徙流离，失业废时。并将遵办情形，随时报查。

一、散振米谷、银钱，须用小轮装载，或雇用民船亦可。此外并雇小划五六只，均由小轮拖带，以便分往各汊港地方查明散放。船内并带布篷竹兜二三乘，帐篷四五架，以备阴雨之用。

一、派出查灾委员，毋论有无长差，概不开支薪水。所有夫马火食等项，准其实用实销，毋得稍涉冒滥。

一、散振各员，务须各任劳苦，躬亲其事，俾灾黎实惠均沾，不得假手勇役人等，致滋敷衍冒滥。如各员办事认真，毫无弊混，事后由本司职道等分别详给差委记功，不力者记过停委，以示劝惩。

以上章程十条，如有未尽事宜，续行补入，合并登明。

衔封目录

贡监

贡监报捐文职衔（进士举人附）

实职报捐升衔

实职报捐推广顶戴升衔

封典（加级附）

捐贡监

一、贡生

由监生附生，捐银一百四十四两；由增生，捐银一百二十两；由廪生，捐银一百八两。

一、监生

由俊秀，捐银一百八两；由附生，捐银九十两；由增生，捐银八十两；由廪生，捐银六十两。由俊秀已捐从九未入职衔改捐监生，概不作抵，仍缴例银一百八两。

捐职衔

正五品　一、郎中

由贡监生，捐银三千八百四十两；由同知，捐银一千八百四十两。

从五品　一、员外郎

由贡监生，捐银三千二百两。

正六品　一、主事、都察院都事、都察院经历、大理寺寺丞

由贡监生，捐银一千六百六十两。

从六品　一、光禄寺署正

由贡监生，捐银九百两。

正七品　一、太常寺博士、太常寺典簿、大理寺评事

由贡监生，捐银七百五十两。

从七品　一、鉴仪卫经历、中书科中书、光禄寺典簿

由贡监生，捐银六百五十两。

正八品　一、部寺司务

由贡监生，捐银六百两。

从九品　一、翰林院待诏

由贡监生，捐银三百六十两。

未入流　一、翰林院孔目

由贡监生，捐银三百二十两。

正四品　一、道员

由贡监生，捐银五千二百四十八两

从四品　一、知府

由贡监生，捐银四千二百五十六两。

从四品　一、盐运司运同

由贡监生，捐银三千八百四十两。

正五品　一、同知

由贡监生，捐银二千两。

正六品　一、通判

由贡监生，捐银一千六百两。

从六品　一、布政司经历、布政司理问、州同

由贡监生，捐银三百两；由恩拔副贡生，捐银一百二十两。

七品　一、按察司经历（正七）、布政司都事（从七）、盐运司经历（从七）、州判（从七）

由贡监生，捐银二百五十两；由恩拔副贡生，捐银七十两。

八品　一、盐库各大使（正八）、按察司知事（正八）、府经历（正八）、县丞（正八）、盐运

司知事（从八）、布政局照磨（从八）

由贡监生，捐银二百两。

九品 一、按察司照磨（正九）、府知事（正九）、县主簿（正九）、州吏目（从九）、茶马大使（正九）

由贡监生，捐银一百二十两；由从九品未入流，捐银一百八十两。

一、从九品、未入流

由俊秀，捐银八十两；由未满吏，捐银六十五两；由已满吏，捐银五十两。

一、各馆謄录，举人准捐同知职衔，照常例贡监生报捐银数酌加五成。生监准捐通判职衔，照贡监生报捐银数酌加三成。其余职衔，仍按常例银数办理。

一、各馆供事，报捐七品，按经、布、都、盐、经、职衔，各照常例贡监生报捐银数加倍报捐。其捐府经、县丞各职衔，应按未满吏递捐例银三百二十五两。捐县主簿、州吏目各职衔，例银二百四十五两。

一、文进士举文报捐京外四、五品文职衔，并五贡报捐四、五、六品文职衔，均应扣除原资银数。

已截取进士，作银一千二百九十五两；未截取进士，作银一千一百五十五两。已截取举人，作银一千十五两；未截取举人，作银八百七十五两；未拣选举人，作银七百三十五两。五贡，作银四百三十四两。

以上各项职衔，凡小衔加捐大衔，准将原捐小衔银数抵算。惟文京职衔加捐文外官职衔，往往有原捐银数浮于加捐者，只准照对品外衔银数作抵。

捐　升　衔

一、现任部司务捐六品升衔，应银一千一百三十一两；候补、候选，应银一千三百四十七两。

一、现任理评事科中书、阁中书、鉴经历太常寺博士捐五品升衔，应银二千七百七十二两；候补、候选，应银二千九百四十五两。

一、现任太常寺典簿捐五品升衔，应银三千一百七十六两；候补、候选，应银三千三百六十三两。

一、现任光典簿捐五品升衔，应银三千八百三十一两；候补、候选，应银四千零六十二两。

一、现任京府经历捐提举升衔，应银一千九百五十二两；候补、候选，应银二千二十四两。

一、现任京通判捐同知升衔，应银一千三十七两；候补、候选，应银一千二百六十八两。

一、现任光署正捐员外郎升衔，应银二千五百九十二两；候补、候选，应银二千七百二十二两。

一、现任主事、都都事、都经历捐员外郎升衔，应银一千二百五十三两；候补、候选，应银一千九百四十四两。

一、现任教谕捐科中书升衔，应银八百二十一两；候补、候选，应银九百三十六两。

一、现任教谕捐翰待诏升衔，应银一百八十八两；候补、候选，应银二百四十五两。

一、举人出身现任教谕捐内阁中书升衔，应银八百二十一两；候补、候选，应银九百三十六两。

一、五贡出身现任教谕捐内阁中书升衔，应银一千一百三十七两；候补、候选，应银一千二百五十二两。

一、举人出身现任训导捐内阁中书升衔，应银一千二百三十九两；候补、候选，应银一千三百四两。

一、五贡出身现任训导捐内阁中书升衔，应银一千五百五十五两；候补、候选，应银一千六百二十两。

一、现任按知事、府经历捐布理问升衔，应银六百六十三两；候补、候选，应银七百三十五两。

一、现任县丞捐布理问升衔，应银三百二十四两；候补、候选，应银四百十八两。

一、现任布照磨、盐知事捐布理问升衔，应银五百九十一两；候补、候选，应银六百二十七两。

一、现任盐库各大使捐运判升衔，应银一千七百二十八两；候补、候选，应银一千九百五十九两。

一、现任按经历捐提举升衔，应银一千六百四十九两；候补、候选，应银一千七百六十五两。

一、现任布都事、盐经历、直州判、州判捐提举升衔，应银一千九百五十二两；候补、候选，应银二千二十四两。

一、现任知县捐同知升衔，应银一千三十七两；候补、候选，应银一千二百六十八两。

一、现任通判捐提举升衔，应银五百七十六两；候补、候选，应银七百十三两。

一、现任运判捐提举升衔，应银一千三十七两；候补、候选，应银一千一百七十四两。

一、现任布经历、布理问捐提举升衔，应银一千五百五十六两；候补、候选，应银一千七百两。

一、现任州同捐提举升衔，应银一千四百四两；候补、候选，应银一千六百七两。

一、现任直州同捐知州升衔，应银一千六百三十五两；候补、候，选应银二千一百五十三两。

一、现任提举、运副捐运同升衔，应银三千四百五十六两；候补、候选，应银四千三百二十两。

一、现任直知州捐知府升衔，应银二千九十六两；候补、候选，应银二千七百八十七两。

一、现任同知捐运同升衔，应银二千四百二十两；候补、候选，应银二千九百八十一两。

一、现任同知捐知府升衔，应银二千五百九十二两；候补、候选，应银三千七百三十两。

一、现任知州捐运同升衔，应银二千九百九十六两；候补、候选，应银三千四百四十二两。

一、现任学正、教谕捐翰林院待诏升衔，应银一百八十八两；候补、候选，应银二百四十五两。

以上常例准捐升衔条款，大致备载。其余如八、九品递捐各条，查阅本条捐升官阶双月银数减二成，即系报捐升衔例银数目。

捐推广顶戴升衔

一、现任员外郎捐四品衔，应银四千六百八两；候补、候选，应银四千八百四十两。

一、现任郎中捐四品衔，应银二千五百三十五两；候补、候选，应银三千九百十七两。

一、现任员外郎捐三品衔，应银九千二百十六两；候补、候选，应银九千六百八十两。

一、现任郎中捐三品衔，应银五千六十九两；候补、候选，应银七千八百三十四两。

一、现任侍讲、侍读捐四品、三品衔，均比照汉现任郎中报捐银数办理。

一、现任修撰捐四品衔，均比照汉京官六品报捐银数办理。

一、现任编修、检讨、庶吉士捐四品衔，均比照汉京官七品报捐银数办理。

一、现任七品京官捐四品衔，应银四千六百七十三两；候补、候选，应银五千二百四十九两。

一、现任八品京官捐五品衔，应银三千八百六十七两；候补、候选，应银四千零四两。

一、现任九品、未入流京官捐六品顶戴，应银一千四百九十一两；候补、候选，应银一千五百九十九两。

满洲蒙古人员

一、现任九品捐六品顶戴，应银二千三百二十六两；候补、候选，应银二千四百六十三两。

一、现任八品捐五品衔，应银四千二百二十七两；候补、候选，应银四千三百六十四两。

一、现任七品捐四品衔，应银六千二百六十四两；候补、候选，应银六千四百一两。

一、现任六品捐四品衔，应银四千三百七十八两；候补、候选，应银四千六百三十两。

一、满洲蒙古员外郎、郎中捐四品、三品衔，均比照汉员报捐银数办理。

汉文员外官

一、现任九品、未入流外官捐六品顶戴，应银一千一百八十一两；候补、候选，应银一千二百一十两。

一、现任府经历、县丞、盐知事、布照磨捐五品衔，应银二千二百九十七两；候补、候选，应银二千三百六十九两。

一、现任盐库各大使捐五品衔，应银三千八百二两；候补、候选，应银四千三十二两。

一、现任训导捐五品衔，应银三千一百六十一两；候补、候选，应银三千二百七十六两。

一、现任教谕捐五品衔，应银二千六百三十六两；候补、候选，应银二千六百七十二两。

一、现任布都事、盐经历、直州判、州判、按经历、京府经历、京县丞捐四品衔，应银六千二百七十二两；候补、候选，应银六千三百四十四两。

一、现任外县知县捐四品衔，应银四千七百六十七两；候补、候选，应银四千九百九十七两。

一、现任府教授捐四品衔，应银七千五百六十两；候补、候选，应银七千八百四十八两。

一、现任京县知县、通判、盐运判、州同、布经历、布理问捐四品衔，应银四千八百九十六两；候补、候，选应银五千零三十三两。

一、现任直隶州知州捐三品衔，应银六千一百六十八两；候补、候选，应银七千二百零四两。

一、现任同知捐三品衔，应银六千九百十二两；候补、候选，应银八千六百十九两。

一、现任知州捐三品衔，应银九千一百零五两；候补、候选，应银九千三百一十两。

一、现任盐运同捐三品衔，应银六千零七十一两；候补、候选，应银六千二百零九两。

一、现任知府捐三品衔，应银四千六百零八两；候补、候选，应银五千七百四十七两。

一、现任道员捐三品衔，应银四千一百十四两；候补、候选，应银四千八百零四两。

以上各项顶戴升衔，毋论京外各官，凡有已保、已捐升衔顶戴，俱不准作抵银数。

添收升衔文职捐升衔

一、二品顶戴

如道员有三品衔及盐运使衔者，例银五千四百两；如无三品衔，加倍报捐。今按此数一律减五成收捐。

职衔

一、盐运使衔

由贡监生，捐银七千八百七十二两。

捐封典

一、京外文职现任及候补、候选各官并捐职人员报捐封典：

一品实官捐银一千两，二品实官捐银九百两，三品实官 捐职捐银八百两 九百六十两四品实官 捐职捐银七百两 八百四十两，五品实官 捐职捐银四百两，六七品实官 捐职捐银三百两，八九品实官 捐职捐银二百两，未入流实官 捐职捐银一百两。

以上实官、捐职各捐封例银数目，其由虚衔人员加级报捐一、二品封者，应照实职捐封银数办理。

一、在京文职加级：

一品捐银二百二十五两，二品捐银二百五两，三品捐银一百八十五两，四品捐银一百六十五两，五品捐银一百四十五两，六品捐银一百二十五两，七品捐银一百五两，八品捐银八十五两，九品以下捐银六十五两。

一、在外文职加级：

一品捐银四百五十两，二品捐银四百一十两，三品捐银三百七十两，四品捐银三百三十两，五品捐银二百九十两，六品捐银二百五十两，七品捐银二百一十两，八品捐银一百七十两，九品以下捐银一百三十两。

以上京外文职实官报捐寻常加级例银数目，其由文虚衔职衔人员加级请封，其级应按京外文品职加级例银加倍报捐，即所谓随带级。如有情愿多捐加级者，各照实官职衔品级例定银数分别报捐，准照所加之级捐封。

一、加级捐封，向例三、四品不得逾二品，五、六品不得逾四品，七品不得逾五品，八品以下不得逾七品，各照常例捐级捐封银数办理，毋庸加倍。

一、二品实职及虚衔人员捐级，请从一品封。其封典银数，应按一品例定银数加倍报捐。

一、三品实职人员加级请封，准捐至二品为止。推广案内，淮［准］加级捐至从一品封，应照例定一品封银数加倍报捐。

一、三品虚衔人员捐级请从一品封，其封银应按一品例定银数加倍再加五成，共交银三千两核算。

一、三品虚衔人员捐级请二品封，其封银应按二品例定银数加倍报捐。

一、四品虚衔人员捐级请二品封，其封银应按二品例定银数加一倍半报捐。

一、五、六品实职虚衔人员捐级请三品封，照常例加倍交封银；其捐至二品封者，照二品例定银数加一倍报捐。

一、七品实职虚衔人员捐级请三、四品封，其封银各照常例加倍报捐。

一、八品以下实职虚衔人员捐级请五、六品封，其封典银数各照常例加倍报捐。

一、捐封之级准其续行捐请封典，惟不准将捐封之级抵销处分，以示区别。

一、三品以上各官捐请封赠，准赠封曾祖父母。

一、四品至七品官，准其貤封曾祖父母；八品官以下，准其貤封祖父母。照例加倍交银报捐。

一、三品以上各官，欲捐请本生曾祖父母封赠者，准照貤封曾祖父母之例报捐。

一、外曾祖父母、妻祖父母，亦准捐请貤封。

一、京外大小各官貤封曾祖父母、伯叔祖父母、伯叔父母、庶母兄嫂及外祖父母，均准其貤封。

一、捐封人员，准其捐请貤封嫡堂伯叔祖父母、嫡堂伯叔父母、嫡堂兄嫂并从堂、再从堂各尊长，以广尊崇。

一、官员之母舅、舅母、姑夫、姑母、姨夫、姨母、妻父、妻母，均准捐请貤封。生母应归应封办理，毋庸另请貤封。

一、八品以下职官，向例止封本身。如欲封本身及妻室者，应照常例捐封加倍报捐。

一、京外文职各官，例得捐封第三继室。应先封本身及原、继配妻室，方能另捐请封。

一、第三继妻以后谊同敵体，应准其按次递捐，以昭旷典。

一、休致人员，亦准按原官品级报捐。

一、子孙为伊祖父、父原职品级追请封典者，亦准一体捐请。

一、凡为人妇、为人后者，欲为其已故夫之祖若父捐职请封，并为祖若父貤封其先人者，均准捐请，以遂其报本之忱。

一、貤封世代以曾祖父母为断，即捐至一、二品，亦不得貤封高祖父母，以示限制。

一、一品至三品，不得貤封高祖父母。推广章程准为已故祖若父捐职请封，并貤封其先人，自应以现在捐请之人，核计世代至曾祖为断，不得貤封高祖。

七项常捐目录

一、捐免补本班、离任，以升阶仍留原省试用

一、捐免坐补

一、捐免试俸历俸

一、捐免实授

一、捐离任

一、捐分发指省

一、捐离省

捐免补本班

一、候补委用试用人员，因各项劳绩出力，奉旨俟补缺后以何项官用者，令先捐免补本班，并捐离任。其捐免补本班银数，应按升阶补足三班银两，方准以升阶留省试用。兹将捐免补本班、离任各银数，开列数条，以备查核。

一、候补知府保举补缺后以道员用，今捐免补本班（道员三班），例银二千五百九十二两，（知府）离任例银一千四百四十两，共例银四千零三十二两。

一、候补直隶州知州保举补缺后以知府用，今捐免补本班（知府三班），例银二千三百七十六两，（直隶州）离任例银一千零零八两，共例银三千三百八十四两。

一、候补知县保举补缺后以直隶州知州用，今捐免补本班（直隶州三班），例银一千五百十二两（知县）离任例银四百九十五两，共例银二千零零七两。

一、候补县丞保举补缺后以知县用，今捐免补本班（知县三班），例银一千四百三十一两，（县丞）离任例银三百四十七两，共例银一千七百七十八两。

一、候补委用试用人员，因各项劳绩出力，奉旨俟补缺后以何项升用者，仍先令其捐免补本班，并捐离任，再按其升阶补足三班银两，亦准以升阶留省试用。兹将捐免补本班、离任并补足升阶三班银两，开列数条，以备查核。

一、候补知府保举补缺后以道员升用，今捐免补本班（道员三班）例银二千五百九十二两，（知府）离任例银一千四百四十两，再补足道员升阶三班例银二千五百九十二两，共例银六千六百二十四两。

一、候补直隶州知州保举补缺后以知府升用，今捐免补本班知府三班，例银二千三百七十六两，直隶州离任例银一千零零八两，再补足知府升阶三班例银二千三百七十六两，共例银五千七百六十两。

一、候补知县保举补缺后以直隶州知州升用，今捐免补本班直隶州知州三班，例银一千五百十二两，知县离任例银四百九十五两，再补足直隶州知州升阶三班例银一千五百十二两，共例银三千五百十九两。

一、候补县丞保举补缺后以知县升用，今捐免补本班知县三班，例银一千四百三十一两，县丞离任例银三百四十七两，再补足知县升阶三班例银一千四百三十一两，共例银三千二百零九两。

一、保举应升之缺升用，并未指项何官，捐免补本班、离任、再补足指定应升一项官阶三班，其报捐银两与前同。

一、候补委用试用人员劳绩出力，保举补缺后以何项官用者，令其先行捐免补本班，并捐离任，准以补用之官留省试用；其部选人员保举选缺后以何项官用者，先就本职分发指省，复经捐免补本班、离任、并补交升阶分发留省一层银两，亦准留省试用。

道员至未入流各项三班银数暨应捐离任银数列后，以备查核。

道员三班例银二千五百九十二两，离任例银一千四百四十两。知府三班例银二千三百七十六两，离任例银一千四百四十两。直隶州三班例银一千五百十二两，离任例银一千零零八两。同知三班例银一千四百三十一两，离任例银一千零零八两。知州三班例银一千四百三十一两，离任例银一千零零八两。通判三班例银一千零二十六两，离任例银七百零六两。知县三班例银一千四百三十一两，离任例银四百九十五两。运同三班例银二千一百六十两，离任例银一千四百四十两。提举三班例银一千零八十两，离任例银一千零零八两。直州同三班例银六百四十八两，离任例银七百零六两。布理问、布经历三班例银七百五十六两，离任例银七百零六两。

按经历、京府经历、布都事、盐经历三班例银六百四十八两，离任例银四百九十五两。

直州判三班例银三百七十八两，离任例银四百九十五两。

外府细历、县丞、按知事、盐知事、布照磨三班例银三百五十一两，离任例银三百四十七两。

按照磨、府知事、县主簿、州吏目三班例银二百七十两，离任例银二百四十三两。

从九、未入指项人员二班例银一百二十六两，离任例银二百四十三两。

教谕二班例银二百三十四两，离任例银三百四十七两。

训导二班例银一百八十两，离任例银三百四十七两。

州同三班例银七百五十六两，离任例银七百零六两。

州判三班例银六百四十八两，离任例银四百九十五两。

盐运副离任，例银一千零零八两。

盐运判离任，例银七百零六两。

外官捐分发指省

一、候选人员今捐分发，应各按三班银两交足，再交分发银两。

道员分发，例银一千四百四十两。指省同。

知府分发，例银一千二百八十两。指省同。

直隶州分发，例银一千一百二十两。指省同。

同知分发，例银六百四十两。指省同。

知州分发，例银九百六十两。指省同。

通判分发，例银六百四十两。指省同。

知县分发，例银九百六十两。指省同。

运同分发，例银一千二百八十两。指省同。

提举分发，例银一千一百二十两。

直州同分发，例银二百四十两。指省同。

布理问、布经历分发，例银二百四十两。指省同。

按经历、京府经历、布都事、盐经历、直州判、外府经历、县丞、按知事、盐知事、布照磨分发，例银一百六十两。指省同。

按照磨、县主簿、府知事、州吏目、从九、未入指项人员分发，例银二百二十两。指省例银一百三十二两。

教谕分发，例银一百六十两。

谕导分发，例银一百三十两。

州同分发，例银二百四十两。指省同。

州判分发，例银一百六十两。指省同。

盐运副、盐运判分发，例银一千一百二十两。指省同。

九品以下考选议叙分发，例银一百二十两。指省同。

布库大使、运库大使、盐课大使、批验大使分发，例银四百八十两。指省同。

京官捐分发

一、由不论双单月选用郎中报捐，应例银八百两。

一、由不论双单月选用员外郎报捐，应例银六百四十两。

一、由不论双单月选用主事报捐，应例银四百八十两。

以上报捐后均准知照吏部验看，分发各部学习行走，仍令投供，按次铨选。其由进士出身者，方准分发吏、礼两部。

一、由不论双单月选用光禄寺署正报捐，应例银四百八十两。

一、由不论双单月选用内阁中书、中书科中书、大理寺评事、太常寺博士、鉴仪卫经历、太常寺典簿、部寺同务、光禄寺典簿、翰林院待诏、翰林院孔目报捐，应例银三百二十两。

一、由不论双单月选用笔帖式报捐，应例银一百八十两。

一、旗籍各官指分六部寺院，应令按照分发银两加倍报捐。

一、京官捐免试俸历俸，均按品级论与外官同。

京官捐三班

一、双月候选郎中，今捐以郎中不论双单月选用，例银一千七百二十八两。

一、双月候选员外，郎今捐以员外郎不论双单月选用，例银一千四百四十两。

一、双月候选主事、都察院都事、都察院经历、大理寺寺丞、京府通判，今各依本职捐不论双单月选用，例银一千四百三十一两。

一、双月候选光禄寺署正，今捐以光禄寺署正不论双单月选用，例银一千二十六两。

一、双月候选中书科中书、大理寺评事、太常寺博士、内阁中书鉴仪卫经历，今各依本职捐不论双单月选用，例银八百六十四两。

一、双月候选太常寺典簿，今依本职捐不论双单月选用，例银六百六十六两。

一、双月候选部寺司务，今捐以部寺司务不论双单月选用，例银六百四十八两。

一、双月候选光禄寺典簿，今捐以光禄寺典簿不论双单月选用，例银四百九十五两。

一、双月候选翰林院诗诏、翰林院孔目，今各依本职捐不论双单月选用，例银三百六十两。

捐免坐补

一、常例坐补原缺人员，准其报捐分发原省，仍令坐补原缺，不准题咨别缺，如有续行捐免坐补者，归部铨选等语。查此项续行捐免坐补人员，既已分发到省，自应准其捐足留省遇有别缺题咨补用。嗣后凡在原省续行捐免坐补原缺者，应照捐免坐补在部候选人员请捐分发之例，令其逐层捐足并补捐分发，准免坐补原缺留省补用。如仅止捐免坐补并未逐层捐足分发者，仍照例归部铨选。查旧例各项已经实授分发在省坐补人员续行捐免坐补者，归部入于应补班内铨选，其有逐层捐足并捐分发者，籤分各省试用。嗣经酌增事例奏准，凡在原省续行捐免坐补人员有逐层捐足并捐分发者，准其留省补用。兹酌增事例既经截止，凡捐免坐补人员仍应照旧例归部铨选，其有逐层捐足并捐分发者，仍籤分各省试用，不准留省补用。再，查坐补人员有原任内未经实授者，一经捐免坐补，即归委用班内仍赴原省尽先补用。其业经实授各员，必须逐层报捐，方准归于试用班内，俟捐班三缺后补用一人。查业经实授人未经实授人员同一告病离任，同一病痊捐免坐补，而所捐银两多寡悬殊，即如从九品、未入流二项，业经实授人员病痊捐免坐补银七十两，再捐双月、单月、双单月分发银两，方准分发各省，归于应补三缺班内序补。未经实授人员病痊捐免坐补，止交银七十两，即归委用班内尽先补用，办理似未平允。今拟定此项未经实授捐免坐补仍赴原省委用人员，除知县以上例应引见各员应专候升调，所遗之缺方准补用，仍照旧办理外，其余各项佐杂，查系捐免坐补后即归委用班补用者，应照原定捐免银数加二倍报捐，如从九品、未入流原定捐银七十两，加二倍应捐银二百一十两，余俱照此办理，方准归入委用班内补用。

一、文职坐补原缺各员，其原任内业经实授者，如捐免坐补原缺，道员捐银二千两，在府捐银一千六百六十两，运同捐银一千五百两，直隶州知州捐银一千五十七两，同知捐银八百八十二两，知州捐银八百二两，运副提举俱捐银六百两，运判捐银五百二十两，通判捐银四百八十五两，知县捐银六百六十二两，直隶州州同捐银二百十七两，布政司理问、布政司经历、州同俱捐银二百七十七两，按察司经历、京府经历俱捐银二百五十两，布政司都事、盐运司经历俱捐银二百三十两，直隶州州判捐银一百四十九两，州判捐银二百三十两，盐课大使、布政司库大使、批验所大使、盐运司库大使俱捐银三百两，按察司知事、府经历、县丞俱捐银一百四十七两，盐运司知事捐银一百三十九两，布政司照磨捐银一百二十七两，按察司照磨、府知事、县主簿俱捐银九十八两，州吏目捐银七十四两，京外府照磨、宣课司大使、道库大使、府税课司大使、按察司司狱、府司狱、巡检、府仓大使、未入流、礼部铸印局大使、京外县典史、崇文门副使、关大使、府检校、长官司吏目、茶引批验所大使、府库大使、盐茶大使、州库大使、州税课大使、县税课大使、税课司分司大使、驿丞、河泊所所官、各闸闸官、道仓大使、州仓大使、县仓大使俱捐银三十五两，府教授捐银一百四十两，州学正、县教谕俱捐银一百三十两，府州县训导捐银九十两，俱免其坐补原缺，另行捐升。其有不能捐升，止捐免坐补原缺者，照此数加倍报捐，亦免其坐补原缺，归入应补班一体补用。其告病在籍人员，应坐补原缺，有情愿报捐者，亦准其一体报捐。

一、文职坐补原缺各员，其原任内未经实授者，如捐免坐补原缺，应仍赴原省，归入委用班内补用。此项人员除知县以上例应引见各员应专候升调，所遗之缺方准补用，仍照旧办理外，其余各项佐杂，查系捐免坐补后即归委用班补用者，应照原定捐免数加二倍报捐。直隶州州同捐银一千三百二两，布政司理问、布政司经历、州同俱捐银一千六百六十二两，按察司经历捐银一千五百两，布政司都事、盐运司经历俱捐银一千三百八十两，直隶州州判捐银八百九十四两，州判捐银一千三百八十两，盐课大使、布政司库大使、批验所大使、盐运司库大使俱捐银一千八百两，按察司知事、府经历、县丞俱捐银八百八十二两，盐运司知事捐银八百三十四两，布政司照磨捐银七百六十二两，按察司照磨、府知事、县主簿俱捐银五百八十八两，州吏目捐银四百四十四两，府照磨、宣课司大使、道库大使、府税课司大使、按察司司狱、府司狱、巡检、府仓大使、未入流、礼部铸印局大使、京外县典吏、关大使、府检校、长官司吏目、茶引批验所大使、府库大使、盐茶大使、州库大使、州税课大使、县税课大使、税课司分司大使、驿丞、河泊所所官、各闸闸官、道仓大使、州仓大使、县仓大使俱捐银二百十两，方准归入委用班内补用。

捐免试俸

一、正途出身捐免试俸：四品捐银九百六十两，五品捐银八百两，六品捐银六百四十两，七品捐银四百八十两，八品捐银三百二十两，九品以下捐银二百四十两，俱准免试俸三年。至捐纳人员捐免试俸，应各照品级加倍报捐，准免试俸三年。

一、捐免试俸，凡正途出身并捐纳各员，俱准捐免。其由捐纳议叙者，照捐纳人员银数捐免。由正途议叙者，照正途人员银数捐免。

外任官员准捐免实授试俸及历俸年限

一、各省地方知府直隶州并州县等官，定例原应于现任内历俸五年、三年以上，方准拣选升调。现任捐纳出身人员，俟实授后试俸三年，方准升用。此次新例，外省现任人员如有未请实授，未销试俸及历俸未满者，均准其捐免。捐免历俸照捐免试俸银数报捐，佐杂等官并无捐免实授银数，亦照捐免试俸银数报捐。

捐免实授

一、州县等官历俸三年，准其升补。历俸未满三年，准其升署。连前任、本任接算三年，准其实授。如历俸未满三年，升署人员升署任内并无违碍处分者，于升署后即准其各按本职随带加一级银数，酌加两倍捐免实授。

知府捐银一千九百八十两，同知、直隶州知州、知州捐银一千七百四十两，通判捐银一千五百两，知县捐银一千二百六十两，俱准免其实授。

捐离原省

道员，例银八百六十四两。

知府、运同，例银七百六十八两。

直隶州、提举、运副、运判，例银六百七十二两。

知州、知县，例银五百七十六两。

同知、通判，例银三百八十四两。

盐课大使、布政司库大使、批验所大使、盐运司库大使，例银二百八十八两。

布理问、布经历、直州同、州同，例银一百四十四两。

按经历、按知事、布都事、盐经历、盐知事、直州判、州判、府经历、县丞、布照磨，例银九十六两。

九品以下考选议叙，例银七十二两。

九品以下捐纳，例银八十八两。

续定外办章程十条

计开：

一、封典职衔升衔减成，贡监每例银百两，折收库平实银一十两六钱。(照例银百两四成填实收。)

一、十成贡监，每例银百两，折收库平实银三十两。(照例银十成填实收。)

一、道员捐二品顶戴，贡监生捐盐运使职衔，每例银百两，折收库平实银十四两。(照例银百两五成填实收。)

一、花翎四、五品人员，折收库平实银二百七两。(实收上填银九百两。)

蓝翎折收库平实银一百三两五钱。(实收上填银四百五十两。)

三品以上虚衔人员捐花翎，折收库平实银四百一十两。(实收上填银一，千八百两。)

一、二、三品实职人员捐花翎，每例银千两，折收库平实银二百七两。(实收上照例银千两九成填写，此项部文续定专条，一品例银四千两，二品例银三千两，三品例银二千两。)(原书行间注：案光绪二十五年奉部文，一、二、三品实职人员捐花翎，专归部□□□。)

以上各项，均不另收部饭照费。实收上衔封贡监，每例银百两，填部饭银一两五钱，每名照费银三钱。贡监生每名再填学部监饭食银一两五钱，照实银二钱。花蓝翎照填银百两，填部饭银三两，每名填照费银三钱。

一、常捐七项，每例银百两，折收库平实银二十二两。(连部饭照公费等项在内，实收上照例银数填写正项。又每例银百两，填部饭银三两，每名填照费银三钱。)

一、捐银千两，捐钱千串，均由总局随时详明，奏请建坊。

一、捐生报捐时，应将履历详细开明，登入捐册，以免报部驳查，有稽捐案。（填写正副实收，分别四成、五成、十成填写，不可误填折收实银之数。）

一、收捐造册送总局，应分造正副册，（正册照所填实收上银数分别汇造一分，副册照折收实银数分别汇造一分。）同送省局，以便汇核。

一、外省劝捐之员，每收实银百两，扣公费银七两。（汇解等费，一并在内。）本省劝收员绅，每收实银百两，准扣公费银四两。

一、核收各项捐款，一律按四二库平库色核收，每百两合长沙省平足银一百零四两四钱。（原书旁注：凡收捐款分数，收足钱数。）

扬镇沙洲义振函电存稿

清光绪三十二年抄本

（清）佚　名　辑
李文海　点校

扬镇沙洲义振函电存稿

上盛宫保禀 （丙午九月廿六）

宫保钧鉴：敬肃者，清廿四抵镇，廿五乘小轮赴江北之顺江洲，登岸步行三里余，至高桥镇。该镇为洲中一市集，人烟稠密，草屋居多。在松茂典中晤该处董事浦斋、仲熙两徐君，及现办平粜之周君荣亭，皆历顺江、太平两洲，步行不便，此以小车代之。约行四点余钟，不下二三十里。该洲诸圩均积水未消，深或一二尺不等，间有未秀之苗，槁卧水内，余皆一望汪洋，田水与河平，实属无可宣泄。据言连届麦秋无望，已历四载，今则稻亦颗粒无收。所过村落，无虑数十，每届穷民，必撤茅盖屋，今则皆系旧草房，无一添新换旧者。门前柴垛，百中不得一二，尤荒象之明证矣。询之村民，言目下柴薪，每担须五六百文。妇女小孩，半坐田塍，撷短茅水藻，以佐炊爨。再更数月，恐草根亦将刈绝，益不知若何景象矣。该典架本，平时二万左右，刻已加至四万余。平粜之洋，十有八九系典质而来，有图记可认，其贫尤易想见。今虽设平粜局四五处，而款绌难支，断不能不筹接济。详询该董意见，即无急赈，亦必求我宫保逾格施恩，宽筹平粜之款，俾资挹注。否则彼处民情向来安土重迁，又无杂粮可以补种，一不得食，有转乎沟壑已耳。该董等一片热诚，无非体上天好生之德，为民请命，真有不忍坐视者。兹将该董等开来节略附呈钧督，伏乞推仁于无尽，以救此倒悬，不胜迫切待命之至。专肃，敬请崇安，惟祈垂鉴。

庄〇〇　谨禀

上海去电 （丙午十一月初八日）

上海吕、盛两钦宪钧鉴：清前晚抵镇，当谒荣视察、宗大令后，即日赴洲。惟昨据镇绅接清江来函，言到浦灾黎，已有四十余万，而扬河水小，运钱船只阻滞难行，二批铜元尚未抵浦。以后接济，势必仍由河运，倘任听水落，钱米均难上达。民命攸关，公乞电恳午帅，飞饬河员星夜筑坝，以便蓄水而利转输，灾民幸甚。清华叩。庚。

致常镇道荣观察恒函 （十四日）

心庄仁兄公祖大人阁下：前诣铃辕，渥承钧谕，蔼如之意，情见乎词。辰维荩绩宣勤，丕猷著颂，引詹杼望，允协揄忱。兹敬启者，绅等前因徒邑平粜局缺米，曾请尊处饬发护照，准在宜陵购办，照例完捐，运赴高桥、四方桥等处，以便贫民。乃昨据十二日宜镇来信，言有谨遵护照完纳税厘之平粜米百余石，经过江都境内之白塔河，被大桥汛官敲诈扣留。当遣贵辕亲兵欧阳云、李桂生二名前往晓谕，竟置不理，并谓护照亲兵均属假冒。似此藐视宪檄，故意留难，殊出意料之外。目下该镇需米甚急，转瞬有乏食之虞，为此迫恳电饬江都县袁令，严谕该汛官飞速放行，以济民食，实为恩便。再，绅等所查顺江洲、天洑洲一带灾民，已查三千余户，放出钱八千余串，刻正查新洲头桥，灾状亦重。俟有眉目，容另禀陈。专肃，敬请勋安。

治晚生王德基、周崑、庄清华顿首

上海去电 （十四日）

上海吕、盛两钦宪钧鉴：绅等初八到洲，初九开查。严剔次贫，已查顺江、天洑等洲极贫三千余户，放钱八千余串。镇绅周崑熟悉情形，深资臂助。惟该洲地跨两邑，灾重人稠，深虞款绌。刻查新洲头桥，灾亦相等。余容续陈。基、清同叩，寒。

上海去电 （廿一日）

上海吕、盛两钦宪钧鉴：庚、寒电计邀詧。头桥新洲昨已放万五千余串。基现分查益课、和尚洲，崑清查再新洲。惟目击地甲、洲头转因灾黎得振，私催漕粮，比交敲索，深堪痛恨。可否电请督抚宪，通饬被灾各州县，一律归入秋勘案内，视灾轻重，分别蠲缓，并严戒地方董保，勿得藉振催科，以省扰累，实为德便。基、清、崑同叩。马。

又 （廿一日）

上海吕、盛两钦宪钧鉴：顷发电后，叠据查户诸友历陈各洲穷苦情形，为之酸鼻。即基等所查各洲，亦愈查愈苦，心为恻然。惟现款仅存五六千，尚有连城、佛感、太平及圌山南岸诸大洲，灾民最多，势难中止。除由基等在镇另筹三千两外，乞公速再接济湘平五千，共八千两电光铜元，拨交晋源接放，祷盼电示。基、清、崑同叩。马。

上海来电 （廿四日）

镇王绅德基、庄绅清华等：马电均悉，已电嘱朱牧秉钧照八千两之数，将铜元拨交，望即领取。捐款湘平三千两，请速汇沪。所陈各节，情殊可恨，已转江督、苏抚电饬办理矣。海宣。祃。

上海去电 （廿四日）

上海盛宫保钧鉴：祃电谨悉。朱牧款到，连城、佛感今日放毕。清暂请假赴汉，王会周丞，接放太平、圌山等处，月杪可竣。清叩。敬。

十一月十二日

顺江三洲，天洑洲等处，计查三千七百六十一户，放钱八千一百四十五千五百文。

十六日

新洲丁光镇坍江边等处，计查五千四百卌一户，放钱一万一千二百九十四千文。

十九日

头桥老洲等处，计查三千一百廿七户，放钱五千九百廿三千五百文。

廿日

和尚洲，计查三百十二户，放钱六百千文。
益课洲，计查一百八十五户，放钱三百六十三千文。

廿一日

再新洲、接新洲等处，计查二千一百六十一户，放钱四千二百八十二千文。

廿四日

连城、佛感等洲，计查一千六百十六户，放钱二千八百二十六文。

上吕都护、盛宫保书 （廿四日）

都护、宫保大人阁下：敬肃者，绅等叩辞钧颜，初八抵洲，初九开查。旬余以来，历查丹徒、江都两邑之顺江、天洑、头桥、新洲等处大小数百圩，计万二千三百余户，放出铜元二万五千串以外，业经电禀在案。比又续查益课、和尚两洲四百九十余户，再新、接新等洲二千一百余户，放出铜元五千二百余千。昨又接查连城、佛感两洲，计一千四百余户，应放出二千八百余千。合计前领之三万四千千，已将告罄，仅存数百千文，而太平及圌山南岸等大洲，又高资一带之小洲，甫经接查，尚无一定把握。幸荷宪恩俯允接济，并由招商局朱牧现拨铜元一万三千六百串，仰见恫瘝在抱，体恤极于隐微。此固洲地灾民之幸福，而亦我公之救人救澈有以成全之也。惟是各洲灾状，绅等身亲目击，以为或轻于徐、海，而其实困苦颠连之态，当大略相同。来日方长，不知明春如何补救。言念及此，心尤恻然。至办法则因款绌人稠，难以口计，当公同商酌，用“清、如、玉、壶、冰”五字以为暗记，自清字一千文起，五百递加，至冰字三千文止。给票时仍由查户各友察言观色，默计该口之多寡，斟酌分填。其有死丧而被火灾者，则另加急振洋一二元，庶灾黎可同被生成，而振地亦渐得推广。放钱之日先期揭示，择每洲适中之地，任便取携。初查间一二日后，即随查随放。故断炊之户，藉此振款以举火者，实拜惠无穷。一俟全洲查毕，再行缮具报销清折，恭呈鉴核。是否有当，尚祈训示遵行。专肃，敬请崇安，伏维垂督。

周崑、王德基、庄清华谨禀

江宁苏州去电

午、筱帅钧鉴：奉札绅等初八到洲，当即周历数百圩，计查户二万六千八百余户，放铜元四万六千余。灾民在在乏食，得此待振正急，咸感宪恩。惟地广人众，春麦无望，仍需设法补救。除另折报销外，谨先电闻。德基、清华禀。

上江督端、苏抚陈

大帅大人阁下：敬禀者，绅等前奉钧札，饬办丹、江两邑各沙洲灾民义振，端函加复后，渥蒙宪赐，感悚莫名，业将查放情形先行电禀在案。嗣于本月初旬将大路镇姚家桥、金山河各路陆续查放完毕，实计查得极贫灾民二万六千八百四十户，放钱四万六千五十八千七百文。按与每大口给钱一千、小口给钱五百之例，尚属相符。惟初因款绌人多，不敷散给，复虑穷黎争论口数，致启纷哓，当拟“清、如、玉、壶、冰”五字，暗记钱数，自清字一千文起，五百递加，至冰字三千文止。查户时，除绅等亲自前往外，并坚嘱分查各友，每至一家，必察言观色，默计其口之多寡，填给振票，幸无不均不平之弊。其遇人口过多而实不能不加振者，则另书急振洋以予之。至被灾处所，则以新洲、再新洲、太平洲、沙头等处为最重，而顺江、连城、佛感等洲次之，大路镇吴家桥、姚家桥、金山河等处又次之。故绅等周历数百圩，于查户书票之时，仍潜寓核实撙节之见，以冀惠能溥及，款不虚縻，俾仰副宪台轸恤灾黎之至意。兹谨缮具清折，恭呈詧核。再，该时种麦之区，十无一二，明年春振，恐须仍乞恩施。容届时履勘情形，禀请训示。专肃，敬请崇安，恭叩岁厘，伏惟垂鉴。

德基、清华谨禀（十二月廿六日）

附呈清折一扣

谨将查放丹徒、江都各沙洲及圌山后南岸、金山河沿江一带灾民义振户数、钱数开呈宪鉴。

计开丹徒县属：

一、查振顺江洲灾民二千六百十六户，计钱五千六百六十九千一百文。

一、查振新洲灾民二千九百五十二户，计钱六千一百卅八千文。

一、查振和尚洲灾民三百十二户，计钱六百千文。

一、查振益课洲灾民一百八十六户，计钱三百六十三千文。

一、查振连城洲灾民九百卅一户，计钱二千六百廿八千文。

一、查振太平洲灾民三千一百七十五户，计钱六千三百廿九千文。

一、查振袁家洲、吴家桥、大路镇灾民三千一百五十九户，计钱四千一百五十一千一百文。

一、查振大路镇至姚家桥灾民三千二百九十三户，计钱一千六百四十六千五百文。

一、查振金山河灾民六百户，计钱四百六十千文。

共查一万七千二百廿四户，共放振钱二万六千九百八十五千二百文。

江都县属：

一、查振顺江洲灾民一千一百六十四户，计钱二千五百十四千文。

一、查振新洲灾民二千四百七十九户，计钱五千一百五十六千文。

一、查振头桥灾民三千一百廿七户，计钱五千九百廿三千五百文。

一、查振再新洲、沙头灾民二千一百六十一户，计钱四千二百八十二千文。

一、查振佛感洲灾民六百八十五户，计钱一千一百九十八千文。

共查九千六百十六户，共放振钱一万九千零七十三千五百文。

总共两县查放振钱四万六千零五十八千七百文。

以上两县另放急振、零振、施材等钱洋及拨交平粜局款，均不在此大振数内。丹徒县属之袁家洲、吴家桥、大路镇姚家桥、金山河一带，灾情稍轻，款亦不足，故减放，合并声明。

谨将查放丹徒、江都各沙洲义振收支数目缮具四柱清折，恭呈宪核。

计开：

旧管

无

新收

一、收第一批铜元三万四千千文。（丨亠合湘平银二万两，内镇绅筹垫湘平一万两。）

一、收第二批铜元一万三千六百千文。（丨亠合湘平银八千两，内苏抚宪交丹徒县宗令发下湘平二千四百两，镇绅筹垫六百两。）

一、收第三批铜元三千四百千文。（丨亠合湘平银二千两专拨太平洲平粜□用。）

一、收急振英洋二百〇五元。（盛太太发下。）

一、收用费英洋三百元。（盛太太发下。）

共收铜元五万一千千文，英洋五百〇五元。

开除

一、支查放丹徒县属各洲灾民大振，钱二万六千九百八十五千二百文。

一、支查放江都县属各洲灾民大振，钱一万九千〇七十三千三百文。

一、支各户急振，洋二百〇五元。

一、支各户零振，洋三元四角钱二十千〇三百八十文。

一、支各洲施材，洋八十六元钱九千文。

一、支拨交太平洲平粜局，钱三千四百千文。

一、支拨交顺江洲平粜局，钱一千千〇五百文。

一、各支友薪水洋七十四元。（内除委员不领薪水外，并有查振友八人均尽义务，不领薪水。）

一、支伙食洋四十九元一角，钱一百〇五千五百卅四文。

一、支栈房川资船酒车力，洋七十二元一角，钱八十九千一百〇六文。

一、支查振各友零用、巡勇地保工食，洋三元，钱三十七千四百九十四文。

一、支赏犒巡勇供役地保等项连工食，洋三十八元四角，钱八十四千五百九十文。

一、支印振票及置物杂用，洋五十一元八角，钱十千〇八百五十九文。

一、支少串缺数（此次铜元箱薄，来往搬运，致多缺少），钱九十五千二百二十文。

一、支洋水亏耗，钱七千七百〇五文。

共支英洋五百八十二元，除收不敷洋七十七元八角，□合钱八十千〇九百十二文；铜元五万〇九百十九千八百八十文，合前洋款八十千〇九百十二文，共成五万一千千文。

实在

无存

丁未五月上江督端、苏抚陈禀（五月初二）

大帅大人钧鉴：敬禀者，绅等去冬曾奉札饬，办理扬镇一带沙洲义振，业将冬振查放户数、钱数具报在案。此届春振自二月廿五下乡，带同各友，四更即起，分路开查。知上年所谓次贫不在应振之列者，今年皆为极贫，不得不一例补放，故户数骤增。其时东北各乡最为瘠苦，幸江南圌山及夏石桥等处出有观音粉甚多，灾民渡江挑挖负归，和麸子野菜煮食，藉以度命，其数日有千余人。镇地无土时，运江脐及麸饼振之，此绅等所亲见，而亦荣道公曾经目击者也。蒙仁宪两次拨钱三万五千串，并杂粮三千〇七十四石，湘平一万两，库平六千两，钱二万六千九百〇二千七百卅六文，核实散放，惠泽同沾，灾民被惠无穷。绅等周历江南北各洲，计丹徒、丹阳、江都三邑，实查被灾极贫四万零五百五十八户，放钱七万八千九百十二千文，又英洋一千一百八十七元。比较灾情，以顺江洲、补粮洲为最苦，新洲、再新洲次之。缘此数乡田最低洼，积水至今未退，竟难种麦，想春振之后，尚不能赖以全活也。其余各洲，近山稍高之乡，麦收有四五分年岁，新秧布种，一律可齐，足以上慰慈廑。至办法则视上年微异，振票分天、地、人三等，视口数之多寡以为之差。天字给钱三串，地字给钱二串，人字给钱一串，于义振每大口一千、小口五百之例尚无出入。杂粮由各洲公正绅董当面具领，归平粜局所查极贫户口发给，有票可凭，不致冒滥。此外还补沙坍江边堤工拨去钱三千串，顺江洲、大坝、太平桥三处闸工提去钱二千串，沙头平粜局拨去钱五千一百串，顺江洲平粜局拨去钱一千七百串，皆系吕、盛两钦宪暨抚宪陈、督宪端筹款接济，奉谕照拨，应俟各经手绅董事竣另行报销。兹谨缮具查户放钱数目清折一扣，恭呈宪核，专肃，敬请崇安，伏惟垂鉴。

庄清华　王德基　周崑谨禀

附呈清折一扣

谨将查放丹徒、丹阳、江都各沙洲灾民义振户数、钱数缮具清折，恭呈宪鉴。

计开丹徒县属：

一、查顺江洲各圩三千三百四十九户，计洋三十五元，钱六千二百二十七千文。

新洲丁框镇二千二百七十二户，计钱四千一百二十九千文。

连城洲六百十七户，计钱一千一百三十七千文。

和尚洲三百二十七户，计钱七百三十八千文。

益课洲一百九十四户，计钱四百五十四千文。

大路镇宝莲庵一千三百九十六户，计洋二元，钱二千〇八十六千文。

武家桥、袁家洲一千一百九十六户，计洋十元，钱二千二百二十二千文。

小大港三百十户，计洋十元，钱六百二十二千文。

大路镇宗张巷、弥陀庵，八百六十四户，计洋二元，钱一千六百九十二千文。

姚家桥大帝庙二百五十三户，计钱五百五十八千文。

又沙腰河西八百九十二户，计洋十三元，钱一千七百九十六千文。

又田爵谢村四百二户，计钱八百六十三千文。

又复元沙五百三十一户，计洋十三元，钱一千一百三十七千文。

又复漕沙七百七十四户，计洋三十元，钱一千六百八十一千文。

又普照庵四百九十八户，计洋十三元，钱九百二十六千文。

又花团头二百六十八户，计洋九元，钱六百〇四千文。

又十家庙四百二十七户，计洋十八元，钱九百五十三千文。

又东岳庙五百户，计洋四元，钱一千一百五十四千文。

又红庙四百七十九户，计洋六十八元，钱九百九十四千文。

又三元庵四百三十户，计洋六元，钱九百四十二千文。

又前后北族二百七十二户，计钱五百二十四千文。

又朱张圩四百三十八户，计洋十二元，钱一千〇十三千文。

太平洲永安沙六百四十四户，计洋一百五十元，钱一千〇九十三千文。

又德兴圩一千二百七十户，计洋四百六十三元，钱二千二百十六千文。

又宝晋沙八百二十七户，计洋七十七元，钱一千八百二十六千文。

又乐生沙一千四百六十三户，计洋一百十六元，钱三千二百九十三千文。

又旗营洲三百九十一户，计洋十元，钱九百五十三千文。

又金小圩一百户，计洋五元，钱二百三十八千文。

又官洲一百〇三户，计钱二百十六千文。

定业洲二百七十三户，计洋二元，钱五百五十四千文。

世业、定业、永固、黄泥洲一千三百七十户，计钱一千千文。

徐淮海留镇难民五万五十五户，计钱一千二百三十一千文。

共查二万三千六百八十五户，计放洋一千一百十二元。钱四万五千〇七十二千文。

丹阳县属：

一、查补粮洲一百二十户，计洋六元，钱三百二十一千文。

龙虎埭一百四十五户，计洋二元，钱三百二十八千文。

沙腰河东五百四十九户，计洋三十一元，钱一千一百四十四千文。

共查八百二十二户，计放洋三十一元，钱一千七百九十三千文。

江都县属：

一、查顺江洲各圩一千三百九十六户，计钱二千八百九十千文。

新洲双烟篅二千七百二十四户，计钱五千二百二十五千文。

再新洲北三圩二千四百五十二户，计钱五千〇〇八千文。

又头桥各圩三千三百六十六户，计洋十五元，钱六千五百八十六千文。

中新洲、三茅庵沙头各圩一千七百八十九户，计洋四元钱三千六百十五千文。

永茂洲四百二十八户，计钱一千〇九十二千文。

小五港洲二百九十户，计钱六百六十四千文。

霍家桥三百八十八户，计钱八百五十七千文。

施家桥三百七十三户，计钱七百六十三千文。

佛感洲五百五十一户，计洋二十五元，钱一千四十四千文。

八港口天春、鼎新洲四百九十六户，计钱八百七十千文。

又来伏洲三百五十七户，计钱五百八十千文。

中五圣洲三百〇八户，计钱五百二十八千文。

下五圣洲七百十二户，计钱一千四百七十六千文。

上五圣洲四百二十一户，计钱八百四十九千文。

共查一万六千〇五十一户，计放洋一千一百八十七元，钱七万八千九百十二千文。

附呈丹徒、江都县各洲平粜局具领督宪发下杂粮细数

计开丹徒县属：

顺江洲高桥局　周荣亭手　领三百担

新洲丁框镇局　周林彦手　领四百担

姚家桥局　徐子彰手　领二百担

大路镇局　颜绍白手　领三万担

天后宫局　又　领三百担

新坝局　夏思伯手　领二百担

江都县属：

新洲沙头局　徐玉卿李文兰手　领二百担

北三圩局　尹祝三手　领二百担

杭家集局　陈锡三、夏善克手　领二百担

永茂洲局　徐芹甫手　领三百担

头桥局　田步瀛手　领二百担

虹桥局　张琴友手　领二百七十四担

两县共领杂粮三千〇七十四担

丁未年五月十一日□□□在清江浦发

上海吕、盛钦宪钧鉴：绅等初十晚抵浦，寓泰生庄，运粮船尚未到。灾户已开查，拟客土并给，价议定续禀。清、文叩。真。

十二日

盛宫保交招商寄下午时茶一大木箱，约一万袋，又纯阳正气丸、藿香正气丸合一小箱，不计数。仁济善堂来药四箱，纯阳正气丸四千服，卧龙丹二千一百瓶，雷公救疫丹二千服，普济夺命丸四百服。赵司事有瑞由镇运到高粱五船，计三千〇五十包，十六两秤共重卅八万九千二百廿四千半，一二五合计三千一百十三石八斗二升半，又余六千一百五十九斤十二两。

上淮扬海道杨观察禀（十四日）

大公祖大人阁下：敬禀者，装运高粱赴桃之船十艘，已顶闸口，奉吕、盛钦宪檄催速运，昨恳宪公暂准开闸放行，想已晤商提宪，并转谕闸官遵照启板。顷闻传谕，须待三、

四日后，再行开放，深恐贻误振需，攸关民命。可否仰乞迅速饬令先将三闸开放，挽过该船，再开二闸，更替启闭，泄水无多，于盐场不致有碍。且上游直通洪泽湖，仅堵三闸，无益于运盐，而转令民田受损，盖运河之水，异常浅涸，下游农户，望泽正殷。如蒙垂念灾后孑遗，多泄水数寸，俾得车灌田塍，赐惠尤非浅鲜。应如何裁夺之处，祇候示遵。专肃，敬请勋安，伏惟慈鉴。

〇〇〇谨禀

上海去电 （十五）

吕、盛钦宪钧鉴：高粱十二抵浦，明日启闸，运桃平粜，查二千余户，拟十八开局，每斤售十文。时近出新，贵恐滞销。各邑灾民，续死数百，留浦尚千余人，暑湿鬱蒸，大半病倒，药急救有效。刻与浦绅正商赀遣。清、文叩。翰。

又 （十七）

上海吕、盛钦宪钧鉴：运桃船累求杨道，昨始过闸。两船遇极险几覆，幸而安，路人皆知桃邑振粮邀天佑。余观海到言奉谕运回，但非报捐不能下捐，每石约五六百文，数甚巨，权衡缓急，桃灾实重于江洲，故余、周仍赴桃查看情形，再行请示。清、文叩。覆。

上海来电 （十七）

泰生庄庄仲咸、谢啸谷两兄：翰电悉。浦粱每斤十文，速查明粜讫。桃源高粱五千七百石，每口只摊二升，无益于民。镇江力求运回洲圩分拨，船价归镇自出，已飞电桃源刘令酌办。该粮船如未过闸，请暂止，候信再行。海宣。覆。

平粜局又告 （十九）

本局奉商约大臣尚书吕、宫保盛轸念清邑居民无田可耕，又无本贸易，大荒之后，薪桂米珠，次贫亦成极贫，官义振碍难散放。嗷嗷无告，情实可矜。当蒙发下高粱二千余石，运浦减价平粜，每斤系十六两秤，只售大钱十文。查户给票，分双单日发售。凡尔贫民，须知此项高粱，系由营口善价购来，减售匪易，来粜各户，皆系穷黎，凭票以次上柜，无票不售，万勿拥挤争先，致干究罚。如有人在外招摇及索费情事，并准来局禀明查究。此谕。

清邑平粜委绅、粥厂义绅特白

上海去电 （廿）

吕、盛钦宪钧鉴：平粜查三千一百四十二户，求补者尚多，恐拥挤或浮冒，计口限数，令分双单日买。浦绅筹办极周，十八、十九已遣灾民二百八十三户，皆赤贫骨立，见之堕泪。先一日给川资，届时在十余里外剀切劝导，给钱米与药，病者代雇舟车，由县备文移回原籍，安、沭、桃人较夥。清、文叩。号。

又 （廿一）

吕、盛钦宪钧鉴：平粜续补数十户，因给票未齐，改十九开局。日售千数百票，计百担外，尚为畅销。局务请浦绅张武沅、曹昕经理，甚为周妥。绅等拟廿三回。运镇高粱已禀杨道，允另给护照，仍须候开闸放行。余、周两委十九已回镇。清、文叩。马。

上淮扬道禀 （廿一）

大公祖大人钧鉴：敬肃者，运桃高粱五千七百包，分装十船，上闸后奉吕、盛钦宪电谕，知桃邑无须再振，已准镇绅刘令康遐所请，改振江洲，饬赵司事有瑞运回镇江。同一振粮，仍请免捐，可否即饬关卡验明原船护照，一体放行，或须由宪辕另行发给护照之处，候示祇遵。平粜查三千一百余户，已于十九日假铜元厂开局，凭票售每斤大钱十文，日售百余担，尚能畅销，知关仁廑，合先禀陈。局事系请清邑张绅武沅、曹绅昕协同经理，尚属周妥。治晚拟于廿三日暂回上海，容再叩辞，专肃，敬请勋安，伏惟垂鉴。

〇〇〇谨禀

镇江来电 （廿一）

泰生庄庄仲咸兄转致赵辑庭，奉钦宪电谕，桃源既无须再振，即催运员运回等因。奉此，查此项高粱既由镇人禀请调回，所有水脚厘金等项，已电请钦宪谕饬镇人自行理涉，须嘱辑庭管束各船户，静守镇友迎提，一同照料回镇。屏。马。

又去电 （廿二）

镇江刘葆良兄：电悉。余、周两君回镇，赵辑兄坐守，船户叠催，窘甚。望思同一振粮，应仍请免捐，时已函禀杨观察，蒙允另给护照，嘱赵运回。惟闸又闭，须再候开。镇友祈催速来，弟等明日回。清。养。

又

镇江刘葆翁：免税护照领到，各船二成水脚，赵已商明先付，以安众心。镇友何日来，速示。清。养。

盛宫保去电 （六月十六日）

上海盛宫保钧鉴：遐等同历洲圩各灾区，几无麦熟者，较春冬尤苦。日不举火，十之七八，鸠形鹄面，惨不忍睹。已集之款，万不敷放。明知筹款非易，无如目击心酸，不忍不代呼吁，务求二宪再筹助万金，庶可择尤敷放，拯斯民于水火。乞谕复。清叩。谏。

回电 （十九）

刘鹤翁、庄仲翁：谏电悉。洲圩较春冬尤苦，实出意料之外。务望赶紧添人查户，振粜兼施。义振亏空甚巨，一无法想。尊处若能将详细灾情及已有之振实在办法详细禀来，函弟及沈、曾，或可与仲礼少卿诸君商酌，他无法想。宣。啸。

上盛宫保 （六月廿三）

宫保钧鉴：敬肃者，奉啸电，谨悉义振无款可筹，闻命之余，窃为灾民扼腕。惟遐等日来周历沿江各灾区，细察情形，几无麦熟之处，不举火者竟十之七八，其中菜色者有之，鸠形鹄面者有之，饿莩者亦有之。如新洲及三江营系滨江坍口，圩岸多破，屋内水深三、二尺不等，秋禾无望，灾黎在室，终日受水湿熏蒸，饿病交困，地狱中无此变相。目睹心酸，铁人堕泪，诚为意料所不及。询之老农，佥云自光绪廿七年起，连年歉收，上年更两季全荒，去冬水退又迟，未能种麦。既无新熟，愈熬愈枯，是以日迫一日，所谓荒头苦、荒尾尤苦，非尽法拯救，恐仍有饿毙之虞。兹将遐等所筹定及办法特为我仁宪陈之：此届洲振，本系弩末，因承汉商、刘道目击洲民万苦，慨助振钱一万二千八百千，刘守钟琳又助钱五千千，复蒙宪台电求督、抚宪各拨银五千两，常镇道荣观察拨银一千两，总计仅合钱三万余千。现在先办顺江洲、三江营（按三江营至双江口沿江约廿里左〈右〉，于冬春办振均未及。此次极苦，是以先振）、头桥、新洲四处，分设四局，周日开查，铜元、高粱搭配散放，而户数较冬春办振，有增无减。实缘前届次贫，今俱极贫，各洲稻熟，至早亦须八月初，势不能不加拯济。约算前款，已恐不敷，尚有太平、乐生、四沙、姚桥，之后无复漕及补粮，再新等洲，均系无麦处所，灾民哀泣环求，颠连道路，不忍坐视，虽遐等深知筹款维艰，未敢轻许，然当此青黄不接，拆变俱穷之际，正灾民生死关头，何敢隐忍昧良，不为呼吁。伏求宪恩，务必高之仲礼、少卿两观察，在商会设法筹款，至少需银万余两，约能救二、三万口之数，并派友前来，分头办理，以期迅速，早一日好一日，庶不负列宪救人救澈之苦心，而遐等仔肩亦可以稍释矣。临□迫切，不胜焦灼待命之至。专肃，敬请崇安，伏维垂鉴。

刘康遐、庄清华谨禀

上海盛宫保去电 （六月卅）

盛宫保钧鉴：漾禀想达，恳转商会商助振款一层，有无乞速谕。前开各洲，求补甚迫切，开言垂泪，洲地连日苦雨，水大恐破圩，情尤岌岌。秋收减成，尚其次也。遐、清叩。勘。

上海盛宫保来电（七月初三）

义绅刘鹤庄兄、庄仲咸兄：两电悉。弟廿四详复一函，交招商局寄，何尚未到？仲礼已无款可筹，闻少卿有款，须候镇绅专函径求，或可允助。敝处准以高粱价全数捐助免缴。洲灾竟无人知，须将办法详细函示，断非寥寥数语可以动人。宣。江。

又去电（七月初五）

盛宫保钧鉴：函、电均谨悉。蒙示高粱全数捐助免缴，约可多钱万余千，仰见宪恩有加无已。现惟有严剔紧放，假款办事。各洲大都无麦，秧亦欠佳，今钜〔距〕秋收尚有月余，正水尽山穷无可如何之际，比冬春尤急，势不能不加救济。遐、清叩。微。

上海盛致晋源来电（初九）

亚源庄李萃春兄：来电已交华洋会董公阅，如有来人，必先到尊处，请派人领往灾重处，并须咨照刘、庄。昨汇上规元四千，请即送交刘、庄收放，勿迟。宣。佳。

又（初九）

晋源庄：速分寄刘鹤翁、庄仲翁，微电悉。商会一千两，曾少卿三千两，药料两箱，均交晋源庄送上，连高粱价，已得一万二千二百两。华洋义振，如有洋人来，须请晋源派人领往灾重处。炎天劳苦，甚念。宣。佳。

去电（十二）

上海盛宫保钧鉴：奉佳电谨悉。商会及曾公共助四千，加之仁宪准免粱价，共有万二千余两，择极苦者先推及之，华洋义振如来人，当将已办未办之处，派友领看。蒙寄暑丸照收。遐、清叩。文。

致上海华洋义振沈仲礼、商务总会曾少卿两观察函（七月初七）

仲礼、少卿观察大人阁下：敬肃者，顷奉曾观察惠复盛宫保书，内开振款已悉索无余，如实有荒歉，不容不东罗西掘等因，仰见仁宪垂爱灾黎，仍有加恩无已之至意，无任心感。绅等此次续放夏振，实因亲历各洲，确见无麦处所，日不举火者竟十之七八，滨江之坍口，穷苦为尤甚，其灾状情形，前上盛宫保禀中已述及大概，度蒙鉴及。惟因集款无多，故只择无麦熟而又极苦者，得步进步，凡来求振，先力拒之，然后视款之何如，分别灾情何如，先办所急。盖缘既苦无款，又苦无人，是以颇难着手。函中谓沿江一带望收，并无待振之处，查沿江绵长一千数百里，望收二字，或系指稍高之田而言，若如现今查放之丹徒、江都等，并及仪征边界之州余洲，均极低洼，颗粒无麦，其饥困何以舒，其拆变借贷愈益穷，故此届得振之灾黎，口中皆喃喃诵佛，如同救命。至灾民形色，皆枯槁不堪寓目。新洲曾有灾民因饥饿难忍，投河而死者，闻之伤心酸鼻，泪为之下，所最难堪者，正在此青黄不接之一月中耳。太平洲秋收较早，亦须七月底，新老各洲，须迟至八月中旬。遍询洲民，佥言如是。刻老洲三江营、乐生、四沙等处俱已放毕，头桥、新洲只放一半，其一半苦求不已，此外之再新洲、沙头以及太平洲之俭兴、永安，姚桥之复元、复漕，均因无款停放，而各灾民及绅董圩长，日夜环求，迄无以应。不得已上渎宪聪，可否设法接济若干，不拘多寡，早一日好一日。鹄候电示祗遵，专肃，敬请钧安，诸惟垂鉴。

义振绅士刘康遐、庄清华顿首（七月七日）

上海盛宫保来电（七月初六）

镇江晋源庄李萃翁速送刘鹤翁、庄仲翁：昨函准以高粱粜价八千二百两全留助振，顷商会汇交晋源规银一千两即收用。沈仲礼已与华洋义振会商妥，即派西人赴各该洲会同刘、庄两绅等查看灾情，再行拨振。江洲局设何处？刘、庄现在何处？速复，以便告知西人持函前来，勿迟。宣。歌。

上海李萃翁去电（初六）

上海盛宫保钧鉴：歌电转悉。江洲振局设高桥文昌阁。庄仲翁现在太平洲西沙、补粮洲一带，刘鹤庄在北江、头桥一带。洋人来勘，最好先到晋源，派人同去会刘、庄二君。李树棠叩。

谨将查放丹徒、江都等邑沿江各沙洲夏振户口及收支各款数目缮具清折，恭呈钧鉴。

计开：

一、收奉发高粱五千七百九十九包（运往各灾区，以灾区市斛合四千六百五十二石六斗，按户搭放，每斗作钱二百文），合足钱九千三百五千二百文。

一、收奉拨高粱粜价（计一千九百卅二包，每包规元一两，按规元九三二五折镇平银一千七百九十七两二钱四分三厘，每两扯易足钱一千六百卅九文），合足钱二千九百四十五千六百八十一文。

一、收督宪拨发库平银五千两（按原汇来库平申合镇平银五千六十四两五钱九分二厘，每两扯易足钱一千六百三十九文），合足钱八千三百千八百六十六文。

一、收抚宪拨发库平银五千两（申合售平银五千九十四两，每两扯易足钱一千六百三十九文），合足钱八千三百四十九千六十六文。

一、收常镇通宪拨发京平银一千两（申合规元一千二十两，按规元九二七二五折镇平银九百四十五两七钱九分五厘，每两扯易足钱一千六百卅九文），合足钱一千五百五十千一百五十八文。

一、收汉口商会足铜元一万二千八百千文。

一、收曾观察筹拨规元三千两（按规元九二九五折镇平银二千七百八十八两五钱，每两扯易足钱一千六百三十九文），合足钱四千五百七十千三百五十一文。

一、收上海商会筹拨规元银一千两（按规元九二九五折镇平银九百廿九两五钱，每两扯易足钱一千六百三十九文），合足钱一千五百廿三千四百五十文。

一、收刘守钟琳筹拨足钱五千八千十三文。

一、收刘禹翁善士乐助足钱三千千文。

一、收沭阳振余（刘慎之手交来）足钱二千一百廿三千二百卅八文。

一、收沙洲春振结余足钱四千六百〇三千五百七十三文。

一、收息银镇平银八十五两七钱九分二厘（前项奉拨银款暂存镇江晋源庄陆续易钱散放，算回日息，每两扯易足钱一千六百三十九文），合足钱一百四十千六百十二文。

以上共收足钱六万四千二百廿千二百九文。

一、支查放丹徒（顺江、乐生、宝普、俭兴、永安、还补沙、请佃、育婴、系民、复元、复漕接界天生、枣核门、世业等洲，共放极贫一万三千一百八十二户，计大口一万九千六百八十五口，每口一千文，小口六千一百八十五口，每口五百文）合足钱二万二千七百七十七千五百文。

一、支查放丹徒（民图、营图、左十图、七摆渡、炭绪镇等处共放极贫一千三百十六户）合足钱一千三百十六千六百文。

一、支查放江都（益赋、思余、复盛、永固、沙头、接兴、永茂、永奠、常家、裕民、长兴、翟家、四帖、九帖、永兴、复凝、再兴、复沙、益国、西成、安阜、永□、复业、圣恩、九圣、保固、开元、天福、三江营、双江口、张网镇、八江口、营房口、定兴、天春上中下、五圣、还粮、中闸、来福、瓜圩等洲共放极贫一万五千八百十八户，计大口二万二千六百卅一口，每口一千文，小口八千二百八十八口，每口五百文）合足钱二万六千七百七十五千文。

一、支查放江都（佛感洲共放贷一千四百廿四户，计大口二千五百九十五口，每口六百文，小口一千九百卅口，每口三百文）合足钱二千一百卅六千文。

一、支查放仪征爪圩（计放极贫三万七十五户，大口六百八十口，每口一千文，小口一百四十四口，每口五百文）合足钱七百五十二千文。

一、支查放丹阳补粮洲（计放极贫一百廿八户，大口二百廿四口，每口一千文，小口九十四口，每口五百文）合足钱二百七十一千文。

一、支查放泰兴三滧（计放极贫五百六十二户，大口六百十九口，每口一千文，小口二百八口，每口五百文）合足钱七百廿三千文。

一、支拨顺江等洲浚江修岸经费（来正兴工由地方拨夫，津贴口粮，此港浚成，实于该洲水利大有裨益，水款不敷，归地方筹补，由康遐再于造册报销）足钱三千千文。

一、支拨助资遣徐海饥民回籍（规元四百两，按规元九二七二五折镇平银三百七十两九钱，每两扯易足钱一千六百三十九文）合足钱六百七千九百五文。

一、支运费抬力（铜元并普济饼由镇分运各灾区散放水脚上下力等）足钱二百十九千八百六文。

一、支查户经费（查户司友二十五人，计查卅天，司友路点零用并小车工食等）足钱二百五十一千廿二文。

一、支放钱经费（顺江、太平等洲分设五局，司友福食等）足钱二百廿八千九百九十七文。

一、支司友薪水下乡（查户司友廿五人，各局办事司友十人，除愿尽义务不领薪水十三人外，其余廿二人，每月十二千文，度一个半月）足钱三百九十六千文。

一、支川资信力（司友因公往来川资及专送票根信钱等）足钱一百五十四千五百廿文。

一、支刷印振票（计一万七千张工料）足钱七千九百八十文。

一、支运高粱费（计五千七百九十九包，自清江运往各灾区，水脚并上下力等）足钱一千三百卅九千八百廿八文。

一、支放高粱小工斛手工食（顺江、太平等洲五局，用小工斛手等计三百廿二工，每工二百文）足钱六十四千四百文。

一、支杂项（顺江、太平等洲五局油烛、账簿、纸张、笔墨等）足钱六十五千三百卅五文。

一、支地保勇丁饭食（顺江、太平等洲五局弹压勇丁及地保领同查户饭食等）足钱五十七千四百文。

一、支施药施材足钱一百十三千八百七十文。

一、支铜元短数（铜元由镇运至各局逐日查放短数）足钱卅七千四百八十三文。

以上共支足钱六万一千二百九十五千六百四十七文。

除支实存足钱二千九百廿四千五百六十二文（仍照每两一千六百卅九文兑），合镇平银一千七百八十四两三钱五分七厘。（前项结余之款，除拨归顺江洲闸工不敷镇平银一千一百十两九分四厘，下余镇平银六百七十四两二、钱六分三厘，如数拨交王绅德基办太平洲埒口无主孤坟检骨迁葬之需，理合登明。）

湖北补用知县刘康遐、议叙知县庄清华谨呈

补录苏抚陈中丞、江督端制军来电（七月廿六）

办振义绅刘、庄二君：祃电悉。沙洲振务，一律放竣，稻熟在迩，民庆更生。诸君子不辞劳瘁，认真查办，以苏沟壑而竟全功，劳勋非同恒泛，曷胜钦企。龙，漾。

刘、庄两义绅：祃电悉。各沙洲夏振，经该绅等不惮辛勤，核实查放，现在稻熟在迩，灾民可望全活，感慰殊深。方。宥。

禀督宪端抚宪陈稿（八月十七日）

大人阁下：敬禀者，窃继上年霪潦为灾，沿江沙洲几沦为泽国，叠经各仁宪筹拨巨款，购办米粮，由王绅俭基等查放冬、春两振，并设局办理平粜，业已具折报销各在案。今夏四月，康遐由邳州办振竣事回里，在镇晤及汉口商会之刘道台，言有人谈及洲灾尚重，此正青黄不接时候，民不聊生。刘道闻而恻然，当约康遐等亲赴该洲查看，情形属实。刘道首先将误沉江中之铜元一万二千八百千移振该洲，仰蒙宪台暨抚宪陈、督宪端各拨库平银五千两，常镇道宪荣拨京平银一千两，康遐等遵于五月十二日带同各友下乡，周历沿江各灾区，知凡无麦熟之处，日不举火者竟十之七八，滨江埒口，其穷苦为尤甚。询之老农，佥言自光绪廿七年起，连岁歉收，上届更两季全荒，去冬水退又迟，未能种麦，即秧亦因迟种，多不发舒，秋收减成又出意料之外。其时以款尚无多，先办顺江洲、三江营、头桥、新洲四处，分设四局，同日开查。无奈地广人稠，颇难措手。嗣经禀请宫保宪盛，蒙将运赴桃源平粜之高粱五千七百包，又运赴海州之高粱一千九百卅二包，全数截留，拨助洲振。而上海商会及曾道铸、刘守钟琳等均先后拨款接济，因得逐渐推广，补放太平洲、再新洲、沙头、佛感洲及仪征之爪圩、丹阳之补粮洲、泰兴之三滧等处，铜元、高粱搭配散放，计实查极贫灾民三万二千八百〇五户，放钱五万四千七百五十一千一百文（高粱每斗作钱二百文合算），于七月廿四日一律撤局。此外，顺江洲闸工找款，资遣在镇之徐、海饥民，又拨留顺江洲浚港修岸经费，迁葬太平洲埒口无主孤坟经费，以及查户、放钱、运粮等一切用费，计支钱六千五百四十四千五百四十七千文，共计实支足钱六万一千二百九十五千六百四十七文，除已另折呈明宫保宪盛外，兹谨缮具清折一扣，恭呈詧核。专肃，敬请崇安，伏维垂鉴。

康遐、清华谨禀（附呈清折一扣）

饥荒记

清光绪年间抄本

（清）胡玉珊 记

朱浒 点校

饥 荒 记

光绪三十三年三月初九日立

卷 之 一

自从盘古开天地，三皇五帝治乾坤。历代君王都不表，单表大清有道君。自从道光登龙位，无为州中有难星。道光元年行瘟疫，道光二年麻脚瘟，道光三年破四坝，头次大难到来临。五月廿三将圩破，大小圩塘一扫平，老者叠放沟壑去，少者逃往四方存。本州太爷施恩德，求来帑银救饥民。大雪分分残冬过，再表道光四年春。州主兴工将坝筑，各圩河埂用工程，到处业户帮种稻，抛秧撒种把工兴。到了四月行瘟疫，不知害死多少人。今岁年成不必说，论说要算十二分。五年六年皆不说，七年八年亦莫云，九年十年也把〔罢〕了，又过道光十一春。五月念七将坝破，二次大难又来临，上江洪水如山倒，不知淹死多少人，石桥栏杆皆冲断，屋料家伙随水行，古庙房屋浪冲倒，泥塑神像跟水行。可怜老少无处住，将蓬窝在山边存，起风下雨无干路，夜来湿地就安身。好个清官刘州主，普施芦席散钱文，二文铜钱一碗粥，看来可保能残生。只望赈银来度命，谁知也是虚担名，一家五口写三口，三口人丁写一人，大口只有一百八，小口只友〔有〕九十文。心善方保随人便，钱多钱少一样行，倘遇苦家拿不出，分文没有也过身。凶恶地方真可恨，丝毫不少定认真，领票要人三十五，沿门写册十四文，两次去了四十九，一口能以落九文，城中米价五十六，叫人怎能活残生。无奈夫妻来拆散，卖儿卖女度光阴，腊月寒天下大雪，不知饿死多少人。不说本年饥荒事，再表道光十二春。好个清官刘州主，为了江坝苦用心，求来帑银有数万，按埂分段用功程。董事叫夫来挑坝，每日给散米二升，兴工不到两过〔个〕月，各段坝埂完了工，各圩埂坝挑真筑，到处农夫把工兴。四月半边把秧插，到处栽得一片清，圩上家家过田脚，看看五月到来临。从来古话真不措〔错〕，大灾必友〔有〕大瘟临，到处人家行瘟疫，沿门逐户把病生。友〔有〕钱就把医生请，无钱害得好伤心。多少害的是火症，吃药调治总不灵，惟友〔有〕梨子卤老鸭，要比仙丹胜几分。一过〔个〕梨子钱一百，一只老鸭两吊文，友〔有〕钱就把老鸭吃，吃了病休渐渐轻，无钱梨子买不起，可怜害得实伤心。友〔有〕的吃药渐渐好，友〔有〕的一命归了阴，友〔有〕钱棺材来成〈殓〉，无钱就是两扇门，友〔有〕的就是芦席卷，也有稻草抱起身。乡城到处行瘟疫，不知死了多少人。稻在田中无人割，家家老少病缠身。外县人来把稻割，三个短工一吊文。若问年成有全熟，业户稻租要十分，无奈稻米不值价，各款用费欠项深，酒肉店账俱来讨，新旧借项要还人，各款事情都消了，家中落得精打精。棉衣典当亦要赎，搭篷起屋要钱文，思想丢刀无饭吃，依旧似然要钱文。四九寒天把冬过，又遇道光十三春，要知来年饥荒事，再讲二卷接前因。

卷 之 二

闲言不表书归正，再表道光十三春。五月廿五下大雨，连阴数日不住停，高低田禾都淹了，高低秧苗一扫平。六月河下潮水退，只说可保得太平，谁知七月天意变，天潮地湿尽来临，江潮足长有数尺，到河处埂又担心。圩首收米来蒸饭，每日起夫把圩巡，看看七月来将尽，天意注定不饶人，二十四将圩破了，黄稻已有六七分，家家户户把稻抢，大小忙得乱纷纷。惟有无人真可惨，急得四路去求人。一日功夫圩灌满，片〔遍〕地黄稻水底沉，不知淹死多少稻，十股不足收二分。可怜三年破两次，叫人怎不痛伤心。一家老少无依靠，仍然四路去逃生，少者逃往四方去，老者半路丧残生，逃的逃来死的死，铁石人儿也伤心。大雪纷纷把年过，再表道光十四春。外县人来把田做，总想荒后好收成，到了三月清明节，抛秧撒种各用心。谁知过了端午节，天降洪雨往下倾，下九连圩又遭难，可怜难辛又来临。五月十三将圩破，一百八圩总扫平，家家户户嚎啕哭，叫声老天为何因，去年破来今又破，为何年年有难辛，可怜四年破三次，皆因天意要灭人。屋料家伙俱卖尽，并无丝毫值钱文，家家老少难度命，只得又往四路存。高田赎来也把〔罢〕了，底田亦淹精打精。车水出河数十日，一亩花费几百文。业户租稻戽去了，各款欠项要还人，所有稻米俱卖尽，过冬粮没半了升，青菜萝卜来当饭，苦过光阴度残生。湖过残冬把年过，又蓬〔逢〕道光十五春。正月二月俱不表，三月家家把田耕，正当割麦把秧插，谁知缺水栽不成。三过〔个〕多月不下雨，山圩干得起灰尘，所剩高田无水插，山田更起栽不成。州主太爷来求雨，天公并不降甘霖，塘内无水河开烈，并无〔滴〕水到来临。已栽秧科干死了，毫无点水救残生。只得四路去借水，借取水路往里行，处处水路要办酒，送上门去请他身，若有一个接不到，阻住水路不能行，三岁孩童莫得罪，方才借得水来临。急忙车满田中水，想救禾苗得太平，多少田内水难到，秧科干得苦杀人。好的好来苦的苦，秋收苦好也不均。不说本年干旱事，再表道光十六春。到了四月把秧插，到处栽得一片清。五月家家来薅草，六月田脚皆过清，谁知蝗中〔虫〕片处起，满天飞来似乌云，若是一齐来落下，稻咬下得似水淋。可年〔怜〕急得来顿足，家家田埂把香焚，跪在尘埃把头克〔扣〕，眼泪汪汪来求神，菩萨叫了千千万，口口声声许愿心，顽灯打他醮不去，总要唱戏方可行，到处皆把班子写，搭台演戏谢神灵，各处酬神来演戏，四路神出得太平。今岁收成不必讲，过了残冬又蓬〔逢〕春，十七八年皆大水，圩上车得好伤心，算来不过五分熟，将就保住命残生。冬去春来年糊过，又遇道光十九春。州中难星不得满，人人难星又临身，要知次年饥荒事，再讲叁卷接前因。

卷 之 三

前番饥荒俱不讲，再讲道光十九春。正月初二下大雪，一连数日封了门，晴了几日又下雨，看看又是二月临。清明到处来泡种，谷雨撒秧乱纷纷，种子下田十余日，一声黄沙怕杀人，到处黄秧俱伤了，补洒稻种苦用心。到了五月发大水，州中难星又来临，下九连圩埂凶险，人人急得乱纷纷。运漕苦把圩来就，难得日夜费心勤，二家有过〔个〕薛义访，还有客籍姓陈人，满船钱米装去用，叫人恶救苦用心，椿柴备办听便用，两家花费数万金，只望将圩来救注，想救圩埂一概人。谁知天意来注定，合州应该有难星，五月十三将圩破，枉费陈薛一片心。一万八圩俱破了，和〔河〕舍相连一扫平。二十七日上圩破，三百余圩水底沉，刘许二圩未曾破，外留东滩与上新，四圩苦救俱未破，不余圩垣一浪平。无为州中该有难，就是邻县也遭瘟，多少人家卖儿女，妻离子散好伤心。本州太爷施恩得〔德〕，求来帑银赈饥民。腊月将尽把赈放，合州饥民乱纷纷，大口二百二十五，小口一百三十文，散赈已算把年过，又是道光二十春。各圩起夫将把筑，到处河埂把工兴，四连圩把生工造，各段董事用心勤。日夜挑滩害不小，花费业户数万金，虽有津贴不济事，贫苦业户实伤心，典田卖地无人要，四路求人借钱文。圩田连荒不收利，每年差事不非轻，屋廊房字拆卖了，按排田上各事情。四月将尽发大水，天雨连连落纷纷，江潮足长有数尺，到处河埂甚担心。青龙河埂第一险，处处崩座怕杀人，江汉姻罗司想主，为官清正无比论。十九年到江汉镇，拾〔恰〕遇州中有难辛，五月初八上了任，正在潮长不住停，二十七日圩破了，未到一月就受惊，自从到任连荒险，河〔何〕曾一日得安宁。查灾散赈多辛苦，为了圩堤费尽心，平日代〔待〕人多恩厚，词讼并不取分文，若遇些须争讼事，劝人合息莫认真。爱民如子真难得，到处个个把他尊，合州人民皆敬服，就有三宪也知情。为了青龙河埂险，可怜日夜费尽心。有个总董肖声谱，通埂督心理费勤。好个清官株州主，亲自到埂看工程，观见埂堤十分险，州主急得也伤心。仝〔同〕了司官并总董，焚香叩首许愿心，摆设香案把江祭，求神保佑得太平。州主罗公与总董，他们三位发慈心，若是埂堤救不住，我们三人随水行，口内维然如此说，别人闻知也伤心。泥汊河好大生店，竭力助勇救工河，另季朝奉人二个，在埂料理各事情。一个叫做高锡厚，还有姜万全一人。椿木柴［料］听便用，钱米装去救工程，要用各款皆应手，一共用了小万金，虽然后来偿还少，难得客店能放心。司主董事仝〔同〕商议，四路招夫挑工程，夫头领夫来挑筑，每日给散米二升。好个清廉罗司主，代人恩厚无比论，夫子下水将工用，准备热酒与人吞，小菜办在官船上，各段按夫给散人。万人之中惟他急，可怜日夜不安宁，民之父母真难得，谁人岂不把他尊。本州太爷亲临埂，一时大发怒气生，慢说农民皆敬服，就是州主看得尊，多少董事皆受辱，合州乡绅俱惊荒〔慌〕，惟有得喜罗司主，还有总董肖声谱，司主暗里将情讲，莫要轻青众人声。救到六月二十后，埂堤渐渐才放心，谁知二十三日后，大风大雨唬杀人，抢修埂堤俱打坏，底处漫水往里行。可〔司〕主唬得魂不在，跪在地下泪纷纷，祝告神灵来保佑，浑身泥土水淋淋。看见埂堤要漫水，欲要投江丧残生，站起身将水挑〔跳〕下，众人扶救得保生。州主跪在官船上，焚香叩首救太平，周身衣服俱湿了，可〔司〕主相会泪纷纷。亏了站〔暂〕时风雨住，各段夫子苦用心，随急下水将埂救，底处加高暂得宁，数日抢修略救住，各段埂堤才放心。要知后来救埂事，再讲四卷接前因。

卷 之 四

闲言不表书归正，再把四卷说你听。好个巡检天下少，可怜日夜费尽心，办工数日多心〔辛〕苦，代〔带〕病在埂苦劳神，三个多月未回署，时刻不停用心勤，如若埂堤救不住，心愿誓不转衙门。衙中大小多记挂，心中记念老爷尊，只得就把船来上，青龙河埂看一巡。夫人小姐船中会，暂时分别好伤心。到了七月初一夜，谁知大害又来临，新坝桥边陡门破，猛然抽动怕杀人，被褥帐子封不住，随水倘〔淌〕往里边存，蒲包包土不中用，芦席兜土也不中，泥饼下了千千万，椿〔桩〕木用了数百根，日夜苦救不住水，急怀〔坏〕罗司主太尊。焚香叩首把愿许，要救神保佑得平，日夜催夫来苦救，数日放〔方〕才水住停。司主才把心来放，州中董事一乐心。通埂仍旧来挑筑，加高帮宽用工程，后来挑筑要坚固，江朝〔潮〕退去才放心。酬送四把义民伞，感谢救埂莫大恩，各圩酬神来演戏，奉请司主驾亲临，吹炮相送义民伞，好不光辉亦有名，非是人人多奉敬，为官清正得民心。秋去冬来皆不表，又逢道光念一春。正月二月连阴雨，三月仍旧雨纷纷，天宫降下数尺水，高低圩田一扫平。各圩秧科俱沉水，水沉数尺没救星。无奈又把种稻买，补撒禾苗枉费心。四月天气时和了，只说高低有救心，官示叫人将水出，人人也皆想得生。邀同合圩齐出水，可怜车得好伤心，业户虽然来帮助，佃户吃累也不轻，忍饥受饿将水出，总想秋来有收成，家家有买迟水稻，一升种稻五百文，一年下种三四次，叫人怎得不伤心。还想秋来有指望，皆因荒年受过惊，正在用力把水出，谁知天意不助人。五月初八下大雨，一年〔连〕数日不住停，江潮日日往上涨，河埂亮□又担心。慢说司主多星〔辛〕苦，门上二爷也劳神。老爷代〔待〕人多恩厚，张爷厚道老十〔实〕人。公兵□□与丁□，李福刘玉余祥升，何大叶茂并胡发，吴破陈槐胡标升，一班差人将工督，他们日夜也劳神。若是起风并下雨，赤脚打伞把埂巡，跟官办上有数月，外面何存〔曾〕助一文。只因老爷多清正，可怜不放得一文，老爷为埂神用尽，上九连圩得一文，下九连圩灾可惨，他的难星又来临。六月初二将圩破，早稻已有五六乡，家家户户嚎啕苦，连破二年好伤心，年年如此怎么好，注定残星活不成。有的上圩来救〔求〕吃，有的又往四路奔，略有余积逃生命，毫无底力丧残生。上圩不虚罗公救，岂不一样曹〔遭〕难星，不是司主来苦救，我们为〔何〕能得太平。因此人人多敬服，乡城无不把他尊，各圩业户来酬谢，三岁孩童也感恩。看看到了小暑节，谁知大难又来临，五月十八将圩破，多少圩塘一扫平。刘许二圩未曾破，外留东滩与上新，四连五连亦未破，每日起夫把圩巡。好个司主真难得，日日亲身到来临，河埂陡门如有害，叫人恶救苦用心。如有业佃挑不起，身已发米给散人，自修椿〔桩〕木随人用，劝人务要用心勤。救到六月二十后，天意注定不饶人，四连五圩又破了，只剩东滩与上新，刘许二圩亦破了，二十三四一浪平。救到七月二十八，仍然涌破一扫平，高处黄稻却抢起，底处何曾有一升，所剩圩垣俱破尽，往〔枉〕费司主一片心。要知后来饥荒事，在〔再〕讲五卷接前因。

卷之五

上圩饥荒具慢说，再讲下卷连苦情。十九二十俱破了，连破两载无收成。二十一年又破了，籽粒无收实伤心。连破三年苦不尽，总是天意要灭人。二十一年破七次，叫人怎能活残生。慢说害〔穷〕人难得命，万贯家才〔财〕也要贫，田地房屋无人要，谁家那有积合银。有的在家饿死了，有的逃往四方存，有的在外落了业，有的死在他乡存，迯亡死绝去一半，铁石人儿也伤心。破坝还有情一段，地徒辣棍乱胡行，三五成群来给〔结〕党，不惧王法认〔任〕意横。三日风暴非小可，圩上难星又非轻，所剩家产俱消尽，不知淹死多少人。可怜尸首无处找，不知淌在那方存，白浪滔滔由〔犹〕如海，叫人何处去找寻。一家大小难见面，恩爱夫妻会不成，活龙活虎随水去，叫人怎不痛伤心。可怜圩上无处住，只得搬往高处存，有的搬往山中去，有的城内去安身，虽然逃到高处去，谁家那有米来蚕〔吞〕，日间没有呼鸡米，夜来鼠耗没半升。屋料家伙俱淌尽，所剩气〔器〕物换钱文，破旧衣履俱当尽，身上冻得战惊惊，肚中饥饿身上冷，毫无没法是怎生，籽〔仔〕细思想如何好，怎能活得到来春。合家大小哀哀哭，再饿几日要归阴。左思右想没有法，无奈只得要卖人，买一口来度十口，不然难保一家人。说起卖人情一段，无人不听泪淋淋。多少寡妇来改嫁，闺门女子去重婚，恩爱夫妻来拆散，心痛儿女两难分。水〔冰〕清玉洁贤贞女，一心五志守终身，只望替夫来争气，就是死后也有名。谁知连遇遭荒歉，一家难保命残生，自己饿死也罢了，只愁儿女活不成，如若有个长和短，夫在九泉怎甘心，枉自替夫空守节，绝了香烟后代根，左思右想无可奈，失志毁节发根〔狠〕心，忍辱扶孤将儿救，可怜逼迫去重婚。多少温柔闺门女，终朝刺绣在闺门，三从四德多贤美，父母恩如掌上珠，叠遭荒歉无可奈，只得改嫁另配人。有的人家成夫妇，也有人家为妾身，也有买去做养女，还有丫环使女身。男的买去为奴卜〔仆〕，也有人家做螟蛉。儿女多的还由〔犹〕可，孤儿独子绝了根。卖儿卖女真可惨，夫妻拆散更伤心。也有多少不贤女，喜守富贵不耐贫，忍饥受冻将心变，终朝思想要出门，借情炒闹多不是，听说要卖暗欢喜，只说嫁去有好处，谁知前生命生成，富贵荣善〔华〕前生定，命苦到底不如人，若遇稍贩买去了，不知卖到那方存。小户人家娶去了，无吃少穿也受贫，抛儿撇女狼心很〔狠〕，死在他乡做鬼魂。正是不贤下贱女，我今丢开不必云，夫妻不知也把〔罢〕了，惟有恩爱实伤心，多少恩爱贤良女，铁石人心也泪淋。要知后来卖人事，再讲六卷接前因。

卷 之 六

不贤女子休提表，单把贤良说你听。父子婆媳来商议，眼泪汪汪叫儿身，前凡〔番〕饥饿也过了，今岁实保活不成。眼看一家难保命，借〔贷〕无门是怎生。今朝若是将儿卖，难舍贤良媳妇身，本当不把我儿卖，一家难保命残生。非是公婆心肠很〔狠〕，怎奈天公要减人。一来你有逃生路，二来就〔救〕我一家人，你今卖到他乡去，莫把公婆记在心，养儿娶媳妨〔防〕身老，谁知今日要离分，说毕一番嚎啕哭，扯住媳妇放悲声。媳妇听说只〔这〕句话，由〔犹〕如刚〔钢〕刀刺心痛。走到房中嚎啕哭，思想中朝怎能生。一把扯住儿和女，苦命心肝叫几声，十月怀胎娘星〔辛〕苦，临产之时死履生，一尺三寸离娘服，乳甫〔哺〕三年费尽心，〈天〉花痘症受处唬，生灾害病母担心。为娘吃尽千般苦，谁知今日要离分。正枉〔在〕房中嚎啕哭，看见丈夫进房门，一把扯住夫君手，苦命官人叫几声，只望夫妻同到老，谁知今日要离分，我若执意不肯去，一家难保命残生。心中欲要寻自尽，返〔反〕害一家活不成，无奈撒手分别去，不知卖到那方存。一双儿女交与你，早晚料量要当心，从今不可将儿打，会他无娘少母人。千万莫要将妻想，不要时常挂在心，倘若为奴想成病，我在他乡怎知情。我今与你分手去，由〔犹〕如一命归了阴，劝你莫要痴心想，自此丢开莫在心。婆婆年老日衰惫，时刻料理要当心，一家大小全靠你，切莫为奴伤了神。还有一双儿和女，打起精神过光阴，苦命妻子几句话，万望夫君记在心。才礼就是妻子内，切莫花费只项银，将几〔计〕就几〔计〕随时过，慢慢苦度过光阴。务必银钱要金贵，不可忙〔忘〕了今日情。二来年纪还为〔会〕老，还有儿女一双人，若是来年年岁好，仍然还可能娶人。公婆年老也有靠，儿女幼小有看成，各样事务有人做，夫的愁肠减三分。妻子还有一句话，劳劳切切记在心，半路娶人要访实，莫信媒人乱糊〔胡〕行，倘若娶了不贤女，终朝炒〔吵〕闹不安宁，连累公婆心不乐，必要作践我儿身。若妇前头有儿女，又怕私下贴儿身，必要自己留心访，务要娶个贤良人。一要孝顺双父母，二要敬重丈夫身，婆婆年老难理事，内外持家要当心。友人代〔待〕客随夫意，一双儿女要看成。他的性子若不好，凡事忍耐商议行，非是妻子来代你，你我自小结发情，说把〔罢〕一番伤心话，扯住夫君放悲声。丈夫就把妻子叫，苦命贤妻叫几声，与你自小来结发，你我恩爱似海深。只为屡遇遭荒险，半世夫妻两离分，难以与你来会面，要想相逢万不能。劝你不要将我想，一双儿女莫挂心，但愿此去有好处，夫唱妇随过光阴。一来公婆要孝顺，务要敬重丈夫身，初到他乡难莫性，凡事总要依他行，不可随你自己意，非是你我结发情。倘若前头有儿女，代〔待〕他由〔犹〕如你亲生，一则公婆来得喜，二来丈夫亦欢心，上河〔和〕下睦人人敬，自然得意过光阴。我家世事莫忧虑，切莫时刻挂在心，夫妻本是同林鸟，大限来时各自分。再想夫妻恩爱日，除非转世再投生。要知夫妻分别事，再讲七卷接前因。

卷之七

闲言不表书归正，再讲七卷接前因。夫妻正在嚎啕哭，婆婆不觉进大门，开言就把媳妇叫，贤哉媳妇叫几声，你到我家做媳妇，为娘代〔待〕你如亲生。感会媳妇多孝顺，百般事件你当心，也是前生修不到，无福消受我儿身。念你自来多奉敬，相代〔待〕丈夫由〔犹〕如宾，今遇洪水遭大难，拆散妻子两离分。你到人家做媳妇，凡事须当要慎行，一要孝顺二双亲，二要随你丈夫心，倘有妯娌并伯母，是事务要商议行。你本是过〔个〕聪明女，百样事儿要留神，说〔话〕之时双流泪，扯住媳妇泪淋淋。媳妇就把婆婆叫，叫声婆婆老娘亲，只望奉养百年后，略表媳妇一片心，谁知撒手分别去，做了不忠不孝人。从今不能再侍奉，儿今做了两截人，年老之时自保重，不孝媳妇莫挂心。一双儿女负累你，累及早晚要操心，说罢双膝来跪下，拜谢婆婆养育恩。婆婆双手来扶起，贤良媳妇听元〔原〕因，孩儿孙子休挂虑，为娘自然要当心。虽然是你亲生子，本是我家后代根，你到他乡莫忧虑，日后叫人看你身。一家正在嚎啕哭，谁知媒人到来临，多少闲人无事做，东创西游混残生，听说他家人要卖，不问活折〔拆〕与再婚，急忙四路来打听，攒头蜜〔觅〕缝想事成，如有一家说成了，媒人到少有钱文。听说昨日他家讲，忙找娶主说其情，花言巧语多样好，财礼若干也说明，暗地已将人看过，代他前来把事成。财礼说定事成了，随即就要人动身，说定就把婚书写，急忙就说财礼银。娶主就要人动身，一家哭得好伤心，夫妻婆媳抱头哭，哭得死去又还魂。婆婆抱住媳妇哭，叫我今朝好伤心，谁知一时就要走，怎舍贤良媳妇身。媳妇抓住婆婆哭，叫声婆婆老年人，双手求在跪在地，就把娘亲叫几声。我的一双儿和女，千万我儿要当心，婆婆双手来扶起，油煎肚肺好伤心。转身扯住夫君手，苦命官人叫几声，叫我难舍真难舍，怎能舍得我夫君。今日与你来分别，再要想会万不能，一双儿女丢与你，时时刻刻要在心。若是小儿贫〔贪〕顽要，切莫苦打命肝心，倘遇生灾如有病，时刻料理要当心。婆婆年老难料理，务要我夫自亲身，扶养成人身长大，本是你家一条根。又见妯娌并伯母，站在一旁泪纷纷，上前双膝来跪下，二位姊妹听元〔原〕因。自你自小真和好，由如仝〔同〕胞共母亲，今日你与来分手，要想相会万不能。一双儿女拜托你，求你照看小姣生，若遇你儿来顽耍，如有得罪莫记心。凡事望你要忍耐，念他无娘少母人，看过我的姣生子，黄纱盖面不忘恩。二人双手来扶起，妹妹但愿放宽心，你今只管放心去，莫把儿女挂在心。我们俱是养儿女，自然照看你姣生，转身抱住儿和女，苦命心肝叫几声。叫娘难舍真难舍，怎能舍得命肝心，今日与你来分手，不知可能会见身。可怜小儿不知事，只是啼哭不住声，抓住儿女不肯放，犹如乱箭来穿心。正在抱住儿和女，媒人催促要动身，可怜哭得肝肠断，一家越哭越伤心。媒人又催上轿走，一家难舍真难分，年轻小儿那董〔懂〕事，当着他母去看亲，上前哭要跟娘去，双手抓住母衣衿。一家观见越凄惨，油煎肚肠更伤心。哭得天昏并地暗，铁石人闻也泪淋。合家哭得难分手，媒人急得要动身，只得拖扯把轿上，抬轿之人走如云。一剩轿子抬去了，哭得死去又还魂，天上吊下无情剑，斩断人间夫妻情，可怜小儿随脚哭，跪出哭要跟娘去，一家好似割人肉，刀割心肠好伤心。祖母代〔带〕他他不要，口口声声要娘亲。晚来他父代〔带〕儿睡，只得啼哭不住声，儿要母来不要父，双手抱儿脚中存。睡到半夜要奶吃，被褥里面找娘亲，点火上灯将儿哄，抱儿腿中团团行。三番两次哄不住，不禁越想越伤心，回心又把妻子想，苦命贤妻叫几声，你今撒手分别去，叫我今朝是怎生。左思右想何曾睡，一反悲伤到天明，夫妻今日来分手，再想相逢万不能。要知后来饥荒事，再讲八卷说分明。

卷之八

闲言不表书归正，再讲八卷接前因。二十一年糊过了，又逢道光念二春。三月到了清明日，家家户户把田耕，泡了种子把秧插，割麦栽稻乱纷纷。春季荒后糊过了，过到六月下旬临，家家早稻要割了，糊得活命得保生。今年年成也罢了，算来不过八九分。大雪纷纷把年过，又逢道光念三春。清明到处来泡种，谷雨撒秧乱纷纷。立夏之时秧苗盛，小满临期尽栽成。五月六月也过了，看来又到七月临，满圩黄稻真可爱，好似黄金铺地尘。今年年岁不必说，四季风调又雨顺，若问年成几分熟，论来要算十二分。秋去冬来把年过，过了残冬又逢春，念四念五也罢了，念六念七亦莫云，大雪纷纷把年过，又遇道光念八春。圩堤坝埂将工筑，农夫春季用工程，耕田泡种忙不住，割麦栽秧乱纷纷，秧栽完毕又薅草，□田过脚用工程。看看五月过完了，农夫欢喜得太平。不期又过六月半，州中难星又来临。六月糊过二十日，下圩又破好伤心，二十五日十连破，二十六日破南都，念七念八圩灌满，六月过终一扫平。三百余圩俱破尽，人人难星又来临。大家小户俱逃难，奔到山旁且安身，不详老天要人死，洪水日夜见见长，山旁毛篷又重折，又奔高岗去存身。七月十八起风暴，一连三日怕杀人，多少房屋俱推倒，屋料家伙随水行，淌到山边人捞去，说情回赎要钱文，所剩家产俱淌尽，不知淹死多少人，可怜尸首无处找，不知淌在那方存。一家大小难见面，恩爱夫妻会不成，活龙活虎随浪去，叫人怎不痛伤心。可怜圩上无处住，只得搬往高岗存，朝三暮四将糊过，过去残冬又逢春。州主太爷将工筑，圩埂坝堤用工程，虚空揆壑加工筑，夯杵坚固胜用心。期候交了三月半，夫子回头把田耕，泡秧撒种把秧插，到处栽得一片青。春季雨水多逢胜，节〔接〕连数日不住停，一连陡下几尺水，高低秧苗尽水沉。只望今年年成好，谁知老天不饶人，不期交了闰五月，初一大雨怕杀人，初五十连圩破了，初七方才破南都，大小圩塘俱灌满，河州含山一扫平。古庙房屋俱推倒，金身神像水底沉，圩上〈稻〉子俱消尽，屋料家伙浪里行，人人只得逃生命，搬到高岗且安身。糊过残冬把年过，又逢道光三十春。有的人民饿死了，有的人民外县存，四路奔走做买卖，本钱不足活不成。有命探起回头转，无命饿死半路程。忍饥受饿将田做，还要撑持把田耕，青季世情真果刻，荒后比荒胜十分。秋季稻米花花熟，年年不过五六分，下九连圩仍然破，只剩大圩未破倾。道光做了三十整，始而还骂换小君，国号咸丰登龙位，有道明君管万民。君有道来臣有德，江山万年享太平。书中正言从此止，另有几句短表情，要把饥荒常谨记，切莫忙坏乱胡行。倘有恶时并恶节，纵有亲朋谁顾成，若要克勤并克俭，不受贫来不着惊，否极泰来时运转，从今以后享太平。万望老天年丰熟，家家户户保安宁。这是一本饥荒记，万古留转劝世人。

八卷终了

安徽筹办赈捐章程

清光绪三十三年活字本

（清）佚名 辑

李文海 点校

安徽筹办赈捐章程

奏请皖北春赈兼办七项常捐事

奏为皖北春振需款仍巨，各省垫解赈款均待劝捐归还，拟恳天恩，仍准兼办七项常捐，以济赈需，恭折仰祈圣鉴事。窃前以皖北水灾，振需甚钜，奏请将安徽现办赈捐展限一年，并请援案兼收七项常捐，以资接济，钦奉朱批：度支部议奏。钦此。兹准度支部议复原奏内开，查实官捐升等项，业经奏明停止，所有七项常捐，一俟各省代收期满，亦应次第改归部库专收，以符旧制。至本年水灾，以江苏为最重，由部奏准加办七项常捐，声明他省不得援以为例。今安徽所请兼办七项常捐之处，拟即毋庸置议。惟据奏陈，皖省本年亦有水灾，在在需款各节，尚属实在情形，拟请将该省所收衔封等项赈捐，再准展办一年，以济要需等因，于光绪三十二年十二月十五日具奏，本日奉旨：依议。钦此。钦遵咨行前来。查近来捐务久成弩末，皖省现办赈捐，仅此衔封等顶，收数本微，虽经部臣议准展限一年，然非兼收七项常捐，实于要需无裨。上年皖北水灾之重，为近年所未有，叠经奏蒙恩旨准拨藩库正款银十万两，奉省溢捐二十万两，以资赈济。皇仁汪涉，钦感莫名。并因灾重款绌，叠与各省官绅善士文电交驰，告灾求助。幸得仁浆义粟，源源而来，是以上年普、冬两赈，勉力办竣，而灾情较重之区，又继以义赈、加赈，中泽哀鸿，赖免失所，民情尚属安谧。第体察皖北赈务情形，以本年春赈为尤极〔亟〕，需款以本年春赈为尤多。就目前已筹之款，已集之捐，出入相权，不敷尚巨。且各省官绅善士，因知皖省业经奏请开办七项常捐，始获预先垫解巨款，专待奉准之后，劝捐归垫。今未能邀准，不但不敷之振需来源顿竭，并此已收之垫项归款无从，焦灼旁皇，罔知所措。覆查上年水灾，鄂则较皖为轻，苏则与皖略等，乃鄂省请办七项常捐既已奉准于先，苏省加办七项常捐又已奉准于后，皖省事与苏同，灾较鄂重，而省分之瘠，筹款之难，又十倍于苏、鄂。仰维朝廷一视同仁，必不忍使皖北灾民独抱向隅之憾。至部臣议准江苏加办七项常捐折内，声明他省不得援以为例，自系指现无灾赈之各省而言，苏、皖同时被灾，先后奏请，即一律照准，亦非他省所得援引。环顾灾民待赈之孔急，与夫皖省筹款之万难，惟有再行吁恳天恩，俯念皖北春赈需款仍巨，各省垫款均待劝捐归还，舍兼办七项常捐，更无集款之策，准其援照苏、鄂两省成案，兼收七项常捐，仍以一年为限，期满即行停止，俾得接济赈需，归还垫项，实于皖北灾民大有裨益。除咨部查照外，谨会同两江总督臣端恭折具陈，伏乞皇太后、皇上圣鉴训示。谨奏。光绪三十三年正月二十二日具奏。

二月初一日奉朱批：度支部议奏，钦此。

二月十四日准度支部电开：安徽赈捐，仍请兼办七项常捐，业经议准，今日具奏。奉旨：依议。钦此。

计开筹办七项常捐衔封赈捐通则

一、此次捐例，均援照湘、鄂各省办法收捐，银填实收。各项章程，亦拟仿照，略事变通。

二、此次捐输，拟请择无灾省分咨送实收数百张，乞各省藩司札饬僚属分途劝办，以广捐路。

三、待赈孔殷，刻不容缓，局中收有各项捐款，按旬汇报，听候分拨。

四、捐输必须委劝得人，方有成效，亦须给以公费，藉资鼓励。安徽向章，行劝委员，外省准支公费七厘，本省候补者准支公费五厘，地方官不准支给。故本省捐款，实属寥寥。拟请略为变通，外省委员照旧支给七厘，本省候补官亦准支七厘，地方官准支五厘。惟地方官应仿照江西章程，视缺之大小肥瘠，先行垫款缴局，再发给衔封及七项实收等捐归垫，庶使地方官不至视为具文，认真劝办，以广收数。

五、劝委各员承领实收，自应慎重收藏，以重名器。收有捐款，按月报解，以济急需。从前札发过滥，贤愚杂沓，具领实收数百张历久不缴，所收捐款敢于侵挪，以致捐生踵局禀询，纠葛纷如。及行文追取，或诿诸水火之灾，或藉口托友劝办，种种情弊，深堪痛恨。拟嗣后如有前项情事，有一张不缴者，由本局查明，详请参追，以重捐务。

六、劝捐委员，从前部章，劝获正项银一万二千两者，照寻常劳绩保奖；至六万两者，照异常劳绩保奖。有功名之望，是以人人勇跃。现经吏部奏准，办捐概不保奖，然行动艰难，总宜酌予奖叙。拟请仿照鄂章，嗣后报解银数合寻常例者，予尽先超委一次；合异常例者，予尽先超酌委各一次。仍照章支给公费。外省委员，详请咨明各省督抚，一同给奖。或士绅劝获巨款，详请赏给五六品奖札及匾额，以示鼓励。

七、报捐员生，履历常有未合，行劝委员应即随时驳回，饬令更易详明声叙，免致请奖干驳。

八、公费查照湖北及山东向章，以一成为率，除行劝省外各委员及地方官坐扣公费七厘、五厘外，其余三厘、五厘，由局于收到捐项时分别照扣，另行存储，以资办公。

计开筹办七项常捐专则

一、皖省原设赈捐总局，附丽于支应局内，归支应报销，两局委员、书记人等兼理，不另开支薪水。今开办常捐，自不必另设局所，另派员书，即归入赈捐局兼理，以节经费。

二、常捐向归部库收捐，现蒙宪台因振捐已成弩末，一再奏请开办，实欲藉此多收一分捐需，即多活一分民命。是七项常捐，本为宽筹经费起见，与虚衔封典不同。拟请三月初一日以前，慨捐义赈，未经请奖者，归赈捐奖叙衔封等项，不得持官义赈抚局收票抵作七项捐款。三月初一日以后，有慨垫巨款，仍应收捐筹还者，准其以衔封及七项分别划抵，以示区别而昭激劝。

三、常捐实收，拟照赈捐新刻实收式样，用两司官衔，盖藩司印信，以归一律。

四、常捐既归赈捐局兼办，自不必颁发关防，除实收用藩司印信外，其余文牍，拟用赈捐总局关防，以归简易。

七项常捐目录

一、捐免补本班、离任、以升阶仍留原省试用

一、捐离任

一、捐分发指省

一、捐免坐补

一、捐免试俸历俸

一、捐免实授

一、捐离省

捐免补本班

一、候补委用试用人员，因各项劳绩出力，奉旨俟补缺后以何项官用者，令先捐免补本班并捐离任，其捐免补本班银数，应按升阶补足三班银两，方准以升阶留省试用。兹将捐免补本班、离任各银数，开列数条，以备查核。

一、候补知府保举补缺后以道员用，今捐免补本班道员三班，例银二千五百九十二两，知府离任例银一千四百四十两，共例银四千零三十二两。

一、候补直隶州知州保举补缺后以知府用，今捐免补本班知府三班，例银二千三百七十六两，直隶州离任例银一千零零八两，共例银三千三百八十四两。

一、候补知县保举补缺后以直隶州知州用，今捐免职补本班直隶州三班，例银一千五百十二两，知县离任例银四百九十五两，共例银二千零零七两。

一、候补县丞保举补缺后以知县用，今捐免补本班知县三班，例银一千四百三十一两，县丞离任例银三百四十七两，共例银一千七百七十八两。

一、候补委用试用人员，因各项劳绩出力，奉旨俟补缺后以何项升用者，仍先令其捐免补本班并捐离任，再按其升阶补足三班银两，亦准以升阶留省试用。兹将捐免补本班、离任并补足升阶三班银两，开列数条，以备查核。

一、候补知府保举补缺后以道员升用，今捐免补本班道员三班，例银二千五百九十二两，知府离任例银一千四百四十两，再补足道员升阶三班，例银二千五百九十二两，共例银六千六百二十四两。

一、候补直隶州知州保举补缺后以知府升用，今捐免补本班知府三班，例银二千三百七十六两，直隶州离任例银一千零零八两，再补足知府升阶三班，例银二千三百七十六两，共例银五千七百六十两。

一、候补知县保举补缺后以直隶州知州升用，今捐免补本班直隶州知州三班，例银一千五百十二两，知县离任例银四百九十五两，再补足直隶州知州升阶三班，例银一千五百十二两，共例银三千五百十九两。

一、候补县丞保举补缺后以知县升用，今捐免补本班知县三班，例银一千四百三十一两，县丞离任例银三百四十七两，再补足知县升阶三班，例银一千四百三十一两，共例银三千二百零九两。

一、保举应升之缺升用并未指项何官，捐免补本班、离任再补足指定应升一项官阶三

班，其报捐银两与前同。

一、候补委用试用人员劳绩出力，保举补缺后以何项官用者，令其先行捐免补本班，并捐离任，准以补用之官留省试用。其部选人员保举选缺后以何项官用者，先就本职分发指省，复经捐免补本班、离任并补交升阶分发留省一层银两，亦准留省试用。

道员至未入流各项三班银数暨应捐离任银数列后，以备查核。

道员三班例银二千五百九十二两，离任例银一千四百四十两。

知府三班例银二千三百七十六两，离任例银一千四百四十两。

直隶州三班例银一千五百十二两，离任例银一千零零八两。

同知三班例银一千四百三十一两，离任例银一千零零八两。

知州三班例银一千四百三十一两，离任银例一千零零八两。

通判三班例银一千零二十六两，离任例银七百零六两。

知县三班例银一千四百三十一两，离任例银四百九十五两。

运同三班例银二千一百六十两，离任例银一千四百四十两。

提举三班例银一千零八十两，离任例银一千零零八两。

直州同三班例银六百四十八两，离任例银七百零六两。

布理问、布经历三班例银七百五十六两，离任例银七百零六两。

按经历、京府经历、布都事、盐经历三班例银六百四十八两，离任例银四百九十五两。

直州判三班例银三百七十八两，离任例银四百九十五两。

外府经历、县丞、按知事、盐知事、布照磨三班例银三百五十一两，离任例银三百四十七两。

按照磨、府知事、县主簿、州吏目三班例银二百七十两，离任例银二百四十三两。

从九、未入指项人员二班例银一百二十六两，离任例银二百四十三两。

教谕二班例银二百三十四两，离任例银三百四十七两。

训导二班例银一百八十两，离任例银三百四十七两。

州同三班例银七百五十六两，离任例银七百零六两。

州判三班例银六百四十八两，离任例银四百九十五两。

盐运副，离任例银一千零零八两。

盐运判，离任例银七百零六两。

外官捐分发指省

一、候选人员今捐分发，应各按三班银两交足，再交分发银两。

道员分发，例银一千四百四十两。指省同。

知府分发，例银一千二百八十两。指省同。

直隶州分发，例银一千一百二十两。指省同。

同知分发，例银六百四十两。指省同。

知州分发，例银九百六十两。指省同。

通判分发，例银六百四十两。指省同。

知县分发，例银九百六十两。指省同。

运同分发，例银一千二百八十两。指省同。

提举分发，例银一千一百二十两。

直州同分发，例银二百四十两。指省同。

布理问、布经历分发，例银二百四十两。指省同。

按经历、京府经历、布都事、盐经历、直州判、外府经历、县丞、按知事、盐知事、布照磨分发，例银一百六十两。指省同。

按照磨、县主簿、府知事、州吏目、从九、未入指项人员分发例银百二十两；指省，例银一百三十二两。

教谕分发，例银一百六十两。

训导分发，例银一百三十两。

州同分发，例银二百四十两。指省同。

州判分发，例银一百六十两。指省同。

盐运副、盐运判分发，例银一千一百二十两。指省同。

九品以下考选议叙分发，例银一百二十两。指省同。

布库大使、运库大使、盐课大使、批验大使分发，例银四百八十两。指省同。

京官捐分发

一、由不论双单月选用郎中报捐，应例银八百两。

一、由不论双单月选用员外郎报捐，应例银六百四十两。

一、由不论双单月选用主事报捐，应例银四百八十两。

以上报捐后，均准知照吏部验看，分发各部学习行走，仍令投供按次铨选。其由进士出身者，方准分发吏、礼两部。

一、由不论双单月选用光禄寺署正报捐，应例银四百八十两。

一、由不论双单月选用内阁中书、中书科中书、大理寺评事、太常寺博士、銮仪卫经历、太常寺典簿、部寺司务、光禄寺典簿、翰林院待诏、翰林院孔目报捐，应例银三百二十两。

一、由不论双单月选用笔帖式报捐，应例银一百八十两。

一、旗籍各官指分六部寺院，应令按照分发银两加倍报捐。

一、京官捐免试俸历俸均按品级论，与外官同。

京官捐三班

一、双月候选郎中，今捐以郎中不论双单月选用，例银一千七百二十八两。

一、双月候选员外郎，今捐以员外郎不论双单月选用，例银一千四百四十两。

一、双月候选主事、都察院都事、都察院经历、大理寺寺丞、京府通判，今各依本职捐不论双单月选用，例银一千四百三十一两。

一、双月候选光禄寺署正，今以光禄寺署正不论双单月选用，例银一千二十六两。

一、双月候选中书科中书、大理寺评事、太常寺博士、内阁中书、銮仪卫经历，今各依本职捐不论双单月选用，例银八百六十四两。

一、双月候选太常寺典簿，今依本职捐不论双单月选用，例银六百六十六两。

一、双月候选部寺司务，今捐以部寺司务不论双单月选用，例银六百四十八两。

一、双月候选光禄寺典簿，今捐以光禄寺典簿不论双单月选用，例银四百九十五两。

一、双月候选翰林院待诏、翰林院孔目，今各依本职捐不论双单月选用，例银三百六十两。

捐免坐补

一、常例坐补原缺人员准其报捐分发原省，仍令坐补原缺，不准题咨别缺，如有续行捐免坐补者，归部铨选等语。查此项续行捐免坐补人员，既已分发到省，自应准其捐足留省遇有别缺题咨补用。嗣后凡在原省续行捐免坐补原缺者，应照捐免坐补在部候选人员请捐分发之例，令其逐层捐足，并补捐分发，准免坐补原缺留省补用，如仅止捐免坐补，并未逐层捐足分发者，仍照例归部铨选。查旧例各项已经实授分发在省坐补人员续行捐免坐补者，归部入于应补班内铨选，其有逐层捐足并捐分发者，籤分各省试用。嗣经酌增事例奏准，凡在原省续行捐免坐补人员有逐层捐足并捐分发者，准其留省补用。兹酌增事例既经截止，凡捐免坐补人员，仍应照旧例归部铨选，其有逐层捐足并捐分发者，仍籤分各省试用，不准留省补用。再，查坐补人员有原任内未经实授者，一经捐免坐补，即归委用班内仍赴原省尽先补用，其业经实授各员，必须逐层报捐，方准归于试用班内，俟捐班三缺后补用一人。查业经实授人未经实授人员同一告病离任，同一病痊捐免坐补，而所捐银两多寡悬殊，即如从九品、未入流二项，业经实授人员病痊捐免坐补银七十两，再捐双月、单月、双单月分发银两，方准分发各省，归于应补三缺班内序补，未经实授人员病痊捐免坐补，止交银七十两，即归委用班内尽先补用办理，似未平允。今拟定此项未经实授捐免坐补仍赴原省委用人员，除知县以上例应引见各员应专候升调所遗之缺方准补用，仍照旧办理外，其余各项佐杂，查系捐免坐补后即归委用班补用者，应照原定捐免银数加二倍报捐，如从九品、未入流原定捐银七十两，加二倍应捐银二百一十两。余俱照此办理，方准归入委用班内补用。

一、文职坐补原缺各员其原任内业经实授者，如捐免坐补原缺，道员捐银二千两，知府捐银一千六百六十两，运同捐银一千五百两，直隶州知州捐银一千五十七两，同知捐银八百八十二两，知州捐银八百二两，运副提举俱捐银六百两，运判捐银五百二十两，通判捐银四百八十五两，知县捐银六百六十二两，直隶州州同捐银二百十七两，布政司理问、布政司经历、州同俱捐银二百七十七两，按察司经历、京府经历俱捐银二百五十两，布政司都事、盐运司经历俱捐银二百三十两，直隶州州判捐银一百四十九两，州判捐银二百三十两，盐课大使、布政司库大使、批验所大使、盐运司库大使俱捐银三百两，按察司知事、府经历、县丞俱捐银一百四十七两，盐运司知事捐银一百三十九两，布政司照磨捐银一百二十七两，按察司照磨、府知事、县主簿俱捐银九十八两，州吏目捐银七十四两，京外府照磨、宣课司大使、道库大使、府税课司大使、按察司司狱、府司狱、巡检、府仓大使、未入流、礼部铸印局大使、京外县典史、崇文门副使、关大使、府检校、长官司吏目、茶引批验所大使、府库大使、盐茶大使、州库大使、州税课大使、县税课大使、税课司分司大使、驿丞、河泊所所官、各闸闸官、道仓大使、州仓大使、县仓大使俱捐银三十五两，府教授捐银一百四十两，州学正、县教谕俱捐银一百三十两，府州县训导捐银九十两，俱免其坐补原缺另行捐升，其有不能捐阶升止捐免坐补原缺者，照此数加倍报捐，亦免其坐补原缺归入应补班一体补用。其告病在籍人员应坐补原缺有情愿报捐者，亦准其一体报捐。

一、文职坐补原缺各员，其原任内未经实授者，如捐免坐补原缺，应仍赴原省归入委员班内补用。此项人员，除知县以上例应引见各员应专候升调，所遗之缺方准补用，仍照旧办理外，其余各项佐杂，查系捐免坐补后即归委用班补用者，应照原定捐免银数加二倍报捐。直隶州州同捐银一千三百二两，布政司理问、布政司经历、州同俱捐银一千六百六十二两，按察司经历捐银一千五百两，布政司都事、盐运司经历俱捐银一千三百八十两，直隶州州判捐银八百九十四两，州判捐银一千三百八十两，盐课大使、布政司库大使、批验所大使、盐运司库大使俱捐银一千八百两，按察司知事、府经历、县丞俱捐银八百八十一两，盐运司知事捐银八百三十四两，布政司照磨捐银七百六十二两，按察司照磨、府知事、县主簿俱捐银五百八十八两，州吏目捐银四百四十四两，府照磨、宣课司大使、道库大使、府税课司大使、按察司司狱、府司狱、巡检、府仓大使、未入流、礼部铸印局大使、京外县典史、关大使、府检校、长官司吏目、茶引批验所大使、府库大使、盐茶大使、州库大使、州税课大使、县税课大使、税课司分司大使、驿丞、河泊所所官、各闸闸官、道仓大使、州仓大使、县仓大使俱捐银二百十两，方准归入委用班内补用。

捐免试俸

一、正途出身捐免试俸，四品捐银九百六十两，五品捐银八百两，六品捐银六百四十两，七品捐银四百八十两，八品捐银三百二十两，九品以下捐银二百四十两，俱准免试俸三年。至捐纳人员捐免试俸，应各照品级加倍报捐，准免试俸三年。

一、捐免试俸，凡正途出身并捐纳各员，俱准捐免。其由捐纳议叙者，照捐纳人员银数捐免。由正途议叙者，照正途人员银数捐免。

外任官员准捐免实授试俸及应俸年限

一、各省地方知府直隶州并州县等官，定例原应于现任内历俸五年、三年以上，方准拣选升调。现任捐纳出身人员，俟实授后试俸三年，方准升用。此次新例，外省现任人员如有未请实授、未销试俸及历俸未满者，均准其捐免。捐免历俸，照捐免试俸银数报捐。佐杂等官并无捐免实授，银数亦照捐免试俸银数报捐。

捐免实授

一、州县等官历俸三年，准其升补。历俸未满三年，准其升署。连前任本任接算三年，准其实授。如历俸未满三年，升署人员升署任内并无违碍处分者，于升署后即准其各按本职随带加一级银数酌加两倍捐免实授。

知府捐银一千九百八十两，同知、直隶州、知州、知州捐银一千七百四十两，通判捐银一千五百两，知县捐银一千二百六十两，俱准免其实授。

捐离原省

道员例银八百六十四两。

知府、运同例银七百六十八两。

直隶州、提举、运副、运判例银六百七十二两。

知州、知县例银五百七十六两。

同知、通判例银三百八十四两。

盐课大使、布政司库大使、批验所大使、盐运司库大使例银二百八十八两。

布理问、布经历、直州同、州同例银一百四十四两。

按经历、按知事、布都事、盐经历、盐知事、直州判、州判、府经历、县丞、布照磨例银九十六两。

九品以下考选议叙例银七十二两。

九品以下捐纳例银八十八两。

上海县积谷征信录

清光绪三十四年铅印本

（清）佚名 辑

李文海 点校

上海县积谷征信录

（光绪三十三年十月起，光绪三十四年九月底止）

办理积谷官董衔名：

署江南苏松太兵备道　王燮

江南苏松太兵备道　梁如浩

江南苏松太兵备道　蔡乃煌

调署上海县知县　李超琼

普育堂董事　叶佳棠

会同办理同仁辅元堂董事　姚天来

会同办理果育堂董事　姚文枬

闵行仓董事　顾言、吴良谟、李祖锡

接办积谷事务普育堂职董叶佳堂呈为陈报接办积谷事务日期事。窃照本邑积谷定章，向由同仁辅元、果育、普育三善堂按年轮管。兹据果育堂姚董文枬以上年十月初一日起至本年九月三十日止，经管一年期满，将常年马家厂等仓房事务及发典生息钱折、备用钱文、钤记、文卷等件，一并开折移送前来，并声明尚有马家厂租款租息及备用余款三项息折，因办理平粜垫价款项尚未清理造报，应俟办竣再行补交等因。职董即于十月初一日起，遵章接办。除禀报道宪暨收支各款仍归月报外，合将接办积谷事期陈报，伏乞公祖大人鉴核备案施行，谨呈。

光绪三十三年十月　　日呈

钦加同知衔赏戴花翎调署江苏松江府上海县正堂李为照会事。奉藩宪朱札奉督宪端札开：照得苏属各厅州县，从前随粮带征积谷，本为备荒而设。上年江北十三州县被水成灾，凡有存仓积谷及存典谷钱，或提拨冬、春两赈，或碾米平粜，均已动用无存，甚有借用无灾各乡镇积谷及谷息存款者，以及苏、松、常、镇各属，虽被灾稍轻，亦多动拨仓谷。当兹大祲之后，民间盖藏，几于空虚如洗。古人图匮于丰，即未遇灾祲，尚亟亟以民食为重，况此次惩前毖后，尤以广储峙为第一要义。本部堂先事防维，曾于各属禀请动拨积谷之初，即随案批示，预筹购补各在案。现查本年大江南北，春麦秋禾均称丰稔，民间元气或可稍纾，所有随粮带捐积谷一项，自应循照旧章办理，务期多多益善。纵难骤复原额，亦可递年捐储，一俟集有成数，即由各该州县遴派妥人，随时分赴产米之区，赶紧采买干洁谷石，运回存仓，俾资储蓄。至各属借用积谷办理平粜，其有收回粜价暂存生息者，亦赶紧查照原额，买补还仓，事竣通禀存案。其各地方官暨各绅董铺户亏欠积谷捐款，并应查明，勒限半月内饬令照数缴清，倘敢抗违，定予提案追究。除通饬宁、苏属各厅州县遵照指饬各节妥速办理，统限奉文十日后将遵办情形禀报查考，至目下存仓积谷、捐钱实共若干，一并随文附复，事关备荒要政，均毋违延，致干参处，切切。并分行各该管道府督饬所属妥速办理外，札司一体严饬遵办，事关备荒要政，毋任违延等因到司。奉此，查各属积谷空虚，业经前升司通饬，一律买补存仓报验。本年秋收丰稔，自应照旧随忙、随漕带收积谷钱文，庶几囷匮于丰，有备无患。奉札前因，合亟转饬，札到该县，立即遵照督宪指饬各节妥速照办，限于文到十日内，将遵办情形通报查考，并将现在存仓积谷、捐钱实共若干，随文附复，事关备荒要政，毋稍违延。切切。特札等因到县。奉此，查买补仓谷叠奉宪饬节经照会在案，兹奉前因，合再照会。为此照会贵绅董，烦为遵照先今来文，迅速筹议买补，以凭具复，望速。须至照会者。

右照会办理积谷事务三堂绅董　姚、叶、姚

光绪三十三年十一月十一日

办理积谷事务三堂职董姚天来、叶佳棠、姚文枬为呈复事。案奉藩宪朱札奉督宪端札（全叙至）迅速筹议买补，以凭具复等因。奉此，查买补仓谷一节，向例总在秋收价平之际。本年秋收之后，谷价反昂，碍难措手。且本年收获遇雨，谷质不能干洁，难资储峙。谨绎督宪原札，系因本年尚称丰稔，饬将随粮带捐之积谷循旧办理，俟集有成数，采买存仓等因，自先带捐而后采买，自应遵照办理。查本邑木棉之地，产米极少，本届漕价骤增，民力颇艰，体察乡情，未敢遽议带捐，倘得改议于明年上、下忙分带，似稍轻便。可否先行详定立案之处，统祈钧裁。奉饬前因，理合具文呈复，伏乞公祖大人鉴赐核转，实为公便。谨呈。

光绪三十三年十二月　　日

县宪李批：来牍阅悉。冬漕带征积谷，据称拟改为明年分忙带收，希将每两带收若干，迅速议明，以便转详可也。

办理积谷事务普育堂职董叶佳棠为呈报事。窃照上年姚董文枬经办官米平价截漕平粜，各乡局领购垫本，尚未一律清缴，已于本年四月间呈请饬催在案。兹据曹家行局缴到洋五十八元，并虹桥局先缴洋二十四元，查尚有北桥局欠洋三百二十五元，为数最巨。虹桥局除收欠洋八十四元，马桥局欠洋六十九元六角，漕河泾局尔洋五十八元，均已事隔经年，仍未照缴归垫，实属难于再稽。为将续收曹家行、虹桥两局缴到洋元先行呈报外，所有其余各局久延不缴之款，自应仍请严谕勒催，刻日清缴，以重公款。伏乞公祖大人鉴核，俯准施行。谨呈。

光绪三十四年十月　　日

办理积谷事务普育堂职董叶佳棠为呈报事。窃前奉宪饬办理积谷事务，议定同仁辅元、果育、普育三堂按年轮管，期满递交，历经遵办在案。兹职董于上年十月起至本年九月底止，已届一年期满，当将常平、马家厂、法华闵行等仓房物件，并发典生息钱数各折、备用钱文、图记、文卷等件，一并检齐，于十月初一日移交同仁辅元堂姚董天来遵章接办。除禀报道宪外，合将交卸积谷事务日期呈报，伏祈公祖大人鉴核，备案施行，谨呈。

光绪三十四年十月　　日

光绪三十三年十月起至三十四年九月底止管收除在四柱数

计开：

旧管项下

一、存各典正本，钱十一万零四百四十七千零七十一文。

一、存各典正息，钱三万九千二百十九千二百四十六文。

一、存各典马家厂仓余屋地租款，钱六千二百五十一千九百四十六文。

一、存各典马家厂仓余屋地租息，钱一千七百零四千八百四十四文。

一、存各典备用余款，钱五千三百五十九千五百五十三文。

一、存总局备用，钱一千五百八十四千三百八十九文。

共存钱十六万四千五百六十七千零四十九文。

新收项下

一、收各典三十三年秋冬两季正本八厘息，钱四千四百十七千八百八十三文。

一、收各典三十四年春夏两季正本八厘息，钱四千四百十七千八百八十三文。

一、收各典三十三年冬季息本七厘息，钱六百八十六千三百三十五文。

一、收各典三十四年春季息本七厘息，钱六百八十六千三百三十五文。

一、收各典三十四年夏季息本七厘息，钱六百八十六千三百三十五文。

一、收各典三十四年春夏两季租款八厘息，钱二百五十千零零七十八文。

一、收各典三十四年春夏两季租息七厘息，钱五十九千六百六十八文。

一、收各典三十四年春夏两季备用七厘息，钱一百八十七千五百八十四文。

一、收马家厂仓余屋地租款，钱一千五百十二千文。

共收钱一万二千九百零四千一百零一文。

开除项下

一、支劝学所派拨各乡学堂，钱一万一千三百九十二千一百零一文。

一、支三十三年各乡平粜垫本息款不敷洋二百九十六元七角一分九厘合，钱三百六十七千九百三十一文。

一、支总局支用，钱四百九十五千九百零八文。

一、支常平仓支用，钱七十九千五百六十文。

一、支马家厂仓支用，钱二百八十六千八百九十六文。

一、支闵行仓支用，钱二十四千四百五十二文。

一、支法华仓支用，钱二十三千七百六十六文。

共支钱一万二千六百七十千零六百十四文。

实在项下

一、存各典正本，钱十一万零四百四十七千零七十一文。

一、存各典正息，钱三万九千二百十九千二百四十六文。

一、存各典马家厂仓余屋地租款，钱六千二百五十一千九百四十六文。

一、存各典马家厂仓余屋地租息，钱一千七百零四千八百四十四文。

一、存各典备用余款，钱五千三百五十九千五百五十三文。

一、存总局备用，钱一千八百十七千八百七十六文。

共存钱十六万四千八百零零五百三十六文。

光绪三十三年七月初一日至十二月底止经收各典八厘正息钱数

计开：

安　定　钱三百二十四千八百文

同　昌　钱二百零四千七百六十七文

恒　大　钱二百五十七千七百七十六文

鸿　裕　钱二百七十二千四百八十文

益　昌　钱二百十五千六百四十文

恒　德　钱二百三十千零二百七十六文

源　盛　钱三百零九千零五十三文

元　丰　钱二百五十九千五百五十文

德　生　钱二百二十八千零八十一文

源　来　钱一百八十七千八百四十一文

同　德　钱一百六十二千四百文

滋　泰　钱一百八十三千七百九十四文

萃　昌　钱一百六十一千一百九十二文

公　泰　钱一百二十七千七百九十四文

公协泰　钱一百四十二千四百文

德　润　钱九十千零六百五十七文

同　源　钱一百十千零四百文

乾　昌　钱九十二千八百文

晋　泰　钱九十五千五百二十文

泩　泰　钱八十千文

厚　生　钱一百二十千文

济　宏　钱一百四十千文

益　茂　钱二十二千四百文

万　昌　钱二十二千四百文

元　昌　钱五十千零四百四十三文

源　泰　钱六十四千文

裕　泰　钱六十千文

同　生　钱四十一千四百十九文

仁　源　钱八十千文

震　昌　钱八十千文

共收钱四千四百十七千八百八十三文。

光绪三十四年正月初一日至六月底止经收各典八厘正息钱数

计开：

安　定　　钱三百二十四千八百文
同　昌　　钱二百零四千七百六十七文
恒　大　　钱二百五十七千七百七十六文
鸿　裕　　钱二百七十二千四百八十文
益　昌　　钱二百十五千六百四十文
恒　德　　钱二百三十千零二百七十六文
源　盛　　钱三百零九千零五十三文
元　丰　　钱二百五十九千五百五十文
德　生　　钱二百二十八千零八十一文
源　来　　钱一百八十七千八百四十一文
同　德　　钱一百六十二千四百文
滋　泰　　钱一百八十三千七百九十四文
萃　昌　　钱一百六十一千一百九十二文
公　泰　　钱一百二十七千七百九十四文
公协泰　　钱一百四十二千四百文
德　润　　钱九十千零六百五十七文
同　源　　钱一百十千零四百文
乾　昌　　钱九十二千八百文
晋　泰　　钱九十五千五百二十文
泩　泰　　钱八十千文
厚　生　　钱一百二十千文
济　宏　　钱一百四十千文
益　茂　　钱二十二千四百文
万　昌　　钱二十二千四百文
元　昌　　钱五十千零四百四十三文
源　泰　　钱六十四千文
裕　泰　　钱六十千文
同　生　　钱四十一千四百十九文
仁　源　　钱八十千文
震　昌　　钱八十千文

共收钱四千四百十七千八百八十三文。

光绪三十三年冬季经收各典七厘息钱数

计开：

安　定　　钱四十五千零三十八文
同　昌　　钱三十千零三百三十四文
恒　大　　钱四十九千零七十八文

鸿　裕　　钱五十二千九百四十二文
益　昌　　钱三十三千七百二十九文
恒　德　　钱三十三千四百五十九文
源　盛　　钱四十三千一百零九文
元　丰　　钱四十一千一百七十二文
德　生　　钱三十七千三百十七文
源　来　　钱二十八千二百六十文
同　德　　钱十九千八百九十四文
滋　泰　　钱二十七千七百六十四文
萃　昌　　钱二十四千九百九十六文
公　泰　　钱二十千零九百零五文
公协泰　　钱十七千四百四十四文
德　润　　钱十六千三百五十五文
同　源　　钱十三千五百二十四文
乾　昌　　钱十八千六百八十二文
晋　泰　　钱五千二百五十文
浐　泰　　钱二十七千三百文
厚　生　　钱十九千九百五十文
济　宏　　钱二十二千四百文
益　茂　　钱二千七百四十四文
万　昌　　钱五千二百五十文
元　昌　　钱十四千九百三十五文
源　泰　　钱十四千八百十七文
裕　泰　　钱九千一百八十七文
安　济　　钱五千二百五十文
鼎　和　　钱五千二百五十文

共收钱六百八十六千三百三十五文。

光绪三十四年春季经收各典七厘息钱数

计开：

安　定　　钱四十五千零三十八文
同　昌　　钱三十千零三百三十四文
恒　大　　钱四十九千零七十八文
鸿　裕　　钱五十二千九百四十二文
益　昌　　钱三十三千七百二十九文
恒　德　　钱三十三千四百五十九文
源　盛　　钱四十三千一百零九文
元　丰　　钱四十一千一百七十二文
德　生　　钱三十七千三百十七文

源　来　　钱二十八千二百六十文
同　德　　钱十九千八百九十四文
滋　泰　　钱二十七千七百六十四文
萃　昌　　钱二十四千九百九十六文
公　泰　　钱二十千零九百零五文
公协泰　　钱十七千四百四十四文
德　润　　钱十六千三百五十五文
同　源　　钱十三千五百二十四文
乾　昌　　钱十八千六百八十二文
晋　泰　　钱五千二百五十文
浤　泰　　钱二十七千三百文
厚　生　　钱十九千九百五十文
济　宏　　钱二十二千四百文
益　茂　　钱二千七百四十四文
元　昌　　钱十四千九百三十五文
源　泰　　钱十四千八百十七文
万　昌　　钱五千二百五十文
裕　泰　　钱九千一百八十七文
安　济　　钱五千二百五十文
鼎　和　　钱五千二百五十文

共收钱六百八十六千三百三十五文。

光绪三十四年夏季经收各典七厘息钱数计开：

安　定　　钱四十五千零三十八文
同　昌　　钱三十千零三百三十四文
恒　大　　钱四十九千零七十八文
鸿　裕　　钱五十二千九百四十二文
益　昌　　钱三十三千七百二十九文
恒　德　　钱三十三千四百五十九文
源　盛　　钱四十三千一百零九文
元　丰　　钱四十一千一百七十二文
德　生　　钱三十七千三百十七文
源　来　　钱二十八千二百六十文
同　德　　钱十九千八百九十四文
滋　泰　　钱二十七千七百六十四文
萃　昌　　钱二十四千九百九十六文
公　泰　　钱二十千零九百零五文
公协泰　　钱十七千四百四十四文

德　润　　钱十六千三百五十五文
同　源　　钱十三千五百二十四文
乾　昌　　钱十八千六百八十二文
晋　泰　　钱五千二百五十文
洼　泰　　钱二十七千三百文
厚　生　　钱十九千九百五十文
济　宏　　钱二十二千四百文
益　茂　　钱二千七百四十四文
元　昌　　钱十四千九百三十五文
源　泰　　钱十四千八百十七文
万　昌　　钱五千二百五十文
裕　泰　　钱九千一百八十七文
安　济　　钱五千二百五十文
鼎　和　　钱五千二百五十文

共收钱六百八十六千三百三十五文。

光绪三十四年春夏两季经收各典马家厂仓余屋地租款八厘正息钱数

计开：

同　昌　　钱二十千零三百文
鸿　裕　　钱十六千五百八十文
益　昌　　钱二十八千八百文
源　泰　　钱二十五千二百文
德　生　　钱十四千文
乾　昌　　钱二十四千三百八十文
元　昌　　钱三十四千三百三十八文
镃　泰　　钱十四千文
泰　和　　钱十二千文
福　昌　　钱二十四千四百八十文
德　康　　钱二十四千文
来　泰　　钱十二千文

共收钱二百五十千零零七十八文。

光绪三十四年春夏两季经收各典马家厂仓余屋地租息七厘息钱数

计开：

同　昌　　钱五千六百九十一文
鸿　裕　　钱十五千四百七十七文
益　昌　　钱八千七百二十六文
源　泰　　钱四千九百零二文

德　生　　钱六千零三十文
乾　昌　　钱六千八百六十四文
元　昌　　钱五千四百七十八文
镒　泰　　钱二千四百五十五文
元　丰　　钱四千零四十五文
　　共收钱五十九千六百六十八文。

光绪三十四年春夏两季经收各典备用余款七厘息钱数
计开：
元　丰　　钱三十七千二百零七文
济　宏　　钱三十三千零十八文
德　生　　钱八十一千九百三十四文
乾　昌　　钱三十五千四百二十五文
　　共收钱一百八十七千五百八十四文。

光绪三十三年夏季起至三十四年夏季止经收秦燮廷租马家厂仓余屋地钱数
计开：
收三十三年夏季　钱三百千文
收三十三年秋季　钱三百千文
收三十三年冬季　钱三百千文
收三十三年小租　钱十二千文
收三十四年春季　钱三百千文
收三十四年夏季　钱三百千文
　　共收钱一千五百十二千文。

光绪三十三年十月初一日起至三十四年九月底止总局支用钱数
计开：
排刊刷印三十三年份征信录（二百五十本），钱四十七千九百七十文。
总董车马费，钱二百四十千文。
司帐薪水，钱六十千文。
司书薪水，钱二十四千文。
役使两名工食，钱四十三千二百文。
司事四季至城乡各典收息饭点车力，钱二千文。
各衙门管案经承笔资，钱七十八千文。
帐簿纸件油朱等，钱七百三十八文。
　　共支钱四百九十五千九百零八文。

光绪三十三年十月初一日起至三十四年九月底止常平马家厂两仓支用钱数

计开：

常平仓

朔望香烛，钱三百六十文。

司事薪水，钱三十六千文。

仓夫两名工食，钱四十三千二百文。

共支钱七十九千五百六十文。

马家厂仓

司事薪水，钱三十六千文。

仓夫两名工食，钱四十三千二百文。

完芦课，钱三千六百九十六文。

仓屋余地沿街铺路筑沟捐银一百二十两合，钱二百零四千文。

共支钱二百八十六千八百九十六文。

光绪三十三年十月初一日起至三十四年九月底止闵行法华仓支用钱数

计开：

闵行仓

仓夫一名工食，钱二十一千六百文。

完漕粮上下忙，钱二千八百五十二文。

共支钱二十四千四百五十二文。

法华仓

仓夫一名工食，钱二十一千六百文。

完三十三年下忙，钱一千零六十六文。

完三十四年上忙，钱一千一百文。

共支钱二十三千七百六十六文。

光绪三十四年九月底止存典各项钱数

计开：

正本项下

一、存安定典，钱八千一百二十千文。

一、存同昌典，钱五千一百十九千一百六十五文。

一、存恒大典，钱六千四百四十四千三百九十二文。

一、存鸿裕典，钱六千八百十二千零零八文。

一、存益昌典，钱五千三百九十一千零二十二文。

一、存恒德典，钱五千七百五十六千八百九十九文。

一、存源盛典，钱七千七百二十六千三百十文。

一、存元丰典，钱六千四百八十八千七百四十九文。

一、存德生典，钱五千七百零二千零三十七文。

一、存源来典，钱四千六百九十六千零二十二文。

一、存同德典，钱四千零六十千文。

一、存滋泰典，钱四千五百九十四千八百四十文。
一、存萃昌典，钱四千零二十九千七百九十八文。
一、存公泰典，钱三千一百九十四千八百四十文。
一、存公协泰，钱三千五百六十千文。
一、存德润典，钱二千二百六十六千四百三十三文。
一、存同源典，钱二千七百六十千文。
一、存乾昌典，钱二千三百二十千文。
一、存晋泰典，钱二千三百八十八千文。
一、存泩泰典，钱二千千文。
一、存厚生典，钱三千千文。
一、存济宏典，钱三千五百千文。
一、存益茂典，钱五百六十千文。
一、存万昌典，钱五百六十千文。
一、存元昌典，钱一千二百六十一千零六十九文。
一、存源泰典，钱一千六百千文。
一、存裕泰典，钱一千五百千文。
一、存同生典，钱一千零三十五千四百八十七文。
一、存震昌典，钱二千千文。
一、存仁源典，钱二千千文。

共计钱十一万零四百四十七千零七十一文。

正息项下

一、存安定典，钱二千五百七十三千六百文。
一、存同昌典，钱一千七百三十三千三百六十九文。
一、存恒大典，钱二千八百零四千四百三十二文。
一、存鸿裕典，钱三千零二十五千二百八十文。
一、存益昌典，钱一千九百二十七千四百文。
一、存恒德典，钱一千九百十一千九百三十二文。
一、存源盛典，钱二千四百六十三千三百七十一文。
一、存元丰典，钱二千三百五十二千六百九十文。
一、存德生典，钱二千一百三十二千四百零八文。
一、存源来典，钱一千六百十四千八百八十七文。
一、存同德典，钱一千一百三十六千八百文。
一、存滋泰典，钱一千五百八十六千五百五十八文。
一、存萃昌典，钱一千四百二十八千三百四十四文。
一、存公泰典，钱一千一百九十四千五百五十八文。
一、存公协泰，钱九百九十六千八百文。
一、存德润典，钱九百三十四千五百九十九文。
一、存同源典，钱七百七十二千八百文。
一、存乾昌典，钱一千零六十七千五百二十文。

一、存晋泰典，钱三百千文。

一、存泩泰典，钱一千五百六十千文。

一、存厚生典，钱一千一百四十千文。

一、存济宏典，钱一千二百八十千文。

一、存益茂典，钱一百五十六千八百文。

一、存万昌典，钱三百千文。

一、存元昌典，钱八百五十三千四百三十一文。

一、存源泰典，钱八百四十六千六百六十七文。

一、存裕泰典，钱五百五十五千文。

一、存安济典，钱三百千文。

一、存鼎和典，钱三百千文。

共计钱三万九千二百十九千二百四十六文。

马家厂仓余屋地租款项下

一、存同昌典，钱五百零七千五百文。

一、存鸿裕典，钱四百十四千五百文。

一、存益昌典，钱七百二十千文。

一、存源泰典，钱六百三十千文。

一、存德生典，钱三百五十千文。

一、存乾昌典，钱六百零九千五百文。

一、存元昌典，钱八百五十八千四百四十六文。

一、存镒泰典，钱三百五十千文。

一、存泰和典，钱三百千文。

一、存福昌典，钱六百十二千文。

一、存德康典，钱六百千文。

一、存来泰典，钱三百千文。

共计钱六千二百五十一千九百四十六文。

马家厂仓余屋地租息项下

一、存同昌典，钱一百六十二千五百九十六文。

一、存鸿裕典，钱四百四十二千二百零三文。

一、存益昌典，钱二百四十九千三百二十一文。

一、存源泰典，钱一百四十千零零六十一文。

一、存德生典，钱一百七十二千二百九十五文。

一、存乾昌典，钱一百九十六千一百零四文。

一、存元昌典，钱一百五十六千五百四十六文。

一、存镒泰典，钱七十千零一百五十五文。

一、存元丰典，钱一百十五千五百六十三文。

共计钱一千七百零四千八百四十四文。

备用余款项下

一、存元丰典，钱一千零六十三千零五十一文。
一、存济宏典，钱九百四十三千三百八十一文。
一、存德生典，钱二千三百四十千零九百九十文。
一、存乾昌典，钱一千零十二千一百三十一文。

共计钱五千三百五十九千五百五十三文。

上海广仁堂经收江南北振捐征信录

清光绪末年铅印本

（清）佚名 辑

李文海 点校

上海广仁堂经收江南北振捐征信录目录

上海广仁堂经收各省官绅商民捐助江南北振款 …………………………………………… (7539)
上海广仁堂经收中国女界捐助江南北振款 ……………………………………………………… (7557)
广仁堂截至光绪三十三年八月止册报后续收各省官绅商民捐助江南北振款 ……… (7561)

上海广仁堂经收各省官绅商民捐助江南北振款

光绪三十二年九月中下两旬

柳萱寿堂因母病捐洋十元。盛贻范堂捐规银一万两。汉阳铁厂捐洋一千元。萍乡煤矿捐洋一千元。盛富氏捐洋四百元。盛庄氏捐规银二千两。巢梧仲捐规银四百两。庄迪先捐规银一千两。董焕文捐洋三十元。陈莲舫捐洋一百元。何瑞鼎堂捐洋二千元，又募捐洋一百元。盛恩颐捐规银五百两。盛重颐捐规银五百两。阿双捐规银五百两。阿娟捐规银二百两。崔鼎记、沈寿记各捐洋五十元。

十 月 上 旬

贻范堂盛捐银一万两。陈景瀚、陈恩锡、陈英越奉母遗命，捐银二千两。中外日报馆专放徐振捐洋二千元。庄金氏捐银一千两。又新公司捐银一千两。何芷记捐洋五百元。清远堂徐捐洋二百元。崇厚堂捐洋二百元。晴川居士捐银一百十两八钱一分。谦吉堂吕捐洋一百元。商约公所各员捐洋一百元。陈润甫捐洋一百元。刘柏生捐洋五十元。王丹揆捐洋五十元。温钦甫捐洋五十元。郑苏庵捐洋五十元。罗兴山捐洋四十元。李兰舟捐洋四十元。刘葆良捐洋三十元。刘厚生捐洋三十元。沈友卿捐洋二十元。庆余堂捐洋二十元。同顺号捐洋二十元。益寿堂捐洋八元。棣华室捐洋八元。绮秀阁捐洋四元。

十 月 中 旬

曾少卿拨垫湘平银一万两，专振沭阳。刘鹤庄、焦乐山、刘慎之、王锡五拨垫湘平银一万两，专振扬镇各州圩。奉天赵次帅捐规银五千两。唐慕记捐规银二千两。慕道居士捐洋二百元。孙菊仙、夏月润、夏月珊、潘月樵各捐英洋二百元。江南船坞捐洋一百元。蒋兰卿求父母康健捐洋一百元。吴盈之、唐露园各捐洋三十元。苏顺康庄、苏鸿源庄、邓鸣谦、潘薰轩、张子标、陈云程、徐桂庭、陈焕之、江南船坞洋员戴吉士各捐洋二十元。方眉寿、十二帖斋、江南船坞总管毛根、潘澄波、吴镜秋、吴敏斋、黄叔平各捐洋十元。王瑞芝、赵灼臣、唐薪庭、王绍坡、李星衢、叶瑞臣各捐洋五元。不书名捐助新棉衣裤四千套。

十 月 下 旬

河南张中丞、瑞方伯拨捐汴平银一万两，申规银一万六百九十两。长芦陆都转拨捐规银一万两。江苏陈中丞拨捐英洋一万元。陕西曹中丞捐助陕议平银六千两，申规银六千三百两。施子英拨垫湘平银五千两。轮船招商局捐助规银五千两。电报总局捐助规银五千两。山西恩中丞捐助库平银二千两，申规银二千一百九十二两。四川锡制军解来湘振面粉募册规银五百二十六两五钱，英洋一千七百十二元二角。两淮赵都转捐助英洋一千元。中外日报馆专放淮属捐洋一千元。尤鼎孚垫捐洋一千元。观照轩病愈还愿捐洋五百元。陈王氏保产平安还愿捐洋三百元。梅鸿居士捐洋四十元。不书名捐新棉衣裤七百五十套，新棉衣四百件，棉被二百条。

十一月上旬

两江端制军率属捐廉公助湘平银一万两。江苏陈中丞率属捐廉公助库平银一万两。四川锡制军捐助规银一万两。云南南丁制军捐助库平银六千两，申规银六千三百二十四两。热河廷都护捐助库平银四千两。江苏同乡京官捐助英洋五千元。福建崇制军捐助烂洋五千元，克收规银三千五百七十五两。黄李氏捐助规银三千两。贵州兴方伯捐助贵平银二千两，申规银二千一百三十两。农工商部贝子爷捐助京平银五百两。唐蔚之尚书捐助京平银一千两。丞堂议堂公捐京平银二百两，三共申规银一千七百五十四两四钱。聂仲芳中丞捐助英洋一千元。江宁继方伯捐助规银一百零五两。亲仁堂张捐助英洋五百元。刘鉴民指放徐振捐洋二百元。大丰、永□、述德堂各捐规银一百两。承志堂巢、唐静波、无名氏、黄训典、介介居、苏纶纱厂、王一亭、王曹氏、王益甫、顾馨一、赵松坪、刘雨萍、宋德宜各捐洋一百元。久丰永、正丰永各捐规银五十两。甘翰臣、随安堂、同丰源、颂记正昌恒、德记号、天昌祥、同丰永、生源、祥丰永、震和永、天裕、恒记、恒丰永、协丰永、勤泰、裕丰永、景康、温秉忠、劳锡昌、劳乃宣、苏纶纱厂各友、庆余堂、许成德堂邢、商学公会、敬义堂、陶让卿、陈桂林、李荣魁、生源锦记各捐洋五十元。潘睦先、吴璆、无名氏各捐洋四十元。成丰永、景记号、钜丰永、福寿隆、宝康、怡丰永、萃泰、恒泰、祥东来、升恒孚、申庄、兆丰永、杨庆和久记、源丰永、宝丰永、协泰丰、益丰永、沈铭昌、杨宗义、曹传宣、吴仲记、李薇庄、王菱吾女士、庆余堂、世德堂、张守仁、恒祥同各捐洋三十元。道胜、恒利、庆善、启泰、仁昌合捐洋一百元。潘立书、张是保合捐洋二十元。义生荣、陈汇泉、金焕童、舒清阿、陈琪、高秋荃、孙直斋、恒记、申庄、鼎兴隆、久大和各捐洋二十元。陈习谟捐洋十六元。赵子玉捐洋十五元。文永誉、文廷华合捐洋十二元。德华银行、许吉泉、云庄、顾兴昌、刘思德、邹恒励、秦以勋、朱昌琦、罗良鉴、蒋有荣、晏光枢、陈绫、粹德堂王、植兰堂沈、阎葆麟、薛振基、郑洪年、周用成、张通谟、杨廷栋、张继龙、德裕和、王雨亭、冯锡蕃、澹然堂、潘治中、升康庄、修德堂、魏仲宣、邢聘之、张登、咸福房各捐洋十元。骆兆奎、汪树璧、黄琮、陈观海各捐洋六元。徐德虹、严乾亭、贾铸秋、永增祥、复祥兴、洪顺成、恒祥兴、协顾茂、程莲溪、沈仲贤、李伯言、汪殿臣、不书名、中和、顾记、陈子讦、尹甫田、吕新之、金芙初、孙鹤侪、沈吟芳、梅佩玉、许福宁、朱三由、李长顺各捐洋五元。李景骅、王渭贤、吕烈徵、张廷枚、邵玮、陈琦、时滢、桂彦文、壮悔生、陈伯赣、张宝森、张源骥、张汝廉、王炘、夏寿年、王育仁、王琮、程庆甫、姚锦堂各捐洋四元。吕熙、周树培、王建极、江祖同、谢鼎梅、陈鸿谟、余德赓、郭煜、朱时衡、李畅荣、夏荣康、胡庆春、李有棣、龙文晋、周曰庠、汤泽、恩炳、孙振豫、张百斌、朱信芳、曹元鼎、魏守义、周贻宽、李盛湘、高宝华、陆荫墀、董绍文各捐洋三元。邓之秀、程祖耀、卧雪轩、吴荫之、蒋窑启、陈廷英、蒋有谟、胡家澍、何天元、林开淦、王鸿铭、侯士奇、黄永言、徐之棫、王乃成、邹健鹏、彭昞沣、曹钧、徐建生、苏均、鲍友益、楚南杰、匡文焕、李祥和、曹传钰、吴松筠、林寿崇、王寅、袁步衢、林寿岳、匡光庸、王树森、李文钧、石时夏、李颐庚、戴见龙、万健、汤元基、朱廷栋、吕文彬、刘鼐、金孝麟、关朝杰、袁庆鹏、殷鸿涛、谢涛、谭定典、祝翰孙、张起凤、郑家珍、莫家镇、甘兆萱、孙家炘、蔡霆、杨福堂、陈师铭、万受芝、胡永鸾、黄周铭、夏永图、何培年、庆昌鸿、姜渭、殷元焕、魏诗勋、谭修敏、孙多泗、张炳暄、王国瑞、程宗颐、周宝常、陶孝纶、王心泉、舒鹄仪、毕炜、廖钦元、邓文瑗、杨敦甫、盛有虔、刘翰芬、赖秋林、汤寿生、陈樾泉、王嵩堂、朱继诚、陈阿四、周妙林、童祥元、胡小峰、胡伯年、杜阿福、无名氏、无名氏、无名氏、无名氏、华阿物、周阿苟、杨永泉、沈毛毛、无名氏各捐洋二元。宁币局缮生公捐二元。唐仁瑞、马信华、马立朝、邵在方、葛阿品、周荣桢、张庆余、柳阿惠、周柏荃、宋桂生、李金南、金洪海、马朝阳、朱济玉、高大鹏、盛春禊、钱云卿各捐洋一元。金洪海又捐铜洋七元。

十一月中旬

广东周制军捐助漕平银二万两。四川锡制军续捐规银一万两。张弼士京卿捐助规银七千三百二十五两。吉林达军帅捐助规银五千两。驻美梁大臣电汇旧金山华商公捐规银五千两。仁济善堂张云堂经募规银四千两。湖南岑中丞捐助长平银二千两，申合规银二千零九十九两六钱。唐晋斋捐助规银二千两。王一亭筵资移振捐助英洋二百元。费绳甫、孙复瑞、贺栋生、姚陆氏各捐洋一百元。曹麟安捐洋六十元。丁甘仁捐洋五十元。沈仲礼、顾永铨各捐洋四十元。王阁臣、潘云峰各捐洋二十元。刘伯仁、叶静涛各捐洋十元。云水道人捐洋五元五角。凌善昭、洪文廷、陈斗垣、竺锦章、叶云樵各捐洋五元。张坤福、陈荫明、蔡锦章各捐洋四元。黄赞照捐洋三元。庄开宝、蔡同元、洪庆祥、朱为宝、袁信斋、李芝生各捐洋二元。陈铁保、郭式文、郑彦声、舒三连、俞英龙、金慎之、余生初各捐洋一元。虞松甫捐小洋五角。

十一月下旬

陕甘升制军捐助九四平五千两，合库平银四千八百两。江西沈藩台捐助九四平一万两，合库平银九千四百两。袁海观京兆捐助规银一万两。安徽恩中丞捐助曹平银三千两，申规银三千二百二十五两。王锡五经手捐助沙洲湘平银三千两。浙江支学台捐助英洋五百元。德生义、补过居各捐助英洋二百元。保宏火险公司、鸿宝堂、理成堂、诒德堂、聂云台、隐名消灾清吉平安、小莲庄、公济、正大庄、姚南记各捐助英洋一百元。停云馆、留韵堂各捐助英洋五十元。邓用甫、刘子辉、叶守中求母康健各捐助英洋十元。不书名捐助新棉衣四千五百件，旧棉衣裤一百八十三套。叶茂如观察捐助山芋干三百担，又棉衣三百件，棉裤一百条。

十二月上旬

湖南岑中丞捐助长平银一万两，申规银一万四百九十八两二分。张榕轩京卿捐助规银一千两。开归道曹再韩经募漕平银一千两，申规银一千七十七两五钱。抚州府王聘三捐助规银七百两。广东提学段少沧捐助规银五百两。中外日报馆专振海州规银五百两，专振淮安规银一百五十两，专振徐州英洋二千元，专振淮安英洋一千四百元。刘少英捐助英洋五百元。赖嵩兰捐助英洋四百元。吴惶初捐助英洋三百元。孙麟伯、陈映渠、江南船坞洋员巴斯各捐助英洋一百元。盛喜宝捐助英洋五十元。叶明斋捐助英洋四十元。徐光鍌、孔云甫各捐助英洋二十元。印骏臣、周勉斋、方正元、于焌声、谢吴氏各捐助英洋十元。罗朝汉捐助英洋七元。还愿人、汇兴栈、敦厚堂各捐助英洋六元。徐元绶、祝大椿、谢榕亭、章兆景各捐助英洋五元。周健堂捐助英洋四元。鲍芳捐助英洋三元。宁远堂、许诸、金绶、萧凌云、曹澍源、晏振源、王文彬、刘士隽、贾树忠、鸿飞牛奶棚各捐助英洋二元。范士宽、杨仲康、许殿华、郑荣焜各捐助英洋一元。刘书田、马俊荃各捐助小洋五角。叶茂如捐助小棉衣裤一百二十五套，又山芋干五十担。王裕新捐助山芋干五十担。金咏我捐助山芋干三十担。吴云山捐助山芋干二十担。

十二月中旬

曾少卿拨交旧金山孙领事士颐经募华商第一、二批共捐规银六千两。曾少卿指交沭阳规银五千两。谢纶辉交来钱业公捐英洋三千元，又经募英洋一千元。高葵北太守捐助规银五百两。关太守榕祚捐助英洋六百元。裕治臣太守捐助英洋五百元。陈幼香捐助沙船一半水脚英洋四百九十元。崔磐石都转捐助英洋二百元。怡和纱厂无名氏捐助规银一百二十两。蔡鹭卿观察、庄借庵各捐英洋一百元。天津志成银行、童瑶圃观察各捐洋八十元。祥发栈捐洋六十一元，小洋三角。王冠卿求母康健、天津义善源、静根主人各捐洋五十元。青年会日馆学生共捐洋四十元，小洋一百六十九角。吴大使曾桂捐助规银三十两。进修堂、天津大德恒、天津蔚丰厚、天津蔚盛长、天津日升昌、天津志成信、江苏怀德堂、邵惠心堂各捐洋三十元。天津涌源公司、说文堂、怀苏堂、锦成福、章笃行、张潜园各捐洋二十元。书匄、同兴宏、公顺东、西义顺、西公顺、增盛德、营口东魁兴、童皖生、静恭女史、钟慧敏、傅好善、阳山居士、勉益斋各捐洋十元。童筱川捐洋八元。营口永同和、唐蕙年、无名氏、无名氏、无名氏、同盛合、无名氏、陈厚斋、陈益寿各捐洋五元。慎修堂、章幼丹、章夔清、静兰女史、静因女史、静宽女史、吴伯雄、王莒庵各捐洋四元。钟松森、钟全官合捐洋四元。张复涛、静玉女史、章补园各捐洋二元。

十二月下旬

湖南岑中丞、王祭酒、余参议官绅公助长平银一万两，申规银一万零四百九十八两零二分。迪化长军帅捐助湘平银一千两，申规银一千零五十两。开归陈许道曹再韩观察经募官汴同乡公捐漕平银八百两，申规银八百六十二两。柯贞贤观察筹垫英洋一千元。刘观察秉彝捐助规银一百两。江安粮道谭观察启宇捐助规银一百两，又经募洋二百元。永定河道瑞兰舫观察捐助市平银五十两，申规银五十二两五钱。恽眉卿太守捐助九三八平银二十两，又经募房绳武四两，宋尊望四两，沈廷鉴四两，徐绍榘四两，武曾任四两，戈铭猷二两，共申规银四十四两八钱三分。景朴堂黎捐助京平银十两，申英洋十三元，小洋七角。庄仲咸司马、淳安县屠大令寄叶茂记、叶杏记、正心善堂经收水陆平安等五户，各捐洋一百元。林访西观察、金衢严道王观察、隐名消灾、无名氏、朱小二宝等五户各捐洋五十元。张氏母女合捐洋五十元。潘太守静章、蔡翁记、崇本堂虞等三户各捐洋三十元。李司马宣龚、游大令师程、陈大令宗雍、杨景崧、梅豫枨等五户各捐洋二十元。怀远堂董、何心川大令、王太太、王公馆三小姐、龚鸿揆、艾荫培、黄祖德、恒过子、龚升芝、经同春、叶同兴、黄氏、同兴、陆仲甫、朱张氏、观演人等十六户各捐洋十元。钟大令元棣、陈亮恭、夏敬业等三户各捐洋八元。李冠山司马、杨鉴、秦瑞楫、冯熙生等四户各捐洋六元。邓雨记、复合堂陈中、虹桥状元楼、万福楼、高记、张飏、秦美云、马柄彝、郑友记、赵步记、金惠记、吴寿记、巢云记、陈鸣记、同益监号、洪亦记栈陈氏、陈鹤亭、粟余堂等十八户各捐洋五元。刘绳其、朱礼璇、邵恒源、王晋丰、鲍同泰等五户各捐洋四元。阿三、蒋翠芬、朱广源、胡咸春、朱广裕、胡咸春、诸葛聚和、胡三泰、蒋氏等九户各捐洋三元。尹光勋、郝贤、林忠良、胡登岸、宣象离、状元楼西号、裹虹桥鸿兴馆、上元楼南号、张介范、钟春泉、陈杏生、邹隆德、郭则钰、吴鼎勋、钱海、叶承泽、金振甫、马勉斋、秦经锄、徐沛然、郭兆熊、童浩生、鲍序生、叶柏堂、章瑞丰、恒泰号、广益、天和、恒复馨、章炳廷、程永隆、王晋元、义兴号、程永裕、朱裕泰、协昌永、泰昌、泰源和、裕隆号、万源号、许宏泰、朱氏、胡益隆、不留名、无名氏、无名氏、不留名等四十七户各捐洋二元。协源号、高仲园合捐洋二元。新正元、老正元合捐洋二元。梁润生、协丰肉庄、和兴馆、徐顺金、鸿福楼、永康、龚少卿、张文卿、黄元春、汤文彪、杨掌生、徐荣棠、沈阿炳、杨连生、倪顺泉、石金荣、宋张桂、乔仁宝、马永海、潘小妹、徐娘娘、万文涛、双记、何三宝、顾志连、李娘娘、吴金氏、老八姐、刘阿炳、顾永祥、杭阿二、周胜奎、蒋福臣、郑耀山、李增泉、谢媛媛、黄家刘乳娘、李奶奶、金氏、薛氏、李氏、老姆姆、章怡丰、方衡昌、苏成美、福昌、方乾丰、胡恒昌、人和、隆昌、广昌、苏广泰、应镛堂、邵宏业、项同兴、项维森、於全昌、陈永丰、章玉成、章玉茂、周咸生、周恒升、汪德裕、程广和、胡咸泰、方允裕、王定甫、留余堂、源泰号、义昌栈、福泰、乾元、万春堂、鼎利、福元、复太恒、中和胜、长泰森、益昌栈、泰顺、同春和、林绍珊、源昌、宾泰、晋泰、项德源、广泰寅、毕泰丰、丁友芝、大朱氏、胡槐记、源馨、汪恒泰、苏德丰、林恒亭、协懋、胡启兴、胡瑞号、胡青庭、应云汉、应万清、周文蔚、吴梦魁、吴嘉璧、吴耀堂、李少卿、阁玉泉、程香亭、程月波、王佩五、王祥麟、养读居士、王鹤鸣、万企周、不诚意、无名氏、无名氏等一百十八户各捐洋一元。夏小大二姐合捐洋一元。毕双福、孙福合捐洋一元。玉盛、怡泰合捐洋一元。刘恭盛、永生堂合捐洋一元。孙春林、裘德良合捐洋一元。王氏捐小洋四角。崔氏捐小洋二角。

光绪三十三年正月上旬

山东杨中丞拨捐库平银一万两。喀什提督焦军门率标属公捐库平银九百六十四两。晋益升捐铜元一万五千千，合规银一万零五百四十八两五钱二分三厘。日本横滨庐领事集捐规银八千两。哈尔滨董事集捐罗布一万，合规银六千七百三十九两六钱六分。旧金山孙领事士颐经募华商第三批捐款规银四千两。王锡五经募镇江洲圩捐款湘平银三千两。广东惠潮嘉道沈观察捐英洋二千元。广西太平思顺道庄观察捐英洋一千四百元。张榕轩京卿、张鸿南合捐英洋一千元，又经募万醇和三百元，万兴记三百元，张同裕二百元，张裕昌号二百元，同裕兴二百元，裕昌当二百元，张步青、张宸青合捐二百元，黄贻谷二十元，林二苏十元，徐鹭清五元，张新丁五元，熊无名五元，杜然五元，余杜洲五元，张济轩四元，徐清河三元，张干寿二元，张铭青二元，张瀚青二元，张华龙二元，张东沼二元，何若记二元，王爵廷二元，吴君弼一元，共洋二千六百七十七元，合来规银一千九百二十六两七钱。常州木业、典当、钱庄公捐洋五百元。浙江支学使续募洋四百元。金山江天寺诸位和尚、善士公捐洋二百十元。造币总厂、天津户部银行、朱子文丞堂、朱金氏四户各捐规银一百两。雍剑秋、祁听轩二户各捐规银五十两。庄丁氏、杨亦文二户各捐洋一百元。萍乡矿局窿外员匠公捐洋一百零六元二角，窿内员匠公捐洋一百二十五元四角。温郡官盐公所、乔聘磻二户各捐洋五十元。王一亭经募女界公捐洋五十元。瑞龄、瑞丰合捐洋四十元。邹久成捐洋四十元。不书名林、不书名张二户各捐洋三十元。觉宽捐洋二十二元。义厚堂杨、不书名王二户各捐洋二十元。叶其包捐洋十六元。统领绥靖军宋副戎、张霨、张振德三户各捐洋十二元。徐厚祥捐规银十两。鹿学檀、许逢时、夏敬履三户各捐规银四两。汪德温、黄昌炜、叶镜湜三户各捐规银二两。周仲曾捐规银一两。史光钺、郭寿昌、李大昌、许涟、陆起、张德薰、倪思宏、王树藩、沧海粟、余树政、朱邦献十一户各捐洋十元。静记有余堂、岳荣堃合捐洋十元。无名氏、隐名氏、秦曾源三户各捐洋八元。陈祥泰捐洋六元。王义榕、王义检合捐洋六元。仁寿堂、张夏小和尚、夏小老虎、潘小黑旋风、翟镇、晏宗、慈熙和、好善堂八户各捐洋五元。朱佩龙、陆长淦、张维禄、诚烜、刘恩灏、福安公司六户各捐洋四元。李梦涛、王国宾、张大诰、李恩绶、倪权、王仁绶、马庆余、魏雯、黄树声、昭信公司、何仙湖十一户各捐洋三元。夏小四柱、李厚斋、周浩炳、张禾生、顾春记、沈子记、谭丽生、杨胜祥、沈伯寅、章谷生、李思本、王树荣、江保传、褚荣泰、黄培文、马祖乾、刘思诚、李锡爵、段芝青、施瑞生、李道清、萧寿卿、彭肇庚、蔡文昭、郑抡元、华凤洲、王鑫、侯岩、仁信号、公平堂、顺泰号、逢源号、寅安号、平安号、怡亨号、卫元号、均隆号、时泰号、惠安号、兆丰号、时昌和号、隆泰号、生和号、公昌号、遂生号、粤丰荣、陈纶经、怡和、泰隆记、怡昌、泰成福、泰公和、遂义丰号、刘伟生、洪子义五十五户各捐洋二元。诸寿卿、张德福、周瑞卿、王玉芝、范连奎、邱润泉、冯三狗、刘祥泉、周玉恒、诸惠元、王素云、王学泉、徐永全、陈全全、陈文甫、顾朱氏、倪心记、王廉记、陈楚卿、无名氏、知名、陆道生、陆咏唐、曹克□、杨廷书、樊鸿修、赵汝梅、吴焕英、姚威伯、钱璜、乌金饰、马履恒、李植、王佺孙、徐十桢、贺寅清、赓勋、谢盛镕、姚武林、郭汉卿、何文泉、刘景烈、殷本浩、石春熹、魏正邦、戴鸿功、左文焕、毕恩庆、张宸三、齐鼎焕、李熙霖、孙庆铸、李景、曾宣器、韩耀、卢兆龙、段永龄、丁光炜、林文华、张祐、袁金本、郭丛华、刘士荣、陈辉、黄瑞霖、双斌、谦泰、德昌泰、瑞安、同昌、利昌、元昌、元生、公平、亨昌、恒益、恒昌、公生、连安号、麦经生、陈桂文、多福堂、陈文初八十三户各捐洋一元。王庆云、陈小立、刘捕头、李万福、阮宝成、陈天发、陈大燕、李大三、徐永春、高泰林、王秋涛、俞锡祥十二户各捐洋半元，合共六元。严少和观察捐旧棉衣裤二十九套。温处盐厘局员司公捐芋干一百担。金国捐芋干三十担。吴炳宣捐芋干二十担。

正月中旬

陆凤石尚书募捐规银三千零七十一两四钱二分一厘，又英洋一千元。旧金山孙领事士颐经募华商第四次捐款规银四千两。出使美国梁大臣经募砵仑埠华商第一次捐规银一千二百十二两二钱一分，又含路埠华商第一次捐规银八百零二两二钱六分，第二次捐规银一百五十八两五钱。谭观察启瑞捐助英洋一千元。钟紫垣观察经募小吕宋埠苏剑侯领事吕洋二百元，蔡资深三百元，黄呈标三百元，杨嘉种二百元，温煜南、柯世张、林为亨、陈光纯、林代彬、庄天来、黄赐敏、叶其臻、孙爵堂、胡典成、卢国梁、许志长、薛清垵各一百元，林添寿、陈朝阳合一百元，林永茂六十元，薛芳贤、王起教、林云梯、洪辉煌、陈明仁、杨忠信、王汉全、施光从、陈其华、郑正益、纪经宋、潘鉴程、曾人钦、施茂林、广祥泰、广益丰、慎长兴、宝兴、广协隆、罗辑五、广南生、合盛隆、薛清乾、广源、聚和隆、许孝鸣、王家彬各五十元，泰记、黄锦祥各四十元，浩生永、兴隆、广昌盛、悦和隆、怡泰安、新合美、同发栈、林资成、马耀甫、黄开冰、叶天保各三十元，杨尊亲二十五元，许猫官、郑尊蝶、林捷春、吴基索、蔡于炳、吴克诚、福华美、黄山官、福建成隆泉、陈德馨、万锦、郭庚泰、晋兴、永和祥、南顺昌、广济堂、广安隆、广记栈、兴记各二十元，庄杰埕、陈永解、潘楚池、朱兆洪、广盛隆、利安永、华昌、梁氏、陈涧泉各十元，升昌、广益隆各五元，计九十二户，共捐吕洋四千七百四十五元。除由吕埠扣去电汇费用，实收折来规银三千一百零九两零三分。又经募本埠施子香、沈卓峰、吴蟾青、许楚卿各捐英洋二十元，李英存、黄毓斋、广大帐房各十五元，刘鉴民、□乾三、陈子翔、陈玉南、陈南屏、柳钰棠、唐燿简、陈献墀、李星衢、唐百川、关灼棠各十元，计十八户，共捐英洋二百三十五元。法库门董事经募刘司马鸣复捐助法库小洋一千角，隐名氏二千角，韩锡九、法库商务分会各五百角，杨国泰、无名氏、十龄童、刘高苹、九龄童、刘高莘、十一龄女士、刘澹春、王贵卿、姜绍周、贺祝三、刘子麟各一百角，大有店、万得永各八十角，陈殿甲、德生永、德玉店、龙得泉各五十角，时雨田、明凤云、刘秉义、王龙文合四十角，姬荫棠、商宝贤、天合永店、顺成栈、海泉栈、恒德彩各三十角，张家驹、王玉昆、单莘尹、高景云、李浦泉、王麟阁、罗聘三、刘国臣、合兴号、天宝店、振兴栈各二十角，贾治安十五角，胡锡九、邹莲舫、罗秀三、李瀚臣、王荫轩、薛耀堂、莫易言、赵良、王光斗、刘峻峰各十角，丁子元五角，计四十九户，共捐小洋五千八百二十角。毛实君廉访经募天津志成银行捐英洋三十元，蔚盛长、天津庆丰成、天津万庆成、天津永利、天津同茂永各二十元，尹执瑞、天津景德和、天津义顺恒、天津玉兴泰、天津乾泰行、天津美最时、天津源和当、天津孚兴成、天津瑞蚨祥、天津瑞生祥、聚通恒、京都蔚丰厚、刘国璠、志成银行、永利号、元隆号各十元，复聚号、万聚号、万丰号、宝兴号、万义川、三益和银号、广源通、日升昌、蔚长厚、蔚泰厚、蔚盛长、天成亨、文丰、泰新号、恒裕银号、聚义长、德丰成、振德店各六元，万盛新店五元，山西复庆公、山西永全吉、山西永泰生、山西景生瑞、山西蔚长盛、山西长盛蔚、天津汇恒同、山东瑞生祥、山西新生乾、天津裕源长、天津义泰恒、天津德瑞号、杨少溪、百川通、裕源长、瑞林祥、瑞生祥银号、德瑞号、天津永泰生、天津日升昌、天津蔚长厚、天津长兴号各四元，天津汇恒同、文益成号、义顺恒号、成德号各三元，山西蔚长厚、阎振林、山西日升昌、乔梓林、瑞隆号、张云峰、无名氏、永裕茂、宏泰长、源隆店、恒义长、天津庆长顺、六合俊、太谷万亿兴、中昌当、道口益兴亨、无名氏、平遥永丰厚、田发秀、无名氏、道口蔚盛合、浚县卢铭德、天津怡和公司、山西大兴厚、天津义生和、天津源顺祥、阎子乔、永积善店、恒益兴号、广立顺、瑞恒号、德益成号、义生泰、信成涌、兴隆号、同丰行各二元，冀昌祚、刘鹤堂、王锡炯、兴隆义、雷铨、恒记、合记、范宝音、杨雨山、协顺权、田庆时、山西永信昌、左小泉、冯少权、梁召南、天津同义善、天津三益成、天津德源义、山东功盛成、王兰舫、德隆店、樊石泉、赵镛堂、范振之、孙奉璋、张俊严、任桐轩、公庆福、杨小亭、太谷张成统、岳衍□、长泰号、聚恒德、晋裕成、仁和昌、源远号、德聚永、长泰、益增、顺成各一元，计一百四十一户，共捐英洋六百零八元。湖南银号解来无名氏捐助规银二百零九两七钱四分。湖南新铜元局捐助规银二百零九两七钱四分。韩观察国钧捐助英洋五十元，又经募王醴陵、李勗初各二十元，蔚盛长、日升昌、大德、恒宝、兴隆、存义、公世、义信各十五元，文棫十二元，宝咸、王曾月各十元，王宰善、桐茂典、公茂典各五元，傅列镇、翁绶珩、姚仁光、陈毓沂、宝隆长各四元，咸泰恒、义聚诚、万源盛、万泉长、万泉久、巨顺玉各三元，段延甲、朱金声、贾鸿钧、张寿彤、易晓亭、陈元恺、胡国栋、段仲勉、承润、郭文清、陈相各二元，范觐扬、多奎、存厚、赵云翼、吴化南、刘文卿各一元，计四十三户，共捐英洋二百九十三元。继莲溪方伯经募朱寿鼎堂英洋三十元，王竹轩二十二元，泰敦厚堂二十元，徐忠恕堂六元，严书种堂、张肄雅堂各五元，徐亮功三元，单乐善堂、任嘉树堂、刘友柏各二元，阮心斋、张熙臣、李诚各一元，计十三户，共捐英洋一百元。祥发栈捐助英洋一百十四元，小洋六角。刘少英观察续解经募尾款英洋三十五无。

正 月 下 旬

江苏陈方伯经募第二批振款库平银五千两。孙观察建中垫捐规银三万两。焦乐山指放洲振湘平银一千两，沐阳粥厂二千两，清江粥厂二千两，共湘平银五千两。曾少卿指捐沐阳粥厂规银五千两。朱丙君解交全浙同乡公所指捐镇江留养经费湘平银二千两。横滨庐棣生续解指捐徐淮海规银一千七十八两七钱。铁厂李一琴部郎经募员司工匠合捐薪水一天洋例银一百十八两八钱八分，洋三百五十四元九角，钱九十八千三百十三文。又巡警处罚款拨助洋十五元，铜元五十千文。又洋总监工吕伯捐洋一百元，又洋员二人各捐二十元，又洋员二人各捐十元，又洋员一人捐洋五元，共合洋例银六百零一两一钱二分一厘，九七申规银六百十九两七钱一分二厘。孙麟伯观察解交天津江苏会馆官商团拜分金移振，计开徐国俊捐英洋二十四元，吴缄斋、孙麟伯、张绍读、陈映渠各捐二十元，吴秀山捐十六元，吴鹿平捐十五元，张凤辉、林稚眉、邵小亭、陶兰泉、谢受之、降锡臣、席翰伯、张芝生、翁兰士、许仲恒、李博霄各捐十二元，吴调卿、孙仲英、史翥云、张仲仁、王吉甫各捐十元，赵重卿捐洋八元四角五分，潘凤逸、相文朗、倪远甫、费仲升、李啸溪、申稚甫、夏久庵、厉鉴庵、王调生、王步银、谢仲琴、曹铁生各捐八元，赵惟和、庞镜秋、俞尽臣、刘绍云、孙子京、陈醒清、陆显臣、张小松、左子荣、左子衡各捐六元，汤谷源、张星伯、顾根芳、魏兰芬、洪韶生、蒋静轩、陈鉴三、郭雨生、汤捷南、姜洛茨、曹秩之、周树亭、张紫垣、何翼卿、柯晓峰、王楚臣、王颂侯、张锦春、徐阿奎、周勉斋、曹顺生、陈炳如各捐四元，潘骥臣、言友山、谢榕廷、严若梁、荣鸿俊、丁熙春、张蓉舫、孙锡蕃、章景兆、杨石卿、汪乐民、吴耀奎、朱作舟、梅咏之、唐聚良各捐三元，蔡宝臣、闻啸秋、吴子琨、柳筱轩、顾华卿、顾少华、张受甫、何文樵、陈幼香、蒋伯衡、闻际舟、俞禹久、胡洁齐、俞景卿、俞时铉、徐家昌、韩镜湖、缪邵生、许鼎臣、许晓岚、张明甫、汪聘之、王少臣、朱咏春、杨永康、吴绍贤、黄星元、许靖甫、许子云、石榴园、陆载之、张云抟、程润之、王弼臣、王珠升、朱悦甫、张诚之、曹伯川、郑小浦、谢锡三、王锡卿、王兰生、陆文明、倪木生、庄朗生、吴金生、张荣生、顾林泉、厉介卿、胡祖培、张子瀚、毛仲霆、沈丽生、唐莲生、周瑚卿、沈禾卿、柯礼棠、吴星如、陆梅峰、高绍阳、朱子藩、吴心如、佘桂生、佘濂生、蔡辅之、曹寿臣、曹墨卿、邹云生、倪子荣、曹琨泉、吴竹林、席克明、王柏生、丁春侯、朱受之各捐二元，又付解席瀚伯观察春酒移振洋一百元，共英洋八百六十四元四角五分。山东益都县李搢臣捐助英洋一百六十一元六角，并经募长丰当二十九元二角，宋显明二十八元六角，沙协顺二十一元九角，孙延甲、万聚号各捐十四元六角，元亨义、裕厚堂各捐十一元五角，义泰永、王振南、怡成等、徐永安、赵杂岗、唐应曾、王士杰、赵兴贵、刘冠堂、王图南、刘灿然各捐七元三角，永泰号、金兴利、益源、成义祥、成意诚、信聚泰号、致和泰、德茂、成复聚、公利亨、泰益和、公元和、成元吉号、聚源号、兴泰号、晋升泰、聚祥成、裕元号、复泰昌、益成泰、泰源成各捐七元二角，隆茂号、聚和成、隆源号、永德堂、公泰和各捐三元，共计大洋五百四十元。招商闽局王太守叔蕃捐助番洋一百元，并经募本局员友公助二十元，锄经书屋、逸休居、柏香山房各捐五元，平梅山馆四元，无名氏一元，共计番洋一百四十元一零九，合英洋一百二十八元四角四分。江西吉安府知府殷太守杞龄捐助英洋五十二元。乐安氏捐助英洋三十元。吕大臣交来无名氏捐洋二十元，又无名氏二元，共英洋二十二元。本照和尚经募信德师捐洋十元，山光师、五元真心师三元，金妙鑫二元，何智荣一元，共英洋二十一元。无名氏捐英洋八元。补本月上旬温州招商局谢仲笙捐助山芋干一百担。

二月上旬

镇江承志堂捐助规银三千六百五十三两二钱二分。旧金山孙领事士颐经募华商第五次捐款规银三千两。出使美国梁大臣经募砵伦埠中华会馆绅商第二次捐助美金八百九十二元，抓李抓罅埠华商第一次捐助美金二百十六元，共计捐申规银一千四百九十一两二钱四分。信成银行解来北京捐款英洋二千元。两粤广仁善堂经募洋一千元，兑来规银七百二十两。张筱浦提学捐助规银四百两，并经募奉天府邓太守嘉缜捐助规银二百两，种缘堂捐沈平银四十两，钟太守祺林、丰熊、赞尧各捐沈平银四两，谢汉章、成友直各捐沈平银二两，共沈平银五十六两，申来规银五十九两，又靖兆凤捐小洋六十角，于霖中、陶尚钊各捐四十角，王仁慧、文亨各捐三十角，张毓华、张同昆、高凌奎、荣升、佐东都、连魁、郑尔纯、王宗禹、迟熙盛、萧齐贤、王英敏、李士恺、庆升烧锅、豫贞庆各捐二十角，张藻、奚作智、张承泽、王凤山、袁嵩琳、丁宝珍、全勋、郭桂五、宋向阳、李树梅、恩荫、丰凯、高乃升、甄廷相、梁国栋、式骞、舒秀、刘作玺、王云升、萧维奎、张元瑞、叶绵熙、魏占百、李凤阁、郑文炳、刘人浩、孙炳辉、阎柏林、李香荃、福顺典、张浚奇、信升源、崔荣三、华昌源、温美五、郑德仁、高鹏九、庆升公、王作周、郑玺臣各捐十角，共计规银六百五十九两，小洋八百八十角。都察院总宪陆捐助京平银一百两，并经募邮传部尚书张捐助五十两，养源堂、守善堂、省非斋、宝善堂各捐五十两，礼部左侍郎张、翰林院侍讲吴各捐二十两，南书房翰林郑、南书房翰林袁各捐十六两，共计京平银四百二十二两，申合规银四百二十六两五钱一分。钱绍云观察捐助漕平银二百十一两，并经募同善堂一百二十六两，巢季仙六十三两，共计漕平银四百两，申合规银四百二十九两四钱。孙麟伯观察续解天津江苏会馆团拜分金移振，计开孙振轩、刘少云合捐银三十三两九钱九分，兑来英洋四十七元六角七分，陈映渠捐洋三十二元三角三分，张枫亭、闵秋琴各捐洋十二元，朱子藩捐洋十元，董幼臣捐洋六元，钱维之捐洋五元，刘仲岩捐洋四元，穆云舫捐洋三元，陆子元、钱秉清各捐洋二元，共计英洋一百三十六元。彰德府知府顾太守家相捐助英洋四百元。端制军交来纽约东方会谭舟捐助规银二百零二两三钱六分。廉茂园桃源另启拨来张再生经募大洋一百六十六元，小洋十一角。泰州因裕知堂捐助英洋一百元。祥发栈第三次捐款英洋九十元，小洋七角。吕大臣交来文瑞捐洋五元，静修居士捐洋四元，诗礼堂周、许质甫、进修居士各捐洋二元，慎修居士、清修居士、盛安堂恽、姚瀛川、孙长汶、克己堂颜、念宗堂陈、刘有桂、任金梁、王芝亭、罗鸿钧、马长德、戴厨夥、小来生号房阿元、姜万令各捐洋一元，共计英洋三十二元。本照和尚捐洋六元，并经募十三户，捐助大洋十四元，小洋五十三角，共计英洋二十元，小洋五十三角。延陵第捐助英洋二十元。乐安氏续捐英洋十元。何氏捐助英洋五元。无锡顾善士捐助英洋四元。

二月中旬

孙观察建垫捐规银七千两。旧金山孙领事士颐经募华商第六次捐款规银三千两。北京无锡会馆指捐无锡圩振英洋三千元。山东吴方伯经募规银二千零八十五两九钱八分八厘，又英洋二百八十五元。王瑞芝观察代募山东各帮捐助规银一千六百三十三两。广东东华医院经募规银一千五百两。江汉关道桑铁珊观察捐助规银一千两，并经募刘敦五捐银一百两，冯痴庵捐银四两，张仲衡捐洋十元，共计规银一千一百零四两，英洋十元。前任江苏学政、现任正白旗副都统李捐助英洋一千三百八十一元二角一分五厘。大同府翁弢甫太守捐助新湘平银一百两，并经募大同镇韩总戎廷贵捐银一百两，郭拱辰捐银二十五两，王瑞亭、王廷元、井盛林、王达、丁文运、李润田、耿攀鳌、华凤章、李骏荼、姜士菜、谢永祺、张志曾、陈昌、周笃祜各捐银二十两，陈瀛客捐银十两，朱鹤鸣捐银五两，共计新湘平银五百二十两，申规银五百三十六两六钱四分。顾咏铨续募严、徐两氏捐洋一百七十二元。盛蔚岑捐洋三元，又指捐芙蓉圩灾振二十六户，计开除瑞生奉母命以六秩寿筵移捐洋二百元，顾裕记捐洋五十元，范协盛、方元兴、同泰信、公盛成、不书名各捐洋三十元，森泰号捐洋二十五元，不书名、不书名、恒各捐洋二十元，张心谷捐洋十二元，源茂顺、锦记、胡恒源、不书名、培德堂翁、董剑秋忏资移振、恒仁源、不书名、叶长生、不书名各捐洋十元，盛子云、卜履康、吴光甫、不书名各捐洋五元，高星修捐洋一元，共计英洋七百七十三元。关䌹之太守经募英洋五百元。瑞莘儒观察解交太湖厅经募英洋三百九十四元。驻美梁大臣经募中美洲葛士达里喀国利蒙埠华商杨成等捐助美金一百五十五元，〦〤〣〥申规银二百零八两四钱七分。山东粮道周桂坞观察捐洋一百四十元，并经募万福、德恒、德丰三典合捐洋四十元，无名氏捐洋十五元，大成号等十九户，共捐京钱二十五千二百，兑洋十五元，德盛公捐洋十元，广兴合、瑞升泰、德大号、裕泰栈、德丰店各捐洋一元，共计英洋二百二十五元。盛恩颐续捐洋一百元。盛重颐续捐洋一百元。江阴大云庵捐洋五元，又岳山和尚捐洋十元，智广和尚捐洋九元，达德、蜜性、宽澄和尚各捐洋五元，继宗和尚捐洋三元，炳山、文冉和尚合捐洋四元，慧照、朗济、脱定、本悟和尚合捐洋四元，闻音、广隆、道如、悟道和尚合捐洋四元，体慧、宏达、悦成、松泉和尚合捐洋四元，定善、安隐、觉性和尚合捐小洋二十五角，共计大洋五十八元，小洋二十五角。王新之捐助英洋四十九元。廉茂园、桃源另启拨来章彬庸捐募英洋二十元。湾沚恒源隆捐助规银十两。无锡龚仲华捐助英洋十元。苏州顾存厚堂捐助英洋五元。平文重捐助英洋一元。

二月下旬

江苏陈方伯经募英洋一万元。焦乐山指捐江洲急振湘平银三千两。驻美梁大臣经募啡市那埠华商廖宏浦等捐助美金九百十元，又抓李抓罅埠华商吴耀福转募爱礼阿捐助美金二十元，〦〤〣〥共申规银一千二百五十两零八钱四分。东边道张金波观察捐助英洋六百元。开归陈许道曹再韩观察续解旅汴江苏同乡官捐助漕平银一百两，申规银一百零七两七钱五分，又英洋三百十二元。署登来青胶道潘子□观察捐助公砝银三百两，合天津行平银二百九十八两五钱，□申规银三百十一两九钱三分二厘五毫，又诸城县陈经募漕平银一百零七两四钱三分，申规银一百十二两二钱六分四厘，共计规银四百二十四两一钱九分六厘五毫。河北道冯叔惠观察捐助汴平银三百十三两，申规银三百三十四两九钱。加拿大云高华埠中华会馆李骥捐助英洋三百元。姚德先垫捐英洋三百元。何志霄观察捐助英洋一百元，并经募李毓杰、张并庚、程润黼、杨履昌各捐洋四元，袁瀚、于燿、沈保儒、陶珩、刘晋、王经年、王遵仲、李联璧、周德蔚各捐洋二元，贾景德、王明哲、雷庆霖、汪善华、吕绍文、吕应申、汪椿年、冯承元、崔风桐、李纪堂、穆金山、毛志武、任金谟、刘永太、李泰、姜乃升各捐洋一元，共计英洋一百五十元。建昌府李太守士瓒经募郑润泗捐洋十四元，湖南蔡善士危之韶、皖南姚善士李清声各捐洋十元，通裕典捐洋五元，谢友怀堂、王勋户各捐洋四元，吉庆堂、恤记各捐洋三元，庆记、祥记、乾记、豫记、悯记、庆余堂、崇德堂、包岱记、邱惠户、道德堂、有户、赵锦祥各捐二元，袁世恩、包玩溪、吴子振各捐一元，共计英洋一百元。周笠舫捐助英洋一百元。廉茂园桃源另启拨来常熟正德庄等捐洋五十元，又龚子炘经募洋四十一元，共计英洋九十一元。江阴恩记、允记、廷记、根记、荣记、林记、明记、熙记各捐洋二元，又不书姓捐洋四元，共计英洋二十元。云梦许次宾捐助英洋十元。江金铳捐助英洋一元。

三月上旬

焦乐山垫捐徒江洲振湘平银七千两。天津吴观察家修经募隐名善士捐助英洋七百十四元。湖南无名氏捐助长平银二百四十两，申规银二百五十一两。宁绍台道喻庶三观察经募昭萍松荫堂喻捐洋一百元，宁波商会吴葭牕、顾元琛捐洋一百元，不书名王等捐洋四十二元，定海源来等捐洋三十八元，定海厅钱捐洋二十元，定海商会捐洋二十元，共计英洋三百二十元。兴化谦豫丰钱庄经募二十一户，共捐英洋二百十五元，小洋一百六十二角五分。祥发栈二分捐英洋二百二十四元。江苏旅京学界捐助规银九十七两六钱九分四厘。河南居士捐助英洋一百元。钦钰如经募无锡公顺典、济顺代典、贞吉栈各捐洋二十元，同和庄捐洋十元，洪源栈捐洋五元，单钰初捐洋二元，共计英洋七十七元。唐薇之侍郎经募乐达义捐洋二十元，廖世经捐洋十元，王文豹捐洋四元，朱德裳捐洋三元，陈洪道捐洋二元，周菉翁捐洋一元，共计英洋四十元。林盛氏专振桃源捐助英洋十元。无锡朱介轩捐助英洋五元。无名氏捐助英洋二元。

三月中旬

旧金山孙领事士颐经募华商第七次捐款规银三千两。驻德杨大臣经募规银九百两。福建汀漳龙道何碧鎏观察捐助英洋一百元，并经募漳州善举拨助洋三百元，计大令达三捐洋五十元，孙大令望墀、柏大令麟书各捐洋三十元，彭别驾祖寿、邱大令晋濂、张大令嗣留各捐洋二十元，胡大令作霖捐洋十元，吴煊圃、黄兆桐、方伯眉、刘介寿、林寅榜、陈铭、郑长发各捐洋四元，蒋刘晨捐洋二元，共计英洋六百十元。顾鹤逸善士捐助英洋五百元。陕西潼商道齐荫甫观察捐助议平银二十两，并经募徐大令普、陈大令润璞各捐银二十两，刘观察纶襄、英太守琦郎、协戎永清、扬大令淑修、刘司马蓉第、张大令瑞玑、崔大令肇琳、臧大令瑜、彭大令承慈、李大令汉源各捐银十两，商南县绅商叶保光等十九人捐银三十一两，蒲城县绅原宗岳等七人捐银二十两，华州局绅永合典等二十户捐银十五两八钱四分，共计议平银二百二十八两八钱四分，大德恒扣去汇水六两八钱六分，实收议平银二百二十一两九钱八分，申规银二百三十三两三钱。北京高等巡警学堂经募规银一百九十三两一钱八分九厘。南无名氏捐助英洋二百元。无锡刘福记经募小洋二千角。无锡杨浩叟捐助英洋七十元。王嵩堂经募山东邹翔凤捐助英洋五十元。庄成志等十三人捐助英洋十七元，小洋四十三角。南浔开泰典经募王仲甫捐洋五元，兹记捐洋二元，凌煦堂、汪友仁、董仲甫、韩厚成、吴榦臣、凌少斋各捐一元，共计英洋十三元。顾文青节省旅费捐助英洋十元。杭州锡箔庄赵姓捐助英洋三元。

三月下旬

关䌹之太守函解正和、同祥记、恒兴瑞、和聚栈，因得追还窃赃，变价提半充振规银七百八十七两零零九厘。浙江臬台颜小夏廉访经募杭州府三六桥太守捐洋五十元，仁和县林捐洋一百元，宝善堂程、裕源庄、元昌庄、鼎记庄各捐洋五十元，晋泰庄捐洋三十元，保泰庄吉、止庐、余庆堂、节慎所同人、忆棻轩廖、爱莲阁袁各捐洋二十元，鼎记庄各友合捐洋十四元，颜忠恕堂、元大庄、顺兴栈、恒丰烟号、有益堂、有心无力人、冬青轩杨、含芳阁章、瑞香阁祝、吴兴王氏、求旧疾除根身体康健各捐洋十元，无名氏捐洋六元，致中和号、恒丰庄各捐洋五元，鸽峰草堂、齐蔚仁、李光益、程云骥、卢士鸿、敬胜堂、经畬堂秦、宝善堂姚、安素堂黄、余庆堂刘、补过子、求子痰疾除根各捐洋四元，亨记庄捐洋三元，陈哲侯、王嵩年、宋尧寿、金遵祖、盛鸿焘、姚庆泰、汝梦庚、强运开、杨继忠、孙傅冕、沈夔、拜松阁、红香馆主、扶风绿衣各捐洋二元，马志援、吴昌龄、罗景仁、慈云、驿望山房、易安堂、垂云沁雪庵主、清芬堂宋、槐瑞堂王、养福堂余各捐洋一元，共计英洋七百十五元。尤鼎孚中翰捐英洋五百元。言仲远总戎捐助英洋一百元，并经募开州知州章牧焘官绅共捐洋八十元，长垣知县朱令佑保官绅共捐洋八十元，东明知县周令保琛官绅共捐洋五十元，黄副戎懋澄、徐升廷、杜万宏、何镇岳各捐洋四十元，言丁氏捐洋十元，共计英洋四百八十元。湖南盐法道朱益斋观察捐助洋一百元，并经募长沙关道员绅公捐湘平银一百两，盐道署诸君公捐五十两，程敬慎堂、衡州官钱局、朱诒谷堂、申锡福堂各捐银十两，岳州厘局曾捐洋十元，刘泰舒堂捐小洋念元，谢深溪堂捐小洋十六元，俞兆桐捐洋八元，沈景爵、陆尔昌各捐洋六元，黄锡兰捐洋二元，共总兑来湘平银三百零三两零六分，申规银三百十七两二钱五分。陕西陕安道张弼臣观察捐助议平银一百两，并经募署南郑县李捐银三十两，汉中盐局唐、汉中厘局董各捐银二十四两，汉中镇程、汉中土税局各捐银十六两，防军左旗管带李、右旗管带傅各捐银十二两，无名人捐银六两，汉中官钱局谢、杨经厅、增春、朱典史庆恩、曹巡检复元、汉中协同庆各捐银四两，山东李荫南、龙委员汝骧、赖委员天培、养源堂梁各捐银二两，世亨丰钱店、协成当各捐银一两，共计议平银二百七十两，申规银二百八十三两五钱。江苏旅京学界经募规银一百六十一两四钱九分一厘，又续募规银二十七两六钱四分三厘。常州一善堂、周耀先经募英洋二百元。江西袁幼铨太守捐助九三八平银二十两，并经募姚捷勋四两，欧阳保福三两，刘廷弼、汪煦、陈伯文各二两，又李副戎瑞捐湘平银二十两，刘槐森、陈得龙各七两，陈锦堂、董作泉、刘清泰、何玉林、袁楚英、柳之权、刘心权各三两，王永寿、陈邦宪各二两，李光藻、张世铨、何文斌、刘旅林、林凤珍、邱鼎勷、杨钟麟、杨锐年、文怀远、范福增、刘在田、唐祚桢、詹国桢、吴秉勋、黄焕章、魏星元、丁长胜、潘志远、武家棠、钟国臣、吴占魁、周毓麟、杨得标、刘长龄、江葆元、倪兴魁、陈芳麟、凌正荣、周金山、陈金瑞、张燕漪、吴文魁、王定钧、马功成、萧炳尧、胡文质、何正权、张筠、伍云超、戴高、林正国各捐一两，又张政庆捐洋四元，彭昺炎、邓南骧各捐洋二元，三共申来规银一百四十两零三钱六分。河南彰德府顾辅庭太守续解尾款英洋九十元，又毛洋七元，对开洋十八枚。嘉兴文蔚芳捐助英洋五十元。沈幼甫捐助英洋三十元。沈宗坻捐助英洋三十元。黄巽卿经募雷焜维捐洋十元，万善坛、关国义、刘希燃各捐洋二元，陈东宝、雷全萃各捐洋一元，共计英洋十八元。嘉兴俞为晋捐助英洋三元。嘉兴隐名氏助捐英洋二元。

四月上旬

王锡五等募捐镇江洲振湘平银二千两。津海关道梁崧生观察经募天津新关墨税务司转募本关华员公捐行平银三十六两，又洋银一百十八元五角，津关委员公捐洋二百六十五元，天津厘局傅记孙观察倡率员司公捐洋二百三十二元，天津洋务局蔡述堂观察倡率员司公捐洋一百九十九元，天津钞关韩税务司倡率员司公捐洋一百三十七元，天津银号周、刘两观察公捐洋一百元，津关银号转募洋七十元，天津审判厅转募洋五十七元，奉天新民府沈太守转募洋六十五元，共计申合规银三十七两二钱九分六厘，英洋一千二百四十三元，小洋五角。山东吴弼臣方伯批解经募振款共计规银八百二十五两二钱一分，又英洋十元。施植之、陶兰泉两观察经募京汉铁路监督处捐洋一百元，高维嵩罚款移振洋三百元，新大坊栈罚款移助洋九十八元七角，脚行罚款移助洋三十元，程懋德、安阳六河公司、行素堂各捐洋二十元，岑旭阶太守、安阳县俞、周口店煤厂等、徐坊、张振甲、黄秦生、王文彬各捐洋十元，章刺史乃身捐银六两，合洋八元三角，德佑之、陈星源、郝敏、田富玉、朱占魁、汪奎龙、张玉清、京城汇通银号、邵芝、孙荫、孙瑞卿、张传年、吴毓山、尹清澜、朱嘉祥、钱公耀、唐士清各捐洋五元，陈靖臣、陈玉麟合捐洋五元，夏树政、唐润如各捐洋四元，梁廷相、王耀廷、凌云、张长福各捐洋三元，仲思亭、刘义山合捐洋三元，彰德分府骆河北马队管带李安、汤林厘局杨、彰德参府复豫军右营管带王、铁路弹压委员钟、桐乡郎于光、甲常镇各捐洋二元，王瑞廷等二十六人合捐洋二十六元，石友君等二十六人合捐洋二十六元，原兰芳等八人合洋十六元，成兴顺等五户合捐洋十元，鹿长世等十三人合捐洋十三元，定兴商业公会捐津钱一百千，又第一区等十三户合捐津钱一百三十千，共合洋一百零九元一角，章焕文等五人合捐小洋二十五角，方文山等二十一人合捐小洋一百零九角，白景和等十人合捐小洋二十八角，总计大洋一千零三十一元，合来规银七百五十五两二钱零七厘。署东海关道潘子静观察经募龙品埠商民三十六户，公捐库平足银二百十三两，黄县官商二十四户，公捐库平肚银二百三十两，黄平肚银四两，洋二百十七元，共申规银四百八十两零六钱五分八厘，洋银二百十七元。湖北候补道刘观察秉彝续募刘蕖川捐规银一百两，黄鲜庵捐洋一百元，黄缦庵捐洋五十元，存吾拙斋、唐篷舟各捐洋三十元，张少华捐洋二十元，林若川、刘补庵、沈桐轩、王复东、冯子若各捐洋十元，钟季藩捐洋四元，共计规银一百两，英洋二百八十四元。祥发栈三月分客捐共计英洋二百九十元。常州一善堂周耀先续募英洋一百元。上海道瑞观察转解西士梅雅君自瑞士国寄助法金五十佛郎，兑收英洋十八元，小洋五角，铜圆五枚。

四月中旬

四川赵季帅拨捐规银二万两。驻旧金山孙领事士颐经募华商第八次捐款规银三千两。关䌹之太守函解商务印书馆控乐群书局翻印图籍罚款移振规银一千两，又函解文明书局控毕春宝翻印书籍罚款移振计大洋四百十五元，小洋九百角。直隶清河道李少卿观察捐助库平银二百两，并经募郑刺史思壬捐洋三十元，共申来规银二百三十七两零二分。杨翰西观察交来无名氏捐助英洋一百元。祝兰舫捐助规银五十两。许笠山经募规银三十六两二钱三分六厘。常熟正德庄续募碧梧紫藤馆捐洋三十元，怡正堂捐洋十五元，琴南悔过子捐洋四元，严宝秋捐洋二元、铜元十枚，显净后学捐洋一元、小洋十一角，赵宝相捐洋一元，比邱通禅师、曹品悟合捐洋一元，共计大洋五十四元，小洋十一角，铜元十枚。朱差官经募戎马生、求合室平安捐洋四元，锄经子、昔徼和尚、戚世华各捐洋三元，慧空经房捐洋二元，朱声扬、朱声潮合捐洋二元，汪金海、贺士珍、王丙炎、费顺宝、马廷贵、朱陆氏、海峰师、性澄师、智清师、惠众师、性融师各捐洋一元，孙萼季等十户共捐小洋三十七角，总计大洋二十八元，小洋三十七角。黄懋勋捐助大洋二元，小洋四十角。张园游客随缘乐助共计大洋五元，小洋十五角，铜元三枚。

四 月 下 旬

陈润甫募捐规银六千两。上海道转解驻南斐洲领事刘观察葆森捐募英金三百八十四磅十四先令六本士，申合规银二千五百七十八两零八分。驻美大臣梁镇东星使续募砵伦埠华商第三次捐款美金四百八十二元二角五分，申规银六百七十八两二钱七分。浙江温处道贺芷澜观察捐助英洋二百元，并经募温州府锡太守、丁大令惟晋各捐洋一百元，陈大令常华捐洋六十元，杜大令光佑捐洋五十元，又劝募同寅捐洋十九元，胡大令寿海捐洋五十元，乐清绅士、洪济淋捐洋三十一元，金委员家鼎为母氏吴祈福捐洋三十元，沈委员琦捐洋二十元，温府幕宾阮世海捐洋八元，共计英洋六百六十八元。北京清吟义务会捐助规银三百二十两零八钱六分六厘。夏月珊、夏月润、潘月樵即小连生赴苏演剧一天悉资移振，计大洋二百元，小洋一千零九十七角。祥发栈四月份客捐英洋一百六十元。彭子嘉观察经募盛京多都护捐沈平银四十两，永增胜捐洋五十元，奉天泉钱行会馆捐洋二十元，夏廷栋、恩承各捐洋五元，王建庵捐洋二元，□景芳捐洋一元，富森峻等四十三户合捐小洋二百十五角，总共申来规银一百十两。湖南驻沪官银号交来湖南无名氏捐助英洋一百元。常州一善堂周耀先经募保安居、僧体室合捐英洋二十元。李作臣捐助英洋一元。庄茂之捐助铜洋十元。

五 月 上 旬

武昌盐法道童瑶圃观察续募力薄斋捐洋一百十五元，山阴妙化、敬修堂各捐洋五十元，好善子捐洋四十元，志勤堂捐洋三十元，达生、掞生、润生、皖生、知止斋各捐洋二十元，筱川氏、渝州童氏、云梦程氏、会籍妙春各捐洋十元，化康、化龄合捐洋十元，妙慎、妙敏、妙祉、妙永合捐洋十元，续蕃、鹤龄、化安道人各捐洋八元，山阴妙耆捐洋六元，裕善堂刘、通禄堂各捐洋五元，梁溪邓山阴、李守一、养和室许、皖北程恭寿堂邵、泰州冯二树堂各捐洋四元，景州张武、林朱各捐洋三元，树德堂等二十二户合捐洋四十四元，沙市王等十五户合捐洋十五元，福元堂等六户捐钱十九千，兑洋十八元，共计英洋五百九十六元。北京陆军部、测绘学堂捐助规银二百四十九两八钱一分六厘。兴化谦豫丰续募陈镜湖手捐洋四十五元，陈听涛手捐洋三十七元，顾手捐洋九元三角，刘尚忠沙手、不留名晴手、延生堂三户各捐洋五元，刘德新捐洋三元七角八分，不留名捐洋三元，陈奏勋捐洋一元四角八分，魏太太捐洋一元四角五分，贺正芳、陈冠臣、徐手不留名各捐洋一元，方手不留名、胡腐店各捐洋九角五分，共计英洋一百二十元零九角一分。江西抚州府王太守捐助英洋一百七十七元二角五分。北京清吟义务会、韻花别墅、李文□等捐助英洋七十六元。江苏旅京学界续捐规银三十六两五钱七分一厘。

五 月 中 旬

广东义振局收解广东善后局第一次经募九九五平洋银一千八百二十四两一钱九分二厘，第二次经募九九五平洋银一千一百四十七两六钱八分。广东关务处第一次经募七二兑洋九百元，第二次经募七二兑洋三百元，第三次经募七二兑洋三百五十七元五角。广东厘务局经募九九六平洋银一千二百五十二两一钱五分二厘。广东运台经募九九五平洋银九百零三两二钱四分。广东巡警局经募九九二平洋银一百四十四两。广东段学司经募七二兑洋一百元，又香山县转募七二兑洋七元。计十项共合来九九七平洋银六千四百五十九两九钱八分三厘。北京信成银行唐郎中浩镇募助规银二千八百两。刘鹤庄义绅经募足钱一千零十七千七百文，兑来规银七百两零零二钱八分一厘。庄心阶司马捐助英洋三百元。吴仪生观察捐助英洋一百元。徐子丹太守捐助英洋一百元。刁韵兰续募朱衡斋、沈耕莘各捐洋二十元，王润斋捐洋十五元，吴太太、东山氏、于光斗、思难堂、招商渝各捐洋十元，刁承祖、刁承宗各捐洋七元，补过斋、黄爱日堂、王锦斋各捐洋五元，张继、周怡生和各捐洋三元，彭鸣轩、集成生、无名氏、赵岱云、永丰厚各捐洋二元，共计英洋一百五十元。曲阜颜锡桐经募陈桓士、运河局、越河局各捐洋五元，任城公所捐洋三元，李焕章、张新甫、清献堂赵、象山局、新开河局、曲九公、杨馥庭、人和号、瑞聚号、聚盛号、双盛号、德基号、义聚励号、义聚篪号、恒昌祥号、广正祥号、复泰恒号、西成美号、晋泰号、同义号、东来号、万盛号、同庆永号、颜琴皋、静安堂张、德泰、恒东、长兴泰各捐洋二元，史鉴清、方俊卿、执敬堂张各捐洋一元，共计英洋七十五元。

五月下旬

湖北郧阳府黄太守以霖捐助洋银二百元，并经募徐大令冠瀛捐钱一百九十千，邱大令炳萱捐钱一百五十千文，邓总戎正峰捐钱五十千文，黄训导泽深、李绅应庚各捐钱四十千文，孙县丞继甫捐钱三十五千文，孙绅伯超、黄太守应桐、孙绅臻各捐钱三十千文，志不堂王、徐刺史大璋、赵绅晋荣、许绅名彰、孙绅文杰、周绅天成各捐钱二十千文，黄泽恩捐钱十五千文，李绅庆楚、李绅国勋各捐钱十三千文，刘参军熉、何绅玉山、半隐庄李、韩委员秉衡、王裕德各捐钱十千文，李绅华楚、李绅登楚各捐钱七千文，谦益堂张、王树森、宋长伟、王明哲、李绅鸿勋、江绅玉堂、梁参军鸿恩、欧阳大令翘、王义茂、吴大令良栋各捐钱五千文，佑我堂查、梁别驾承润各捐钱四千文，李绅铭云、李绅震、黄绅泽瀛、樊鼎勋各捐钱三千文，谢绅鸿恩、赵参军炎、吴树藩、四知堂杨、黄绅以暄各捐钱二千文，王启祥捐钱一千文，合计洋银二百元，钱九百零一千文，共解来汇兑规银七百四十三两五钱。山西雁平道缪恒庵观察倡率僚属公同捐助英洋四百元。北京伶界救济戏会捐助英洋四百元。河北道冯叔惠观察经募滑县吕大令续捐汴平银五十两，俞大令纪瑞、叶大令寿萱、严大令义豫各捐银十两，爱大令仁、庞大令训彝各捐银八两，王大令希仁捐银六两，钱大令祥保捐银四两，共汴平银一百零六两，申规银一百十三两三钱一分。俞文霆寿筵移振捐助英洋一百元。陆象坤、陆象震合捐英洋四元。悔过子捐助英洋一元。

六月上、中、下旬

道胜银行解交哈尔滨埠华俄商捐助俄洋七千三百七十一元零八分，合规银五千零四十八两六钱八分。汉口商务局孙观察泰圻经募武昌书画社捐洋二百元，李仲记捐洋一百元，共计英洋三百元。冯叔惠观察续募李太守廷瑞捐银三十两，苗大令夔捐银五十两，林大令桂芳捐银二十一两，张大令秀升捐银二十两，孙大令多鎏捐洋二十元，王大令庆垣、祝大令康祺、鲁大令恩培各捐银十两，钱若霖捐银六两，谢虎臣捐洋十元，王虞生捐洋四元，沈骥倬捐银二两八钱，刘子晋捐洋三元，原武俞幕赵曙泉、沈豫生各捐银二两，共计汴平银一百六十五两八钱，申规银一百七十七两二钱四分，英洋三十七元。张榕轩京卿续募沙湾祥兴店等四十三户捐洋一百十元，张熊氏等十七户捐洋五十一元，广万山等七户捐洋四十三元，邱义隆等十户捐洋十六元五角，复润兴、协记等十六户捐洋七元四角，刘自帆等三户捐洋三元，张鉴胪等三户捐洋二元，朱仁彬等三户捐洋二元，共计英洋二百三十四元九角。齐荫甫观察续募陕西雒南县绅商捐银五十二两五钱，山阳县官绅商界捐银五十两，镇安县官绅捐银五十两，培大令林捐银二十两，共议平银一百七十二两五钱，内除汇费五两二钱，实收一百六十七两三钱，申规银一百七十五两六钱六分。丁别驾翼修捐洋六十二元五角。陈钦钱捐洋十二元五角。严春霖捐洋十元。周德贤捐洋五元。常熟正德庄续募水月居士、滕玉麟各捐洋十元，程惟德捐洋二元，许约庵等十户合捐洋十元，沈星槎等四户合捐小洋二十角，共计英洋三十二元，小洋二十角。祥发栈找解四月份捐英洋五元。

七月上、中、下旬

陕西曹仲铭中丞经募尹太守昌龄倡率寅属捐银一百二十六两，兴安府党倡率寅属捐银四十二两，汉中府恩太守开倡率寅属捐银二百四十八两，同州府英太守琦倡率寅属捐银二百二十两，延安府爰太守星阿倡率寅属捐银六十四两，榆林府刘太守思夤倡率寅属捐银一百六十四两，乾州孔直刺繁朴倡率寅属暨绅商两界捐银三百二十二两五钱，商州劳刺史启恂捐银四十两，署鄜州易直刺寿崧倡率寅属捐银一百四十六两，署邠州贾直刺振镛倡率寅属暨绅商学界捐银一百九十四两零六分，绥德州张直刺倡率寅属暨绅商两界捐银八十一两八钱，鄠县德大令锐捐银五十两，张鹏翼捐银四两，张澄瀛捐银二两，泾阳县杨大令宜瀚并经募所属商界捐银二百零三两，高陵县公捐银五十两，三原县马大令晋并经募绅商两界捐银一百七十四两，永寿县李大令汝鹤并经募官商两界捐银一百两，周至县左大令一芬暨所属官绅商界捐银六十二两，易大令国勋暨临潼绅商吏民捐银一百两，张世英暨焦协和堂等四十九户捐银一百二十一两，黄敦德堂等二十六户捐银一百五十五两，耀州刘刺史并经募官商两界捐银一百两，祥庆通捐银四十两，永丰泰捐银三十六两，钟毓灵捐银二十两，张光林捐银四两，醴泉振清魁等二百三十一户捐钱二百串零五百文，合银一百七十四两九钱五分，蓝田县绅商学界胡积玉堂等二十二户捐银六十两，代耕堂等三十四户捐银七十七两六钱，署咸宁县雷大令天裕并经募所属各商号捐银一百二十三两六钱八分，西安府光太守昭并经募顺生成等十五户捐银六十六两二钱，武功县易大令光垚暨所属绅商两界捐银一百二十两，正任咸宁县刘大令德全暨里民局绅捐银十三两，晋丰泰等当商九家捐银十两零八钱，驻陕蔚丰厚等票号二十五户捐银二十一两，署长安县褚捐银十六两，西安大德通等九户公捐银一百零八两，长安里民公局捐银三两二钱，余庆堂捐银三两，共计捐银三千六百六十六两七钱九分，内除短平短色汇费，实收陕议平银三千六百十两，申规银三千七百九十七两七钱二分。曾少卿拨助镇江洲振规银三千两。上海商务总会拨助镇江洲振规银一千两。驻旧金山孙领事士颐第八次募解规银二百零五两九钱，又日僧义捐美金十元五角，合规银十四两。江西吉南赣宁道江观察毓昌捐洋一百六十三元九角四分七厘，又经募洋一百三十六元零五分三厘，共计英洋三百元。宁绍台道喻庶三观察续解会稽县捐募英洋二百五十六元。成都电局周书廷太守捐助规银二百两。王嵩堂续解王嘉利转募东顺栈等十三户捐罗布二百枚，邹翔凤转募徐瑞云等二十三户捐罗布七十枚，共计罗布二百七十枚，合规银一百八十三两三钱三分。许萼元大令兆桂捐洋七十元，并经募鹿墨生、赵怡斋、曾敬诒、邵筱田、边霞轩、何次卿各捐洋二十元，王筱斋转募洋二十元，竹隐斋鹿捐洋十元，共计英洋二百二十元。王观察寿昌捐英洋一百元。谢黎轩经募叶长龄捐英洋五十元。叶仲孚经募李丁氏捐洋二十元。慧馨、忍寿僧合捐洋十元，乞士柳溪暨道安等七僧合捐洋二十四元，清亭等七僧合捐洋十四元，吴古修、任薇卿暨定禅等九僧合捐洋十一元，共计英洋七十九元。

八月上、中两旬

济南杨莲帅经募册捐规银四千一百四十二两二钱三分八厘。广西太平思顺道庄思观察续募蔡司马其铭捐洋八十元，葛巡检承恩捐洋十六元，上思厅城绅商公捐洋二十元零五角，上思厅东西南北四乡绅民公捐洋一百八十元零五角，马巡检为骧捐洋三十元，林全春捐洋十五元，林有翰、方秉铎、李鹤年、黄著统各捐洋二元，共捐洋三百五十元，内除换光补水邮票各费，实收英洋三百零八元。山西大同府翁弢甫太守续捐英洋三百元。廉茂园桃源另启续募英洋三十四元，又零捐角洋，兑换大洋七元九角，共计英洋四十一元九角。无名氏捐铜洋四元。

上海广仁堂经收中国女界捐助江南北振款

第　一　次

盛庄氏合家捐助首饰变价规银一万两。盛宗氏捐助面粉价规银三百十两。陈吕氏、陈钱氏合捐面粉价规银三百十两。庄谈氏捐助首饰变价英洋一百元。北京女学慈善会、江绍铨等募助英洋三千元。广仁堂正月下旬拨过北京中国妇人会募助英洋一千元。颐寿夫人捐助英洋二百元，并经募邵伯曹氏、绮秀阁女士各捐四元，北京白氏、扬州刘氏各捐二元，扬州王氏、朱氏、孙氏、陈氏、周氏、姜氏、陈氏、无名氏、绮华阁女士、绮春阁女士各捐一元，周姑娘、恽姑娘合捐一元，共计英洋二百二十三元。王一亭经募陆张氏、王妇各捐英洋三十元，同善会捐二十元，陆王氏、陆许氏、无名氏、周陆氏、无名氏、陆凌氏各捐十元，凌李氏、王曹氏、陈前因、同吉庄各捐五元，陆徐氏、凌潘氏、凌钱氏、王胡氏各捐四元，陆高氏、凌张氏各捐二元，隐名氏捐铜洋十元，隐名氏捐铜洋六元，共计英洋一百八十元，铜洋十六元。周庆姐捐助英洋一百八十四元。湘潭胡罗氏捐助长平银一百两，申来规银一百零四两七钱六分。钦钰如经募钦袁氏捐金挖耳一枝，袁董氏捐金兜搭一副，各重二钱五分，又龚升芝捐洋二元，龚黄氏捐洋二元，李蒋氏捐洋一元，共计英洋五元，刘氏、陈氏、朱氏等合移筵资捐助英洋十四元四角。

第　二　次

北京女学慈善会、江绍铨等续募英洋二千元。北京花界江皖振灾会捐助英洋一千三百五十元。北京普仁义务会经募英洋九百十三元六角六分三厘，又续募大洋十四元，小洋七角。盛庄氏寿仪移振，计开吕钦差、曾少卿、朱幼鸿、张叔和、赵竹君五位各送洋二十元，刘葆良同弟柏生合送洋二十元，费绳甫、陈润甫二位各送洋十元，胡二梅送洋九元，陈莲舫、谢纶辉二位各送洋八元，胡振平送洋六元，陈楚生、孙耳山、狄楚卿、狄南士、李兰舟、刘少南、廖樾衢、季冠三、徐菊朋、夏仲玉、刁韵兰、顾咏铨、庄得之、庄馨之、陈蕴珊、陈蕴韶、龚子炘、邵月如、盛苹生十九位各送洋五元，祁冕廷送洋四元，留园同人十二位各送洋十二元，共计英洋二百八十二元。上海城内务本女塾教员、学生共捐大洋六十七元，小洋二百零四角，钱四十二文。王一亭续募王周氏捐洋五十元，翰香氏捐洋五元，共计英洋五十五元。盛七宝捐助英洋五十元。王方氏节省家用捐助英洋三十六元。钦钰如续募侯李氏、无名氏各捐洋十元，共计英洋二十元。吴氏、朱氏、陈氏、刘氏、黄氏等合捐英洋十四元。刘氏捐助英洋十元。

第　三　次

北京慈仁援救戏会王姬贞女士经募规银五百零六两六钱三分一厘，又演戏三天，戏资移振规银六百四十三两一钱四分七厘。山西河东道陈命妇王氏率过门守节女善贞，以提存奁资悉充振，捐助漕平银五百两，并经募姚王氏、龙林氏各捐三十两，赵高氏、曹杨氏、李陈氏各捐二十两，共计漕平银六百二十两，申规银六百六十五两八钱。刁韵兰经募怡志堂杨捐助规银二百两，刁韵记、日新增各捐洋二十元，刁徐氏捐洋十二元，黎汤氏捐洋十元，凤记、鸿裕仁、徐坤玉、顺利印字馆、义生各捐洋五元，许君德翁捐洋四元，姚景邑氏捐洋三元，源记、经和、陈德邻各捐洋二元，共计规银二百两，英洋一百元。沈章夫人经募铭太太捐洋五十元，薇记等捐洋十元，程何世昭、何田玉暵、何世璜、何世祝、何世盛各捐洋二元，共计英洋七十元。钦钰如经募胡叶氏捐洋二十元，王徐氏、张尤氏各捐洋十元，李禄寿诸友捐洋八元，吴荫公捐洋四元，又铜洋八元，兴福、师郁青、王隐名、陆惕记各捐洋二元，陆又捐铜洋一元，李文锦、李寿宝、李福号、沈荣观、彭倩云、谢隐名、朱陆氏、卧羲草舍、朱织云、望九老人、养德居、竹胜斋各捐洋一元，李陆氏捐小洋六角，李文明、李小姐、李婉婉各捐小洋五角，绿咸记捐铜洋一元，咸记捐铜小洋十五角，无可名捐铜小洋十角，共计英洋七十二元，小洋二十一角，铜洋十元，铜小洋二十五角。

第　四　次

署东海关道潘观察眷属捐洋五十元，并经募即墨李孙氏捐洋一百元，即墨李郭氏捐洋五十元，金口铺商裕成当等二十四户捐洋六十九元，石岛铺商日增等四十八户捐洋六十六元，俚岛铺商泰升等四十一户捐洋四十元，王吴绮梅、江程雯澄各捐洋四十元，天桥口绅商正谊堂徐等十一户捐洋三十六元，徐吴氏、万盛氏、万严氏、李邓氏、鲍孟氏、侯刘氏各捐洋三十元，杨卜氏、王钱氏各捐洋二十元，永春、德春、如春、新春合捐洋二十元，解李砚侪、马王珍卿、董宫氏、王宗氏、周柳氏、刘王氏、皖婺吴王氏、王大令尔源各捐洋十元，于云标、王衍庆各捐洋八元，王菡香捐洋五元，无名氏、即墨于韩氏、即墨韩双槐堂、湘南殷李氏各捐洋四元，虞陈氏、荣城县厘局石岛、李善昌、吕长和各捐洋二元，晏国华、张清源各捐洋一元，共计洋银八百五十八元。王潘氏韵芳捐助英洋五百元。盛富氏捐助英洋二百元。祝兰舫夫人捐助英洋一百元。顾辅庭太守经募顾本罗捐洋三十元，明德斋捐洋二十元，□蕙女士、顾本俞、顾本吴、顾本陆、顾本恽各捐洋十元，共计英洋一百元。苏州潘郑氏捐助英洋十元，并经募潘仪记二元，吴寿记一元，无名氏小洋二角，共计英洋十三元二角。

第　五　次

庄老太太金镯变价捐助英洋二百八十五元三角。张月阶封翁经募祝汪氏捐洋二十元，病愈续捐洋三十元，平阳氏捐洋五十元，应名氏捐洋三十元，清和平阳氏、吴朱氏寿筵移振各捐洋二十元，汪李氏、汪杨氏百龄冥诞忏资移振、裕源昌、荣阳女士各捐洋十元，汪潘氏捐洋八元，李禄寿、同顺邹陆氏、振裕氏各捐洋五元，三品命妇吴谢氏、吴红喜求身无疾病各捐洋四元，荣阳氏、邹觉尘、朱顾氏、吴宋氏、吴严氏、俪仙女士、王殷氏、王吴氏、陆锺宝、王潘氏、静养氏、严谈氏、蒋书烨、邹钦氏各捐洋二元，七龄童子、吴蟾喜、佣力人吴氏、方吴氏、三龄童子、方维城、雷吴氏、无名氏、曹王氏、严任氏、无名氏、恽王氏、吴曾氏、吴陈氏、吴王氏、邹彭氏、无名女氏各捐洋一元，徐王氏、无名氏、黄尤氏合捐洋一元，共计英洋三百元。山东粮道周奎五观察经募益阳周胡氏捐洋五十元，凤岗刘施氏捐洋三十元，汉军李耿氏捐洋二十元，申江谭沈氏捐洋十五元，昆明林段氏、无名氏、大兴谢马氏各捐洋十元，铜城严张氏捐洋六元，南丰曾江氏、延陵吴顾氏、无名氏各捐洋五元，吴下无名氏捐洋三元，善化黎耿氏等十七人合捐洋三十四元，怀远林宋氏等十七人合捐洋十七元，共计英洋二百二十元。唐蔚芝侍郎汇交唐黄氏捐助英洋一百元。广西太平思顺道庄思缄观察经募董优胜捐洋一百元，蒋冰捐洋五元，沈章云捐洋四元，简青云、朱陆各捐洋二元，庄田田、庄慈慈、富贵各捐洋一元，共计除汇水兑光。实收英洋一百元。积善氏捐助英洋五十元。刁韵兰绩募吴太太、吴三少爷、黄蒋氏各捐洋十元，俞唐氏捐洋五元，陈俞氏、何周氏各捐洋二元，大姓尹慎甫、孙严氏、葛氏、汪龄生、朱褚氏、姚沈氏各捐洋一元，吴玉义等八人合捐小洋四十角，周少甫等八人合捐小洋二十四角，李阿宝等三人合捐小洋六角，共计英洋四十六元，小洋七十角。广西臬台王铁珊廉访经募王太太等十九人捐大洋二十七元，小洋三角，沈老太太等十四人捐大洋十六元，两共大洋四十三元，小洋三角。黄懋勋经募胡书房捐洋九元，胡省三太太捐洋五元，不留名捐洋五元，共计英洋十九元。彭邵氏捐助英洋十元。昆山培本女学经募三十一户共捐英洋九元。沈氏捐助英洋一元。喻庶三观察函解喻太太倡率宁波女子通俗讲演会诸女士捐洋二百五十元，戴老太太暨八女士捐洋一百四十元，陈李氏暨淑仪学堂诸女士捐洋一百零二元，宁波府眷属四品命妇高氏合捐洋九十元，江夏紫藤仙馆转募诸女士捐洋八十八元，慈溪钱氏暨东城女学诸女士捐洋六十元，吴朱氏暨诸女士捐洋五十二元，盛绅炳纬垫捐洋四十元，留余氏等十九户捐洋二十元，萧喻氏等十二女士捐洋二十元，共计英洋八百六十二元。孙麟伯观察经募德裕堂吴集捐洋一百元，经雅堂孙捐洋一百元，余荫堂孙捐洋一百元，隐名女史集捐洋五十元，共计英洋三百五十元。张榕轩京卿经募刘运姝等四十户捐洋四十二元五角，张徐氏等三十六户捐洋四十元零二角，又张徐氏等十户捐洋三十五元，又张徐氏等十一户捐洋三十元零五角，又张徐氏等二十六户捐洋二十七元一角，又张徐氏等十八户捐洋二十四元，又张徐氏等七户捐洋十三元，黄熊氏等六户捐洋五元五角，黄朱氏等十八户捐洋五元三角，杨林氏等四户捐洋二元，共计英洋二百二十五元一角。麦佐之观察经募始兴余氏捐洋一百元，无名氏捐洋二十元，麦淑式、张氏各捐洋十元，曾氏捐洋八元，无名氏、无名氏、曾氏、郑氏各捐洋五元，无名氏捐洋三元，无名氏、唐氏、关氏、郑氏各捐洋二元，无名氏、谭氏、黄慈真各捐洋一元，王宝珠、无名氏、王瑞娇、王瑶珠、王建勋、黄凤琼、黄凤琦、朱氏各捐洋五角，共计英洋一百八十六元。叶茂如观察经募叶温氏捐洋一百元，又率子文增捐洋二十元，张霨太太捐洋二十四元，吴凌氏捐洋六元，共计英洋一百五十元。不书姓名人求女病速愈还愿捐英洋一百元。驻纽约夏正领事偕复募解纽约妇人汉纳氏捐规银六十三两四钱四分。

第七次

言仲远总戎函解言丁氏、富察巴雅拉氏各捐洋三十元，瓜尔佳摆禅氏捐洋二十元，马张氏、曹陈氏各捐洋十五元，马盛氏、曹陆氏各捐洋五元，余记捐洋四元，柳王氏捐洋三元，富察氏、徐伟孙、张寿慈、言雍和、言和声各捐洋二元，言雍懿、雍静、雍锴、雍珠、言张仲、言徐、言如虎、言斌穆、言滋福、言璞珊、言端兰、徐乐善、徐济世、徐寿护、蒋淡云、王清娱、陈蕙若各捐洋一元，言雍篪、雍鞠、雍午、雍襄合捐洋二元，广平府刘永年县苗暨转募广属女界捐银三十五两，洋九十五元，顺德府绰络氏暨经募顺属女界捐银二十九两四钱，洋八十六元，共计规银六十四两四钱，英洋三百三十七元。赵叔直大令经募额太太捐口平银二十一两，文太太、王太太各捐银二十两，万老太太捐银十一两三钱六分，达太太 和太太、麟太太、乐太太、刘太太、倪太太、李太太、李二太太、无名氏各捐银十两，耀太太、舒太太、广太太、恩太太、富太太各捐银六两，章太太捐京平银五两，合口平银四两六钱六分，保太太、兴太太、凯太太、乌太太各捐银四两，世太太、王太太、麟太太、普太太、图太太、哲太太、松太太、赓太太各捐银二两，德太太捐银一两，共计口平银二百三十两零二分，申规银二百五十两。靶子路久远里冯宅经募郑叶氏等诸女士捐助小洋一千六百十五角三分。郑道生经募柴杨氏、费程氏各捐洋二元，杨吴氏等十一女士合捐洋十一元，谷口氏捐洋三元五角，扶风氏等十二女士合捐洋十一元五角，共计英洋三十元。

广仁堂截至光绪三十三年八月止册报后续收各省官绅商民捐助江南北振款

光绪三十三年九月中、下两旬

署陕西藩台锡方伯并经募官绅商界共捐陕议平银六百二十三两八钱，申规银六百五十五两九钱二分。王子展观察经募叶郑氏捐洋一百元，方李氏捐洋三十元，翁戚氏捐洋三十元，唐李氏捐洋二十元，李王氏捐洋一百元，王遵佺、王遵庠姊妹合捐洋十元。

十一月上旬

大顺广道文观察捐洋一百元，又经募广平府刘太守捐洋三十元，永年县苗大令捐银二十两，邯郸县周大令捐银二十两，磁州都刺史捐银二十两，鸡泽县李大令捐银六两，曲周县单大令捐银十两，威县承大令捐银十两，清河县丁大令捐银六两，广平县曾大令捐银八两，肥乡县孙大令捐银八两，成安县张大令捐银八两，无名氏捐银二两。又由旧金山拨来顺德府捐洋六元，平乡县捐洋四十一元，唐山县捐洋三元，沙河县捐银八十两，邢台县捐洋四十九元，南和县捐洋三十元，任县捐洋三十元，钜鹿县捐银二十五两。

十二月上、中、下旬

浙江运台崔都转经募永嘉场捐洋四十元，双穗场捐洋三十六元六角，杜渎场捐洋二十九元，杭批验所捐洋六元。浙江藩台喻方伯经募女界捐洋八十五元。农工商部实业学堂学生王冕臣经募捐洋二百零一元。

光绪三十四年三月下旬

署理山东抚台吴中丞捐助济平银二千零五十两，申规元二千二百零九两九钱。

五月中下旬

湖南盐法长宝道朱益斋观察经募蒋润贞、蒋五贞、蒋端贞、蒋七贞、蒋元贞各捐钱一千文，陈易氏捐钱四千文，易陈氏、陈蒋氏、陈二贞各捐钱二千文，陈五贞、陈六贞各捐钱一千文，胡易氏捐钱二千文，蒋杨氏率女润贞捐钱十千文，朱陈氏捐钱四十千文，德贞捐钱六千文，惠贞捐钱一千文，王德仁堂捐钱一千文，彭福庆堂捐钱二千文，徐蕴真堂、大西记各捐钱四千文，树记捐钱一千文，李三保捐钱二千文，莘记捐钱四千文，兰记捐钱二千文，吴霖记、毛贞、颖贞各捐钱一千文，瑞丰堂捐钱三千文，怡记、恒记、悦记、荣贞、慧贞、蒋细贞、蒋江氏、李七贞、蒋兰记、陈吴氏、悭硂氏各捐钱一千文，朱本清和捐湘平足银三十二两六钱五分，以上共计原合来湘平足银一百两。又唐蔚芝侍郎经募胡太太、陆太太各捐洋三元，章彦安捐洋十元，胡懿年、沈月宾各捐洋三元，周爱林捐洋一元，谢坤龄捐洋三元，杨止善捐洋一元，曹梅龄捐洋十元，钱孝同捐洋两元，夏时田捐洋一元，以上共合洋四十元。

筹办秦湘淮义振征信录

清光绪三十四年铅印本

（清）唐锡晋 辑

李文海 贾国静 点校

序

庚子秋拳匪扰京师，两宫西幸。适秦中亢旱成灾，赤野千里，延斜五十余州县。京江严佑之先生钦奉谕旨，筹款往振，约晋集款同行。十月回南劝募，十一月由浦启行，腊杪抵陕，分振邠、乾二州永寿、淳化、三水、长武、兴平、武功、扶风、岐山八县。辛丑正月开查，七月竣事，共放钱米核银五十七万两有奇。丙午夏，湘中蛟水为灾，江波横溢，临流郡邑，城不浸者三版。长沙张文达师方官户部，悯念桑梓，电苏抚陈筱石中丞檄晋往振，并电施子英观察筹款拨济。闰月杪由沪启行，五月初抵湘，分振长沙、善化、湘阴、益阳、衡阳、清泉六县。五月开查，七月竣事，共放铜元八万四千余贯。是岁夏秋，长淮以北霪雨为灾。湘振方竣，即得盛杏荪宫保由沪来电，招晋归振淮徐，遂将湘振余银购办湘米，运回沪上。旋奉江督端午桥师与宫保电商，檄晋往振睢宁。晋方运米赴淮，道经袁浦。其时淮海饥民，麇集浦上，筑圩盖棚，分厂八十余所。晋拟将湘米留淮先煮振，济一时之急，进谒淮扬海道杨俊卿观察，面商方略。观察以浦厂饥民四十余万，籍隶安东者多至八万，曾檄该县堵令挈其城乡绅董来浦，谕令回籍候振，屡遣不去，尚追念晋二十四、五两年查振旧惠，谓晋必改睢查安，方能挈回安民，为浦厂遣散饥民之倡。遂电请江督与宫保，电晋改睢查安。晋乃周巡浦厂，遍谕安民遣归就振。冬振自十一月开查，十二月放毕。春振自二月开查，五月放毕。共放铜元四十六万一千余贯，杂粮一百三十余万斤，湘米三千余石，协济山阳湘米二千余石。年来衙斋无事，汇合三振收支，分别募捐清数，编次募启禀稿，附录任劳诸君姓氏，命儿辈分校付刊。回念庚子、辛丑之秦，丙午、丁未之湘、淮，被旱者风餐露宿，剥草木之根皮；被涝者木立水栖，睠波涛而号恸。至浦上流民，啸聚数十万，势更岌岌不可终日。若非朝廷轸恤民艰，大吏恫瘝民瘼，与夫四方乐善诸君子仗义轻财，相率为被发缨冠之救，则坐待毙者转沟渠，铤走险者伏林莽，时局艰危，何堪设想。今幸巨帑叠颁，义捐广集，得蒇事于秦、湘、淮、海之间。虽死者不可复生，而生者仍得宅尔宅，佃尔田，吹豳饮蜡，含饴鼓腹于尧天舜日之下焉。刊竟为述其缘起，弁之简端，以志今昔之感云。

光绪三十有四年十二月朔，梁溪唐锡晋书于长洲学舍

筹办秦湘淮义振征信录目次

卷　上

庚子协振秦中募捐启 ……(7569)
丙午协振湘中募捐启 ……(7569)
振秦振湘振淮告神疏 ……(7571)
庚子十二月会同严绅携振抵陕上陕抚岑中丞禀 ……(7571)
辛丑正月由陕上南省督漕抚学藩臬道府宪禀 ……(7572)
辛丑四月会同严绅上管理户部王中堂禀 ……(7573)
辛丑七月振陕将回上王中堂禀 ……(7573)
辛丑九月振陕南旋上督抚学藩臬道府宪禀 ……(7574)
丙午五月初三日携振抵湘上湘抚庞渠帅禀 ……(7575)
丙午五月初五日将赴长沙乔口镇设局上庞渠帅禀 ……(7576)
丙午五月二十二日履查湘益上庞渠帅禀 ……(7576)
丙午六月初一日由湘上苏抚陈筱帅禀 ……(7577)
丙午六月二十日流民麇集暂拟煮振上庞渠帅禀 ……(7578)
丙午六月二十一日将赴衡永查振上庞渠帅禀 ……(7578)
丙午八月请购湘米上庞渠帅禀 ……(7579)
丙午八月振湘将归请禁溺女上庞渠帅禀 ……(7579)
丙午八月湘振告竣上庞渠帅禀 ……(7580)
丙午八月湘振告竣上南省督抚藩臬宪禀 ……(7581)
丙午九月将振淮徐请查仓谷上江苏抚宪禀 ……(7583)
丙午十月湘米在沪请垫尾款上江督苏抚宁藩宪禀 ……(7583)
丙午十月调办淮徐义振上江督苏抚宁藩宪禀 ……(7584)
丙午十一月运米赴淮上淮安府宪禀 ……(7586)
丙午十一月督运湘米由镇赴淮上淮扬道宪禀 ……(7586)
丙午十一月查放安东冬振上江苏抚宪禀 ……(7587)
丁未正月安东冬振告竣上督抚藩道宪并吕盛大臣禀 ……(7587)
丁未正月遵拟义振条章上江督苏抚吕盛大臣禀 ……(7589)
丁未二月初一日续筹安东春振上江督苏抚吕盛大臣禀 ……(7592)
丁未二月初六日接办安东春振上两江督宪禀 ……(7593)
丁未三月初一日查放安东春振再上两江督宪禀 ……(7594)
丁未三月铜元搀伪请示谕禁上江督苏抚宪禀 ……(7596)
丁未五月安东振竣报销上督抚藩道宪并吕盛大臣禀 ……(7597)

筹办秦湘淮义振任劳诸人姓氏录 …………………………………………………………… (7599)

卷　下

庚子辛丑筹办秦振会同严绅赴陕查放收支总数 ………………………………………… (7604)
庚子辛丑筹办秦振留子宗愈在籍捐解收支总数 ………………………………………… (7608)
丙午筹办湘振收支总数 ……………………………………………………………………… (7609)
丙午筹办淮振购运湘米收支总数 …………………………………………………………… (7609)
丙午筹办淮振赴安查放收支总数 …………………………………………………………… (7610)
丁未续办淮振留安查放收支总数 …………………………………………………………… (7612)
丙午筹办湘振由锡捐解总数 ………………………………………………………………… (7615)
丙午丁未筹办淮振奉锡捐解总数 …………………………………………………………… (7616)
秦振锡捐清数 ………………………………………………………………………………… (7616)
秦振太捐清数 ………………………………………………………………………………… (7619)
秦振常捐清数 ………………………………………………………………………………… (7620)
秦振苏捐清数 ………………………………………………………………………………… (7621)
秦振淮捐清数 ………………………………………………………………………………… (7622)
秦振浙捐清数 ………………………………………………………………………………… (7622)
秦振台捐清数 ………………………………………………………………………………… (7623)
湘振锡捐清数 ………………………………………………………………………………… (7623)
湘振太捐清数 ………………………………………………………………………………… (7626)
湘振京捐清数 ………………………………………………………………………………… (7626)
湘振淮捐清数 ………………………………………………………………………………… (7626)
淮振奉捐清数 ………………………………………………………………………………… (7627)
淮振锡海安捐清数 …………………………………………………………………………… (7629)

卷 上

庚子协振秦中募捐启

敬启者：陕省连年亢旱，赤野千里。粮价腾贵，斗米千钱，饥民无所得食，树皮草根，搜掘殆尽。咸阳、岐山设有人市，灾情奇惨，所不忍言。现当銮舆驻跸，急需振抚，奠民生以固邦本。京江严佑之先生钦奉谕旨，筹款往振，函约晋等集款同行。行期过迫，仅携振款二十万有奇，欲以拯五十余州县灾黎，杯水车薪，谈何容易。所望诸君子源源接济，方能告厥成功。先生劝振之言曰：居今日而谈振务，捐振者如强弩之末，劝振者为老生常谈，筹集巨资，诚非易易。然今日之事，与寻常迥不相同。寻常施财助振，不过好行其德而已。若秦中之振，救灾，仁也；恤邻，义也；竭忠诚以报国，礼也；处乱世而散财，智也。一举而数善备焉，亦何惮而不为乎！侧闻京津绅富之家，遭劫甚惨，有官居极品而全家尽散者，有拥资巨万而贫无立锥者。当此大乱之世，何地是乐土，何物可常有？与其他日没于盗贼，何如此日献之朝廷。与其为儿孙作马牛，何如为君父分忧患。与其穷奢极欲，因暴殄而致召灾殃，何如积德累仁，修善果而挽回劫数。与其作守钱虏，一双空手见阎罗，何如散不动，尊百万生灵呼活佛。孰得孰失，孰是孰非，孰便宜孰吃亏，试为通盘打算，必有能辨之者。落落数言，足资感发，敬述之以告轻财仗义修德回天之君子。

丙午协振湘中募捐启

敬启者：湘江水溢，为百年来未有之奇灾。上自衡、永，下迄湘阴，凡湘水经流之处，千里沃壤，俄成泽国。浃辰水退，庐舍全倾，资粮俱乏，流民载道，辛苦万状，惨不忍言。虽经朝廷发帑拊循，大吏捐廉协济，而地广户繁，不得不仍资义振。锡晋奉张野秋尚书、陈筱石中丞电调，赴湘查振。伏念咸、同间发逆蹂躏各行省，赖湘中诸君子同力遏乱，方出斯民于水火而登之衽席。今者洪流横溢，适为诸君子桑梓之邦，是前此干戈满地，既亲见靴刀手戟而来，际今兹波浪兼天，宜何如橐币囊金而去。但律以同种同胞之谊，义已难辞，若反之一施一报之情，分尤宜尽。莫谓发棠请复，不免冯妇诒讥，所期泛粟重输，当有穆公仗义。亿万众流离颠沛，将为出手之援；十二图摹绘疮痍，聊代踵门之请。此启。

第一图　万家庐井沉蛟窟　千里波涛裹雉墙

春雨霡霂，山洪陡发，江水暴涨，驾岸凌城，雉堞参差，仅浮数尺，街衢水深逾丈，室庐全没，真数百年未有之奇灾也。

第二图　死作波臣犹负母　魂归泽国尚怀儿

登城遥望，无数尸骸横江而来，往往有壮男背绷老妪，稚妇胸裹婴孩，至死未尝释手者。天性之爱，生死不移。谁无父母，谁无儿女，思之能勿潸然。

第三图　楼台半作河中沚　禾麦全成水上蘋

浃辰之后，水势渐退。然田禾民舍，仍没水中。出入波涛，不免其鱼之叹，飘零菽麦，难期乃粒之歌。坐华堂拥高廪者，思之当为惨然。

第四图　犬衔白骨筋犹在　鸟啄新尸血未干

水退之初，道殣相望，有埋不胜埋、掩不及掩者。模糊碧血，供鸟雀之馂余；风雨黄昏，任狗彘之夺食。谁为谋三寸棺、五寸椁耶！

第五图　劚露半筐茅有脊　迎风一路树无皮

庾廪仓箱，尽归漂没。树皮草实，强以充饥。所谓岸头挑尽无名草，树上劚光未死皮也。食费万钱者，盍分以杯羹。

第六图　薪桂难谋厨断火　米珠无措釜生尘

穷檐嫠妇，矢志抚孤，朝夕饔飧，全凭十指。被灾以来，米薪腾贵，告贷无门，束手待毙。廿年苦节，空怀漆室之忧；一线宗祧，几坠若敖之祀。伤哉！

第七图　辗转沟中孩索母　号咷路侧妇寻夫

转徙流离，易遘疾疫，相守则同归于尽。于是有母遗其子，夫弃其妻者。号啼之声，不绝宵昼。合家团聚，享天伦乐者，盍举手援之。

第八图　鬻书莫赡三餐计　煮字难充八口饥

诗书士族，不受嗟来。坐守空庐，甘心槁饿。有一门并死者，有半延残喘者。气类之感，弥觉惨心。安得分仁人之粟，用以代义士之薇。

第九图　卖妇暂延姑喘息　鬻妻莫慰子哀啼

被灾之民，流离失所。有鬻妇以资事育者，卒之母延残喘，仍为沟壑之填；儿刁号咷，终作道途之瘠。噫！

第十图　死别已拚儿委壑　生离难遣女牵衣

死者长已矣，生者仍不能相守，往往有鬻女以谋朝夕者。牵衣惜别，惨不忍言。凡在儿女团圞者，盍慨解腰缠，使之骨肉完聚耶！

第十一图　急则生变

闾阎户口，良莠不齐。被灾以来，朴而愿者，坐以啼饥，犹作兔株之守。慓且悍者，铤而走险，遂多蠢动之虞。祸势蔓延，不可扑灭。有坐拥厚赀而不能终保者，曷不稍分余润，以遏此燎原之势耶。

第十二图　行道有福

天灾流行，国家代有。惟拯人厄者，自不罹于厄。比年大江以南，几成旱涝，而卒收双穗者，其明效大验也。天道好还，所以报施善人者，岂独一枝椿、五枝桂耶?

振秦振湘振淮告神疏

惟光绪年月日，某某等敬昭告于关圣帝君座下。伏以某某等县，迭被天灾，载道饥黎，辛苦万状。某某不忍坐视，上禀请振，刊启劝捐，亲莅灾区，督同查放，某某等愿任分乡查户。深知剔留之际，生死攸关，自应孰〔熟〕审权衡，慎防遗滥。犹惧精神不继，耳目难周，警觉提撕，实资神佑。倘敢去留任意，高下随心，有偏憎偏爱于其间，致畸重畸轻于其际；或足未入户而笔先书，或口未及问而票已给；甚且安居旅店，全凭庄长报名，遥指村墟，即与流亡补票；已至者目迷五色，几若比户可登，未至者心惮重行，不惜全庄尽弃。斯自贻夫咎戾，断难逭夫神诛。敢竭丹忱，仰祈青睐。谨疏。

庚子十二月会同严绅携振抵陕上陕抚岑中丞禀

大人阁下，敬禀者：陕省亢旱成灾，严绅作霖钦奉谕旨，筹款赴振，函约教谕集款同行。教谕伏念銮舆西幸，民实邦基，大局攸关，非比寻常灾振。当即通禀南省督、漕、抚、藩宪，请款协济，并即由淮旋南，劝捐集款，汇交严绅，仍留子江南续劝汇解，自行赴省晋谒两江督宪，禀请缮发护照，通饬由省赴陕所过地方，州县营汛沿途拨护，并咨请河南抚宪一体饬遵各在案。随由省乘轮赴浦，会晤严绅。通计奉拨劝募合银二十万两，并约同志四十人，分为两起。教谕携银十一万，装车二十辆，挈同志二十人，冬月十七日由浦赴汴。适值雨雪载途，泥泞难进，腊月初三日始抵汴城。严绅携银九万，挈同志二十人，二十日由浦启行，初五抵汴。同谒河南抚、藩宪，饬由祥符县另雇长车，赴陕车辆难齐，耽延数日。初八日教谕携挈前项入银，督车二十辆，向西安进发。自郑州迄潼关，千有余里，类皆两崖倚天，一隧入地，逼窄嵚崎，车难并轨。加以雪深没锞，冰劲摧轮折轴，翻车人伤骡毙，不得已添雇短车，逢站更换，节节耽延，二十日行至陕州，途遇宪台所派探迎马队四十名，即以三十四名东行，探迎严绅，留队六名护进。二十八日稳抵西安，合亟晋谒铃辕，仰纾宪廑，并请示陕省灾区以何府州县为最重，亟宜商同严绅，分投履查加振，以期早广皇仁，亟援民困。肃此敬禀，恭请钧安。教谕锡晋谨禀

头品顶戴兵部尚书兼都察院右都御史陕西巡抚部院岑批：

禀悉。该教谕邀挈同志二十人，在籍募集巨赀，在途重历艰险，其急公好义之殷，实非寻常义振所可比。此次陕灾，省西之乾州永寿县、邠州三水县、长武县、扶风县、岐山县等处，灾重而粮缺，可以先赴此几处查放，以振饥黎。此缴。

辛丑正月由陕上南省督漕抚学藩臬道府宪禀

大人阁下，敬禀者：往岁陕省亢旱成灾，严绅作霖函约集款同行。当经通禀请款协济，并即由淮旋南，劝捐集款，汇交严绅，仍留子江南劝募续解，自行赴省晋谒宪台，禀请缮发护照，通饬所过州县营汛，沿途拨护，并咨请河南抚宪一体饬遵各在案。随乘轮由省赴浦，会晤严绅。通计宪台并漕抚宪与盛京卿施、杨诸绅垫拨，及严绅与教谕劝募，合银二十万两。并约同志四十人，分为两起。教谕携银十一万，装车二十辆，挈同志二十人，冬月十七日由浦赴汴。适值风雪交加，泥泞难进，腊月初三日始抵汴城。严绅携银九万，挈同志二十人，二十日由浦启行，初五日抵汴。同谒河南抚、藩宪，饬由祥符县另雇长车赴陕，车辆难齐，耽延数日。初八日教谕携挈前项入银，督车二十辆，向西安进发。自郑州迄潼关，千有余里，类皆两崖倚天，一隧入地，逼窄嵚崎，车难并轨。加以雪深没髁，冰劲摧轮轴折，车翻人伤骡毙，节节耽延，二十八日始抵西安。三十日严绅亦到，同谒陕西抚、藩宪，询悉各属灾情，以邠、乾、淳化、永寿、岐山、扶风、三水为最重。遂分同人为三局，一查邠州，一查淳化，教谕挈同志十五，分查永寿，严绅往来三局，综厥大纲。日来叠接邠、淳来信，并察看永寿灾情，户口死亡过半，近山人皆穴居，往往营窟之中，杳无人迹，有头骨留遗，齿发可辨。其存者亦枯槁形容，惨无人色。所食皆草木根皮，今日尚持瓢门外，明日已僵卧道旁。触目伤心，莫可言状。教谕等自惭儒缓，筹振迂疏，兼之雨雪载涂，关山难越，致死者不可复生，亡者不能复返。又所携款项，仅敷数州县一振之用，而自春徂夏，来日方长，该饥民断非一振所能活，半途撤手，实所怆心。矧今中外开衅，和议悬而未成，秦俗好斗，设有奸民煽惑其间，则三辅烟尘，或恐震惊行在。倚枕中宵，筹思无策。伏维大人量宏胞与，念切恫瘝，抚时局则干济艰难，轸民瘼则破除畛域，诚推恋阙之忱，用广救民之惠，札饬各属地方官，开陈大义，晓谕诸绅，劝捐集款，申解宪辕，拨陕协济。下以全疮痍之生命，上可纾宵旰之焦劳；内以巩邦本于苞桑，外以张国威于坛坫。将见遐迩倾心，中外慕义，一诚感召，万福来同，不胜迫切待命之意。谨肃禀以闻，恭请钧安。教谕锡晋谨禀

头品顶戴兵部尚书两江总督部堂硕勇巴图鲁刘批：

禀单均悉。查江南义振彩票，每次缴存报效银两，本省办理灾振，业已用竣，无可分拨。至所请饬属晓谕诸绅劝捐之处，现在本省正值筹劝饷捐，亦难再行兼顾。该教谕既为严绅约往办理义振，应即商同严绅，自行设法筹济。仰即遵照，缴。

头品顶戴兵部侍郎漕运总督部堂提督军务海防大臣松批：

据禀已悉。本部堂前经奏明，于丰济仓振余款内，拨钱易银一万两，交由严绅附解陕西，仰即会同照料交纳，以济振需。此缴。

钦命吏部左侍郎江苏督学部院李批：

据禀陕省被灾情形，殊堪怜悯。该教谕情殷协振，不辞劳瘁，冒雪遄征，深堪嘉尚。所请分饬各学晓谕诸生劝捐协济之处，查江苏各属，早经设有陕省筹振分局，士子中果有乐善好施者，固无待再三劝谕而自已踊跃输将矣。且本部院甫经到任，于各属地方情形，尚未周知，无从察办，应禀请督、抚部堂、院酌核办理。此缴。

钦命江南苏州等处承宣布政使司布政使陆批：

该教谕向来乐善为怀，为本司所深悉。此次陕省被灾，分挈同志，携款往振，急公好义，情见乎词，实深敬佩。前因严绅行道有福捐册，一时尚难劝集，业经由司凑垫银一万两，汇解振济在案。现查前项义振捐银，已据各属陆续解到，除收归垫款外，自应将所余银两，汇交上海施绅，转解陕省，以济振需，仰即遵照。至另单所请义振彩票抽厘银两移充陕振等情，现奉抚宪行司查议具详，已由司分别移行查复，并另札饬遵矣。并即知照，此缴。

钦加三品衔署江苏分巡淮扬海等处河漕盐驿兵备道李批：

来禀阅悉。已通饬各属遵照劝办矣，仰即知照，此批。

特用道江南淮安府正堂加三级随带加一级纪录四次许批：

查此项振捐，迭奉藩宪饬府转饬各县劝捐协济，迄今并无分文报解。据禀陕中被灾情形，阅之殊深悯恻。仰候札行所属各县，开陈大义，晓谕诸绅富捐集巨款，迅速拨汇，以全善举。该教谕前办淮海振务，救济甚众，至今称道勿衰。务当仍存此心，勿惮劳苦，庶可援救残黎，是所深望。此覆。

辛丑四月会同严绅上管理户部王中堂禀

中堂大人阁下，敬禀者：霖、晋等认办邠州、长武、淳化、三水、乾州、永寿、武功、岐山、扶风、兴平十州县灾振，查见饥户折实大口二十三万八千有奇。早查者及放三振，晚查者仅放一振，勉支四月，已将先后振银四十万两散尽。而各处麦苗，只有十成之一二，最上者亦不过十成之三。且有麦之家，皆属次贫以上，并非受振之户。现虽及时得雨，领种补栽，必待秋稼将成，生机始转。若竟麦熟停振，该饥民势将仍填沟壑，是昔之死者不可复生，今之生者又将就死，非独数十人之查放概属徒劳，抑且数十万之振银亦成虚掷。半途撒手，实所怆心。倚枕中宵，无筹可展。伏维大人恫瘝在抱，慈惠称师，大天地生成，培国家元气，救人救彻，图事图终。敬用缮折陈情，为民请命，仰祈推已溺已饥之意，普民忧民乐之怀。或库款重分，或廪储并发，或九重入告，复开棠邑之仓，或千里均轮，再转雍都之粟，续拨银二十万两，或发粮二万余石，俾得口分斗粟，藉充累月饥肠，人受一金，聊果数旬枵腹。庶几廿余万灾黎，可延五六月残喘。待接秋禾，始停夏振。斯则浮图七级，圆成最上之层；弱水三千，终有诞登之岸。借资后劲，无旷前劳，获遂心期，感同身受，不胜迫切待命之意。谨肃禀以闻，恭请勋安。晚生作霖、锡晋谨禀

辛丑七月振陕将回上王中堂禀

中堂大人阁下，敬禀者：去冬严绅作霖钦奉论〔谕〕旨，筹办陕振，函约晚生挈人集款同行。晚生伏念銮舆西幸，民实邦基，大局攸关，非比寻常灾振。当即由任而浦、而淮、而省、而沪、而苏，遍谒督、漕、抚、藩宪，请款拨汇严绅，并由籍劝捐，先后合库平银七千两，陆续解交严绅。禀请两江督宪刘缮发护照，遂挈同志二十人，督前批振银十一万两，十一月十七日由浦启行。雨雪载途，关山难越，诘屈间关，至腊月二十八始抵西安。当经禀见前抚宪岑报明在案。新正初，即分局永寿，开办查放。二月移局乾州，分人查户，复回永寿散放二振。适堂侄工部候补郎中唐浩镇由籍解款来乾，分往岐山设局查

户。是时前后所来振项四十万两散放将空，严绅函嘱晚生晋省，会衔禀请中堂并户部尚书鹿拨款接济，当蒙拨银十万两、米一万石，接振五、六两月。晚生回乾与严绅商定，分拨乾、永、邠、长、三、淳、兴、武、扶、岐十州县银米各数，禀请照拨，随赴岐山，分办查放。旋奉苏藩宪陆电汇库平银五千两，指拨晚生一并散放。其时溽暑薰蒸，查户者巉山穹谷，奔驰于红尘赤日之中；散振者塞户充闾，跼蹐于土秽汗腥之侧。努力赶办，六月竣事。伏维朝廷发帑推恩，中堂运筹拨济，俾严绅与晚生得所藉手，无废半途。虽深愧才疏事剧，遗憾滋多，而归途举目，秋禾浡兴，比闾安业，与四月初晋省请款时苗槁民瘠情形，相悬霄壤，益感朝廷之施恩厚与中堂之推恩普也。兹当振竣回省，除将岐、永等局收支清数并所取地方官印结汇交严绅核总报销外，合将晚生集款约人来陕，会同严绅查放，与会衔禀请续拨银米，分投散放，仍归严绅一手报销缘由，具禀呈报。其去冬迄今十阅月南北往来舟车旅费，与查户川资，散振局用，皆严绅与晚生等同人自备，不支正项分文，以符历年办振旧例。肃此谨禀，恭请钧安。晚生锡晋谨禀

敬再禀者，去冬晚生从江南来，即见各报登列陕省灾情，皆谓咸阳、岐山，设有人市。比抵陕，查振乾、永、邠、岐各州县，两次进省，道经咸阳、三原、泾阳与兴平、武功、扶风各属，每当驿邸停骖，山阿驻足，遍历穷闾而问其疾苦，凡夫鬻其妻、姑鬻其媳、父母鬻其子女者，所在多有，每为陇州人贩往川、甘各省，追述往事，无不失声堕泪。当露宿风餐之日，疗目前冻馁，遑计百岁之长离。迨筑场纳稼之秋，顾身后萧条，始悔一时之遗误。音沉海底，谁还别浦之珠；目断天涯，畴合乐昌之镜。遥计其妻媳子女，或受主人之凌虐，堕指裂肤；或被嫡室之摧残，烙胸髡发，有不心肝为摧者乎！伏维大人以不忍心造无量福，九重请帑，已再生全省苍黎，千里赎孤，待重聚万家骨肉。敬用胪列见闻，上呈鉴核。合无请旨饬下，或即由部咨行陕西本省及川、甘、晋、豫邻省各督抚，饬属出示晓谕，凡民间被灾后，有受人质鬻妻媳子女者，概准其夫姑父母备价赎回完聚，毋许抑勒，俾得遗珠再返，破镜重圆。则全省灾黎，感荷鸿慈，弥当衔结。肃此附禀，再请钧安。晚生锡晋谨再禀

辛丑九月振陕南旋上督抚学藩臬道府宪禀

大人阁下，敬禀者：去冬严绅作霖筹办陕振，函约教谕挈人集款同行，当经具禀请款协济，并回籍劝捐。行期过迫，集款无多，留子宗愈在籍续募，先后合库平银七千两，陆续解交严绅。教谕则由籍赴省，禀请护照，遂挈同人，督前批振银十一万，十月十七由浦启行，腊月二十八抵陕。翼〔翌〕日严绅挈同人督后批振银九万亦至。新正初，即分局永寿、邠州、淳化，开办查放。嗣是由邠州而长武、而兴平，由淳化而三水、而扶风，由永寿而乾州、而武功、而岐山。至四月初旬，将前后所携并户部垫拨各省协济振银四十万两散尽。是时夏麦无多，秋禾方种，饥民麇集，待哺嗷嗷，不筹续振，势将虚掷前劳。不得已与绅严定议，教谕进省面禀管理户部中堂王拨款接济，当蒙批拨银十万两、米一万石，接振五、六两月。并奉苏藩宪陆电汇库平银五千两，淮安府宪许电汇漕平银四百五十两，并入散放。七月竣事，回省核办报销，先后共放钱米核银五十七万有奇。自去冬迄今十阅月，南北往来舟车旅费，与查户川资，散振局用，皆严绅与教谕自备，不支正项分文，以符历年办振旧例。八月南旋，拟即汇集募启，核对收支，备刊信录。适逢学宪按临淮属，

随行回任供职，除通禀各宪鉴核外，合将教谕去冬迄今会办陕振及回任供职缘由，具禀呈报，仰祈宪鉴。肃此谨禀，恭请钧安。教谕锡晋谨禀

头品顶戴兵部尚书两江总督部堂硕勇巴图鲁刘批：

据禀已悉。仰江宁布政司转饬遵照，此缴。

钦命江苏巡抚部院聂批：

据禀已悉，仰江藩司转饬知照，缴。

钦命江南江苏等处承宣布政使司布政使陆批：

该教谕眷念灾区，乐善为怀，于上年挈同志多人，赴陕办振，连严绅所放钱米，合银至五十七万之多。并能出赀出力，不支正项分文，实为难得，敬佩之至。据禀前情，仰淮安府转饬知照，仍候督、抚宪暨江藩司批示，缴。

钦命江南江宁等处承宣布政使司布政使恩批：

据禀已悉。该教谕此次会同严绅查办陕省灾振，跋涉数千里，奔驰十阅月，备尝辛苦，劳瘁不辞，深堪钦佩。仰淮安府转饬知照，缴。

钦命二品顶戴署江南江苏等处提刑按察使司按察使朱批：

据禀慰悉。上年銮舆西幸，值陕省旱灾，民不聊生，实为大局所系。该员经严绅约同筹办，跋涉山川，不辞劳瘁，尽心振济，擘画周详，洵属利济存心，勇于为善，在学官中诚不多觏。阅禀嘉慰良深，仰即知照，并候各院宪暨藩司、巡道批示，缴。

丙午五月初三日携振抵湘上湘抚庞渠帅禀

大人阁下，敬禀者：湘江水溢，为百年来未见之奇灾。上自衡、永，下迄湘阴，千里膏腴，俄成泽国。浃辰水退，庐舍倾欹，资粮漂没，载道饥民，流离失所，急需振抚，奠灾黎以遏乱萌。锡晋奉张野秋尚书虞电，并奉周玉山制军与陈筱石中丞庚电，调委振湘。伏念锡晋办振有年，稔知义振之较胜官振，与比年来办振诸君，每好化官为义者，良以官振凭胥吏之造册，浮冒滋多，义振凭挨户之履查，滥遗较少。官振则薪水局用，开支不无浮费，义振则资斧自备，涓滴皆到贫民。故奉电之后，不敢固辞，电招同志二十人，同到者十六人，尚有四人后到。款由曾少卿观察铸、施子英观察则敬允从沪上仁济堂陆续批解。现先筹拨库平银三万两，并锡晋自备资斧洋一千元，电汇湘省官银号。筱帅捐助一万两，电谕已汇湘中，不知现存何号，并请饬查指拨，持赴灾区，履查散放。再玉帅捐助万两，并奏借上海道库八万两，购米运湘，到时即请酌拨，藉资接济。至被灾之区，何地最重，亦请详示，用权缓急，以分先后。不胜迫切待命之意，谨肃禀以闻。附呈同人衔名一折，用备稽核，以专责成，恭请勋安。晚生锡晋谨禀

头品顶戴兵部侍郎湖南巡抚部院庞批：

来牍阅悉。贤广文好行其德，办振有年，为当道所称许。本年湘省突被水灾，户部大堂张关怀桑梓，电请来湘，并经署两江督部堂周、江苏抚部院陈以义振相委。贤广文邀约同志，先后莅兹，必能振此灾黎，免填沟壑，本部院良深佩慰。候札饬筹振局查明长、衡、永三郡被灾之区，何处最重，何处稍轻，详晰知会贤广文，权其缓急，分别查振。至江苏抚部院陈捐助万金，亦饬局查明现存何号，拨候应用。沪米运到，亦即酌拨接济。此覆，清折存。五月初三日批

丙午五月初五日将赴长沙乔口镇设局上庞渠帅禀

大人阁下，敬禀者：昨午晋谒，请示灾重之区，将往查放。承示前来义振同人刘顺之、刘子陶诸君，已赴衡山、湘潭等处，上游可以无虑。惟长沙、善化，有官振而未加义振，命晋等同人前往查放，以补官振之不足，想见大人权衡缓急，周密精详，领命之余，良深钦佩。告退后谒见英方伯、赖观察并张雨山先生，及长沙、善化两县令，就稔长、善境内，业经印委各员绅散放急振、常振，与修堤之以工代振，及平粜之酌盈剂虚，凡在帡幪，同深感戴。所不足者，山陬水澨之间，僻巷穷闾之内，容有老稚鳏寡，疾苦颠连，既不能捷足以争先，或未荷殊施之普及。晋拟诘朝携带同人，径赴长沙下游各境挨查，溯流而上，另分一小股派往湘阴沿流查放，以补官振之未及。然后随查随上，可与两刘义振相会于衡、湘之间，庶几上游下流两无遗憾。合先禀闻，以慰宪廑。至曾、施两道拨银三万两，与晋自备资斧洋一千元，业已汇到官银号，惟筱帅万两尚未查实，合并声明。肃此谨禀，恭请勋安。晚生锡晋谨禀

丙午五月二十二日履查湘益上庞渠帅禀

大人阁下，敬禀者：晋等由苏来湘，初三谒见，请赴最重灾区，分投查振。承示衡、湘一带，已有义振先行，惟长沙、善化，尚属阙如，命晋查放。初六即挈同人，前赴长沙县境最北之乔口镇设局，履查新康都之上八甲、下八甲、正九甲、又九甲、五甲、六甲、十甲等处，而湘阴县境之沙田围，任刘、杨、张、赵四分，与益阳县境之汾湖洲隆兴、甘桩、洪公、湘连、周家、刘家、隆阳七垸，与洲旁之滩头、新樟等垸，及西林、月堤、牌头、藤牌等各垸，纷纷来局请振。晋等即偕同人亲往查看，类皆田在水中，人栖堤上。其村落之低洼者，水深仅露树杪；其堤岸之高出者，水浅微见草根。路断庐倾，人多露宿，驾席为棚，筑土成铿。女哭儿号，惨难名状。以视长沙境内经诸君子擘画周详，一振再振者，舒惨情形，相去奚啻霄壤。晋等虽重振一次，然只可救一时之急，不能赡卒岁之谋。拟请简派同、通以上勤练干员，分赴湘阴、益阳两邑，督同该邑令亲赴灾区，不得托词他故，但委佐二同行，查丈溃堤若干，估计工料若干，由公家津贴若干，由当地捐集若干，随雇当地贫民，即日兴工修筑，近既可以工代振，救民于室如悬磬之时，远即可为众捍灾，致民于亩有栖粮之日。若不加提倡，无人督率，一听该邑令之似谑似庄，如醉如梦，（初八晋嘱同人部令闻洛往见杜令，归述情形如此）直视堤之溃决为故常，（杜令谓湘阴岁岁溃堤，民不报灾，上不振抚，今岁长沙散振，致启刁风）置民之死生于不问，扪心清夜，实觉难安。伏惟大人忧乐同民，饥溺犹已，敬用据实陈情，仰祈鉴核。合无迅赐派委（请在前委各员外，另简勤练干员，亲莅灾区，为民造福）督率，切实施行，出自逾格鸿施，灾民幸甚。不胜翘企待命之意，敬肃禀以闻，恭请钧安。晚生锡晋谨禀

敬再禀者，庚子銮舆西幸，晋偕严绅作霖同办陕西义振，道过醴泉，民无菜色。方讶醴泉亦在五十三州县灾区之内，何以独能如是，询诸父老，始知宰是邑者为四川胡用康大令。方胡令下车之始，正醴泉办振之时，上无实款可拨，命其就地设法。胡令黎明即起，坐堂理事两小时，饭熟退堂，饱餐命驾，一友一仆，三骑下乡，履查饥民户口，并籍记殷

实家藏谷之数。浃月查齐，请富书捐，谕以振贫即为保富，众皆乐输，就近散放，民赖以生。此次晋偕同人来乔，嘱邵令闻洛、郭倅恩浩一见湘阴杜令，再见益阳彭令，实缘湘阴六十六围中，溃围者只沙田围一处，与围未溃而水淹者亦仅文洲一围。益阳二十一里中，溃堤者只汾湖洲七垸、五汊与新樟、月堤、西林、藤牌等垸。深望杜、彭二令，能如胡令办理，则合六十四围之力，补救两围，合二十里之力，补救一里，似不难修筑堤防，振抚贫困。乃杜令既癖于嗜好，玩视民瘼，彭令甚似振作，而事较繁剧，亦未尝亲莅灾区。故湘阴奉发振米三百石，分二百四十石于地高灾轻之樟树港，分六十石于地洼灾重之沙田围，多寡既失均平，散放亦未确实。(交董分发，未能尽及灾民) 益阳奉发振钱八百千，人分七十八文，而赤贫者每多未及。(亦以交董分发之故) 倘蒙大人轸念灾民，派委勘估策遣之时，尚望谆谆训诫，必躬必亲，庶几实惠及民，不以空言塞责，灾黎幸甚。肃此附禀，再请钧安。锡晋谨再禀

头品顶戴兵部侍郎湖南巡抚部院庞批：

来牍及另单均悉。已将署湘阴县杜令摘去顶戴，益阳县彭令记过。如再不知振作，即行分别撤参。并饬局遴委廉干耐劳二员，分赴各该县办振矣，此覆。五月二十四日到，五月二十五日批

丙午六月初一日由湘上苏抚陈筱帅禀

大人阁下，敬禀者：自别宪辕，旋赴沪上电招同人，一时会沪者十有六人。款携曾少卿、施子英两观察筹拨三万两，随于二十七日由沪启行。初一过汉，初三抵湘。进谒湘抚庞渠帅，请赴最重灾区，履查散放。渠帅以衡山、湘潭已有二刘义振先行，命查长沙、善化。晋念凡被水灾，下游较重，遂设局长沙县境最北之乔口镇，适与湘阴、益阳相毗连。即偕邵令闻洛郭倅恩浩往看灾情，湘、益较重于长、善。故先查湘阴、益阳之滨湘各围垸，其村落之低洼者，水深仅露树杪，其堤岸之高出者，水浅微见草根，类皆田在水中，人栖埭上，筑土成锉，架席为棚，露宿风餐，儿号女哭，实与前呈灾图有过之无不及焉。惟是携款无多，不得不严加厘剔，既剔其尚可敷衍之家，即至非振不生之户，亦剔其丁壮之能自谋食者，并剔其孩稚之尚在乳哺与所食无多者。而随查随放，携款岌岌将空，撒手半涂，实所心怆。伏惟大人忧乐同民，无分畛域，饥溺犹已，罔问遐荒，图事图终，救人救彻。敬用据实陈情，仰祈鉴核。曩承大人面示，捐助湘振万两，现已到湘，拨归晋放。前嘱曾、施两观察石印湘江水溢告灾图千册，分呈百册于宪辕，此时计经递到，并祈札发苏省各州县，率属劝捐，解辕汇湘，俾资接济。庶几沃涸鲋以西江之水，润枯鳞以东海之波，则灾黎百万，并庆再生，皆出大人之赐，不胜迫切待命之意。谨肃禀以闻，恭请勋安。教谕锡晋谨禀

钦命兵部侍郎兼都察院右副都御史江苏巡抚部院陈批：

据禀已悉。查苏省协济湘振，除宁、苏分筹各一万两外，苏属又捐面粉款六千元，厘局复捐一千数百元，均交上海吕大臣等兑收转寄。至所刊灾册，前据曾道等禀送前来，经分札各属捐助。第捐务已成弩末，能集若干，便寄上海若干，转汇赴湘，凑济振需。该教谕热心振务，劳勚可佩。一应事宜，惟当就近禀请湖南抚部院核示办理，以期迅速。仰即知照，缴。六月初十到，六月十一批

丙午六月二十日流民麇集暂拟煮振上庞渠帅禀

大人阁下，敬禀者：饥民宜散不宜聚，顾有时不能不使之暂聚。粥厂留养，为振灾最下乘之法，盛夏更不宜行，顾有时不能不使之暂行者，则莫如料理流民一事。流民无土可安，无家可恋，转徙关河，流离道路，其惨苦情形，实有百倍于居民者。然官振造册，按原籍之门牌，流民则无牌之可按。义振给票，查平居之门户，流民则无户之可查。恐其遗而略为补给，则呼号者充塞于门外。每虞真伪难分，防其滥而概与屏除，则颠连者僵卧于道旁，又觉恫瘝交迫。往复筹思，莫如振局之旁，各设粥厂，留养若干日，暂糊其口。逐人细问姓氏、居址，有无田里可归，迨秋谷登场，撤局停振，同日一律资遣回籍。其病不能行者，医药使痊，再行资遣。其实系道远不能归，家破无可归者，即为另谋安插，编入居民。在上能多用一分实心，即在下必多沾一分实惠。晋等业在靖港地方留人试办，拟请大人通饬长、善官振各分局及被灾州县之办振各局，推广照行，分设粥厂，留养流民，俟撤局时同日资遣。庶风餐露宿颠连垂毙之流民，得所帡幪而免填沟壑，想大人忧乐同民，当亦引为愉快也。愚昧之见，披沥以陈，是否有当，仰祈电核施行。恭请勋安，统惟霁鉴。晚生锡晋谨禀

头品顶戴兵部侍郎湖南巡抚部院庞批：

来牍阅悉。所论备极周匝，候行筹振局转饬被灾各属，一体查明办理，此覆。

丙午六月二十一日将赴衡、永查振上庞渠帅禀

大人阁下，敬禀者：曩从江苏来，即闻人言籍籍，谈永州灾情奇而重。迨抵湘晋谒，请示最重灾区，将往查振。当承面命，谓永州蛟水陡发，直泻下流，实未成灾。衡、湘有二刘义振先行，无须续往，嘱查长沙、善化，以补官振之不足。想见大人挈领提纲，统筹全局之盛意。晋等退而自维，亦谓凡被水灾，下流较重，遂设局长沙县境最北之乔口，地与湘阴、益阳相毗连。从厘查长境新康下半都之后，分人查勘湘阴县境之沙田、文洲等围，与益阳县境之汾湖洲七垸、五汊，及滩头、新樟、西林、月堤、牌头、火田、曹宋、高湾各垸，田庐并在水中，老稚无非露宿，万家号哭，一片汪洋，凄惨情形，实难名状。晋等既重加一振，并禀请发委勘估溃堤，以工代振，当蒙允准施行。数日之间，印委各员已临灾地，益见大人恫瘝在抱，不俟终日之心。引企下风，莫名钦佩。本月初七移局靖港，分查新康之上半都与临湘、河西两都之近在靖港者。而官振中发米各局，已星罗棋布于各乡集镇之间，足征提倡有人，故各员遵行恐后，可为长、善灾黎额手。而晋等自查湘、益以来，凡途遇永州之灾民，流徙乔口、靖港间者，佥谓蛟水猝发，势甚猛烈，当其冲者，庐舍全倾，堤岸并溃，水去之后，天久不雨，渐成亢旱，四月未能播种，安望秋收，实与长、善情形相悬霄壤。同人窃议，谓与其久留长、善，事人所共事，无关周急之心，不如驰赴永州，为人所不为，乃合振灾之义。惟是欲往履查，当先筹款。前携四万，将罄于湘、益、长、善之间，后来曾、施两观察续汇一万两，张尚书指拨四千两，与振局任观察函称大人慨拨振米三千石，银米统计，只及二万有余。核之永州灾重地广，不啻杯水车薪。晋虽印灾图千册，由沪邮寄京师张、瞿两尚书，加函分发各督抚，饬属劝捐，汇

湘接济，然必待款来始去，只恐仓廪未发，沟壑已填。中夜徬徨，搔首无策。伏维大人泽布及时，恩施当厄，拟请垫款十万两，或拨米二万石，交晋等赴永查放，庶几温风所被，顿令寒谷回春。普一心恺恻之仁，慰百万灾黎之望。后日灾图捐款汇到湘中，即可归还移垫。不胜迫切待命之意，谨肃禀以闻，恭请勋安，统惟钧鉴。晚生锡晋谨禀。

敬再禀者，缮禀将发，忽接振局来函，略谓永州府县会同镇台来电止拨振米，平粜亦于月初截止，揆度情形，似可无须再往。惟同人中历闻永灾情状者，于来函前业有颜雍耆太史楷、周斗卿司马玉柄亲往衡、永查勘灾情，俟得复电，诚能无须再振，如天之福。倘或灾民待振孔殷，晋等尚拟移局赴永，仍恳大人筹拨接济，庶几救人救彻，无废半途，灾黎幸甚。肃此附禀，再请勋安。晚生锡晋谨再禀

头品顶戴兵部侍郎湖南巡抚部院庞批：

来牍及另单均悉。前据永州府县来禀，与电局情形大致相同，仍希候颜太史覆电，再行酌办。此覆。

丙午八月请购湘米上庞渠帅禀

大人阁下，敬禀者：顷接盛宫保佳电，略谓江南北米价腾贵，灾更重于湘中，昨会吕尚书电商宪辕，拟发护照，购湘米五万，暂振灾重各州县，数日不覆，未知何故。其实粜米恤邻，于湘亦复有益，嘱晋婉劝官绅，准如所请云云。晋来湘日久，深知大人悯念灾黎，度越寻常万万。矧江南北系桑梓之邦，断无不惠顾之意。并稔湘中绅宦诸君子，类皆利物济人，夙怀救灾恤邻之义。矧今夏经吕、盛、曾、施诸君子力筹款项，叠派绅员来湘协振，礼尚往来，亦断无晋饥秦输之粟、秦饥晋闭之籴之理。揣所以数日不覆者，实缘湘中新谷初登，尚未至千仓万箱之候，又适值鄂督张宫保有给照来湘购米数十万之电，深恐民间积粟无多，外输将忧内匮，故不胜郤顾踌躇。然晋夏秋来携挈同人，分乡查户，见贫民之升斗无储者固自不少，而富民以阻境之故，屯谷不得出粜者，时有积谷数十石、数百石之家，且深恨阻境之风，致贵价不售，今售贱价，是盛电所云，粜米恤邻，于湘亦有益，未尝不曲中人情。且水后田肥，所收倍昔，即有地势低洼，水退较后，不及播种之区，而约计盈虚，尚在中稔以上，断无外输内匮之虞。且湘中素称产米之乡，岁入振粜，捐百数十万之多，每石四百计之，湘中各州县出境之米，岁有数百万石之多。是鄂省拟购之数十万，尚不过十中之一，江南所请之五万石，更不及百中之一。积而致红陈朽蠹，何如散而敦任恤睦姻。去陈留新，为湘民计，亦复何须遏籴。伏维大人与湘中绅宦诸君子，已溺已饥，无分畛域，相赒相恤，久化町畦。请下此禀于振局商会，集诸君子公议，或以早谷虽登，晚禾未获，则八月不能，请俟九月。议定之后，即请电覆盛、吕两君子，以慰其为民请命之心。不胜屏息待命之意，谨肃禀以闻。恭请勋安，统祈钧鉴。晚生锡晋谨禀

头品顶戴兵部侍郎湖南巡抚部院庞批：

来牍阅悉。已电覆盛部堂矣，希即知照。此复。

丙午八月振湘将归请禁溺女上庞渠帅禀

大人阁下，敬禀者：晋等由苏来湘，分乡查振，历湘、益、长、善、衡、清各县境，

惊悉贫家溺女，相习成风。始犹得之耳闻，继且接之目见，几于随地皆然，随时皆有。推原其故，实由嫁女之难。民间嫁女，不受丝毫聘金，而奁赠必极其丰，如床榻、椅桌、橱箱、铜锡、被褥、帷帐、绸缎、衣裙、金珠、钗钏之类，上者数千金，中者数百金，下者亦必数十金。尤可恶者，迎娶之日，奁赠到时，或由翁姑，或请贵显姻戚，开箱检视，其侈而丰者，稍免讥评，俭而约者，必加讪笑。以是踵事增华，日甚一日。遣嫁一女，小则破产，大或破家。因惮嫁女之难，遂致溺女之众。夫父子母女之恩，同根天性，其忍而出此者，实有大不得已者在也。去其大不得已者，彼亦何忍而出此。伏维大人恫瘝在抱，恻隐为怀，虽飞潜犹赐矜全，矧气类焉能恝置。孩之称圣，但推吾幼幼之心；命也全天，即保此呱呱之物。拟请饬下湘省各州县，出示晓谕于前，执法严惩于后，永禁嫁女之侈费，力挽溺女之颓风。在大人只殚一举念、一援笔之劳，而赤子实关得则生、失则死之重。忆咸、同间江苏亦染此风，自丁雨生中丞、应敏斋方伯先后出示严禁，尽法痛惩，而又多刊戒溺女文以发其天良，广设育女婴会以开其生路，一转移间，此风遂绝。故在上者以实心行实政，民虽至愚，未尝不知观感。晋等以见闻所及，不忍漠视，谨合词具禀，为堕地女婴嘤然作垂毙之呼，惟仁人垂悯而力拯之，风俗辛〔幸〕甚。恭请勋安，统祈慈鉴。晚生锡晋等谨禀

丙午八月湘振告竣上庞渠帅禀

大人阁下，敬禀者：晋自五月初三抵湘，进谒宪辕，命查长、善。当挈同人分赴各乡查户，设局乔口、靖港、白沙洲、东窑港及城西天符宫、城内养云山馆等处，随查随放。因念凡被水灾，下流较重，旁及湘、益两县各围垸。又闻上游水后患旱，派人驰赴衡、清查振两邑虫旱各山冲，均于七月杪将被灾应振之区，一律振竣。尚有长、善两邑城厢内外贫病孤独残废各丁口，恳切求振，不得不展缓二、三日，补查续放。一面整理振票，送归各该县查核备案，缮具收支清折，禀呈鉴核。专待衡、清同人回省，即日东归。惟比接徐、海、淮、扬、苏、常、锡、沪诸友函电叠告，水灾奇重，较甚于道光二十九年，实为数十年来所未有，急须筹款振抚。嗣又接盛杏荪宫保来电，催晋回沪面商振务。拟将现存振余，近就湘中购米运归，藉资振抚。仰祈大人垂念桑梓被灾，甚于湘省，给发护照五千石分书五张，俾得由湘购米，转运江苏，则故乡父老得分升斗者，皆拜大人之赐。现湘省新谷登场，篝车相望，仓廪咸充，无损于湘，有益于苏，似亦酌盈剂虚之道。闻张香帅给照由湘购米数十万，则晋购五千，不过分百中之一二。晋前携苏款，来振湘中，今购湘米，归振苏属，衡情度理，揆势权时，亦复无所偏重。晋为悯念桑梓灾黎起见，是否有当，伏乞鉴核施行。肃禀祗请勋安。晚生锡晋谨禀

敬再禀者，前六月间，晋曾以设典所以便民，恤贫即以保富，禀请通饬被灾地方各典商，将灾黎典质衣衾，援照寒衣让息之例，自被灾之月起扣至腊尽止，让利若干月，以恤贫黎。奉批候行筹振局转饬长、衡、永三郡被灾各县遵照，谕饬典商，凡灾民所质农器、棉袄、絮被，均照隆冬减息之例办理。仰见大人加惠贫民闻善即行之盛意，查振同人方交相庆幸于三郡灾黎均沾实惠。乃近阅八月初一长沙日报，内载宪台批长属典商公禀，始知此议被该商以空言抵制，格而不行。其词曰：春夏上架，棉袄、棉被居多，将来取赎，何件是灾民之物，无从分辨。揆其语意，若欲于棉袄、棉被中分出灾民、非灾民，以定让

利、不让利。晋以为灾民可惨，贫民至典质袄被，亦未尝不可怜，即一概免利，亦复何须分别。且春夏上架者棉袄、棉被居多，试问春夏存箱者亦属棉袄、棉被乎？春夏入首饰房者亦复棉袄、棉被乎？晋家诸从兄半系苏属典商，来湘同人中郭绅恩浩亦系淮属典商，深悉典中情事。大都典中挂本，金银珠玉十之四，纱罗绸缎十之三，单夹铜锡十之二，棉袄絮被十之一，即在乡僻之典，亦不过十中之一二。减十成一二之息，典力岂遂不支。前次具禀，实欲与人为善，并非强人所难。前次宪批通饬让息，提出棉袄、絮被，不及粗布单夹，实于轸恤灾民之中，已寓体恤典商之意，可谓斟酌尽善，无所偏枯。诚推念今夏蛟水，实百年来未见之奇灾。于百年中减让一年，又于一年中减让十成之一二，损于己者甚少，裨于人者已多。絜理揆情，亦复毋庸饰抵。晋历数中兴名宦，半出湘中，即迩来宦成家居设典便民之绅商，类皆读书明理，利物济人，决不忍伸多财专利之私图，屈救灾恤邻之公义。其所以为此饰抵者，度必由会计之夥，聚敛之臣，藉此以逢迎典主，自便身图。不揭其非，是因藉词逢合之典夥，致疑读书明理之绅商，甚非厚待绅商之道。晋之建议，恤湘省之灾黎，不忍使寒冻及其身，实亦爱湘省之绅商，不忍使专利累其名也。请下此禀于振局与商会，集众君子平心公议，或举而行，或措而置，将以观湘中人士，君子小人之道长道消焉。祇肃附禀，再请勋安。晚生锡晋谨禀

头品顶戴兵部侍郎湖南巡抚部院庞批：

来牍及另笺均悉。振米五千石，已准如数起运，并饬各局遵照矣，候缮发护照给领。所陈典商专利一节，蔼然仁者之言，候饬局会公议酌办。此缴。

丙午八月湘振告竣上南省督抚藩臬宪禀

大人阁下，敬禀者：锡晋自闰月初旬，接奉户部尚书张虞电，并奉江苏抚宪陈庚电，调办湘振，当即电招同志，廿七由沪乘轮，五月初一过汉，初三抵湘。进谒湘抚宪庞，命振长、善两邑。初七设局长沙县境最北之乔口。因念凡被水灾，下流较重，派人分查湘阴、益阳两县境滨湘被灾各围垸。其时田在水中，人栖堤上，万家号哭，一片汪洋，凄惨情形，恻人心肺，断非暂加一振，所得冀其生全。当经禀告上游，以官振继义振之后。嗣即移局靖港，再移白沙洲，分查长沙县境各都团。旋又移局东窑港，再移城西之天符宫，分查善化县境内各都团。最后移局城北之养云山馆，分查长、善两县附近城垣各团铺。其时官家米振，罗列四乡，亦已民无菜色，得义振先后其间，弥觉欢声动地。并于六月下旬，分人驰赴衡州查振。衡属之清泉、衡阳两邑各山冲，其时被水灾民，已得官、义各振，无虞荡析。所补查者，皆虫旱地方，前振不及之贫户，得义振弥缝其缺，庶几无抱向隅。自五月初开查，迄七月杪竣事，凡八十余日，查振湘、益、长、善、衡、清凡六县，共放铜元八万四千余贯。并在靖港留养流民，暂设粥厂，稻熟后酌给衣资，遣散回籍，及转运铜元舟车饭食，共用铜元三百余贯。现当新谷登场，灾民各归安业，合行停振。除将收回振票掣下存根，与粥厂凭票、资遣清数，汇送各该县备案，取具印收存查外，理合汇集收支各款，开具清折，恭呈鉴核。至二十余人查户川资，八十余日散振局用，与添购暑药，料理掩埋，均由锡晋自备。其由籍赴湘、由湘回籍舟车旅费，则又同人各备，并不支正项分文，以符锡晋历年办振旧例。而二十有二人或由浙绍，或自淮徐，或发京津，或从苏锡，一电遥传，即四方来会，长途跋涉，既备历山川风雨之劳，抵湘以后，履查灾户，

分别去留，日跋履于烈日暑雨淤泥尘土之中，搜求颠连垂毙困穷无告之贫民，与之谋饔飧以资事育，凡三阅月，类皆废寝忘食，趾蹶踵穿，暑湿薰蒸，疟痢间作，犹复鼓励精神，不辞劳瘁。虽诸君子各行己志，不求人知，而锡晋亲督力行，似未便没其辛劳，致失阐扬之义，敬用开具衔名清折，附呈鉴核。后设有劳苦从公之役，皆足供策遣而备驰驱，亦夹袋留名之意也。至锡晋智绌才疏，有幸委任。受命于闰月初十以前，即事于五月初三以后，未及见涛翻浪鼓，拯垂毙于岸崩土裂之余，不过从水退波平，抚流亡于露宿风餐之会。而又稽核未及，冒滥恐多，觉察难周，漏遗不免。力绝中饱，时谴诃都团总保之非；悯念疮痍，并显揭外县有司之失。抚心滋疚，遗憾良多。不敢隐饰，据事直陈，惟大人垂鉴而纠正之，幸甚。肃此敬禀，恭请钧安。教谕锡晋谨禀

头品顶戴兵部尚书两江总督部堂端批：

查本年夏间，湘省被水成灾，经该教谕前往散放义振，苦心经营，不遗余力。随同办事诸绅，亦各协力同心，共成善举。披阅来牍，艰苦情状，历历在目，当日之躬亲其事者，不知如何况瘁也。至云力绝中饱，时谴诃都团总保之非，悯念疮痍，并显揭外县有司之失，具见不避嫌怨，直谅可风，良堪佩仰。今因江北水灾，漫淹甚广，复携湘振余款，移振淮徐。在该教谕，只自行其乐善不倦之素心，而灾民来苏之望，已遍于穷檐蓬灶间矣。昨准吕、盛大臣来电，酌派该教谕赴睢宁散放义振，当因官振与义振，必须联络一气，饬由苏藩司委令协理睢宁县振务在案。应即由该教谕会同睢宁县，将一切振粜事宜，妥为筹商经理，务使人沾实惠，款不虚糜，是所厚望。除行睢宁县外，仰即查照，仍候抚部院批示，缴。各折存。

钦命兵部侍郎兼都察院右副都御史江苏巡抚部院陈批：

据禀并另单清折均悉。本年春间，湘省水灾极重。该教谕奉委抵湘之后，分振长、善、湘、益各县。六月间复派人驰赴衡州，查办振务。又于靖港设厂留养，赀遣回籍，办理诸事，井井有条，全活饥民，为数甚众。此数月间，该教谕躬冒炎暑，跋涉长途，勤劳益可想见。披阅禀牍，嘉慰殊深。近来新谷登场，且闻湖南秋收尚好，贫民不致失所。振务既经蒇事，准即销差。所有随办各员，栉风沐雨，况瘁不辞，而该教谕倡办之劳，尤不可泯。如何分别给奖，应候湖南抚院汇案核办。其邵令、郭经历两员，既据声称异常出力，并候分行各司，酌核注册，饬遵具报。仰苏藩司即饬知照，并饬补禀督部堂查考，此缴。清折均存。

钦命江南苏州等处承宣布政使司布政使陈批：

察核来禀，该教谕于本年闰四月奉委赴湘，凡周历长、善、湘、益、清、衡各处，以次查办振抚，而舟车旅费暨施药掩埋一切用款，则又同人各备，不支正项分文，具见该教谕办事实心，乐善不倦。本司亦湘人也，今春湘省被灾，民居荡析之时，回首梓桑，恫瘝弥切。重赖该教谕载米囊钱，长途跋涉，俾灾黎同登衽席，良深感佩。传曰：行道有福，堪为该教谕颂。仰苏州府转饬知照，仍候抚宪批示，缴。

钦命二品顶戴署江南江苏等处提刑按察使司按察使朱批：

据禀各节，具征实心任事，殊堪嘉许。仰苏州府转饬知照，仍候抚宪批示，缴。

丙午九月将振淮徐请查仓谷上江苏抚宪禀

大人阁下，敬禀者：晋自八月初旬振湘竣事，即闻端制军由宁来电，吕、盛大臣由沪来电，咸以淮徐水灾奇重，拟发护照，由湘购米东运，以振灾黎。初十日接盛宫保佳电，嘱晋婉劝官绅，准如所请，当即进见渠帅，并上禀请发振局商会公议，十二日始得议定照行。晋念江南需米如此，其亟因将振余银两由湘购米运沪，亲督同人监视过斛装袋，缝口打包，奔走于长沙南西北门之间。数日之内，忽发寒湿流筋旧疾，两足不利屈伸。故十六由湘乘轮赴汉，廿一由汉换轮赴沪，起岸过船，足难履地，皆以软轿扶入肩舆，竭蹶万分，方能到沪。自度不能进谒，因嘱邵令闻洛赴苏趋辕恭谒，面呈报销禀件。昨日小儿宗郭自高等学堂归省，知邵令已于初一、二日两次谒见，诸蒙奖借，愧感交并，并稔大人悯念灾黎，命晋等接办淮徐振务。伏念淮徐近隶桑梓，长依怙冒，知大人已溺已饥之意，当有百倍于湘省之灾者。晋等同人，或为桑梓之邦，或属宦游之地，重以大人之命，岂敢偷安旦夕，自弛仔肩。惟是地广户繁，断非晋等一、二十人所能独任，未知同受大人之命，分振淮徐者，尚有几人？敬祈示悉，以便会商。近阅报章，朝廷发帑十万，截漕十万，以备淮徐之振。截漕之项，必以年终为度，只可留备春振。内帑所发，未知何时能到？现吕、盛大臣由沪劝募，终须汇有成款，方得成行。因思仓谷之储，实为备荒而设。江淮以北，往往官绅挪用，久不归偿，拟请大人通饬被灾各州县，清查仓谷，严追官绅积欠，以备振需。晋俟两足能行，即当趋辕面谒，赴沪会商，以仰慰大人悯念疮痍之至意。肃此谨禀，恭请钧安。教谕锡晋谨禀

钦命兵部侍郎兼都察院右副都御史江苏巡抚部院陈批：

据禀已悉。查本年各属灾情，仰蒙恩赏帑银，系由司库拨给，前据宁藩司呈报，已经筹拨款项，派员分查散放。其截漕一款，须俟秋后奏明请旨办理。至江北振务，一切由督部堂主政核办，所请清查州县积谷各节，仰候咨商督部堂，并饬宁藩司酌核饬遵，此缴。另禀存。

丙午十月湘米在沪请垫尾款上江督苏抚宁藩宪禀

大人阁下，敬禀者：淮、徐、海暑雨过盛，水溢为灾，迄今积潦尚未退涸，大半田在水间。斗米千钱，小麦九百，即经水霉烂之麦，亦须每斗六、七百不等，且有缺乏籴不到之处。灾民饥不能堪，就食南下，荫军门由浦截留，资遣回籍。饥民多不愿得钱，愿得粮食升斗，以延残喘。现议派委携银赴芜购米，以资遣散。是淮、徐、海之待米孔亟，而锡晋八月由湘回沪，曾以江苏协湘振余银两，在湘购米五千一百十五石，运回沪上。只以振余不足，在汉口晋和铁号暂移银六千九百四十两，言明归还上海晋记铁号，并欠招商局江裕轮船由汉运沪水脚五百六十四两。适锡晋振湘受湿，病足月余，未能晋谒宪辕请款，并未能四出劝捐，筹还垫项，致湘米堆在金利源栈房，未能运赴灾区。窃念徐、海灾黎，人得斗粟，益以树皮、草根，即可延月余残喘，以待续振，是五千湘米，实关五万灾黎生命，迟运即于心不安。伏维大人四海同胞，九州一体，邻省沉灾，尚筹协济，况淮、徐近隶桑梓，必急欲出之水火。拟请大人移垫银七千两，俾锡晋将湘米运赴灾区查放，以活灾

黎。现盛宫保筹银六万，出宁兑铜元十万二千串，分作四分，每分二万五千五百串，派锡晋与邵令闻洛、柳牧暹、刘令康遐分振邳、宿、睢、安四属。款绌户繁，万不敷放，益以湘米，正可补其不足。至暂移之银，或由截漕项下归垫，或由锡晋劝捐归垫。顷呈淮、徐、海告灾图启百册，拟请扎发各州县劝捐，申解宪辕，除归垫款，再拨灾区。淮、徐为江苏本省，重以大人之命，俾州县切实劝捐，捐款之来，当较旺于协济邻省。移银七千，即多五千石湘米运赴灾区，可多拯五万垂毙之命。锡晋病足初痊，力疾趋辕，为灾黎请命。是否有当，伏乞训示祗遵。除禀抚宪暨江藩宪外，肃此敬禀，恭请勋安，统惟霁鉴。教谕锡晋谨禀

头品顶戴兵部尚书两江总督部堂端批：

据禀已悉。查该员前在湘省，以振余银两购米五千一百十五石，运沪存栈，现在淮、徐、海灾区甚广，请将此项湘米运赴灾区济振，洵属实心任事，殊堪嘉尚。所有在汉口拨用应归还上海晋记铁号银六千九百四十两，欠招商局水脚银五百六十四两，应准饬由江宁藩司先行如数发交该员具领，应如何筹拨归垫，并由该司酌核具复。所呈告灾图启百册，一并由司分发劝募。除行宁藩司外，仰即遵照，仍候抚部院批示，缴。图启存发。

钦命兵部侍郎兼都察院右副都御史江苏巡抚部院陈批：

据送图启已分发宁、苏两藩司，转饬各属，一体遵照，刻速示谕，竭力劝募。一俟捐有成数，即行解司汇解。至所请移垫银七千两，并饬宁藩司酌核饬遵矣。仰将发来护照两张查收，将前项振米，分别运赴灾区散放具报，切切。仍补禀督部堂查放，缴。

钦命江南江宁等处承宣布政使司布政使继批：

已筹汇银七千两，交该教谕具领。仰即将湘米五千余石运赴灾区，以活灾黎，是所厚望。至淮、徐、海告灾图启，昨奉抚宪扎发五十册到司，除转发各属劝捐外，并仰知照，仍候督、抚宪批示，缴。

丙午十月调办淮、徐义振上江督苏抚宁藩宪禀

大人阁下，敬禀者：淮、徐、海各属水溢为灾，流民载道。虽蒙朝廷发帑十万，抚恤灾黎，并奉截漕充振，而地广户繁，振款仍形支绌。非厘剔尚能自赡之家，难遍及非振不生之户；非酌去力可自食之丁壮，难遍惠无能为役之老羸；非力绝团董保甲之中饱，不能统困穷无告、颠连垂毙之黎庶。而实惠均沾，欲收实效，须课实功，则莫如化官为义之一法。何则？官振必假手吏胥，不无浮冒；义振则直接灾户，不肯虚糜。官振在推广皇仁均施，兼期普及，款赢则可，款绌则不可。义振多顾惜物力济急，要在择尤，款赢固宜，款绌则尤宜。而所为化官为义者，不在取官振之项，尽归义振之人，要在合官振之人，尽师义振之意。回忆二十七年春锡晋挈同人振陕，由西安驰赴永寿，道殣相望，而醴泉独民无饥色，异而询其所自，则以胡令用康抵任，黎明坐堂理事，早膳后即偕一幕一仆，三骑下乡，清查灾户，并查殷实之家，籍记其所积谷。数月余查齐，请富书捐，按贫给振，并遍谕以凶荒水旱，富当恤贫，盗贼火警，贫当卫富，故能贫富交欣，相安无事。二十六年春，锡晋挈同人查振山东之沂水，入城见饥民千余，就古寺两旁隙地，列棚而居。男妇老幼，营业自若。询其所由，则以方令星聚在寺煮振，黎明莅厂，手策指挥，先女后男，先老后壮，绝不拥挤喧哄，领粥回棚，各营生业，以补不足。故至麦熟遣归，民无失所。锡

晋以为胡令可为查振之法，方令可为煮振之法，皆官振而得义振之意者。方今款绌户繁，宜用查振，使安集者不至流亡载道；流民宜用煮振，使流亡者仍能安集。而扬州、淮城、清江等处，尤宜多设粥厂，安插流民。煮振固办振之下策，然在隆冬天气，人得一瓢，既可疗饥，并可御寒，实有未可偏废者。诚得大人严扎（通“札”，下同）被灾各州县，申明赏罚，剀切晓谕，该州县中当必有实心任事，如胡令用康、方令星聚所为者，出斯民于水火而登之衽席，以上慰我大人嘉惠灾黎之至意。至若派员发帑，委员付之州县，州县委之乡董。乡董之黠而狡者，藉口不敷分放，暂行中搁，久即没入私囊。其朴而愿者，不敢区别，按口均摊，人得数十文，周急不足，继富有余。二者交病，贫民向隅。今锡晋奉调，将挈同人分振灾重之邳、宿、睢、安，而海、沭、清、桃、山、阜各州县，尚未闻专主办振之人。自念义振数十人未能兼顾，临行敬上化官为义之末议，仰祈大人鉴核施行，灾民幸甚。除禀抚宪暨江藩宪鉴核外，肃此敬禀，恭请钧安。教谕锡晋谨禀

头品顶戴兵部尚书两江总督部堂端批：

据禀灾广款绌，化官为义等情。查前九月内准吕、盛大臣电开，现派刘令康遐赴邳州，柳牧暹赴宿迁，唐教谕锡晋赴睢宁，邵令闻洛赴安东散放义振等因，当经飞饬宁藩司加扎派委刘令等及该员协同各该州县就近安妥为经理，并严饬各该州县与该绅等遇事和衷商办，务使义振、官振相辅而行。计此扎该员必已奉到，是本部堂前扎与该员此禀先后不谋而合，具见该员情殷桑梓，实力热心，良深佩慰。至禀称醴泉胡令用康及沂水方令星聚所用查振、煮振两法，均极可采，即堪为现今各牧令等前事之师，仰宁藩司即便会同筹振局任道，径扎该州县，各就地方体察情形，会同该员暨刘令等认真办理，无分官振、义振，总求涓滴归公，实惠及民，是为至要。又据该员禀称，海、沭、清、桃、山、阜等州县，均被灾甚重，尚未派有专主办振之人等语，仰并分饬该员即会商刘令、柳牧、邵令等，各就近确访灾情，随时禀报，并采访舆论，考察乡评，遴举廉正殷实、诚朴耐劳之正绅，开列名籍、年岁暨有无功名，飞速禀呈，听候酌核饬派。节届严冬，亿兆灾黎呼号待命，务即迅速遵办，万勿稍延。切切此缴。

钦命兵部侍郎兼都察院右副都御史江苏巡抚部院陈批：

所禀实属洞中肯綮，得办振之要领。地方印委果能切实仿办，自可实惠及民，已分饬宁、苏两藩司移行一体遵照办理矣。仰即知照，仍候督部堂批示，缴。

钦命江南江宁等处承宣布政使司布政使继批：

来禀备陈化官为义之法，恳切周详。其间不在取官振之项，尽归义振之人，要在合官振之人，尽师义振之意数语，尤为办振州县度尽金鍼，具征该教谕热心振务，有造灾区。该邳、宿、睢、安各州县无数饥黎，得该教谕相与援手，何胜欣幸。查本司前经拨款委员，分赴灾重处所，会同印官散放急振，饬令清查户口，实系赤贫之户，方准放给，亦以款绌户繁，先在课实，庶由无滥而臻无遗。特虑各印委未必皆能实事求是，不免如所言委员付之州县，州县委之乡董，或且假手吏胥等弊。但各印委忝列民上，同抱恻隐，事无难办，惟在能诚。哀鸿嗷嗷，见闻何忍，当未必无胡令用康、方令星聚其人，为斯民出水火而登衽席，本司深为各该印委望焉。除录禀通饬遵办外，仰即知照，仍候督抚宪批示，缴。

丙午十一月运米赴淮上淮安府宪禀

大人阁下，敬禀者：前从山阳学汪教谕曾荫处函传钧电，嗣在盛宫保处读悉钧电，分由汪教谕、盛宫保电覆在案。兹偕汪教谕暨办振同人，将赴淮、徐查振，由沪分乘江永、江宽两轮，转运湘米五千十包，计五千一百十五石到镇，随雇民船十艘，分驳运淮，应请饬知山阳县择定近河干燥仓廒，以备暂行屯积。除山阳一县可就近领运外，合请分扎安、桃、清、阜被灾各县，速雇舟车，来淮分运。约计每县千石，开办粥厂，安插流民，谨拟煮振六条，录呈鉴核酌定，随扎分行，以便各该县依章开办。至主持办理之人，山阳拟请郭署教谕金淼、李训导汝堃、府学李教授慎侯，安东拟请朱训导铭镕、寓绅郭通判恩浩，桃源拟请王代教谕汝洋、凌代训导恩锡，清和拟请王教谕相、金训导鹤年，阜宁拟请府学张训导元度、故训导周传诣子周巡检家炘会同署训导缪金章。凡此十有二人，或旧日同寅，或近时共事，皆亲见其才具展舒，操守廉洁，虽老犹勤，方壮已练，既熟悉乎地方情形，复深明乎义振宗旨。先由锡晋会同汪教谕函知端绪，应请扎行各该县，照会该教谕、训导等，简择本学生员之能耐劳苦、廉明强干者，县各数人，帮同办理，报明宪台查考，藉彰激劝，当能实事求是，嘉惠灾黎，无负委任。倘各该县能就当地设法，上请官项，下劝义捐，中动积谷，斟酌扩充，改为查户散放，则灾黎蒙恩尤无既极。再各县领运时，备具印收，将所领振米若干包，计重若干斤注明汇存宪台处，俟锡晋来淮，祇领申送督宪查核，并请运米到日，先行禀报督、抚宪暨宁、苏藩宪查考，上纾宪廑。肃此谨禀，恭请钧安。教谕锡晋谨禀

丙午十一月督运湘米由镇赴淮上淮扬道宪禀

大人阁下，敬禀者：锡晋八月间湘振竣事，以振余银两，在湘购米五千一百十五石，振余不足，由汉口晋和铁号移银六千九百四十一两垫给，将米由湘运汉，由汉运沪。适锡晋以在湘受湿过多，流入经络，两足不利屈伸者月余，不能携振淮、徐，致湘米堆在金利源栈房者累月。十月初旬，足疾初痊，即赴苏谒见抚宪陈筱帅，上禀请款，拟将归垫运米，奉批江北振务，系归督宪主政。随由苏赴宁，晋谒督宪端午帅，上禀请款，批由司库拨银七千两。祇领之下，即由宁回沪，至该栈查验湘米。见分堆楼地三层，捆包之绳，或松或断，缝口之袋，或绽或穿，稍加转动，米即外漏。随购绳麻，并雇佣工逐包翻阅，松者系之，断者易之，绽者缝之，穿者补之。挈同行十二人监视料理，四日而毕。由江永、江宽两轮运镇，分装民船十艘，艘派一人督运。河轮以另有振米拖运，不能兼顾，只得多添纤夫，以期攒程前进，屈指不日可到。当在沪上时，盛宫保交阅淮安府张守请振来电，面商答覆，议以湘米运淮，分拨安、桃、清、阜、山五县开办粥厂。迨运米到镇，并由锡晋具禀拟章，先嘱汪教谕曾荫乘轮赴淮，面呈张守。至装米上船，锡晋乘轮赴浦，晋谒宪台，面谕清江流民，麇集至四十余万之多，需米孔亟，今即改淮运浦。锡晋由浦赴淮，谒见张守，传示宪台钧电，有米留浦厂照价拨还之谕。伏查此项湘米，系将湘振余银购办，并由司库拨归前垫，本无需原价拨还。惟念安、桃、山、阜等县，均隶翀幪，合邀振抚，请俟此米到浦验收之后，照米石价值拨给淮属各县振抚银两，俾得查户散放，共沐恩施，

则盛宫保既克践前言，而锡晋亦未渝初议，仁至义尽，皆出大人之赐。至湘米由汉运沪，由沪运镇，两次轮费，尚欠招商沪局由镇运淮、由淮改浦船价，由锡晋赴睢资斧中垫用，合请发给祇领分还，以清经手。谨将购办湘米价值及转运各费，开具清折，呈请鉴核，仰祈酌示遵行，并请通报督、抚宪暨宁、苏藩宪查考。肃此谨禀，恭请钧安。教谕锡晋谨禀

丙午十一月查放安东冬振上江苏抚宪禀

大人阁下，敬禀者：自别宪辕，两申禀件，略述赴宁请款回沪运米由镇达淮各节，并因振款支绌，谨拟化官为义，涓滴及民末议。知已仰邀钧鉴，通饬遵行，想见大人民瘼关怀，不俟终日之精意。下风引领，钦佩奚如。十月杪，晋既将湘米五千分装民船十艘，渡江入运河赴淮，即于十一月朔乘轮赴浦，谒见杨道，将赴睢宁查振。杨道以浦厂饥民，安东一县至有数万之多，屡遣不去，留晋改睢查安，俾饥民得所依归，回籍候振。时晋所挈同人，方督米船在途，遂电招前江都县陈令其璟、汪丞肇甲、汪丞胪甲乘轮来浦，初六同赴安东，函招旧时查振诸生，逾日来会者得二十八人。初九行香告神，初十拨派诸生，分乡查户。十一奉杨道函招，赴浦周行各厂，谕令速回候查，给票领振。凡三日历八十余厂，饥民拔棚而归者数万。十六回安，料理转运铜元。廿一先赴县东六十里之五港集，开放大飞、鱼场、长乐、五港四镇。原议大口一千，小口五百，嗣因安东地广户繁，现查六成，计户已过五万，查竣当得八万，以户扯五口折小作大计之，约须三十万口，非三十万串不敷一振。当分派诸生查户时，早虑及此，嘱在振票上填写口数之外，察夺情形，斟酌轻重，另填能与贫人共年谷七字，分为七等，藉为按户酌给地步。廿四开放能字，给四千，每字递减五百，至谷字一千而止。照口核计，只给七折。然四千与一千通扯，每户二千五百，则八万户必亦二十万串方敷冬振一次。官、义振三次续拨，统已到、未到，共得十三万二千串，积谷能动用者，除拨河工，只留一万，合共十四万余串，冬振尚少六万。明知淮、徐振务，向由督宪主政，然当请益无已，屡加不足之余，目击此室则悬磬，釜则生尘，床则牛衣，身则鹑结，面则浮肿枯瘠，实有得则生、不得则死之情形，不忍不向我忧乐同民、饥溺由己之大人为八万户、三十万口灾黎作垂毙之呼。尚乞大人施逾格恩，种无量福，另筹加拨银四万两，或铜元六万串，俾得敷此一振，无废半涂。则生死肉骨之恩，实同再造，不胜跂踵待命之意。谨肃禀以闻，恭请勋安，统祈钧鉴。教谕锡晋谨禀

丁未正月安东冬振告竣上督抚藩道宪并吕盛大臣禀

大人阁下，敬禀者：晋自十月杪亲督回人，将湘米五千包分装民船十艘，由镇起运。十一月朔，即乘轮北驶，初二抵浦，初三晋谒杨道，面谕浦厂饥民四十余万，籍隶安东者多至八万有奇，曾饬该县堵令率董诣厂，谕令回籍，该饥民衔董侵吞急振，群起而哗，掷以泥秽，概不愿回，尚追念晋二十四、五两年请款募捐查户散放旧事。遂电吕、盛两大臣，调晋改睢查安。初五接奉电复，初六赴安。傍晚抵城，见城外河埭饥民之架席为棚者，万有余户。入夜有人疾走狂呼：先抢安城，后入沭阳，与海州大伊山相应，不出者烧其棚席。旋见火光倏起倏灭，是日下午，已有连劫城西五里大关地方王灿然、王子厚两家，并抢城东米铺与路过粮车各事，其势岌岌不可终日。晋随修函数十分，招旧日门生，

翼〔翌〕日来见者二十八人。初九行香告神。初十分赴十二镇厘查灾户。十一杨道函招赴浦。十二、三、四日周巡浦厂八十余处，劝谕饥民回籍候查，得票领振。十五回安，添派四人帮查大镇转运铜元。廿一设局五港。廿四开放鱼场、长乐、大飞、五港四镇，分局小尖散放潮河一镇，分局麻垛散放陈溪一镇。嗣移五港局于本城文昌宫，散放金城、阜民、岔庙三镇。移麻垛局于城西城隍庙，散放西路一镇。分局城东章化寺散放东路一镇。分局城中积谷仓散放本城一镇。自十一月十一日开查，迄十二月二十八日放竣，二十九日补放闻振归来逃户，至十四日放讫。凡六十有四日，共查灾户八万五千有奇，计口三十四万有奇，共放铜元十九万三千余串，湘米一千五百余石，棉衣裤二千八百余套。并支拨还湘米汉沪轮费、镇浦船价及转运铜元舟车脚力、压护兵队饭食共计铜元三千余串。至三十二人、四十余日查户川资，城乡八局、每局二十余人、五十余日上下饭食，及道殣掩埋、病黎药物，共用铜元一千六百余千。除盛宫保津贴五百元外，均由锡晋自备。而同志二十余人，或由皖至，或自浙来，或发湘南，或从冀北及苏、常、锡、沪，其来往舟车旅费，则又同人各备，概不支正项分文，以符历年义振旧例。今当冬振告竣，除将振票发还灾户，存根留存振局，藉备覆查春振，并整理发领钱米凭条，装箱移学备案外，合行汇合收支，开具四柱清折，呈请鉴核。夫以安东一县，冬振一次，用去官、义两振十九万六千余贯，与湘米一千五百余石之多，推之被灾者十三州县，冬振当得二百万，春振即不能两振，亦必一振半，方接麦熟，当得三百万。是淮、徐、海一被水灾，即耗振项五百万贯，官振安所得如许帑项？义振安所得如许捐输？此大人与吕、盛大臣所以有款甚难筹严加厘剔之电也。顾回忆冬振未查之先，奸民之疾走狂呼，与顽民之劫人夺食，煽惑鼓动，几及于乱。迨冬振既查之后，聚城者渐散四乡，聚浦者渐回本籍，弭患无形，不无小效。倚枕终宵，代朝廷设想，与其筹五百万供军饷征剿，已伤天地之和，不如移五百万作振需抚恤，实体生成之德。费虽不赀，尚非虚掷。惟是冬振已讫，春振未来，历年办振核数报销，每有一时静谧。今则老羸病瘠，骈肩接踵于局门之前，呼号彻夜，屡遣不行。推询其故，或远出迟归，而未得振票；或虽得振票，而口多钱少，不月辄尽。甚有愿将振票缴还，稍乞川资，仍往远方觅食者。揆度情形，朝不谋夕。不敢明言煮振，恐四乡闻风而来，潜于夜半煮粥，人给一杓，暂御饥寒，仍时有危不能救者。推此覆查春振，严剔重冒，自当补给流亡，以缩抵赢，仍须二十万贯方敷一振，三十万方敷振半。现存款项，湘米一千五百余石，积谷二千贯，及岁杪小儿宗愈由盛京法政学堂绅员生徒中劝募汇寄清江曹平银五百两，至奉发平粜米一万八千石，应得粜价九万贯。然米方转运，局方开设，得价未定何时，尚恐缓不济急。拟请先筹二十万贯，拨放一振，平粜得价，备放续加半振，方得随查随放，拯此垂毙饥黎。我大人图事图终，救人救彻，当能洞鉴此心也。除分禀抚宪并吕、盛两大臣合筹接济外，祗肃谨禀，恭请勋安，统祈钧鉴。教谕锡晋谨禀

头品顶戴兵部尚书两江总督部堂端批：

据禀及另禀清单清折均悉。查安东冬振，当据该绅电明，因人数过多，分作七等，按户查放在案。兹据声称，春振筹款廿万，散放一次，每口仅得五、六百文，非酌加半振，不足以全民命。并因粜米需时，请先筹钱廿万，先放一振，平粜得钱，备放续加半振等情。核计灾民所得钱数，虽与他邑不相上下，而办法未免两歧。且需款共需三十万，为数过巨，难以设筹。既名之曰续加半振，更恐他邑藉端援以要求，尤多窒碍。应由杨道迅速就近覆加查核，筹酌行令，照办具报。该绅心地过于慈祥，有唐善人之目。传闻上年查放

各户，有未尽严剔之处，固不足以凭信，惟义振款已告罄，官款亦奇绌异常，务须切嘱该绅，抱定吕、盛大臣救命不救贫之宗旨，核实查放，是为至要。该绅素抱乐善不倦之志，而又为安东士民素最信服之人，仍望不辞劳怨，妥速办理，竟此全功，幸勿稍萌退志。其余各节，均由杨道酌核办理，除行宁藩司筹振局外，仰淮扬海道遵照办理，并行该绅查照，仍候抚部院暨吕、盛大臣批示，缴。各折存。

钦命兵部侍郎兼都察院右副都御史江苏巡抚部院陈批：

该教谕查办振抚，运筹周密，消患无形，黎民受惠，实非浅鲜，嘉慰良深。所有接办春振，应需巨款，仰江藩司迅速通筹拨济具报，并候督部堂暨吕、盛大臣核示遵行，缴。折存。

钦命江南江宁等处承宣布政使司布政使继批：

据禀已悉。该员办理安东县冬振，心精力果，措置咸宜，虽劳绩自在，而亦辛苦备尝矣。原领司库银七千两，凑买湖米济振，开有收付清折，存候汇案核销。现在接办春振，奉督宪饬拨官银四万两，米二万石，连同义振四万串，并冬振余钱，为数已巨。尚希益励荩勤，慎终如始。博施济众，自古为难，严剔冒滥，实为最要之举。总之止能救饥民垂毙之命，时势艰难，即未被水灾之地，亦何尝家给人足。所有筹集振款，大率剜肉补疮，但凡在事员绅，皆当深明此义，仰即遵照办理，并候扎行淮安府转饬安东县一体查照，仍候各院宪并吕、盛大臣暨巡道批示，缴。清折两合均存。

钦差办理商约事务大臣正黄旗蒙古都统吕 太子少保尚书衔前工部左堂盛批：

展阅来牍，并冬振截数清折，具见竭诚救灾，款皆核实，安东全境受福多矣。洵堪佩慰。续筹春振急需，已承端督部堂电示饬拨，仍希该总董力任其难，速查速放，以臻完善。另折均悉。此复。

丁未正月遵拟义振条章上江督苏抚吕盛大臣禀

大人阁下，敬禀者：顷奉钧电，命将办理义振事宜，议拟章程若干条送核。窃惟筹款以节用为先，办事以择人为要，此义振入手第一义。去冬奉调办理淮、徐义振，当念抚恤居民，宜用查振，使安集者不至流亡；安插流民，宜用煮振，使流亡者仍能安集，曾拟刍议各六条，录呈鉴核。今奉前因，谨再取近日覆查春振告戒诸生应行遵守法程十二则，一并录呈钧鉴。顾知之非艰，行之惟艰；言之非难，行之实难。所愿共事诸君，同心交勉，应否通饬照办，尚祈裁定施行。肃此禀覆，恭请钧安。教谕锡晋谨禀

查振条章六则：

一、誓神以坚其心　凡能自备资斧，出任查户者，类皆心怀恻隐者也。然或淆混于吏胥，蛊惑于董保，将有不能坚持初心者。或始勤而终怠，或始滥而终遗。悚以维神降鉴之思，庶隐慑其衷，而始终克一。

一、合查以同其眼　境异菀枯，情殊厚薄，有此视之以为当振，而彼视之以为不必振者，有彼视之以为可振，而此视之以为不应振者。故分查之先，必合查一、二日，以同其眼，庶免偏厚偏枯之弊。

一、严厘剔以杜冒滥　多剔一尚可敷衍之家，即多给一非振不生之户。故履查之际，

察看其栏栅有无牲畜，瓶盎有无储蓄，甑釜所余何食，床榻所拥何衣，必如马长卿家徒四壁，陶元亮箪瓢屡空，方为应振之户。并须区别其家人面色是肥泽是浮肿，是瘦挺是枯瘠，是壮健是病废，以决去取。

一、勤搜访以防漏遗　凡困穷无告、颠连待毙之人，皆董保所攒眉蹙额而不与为缘者也。或情疏而弃置，或地僻而遗忘。然彼保甲册所不及载，正我散振册所不忍遗。故履查之际，必遍访绅耆，周巡偏僻，苟有一二得则生、不得则死之贫户，即不惮数里、十数里之行。须知我不远千里而亲莅灾区者，正为此辈，慎勿错过。

一、郤供应以绝干求　查户之人，一肩行李，卧具、食物皆备，取之在我，无求于人。义振所以必如是者，诚恐受人之供应而生徇庇，因徇庇而容冒滥，因冒滥而致漏遗也。故一切馈遗，概行屏郤。

一、惜晷刻以期迅速　查一家即一家生，查百家即百家生。一日多查一家，十日即多查十家；一日多查十家，十日即多查百家。故查户之人，向明即起，黎明即食，逮明即行，向晦方息。旦晚两餐，当午每不及具食，即以馒头、鸡蛋疗饥。大禹圣人尚惜寸阴，我辈当惜分阴，此东晋陶士行语也，当与诸君共勉之。

煮振条章六则：

一、核数　流民麇集多至四十余万，实数最难稽核。然现既筑围聚处，即可按围核数。先下牌示谕，令各围安处，不准往来淆混。履查一围，先令围中流民，尽立围外，然后逐户按口查问，籍记其姓名住址，合家男妇大小年岁细数，另给纸条，但书第几号、某人，隔日凭纸条调换粥票。查验一家，收进一家，收尽而止。紧闭围门，派人看守，毋许偷出，拦入他围。有若干围，派若干员，同时验讯，方无重冒。

一、给票　查清户口之后，将所记之籍，誊一根册，即按号分写粥票。票上但书第几号，大几口，小几口，并分书一月日期，以便按日加戳。藏隐姓名，以杜顶冒。并设号簿，以备核对。收回查验时，所给之纸条，换给逐日领粥之粥票。票或遗失，准其报明，取根册查对明白，补给新票，留心所遗之旧票。到厂领粥，查问姓名、住址、年岁，必不能对，即予扣除。

一、监煮　核计厂中发出之票若干口，日须用粥若干，每厂须用几锅，每锅须煮几次，推算明白。夜半即起，监视量米，监视淘净，监视下锅，既熟监视出锅，入桶紧盖，勿使透风致冷。

一、督放　黎明分放，凡粥之厚薄，杓之大小，须较准一律，方昭公允。领粥者持票入厂呈验，加戳给筹，即至桶边缴筹领粥。先老后少，先女后男，毋许争先喧哄。督放时详细察看，如有不类饥民者，即诘问其姓名、住址、男女、大小年岁，核对根册，合者照给，不合者扣除。

一、续补　查验给票之后，或有流民续到，恳求补入者，须实验其真伪，以杜重冒。法宜另觅一空院安插，每人给米一升，令其自爨。将门对锁，派役看守，不通出入者两日。细查粥厂号簿，有无不到之人，如并无不到，方非在厂者希图重冒，即可续补。

一、夫役　厂中所需水夫、火夫及一切厮役，概用饥民之丁壮有力者，以工代振，庶几多救几人。

查户须知十二则：

一、阅册　董事造册送局，由局分册派查，须取阅册中户口若干，极贫若干，次贫若干，去冬得票者若干，流亡应补者若干，统盘计算，剔除重冒，补给流亡。照冬振票数，只宜减不宜增，缘春振现到之款，尚不及冬振一半也。并须问明董事册中有无重冒，有无漏遗，然后履查，查出重冒遗漏，惟该董是问。

一、到门　到门查看，既查看其栏棚有无牲畜，瓶瓮有无储蓄，甑釜所余何食，床榻所拥何衣，并须查看厨灶、溷厕是新是旧，以决其顶冒与否。查看男妇丁口是分是合，以决其朦混与否。再察看其合家面色是肥泽是浮肿，是瘦挺是枯瘠，是壮健是病废，以决其应剔应留，酌定给字之轻重。

一、给票　查看既定，随时写票，填明某镇、某局、某姓名、大几口、小几口，即在口字之下刻一定钱之字，并填明年月日，即在日字之旁刻一某某查戳。记其口数一、二、三等字，须写壹、贰、叁等字，以防添改。存根空地无多，但写姓名与所定之字，凡票上如镇、局、年月可预书者，即在回寓晚饭前后预行写就。

一、核数　票上分定福禄欢喜富贵吉祥八字。福字四千，每字递减五百，至祥字五百而止。多寡通扯，每票百张，当得二百二十五千，即有上下，亦不得远离此数。写完一册，即于振册而〔面〕上注明合钱若干。查竣一局，随送振局，以备散放。

一、审先后　凡查一镇，须审一镇之中以何局为最苦，即查一局，亦须审一局之中以何段为最苦。先查最苦之区，后查其次，逐渐加紧，自不致混淆甘苦，颠倒重轻。

一、严界限　凡查一局，须传董保，讯明南北东西与何局毗连，本局四面地段以何村为界。辨析既清，即择其最苦之区下手先查，或由南而北，或由东而西，以次及其较好村落。

一、绝顶冒　凡查一庄，先令董保传谕该处饥民，各归各家候查，毋得此往彼来，混淆人口，并须严辨其是否实系父子、夫妇、兄弟，剔其丁壮，酌定口数。

一、勤晓谕　到局将查，务先传到董保及其耆老，晓谕以人心不古，天降之灾，悔罪回天，正在今日。况官振耗国家数百万之帑项，义振竭邻省数百万之捐输，无非为垂毙饥民，拯其一死，我尚可以糊口，何必百计营求，巧夺垂死人口中之食。如此设想，自不愿争此区区。少给一可有可无之次贫，即多救一非振不生之极贫。邻省同胞能捐百万之款，以活我千里外之灾黎，我岂不能让一分之粮，以活我十室内之贫户。人能如此用心，庶可望天心悔祸，丰年乐岁，实兆于兹，勉之望之！

查户须知又四则

一、禁滋闹　近奉督宪电谕，一村滋闹，停放一村；一堡滋闹，停放一堡。尔饥民待振孔亟，务各安分归家，静候履查，毋得要遮滋闹，自取咎戾。

一、惩冒滥　又奉督宪电谕，覆查春振，凡可自存之户，一律剔除。一面查明冒领冬振之殷户铺家，拘案从严罚惩，以昭儆戒。总之振款奇绌，多一分冒滥，灾民即少受一分实惠，业已奏明严办冒振，决不姑宽。此次覆查各局，凡冒振之户，能自首缴票者免究，查出者重罚充振。

一、戒代领　振票代领，弊端百出。黠者欺愚，强者欺弱，往往被代者侵没，或全吞，或半蚀，喊冤叫屈，究不胜究。间有因面色不合，诘问不知，致疑攘取拾遗而扣留在局者。戚本自诒，咎将谁任。故给票之时，务须谆嘱自领，或有年老病废，实系不能自领者，查问其代领何人，能否信托，即在票后注明因病、因老、因废某人代领。

一、补春种　春种一误，即秋收无望。故履查之时，务劝令尽力补种，庶几自谋生活，免受冻馁。须知国家养民，只能救被灾之一时，不得狃为故常，希冀非分。遇有窘苦万分，不能自谋补种者，查实春种亩数，酌给子种，即在振票注明子种几升，待转运到局，示期给领。

头品顶戴兵部尚书两江总督部堂端批：

禀及章程均悉。筹款以节用为先，办事以择人为主，两言已得其要领。他如严剔冒滥，勤访漏遗，郤供应以绝干求，惜晷刻以期迅速，筹画尤为周详，均属切实可行。所有安东春振，应由该义绅查照此次禀定章程，会同印委，妥为办理。并候扎饬淮扬、徐州两道，将章程抄发办振各州县，饬令会商绅董，各就地方情形，参酌办理，仰即遵照。仍候吕、盛大臣批示，缴。

钦命兵部侍郎兼都察院右副都御史江苏巡抚部院陈批：

批阅所议章程，具见苦心孤诣，一片肫诚。果使在事诸人，悉能实心实力，遵章办理，造福何可胜量。惟知之非艰，行之惟艰，诚有如该绅所云者。所愿转告同人，共相勖勉，务祈出沟壑以登衽席，乃可消灾沴而召祥和，本部院有厚望焉。仰淮扬海道转行知照，仍候吕、盛大臣批示，缴。折存。

钦差办理商约事务大臣正黄旗蒙古都统吕 太子少保尚书衔前工部左堂盛批：

来牍并折均悉。所拟查振法程，切实周妥，亟宜照行。除咨两江督部堂核定饬遵，并行各义绅一体遵办外，此复。

丁未二月初一日续筹安东春振上江督苏抚吕盛大臣禀

大人阁下，敬禀者：昨日赴浦谒见杨道，面奉代筹安东春振款项，其已到者，义振四万贯；平粜米一万石，应得粜价五万贯；及冬振所余湘米一千五百余石，作一万贯；小儿宗愈由奉汇寄五百两，续汇二百两，约一千贯；与放剩铜元一千余贯。其未到者，续拨平粜米八千石，应得粜价四万贯；允拨官振银四万两，约兑六万贯。除扣冬振项下借用一万五千贯，实得四万五千贯。并允檄饬山阳县缴还去冬移拨湘米二千余石，应得粜价约一万贯。共计十九万七千余贯，勉支散放一次。惟是春日方长，必十旬有余方及麦熟，倘一振而止，恐老弱仍不免沟壑，强壮仍不免流亡。弃冬春一再振之前功，绝生灵亿兆人之余望。茫茫后顾，是用隐忧。辗转筹思，惟有仍叩鸿慈，另筹加拨，即不能续加一振，亦必酌加半振，则生死肉骨之恩，皆出大人之赐。不胜跂踵待命之意，谨肃禀以闻。恭请钧安，统祈垂鉴。教谕锡晋谨禀

头品顶戴兵部尚书两江总督部堂端批：

已于该绅另禀详细批示，仰淮扬海道查照另批办理，仍候抚部院暨吕、盛大臣批示，缴。

钦命兵部侍郎兼都察院右副都御史江苏巡抚部院陈批：

所禀自属实情，惟应否续加一振，抑或酌加半振，必须通筹办理，以免偏畸。既据并禀，仰淮扬海道饬候督部堂暨吕、盛大臣批示遵行，缴。

钦差办理商约事务大臣正黄旗蒙古都统吕 太子少保尚书衔前工部左堂盛批：

来牍具悉。安东春振，计共拨款十九万七千余贯，约可勉支一次。督帅电谕，两次分

放，预算实系不敷，请另筹接济等语。春日方长，振需尤巨，务望随查随放，愈速愈好。现在官、义振款，挪贷俱竭，而山成一篑，尤期克竟全功。所拟续加半振，既据通禀，应候督部堂、抚部院批示遵照。此复。

丁未二月初六日接办安东春振上两江督宪禀

大人阁下，敬禀者：顷奉钧电，谆谆于款项难筹，严剔冒滥。伏思严剔冒滥，正所以广拯困穷，实办振第一要义。前上义振条章，现奉宪台通饬各属照办，内有严厘剔以杜冒滥，正与此意符合。重以训诲殷殷，敢不力求厘剔，严益加严。去冬奉调，初系查放睢宁，嗣奉改睢查安。安东幅员三倍，睢宁所携查户同人，不敷分布。受命仓猝，未及招远方同人，不得不借材当地，遂于安邑曾随办振诸生中挑选十有余人，并所携同人，合共三十二人，分赴各镇查户。凡家于邑之西者，调使查东；家于邑之南者，调使查北。距家皆百有余里，度可无徇情滥给之弊。而冬振一次，至耗帑项二十万贯之多，固有灾重地广，户众民贫，而闻振归来陆续补给之中，尚恐厘剔未净。今兹覆查春振，另招苏、锡同人，其去冬查户，取材当地，内有心地过于慈祥，才具短于厘剔者，概行留局，俾供散放时写榜分牌，按次领振，藉免拥挤之用。凡分赴各镇查户者，共得四十人。比来下乡设局，叠接各同人来函，佥云入村履查，立意严剔，惟能剔其尚可自存之家，不忍剔非振不生之户。查竣一村，通盘合计，剔除冒滥之数，每不敌补给流亡之数。晋又四出周巡，察看情形，大非昔比。昔以草木根皮为食者，尚有杂粮搀和，今并无杂粮搀和矣。昔以器物变鬻供食者，尚有箱柜可售，今并无箱柜可售矣。床桌缸瓮，布列街衢，半值即售，尚无人问。所过村庄，辄遇新丧之家，素冠之子，察其窘迫之状，枯瘠之容，实有不可终日之势。死在振前，尚藉口于振之未及；死在振后，实疚心于振之未优。受命办一邑之振，而不能全一邑之生，终夜彷徨，中心惴惴，筹思辗转，卒少良图。惟有速查速放，庶急救朝不谋夕之饥黎。今拟分局麻垛，散放陈溪一镇，嘱陈令其璟主持，佐以汪丞肇甲。分局小尖，散放潮河一镇，嘱前安东县堵令焕辰主持，佐以汪丞胪甲。分局佃湖，散放大飞一镇，嘱湖南候补县张令凤藻主持。分局岔庙，散放岔庙一镇，嘱山阳学汪教谕曾荫主持。总局现设五港，散放鱼场、长乐、五港三镇。俟前请电调前桃源学胡教谕丽荣到安，嘱主持五港局务，晋便移总局于城中文昌宫，分局城隍庙、章化寺等处，散放阜民、金城东西二路及本城五镇，庶几速查速放，早拯垂毙灾黎。厘剔能多，或放两振；厘剔不能多，则放振半。春振前请三十万贯，蒙恩允准。自上施之，一邑一振，已耗二十万贯之多；自下受之，一家数口，只得二千、三千之少。不敢请益，恐多糜国帑；不忍再减，虑致蹙民生。现到各款，义振四万贯，官振四万两，约兑六万贯；平粜米一万石，应得粜价五万贯；旧存湘米一千五百余石，约值一万余贯；旧存铜元并银约二千余贯，共计十六万二千余贯，尚不敷初振散放，应请续拨接济。所有接办覆查春振及分局散放情形，理合肃禀上闻，仰祈察核，恭请勋安。教谕锡晋谨禀

头品顶戴兵部尚书两江总督部堂端批：

据禀已悉。所拟多设分局，速查速放，办理极为扼要。至另单禀留堵革令襄办振务，应即照准，仰淮扬海道即饬会督员绅赶紧核实查放。此缴。

丁未三月初一日查放安东春振再上两江督宪禀

大人阁下，敬禀者：叠接章令移奉杨道扎转宪台电开，帑电悉，前接禀牍当已批准。淮海各属，原拟并放一次，大口一千，小口减半。嗣与吕、盛两大臣商定，改作两次散放，正月放五百，三月再放五百，以符一千之数。现拨款项约共钱三十万串，上年所借之款，并未提扣，以之散放二次，谅无不敷。又据刘守电称，春荒粮绌，请先饬募款数千，择加急振，有起死回生，一振暗抵两振之用，应饬各属查明办理。如募款一时难得，即酌拨官款数千，以拯民命。又接张、季两绅勘路报告，饥民有食婴之惨，闻之骇异。各属冬振查放未久，刻已接转春振，此等惨状，系在何处，电饬各属查明，赶紧设法拯救，据实电覆等谕。并奉发到一村滋闹，停放一村，一堡滋闹，停放一堡，与覆查春振严剔冒滥，并严办冒领冬振之殷户铺家等示，想见大人恩威互济，宽猛兼权，除莠乃以安良，补遗先严剔滥。下风展诵，钦感交并。伏查安东春振，覆查户口，严剔重冒，不能不补给流亡，而春荒情景，实甚于冬。典鬻则衣物全空，称贷则族姻同病。榆皮食尽，渐剥桑皮；芋叶餐空，将求柘叶。昔之枯瘠其容者，今且易而浮肿；昔之苍黄其面者，今并易而青黎。一村之内，日有死亡；一日之中，时闻号哭。以故查户诸生，送到覆查根册，其补给流亡之数，每逾于剔除重冒之数，良由扬镇遣散尚多，逃户新归，虽复三令五申，严加厘剔，而同辞答覆，佥谓能剔其可生，不忍剔其垂死。现方随查随放，而即其所已放，度其所未查，春振户口，定浮于冬振户口。冬振二十万七千贯，才敷一次散放，春振为日方长，诚如钧谕所言，改作二次散放，而安东幅员三倍他县，地广则户繁，冬振二十万余贯，尚不能按口而按户定字给钱，大都赤贫垂毙，大口可得八百，小口可得四百，至寻常极贫，剔去丁壮，大口只得六百、五百，小口只得三百、二百。故安东一振，自上出之，已耗二十万贯之多，自下受之，只有户得二、三千，口得二、三百之少。前请三十万贯，蒙恩允准，满拟厘剔能多敷放两振，今则厘剔重冒，只能补给流亡，而揆度情形，三、四两月，饥黎实非半振之钱所能延其残喘。固知款项支绌，筹措艰难，奏请不足，继以咨移，咨移不敷，佐以息借，种种为难，同深铭感，万不敢从如禀照拨之余，再作请益无已之想。然思大人之多方筹画，百计安排，上而请帑、截漕，下而挪移称贷，无非为垂毙饥黎，拯其一死。今者小民之灾情如此其重，幸得大人之恩谊如此其深，姑为将转沟壑之枯瘠，引吭作垂毙之呼。幸而有济，十万家蒙再造之恩；不幸无成，方寸内免终身之疚。敬用沥布下情，仰求察核。倘若得大人逾格矜全，俯念安邑灾民，以地广户繁之故，发振之数虽较他县为加多，领振之数实视他县为加少。在前蒙恩准三十万贯散放振半之外，酌量加拨，俾得二次散放，改半振为全振，则生死肉骨之恩，实出大人之赐。至食婴之惨，安东尚无所闻，急振之加，亦已择尤酌给。合并声明，仰纾廑注，肃此谨禀，恭请勋安。教谕锡晋谨禀

敬再禀者，庚子之冬，辛丑之春夏，晋偕严绅作霖振陕，认办灾重之邠、乾二州永寿、淳化、长武、三水、武功、兴平、扶风、岐山八县，多者三振，少亦振半，共用银六十万两。其地明搀私铸，或三七，或四六，合兑百二十万贯。去夏振湘，专办长沙、善化，旁及湘阴、益阳、衡阳、清泉，共放铜元不足十万贯。所振之地如许之多，所用之款如许之少。今办安东一县冬、春二振，须款六十万贯，相去何啻倍蓰。同此查户之人，同

此查户之法，昔何其严，今何其滥。细推其故，振陕在死亡过半之余，计口少则需款亦少；振湘在官、义并行之日，分任轻则用款亦轻。独至安东，地广实三倍他县，户繁幸未及死亡，官、义合办则责任专在一人，款项亦并在一处。加拨之款方来，请益之禀又上，屡请恐公帑难支，不请恐民生将餍。故自来办振之策，筹款为先。前上义振刍议筹款条内，上者毁家纾难，其次集腋成裘，又次视公帑若私财，不敢分文浪费，务使涓滴及民。以此三种为义振功臣，行之于先，方敢言之于后。晋之家一毁于庚辛振陕，再毁于去夏振湘，三毁于去冬振淮，今此已无家可毁。至集腋成裘，劝募义捐，亦成弩末。所可自效者，只斤斤于视公帑若私财，不敢分文浪费，务使涓滴及民而已。不能倡捐巨款，同济艰难，只以再三之请，上渎大人，此心深抱不安。顾目击情形，实到得则生、不得则死地位，结之于念，不忍不笔之于书。终自愧言不顾行，谨从浦上旧友息借三百两，与愈儿由奉汇到七百两，合成千两，并入散放。固知一篑之土，无补为山，亦聊明不敢空谈之意。统维大人鉴而全之，则幸甚。肃此附禀，再请勋安。教谕锡晋谨再禀

附呈《筹款管见》四条

一、奏请宁厂加铸铜元，既使各属周转不穷，多得赢余，即可充振。

二、广西实官捐输，余银百万，能否咨移充振。

三、沪上所存户部购办金磅备偿洋债款项，去年磅余，能否咨移充振。

四、各省义振彩票所储赢余，已否拨归充振。

头品顶戴兵部尚书两江总督部堂端批：

据禀已悉。案据该义绅禀，即明晰批道：就近查核，酌办具报。续按来禀，复经电示在案，仰淮扬海道即遵照迭次批电办理。至另单禀陈筹款各条，查铜元一项，前准大部议复，只能加铸二百万串。桂捐溢款，奏准拨给六十万两，仅收到减折银三十七万有奇。其江南义振彩票赢余，久已拨充振需。此外或久经部驳，或窒碍难行，均毋庸议，并饬知照，仍候抚部院暨吕、盛大臣批示，缴。

钦命兵部侍郎兼都察院右副都御史江苏巡抚部院陈批：

禀单均悉。安邑地广户繁，振款未能多给，自系实在情形。该教谕多方筹画，力任其难，阴德耳鸣，必当获报。仍望竭力经理，以拯灾黎。至振款不敷尚巨，应如何通筹接济，仰淮扬海道饬候督部堂核示遵行，并候吕、盛大臣批示，缴。

钦命江南江宁等处承宣布政使司布政使继批：

据禀及另单均悉。一片仁心，情文并美，阅之首俯至地。惟是好善皆有同心，而博施殊难为继。该员三次毁家，恰符道德经之数，不为不多。无如江北之灾，充其量须十倍于斯，方能竣事，是库皆空，无款可措。即如禀尾附呈办法四条，加铸铜元，则铜价已增，余利极微，义振一七兑换，官中赔贴甚巨。桂捐溢额之银，部拨六十万，实止三十七万八千两，不敷挹注。金磅存款，须留备洋债，大部坚执不允借拨。义振捐册不止一起，蒙督宪转扎通饬，谆谆劝勉，本司亦竭力开导，不辞劳怨，而所收仍同弩末。彩票押款，久归淮扬济振，每月盈余，亦已预拨应用。总之罗掘久空，江南负债数百万，尚不知如何归结。该员未悉其详，故约略言之。本司无家可毁，上年捐廉一千两，昨又捐廉二万两，分作十年分摊，如以杯水救车薪之火，临颖不胜愧对之至。馀候各大宪暨淮扬道批示，缴。

钦差办理商约事务大臣正黄旗蒙古都统吕
太子少保尚书衔前工部左堂盛批：

来牍并另单均悉。已据情咨请两江督部堂、江苏抚部院酌核示遵，此复。

丁未三月铜元搀伪请示谕禁上江督苏抚宪禀

大人阁下，敬禀者：去岁安东冬振，共用铜元二十万七千余贯。除邵令闻洛移交初次义振二万三千二百贯，由锡晋亲督运安，封固整齐，并无缺少外，嗣由各委运安共十八万余贯，搀伪短数，不一而足，报销合总共少八百余贯。义振旧例，局用资斧，尚由自备，断不忍以无端少数，列入正项开支，当由锡晋赔垫。而有鉴于前，不得不慎防于后，爰于报销夹单内，禀请宪台扎行铜元局，封条之上，加用关防，以杜沿途整箱调换之弊。并请杨道，凡由浦号兑换铜元，即饬该号派人运往灾区交数，以专责成，久之未奉施行。今年正月，由杨道派委张凌运到义振铜元四万贯，其封条完好者，过称点箱，其箱破条断，斤重大少者，开箱点数。五箱之内，少数七十余千，由张委书条补数，迄今尚未取到。而散放开用，仍如去冬搀伪，凡纸裹泥条、纸包制钱，几于无箱不有，二百箱内，搀伪与少数计共六百四十余贯之多。鉴于此弊，续奉拨到官振四万两，兑换铜元，先由章令派幕赴道具领二万贯，亲督兵队，沿途照料，运往麻垛振局。陈令其璟开箱点数，共少一百八十四千。后由锡晋派生员六人，随同县幕，并到钱铺开箱点数，亲督兵队，水陆照料，运局交点，一洗纸捲泥条之弊。而拆包开放，又有私铸铜元整包搀杂，并镶夹制钱四万贯，内共少一百二十余贯。权以轻重，则铢两相方；揣其形模，则浑圆相若。作伪之术愈奇，察伪之方愈少。至欲拆视纸封，尽点细数，将不及如期散放，必耽误垂弊饥民。辗转筹思，惟有禀请大人严定法程，剀切晓谕各银号钱铺，开发其恻隐之良，杜绝其弊混之念，庶垂死人救命之款，不致吞蚀于市侩奸商。锡晋为悯念饥黎，慎重振项起见，谨拟示稿，仰祈电核，迅饬施行。在大人只殚一举念、一援笔之劳，而小民实关得则生、失则死之重。不胜屏息待命之意，谨肃禀以闻，恭请钧安。教谕锡晋谨禀

示稿呈核

为剀切晓谕事：照得振项所以拯饥黎，耗折即以戕民命。凡在负气含生之辈，皆当存悯灾恤患之心。去岁迄今，冬、春两振，各号兑换铜元，动盈巨万。银价出入，厘毫沾润，亦已累百盈千。乃贪心无厌，作伪多端，纸卷泥条，不一而足。近并搀杂私铸，镶夹制钱，权以轻重，则铢两相方；揣其形模，则浑圆莫辨。作伪之术愈奇，察伪之方愈少。必待开封过数，方能不受欺朦。顾饥民枵腹而待，岂容散放逾期。惟有严立法程，庶无敢轻身尝试。叠经官、义振印委员绅禀请前来，合亟剀切晓谕，为此示仰各银号钱铺知悉。尔众商各具天良，讵忘民命。岂不知振款出入，上罄国家之帑项，中竭捐户之脂膏，下振灾黎之性命，何至以衣冠之族，下侪盗贼行为。且盗贼之行，或以夺货戕一人之生，衣冠之人，转以作伪戕万人之命，是必置之重典，方足以下谢灾黎。自此次剀切晓谕之后，务各随时检点，约束钱房诸夥，毋许作伪乱真，致干重咎。倘振银兑换铜元，再有前项情弊，经官、义振印委员绅指禀来辕，定将该号封闭，提案严办不贷。本部堂言出法随，尔号商各顾身家，当知自爱，慎勿轻于尝试也。特示。

钦命江南江宁等处承宣布政使司布政使继批：

已据情抄录示稿，移请官钱局查照，转行各分局一体遵办矣。仰即遵照，缴。示稿存。

钦差办理商约事务大臣正黄旗蒙古都统吕
太子少保尚书衔前工部左堂盛批：

来牍并拟呈示稿，披阅均悉。已据情咨请两江督部堂核定施行，此复。

丁未五月安东振竣报销上督抚藩道宪并吕盛大臣禀

大人阁下，敬禀者：晋自去年八月振湘竣事，即奉吕、盛大臣函电调振淮徐，随将湘振余银万二千两，益以由汉移银七千两，购办湘米五千余石，乘轮船过汉运沪。只以在湘受湿过多，回锡病足者累月。叠奉吕、盛大臣函电督催，派往睢宁查振，遂分电诸同人，约期会沪，十月朔力疾赴苏，谒见抚宪，过沪赴宁，谒见宪台，请款七千两，归还汉号移垫。随挈同人由沪督运湘米，乘轮抵镇，分装民船十艘，各派同人督运北驶，自乘小轮赴浦。十一月初三日谒见淮扬海杨道，面谕浦厂饥民五十万，安东十居二、三，尚追念晋二十四、五两年查振旧事，谓晋必改睢查安，方能挈安民回籍，为浦厂遣散饥民之倡，因电吕、盛大臣改派。晋遂改赴安东，受邵令闻洛交代，接办安东冬振。十一月十一开查，十二月二十八放竣，共放铜元二十万有奇，湘米一千五百余石，并拨振山阳湘米二千余石，业于正月汇合收支缮折禀报在案。嗣又奉命接办春振，因去冬伪票叠见，电请吕、盛大臣，由沪石印洋纸振票十万，正月二十邮寄来安，编号存根，十日始毕。二月初一，分拨同人赴乡覆查户口，严剔重冒，补给流亡，随查随放。初四设局五港东、西二庵，开放五港、长乐、鱼场、大飞、阜民、金城六镇。分局小尖，散放潮河一镇。分局麻垛，散放陈溪、岔庙二镇。移局本城，分文昌宫、城隍庙、积谷仓三处，分放东、西二路及本城三镇。二月朔开查，三月杪放毕，共放铜元十九万五千有奇。初振各竣，随放续加半振。因见潮河、大飞、五港、长乐四镇，麦苗稀少，灾民较苦，酌加一成，照初振六成散放。其余八镇，均照初振五成。四月开放，月杪竣事，共放铜元六万六千有奇，高粮玉米一百三十六万余斤，湘米六百余石。当冬振初竣，春振未查，即有远归流民，散处城厢内外，辛苦颠连，朝不谋夕。因在城西能仁寺暂设粥厂，给筹领粥。迨正月杪将赴乡覆查灾户，即酌给湘米，遣令回籍，候查领振。未及一月，仍有无户流民，散处城厢内外废寺，其饥病情状，更甚于前，爰设粥厂于城南大王庙，又恐人聚成疫，仍验口给票，领粥散居。另设留养所于能仁寺，留养病黎。前后凡三设粥厂，共养六千余口。历九十余日，共用湘米九百余石，柴薪医药共用铜元七百余千。迨二振告竣，资遣回家，共用湘米一百三十余石，杂粮五万余斤，转运铜元杂粮舟车脚费及弹压护送兵队饭食，共用铜元二千余千。迄今二麦齐收，秋稼亦得透雨，芃芃滋长。虽大飞一镇，虫啮春种殆尽，而给种补植，适得甘霖，亦复秋收有望。所有各镇饥民及流寓城厢各户，均皆归家安业。当经整理冬振记数飞纸及覆查收回振票，与春振初次记数飞纸二次收回振票，及粥厂户口册与资遣振票，移县申解道辕，并汇合收支结总缮册，呈请鉴核。至查户四十人，分查五十余日资斧，设局四处，每局二十余人，历百二十日饭食，及局中需用纸笔朱墨油烛等项，与病黎医药道殣掩埋，共用铜元二千余千，由锡晋自备。其远方同人往来舟车旅费，则又同人各备，概不支正项分文，以符锡晋历年办振旧例。此次办理安邑振务，十二镇分乡查户者四十人，城乡分局总理散放经管钱米及按册书榜分牌引进者共四十余人，转运铜元杂粮及粥厂病院又三十余人，凡百二十人，类皆备极辛劳，无间寒暑。履查者戴星出入，奔驰于风雪冰霜；转运者克日往还，况瘁于舟车水陆；职散放者尽人方休，恒日昃不食，日入不息；书牌榜者克期以待，每向明即起，向晦未休；粥厂职米薪之务，既左执榼而右持筹；病院典医药之司，亦此调糜而彼执饮。日周旋于臭秽汗腥之侧，时出入于蝇营蚋聚之间，莫不奋不顾身，行无余力，而分局主持，尤为异常出力。虽诸君子自尽义务，不求人知，而锡晋亲督力行，备知劳勚。既蒙特恩优奖，未便壅于上闻，谨缮衔名履历，仰祈察核施行。至锡晋识薄才疏，智穷力竭，受命办一邑之振，不能全一邑之生，请款视他县为加多，收效较他县为加少。乃犹力绝中饱，常谴诃刁民劣董之非；目击夷伤，时旁及诘盗除奸之事。因之是非蜂起，谗间丛生，谤书上达于铃辕，蜚语交传于邮报。幸蒙信任不疑，尚得克蒇厥事。抚衷滋疚，遗憾良多，惟大人惠教而纠正之，则幸甚。除禀抚宪暨藩臬道府宪并吕、盛大臣外，肃此谨禀，恭请钧安。教谕锡晋谨禀

敬再禀者，安东幅员过广，户口遂多。地方贫瘠既视他县为加难，风俗刁悍亦较他县为加甚。劣董藉刁民为羽翼，造册每多重捏之名。刁民倚劣董为声援，空屋遂来顶冒之户。查振者一加厘剔，乞振者迭起风潮，软则遮道跪求，硬则当车围索，可耐者多方辱詈，难遣者众手牵衣。将厘剔力可自存之户，每耽误非振不赡之家；将厘剔力能自食之丁，每耽误非振不生之口。锡晋深知其弊，因仿二十四、五两年查户之例，所给灾户振票，照填实见口数，另剔丁壮，暗核其家得振几何，方活一家性命，酌加一定钱之字。冬振“以能与贫人共年谷”七字为记，能字四千，与字三千五百，递减至谷字一千而止。春振以“福禄欢喜富贵吉祥”八字为记，福字四千，禄字三千五百，递减至祥字五百而止。当查振之初，即以安东户多款绌，不能按口，只能按户，分字给票，照字放钱，电禀督宪与吕、盛大臣核示。奉覆从速查放，急救民命，不必拘泥等谕。遂定议查户酌数，定字给振，而票上口数之多寡，无足重轻，可不必逐户较量，致多争执，以期速查速放，急救民命。故此次造册报销，但计户数，未计口数。昨奉杨道面谕，各州县均列口数，安东独否，不免参差，将来汇案奏销，恐干部诘。当将原册发回，令补口数。伏查振票所填口数，并未剔除丁壮，与所给钱数不相符合，由后溯前，惟钱数最为确据。因按督宪与吕、盛大臣原定章程，大口一千，小口五百核计，添列口数，以符各州县报销例案，尚与查户时酌口定字、散振时照字给钱无所出入。事虽由后追前，近于悬揣，要亦确有依据，仍不失办振实事求是宗旨。合将销册补列口数缘由，据实声明，仰祈鉴核，再请钧安。教谕锡晋谨再禀

钦命兵部侍郎兼都察院右副都御史江苏巡抚部院陈批：

据禀已悉。该教谕查办安东振抚，苦心孤诣，劳勚实多，良深景佩。折开随办各员，均能各尽义务，备著辛劳。仰江藩司汇核，详请督部堂奏明请奖，以昭激劝。仍先转行该教谕知照，并候督部堂暨吕、盛大臣批示，缴。册折存。

钦命二品衔江南苏州等处提学使司提学使毛批：

据禀已悉。具见历年办理振务，始终不懈，仍候各宪批示，缴。

署理江苏苏州等处布政使司布政使朱批：

上年江北沉灾，为数百年来所未有。该教谕奉委前往，分办义振，奔波数百里，历时八九月。凡设厂、留养、查户、散振各事宜，罔不躬亲布置，井井有条，俾无数穷黎，得以同登衽席，劳苦至矣。本署司良深嘉慰。至饭食舟车旅费等项，均由同人各备，不支正项分文，尤见该教谕办事实心，乐善不倦。仰苏州府传谕嘉奖，仍候督、抚宪并吕、盛大

臣批示，缴。

钦命二品顶戴江南江苏等处提刑按察使司按察使朱批：

据禀已悉。该教谕洁己奉公，惠泽灾黎，可嘉之至。既据并禀，仰苏州府饬候各宪批示，缴。

筹办秦湘淮义振任劳诸人姓氏录

严佑之义绅作霖，江苏丹徒人。筹募振款，携挈同志三十八人，庚子十一月由镇启行，十二月抵陕，查振邠、乾、淳化、永寿、三水、长武、兴平、武功、扶风、岐山十州县户口，辛丑八月回南，凡十阅月。查户资斧、散振局用及水陆往来舟车旅费均由自备。

刘璞生孝廉钟琳，江苏宝应人。筹募振款，携挈同志八人，庚子十一月由浦启行，十二月抵陕，查振邠州、兴平户口，辛丑八月回南，凡十阅月。资斧、局用及水陆往来舟车旅费均由自备。

唐郛郑部郎浩镇，江苏无锡人。筹募振款，辛丑二月由锡启行，三月抵陕，分办岐山散放，八月回南，凡七阅月。散振局用及水陆往来舟车旅费均由自备。

华晓岚贰尹庆云，江苏无锡人。庚子十一月由锡启行，十二月抵陕，分查永寿、乾州、岐山户口，八月回锡，凡十阅月。丙午闰四月由锡赴湘，分查长少、善化、湘阴、益阳户口，八月回锡，又五阅月。十月接办淮振，由锡赴淮，分运湘米，十二月抵淮，又三阅月。查户资斧及水陆往来舟车旅费由锡晋代备。

过绚秋二尹梧，江苏金匮人。庚子十一月由锡启行，十二月抵陕，分查永寿、乾州、岐山户口，八月回锡，凡十阅月。丙午闰四月由锡赴湘，分查长沙、善化户口，八月回锡，凡五阅月。查户资斧及水陆往来舟车旅费由锡晋代备。

唐抟九贰尹鹏寿，江苏武进人。辛丑四月由陕赴岐，分查岐山户口，七月回陕，凡四阅月。查户资斧及岐、陕往来旅费由锡晋、浩镇代备。

郭石庵提举恩浩，直隶天津人。丙午闰四月由浦赴沪，由沪抵湘，分查湘阴、益阳户口，并在长沙靖港镇开办粥厂，留养流民，七月遣散，八月回浦，凡五阅月。丁未二月接办淮振，分办安东城南粥厂，四月竣事，又三阅月。查户资斧及湘浦往来舟车旅费均由自备。

汪闰孙直刺曾荫，江苏镇洋人。丙午闰四月由苏赴沪，由沪抵湘，分办长沙、善化散放，八月回沪，凡五阅月。十月接办淮振，分运湘米，由沪赴镇，由镇赴淮，分振山阳。丁未正月分办安东散放，六月回沪，又九阅月。湘、淮往来舟车旅费均由自备。

邵式之大令闻洛、浙江会稽人。丙午闰四月由浙赴沪，由沪抵湘，分查长沙、湘阴、益阳、衡阳、清泉户口，兼办衡、清散放。八月回沪，九月留沪经管湘米。十月接办淮振，分查安东。十一月改办徐属，分查睢宁。十二月竣事，丁未正月回沪，凡十阅月。衡、清局用及湘、淮往来舟车旅费均由自备。

颜雍耆太史楷，四川华阳人。丙午六月由京赴湘，分查长沙、衡阳、清泉户口，兼办衡、清散放，八月回京，凡三阅月。衡、清局用及京、湘往来舟车旅费均由自备。

周斗钦司马玉柄，四川成都人。丙午六月由京赴湘，分查长沙、衡阳、清泉户口，兼办衡、清散放，八月回京，凡三阅月。衡、清局用及京、湘往来舟车旅费均由自备。

吴孝轩茂才顺亲，江苏安东人。丙午闰四月由安赴沪，由沪抵湘，分查长沙、善化户口，八月回安，凡五阅月。十一月接办淮振，分查安东冬、春两振户口，并办城西能仁寺粥厂，留养病黎，五月竣事，又七阅月。查户资斧及湘、浦往来舟车旅费由锡晋代备。

吴云轩布衣天培，江苏安东人。丙午闰四月由安赴沪，由沪抵湘，分查长沙、湘阴、益阳、衡阳、清泉户口，八月回安，凡五阅月。十一月接办淮振，挈弟汉轩上舍天惠分查安东冬、春二振户口，四月竣事，又六阅月。查户资斧及湘、浦往来舟车旅费由锡晋代备。嗣又办城西能仁寺粥厂，留养病黎，躬亲医药，染疫已深，兄弟二人一病不起，锐身救患，同罹凶殃。编录及此，为之黯然。同人公挽以联，其一云：与生俱来，韦布独能高气节，以死勤事，淮湘合与议烝尝。其二云：为国家廑民忧民乐之怀，达则兼善，穷则独善；以匹夫担已溺已饥之任，其生也荣，其死也哀。其三云：功在梓桑，殁可祭于社；气凌霄汉，生未竟所为。其兄孝轩联云：为振务捐躯，汝无不可；抚孤儿洒泪，我独何堪。附录之以存其人，并志余悼。

张伯卿大令凤藻，江苏武进人。丙午五月，在湘转运铜元，分布长、善两境乔口、靖港、白沙洲、东窑港各局，振后稽核报销，七月竣事，凡三阅月。十一月接办淮振，由湘赴锡，转运募款，十二月抵淮。丁未正月，分办安东散放，三月回湘，又五阅月。湘、淮往来舟车旅费均由自备。

倪轶群大令家骏，江苏无锡人。丙午闰四月由锡赴湘，分查长沙、善化、湘阴、益阳户口，八月回锡，凡五阅月。十月接办淮振，分运湘米二千石，由沪赴镇，由镇赴淮，分振山阳，丁未正月回锡，又四阅月。湘、淮往来舟车旅费均由自备。

凌少梯贰尹湘，江苏无锡人。丙午闰四月由锡赴湘，分查长沙、善化、湘阴、益阳户口，八月回锡，凡五阅月。丁未正月接办淮振，由锡赴安，分查安东春振户口，襄办振局散放，五月回锡，又五阅月。查户资斧及湘、淮往来舟车旅费由锡晋代备。

李景斐贰尹冠春，江苏无锡人。丙午闰四月由锡赴湘，分查长沙、善化、湘阴、益阳户口，八月回锡，凡五阅月。查户资斧及湘、锡往来舟车旅费由锡晋代备。

许尔纯布衣锡寿，江苏无锡人。丙午闰四月由锡赴湘，分查长沙、善化、湘阴、益阳户口，八月回锡，凡五阅月。查户资斧及湘、锡往来舟车旅费由锡晋代备。

周石泉贰尹洁，江苏无锡人。丙午闰四月由锡赴湘，分查长沙、善化户口，襄办振局散放，振后稽核报销，八月回锡，凡五阅月。十月接办淮振，由锡赴沪，分运湘米，由沪赴镇，由镇赴浦，由浦转安。分查春振户口，襄办振局散放，五月回锡，又八阅月。查户资斧、散振局用及湘、淮往来舟车旅费由锡晋代备。

王干臣茂才华诰，江苏无锡人。丙午六月由锡赴湘，分查长沙、善化户口，八月回锡。除查户资斧由局支用外，其湘、锡往来舟车旅费均由自备。

顾子宾茂才赞璜，江苏无锡人。丙午闰四月由锡赴湘，分查长沙、善化、湘阴、益阳户口，八月回锡，凡五阅月。除查户资斧由局支用外，其湘、锡往来舟车旅费自备，不敷由锡晋津贴。

张月泉贰尹煊，江苏金匮人。丙午闰四月由锡赴湘，分查长沙、善化、湘阴、益阳户口，八月回锡，凡五阅月。丁未正月接办淮振，分查安东春振户口，襄办振局散放，五月回锡，又五阅月。查户资斧及湘、淮往来舟车旅费由锡晋代备。

周瑞堂贰尹家炘，江苏砀山人。丙午闰四月由淮赴湘，分查长沙户口，襄办振局散放，八月回淮。除查户资斧由局支用外，其湘、淮往来舟车旅费自备，不敷由锡晋津贴。

汪诗卿参军肇甲，江苏长洲人。丙午十月由皖赴淮，分办安东冬振散放，振后稽核报销，正月回皖，凡四阅月。淮、皖往来舟车旅费均由自备。

汪礼卿大令胪甲，江苏长洲人。丙午十月由皖赴淮，分办安东冬振散放，十二月回皖。二月由皖赴淮，分办安东春振散放，振后稽核报销，五月回皖，凡七阅月。淮、皖往来舟车旅费均由自备。

陈小崖大令其璟，浙江归安人。丙午十一月由扬赴淮，分办安东冬振散放，十二月回扬。二月由扬赴淮，分办安东春振散放，四月回扬，凡五阅月。扬、淮往来舟车旅费均由自备。

堵子铃大令焕辰，浙江会稽人。率子叔明上舍福曜，丁未二月由宁赴淮，分办安东春振散放，六月回宁，凡五阅月。宁、淮往来舟车旅费均由自备。

邵晴江大令承灏，浙江山阴人。丁未三月由浦赴安，分办安东春振散放，四月回浦，凡两阅月。浦、安往来舟车旅费均由自备。

朱舫斋广文铭镕，江苏宜兴人。丙子十一月迄丁未五月，驻安经理冬、春二振诸生查户册票，并遣子再舫贰尹振海、三舫贰尹振淮、季舫上舍振恪，襄办冬、春二振散放，凡七阅月。资斧均由自备。

龚少渤参军树森，江苏金匮人。丙午十一月迄丁未五月，驻浦拨汇款项，收转邮电文件，并督催转运湘米、铜元，凡七阅月，资斧自备。

孙若川上舍荣培，江苏无锡人。丙午十月由锡赴沪，转运湘米，由沪赴镇，由镇赴浦，由浦转安，襄办振局散放，丁未正月回锡，凡四阅月。淮、锡往来舟车旅费由锡晋代备。

周景华贰尹燮，江苏无锡人。丙午十月由锡赴沪，转运湘米，由沪赴镇，由镇赴浦，由浦转安，分查春振户口，襄办振局散放，五月回锡，凡八阅月。查户资斧及淮、锡往来舟车旅费自备二十八元，余由锡晋津贴。

钱来章贰尹廷驹，江苏无锡人。丁未正月由锡赴淮，分查安东春振户口，襄办振局散放，五月回锡，凡五阅月。查户资斧及淮、锡往来舟车旅费自备十六元，余由锡晋津贴。

储端甫贰尹鸿俊，江苏吴县人。丁未正月由锡赴淮，分查安东春振户口，襄办振局散放，五月回锡，凡五阅月。查户资斧及淮、锡往来舟车旅费由锡晋代备。

徐晋阶贰尹度容，江苏无锡人。丁未正月由锡赴淮，二月分查安东春振户口，四月回锡，凡四阅月。查户资斧及淮、锡往来舟车旅费由锡晋代备。

朱毓初贰尹藕芳，江苏无锡人。丁未正月由锡赴安，帮查安东春振户口，并襄办振局杂务，五月回锡，凡五阅月。查户资斧及淮、锡往来舟车旅费由锡晋代备。

季小波茂才庆普，江苏安东人。丙午十一月迄丁未五月，分查安东冬、春二振户口，并赴浦领运铜元，凡七阅月。查户资斧、赴浦旅费由锡晋代备。

乔少仪茂才利金，江苏安东人。丙午十一月迄丁未五月，分查安东冬、春二振户口，并赴浦领运铜元，凡七阅月。查户资斧、赴浦旅费由锡晋代备。

胡锦卿孝廉得标，江苏安东人。丙午十一月迄丁未五月，分查安东冬、春二振户口，并襄办振局散放，凡七阅月，资斧自备。

嵇仲香上舍菊生，江苏安东人。丙午十一月迄丁未五月，分查安东冬、春二振户口，凡七阅月。资斧由锡晋代备。

蔡小梅上舍瀚，江苏安东人。挈弟肖梅布衣溉，丙午十一月迄丁未五月，襄办冬振散放，分查春振户口，凡七阅月。资斧由锡晋代备。

刘甫生上舍钟岳，江苏安东人。丙午十一月迄十二月，分查安东冬振户口，凡两阅月。资斧由锡晋代备。

王新甫茂才柏亭，江苏安东人。丙午十一月迄丁未五月，分查安东冬、春二振户口，凡七阅月。资斧由锡晋代备。

阎少安茂才丙南，江苏萧县人。丙午十一月迄丁未五月，分查安东冬、春二振户口，凡七阅月。资斧由锡晋代备。

杜一鹏茂才云程，江苏安东人。丙午十一月迄丁未五月，分查安东冬、春二振户口，并襄办城西能仁寺粥厂，凡七阅月。资斧由锡晋代备。

高杰甫布衣云兴，江苏安东人。丙午十一月迄丁未五月，分查安东冬、春二振户口，并襄办城西能仁寺粥厂，凡七阅月。资斧由锡晋代备。

张仰之布衣毓模，江苏安东人。丙午十一月迄丁未五月，分查安东冬、春二振户口，凡七阅月。资斧由锡晋代备。

卜信夫茂才孚中，江苏安东人。丙午十一月迄丁未三月，分查安东冬、春二振户口，凡五阅月。资斧由锡晋代备。

李常亭布衣恒元，江苏安东人。丙午十一月迄丁未四月，分查安东冬、春二振户口，并襄办城西粥厂，凡六阅月。资斧由锡晋代备。

张砚农布衣履川，江苏安东人。丙午十一月迄丁未四月，分查安东冬、春二振户口，并襄办城西粥厂，凡六阅月。资斧由锡晋代备。

袁作霖布衣澍生，江苏安东人。丙午十一月迄丁未三月，分查安东冬、春二振户口，凡五阅月。资斧由锡晋代备。

何子香茂才庭芬，江苏安东人。丙午十一月迄丁未三月，分查安东冬、春二振户口，凡五阅月。资斧由锡晋代备。

卜茂斋上舍莲峯，江苏安东人。丙午十一月迄十二月，分查安东冬振户口，凡两阅月。资斧由锡晋代备。

卜极轩上舍峻峰，江苏安东人。丙午十一月迄十二月，分查安东冬振户口，凡两阅月。资斧由锡晋代备。

刘少农上舍凤池，江苏安东人。丁未二月迄三月，分查安东春振户口，凡两阅月。资斧由锡晋代备。

孙瑞符上舍宝亲，江苏安东人。丁未二月迄三月，分查安东春振户口，凡两阅月。资斧由锡晋代备。

刘足三茂才学余，江苏安东人。丙午十一月迄十二月，分查安东冬振户口，凡两阅月。资斧由锡晋代备。

李哲夫茂才俊卿，江苏安东人。丁未正月迄五月，襄办安东春振散放，凡五阅月。资斧由锡晋代备。

翟粹夫布衣焕然，江苏安东人。丙午十一月迄丁未五月，襄办安东冬、春二振，随局编填振票，收管根册，书写牌榜，凡七阅月。资斧由锡晋代备。

胡佐卿上舍彤恩，江苏安东人。丙午十一月迄十二月，分查安东冬振户口，凡两阅月。资斧由锡晋代备。

朱佐清上舍辅檠，江苏安东人。丙午十一月迄丁未三月，分查安东冬、春二振户口，凡五阅月。资斧由锡晋代备。

张子平中书应坦，江苏安东人。丙午十二月迄丁未四月，襄办安东冬、春二振散放，凡五阅月。资斧自备。

张子能上舍有庸，江苏安东人。丙午十二月迄丁未四月，襄办安东冬、春二振散放，凡五阅月。资斧自备。

卜佐卿茂才元辅，江苏安东人。丙午十一月迄十二月，分查安东冬振户口，凡两阅月。资斧由锡晋代备。

王子香茂才瑞兰，江苏安东人。丙午十一月迄十二月，分查安东冬振户口，凡两阅月。资斧由锡晋代备。

程爱棠茂才荫森，江苏安东人。丙午十一月迄十二月，分查安东冬振户口，凡两阅月。资斧由锡晋代备。

陈尽人茂才肇伦，江苏安东人。丁未正月迄四月，襄办安东春振散放，凡四阅月。资斧由锡晋代备。

卷　下

庚子辛丑筹办秦振会同严绅赴陕查放收支总数

收管项下：

一、收江督刘岘庄制军库平银一万两

一、收盛杏荪丞堂首拨库平银十一万二千两。（内轮电局各一万，苏抚聂一万，上海道余捐一万、垫五万，严绅信厚一万，施绅则敬一万二千。）

一、收盛杏荪丞堂陆续汇泼〔拨〕库平银五万九千六百两

一、收陕抚岑云阶中丞发交库平银一万两。（施绅汇解）

一、收施子英观察电汇洋商捐款库平银一万二百九十二两九钱

一、收宁镇扬公所筹垫库平银四万一千两。（内借运台一万，常镇道五千。）

一、收凤颍六泗道冯梦华观察曹平银五万两。（攵亖折库平四万九千两。）

一、收浙抚余中丞库平银五千两

一、收江西抚藩公捐库平银五千两

一、收饶太史桢庭交来库平银一千两

一、收湘抚俞中丞湘平银一万两。（攵亠折库平九千六百两。）

一、收扬州甘泉县周大令曹〔漕〕平银六百八十两。（攵亖折库平六百六十六两四钱。）

一、收户部三次垫发库平银二十万两

一、收户部发京斗米六千五百石。（由地方官派绅赴省领运。）

一、收户部米价折库平银三万五千两。（奉发一万石，因省米无多，改折米价，由地方官派绅领运。）

一、收徐州道桂芗亭观察库平银二千两

一、收钱行补色四六钱二万四千三十一千九百八十一文。（原换三七制钱，缺缴四六，补数照入。）

一、收钱行补底四六钱四千四百七十千六十六文。（原换足串，通行四底、六底不等，补数照入。）

一、收武功钱行捐四六钱二千六百三十千文。

一、收武功县教谕时广文捐倒四六钱一千千文。（折正四六，七百八十五千七百十文。）

一、收乾州钱行捐四六钱一千千文

一、收邠州钱行捐对半钱二百十七千文。（折正四六，一百九十三千七百八十一文。）

一、收小儿宗愈由南捐汇库平银七千两

通共收管原银折库平银五十五万七千一百五十九两三钱，四六钱三万三千一百十一千五百三十八文，京斗米六千五百石。

开支项下：

一、支淳化初振对半钱四万四百七千二百文。(大口一千六百，小口减半。)

一、支二振对半钱五万三千六百五十八千文。(大口二千，小口减半。)

一、支急振对半钱二百二十七千六百八十文

一、支掩埋、给丐、留养、遣散对半钱六十八千一百二十文

一、支留存、借种、积谷对半钱一万千文

共支对半钱十万四千三百六十一千文

一、支三水初振对半钱五万八千七百七十五千二百文。(大口一千六百，小口减半。)

一、支二振对半钱七万二千四百二十一千文。(大口二千，小口减半。)

一、支急振对半钱一百二十五千六百九十九文

一、支掩埋、给丐对半钱二十六千五百二十五文

一、支留存、借钟、积谷对半钱一万千文

共支对半钱十四万一千三百四十八千四百二十四文

一、支扶风东南乡城关振正三七钱三万一千九百七十三千九百文。(大口一千四百，小口减半。)

一、支西北乡初振正三七钱二万四千十八千文。(大口一千二百，小口减半。)

一、支西北乡二振正三七钱一万八千三百五十千六百文。(大口八百，小口减半。)

一、支急振正三七钱二千一百二十三千文

一、支掩埋、给丐正三七钱十四千六百九十五文

一、支留存、借种、积谷正三七钱一万千文

共支正三七钱八万六千四百三十五千一百九十五文

一、支乾州全境初振正四六钱七万五千一百九十四千文。(大口二千，小口减半。)

一、支西北乡二振正四六钱四万三百九十千文。(大口二千，小口减半。)

一、支西北乡三振正四六钱二万二百四十三千文，京斗米一千四石一斗。(大口一千，米五升；小口减半。)

一、支米不敷放借用仓粮四石一斗二升五合，折还库平银四十一两二钱五分

一、支急振正四六钱四千七百九十四千文

一、支逐日给丐、掩埋足制钱一百八十九千四百十五文

一、支留存、借种、积谷正三七钱一万千文

共支正四六钱十四万六百二十一千文，正三七钱一万千文，足制钱一百八十九千四百十五文，库平银四十一两二钱五分，京斗米一千四石一斗。

一、支武功东南乡城关初振正四六钱一万九千二百二十九千六百文。(大口一千六百，小口减半。)

一、支西北乡初振正四六钱二万一千七百五十一千文。(大口二千，小口减半。)

一、支四乡二振京斗米九百二十九石六斗八升，对半钱二千三百二十四千二百文。(大口米八升，钱二百；小口减半。)

一、支城关振京斗米三十九石九斗。(大口米七升，小口减半。)

一、支东扶风雹灾振足制钱三百二千文。(计打壤田禾二顷六十二亩，每亩给一千文。坍塌窑洞八座，每座给五千文。)

一、支急振正四六钱一千八百四千文

一、支寄养婴孩、给丐、掩埋正四六钱一百四十八千七百文

一、支留存、借种、积谷对半钱六千千文

一、支黄令散给贫民京斗米三十石四斗二升

共支正四六钱四万二千九百三十三千三百文，对半钱八千三百二十四千二百文，足制钱三百二千文，京斗米一千石。

一、支岐山东西北乡振足制钱四万三千三百七十四千文。（大口二千，小口减半。）

一、支南乡城关振足制钱一万三千三百八千文。（大口一千六百，小口减半。）

一、支北乡广惠、仁智二里加振足制钱一千八百二十二千五百文。（大口一千，小口减半。）

一、支急振足制钱一千九百四十三千五百文

一、支贫生足制钱八十八千文

一、支粥厂、资遣足制钱一千九百九千五百文

一、支留存、借种、积谷足制钱五千千文

共支足制钱六万七千四百四十五千五百文

一、支兴平振对半钱二万三千九百八十九千文，京斗米九百五十九石五斗六升。（大口二千，米八升；小口减半。）

一、支留存、开井、善堂对半钱一万六十九千文，库平银五千八百四十两，京斗米四十石四斗四升。（交杨令、刘绅经办，由杨令、刘绅另造报销。）

一、支急振对半钱五十四千文

一、支留存、借种、积谷对半钱六千一百五十千文

共支对半钱四万二百六十二千文，库平银五千八百四十两，京斗米一千石。

一、支邠州初振对半钱五万六千四百三十千文。（大口二千，小口减半。）

一、支二振对半钱六万六百五十五千文。（大口二千，小口减半。）

一、支二振对半钱一万四百四十九千八百文，京斗米一千五百六十八石三斗，京斗麦四百七石。（大口米一斗、钱四百；小口减半。）

一、支米麦不敷散放补折对半钱一万二千七百四十三千文

一、支急振对半钱一千一百五千文

一、支赵家沟等处十村雹灾加抚对半钱九百二十四千五百文

一、支留存、借种、积谷对半钱一万千文

共支对半钱十五万二千三百七千三百文，京斗米一千五百六十八石三斗，京斗麦四百七石。

一、支长武全境初振对半钱三万二千九十五千文。（大口二千，小口减半。）

一、支二振东南乡城关振对半钱一万四千四十三千文。（大口二千，小口减半。）

一、支三振京斗米九百三十石六斗，对半钱四千九百七十千七百五十文。（大口米一斗，钱五百；小口减半。）

一、支米不敷放折价对半钱九百五十三千二百五十文。（大口加一千五百，小口减半。）

一、支急振对半钱一千一百七十二千文

一、支留存、借种、积谷对半钱二千三百六十千，京斗麦一千十石。（此麦系高令所领米价库平银六千四百两，派绅由甘肃购买，现归义仓备荒。）

共支对半钱五万五千五百九十四千文，京斗米九百三十石六斗，京斗麦一千十石。

一、支永寿好留里初振四六钱六千五百二十六千文。（大口二千，小口减半。）

一、支好留里二振四六钱六千五百十一千文。（大口二千，小口减半。）

一、支车平、上彭、宁化、在永四里初振四六钱一万八千五百五十千五百文。（大口一千，小口减半。）

一、支四里二振四六钱三万四千五百二十九千文。（大口二千，小口减半。）

一、支四里三振正三七钱三万四千七十八千文。（大口二千，小口减半。）

一、支四里四振对半钱二万三百八十四千四百文，京斗米九百九十七石。（大口米六升，钱一千二百；小口减半。）

一、支米不敷放改折对半钱四百三十五千六百文。（大口一千二百，小口减半。）

一、支五里急振对半钱一千九百五十一千文

一、支留存、借种、积谷对半钱一万千文

共支正四六钱六万六千一百十六千五百文，正三七钱三万四千七十八千文，对半钱三万二千七百七十一千文，京斗米九百九十七石。

一、支永寿运钱脚力正四六钱二百八十八千三百八十文。（每千四六钱十四文，计运二万五百九十八千文。）

一、支永寿运钱脚力足制钱五百十三千四百三十文。（每千足制钱十文，计运五万一千三百四十三千文。）

一、支三水运钱脚力足制钱三百四十九千二十文。（每千十文，计运三万四千九百二千。）

共支四六钱二百八十八千三百八十文，足制钱八百六十二千四百五十文。

通共开支库平银五千八百八十一两二钱五分。

足制钱六万八千七百九十九千三百六十五文。内六万七千四百四十五千五百文，价〡三，合议平银五万一千八百八十一两一钱五分三厘。又一千三百五十三千八百六十五文，价〡二〤，合议平银一千九十一两八钱二分七厘。两共〩〦折库平银五万八百五十四两六分。

对半钱五十三万四千九百六十七千九百二十四文。内四万二百六十二千，价〢〇〥，合议平银一万九千六百四十两。又四十九万四千七百五千九百二十四文，价〢千，合议平银二十四万七千三百五十二两九钱六分二厘。两共〩〦折库平银二十五万六千三百十三两二钱四分三厘。

三七钱十三万五百十三千一百九十五文。内七万三千一百五千三百五十一文，价〡〥〥，合议平银四万七千一百六十四两七钱四分二厘。又五万七千四百七千八百四十四文，价〡〦，合议平银三万五千八百七十九两九钱二厘。两共〩〦折库平银七万九千七百二十二两八钱五分八厘。

四六钱二十一万六千八百四十七千六百四十二文，价〡〦，合议平银十三万五千五百二十九两七钱七分六厘，〩〦折库平银十三万一百八两五钱八分四厘。

京斗麦一千四百十七石，系由邠州李牧、长武高令派绅赴甘肃购办，石价扯〦〣一，实支库平银八千九百四十两。

四六钱三万三千一百十一千五百三十八文。

京斗米六千五百石。

将收抵支，除钱米相抵无余外，应存库平银二万五千三百三十九两三钱五厘，振竣由严绅作霖呈缴王中堂，拨归户部核收。

庚子辛丑筹办秦振留子宗愈在籍捐解收支总数

收管项下：

一、收锡捐镇平银二千一百七十两，漕平银五百两，规银四百两，洋三千九百五十元零二角二分，小洋一千一百二十六角。(清数列后)

一、收舒直甫观察捐助陵平银二百零七两，又经募陵平银五百两，洋四元。

一、收太捐洋二百七十六元，小洋一百零五角。(清数列后)

一、收常捐洋七百七十元，小洋二百五十角。(清数列后)

一、收苏捐洋二百四十六元。(清数列后)

一、收淮捐洋二百四十元，库平银一百五十两，漕平银一百三十两。(清数列后)

一、收汪苻生直刺捐助安徽龙洋一百元。(内去贴水洋四元)

一、收浙捐洋四十元。(清数列后)

一、收台捐洋三十八元五角。(清数列后)

一、收请奖振捐洋一千七百元

一、收淮沂振余库平银二百二十两

一、收广盛庄收解振款暂存目息洋四十二元

共收库平银三百七十两。

镇平银二千一百七十两，攵亠亖折库平银二千一百二十二两二钱六分。

漕平银六百三十两，攵亠亠折库平银六百十四两八钱八分。

陵平银七百零七两，攵亠〣一折库平银六百八十八两。

规银四百两，攵〡一〤折库平银三百六十四两五钱六分。

洋七千四百零二元七角二分，亠亠折库平银四千八百八十五两七钱九分五厘。

小洋一千四百八十一角，攵〢折大洋一百三十六元二角五分二厘，亠亠折库平银八十九两九钱二分六厘。

通共收管库平银九千一百三十五两四钱二分一厘。

开支项下：

一、支汇解陕省查放永寿、岐山等县灾振库平银七千两

一、支施子英观察经汇苏锡等捐规银五千五百两，由沪解陕，汇费折计库平银一百八十两。

一、支汪鲁门司马经汇淮捐漕平银四百五十两，由浦解陕汇费折计库平银十三两一钱五分。

一、支廉茂苑、吴仲安义绅协济江阴沿江、常阴、寿兴等沙灾振洋二千元

一、支廉茂苑、唐六愚、唐镜远义绅续济江阴泗江、镇丰、头坝等处补振洋五百五十元。

一、支协济山东利津等处灾振洋一百元。(癸卯冬由施子英观察汇寄)

共支库平银七千一百九十三两一钱五分，洋二千六百五十元，亠亠折库平银一千七百四十九两。

通共开支库平银八千九百四十二两一钱五分

将收抵支，应存库平银一百九十三两二钱七分一厘。乙巳九月朔，兑洋二百八十八元

一角七分四厘，汇沪交施子英观察拨振沿江各沙水灾。

丙午筹办湘振收支总数

收管项下：

一、收苏抚陈筱石中丞捐汇库平银一万两，〤〢申湘平一万零四百二十两，〡〦〦〦兑见铜元一万七千三百五十九千七百二十文。

一、收曾少卿、施子英两观察拨汇旧金山振余库平银三万两，〤〢申湘平三万一千二百六十两，〡〦〦〦兑见铜元五万二千零七十九千一百六十文。

一、收户部张冶秋尚书、外部瞿子久尚书捐汇京平银四千两，〩〨折湘平三千九百二十两，〡〦〦〦兑见铜元六千五百三十千零七百二十文。

一、收曾、施两观察续汇苏锡捐助湘振库平银一万两，〤〢申湘平一万零四百二十两，〡〦〦〦兑见铜元一万七千三百五十九千七百二十文。（内有侄保镇、子宗郭由锡捐募寄沪托汇洋二千元。）

一、收刘慎之义绅拨汇湘潭振余铜元三千六百千文

一、收湖南筹振局拨汇衡州平粜米本铜元八千二百千文

通共收管铜元十万零五千一百二十九千三百二十文

开支项下：

一、支湘阴县各围垸查放铜元八千四百三十七千五百文

一、支益阳县各围垸查放铜元一万二千一百二十六千五百文

一、支长沙县各都团查放铜元三万九千七百三十二千文

一、支善化县各都团查放铜元一万五千九百一十四千文

一、支衡阳县各山冲查放铜元二千一百十五千五百文

一、支清泉县各山冲查放铜元六千零二十五千文

一、支靖港粥厂留养流民米（四十一千零六十文）、薪（八千六百七十文）及遣散衣（三十一千六百六十文）、资（七十五千九百十文），合用铜元一百五十七千三百文。

一、支石印灾图千册（二十二千文）、刷印振票四万（二十八千文）、转运铜元舟力（一百十八千文），合用铜元一百六十八千文。

通共开支铜元八万四千六百七十五千八百文

一、散放各灾区各种暑药，除仁济堂及锡沪诸友馈送外，随时添购，由锡晋自备，不支正项。

一、二十二人查户川资、八十余日散振局用及粥厂夫役辛工病黎医药，由锡晋自备，不支正项。

一、二十二人由籍会沪，由沪赴湘，由湘回籍舟车旅费，均由同人各备，不支正项。

将收抵支，实存铜元二万零四百五十三千五百二十文，由湘购米，移振淮、徐。

丙午筹办淮振购运湘米收支总数

收管项下：

一、收旧管江苏协湘振余铜元二万零四百五十三千五百二十文，〡〦〦〦兑回湘平银一万二千二百七十七两二分二厘，〩〥〨折库平银一万一千七百六十一两三钱八分七厘。

一、收江督端午桥制军拨汇米垫库平银七千两

通共收管库平银一万八千七百六十一两三钱八分七厘。

开支项下：

一、支由湘购米五千一百十五石，均五千包，扯价每石二两七钱九分五厘，计湘平银一万四千二百九十六两四钱二分五厘，〩〥〨折库平银一万三千六百九十五两九钱七分五厘。

一、支麻袋五千只，并绳索、麻线、缝口、打包、下驳、上栈，每包三钱一分，计湘平银一千五百五十两，〩〥〨折库平银一千四百八十四两九钱。

一、支振粜捐每包三百二十文，善堂捐每包二文，厘金每包一百四十文，共计足制钱二千三百十千文，〡〇〢申铜元二千三百五十六千二百文，〦〥核湘平银一千五百三十一两五钱三分，〩〥〨折库平银一千四百六十七两二钱零五厘。

一、支关税每米百斤关平银一钱，加码头费二厘，报关五千包计重七十万零七千五百斤，计关平银七百二十一两六钱五分，〡〇〨〨〨申湘平银七百八十五两七钱三分二厘，〩〥〨折库平银七百五十二两七钱三分一厘。

一、支由湘至汉太古水脚每百斤湘平银一钱四分，共重七十万零七千五百斤，计湘平银九百九十两零五钱，〩〥〨折库平银九百四十八两八钱九分九厘。

一、支由汉运沪招商水脚每百斤规元八分，共重七十万零五千斤，计规元五百六十四两。另码头费规元十五两，合共规元五百七十九两，〩〢折库平银五百三十二两六钱八分。

一、支金利源栈添购绳麻及翻阅、打包、缝绽辛工规元七十四两，〩〢折库平银六十八两零八分。

一、支由沪运镇招商水脚规元三百九十四两八钱，另码头费规元十五两，合共规元四百零九两八钱，〩〢折库平银三百七十七两零一分六厘。

一、支由镇运淮船价每包一角二分五厘，五千包合洋六百二十五元。镇江下力每包七厘，合洋三十五元。由淮运浦三千包，每包加一分五厘，合洋四十五元。三共洋七百零五元，〦〦〦核库平银四百六十九两五钱三分。

通共开支库平银一万九千七百九十七两零一分六厘

一、同人十二督运湘米，由湘赴汉，由汉赴沪，由沪回镇，由镇赴浦，一应舟车旅费，概由锡晋代备，不支正项分文。

将收抵支，净亏库平银一千零三十五两六钱二分九厘。（列入淮振开支）

丙午筹办淮振赴安查放收支总数

收管项下：

一、收运抵淮浦湘米五千一百十五石

一、收邵令闻洛移交初次义振一万五千两，〡〦兑换铜元，除该令支用自行报销外，实到铜元二万三千二百千文。

一、收堵令焕长移交初次官振一万两，兑换铜元，除该令支用自行报销外，实到铜元九千零六十六千二百四十文。

一、收邵令承灏运解奉拨二次义振五千两，〡〦兑换铜元八千五百千文。（内有小儿宗愈自捐总教薪水银二千两，兑换铜元三千四百千文。）

一、收邵令运解奉拨二次官振二万两，〡〤〥兑换铜元二万九千千文。

一、收邵令运解奉拨三次官振三万两，库平申色六百九十两，并补二万两，库平申色四百五十五两一钱二分，〡〥〇〥兑换铜元，除该令支用自行报销外，实到铜元四万六千四百六十千零七百九十文。

一、收邵令运解奉拨山东协振银二千五百两，〡〤〨〥兑换铜元，除该令支用自行报销外，实到铜元三千六百九十七千七百文。

一、收邵令运解奉拨三次义振铜元二万千文

一、收任委运解奉拨四次官振二万两，〡〤〨〥兑铜元二万九千七百千文。

一、收秦委运解加拨铜元一万五千千文

一、收提拨裕通典旧存积谷铜元一万四千千文

一、收盛杏荪宫保拨运棉衣裤一千套

一、收淮扬道杨观察拨运棉衣裤三千套

通共收管湘米五千一百十五石，铜元十九万八千六百二十四千七百三十文，棉衣裤四千套。

开支项下：

一、支散放大飞镇一万四千七百六十一户，铜元三万五千零四十四千文。

一、支散放五港镇一万三千二百零柒户，铜元三万一千零三十千文。

一、支散放鱼场镇二千六百十八户，铜元六千五百四十七千五百文。

一、支散放长乐镇四千三百零五户，铜元一万零七百五十二千五百文。

一、支散放潮河镇六千八百八十九户，铜元一万七千一百二十四千五百文。

一、支散放陈溪镇七千八百八十七户，铜元一万六千六百七十二千文。

一、支散放岔庙镇七千二百五十三户，铜元一万七千一百七十千零五百文。

一、支散放金城镇一千六百九十三户，铜元三千零六十七千五百文。

一、支散放阜民镇三千五百四十户，铜元六千七百五十三千五百文。

一、支散放东路镇八千八百九十七户，铜元一万五千八百七十七千五百文。

一、支散放西路镇一万一千一百六十三户，铜元二万五千七百七十七千五百文。

一、支散放本城镇四百十七户，铜元一千零二十一千五百文。

一、支补放浦厂闸振归来流民七千七百十户，铜元六千零七十一千五百文。

一、支遣散城外席棚流民二千一百八十户，共放铜元四百三十六千文。

一、支章令桢拨放内外监候讯所人犯二百余名，合计铜元二百千文。

共支散放铜元一十九万三千五百四十六千文

一、支拨还转运湘米沪镇亏垫库平银一千零三十五两六钱二分九厘，〡〥〣核铜元一千五百八十四千五百十文。

一、支转运湘米三千一百零七石，由浦起车八里，过驳舟运六十里，至大关起车五里入城。舟车各费，每石〡〨核铜元五百五十九千二百六十文。

一、支转运铜元二十万，分布县境三百里内八局，舟车各费合共铜元八百八十八千五百文。

一、支护运铜元、湘米并城乡八局弹压兵队饭食，合共铜元二百九十四千五百文。

共支拨用铜元三千三百二十六千七百七十文。

一、支拨振山阳县湘米二十八万四千四百八十一斤，核二千零三十二石。

一、支散放本城镇二千六百二十六户，湘米八万六千三百八十斤，核六百十七石。

一、支补放各镇一千一百零七户，湘米三万三千三百斤，核二百三十八石。

一、支补放浦厂闻振归来流民七千三百五十三户，湘米七万三千三百十斤，核五百二十四石。

一、支散放各局左右无家流民湘米一万七千三百六十斤，核一百二十四石。

一、支秤斛折耗湘米五千五百九十九斤，核四十石。

共支拨振湘米二千零三十二石，散放湘米一千五百零三石，折耗湘米四十石。

一、支散放十二镇饥民及城厢内外流民棉衣裤三千八百五十套

通共开支铜元一十九万六千八百七十二千七百七十文，湘米三千五百七十五石，棉衣裤三千八百五十套。

一、查户生三十二人，历查四十余日，每人每日车价饭食五百，共用铜元六百余千。除盛宫保津贴五百元外，余由锡晋代备，不支正项。

一、城乡八局，每局二十余人，散放五十余日，上下饭食并局用灯烛、纸笔及道殣掩埋、病黎药物、刷印振票九万、刊刻告灾图启千册，共用铜元一千余千，概由锡晋自备，不支正项。

一、浙、皖、湘、冀、苏、常、锡、沪同人来往舟车旅费，概由同人自备，其不能自备者，由锡晋津贴，不支正项，以符历年义振旧例。

将收抵支，实存铜元一千七百五十一千九百六十文，湘米一千五百四十石，棉衣裤一百五十套。

丁未续办淮振留安查放收支总数

收管项下：

一、收冬存铜元一千七百五十一千九百六十文

一、收冬存湘米一千五百四十石

一、收冬存棉衣裤一百五十套

一、收张委凌运交义振铜元四万千，计二百箱，封条尽换，头板尽破，由裕通典会委过点五箱，少数五十八千。委请章令当堂过点一箱，少数十二千。书条赔补七十千，委之而去。（后由清江遇见，邀禀提调索还。）余由裕通会局过点一百九十四箱，共少六百四十四千，实到铜元三万九千三百五十六千文。

一、收章令派友运交官振银四万两，兑换铜元五万九千七百七十千，内除章令开支由浦运安水脚并木箱等费二百九十五千八百四十，实到铜元五万九千四百七十四千一百六十文。（过点少数二百零四千五百，章令点补，点后开放，又有私铸铜元一百二十余千，由锡晋贴换。）

一、收邵委承灏运交官振铜元三万千，由局会委过点，少数一百三十千零五百六十，

实到铜元二万九千八百六十九千四百四十文。

一、收邵委承灏运交官振铜元二万千，由局会委过点，少数一百四十七千零七十，实到铜元一万九千八百五十二千九百三十文。

一、收金委秉达拨交同人领运官振铜元五万千文。（自奉督抚宪严批谕禁，过点并无搀伪少数。）

一、收章令移交平粜米价铜元五万千文

一、收堵任移交积谷铜元四千千文

一、收章令移交积谷铜元八千一百千文

一、收长男宗愈由奉捐募首汇曹〔漕〕平银五百两，续汇曹〔漕〕平银二百两。次男宗郭由锡捐募湘振余款移拨曹〔漕〕平银三百两，合成千两，汇解盛宫保，兑换铜元二千千文。

一、收次男宗郭由锡捐募淮振曹〔漕〕平银一百两，兑换铜元一百五十千文。

一、收安邑严广居典田捐助铜元八十千文

一、收安邑朱晋三（捐缴铜元二十五千），左成统、左成缙（捐缴铜元二十千），纪如川（捐缴铜元十二千），合共铜元五十七千文。

共收铜元二十六万四千六百九十一千四百九十文

一、收周委良佐运交玉米四千五百五十八包，除皮净重六十一万九千八百五十六斤。

一、收周委良佐运交高粱二千六百六十二包，除皮净重三十五万三千二百七十五斤。

一、收章令运交子种高粱四百九十包，除皮净重六万四千四百四十五斤。

一、收章令运交子种玉米四百九十七包，除皮净重六万五千五百斤。

一、收章令移交平粜未用玉米一千六百五十八包，除皮净重二十二万五千一百斤。

一、收章令移交平粜未用高粱二百九十四包，除皮净重三万九千一百斤。

共收高粱、玉米一万零一百五十九包，净重一百三十六万七千二百七十六斤。

通共收管铜元二十六万四千六百九十一千四百九十文，湘米一千五百四十石，棉衣裤一百五十套，高粱、玉米一万零一百五十九包，净重一百三十六万七千二百七十六斤。

开支项下：

一、支散放大飞镇一万四千三百八十户，铜元三万零八百五十一千五百文。

一、支散放五港镇一万四千五百三十二户，铜元三万一千八百六十千文。

一、支散放潮河镇七千二百七十四户，铜元一万七千八百七十一千文。

一、支散放长乐镇四千四百三十五户，铜元九千九百十七千五百文。

一、支散放鱼场镇二千四百六十二户，铜元五千六百三十五千文。

一、支散放陈溪镇八千五百八十七户，铜元一万九千零七十六千五百文。

一、支散放岔庙镇九千一百八十二户，铜元二万一千二百零六千五百文。

一、支散放金城镇二千零四十六户，铜元四千九百十五千五百文。

一、支散放阜民镇四千零五十九户，铜元六千九百二十四千文。

一、支散放东路镇九千五百二十五户，铜元一万八千三百七十四千五百文。

一、支散放西路镇一万二千零十八户，铜元二万四千一百零五千五百文。

一、支散放本城镇二千九百十四户，铜元四千八百十六千五百文。

一、支散放大飞镇加振一万四千三百三十二户（照春振六成），铜元一万八千四百十八千二百文，杂粮一千二百七十斤。

一、支散放五港镇加振一万四千四百四十四户（照春振六成），铜元一万零七百零九千七百文。

一、支散放长乐镇加振四千四百零八户（照春振六成），铜元五千零六十二千八百文，杂粮二万八千四百十斤。

一、支散放鱼场镇加振二千四百五十一户（照春振五成），铜元二千七百九十五千二百五十文，杂粮五百六十三斤。

一、支散放陈溪镇加振八千五百五十六户（照春振五成），铜元九千四百九十六千文。

一、支散放岔庙镇加振九千一百七十三户（照春振五成），铜元八千二百四十六千文，杂粮七万七千九百四十四斤。

一、支散放金城镇加振二千零二十七户（照春振五成），铜元二千四百二十三千七百五十文，杂粮四百九十一斤。

一、支散放阜民镇加振四千零二十七户（照春振五成），铜元二千三百四十千零七百五十文，杂粮三万七千零十二斤。

一、支散放东路镇加振九千三百九十五户（照春振五成），铜元二千文，杂粮三十万零四千一百七十七斤。

一、支散放西路镇加振一万一千九百零六户（照春振五成），铜元二千四百二十九千二百五十文，杂粮二十九万一千五百五十六斤，湘米一万五千九百三十五斤，丨㐅核一百十三石八斗二升。

一、支散放本城镇加振二千九百零九户（照春振五成），铜元八千文，杂粮八千零八十八斤，湘米四万三千零七十斤，丨㐅核三百零七石六斗四升。

一、支散放各镇急振一百五十五户，铜元七十七千一百文。

一、支散放各镇子种杂粮三百三十六石二斗五升，丨㐅核四万七千零七十五斤。

一、支散放陈溪镇子种杂粮迟到折给铜元二百八十八千二百八十文

共支散放铜元二十六万一千八百六十八千三百八十文，散放湘米四百二十一石四斗六升，散放杂粮一百二十九万七千八百三十六斤。

一、支冬振后、春振先，能仁寺暂设粥厂，留养流民八百九十九户，一千七百九十二口。正月十八起，二十八止，凡十有一日。每口每日扯米四合，共用湘米七十九石一斗。

一、支能仁寺暂设粥厂柴薪、锅杓、纸笔、油烛并水火夫役饭食，共用铜元四十八千文。

一、支资遣能仁寺粥厂流民八百九十九户回籍候振，共用湘米八千二百八十斤，丨㐅核五十九石一斗四升。

一、支城南大王庙粥厂，验口给票散粥，分养流民二千一百十户，大小三千二百六十二口。三月初四起，四月二十六止，凡五十三日。每口每日扯米四合，共用湘米六百九十一石。

一、支城南粥厂柴薪、锅杓、纸笔、油烛及水火夫役、弹压兵队饭食，共用铜元五百六十七千文。

一、支城西能仁寺分设粥厂留养病黎六百二十户，大小一千三百十一口。四月朔起，四月晦止，凡三十日。每口每日扯米三合有零，共用湘米一百三十三石。

一、支城西粥厂柴薪、纸笔、油烛及水火夫役饭食，共用铜元一百五十八千文。

一、支先后资遣南厂流民、西厂病黎二千四百七十户，大小四千零五十七口。

共用湘米九千九百八十一斤，〡〤核七十一石三斗，铜元四千五百文，杂粮五万五千九百五十斤。

一、支转运铜元二十余万千，由大关起岸，陆运五里，至本城总局。由蔡工起岸，陆运七里，至五港总局。复由港局陆运四十里，至佃湖分局，陆运六十里，至小尖分局。由蔡工水运一百二十里，转五丈河，抵王家渡起岸，陆运三里，至麻垛分局。先后舟车脚费，共用铜元八百九十三千文。

一、支转运高粱、玉米一万余包，由大关起岸，陆运五里入城仓。由蔡工起岸，陆运七里，至五港总局，复由港局陆运四十里，至佃湖分局，陆运六十里，至小尖分局。由蔡工水运一百二十里，转五丈河，抵王家渡起岸，陆运三里，至麻垛分局。先后舟车脚费，共用铜元六百八十七千文。

一、支转运铜元、粮食，沿途监送与城乡各局弹压兵队，及放粮抬包过斛夫役，合共四十余人，先后百有余日饭食，共用铜元四百七十三千文。

共支拨用铜元二千八百三十千零五百文，煮振资遣湘米一千零三十三石五斗四升，资遣杂粮五万五千九百五十斤。

一、支振局食用湘米四十四石

一、支秤斛折耗湘米四十一石

一、支秤斛折耗杂粮一万三千四百九十斤

共支折耗食用湘米八十五石，折耗杂粮一万三千四百九十斤。

通共开支铜元二十六万四千六百九十八千八百八十文，湘米一千五百四十石，高粱、玉米一百三十六万七千二百七十六斤。

一、棉衣裤一百五十套，计共六包，将放检视，并非衣裤，猥系被褥，势难遍给，未便开放。春振竣后，移交经办接婴所郭绅恩浩招典估价待售，接济留养灾户遗孩。

一、杂粮口袋一万零一百五十九只，运交章令，转解道辕。

一、湘米口袋三千只，剔除破碎与贴补解道粮袋外，实存二千五百只，拨交胡绅得标估价待售，购办药物，开办医局，以恤病黎。

一、查户生四十人，分查四十余日，每人食用并车价队饭，日给五百，共用铜元七百余千，由锡晋代备，不支正项。

一、城乡八局，办理散放与经管铜元、粮食、书写牌榜、点名引进诸人，及厨丁杂役，局约二十人，散放两振百有余日，上下饭食并局用灯烛、纸笔及道殣掩埋、病黎方药，共用铜元一千三百余千，由锡晋自备，不支正项。

一、浙、皖、湘、冀、苏、常、锡、沪同人往来舟车旅费，概由同人自备，其不能自备者，由锡晋津贴，不支正项，以符历年义振旧例。

将收抵支，实亏铜元七千三百九十文，由锡晋垫用。

丙午筹办湘振由锡捐解总数

收管项下：

一、收锡捐洋二千三百十五元。(清数列后)

一、收太捐洋四十三元。(清数列后)

一、收京捐洋五十四元，钱四百文。(清数列后)

一、收淮捐洋一百二十一元。(清数列后)

通共收管洋二千五百三十三元，钱四百文。

开支项下：

一、支第一次寄交施子英观察汇湘洋一千元。

一、支第二次寄交施子英观察汇湘洋一千元。

通共开支洋二千元

将收抵支，实存洋五百三十三元，钱四百文，移解淮振。

丙午丁未筹办淮振奉锡捐解总数

收管项下：

一、收湘振余款洋五百三十三元，钱四百文，〦〣兑曹〔漕〕平银三百六十二两七钱一分二厘。

一、收奉捐沈平银四百二十两，〩〣核曹〔漕〕平银四百十一两六钱。(清数列后)

一、收奉捐洋三百五十七元，〦〤兑沈平银二百二十八两四钱八分，〩〣核曹〔漕〕平银二百二十三两九钱一分。(清数列后)

一、收锡、海、安捐洋一百二十二元三角，钱三千文，〦〣兑曹〔漕〕平银八十五两二钱四厘。(清数列后)

一、收唐慕记凑汇捐曹〔漕〕平银十六两五钱七分四厘。

通共收管曹平银一千一百两

开支项下：

一、支由奉汇淮曹〔漕〕平银七百两

一、支由锡汇淮〔漕〕曹平银四百两

通共开支曹〔漕〕平银一千一百两

将收抵支，尽解无余。

秦振锡捐清数

唐履记捐洋五百元　余菱溪善士捐镇平银三十两　唐和乐堂捐洋三百元　高颂埙善士捐洋一百七十元　华承德堂募漕平银五百两　补过氏捐洋十元　唐浩镇等(敬祷、萱愈)捐镇平银一千两　庞诒记捐洋十元　广公善捐镇平银五百两　顾祖寿善士捐洋三十元　唐履记捐镇平银二百两　七十寿捐洋一百元　蔡兼三善士捐镇平银一百两　余子建善士捐镇平银三十两　唐锡九善士捐镇平银一百两　顾明记捐洋一百元　薛慈明善士捐镇平银十七两　顾养记捐洋一百元　周舜卿善士捐规银四百两　无名氏(孙云峰募)捐洋九元九角　无名氏(广盛募)捐洋二百元　邓云锄善士捐洋三十元　无名氏(同仁椿募)捐铜洋五元，镕银售洋一元五角。　无名氏捐洋十元　周子田善士捐洋三元　邹博雅堂捐洋十元　唐忠敬堂捐镇平银六十两　王云卿善士(吴子言募)捐洋一元　唐忠信堂捐镇平银四十两　无名氏(晋生募）捐洋五元　张朗如善士捐洋八十一元五角　周仲芳善士捐洋十元　不服药捐洋三十元　杨李氏捐洋两元　吴叔平善士捐镇平银四十两　蔡邹氏捐洋两元　无名氏（唐宝璜募）捐洋四元　姚氏女史捐洋两元　绛云女史捐洋十元　无名氏（林万生募）捐洋二十元　宗愈祷弟痰消捐洋十元　无名氏（林万生）捐洋一百元　宗郭求痰速愈捐洋三元　无名氏（沈仙洲募）捐洋一百元　湘筠女史捐洋一元　无病氏捐洋三十元　环记捐洋五角　朱应铨善士（唐水成募）捐洋十元　璠记捐洋一元　寡过未能（秦卓夫募）捐洋一元　珉记捐洋二元五角　秦裕德堂（秦卓夫募）捐洋一元　乞灵氏捐洋二元　余宝根善士（沈永孚募）捐洋一元　金威卿善士捐洋十元　石耀先善士（沈永孚募）捐洋一元　金威卿善士募铜洋二元，镕售六角　邓含章善士捐洋三十元　祝森九善士捐洋十元　蔡芾堂捐洋十元　无名氏（蔡兼三募）捐洋二十元　无求氏（李翼臣经手募）捐洋一百元　唐履记（协振江阴泗江口）捐洋三百元　保康氏（振后募来协济江阴）捐洋五百五十元

右锡字册募洋三千零四十六元五角，镇平银二千一百七十两，漕平银五百两，规银四百两。

王少卿善士捐洋十元　求安氏捐洋六元　无名氏捐洋二元

右锡字第三册杨鉴三善士募洋十八元

龚少渤善士捐洋一元　售皮袖捐洋三元　祝氏请奖余款捐洋二十元

右锡字第三十二册龚少渤善士募洋二十四元

许仪卿善士捐洋十元　许雨皋善士捐洋一元

右锡字第六十四册张子惠善士募洋十一元

无名氏捐洋一元　洽记捐大洋一元小洋五角　乌有先生捐洋五角（铜洋一元二角镕售）　无名氏捐小洋五角　敩拙生捐洋一元　无力善士捐小洋二角　跨虹氏捐洋一元　无名女史捐洋二角二分（钱二百兑）　天爵堂捐洋一元　孙雍记捐小洋四角　侯孙氏捐洋一元　孙二保捐小洋二角　孙仰记捐洋一元　孙萼记捐小洋二角　顺恕堂捐洋一元　华云记捐小洋五角　孙姚记捐小洋五角　施补记捐小洋二角　宝善堂捐洋一元　恒誉捐小洋五角　孙汇记捐小洋五角　无名氏捐小洋三角　孙阳生捐小洋三角　鲍义盛捐洋一元　万太和捐小洋五角　无名字捐小洋六角　郭记捐小洋五角　无名字捐洋一元　孙茂记捐小洋二角　无名字捐小洋四角

右锡字第六十五册孙俪峙善士募洋十一元七角二分，小洋七十角。

高秀岩善士捐洋二元　杨耕岩善士捐洋一元　朱浩川善士捐洋一元　种德捐洋一元

右锡字第九十一册施瑞亭善士募洋五元

俞恒德善士捐洋五元　高启秀善士捐洋三元　俞经德善士捐洋三元　高惠周善士捐洋一元　高李氏捐洋二元　高丁氏捐洋一元　胡士贤善士捐洋一元　高福昌善士捐洋一元　高文焕善士捐洋一元　高见福记捐洋二元　刘李氏捐洋一元　许翊周善士捐洋一元　高智记捐洋一元　黄伯云善士捐洋一元　俞朱氏捐洋一元　耐盦主捐洋一元　朱静思善士捐洋一元　顾荣益善士捐洋一元　过修敬善士捐洋一元　养心舍捐洋一元　过笃庆善士捐洋一元　方姚氏捐洋一元　过修敬善士捐洋一元　过敦裕善士捐洋一元　过聚顺善士捐洋一元　顾和乐善士捐洋一元　过余德善士捐洋一元　俞云记捐洋一元　俞葆辰善士捐洋一元　俞肇基善士捐洋一元

右锡字第九十二册高秀岩善士募洋四十元

梁溪宋捐洋一百元　孙嘉会堂捐洋十元　葑溪孙捐洋四十八元　江溪桥杨叔记捐洋十元　孙仁记捐洋八十元　堰桥胡怀德堂捐洋十元　孙经畬堂捐洋六十元　葑溪孙晋记捐洋十元　过示记捐洋五十元

右锡字第一百十一册孙亦千善士募洋三百七十八元

寄沤捐洋一元

右锡字第一百二十一册利济坛募洋一元

勉力人捐洋四十元　程氏捐洋二元　无求氏（保佑、康健）捐洋二十元　无名善士捐洋五元　顾无名（保佑、康健）捐洋十元　慎记捐洋五元　不书名求平安捐洋十元　高德捐洋二元　无名氏捐洋四元　亨元捐洋二元

右锡字第一百三十三册鲍朗周善士募洋一百元

窦桂荫善士捐洋二元　钱翰臣善士捐洋一元　钱石荪善士捐洋一元　李竹云卿善士捐洋一元

右锡字第一百五十一册窦晓湘善士募洋五元

周隆兴祷病捐洋十元

右锡字第一百五十三册沈凤冈善士募洋十元

邹敬斋善士捐洋一元　钱耕香善士捐洋二元　朱梦蝶善士捐洋二元　郑秋亭善士捐洋一元　邹永福善士捐洋十元　钱正昌善士捐洋一元　润通典捐洋五元　邹景福善士捐洋五元　邹锦山善士捐洋五元　补过氏捐洋二十元　项家桥张捐洋二元　钱月楼善士捐洋一元　邹德宣善士捐洋三元

右锡字第一百六十六册邹敬斋善士募洋五十八元

邹少岵善士捐洋一元　徐瑞龙善士捐洋一元　邹文衡善士捐洋二元　心诚求安捐洋一元　邹宾门善士捐洋二元　邹女史捐洋一元　邹子廉善士捐洋一元　善邻堂捐洋一元　朱麒麟善士捐洋六元　李信源善士捐洋一元　邹兴三善士捐洋二元　邹式卿善士捐洋二元

右锡字第一百六十九册朱梦蝶善士募洋二十一元

李记捐洋四元　张少记捐洋一元　龚记捐洋二元　无名氏捐洋四角　无名氏捐洋五角　不留名捐洋五角　仁记捐洋四角　甲官捐洋二元　不留名捐洋一元

右锡字第一百四十一册吴子瑜善士募洋十一元八角

吴子瑜善士捐洋二元　求母寿捐洋二元　保平安捐洋二元　螟巢捐洋一元　正义赵捐洋一元　王俞捐洋二角

右锡字第一百四十二册吴子瑜善士募洋八元二角

王鼎和善士捐洋一元　雪鸿轩捐洋一元　崇德堂捐洋二元　无名氏捐洋一元　庆德堂捐洋一元　宝俭堂捐洋一元　培元堂捐洋二元　思诚堂捐洋一元　宝善堂捐洋一元　凤翙堂捐洋一元　景贤堂捐洋一元　宝善堂捐洋一元　思补斋捐洋十元

右锡字第一百四十三册吴子瑾善士募洋二十四元

朱千玉堂捐小洋一千角　无名氏捐洋二十元　王思亲善士捐洋二元　倪琴山善士捐洋一元　俞培泉善士捐洋四元　倪芸山善士捐洋三元　倪协山善山捐洋一元　周显清善士捐洋五元　倪乐山善山捐洋一元　钱锦树善士捐洋五元　杨道渊善士捐洋二元　惠仲和善士捐洋二元　陆蔼记捐洋十元　金辅卿善士捐洋一元　无名氏捐洋十元　王友三善士捐洋十

元　龚逸卿善士捐洋一元　王心梅善士捐洋一元　惠亮卿善士捐洋三元　丁志仁善士捐洋十元　惠吉斋善士捐洋一元　沈步云善士捐洋一元　俞厚记捐洋二元　无名氏捐洋二元　程顺记捐洋一元　程献记捐洋一元　钱德顺捐洋一元

右锡字第一百四十五册倪达夫善士募洋一百零一元，小洋一千角。

李静斋善士捐洋二十元

右锡字第三十四册丁寅清善士募洋二十元

杨联芳善士捐洋一元　王澄记捐洋一元　秦经畬捐小洋十角　秦翠凝捐小洋十角　杨籍记捐洋一元　杨友于善士捐小洋五角　杨厚记捐洋一元　无名氏捐洋一元　顾廷瑞善士捐洋一元　杨苏生善士捐洋一元　高景记捐小洋七角　杨耕记捐洋一元

右锡字第六十七册高锦泉善士募洋八元，小洋三十二角。

周德润善士捐洋十元　殷氏女史捐洋二元　孙寿宝善士捐洋五元　陆鸣叔善士捐洋一元　张诒燕捐洋一元　单钰初善士捐洋一元　孙念祖善士捐洋二元　陆永慎善士捐洋五元　邱士梁善士捐洋一元

右锡字第六十八册高锦泉善士募洋二十八元

许竹猗善士捐洋二元　许雨皋善士捐洋一元　陆松琴善士捐洋一元

右锡字第六十九册高锦泉善士募洋四元

求志居捐洋一元　萱荫居捐洋一元　锡慧居捐小洋四角　望芹捐小洋四角　知足子捐小洋四角　无力子捐小洋四角　杨叔平善士捐大洋五角　华子英善士捐大洋五角　杨诂清善士捐小洋四角　不书名捐洋一元　侯怀德堂捐小洋二角　侯仲柳善士捐小洋二角　薛宝善堂捐洋一元　顾学明善士捐洋一元　有心无力捐洋一元　杨庆衍捐洋一元　知足轩捐洋二元

右锡字第七十册高锦泉善士募洋十元，小洋二十四角。

朱君采善士捐洋二元　侯复初善士捐洋一元　邹竹卿善士捐洋一元　韩瀛洲善士捐洋一元　盖承志善士捐洋一元

右锡字第四册邹莘农善士募洋六元

共收锡捐镇平银二千一百七十两，漕平银五百两，规银四百两，洋三千九百五十元零二角二分，小洋一千一百二十六角。

秦振太捐清数

桑寄生捐小洋五角　权羡捐小洋十角　沧江钓徒捐小洋五角　自强生冯捐小洋四角　藏九山房捐小洋五角　眠云樵子捐小洋六角　渊潜子捐小洋五角　帆山居士捐小洋五角　漱石山房捐小洋五角　桂馨书屋捐小洋五角　不留名捐小洋五角　隐溪居捐小洋五角　修竹居捐小洋五角　不书名捐小洋五角　潇湘室捐小洋五角　淑珠女史捐小洋五角　罗浮山人捐小洋五角　啸月楼主人捐小洋五角　嘉蕖居捐小洋五角　环球捐洋一元

右太字第一册汪闰孙善士募洋一元，小洋一百角。

福幼捐洋一元　阿茧捐洋一元　漱醪捐洋五角　一枝巢捐洋三元　双修捐洋五角　澹然居捐洋三元　汪省吾善士捐洋十元　弇西赘民捐洋二元　汪还朋善士捐洋五角　月圆人寿轩捐洋二元　汪莒兰善士捐洋五角　莘记捐洋二元　守约捐洋二元　仲记捐洋二元　礼

记捐洋一元　成记捐洋一元　满春捐洋一元　采记捐洋五元　檠记捐洋一元　心记捐洋三元　省吾楼周捐洋一元

右太字第二册汪闰孙善士募洋四十三元

寿萱阁捐洋十元　钱思永善士捐洋十元　维善轩捐洋五元　回头人捐洋二元　宝德堂捐洋五元　汪禊亭善士捐洋二元　延陵氏捐洋二元　荣桂书屋捐洋四元　毓兰室捐洋六元　楚材馆捐洋三元　卿云斋捐洋三元　长泰号捐洋一元　必昌捐洋一元

右太字第三册汪闰孙善士募洋五十四元

怀葛轩捐洋十元　诵芬室捐洋二元　菊隐捐洋五元　履福堂捐洋二元　瀛洲散仙捐洋二元　怀玉居捐洋三元　彭城氏捐洋四元　彭城氏捐洋六元　同记捐洋三元　蒋钱氏捐小洋五角　降寅室捐洋三元　侣鷗轩捐洋三元　自怡轩捐洋三元　第一吉祥斋捐洋三元　乐寿堂捐洋二元　梦萱居捐洋二元

右太字第四册汪闰孙善士募洋五十三元，小洋五角。

众擎室(伯骝经募)捐洋十八元　回头人捐洋二元　李楚卿善士捐洋四元　惠君女史捐洋一元　渊玉阁捐洋一百元

右太字第五册汪闰孙善士募洋一百二十五元。

共收太捐洋二百七十六元，小洋一百零五角。

秦振常捐清数

节春宴费捐洋三百元　不书名李捐洋一元　昆陵崇德堂捐洋五十元　不书名尤捐洋一元　赵延真(佛事移助)捐洋十元　不书名骆捐洋一元　钜昌和捐洋六元　不书名丁捐洋一元　义丰恒捐洋五元　不书名李捐洋一元　孙畴九善士捐洋一元　不书名薛捐洋一元　不书名胡捐洋三元　不书名张捐洋一元　不书名刘捐洋一元　不书名捐洋一元　费凌云善士捐洋一元　不书名张捐洋一元　陆晓楼善士捐洋一元　陆兆麟善士捐洋三元　庄柄官捐洋一元　安记捐洋五角　不书名捐洋二角　不书名捐洋二角　王润益善士捐洋三角　周仁沅善士捐洋二角　不书名捐洋三角　不书名捐洋二角　不书名捐洋二角　徐双庆移忏捐洋三元　不书名捐洋一元　元大恒捐洋二元　钱卓承善士捐洋一元

右常字册张伯卿善士募洋四百元。(内小洋二十一角，合大洋二元。)

惜食子捐洋十二元　徐雅亭善士捐小洋十角　树德堂捐洋十元　鲍翰如善土捐小洋十角　悔过子捐洋十元　不书名捐小洋五角　祥丰号捐洋五元　盛逸书善士捐洋三元　丁荆泉善士捐洋二元　万士英善士捐小洋十角　洪豫号捐洋一元　万士俊善士捐小洋十角　吴汝明善士捐洋二元　陈复源善士捐小洋五角　王鸿卿善士捐洋一元　邵芝清善士捐小洋五角　不书名捐洋一元　陈三大善士捐小洋五角　谦益泰号捐洋五角　省庵捐洋一元　金士荣善士捐洋五角　周伯森善士捐洋十元　金亭川善士捐洋五角　陈法元善士捐洋一元　何福泰善士捐洋五角　蒋智明善士捐洋十元　许叙海善士捐洋五角　承焕荣善士捐洋六元　陈宝大捐洋五角　承锡鹏善士捐洋六元　欧春茂捐洋一元　鼎裕典捐洋二元　史家桢善士捐洋十角　查鉴清善士捐洋一元　任耀珊善士捐洋二元　杨厚斋善士捐洋一元　怀德堂捐洋一元　吴俊明善士捐洋一元　谈际阳善士捐洋五角　潘抟九善士捐洋一元　王海大善士捐洋一元　潘幼琴善士捐洋一元　曹纪法善士捐洋一元　不书名捐洋一元　潘亮之善士捐

洋一元　不书名捐洋五角　潘德松善士捐洋五角　蒋葆林善士捐洋五角　潘葆钧善士捐洋一元　不书名捐洋一元　鲍玮清善士捐洋二元　鲍受之善士捐洋二元　储子绍善士捐洋一元　吴亮卿善士捐洋五元　朱冠儒善士捐洋一元　周肯甫善士捐洋十角　潘韶九善士捐洋一元　罗西清善士捐洋一元　吕益生善士捐洋一元　高子赓善士捐大洋五元小洋五十角　蒋爱川善士捐洋一元　陈朗如善士捐洋二元　蒋顺川善士捐洋一元　许云春善士捐洋四元　钱数川善士捐洋一元　许铸青善士捐洋三元　顾鉴堂善士捐洋十角　郑鸿宾善士捐洋一元　顾松茂善士捐洋四十角　高恒裕捐洋二元　许朗山善士捐洋十元　不书名捐洋十三元　陆亮川善士捐洋五元　三茂捐洋十元　孟步云善士捐洋十元　蒋锡珍善士捐洋五元　李荫棠善士捐洋十元　朱佐君善士捐洋一元　裕泰捐洋二元　葛逸云善士捐洋十元　祥泰和捐洋一元　陈子馥善士捐洋十元　不书名捐洋一元　王慕湘善士捐洋五元　永康捐洋一元　钱文会堂捐洋五元　义丰捐洋三元　王凤冈善士捐洋二元　张直甫善士捐洋二十五元　不书名捐洋二十二元　徐张氏捐洋二元　不书名捐洋二元　张麟祥善士捐洋一元　不书名捐洋五角　玉兰溪善士捐洋一元　不书名捐洋三十元　鲍少怀善士捐洋十元　不书名捐洋二元　不书名捐大洋一元小洋十角　不书名捐洋五元　不书名捐洋二元　蒋松泉善士捐洋一元　不书名捐洋一元　怡和号捐洋一元　谢兰荫堂捐洋六元　同泰号捐洋三元　不书名捐洋二元　怡兴号捐洋三元　不书名捐洋五角　义成号捐洋一元　不书名捐洋五元　居仲康善士捐洋一元　洪泰捐洋五元　陈维坤善士捐洋二元

右张伯卿善士经募大洋三百七十元，小洋二百五十角。

共收常捐大洋七百七十元，小洋二百五十角。

秦振苏捐清数

昌顺捐洋六元　不书名捐洋六元

右苏字第四册钱以湘善士经募洋十二元

不书名捐洋一元　阿媛捐洋一元　怡记捐洋一元　怡红捐洋一元

右苏字第六册募洋四元

顾贻善捐洋十元　黄青莲善士捐洋二元　黄映斋善士捐洋一元　陈成记捐洋十五元　黄养梧善士捐洋二元　保安康捐洋十元　黄勉行善士捐洋二元　华绍记捐洋二元　陈耕新善士捐洋二元　陈荣记捐洋一元　陈梦记捐洋一元　黄心记捐洋二元　陈太记捐洋三元　随缘子捐洋三元　陈寅生善士捐洋二元　陈桂记捐洋二元　王全德善士捐洋一元　陈庚记捐洋一元

右苏字第八册陈屺瞻善士经募洋六十二元

震泽学夏捐洋四元　王哲人善士捐洋六元　徐有壬（代子求名）捐洋十元　忘记名捐洋八元　顾爱日捐洋四元　忘记名捐洋二元　钱同乐捐洋一百元

右苏字第九册钱葵生广文经募洋一百三十四元

开福堂沈捐洋四元　无名氏捐洋二元　凝远堂冯捐洋二元

右苏字第十二册冯孝臣善士募洋八元

沈壶卢捐洋一元

右苏字第十七册募洋一元

树德堂捐洋五元　顺康庄捐洋二元　无间氏捐洋五元　吴树德捐洋二元　致中和捐洋二元　无名女史捐洋五元　玉尺堂捐洋一元　无名氏捐洋二元　烧香移振捐洋一元

右苏字第十八册汪子砚太守募洋二十五元

共收苏捐洋二百四十六元

秦振淮捐清数

淮安府正堂许捐库平银一百两　盐城积庆堂捐洋三十元　淮安府学正堂汪捐漕平银十两　盐城乐善堂捐洋三十元　山阳学副堂李捐漕平银十两　盐城惜阴堂捐洋十元　武陵孙许氏捐漕平银四两　盐城敦厚堂捐洋十五元　吴陵纯性主人捐漕平银四两　盐城崇善堂捐洋十五元　淮阴安怀堂捐漕平银二两　阜宁县正堂卢捐库平银五十两　山阳县正堂李捐漕平银六十两　薛荣昌善士捐洋十元　蒋伯斧善士捐洋十元　胡邦烈善士捐洋十元　盐城五柳堂捐洋二十元　于志文善士捐洋四十元　刘于宏善士捐洋十元　赵广源捐洋六元　恒裕隆善士捐洋五元　高大兴捐洋五元　兴泰和捐洋十元　清河县正堂洪捐漕平银二十两　顾培之善士捐洋二元　安东县正堂张捐洋十元　杨士煌善士捐洋二元　桃源县正堂舒捐漕平银二十两

右淮字册（汪子砚太守、李顺生广文）经募库平银一百五十两，漕平银一百三十两，洋二百四十元。

注：以上淮捐并兑漕平银四百五十两，由汪鲁门司马经手汇陕。

秦振浙捐清数

点心田善士捐洋二元　蒋树镛善士捐洋五角　蒋彦渠善士捐洋一元　赵国安善士捐洋五角　蒋映台善士捐洋一元　张周氏捐洋一元　黄传和善士捐洋五角　语溪子捐洋一元　陈光明善士捐洋五角

右杭字第三十八册汪苻生直刺经募洋八元

燕诒堂捐洋二元　源泰号捐洋一元　同昌亨记捐洋二元　周星三善士捐洋一元　鼎新亨记捐洋二元　林云樵善士捐洋五角　李炳南善士捐洋五角　林赞臣善士捐洋二角　卢华士善士捐洋五角　王寿南善士捐洋二角　陶铭思善士捐洋五角　王馨斋善士捐洋二角　王耀南善士捐洋五角　陈苑甫善士捐洋二角　何玉舟善士捐洋五角　王郭皆善士捐洋二角

右杭字第三十九册汪苻生直刺经募洋十二元

姜月樵善士捐洋四元　无名氏捐洋一元

右杭字第四十三册汪苻生直刺经募洋五元

无名氏捐洋一元

右杭字第四十四册汪苻生直刺经募洋一元

盈记捐洋一元　鹅江道人捐洋一元　张善士捐洋一元　守真子邓捐洋一元　补读轩捐洋十元

右杭字第四十五册汪苻生直刺经募洋十四元

共收浙捐洋四十元

秦振台捐清数

不留名捐洋五角　不留名捐洋五角　不留名捐洋五角　不留名捐洋五角　不留名捐洋五角　不留名捐洋五角　不留名捐洋四角　不留名捐洋四角　不留名捐洋三角　不留名捐洋三角　不留名捐洋三角　不留名捐洋三角　不留名捐洋二元

右台字第一册吴介之善士经募洋七元

不留名捐洋五元　沙恒兴捐洋二元　恒亿捐洋二元五角　福盛捐洋一元　恒裕和捐洋一元五角　得记庄捐洋一元

右台字第二册张长吉善士经募洋十三元

周桢甫善士捐洋一元　周怡记捐洋五角　朱云伯善士捐洋一元　朱陈士善士捐洋一元　江伯谦善士捐洋五角　朱莲喜善士捐洋四元　江仰之善士捐洋一元　松寿捐洋五角　江正祥捐洋五角　不书名捐洋一元　不书名捐洋五角　不书名捐洋一元　不书名捐洋一元

右台字第三册朱云伯善士经募洋十三元五角

吕佐之善士募洋五元

右台字第五册募洋五元

共收台捐洋三十八元五角（系唐景襄广文转募）

湘振锡捐清数

武陵德畴氏捐洋五百元　唐守明善士捐洋四百三元三角

右锡字册募洋九百零三元三角

孙宝滋堂捐洋二百元

右锡字册募洋二百元

全子芗善士捐洋一百元

右锡字册龚少渤善士经募洋一百元

无名氏捐洋一百元

右锡字册朱旭侯善士经募洋一百元

隐名氏捐洋一百元

右锡字册祝寿松善士经募洋一百元

梁溪菊侬捐洋一元　振昌生捐洋五角　陶东升捐洋三元　梁溪居士捐洋二元　吴裕昌捐洋一元　思贤处捐洋一元　章氏捐洋二元　吴黄氏捐洋二元　无名氏捐洋一元　孙学记捐洋二元　杨恒泰捐洋一元　朱树记捐洋二元　吴大昌捐洋五角　陈赞记捐洋一元

右锡字册募洋十九元，小洋十角。

高宝善堂捐洋四元　徐来鸿堂捐洋一元　夏检封善士捐洋一元　高德兴捐洋一元　徐梧凤堂捐洋二元　无名氏捐洋四角　奚成立善士捐洋一元　协记捐洋四角　谢玉树善士捐洋一元　瀛洲氏捐洋十角　许裕后堂捐洋一元　无名氏捐洋十角　荫记捐洋一元　任飍昌捐洋十角　张玉记捐洋一元　刘校书堂捐洋十角　吴子和善士捐洋一元　卫生堂捐洋一元

信成泰捐洋二元　聚和衣庄捐洋四角　恒记捐洋一元　指荷堂捐洋五角　韩务本堂捐洋五角　偶遇生捐洋十角　尽义生捐洋四角　汤怀仁堂捐洋六角　张沛然善士捐洋四十角

右锡字册张沛然善士经募洋十九元，小洋一百二十二角。

还乐轩范捐洋五元　生记捐洋二元　补过氏捐洋一元　和记捐洋一元　廷记捐洋一元　滋记捐洋一元

右锡字册怡源庄经募洋十一元

求安氏捐洋二十元　广生氏捐洋一元　济顺公典捐洋二十元　伯埙氏捐洋一元　济顺代典捐洋十五元　华君记捐洋二元　慎康记捐洋十元　济世善士捐洋一元六角　公顺典捐洋十元　亿中子捐洋四元　济通典捐洋十元　不书名捐洋一元　无名氏捐洋十元　瀛海客捐洋一元　同顺公典捐洋十元　无名氏捐洋二元　不书名捐洋五元　隐名氏捐洋一元二角　元吉典捐洋三元　辽西氏捐洋一元　保安氏捐洋二元

右锡字册同和庄经募洋一百三十元，小洋八角。

无名氏捐洋十元

右锡字册温明远善士经募洋十元

寿润氏捐洋二十元　无名氏捐洋一元　王南康善士捐洋二元　汪岚波善士捐洋二元　无名氏捐洋五元　陈镜人善士捐洋二元　无名氏捐洋一元　陆寿卿善士捐洋二元　李隐名捐洋一元　王吉之善士捐洋五元　华孟记捐洋二元　彭宪文善士捐洋五元　侯小记捐洋二元　汤鲁泉善士捐洋二元　王仰记捐洋三元　戴桂冬善士捐洋二元　无名氏捐洋三元　无名氏捐洋五角　张承裕善士捐洋二元　苏立甫善士捐洋一元　无名氏捐洋五角

右锡字册唐屏周善士经募洋六十三元，小洋十角。

严可俭善士捐洋十元　潘耀模善士捐洋五元　鲁义茂善士捐洋二元　潘式范善士捐洋五元　无名氏捐洋二元　求资冥福宣氏捐洋五元　朱春氏捐洋一元　俞翠松女士捐洋一元　过炳氏捐洋一元　素贞女士捐洋一元　无名氏捐洋三元　吴兴氏捐洋一元　再生氏捐洋三元　无名氏捐洋三角　月卿女士捐洋二元　张昌宝善士捐洋一元　张寿康善士捐洋一元　张毓英女士捐洋一元　俞锡琪善士捐洋三元　张秀英女士捐洋一元　无名氏捐洋一元　张寿英女士捐洋一元

右锡字册张朗如善士经募洋五十一元，小洋三角。

恒和沦成记捐洋十元　昆和祥捐洋十元　程广顺涵记捐洋二元　吴阜如善士捐洋一元　吴任泉善士捐洋二元　仲云记捐洋一元　福康泰捐洋二元　王安雅堂捐洋一元　沈亭记捐洋一元　沈健记捐洋一元　周振记捐洋一元　省躬氏捐洋二元　沈忻记捐洋一元　无名氏捐洋一元　广平捐洋二元　乾顺庄捐洋二元　徐杏记捐洋一元　知非子捐洋一元

右锡字册同和庄经募洋四十二元

李萼辉善士捐洋二元　罗子玲善士捐洋二元　杨乘之善士捐洋二元　董伯川善川捐洋一元　王桂亭善士捐洋二元　钱保记捐洋一元　王春荣善士捐洋二元　王增泰善士捐洋二元　宋盘金善士捐洋二元　高泰捐洋一元

右锡字册募洋十七元

合兴泰捐洋二元　高善士捐洋二元　王善士捐洋一元　袁鸿成捐洋三元　大亨裕捐洋二元　沈致和堂捐洋一元　徐允大捐洋五元　乾丰捐洋二元　徐渐吉捐洋十元　新宏成捐洋一元　治记捐洋一元　杨云记捐洋一元　华善庆堂捐洋三元　裕昌捐洋二元　陈尚志堂

捐洋二元　陆慎德堂捐洋一元　丁善士捐洋一元　叶善士捐洋一元　杨善士捐洋一元　诚亿捐洋一元

右锡字册谢子记善士经募洋四十三元

太原子捐洋十元　太原捐洋一元　清和子捐洋十元　无名字捐洋二元　河南子捐洋三元　不留名捐洋三元　养性轩捐洋五元　西河子捐洋二元　彭城捐洋二元　无名氏捐洋二元

右锡字册洽大行经募洋四十元

孙宝滋捐洋十元　无名氏捐洋十元　颂记经手罚款拨洋二十元　无名氏捐洋一元　高仲埙善士捐洋五元　张封记捐洋一元　高叶记捐洋五元　胡宝记捐洋二十角　高震叔善士捐洋五元　艺经堂捐洋二元　无名氏捐洋二元　孙佑卿善士捐洋二元

右锡字册孙佑卿善士经募洋六十三元，小洋二十角。

许誉庆堂捐洋十元　仁德堂捐洋七元　侯氏捐洋八元　陈氏捐洋十元　丁仲英捐洋十元

右锡字册陈仲英善士经募洋四十五元

杨敬业善士捐洋一元　陶宝亭善士捐洋一元

右锡字册杨鉴三善士经募洋二元

许润孙善士捐洋二十元

右锡字册广盛庄经募洋二十元

宝善堂捐洋五元　黄寿奎善士捐洋五元

右锡字册六云亭善士经募洋十元

华仁镜求子病痊捐洋十元

右锡字册元章经募洋十元

杨艺芳善士捐洋三十元

右锡字册姚子辉善士经募洋三十元

无名氏捐洋三十元

右锡字册过显文善士经募洋三十元

恒源沧捐洋一元　同信昌捐洋一元　源长捐洋一元　隐名氏捐洋五角

右锡字册恒升经募洋三元，小洋五角。

烛业大善士捐洋十元　无名氏捐洋一元

右锡字册楼朗清善士经募洋十一元

顾姓罚捐洋十元

右锡字册过处经募洋十元

费秋舫善士捐洋十元　夏醮分善士捐洋十元　唐雍纶善士捐洋五元　夏保孩善士捐洋五元　夏本校善士捐洋五元

右锡字册唐梅初善士经募洋三十五元

陈孟锡善士捐洋十元　陈乐记捐洋五元

右锡字册义和经募洋十五元

杨心记捐洋三十元

右锡字册杨星记善士经募洋三十元

自反子捐洋二角　渔隐捐洋二角　率真子捐洋二角　阙名氏捐洋二角　邱桐捐洋二角　史鼎捐洋二角　慕徐捐洋二角　电翔捐洋一角　季飞捐洋二角　汪虎捐洋一角　蕴沂捐洋二角　羊华捐洋一角　自修子捐洋一角　不奴子捐洋一角

右锡字册募小洋二十三角

轶尘捐洋一元　云松居捐洋一元　公亮捐洋五角　树谷堂胡捐洋一元　仰鹏捐洋一元　吴韵洪善士捐洋一元　冷庵捐洋一元　小琪园捐洋一元　剑秋捐洋一元　小白捐洋一元五角　重生求妻冥福捐洋五元　晓白捐洋四角　李洪钧善士捐洋一元　二木捐洋三角　王念乔善士捐洋一元　弓长捐洋三角　李廷璋善士捐洋五角　咏沂捐洋四角　李汝江善士捐洋五角　王王捐洋二角　周子英善士捐洋五角　锐雷捐洋二角　叶仲辅善士捐洋五角　樵隐捐洋二角　梁利章善士捐洋三角　怀名捐洋一角

右锡字册李小白善士经募洋十六元，小洋五十四角。

心相安室捐洋二元　饮潒轩捐洋一元　蔡飞卿善士捐洋一元　通德堂捐洋四元　龚仲华善士捐洋一元

右锡字册郑伯和善士经募洋九元

赵瑞九善士捐洋五元　张蓉初求子病愈捐洋十七元四角　张子惠善士捐洋二元　顾宝善堂捐洋十元　李二女史捐洋一元　卫心捐洋一元　唐奂若女史（金簪兑助）捐洋二十八元　归彭城晋阳氏（杭绸衫售）捐洋六元五角　唐瑟若女史（金簪兑助）捐洋二十八元　姜自修女史（银镯兑助）捐洋一元七角　唐岐筠女史（求资冥福）捐洋四元

右锡字册募洋一百零三元，小洋十六角。

共收锡捐洋二千二百九十元零三角，小洋二百七十一角，丨一兑洋二十四元七角。

湘振太捐清数

柳阴书屋（求资冥福）捐洋十元　梦萱伉俪捐洋二元　拜玉主人（求资冥福）捐洋十元　茜兰女士捐洋一元　荃荃女士（求资冥福）捐洋三元　厚斋书生捐洋二元　还朋昆仲捐洋二元　钱姨奶奶捐洋一元　雨璆轩捐洋十元　钱三少奶奶捐洋一元　蒋盛氏捐洋一元

右太字册汪闰孙善士经募洋四十三元

湘振京捐清数

周斗卿善士捐洋十五元　曾子范善士捐洋二元　颜雍耆善士捐洋十五元　叶彬茹善士捐洋二元　曾恩保善士捐洋一元　曾嘉宜善士捐洋一元　刘尔裙善士捐洋一元　曾慎宜善士捐洋一元　刘锡玲善士捐洋十元　喜琴捐钱二百文　曾敬宜善士捐洋二元　瑞莲捐钱二百文　曾孟兰善士捐洋四元

右京字册颜雍耆善士经募洋五十四元，钱四百文。

湘振淮捐清数

裕通公典捐洋四十元　公记捐洋九元　郭鹭云善士捐洋十元　江炘如善士捐洋一元

黄湘文善士捐洋五元　无名氏捐洋二元　龚旭亭善士捐洋五元　王祉卿善士捐洋二元　胡俊卿善士捐洋二元　胡楚珩善士捐洋五元　庄德成善士捐洋二元　刁义甫善士捐洋二元　刘瑞筠善士捐洋一元

右淮字册郭石庵善士经募洋八十六元

诸位善士捐洋三十五元

右淮字册朱舫斋善士经募洋三十五元

共收淮捐洋一百二十一元

淮振奉捐清数

彭子嘉善士捐沈平银五十两　彭子嘉善士垫捐沈平银二百两　王渭生善士捐沈平银五十两　郭啸岑善士捐沈平银十两　付宝臣善士捐沈平银十两　唐慕记捐沈平银一百两

右奉字册募沈平银四百两二十两

赵燕孙善士捐洋四元　张励学善士捐洋一元　汪廷绅善士捐洋一元　周之德善士捐洋一元　熙序善士捐洋一元　文芸阁捐洋一元　顾浩佳善士捐洋一元　李克家善士捐洋五角　张任卿善士捐洋一元　文葆善士捐洋一元　顾孟养善士捐洋一元　汪搢臣善士捐洋一元　周让臣善士捐洋一元　熙伯纶善士捐洋一元　张时宗善士捐洋五角　闻鲁瞻善士捐洋五角　瑞仲兰善士捐洋二元　陶运生善士捐洋一元　陶景唐善士捐洋一元　张凌五善士捐洋五角　闻东岩善士捐洋五角　陶清府善士捐洋五角　杨小川善士捐洋一元

右奉字册赵燕孙善士经募小洋二十四元

陈介堂善士捐洋四元　范喜平善士捐洋一元　范中善士捐洋五角　范申善士捐洋五角　范华善士捐洋五角　范午善士捐洋五角　范甲善士捐洋五角　范千善士捐洋五角　范牛善士捐洋五角　范干善士捐洋五角　范早善士捐洋五角　范丰善士捐洋五角　范率善士捐洋五角　范萃善士捐洋五角　范卓善士捐洋五角　范串善士捐洋五角　范市善士捐洋三角　范年善士捐洋三角　范卜善士捐洋三角　范币善士捐洋三角　范羊善士捐洋三角　范巾善士捐洋三角　范帛善士捐洋三角　范升善士捐洋三角　范印善士捐洋二角　范岸善士捐洋二角　范布善士捐洋二角　范常善士捐洋二角　范辛善士捐洋二角　范车善士捐洋二角　范牟善士捐洋二角　范幸善士捐洋二角　杨文明善士捐洋二角　文哲善士捐洋二角　李定瑜善士捐洋五角　魏云善士捐洋五角　刘玉泉善士捐洋五角　丁彝善士捐洋二元　孙爱堂善士捐洋一元　沈墨庄善士捐洋一元　刘铭绅善士捐洋二角　维清善士捐洋二角　朱佩兰善士捐洋一元　孙森善士捐洋一元　周之桢善士捐洋二元　铭向善善士捐洋一角　铭好善善士捐洋一角　铭为善善士捐洋三角　铭有善善士捐洋二角　李廷歇善士捐洋一元　无名氏捐洋十元　广承善士捐洋一元　无名氏捐洋五元　董夔圻善士捐洋三元　铭彝善士捐洋三元　陈翼善士捐洋四元　谢桐森善士捐洋三元　陈宝魁善士捐洋五角　王玉书善士捐洋五角　曾纪寿善士捐洋三元　孙秉颐善士捐洋二元　孔庆铣善士捐洋三元　汝作枚善士捐洋三元　王式敏善士捐洋三元　兴仁县正堂陶捐洋十元　文珍善士捐洋二元　郭从周善士捐洋一元　李荣申善士捐洋一元　崔英麟善士捐洋一元　兴仁县右堂李捐洋四元　王恩晋善士捐洋一元　李兴吉善士捐洋一元　孙占元善士捐洋一元　孟宪章善士捐洋一元　寇永华善士捐洋一元　郭庆麟善士捐洋一元　李景新善士捐洋一元　韩瑞麟善士捐洋一元　明

敷善士捐洋八角　无名氏捐洋二角　张明善士捐洋一元　李恒善士捐洋一元　李向午善士捐洋一元　杜勤善士捐洋一元　安吉福善士捐洋一元　李财善士捐洋一元　葛春芳善士捐洋一元　范仲谋善士捐洋一元　范岩孙善士捐洋十元　范东善士捐洋五角　范冬善士捐洋五角　范江善士捐洋五角　范支善士捐洋五角　范微善士捐洋五角　范鱼善士捐洋五角　范虞善士捐洋五角　范齐善士捐洋五角　范佳善士捐洋五角　范灰善士捐洋五角　范真善士捐洋五角　范文善士捐洋五角　范元善士捐洋五角　范寒善士捐洋五角　范删善士捐洋五角　范先善士捐洋五角　范萧善士捐洋五角　范肴善士捐洋五角　范豪善士捐洋五角　范歌善士捐洋五角　范麻善士捐洋五角　范阳善士捐洋五角　范庚善士捐洋五角　范青善士捐洋五角　范蒸善士捐洋五角　范尤善士捐洋五角　范侵善士捐洋五角　范覃善士捐洋五角　范盐善士捐洋五角　范咸善士捐洋五角　荆完璞善士捐洋一元　不知名捐洋二十元

右奉字册范岩孙善士经募小洋一百五十四元

李巨源善士捐洋一元　张怡霖善士捐洋一元　魏兴善士捐洋一元　马耀奎善士捐洋一元　王赞襄善士捐洋一元　吴懋铨善士捐洋一元　王锡三善士捐洋一元　陈日新善士捐洋一元　福荫善士捐洋伍元　侯慎先善士捐洋三元　郑恩波善士捐洋一元　崔昱林善士捐洋一元　嘉琳善士捐洋一元　福申善士捐洋一元　潘云台善士捐洋一元　宣鸿儒善士捐洋一元　郝恭善士捐洋一元　孙庆隆善士捐洋一元　陈宗儒善士捐洋一元　文华善士捐洋一元　谷正阳善士捐洋一元　刘兴世善士捐洋一元　徐连仲善士捐洋一元　椿寿善士捐洋一元　龚春善士捐洋三元　刘保搢善士捐洋一元　刘定易善士捐洋一元　沈德潆善士捐洋一元　钟之翰善士捐洋一元　黄云书善士捐洋一元　郑孝先善士捐洋一元　齐奎善士捐洋一元　王葆璋善士捐洋一元　许文中善士捐洋一元　延齿善士捐洋一元　高君魁善士捐洋一元　王家宾善士捐洋一元　葆玺善士捐洋一元　王绍曾善士捐洋一元　谢保元善士捐洋一元　贵瑛善士捐洋一元　杨汝时善士捐洋一元　王恒瑞善士捐洋一元　李遇棠善士捐洋一元　朱金元善士捐洋一元　阎景诗善士捐洋一元　刘佐善士捐洋一元　荣光善士捐洋一元　吴朝瑞善士捐洋一元　任连芳善士捐洋一元　王荣申善士捐洋一元　刘尚清善士捐洋一元　奉恩善士捐洋一元　王佑曾善士捐洋一元　车俊龝善士捐洋一元　马希驷善士捐洋一元　李蓉镜善士捐洋一元　于宗周善士捐洋一元　商宝纶善士捐洋一元　王仍兰善士捐洋一元　彭志瀛善士捐洋一元　绍铭善士捐洋一元　王景昶善士捐洋一元　夏甸清善士捐洋一元　谷正寅善士捐洋一元　刘鼎臣善士捐洋一元　刘祖荫善士捐洋一元　梁栋臣善士捐洋一元　孙桂桓善士捐洋一元　徐维新善士捐洋一元　庆全善士捐洋一元　恩澍善士捐洋一元　刘恩格善士捐洋一元　石俊峰善士捐洋一元　马青芳善士捐洋一元　田锡嘏善士捐洋一元　景瑞善士捐洋一元　姜毓英善〈士〉捐洋一元　张翘汉善士捐洋一元　詹海涛善士捐洋一元　郑步蟾善士捐洋一元　刘德宪善士捐洋一元　王德昶善士捐洋一元　李士培善士捐洋一元　王佑才善士捐洋一元　吴炳文善士捐洋一元　锡福善士捐洋一元　史全材善士捐洋一元　秦耿光善士捐洋一元　全福善士捐洋一元　杨孝凤善士捐洋一元　杨孝则善士捐洋一元　崔作新善士捐洋一元　焦恩荣善士捐洋一元　文藩善士捐洋一元　王维新善士捐洋一元　侯伯芳善士捐洋一元　黄世英善士捐洋一元　夏树棠善士捐洋一元　卢维时善士捐洋一元　孙鸿卓善士捐洋一元　曲拱辰善士捐洋一元　周尚文善士捐洋一元　孙甲东善士捐洋一元　阿炎善士捐洋一元　宿文奎善士捐洋一元　赵颉第善士捐洋一元　魏恒坤善士捐洋一元　姜世卿善士捐洋一元

右奉字册盛京法政学堂经募小洋一百十七元

文裕善士捐洋二元　常裕善士捐洋二元　李裕昆善士捐洋二元　王庆喜善士捐洋二元　赓喜善士捐洋二元　札拉丰阿善士捐洋一元　书绅善士捐洋一元　克升善士捐洋一元　荣桂善士捐洋一元　富伦善士捐洋一元　瑞昌善士捐洋一元　柏祥善士捐洋一元　承厚善士捐洋一元　逢春善士捐洋一元　全善善士捐洋一元　恒春善士捐洋一元　玉凯善士捐洋一元　成惠善士捐洋一元　德荫善士捐洋一元　德升善士捐洋一元　明凯善士捐洋一元　王国英善士捐洋一元　英昌阿善士捐洋一元　文林善士捐洋一元　锡庆善士捐洋一元　恩溥善士捐洋一元　梁永裕善士捐洋一元　咸奎善士捐洋一元　常镇善士捐洋一元　宝安善士捐洋一元　恩兴善士捐洋一元　焕林善士捐洋一元　玉秀善士捐洋一元　惠绪善士捐洋一元　世贤善士捐洋一元　景会善士捐洋一元　刘永兰善士捐洋一元　袁廷弼善士捐洋一元　毓英善士捐洋一元　祥凯善士捐洋一元　永善善士捐洋一元　李宝隆善士捐洋一元　荣春善士捐洋一元　富伦布善士捐洋一元　煜耀善士捐洋一元　英华善士捐洋一元　庆禄善士捐洋一元　永葆善士捐洋一元　庆云善士捐洋一元　荣奎善士捐洋一元　福权善士捐洋一元　钟绪善士捐洋一元　祝尔憨善士捐洋一元　全璞善士捐洋一元　富升阿善士捐洋一元　依绵善士捐洋一元　贺国恩善士捐洋一元

右奉字册盛京旗员仕学馆经募小洋六十二元

共收奉捐沈平银四百二十两，小洋三百五十七元。

淮振锡海安捐清数

隐名氏捐洋三十元

右锡字册陈梅轩善士经募洋三十元

无名氏捐洋十元

右锡字册唐梅初善士经募洋十元

蔡治钧善士（保佑平安）捐洋十元　陈瑞周善士（酬仪移振）捐洋六元　唐仁缘女士捐洋五元

右锡字册募洋二十一元

（沈敬夫同恒记）善士捐洋五十元　鼎元捐洋五元　森记捐洋一元　恒和记捐洋一元　吉祥和捐洋三角

右海字册兴仁经募洋五十七元三角

嵇燮善士捐洋三元　嵇镕生善士捐洋一元　毛蔡氏善士捐钱二千文　沈蔡氏捐钱一千文

右安字册嵇仲香善士经募洋四元，钱三千文。

共收锡海安捐洋一百二十二元三角，钱三千文。

江北赈务电报录

光绪三十四年刻本

（清）杨文鼎 辑
夏明方 点校

叙

调任湖北按察使杨公俊卿观察淮扬，之明年，岁熟政平，民气和乐，廛闬谧肃，道无流离。将以展观北上，移节鄂中。夫时移势易，后之视今，习知有安平丰裕之乐，而浑忘颠沛困难之状。即二三留心时事，不过曰某年江北水灾甚巨，某人经画无恙。然所以经画周至之况，迄无成迹可寻。或斯地再遇灾歉及其他之有类于此者，仍芒芊爬搔而无以应，实憾事也。于是公欲举当日所以经画之故，公诸当世，传之简编。凡电报、函牍，择其要者，录为一书，庶几江北筹赈之举，日后亦有所征信。以光策随办赈务，始终其事，言之较确，命撰序言，勿涉铺张。光策窃有感也。江北淮徐海三府州，地势卑洼，承齐豫皖之下游。自河圩失修，沟渠淤塞，夏秋雨水暴涨，则成泽国，而麦秋两失。岁在丙午，淫潦浸衍，田野漂没。裹〔里〕下河产米之区，以仙濠弛禁，故民食踊贵，争抢米。米无由上驶，淮徐海之民饥不得食，纷纷南下，扬州、镇江、江宁流民遍地，无可收拾。制府端公督两江，以清江为扼要，慎选大员治之，得公任其事。公以是年十月十六日受篆。时流民南下者已逾十万，而清江骤集数十万人。上游逃荒，奔窜四出，日无停趾。议赈议堵，众论莫决。公瞿然曰：各州县不办赈，无以止其出外而觅食；清江浦不留养，无以遏其南下而滋乱。然久于留养，势必难于资遣，非计之得也。故公之政策，以各州县亟于办赈、免饥民之流离以治其本，以清江浦暂行留养、免饥民之纷扰以治其标。自此议决而人心始定。计清江浦留养，积至五十余万人。外出之流民，得有归宿。即已南下者，亦溯运河而上。当其嗷鸿满野，饥锋莫撄，迅筹急赈，稍驰哗变。土圩外筑五十二厂，盐河北二十八厂。始议设粥，继议发米，终乃给钱，免厘停征，招徕商贩，沿厂市买，俨成村镇，用是粗安。盖应事之难不可预定也如此。公方办留养，即预遣员绅分赴各州县，力筹赈抚。迨经营既定而亟办资遣，初犹疑阻不稍动。后有试归者，知己〔已〕实力办赈，信公之不予欺也，相率而去，去速且尽，群惊为神。而不知公之思深虑远，已预筹于资遣之先者，特人不加察耳。此岂可以徼天之倖而轻于一试耶！嗣后冬赈、春赈、河工、平粜，同时并举，规画井然，历时一载，始克蒇事。方公之初莅浦也，大局糜烂，岌岌不可终日，官吏震骇，相顾束手。公处以镇静，指挥若定。晨起接见僚佐，商筹布置，躬历各厂，温语抚慰。每至一厂，妇孺罗拜感泣，爱若慈父，其恻怛之诚入民心者深矣。维时事机危迫，簿书填委，凡函牍文告，皆公属草，不假手于人。往往僚属环坐，羽檄粉至，手披口答，五官并用，当机立断，案无留牍。日与督帅往复电商，筹画精密，恒至终夜不寐。光策从公左右，窃叹其才识之敏，精力过人，为不可及也。昔北宋富郑公知青州，散流民，分遣离处，严定约束。滕达道知郓州，聚流民，召富民出财，为屋二千五百家。后皆为法。以视公之留养五十余万，不逾月而资遣，各归其田里，廛市不惊，闾阎安谧，其难易为何如耶！使二公当公之难，恐亦无以易公之为也。盖公承圣明之世，轸恤民瘼，制府端公委任得人，推心置腹，公感国士之知得当以报，故能遂其计略而绩用告成。呜呼！允矣！

光绪三十四年二月，署江苏铜山县事蜀东蓝光策谨撰

叙

光绪三十二年十月，江北大灾。文鼎奉檄权淮扬道篆，督办赈务。三十四年三月，拜鄂臬之任，入觐。年余以来，筹办工赈，与大府僚属往来电牍甚多。因择其要者撮而录之，用以垂信。函牍档卷更繁，容后再辑。至当时区画之故、艰危之境，蓝大令光策叙中已详言之，兹不复赘。

光绪三十四年三月杨文鼎识

江北赈务电报录目录*

第一册 …………………………………………………………………… (7637)
第二册 …………………………………………………………………… (7667)
第三册 …………………………………………………………………… (7723)
第四册 …………………………………………………………………… (7757)
第五册 …………………………………………………………………… (7782)
第六册 …………………………………………………………………… (7809)

江北赈务电报录第一册

十月十五日电南京

督宪端钧鉴：叩辞后，十二抵扬，十四抵浦，十六接印。扬郡现约饥民万六千人，资遣不动。与运司议，只好设法留养。幸城厢尚安静，然四乡水免滋扰。沿途仍纷纷南下，有乘船者，有徒步者。闻邳宿一带人为多。至清江，约有饥民三万余人，则以安东、桃源、清河、海属为多。已筑围十座，每座设一厂，能容三千余人，派员管理，查明户口，造册给牌，以便稽考。因米未运到，厂未盖齐，自十三日起，每大口日给钱三十、小口二十，暂救其急，俾免饥毙。惟近日食物昂贵，拟每口加给十文，以示体恤。俟米粮购到，棚厂齐备，再行按口散放米粮，另给柴盐钱文。饥民均携带炊具，以散粮为妥。若设粥厂，流弊甚多，縻费尤巨。并添购杂粮配搭匀放，藉节经费。又恐人多厂少，拟再添十五厂，以备不敷。总以能容十万人为率。职道甫登岸，即亲赴筑围地方察看布置。各饥民闻有散钱散米之谕，均皆安心，愿受约束。以后必闻风而至，截留较易。其安东、桃源、海沭，应即派员往查，拨款就地散放，庶来源可冀渐清。总以在浦留养，杜其南下，就地放赈，免其外出为要义，一面扼要截留，方有把握。此外应修之堤、应筑之坝，即次第禀办，以工代赈。瞬届严寒，饥民衣不蔽体，小孩尤为可怜。已分电沪扬两处赶制棉衣，运浦酌放。恐劳宪廑，谨将筹办情形先行电陈。是否有当，伏候电示只遵，并请转告继藩司为叩。职道文鼎禀。删。

十六日电南京

督宪端钧鉴：厘局新章，赈米虽有护照，仍应完厘，意在杜绝夹带。惟商贩与官运不同，现有芜湖运浦赈米四千石，行至扬州湾头厘卡被扣。拟请饬下总局，电致该卡迅速放行，以济急用。嗣后清江官运赈米，经过关卡，应完厘税若干，由该卡核明数目，先予放行，知照清江赈局遵章补缴，免致耽延，贻误赈需。并恳分电镇江关、淮安关一律照办。鼎叩。十六。

十六日电南京

督宪端钧鉴：赈米紧急，即派员赴芜湖赶办次米三万石运浦，每石重一百四十余斤。现请提宪就近发给护照，请电饬芜湖冯道验照放行。至要候示。鼎叩。十六。

十六日电南京

督宪端钧鉴：咸电敬悉。职道甫抵浦，即决定留养，筑围购粮，不遗余力。虽未受事，业已布置。今午接篆，即当派员赴各属查放冬赈，已将筹办情形电陈，想蒙宪鉴。商会所禀，尚系陈言，盖各属不放赈则抚法资遣，流亡日多；清江不收养则无法截留，扰及完善。职道现办留养，以杜其南下。派员赴各属查赈，以免其外出。此为扼要办法。近日饥民闻风麇集，已有五万余人，将来恐不止十万。只好尽数收养，尽力为之。一切容再详禀。鼎叩。铣。

十七日电南京

督宪端钧鉴：前上删电，密陈到浦筹办情形。已否达到，未荷训示。兹奉铣电，淮海两属被灾州县，至今并未筹办冬赈，以致饥民麇集清江。职道恐其南下，不得不设厂收养，现已有十万余众。地小人稠，其何能支！粮米仅到千石，为时已迟，转运不及。现虽放钱，而一隅之地，恐日久亦无从购食，势极危迫。职道与荫帅焦灼万状，力图补救。刻已派员分赴灾区，会督各牧令迅查户口，速定办法，限十日查齐禀报，以便拨款往赈，方可设法资遣，否则大局不堪设想。桃源县令人尚笃实，惜短于才。安东堵令未来见，容查明再禀复。鼎叩。篠。

十八日电上海

义善源丁价侯：息借商款济赈，乞速汇浦二万二千。其余随后再拨。息若干如何分期，望即详示，以便禀明立案。鼎。巧。

十九日电徐州

道台袁清翁钧鉴：昨到淮任，饥民麇集十余万，无从措手。邳宿一带人多。奉帅电饬各属开办冬赈，应请严饬迅速查放截留，勿任外出。清江幸甚！大局幸甚！盼覆。文鼎。皓。

又电扬州

府署荣太守：清江赈米由镇运浦，请速分饬沿途各州县照料催趱，以济要需。盼切。鼎。皓。

又电淮安

府署张太守：清江赈米由镇运浦，乞速派人沿河迎提，勿稍耽延，并饬县多派纤夫挽运。至要。鼎。皓。

又电南京

督宪端钧鉴：俊密。谏电敬悉。饥民麇集清江，诚如宪谕，由于地方官办赈不力。昨已派员分赴安东、桃源、海州、沭阳、赣榆五处，会同印官，赶紧查户开办冬赈。并拨款五万，每处先发一万，交委易钱带往，以便及早开办。出示晓谕，在家候赈，免再纷纷外出。俟查完核明需款若干，再行续拨。勒限十日查报，并电致袁道徐属一律照办，庶来源或可稍清，藉资挽救。至赈粜米粮请免厘税，流弊甚多。职道闻徐属州县随意滥发，每照得费四元，不成事体。税厘受捐，灾民未必得益。总局所议办法甚是，惟官运赈米与商贩平粜系属两事，似应分别办理。查清江现派员赴芜湖购运赈米，均随时咨会关道，由提宪发照，载明所购米数，关道验照，方准出口。有根有据，不能朦混。装米之船经过关卡呈验护照，如果数目相符，即可放行。厘税能免固好，否则或由该关卡核明，知照赈局补缴，随后发还，以免迟误。职道前电所请，系专指官办赈米而言。至商贩平粜，散漫无稽，莫可究诘。防弊之法，当以不滥给护照为要。拟请嗣后淮、徐、海三属义绅捐资采办为平粜用者，均就近禀由提宪发给护照，注明系何处绅商、赴何处采购、成本若干、购运若干，所过关卡验照相符，准免厘税。此外无论何衙门，概不准擅发护照。其以前各地方官已发之照，仍遵新章，一律完纳。其中如确系义绅所购，责成发照地方官查明属实，再将厘税发还，以示限制。庶奸商无从影射，而义绅亦免藉口。是否有当，仍候钧裁，饬局核复，通饬遵办。鼎叩。皓。

二十日电南京

督宪端钧鉴：啸电敬悉。赈米遵章完厘，现已派员携款分赴经过各卡驻守。凡镇江运浦赈米过卡应完厘金，即由委员照数交纳，与厘局直捷办理，随到随验，可免阻延。谨复。鼎叩。哿。

又电南京

督宪端钧鉴：昨上海义绅柳、刘、邵三人来浦，分赴安桃、邳、宿等处，已晓谕饥民回家候赈，而民不见信，依然不动。昨今两日，又到数万。现四十围均住满，尚有未收入者，聚众至十余万，人情惶惑，弹压防范，昼夜悬心。清江收养为时太促，粮物一切措办不及。此地委员无多，得力者少，职道一人免支重任，心殚力瘁，寝食俱废，仍于大局无裨，愧悚曷极！此皆被灾州县延不办赈所致，其罪可诛。将来能否办理妥协，实无把握，尚求随时训示。鼎叩。哿。

又电南京

督宪端钧鉴：啸电敬悉。清江赈米，丁前道禀请提宪发给四万石护照，派衷令赴芜采运，尚未往办。适职道到任，拟酌购杂粮配搭，是以仅请办三万石。现将提宪护照缴回一万石，以符前数。至丁前道由司转发宪台衙门运米护照，尚余四十张未用，亦备文缴司。以后如需米，随时请提宪就近核发。谨覆。鼎。号。

二十一日电南京

督宪端钧鉴：清江赈米赴芜采办，运至镇江，装船来浦。近日挽运艰阻，待米万极，商轮无可雇用，可否饬筹防局酌拨小轮二只，赴镇江交转运委员谢令拖带米船来浦，以期迅速，煤价归赈局开支，候示。鼎叩。马。

又电南京

督宪端钧鉴：俊密。清江赈款，丁前道移交银十六万四千余两。职道到任，共发安、桃、海、沭、赣五属冬赈银五万；购办杂粮、大米、柴草、器具等项，约发银三万八千余。现在收养饥民近廿万，逐日发给小口粮钱。又芜湖续购米三万石，应需米价。此外杂支亦巨。应请饬司筹拨银十五万两，分起汇浦，以资接济。盼切。鼎叩。马。

又电镇江

道台荣心翁：运浦赈米在镇，急需小轮拖带。谢丞来电告急，求兄设法。无论官轮商轮，或雇或借，均可以速为要。感切盼切。鼎。马。

又电南京

督宪端钧鉴：运浦赈米紧要，已到镇江，急需小轮拖带。务求饬下筹防局设法借拨速往，迟恐贻误。鼎叩。马。

二十二日电南京

督宪端钧鉴：箇电敬悉。五属赈务、淮属积谷，已遵谕严催。职道访闻积谷钱文，多为官绅侵蚀，不仅淮属为然。惟有澈查后，官则参追，绅则革办，以清积弊，决不松劲。堤工河道，亦分札厅县速查，择要派员勘估。其应归厅汛者，由提宪拨款；应另案修办者，归赈局筹拨，分别议办。徐属仍未闻办赈，昨今两日邳宿饥民来浦不下万人，留养无法，资遣不动，何所底止！大局可危。应恳电饬袁道勒限开办，以救浦急。时促款绌，人数过多，防范难周，必要滋事。智尽能索，徒深焦灼。鼎叩。祃。

二十三日扬州

愽〔湾〕头厘卡委员：清江赈米紧急，现昭关坝分卡扣拖米船，设有贻误，该员应任其咎。希速饬验放。鼎。

二十四日电上海

道台瑞鉴：清江办赈需用棉衣，已饬在沪购制，托招商局顾缉廷兄装镇，交荣心庄观察代运。乞饬关免税验放。至感。

又电镇江

道台荣心庄兄：浦需棉衣，已饬在沪购制，交招商局装镇。至乞代收，交谢丞收运。至感。

又电上海

招商局顾缉廷兄鉴：浦赈需棉衣，已饬人在沪购制，奉托交局轮运镇，托荣心庄观察收运。乞查照。至感。

又电上海

吕大臣、盛宫保、曾少卿、施子英、朱葆三：文鼎奉委署淮篆，筹办赈务。十六接篆，饥民麇集浦上已三十余万，粮米、柴草、棚厂等项均未筹备，措手不及。此由各灾区延不开办冬赈，以致灾黎四出，流离失所，风餐露宿，惨不忍睹。受事后，即派员拨款分往查放，以冀未来者可免外出，已来者设法遣回。无如时促事迫，款绌人少，文鼎独任其难，分投赶办，昼夜筹维，心力交瘁，于全局仍无所裨，愧悚曷极！现在淮徐海三属极贫之民，皆已聚集浦上，嗷嗷待哺。约计冬赈、春抚，需款百万，所购米粮，转运迟滞，缓不济急。只好按名先发钱文，暂救其命。俟粮到再行散放，稍资补救。本年江北灾广且重，自来未有，而清江留养饥民如此之众，亦所不料。文鼎谬膺艰巨，不惜牺牲一身以救民命，而诸务棘手，实恐贻误，徒深焦急。惟有仰恳仁施，迅赐集款，源源接济，以拯危局，并求遴派绅董来浦襄助。谨为亿万灾黎百叩请命。昨义赈绅士刘增云及现有米五千石、银二万余两交唐绅带来，即以拨充浦赈，尤所感祷，并盼示复。

二十五日电南京

藩台继钧鉴：昨函详述赈务，想垂照。近日饥民麇集近三十万，无从措手，徒深焦急。需款甚亟，乞速筹拨。闻公赴苏，何日回省，盼示。鼎。有。

又电南京

督宪钧鉴：前派淮海五属办赈委员，现安东、赣榆、海州、桃源四处均据报到，已迭次严饬催速查放。海州来电，请催许绅速回主持全局，乞饬知。鼎。有。

又电上海

吕大臣、盛宫保钧鉴：敬电只悉。现在淮、徐、海三属极贫饥民麇集清江人数过众，收养万分吃紧，粮米转运极艰，束手无策。各属甫经开办冬赈，为时太迟。连日晓谕各厂，劝令回籍就赈，发给口粮护照。无如各饥民以回家仍要饿毙，均不肯走，舌敝唇焦，终不见信，奈何！职道以一人而支持三属赈务，力小任重，抚绥弹压，昼夜耽心。聚众至数十万，匪类之混杂，火烛之堪虞，疾疫之繁兴，粮食之不继，在在可危，焦灼万状。惟求迅筹巨款，派人来浦襄助，以救危急。此时赈务注重清江一隅，较各属尤为紧要，尚乞垂察。唐绅米运到，遵即购留备用。文鼎叩。有。

又电南京

督宪钧鉴：漾电敬悉。清江收养饥民太众，来源仍未能绝，何时底止！现先从清河下手，就四乡各设分局，劝令回家，给予凭照，令其就近赴局领钱，以免聚集浦上。连日督同印委绅董，赴厂百方开导，似稍见信，渐有回者。安东、桃源人数亦多，已严饬该县迅速传集绅董来浦，领回就赈，仍各发给口粮。尚不知能否就范？此外海、赣、邳、宿、睢、沭等处饥民，距本籍较远，只好暂时留养。职道已派员将上下游河堤勘估，赶紧兴办。其运河厅境内工段，直接窑湾，即招邳、宿一带饥民；里河厅、淮军厅、扬军厅境内，自众兴至邵伯，即招海、沭、赣及淮属饥民前往工作。既可免麇集一隅，又于要工有裨。除此别无善策。是否有当，仍求训示。工赈需款甚巨，求饬司筹拨应急。购粮免厘，应遵宪电办理。淮属各县均未给过护照，不知海州若何，即当饬查。各属仓谷积弊太深，必须派员分往，澈底根究，方得底蕴。若仅以文牍诘责，仍恐掩饰。清江候补人少，现派管理各厂，不敷差遣，请饬司遴派廉干同通州县五员来浦，交职道差委，以资臂助为要。鼎叩。有。

又电南京

藩台继方伯钧鉴：清江赈款，丁观察移交十六万。鼎接任，发五属赈款五万，又广购米粮，现存无几。收养饥民现几三十万，米未到齐，逐日发小口粮，数极巨而又万不能停。求公速筹拨银十五万救急，盼切候复。鼎叩。有。

二十六日电徐州

道台袁钧鉴：运河厅蓝丞现办赈局提调，甚得力。赈务万分吃紧，该丞以奉委估工请销差，实难照准，乞公垂谅。已饬该丞派人会估，即于此间厂内招邳、宿饥民工作，藉以遣散，务求俯允。至感。鼎。宥。

二十六日电扬州

江都县袁甘泉县震：赈米由镇运浦，紧急万分。乞疏通河道，勿任拥挤迟误。鼎。宥。

又电淮安

张太守：此间需员差委，请公遴派廉干二十人来浦，限即日到，勿迟。鼎。宥。

二十七日电南京苏州

督抚宪端陈钧鉴：本年被灾各州县延不办赈，贻误大局。现派员前往，仍未赶办，实堪痛恨。应请将安东县堵令焕辰、沭阳县于令铭训先行摘去顶戴，并记大过二次；桃源县孙令乔年、赣榆县愃令龄各记大过一次；安东县委员邵令承灏记过一次，稍示薄惩。如再玩忽，立即撤参。请饬司照办，并候宪示。鼎叩。沁。

又电南京

商务局王观察：清江需铜元甚急。丁任内虽拨银二万，交裕宁赴省兑运，现已一月，杳无消息。如无铜元，即将款拨回。赈务需款紧迫，何能久悬！乞速饬查电复。鼎。沁。

二十八日电南京

督宪端钧鉴：宥电敬悉。挖泥船现在浦，归海分司管。即派人查勘，如可用，当略加修理，驶往扬州淤浅处所挑办。再禀陈。鼎。勘。

又电南京

藩台继方伯钧鉴：两宥电、感电均悉。款收到。各属办赈员衔名，即电告吕、盛。至极贫每口发钱若干，尚未据报核定。容饬查径覆。鼎。勘。

又电南京

督宪端钧鉴：查淮属阜宁县被灾虽较安桃为轻，亦应抚恤。前据该县禀请酌发急赈银两，当即批饬由道先行核拨银四千两，并派委员路丞孝思驰往，会同查放，作为冬赈，毋任流亡。迄今多日仍未禀覆，亦未来道领款，玩泄已极！刻又严札飞催，如再疲延，即行参办。谨闻。鼎叩。勘。

又电上海

吕大臣、盛宫保钧鉴：淮海两属灾区，文鼎到任日，即派员各先拨款一万，带往赶办冬赈。其有义赈之处，饬令会商并作一起。海州派陈丞捷三，沭阳派米令仁粟，赣榆派章令俊斌，安东派邵令承灏，桃源派任令乃霁。现户口未查竣，每口给钱若干亦未核定。清江收养近三十万，各属赈未办妥，断不肯回，更无勒令之理。海、安、沭三处灾最重，能多拨义赈款最好。文鼎。勘。

又电南京

督宪端钧鉴：宥沁两电敬悉。吕、盛所拟办法，每口冬春官义赈合钱三千。查清江收养，每大口日给三十文，每月合钱九百。以三个月计，每人合钱二千七百，大致不甚悬殊。然此必须各州县将办法章程及户口查清、款项预备，使饥民闻风，自然愿回。现先从清河本地办起，四乡设局，由村董领回，给予凭票，令其就近赴分局按期领赈，免得聚集厂内，可谓体恤周至。乃饥民犹不免观望，若外属州县并未办妥，虽善言劝谕，决不肯走，更无勒令之理。昨有电详陈办法，当蒙垂鉴。清江收养淮徐海三属饥民，独任其难，决无诿卸。所虑人众款绌，日久难支。兹拟大修运堤，以工代赈，较资遣、留养有益。俟勘毕，即兴办。各属户口尚未据报查齐，冬赈恐未必即开办。仅据海州电称廿四年海赈，大口十四万。今灾广户较多，亦无确数。昨已电请将印委各员惩处，一面仍严檄飞催，不稍松劲。余另禀。鼎叩。勘。

又电海州

汪太守：各宥电均悉。昨奉帅电，各属户口已否查竣、何日开办冬赈，务速禀报，并严饬沭、赣赶办，勿延干咎。吕、盛来电，海州义赈款允多拨，盼复。鼎。勘。

又电南京

督宪端钧鉴：挖泥船派人查勘，废置年久，船底渗漏，锅炉机器均损，须大加修理。此间无机匠，势难修办。谨覆。鼎。勘。

又二十九日电南京

督宪端钧鉴：清江铜元日少，现每两易钱一千四百二十文，市面枯竭。前赴宁兑换运浦，省厂以无钱驳回。有银无钱，情形急迫。昨请电奏暂准浦厂开铸铜元，不仅为筹款，亦以救急务。赐核奏吁恳特准，不胜企祷。鼎叩。艳。

三十日电海州

汪太守俭：勘电悉。清江现留养，每大口日给钱三十，小二十。将来如放米，每大口日五合，小三合。昨吕、盛电谓，官义赈并计，拟每口共给钱三千。鄙意须各属一律，尤须按五日一放方妥。否则领钱后仍来浦，其何能支！如本籍赈能较浦稍优，或冀其闻赈回家。望与绅妥议办法。见鼎。陷。

又电淮安

张太守：艳电悉。昨奉盛宫保电，以浦厂需米急，唐绅现运来米五千石，即留浦厂，照原价拨还。唐绅乞速转致运浦为盼。鼎。陷。

又电徐州

袁道台鉴：徐境运河官堤，拟饬蓝丞勘估，就近在浦厂招集邳宿一带饥民前往修办，以工代赈，为遣散计。应需工款，同系公家，何分畛域，即由敝处筹拨亦可。其民埝工程，仍由尊处派员估办。乞示覆饬遵。鼎。

又电上海

吕大臣、盛宫保钧鉴：勘电想达。昨奉帅电，以接准钧电，各州县官赈，极贫每口发钱若干，速查示，以便与义绅会商。查各州县户口未据查齐，尚未核定放赈数目。清江现办留养，每大口日给钱三十，小口二十。将来粮米运齐，每大口日给五合，小口三合。另给柴监钱，不能分极贫、次贫。前闻钧意以冬春官义赈，共拟每口给钱三千，以三个月计之，与浦厂大致不甚相悬。文鼎之意，总以官、义两赈并作一起为要。钱数须各属一律，如能较浦厂稍优，各饥民方肯闻赈回家。尤须按五日一放，否则领钱后仍恐外出，浦厂其何能支！现已飞饬各属会商义绅，迅速筹议禀办。杂粮失收，购运极难，奈何！仍候训示。文鼎。陷。

十一月初一日电南京

督宪端钧鉴：前准继藩司函称，宪台拟购米二十万石运浦平粜，令即预备存储地方。此实最善之策。现查清江铜元厂空屋甚多，堪以存储，应请派员来浦管理代收出粜之事。惟购米尚易而转运极难，河水涸，且虑冻阻，必须从速赶运。拟请先委干员赴扬设转运局，督率办理为要，迟恐贻误。乞示遵。鼎叩。先。

又电南京

督宪端钧鉴：饥民近更加多，无地可容。连日赴厂，百方开导，劝其回家就赈，迄无应者。诘其何故，则云本年急赈，均被村董侵吞，未得实惠，回家仍要饿毙。明知冬赈有款，亦领不到，情愿就养浦厂，决不回去。情词惨切，万众同声。职道查饥民所言，均系实情。闻安、桃、海、沭境内十室九空，几无户口可查。一误于地方官之不早办赈，二误于村董之从中侵蚀，以致流亡日众，注重于清江一处。此等村董，天良丧尽，实堪发指，非置重典不足以谢孑遗灾黎。清河村董尤坏，已饬县确查办拿。应请严饬各属一体究惩，亦为亿万哀鸿稍抒隐痛。候示遵。鼎叩。东。

又电扬州

江都县袁：奉督宪电，以仙女镇之万福桥石板坍卸河底，阻碍河道。该处近行小轮，应速挖除等因。希速派人勘估，如果有碍航路，立即设法挖除为要。立盼电复。鼎。东。

又电南京

督宪端钧鉴：卅电敬悉。查职道所辖河堤，自桃源境至扬州，绵亘数百里。常年岁修、抢修仅数万，由提宪分发厅泛领办，殊无实济。扬州至瓜洲口，归堤工局管，经费亦有限。昨已派员往勘，分别估办。河滩淤浅处，则挑挖深通；堤岸残缺处，则加高培厚。挖浅与培堤，相辅而行，期御盛涨。此系择要兴办，工费已巨，必须另案拨款。若一律修浚，更无此力。职道因饥民太众，无法支持，藉此遣散救急，消弭巨患。委员勘毕，即先招夫，再求拨款，同一耗帑，用于赈不如用于工。是否有当，伏候电示。万福桥石板，已电饬江都令派人勘除，得覆再禀。鼎叩。东。

又电扬州

赵运台荣太守鉴：浦厂需员差委，乞公遴派十员速来。感盼。鼎。东。

又电南京

藩台继方伯钧鉴：清江铜元缺乏，饥民待放万急，务求转告商务局王、唐二公，速运十万千来浦救急，即抵赈款。盼祷。鼎。东。

初二日电南京

督宪端、藩台继钧鉴：近日饥民来者仍络绎不绝，百计遣散，皆无效。每日发口粮，需钱万余千。昨拨银十五万，除付米价九万，仅敷旬日用。现又告罄。事已如此，惟求饬司速拨巨款，救急要紧。闻各灾区饥民大半来浦，十室九空，转无户口可查。全局注重在浦，力何能支？徒深焦虑。候示。鼎叩。冬。

初三日电南京

督宪端钧鉴：东电敬悉。官义赈合办最妥。职道本主此义，已飞檄各印委速遵宪台所定钱数，随查随放，不必等户口查齐，致涉延缓。余悉照吕、盛两大臣来电办理。清江饥民现将四十万，而来者尚多，何所底止！若不收养，则恃众抢夺，势必扰及商民，负咎更重。然收养太多，向来无此办法。职道逐日苦劝回家就赈，舌敝唇焦，坚不肯动，实已计穷力竭。此皆荫提宪所目睹。昨于四乡设立分局，先将清河本地饥民遣回，并拟修办河堤，以工代赈，无非设法解散，免其麇集一隅。苦心筹画，当蒙宪鉴。近日天暖，饥民有棉衣，不致冻。惟数十万人聚处秽恶，狼藉病毙，断不能免，然亦无数百人之多。义地已购两处，随时掩埋。提宪终日与职道相对焦虑，无法挽救。至痘厂、病厂、产厂，本已预备三处，皆为饥民住满。昨提宪派队筑围，正欲另搭乃围，尚未成而民强估，不由分说，又无强迫之理，真是无可奈何。但求地方安靖，廛市不扰，即属幸事。余另禀。鼎叩。江。

又电上海

吕大臣、盛宫保钧鉴：清江收养饥民至数十万，自来无此办法。顷唐绅锡晋到淮，与商一切。查安东饥民在浦甚多，唐绅为该县人民所最信服，若由该绅赴安东查放，饥民必闻风愿回，于大局有益。睢宁灾较安东为轻，邵令闻洛可饬其赴睢。唐绅深以为妥，即求电致两绅照办。盼切。鼎叩。江。

又电上海

吕大臣、盛宫保钧鉴：昨奉帅电，准钧电，官义赈合办，由义绅主持，章程一律，此最妥善。文鼎本主此义，已飞饬各印委遵照，随查随放，愈速愈好。清江饥民已三十余万，源源而来，何所底止！自来无此办法。现发口粮，日需钱万余千，力何能支？文鼎千方百计，劝令回家就赈，发给路费护照，而愿回者少。现先从清河办起，各乡设分局，就近散放，免聚一处，并拟赶修河堤，就厂招夫，以工代赈。无非为解散计，除此无善策。聚众至数十万，秽恶狼藉，虽无冻饿病疫，毙亡难免。已设医局施治，广购义地掩埋，力图补救。文鼎到任甫半月，为时已迟，措手不及，苦心筹画，智尽能索，尚求指示机宜，俾免陨越。如蒙派义绅来浦相助，尤感。鼎叩。江。

初四日电上海

吕大臣、盛宫保钧鉴：两江电敬悉。蒙指示办法，感甚。惟其中尚有难处，电不能详，已详细禀陈，仍求训诲。安东令早回县，昨请留唐绅办安东赈，求速示覆。鼎叩。支。

又电南京

督宪端钧鉴：顷奉吕、盛两大臣江电指示资遣办法，固属妥善。惟其中尚有难处，电不能详，已另禀候示。安东令早回县。鼎叩。支。

初五日电南京

督宪端 藩台继方伯钧鉴：安东、赣榆、海州、沭阳，据报已经查放。前由道各发银万两，实不敷，纷纷来道请领。查浦厂收养费尚不支，无可应付，务求饬司迅赐分筹拨济用，以免款绌，藉口贻误大局。候示遵。鼎叩。歌。

又电南京

督宪端钧鉴：奉江电，招商运粮，概免厘税。已立刻出示传知商会，并飞饬各属州县厘局遵办。商民感颂宪恩，人心大定，赈务冀渐就绪。谨覆。鼎叩。歌。

又电南京

督宪端钧鉴：支电敬悉。盐河北饥民厂内，海沭人多，匪类混杂。职道前已访闻，即请荫帅派兵四队，扼扎巡缉。荫帅之电，即据职道所禀。现仍饬厂员密查防范。惟职道无一兵一卒，仅恃管厂员司，无济于事。昨禀商荫帅，饬徐协统暂募一队，专备各厂侦缉之用，以资调遣。饷由赈局发，俟赈务竣，即遣撤。即米厂、柴厂，亦须派兵守护，务求俯准。现在昼夜弹压，全赖十三协兵队出力，否则不堪设想。拟恳每队月津贴一百千，以示奖励。候示遵。鼎叩。歌。

初七日电南京

督宪端钧鉴：查各属积谷，本为备荒而设。今年如此巨灾，亟应动用，以补官义赈款之不足。职道之意，各州县积谷，凡存钱者，均如数提出，统交义绅散放。凡存谷者，均令碾米平粜，庶贫民得沾实惠。此事即由义赈绅士就近清查勒缴。如有亏挪，官则参追，董则革办，不准延宕。如钧意谓然，即请电饬遵办。候示覆。鼎叩。阳。

又电上海

吕大臣、盛宫保钧鉴：麻、鱼两电敬悉。唐绅今早赴安东，明日来浦面商一切。安东赈现已查放，浦厂即陆续发照遣回。仍先给十日口粮，以便安东赈局查验给票较为从容。其海、沭、邳、宿等处，亦次第办理，大局渐有转机。但望筹款接济，赈务可冀就绪，阜宁灾尚不甚重，已派员拨款往赈。安阜接壤，相距百余里，唐绅兼办更好，容晤商禀复。邵绅在安东，尚无不妥。晤唐绅，再将钧电转告。鼎叩。阳。

初七日电南京

藩台继方伯钧鉴：浦市铜元本少，现各属均来兑运。浦厂每日口粮，又需万数千吊。近日天寒，河将冻。如接济不及，变乱立至，前功尽弃。速告裕宁官钱局克日凑解现钱，赶速运浦，愈多愈好。此为最要。否则有银无钱，束手待毙。事处急迫，千万挽救。切祷。鼎叩。

又电南京

督宪端钧鉴：赈务办理稍有端倪。惟浦厂留养，月已需三十万，而办工之款尚无着。现据沭阳报极贫约十五万余口，桃源极贫亦十万外，安东、海州更多，邳、宿、睢、赣不知若干，加以次贫及浦厂遣回之人，如按极贫每口一千、官义两次合计，每处恐非二十万金不敷散放，春赈在外，江南财力其何能支！乞与藩司通盘筹算，电商吕、盛两大臣，设法接济，以免延误。现安、桃、海、沭、赣以前发万两断不敷用，义赈款亦不多，请由道筹拨，无法应付。因桃源无义赈款去，只好先拨一万千应急。如何统筹分济，求速核示。再浦市铜元枯竭，求速饬裕宁官钱局设法赶运救急。转瞬河冻运阻，有银无钱，变乱立致。危迫之至！鼎叩。阳。

初八日电南京

督宪端钧鉴：昨阳电详陈需款情形，想蒙垂察。司库支绌万分，职道闻运库存现银甚多，可否切商赵运司，暂挪六十万，以一半拨各属冬赈，一半拨浦，为资遣办工之用，由藩司设法陆续筹还，冬赈方不致误。此时救急要紧，赵运司力顾大局，当能援助。若待零星凑集，缓不济急。俟赈务就绪，职道再议筹款之策。愚昧之见，伏候钧酌。鼎叩。庚。

初八日电上海

吕大臣、盛宫保钧鉴：鱼电敬悉。查安、桃、海、沭、赣五处，由道各拨官赈一万。桃无义赈，又加拨钱一万千。阜宁拨四千两。山阳灾最轻，除拨急赈四千，现有东抚协款五千、丁绅一千。如能酌拨义赈，益以本地积谷，似可勉支。各灾区户口册未到齐。沭阳据报极贫十五万余口，桃源亦在十万以外，安东、海州更多。加以次贫及浦厂遣回，恐数巨款绌，奈何！浦市钱价无定，每两约合铜元一千四百二十至四十不等。现各属均来浦兑运，浦厂口粮日需现钱万数千串，市面枯窘，价更减，殊可虑。谨覆。鼎叩。庚。

又电南京

督宪端钧鉴：阳电敬悉。已遵示转请徐协统添募一队，以备巡缉。赣榆距海州近，乞饬宋绅兼办。谨覆。鼎叩。庚。

又电南京

督宪端钧鉴：阳电敬悉。三河坝工，据埝盱厅禀报，十月二十九开办。此项经费系商捐解，由提署核发。河员性质积疲，现派员前往守催，勒限堵齐。再延，即予撤参。鼎叩。庚。

又电宿迁

县署黄大令：近闻该县饥民仍纷纷来浦，是否尚未查放冬赈？希速截留，勿任外出至要。盼覆。鼎。庚。

又电南京

督宪端钧鉴：虞电敬悉。洋商捐款助赈尚可，若办工，恐启干预航路之渐。诚如宪谕，以不用为妥。运河堤工，已派陈令元铸勘估。查桃源至宝应，归淮扬道管；宿迁至清江，归徐州道管；宝应至扬州，归堤工局管。职道前已详请，将徐州道境内工程一并勘办，意在就近招邳、宿饥民作工，藉以遣散。运河三厅，岁修经费其钱四千千，作为津贴。其防汛抢险之费并无定数，均由提署酌发，其中多融销处。职道此次大修河堤，系另案办理，请拨专款，归工赈报销。至提署常年发款，仍循其旧，免多窒碍。堤工局经费向由省拨，每年限定三万。亦请仍归该局修办，各专责成。约计职道拟办各工，需银十余万。如招饥民万数千携眷前往，当可遣散十万人。俟勘估完竣，即禀明开办。谨复。鼎叩。庚。

初九日电南京

督宪端钧鉴：连日竭力筹办资遣，先从清河办起，饬各回家就近赴四乡分局领赈。饥民皆相信，领单散去已二万余人。现仍逐日资遣。各属开办冬赈，安东义绅已到，即先陆续发照，给予十日口粮，作为路费。海、沭亦次第照办，出示晓谕。浦厂定十一月底停撤，人数太多，不能不从容布置。堤工行将兴办，一经招夫，更易解散，大局渐有转机。但求速赐拨款，接济赈务，可望就绪。特先禀慰宪廑，并请转告继藩司为要。鼎叩。青。

又电南京

督宪端钧鉴：奉阳电，详吕、盛两大臣章程十七条，周密之至，曷敢再有异议！惟其中有应变通办理者，不能不据实直陈。一、浦厂发照遣回，只能给十日口粮。若再加路费，无此财力。一、护照内已填写某村，即不必再分东、南、西、北。一、护照本陆续发给，只能送出境外。若必分批押解，实无许多委员可派。一、浦厂因人数太多，不得不急图资遣。如义绅已到之处，即应次第遣回；其义绅未到之处，暂缓办理。若再旷日持久，浦厂力何能支！一、护照内已经暗作记号，知照各义绅印委，然只能按户分极次，不能按口分极次。外属来浦者，极贫居多，非回籍后覆加查验，不能得实。一、浦厂现已出示，定于十一月底停撤。众至四十万，即每日遣散二万，已非二十日不可。如遇雨雪，未便强迫，断难再事迁延。一、浦厂本拟招夫办工，向来江北作工之人，均携眷搭棚住堤。其中如有愿回者，当照给十日口粮，一律发照。一、要隘派队堵截，早已禀请提帅分拨。一、各灾区委员，如安东、桃源、海州、赣榆、沭阳、阜宁等处，早经派员详报有案。清河系设分局五处，派委员五人，与吕、盛两大臣四乡设局之议正同。山阳灾本轻，已据张守禀报，督同印委赶办，可不致误。一、浦厂如能将数十万饥民概行遣回，所有运到米粮，即分拨各处设局平粜，一律放钱，不必放粮。粜出之钱，即充作赈款。与吕、盛两大臣办法亦合。惟职道所虑者，天寒河冻，运道艰阻，非人力所能施。倘粮钱两项不能如期接济，虽有良法美意，亦无如何。深可忧耳！除分饬遵办并将委员衔名另文报查外，谨先覆陈，仍侯训示。鼎叩。青。

初十日电南京

督宪端钧鉴：顷据桃源县禀，极贫约二十万口，次贫不在内。遵照电谕，每口大钱一千，现由道发过官赈银万两、钱万千。义赈绅未到，义赈款亦未到，不敷甚巨。一经散放，接济不及，请续筹拨等情。查浦厂现办资遣，无款可付，求速饬司设法迅拨，以免藉口延误为要。鼎叩。蒸。

又电南京

督宪端钧鉴：佳电、两青电均敬悉。海、沭、赣、安、桃五处，蒙饬司每处加拨二万，暂济急需。求速电汇，到即分拨。山阳灾极轻，已发急赈官款四千，尚有东抚协赈五千、丁绅二千及本地绅捐积谷款。如再拨义赈款一万，似可勉支。已责成张守就近督率印委赶办，如不敷，再请拨。安、桃灾重人多，义赈款须加拨。阜宁只拨官款四千，官、义赈款必应增拨，方可接济。浦市铜元枯竭，昨求荫帅暂借现银十万，当发交各商号迅赴扬镇等属兑运存储，以备缓急。鄂局运到，求速解浦。挖泥船即饬海分司派人雇小轮拖镇修理。各属积谷款，已遵照电谕，由义绅清查提放，并由道派委黄令履直驰赴安、桃、海、赣、沭五处，会绅严查勒缴，不准延宕。谨覆。鼎叩。蒸。

初十日电上海

盛宫保钧鉴：佳电敬悉。角洋未便行用，专盼铜元接济。谨覆。鼎叩。蒸。

十一日电南京

督宪端钧鉴：蒸电敬悉。宋绅所禀均系实情，不独海州为然，职道阳电早已筹虑及此。今以八万人为限，固属力杜冒滥，然其中宜稍区别。职道之意，与其限定人数，不若核减钱数，以官义极贫每口各一千计之，是八口之家，共得钱十六千，春赈又得一千，未免过多。至闻赈归来之户，在浦厂已收养两月，回家后又得此数，更觉优异，似应酌减。不如仍照前议，将官、义赈款并作一起合办，不分官义，冬赈一千，春赈一千。人数多寡，以被灾轻重为断。如海州、安东、桃源、沭阳，以十万人为限；邳、宿、赣，以八万人为限；山、阜、睢，以五万人为限。浦厂收养清河人，亦以年底为止，明年再给春赈一次，亦足接济。譬如一百万人，官义共筹二百万千，冬春两赈皆可就绪。如钧意谓然，请电商吕、盛两大臣迅速核定，各属一律遵办为要。拿办闹赈告示，即由道撰发。鼎叩。真。

十二日电南京

督宪端钧鉴：浦厂截至初十日，已遣回饥民五万三千五百三十六名。以后按五日一次，截数电禀。现在续来饥民，概不收厂，专办资遣，其可结束。鼎叩。文。

又电南京

督宪端藩台继钧鉴：文电敬悉。查司库六次解浦赈款五十万，又捐局息借商款五万。内拨安、桃、海、沭、赣冬赈各一万，阜宁四千，桃源加借万千，又购买大米、杂粮约银二十三万余，柴草、芦席约银二万余，搭盖厂屋约银万余，棉衣约银万余。此外各局员司数百人、兵役千余人薪费、口粮、杂支亦巨。其余均拨付浦厂收养饥民口粮。计清江现设厂八十座，收养四十万人。自十月十三开厂，迄今一月。以每人日给三十文积计，其数可知。约略核算，浦厂收养口粮一项几二十万两。文鼎迭次电陈，力图资遣，即恐日久难支。现在办工资遣之费均无着，而逐日口粮万不能少，应请通盘筹画，迅赐接济，方可措手。惟所购米粮颗粒未动，拟俟遣散就绪，即设局平粜。是前款二十余万尚可收回充赈，并非全行用罄。文鼎深知筹款之难，力求撙节，无如此次留养人数太众，自来未有无法节省，务求垂察为幸，仍候训示。鼎叩。文。

又电海州

汪太守：赈款奉督宪电加拨二万，即来领官赈，仍恳宋绅主持为妥。乞转致。

鼎。文。

十三日电扬州

运台赵钧鉴：奉督帅电，商借运库银二十万拨浦济赈，乞速电汇，以应急需。感切盼切。候示。鼎叩。元。

又电海州

汪太守：顷奉帅电，海、沭、赣各加拨官赈银二万两，饬速来浦具领。惟曾据海州禀，前拨过银二万五千两，海分一万，沭、赣各七千五百，系购米平粜。米粮如运到，应设局平粜，得价归赈。此次加拨海属六万，即匀拨阜宁一万等语。希速查明电复，并分致沭、赣两属为要。鼎。元。

十四日电上海

吕大臣、盛宫保钧鉴：近日资遣安东、海州、沭阳三处饥民，渐有头绪。惟桃源义绅未到，是以稍缓。该县饥民纷纷愿回，唐绅锡晋请电饬无锡县，传谕前桃源县教谕唐丽荣速赴桃源办义赈最妥。乞迅速赐照办，并电督帅加委。鼎叩。盐。

又电南京

督宪端钧鉴：元电敬悉。陆总宪所筹购运米粮分道搭放，须较浦厂为优，使饥民闻风归籍。此是最善之策，无如时日迫促，贩运艰阻，恐措办不及。职道竭力资遣，招夫办工，近日渐有头绪，但求款项应手，当不致变。至于抚辑防范、筹画布置，其中困难万状，亦必独任艰巨，不辞劳瘁。乞将现办情形转达为幸。鼎叩。盐。

又电扬州

赵运台鉴：盐电敬悉。承借拨二十万，感甚。此款请发交扬郡裕宁官银号领解较速，候示。鼎。盐。

十五日电南京

督宪端钧鉴：据沭阳义绅刘增函称，该州极贫约三十万，严剔亦有二十万。又据海州电称，覆查极贫折合大口二十余万，款不敷太巨，请核示。似此情形，若仍放三批，力何能支！未识吕、盛两公作何办法，求速电示。鼎叩。删。

又电海州

汪太守：四次元电均悉。款绌人多，如何下手，深为焦急。已电请帅示，得覆再告。鼎。删。

又电南京

督宪端钧鉴：盐电敬悉。厘卡留难需索，致误赈粮，实堪痛恨。现由道派员驰赴各局，密查惩办。谨覆。鼎叩。删。

又电南京

督宪端钧鉴：盐电敬悉。查高邮州车逻三坝已派员守催，该厅业经堵闭。惟扬州碧虎桥坝尚未堵合。此坝泄水较甚，归运司管，闻亦赶办矣。谨覆。鼎叩。删。

又电淮安

张太守、李大令：浦厂现在资遣各属饥民内，有山阳人已发凭照，饬令回县领赈。应速设局接收，验照给予赈票，饬令回家候赈。如仍不管，则去而复来，此间其何能支！希速妥筹办理，并电复。鼎。删。

十六日电南京

督宪端藩台继钧鉴：奉拨银十万，加拨海州、沭阳、赣榆每处二万，已由浦电汇海州，统交汪守就近分拨。安东加拨二万，由浦兑钱运往。桃源前因无义绅，是以拨过铜元万千。今义赈已到，再拨银万余，合以前拨铜元，仍符二万之数。匀出一万拨给阜宁，已飞饬速来具领。谨闻。鼎叩。谏。

又电海州

汪太守：奉拨海、沭、赣三处官赈各二万，现由衡丰庄汇海二万，交永昌恒朱星堂兑，乞查收，速电覆。沭、赣二处不能汇，希专差分致该两令，克日来浦领运勿延。切嘱。鼎。谏。

又电青口

专送赣榆县署恒：赣榆现加拨官赈二万两，务速派人来浦领运。勿延。鼎。铣。

十七日电苏州

抚宪陈钧鉴：浦厂饥民几五十万，人数太众，力何能支！只好停止收厂，专办资遣。现竭力设法，截至十五日，已遣散八万八千余人。现仍逐日遣回，陆续妥办。各属冬赈亦皆查放，赈务冀渐就绪，地方安谧，堪慰宪廑。谨闻。鼎叩。霰。

又电南京

督宪端钧鉴：浦厂饥民，截至十五日，连前共遣散八万八千一百十七人，地面安谧。现仍竭力妥办。谨闻。鼎叩。霰。

又电淮安

山阳县李大令：浦厂已遣回山阳饥民数千，应速接收，给票候赈，毋任复来为要。倘置之不理，以后难取信，必仍聚浦，该县当执其咎。款已宽筹，面告张守矣。鼎。霰。

又电南京

督宪端钧鉴：现据海分司覆称，挖泥船腐坏罅漏，拖带恐致沈毁。请饬荣道雇匠来浦估修，方能行驶。候示。鼎叩。霰。

十八日电上海

商学公会台鉴：收到捐款洋一千元，谨代百万灾黎叩谢。鼎。巧。

又电南京

督宪端钧鉴：巧电敬悉。加拨赈款收到，即经分致各属。兹奉谕遵将赣榆县款内匀出一万，续拨海州。赵运司借款汇到。前请筹防局派来鱼雷艇两艘，因南瑞未修竣，仅有南琛一艘来。昨亦饬令回宁候调。挖泥船事，昨电陈请饬荣道雇匠来浦勘修，想蒙垂鉴。谨覆。鼎。巧。

十九日电上海

吕大臣、盛宫保钧鉴：浦厂留养人数日众，只好一律截止，专办资遣。现竭力劝谕，千方百计，陆续遣回约十万人，大局渐可就绪。其中困难情形不一而足，多有莠民煽惑，措置失当，即虞滋事。消弭防范，宽严互用，费尽心力。兹幸城市安谧，灾黎均有更生之望，皆出自仁施所赐。拟俟遣回过半，再行招夫办工。若此时遽招，又恐饥民希冀作工，相率观望。近日米粮贩运尚多，亦免厘税之效。浦厂所购米粮，俟遣散完竣，即设局平粜。惟闻民间麦种甚少，如能由沪贩运酌散，无误春耕，较为得济，尚乞荩筹。谨闻。鼎叩。效。

又电南京

督宪端钧鉴：浦厂资遣人数，随时电禀，约计已有十万。现仍逐日竭力筹办，大局冀渐就绪。惟中多莠民煽惑，措置稍有未协，即虞滋事。消弭防范，宽严互用，费尽心力。兹幸城市安谧，灾黎均有更生之望，皆出自宪恩所赐。拟俟资遣过半，再行招夫办工。若此时遽招，又恐饥民希冀作工，观望不散。大约月初当可开办。浦上米粮贩运尚多，此皆免厘税之效。所有弹压、资遣最为出力之十三协统领徐占凤、城守营都司杨金涛二员，仰恳宪台传电嘉奖。俟赈务完竣，再行详请优予奖叙。伏候训示。鼎叩。效。

又电青口

专送赣榆县署愷：电悉。奉帅电，赣榆加赈拨一万，匀出一万济海州。即速给文商会领汇勿迟。义赈绅日内可到。鼎。效。

二十日电南京

督宪端钧鉴：顷奉钧函，并承惠赐。解衣推食，礼意优隆，仰荷鸿施，莫名感谢！余容禀达。鼎叩。号。

廿一日电镇江

荣道台鉴：号电悉。洋绅所办面粉、火腿、牛奶糕，如系放赈，殊不合用，且恐别生支节。浦厂饥民数十万，岂能遍给？必滋事端。敝处运米，小轮尚不敷用，何能为彼拖带？究系如何情形，尚盼详示。鼎。箇。

又电上海

吕大臣、盛宫保钧鉴：皓、啸、效三电敬悉。龙洋二万，已派员解往沭阳。江北春麦，冬间播种者多，春间播种者少。详询农民，以麦豆两项籽种缺少为忧。闻美国麦种较中国好，正月亦可下种，不知沪上能办否？安东董事朱檠，因有人控其以赈款扣抵饷费，不能不问，昨已讯明释回矣。饥民近遣散共约十四五万，渐可就绪。谨闻。鼎叩。箇。

又电海州

汪太守：义赈铜元三万四千千到浦。闻盐河冻阻，陆运艰阻，如兑换龙洋，装运较便。未识能散放否？望与义绅商酌，速电复。鼎。箇。

又电南京

督宪端钧鉴：个电敬悉。查安东饥民，初不肯回，均以本年急赈款未领到为言。后经义赈绅士唐锡晋到厂劝谕，始各愿回。因唐任安东教谕十余年，放赈两次极好，民感其惠。嗣据安东士民禀诉，总董朱少堂、朱檠、唐浩然三人，将赈款扣抵练勇经费，以致民怨沸腾。唐义绅亦力止之。当派黄令履直前往，传三人来浦。唐浩然已因案提苏，朱少堂、朱檠到案，职道亲自讯问。朱檠人颇诚实，平日办学堂尚好，虽与朱少堂同为练董，向不问事，当即省释，令其回家。朱少堂人似狡猾，饬令取保。候派员查访有无以赈款扣饷，再行核办此事。职道因控关赈款，不能不问。唐绅之言，亦未敢尽信。惟安东灾重，钱粮尚应蠲免，此等饷捐不宜苛派，伏乞训示遵行。鼎叩。箇。

又电南京

督宪端钧鉴：浦厂饥民，截至二十日，连前共遣散十三万六千六百十五人。谨闻。鼎叩。箇。

廿三日电海州

汪太守转交宋义绅：两养电悉。董令解到铜元三万四千，已雇船派弁兵押送来海。望派人迎提。其二批、三批尚未到浦，俟到即转解不误。鼎。漾。

又电南京

督宪端钧鉴：昨日，山阳官绅在距城十里外篆香楼设局散给赈票，人多拥挤，胡令将乡地薄责。该乡地煽惑附近流氓，聚众滋闹，官绅被困，楼毁轿焚，官绅微服得脱。嗣张守派员前往解散，饥民均尚安静。职道闻报，商请提帅连夜派队派员驰往弹压，现已无事。仍饬将滋事棍徒密拿惩办，以遏乱萌。谨闻。鼎叩。漾。

又电南京

督宪端钧鉴：浦厂遣散颇多。乃昨有桃源饥民回厂，据云该县无局不收，以致各厂怀疑，大生阻力。现由道派员分起领回，如不收，即严参。近据饥民声称，各县催征钱粮甚紧。回家后，所得赈款不敷交纳，是以在浦厂避匿等语。所言不为无因。今年各州县希图开征，讳匿灾状，此时赈抚方急，转事追呼，实无人心。应请宪台严饬，出示晓谕，所有淮、徐、海三属被灾州县钱粮，一概停收，缓至明年秋后带征，不准派差滋扰，违则拿问，以广皇仁而拯民命。于赈务大有关系，伏候示遵。鼎叩。漾。

又电上海

吕大臣、盛宫保钧鉴：解铜元委员熊、李、董三人均到，已由职道派员拨兵，分别解往。沭阳二万元，亦经转解。严绅国钧今日到，已为雇车赴赣。谨闻。鼎叩。

二十四日电南京

督宪端钧鉴：漾电敬悉。查唐绅来禀，以安东极贫约有八万户，按口甚难，拟分作七等，改为按户酌放。现合官义赈及积谷款，共只钱八万余千，不敷甚巨，求加拨等语。究竟每户酌放若干，如何分等，已专函查询，得覆再行电禀。至各州县棍徒闹赈及生监不准领赈各节，已撰示刊发。昨有董、常、熊、李四委员解到义赈铜元，均由职道赶雇车船，派弁派兵分投运往。谨闻。鼎叩。敬。

又电海州

汪太守：铜元已派员解运，望即迎提。大伊山地方望赈甚急，乞早散放，迟恐滋事。盼覆。鼎。敬。

二十五日电南京

督宪端藩台继鉴钧：前奉拨银十万，海州三万，安东、桃源、沭阳各二万，赣榆一万，均已拨完。另由道拨阜宁一万。现据桃源义绅函称极贫三十万，严剔极难。官义两款共只八万串，不敷甚巨。拟再由道酌拨官赈一万，并求吕、盛两公加拨义赈，方可迅速散放。惟迭据各灾区义绅函电，均以每口按官义两赈给钱二千，实难遵办，不能不变通办理。可否仍照文鼎前议，不分官义，每口冬赈一千，春赈一千，或易就绪。现距岁抄不过一个月，其由浦厂资遣者又皆发过十日口粮，似可过冬。春令为日甚长，除给赈外，必须赶办平粜。拟俟省城所购二十万石到浦，即分拨淮徐海三属设局平粜，以善其后；并拟散给麦豆种，无误春耕。如款能多筹，仍可加放。此为统筹全局起见，是否有当，伏候核示。鼎叩。有。

二十五日电南京

督宪端鉴钧：漾电敬悉。安东积谷款，已派黄令履直前往清查究办。总董、村董以赈款扣抵马练各饷，职道现又派员专查此事。前提该县总董朱少堂来浦，亦即因此。俟委员查复，即当严讯吴革令，大照亏挪甚多。该令籍隶山阴，颇有家资，应请电咨浙抚，派员押解来宁追办。至责成堵令赔缴一半，亦派员勒追矣。谨覆。鼎叩。有。

又电苏州

臬台朱鉴：安东县董事唐浩然，现因被控以赈款扣抵练饷，奉督帅电饬究办。昨派员往提，据称另案提苏审办。现在是否仍在苏，乞饬查明，派员押解来浦为要。鼎。有。

又电南京

督宪端钧鉴：顷据沭阳义绅刘增禀，该县户口已查一半，极贫有十四万余，无法再剔，款绌难放。拟每大口先给五百，小口减半，俟款到再补放，求速加拨等语。查该绅所拟变通办法，系为救急起见，只可照行，免再迁延贻误。急候示遵。鼎叩。有。

又电南京

督宪端藩台继钧鉴：各属赈务万分吃紧，州县身任地方，宜如何振刷精神，认真从事。职道迭次奉到宪电，均立刻通行，由五百里排单飞饬遵办。乃顷据沭阳县令俞都申缴排单七件到道，忽将原文七件一并缴回。查阅各文，并未注到，尚有二件竟未拆封。即如官义赈章程十七条之件，亦在内。其为并未寓目可知。似此颟顸昏愦，怠忽已极，深恐贻误地方。应请将该令俞都先记大过一次，由道察看。如不能胜任，即行详请撤任，谨候示遵。鼎叩。有。

二十六日电南京

督宪端钧鉴：此次浦厂饥民，众至五十万。收养资遣，办理妥速，商民安堵，城市不扰。以城守营都司杨金涛最为出力，昨已电禀在案。该员昼夜在厂，任劳任怨，消患无形，厥功甚伟。应请优加奖拔，藉资鼓舞。现查徐州镇标中营游击出缺，该都司系在任候补游击，与例相符，仰恳宪恩俯准补授斯缺，以为任事勤奋者劝。出自逾格鸿施，伏候训示。鼎叩。宥。

又电南京

督宪端钧鉴：浦厂饥民，截至二十五日，连前共遣散二十万九千另九十。人心大定，堪慰宪廑。谨闻。鼎叩。宥。

又电上海

吕大臣、盛宫保钧鉴：桃源、沭阳赈款不敷，现由道各加拨一万，饬速领放。谨闻。鼎叩。宥。

又电南京

督宪端钧鉴：两有电敬悉。安东遵谕加拨三万，由浦兑换铜元运往，钧电即刻转递。沭阳、桃源已各加拨一万，饬速领运。沭阳刘绅拟每大口先放五百，小口三百，俟款到再补放。系为救急起见，似可照办，乞速核示。桃源极贫三十万，从何下手？廉绅匀摊办法，吕、盛两大臣来电，亦不以为然。已录宪电，专札饬令严剔，或照安东办法，按户分等较妥。如款不敷，由道续拨。再查唐绅前有湘米五千石，运淮交张守。查山阳官赈少，拟留二千石。安东现加银三万，可拨千石。桃源拟拨二千石。均令变价易钱，解往凑放。可否？统候电示。鼎叩。宥。

又电南京

督宪端钧鉴：顷奉吕、盛两大臣电，沭阳赈款不敷，饬由道补发。应即加拨一万，饬速领放。谨闻。鼎叩。宥。

又电安庆

抚宪恩钧鉴：有电敬悉。查职道到任后，系派员赴芜湖、镇江、高宝等处采购赈米，并未发过护照，赴皖北运粮，现一律已停购。谨覆。鼎叩。宥。

二十七日电南京

督宪端藩台继钧鉴：近日浦厂资遣颇多，如各属冬赈办得好，饥民即可安集，大局必能就绪。查安东、海州已经查放，赣榆、阜宁灾本不重，尚易办理。山阳昨已严催速放。惟桃源、沭阳办法未定，若再迁延不决，不独与迭次宪电随查随放之意相背，且恐饥民去而复来。浦厂既不能久设，又不能坐视其毙，势将束手，深为焦虑。沭阳所拟先放一半，款到再补给，似尚可行，已催速放。桃源极贫太多，匀摊不妥，非严剔无从下手。可否饬令仿照安东，变通办法，分作几等，按户而不按口，总要随查随放，方能速拯民命。是否有当，急候核示饬遵。鼎叩。感。

又电南京

督宪端钧鉴：三有电均敬悉。已立刻分致山阳高义绅、沭阳刘义绅遵办。此次藩司续解银十万，加拨安东、沭阳各三万，桃源一万，阜宁一万，仅存二万。桃源似应再拨一万，以免藉口款绌放迟，急候示遵。浦厂饥民近五十万，现系陆续遣散。其资遣者，每名先发十日大口粮；其未及资遣在厂者，仍须逐日照给小口粮。通盘筹画，前拨运库之十万两实不敷用，应请饬司设法筹济，以竟全功。河工拟二十八日招夫开办，平粜俟浦厂遣散完竣再议设局。鼎叩。感。

又电南京

督宪端钧鉴：感电敬悉。浦厂饥民，每棚均发稻草。近无雨雪，尚可支持，惟冀早日遣散方好。棉衣太少，人数太多，散放必滋事。只可分拨各属，于查户时酌给。鼎叩。感。

又电上海

医会李平书兄：感电悉。极荷仁施，曷胜敬佩！查浦厂收养饥民至五十万，现在冬寒尚属平安，交春必致疾疫，是以设法资遣回籍。近已散归约三十万人，仍陆续妥办，期于年内遣竣。只要各属冬赈办得好，赈款能多筹，大局可冀就绪。弟忝膺重任，统筹兼顾，心力交瘁，尚乞指教为荷。鼎叩。感。

二十八日电苏州

抚宪陈钧鉴：浦厂饥民，近日竭力资遣，陆续回籍。截至二十五日，共已遣回二十万九千零九十人，地方安堵。现仍逐日妥办。各属冬赈亦皆开办，大局冀渐就绪，堪慰宪仅。鼎叩。俭。

又电南京、苏州

督抚宪端陈钧鉴：昨奉电谕，准将被灾州县本年忙漕缓至来年秋后带征，宪恩普被，亿兆欢呼，于振抚、资遣大有效验。惟查各州县向在地漕项下留支祭祀、驿站、俸工、役食、囚粮等项，停征后无可支给，此外别无进款。现值赈务吃紧，该地方官责任甚重，办公无资，实难赔垫。可否另筹津贴，其留支各款准由司库请领，明年征起归远，以免亏累。请饬司妥议饬遵，候训示。鼎叩。俭。

二十九日电南京

督宪端钧鉴：近日浦厂办理资遣，颇为顺手，日散数万人。似此情形，不久当可藏事。各属赈务，海州、安东均好。桃源、沭阳已专差飞饬，迅速查放。山阳亦饬仿照安东办法，庶饥民回籍，方可安集。惟扬郡留养尚有四五万，职道已电商赵运司及时资遣，雇船装送来浦。当由职道派员接管，分批转解，各回本籍，总赶年内办竣为妥。候示遵。鼎叩。艳。

又电扬州

赵运台鉴：浦厂饥民，现竭力资遣回籍，已有二十余万人。民心思归，办理尚顺手。扬郡亦可及时资遣，以免聚集生事。如用船运到浦，此间当派员照料，分起押送回籍。弟意年内总须办竣方妥。尊处如何办法，乞先示知为荷。鼎。艳。

又电镇江

荣道台鉴：挖泥船事，已电禀督宪，奉谕仍请饬匠派人来浦拆卸拖带赴镇，勘修应用，乞照办。鼎。艳。

又电上海

义善源丁价侯：森盛恒陈杏汀代办棉衣价银，乞即照付，由捐局拨还不误。鼎。艳。

又电扬州

赵运台鉴：前承拨运库银二十万，已据裕宁官银号如数交到，备文移覆矣。鼎。艳。

又电南京、苏州、上海

督抚宪端、陈、藩台继、吕大臣、盛宫保钧鉴：清江浦城外饥民，已收入者，五十八厂，均遣散完竣，连前共三十四万八千七百九十三口。其未收厂者，亦陆续遣回，截数再报。此外尚有盐河北二十二厂，现正赶办资遣，数日内亦可一律肃清。实为始料所不及，堪以仰慰宪廑。谨闻。鼎叩。艳。

十二月初一日电

督宪端钧鉴：勘电敬悉。桃源义绅廉兆镛今日来浦，沥陈为难情形。该县受灾实重，极贫太多，惨难言喻。现在只好酌照沭阳办法，极贫一千，次贫五百，期与奏案相符。为时甚迫，不及候示，已嘱廉绅照此赶放，速拯民命，并饬印委妥为照料。前加拨银一万，实属不敷，应再加拨一万，由浦兑钱运往，救急要紧。鼎叩。东。

又电淮安

张太守鉴：唐绅桐乡湘米五千石已否到淮？顷电禀督帅，以二千石拨山阳，二千石拨桃源，一千石拨安东，奉准照。惟桃源需钱万急，请将此次米石迅速就淮变价解济，勿延切祷。盼覆。鼎。东。

又电苏州

抚宪陈钧鉴：艳电敬悉。铜山帮匪刘学恭如敢来浦，即行拿办。浦厂资遣现将告竣，无虞勾结，堪慰宪廑。谨复。鼎叩。东。

初二日电南京

督宪端钧鉴：二勘电、四艳电均敬悉。阜宁官赈银一万四千，早经领去，因何未到，已飞檄饬查，并令将积谷款先行提放。桃源、沭阳各加拨官赈三万，山阳加拨钱二万串，均饬迅遵宪电领运速放，不得再延。板浦粥厂经费不敷，拟由道酌拨钱五千，已饬海分司查复。近日米粮价平，人心安谧，各属冬赈大致均有头绪。此次浦厂收养，清河之人几于全来。前在四乡设局，照给口粮，不过急则治标、为解散之计。浦厂既撒〔撤〕，应仍派员挨户严查严剔，以杜冒滥。谨覆。鼎叩。

又电扬州

赵运台鉴：先电悉。浦厂八十座，饥民四十七万零，已于今日一律资遣完竣，全境肃清。弟日内布置善后，即带员赴扬面商台端，筹议办法，顺道查勘河工。谨闻。鼎。冬。

又电南京

督宪端钧鉴：顷据派往解送海州饥民委员都司汤怀仁回浦禀称，饥民沿途安静，到海已换给赈票，各回本村。并言三河坝工业经合龙，盐船不致误运，堪慰宪怀。谨闻。鼎叩。冬。

又电淮安

绅士周太史诸公鉴：电悉。赈款二万千，已发交胡令领回。望会商义绅克日散放，速拯民命。兵队即禀请提帅派拨。鼎。冬。

又电南京、苏州

督抚宪端陈钧鉴：清江浦城外五十八厂饥民，一律遣散，昨已电陈。盐河北二十二厂饥民，亦于初一日全行资遣完竣，计十二万五千一百九十二口。连前共遣散四十七万三千九百余人。近日天气晴暖，饥民领钱领照，各归故里，无不忻然就道，感颂宪恩。职道请荫提帅周历察看，现存圩外者仅有数百户，询系或因患病，或因生产，一时不能起程。应准暂留数日，以示体恤。其余概行散竣。清江全境肃清，商民同声欢忭。以上资遣人数，系按各厂报册核计。此外尚有未收厂之人，系随时资遣，不在内。现将发过照根逐细详查，按户核对清楚，再行造册，专案详报，以昭核实。应请将大概情形先行电奏，仰舒宸廑。此次浦厂骤集饥民五十余万，时促势迫，措手不及，困难万状，危险万分。防范稍疏，措置未当，祸患何堪设想。今收养两月，地方绥靖，资遣迅速，晏然无事，实非始愿所及。此皆仰赖宪台指授机宜，随时训诲，力筹巨款，源源接济。职道秉承钧旨，得以假手有为，幸免贻误。各属冬赈均经布置妥协，河工亦已开办，江北赈务从此就绪，大局可保无虞。所有尤为出力之清江赈局提调候补同知蓝均、魏大综、江西补用知县王祖琛、盐河北赈局提调候补知县左杖周、城守营都司杨金涛，始终勤奋，劳绩卓著，可否俯准按异常劳绩由职道详请奏奖，以示鼓励？此外在事员弁，容当分别功过，择尤举劾，伏候示遵。鼎叩。冬。

又电上海

吕大臣、盛宫保钧鉴：清江浦城外五十八厂饥民，一律遣散，昨已电陈。盐河北二十二厂饥民，亦于初一日全行资遣完竣。连前共遣散四十七万三千九百余人。近日天气晴暖，饥民领钱领照，各归故里，无不忻然就道，感颂皇仁。职道请荫提帅周历察看，现存圩外者仅有数百户，询系或因患病，或因生产，一时不能起程。应准暂留数日，以示体恤。其余概行散竣。清江全境肃清，商民同声欢忭。此次浦厂骤集饥民五十余万，时促事迫，措手不及，困难万状，危险万分。防范稍疏，措置未当，祸患何堪设想。今收养两月，地方绥靖，资遣迅速，晏然无事，实非始愿所及此，皆仰赖宪台指示机宜，力筹巨款，识道得以假手有为，幸免贻误。各属冬赈均经布置妥协，河工亦已开办，江北赈务从此就绪，大局可保无虞。惟求迅筹捐款，接济春赈，以善其后。谨先驰布，仰纾宪廑，并请转告筹赈诸公为荷。鼎叩。冬。

初三日电南京

督宪端钧鉴：前闻扬郡饥民资遣不动，久恐滋事，电商赵运司，嘱即派员前往襄助。职道因清江饥民散尽，地方安堵，各属冬赈亦均就绪，拟即随带得力员弁亲赴扬郡，会商运司，设法资遣，顺道查勘河工。到扬后如何情形，再行电禀。镇江饥民，亦拟晤商荣道妥办，不敢稍存畛𡦹〔域〕，以副宪廑。谨闻。鼎叩。江。

又电南京

督宪端、藩台继钧鉴：桃源县孙令，人本庸疲，既被劾，更难任事，实恐延误。赈务吃紧，拟由道札委查赈委员任令乃霁就近代理，迅速查放。如能得力，再请改署。急候示遵。鼎叩。江。

初四日电南京苏州

督抚宪端陈钧鉴：清江近来抢劫之案迭出，现经拿获盗匪梅敬府、孔继云、卢银之三名，发县讯明，供认夥劫漕捐分局、开枪拒伤事主不讳。起获原赃给主认领，正盗无疑。现值灾民四散，匪类混迹，盗风甚炽，亟应变通办理。拟即由道派员复讯明确，即行就地正法，以靖地方。候电示遵办。鼎叩。支印。

又电扬州

赵运台、荣太守、袁震两大令鉴：明午弟随带文武员弁乘轮来扬，设局商办资遣，一切面罄。子婴闸已派员带兵拦截。宝应被灾，现亦委员前往放赈，以免潜赴扬郡。特闻。鼎。支。

又电南京

督宪端钧鉴：浦厂肃清，职道明午带领文武员弁驰赴扬州，会商赵运司，设局办理资遣。到扬即电禀。宝应被灾，已由道委员拨款五千驰往，迅速会县查放，以免灾民又赴扬郡。谨闻。鼎叩。支。

又电南京、上海

督宪端吕大臣、盛宫保钧鉴：顷奉吕、盛两大臣江电敬悉。查浦厂饥民，初不肯动，嗣闻本籍设局查放，始肯领照回去。浦厂派员解送到籍，各验照给票，人皆相信，得以一律肃清。浦厂资遣，每人发十日口粮。到家后，即稍迟数日领钱，亦尚不致饿毙。至各属因款少人浮，未定办法，不无迟疑。近如沭阳、桃源、山阳各义绅，职道均告以变通办理，赶紧散放，千万不可拘泥，致误民命。总应抱定随查随放为宗旨。安东查放较早，海州、沭阳闻亦均开办。山阳昨加拨官赈二万千，催令速放。桃源加拨官赈三万两，现派员兑钱运往，不准再迟。阜宁、赣榆义绅均到，亦据报查放。该两处灾尚不重，或易安集。除遵谕飞檄严催外，谨复。鼎叩。支。

又电海州

汪太守：六塘河自宿迁至海州灌河入海，蔷薇河自沭阳至临洪口入海，乌龙河为赣榆南条，朱稽河为下游北条。现与许久香观察商酌，大加疏浚，以工代赈。望即转致沭、赣两县，派绅会同妥筹议办。鼎。支。

初七日电南京

督宪端钧鉴：昨晨抵扬，奉四次支电，均敬悉。扬郡资遣，已与赵运司会商办法，分派员绅，妥为布置。此间邳、宿、海人为最多，非兵力不能弹压。已电请荫帅速拨一营来扬，仍乞宪台电催，即日拔队为要。今晨驰赴镇江，晤商荣道，晚间搭轮来宁禀商要公，一切面陈。鼎叩。阳。

又电清江本署

奉督宪电，清河匪犯梅敬府、孔继云、卢银之三名，由道委员覆审明确，如果情真罪当，即行就地正法。录供禀报，应饬发审局员丁倅炳南会同清河章令提犯覆审，讯取确供，电覆本道，听候核办勿迟。鼎。阳。

初八日电上海

吕大臣、盛宫保钧鉴：今日到宁，奉阳电敬悉。昨在镇曾详禀，谅蒙垂鉴。安东办赈，散放最早，饥民回籍，何致饿毙如此之多？此等谣言，实足令义赈各绅寒心，有碍大局。不知其意何居？亟应切实剖明，以彰公道。现已具禀督帅，请宪台恺切晓谕，以释群疑。扬郡资遣，与赵运司商议，邳、宿、海、沭、赣、睢、萧、铜，每人发二十一天口粮；安、桃、山、清、阜，每人发十六天口粮。可谓优厚。俟布置就绪，再分起解送，当不致再有异议。乞示遵。鼎叩。庚。

江北赈务电报录第二册

十二月初九日电上海

吕大臣、盛宫保、曾少卿、施子英、任逢辛、沈仲礼诸大善士钧鉴：清江资遣完竣，文鼎即驰赴扬州、镇江两处，会商赵运台、荣道台，筹议资遣扬镇两处饥民。俟布置妥协，即行回浦。昨由镇到宁，面禀督帅。此次浦厂虽经遣散，而饥民回籍之后，必须源源接济，以善其后，非谓一经遣散，即可歇手。文鼎现将运河两岸堤工大加修筑，招集附近灾黎，以工代赈，已于前月二十八开办。昨又亲赴瓜洲口查勘。该处至扬州一带河堤，亦须修办。当派委谢丞荼宽勘办。督帅购米二十万石，已运到浦者七万石。文鼎拟派员分运各州县，设局平粜。有水路者，用船装载；无水路者，用车运送。盖饥民回籍后，虽有赈款，粮少价昂，亦恐不能支持。而所最要者，则为补种春麦一事。文鼎前与美教士商及，闻美国麦种较好，正月内尚可播种。如能由上海赶购赶运，散放各灾区及早播种，方为治本善策。窃文鼎尤有虑者。此时冬赈勉可支持，春赈为日甚长，非多筹款，多运粮，仍不足拯民命，前功尽弃。惟有仰求诸大善长竭力筹措，设法垫款，务于正月内拨到要紧。所有运浦铜元，均由文鼎随时派员，分别解往，不致延误赈务。关系甚巨，文鼎才识庸暗，如有不周不备之处，务求随时指示，必当尽力为之，断不敢稍存诿卸也。文鼎叩。青。

又电青口

查赈委员章大令：庚电悉。司事、亲兵，如禀添派。天气严寒，望速妥查办，毋误民命，仍将开放日期报查为要。俊青。

初十日电扬州

赵运台、荣太守、袁震两大令鉴：闻清江大雪，扬郡亦连日大雨，饥民由陆路赴浦，殊多未便，应请稍缓资遣。天晴道路可行，再办为妥。弟在省，稍迟两三日即到扬。鼎。蒸。

又电上海

吕大臣、盛宫保钧鉴：上海十一月二十九日《时报》译《字林报》云，义赈会所发之牛奶等，因灾民均不嗜食，尽饱各官员之口腹等语。深为骇异。查浦厂从未见有牛奶运到，究竟义赈曾发交何人、何时运浦，必须详细查明，澈底根究，以凭核办。事关赈务，未便含糊。现在清江教会运来面粉，均系由教士自行运赴各县，设局平粜，不经地方官之手。应恳向义振会明白查复登报，以昭虚实为要。鼎叩。蒸。

又电扬州

江都县袁转交魏丞、左令、蓝令：蒸电悉。扬郡资遣可稍缓，勿急遽，致滋事端。现因商筹款项，俟定局即行，望前到扬。鼎。蒸。

十一日电清江

筹振局提调蓝丞、王令：连接清河章令来电，五里庄分局人多，必须添设分局，添派委员，以免拥挤滋事。何以该提调不即照办，亦无一字电禀，深堪诧异。此等事，提调自应就近核办，何必待章令请示，致多迟误，尤为不解。希即赶紧设局派员，勿得漠视，仍先电覆切盼。鼎。真。

又

清河县章：蒸、真两电悉。五里庄人众，应设分局，添委员，已电饬提调蓝丞等速照办。该令应就近与提调会商，赶紧设局，不必请示，转多延误。鼎。真。

又电上海

义善源丁价侯：前议息借商款济赈，现需用甚急，乞速借三万，电汇清江衡丰速交，盼电复。弟现到宁。鼎。真。

又电清江

丁辛垞、张宜之：五里庄应添设分局，昨今两电，赈局提调迄无电覆。可怪！速查明电示。现司拨银十万，电交裕宁，速向取。鼎。真。

十二日电清江

昨由衡丰拨二万，裕宁拨十万，到否？应拨桃源二万两、安东二万两、沭阳一万两、海州二万两，已属辛垞办差专差飞递，饬速来浦领运。另拨安东、桃源米各二万石，沭阳米一万石，均饬赶紧领运，设局平粜，想照办。清河赈款，再筹拨。速电复。鼎。侵。

又电清江

筹赈局提调蓝丞、王令：桃源、安东、沭阳、海州请加拨振款，现由司拨十万，捐局拨二万。内拨安东、桃源、海州各二万，沭阳一万，以应急需。余五万，留备清河各局。另拨安东、桃源米各二万石，沭阳一万石，饬令赶运平粜，即将粜出之款，就近充赈。望速与道署帐房商明，专差飞檄各该州县迅速领运。如能由浦派员兑钱运往更好，总以迅速为要。桃源、安东水路通，即雇船装钱运米，星夜驰往。若等该县来领，耽延误民命。沭阳钱米如何设法赶运，并望速筹速办，立盼电覆。切祷。鼎。侵。

十三日电清江

筹赈局：元电悉。省米太湿，且有霉烂，必系船户途中搀水。已禀督藩。应责成押运委员将湿霉之米剔出不收，船户发县讯办。其干洁之米，仍照常收储。安东、桃源两处，可先札饬派人来浦领运，赶紧设局平粜，或暂各拨一万石亦可。鼎。元。

十四日电清江本署

彭委员：运浦米，奉帅谕，霉变者究有若干石，速详确查明电复，寄扬州转交。鼎。寒。

又电淮安

山阳县胡：盐电悉。冬赈应加极贫，归并春赈合放，固属变通办法。惟加至四万，实太多，帅未必允。弟明日赴扬，即回浦过淮面商。鼎。寒。

十五日电淮安

桂太守、胡大令：元盐两电均悉。初拟加放后，拟冬春合放。究应如何为妥，俟弟过淮面商。后日可到淮。鼎。咸。

十七日电南通州

张殿撰台鉴：今日回浦，奉电已派宝淮小轮，赴仙镇拖运棉絮。导淮事即遵督札，设局开办，极盼指示办法为要。鼎。霰。

又电海州

汪太守转送许久香观察：前奉电云，前据李德立清江官禁止平粜票等语，并无此事，不知何指？乞明白示覆。鼎。霰。

又电苏州

抚宪陈钧鉴：职道初八日赴宁，面禀赈务情形，沿途查勘河工，十七回浦。淮清一带得雪二寸，地方安谧。谨禀。鼎叩。霰。

又电南京

督宪端藩台继钧鉴：桃源赈务紧要，前委任令乃霁暂代该令，以力难赔垫坚辞。现有候补知县刘泽青奉差来浦，人尚老练，拟改委该令迅速往代，以重地方。候示遵。鼎。霰。

又

督宪端藩台继钧鉴：今午抵浦，即亲赴米厂查验。此次芜米七万石到浦，已收厂者三千余石。米色好坏不一，内中潮湿太多，热气上腾，霉变成块。询之押运彭委员等，据称皆由汤董自行雇船装运，委员并未随押，先行来浦，以致船户中途偷漏搀水。似此情形，实堪痛恨。现将船户发县讯办，饬令收米委员逐包查验，干净者方收，潮变者剔退，应责令汤董包赔，以重赈务。断不能含糊迁就，代人受过。惟米数大〔太〕多，其在船未起岸者更不知如何情形。闻汤董已来浦，尚未露面。各属望米甚殷，此等潮坏之米，浦局固不能收，各属亦断不肯颁。应如何办理，伏候迅赐示遵。鼎叩。霰。

又电海州

汪太守转送许久香观察：今日回浦，导淮事已遵督札派员设局，会列台衔办理。尚乞指示一切。海州灾重，在省面禀督帅，加拨振款二万两，另拨米二万石为平粜。春振方长，如何筹措，实深焦灼，幸公有以筹之。鼎。霰。

又电南京

督宪端藩台继钧鉴：铣电敬悉。山阳遵加拨一万串。惟查此次在省司库所拨银十万，均已分拨各属，清河本地冬赈尚无着。在省时，曾与任道商筹，务求速赐电拨，以应急需。盼切。年内非再汇十余万两，不能支持。鼎叩。霰。

又

督宪端钧鉴：十五夜抵镇，晤商荣道。瓜埠至扬州两岸堤工，残缺太甚，必须择要修办，以保田卢〔庐〕。当派谢丞恭宽即日勘估开办。镇江饥民，亦定明正资遣。是夜渡江，黎明到扬，晤赵运司筹商一切。即晚回浦。途中风雪甚大，舟中寒冷，怆念灾黎，为之恻然。运河堤工，沿途察看，均已开办。谨闻。鼎叩。霰。

又

督宪端藩台继钧鉴：清淮一带，于十六夜得雪二寸。现雪意仍浓，海属亦报得雪，农田大有裨益。近日天极寒，浦厂饥民幸而早回故里，否则必冻毙矣。鼎叩。霰。

又

督宪端钧鉴：沭阳义绅刘增来浦，力陈极贫甚多，非添拨五万两，断难存活。若停放待款，必要四出，功亏一篑。万难再减，务求照准。至清江本县赈款，至少亦需十万。现分文无着，急迫万状，求饬司速电汇筹。切。鼎叩。霰。

十八日电南京

督宪端钧鉴：三洽电均敬悉。昨与沭阳刘义绅商筹，沭灾甚重，除已加拨银万两外，仍拨米万石，以资接济。惟该绅以由浦至沭系陆路，雨雪之后，道路泥泞，车运迟滞，仍难济急。现由道先向各商号挪借洋五万元，交刘绅迅速带往查放，将来以粜出米价归还，方可救急。徐州袁道来电，已派人来浦运米二万石。海州、安东、桃源各拨米二万石，均饬速运。先将职道购存之米分拨，移缓就急，速救民命。至芜米七万石，现正添派委员逐包查验，遵照宪电，干洁者收存；潮湿尚可食者，就近减价出售；霉烂者剔退。惟米数太多，汤董未见面，只好督饬押运委员照此办理。如何情形，随时电禀。谨复。鼎叩。巧。

又电宿迁

宿迁令黄：义振又加拨四万串，先由隆源长钱庄拨交两万串。其余两万，已委秦永源解运，均交韩柳两绅散放。请先知照，一经隆源长款交到，即电复道署。巧。

二十日电南京

督宪端钧鉴：效电敬悉。许道未来浦，此电已转致海州汪守探送。查许道所说开河代赈洋面，专在河工平粜一节，职道曾与商筹，隐杜教士干预工程之权。沈道所议殊多窒碍，恐生枝节，总以仍照许道办法为最妥。惟许道经手事太多，行踪无定，恐未能专心办理。各处绅董明干者少，此实为难。仍候钧酌。鼎叩。号。

又

督宪端藩台继钧鉴：霰巧二电，想达宪鉴。安东、桃源、海州、阜宁加拨冬赈银两，均由浦兑钱，派员拨兵分驰运往，以期迅速。沭阳加拨银万两、借拨洋五万元，已交刘义绅领回。安东借拨钱一万五千千，山阳加拨钱一万千，宝应冬赈钱五千千，皆派员运往。现惟桃源尚需款五万千无可应付，只可运米速往平粜，即以粜价充振。总赶年内放竣，不准迟误。刻正筹拨米粮，分派各属设局平粜，接济民食。洋人运赴各灾区面粉，随时照料护送。导淮设局，遵示拨款五千两开办。瓜埠至扬州堤工及捞浅事，已派员挪款修办，另文禀报。惟款项支绌万分，务求速赐筹拨，济急为要。鼎叩。号。

又

藩台继鉴：效电敬悉。汤董昨已来谒，现与商酌添派委员，逐包查验。干洁之米随验随收，湿霉之米概行剔出。俟收齐后实亏短若干，再令赔补为妥。此时似未便拘追，公意如何？乞示遵。鼎。号。

又电宿迁

宿迁县黄：顷接盛宫保来电，前加拨之四万千，系汇宿州，非拨宿迁，速即更正等因。此款未来者，停止解运，惟由隆源长汇拨之两万，是否交到？如未交，作罢，已交，仍请发还该庄为要。道署。号。

又电南京

督宪端钧鉴：查各属灾区州县，自停征后毫无进款。现如运钱运米，皆无力垫办，不免延误。职道以速拯民命为主，统筹兼顾，只可由浦雇船雇车，派员分投送往，以期迅速。否则饥民何能久待？该州县若〔苦〕累属实，可否按缺分繁简，按月酌给津贴银数百两，以六个月为度，伏候示遵。鼎叩。号。

又

督宪端钧鉴：张殿撰运来棉絮二百石，已点收。价银二千余，当由道筹付。惟军衣尚未到浦，甚盼。鼎叩。号。

二十一日电青口

许久香观察：奉帅电，青口拨米六千石开粥厂，请公速派妥人，来浦领运。又冬振款，帅嘱加拨二万。如有余，留备春振。此间司库拨款未到，或先拨一万，何如？乞速酌示。公何日来浦？甚盼。鼎。箇。

又电宿迁

宿迁县正堂黄：昨电收到否？顷接来电，知两万款已交到。惟此款系拨宿州，非拨宿迁，原钱应即发还隆源长，以备另拨。鼎。

又电南京

督宪端藩台继钧鉴：各属拨款及运米平粜等事，昨已详细电陈。冬赈似可就绪，惟春振至迟正月望后必须开放。综计淮、徐、海三属官振款，非二百余万不敷散放，未识义赈尚能协济若干？三菱借款如议定，乞早汇浦，以便先期匀拨，方免迟误。上海息借商款尚未得覆，不知能否办到？年内为日无几，殊深焦虑，务求预筹为要。鼎叩。箇。

又

督宪端钧鉴：皓电敬悉。沪赈会运浦面粉，皆系清江长老会教士米德安、林嘉美二人经手收放。其应分运何处，亦由教士作主，派人办理。地方官专司供给运费，派兵护送。查宿迁已运过三千袋，安东、桃源现正赶运，仍系教士自办，地方官听候驱遣而已。所称淮道未予分运宿迁此语，深堪诧异。此项面粉既未交道，则淮道无分运之权，其理甚明。应请电告沪赈会，自向清江教士查问明白，不得妄加指摘为要。鼎叩。箇。

又

藩台继鉴：个电敬悉。此次芜米潮湿过多，必须逐包拆验。收米委员责成甚重，岂能含糊迁就？今彭委员既归咎于收米之人，以为有意挑剔，应请公速派干员来浦验收。发米时，亦归其一手经理，以免藉口。候示。鼎。箇。

〈二〉十二日电南京

督宪端钧鉴：前奉宪批，高邮南新车三坝工程，据前办堤工局王道估需工费银四万两，饬令职道覆核。兹与何道亮标悉心查核，此项工程实需银二万两，足可敷用，原估浮冒过多。现拟先行垫款，赶购料物，再请照案拨款修办。何道即日晋省面禀，谨闻。鼎叩。祃。

又

督宪端钧鉴：马电阜宁积谷事，立刻专差严札遵办。积谷丛弊已久，各邑皆然。宪台此电洞烛其奸，莫名钦佩。今年冬赈各属再四请款，有加无已，而独于本地积谷则隐匿不提。职道昨派黄令履直驰往清查，官绅均有侵挪，实堪痛恨。非从严追究，从重参办，竟无他法。谨先禀覆。鼎叩。祃。

又电镇江

荣道台鉴：号电悉。睢宁面粉，仍饬萧仪章押往，以免周折。宿迁之面、徐州之衣，均当随时运往，惟舟车皆不易猝办耳。鼎。祃。

又电徐州

袁道台鉴：顷奉吕、盛两大臣电，以预拨邳、宿、铜、萧、睢春振款共十五万千，嘱由浦派员运送。查清江现在分运淮海各属钱米，实已应接不暇，徐属赈款无力兼顾。应请台端多派委员来浦赶运，稍分弟劳。实深感盼，即候电覆。鼎。祃。

二十三日电通州

张殿撰鉴：电悉。棉花两儎是否续运？已派宝淮小轮赴邵候拖。鼎叩。漾。

又电上海

义善源丁价侯兄：函电悉。息借商款助赈，上海商会总协理现系何人？即乞电示。拟请帅电托商办，仍请两公经理此事为妥。鼎。漾。

又电南京

藩台继鉴：养电敬悉。芜米已加派委员，分五处验收，逐包拆看，以期迅速，随收随发。其霉变潮湿者剔退，该董亦愿赔偿。此事弟必设法办结，决不诿卸。惟各属需米甚多，现到七万，除剔退外，不敷分拨，尚赖荩筹为荷。鼎。漾。

又电上海

吕大臣、盛宫保钧鉴：两祃电敬悉。萧县赈款四万千，当勉遵钧谕，派员解往徐州，交由袁道转解。其余各款，已电请袁道迅速派人来浦领运。现在淮海两属钱米，均须派员分驰运往，车船搜括殆尽，终日应接不暇。徐州赈务势难兼顾，只好请袁道稍分责任，非敢意存诿卸。春赈款更巨，覆查不易。此次在省面商督帅，拟借款应急，未知若何？时艰如此，旰宵劳惫，求退不得，焦虑曷胜！鼎叩。漾。

又电徐州

袁道台鉴：昨奉吕、盛电，饬将义赈款十五万千派员运送徐州，备拨邳、宿、睢、铜、萧五处春赈。当经电请台端，迅速派人来浦领运，未蒙示复。顷又奉吕、盛电嘱运钱四万千至萧县，只好竭力遵办，派员运至徐州，请尊处转解萧县，交韩绅查收。其余各款，仍恳派员来运。弟处筹拨淮海两属钱米，千头万绪，应接不暇，徐属振务力难兼顾，务求垂谅是幸！仍盼电覆。鼎。漾。

又电南京

督宪端钧鉴：漾电敬悉。各灾区州县津贴，拟分别酌给。海州地广，清河事繁，拟月给六百；安、桃、沭，拟月给五百；山、阜、赣，拟月给四百。乞饬藩司速议筹拨。吕、盛两大臣电拨宿州义赈款四万，已派员送徐州，交袁道转解。又教士续到面粉万余袋，亦雇船分运宿迁、徐州等处。谨闻。鼎叩。漾。

又电海州

汪太守转送许久香观察：昨奉帅致公效电，已达否？顷奉三漾电，均悉。青口粥厂，赖公尽筹，全活甚众，极好。春赈如何酌中办理，急盼指示。公能来浦一商否？鼎。漾。

又

汪太守转许久香观察：帅电嘱拨米六千石为青口粥厂用，乞速派人来浦领运。又电拨赣榆赈款二万，鄙意如暂时不用，即留备春赈，乞酌核电复。鼎。漾。

二十四日电南京

督宪端钧鉴：现据黄令履直查明赣榆积谷顷〔项〕下，存钱四万七千千，存谷三千余石。既称赈款不敷，应即尽数提拨。其青口粥厂需米，亦可将仓谷就近碾用。官义赈款，均应留备春赈为妥。各州县于积谷之款坚不肯动，一味逼索官款，罔顾公家之绌，真正可恨。除电许道外，谨请示遵。鼎叩。敬。

又电海州

汪太守转许久香观察：现据委员查覆赣榆积谷存钱四万七千千，存谷三千余石。既称冬赈不敷，应即尽数提拨。其青口粥厂需米，亦可将仓谷碾用，就近济急。官义赈款，均应留备春赈为妥。公意当以为然。鼎。敬。

又

汪太守转许久香观察：漾电悉。青口粥厂需米三千石，即请派人来浦速运。所议照原价九折发卖平粜，应即照办。鼎。敬。

又电徐州

袁道台鉴：养电敬悉。淮海两属灾区州县，请按繁简，每月酌给津贴，以六个月为限。海州、清河，拟各给六百两；安、桃、沭，拟各给五百；山、阜、赣，拟各给四百。已电请督帅饬司核议，尊处可照办。昨两电请派人来浦运钱运米，均达览否？乞电覆。鼎。迥。

又电南京

督宪端钧鉴：各属望米甚殷，现正分筹解运。清江本地粮价亦昂，现值岁除，已于四乡设立平粜局六处，以资接济。粜价遵谕留备春赈。谨闻。鼎叩。有。

又电海州

汪太守转许久香观察：顷奉帅电，接吕、盛大臣电：沈道与李德立会议现允转办平粜一事，本会其文曰：本会亦以共保平安为心，是以议由许道会同绅董、教士，于各灾区组织分会，择地多设粜铺，专办平粜。因集款无多，不能兼顾工赈。至开河代赈，事体尤大，惟望国家办理云云。请告许道。查精壮饥民既已开河代赈，则赈款宜专就老弱及妇女散放，办工精壮应即剔除，以期实惠普及。望公会同许道妥办。此电并希速探送等语。应请兄迅速来浦会商办法，以便禀覆。切盼。鼎。径。

又电淮安

桂太守、胡大令：林教士赴乡，可嘱叶队官酌派一棚同往。府县亦应派人照料，不得专恃兵力。此间安得有许多兵可拨耶？鼎。有。

又电南京

督宪钧鉴：三有电均敬悉。芜米未收齐，司款未拨到，青口粥厂只好先拨米三千石运往。其不敷赈款，已电饬赣榆县勒提积谷款，就近拨用。山阳请拨米二万，现难照办，随后再酌。今年赈务冒滥已极，州县之疲庸、董保之贪狡，除请款请兵外，别无布置。职道才智短绌，无法挽救，求退不得，劳惫难支。春振需款太巨，从何下手？焦虑曷极！鼎叩。宥。

二十六日又电南京

藩台继鉴：经电敬悉。芜米现已加派委员五人分投验收，以期迅速。现查二三两批米船尚好，惟头批潮湿较多。现将湿米晒干，就近减售，亏折无多。霉变者剔退亦有限。偷米船户，已提道讯明监禁。各船户咸知儆畏，不致生弊，乞释仅系。裕宁拨款十万，该号以年底虽汇浦，现尚未到，乞饬催。鼎。宥。

又电青口

专送赣榆县署：青口粥厂，已由浦先拨米三千石。如赈款不敷，应就近勒提积谷存款拨用，勿稍延误，仍速电复。鼎。宥。

又电海州

汪太守转许久香观察：有电悉。米可匀拨三千石，银款因司库尚未拨到，无法垫付。查赣邑积谷款甚多，应请就近提用，以纾财力。鼎。宥。

二十七日电南京

督宪端钧鉴：海州需兵镇慑，奉电即禀商提帅，现暂留鄢参谋带队驻扎。俟明春李定明营勇填扎后，再调鄢回浦。谨覆。鼎叩。

又电南京

督宪端钧鉴：两宥电均敬悉。查淮海两属春赈，按照冬赈数目，如清河、安东、桃源、海州、沭阳五处，每处约需钱二十万；山阳、阜宁、赣榆，每处约需钱十万。现除清河以粜出米价拨抵，其余如安东拨米二万，桃源拨米二万，沭阳拨米一万，海州拨米二万。所有粜出之价，除凑拨冬赈外，究能留抵春赈之款若干，尚未据截数核报。至各处积谷款，大半拨充冬赈，所余无多。绅富捐更微。约略计算，淮海两属春赈，总需百万千之谱。前奉吕、盛电拨海、沭、安、桃各四万，山、阜、赣各二万。是义赈款仅二十二万千，官赈款尚需八十万千，方敷散放一次。此系大概情形，出入不甚相悬。至许道等所筹以工代赈办法，据称安置强装饥民十之三四。如能将每县应拨赈款匀出几成，为办工之需，固属甚好，惟其中考核最难，能说未必能行。做工之饥民，窃恐仍要食赈，无从分别。诚如宪谕，办法歧出。窃谓办工与放赈，只能分别两事，须于赈款之外另筹工款，方办得到。且许道所办各工，专指海、赣两属。如安东、桃源、沭阳、阜宁、山阳、清河等处应挑之河甚多，绅民纷纷请办，未便置之不理。亟应通盘筹画，切实可行，方能决议。魏守现赴山阳、安东、桃源等处周历察看，职道已电邀许道明正来浦，与魏守等详细妥议，再行禀请核示。谨复。鼎。感。

又电南京

督宪端钧鉴：顷接赣榆印委电，该县大沙河分局放钱已毕，地方安静。青口尚有三镇，速查速放，冬赈了即禀。司库拨款，刻已收到。谨闻。鼎叩。沁。

又电南京

督宪端钧鉴：宥电敬悉。芜米到浦，共三批，计七万石。若无潮变，早经收竣。现因逐包拆验过秤，难以迅速。原设收米局两处，现又添设三处，多派委员分投赶办。各属来浦领米，随收随发。第一批潮变较多，已将潮湿堪食者就近减售，尚无大亏折。其实系霉烂成块者，方剔退。第二三批米尚好，验收较速，必当竭力妥办。惟米仅七万，殊不敷拨。其余三万石如已装船，饬速运浦更好。鼎叩。沁。

又电海州

汪太守：现派弁解棉衣船运板浦，乞即派人至板浦接收，转运回海为要。鼎。感。

二十八日电南京

督宪端钧鉴：感电敬悉。安东河工，昨嘱魏守前往查看，俟回浦再议办法。导淮已设局，测量各员生均到，现正计画布置，调查旧存图说，并遴派熟悉河道员弁导引前往，方能动手。连日雨雪，俟天晴路干，即可分投办理。谨覆。鼎。俭。

又电宿迁

县署黄大令速转许久香观察：宥沁电悉。赣榆冬赈年内想可放竣，己电饬印委勒提积谷款，就近凑用应急。帅电加拨二万，只可留备春赈。此间钱米皆极艰窘，分拨为难。青口粥厂当先拨三千石，饬续筹。因省运芜米潮湿太多，尚须剔退，而各属索米甚急，无法应付。鄙人独任其难，不得不统筹兼顾。春赈款尚无着，焦灼万分，各处工程亦须议办，务求台驾早日来浦面商办法。弟才短事巨，劳惫难支，求退不得，奈何？鼎。勘。

二十九日电苏州

抚宪陈钧鉴：勘电敬悉。查灾各员，即分饬各州县传知，饬各回苏。谨覆。鼎叩。艳。

又电南京

督宪端钧鉴：顷据桃源义绅禀报，该县冬赈，二十九可以放竣。平粜米亦到，即日设局开办。又山阳县禀，冬赈限二十四放竣撤局，阖境安谧。谨。鼎叩。艳。

又电徐州

袁道台鉴：现派差弁四人，雇船装运铜元四万千赴窑湾地方。应请派员赴窑湾守候接收，转解萧县，交韩绅景尧查收，并祈见交为盼。鼎。艳。

又电南京

督宪端钧鉴：各属春赈款巨期促，急须速筹。昨专禀请电上海商会总协理筹借华款，想蒙照办。事机紧急，职道拟正初驰赴上海，妥商筹议，以免延误。如宪意谓然，求速饬瑞道会同办理，较有把握。伏候示遵，不胜迫切。鼎。艳。

又电南京

督宪端钧鉴：奉勘电，当与清江教士林嘉美商酌。据云山阳洋面赴乡平粜，仍系交与本地董事承办。该处教士并不自往查户，决不滋事，令地方官为难。即如清河乡间洋面平粜，亦是如此办法，该教士仅司监察，请放心。山阳教士系其弟，已函嘱妥办等语。昨晚魏守自山阳来，亦言教士在彼处办平粜，甚妥，似可相安。魏守今早赴桃源，约定初十前回浦，电邀许道速来会议。谨覆。叩。艳。

三十日电南京

督宪端钧鉴：艳电敬悉。春荒需米甚急，当遵饬派妥员赴芜购运。拟先购三万石，随后再量力续购，乞速饬拨款备用。昨倪道世熙函称已购米二万石。是否运浦分拨，并求电示。鼎叩。卅。

又电南京

藩台继、巡道朱鉴：省城资遣，初六开办。昨奉大移，已遴派员弁先期赴瓜埠接收，转解来浦。遵谕办理。鼎。卅。

三十三年正月初一日电南京

督宪钧鉴：艳电、卅电均敬悉。春赈必须另查严剔。职道昨已飞檄各属认真赶办，并由道撰发告示晓谕，如有不服查剔，恃众滋闹，即予严办。清河冒滥亦多，撤厂后，即派委员十人分赴各村挨户清查。现已剔除不少，并将冒领殷户追缴赈款，颇知畏惧。惜各属不能照此办理。州县津贴，蒙恩照准。以后如再不能振作，只可严参，招怨在所弗顾。现据桃源、阜宁、海州、赣榆等处禀报，冬赈均查放完竣。谨闻。鼎叩。东。

又电南京

藩台继、巡道朱鉴：资遣事，现已派员赴瓜埠布置。惟由宁解送时，须查清灾区籍贯，造册随送。每批以十艘为度，每船不宜多载，恐运河水浅难行。又瓜埠至浦四百余里，恐风雨阻滞，能加给两日大饼更好。望照办。鼎。东。

又电扬州

赵运台鉴：奉电，以江宁资遣饥民至瓜埠，与扬有碍，拟用小轮径拖清江。所虑极是，但恐船多，小轮不敷周转。省中复电如何办法，尚乞赐示，并贺岁禧。鼎。东。

初二日电南京

督宪端钧鉴：卅电敬悉。查阜宁续拨义赈一万千、加拨官赈一万两，均系由浦派弁运送。据季令禀报，于腊月十三日、二十三日先后收到。何以义绅二十六日来电，尚云加拨万两未经运到？可见款到后，季令并未立刻交付义绅。似此颟顸昏愦，断难令其再任地方，应请饬司迅饬接署之员赶紧到任。如一时不能来，即由道委员暂代，以免贻误。至该县积谷，季令亦恐不能认真清查办理，除严饬外，谨请示遵。鼎叩。冬。

又宿迁电

县署黄大令速转交许久香观察：各属工赈事，帅催办甚急，专候台驾面商决议，务祈即日来浦。时促事迫，千万勿迟。弟拟初十后赴沪商借华款。盼切祷切！候电复。鼎。冬。

初三日电南京

督宪端藩台继钧鉴：此次汤董所购之米，原质本不甚干，船户又复偷米，每包均有搀水，以致湿气熏蒸，好米亦为潮米所沾染。倘屯积日久，必致全行霉变。现在逐船查验，实在干洁之米仅得其半，必须逐包拆开晒晾，留干剔湿，方敢收储。虽设局五处，仍难迅速。倘遇阴雨，更不能晒晾。领米委员不敢轻领，收米委员不敢轻收。现拟补救之法，只可将此项米石，择其干洁可以久储者，分拨各属；其潮湿者，即就近于清江设局，赶紧减价平粜，既济穷民，亦可收回价值，不致十分亏折。否则虽责令汤董包赔，重办船户，亦属无益。此系通融办法，是否可行，即候示遵。鼎叩。江。

又电镇江

荣道台鉴：顷顾教士运浦洋面五千七百包，仍饬李委员径运徐州较便。顾教士今日回镇，特闻。鼎。江。

又电扬州

江都县袁，蓝、谢两委员：艳冬电悉。金陵饥民到瓜埠，如能用小轮拖送来浦最好，但恐船多轮少，不敷周转。昨已派员赴扬会商，乞诸公妥筹办理。鼎。江。

又电扬州

荣太守、袁震两大令：顷接蓝令禀，扬郡资遣，现又改发高粱，并添发淮麦等语。究竟每名发高粱若干、发淮麦若干，即行详细电示，方可于护照内注明。前项高粱、淮麦何日运浦，并速复至盼。鼎。江。

初四日电南京

督宪端藩台继钧鉴：顷接荣道电，镇江饥民，定初十日送至清江，照章资遣。约需费五六千，由浦暂行垫发，再请拨还。谨闻。鼎叩。支。

初五日电扬州

江都县袁、甘泉县震、谢丞、蓝令：支电悉。所拟办法均周妥。所请在高宝一带接济粮食，诸多窒碍。昨已电请宁省加给两日大饼，谅可支持。鼎。歌。

又电南京

督帅钧鉴：鼎霖由沭阳、家骅由桃源回浦。奉支电，敬悉。与署道会议。淮海两属冬赈虽毕，查看情形仍属危急，春赈断不宜缓。去冬山、沭、桃三处，原查本欠核实，自非复查严剔不可。惟冬赈入手已误，操之过急，剔之过严，必滋事端。安东、海州、阜宁，义绅均尚得力。桃源已换冯守，须速来。其山阳、赣榆义绅均回沭阳，亦欲乞退，拟即责成印委认真覆查，以免迁延贻误。惟冬赈为时仅月余，且多半在浦厂就养，春赈四个月，为日甚长。现按冬赈人数核计，若每口给钱一千，即果能大加厘剔，亦非一百六十万千不能敷衍。徐赈尚未计及。现义赈仅有二十二万，是官赈款约需一百四十万千，尤须速查速放。否则必仍流亡四出，更恐聚众酿乱，隐患甚大。此时无论如何筹款，均来不及，惟有向运库、沪关先行提借应急，再议筹还。事机危迫万分，谨先合词吁恳，伏候钧示。其办工、平粜、给种等事，另行电陈。鼎霖、家骅、文鼎同叩。歌。

又电南京

督宪钧鉴：顷陈淮海春赈需款情形，想蒙垂鉴。查淮北各属河工，所有海、赣、沭三处，前已由鼎霖会同印官详细电陈，估需工费银十四万余两。淮属以六塘河为宣泄要区，分泗沂之水，经宿迁、桃源、清河、沭阳、海州、安东等处，如能大加修浚，可以弭六州县水患。且居各灾区之中心点，如招饥民工作，最为相宜。此外如山阳、阜宁、清河，亦有应挑支河。通盘估计，淮海两属工程共计需银四十万。如宪台核准拨款，必须赶正月望后开工。倘迟二三月，春水发生，即难兴作。应请迅赐电复，以便勘办。至平粜运粮，应以入海州口为便。除海、赣、沭由章牧经理外，并于清江设立转运局，分拨各属。此时春暖，河道无虞冻阻，惟灾区种麦甚少，补种无及，拟赶购高粱、玉黍等种分给各属，以资补救。窃谓办工、平粜两事均可补春赈之不足，若以次筹办，民困渐苏，大局可定。伏乞俯赐核示，曷深祷幸！鼎霖、家骅、文鼎同叩。歌。

又电上海

吕大臣、盛宫保钧鉴：支电敬悉。萧县赈款四万千，已由浦派员装船运赴窑㠪〔湾〕，电致袁道派员迎提转解。惟船须过闸，牵挽艰阻，恐难迅速。谨覆并叩新禧。鼎。歌。

初六日电沪

瑞道台鉴：昨为息借商款助赈，帅电上海商会集议并请公主持，未知所议若何？弟拟来沪面商办法，候示遵，并贺新禧。鼎。鱼。

又电扬州

荣太守、袁震两大令、谢丞、蓝令：微电悉。租轮拖带，即照办，款容拨寄。扬郡饥民，初六开办资遣，每日约散若干人，望即逐日电知。高粱、铜元尚朱〔未〕到浦，想在途矣。鼎。鱼。

又电南京

督宪端 藩台继钧鉴：现据魏守家骅自桃源回，极称代理该县之刘令泽青人甚朴诚老练，于赈务极为尽心。此时春振正紧要，若又易人，必多迟误。可否将该令改为署理，以期得力。桃源缺苦事剧，不得不为地择人，仍候示遵。鼎叩。鱼。

初七日电镇江

荣道台：鱼电悉。扬镇留养过优，饥民不顾回籍，自系实情。各属人多款绌，力难宽筹，奈何！鼎。阳。

又　电

张太守：歌电悉。粥厂固属善事，但恐各乡闻风麇集，势难普给，且虞拥挤，不可不妥筹办法。许久香在青口，系以粥平粜，闻颇得法。能否仿行，望公与绅士斟酌妥办。鼎。阳。

又 电 扬 州

荣道台、袁震两大令：鱼电悉。扬郡资遣不动，恃众滋闹，若仅以兵力压制，仍恐无济，转难下手。此时只可仍以善法开导，责成具结之棚头分起领回，宽以时日，不宜操之过急。仍望禀商运台为要。鼎。阳。

又 电 上 海

吕大臣、盛宫保钧鉴：歌电敬悉。上年冬赈户口，每县均报数十万，沭阳一处竟至五十余万。既不能剔，只好减放了事。此仍是匀摊办法，饥民每口仅得数百文，而官义两项已糜款一百数十万矣。此由于为时太促，入手已误。然冬赈仅月余，且有在浦就养至腊月者；春赈为日过长，若仍减放，极贫者固不能存活，次贫者亦不能久支。迭奉帅电，饬令复查严剔，每口至少必须千文。惟前既宽滥，此时忽严，必滋事端，恐办不到。即果能大加厘剔，而每口一千，须款亦必较冬赈为多。昨与许、魏两绅熟筹，苦无善策，徒深焦虑。电谕四条，春麦补种无及，现拟赴东省购高粱、玉黍各万石，分拨淮、海两属灾区，赶紧播种，然须五六月间方能有收。平粜事，现如情〔清〕河、山阳、安东、桃源、沭阳、海州、赣榆等县，均已由浦拨米并搭豆饼，饬各设局，一面赶紧购运接济。惟转谕〔输〕艰阻，不能迅速，亦是无法。各处工程，如运河官堤，已由道分假开办；海属各河，昨由许道勘估，计需工费银十四万两；淮属拟大挑六塘河，可弭六州县水患，且居灾区中心点，于灾民大有益。现正议办。此外各县支河，亦饬就近酌办。惟二款统计，非四五十万不可。职道愚见，当以平粜、办工二事补春赈所弗逮，以发给粮种为将来之接济，均与钧旨相合。至借钱、押地，亦属救急良法。如款能多筹，当同时议办，更于赈务有益。此事应责成地方官承办，或不致无着。鼎叩。阳。

又 电 南 京

督宪端钧鉴：顷据扬州府县电，昨日资遣饥民，坚不肯行，恃众滋闹，请提帅派兵镇慑。查扬郡留养时，既未派员驻厂，又无约束部勒之法，散漫无稽，入手已误。所给口粮过于优厚，凡有要求，无不照允；而本地好行小惠之人，时刻散钱散粮，较丰年尤胜。其不愿回籍，势所必然。且皆邳、海人多，性尤刁悍，若以兵力压制，恐仍无济，转难下手。此时惟有仍用善法，切实开导，责成棚头分起领回，宽以时日，不可掺之过急，致酿祸变。是否有当，仍候钧鉴示。鼎叩。阳。

初八日电南京

督宪端钧鉴：阳电敬悉。刘璞生所示募款、择加急赈，固属甚好，此必须义绅查密放方有实济。若假手董保，仍蹈故辙；一经宣布，又难下手。当饬各属妥筹办法，再酌拨官款，募捐恐一时难集。宪意如何，候示。鼎叩。庚。

又电淮安

桂太守：省运芜米仅七万石，奉拨淮、徐、海各属约九万石，公所深知，无从匀拨。丁款并未汇到。鼎。庚。

又电徐州

袁道台：铜元四万，已起程前赴窑湾。另有面粉解徐，亦请派员迎提接收为荷。鼎。庚。

又电苏州

抚宪陈钧鉴：庚电敬悉。现因清河四乡与安东、桃源、盱眙接壤之处匪徒聚众抢掠，势甚猖獗，深恐里〔裹〕胁灾民，酿成大变。职道督饬文武兵队分投拿办，以遏乱萌，并赶紧筹办各属春赈，安定人心，未敢轻离。扬州资遣，诚如宪电谕，未便徒用压力，转难下手。已电饬府县婉为开导，宽以时日，不可操之过急。俟浦事稍定，再商办法，谨覆。鼎叩。庚。

又电扬州

荣太守、袁震两大令：昨电想达。近日清江四乡匪徒聚众抢掠，势甚猖獗。兵队不敷防缉，势难抽调。此时扬郡饥民若逼令来浦，更恐里〔裹〕胁酿祸。应请诸公暂为设法安抚，仍给口粮，以免扰乱，俟浦事稍定，再当商筹办法为要。鼎。庚。

又电南京

督宪端钧鉴：虞电敬悉。查腊底两次有安东灾民数百来道署求赈，职道亲出查问，大都领过冬赈，并非真正饥饿之人。当即派弁押送回籍，以后尚无续来。现又于各要隘派队堵截。惟近日清河四乡毗连安、桃之处，常有匪徒勾结饥民抢劫米粮，即经饬派文武弁兵分驰拿办，以遏乱萌。各乡纷纷求放春赈，拟俟户口查竣，即行示期开放，但各属春赈尚未预备，迭次严催，仍恐不免迟误。心急如焚，束手无策，奈何！鼎叩。庚。

又电南京、苏州急

督抚宪端陈钧鉴：近日清河四乡，匪徒抢案迭出。昨派城守杨都司、马队盖营官、巡防队裴统领分投驰往，在陈家集获匪四名，内为首系赵立全。旋据禀报，接壤安徽盱眙之湖滩镇匪徒，聚集数百，执持枪械，分股抢掠，拒伤练兵勇。幸盖营官督率队伍赶至，合力兜捕，拿获匪首朱立富及伙党八名，众始逃散，起获刀炮等物。现又据三柯树平粜局员禀报，有著匪丁建高纠众，欲图劫局，幸兵队防守严密，尚未被劫。又派裴统领拨队往拿。拟将所获匪首讯明，就地正法。似此情形乱象，已著拟一面派队巡缉，一面出示晓谕灾民，勿为所煽，赶紧定期散放春赈，以安人心。惟扰乱之处不止清河一邑，各属春赈极迟，月内必要开放，否则裹胁愈众，势成燎原，大局不可复问。职道焦急万分，应恳无论何款，立刻勒提数十万汇浦，分拨查放，以救危急。倘稍迁延，东南糜烂，同归于尽。急迫上陈，伏乞迅示。鼎叩。庚。

初九日电南京

督宪端钧鉴：庚电想蒙慈鉴。昨获各匪，令日提道审讯取供后，即请提帅核示，就地惩办。各要道亦派队驻扎巡缉。清河春赈必须早放，现拟先期出示，定于正月二十五开办，分设四局，挨村散放。即遵宪谕，每大口给钱一千，小口减半。惟此间民多游惰，钱一到手，不知撙节。拟分作两起，正月内放一次，每大口先给五百，三月初再给五百，以符每口一千之数，庶人心有所系恋。若只放一次，则三月间仍要求赈，无此财力。各属亦照此办理，以归一律。是否有当？即乞电示遵行。鼎叩。青一。

又电南京

督宪端钧鉴：查各属河工，必须择要兴办。现与魏守熟商，六塘河为灾区中心点，可弭六州县水患，魏守愿任此事，即日带同员弁驰往勘估，赶二月内开办，足补赈务所弗逮。一面赶购米粮，分拨平粜，赈务庶有结束，谨候示遵。鼎叩。青二。

又

督宪端钧鉴：查清河既放春赈，毗连之安、桃必须及时开办，否则仍多纷扰。现在官款无着，职道先将义赈款奉拨该两县，每处四万千，派员克日运往。益以官拨米粮，每处二万石，合计已有十万之谱，自可先行布置。此外海、赣、沭、山、阜亦均飞饬先将义赈款领回预备，并由浦酌拨米粮，俟官款拨到，即行分运。其义绅未到之处，责成地方印委赶查赶放，不准藉词诿延。粜出米价，即留抵春赈官款。是否有当，候钧示。鼎叩。青三。

又

督宪端钧鉴：筹办各属春赈、工程事宜，顷已分别电陈。查义赈款尚有十八万千未到，官赈款亦未奉拨。事机急迫，地方扰乱，非速放春赈，无以安定民心。职道现竭力在清江各商号挪借应急，设法匀拨，幸各商号尚能见信，然不能久支，务求速赐提拨，以拯危局。盼切祷切！鼎叩。青四。

又

督宪端钧鉴：庚电敬悉。扬郡资遣事，亟应遵谕驰往。惟近日地方扰乱，捕匪、拨款、筹工、办赈、转运米粮，日不暇给，兼以金陵、镇江饥民现已陆续来浦，必须接收遣回，千头万绪，萃于一人，势难分身。已电饬府县暂为安抚，宽以时日，俟浦事稍定，即行前往妥筹办法。拟即由扬驰赴上海商办借款之事，力小任剧，竭蹶万状，愧悚曷胜！鼎叩。青五。

又

督宪端钧鉴：各属春赈必须速查速放。桃源廉绅已去，冯绅未到，沭阳、山阳均无义绅。现责成该地方官按冬赈册先行覆查，不得以义绅未到，藉词延误。其中一切情形，昨已详禀，想蒙垂察。鼎叩。青六。

又电扬州

赵运台鉴：庚电敬悉。奉督抚两帅电，均不以派兵为然，饬弟赴扬商办。惟近日四乡匪徒扰乱，正在督率拿办，各属春赈亦亟待筹拨，金陵、镇江两处饥民将来须接收遣回，一时势难分身。俟浦事稍定，当趋前聆教。只好仍饬府县绅商暂行抚辑，勿遽逼迫为妥。鼎。青。

又电上海

吕大臣、盛宫保钧鉴：许道已赴宿迁。虞电运高粮六千袋，可由镇运浦，再由职道转运众兴为妥。各属春赈，至迟正月必要放，现将奉发义赈款先行分拨。其平粜米粮，亦饬将粜价款充赈。惟官款尚无着，帅饬赴沪商借华款以工赈，一切尚未筹妥，未能遽行。拟俟部署稍定，即行赴沪面求指示。华洋义赈会如能暂行垫数十万应急，至感。鼎叩。青。

初十日电扬州

荣太守、袁震两大令：佳电悉。此间匪乱未定，镇江、金陵饥民又复纷纷来浦，实在应接不暇。扬郡如能稍缓时日，方可措手，勿以困难专责鄙人一身为感。希谅察。鼎。蒸。

又

江都袁大令转谢丞：现派袁令赴芜购米三万，所有镇江、扬州转运事宜，应饬该丞会同周副将妥办，赶运为要。鼎。蒸。

又电南京

督宪端钧鉴：顷准筹赈局电，奉拨银三十万，拟分拨安东、桃源、海州、沭阳各四万，阜宁三万，山阳、赣榆各二万，以七万两赴芜购米。另拨安东米二万石，海州米二万石、沭阳米二万石，桃源米五千石、豆饼一万石，山阳米二千石，赣榆米六千石，均抵充春赈。再加义赈拨海、沭、安、桃各四万千，山、榆各二万千，阜宁三万千，共二十三万千。均由道飞饬迅速运往，饬速查放，勿稍延误。是否照此分派，仍候宪示。鼎叩。蒸。

又电南京、苏州

督抚宪端陈钧鉴：昨获聚众抢掠、拒捕伤人匪首朱立富、赵立全等，已据供认不讳。现又拿获会匪头目章志成，起获票布，并获积匪多名，起出枪械。即提道审讯，分别严办。为首者应速就地正法，以遏乱萌。近日由淮至徐运河一带，匪势猖獗，若不严办，运粮梗阻，大患立致。现禀商提帅分段驻防，来往巡护，苦于兵力太单，不敷分布。应请电饬徐州镇道一体派队巡缉，以保粮运，最关紧要。现查会匪、帮匪、枭匪、幅匪，到处裹胁灾黎，意图煽乱，各兵队又不敢冒昧拿捕。拟请通饬，嗣后凡系执持刀枪拒捕之匪，准其格杀勿论，总以有无器械为民匪之区别。惟春赈必须早放，昨已电陈。现拟将清河春赈提前于正月二十一日起挨村散放，立刻出示，安定人心。此为要着，统求训示遵行，不胜急切之至。鼎叩。蒸。

又

督抚宪端陈钧鉴：昨获赵立全一犯，供认纠众抢掠，刀伤事主，朱立富一犯，供认纠众抢劫拒捕属实。犯系当场拿获，聚众在十人以上，按例均干斩决。已禀请提帅照惩办土匪章程，饬派文武营汛押往犯事地方，即行正法，以慑匪胆而靖人心。其余为从各犯，分别禁押。除录供禀报外，谨先电闻。鼎叩。蒸。

又

督抚宪端陈钧鉴：近以由浦至徐一带，匪徒抢劫，商贩裹足，运道梗阻，关系甚大，禀商提帅饬令十三协巡防队各拨兵弁，自清江浦起，至宿迁县境，沿途分假扼扎，来往防获。应请迅赐电饬徐州镇道赶紧分拨防营，按假防获，衔接一气，务将运道保护平稳，米粮方可运济，否则大局不堪设想。职道现又添募马队四十名梭巡护送，以昭周妥。饷由赈局核发。此为保卫粮运起见，即候未遵。鼎叩。蒸。

十一日电南京

督宪端钧鉴：三蒸电均敬悉。许道赴宿迁未回，其所云指地作押息借洋款二百万，崇论阔议，实恐无成。魏守办事切实，现商筹六塘河工确系有益，昨已亲往勘估，俟估竣即禀办。现蒙宪台等拨巨款，工赈得所措手，大局谅可无虞。职道惟以躬行实践为主，未敢高掌远跖。近日捕匪、运粮、筹拨各属钱米、接收资遣饥民，事极繁剧，不遑启处。屡奉电谕，仰见宪台焦劳万状，下怀敬系，依恋莫名。鼎叩。真一。

又

督宪端钧鉴：各属春赈分拨银米数目，昨已电陈。冬赈放款实数，虽未据截数具报，然约略核计，已得大概。清河本无义赈，即以粜价抵充，毋庸另拨。山阳有义赈二万千，又拨官赈款二万两、米二千石，合计已有七万千。赣榆尚有余款，现拨义赈二万千、官赈二万两，较冬赈为多。另又加拨许道米六千石，足可敷用。安东、桃源冬赈均用二十四五万，现各拨义赈四万千、官赈四万两，合计有十万千。另拨安东米二万石，可抵钱十万千；桃源米五千石、豆饼一万石，可抵钱六万千。按冬赈数目，每处所短不过数万。海州用款二十一万，现拨义赈四万千、官赈四万两、米二万石，合计已有二十万。益以绅富捐办平粜，谅可支持。沭阳冬赈户口五十余万，用款二十五万。现拨义赈四万千、官赈四万两，再拨米二万石，如能认真剔查，应可敷衍。阜宁拨义赈三万千、官赈三万两，共合七万五千，似应酌加。然此系就去年冬赈之数而言。春赈为日过长，各义绅力言不能查剔，并言去冬次贫，今年已变极贫，有增无减。若按每口大钱一千，何止加倍！此实无法。现在惟有飞饬各属，就分拨各款赶速领运，早查早放，先定人心要紧。随后再筹办法，仍候钧示。鼎叩。真。

十二日电扬州、淮安

荣桂太守：江宁、镇江资遣饥民来浦，系用船截运，早经分饬经过州县照料，多雇纤夫挽送，以免中途逗遛。乃各州县置之不理，无人过问，深堪痛恨。应由该府严饬，如再漫不经心，即行详参，懔遵为要。鼎。文。

又电南京

督宪端钧鉴：扬州、镇江、金陵饥民，均已陆续资遣来浦。今日镇江饥民到浦一千余人，已妥为接收遣回，尚属安静。职道恐各处饥民同时到浦，应接不暇，当于入浦要道分设资遣局八处验照发钱，派员弁兵队弹压护送出境，以期周妥。办理情形，再随时禀陈。鼎叩。文。

又

督宪端藩台继钧鉴：江宁、镇江资遣饥民来浦，均用船送。早经严饬沿途州县妥为照料，多雇纤夫迅速挽运，以免中途逗留滋事。乃此次江宁饥民来浦，各该州县竟不过问，亦不雇夫拉送，各饥民以船中乏食滋闹。幸职道每起均派员押送，即令饥民自行拉纤，另给纤资，始得无事。各州县疲玩性成，牢不可破，可恨已极！除由道申斥外，应请严行通谕，如再似此玩忍，即概行详参。候示遵。鼎叩。文。

又

江宁府许太守：金陵头批饥民今日到浦，已接收妥为资遣，尚安静。乞禀明帅座，并告继方伯、朱观察为荷。鼎。文。

又

督宪端钧鉴：顷海州汪直牧来浦面禀，该州冬赈款尚余钱八万千，若春赈照现拨银米各数，可放两次。海州地广而用款少，亦视地方官得力与否。现惟桃源、沭阳两处太滥，尚无办法。职道拟勒令照去年冬赈数核实散放，不准请增，以示限制。汪牧晋省，一切再面禀。鼎叩。文。

又

筹赈局任观察：昨奉帅电，先拨银三十万两汇浦。查现派员趱芜购米，乞于此款内提银七万，交裕宁汇，至镇江候拨，以省周折。余银速汇浦，分拨春赈。汤董所运米，现将验收完竣，不致大亏。并告方伯为荷。鼎。文。

十三日电南京

督宪端钧鉴：顷赣榆愔令来浦，询据禀称，去年冬赈尚余款三万千，现拨义赈二万千、官赈二万两、米六千石，春赈足可敷放，地方安谧，堪慰宪仅。鼎叩。元。

又

督宪端藩台继钧鉴：淮、海两属办赈不力州县，前已分别参办。兹查署海州汪守树堂、赣榆恒令龄此次查放冬赈，尚能核实，尽心民事，应请将汪守记大功二次；恒令摘去顶载处分，亦请赏还，以示鼓励。出自恩施，职道为分别劝惩起见，是否有当，伏候示遵。鼎叩。元。

又电淮安

桂太守：文电悉。阜宁匪徒聚众，禀商提帅，应即饬该守迅速亲往查办。现驻淮城之十三协兵队，即饬就近酌带前往，希速遵办为要。鼎。元。

又电南京、扬州

督宪端钧鉴，赵运台，荣太守、袁震两大令：近日金陵、镇江饥民来浦，均用船装送，沿途安静，到浦后遣散亦易。惟扬州饥民系由陆路而来，三五成群，零星杂乱。到浦后散漫无稽，殊难照料。其中妇孺长途跋涉，情尤可怜，且沿途无人照管，亦恐滋事。应请仿照金陵、镇江办法，用船装送，每起十艘，派人押浦，亦不必用轮拖带，较为得法。乞饬照办为要。鼎。元。

十四日电南京

督宪端钧鉴：元电敬悉。各属春赈款分拨数目，昨已电陈。冬赈放款数目，仅据海、赣禀报，均有余存。所最难者，安、桃、沭三处，职道以不准过于冬赈数为限制，未识能否办得到？河工事，宪电训示周详，当遵谕妥筹，俟许、魏二绅回浦，再行斟酌议覆。运道已竭力防护，近日严办匪首后，地方绥靖。清河春赈提前散放，人心亦定。宁、扬、镇三处饥民，逐日资遣，均妥贴。职道俟与许、魏二绅商定河工办法，即驰赴上海筹借商款。谨覆。鼎叩。寒。

又电界首

专送高邮州杨：元电悉。扬州遣散饥民毫无章程，已电饬妥办。以后如系高宝人持照到州，只可照给口粮，免滋事。用款若干，据实禀报，不令赔贴，总以安谧为要。鼎。寒。

又电南京

督宪端钧鉴：元电敬悉。阜宁事，昨接桂守来电，即禀商提帅，饬桂守将驻扎淮城之兵队就近亲自带往查办。旋据桂守电覆，以人已解散，可毋庸往。职道以该守始而张皇，继而诿卸，电饬仍令速往。兹接该守来电，准于十五日带队亲往，想可了事。谨覆。鼎叩。寒印。

又电淮安

桂太守：顷据阜宁季令十一日来禀，该县匪徒聚众，入署滋闹，势甚急迫，请派员派兵。应仍饬该守迅速酌带兵队，即日驰往镇慑查办，不得迁延诿卸。至要。鼎。寒。

又电上海

吕大臣、盛宫保钧鉴：面粉船被抢，已拿办。现沿途分假扎队，直接徐州，力保运道；并添募马队梭巡护送，现尚安静。巢令回，当派员接办。鼎叩。寒。

又电扬州

荣太守、袁震两大令：顷接高邮州杨牧电禀，扬州遣散饥民纷纷到境。陆行者持路票在州索粮。查路票已有“发给到浦口粮”戳记，另有“高宝大口给米一升、小口减半”一戳，州署并未先奉行，知人多汹涌，久停则恐滋变，故照戳先发。惟闻陆行甚多，州县赔贴不支。如何办理，迫叩电谕等语。查扬郡此次遣散饥民，毫无章程。昨电饬用船装送来浦，已否照办？如系高宝之人，既由本籍地方官发米，何以不先通饬？似此纷扰，必滋事端。应速妥办。如再颟顸从事，咎有所归，实不能缄默容隐也。速覆。鼎。寒。

十五日电宿迁

县署黄转交许久香观察：浦事渐定，两次专函已到否？亟盼公速回商筹。即赴沪。鼎。删。

又电南京

督宪端、藩台继、江宁府许：金陵饥民第二第三两批均到浦，已妥为遣散。镇江、金陵两处资遣，均安静，独扬州办理实不得法。据报已散二万人，而到浦者极少，深为可虑。鼎叩。删。

十六日电南京

督宪端钧鉴：朱、冯二守到浦会商春赈办法，意见相同。冯守即日赴桃，朱守候许道来浦面商，即赴海。该守等均老练，必办得好。各属钱米陆续分运，清江四境近颇安靖。运道派队分扎，并随时拨兵护送。逐日资遣宁镇饥民，亦均妥贴，堪慰宪廑。河工事，俟许道、魏守回浦妥议再闻。鼎叩。谏。

又

督宪端钧鉴：咸电敬悉。查海州春赈款，现计官义赈款及冬赈余款、平粜米二万石，合计有二十八九万，足可敷用。赣榆余款三万，现拨义赈二万，益以本地积谷及遵拨平粜米千石，已属有勇无绌。许道所拨粥厂之三千石尚在外。其官款二万，可无庸拨。安东、桃源、沭阳去冬本拟拨米接济，因时迫运阻，万难久候，由道借垫沭阳洋五万、桃源钱二万、安东一万五千，禀明在案。究竟实用若干、有无余存，尚未据截数具报。此项借款应于春赈拨款内划还，以清界限。现拨安东米二万石，沭阳二万石，桃源米五千石、豆饼一万石，官赈各四万两，除划扣借款外，大约每县不敷仅二三万千。若能核严剔，当可敷衍。至山阳、阜宁两邑拨款，即遵宪电办理。惟各处粮食缺乏，现派员赴芜购米三万石，先付银七万，益以运费，需款约十万外。近日米价甚昂，拟于宁波购山芋干二万石、天津购玉米二万石为平粜用，候款到即办。河工事，容与许道、魏守会商禀复。鼎叩。铣。

又电上海

吕大臣、盛宫保钧鉴：两咸电均敬悉。宿迁赈款四万千，前派弁四员，带兵押送窑㠙〔湾〕，电嘱袁道派人到窑湾接收转解。此时谅可收到。桃源杂粮运至双金闸，即可由浦转解。该处现驻新军一队，足资防护。其由浦至徐运道，分扎多营，沿途巡送，并另派马队会哨。所获匪首，现正法，地方安静。桃源平粜局设众兴派，即用知县爱兴阿办理。谨复。鼎叩。铣。

又电南京

督宪端钧鉴：咸电敬悉。由清江至徐境，已派队分假扼扎巡防。所有由浦运送钱米，无分官义，职道均派兵护送。现将匪首正法，地方安谧，请释廑系。阜宁事，桂守已带队驰往，谅可无事。鼎叩。铣。

又电扬州

江都袁大令：删电悉。扬郡尚余杂粮六七千，浦局需用甚急，乞速装送来浦。是何杂粮，需价若干，望即电复。鼎。铣。

又电海州

窦太守、章直牧：桃源杂粮，议由海州盐河运至双金闸，转运到桃。现在清桃运道已派队分扎，地方安静。双金闸亦有兵队。如杂粮运到该处，可知照清江转运局员派人接收转解，望速起运。鼎。铣。

十七日电南京

筹赈局任观察：前奉拨银三十万为淮海各属春赈，除拨银七万请汇镇江预备购米外，此间实收到银十三万，不敷分派。查海州应拨官赈四万两，现与许久香兄商酌，请尊处就近交裕宁号，径汇上海徐海实业公司核收，转拨海州，既省运费，又可迅速。祈查照办理。余银六万，仍求速汇清江。至盼。鼎。篠。

又电徐州

袁道台：铣电悉。由浦至徐运道，前已派队分假扼扎防护，布置严密。徐属境内，请尊处派队设防，衔接一气，共保无虞。匪徒抢面粉案仅一起，昨已获犯，分别严办。现查扬庄以上地方安静，粜船畅行无阻。特闻。鼎。篠。

又电福州

洋务局吕文起观察：淮海春荒，民食不敷接济。拟于闽省采购山芋干二万石，即俗呼地瓜，由闽用轮运沪，转至镇江接收。每斤价若干，乞查明电示。因宁波、温州均禁出口，闽省想可通融也。鼎。霰。

十八日电镇江、南京

荣道台、江宁府许太守：镇江、南京饥民逐日到浦，立刻遣散，均安谧。未识现在尚有若干？乞查数电知。鼎叩。巧。

又电南京

督宪端钧鉴：查沭阳县富户秦以孝、秦仕进、耿兆实等坐拥厚资，乡里被灾甚重，并不抚恤，转将米粮囤积，抬价渔利。且钱粮一概停征，该富户已邀恩典，反向佃户催租，追呼甚急，以致灾黎更苦。此等为富不仁之人，天良丧尽，断难宽贷。应请宪台作为访闻，严饬提道审明，从重罚办，以谢灾黎。候示遵。鼎叩。巧印。

盛宫保钧鉴：昨上一禀，为借款事，已否达到？现在各属春赈布置就绪，运道已派队分扎梭巡，并将匪徒就地惩办，地方均属安谧。扬、镇、宁三处饥民来浦，次第遣散，亦极妥贴。惟款项奇绌，拟即赴沪商筹息借华款，请商谢丞抡辉，先向各钱庄提议，以赈捐抵还，归沪道担保，款必有着。职道到沪，即可决议。急候示遵。即行起程，一切容面禀。鼎叩。巧。

又电南京

督宪端藩钧鉴：芜湖汤董运浦米七万石，现共验收六万七千余石，均分拨各属领运。计亏短潮湿米二千余石，竣〔俟〕汤董来浦，再令如数赔补。其原领司款，结数再报。此事即可了结，请仅系。鼎叩。巧。

又

督宪端钧鉴：连日金陵、镇江两处饥民来浦，日必数千，随到随遣，一律安谧。惟扬州饥民，据报已散四万余人，而到浦者寥寥。每日来浦之人，有搭小轮者，有自雇民船者，有由陆路者，零星散漫，听其所之。浦局既难照料，更沿途恐滋扰。前虽电属雇船派人，分批押送，以船只难雇为辞。此实无可如何。鼎叩。巧。

十九日电上海

吕大臣、盛宫保钧鉴：前奉电各属春赈，义赈款四十万千，饬由道分拨。查巢令移交十五万千，续运十八万千，计已拨宿迁、桃源、安东、海州、沭阳、邳州各四万，睢宁三万，仅存六万。尚应拨阜宁三万，山阳、赣榆、铜山、萧县各二万，计不敷五万千。乞查核续拨为要。盼覆。鼎叩。

又电青口

赣榆县恒令：现与久香观察商议，该县应办河工，即饬该令按照久香所议迅速勘估，预备办法。竣禀准拨款，即行开办，勿稍迟误至要。盼覆。鼎。皓。

又电海州

州署转送章西园直牧：现与久香观察商酌海州境内各河工，即饬该直迅速查勘估计，预备办法。俟禀准拨款，立刻开办，勿迟误为要。鼎。皓。

又

州署转送窦太守：兹与久香观察商酌，所有清河、安东、桃源三处平粜杂粮，均由上海购办，轮运海州，交该守转运至安东之大关、盐河闸两处。现派员赴两处设局接收。分运阜宁杂粮，派陶训导承办，亦由海州运送。其海、赣、沭三处，即统由该守办运，各专责成。除备文外，特先电闻，希妥为预备。至要。鼎。皓。

又电南京

督宪端钧鉴：清河冬赈冒滥已极，前派员挨查，严剔罚办。刁生劣董因而怀恨，捏词诬告委员，实则皆属子虚。风气之坏至斯已极，任事者相率顾虑。现在各属春赈正饬查剔，难保无此等捏控情事，应请宪台查核。如系匿名之禀，照例不问；如虽列多名，并无抱告，由邮局径寄者，亦请发交职道核办，以杜讦告刁风。候示遵。鼎叩。皓。

又电南京

督宪端钧鉴：效电敬悉。许道已晋省面禀一切，魏守勘工未回。各属河工，以六塘河为最要，为最有益。现与许道商筹，俟魏守勘竣即开办，委员均已选派。此事即归魏守总办。其海、赣、沭河工，已电饬章直牧迅速查勘，务赶二月上旬开工。此次宪台拨银十万，请专备六塘河工费。许道前电海、赣、沭各工估需银十四万，职道与商，先于海州春赈款内匀拨，并饬沭阳俞令切实开导富户捐助。如不敷，再设法筹济，乞告许道。惟总计工赈款、平粜款，所短尚巨，职道拟日内赴沪竭力商借，或先来省面请训示，再电禀。鼎。皓。

又电海州

府署转送宋义绅：三篠电悉。查赈司事认真选派，甚是。清江存米已罄，海州现先拨一万石，俟续购运到，再行酌拨。义赈钱四万已运去，官赈银四万汇上海，交许绅公司转拨。鼎。皓。

又电南京

督宪端钧鉴：号电敬悉。去冬借拨沭阳五万元、桃源二万千、安东一万五千千，均遵宪电，俟鄂省铜元二十万运浦，再行扣还。所有该三县应拨官赈银共十二万，即如数照拨，以清界限。谨复。鼎叩。马一。

又

督宪端钧鉴：赣榆原拨米三千石为粥厂用，前经电饬，如不敷，可将存仓积谷碾用。嗣许道来浦，力请加拨。初拟加拨千石，许道再四商请，又拨二千石。共拨赣榆米六千石、官赈款二万，即毋庸再拨。谨覆。鼎叩。马二。

又

督宪端钧鉴：山阳春赈款，现据义赈二万千、官赈二万两，合计五万千。益以东抚、晋臬捐款，应有七万千。即照冬赈数目，所短不过二万余千，当随时酌拨。去冬加拨一万千，早经领用。用无余存，未据具报，容饬查。鼎叩。马三。

又

督宪端钧鉴：淮海各属义赈款，均如数照拨。海州官赈四万，已由省划拨。阜宁官赈三万，已由浦运送。其安东、桃源、沭阳各拨官赈四万，现奉宪电，毋庸扣还借款，已飞饬迅速领运。此次省拨银三十万，除拨购米七万外，收到十三万，尚有十万未到。又职道借给堤工局何道银二万，亦应扣还。又芜米三万石，约需银十余万，计不敷四万，运费在外，统于此次鄂运铜元二十万内匀拨。谨复。鼎叩。马四。

督宪端钧鉴：汤董运浦米，实收六万七千余石。内拨徐州、海州、安东、沭阳各三万石、桃源五千石、赣榆六千石，共需九万一千石，计不敷米二万四千。应俟续购芜米三万石运到，再行拨足。惟各属望米甚殷，现先于浦局存米内设法匀拨济用。谨闻。鼎叩。马五。

又电南京

督宪端钧鉴：号电敬悉。魏守勘工未回。六塘河筹办情形，已详前电。现已预为布置，俟魏守勘毕，即行开办。谨覆。鼎叩。马。

又电南京

督宪端钧鉴：各属春赈，自正初迄今，函牍飞催，不遗余力。现在钱米均已照拨，饬令随查随放。如粜价一时难齐，即酌量以米搭放，不必拘泥，总以速拯民命为主。清河已经散放，外属至迟二月初必要开放。现所最要者，惟在办运粮平粜为第一要义，此实足补春赈所不及。许道晋省，想已面禀。鼎叩。马。

又电南京

督宪端钧鉴：春荒需粮甚急，现派员赴天津购玉米二万石，每价洋四元二角，由津运沪，由沪装轮运海州，统交窦守接收转运。现于安东之大关、盐闸两处设立转运分局，俟窦守运到，即分拨安东、桃源、清河三处。既省运费，又较迅速。查芜湖米价日昂，天津玉米尚拟多购，辘轳转运，以资接济。山芋干因宁波、温州均禁出口，昨电询闽省亦然。现查天津高粱每石洋三元八角，较玉米稍省，拟派员驻津专购。此两项为平粜用。其海、赣、沭、阜四处平粜粮食，统由窦守经理。谨覆。鼎叩。马。

又电南京

督宪端钧鉴：各属春赈款，除海赣两处均足敷放、毋庸议加外，查安东、沭阳、桃源三处冬赈，各用二十万千。现在春赈，各拨义振四万千、官振四万两，合钱十万千。另拨安东、沭阳米各二万石，每处合钱十一万千；桃源米五千石、豆饼一万石，共合钱六万千。是安、沭两处已有二十一万，桃源已有十六万。如能查剔固好，即照冬振数，桃源所短亦仅有数千。阜宁冬振用款未据截报，现既春振拨款七万五千千，大约加拨二三万，当可敷。然惟此系放一次，若放两次，恐无此财力。昨安东唐绅、桃源冯绅来浦，均与力言为难情形，务必核实，且俟办理如何，再为酌核。谨覆。鼎叩。马。

又电海州

州署转章西园刺史：号电悉。海属河工，望速核实覆勘，必须即早开工。应需工费或先将春振之款匀拨。弟即日赴宁面禀督帅，设法筹拨，以免迟误。久香观察已先赴宁矣。鼎。马。

又电上海

义振会诸公台鉴：清江三闸，挽运极艰，焦急无策。前经严定章程，加给闸夫工钱，勒令赶拖，不准延误。凡遇振粮船只，提前过闸。该处水势湍急，稍有疏虞，船必沉没。夜间盘坝，实不妥当。且每船用夫须百人，必须衔接而过，不能同时并进。奈何！贵会面粉到浦，均立刻派员分批押送，拨兵护送，幸皆平稳。鼎。马。

正月二十二日电南京

督宪端钧鉴：各属春赈分拨钱米各节，昨已次第电陈，大局粗定。职道即日前赴高宝、瓜埠一带查看运河工程，尚有要公须禀商，先晋省，再赴沪。谨禀。鼎叩。祃。

又电扬州

荣太守：据高邮州电禀，该州因米贵，聚众抄抢大户。应由该守迅速就近驰往查办，毋稍迟延为要。祃。

又电海州

州署转送窦太守：阜宁需杂粮甚亟，海州现运之粮能拨若干，望速电示。现派陶训导鸿恩经理此事，如能照拨，即由阜宁绅士雇船赴海州领运。盼复。鼎。祃。

又电上海

吕大臣、盛宫保钧鉴：祃电敬悉。各属需粮甚急，已派员赴芜购米三万石，由镇江转运来浦。昨电询天津玉米，每石洋四元二角，高粱每石三元八角，较米价为廉，且合用。现派员赴津各办二万石，分批由轮径运海州，交窦守转运分拨安、桃、清三处。惟款项均系挪垫，今日赴瓜埠勘工，顺道晋省禀商督帅，即赴沪面求训示。鼎叩。祃。

二十四日电清江

提宪钧鉴：今晨抵扬。高邮州事，荣守前往查办，已了结。请电饬刘管带毋庸拨队，仍暂驻扬。鼎叩。敬。

二十八日电海州

州署转窦太守：在宁接马电，所筹添用员司、勇丁，借用炮艇、预雇船只，均属切要，甚佩！现已派员于大关、盐河闸两处设局接收，转运安、桃、清三处，并派员赴天津采购玉米、高粱各二万石，由轮径运海州，统交尊处收解，较为省便。一切仰赖荩筹。其海、赣、沭三处粮食，均归台端分拨。阜宁则饬其雇船赴海领运。弟明日赴沪商筹借款购粮之事，约旬日回。鼎。勘。

二十九日电清江

提署总文案许道台：昨禀商督帅，由省调拨江阴防营三队，一扎扬州，一扎淮城，一扎桃源。俟到防后，再将驻扬、驻淮之十三协兵队调回。请禀明提宪，尊事已为转陈矣。弟初一赴沪。鼎。艳。

又电上海

吕大臣、盛宫保钧鉴：桃源平粜事，已改派张令兰芬前往接办。文鼎初一来沪，容面禀。叩。艳。

二月初一日电海州

州署转窦太守：奉帅电，奉天运粮二万石，拨淮属六千石，应分安东、桃源、阜宁各二千石，乞查照分拨。阜宁饬其领运，安东请运大关、盐河闸两分局接收。鼎。东。

初三日电青口

转送赣榆县恒令：该县冬赈余款三万余千，现拨义赈二万千，又拨米六千石平粜，即以粜价充赈，合计已有八万千，较冬赈加至三倍。款项奇绌，何能再请？查该县尚有积谷存款，何以仍不提用，一味逼索官赈？望转告严绅查照办理。鼎。江。

又电清江

道署文案陈冠三：今晚抵沪，冬江电均悉。山阳准拨米二千石，速照发。具义赈款二万千，亦由道借垫，勿迟。王家桢速来沪。省拨铜元二十万千到镇，速派人往领，以备加拨各属春赈之用。江。

又电淮安

桂太守、沈大令：奉帅电，以高义绅请将山阳春赈一千全放，较有实济。查赈款极绌，前拟分作两次，恐民浪费。山阳若放一次，则一千尚可。若三四月又来要索，断无此财力。希即由府县斟酌妥办，不为遥制。今晚抵沪，寓会审卫门关守处。速电复。江。

初五日电南京

督宪端钧鉴：昨到沪，将购粮、雇轮、汇款各事，均妥办，并派员驻沪经理。所需购粮之款，已向商号息借，由职道担任筹还，无庸抵押，亦无期限。清江来电，清河来电，清河春赈放竣，金陵、镇江、扬州饥民到浦十余万，一律资遣，办理尚妥。地方现甚安谧，堪慰宪廑。□叩。微。

初七日电海州

汪太守：奉帅电，海州饥民，因查赈围困司事，宋绅请多派兵队。鄙意应将该村停查停放，勒令董保等交出为首滋事之人惩办，即可了结。若徒以兵力压制，转恐生事。公意如何，仍望查明确情电示为盼。阳。

又电南京

督宪端钧鉴：麻电敬悉。饥民因索赈滋闹，到处皆然。应责成地方官将该村停查停放，勒令董保交出为首惩办，即可了结。此等事似未宜专用兵力，恐涉操切。除电饬汪守妥酌办理外，是否有当，仍候钧示。职道俟拨款办妥即回。鼎叩。阳。

又电清江

十三协统领徐：近闻清江城外复有饥民搭棚居住，应请派队扼要堵截，不准聚集为要。鼎。阳。

初八日电海州

汪太守、章直牧：海州河工，应速勘估，不可再迟。如估竣，即行开办。可先将赈款内暂拨工用，俟禀商筹定，即照拨，免致延误。鼎。庚。

又电清江

筹赈局提调魏王：电悉。杨都司连日解散贫民，甚是。已散若干，速电南京赈局，总以实力堵截遣散、不准聚集为最要。望告杨都司，并严饬章令。今晚回宁，少迟即旋浦。鼎。庚。

又电清江

清河县章、城守营杨：近闻清江城外，贫民搭棚居住者有二千余户。现在春赈已放，应责成章令等赶紧遣散，不准聚集；仍将遵办情形立刻电禀，勿稍玩延。切要。鼎。庚。

初十日电清江

淮扬道署转魏梅生太守：庚电敬悉。河工开办，甚好。杂粮必须多备。弟已赶办接济工需不误。余容回浦面叙。鼎。蒸。

又电清江

清河县章令：闻清江近因洋人、商会、仁源药店散钱，致令饥民聚集，实属有碍全局。应由该县婉为劝阻，至要。鼎。蒸。

又电清江

淮扬道署文案丁辛垞：齐电悉。阜宁求米，姑准酌拨一千石。即将此次衷令所购之米拨给，惟须照购价缴款。以后应赴海领杂粮，不得再来浦领米为要。鼎。蒸。

十三日电清江

道署丁莘垞、张宜之、陈冠三：文电悉。清河赈款冒滥太多，已难报销。此时春赈甫毕，忽又资遣，倘闻风聚集，去而复来，彼时好行小惠之人，能任此咎否？实属有碍大局。昨据杨都司、章令来电，谓旧存各棚均系食力营生，求免驱逐，且曾经筹赈局派员查给春赈，何得忽作此语？总之清江地方贫民最多最坏，若必欲家给人足，万无此财力，亦无此办法，断不准行。希转告。余俟回署再说。鼎。元。

又电清江

筹赈局魏丞、王令，清河县章令、杨都司：前接章令等来电，以石码头旧棚饥民均系推车做工，并非平空麇集，求免逐等语。兹接署友来电，谓尚有万四千人，均未领赈。现裕宁号欲资遣，请官拨款。究系如何情形？其中是否全系清河之民，抑有外属在内？此时春赈甫放毕，忽又办资遣，请问从何开报？且恐闻风而来，冒混重领，何以应付？望即确查电复，再为斟酌，切勿轻举妄动至要。鼎。元。

又电上海

南市徐海实业公司张殿撰、许观察鉴：电悉。留浦灾民，均系本地食力旧有之户，自可不必遣归。惟新来及镇、扬、宁散回者，未便任其再聚，正与公意相合。前说恐系传闻失实，乞查照。鼎。元。

十四日电清江

筹赈局提调魏丞、王令，清河县章令、杨都司：元电想达。石码头外贫民，如系旧棚自食其力，自可照常居住，不必遣归。如系新来及过境者，未便任其再聚。应饬章令、杨都司查明，分别办理，以示体恤。惟其中有无领过春赈之人，是否均系极贫漏未补给，亦速分别清查。至裕宁银号所称筹款七千千，是否有着？如由该绅散放，倘愈聚愈多，后难为继。作何办法，均望切实妥商，总期无负该绅一番善心，而又不致牵动大局，方为妥善。希速详细电复，至盼。鼎。寒。

又电清江

道署陈冠三专送桃源冯太守、刘大令：桃源冬赈过滥，春赈自应查剔。惟该邑民刁而悍，务祈相机妥办，不宜操之过急，专用兵力，转难结束。弟明日回浦，如冯太守能暂留浦晤商办法，更好。鼎。寒。

二十日电天津

津海关道梁、天津道台周鉴：淮北大灾，春赈需粮甚急。现派委员王大使家桢赴津采购玉米、高粱各二万石，由轮装运，已请南洋大臣发给护照，求先饬关放行，速拯民命。至叩。鼎。号。

二十一日电南京

督宪端钧鉴：顷魏守自工次回称，六塘河开办后，民情欢忭，感颂宪恩。察看灾区情形，均属安谧。平粜粮食源源接济，人心大定，赈务必可就绪，堪慰宪仅。魏守办事切实，深堪感佩。安东春赈，已加拨五万千，桃源加拨四万千，仍当随时酌量接济。孙道沪款借到，求速汇拨。鼎叩。鼎。箇。

二十三日电海州

汪太守：上年省拨平粜银，以二万五千分拨海、沭、赣，系何人承办、现在收回粜价若干、亏折若干，应责成该守认真饬查，将此款提存州署，以备开办河工之用。仍先电复。鼎。漾。

二十三日电南京

督宪端钧鉴：箇电敬悉。海、沭、赣河工择要挑办，已派阮牧本焌驰往赣榆，派陈丞捷三就近在海州勘办。其沭阳河工，即责成俞令妥筹办理。饬速分投勘估，一面领款，一面开工。奉拨之铜元五万、官票五万，请饬裕宁官钱局速运来浦，以备分拨。至吕、盛归还义赈欠款二万两，现拨何处，仍求查示。惟为时已迟，能否赶办，俟各印委勘估禀覆，再行酌核。总期款不虚縻，事归实济为要。鼎叩。漾。

二十四日电南京

督宪端钧鉴：漾电敬悉。阜宁春赈，前因该县延不来浦领款，由道派员将官义赈款七万运往。乃地方官既互相推诿，而宋义绅又多方刁难，至今尚未接收清楚。灾民望赈甚急，而义绅如此延误，殊为愤懑。此次续拨铜元三万，应饬其来浦领运。如再玩泄，即行严参。敬。

二十五日电海州

汪太守转窦太守：天津采购高粱、玉米一万余石，现由沪派轮往装，径运海州。乞预备驳船赴口外起卸，即雇船运送盐河坝分局。轮到口，先电示。鼎。寝。

二十六日电南京

督宪端钧鉴：有电敬悉。方守、冯令现均随魏守办六塘河工，兹奉饬赴海、赣两处，已分别转行催速驰往勘估开办。昨由道所派各员，似可撤回，以一事权。谨覆。鼎。寝。

二十七日电南京

督宪端钧鉴：奉有电，饬议迁民实边事。查江北民性游惰，好逸恶劳，平日既不购求种植，又不尽力沟洫，年岁丰歉，委诸天时。本地田亩尚多荒废，若令远适边陲，责以耕凿，必非所愿，殊难强迫。且老弱既不偕行，在家何所得食？迁徙开垦，需费太巨，款更无出。详加察核，事难实行，民情亦多窒碍，未便议办。据实覆陈。鼎。感。

二十八日电南京

督宪端钧鉴：沁电敬悉。省城续送饥民，自当分别资遣，回籍就赈。近日扬州、镇江等处，亦有饥民陆续来浦，均随时遣回。闻该饥民均系由苏常一带而来，现在并无南下之人。谨覆。鼎。勘。

三十日电徐州

道台袁鉴：上年省拨徐属平粜款三万五千两，系交何人承办？现已办粮若干、实亏若干，究应收回粜价若干，乞公详确查明见覆为要。鼎。卅。

三月初一日电安庆

藩台冯方伯鉴：卅电敬悉。弟已于清江设转运局，以后皖北解运银钱粮食到浦，请知照弟处，所有过闸换船等事，自当随时督饬局员妥为照料，不分畛域。洪湖营都司亦檄饬就近遵办矣。鼎叩。东。

又电海州

汪太守转窦太守：现购玉米、高粱二万石，由津装遇顺轮船到海，乞速预备驳船，赴口外候卸为要。东。

又电上海

招商局总办沈子梅观察：天津杂粮四万石已购齐，昨承派遇顺轮往装，甚好。现请再派一轮往运，以免卸栈久候。何日由沪放轮，乞示。鼎。东。

初二日电徐州

袁道台鉴：奉帅电，以天妃闸西至窑湾，现义赈会拟用小轮拖运粮船，恐民阻止，饬即妥办等因。查小轮拖运赈粮，于河道堤工、来往商船有无妨碍，民间能否不生阻力，应饬厅县查复。惟桃源以上系贵道所辖，应请一体饬查，电复为要。鼎。冬。

又电南京

督宪端钧鉴：卅电敬悉。天妃闸上至窑湾，用小轮拖运赈粮，于河道堤工来、往商船有无妨碍，民间能否不生阻力，现饬厅县确查覆夺。其桃源至窑湾一带归徐州道管辖，已电请袁道一体饬查，再候钧示。谨复。鼎。冬。

又电上海

吕大臣、盛宫保钧鉴：昨许道来浦，言义赈会运粮至窑湾，拟用小轮拖带，已禀督宪饬道雇办等语。查天妃闸西至窑湾，前三公司拟行小轮，因民间阻止，且恐冲刷堤岸，有碍河工，经厅县详请禁阻有案。此次义赈粮食，职道均系随到随运，决不延误。自开办迄今，已运去不少。现如用轮拖带，若仅雇一只，只能拖带两三船，仍无大益。且粮船到浦，必须挽过三闸，迨过闸后，则一水可通，三日可抵窑湾。是虽有小轮过闸，仍难迅速。且清江亦无小轮可雇，碍难照办。乞将以上各情详告义赈会诸公垂察为幸，仍候示覆。鼎叩。冬。

初三日电南京

督宪端钧鉴：海沭赣河工奉拨钱十万千，尚未运到。顷赣榆县愃令来文，据称该县河工均已开办，立等拨款。许道嘱向裕宁官钱局挪借，交其友人带往。查宪台奏派赴赣勘商河工之冯令，甫于昨日前往。此项工款，应否俟钱到发交冯令，抑先挪款交许道友人自运，即候电示遵行。鼎叩。江。

初四日电南京

督宪端钧鉴：冬电敬悉。查安东春赈，原拨官赈四万两、义赈四万千、官米一万石，共约合钱十五万千零。唐绅前禀，谓散放一次须钱二十万，尚短五万，是以职道如数照拨，以符二十万之数。嗣唐绅禀请续放半赈，加拨十万，奉批酌筹。宪台固未遽允，即职道亦未擅准。乃昨又来禀请放全赈，是于三十万之外尚要十万。职道以安东一县春赈至四十万，骇人听闻。若他邑援请，将何以应？迄今尚未核转。兹奉钧电，当即切实函告唐绅，无论如何散放，总不得过三十万之数，以示限制。俟省款汇到，再行核发。可否？仍候钧示。款绌望奢，博施无术，奈何！鼎叩。支。

又电南京

督宪端钧鉴：支电敬悉。王家桢赴津采购高粱、玉米共四万石，系职道所派，发给宪台护照。前已禀明并电达天津关道在案。现已起运一万五千石。淮海需粮甚急，乞电咨北洋，准俟运完四万石，不再购办，以济灾赈。至感。鼎叩。支。

又电青口

赣榆县愃令：奉督电：愃令艳电悉。各零户既经存放谷本，自皆殷实之家，当时亦必有的实保户，务即迅速从严追缴积谷，分文为重。现奉谕旨澈底清查，不容短少迟延。再盛大臣转义绅之电既已俱到，何以本部堂饬该县之电反尚未到？系在何处迟延，即由扬道督饬查明具覆等语。希速查复。鼎。支。

又电海州

汪太守转送窦太守谢丞：津运杂粮一万五千石到否？请速雇船，以五千石运赴安东大关，以八千石运赴盐河坝分局，转解清江。其二千石现因六塘河工局需粮，已派员陈彦雇船赴临洪口往装，望分别照拨。盼复。鼎。歌。

初六日电扬州

赵运台鉴：奉帅电，拟用挖泥船浚河。查运河淤浅处在三汊河。至宝塔湾一带，应否先派员测量，再议办法，乞公酌核指示为叩。鼎。鱼。

初七日电青口

专送赣榆县愃令、河工委员冯大令廷栋均鉴：顷奉督帅电，赣邑河工既已开办，需款甚亟，应由执事酌量拨发，交省派之冯令具领应用，仍候再饬省城官钱局迅速汇还。至赣邑河道，究系如何情形，淤浅共有几处，现拟分作几段，如何疏浚，共需工费若干，务速严饬愃令等迅将勘估情形，刻日详细电复察核；一面饬由冯令复加确切勘估，以昭核实等语。应由冯令会商愃令，迅速来浦领款，一面确勘电复。至盼。鼎。阳。

又电南京

督宪端钧鉴：鱼电敬悉。川米平粜事，若先发米后缴价，必不能如数归款。职道之意，拟请宪台派员于镇江设局，川米运镇存局，将米价运费核明数目，酌定每石价值若干，通饬各属赴镇局缴价领米。其由镇转运之费，均归各人自认；镇局收回原价，仍可辘轳转输。是否有当，伏候钧裁。鼎。阳。

又电南京

督宪端钧鉴：麻电敬悉。安东春赈，已切嘱唐绅核实办理。即欲加放半赈，亦须俟初次放完，察看情形，再为酌夺。此时尚未遽准所请。该县原拟拨米二万石，因汤董原购十万石，到浦仅六万余石，除海州一万、徐州二万、沭阳二万、桃源五千、山阳二千、赣榆六千，不敷分派，是以将浦米凑拨一万石。昨加发钱五万千，即以抵一万石米价之数。谨复。鼎。阳。

又电徐州

袁道台鉴：鱼电敬悉。小轮运粮，有碍河道，弟已详细电禀尊处。所查情形与弟言相同，请公径电督帅，以见两处意见相符，断难照办也。鼎。阳。

又电南京

督宪端钧鉴：麻鱼电敬悉。据王家桢电禀，杂粮已购齐四万石，市价未增。现已运一万八千包，存栈候装一万四千包。尚有一万二千包，海关不准放行。可否仰恳宪恩，电商北洋，准予运完，免得退还。职道在北洋多年，深知该处粮多，不致因此，民食遂缺，务求俯允。新金山麦可不必购。再，鄂省并未派员购粮，亦未发照。谨复。鼎。阳。

又电南京

督宪端钧鉴：麻电敬悉。赣榆河工款，前奉钧电，发交冯令。正转饬间，又接九香电，谓赣河十二开工，饥民立等开放，嘱拨二万千交其公司友人领运。词甚急迫，不能不遵。已由裕宁官钱局照拨，电饬冯令就近催收。至所办何工，亦饬冯令查复再禀。鼎。阳。

又电南京

督宪端钧鉴：麻电敬悉。阜宁修海堰事，宪台与盛宫保所见，实已洞悉情伪。该邑灾本轻，乃以危词相迫，要索巨款，实深愤懑。此事毋庸勘议，听之而已。鼎。阳。

初八日电上海

义赈会李鉴：阳电悉。杨庄以上小轮难行，昨已面告林教士，请其函达尊处矣。粮食到浦，均系随时运送，决不耽延。请放心。鼎。庚。

又电南京

督宪端钧鉴：天妃闸西小轮运粮，饬据厅县查复，于河道堤工有碍。又接袁道电谓，邳宿民情强悍，恐有梗阻，即经电请吕、盛两大臣转告义赈会。当奉覆电，云连接窑湾刘朴生来电，粮因水浅起驳。可见过闸后，小轮亦难畅行。已嘱沈道转致。顷又接义振会来电，云待赈孔急，万难延搁。现备小轮前往拖带，倘有意外，自行担任等语。此事并非地方官不愿照办，实以诸多窒碍；且粮船到浦仍须挽过三闸，迨过闸后，即无小轮，亦不致迟。去冬至今，大批粮食随到随运，决无耽延。且清江并无小轮可雇，为难情形，应恳宪台迅赐电达沈道、转告义赈会诸公为要。鼎。庚。

又电上海

吕大臣、盛宫保钧鉴：虞电敬悉。小轮运粮事，接徐州袁道电，以水浅河窄，恐碍航路，邳宿民悍，恐生阻力。顷接义赈会来电，谓待粮孔急，万难延搁，现备小轮前往拖带。倘有意外，自行担任等语。查上游水浅，粮船尚须起驳，虽有小轮，亦难畅行，不仅妨碍河道堤工也。徐属待粮方亟，如能迅速，袁道岂有不愿之理？应请婉达为难情形，务乞垂谅为幸。盼覆。鼎。庚。

又电上海

义赈会诸公台鉴：齐电敬悉。小轮运粮，因上游水浅，不能畅行，且恐民间疑阻。顷已电告尊处，需粮孔急，如并无窒碍，地方官岂有不愿之理？务乞垂察为幸。鼎。庚。

又电天津

南斜街玉成西号王云溪：鱼电悉。电禀督帅商请北洋，只准起运二万石，余不准运。能否商退，乞速电复。鼎。庚。

初九日电南京

督宪端钧鉴：顷据王家桢来电，津粮购齐四万石，实难商退。且市价并未加增，决于民食无碍。求商北洋，准予放行。职道查津粮如果涨价，则委员已购之货转售必有余利，即此可见价实未涨，决无妨碍。现在各处需粮，纷纷来领，职道借款派员雇轮转运，费尽心力。今若将已购之粮退回，再向别处采购，不独耽延，且多糜费。务乞切恳照准，不胜感祷。鼎。青。

又电淮淮

桂太守、沈大令：山阳前因闹赈，停查数庄。此时应否补查给赈，速由府县酌核。究竟共有几庄？灾情若何？户口若干？现有赈款能否分拨？详细电复，勿得意图市惠，稍涉冒滥为要。鼎。青。

初十日电天津

南斜街玉成西号王云溪：顷奉帅电，接准袁宫保覆电，已买齐之津粮四万石，准其全运。以后勿再购运等语。望即遵照办理，速电沪派轮赶装。盼覆。鼎。蒸。

又电海州

汪太守转窦太守谢丞：佳电悉。所称津粮过坝起运水脚，每包约需钱二百文。是否连运抵盐河坝及安东大关之费在内？即核覆，以便拨款备用。鼎。蒸。

十一日电南京

督宪端钧鉴：现据海州、沭阳、山阳、桃源均请加拨春赈款，约需十余万，情词无不急迫。职道垫款已不少，实在无力应付，仰恳宪台俯照原议，速赐筹拨。至海、沭、赣河工款奉拨十万千，现裕宁仅交三万千，余仍未到。各处追呼甚急，真不得了。奈何！求速电示。真。

又电南京

财政总局参议孙词臣观察：海、沭、赣河工款，奉帅电拨钱十万，现仅收到三万。又各属加拨春赈款，前在省面禀，帅拟拨三菱借款三十万。后来电又云，饬裕宁先拨铜元十五万。现均无消息。各属纷纷来道请领，迄无以应。乞公禀商帅座，速赐照拨应急。盼覆。鼎。真。

又电海州

汪太守：真电悉。查海州春赈，前拨官赈四万两，合钱六万千；义赈四万千、米一万石，合钱五万五千千。再加冬赈余款八万余千，是春赈之款，合计已有二十三万余千。按照冬赈放款加至一倍，何以不敷？现在省款分文未到，点金乏术，从何筹措？公家支绌万状，迭奉督宪电饬核实严剔，舌敝唇焦。凡我同官，自应仰体！究竟春赈尚短若干，应由汪守会商义绅通盘筹计，核实电复，以凭转禀，不得一味勒逼。至所请以购米粮代易铜元迅速来海，无论现在并无购米之款，即使省款拨到，奉准加拨若干，亦应由该州派人来浦领运。岂能责令本道易钱运送？淮海辖境甚多，若各处赈款必要本道代易铜元，派人运送，各州县概不肯稍分责任，揆诸公理，窃恐未当。鄙人才力短绌，实难包办，尚希见谅，并转告宋义绅为要。鼎。真。

十二日电上海

义赈会诸公台鉴：杨庄至窑湾，用小轮拖带赈粮，前恐水浅难行，是以电商，决无阻止之意。现仍议定由浦雇轮，挽过三闸，在杨庄候拖。一切费用，由官筹给，请贵会毋庸另派小轮前来矣。特告。鼎。文。

又电南京

督宪端钧鉴：真电敬悉。小轮事既坚执要行，此间轮费甚巨，应请宪台速派南瑞小轮即日来浦，当设法挽运过闸，在杨庄候拖。职道决不再阻，并乞速电告该会，不必自己派轮前来。谨覆候示遵。鼎。文一。

督宪端钧鉴：小轮运粮，现与清江三公司商议，吃水较浅之轮，须由上海雇来，十日方能到浦。租期以两个月为限，租费一切每月需洋二千，每次只能拖重船一二只。设有损坏，仍应赔偿。是雇轮甚难，应请宪台速派南瑞小轮来浦，以应其请。急盼示覆。文二。

督宪端钧鉴：查邵伯堤工为里下河数州县屏障，关系极重。现在罅漏残缺甚多，必须速将西堤加高培厚，铺垫碎石，以杀湖水之势；东堤修补罅漏，以防冲刷。此工向归堤工局承办，除函知何道外，应请宪饬迅速修办，实为至要。鼎。文三。

督宪端钧鉴：当田局事，饬安东县会同义绅商酌。该县地瘠，无款可筹。且饥民不尽有田，仅设当田局，仍属无济。恳加拨钱十万续放半赈，以苏民困。谨请示遵。鼎。文四。

督宪端钧鉴：据桂守、沈令覆称，山阳闹赈停查村庄，系泰字十二坊、九坊。刻已补查，赈款不敷，已挪借九千余串，俟结数再请补拨。谨覆。鼎。文五。

又电青口

专送赣榆县愷交冯大令：真电悉。赣邑工款，昨交许绅公司友人领运二万千，何时交到，望查覆。此项工款，帅电嘱交付执事拨用，应请认真考核，毋推诿为要。鼎。文。

十三日电南京

督宪端钧鉴：文电敬悉。遵查奉拨徐属米二万石，系将汤董所购之米分拨，计铜、萧共一万石，睢、宿共六千石，邳州四千石，均饬徐属委员径向汤董交接。嗣因邳州委员以汤董之米潮湿，仅领二千五百石，剔退一千五百石，已由押运委员核数禀报。汤董前购之米，除拨徐属外，浦局仅收四万七千五百九十五石，计拨沭阳二万、安东一万、海州一万、桃源五千、赣榆六千、山阳二千。其不敷之米，系以清江赈局所购匀拨。谨覆。鼎。

元一。

督宪端钧鉴：安东当田事，昨已电覆。所议将河工款先办当田，查工款有限，不敷分派；秋收赎回，必做不到，徒多轇轕。无非利归绅董，于穷民无益。应请无庸议办，候钧酌。鼎。元二。

十四日电南京

督宪端钧鉴：前奉派学生测量导淮各河，兹已竣事，绘具总分各图。现饬监督带同学生先行回省销差，其图说及酌议办法，现函商张、许、魏再行会禀。寒。

又电青口

专送赣榆许久香观察：元电敬悉。赣榆河工款二万，前遵嘱交公司友人领运，想已到，余容续拨。海州河工，昨又电嘱方守，照公所议迅速开办，不可再迟。导淮事测量已竣，候公决议，再会禀。尊意如何？盼覆。鼎。寒。

又电海州

汪太守、方太守鉴：问电悉。海州河工，择要先挑，极是。务祈迅速勘办，以慰众望，切勿再迟。办工委员，已派曹杰、林介藩、吴国钧三人，饬速赴海听候差遣。工款即照拨。鼎。寒。

十六日电上海

义赈会诸公台鉴：电悉。昨已将所派小轮挽过闸西，停泊杨庄，专拖贵会赈粮，并派员在船照料。此次淮北大灾，民食极缺，幸赖贵会源源接济，始有生机。仁粟义浆，实所感佩，不仅亿万灾黎衔恩已也。鼎。铣。

又电南京

督宪端钧鉴：奉咸电，已向三公司议妥，即由上海租雇小轮来浦，约十日可到。现先暂派宝淮官轮过闸，停泊杨庄，专拖义振粮食，并派员驻船照料，分饬地方文武妥为保护矣。请即转告。谨覆。鼎。铣。

又电徐州

袁道台鉴：现奉帅电，饬派小轮过闸，由杨庄专拖赈粮，至窑湾迄，迅饬沿途地方文武妥为照料保护为要。鼎。铣。

又电海州

汪太守转窦太守谢丞：天津头批杂粮，已起卸完竣否？此次所购高粱、玉米共四万石，应运送安东大关高粱、玉米各五千石，桃源众兴高粱、玉米各五千石，均派人押往交收。其余二万石，尽数运交盐河坝分局，专备清江平粜。惟安、桃两处盼粮甚急，望先分拨。盼覆。鼎。铣。

十七日电南京

督宪端钧鉴：昨唐义绅来浦熟商当田事，安东实难仿办。应请仍放半赈，当由道酌拨，以竟全局。桃源刘令，亦与妥商办法。四月内，淮海赈务一律告竣。现查各属麦苗甚好，可冀有收。大局从此底定，堪慰宪廑。鼎。霰。

又电青口

许久香观察：谏电悉。工款已拨二万，其余一万即照拨。导淮事，容拟稿送请酌核。鼎。霰。

又电镇江

大观楼刘葆良观察：屡奉台函，赈粮到浦，派弁挽过三闸，幸无贻误。弟现奉委总办淮关税务，已饬员司，凡遇赈粮船只过关，随到随验，立刻放行，决无延滞。乞告押船司事为荷。鼎。篠。

十八日电南京

督宪端钧鉴：查清河春振，分作两次散放，均已告竣。惟民情仍苦，距麦熟之期尚有月余，现值麦苗滋长，诚恐饥民乏食，不免偷割。亟应酌量加赈，以维全局。现将积谷款全数提出，约有二万，又劝集本地绅富捐五千，又劝募外省善捐约二万。不敷之款，仍由平粜项内凑拨，毋庸另行请款。定于四月初一开放，得此接济，功德圆满。统俟截数汇案造报，谨先禀闻。鼎。啸。

又电徐州

袁道台鉴：奉督帅洽电，睢宁平粜需粮，饬海州先拨奉粮二千石到西坝，转运徐州，饬即设局转运。查盐河坝地方，弟本设有转运局，派委员彭令在中办理。此次睢宁需粮，应请派员赴盐河坝转运局，与彭令会商接运。其海州所拨之粮，应饬运至盐河坝交接。即候示遵。鼎。巧。

十九日电海州

汪太守转窦太守谢丞：津粮一万八千石，除拨二千石交六塘河工局外，应以八千石运安东大关，交安东章令接收；以八千石运盐河坝转运分局，交彭令接收，转运清江，不必运赴桃源矣。望照办，并多派妥友押运稽察船户要紧。鼎。效。

又电海州

汪太守、窦太守：谏电悉。现在清江平粜局米早售竣，专盼津粮接济。安东系以此粮抵赈，均属急迫，断难截留。至此次购粮价值，皆鄙人自行息借，并非公款，更不应希图现成也。鼎。效。

又电南京

督宪端钧鉴：淮属运河工程，奉宪电派魏守验收，已遵饬移知。查徐属运河堤工现已告竣，亦系职道所办，应请一并饬魏守顺道验收。候示遵。鼎。皓。

又电海州

转运局窦太守、谢大令鉴：天津杂粮，请分拨安东八千石，运送安东大关交收。又清河八千石运至西坝，不必由盐河闸。分局现已派人至西坝接收，桃源可不必拨。盼覆。鼎。皓。

又电扬州

甘泉陈大令：运河工程，现奉督宪电，派魏梅生太守验收。望即造册呈送。鼎。效。

二十日电南京

督宪端钧鉴：皓电敬悉。赣榆积谷亏款，皆历任所为，闻已大半无着。此时责成愃令严追，实有为难。至河工事，更不能经手。该令人极老实，其不得已之苦情，尚乞垂谅。鼎。号。

又电南京

督宪端钧鉴：皓电敬悉。海州赈款，前饬切实核报。兹据汪牧电称，该州两次春赈，合计共需钱二十三四万千。就春赈已经解到并去冬所剩，尚短缺一万千，求补给等语。此次宪电饬拨五万，自系尚未接到。据该州详报，应请仍照该州来电，由道拨给钱一万千，以昭核实。除电饬外，谨覆。鼎。智。

又电海州

汪太守：该州春赈款，昨据谏电，尚短钱一万千，应准由道补拨。顷奉帅皓电饬拨五万，自系尚未接据该州详细核报。已由道电禀，仍照该州所请之数拨给。特告。鼎。智。

又电南京

厘金总局吴鉴泉观察：查米麦免税，截至三月底限满。应否照常征收，贵局想已定议。乞速电知。鼎。智。

又电淮安

桂太守、沈大令：山阳工赈款不敷钱九千五百余千，应由道拨给，即备文来道请领。福公堤工程若何？并复。鼎。号。

二十二日电通州

大生纱厂张殿撰台鉴：马电敬悉。棉花价，遵谕派员解赴海州，交章直牧收用。谨覆。鼎。养。

二十三日电海州

汪太守、窦太守、谢大令：海州赈款，现应加拨一万千。现第二批津粮将到，高粱每斤作价三十文，玉米每斤作价三十二文。如海州需粮，即就近截留二千余石，以抵赈款，亦属省便。如仍需现钱，即速派人来浦领运，望电复。鼎。漾。

又电南京

督宪端钧鉴：近日迭据委员查报，各属春麦秀实，所种杂粮甚好，雨旸应时，民心欢忭。昨有徐属绅董来晤，亦言徐属种麦较淮属为多，一律滋长，察看情形，丰收可必。此皆宪台爱民至诚，天心感召所致。江北赈务可期结束，堪慰慈廑。鼎。梗。

又电南京

督宪端钧鉴：养电敬悉。淮扬运河分别挑浚情形，昨接赵运司函，已会同凤道姚守勘明，酌拟办法，开折面呈。是否照所议开办，听候钧示。鼎。漾。

又电南京

督宪端钧鉴：赣榆河工，冯令未到，已经开办，动支工款三万八千千。其详细情形未据报告，应饬冯令确切查覆。至青口堆工，现先修办王家楼、小西门二处，余均从缓。应如冯令所拟办理。不敷工款，将绅富捐款凑拨。惟绅富捐共若干？何人所捐？又青口粥店曾领去米六千石，合银二万数千两，现应收回粥价若干？又上年省拨该县平粜银折耗若干？应收回若干？应饬冯令一并确查速复。是否候示。谨覆。鼎。梗。

二十四日电安庆

藩台冯方伯台鉴：漾电敬悉。蓝委员已晤及转告。现正雇船起驳，俟装竣，即派员提前过闸，决不延误。前批米粮到浦，亦经派队押送，必当妥为照料，以副台嘱。鼎。敬。

又电青口

专送赣榆河工局冯大令：智、梗两电悉。青口堆工，即照议先修王家楼、小西门两处。款已拨，速开办。余从缓，另文饬知。鼎。敬。

又电徐州

袁道台鉴：淮海春赈告竣，所有办理工赈文武员绅，敝处已将衔名造册，禀请督帅咨部立案，分别奖叙。徐属亦应造送，以便汇咨。乞速办。鼎。敬。

又电上海

招商局沈子梅观察：津粮久齐，急盼轮运。淮海需粮甚亟，闻新昌未装，乞速派他轮。感极盼极！鼎。敬。

二十八日电徐州

袁道台鉴：奉拨睢宁粮二千石将到西坝，乞速派员来运勿迟。鼎。勘。

又电海州

转运局窦太守、谢大令：津粮现装三千包，由广济轮船运海。尚有二万三千包装新昌，乞速预备起驳为要。鼎。勘。

二十九日电徐州

袁道台鉴：睢粮二千石，海州来电，已运西坝，当饬局员接收。乞饬催睢绅速往接运。淮海两属春振次第告竣，据报撤局，各属麦苗秀实，丰收可必，民情欢忭。闻徐属麦亦甚好，江北赈务从此结束。弟处即日禀报，尊处亦请具禀，以便督帅汇案入告，上纾宸廑。鼎。艳。

又电青口

送赣榆县愷令、委员张令：奉督电，愷令、张令敬电悉。赣邑积谷项下存典生息之款，尚余六千串。据称岁歉当多，周转不及。自系实情。现在春振已毕，无需钱用，应准照旧存放生息。至其余零户欠缴钱一万余串，若不趁此清厘，势必尽归无着。速由张令帮同愷令，设法勒限，从严追缴。如其中实有无力者，应令先缴本款，不容短欠迟延，仍将追缴情形电复等语。希速遵办。鼎。艳。

又电镇江

荣道台鉴：奉帅电，川米运镇，每石核价若干斤、重若干，乞速核示，以便赴镇购运。再浦局现存麻袋数万个，拟减价销售，乞托周副将代办。盼覆。鼎。艳。

四月初二日电南京

督宪端钧鉴：米麦杂粮请免厘税，原奏三月底限满。现自四月初一起，除官赈、义赈仍准免税外，如系商运米麦杂粮，似应照章征收，以重国课。即候电示遵行。鼎。冬。

初三日电南京

督宪端钧鉴：冬电敬悉。吕、盛来电，事实不符。清河放赈三次，优厚已极。现在圩外棚民六七百户，查系推车食力、修路挑河，已领过振。本地绅商开办粥厂，职道拨米四百五十石，暗中协济，每日食粥有五六千人，并设学艺所收养幼稚无依子女，何致饿毙？赈抚只可办到如此，必要家给人足，虽尧舜无此仁术。此等言语，与食婴之谣一样用意。清江耳目昭彰，断难掩饰。近日天热地秽，难免疾疫，何能无病毙之人？至所请每户加给钱六千，职道断不靳惜，惟既放赈三次，忽有此举，办法纷歧，必须该义绅担任此次遣散后清江圩外不死一人，不留一棚方妥。倘各穷民因有此特别利益，闻风而至，旋遣旋集，又成留养局而，将何以处？该绅不顾大局，不加详查，危言耸听，地方官之为难受累，皆所不计，曷胜愤懑！职道必欲引退，即为此也。除另禀密陈外，尚祈察酌。鼎。江一。

督宪端钧鉴：顷上江电，想荷垂察。现经本地绅士张守与该绅商酌，将吕、盛拨款交与张守，仍就粥厂、路工暗为接济。如再不敷，由道酌拨，以满其意。该绅已言旋矣。谨闻。鼎。江二。

初四日电南京

督宪端钧鉴：前奉东电，以桃源当田局需款，饬将批解职道处杂粮价洋一万、又另解江宁筹振局洋二万，拨交冯守。兹查前项杂粮，已据镇江荣道电称拨放洲赈。现冯守来浦，言当田款尚短四万，立等接济。兹由职道暂向清江商号挪借四万千，以应急需。请饬筹振局将前项洋二万汇浦归垫，其二万千，俟沈道劝获绅捐，再行拨还。谨候宪示。鼎。支。

初六日电淮安

桂太守、沈大令：山、清柴米河现正挑办，洋人以面粉协济。闻山阳境内乡民不愿挑，恐争执滋事，应由沈令前往查论。或即挑至山阳境，或将已动之工做完，其余停止，均希妥筹为要。鼎。鱼。

初八日电海州

窦太守、谢大令：津粮装广济轮三千包，装新康轮二万三千包，均由律开行。乞速多派驳船起卸，全数转运王营分局，惟须分批派妥友押送至要。庚一。

窦太守、谢大令：现查安东需粮甚急，坚请加拨。此次广济运来之三千包，速拨二千包运赴安东大关交收，切勿迟误。何日起运，盼复。鼎。庚二。

又电上海

苏路公司张殿撰台鉴：电悉。导淮局图表仅有两份，一呈督院，余一分容即寄呈。鼎。庚。

初九日电南京

督宪端钧鉴：齐电敬悉。清江教士昨运面粉赴安东，雇船十一只，在西坝被海分司派兵封去。因赴海州运盐要紧，该船已装面粉，路过安东，即可顺便卸载。其余未运之面粉，职道派员雇船运送，已与该教士商办完结。近日盐河以船少盐多，纷纷封船，而洋人所运赈粮又刻不容缓，冲突不止一次，皆由道排解调停，两面兼顾。乞告沪会。鼎叩。青。

又电上海

招商局沈子梅观察：津粮二万三千包，现装新康运海州，初八由津开。现查海州船少，起驳甚难，请电饬该轮改赴镇江，当派员赴镇接收。乞电复。鼎。青。

又电海州

窦太守、谢大令：津粮二万三千装新康轮运海，闻海州驳运不便，望饬该轮改赴镇江交卸为便。已电致招商局，其由广济运海之三千包，仍由尊处接运。青。

又电板浦

海分司袁：现有清江教士装面粉船十一只赴安东，在刘家渡被尊处所派王哨官用强夺去，尚有面粉在船。顷奉督帅电饬迅速放回，勿稍延误干咎。以后凡洋人装粮济赈之船，不得封夺，并约束派出哨弁至要。仍电复。鼎。青。

又电南京、苏州

督宪端、抚宪陈钧鉴：窃查淮海两属春振，山阳、阜宁放一次，赣榆、沭阳、海州放两次，清河放三次。山、清、阜、赣、沭均已告竣。海州初次振放竣；二次振，据报二十前放竣。桃源初次振放竣；二次振款改办当田，据报十五前办完。安东初次赈放完；一〔二〕次振，据章令面禀，二十前后亦蒇事。昨准徐州袁道电称，徐属春振放竣，宿、睢两处现办补遗。并据各属禀报，本年雨旸应时，麦苗秀实，所种杂粮甚好，大麦行将收割，小麦月内亦可登场。各处平粜粮食源源接济，粮价渐平，民困大苏。江北赈务从此结束，堪以仰慰宪廑，谨先禀闻。鼎叩。青。

初十日电南京

督宪端钧鉴：清江去冬留养、资遣各项用款，现已分造清册，亲携晋省，禀商报销办法，并与司局核对数目。各属春振已毕，民情安谧。一切面陈。鼎叩。蒸。

十一日电清江

淮扬道署张宜之：昨晚抵宁，舟中大雷雨，今晨仍雨。不知清江若何？麦苗有碍否？甚念。津粮改赴镇江交卸，望嘱谢丞恭宽速到镇接收。昨已函托荣道台，饬周副将预备矣。沪局有无回电，盼复。鼎。真。

十二日电镇江

荣道台鉴：现装新康轮船高粱、玉米二万三千包到镇，乞告周副将迅速雇船派人接收起卸，径运清江。已电派谢丞速赴镇，会同办理。鼎。文。

十四日电海州

窦太守、谢大令：两真电悉。奉粮拨睢宁二千石，系按奉斗，应饬领运人遵办，不能退回。已电饬彭令转致。至续拨安东二千包，应将广济船装来之粮照拨，不必以奉粮抵拨。至各属应缴奉粮粜价，究竟每处若干、每石价值若干，道署均无案据。应速查明详覆，再行严催。鼎。盐。

又电徐州

袁道台鉴：现拨睢宁奉粮系二千石，应按奉斗核计。今睢宁领运绅董只肯收二千袋，藉词诿延。粮已运到西坝，何能退回？乞严饬该领运人全数接收为要。鼎。盐。

二十日电海州

汪太守、方太守、窦太守：蒸电、铣电均悉。海州河工一时不办，原拨工款三万千，现已借拨桃源当田局，只好随后再说。各属所领奉粮，催令缴价，应由窦太守备文详由敝处，分饬遵缴。电文恐有舛错。鼎。号。

又电清江

淮扬道署：皓电悉。此次津粮，系借款购办，急待粜价归还。现任销路日滞，应速减价出售，以早日售竣为妥。望即斟酌饬遵，不为遥制也。鼎。号。

又电清江

筹赈局提调蓝丞、魏丞、王令：奉粮睢宁只肯运二千袋。其二千袋系何粮食？如能由浦代为运售，亦可闻照原价八折，尚易销否？津粮已到镇，现嘱谢丞雇轮拖至邵伯，可派人赴邵迎提，以速运速售为要。安东洋人面粉船，已由海州送回矣。鼎。号。

二十一日电上海

吕大臣、盛宫保钧鉴：赈务告竣，在事员绅应请奖叙，钧处拟保几人，即乞开单咨送，以便汇奏。现各处均到齐，专候钧处咨到核办。鼎。箇。

又电徐州

袁道台鉴：昨晋省商办报销。赈务告竣，出力员绅应请奖叙，弟已具详尊处速开送，乞以二十人为限，立等汇奏，勿迟为要。盼覆。鼎。箇。

二十五日电清江

淮扬道署：津粮销滞，自宜减价。高粱趸售亦可。外属如来领，须先缴价为妥。鼎。有。

二十八日电镇江

荣道台鉴：川米每石若干斤，定价若干，乞速电示。现饬商人备价赴镇领运，由道给照。鼎。勘。

五月初一日电扬州

桂太守、袁陈两大令：奉帅谕，沿河所种之麦现已成熟，应由地方官出示晓谕，赶紧敢割，免致大雨时行，弃利于地为要。希速通饬各属遵办电复。鼎。东。

初四日电清江

道署转送魏梅生太守：六塘河工完竣，禀奉帅谕，派方太守就近前往验收具报。乞转致。鼎。支。

十一日电南京

督宪端钧鉴：初九回浦清厘积牍，催办报销。各属赈余款，现派员往提汇解，不准截留。镇江川米，清江商会现愿领运一万石，由道给照。近日二麦登场，平粜局无过问者。所购津粮，只好设法减售，公家虽受亏而民间大得实惠矣。鼎。真。

十六日电镇江

万里楼刘子涛观察：昨由津购到高粱、玉米二万石平粜，因二麦已收，无法销售。昨与令兄会商，拟将前项杂粮减价抵放，所有运费归弟承认。尊处此次补放安、桃、宿三处赈款，即以抵还粮价。在贫民得粮与得钱无异，而弟可收还粮价，彼此两便。专候示遵，以便派员分投运往，俟驾到即可散放。立盼电覆。铣。

十七日电镇江

荣道台鉴：天津购来高粱八千石平粜，因二麦丰收，无人过问。现闻镇江商会捐款查放洲振，弟拟将此项高粱减价出售，以之抵放，于灾民更有益。乞转商。如可照办，即运至镇江交接。盼覆。鼎。洽。

二十日电南京、苏州

督抚宪端陈钧鉴：近日农田颇苦旱，下午甘霖大沛，沟浍皆盈，秋稼有收，民情欢忭，堪慰宪廑。谨闻。鼎。号。

二十一日电南京

督宪端钧鉴：两啸电敬悉。江北各属二麦丰收，平粜杂粮无从销售。吕、盛两大臣原拨桃源高粱五千七百石、玉米五百石，本办平粜，因无人购，只好改为散放。即刘令请将奉拨高粱四千石一律散放，亦是此意。现查汉口商会已捐款赴桃源补赈，可谓优极，所有原拨该县奉粮四千石，似应仍饬减价设法售卖，以便凑还粮价，折耗虽巨，聊胜于无。谨候示遵。至奉粮运到海州，各属均无人承领。因高粱难以久储，且积谷款均已提用，无钱采买。职道所购津粮尚有二万石未销，现在各处减售。昔患粮少，今患粮多，奈何！鼎。箇。

二十二日电南京

督宪端钧鉴：马电敬悉。淮海各属本年二麦丰收，高粱、玉米竟无人售。因贫民以麦为食，而向来食米者又均不购杂粮，是以米价虽增，而杂粮仍难销售。此实情也。海州运到奉天高粱甚多，无人领售。前睢宁绅士只肯运二千石，尚有二千石委之而去，现存浦局减价出售，仅销百余石。吕、盛两大臣运来杂粮，本欲平粜，因难销售，改为散放。此其明证。查近日新麦，每斤售钱二十五文。官办杂粮，其价即较新麦稍减，亦未必能畅销。若不减价，更难出售。日久堆积，必致霉变，深为焦虑。昨电商镇江、徐州等属烧锅商民能否承领，亦皆不要。现在清江平粜局高粱、玉米，每石减售钱二千五六百文，所销有限。原设局七处，今已撤去五处，以节经费。为难情形，尚求详察。鼎。祃。

二十四日电南京

财政局参议孙词臣观察：赈务告竣，所有各属余款及所收赈捐款，应即随时解交省城裕宁官钱局，以备抵还欠项。请电饬清江裕宁官钱局就近核收，藉省汇费。即盼电覆，仍由弟备文移解。鼎。敬。

二十六日电南京、苏州

督抚宪端陈钧鉴：本月二十日下午得大雨后，廿四日续得透雨甚广，农田秧可全插，杂粮亦极滋茂，秋成有望，堪以报慰宪廑。鼎。寝。

六月初一日电南京

督宪端钧鉴：江北赈务告竣，各属工赈余款及赈捐款应即悉数提解，以备凑还借款。兹据沭阳县缴回春赈解款一万六百八十七千，又河工款一万三千八百五十六千。又桃源县刘令捐款一万千、春赈余款二千九百四十七千，均已备文就近解交清江裕宁官钱局，拨付省局备还借款。俟有续收，随时缴解。谨先禀闻。鼎。东。

初三日电海州

汪太守：海州冬赈、春赈报销册尚未齐，立等汇核。望速造办，专差递浦，千万勿迟至盼，仍速覆。鼎。江。

初十日电清口

专送赣榆县恒令：前奉帅电，各属赈余款应解道，不准擅留。兹查该县粥厂存钱四千二百四十八千，平粜存钱七千五百九千千，应速勒提解浦，勿稍抗延干咎。速复。鼎。蒸。

十一日电徐州

袁道台鉴：查徐属所劝绅富捐拨充赈款，原可准其核奖。惟所收之款除拨赈外，应仍报解省局。此项捐款，大都乐善好施，不愿奖叙，即如清江所劝之二万余千，弟处并不请奖。倘徐属必欲核奖，只能给予衔封、贡监、翎枝。其七项常捐，未便填给。部饭照费，仍须随册解交省局，否则无从赔垫，诸多为难。乞公通饬各属遵照为荷。鼎。真。

二十日电扬州

运台赵鉴：现晋省核办赈务报销，扬州留养、资遣各项，共用款若干，乞速造册送省，以凭汇核。切盼。

又电镇江

荣道台鉴：镇江留养、资遣用款若干，乞先造册送省，以凭汇核。其平粜、转运各款，随后再送。切盼。

二十二日电徐州

袁道台鉴：昨晋省核办报销，拟分案奏咨，请尊处先将各属冬赈、春赈用款克日造册送省。其平粜、转运、河工等项，随后再送亦可。帅催甚急，乞速办送。盼覆。鼎。祃。

又电扬州

赵运台鉴：马电悉。赈务报销，拟分案造报。请尊处将留养、资遣用款先行造报送省，平粜一时难了，稍迟无妨。帅催甚急，乞速办为荷。鼎。祃。

七月十四日电清江

汪太守、窦太守、章直牧：查海州初议开河，奉督宪饬将原拨义粜项下规元二万两交方守。嗣河工停办，该款想仍存海州。现奉宪檄，此款借拨开埠工程，望查案遵办。盼复。鼎。盐。

江北赈务电报录第三册

十月十五日南京来电

杨道台：据清江商会电，灾民留养、资遣，两未定准，延恐酿事。虽由绅商给钱，勉为散给，钱数不多，后难为继等语。查被灾各州县均经饬办赈粜，自以资遣灾民回籍就赈为是。其有距籍较远不能回籍者，亦宜酌办留养，俾免失所。应由该道速筹妥办。一面查明各州县办赈情形，如有办理不善及款项不敷，立即电达查夺，并转告商会知之。方。咸。

十七日南京来电

删电悉。筹办赈抚情形，切要周妥，深可佩慰。灾民纷纷外出，总由地方官办赈不力。所有海州、沭阳、赣榆、安东、清河、桃源各州县，望急切饬妥速办赈，勿任再事玩延。如款不敷，由道据实电告，当与藩司筹商续拨。余悉如电办理。再，前因各处赈粜米粮请免厘税，弊混甚多。据厘捐局司道禀请通饬，嗣后赈粜米粮经过厘局，照完厘金，由局专款申解，将来仍旧拨还济赈，以杜影射。昨据穆道禀，查得被灾各州县但知招商运粮，不平减价值，一商获利，众商趋之，纷纷请领护照。丁胥因其有利，每照索数元，不加考察，随便填给。即如袁道致丁道电云，前道发给护照甚多，淮关粮船何县集本难查等语。发照之处，尚不能尽行清查，其弊可想。厘捐局所定办法本不为过，第现据道禀称，各处灾黎急待米麦，若不概免税厘，广为购备，转瞬河流将冻，运道益艰，亦系或有之虑。总之请免税厘一事，由于原办过疏，致多流弊。现若不加稽查，则奸商射利，税厘受捐，于灾黎毫无实济。然操之过严，又恐生好义绅商集资助赈之阻力，致与民食有妨。究因如何妥筹，以期兼顾，速由该道体察情形，酌筹电复核办，并请两三日内即见复。方。谏。

十九日南京来电

十六两电暨条电均悉。删电已复，望即照办。被灾各州县，由道派员会同迅查户口，速筹办法，限十日禀复。所办极是。惟该牧令等疲玩性成，务望竭力督催，俾得早日散放。如款不敷拨，由道据实电告，自当力为筹措。至前据厘捐局禀经通饬，赈粜米粮经过厘局，照完厘金，由局专款申解，仍旧拨完济赈，不过藉此稽查弊混，于赈款并无出入。来电请饬放后再行补缴，似属误会。所有经过湾头厘卡之米，应仍遵照通饬，遵完厘金将来仍可遵数拨还也。至镇江关、淮安关两处，已饬验照放行矣。赴芜购米一事，现准荫提台霰电云，浦衷令赴芜购米四万石，核与来电米数多一万石，是否另是一起，速复为盼。方。啸。

二十一日南京来电

皓电悉。海州、安东等五州县，已各放银一万，派员会同查办冬赈，勒限十日禀报。甚属妥速。惟须随时督催查考，倘各州县仍前不思振奋，立即据实揭参，不可稍涉容隐。淮安各属积谷，前饬张守清查，至今未复。此项积谷，俱系历年在忙漕项下带征，寸积铢累，始有此数，断不容贪劣官绅侵渔不缴。望即就近严催清查速禀，勿在宕延。至应修之堤圩、应疏之河道，亦望分别勘估筹办。此皆于万民赋命有关，兼可以工代赈。该道心精力果，事无巨细，部署周详，良用佩慰。所筹免厘办法亦甚妥洽，已查照通饬遵办矣。方。箇。

二十二日南京来电

号电暨两嵜电均悉。饥民十数万人麇集清江，不肯回籍，自系因闻原籍尚未放赈之故。现已电嘱袁道飞饬邳、睢、宿各州县赶速办赈，淮海各属振务亦经该道拨款委员会办，来源既断，再行分别资遣、留养，当可渐有头绪。此事倍极繁难，委员多不能得力，鄙人所知，务望勉为其难，督饬妥办。如各委员仍前玩泄，即行撤换揭参，俾知儆戒。赴芜办米，前已照提电四万之数转电芜关。兹既云只购三万石，已另电冯道查照矣。方。祃

又南京来电

两马电悉。饬据筹防局已派南瑞雷划驶往镇江守候，拖运赈米。另有南琛雷划现在镇厂修理，日内可以完工，即令就近在镇守拖。希饬委员谢丞查照。方。祃

又镇江道台荣来电

电悉。轮船甚不易，仅有象山营小轮一只可借。告谢丞多雇民船，少装载，逐日驶行。亦请速电杨杏城，告镇江招商局先拖运赈米，并饬速筑坝为要。恒。养。

二十三日南京来电

荣道台、袁道台准吕都护、盛宫保祃电，徐海饥民流离于途，镇约万人，杨约三万。请饬赶办粥厂。其愿回者，宽给资斧，给发闻振归来之护照，雇船资遣回籍，以凭按口补振等语。务即督饬府县委员绅首等，劝谕饥民，给照资送，回籍就赈。如有距籍太远及不能回籍者，仍妥为留养，以免流亡失所。其镇江筹办情形，先由荣道禀复察核，并由袁道分饬邳、宿、睢各州县遵照。督院。漾。

二十五日上海来电

敬电悉。饥民三十余万，暂时放钱，必须催办粮食，以免冻河误运。弟等劝捐无多，已派义绅分往邳、宿、睢、萧、安、沭六处查放。将来尊处遣回该六处难民，须各给发闻振归来护照，方能按名补给。现商午帅多筹官振，多派能员速往各州县查放，方能遏其来源。各国议筹华洋合振，或可多集款，然内有教士，颇虑偏倚。唐桐卿运米五千石，但赴淮安五属分设粥厂，钱款专振睢宁，断难改充浦振。公若以现银易其米粮，俾省运费，请与唐面商。大才当此重任，务望为民请命，多尽心，多积德。海宣敬。

又南京来电

赵运台、袁道：杨道台、赵运司号电，杨道祃电，袁道两祃电，均已阅悉。邳、睢、宿三邑冬振，各已拨银四万，为数不少。时交大雪，户口尚未查竣，实属玩延。现在清江饥民已有十五六万，续自邳、宿来者又复万人，此外来扬州者三万，来镇江者万余，不独灾黎载道流离，情堪悯恻，且各处均须筹办留养、资遣，头绪纷繁，需款更巨。种种为难，皆由各州县不早办赈之故。应由袁道勒限严催邳、睢、宿三州县昕夕赶办，勿任再延。淮海各属赈务，前经杨道委员会办，现想已有端倪。清江饥民过众，留养无法，资遣不动，系属实情。务望杨道勉为其难，妥速督饬筹办。各属积谷多被官绅侵蚀，本部堂早有所闻，责成袁道、杨道督率该管府澈底清查，从严追缴究办，不准短少分文。此外应修之堤圩、应疏之河道，凡有为民命所关、可以藉工代赈者，并望督饬勘估筹办。扬州为饥民南下要道，亟应广筹留养，俾免流亡失所，即派委赵运司督办扬州留养事宜，务须督饬府县劝谕绅商，筹集款项，妥办留养。如款有不敷，须由公家拨济，由该运司据实电告，以凭督商藩司设筹。至赈粜米粮，前因各处滥发护照甚多，莫可究诘，故经厘捐局禀请通饬照旧完厘，由局申解发还，原以杜影射起见。惟近闻押运赈米员绅带钱有限，不足完厘，未免往返延误，并闻各关卡司巡书差亦时有需索、留难情事。转瞬河冻，运道益艰，本部堂顾恤灾民，不能不先其所急。查周前部堂奏案，原云请领院照，概免税厘。若道府州县所发之照，本不在准免之列。嗣后官办赈粜米粮，均须请领院照，一概免厘。其有绅商集资购办，确系赈粜之用，准由地方官查明，加结请领。无论官运、商运，均须先将员绅姓名、米粮数目、采购地方、给照月日，详细电知，以凭转饬经过关卡查验无异，方准放行。其从前已发各照，速由该道等饬令查明已到者若干，未到者若干，何人承办，护照何时所发，内载粜米若干，遵照迭次批示，刻日详细禀，由该道复加查核。实系办理赈粜所用，即行电请转饬免厘。倘其中有商贩影射弊混，亦即从严罚究。此后道县各照均不准发，以符奏案。除刊印空白院照分发填用，并饬厘捐局通饬各局卡暨分行各关遵办外，望即遵照妥办，并分饬各属遵照。再，袁道电称，张、潘二绅在芜所购之米，已饬验放免厘矣。督院。漾。

二十六日南京来电

荫提台、杨道台、汪牧：近来迭据探报，匪首严步恒窜往常镇一带，党羽已散等语。究竟现在海州匪徒是否一律平静？前派之水师兵轮等能否撤回？应否酌留兵队以资镇摄？祈由贵部堂督同杨道，体察情形，电复察核。至迭次所获之匪，除已经电准正法之外，尚有几名？内要犯几名？如何处治？速由汪牧查讯明确，开具供折，妥拟禀办勿延，并盼覆。方。有。

又南京来电

袁道台、杨道台：袁道两电悉。邳、宿等州县，经袁道六次勒催户口，尚未查竣，实属玩延已极，应即将邳州应牧、宿迁县黄令先行摘去顶戴，以示薄惩而策后效。此外各州县均责成袁道、杨道确切查明，分别勤惰，据实电禀，以凭核办。一面仍勒催赶办，勿任再延。已获之梁寨各匪，饬铜山县迅速讯明禀办。应购豆饼数目，已转电莲帅矣。督院方。有。

二十七日南京来电

赵运司、杨道台、袁道台、荣道台：接吕、盛两大臣来电，徐、淮、海有灾州县，官义赈均须并行不悖。义振仅能派出邳、宿、睢、萧、安、沭六州县，其余人钱均乏，一时尚难推广。官振如能每县派一干员，各带员司，亦照义振按庄按户清查开放，每口至少春赈一千、冬振一千，合之义振极贫亦发一千，不致饿殍。此本办振周到，出外者自必愿归就振，否则一味勒令回籍，恐两头接不上，倒毙必多。请电告清、扬、镇三处各州县，查振未妥，只可暂为留养等语。查各处饥民纷纷外出，系由于原籍办振不力之故，应饬杨道、袁道切饬各州县迅速会商义绅，妥筹办理，勿再玩延，并转告各义绅知之。其清江、扬州、镇江留养事，应即饬赵运台、杨道、袁道查照迭次电饬，切实筹办为要。方。宥。

又苏州来电

杨道台：沁电悉。办振迟误之各县，委应照来电分别摘顶记过，以示薄惩。已饬宁藩注册，务希严饬赶办。该县等如再玩延，立即撤参不贷。龙。感。

又南京来电

杨道台：各属户口已否查尽，冬振何日开办，希查明电复。顷接吕、盛两大臣来电，义振加放海州、沭阳，即转饬遵照。方。沁。

又南京来电

杨道台鉴：吕、盛二公电，查派往各州县办冬赈委员衔名并极贫每口发钱若干文，以便告知协赈义绅会商等语。希即查明，径复吕、盛二公，并开单咨司备案。昌。感。

又南京来电

杨道台：镇关税司条陈以工代赈议内请浚运河一条，云从前运河本置有挖泥船一只，弃置日久，稍加修理，即可适用等语。此船现存何处，能否修理应用，望查明速复。方。宥。

二十八日南京来电

杨道台：宥电悉。清江饥民众多，筹办留养，需款紧迫，为鄙人所深知。兹与藩司极力设筹，先拨汇银十万，以应急需。余俟续筹。再请截漕十五万石一折，奉旨度支部议奏，准否难知。百姓奄奄待毙，真可痛也。方。感。

又南京来电

杨道台：两有电悉。筹办各节均甚妥协，深堪佩慰。积谷必须派查，断非文牍诘责所能得实。已嘱继藩司速派得力同通州县五人，迅赴清江听候差委。许绅赴皖，月杪回宁，当催迅速回海。但此老事甚繁多，一时难望折回也。再闻车逻、南关等三坝堵筑经费，已经丁道发交厅员，务即勒令赶办，不准再延。方。感。

又扬州府县来电

道宪杨钧鉴：赈米陆续渡江，惟河水日浅，从轮必需候初三潮汛，或冀得过东关，方可拖运。宽等仍竭力设法催攒，以副宪廑，宽钧国。勘。

又扬州府县来电

淮扬道宪鉴：赈米抵宝塔湾，河水渐浅，轮船不易行，惟有极力催攒。但坝宜早筑，藉蓄水以利转输。普国钧均禀。勘。

二十九日南京商务局来电

杨观察：沁电悉。丁文月半始到商局，转移钱局。初拟候沪义赈款兑清后，酌量匀兑。昨义赈又续兑大批，币厂铜缺将停，无可匀拨。已电浦局将二万交还尊署。夔典。勘。

又南京来电

杨道台：沁电悉。延不办赈各员，分别惩处，所办甚属切实。应即照准行司。方。俭。

又南京来电

袁道台、杨道台：接吕、盛两大臣来电，徐、海、淮各州县官赈委员衔名及极贫每口发钱若干，祈示悉，以便电告各绅与委员会商。又柳绅宿迁来电，各县皆缺粮食，饥民难吃白米，望设法多运杂粮等语。查各属赈务，久经切饬各牧令等与义绅会商办理，务使官义两赈联络一气，相辅而行，不准稍存意见，正与此电之意相符。官赈系合钱米并放，应如何酌定数目，希飞饬各州县与义绅妥为商办。邳、睢等处，初仅委员查赈，嗣经饬司即委义绅协同经理官赈，故未另派委员。安东前已札委恩令会办，旋因各属户口久未查竣，经电道派员赴海、沭、安等处赶催。应由杨道分饬恩令及各委员与义绅接洽，暨转告各义绅知之。需用杂粮，应由该道等设法采运接济为要。方。勘。

三十日南京来电

杨道台：廿八勘两电俱悉。阜宁县振务，久经本部堂行府饬速筹办，并无片纸只字具复。兹经该道拨款四千，委员会同散放，乃久未禀复，亦不赴道领款。似此玩延，深堪痛恨！应即将该县季令摘去顶戴，并记大过一次，以示薄惩。仍由该道严催，如敢再延，即行详请参办。余悉如电办理。方。艳。

又徐州来电

杨道台鉴：艳电悉。徐境运堤，蓝丞已造估册，即招浦厂邳、宿饥民来修代赈，并由尊处拨款。感极。民埝冲缺亦多，勘估苦少熟手，仍饬蓝丞保举一人来助为盼。廉。卅。

十一月初一日南京来电

杨道台：勘二电均悉。运河淤塞，每届春冬，船只不得畅行。夏令盛涨，堤工不固，动虞横决。若能深挖淤滩，即无庸加高堤岸，且属一劳永逸。本年江北水灾，饥民乏食，趁此赶办河工，兼可以工代赈。运河本有岁修经费，即在此款内动用。望速派员遍查河道深浅，妥筹酌办。挖泥船既难在浦修办，已饬荣道转商义税司派人查勘，驶镇修整应用。又闻仙女镇之万福桥石板坍卸，阻塞河底。该处近行小轮，亦宜挖除，望一并饬查妥办，见复为盼。方。卅。

又上海来电

杨道台：杂粮望速派人分赴山东境内及里下河购办，迟则河冻，更难运。昨请午帅饬免江北运粮税厘，免留难。如要山芋，即可由宁波、烟台购运。海宣。卅。

初二日南京来电

杨道台：顷接宝公电，截漕可允折三十余万两。振捐七项捐，均可议准。铜元可允推广铸数，特先奉闻，并回午帅。方。冬。

又南京来电

袁道台、杨道台：接吕、盛两大臣东电，承示邳、宿、睢官赈各发银四万，连义赈银二万，确不为少。如办得好，足可救人。公已饬袁道加委，令与义绅会办。弟亦饬各义绅商妥合办。顷据海州义绅宋治基来电，官赈现由乡董、地保造册送州，匀摊办法；义赈系经司事挨户亲查，极贫给票，章程不同，不能合办。治基即日带司事亲历各灾区查看开办，俟官赈放后，义赈以补不足。为日正长，筹款匪易，不敢草率，候电示遵等语。想徐、淮各属亦必如此。向来官赈，不过凭董保造册呈送，印委分极贫、次贫匀摊，每口极多数百钱，散放极迟，克扣极多。且百姓皆称吃皇粮，可不吃者，亦都要吃。董保徇情而不中饱者，已算极好。宣官直东，总司赈务，亲督查核，洞察其弊。虽严惩印委，禀院以官作义，系将官赈并归义赈，责成义绅随查随放，奏销则列明官赈若干、义赈若干。李文忠、张勤果不派委员，即派员亦只会同义绅而已。非必委员无妥人，实因章程不同。且委员所带之人断不能耐苦，终日奔波，故以候补官充义绅，亦能变好。现已事急，亟须定议，乞公酌夺。如欲官义合办，只可由公严饬悉照义赈章程，并加札各义绅，准由义绅作主，委员监放。如仍照海州造册匀摊，不亲查户口，只可义赈另办。虽钱少，尚可救一是一，势难两歧。即盼电示，以便饬遵。又接吕、盛两大臣东二电：杨道卅电，各州县户口未据查齐，尚未核定放赈数目。文鼎之意，总以官义两赈并作一起为妥。如能较浦厂稍优，饥民方肯闻振归家等语。似此仍是官赈老法，必待查齐后放，饿死已多，等候不及，只得流亡；且核定匀摊，弊病百出。义赈系先定钱数，极贫每口一千，随查随放，方得活人，方得遏止流亡。如尊谕邳、宿、睢允发官赈银四万，尚有义赈银二万，即放一千，勿虑不给。且填票口数多寡，仍在查户者操纵。如蒙察照，乞速电司道飞饬印委遵办。如再停顿不放，须照大疏惩参。闻浦厂日毙数百人，甚惨。杨道极认真，但从来留养，无此办法。且数十万人处下一隅，粮食柴草异常艰贵，虽多公费公款，民鲜实惠。釜底抽薪，只有各州县速查速放，恃爱直陈等语。查官赈一事，向来积弊甚多，是以迭次饬令会同义绅商办。现在时已严冬，各州县官赈尚未散放，实不成事。来电所云先定钱数，随查随放，最为妥速，且可杜绝一切弊端。应即定为官赈，极贫每口给钱一千，将款项全交义绅查明散放，仍由地方官委员监视，并协同照料一切。其余事宜，悉照吕、盛两大臣来电办理，希即飞速分饬各州县委员遵照。义绅委札，另行檄发，并先转告各义绅知之。其桃源、赣榆等县虽无沪绅来放义赈，同系灾区，亦应饬令照此办理，以归划一。清江饥民过众，留养事极繁难，现在每日毙数百人，是否疾疫流行，抑系冻饿致死？向来办赈留养，死生疾病均所不免，必须另设病厂、痘厂、生产厂，并购义地以备埋葬，统由杨道查明酌办，总以周妥为主。仍各将遵办情形电复。方。东。

初三日扬州来电

道宪鉴：东电敬悉。万福桥向无小轮，民船经过航路，毫无干碍。坍卸处已经暂接浮桥，以利行人。国钧。禀。

又南京来电

杨道台、袁道台：大水为灾，流亡满邑。前蒙恩赏银两散放急振，并经本部堂督商司道百计经营，筹办冬赈，原期安集灾黎。讵各处村董胆敢从中侵吞赈款，以致灾民轻去其乡，不肯回籍。似此丧尽天良，贻误大局，殊堪发指！此事本部堂早有所闻，已经密派委员查访。兹闻杨道东电，适相符合。清江村董尤坏，应即责成杨道督同府县立拿到案，审究明确，应将侵吞赈款为数较巨之村董遵照奏案明正典刑，余亦尽法严办；一面查明家产，悉数充赈，以谢灾黎而昭炯戒。此外各属村董，速由杨道、袁道督饬该管府州县切查明确，严提到案，研审实情，电请惩办，勿任狡延。一面将重办村董缘由明白出示晓谕，俾灾民等咸愿回籍就振。是为至要。方。冬。

初四日南京来电

赵运台、杨道台、袁道台、赵运司：东电悉。扬州饥民，已于初一日放赈办理，尚属妥速。此事繁难，鄙人所悉。前据杨道迭电，清江留养饥民已有三十余万，并复饬派委员分路截留，不准南下。斯不过急则治标之计，若欲釜底抽薪，自以原籍急办冬赈为要。现已查照吕、盛两大臣来电办法，定为官发冬赈，极贫每口给钱一千，将款项交给义绅，连同义赈一并随查随放，以归简捷而杜弊端。至前此侵吞急赈之村董，亦经札饬杨、袁二道严提到案，澈讯重办，并查明家产，悉数归赈，俾昭炯戒。应即由该司道等晓谕现在清江、扬州饥民迅速领照，回籍就赈。其余仍由杨道、袁道查照东电办理。赵运司艳电业经详复，免厘税事亦已另电饬遵矣。方。江。

又上海来电

端制台、继方伯、陈中丞、杨道台：扬州电悉。各属官义赈，午帅议定归并一起，极贫每口给钱一千。老弱远道，断难五日一放。油厂月给九百，亦难较优。但欲禁领钱后不再外出，须于要道派队截止。清厂闻有五十四围子，雨雪火烛堪虞，所费亦不赀。可否先造册，分开某县人住某字围，点名时暗记极贫、次贫，俟册齐，即筹陆续遣散，先遣次贫，后遣极贫。先遣邳、宿、海、沭已经开查之处，并请州县同委分任其事，验照放钱。

除优给路费口粮外，到地次贫五百，极贫一千，未可优于在家者。留养难分极次，遣回不可不分。闻出外者不尽极贫，有牵率而来者，似只可在护照内暗列记号。义绅专任查放户口，已虞不及，断难兼办，以致贻误。且不办资遣，恐难领钱不再外出。因后翁垂询，及筹及此，望酌复。海宣。江。

又南京来电

赵运台、扬由关，袁道台、杨道台、淮安关、江北各厘局：徐海淮安各属灾区冬赈，前拟散放米粮，佐之以钱，故通饬购运赈粜米粮，请领院照，概免税厘。兹准吕、盛两大臣来电，义赈系随查随放，给予铜元，已饬将官赈款项全交义绅一并散放，极贫每日给冬赈钱一千，以归划一而免耽延。是灾民所领官义两赈俱系钱文，必须本地米粮价平，庶沾实惠，自非广招商运米粮接济不可。且迭次吕、盛两大臣及赵运司来电，均请将江北米粮一律暂免税厘，俾商人闻风而至，可以随时随地购办，较为迅速，亦与本部堂意见相同。查徐、海、淮、安各属正放冬赈，清江、扬州筹办留养，均需米粮甚广，应即通饬各关局，自接电之日起，凡里下河米粮运往徐、海、淮、扬者，又长江米粮由瓜洲进口运往徐、海、淮、扬者，自瓜州起，沿途各关卡，无论官运商运，有照无照，米麦是杂粮，一概免完厘税，迅速放行，严禁书差司巡人等毋得稍有需索留难。仍查照部章，截止年底为止，俾示限制。一面出赵运司、袁杨两道撰颁简明告示，招商承运，以广接济。仍各将遵办情形具复。方。江。

又南京来电

杨道台：先电悉。此项米石，系恐河冻运艰，将来徐淮灾赈缺粮，预备接济而设。清江铜元厂既有空屋可以存放，甚为合用，将来米石运到，即径赴清江交收，不必由扬转运，反多周折。应由该道派委妥员，经理收兑出粜等事。如该处候补人员不敷委用，准其指名电调，以凭饬派前来。方。江。

又南京来电

杨道台：冬电悉。司库支绌，然灾情如此，岂容膜视！禀商督院，由司暂挪银十万，由官钱店拨兑。昌。江。

又南京来电

杨道台：东电悉。以工代赈，本系救灾要举。来电谓同一耗帑，用于赈不如用于工，甚是。所有应修之堤岸、应挖之河道，速饬委员勘估兴工。其有常年经费者，应仍先尽动用；如有不敷或本无经费者，准在赈款项下拨给，以济要需。统由该道妥筹办理，并将此电送堤工局一阅。方。江。

又上海来电

端制台、继方伯、杨观察：顷电复邵闻洛云，已电督宪，饬县回城弹压照料。先放城赈欠妥，四乡更苦。现在官义合办，望速同司事赴乡覆查极贫给票，随查随放。城局不必撤，城内事应由县令办理，毋干预云。讵俊翁速饬安东县回城为要。海宣。江。

又苏州来电

杨道台：冬电悉。饥民情词迫切，惨不忍闻；村董毫无天良，令人发指。希即严饬各属查明散放急赈何人经手，据实禀明，提浦讯究，从严惩办，以示儆戒。地方官如敢徇庇，即由执事揭参，勿稍姑息为要。除分电袁道外，特覆。龙。江。

又上海来电

杨道台并转安东义绅邵式之兄、义绅宋培之兄，并转沭阳义绅刘慎之兄：午帅冬电，现已电饬袁、杨二道飞饬各州县委员定为官发冬赈，极贫每口给钱一千，将款项全交义绅，随查随放，一切照义赈章程办理，以归划一；仍由地方官监视，并协同照料云。弟等电复，官义既归并义绅，照义赈随查随放，便不能候董保造册齐全，再行匀摊。应请印委速将已到名册先行交义绅，赶紧分投覆查，务要随查随放。董保底册仍不可少，惟不能作准，应增应删，义绅当此重任，务要不辞劳怨，迅速赶办。督帅责成义绅，原为官办迟延起见。若仍迟延，不能随查随放，是负帅托也。鄙见先放冬赈，每日一千，不分官义。已到铜元，均可尽用。闻赈归来在查户之后，只得凭护照给发。杨道台来电难分极次，已电嘱填照时必须注明极几口、次几口，不写钱数。到地验照，极发一千，次发五百。帅电归赈全由官发，现既并放，不必论矣。如有粮食，只可官办平粜，不可夹杂并人赈内。运钱、造册、弹压，照料甚忙，现在忙不开，原派委员仍望挽留，辅助一切为祷。除电督抚藩外，祈查照。海宣。江。

又上海来电

端制军、继方伯、许久香观察、陈中丞、陈方伯、杨观察、袁观察：义赈派出总董，铜山，江苏候补同知吴宪奎；邳州，湖北候补知县刘康遐；睢宁，长洲县教谕唐锡晋；宿迁，江西候补直隶州柳暹；萧县，湖北试用知县韩景尧；海州，广东候补直隶州宋治基；沭阳，五品顶戴刘增；山阳，候选知府高长颐；安东，江苏候补知县邵闻洛；桃源，湖北候补知县严国钧；江都丹徒属各洲圩，候选知县章清华、王德基；阳湖、无锡属芙蓉圩、黄天荡，前湖北候补知府刘度来、直隶候补直隶州章钧。以上皆系义赈熟手，搜索枯肠，无可再添。赣榆灾区，不知邻海州，抑邻沭阳？请久翁电复，拟就近或派宋或派刘兼办，即乞宁苏分别加札，径递各该处。高长颐、严国钧、刘度来、章钧尚在沪，请速寄下转交。海宣。江。

初五日南京来电

杨道台：接荫帅电，沿河北各围中，海州匪类夹杂不少，深虑有变。望密查情形，速电复。方。支。

初六日南京来电

冬江电悉。清江饥民四十余万，留养事繁，执事殚力经营，异常艰苦，鄙人久已深知。所需款项，现切饬继藩司赶速筹汇，以应急需。吕、盛两大臣江电自已阅悉，饥民大批外出，其中自有系被牵率而来。欲分别极贫、次贫，事甚不易。至领钱之后又复出外，尤为应有之虑，统由执事统筹办理。现在人多聚处，匪资之混迹、火烛之堪虞，并望随时稽查防范为要。安东事，即饬堵令迅回弹压。方。鱼。

又上海来电

杨观察密交唐桐翁：闻邵令办安东振甚不得法，睢宁灾更重，未知能否胜任？该令为公所保荐，究因何事为民怨恨，即祈访察，迅速电示。宣。鱼。

又上海来电

杨道台：闻阜宁灾情亚于安东，应员〔否〕放振？阜距安若干里，如办，似派唐桐卿兼办何如？速复。海宣。麻。

又南京来电

袁道台、杨道台鉴：接吕、盛两大臣绛电，官振放极贫，每口一千，若义赈同放一千，恐运钱不及。鄙见官义归并，无分彼此，莫如尽已到官义款先放一千。俟一律放毕，续运款到二批，再放一千，约已在两月后。来年再放一批一千。通力合作，是尚可行。至敝处劝募，仍曰义赈，否则难劝。目下敝处每县运钱三万四千千，其余皆用官款等语。官义各放一千，不独运钱不及，且恐灾民领得钱文，任意浪费，久之仍复困苦。今来电拟分作三批，每批发钱一千，筹虑周详，应即照办。除电复外，希速转告各义绅并飞饬各州县印委遵办。督院。鱼。

又上海来电

义赈安、东、海、沭各属发三万四千千，现议续运山、桃、赣款，请将六处现有官赈银易钱各有若干、官查底册口数各约若干电示，以便配运。海宣。鱼。

又南京来电

接吕、盛两大臣江电，袁道、田守、印委、义绅公电：邳、宿、睢户口，官查将竣，因闻振归来者众，公议将册交由义赈复查，急冬款并入义款，随查随放，合力赶办，以期核实普沾。俟放毕呈册，乞电示遵。顷覆电云，督帅来电，饬袁、杨两道飞饬各州县委员，定为官发冬赈，极贫每口给钱一千，将款项全交义绅随查随放，一切照义赈章程办理，以归划一。仍由地方官监视，并协同照料云。弟等电复，官义既归并义绅，照义赈随查随放，便不能候董保造册齐全，再行匀摊。应请印委速将已到名册先交义绅，赶紧分投复查，务要随查随放。董保底册仍不可少，惟不能作准，应增应删，义绅当此重任，务要不辞劳怨，迅速赶办。督帅责成义绅，原为官办迟延起见。若任迟延，不能随查随放，是负帅托也。鄙见先放冬赈，每口一千，不分官义。已到铜元，均可尽用。闻赈归来在查户之后，只得凭护照给发。杨道台来电难分极次，已电嘱填照时必须注明极几口、次几口，不写钱数，到地验照，极发一千，次发五百。帅电归赈全由官发，现既并放，不必论矣。如有粮食，只可官办平粜，不可夹杂并入赈内。运钱、造册、弹压，照料甚忙，现正忙不开，原派委员仍望挽留，辅助一切为荷。除电督抚藩外，祈查照云。淮海各义绅亦照转饬。是否如此，祈酌复等语。查阅电致义绅各节，均甚切要，应即照办。除电复外，希即转告各义绅并分饬各州县遵照。方。鱼。

初七日南京来电

接吕、盛二大臣支电、杨道江电：唐绅锡晋若赴安东查放，饥民信服，必闻风愿回。邵令闻洛可赴睢宁。请电两绅照办云。已电复转饬唐绅即赴安东，邵绅即赴睢宁，务各随查随放。惟必须候唐赴安，先查四乡，方可给照陆续遣回。并请照江电，由道委员赴安，专管验照放钱，切勿一拥而去。安东距浦最近，若先放归赈而缓在籍，不定章法，领赈后仍必外出。睢宁灾与邳、宿并重，邳、宿已放，睢宁候唐久，望邵速行。并电复云，除唐、邵两绅委札更换外，希即查照办理，并转告各义绅知之。方。阳。

又南京来电

歌电悉。饥民众多，盗匪混杂，最为可虑。现拟饬徐千总督募一队，专备各厂侦缉之用，应即照准。余悉如电办理。再接吕、盛两大臣电，赣榆实无妥绅可派。究竟该县与海州、沭阳何处最近，速即查复以凭，于宋刘两绅中加札委令兼办。方。阳。

又南京来电

日领来言，镇江两洋商小轮公司及招商局愿出三万金，助挖瓜州至沪江运河经费，藉以工代赈为名。复以淮扬道正在议办，如款不敷，再请协济；如敷即不烦云云。现饥民聚处可虑，趁此水涸，应即赶办河工，机会万难坐失。望查运河岁修费究有若干，速行勘明河道，妥筹开办。应须经费，岁修之款断断不敷，可由振款开支。挖泥船即速送镇修理应用。并将议办情形迅复为盼。方。虞。

又南京来电

赵运台、杨袁道台鉴：接吕、盛两大臣歌电，会订官义合办赈务章程十七条。一、徐淮海三属铜山、邳州、宿迁、睢宁、萧县、海州、沭阳、赣榆、山阳、安东、桃源十一州县，派绅董十一人专司查户发票，派委员十一人专司收票发钱。一、此次地广人多，只能专收极贫，每大口给钱一千，小口减半，次贫不给。向来义赈亲查之际，亦有口少而甚苦、非一千能活者，准酌加口，略为通融。总之票只填口数，不填钱数。一、春麦未种，为日方长，拟查放三次，每次一千，隔两个月一放。一曰官冬赈，一曰义赈，一曰官春赈。一、初赈放毕，收回旧票。因闻赈归来，人口活动，故宜复查，另给新票。相隔两月工夫，二赈、三赈底册可凭，复查自易。一、现钱必须分运四乡，随查随放。每村查毕即条示，三五日后赴某镇领钱。至远二三十里，老弱须要一日往返。运钱之费，作正开支。一、官义既已归并，赈票自宜一律。钱款不论官义，先到之钱即行先放。一、浦厂陆续资遣，应先询明该县，须俟人到钱到，方可分批押送。除路费外，须宽给十日口粮护照，分别东、南、西、北四乡，以便分赴该县四局颁赈，免致到城拥挤。一、留养难分极次，遣散必须切实查验，分别极次护照，暗作记号，按批造册，注明住址，登明极次，俾可按籍补赈。极贫一千，次贫五百，未便优异。一、流民回籍补赈，责成印委办理，义绅无暇兼顾。下次则归入查户，责在义绅。一浦厂须出示各县已放冬赈，留养定期撤局。除壮丁留办工程外，余俱资遣，准给路费口粮，每名若干。回籍有官义赈三次，如过期，不给，庶使愿回。一、原籍领赈后，恐防再出，应于要隘派队堵截，方能闻风止住。一、十一州县极次户口及流民回籍，如有百万人，每次约须放钱一百万千，本地换钱，势必钱价顿涨。应由裕宁币局连夜赶铸，分批派员运送清江转运局，再行分运各州县。能否随查随放，以运钱能否接济为断。一、义赈总董，各准选带司事十余人。委员须在四乡设立分局，验票放钱，并须管理运钱之事。人应准其选用，好当司事。薪水及伙食，应作正开支。一、各路粮食稀贵，由官派员购运，迅赶各县平粜。不必于放钱之外再放粮食，致涉夹杂。灾民得钱平粜，尤沾实惠。或以粜出之钱辘轳运粮，或以充作赈款，由印委察看粮食有无为断。一、民间自运粮食，暂免厘税，例应督抚给照。但各属商民赴督署禀请发照，难免稽滞，应由督院札发淮运使、徐道、淮道各一百张，准其就近填发呈报。一、运河水涸，船只拥挤，恐于运粮运钱有碍。应电饬淮运司赶紧设法疏通。凡有粮钱船只上驶，必须催赶速行。一、委员必需廉明干练，方能济事。在省城遴选十数员，分批解钱前往，即留交袁、杨两道差遣办事，以期得力等语。查第十五条，商民购运米粮，请领护照，固是正办。惟前已电饬，凡运往徐、淮、海、扬各处米粮，无论官运商运，有照无照，概免税厘，并已刊发四言告示，招商畅运，应仍查照前电办理。其前发运司空白院照二百张、徐淮二道各百五十张，原为预备委员采办米粮之用。如有商民愿领护照，赴外省购运者，并准随时填给具报。其余十六条，均切实周祥，希即查照办理，并由袁、杨二道分致各义绅暨饬各印委遵照。至各灾区委员，已委派齐全否？其中如有尚未派定及不甚得力者，应即迅速分别派委更换，勿稍迁就迟延，并将各处委员衔名电告备查。方。阳。

初九日南京来电

袁道台、杨道台并转送各义绅：各属积谷，迭谕严饬澈底清查，至今未据将实数禀报，殊属不成事体。现在冬春两赈官款不敷，积谷为备荒而设，亟宜动用接济。应即派委各义赈绅士，就近清查各该州县积谷。存钱者，如数提出，统交义绅散放；存谷者，赶紧碾来平粜，得钱亦归入放赈项下应用。仍由该道等破除情面，严催勒缴。如有亏挪，官则参追，绅则革办，不准稍有循延。仍由该道等将办理情形电复查核。督院。青。

又南京来电

歌阳两电悉。海、沭、安、桃、赣五处，各仅拨官赈银一万两，自属不敷。应每处加拨银二万两，已饬藩司迅速筹设汇济。桃源、山阳二县，现接吕、盛两大臣来电，各拨义赈银二万两。除桃邑已发官款外，山阳曾否拨有官款，应否增拨，速即酌筹电复。省局铜已用罄，不能多铸，铜元增涨，购办为难。昨商购鄂局铜元五十万千，尚未到宁。现饬裕宁官钱局酌拨铜元运济急用，仍候鄂局铜元购到，再行续发。方。青。

又南京来电

庚电悉。挖泥船即日拖赴镇江修理应用。徐款纠葛，用毕再议。方。佳。

初十日南京来电

杨道台、袁道台：据应牧电称，在浦邳籍饥民，现派墟董持速归就赈告示往招，所办甚是。希即飞饬各属一体办理，俾该饥民等咸肯回籍就赈，不致麇集一隅，致生疾患。徐属应修民埝，速由袁道饬速勘估筹办。方。蒸。

又南京来电

庚电悉。三河坝工，专为蓄水济运。现在湖水日涸，盐运关系紧要，厅员图省工料，迟延疲玩，最为恶习。应即由道派员守催，勒限半月，一律堵齐。如再玩延，以致有误盐运，定将该厅参处不贷。即逃饬遵照。督院。

又南京来电

杨道台、袁道台：接吕、盛两大臣虞电，赈务章程，拟加一条，曰：一、已奏明倘有侵吞赈款入已情事，揭明赃证确凿，即请旨明正典刑，以昭炯戒。其有办理不善各员，随时分别撤换严参；如有办赈得力之员，亦当恳恩从优奖励云。希即分别知照。同日又接另电，赣榆已改派严国钧往赈，桃源另委候选同知廉兆镛往赈。闻阜宁亦荒，而山阳较轻，已照会高守长颐兼办阜宁等语。除加札外，特闻。方。蒸。

又南京来电

接吕、盛两大臣虞电，接海州义绅宋治基麻电，日前与道委官绅会议定分办官赈、先放义赈补不足，前日电禀督藩道定案。基即亲赴东南乡查勘，接宪江电，理合详禀。海州五十四镇，被灾三十二镇，官催复查，已得八九。官赈不能不普，款少人多，不能不摊派，以广皇仁。官两赈需款六十万，未识有此巨款否？现在民间已喧传上宪发巨款来赈，及询之州署，已到之款只一万四千金。现在情形，官赈、义赈不能下手。诚如宪虑，官赈册责成义赈复查，苛剔户口，官款全交义赈查放，则实在饥民无力争闹，而地方土豪土棍、劣董劣保煽动强梁之辈，必与义赈为难闹赈等情。基性命不足惜，有累地方官安土之责，且匪乱未靖，更宜慎之又慎。至官款全交义赈，必招物议纷腾，致成怨府。并办之谕，因各处情形不同，万不能遵。基旅居已久，深悉此邦风土人情，恳请海州仍照前议，官赈由官先放。流离归来，由官验票给钱，缴票报销。义赈随后补不足，使饥民尚有后望。有一分力，救一分人，则款不虚縻，民沾实惠。乞转电午帅，地方幸甚云。似此州册造成卅余万口，竟同儿戏。若令义绅严剔，是官市恩而绅召怨，无怪宋绅只肯分办。恐他处亦然，是自堪虑。义赈民捐民办，苛查有词，地方官晓谕亦有宗旨。且一州之地，周围数百里，灾区有轻重，村庄有贫富，不能一律。义赈查放，全在此中权衡，给钱多寡。每口若干，既不能不定，且不能预定。诚如前电，每口给钱一千，各属一律，就州册而论，约计三十余万人，冬春两赈万难措手。如公意必欲合办，惟有请即严饬印委，会同义绅一气复查，限以八万口为度，随查随放。如有豪强、董保闹赈，即行重办。否则只得照宋绅所请，免致两误。乞速示等语。查海州灾情虽称极重，而原查灾民口数多至三十余万，实属冒滥过甚。现在官义合办，极贫每口发钱一千，以冬春两次官赈计算，是该州一处即需钱六十余万串，安能筹此巨款？且事贵核实，公款多一分冒滥，灾民即少受一分实惠。应即责成汪牧会同委员、义绅迅速复查严剔，以八万口上下为度，随查随放，并由道撰发简明告示，如有豪强、董保闹赈，即行从严惩办。其余各处，亦即由道分饬覆查严剔，勿许冒滥，并电复。方。

十一日南京来电

接吕、盛大臣庚电，归赈户口第一批不及清查，应凭护照散给。因次贫甚多，故须区别。迨两月后放二批，必须另查已归之户，只放极贫，方能与在籍一律等语。希即分致各义绅，并饬各印委照办。方。真。

又南京来电

庚、青电均悉。清江饥民竭力资遣，散去二万余人。此后逐日资遣，并招修堤工，可望就绪。具见苦心筹画，诚信相孚，乃有此效。慰甚。堤工事，照电办。运库多正项，未必能借六十万。已电运司暂借二十万，径解清江，以济急用。方。真。

十二日南京来电

督宪询咨被灾州县，何处已发赈银若干？查司库四次解道银四十五万，系如何分派？请速电知院司为盼。昌。文。

又南京来电

两蒸电悉。昨有义赈彩票押捐银元四万五千如数汇寄，计已查收。海、沭、赣、安、桃五处各加拨二万，本日经藩司商由官钱局汇银十万，一俟汇到，望速分拨应用。再海州先曾拨给银二万五千，曾据汪牧禀称，海分一万、沭赣各分七千五百，均系采运米粮等语，希即查明。此项米粮如已运到，应令平粜得价归赈散放。山阳灾情既据查明极轻，现有赈款一万一千，益以义赈，暂可无须加拨。阜宁被灾较重，仅有官款四千，自不敷用。应即加拨一万，由执事就近匀给，以济急需。积谷本为备荒而设，务饬委员黄令会同义绅，严查勒缴，不可稍涉循延。至灾区米粮免完税厘，部议只准以年底为止。现在冬春两赈均系散钱，必须粮多价平，庶几民沾实惠。年内为日无几，并希多招商运，以资接济，是为至要。清江铜元缺乏，现经执事商由荫帅借银十万，赴扬州等属兑运存储，以备缓急。所办甚是。此间铜元请宽铸数一事，电经部议允准，惟铜价奇昂，购买不易，殊属无可如何。鄂局铜元，一俟运到，即当拨运济用。方。文。

十三日上海来电

前接宋绅麻电，因官赈不能不溥，款少人多，不能不匀派。官册约计三十余万口，若照义赈每口给钱一千，冬春两赈须款六十余万；若责成义绅复查，苛剔户口，官款全交义赈查放，必成怨府。恳请仍照前议，官赈由官先放，义赈随后补不足，使饥民尚有后望等语。当即转电午帅，接午帅蒸电，各灾区均已官义合办，海州未便两歧。惟原查灾民多至三十余万口，冒滥过甚，现已电饬汪牧会同委员义绅迅速复查严剔，限以八万口上下为度云。十一日，已转饬宋绅照办。顷接汪牧、陈丞电称，宋牧公正熟谙，乞劝宋官义合办，官委绅均愿力助，款可续请。查宋绅深虑义绅复查严剔，归怨致闹，力请分办，而午帅必欲官义合办，已饬印委会同复查，严定限制，宋牧自应遵照，即按义赈章程迅速严查给票，随查随放，万勿再迟。印委必须会同出示，勿任义绅一人丛怨。午帅真电已饬司续拨二万两，连前官赈共三万四千两；义赈又续拨二万一千两，连前共五万五千两，并计足可收十万数千人口，但求无滥，必可无遗。所望官绅合力，劳怨勿辞，总以救民为要。义赈诸公谅有同心。海宣。元。

又南京来电

接北京陆总宪诸公来电：清江饥民三十余万，聚而不散，深恐日久生变。鄙人意遣散计，似宜在浦厂散放粮米杂粮，仿红十字会，悬旗大书在某处本籍放钱米义赈，一面延义绅采办米麦，并招商人在江皖北路购运米粮，择扼要之区设立总厂，由各官绅分道领运。每口所给，须较浦厂略优，铜元、米粮匀搭散放，庶饥民闻振归籍，可免滋事等语。希即体察情形，酌核办理。方。元。

又南京来电

两文电悉。浦厂截至初十，已遣回饥民五万余人。具见办事妥速，甚佩。惟各处冬赈不宜延迟，昨已汇银十万，希即迅速分拨海、沭、赣、安、桃五处。其加拨阜宁一万，亦望早日匀拨，催令各义绅印委等赶即散放为要。资遣、堤工两事，需款甚巨，鄙人所知。顷接赵运台来电，已允借银十万拨解清江，当即电属加拨十万，兹又切属藩司再汇十万，共三十万。应以十万筹办堤工，十万筹办资遣，十万预备加拨各州县冬赈之用。执事深知筹款之难，必能力求核实也。前购大米、杂粮，约价银二十三万。现尚积存，颗粒未动，甚好。来年正二月间，米粮价值必贵，应存俟此时出粜，以平市价而济民食。现时仍应查照前电，多招商贩承运为是。清江吞赈村董已提到否？现讯若何？案已入奏，断不能稍从宽贷也。方。元。

又南京来电

借运库银二十万一事，顷接赵运司来电，当由鄙人电复，日接阅文电，具见力顾大局，甚佩。扬州筹办留养，商捐不敷应用，自系实情。所有前项银二十万，应如来电，以十万拨解杨道，以十万留扬办赈，俾济急需，速即分别解拨具报。惟海淮冬赈需款过巨，务望再借拨银十万解交杨道，分拨散振，即日由镑价一款归还。请力行拨款速复等语。特闻。如前项银两解到，仍望电告为盼。方。元。

又南京来电

真电已悉。照转吕、盛两大臣并由鄙人酌加数语曰：查海州、安东、桃源、沭阳被灾甚重，户口较多，应各以十万人为限；邳、宿、赣各以八万人为限；睢宁地方虽小，灾亦较重，应以六万人为限；山阳、铜山、萧县受灾较轻，各以四万人为限。现在甫交冬至，相距来年春暖，为日甚多。若照杨道来电，官义赈仅发两批，每批每人一千，是百数十日之久，仅此钱二千文，恐不敷用。自应仍照原议，官义赈共发三批，每批每人一千，总以保全灾黎余生为主。合计官赈两批，共需钱一百八九十万千。益以清江、扬州等处筹办留养、资遣及修疏堤防河道等项，亦非数十万金不办。现在所筹官款数目，早在两公鉴照之中，杯水车薪，殊属不堪设想。义赈前承允筹钱百万千，备感竭力协助厚谊。现在官义合办，本可不分彼此，如义赈散放一批尚有盈余，祈即以之助官赈所不足，想二公必能俯如所请也。闻赈归来之人，前电曾云初次凭照散放，二次复查，只放极贫，甚为扼要。杨道所请酌减，亦可毋庸置议。是否之处，祈迅赐酌核示复，以便电饬照办。并请由尊处分致义绅，较为迅速等语。除俟接电复再行饬遵外，特闻。方。元。

十四日南京来电

接赵运司盐电，淮海赈款允借拨银二十万，希即派员赴扬领解具报。方。盐。

又南京来电

现接吕、盛两大臣来电，各厘局于通饬免厘税之后，仍前勒索情事，另电奉闻，想已阅悉。惟究系何局擅收厘金，即密查明确电告，幸勿徇隐为盼。方。盐。

又南京来电

文电悉。荩筹精核，慰佩交深。措拄綦难，同深焦灼。司库异常支绌，遵帅谕在支应局借银十万，由官钱局汇浦，以应急需。资遣乃第一义，速办为宜。昌。盐。

又南京来电

真电悉。安东饥民丁口，应饬该印委等查照吕、盛两大臣前电复查严剔，勿任浮滥。官款原发一万四千，加拨二万，计可换铜元五万串之谱。益以义赈铜元三万四千串，已共有八万余串。希由唐义绅即就现有之款赶速散放。如有不敷，应俟所借运库银两解到清江，即由杨道酌量加拨接济。方。盐。

又扬州来电

奉督宪电，饬司库借拨尊处赈款银二十万两，自应遵办。请即派员来领。滨。盐。

又南京来电

接吕、盛两公电，严绅国钧十一到杨〔扬〕，访闻由扬到浦沿途水涸，求电饬速闭车逻五里草坝，小轮方能上驶。如不能常闭，可否饬放粮食铜钱船只之后再开，以时启闭。总之粮钱必须利运等因。查车逻等坝，前已电请迅速堵筑。现在河水日少，务望严催，刻日堵齐，以利行运，万勿迟误。至要。方。盐。

又南京来电

接吕、盛大臣元电：歌电敬悉。无论官运商运、米麦杂粮，一概免完税厘，严禁司巡需索，均深感仰。顷据初七日沭阳办赈义绅函，厘局扣留振麦船十余日，饥民和菜煮食豆饼，每斤亦捐钱二文，小贩裹足，饼无买处。并据宿迁义绅函，近日该处采办饥粮，各卡照旧勒完厘金。又风闻淮扬一带情形相同，令人痛恨。当此流亡载道、待粮延命之时，犹复横行勒索，可谓全无心肝，无论违背恩旨，篾〔蔑〕视宪令，亦属罪无可逭。拟请即日查明参办，以儆其余，庶百万灾民不致遽淹沟壑。查灾区米粮概免厘税，久已于本月初二日电饬，嗣复备札通行，并撰发四言简明告示，各该厘局乃敢仍前任意勒索，殊属胆大妄为。除电饬各厘局速将米船只一律放行，一面饬由厘捐总局查明撤换，听候参办外，再闻各局司事巡丁舞弊者甚多，应由该道等就近查明，择尤密提解省，以凭严讯究办，幸勿稍事容隐。至盼。方。盐。

十五日南京来电

接吕、盛两大臣电云：邳州刘康遐真电，官赈并义查放，官查在先，剔户颇不易。义赈宗旨严剔宽放，当勉为之。邳灾重，邳地广，较睢倍之，较宿广十之三四，发款太少，如何能敷办？前请督帅接济未答，不得不求速筹银两万，交义善源电汇徐州衡丰庄，以济开放。谕复云：读公真电，海、沭、赣、安、桃五处各加拨二万，连前共三万。闻赣被灾处轻少而轻，加以义赈三万四千串，似已有余。海、安必不足。徐属邳最重，刘绅请加拨官赈二万两，实不为多求，速交义善源汇有义赈钱去，则官赈拨银谅可周转，□乞复等语。顷电复云：邳州两次共拨官款四万八千，计可换铜元七万千之谱；加以义赈三万四千，共有铜元十万余千。邳灾虽与海州相同，而地方较狭，若以八万口照放，现有之官义款项似已足敷一次散放之用。惟既经刘绅力请，已电嘱袁道就近挪借二万，交邳济用，仍由藩司筹款汇还。祈转告刘绅知之。海、安等处官款，鄙人亦虑不敷。昨已电借运库银二十万，并在筹防局借银十万，汇解清江，以十万筹办资遣，以十万筹修运河堤防，以工代赈，以十万预备淮海各属加拨冬赈之用，并希转告各义绅就近向杨道商拨，以省周折等语。速由袁道先暂挪银二万解邳济用，已饬藩司速即汇还矣。方。咸。

又南京来电

盐电悉：清江饥民，经执事设法资遣及招集办工，独任艰巨，不辞劳瘁，为鄙人所深佩。昨已于复陆总宪诸公电内详细声叙矣。再顷接苏藩司来电，沙洲捐项下尚存部照三千九百张，除酌留二百张存备续发外，余悉送还等语。一俟送到，即当寄粤应用。并闻。方。咸。

又南京来电

汪牧并转义绅委员：汪牧四元电均悉。海州官赈款项，原拨银一万四千，现加拨银二万，另有平粜银二万五千。据汪牧禀称，海分一万采办米粮，如已运到，粜售得价，亦可归并散放。又蒯道捐助银三千，赵运司捐助银一千，汪牧捐助银元三千，沈许两绅共捐助银元五千，又官绅共捐钱二千余串，合计已有钱八万余串。再加积谷项下存库典钱二万四千余串，存仓豌豆二千余石，䅉谷三千余石，尽数平粜，亦可得钱数千串。总计款项已在十万串以外，而吕、盛两大臣所筹义赈铜元尚不在内。义绅初到，自未尽知。汪牧等岂亦茫然耶？该县灾民人数，吕、盛两大臣前电本以八万为度，旋接杨道来电，定为十万，已属不少。今据称复查廿万，照此滥发，官义两赈安能筹款如是之多？倘因人数过重，所有款项改为匀摊散给，不独与各处办法两歧，且恐极贫者所得甚微，势必难全生命。应仍责成该印委复查严剔，要知款项奇绌，筹措万难，断不准博宽厚之名。一面由宋绅先尽现有之款速办速放。现在清江正办资遣，灾民归来者众。若再迟延，诚恐如吕、盛两大臣前电，两头接不上，饿毙必多。想该绅好善为怀，当不忍任其出此也。方。咸。

又上海来电

义赈宁属五批铜元五十一万千，已拨海州七万二千千，沭阳五万五千千，邳州、宿迁、安东各五万四千千，桃源、睢宁、萧县、铜山及江都、丹徒洲圩各三万四千千，赣榆、山阳、阜宁各一万七千千，共计十三路初赈均已拨讫。另发苏属坛溧银五千两，宜荆洋五千元，阳湖、无锡、江阴圩荡铜元一万七千千。谨闻。海宣。咸。

十六日扬州来电

盐电悉。库平银二十万今日已交驻扬裕宁官银号领汇。淮北盐船现因借运东盐，以顾课厘，亟须放空南下。凡领有海分司执照者，应请概免封差。如有耽延，贻误非轻，务恳照办见复。滨彦。铣。

又南京来电

转唐义绅：删电悉。清江留养之安东饥民，现经遍历八十余厂，资遣回籍，办理甚为妥速。昨已向运司借银十万交给杨道，预备淮海各属接济回振之用。安东振款如有不敷，希向杨道商办。惟前与吕、盛两大臣电商，安东灾民人数以十万为度，务望从严查剔，专放极贫。否则官义两振均恐难乎为继也。方。谏。

又南京来电

删电已照转吕、盛两大臣，并由鄙人加语曰：查海州灾民人数，迭据该印委等请加，已经驳令再行复查严剔，并将电稿奉闻。惟该州幅圆宽广，户口较多，二十四年严绅作霖来海放振，查得灾民十四万口有零。本年灾情甚重，如果极贫过重之，难悉行剔除。查赣榆灾民人数，前定以八万为度，顷接愿电，据许久香回称，该县实只有极贫三万八千人，应即连闻振归来者，以四万人为度。其余四万拨归海州，共足成十四万，适与严绅上次放振之数相符。公意如□以为然，祈即迅赐电复，并径电该义绅等照办。并沭阳地方较少，似难与海州一律，应否属令刘绅与印委等再行从严查剔，仍以十万为度，抑或酌量增办，并希酌核电示为盼等语。除俟电复再行饬遵外，特闻。方。谏。

又南京来电

接吕、盛两大臣愿电云：元电敬悉。承示筹赈大纲，烛照靡遗，甚佩。官义同一窘迫，必须酌予制限，以期普及。据徐州道府电，邳、宿、睢均各十万余人，睢境小，邳境广，匀扯必在三十万人左右。好在赈数亦已敷用。又据久香禀称，接赣令电，该县实查极贫三万八千人，流亡亦少，而官义赈拨款合计已有五万九千，似觉款浮于人。拟请续拨官赈二万两内少拨一万两，敝处义赈项下亦少拨一万七千千，以备挹注，仍候卓裁等语。所有赣榆加拨之二万两，即由杨道提留一万，以备续拨海州之用。方。谏。

十七日南京来电

谏电悉。昨接吕、盛两大臣电，赣榆灾民较少，电属将加拨该县之款提存一万，以备续拨海州之用。想已照办。顷接赵运司电，借款廿万已交官银号汇计收到矣。挖泥船已未拖赴镇江修理，未据镇江收到。何以如此延迟？并望一催。程从周所请调之鱼艇已来否？并示。方。洽。

十八日苏州来电

霰电悉。浦厂饥民太聚，自以资遣为要。只须本籍认真放振，即无失所之虞。执事筹计一切，贤劳可想。希仍督饬各属核实经理赈务，以全民命而靖地方。龙。

又南京来电

接吕、盛两大臣谏电：顷接汪牧、陈丞元电，绅派共十人分镇复查，菜色哀求，严剔次贫颇难。复查逾旬，约查竣极贫折大口廿万，外加续回更多。官义难分，款到即按口摊放，已求督宪电示拨款等语。久香回称，海州地有江苏三郡之大，派八十人查复，仍不过责成本地镇绅。次贫难剔，亦是实情。若必欲责成宋绅严查，想做不到。弟想权宜办法，只可责成印委，照杨道电禀，尊处以十万口作为极贫，给钱十万千。此外十万口作为次贫，给钱五万千。请将赣榆义赈余钱一万七千千、官赈余银一万两并拨归海。又查尊电另有购粮一万两，汪牧二千元，合官款五万四千两、洋二千元、义赈七万二千千，已可敷用。如购粮一万不能作用以及续归赈款须再拨助，如公以为然，即请电饬印委办理，以免稽延等语。查海州等赈，昨拟照二十四年严绅放赈人数定为十四万，电商吕、盛二大臣。去后兹接此电，办法虽异而意见相同。惟次贫既属难剔，只好宁滥无遗。应如来电定为极贫十万口，每口给钱一千；次贫十万，每口给钱五百。希由宋绅照此迅速查收，并由该印委绅妥为照料。至赈款项下官发银三万四千，又发赣榆余款银一万，又官绅捐银四千、洋八千、钱二千，又积谷公款二万四千余串，合算应有钱十万余串，再加义赈钱七万二千串，共钱十七万余串。即使平粜一款难遽作用以及有续归补赈之人，亦可无虑不敷也。开赈日期，尚望电告。方。巧。

又青口来电

加振银应赴领，惟虑运钱河冻，耗费迟误。与商会传商集议，现市价一千四百，浦价逊。论表面似领钱宜，然水陆起运，多人保护，其费难计，迟恐误事。拟给文商会领汇浦银，就赣作价。请电示遵。再义绅迄未到，赈户待复查给票，方可放。乞速催。龄。

又南京来电

接篠电。知遣回饥民已近九万人，具见台端办事精敏，恩信允孚，裨益大局非浅，慰佩之至。顷发电奏，已将执事办理此事妥速情形入告，藉彰劳绩。此后仍盼五日一报。方。巧。

十九日上海来电

效电悉。公苦心布置，灾情公事均有转机，同深慰佩。麦种江南熟区当易措办。淮上春麦向系何时播种？乞示。海宣。皓。

又上海来电

按安东学生电称，安东县学堂监督朱启品学兼优，办理学堂独具坚力，合府及本邑公举为教育正会长。现被开复教谕唐锡晋藉赈朦禀道宪提讯。幸道宪明察，讯无其事，仍羁清河。学堂停课，势将解散。求救安东学生丁海平等公电，另禀详云。祈俊翁详察了结。海宣。效。

又南京来电

并速转海州、沭阳义绅、印委：接吕、盛两大臣洽电，顷电刘绅增云，来电沭民实有二十万。午来电，海州共放十四万口。沭阳地方较小，难与海州一律，应嘱令义绅与印委等再行从严查剔，以十万口为度等语。查沭阳原拨官赈一万四千两，又购粮七千五百两，又续拨官赈二万两，共合钱六万二千二百五十千。义赈已拨铜元三万四千千，又交义善源汇上龙元二万元，共合义赈五万五千千。官义合办，共十一万五千二百五十两。阁下前电但求极贫十万口，今何以顿加二十万口之多？此次查赈，只能救命，不能救贫。若以后尚须照放两赈，千万不可滥放，以致后来无以为继。官义并不分放，现已拨定十一万七千二百五十千，万不致少，务必尽此随查随放，万勿再迟，造孽匪浅。闻振归来，归印委另办，已求午帅另拨款等语。海、沭闻振归来，请询明杨道计数酌拨。又接啸电，顷电宋绅云：印委来电，速放二十万口，想见次贫难以多剔。当即电商午帅，拟放极贫十万口，次资十万口减半。顷接午帅覆电，不愿又摊，实已见向来官赈之病。该州二十四年严绅作霖查放十四万口，午帅会商拟将赣榆移拨四万口归海州，共足十四万口。查官拨款项已在十一万串以外，义振共拨七万二千千，总计已有十万千之多，他属拨款无有多于此者。务望遵照帅电迅速开放，若求多而迟放，恐造孽不浅云。查海州放赈人数，鄙人原拟酌照严绅成案，以十四万为度。旋接吕、盛两大臣谏电，以该州地广，次贫难剔，定为极贫十万，每口给钱一千；次贫十万，每口给钱五百。较之十四万口，每次仅增钱一万串，而次贫无须剔除，振济可以遍及。已电嘱宋义绅及印委等速办，并电致吕、盛两公矣。应仍查照外昨电办理。至沭阳印委禀查极贫大小四万余人，其中固多遗漏，嗣已定为十万，适与刘绅前致吕、盛两公电内数目相符。来电云此次查赈，只能救命，不能救贫，最为切要。务望就现有之款迅速查放为要。至闻赈归来者，自以清江资遣为大宗。各属约有若干，速由杨道查明，酌拨济用。方。效。

十一月二十日淮安电

韩把总赍札到，敬悉。已遵札督县查户，给票候赈。至山阳验照局十九日已设，两日共换票千余张，昨电禀宪闻。惟饥民应赈之户，在浦有宪照，在乡有委员查，不虑遗漏。所虑者，领票之后潜行赴浦，此亦不敢不防。拟请概饬回县就赈，俾免重复。昨督宪札知所派义绅高守长颐放山赈，已晤商立放，知廑并闻。庆勋维藩禀。啚。

又镇江电

上海洋绅筹办面粉一万五千袋、火腿百只、牛奶糕三百二十五个，分四次运镇，嘱敝处派船速送浦接收。请尊处知照西医林君，廿日头批一千五百袋到镇，余一二日即到。已饬周副将雇定船只，并面谕谢委员赶速用轮拖运。恒。号。

又宿迁电

睢灾较邳、宿尤重，前禀大小口结算约十一万余。经委绅覆查，删剔更补，已逾此数，此后归来者尚不在内。劝捐已集万五千串。义绅昨到，现将急赈余款并冬赈官款及底册，统交义绅覆查散放；捐款俟齐并交，另详禀。邓琳黄悉臣叩。啚。

又海州电

与宋绅商定合办，已会同示谕，随查随放。由乌江入州首站之新安镇设局，派员司点验遣回饥民，收照给票，令回灾镇候振。捷堂禀。号。

二十一日南京电

宋绅皓电，汪牧、陈丞号电均悉。冬赈已经查放，并在新安镇点验遣回饥民，收照给票，办法甚妥。仍望力求核实，总期无滥无遗。义赈铜元已派委员押解，即由杨道查明催赶，或设法转运，俾得迅速。方。马。

又上海电

继方伯派运铜元委员熊寿鹏、李宝田、常桂馨、董继焘何时过浦，望查知，并严催该员等迅速分赴灾区，勿再迟误。海宣。马。

又南京电

接睢宁邵绅来电，江北人性质以不吃赈为耻，以强冒亦得为能。虽生监之绰可自存者，强索哀求，在所不恤等语。查现在赈款奇绌，专以放极贫为主。此吕、盛两大臣所云只能救命、不能救贫也。若可以自存之人亦思冒领，安有许多振款遍应所求？且冒滥既多，势必极贫者反不能尽沾实惠，尤非从严查禁不可。应由该道等迅即撰发严切告示，通饬查禁，一面切嘱各该义绅不避嫌怨，力杜此弊。倘有刁绅劣监藉端滋闹，定即拿案究办。方。马。

二十二日淮安电

韦把总送到无照饥民，昨经官绅遵札查户给票。今日附近乡民闻风麇集五六万人，致篆香楼局要挟概给票。经维藩会同地方绅士讯明乡约，均系无灾冒领赈票而来，人数居多。众绅请维藩将乡约酌惩一二，竟被召号地痞十数人困辱官绅。幸维藩劝惩兼施，并未扰及地方。各乡民安静如常，亦散去大半。赈票仍查户照发。庆勋闻报，即出示肩牌，派委驰往弹压。维藩与绅微服得脱，楼毁轿焚。除会同义赈高绅赶紧查放外，谨电闻。再诸绅以兵少不敷弹压，求多派，乞照准。庆勋、维藩禀。养。

又淮安电

顷在篆香楼目睹情形，均乡约鼓动乡民人众要挟赈票。生等商诸邑尊，薄惩乡约一二。约归邀集左近流氓，抛砖毁楼，焚烧官轿，寻觅邑尊与张游击殴打。幸获救护无恙，灾民并无侵犯。此处地痞藉端滋事，乞恩严办，以遏乱萌。地方幸甚！邵恩寿、王道隆、何福震、张方城、丁乃嘉等叩。

又镇江电

沪来赈面，据文教士云，已由洋董李德立禀明督宪，计清江只运递三千五百袋，安东三千，徐州五千，由在浦西医林径与尊处酌商分运散放。轮既不敷，民船运浦。腿饼已在沪变价，仍易面粉。至脚力船价，如归尊处报销更好，否则敝处先为筹垫，再请宪示。望复。恒。养。

又海州电

义赈款第一批由董委员直解三万四千，第二批续拨二万一千，第三批拨赣榆义赈款一万七千。今第一批已到清江，其二批、三批义赈款项，如在清江转运局，叩乞乘此开冻，一并速运应放，感沭宪恩。绅宋治基叩禀。养。

又

箇电敬悉。盐河现已开冻，船可畅行，乘将义赈铜元三万四千，恳请速派员押运来海，交义赈局点收。可否准行，乞电示。绅宋治基禀。养。

二十三日南京电

唐绅帑电悉。查原定官义合办系按人给钱，今唐绅改为按户给谷，究系如何办法？现在该处官义赈积谷是否已有八万余石从重加放？应加拨若干？望迅速查明，详细电复。方。漾。

又南京电

淮河淤垫日高，水流不畅，本年淮徐各属大水已滥，均系霪雨为灾，大半亦由于此。前任左、刘诸公均有导淮之举，迄未就绪。鄙人目见，曾札饬杨道查勘河道淤浅之处，择要开疏，即是此意。刻下江北各处饥民数逾万万，待赈孔殷，若能疏导淮河，既得永澹水患，兼可以工代赈，洵属一举两得。惟事关水利，必须通盘筹画，不厌精详。张殿撰复淮浚河一议，多切实可采。应即饬由袁、杨二道查勘明确，悉心筹议，妥定办法，禀商提部堂就近覆准察酌，电复核办。方。漾。

又淮安电

饥民麇集太多，宵小最易勾结。张守赴浦禀商善后事宜，河下一带已见纷扰，大局可危。十三协队伍已返清江，公议求速派汪道多带兵，携帐蓬〔篷〕，连夜来淮坐镇，消患无形。维藩禀。漾。

又南京电

巧、效、箇电均悉。清江饥民截至二十日止，已遣回十三万六千余人。良由执事殚力经营，确著成效，佩慰之至。十三协统领徐占凤、城守营都司杨金涛弹压资遣，最称得力，深堪嘉尚。应俟事竣，由道详请从优奏奖。浦上粮米贩运尚多，饥民得此，无虞缺乏。惟年内为日无多，将来奏展，准否难必，务望趁此多招商运，并谕令分赴各州县，以资接济为要。现已冬月下浣，招夫办工似亦不宜太迟，希妥筹办理。方。漾。

又南京电

安东积谷，历任亏欠至九千九百余串。其中以吴革令为最多，迄未清厘，实不成事。除饬司查明各前任在省在籍分别勒追外，堵令既已接收交代，即属无可诿卸；且与吴革令系属同乡，时有信函往返，尤难保无回护。应勒令堵令于半月之内将前项积谷公款陪缴一半钱四千九百串，拨济赈需，以为后任扶同徇隐者戒。又据安东阖邑士民来电，此次急赈总董藉扣马饷，乡董藉扣练饷，如果属实，谬妄已极。希即督饬印委确切查明提案，从严讯办，并将产业查封充赈，勿任徇延。仍盼复。方。漾。

二十四日淮安电

蒙恩派队，匪徒敛迹，饥民安堵无惊。维藩亲诣宣布恩德，一律拆蓬〔篷〕，各归本乡就赈。当商请高绅刻日随查随放，绅民感戴。乞饬队暂留，并谕本府速回，以便禀商一切。维藩禀。

又青口电

札转帅电，谓赣官义赈五万九千，款浮于人，因扣拨义款万七千并官赈一万云。查赣冬赈户近四万，照章大口一千、小五百，每次需钱三万余串。现值岁残，闻风求赈甚众，俟义绅酌核归赈者另计。现除急赈早放不计外，只领到银二万，一次难放。将来即以许绅承领平粜价并入，亦无五万九十数，恐有舛错，亦非浮多。义绅迄未到。应转呈帅座电沪照拨，催绅来复查；并电商藩宪，准拨加赈一万，俾敷冬赈。俟示遵行。龄。

又南京电

张守、胡令、张绅等养电悉。昨接邵绅电称，江北人性质以不吃赈为耻，以硬吃亦得为能。生监中绰可自存者，强索哀求，在所不恤等语。已经电饬查禁。兹板闸镇附近乡民强求赈票，并同地痞围辱，扰及米店，殊属不法。当经弹压解散，办理尚属迅速。应即由道查照前电，出示严禁，一面查明为首滋事之人，拿案究治，惟不得惊扰无辜为要。方。漾。

二十五日海州电

敬电敬悉。宋绅已派万弁炮船迎提铜元，大伊山赶即查放。顷鄢参谋来电，男妇饥民在镇抢米，已电请就近弹压，谕令澈查开导，静候领赈。堂禀。有。

又南京电

速转桃源印委并廉义绅：廉绅敬电悉。桃源灾情本非最重，极贫以十万为度，岂得为少？即以海州之复查，极贫不过廿万。桃源地无其广，何反有州余万之多？明系该印委仅凭董保册报，并未亲自确查，而董保等积惯舞弊，将可自存之户混入其中，以为将来藉此需索地步。近来各处具控董保藉赈扣忙漕、扣练饷，不一而足。且查得山阳册载灾民内有殷实铺户，宿迁所领振款以购米衣烟灯，种种弊混，难以悉举。振款几何，岂能禁此冒滥！现若责成义绅剔除，是官市恩而绅敛怨。来电言桃源强悍，恐滋事端，亦为应有之虑。至请改为大口四百、小口二百，与各处办法相去悬殊，是使可以自存者任意冒领而极贫之户所得甚微，反难保全生命，甚非鄙人与吕、盛大臣谆属之意。总之此项振款原为拯救民命，自以专放极贫为主。应将该印委等严加申饬，勒令于五日内复加清查，将可以自存之户一律剔除，再由廉绅核实散放。倘有刁徒痞棍恃众滋闹，即行严拿重办。如能由该印委先将侵渔舞弊之董保痛惩数人，置之重典，以昭警戒。经此次电饬之后，该印委若再畏难苟安，仍不认真办理，定即从严参办。切切。至桃源现应加拨官款若干，应由杨道体察情形，在于存银十万之内酌量拨给具报。再积谷何以仅止六千？并望就近确查，勿任含混。方。有。

南京电

速转安东唐绅：顷电吕、盛大臣云，据唐义绅电称，安东灾情极重，应赈者约有八万余户。剔去壮丁，但放老弱，折合大口二十四万。若照每人一千计之，每次需钱二十余万串。现于查户时，以“能与贫人共年谷”七字分为七等，能字每户给钱三千五百，以次递减，至谷字五百而止。照此核计，亦必户需两串，共需钱十六万串。现计义赈三万四千串，已经邵绅查放城厢，用去钱二千九百串。官赈四万二三千串，已经委员邵令承灏用去资遣城外席棚钱五千余串。连积谷钱一万五千余串，共仅钱八万三千余串，不敷甚巨，请速加拨等语。查安东灾情极重，自系实在情形。唐绅因户口过多，拟改为分作七等，按户散放，系为力求核实起见，办法亦甚切实。惟与各处两歧，可否照办？至能字每户给钱三千五百，似属过多，应否饬令酌减？祈即迅赐酌核电复，并希径电唐绅照办。再义振铜元尚有续拨二万串未到，连现有之款，共十万余串。拟再饬杨道加拨银三万两，当可敷用。除复电另达外，应即由杨道加拨银三万接济安东振款，如能兑换铜元运往更好。至委员邵令承灏资遣城外席棚，究系如何办法？所用钱五千余串，是否核实，并由该道查明，电复核夺。方。有。

又上海电

据沭阳刘绅禀：电悉。官义赈十一万，据此数，前银四千，俞委放讫。七千五出外买粮，不作用。现三万四汇洋二万，官银三万，共九万六。查三十万口，大发五百，小三百，极少需十二万可接济。沭户九万，统灾苦无剔，虚愿伏罪。增泣叩速复云。义振沭已拨过五万五千千，不敷之款，请杨道台就近由官补足电示。海宣。径。

又南京电

本年江北水灾极重，饥民众多，迭蒙圣恩发帑截漕，广为振济。其应蠲应缓钱粮亦经钦奉寄谕，饬令分别办理。现在各属灾区，均经筹拨赈款，官义并放，以期安集灾黎。乃近闻各州县差保反藉灾黎领得赈款，私向催收忙漕，甚且勒索旧欠，以致在籍者难沾实惠，在外者不敢回乡，殊堪痛恨。除严密查拿外，所有徐属之邳州、宿迁、睢宁、铜山、萧县，淮属之清河、安东、桃源、阜宁、山阳、海州、沭阳、赣榆十三州县本年应征忙漕两项，应即一律停收，缓至明年秋后带征，以示体恤。除刊刷会衔告示，札发张贴外，速即由道先撰简明告示分发晓谕，一面通饬各该牧令不得派差下乡催科，并严禁差保私向勒索。倘敢阳奉阴违，一经查出，定即严参重办不贷。督院端、抚院陈。有。

又安庆电

端午帅、陈筱帅、荫午帅、杨观察鉴：据凤阳关道电禀、淮扬道及苏绅文函，交投自给免税入行护照，派商纷来沪关运粮，恐致两困，可否电商前赴江海米多口岸运济等情。铭查皖北与江徐海同一被灾，粮少价昂，穷民极困。铭特电奏，请免进口粮食税厘三个月，以期商运踊跃，粮价稍平，藉辅赈粜所不逮。一面仍分饬各州县并劝募富绅各筹巨款，向他埠购粮，运往皖北，办理平粜。若苏省采买赈粮亦赴皖北购运，既恐来源有限，不能供两省之需，更恐粮价有增无减，饥民惶急，至有阻运抢夺等事。该道谓事将两困，自属实情。可否饬令员绅改赴江西、芜湖等处购运，以免并集一区，两无裨益，伏乞迅赐施行，并盼电覆。铭叩。有。

又上海电

据廉绅禀，兆镛十九到桃，会商印委，以前奉宪札义绅户委员收票发钱，随查随放，钱到为断。委员以挨查一月，造册四十图，未查十图，由兆督率同事挨查。已查未查极贫大小口约三十万，次贫不在内。若照章大口一千，数太巨，无此财力。若欲裁大口数，不但不妥，且桃民强悍，恐激成事端。拟将官振义振并作一起，按口酌放，大口四百，小口二百，需钱十万串。现官赈三万两易钱四万二三千，义赈三万四千，积谷先有六千，共得钱八万三千串，仍短一万七千串。无论官义，请速筹出此数，以补不足，即候示遵云。该绅所拟，即是向来官赈按册匀摊，实非正办。屡经督帅通饬一律严剔，方能多救极贫。应请杨道台转饬印委，会同该绅再行通筹办法，通禀核定。海宣。径。

二十六日淮安电

篆香楼遵于廿五晚撤局，饥民散尽，滋事者已拿获三名。乞仍留军队镇定。庆勋、维藩票〔禀〕。宥。

又南京电

有电悉。沭阳俞令竟如此颟顸，应请尊处严加察看。如不能振作，从重参办。昌。宥。

又南京电

来函及唐义绅禀均悉。安东总董朱少堂既据查得情形跋扈，平日武断乡曲，欺压良懦，擅将赈款扣抵练饷一事，迭据该县士民具控，断非无因。且该董系交保候讯之人，并不在浦静候，辄即擅自回县，唐绅谓其挟恨煽惑，希图闹赈，尤为应有之虑。此等劣董若不严拿重办，非特难昭儆戒，且与振务大局有碍，速由该道密将该董朱少堂拿案，严行监禁，先将功名详革，一面悉心研究。如实有藉扣练饷为名侵吞赈款情事，即行电请奏明严办。倘其恃无质讯，狡不认供，亦须牢固监禁，勿得轻释。唐浩然果否因案提苏，抑且藉词规避，已电饬朱臬司查复矣。希告唐义绅知之。方。有。

又南京电

两有电悉。桃源加拨一万，甚是。沭阳刘绅既坚称极贫难以剔除，诚如来电，只好照行，免致迁延贻误。惟请改为大口五百、小口三百，既与各处办法不符，且恐真正极贫难以保全性命，终觉未妥。查刘绅前电仅称廿万，今忽称三十万，自系通指大小口而言。若一律改为大口，亦不过二十万。惟有仍照海州办法，以十万为极贫，每口一千，此外作为次贫，每口五百。轻重之间，全赖该义绅斟酌散给，俾无遗滥。官义两款已入有钱九万六千余串，速由该道加拨银三万两。倘再不敷，应令将该县积谷公款就近拨用。希即转致流［沭］阳义绅、印委知之。再近来各处电请加拨，较之原定之数几增一半，实属难乎为继。已将该道请改为冬春两次之电照转吕、盛两大臣，俟得复电再闻。方。宥。

又南京电

速转淮安府山阳义绅、印委：接吕、盛大臣来电云，接淮安高绅长颐、宋绅滋修电禀，刻抵山阳，据府委云，已查者约共二十万余口，闻赈归来者约有万人。其未查灾庄，当即派司往查。又禀义赈一万七、官赈四千、东抚五千、丁捐一千、淮关千串、积谷可用二万余串，约共六万串，计缺三万余串，求设法筹拨等语。顷复以督帅来电，山阳灾最轻，限放极贫四万口。官款之外，义赈已拨一万七千千，共有六万千。望即会商印委，将册内次贫一概剔除。极贫放到六万口，已算极宽。现今宿迁得赈之户，有将赈钱买皮衣、乌龙、烟灯者，可见官册全不可靠。但冬振复查，断来不及，只得挑出册内极贫六万口先放一批，将来义振重新复查，开春另办云等语。山阳灾惰〔情〕甚轻，乃该印委等原查极贫人数至二十余万之多。显有殷户铺家在内。似此冒滥，深可痛恨。兹经吕、盛大臣定以六万为度，照原定之数加增二万，即由义绅照此核实查放。一面责成原醒之印委妥为照料弹压，倘有刁民不服复查，任意滋闹，定为该印委等是问。方。宥。

又上海电

速寄桃源廉绅兆镛：来电拟照册口二十万人，大口放钱四百，小口二百，实属冒滥而不足救极贫。督帅原谅义绅匆促，难再复查，已电饬印委于三日内复查，剔除可以自存之户，再由廉绅核实散放。其不敷之款，由杨道酌拨。即希照办。海宣。宥。

又南京电

有电悉。赈务关系民命，何等重要！署沭阳县俞令由缴排单七件，竟将原文全行缴回。经该道查阅，文内未经注到，并有二件尚未折封。其为俞令概未寓目、任听劣幕家丁任意妄为，已可概见。似此玩视民瘼，深可痛恨，仅予记过，未足示惩。应将俞令摘去顶戴，记大过二次，交给该道留心察看。倘再不知振作，即行详请撤任。方。宥。

又上海电

转安东唐绅锡晋：禀电均悉。所请分作七等，论户不论口，从权办理，具见苦心。头等最多发三千三百，照义赈不为多。能否再去三百，不必递减，请酌办。午帅深知安属地广灾重，已电杨道加拨三万两，尚有义振未到铜元二万串，合之前拨八万三千余串，计可敷用，望即照办。海宣。宥。

二十七日南京电

现在天气严寒，留养之饥民无棉衣者必多，务祈多购稻草散给，以免受冻。切嘱。方。感。

又上海电

闻清江灾民已有疫气，上海医会派医生袁依琴、倪颂兼、张芹孙于二十五动身赴浦，备带药物，考察病情，预防春疫。届时求接见指示。李锺珏叩。感。

又南京电

昨据李德立来电，华洋振会洋员已承通饬尽力保护，可放心办赈。凡在灾区洋商教士，勷助本会办理平粜，尽〔倘〕遇受伤不测，决不向中国需索抚恤等事。第□批赈面二万五千包，已起运等语。当以前已议明办赈仍归华董经手，洋员惟勷助监察。凡事有华董维持，灾民具有天良，当不致有意外之事。仍当谆饬灾区官长加意保护，以副盛怀云云。拟复去后，请即严饬各灾区官绅随时实力保护，无稍疏虞干咎。至要。方。沁。

二十八日扬州电

借拨尊处振款银二十万两，遵电交由裕宁官银号，于十六日领解。已于何日收到，望电复并文移，以便转报院宪。滨彦。俭。

又南京电

感电悉。挖泥船估需修费三千三百余两，拖费、拆费在外。即照办，望饬速拖镇妥修应用，勿迟为要。方。勘。

又南京电

漾电悉。张守来电均悉。山阳乡民于二十二、二十三两次滋闹，其中必有主唆之人。现虽弹压解散，此风断不可长，应即严密查拿惩治。该县振务仍应切嘱义绅、印委认真办理，不可因此放松为要。罗守进京引见，已委桂守殿华署理矣。方。勘。

又南京电

接恩新帅来电，皖北本年同被水灾，粮少价昂，穷民极困。近有苏淮等处自来护照，纷来运粮，既恐来源有限，不能供两省之需，更恐粮价有增无减，饥民惶恐，致有阻运抢夺之事等语。嗣后应需赈粜米粮，即改赴江西芜湖等处采办，勿得再往皖北为要。方。勘。

又南京电

杨道台请转安东唐义绅：接吕、盛两大臣宥电，安东唐绅所请分作七等，论户不论口，亦只可如此从权办理。极多者三千五百，若照义赈，并不为多。或再减去五百，即请尊处电复照办等语。查唐绅所定能字每户三千五百，既照定章并不为多，毋庸再减，应即速由唐绅核实办理。安东村董积惯舞弊，此次无从染指，势必从中煽惑。应责成该县印委妥为照料弹压，倘有刁民滋闹，惟该印委等是问。振款如有不敷，即将借拨学堂生息之积谷公款提回，凑入散放。或于款内酌扣一年利息，预交学堂备用，明年赈务办毕，再行设筹。庶于移缓就急之中，仍可兼筹并顾也。并饬该印委照办。勘。

又南京电

宥电悉。沭阳赈事，昨已详细电复，并嘱加拨银三万两，谅达览矣。兹既已拨给一万，应再加拨两万，饬速一并领运济用。桃源灾轻，原查极贫二十万口，可见印委办事全不可靠，深堪痛恨。安东唐绅所定按户分作七等办理，固甚核实，然亦因唐绅办事认真，又素为安东士民信服，故无他虑。否则分等过多，区别甚难，易滋口实。且极贫每口每次给钱一千，已经人告，亦不宜自相触背。桃源人数如能由印委严剔，符合十万之数，固属正办，倘仍不能办至，亦难过延致误。只有仍照海沭办法，以八万为极贫，每口给钱一千，此外作为次贫，每口给钱五百，庶与奏案相符。应即由道就近酌核办理具报。办事颟顸之印委如何严加惩处，并由该道核议电复，望勿徇延。湘米五千石，即照来电分拨。方。勘。

二十九日南京电

据阜宁季令电，义绅宋滋修二十二晚抵阜，户口复查，官义款未到等语。查阜宁冬赈，久已拨给官款银一万四千两、义振钱一万七千串，何以至今未到？希速查明。如尚在途，即行催趱运往。该县极贫人数，前与吕、盛两大臣电商，以五万口为度。务嘱宋义绅会同印委复查严剔，勿稍浮滥。再该县积谷项下存典生息钱二万余串、谷三千九百余石，久经饬令动用济振，来电乃抹煞不提，不知该令是何用意？应即严加申饬，速将积谷公款钱文全交义绅散放，谷石碾米平粜，得价亦归振款，以资接济。此项本为备荒而设，亟宜作为振荒之用，断不容地方官长久把持也。方。艳。

又南京电

宥电、两感电均悉。清江饥民，截止二十五日，共遣散二十余万人。佩慰之至。已据情电奏，另电奉闻。前拨十万尚不敷用，现又切嘱藩司拨银六万，速汇清江，以三万接济资遣，以三万留备加拨各属冬赈之需。杨都司异常出力，已照昨电准予奖叙。此外如有得力之人，并即据实详请给奖，以示鼓励。桃源赈务昨已详细电复，想达览矣。按户分等办法，事甚繁难，不如按口散放较为简便，且与奏案相符。惟桃源人数究能剔除若干，极贫八万之外应定次贫若干，务速查照昨电，酌核办理具报。加拨两万仍恐不敷，应将所存之一万一并拨给，共成三万，与沭阳、安东一律，俾敷攻放一次之用。仍需切嘱该义绅、印委等斟酌核实，勿稍浮滥为要。堤工拟二十八日招夫开办，甚好。希饬各委员认真经理，务使工归实际，费不虚糜。且此系以工代赈，尤须随时稽察，勿任稍有侵克，俾使实惠及民。清江商运米粮，近日情状奚若？亟宜趁此概免税厘，多招商运接济。盖明春奏展，须俟年底实议，此时未便宣布也。各厘局自一再严饬之后，能否恪遵，尚望随时密查。如仍有私自勒收及纵容司巡需索留难情事，即据实电闻，以凭严究。来春为日甚长，积存之米粮应缓至开正后设局平粜，以济民难。安东劣董唐浩然，已询朱臬，闻复称并未提到，足见藉词规避不出，鄙人所料。望即设法密提到案，与朱少堂一并严讯重办，勿任纵延。盼复。方。艳。

又南京电

淮安张守、胡令并转高义绅：张守、胡令沁电悉。山阳灾情本轻，张守九月底详电，于冬赈一事并未力请，即杨道前电亦有该县灾轻之语。原定极贫人以四万为度，与徐属铜山、萧县一律，已不为少。兹来电云，现印委所查十余万口，据称皆系极贫。究据何人所称，甚不可解。该府县等俱非印官耶？明系并未亲查，仅凭董保册报，已可概见。至于义绅剔除，恐其滋事，尚属情理。乃印官而亦虑滋事，难保非藉词挟制，实属谬妄。昨已酌定办法，详细电达，并属杨道酌量加拨，饬即查照前电办理。方。艳。

又南京电

接吕盛两大臣感电云：宥电悉。已电饬沭阳刘绅遵办。惟查沭义款内，曾因运钱不及，续汇洋二万元，合钱二万一千千。此项尊电漏未列入。通计官义两项，共已十一万七千二百五十千。再承加拨三万金，已足敷用。并属其懔遵斟酌轻重之谕办理矣等语。希即速转沭阳义绅印委知之。方。艳。

又南京电

被灾州县奉督宪电饬一律停征，洵为办赈当务之急。惟查钦奉恩诏豁免积欠，始将已完钱粮留抵明年新赋。今仅止缓征，已完银两自应不计。希即转电各属一概知照，并催赶办公牍赍司，以凭详请奏咨。继昌。艳。

又南京电

吕、盛两大臣勘电想已阅悉。山阳灾情甚轻，印委原查十数万口，实属冒滥过甚。今既不能剔减，若照印委原议尽钱匀摊，终觉未妥。应仍以四万为极贫，照原定章程八折散放，每口给钱八百；此外作为次贫，每口给钱四百。此系从前义绅作霖海州散赈办法，极贫得此，尚可保全生命。惟须切嘱义绅斟酌轻重，切实办理。官义两款共约不敷钱一二万串，应由杨道俟藩司银两汇到，加拨济用。一面督饬府县严密访查，将冒领振票之殷户铺家提案究办，以儆其余。造册之董保，显系有心冒赈，更宜择尤严办，不可放松。方。艳。

又南京电

据海州板浦振局经理张福森电称，板浦为北鹾重地，灾黎二万二千口，因早有粜粥指望，从无流亡至清江者。惟每日折钱须百六十千，自廿五至明年四月初十，计折二万一千余千。虽经沿门劝助，得原存商捐积谷，仅一万六千千。官绅一再输将，筋疲力竭，功亏一篑，殊有隐忧。宋绅在浦知之最详，伏乞速示祗遵等语。应由该道就近体察情形，酌核办理具报，并饬张福森知照。方。勘。

又淮安电

顷胡迪孚回淮，备述盛德，允拨赈款二万串，并蒙加派队伍弹压，合邑绅民同深感佩。现款由府县刻日具领，乞恩照数拨给。队伍准分三次来淮，并饬府县随时分查，甚属得力。山邑绅董吉元、周钧、秦保愚、张方城同叩。

又苏州电

顷接恩新帅电：据宣城县禀，铜山帮匪刘学恭等籍难民为名，纠结男妇随行，有五百余人，四处扰害，甚至捉人关禁。该县亲往弹压，胆敢围困县官，几酿事变。团民援救互伤，该匪复放火烧毁民房而逸，实属形同土匪。已饬营县严拿，并示谕难民回籍就赈，惟该匪刘学恭等难保不窜回原籍。清淮一带难民聚集数十万，倘该匪混入煽惑，势必滋事。请通饬查拿，以除匪患等因。应即电饬各属一体会营查拿，如遇该匪等纠率难民到境，务将匪首擒获，从严究办，毋任窜匿，并将随从难民查明遣回原籍，以免滋事。希即飞饬所属遵办具报。抚院。艳。

江北赈务电报录第四册

十二月初一日南京电

灾区一律停征，所有十三州县留支各款，应将征存未解银两尽数支给。如尚不敷，准照章赴司借领，请转电。一面知照应否再给办公经费，请遵帅电办理。昌。东。

又　电

承电资遣可期肃清，闻之如释重负，深仗我尽力。缓征事与例稍违，藩司恐干部议，然亦不遑顾矣。昌。东。

又上海电

艳电悉。资遣妥贴迅捷，地方安静，非公之力不及此。慰佩奚如！宣。东。

又徐州电

浦厂饥民，恐有老弱未尽遣散，弟募捐购米千石，计可抵浦，已电饬监丞拨交浦厂济用，乞饬收。廉。东。

又南京电

顷会陈抚台电奏，其文曰：筹办江北灾区赈抚情形，方等于本月十八日电请代奏，二十一日奉电传谕旨：端方、陈夔龙电奏悉。据陈赈抚情形，饥民不致麇集，亦可免流离，办法尚为妥协。仍著督饬各员悉心经理，处处核实，以恤灾黎。钦此。跪诵之下，感悚莫名。伏念节届深冬，风雪洊至，资遣清江在厂饥民，俾还乡土，实为至急之务。恭译谕旨，仰见朝廷垂悯窃深，亦于此事尤劳圣廑。刻据署淮扬海道杨文鼎电禀，浦厂饥民，截至二十五日止，连前共遣散二十万九千零九十人，人心大定等语。该印委办理妥速，堪以仰慰圣怀。统计所归及赴工饥民，所散人数业已过半。迭据江北官绅来函，灾民感戴圣仁，颂声盈路。各属地方安帖，办振员绅均能奋勉从事。方等仍当懔遵圣训，实力稽察，不敢因事机渐顺，稍涉怠忽。所有浦厂饥民资遣过半情形，谨请代奏等语。特闻。督院。东。

又扬州电

艳电悉。佩甚！敝处留养饥民五万余人，现正饬令府县淮南局员劝谕资遣，不第原者未行，且来者踵至，数日间反遽添一万余人，焦虑乏策。尊处办理妥速如此，钦佩之至。祈将尊处资遣办法详示，并请将善于劝谕之员径派数员来扬襄办资遣事宜，以便则效。又闻尊处有各属绅董帮同劝谕，甚为得法，并望将办有得力之绅董择派数，人同来勷劝，尤为感祷。滨彦。先。

初二日南京电

昨美总领事罗志忿来言义振事，美政府已派渠总理转运事宜，问鄙人以此事方针。鄙人云，此事许道台与李德立商定，由外国义振转办平粜，即为正当办法。渠深谓然，并云许道台办事和平，渠最敬佩。以后粜务，望公格外招呼妥办云云。除电许道外，特闻。方。冬。

初三日淮安电

顷奉宪札，山阳义振三万七千，查询高绅，只解到一万七千，乞恩详查赐拨。同日又奉宪电加拨二万千，并饬以四万口为极贫，每给钱八百，此外为次贫，每给钱四百等因。经藩查山邑积谷及解到各赈款，尽只五万九千。今拨恩加拨二万，亦仅七万九千。以现查人数核计，不敷甚巨。事属迫切万分，熟商高绅，即仍谨遵另饬，从权速办，不敢拘泥延误。维藩甫经抵任，补救不及，还祈训示饬遵。维藩禀。江。

又扬州电

电悉尊处留养资遣完竣，神速如此，钦佩无既！台驾日内莅临，得亲教益，快慰良深。杨〔扬〕州饥民日仍有来，闻系由子婴闸潜入至此。祈分神于该处，派员拦截为荷。滨彦。江。

又南京电

冬电悉。海州回籍饥民沿途安静，三河坝工合龙，极慰鄙衷。堰盱厅办事敏速，不误盐运，尤堪嘉予。方。

又苏州电

淮赈饥民一律遣归，办理妥速，极佩极慰。已电请午帅于电奏内从优论荐矣。龙。肴。

又南京电

接恩新帅电开，据宣城县黄令禀报云，江苏铜山县帮匪刘学恭等藉难民为名，纠结男妇，随行尚有五百余，亦四处扰害，甚至捉人关禁。追该县亲往弹压，胆敢围困县官，出言无状，几酿事变。致激愤团民拔救互伤，该匪复为缓追之计，竟敢放火烧毁民房而逸，实属形同土匪。已饬营县一体严拿，并饬司出示晓谕难民回籍就赈，暨饬各州县查察堵截递回，毋许复来滋扰。惟该匪刘学恭等难保不窜回原籍，刻值清淮一带难民聚集数十万之众，倘该匪阑入，籍故煽惑，势必滋事。应请通饬宁苏地方官随时查拿，以除匪患等语。查该匪刘学恭等既系铜山县人，现经皖省捕拿严紧，势必窜回原籍滋扰，速即通饬各属严密查拿，切实防范，勿稍疏懈贻患。方。江。

又上海电

冬赈官义合办，随查随放，不啻三令五申。极贫每口一千，该员等屡言次贫不能剔除，午帅已允给五百。安东、海州、桃源另请通融办法，亦无不允行，但求速放为主。顷闻安东、窑湾、徐州、宿迁、淮安五处官义振均尚未发，连日倒毙不少，此言不为无因。试思督抚恐印委拘执，责成义绅，而义赈向来随查随放，决无担搁。日前安东、海州等处因户口不能剔除，以致因噎废食。该绅等接此电后，务将已有钱文赶紧查放。如果钱少户多，不能全放，亦应先放一半，票不收回，候钱到续放，以免纷纷倒毙。此全在该官绅因地制宜，万不可泥迟误，致伤民命。并将各县何日开放迅速电示，至祷至盼。海宣。江。

又南京电

渭翁冬电悉。扬州饥民因留养办理较优，以致资遣不去，谅系实在情形。但人数众，若听其留养，非特需款浩繁，且亦无可接济，临时哗溃，更多棘手。查运河高宝一带河身淤浅，一遇盛涨，宣泄不及，往往泛溢为患。冬令水涸，马棚湾界首以及扬州之宝塔湾又复异常淤浅，重载船只不能行运，亟宜设法疏浚，并可以工代赈。清江饥民业已遣清，俊翁将来次扬，应将清江以下瓜扬以上运河淤浅处所择要疏浚，请两兄总司其事，迅速委员设局勘估。时近岁底，不可再迟。即就留养饥民中挑选年力强壮之人分段兴工，以期款不虚糜。倘各饥民意存懒惰，既不就遣，又不赴工，公家库款何能任其糜费？惟有查明各厂，除老弱妇女外，其壮健之人一律停振，以示限制。方。江。

又上海电

冬电悉。浦厂一律遣散完竣，举重如轻，洵堪忻慰。已登报告。惟闻淮海各属官义振有尚未开放者，恐散回饥民无以为生。除电催各绅外，该处若仍以款少人浮，拘泥不放，造孽无穷，务请尊延就近授以机宜，催令速放作主，午帅及敝处无不以尊论为断也。盼祷之至。海宣。江。

又南京电

速转各属义绅、印委：查原议冬春两赈系放三次，前接袁道、田守与徐属各义绅来电，有拟请只放二次之议。鄙人当以自今冬以至春暖，为日甚长，未允照办。旋接扬〔杨〕道来电，迭据各灾区义绅函电，均以每口按官义两振给钱二千，实难遵办，可否不分官义，每口冬赈一千，春赈一千，或易就绪等语。核与袁道前电意见相同，遂电商吕、盛两大臣。去后兹又接复电云：原议六个月分作三振，每振一千，每日不到廿钱，专放极贫，约计百万口，故义振认捐百万千。不料极次相混，分别不清，至于此极！杨道所议删去一振，只放冬春两振，看来只能如此。但既定如此办法，极贫一千既难再少，各属平粜及散给面豆各种，均宜切实派员办理，未可视为具文。乞公妥酌电复杨道等，弟亦分电各绅遵照等语。查徐淮所属之邳州、宿迁、睢宁、铜山、萧县、安东、桃源、山阳、阜宁、海州、沭阳、赣榆十二州县，前与吕、盛两大臣电商原议极贫八十七万口，连清河一县，已在百万上下，已属不少。乃以印委原查诸多冒滥，以致义绅难以剔除，纷纷请增口数。鄙人虑恐或有遗漏，又难于原定口数之外，作为次贫减半散放。总计所增次贫口数，已有六七十万，是所筹三次之钱，仅敷散放二次之用。兹经吕、盛两大臣准照杨道办法，只放冬春两振，亦属万不得已之举，应照此办理。惟须切属各义绅印委核实查放，以期无滥无遗；仍候春振放毕，察看情形，再行酌夺散给麦豆稻谷等种，以助春耕，最为切要。速由袁、杨二道妥筹办法，严饬核实遵行，不得视为具文，致滋延误。现在各属米粮价值若何，务速趁此多招商贩畅运，以资接济。徐海前经拨款平粜，究系如何情形，均望认真清查，期有实际。清江存米，俟开正后即行分发平粜；镇米现复派员分投采运，第运到尚需时日耳。方。江。

又清江转南京来电

接吕、盛大臣艳电：据阜宁义绅高长颐、宋滋修勘电称，阜查约十五万余口，极贫十万口左右，不敷甚巨，续请加拨等语。查阜灾本非极重，原定五万口，每口一千，今欲倍之，太无限制。二饬极贫限五万口，每口一千，余作次贫，每口五百，计已需七万五千千文。义振本拨一万七千千，据来电官赈一万四千两，积谷钱一万二千千，除县放急振五千外，约存二万八千千。义振已拨一万七千千，现再加拨三千四百千。约计不敷若干，请属杨道酌加等因。查阜灾本非极重，该绅查极贫至十万口之多，诚属太无限制。经吕、盛删减，尚须七万五千千，自不能不酌加拨款。望即查明不敷若干，拨给济用。方。支。

又清江转南京电

东电悉。桃源受灾实重，极贫太多，自应酌量加拨。前据电请加拨一万时，早已虑及不敷，是以电饬加拨二万，以资拯救。望饬迅速开放。方。支。

又清江转南京电

支电悉。浦厂一律遣竣，具见长才，佩慰无似。明午带同文武员弁赴扬，设局资遣，已电知赵运司，并将浚河事宜会同商办矣。方。支。

又清江转南京电

东江电悉。清江饥民五十万人，不及一月，遣散完竣，既妥且速，喜出望外。非精心果力，曷克臻此！感极佩极。此次电奏详陈伟绩，请俟振务事竣，特予擢用。至在事出力各员，亦附请准予优奖。台端浦事甫竣，复驰赴维扬，尤见勇于任事，无一毫躲闪。倚托得人，弟亦自幸。尽劳过甚，诸维摄卫不尽。方。支。

又南京电

杨道台、许道台分送安东、桃源、山阳、阜宁各印委义绅，海州汪直牧、宋绅分送沭阳、赣榆各印委义绅，徐州袁道台、田守、吴丞、宿迁黄令、柴绅分送萧县、睢宁、窑湾各印委义绅：闻安东、窑湾、徐州、宿迁、淮安五处官义赈均未发，连日饿毙不少，此言未始无因。向来义振随查随放，决无耽搁。恐官振拘泥，是以化官为义，专托义绅。何以至今尚未散放？顷吕、盛两公来电，拟将已有钱款赶紧查放。如果钱少户多，不能全放，即先放一半，票不收回，候钱到续放，以免纷纷倒毙。办法极妥，务即迅速照放，不可拘牵迟误，仍将各县开放日期电复勿迟。方。支。

又南京电

杨道台、袁道台：刻延徐、朱二绅赴徐查看灾荒工振事宜，请派兵数名沿途护送，但期保护，一切旅费均系自备，不必供应。方。支。

初五日南京电

本年江北水灾，饥民甚众，现放冬振，只能救命而不能救贫，难保无外来奸徒诱卖妇女，兴贩渔利。应即饬袁、杨二道督饬淮、徐、海各属从严查禁，有犯必惩。一面责成镇江关荣道、海州汪直牧，均于各口暨淮河各厘局，于经过船只严密盘查，遇有兴贩妇女，立即拿获解究，并将妇女解回原籍，给领团聚，勿稍疏纵。再闻灾民有因日食不敷遗弃子女之事，情尤可悯，并由袁、杨二道饬属设法妥为收养，或按月量给助养之资，以重民命。各将办理情形具报查核。方。歌。

又苏州电

支电悉。漕捐局劫案，前据详报，曾批严拿惩办。现既获犯，讯供确凿，请派员复讯严办。龙。歌。

又南京电

支电悉。清江饥民一律遣尽，各属冬赈亦俱转有眉目，闻之喜慰过望。山阳加拨钱二万千，想已足数散放。惟滋事之莠民、冒振之殷户，必须严惩数人，方足以昭儆戒。赣榆人少，阜宁交义振铜元一万七千、官款银一万四千两，恐尚不敷。或令将积谷公款全数动用，或由道量予加拨，希即就近酌核办理。再，此后各属振务，应属各义绅印委按十日电达一次为要。方。歌。

又南京电

转季直、久香兄：支电悉。冬春两赈，前与吕、盛两公商定官义合放，共约需钱三百万串。除义振认筹百万串外，其余自当由官全筹。此外以汇交杨道以工代赈银十万两，如其续有所需，亦应并为设法筹济。惟官款统恩赏截漕、桂捐计之，仅止百余万两，大半尚未收到。现在预备之法，只好多方拨借，以应急需。方。

初六日南京电

支电悉。盗匪梅敬府、孔继云、虑银之三名既系夥劫漕捐分局正犯，起有原赃足证，应即由道委员会审明确，禀由该道就近核明。如果情真罪当，即行就地正法，仍录供禀报备查。方。鱼。

又南京电

歌电悉。运到芜米，其价三两一钱三四、三两三钱四五，办理平粜，以本地粮价为权衡。惟卖出价钱，务乞另存候拨，以便辘轳转运。款项支绌，腾挪不易。方。鱼。

又海州电

蒙派秦弁转解铜元三万四千，廉如数收到。前奉吕、盛两钦宪有电，派员葛兆蕖由沪解义振铜元三万八千至浦，应请宪台派员转解等因。奉此，兹仍派葛守备炮船赴清诣辕，备文请领，乞转致葛委员守候，以便交接，免劳宪注。绅宋治基禀。御。

初七日淮安电

山阳振款，已于初六日会同高绅设局散放，每大口给钱五百文，小口减半。各处民情安靖。谨闻。维藩禀。虞。

又宿迁电

睢境三十二社，洛已复查散放十三社，约封印时冬赈可毕。照扬镇义商原查十三万大口，督帅命剔成六万大口，钦宪命剔成十万大口，现十剔三四。预算全县放竣，或加或剔，或补遗，及皖北归振等，约需铜元九万串左右。余款可归春抚。洛叩。虞。

初八日上海电

前托华洋振会购办美国麦种，分给灾区，以备春耕。顷据复称，江北地气较寒，非澳国麦种不可。兹适有该国麦种五百担到沪，遵当购运等语。此项麦种如与江北地土相宜，尚可续购，乞向农学中人考求真确见示，以便定用何种。海宣。齐。

又初九日海州电

上月吕、盛宪派广济运到头批玉米千四百石，已分粜。二批来芋干六千包，三批广济运芋干五千担，望前可到。以后仍续办杂粮。现粮价渐平，初六七雨，人心静谧。赈由宋绅等分投查放，足慰宪廑。玨〔珏〕叩。佳。

初十日扬州电

连日经府县各员劝资遣，稍有眉目，饥民环求在此过年，坚持不允。提帅在到今晨上案驻扎时，不知与饥民如何口角争欧〔殴〕，互受有伤，飞饬府县局营员弁驰往弹压，幸即解散平复。除电禀督抚宪外，请台驾速返，面商办法为盼。滨。蒸。

又清江电

阳电悉。遵于今日会同清河提犯复讯，孔、梅两犯依认听“纠夥劫捐局，入室搜赃，逸犯开枪拒捕伤人，虑犯在外把风，事后分赃”各情不讳，除由县开供禀办外，先电复。炳南禀。蒸。

又

初九亥刻接蓝王提调函，五里庄领振拥挤，属县弹压。钧驰晤蓝丞。知吴委员未到，已函催添设分局。钧随带各函夜叩提辕，帅谕速添分局。钧黎明往会吴丞，相机添设，余容禀。县境初七、初九得透雨。维钧叩。蒸。

又

安东唐教谕禀，积谷一项，章令顾念学堂经费并河工用款，尚难应手。核计官义全赈已到未到各款，必需加拨钱六万串，方敷冬赈之用，并拟电禀请核发。文云，抚宪鉴：安东灾户查视八万，每户扯二千五百，必二十万串方敷一振。官义振并积谷共得十四万串，前禀恳请加拨银四万两或铜元六万串，计尚在途。近闻广西实官捐余银六十万拨充淮徐振款，敬恳速赐电拨，接济散放。晋叩等因。理合电请核示。桃源董事田建瓴、陈寿龄已解到，发捕衙看管。并闻。炳南禀。蒸。

又

汤米董采办赈米陆续到浦，正在验收。查察包面似干，内米多霉变成块，热气蒸人。其搀水尚未发热者，不计其数。当邀彭委员及该董司事细查，各船湿米过半。应如何办法，请示遵行。肃昌禀。蒸。

十一日上海电

赣榆严绅国钧电称，赣灾较轻，民刁实甚。滨海匪徒煽结本地恶棍，名为求赈，实则闹赈。已请县派数人，未知能否安静等语。请严饬该地方官确查严办，春赈方可措手。海宣。真。

又清江电

维钧午刻抵五里庄，察看饥民太众，虽分四处散放，仍应接不暇，须添委专员，设徐家溜分局。保、钧先带款二千串往溜设局，暂分众势。保一人万难兼顾，乞电提调速遴专员分投驰往妥办。用保、维钧叩。真。

又

顷桃源印委义绅会禀，该县共四十图，遵饬随查随放，自初五至初九，放过十图，用钱四万三千串。极贫三十图，除县存四万串，爰令解四万串，所短甚巨，万难中辍，恐酿大变。飞请无论何款，先由官拨十万，再由义振筹补等情。电乞核夺为叩。炳禀。真。

又

俞令禀称，沭阳斗米千钱，无处易米，民多饿毙。嘱电求准拨存米一万石运回平粜，缴价归款。又户口查定，实有大小三十万口，万难再剔。官义振款十五万串，不敷散放，求加拨五万串。又前缴排单七件，查实于令任内奉到之件，先由米令面托俞令代为禀缴，嗣经于令索回，发交收发自行呈缴。该收发因交卸匆忙，并未加具文件，即将交还排单交给俞令送禀，专差带至道署，随禀并报，以致核批时即疑系俞令所缴，致奉严饬。现经俞令、米令等查明实情，分别具禀，炳南询明收发师闸官，查对号簿，前缴排单实非俞令禀内拆出，另挂一号等语。可否恳予面求极峰，以免将来另有处分，均乞核示。炳禀。真。

十二日清江电

五里庄饥民拥挤，恐滋事端，经维藩驰往弹压，开导遣散；一面函商提调令派文武两员在徐家溜设立分局，并由提帅派队前往，请勿念。安东禀件遵谕核并札章令遵照，明日专差送去。桃源加拨赈款二万，拟派发审局沈令师曾明日易钱解送。黄廷香供今日亦已讯定。维钧、炳南禀。文。

又

侵电敬悉。知县都今日因雨未回，由炳南送阅钧电，拟即备领，先将赈银一万两并米数千石，于十三日自行带回平桌散放，余米派人领运。炳南昨电声明米令、于令误缴排单一节，米令等已自行检举，具禀代求注销大过、赏还顶戴，可否乞恩面回督宪，抑俟宪节回署核明禀办之处，仍恳酌核施行。都、炳同禀。侵。

十三日青口电

赣榆已放过四大镇。灾重之区，严绅现仍随查随放。前因本镇劣绅煽惑愚民藉求振为闹振，卑职已拿严办，一面通详该地方官。静龄禀。元。

又清江电

侵电悉。衡丰二万已到，裕宁十万未到，桃源已委送，沭阳已面交俞令。安东、海州当办稿，饬速领运。安东、桃源米亦即办稿。沭阳米当面交俞令领运。清河赈款，请速筹汇。道署。元。

又清江电

沭赈由义绅逐户清查，已逾八万户，平均计每户四口，约三十二万有奇。闻赈归来尚不在内。现定大口七成，每给六百，小口三成，每给三百，初三日开放，幸属安谧。惟官义赈拨款只有四万余千，不敷尤巨。若停放待款，死亡必多，且虑滋事。义赈已据情电沪求赈，乞恩转禀大帅催拨数万金，拯此待毙灾黎。明知款绌难筹，奈沭邑灾情过重，实属无法。如有捏报，愿受重谴。泣血哀告，鹄候电复。知县都叩。灰。

又上海电

巢令凤翔：现派韩令景光由萧县就近驰赴宿迁放义赈，望即拨钱四万千，请道署派员押解，赴宿迁交韩令查收。结存浦局二万六千千，十二镇局续解十三万四千千，连前结存十六万千，候拨。海宣。盐。

又上海电

巢令凤翔：棉衣十包准交沭阳，计若干件，示知登报。张联祥今日押面粉、芋干赴桃源，带上一函。兄竣收清十三万四千、拨出四万千、结存十六万交明杨道后，即赴桃源，与廉茂范印委面商平粜事。要紧。宣。望。

又上海电

盐电结存十六万千，望即赴沭阳一万千。如来人已回，请道署派弁速解往。尚存十五万千，解后即复。海宣。谏。

又南京电

接吕、盛大臣翰电：高绅真电，山阳开放将竣，惟因浦厂回籍之民众多，凭票照赈，口数无从预核，以致款不敷用。敢求宪台速电杨道，拨一万串以济急需云。归振确不在预计之内，应请酌拨，并令将归振所放钱文由印委具报尊处，乞酌复等语。希即在清江振局拨钱一万串，加给山阳，以资接济。盼复。方。铣。

又南京电

据徐州袁道、田守来电，徐州米粮价贵，请将清江存米酌量接济等语。州即于清江存米中拨二万串运赴徐州，交给袁道台分拨各属平粜，仍电复。方。铣。

又淮安电

侵电悉。山阳加赈极贫四万口，每大口加放钱三百文，约需一万二千串。如浦厂遣回饥民奉有护照可凭者，或逃亡归来未及领票者，此皆极贫户口，拟遵饬凑合八百文，以示区别。山阳积谷已尽数提拨，除长颐、殿华、维藩各捐银一千两外，仍不敷数千串。乞代禀大帅恩施，迅速拨给。殿华、维藩禀。元。

十四日淮安电

山阳灾广人众，极贫实不止四万口。冬赈将次放竣。前委剔除次贫，近闻放赈，亦率众环求。长颐等虽未允查给，其困苦情形尤为可悯。若并已放者加放四万口极贫，亦只能就浦厂遣回有照饥民核放一法。惟极贫人数太多，深虑加放匪易，可否仰恳宪恩，转求大帅，将冬赈应加四万口极贫归并春赈，合放极贫八万口，俾长颐等得以核实分剔，以广恩施。愚昧之见，统乞迅速训示。长颐、维藩禀。盐。

又海州电

海州重灾卅二镇，经官查给小票，自官义合办后，即以复查所发大票为对。原议复查一镇，随放一镇，以期核实，惟州境辽阔，加以雨雪，即多选司事分查，年内万难查清，灾民何堪久待？基等现拟变通办法，已经复查各镇即照后发。基堂、霖。寒。

又海州电

奉钧谕饬查板浦粥厂情形，以凭拨款接济灾黎。幸福已由钟大使详复请示。粥厂开办已二十日，地方安静，足慰宪廑。惟到南方购米实属不易，闻清江赈局存米颇多，可否以后允准板浦粥厂备价源源来运，以免脱误，伏乞电示祇遵。板浦振局总理张福森九叩。

又海州电

大票散放，不及复查。各镇姑照小票赶放一次，不分极次，大口给五百，小口减半。散毕即复查，春赈仍以大票为凭。为镇粮贵且少，已将吕、盛宪运芋干、玉米分运外镇，随赈平粜，棉衣随放。义振三万八千未到，已电督藩、吕、盛宪催运。基堂、霖。寒。

十五日南京电

道署速转安东唐义绅、桃源廉义绅：来电均悉。安东振款尚少六万，桃源振款尚少八万，昨据杨道面禀，各以加拨官款银二万两，又平粜米二万石，均由清江浦运往。粜米之价，亦即归振散放，撙节赢余，留备春振。务望力求核实，万不可稍涉泛驰，是所至要。方。咸。

又南京电

速送阜宁宋义绅季令：十二日电悉。该绅到阜数日，已复查户口过半，具见办事勤敏。惟时近年底，冬振不宜再迟，望迅速清查，期二十以前开放，以免饥毙。现在海州、山阳冬赈，大口一概给钱五百，小口减半。或即照此办理，俾可迅速，统由该绅斟酌行之。至停征后呈送灾册，如系被灾之区，自应一律查办；倘并未被灾，妄思冒领，断难准行。即责成季令督率晓事绅董明白开导，若敢强索，即严办数人，以示儆戒。方。咸。

十六日青口电

雪深二寸许。久香观察面商放钱局，仍分设大沙河镇，饥民往返积〔称〕便。已带司事亲兵解运铜元亲往，择地设局分放。又盛宫保由沪运赣山芋干三千包，由局兼理平粜，不另开支。合并陈明。俊斌、愷龄。

十七日南京电

接吕、盛两公电，沭阳、清江振款铜元，开籍多有短数，或缺一二封，或用砖块填补。五批铜元到浦，少数亦多到清系存裕宁分局等语。此次振务铜元，有系宁币局兑出者，有系鄂省办运者，究竟何处短少，抑系沿途船户偷窃，亟应查明根究。请将沭清短少之钱系第几次在何处所领查证明确，并将裕宁浦局现存铜元派人开箱查验，是否内多短缺，电复以便酌办。方。洽。

又徐州电

奉督电拨浦存米二万石运徐振粜，应否由徐派员来浦领运，伏乞电复。廉。霰。

十八日南京电

据许久香来电，清江存米尚多，可否饬就近各属按九折缴价具领，俾得速办平粜等语。希即酌核办理，盼覆。督院。洽。

又

道署速转阜宁县季令：电悉。阜宁邑二麦种齐，得雨可望长发，甚慰。至云道里过长，雨多泥滑，查赈难期迅速，自系实在情形。年内为日无多，仍望赶速办理为要。即将此电送宋义绅一阅。方。洽。

又

接唐绅电，迭接邳、宿、睢、萧义振友人来函，各粮腾贵，斗麦九百至一千二三百不等，铜元虽放，民食仍艰。请再出示招商贩运，并通饬关卡免厘放行等语。查徐属现拨米二万石运往平粜，惟现在由芜运至清江之米，因中多霉变，尚未查明收清。应即将清江原存米拨二万石运往徐州，由袁道匀拨平粜具报。此项粮石，杨道本留为来春振粜之需，目前移缓就急，再行设法籴购。至运往灾区米粮，业已奏请展免税厘三个月，并由袁道迅速广招商贩畅运，以资接济。方。洽。

又

查阅章令来电，不免意存迁就。此起振米，如非船户偷米搀水，何致霉变？断难稍事姑容。即应由章令会同振局，迅将干洁之米查验收储。其已受湿而尚未霉变者，就近变价归款；已霉变而全不堪食者，一律剔除。仍将变价折耗及霉变米石各数，详细电明立案，以凭责令赔偿。其霉变较多之船户、水手，须按名拘拿严办。倘有脱逃，定惟章令是问。仍电复。方。洽。

又南京电

两霰电均悉。桃源委刘令暂代，容催张令赴任。芜米霉变，其弊在船户，应严加惩办。委员不随船而先赴浦，所司何事？米董雇船不慎，咎亦难辞。应请台端分别澈究严追，鄙人不能代人受过。昌。巧。

十九日南京电

沪赈会电称，运镇麦纷〔粉〕，镇道未派轮运浦。前已运浦麦粉，淮扬道亦未分运宿迁，请饬赶运等语。望速查明运宿。嗣后如有赴各属麦粉到浦，务即赶运，无稍迟延，是为至要。荣道已另电达。方。皓。

又海州电

宋绅率同司事放东南十镇，其余十镇及补查十镇，宋绅不能兼顾，均由筹振公所派人，会同宋绅所委司事，多设分局，分期散放，限年内放毕。由州派员弹压，堂亲往稽查。堂禀。皓。

二十日南京电

霰电悉。芜湖运到之米，皆由汤董自行雇船装运，委员并未随押，先行来浦，以致船户中途偷窃搀水，霉变甚多。是该船户等情固可恨，而汤董与米行亦属咎无可辞。应即速饬将干净之米收存，潮湿尚可食者就近减价出售，霉烂者剔退，仍将售价折耗及霉烂米石各数先行电复，以凭严饬赔偿。该船户水手等，务饬拘案严讯重办。此后运米尚多，非痛惩无以善其后也。方。号。

又南京电

顷电许久香云，谏电及四巧电悉。赣榆原拨官款四万有奇，系连急赈、平粜两项在内。嗣因闻仙予向吕、盛两公言赣榆县极贫实三万八千，故移拨一万加给海州。兹既得灾重人众，原拨不敷，应准加拨银二万两。现已属藩司汇银十万赴浦，一俟汇到，速由杨道照数拨给。严绅办事认真，自必能力求核实也。青口拟开粥厂四处，减价济民，办事甚善。执事倡捐三千，本镇官绅商认捐五千，具征见义勇为，佩甚。义赈余款，昨已电商吕、盛两大臣，留以匀拨春赈。现恐无款可拨，应由杨道拨给米六千石，以作青口开办粥厂之用，米价不必缴回。核之执事筹定之数，尚有赢余，即以留备春赈等语。希照办见复。方。号。

又南京电

四霰电、一巧电均悉。风雪严寒，清江留养饥民早已一律遣散回籍，获免冻毙。执事造福无量，有阴德者必享其乐，以及子孙。瓜埠到扬州两举堤工残缺太甚，已派谢丞恭宽勘估开办，具见于民间疾苦随地留心，甚佩。沭阳冬赈，前已加拨银一万两、平粜米一万石，并令将粜价归赈散放，较之刘绅前电请加拨钱四五万串之数有盈无绌。霰电所说，刘绅云停放待款，功亏一篑，万难再减，务求照准云云，自系鄙人前电尚未接到，不知何处耽延，至称运米到沭，道远迟滞，自系实情。现已先向各商号挪借洋五万元，交给刘绅带往查放，将来以粜出米价归还办理，深明缓急，仍望电属刘绅务须力求核实为要。前拨银十万两既已分拨各属，清河振款不敷，亦有应加之处，已属藩司迅筹银十万两汇浦接济。再，前接执事来电，有云此次清江办理留养，清江之人几全数在内，资遣时每人给钱四百余文，较之海州、桃源、山阳等处大口给钱五百，所差无几。现已年底，冬赈断来不及，似可遣派员绅核实清查户口，散放春赈，仍由执事体察情形，酌核电复。余悉照办。方。号。

又镇江电

奉督电，睢宁购运面粉五千袋，饬转运俾办平粜。面粉到镇，已由轮拖运。十九抵浦，札饬清河章令派人转运。据该令电复，原船情愿前往。惟睢赈紧急，无弁押运，请仍饬原委萧仪章押往宿迁。由浦至宿水脚，该县暂垫等语。查睢宁需粮甚急，此处差弁先后运面粉到浦者不少，刻不敷用，请尊处派弁押送运宿。恒已电睢宁，令速派人至宿接收。又奉督电，有给徐州灾民棉衣裤一万套，明日轮运至浦，望饬县速雇大车运徐，以便年内散给。业已电禀督宪。又镇文教士有义赈贩面粉［一］万一千四百九十三袋，今日已由轮运浦，计分运徐州五千、宿迁五千，余均运窑。明文教士有信三处，均交耶苏堂接收。宿迁有水可通，到浦后如原船愿往，仍请按程给发运费，迅饬运到。至徐州非陆运不可，亦请饬县雇车转运，并请派弁分别押送。所有运脚并章令垫发船价，均乞暂垫示知，统由恒汇还，并请转交章令知照。恒拜恳。号。

二十一日南京电

接唐义绅来电，安东蒙已加拨银二万两，平粜米二万石，得价即归散放，感甚。惟粜迟放早，尚拟向杨道移用等语。希即酌核办理，并转电唐义绅知照。方。马。

又南京电

杨道、桂守、山阳胡令：条电悉。林教士运办面粉平粜，好善可嘉。所请将局用人工薪费及面粉零售折耗，由地方筹款补助，自应照准，即在本地绅富捐内拨给。方。马。

又南京电

霰电悉。桃源振务紧要，前委代理之任令坚辞不往，实属畏难取巧。庆准改委候补知县刘泽青代理，饬速赴任。又接高、宋两绅电，阜宁极贫，每口非一千不能济事，恐款不敷等语。查灾重之海州、桃源等县冬振，每大口仅给钱五百文。现已年底，来年正二月即放春振，所有阜宁冬赈，似可照海州等处办理，以免轻重参差。希速与高、宋两绅电商酌办，如仍不敷，即由道酌量加拨具复，并将此电择要转高、宋两绅一阅。方。马。

又南京电

桂守、胡令：铣电悉。山阳冬赈，昨已电属杨道加拨钱一万两。兹据电称不敷，垫筹钱七千余串，除归还外，尚可余三千串之谱。零星补查之户，谅已无多，余即留备春赈。方。马。

又海州电

提台宪鉴：直十九到海，与汪牧、窦守晤商。许绅今到，公决议窦守住新浦；陶训导住清江，司转运；直住州，与汪牧随时商办，并陆续查粜户给照，以杜贩户冒买，俾惠实及民。直布置略定，即亲往各镇抽查。窦守有暇亦分查，务期核实，以慰宪廑。邦直叩。箇。

又上海电

春赈敝处认助四十万千，已蒙督宪预兑铜元，不敷银两亦蒙暂垫，至举动感动。现拟将钱款先行拨定，免致开春候钱迟误。邳、宿各四万，睢三万，铜、萧各二万，共十五万千。即将浦存钱请杨观察派员迅速运赴徐郡、窑湾两处，请袁观察、田太守代收照拨。海、沭、安、桃各四万，阜三万，山、赣各二万，共二十三万千。俟镇运完，即请杨观察代收照拨。徒江沙洲二万，存镇江招商局候拨。是否可行，乞帅酌示定夺。冬义赈年终截数咨报。海宣。箇。

又南京电

速转阜宁县季令、路委员：据称阜邑积谷，阖县公积，有漕者收钱二百，无漕者收钱一百。今秋灾区乃无漕之地，所积甚少。若将积谷全数散于灾区，熟区其心不甘等语。阅之深堪诧异。查积谷一项，原以本邑丰岁之有余备本邑荒年之不足，无论何处被灾，均来动用赈济，断无自分；畛域之理。至连岁丰收之处捐谷较多，频年灾缓之区捐谷较少，此乃一定办法，岂可藉为口实？本年江北水灾，各省官绅商民无不踊跃捐助，以济赈需，同为一邑之人，目击灾荒，尤应矜悯！且灾区忙漕两项本应剔征，今因灾区灾情较重，恐书差影射追呼，一律准其展缓，是熟区反比灾区而受实惠，宜量力捐济，以助官义所不足。何至以业经批入公牍之谷，反不容救本邑之灾？稍有人心，恐亦不忍出此。本部堂拨核案情，显系一二不肖绅士把持煽惑所致。总之积谷一项，现已奏明动用，不容稍有推延。应即严饬季令、路委员勒令经管绅士，将仓存积谷迅速碾米平粜，所得粜价及原存积谷钱文一并交给宋义绅散放。若经管绅士仍前抗违，或另耸刁民滋闹，则是阻挠赈务，定即奏明严办，决不姑宽。仍将办理情形电复。方。马。

二十二日南京电

箇电悉。公事公办，彼此皆可自信，不致稍有偏执。芜米潮湿过多，自须逐包拆验，岂能含糊迁就？彭委员失察于先，不思补救于后，犹横生枝节，殊属不合。船户舞弊，可恨已极，汤董贻误，咎亦难辞，请由尊处秉公办理，分别收退，再严惩勒赔，不必由司派员经理，转滋延误。昌。养。

又上海电

因接孙中堂电、午帅电，速筹皖振，特在商部拨款内兑钱四万千，饬巢令解往宿州。顷据来电尊谕，恐隔省不便，应请将前项四万千派弁解往萧县，交义绅韩令景垚查收。韩已调往宿州查振，可令别往费神，甚感。海宣。祃。

又上海电

春赈必须切实复查，来函须放两赈，督帅心慈量大，有求必应，惟政府以为已拨款百十万，殊难续请。南洋财政闻亦颇竭，拟借华款百万，恐难应急。公面商已得良法否？义振为工赈、洋赈所分，来源已涸，但已允江南北百万千，不敢失信。现又办杂粮平粜，其拖欠三十余万两，日夜焦灼，病不能支。承帅垫兑春义赈四十万千，准将现存浦局十五万千先请尊处派员运送徐州、窑湾两处，备拨邳、宿、睢、铜、萧五处。前后承垫运费甚多，应请作正报销。甚感。海宣。祃。

又徐州电

前淮司电，停征州县酌贴公费，在赈款项下动支。敝处拟改贴为借，按每月实用数，除驿俸外，借给一半银约一千两，宿八百，邳、萧各六百，睢五百，余令自筹。自十二月起，至来年上忙开征停止。惟此项借款，应俟带征本年冬漕盈余内提还，余归明年忙漕摊提归款。如赈款拨用无存，拟请由司另筹借给。尊处情形如何，倘可照办，请速电示，以便会电督帅、藩司核复遵办。廉。养。

十二月二十三日南京来电

祃电悉。阜宁积谷，官绅均有侵挪，真堪切齿。应即勒限严追，如敢违延，定即尽法处治。方。漾。

又海州来电

青口粥厂已设，吕、盛大臣仅允拨二千，曾少卿尚未复，万难支持。弟又电恳督宪，将清江存米拨给三千石，另由弟备价购三千石，即可活此万余人。清江存米，前请督宪准照原价九折发卖平粜，复电请公核定。是否准行，候电示。鼎、霖、漾。

又镇江来电

祃电悉。徐州衣面日内当可运往。又督宪给海州棉衣裤一万套饬转运，今午已由轮运浦。除另函仍求饬县雇船过坝，速运板浦，已另电海州派人到板浦接收。恒。漾。

又南京来电

号电悉。运赴灾区钱米，该道因各州县无力垫办，由浦雇船派员分投运往，具见力顾大局，甚佩。该州县等自停征后，毫无进款，系实在情形。所请按缺分繁简，月给津贴银数百两，自不可少，惟徐海各属亦与淮属情形相同，候即分嘱藩司迅速核议详办。方。漾。

又南京来电

据阜宁印委义绅会禀，阜邑地方宽广，民情刁悍，此次散放冬赈，恐有匪徒煽惑滋闹等语。已电荫提台酌派营队前往弹压，仍由该道府责成印委随时妥为照料，务臻周妥，不得以派有营队，稍涉诿卸，并转告朱义绅知之。方。漾。

又海州来电

办赈极难，绅董病在徇情浮滥，义绅病在隔膜疏漏，必绅董苦心，义绅虚心，公同访查，乃得其平。大约冬赈一次放毕，可得灾民总数。已请督宪电商吕、盛大臣，限定春赈二次数目，然后义绅官董始能酌中办理。公谓何如？鼎、霖。漾。

又南京来电

停征十三州县无以办公，奉院饬司核议，应请尊处就近体察情形，按缺分繁简，每月酌给津贴银若干，再先由振款内发给，一面咨司转详请奏，作正开销。望先电复。江宁筹赈局。

二十四日南京来电

号电悉。顷接吕、盛大臣漾电：效电悉。当交沈道与李德立等会议。彼初欲工赈、平粜兼办，办劝其工程之事应归官办，无须干预。现允专办平粜一事，已可就范。其文曰：本会亦以共保平安为主，是以议由许道会同绅董教士于各灾区组织分会，择地多设粜铺，专办平粜。因集款无多，不能兼顾工赈。至开河代赈，事体尤大，惟望国家办理也云。请即电告许道知照等语。查精壮饥民既已开河代赈，则赈款宜专就老弱及妇女散放，办工精壮应即剔除，以期实惠普及。望公会同许道妥办。此电阅后，并希速探送许道接洽为要。方。敬。

二十五日海州来电

青口粥厂，蒙端帅拨米六千石，即派人领运；另拨银二万两，请就近分拨。泰生、盈盛两庄收海丰帐，俟奉复电，即由海丰照付振务。霖。有。

又南京来电

据桂守、胡令电，湘米五千石，蒙恩批派，拨出邑二千、桃源二千、阜邑一千。头批到淮二千，先准拨山邑一千、桃阜各五百。后批三千石久未见到，桃、阜亦未来淮请领。可否先将二千石全数拨充山邑平粜，并请饬本道赶拨宁邑振米二万石，以资接济，统乞训示等语。查芜米七万石，已经分拨徐州及安、桃源等处。嗣因中多霉变，尚未验放，改将清江存米拨给。今山阳请拨平粜二万，应俟芜米放清，将来分拨时由道酌核办理。至请将湘米二千石全数拨给山阳之处，并由该道就近酌办具报，仍饬桂守、胡令查照旧章。军衣已由藩司派员运浦，并闻。方。有。

又南京电

号电所陈办理情形，甚属周妥。昨已嘱藩台汇银十万，想已收到。赣榆已电准加拨两万，阜宁亦须酌加，希即就近酌办。个电请预筹春振的款，自系要著。本年冬赈原查户口多不核实，综计徐州五属共放钱五十余万串，淮海七属共放钱一百二三十万串，山阳尚不在内。明年春振，拟照原定章程，大口全放钱一千文，以十三州县计之，每放一次，恐非二百四五十万串不办。义振谨存钱四十万串，此外俱须由官认筹。若放两批，断断无此财力。现在惟有俟冬赈散毕，切嘱义绅会同印委严行复查，力求核实，不致如前此之冒滥，最为切要。执事办事最为精敏，当必有补救之法也。春振放毕，应否续放，临时察看情形酌办。已详细电商吕、盛两大臣，俟接复电，再闻。至借款如有定议，一经拨到，即当汇浦备拨。方。有。

又南京来电

顷电许久香云，漾电悉。青口粥厂一事，昨接来电，已电嘱杨道拨米六千石作为煮粥之用，并电告不必缴出米价，想已阅悉。至粜粥价钱，将来必有赢余，应即留备赣榆春振等语。特闻。并转煊委知照。方。有。

又南京来电

祃电悉。并据何道面述高邮南、新、车三坝情形，王道原估工费四万，经执事与何道复勘，实需银二万两，即足敷用。具见办事核实，深堪佩慰。应即先行垫款，赶购物料，即速兴工。垫款照数禀候拨还。何道来见，已属速还工次矣。方。有。

又南京来电

转沭阳俞令：县境得雪，民情安堵，甚慰。振款已电杨道加拨一万两、平粜米一万石，并令将粜价归振。嗣恐运粜需时，另由杨道借商号洋五万元，交刘绅带回，仍以粜价归还。现已年底，俟刘绅回县，速即会同查放，不可再迟。方。有。

又南京来电

宋义绅、许观察、汪直牧、宋绅四洽电，汪牧皓电均悉。海州东南十大镇，由宋绅率同司事分投散放；西南二十二镇，由筹防公所派人，会同宋绅所委司事散放，系为力求迅速起见。查筹防公所诸绅，系盛京堂、许观察所派，自必人皆公正，惟籍隶本邑，亲故较多，难保不滋口实。许观察须往各处调查，事务纷繁，未能专在该州督率。应即责成宋绅、汪牧随时认真考察，务使极贫咸沾实惠，公款毫针虚糜。至房山等五镇，本非全境皆灾，此次筹防公所派人查放，尤须严饬认真剔除，专放极贫，毋许稍有冒滥。闻赈归来领振者固在原查户口之外，第该州原查灾民人数卅万，复查廿万，现即加以墨宿等五镇，又闻振归来之人，至多亦不过卅万余。综计官义振款、捐款等项，共余二十余万串。本拟极贫一千，次贫五百，作两等散放。今大口一律放钱五百，原拨振款自有赢余。所有补放之房山五镇及闻振归来之人，尽可在原拨振款内匀拨散放。平粜一事，现筹银十万，交吕、盛大臣代购高粱、玉米等顷〔项〕运粜接济，已派委窦守、章牧办理海州平粜，并另札许观察总理，期臻周妥。方。有。

二十六日南京来电

袁道台接刘朴生太守电，沿途皆桃、宿民人，赴浦购粮，甚为艰苦，粮日腾贵，春将愈甚等语。查运往灾区米粮，前经奏请展免厘税三个月，昨已奉旨允准，速饬各州县会同厘局就近出示晓谕，俾使周知；一面广劝商富贩运接济。如有愿赴山东、奉天等省购运，即将前后空白护照填给应用，并由袁道转告朴生太守知之。方。宥。

又南京来电

吕、盛大臣箇电拨定各属义赈数目，想已阅悉。徐州五属现有积谷、绅捐、义赈及平粜米价共钱五十余万串，两拨官款银二十万，当可散放一次。淮海各属每处约需若干，现存积谷若干，有无绅富捐项，尚应拨若干，务希迅速确查约计，详细电复核夺，幸勿迟延。方。宥。

又南京来电

芜湖运到之米已越多日，若不赶紧验收，恐霉烂益甚，至无可减粜。即重办米商船户事，亦无济。望照前电迅饬振局委员先将干洁之米验收，已受潮而尚堪食者立即减价出粜，已霉变而不堪食者一律剔退，能于年内办妥甚好。其余一切事宜俱照前电办理，盼速复。方。宥。

又南京来电

接许久香观察、汪牧、煊令祃电，强壮饥民坐食振款，可惜。霖前陈挑河筑堤，以工代振，可安置强壮十之三四，必老幼妇女及残疾者始准食赈，庶款不虚糜。奉谕会同州县详查核办，拯一时灾黎，除数世水患。现经堂龄等谕绅董绘图贴说，从省估计，海境五龙、高桥、蔷薇、车轴、界圩、东滩、不归、甲子、玉带、石侨、民便各河共须钱十一万二千串，赣带、闵家河、朴河、五沟、青口河堤共需钱四万四千九百千，两共需钱十五万六千九百千。另加筑草坝、挑月河及监工等费一万五千，合共银十一万四千两。如蒙核准拨款，请催魏守家骅、刘令采琳速来会同章牧、窦守，督同绅董，分道勘丈。正月即来，洋人即可限制在平粜，以免别滋事端等语。查以工代振固属历来救灾良法，惟据称仅能安置饥民强壮者十之三四，则其余强壮不能不放赈，办法歧出，是否与赈务毫无窒碍？事关重要，考查不厌精详，希即察核妥筹电复，幸勿迁就。切属。方。宥。

又南京来电

顷电吕、盛大臣云：接许久香漾电，办振极难，绅董病在徇情，义绅病在隔膜疏漏，必绅董苦心，义绅虚心，公同访察，乃得其平。大约冬振一次放毕，可得灾民总数。须由宪处电商吕、盛大臣，限定春振二次款目，然后义绅官董始能酌中办理。是否？候示遵等语。查本地绅董，能如久香之公正勤能、热心为善者，实不多观。各属董事侵振冒振、把持积谷、阻挠振务以及藉振扣收公款者，不一而足。鄙人专注意义绅而不敢用绅董，职是之故。来电所云绅董苦心，义绅虚心，公同访察，乃得其平，果能办到，固属大妙，特恐不肖董事反从而掣义绅之肘，窒碍转多。来年春振，鄙意以为时较久，拟照原定章程每大口全给钱一千文，昨已电商，谅邀鉴察。兹来电云限定春振二次款目，然后义绅官董始能酌中办理，仍系匀摊之意，似有未妥。且义振认筹百万全已分拨，即使筹募有项，恐亦无多；官款奇绌，现拟散放春赈一次，尚须设法挪借，若欲限定二次，更属毫无把握。前议借款事，至今尚无成说。两公在沪如能代借巨款，庶足以济急用，但洋款度支既不肯借，华款又无多，殊深焦灼。恃爱渎恳一切，盼复等语。特闻。方。宥。

又海州来电

漾电、敬电均悉。霖二十六赴沭，二十八到宿，正月半前准到。袁浦情形，容再面详。各邑查毕，再面商春振办法，全赖吾公主持。平粜米三千石蒙允九折，甚感。青口粥厂奉督宪允拨六千石，已派人领运。来电三千石，想系译误。鼎霖。宥。

二十七日南京来电

拨款十万已由官钱局附轮解清，年内可到。至灾区州县津贴，须借振款先发，俟奉院饬司核议，再汇同徐属并案，详定筹振。局。感。

又南京来电

据恩令润面称，安东开河一事无大益处，开不开无甚关击等语。希就近查明，如果缓开无碍，即飞饬陈印委等不必兴工，以免虚縻巨款。如必须速修，亦由公酌夺妥办。导淮事关紧要，已派测量部来浦，望即赶办。方。感。

又镇江来电

在镇留养饥民，拟定正月初十资遣到浦，由尊处加给路费，并换给护照，转送回籍就赈。惟淮、徐、海三属州县办理春赈，系如何散放，何日起何时止，尊处想知的确，希电复。又阜宁饥民近日来者不少，据云穿长棉袄，都不给振。恒。感。

又南京来电

据淮安府县宥电称，林教士现在沪电请同教洋人，必亲往西乡查给面粉平粜票照，劝阻不听，深虞乡愚环球滋闹，兵队下乡，亦恐照料不周。应如何，乞训示等语。已电吕、盛大臣云，内地风气未开，少见多怪，西人赴乡给票，诚恐乡愚滋事。前与西董诸君约定由华董查放，洋员只可从旁监察，实因区保平安起见，似不宜中变此议，或生意外之虞。除电该守设法婉劝、相机妥办并电杨道就近督率维持外，务乞两公速向西董诸君婉切相商，请电淮安洋员，仍照前议办理，以符原约而免事端为要。盼电复。又电复淮安府县云，宥电悉。已电吕、盛大臣，向赈会西董婉切相商，请电淮安洋员，仍照前议，由华董查放，洋员监察。不知能就范否？仍望设法婉切，相机办妥。如实不能劝阻，只可随时加意保护，以免事端。兵队似不宜轻动。现又电杨道督率维持，望就近禀承为要云。仍祈公就近督率维持，免生口舌为荷。方。勘。

二十九日南京来电

袁道台、杨道台、荣道台：嘉定县张令、任游击禀，饥民七百余名到境，询系山东沂州郯城县人，已酌给口粮，护送出境。闻尚有二三千人陆续踵至，请通饬截留等语。查此起饥民既系籍隶山东，何以经过嘉定境内，沿途州县并不截留资遣？实属玩视民瘼。除电请杨莲帅切饬边境文武禁阻饥民出境外，应由道府通饬所属各州县，嗣后遇有山东饥民入境，务须设法截留，资遣回籍。倘仍视为无关紧要，任其前进，以致滋扰生事，定即一并惩处。方。艳。

又镇江来电

华洋义赈又来面粮一万六千袋，请运由浦林医士与章令商定，再转运他处散放。二十八九已雇轮分运两批，除夕运竣。此次运浦面粉，有洋教士同来。除电督宪，请告章令。恒。艳。

又南京来电

芜湖所办之米，继藩司因汤董办事不妥，又无可靠押运之员，已电饬将余银退还，不再续办。第来年春荒亟需米粮接济，断不可以因噎废食，希由执事选派妥员，赴芜购办。需银若干，并望电复，以凭属令汇解。方。艳。

又扬州来电

奉札接送省遣饥民，查省轮船送至瓜口止，原雇民船送往清江，计程近四百里，逆流上驶，更恐风雨阻滞，非四五日不可。省城所给饼钱，设或中途脱食，所关匪细。应否由宪电商省轮径送清江，抑或由扬雇轮接拖到浦，以期迅速？如果在扬雇轮，所需轮费迅速电汇。是否？乞电示遵行。国钧、宽叩。艳。

又南京来电

接吕、盛两大臣径电，来年春振，正月初五后即须开查。淮海两属今冬已照县册，不分极次，深恐春振不服剔除，顺请出示严加开导等语。今日接尊函沥陈振务冒滥之弊，抉发无遗，令人感佩。本年冬振，各州县清查户口，冒滥既多，而尤以桃源、山阳、沭阳为最，以致公款所耗甚巨，极贫所得甚微，言之可恨。来年春振若不严加剔除，断断无此财力。第恐刁徒唆使愚民不服滋闹，应即由道迅速撰具剀切告示，饬发各属晓谕开导；一面责成印委妥为照料，如敢不服剔除，任意滋闹，即行提案究惩。方。艳。

三十日南京来电

漾电悉。停征各州县公费，现拟海州、清河每月各给六百两，安、桃、沭各给五百，山、阜、赣各给四百，应即照准，暂于振款内拨给应用。惟现据徐州府道电称，徐州五属停征州县应给腊、正、二、三、四、五共六个月公费，改津贴为借据，分作两年摊还。淮海两属应否仿照办理，以归一律？候饬江藩司核议详办。方。卅。

又南京来电

接委员趁鸿年电禀：鸿年偕许崇秀解米三万石，许先赴浦，鸿年押米船，过扬电禀淮扬道，到浦电禀振局，实系随押，现已兑米一万二千余石。船户舞弊失耗，汤董认赔等语。该员果否随押，抑系饰词，希即查明见复。霉变折耗，汤董既已认赔，务速查照前电，分作三层，切实办理。惟船户必须拘案严究，不可放松。督院。卅。

又京南来电

杨道台、许道台、赣榆县恒令：计有电、杨敬宥两电均悉。青口粥厂，准如来电，先拨绅浦米三千石；一面迅饬恒令将所存仓谷碾米接济，勿任混延，仍饬恒令将粜粥事宜妥为办理，俾使实惠均沾为要。棉衣解到，希由久香迅速分拨散放。方。卅。

又南京来电

速转桃源廉、朱二绅：接刘朴生来电，桃源查户，人手未清，如欲复查，须另给票折发，原票口数减次加极，一振可救冬春两振之用。办法已告廉、朱等语。查桃源户口由于印委原查不清，迭饬剔除，迄未遵办。今刘朴生所拟办法甚属切实，希由廉、朱二绅妥筹办理为嘱。督院。卅。

又南京来电

感电悉。顷电吕、盛两大臣云，沁勘两电均悉。海州地广灾重，户口众多，春振必须严加剔除，事务繁重。许久香固属公正诚笃，办事认真，惟曾经奏派会办淮海各属赈务，往各处调查，不能专在原籍放振。许、冯两守既承云帅请其来助，应即查照两公前电，派委朱守梁荫与宋绅培基会办海州振务。一俟冬赈放毕，即行查复户口，核实散放春振。现已备具委札另行呈寄，仍祈催令速来为祷。单令琳、胡令春泽，容传见是否老实可靠，有无官气，再行酌核办理等语。特闻，并由汪牧将此电送往一阅。督院。卅。

又南京来电

转许久香观察、魏梅生太守：许有电、杨沁电均悉。修疏海赣河道一案，前据久香来电，当即电商吕、盛两大臣。去后兹接复电，久香请办海赣河工，如果能除水患，其惠自溥，但须与久香及汪牧愃令约定，由尊处专札春振义绅，查户必须全剔壮丁，由义绅给照，准其到工从事，只放老弱妇女残疾，庶可略省振款一二等语。查一邑之内，工赈兼施，势必易滋影射。必须如吕、盛两大臣来电办法，壮丁全数办工，春振只放老弱妇女残疾，庶可划清界限。第海赣两邑地广人多，所有壮丁能否全归河工所用？其中有无窒碍？约计春振款项可以节省若干？足敷河工几成之用？用各属地方亦未必应疏之河道，若援案纷纷禀请，更恐无此财力。俊卿既已电邀久香来浦，应由俊卿会同久香、梅生两君通盘筹画，议定切实办法，并由梅生前往详悉查勘，估需实银若干，以便定局兴办，并分电汪牧、愃令查照。方。卅。

又南京来电

速转宝应县万令并送朱、刘二绅：两有电悉。宝邑冬赈，曾经电饬杨令勿得急遽散放。兹乃不遵电示，辄已将积谷六千、杨道所拨五千派董散放，实属颟顸已极。且所交董首系何姓名，如何放法，有无侵扣情弊，速由万令会同朱、刘二绅确切查明，电复核夺。藩司拨款已经饬汇，务即核实查明户口，妥为散放。至清查积谷一事，仍由万令查照前电办理，勿稍徇情。方。卅。

又南京来电

据桃源县生监许云官等禀控董事陈锦明侵吞积谷，陈丰桂、田建瓴捺缓急赈情节，均悉。希即饬提到案，督同淮安府严审究办。督院。卅。

又南京来电

接吕、盛两大臣勘电，高、宋绅感电：阜宁已查者十七开放，收回振票；未查者，严再速查。赈款不敷，遵督宪艳电，改放八百。连杨道加拨万两，共约七万三千两。万两尚未运到。阜邑极贫，至少约十万多口，改放八百，约缺万千等语。查阜邑积谷前被绅首把持，当经严切电谕，饬令碾米平粜。顷接季令来电已经遵办，应即将此项粜价全交义绅，归赈散放。如仍不敷，并即由道就近酌量加拨接济。至前项一万两何以尚未运到，亦即查明催令前进，一面飞速知会宋义绅、季令、路委员查明。再绅士把持积谷，有无侵扣情弊，尚希严密访查，电复核夺。督院。卅。

又南京来电

淮安七属冬赈共用钱一百二三十万串，而灾民所领赈款尚此五百、六百不等，盖由印委所造官册全凭董保，并不亲往确查，以致中多冒滥。迭经鄙人电饬严加剔除，不啻三令五申，迄未切实遵办。赈款所耗甚巨，极贫所得甚微，言之深可痛恨。顷接执事来函，亦称太滥，正与鄙意相同。来年春赈，亟宜严加剔除，不容再有冒滥。昨恐刁民不服，电属出示明白开导，望即照办。春赈款项现尚无着，鄙人昕夕设筹，焦急万分。且各处应办要工尚属不少，即许久香所请修疏海赣河道，即需款十余万两之多。一经准办，他处必将援例以请，尤不可不详加斟酌。总之鄙人于急救民命一事无不竭力图维，第官款奇绌异常，办工非省不可，查赈非严不可。执事认真，不避嫌怨，为鄙人所素佩，务希力为其难，妥筹整顿补救之法，电复核办为要。方。卅。

又扬州来电

前奉督宪札开，宁办资遣饥民后，由瓜洲登岸，派拨营兵分途押送等因。弟以两处资遣同日开办，无论营兵不敷分派，且恐进瓜洲口后，饥民沿途登岸逗遛，弹压稽查皆非易易，与杨城资遣大有妨碍。已详禀督宪。拟以饥民籍隶徐、淮、海者，至瓜洲后，仍用小轮直拖至清江，不准沿途登岸。并请在宁资遣时分别何州县者，即由原船装赴何州县。至瓜洲后，由高镇台拨队押送，亦不准登岸。其籍隶扬属里河者，由天心桥、天生港等处进口；隶下河，由滕坝口、三江营等处进口，不入瓜洲，最为便妥等情。质之卓见，当以为然。特此电闻，恭贺新禧。滨。除夕。

江北赈务电报录第五册

丁未正月初一日海州来电

州境冬赈原查、补查各镇及闻赈归来合户口，宋绅放东南十镇，分二局，念七放清。余由筹防公所分入局，现已放毕。俟局员董事回城，核数开报，地方安静。堂禀。

初二日青口来电

拨米三千，已转许绅。谷本存库三千余，典商领万一千，现提三千，新正缴三千，余五千。禀缓查，岁歉当多不敷周转，尚属实情。赣仅一典，应统筹兼顾，已批酌缓，仍令设法筹画。余尽零户追缴一千外，余仅提，但急难齐。前赴乡多日，致稽禀复，乞鉴。龄。

初三日镇江来电

镇江饥民食粥者三万余人，资遣者仍万三四千人。刻船已雇妥，实于初十分起资遣。弟昨函云预备钱由浦送归，费心，先叩谢。恒。江。

又南京来电

顷温道译送沪赈会来电：接海州窑湾消息，敝会所云教士放赈遭害不索赔价一节，已承大帅转饬地方官认真保护。惟两处人民均误会此意，反令教士等益形危险。此种误会，应覆请再出示晓谕，以免有意外之虞。请代禀帅座为盼等语。昨得尊处电告赈归华董散放，教士并不下乡，是此等消息谅系讹传，惟既有此说，不可不先事预防。请公飞速严饬各地方官加意保护，一面将教士募款助赈本为赈恤灾黎，民人等宜知感激，不可滋生事端，转令官府为难，剀切晓谕，以期共保安治。仍劝教士守定不下乡宗旨，俾免意外。望并告久香知之，所有办理情形仍盼电复。方。江。

又扬州来电

江电敬悉。改发高粱系饥民自求，仍每户一斗由浦散放。至添发淮麦，因该饥民要求船价未允，故每口准给麦二升，小口一升。临行时由扬发给前项高粱豆饼，至迟初六准可到浦。普钧国禀。江。

初四日南京来电

有、沁、俭三电悉。清河粮贵，现将存米分设六局平粜，自是正办。惟仍须广招商贩，查照前电，选派委员，赴芜购米运回，俾资接济。安东开河事，转瞬春水即来，施工不易，恐有半途废辍之虑。应古缓开，以省糜费，希即详查酌复。方。支一。

导准〔淮〕关系重要，尤望妥筹办理。切嘱。方。支二。

又上海来电

漾电悉。萧县赈款四万千派员解徐转解，恩中丞卅电已饬宿州薛牧赶紧赴萧领运。韩令在宿候钱到料理，方能往萧复查春赈。钱何日由徐解萧，并示。海宣。支。

又南京来电

赵运台、杨道台、堤工局何道台：各处河工次第筹修，高宝堤工尤关紧要，亟宜加高培厚，以保财赋要区。请公等注意于此。宝塔湾淤塞，务用全力疏通；不到深通，万不放手。若浮掷巨金，迄无微效，真不宜也。速复。方。豪。

又南京来电

函悉。借款事久已分别电商，尚未议定。春赈需款亟，诚如来函，非正月望前电汇清江不能应付。执事能亲赴沪一行商借，甚妙。第各属查户，一切亦应就近督率，至多只能在沪驻三日，必须言旋，庶不致误。清河武生齐文焕以殷户冒领赈票，可恨。现经拿获，应即从重罚惩。刻下款项奇绌，必当严禁冒赈。候既颁示晓谕，一面附片陈明，如有刁民不服滋闹，即提案严办。再前闻山阳冒振者多，迭饬查穷，迄未遵办。应饬桂守督同胡令确查拘究具报，勿再玩延。余如函办理。方。支。

又扬州来电

江电敬悉。接遣宁省饥民，自以小轮径拖到浦为妥。惟拖费颇巨，既未奉有发款明谕，未敢擅专。同知等一再筹拟多备纤夫，照按站递送转浦。恭宽在瓜接收，押送至扬州宝塔湾，交由光策押送至邵伯镇。邵伯以上，径送到浦。在宪台委来各员中，按批酌派一员护送前行。深恐饥民众多，沿途登岸，委员照察难周，已商请十三协派拨两队前赴瓜洲，每船一只，拨勇两名，不带器械，妥为约束。邵伯以下夫价以上，由长押委员相机办理。惟宁省所发饼钱数有定限，既无轮拖，则不能克期。虽拟沿途多雇纤夫，星夜走程，万一再有风雨阻滞，诚恐该饥民等在宁所领之粮告罄。应否在高宝一带酌量接济食粮之处，伏乞钧裁。至十三协派拨两队至瓜护送外，仍余两队分拨邵伯、高邮、汜水、宝应四处驻扎，照料扬州遣散饥民。钧、国、策、宽禀。支。

又南京来电

接吕、盛大臣电，开冬振徐五属，款少而极贫皆得一千。淮海除山阳、赣榆，亦只五属，而极贫只得五六百。其故可想。鄙见断不可再以原册为凭。正月初五后，即宜责成义绅一律开办，迟不及待；且决须每口一千，少仍无济。果能切实另查，拨数不至过于悬殊。久香漾电限定春赈二次，款目方能酌中办理。鄙见未经另查，恐难预定，总以宽筹紧放为主脑。杨都司面称种麦有三四成或五六成不等，急须劝谕补种春麦。如杂粮平粜得法，一振之后，或不至全需二赈。倘放五六百，则二赈万不能少。故另查必求得人。徐属遵不动，海州拟添朱守祖荫与宋绅合办，挑〔桃〕源拟派冯守嘉锡接办，安东调廉绅帮办。冯、朱两札可否寄沪，免彼游移？许总海属平粜，但淮徐均盼杂粮，既无总理，亦只可由许派人较易汇总等语。查春赈极贫每口须放一千，与本部堂意见相同，所拟办法亦甚切实，均应照办。除朱、冯二守、容绅各委札另行分寄外，徐属之刘、柳、吴三绅系属接办，毋庸加札。惟睢萧两县因邵绅已经回浦，不愿再办，睢宁赈务经吕、盛大臣电调韩景垚赴睢，另派陈绅庆麟赴萧，昨已电悉照准，容即分别札委。沭、赣、山、阜四处，俟与吕、盛大臣商定，再行电闻。现已正月，亟宜赶速将户口切实复查，以凭及早散放。惟官款有著者不过百数十万，去年筹办留养资遣及各属冬赈，非惟动用无存，抑且亏损甚巨。此次春赈，现正设法息借商款，只因急救民命，故不能不竭力筹维。该义绅及印委等须知筹款维难，务各不辞劳怨，认真办理，专以查放极贫为主，庶几少一分冒滥，即可多拯无数生命。一面责成各该印委妥为弹压照料，倘有刁民不服查剔，任意滋闹，即行拘案究办。至补种春麦最关紧要，并饬各该地方官上紧劝导，或酌量借给麦种，勿稍延误。淮、徐平粜杂粮，应由许久香派人转运，以一事权。其余一切应办事宜，仍由各府会同久香、仆生、梅生诸公妥筹办理，期臻周妥。一面迅即分电徐、海、淮、安各属义绅印委查照，速速。盼复。方。支。

又南京来电

停征州县借给公费，已由局核议详奏，均由贵道所定银数，自腊月起至五月止，在赈款内就近提银，按月发给，分作两年摊还。年领坐支，准将已征忙银留用，不敷赴司请领。筹赈局。豪。

初五日上海来电

各义绅均言去年次贫，恐今年变为极贫，春振只放一次，户口更须加多。自系实情。义赈尽得四十万千，官振亦甚为难。督宪痌瘝在抱，弟等愧无助力。恭酌群言，酌核数事：一曰借给麦种，使可补助春麦。应由印委赶办。二曰多粜杂粮。徐属粮价更贵，除高粱、玉米由海州进口分拨外，应另购由运河径运徐属，俾辅市价，以免商贩居奇。三曰就近办委，使壮丁得食，并免以后饥荒。应催张殿撰今春举办。四曰设借钱局，以地作押，免为富户贱买。应由官绅合筹，如能保定有著，再行借款开办。四者并举，或可一振了事。尊意如以为然，第一、第四条请即酌复。海宣。歌。

又上海来电

桃源粮贵，久翁元电先拨芋干二千石。弟冬电照章拨高粮六千袋，赴众兴交巢令等开办。此后高梁皆由海州转拨各处。午帅复电，淮徐平粜杂粮应由久翁派人转运，以一事权，惟徐属不及镇江直运合算，高粱难矣。海宣。歌。

又扬州来电

支电计邀慈鉴。刘委员昨晚到扬，宪札已分别投递。接遣用轮径拖到浦，费巨轮小，固属难行。惟现查湾头以上邵伯湖一带并无纤路，人力实无所施。现拟将宝淮留下，乞转告收支局，再添租商轮一二只，由瓜拖送至高邮，再用纤夫接递。一则高邮以下夫价可省，二则与六日程限不误，三则可以无庸筹备接济粮食，四则与扬州所遣饥民不致混成一气。预计轮租、煤价不过两千金。因事机迫促，未便守候宪示。再高邮、界首需员照料，已由知府札派，合并陈明。普、钧、国、宽、策叩。微。

初六日镇江来电

在镇饥民定初十资遣。连日派员劝谕，内有海州灾民多人，并有出海新来者，言该处被灾情形最惨，灾民共有三四十万人，冬赈尽发一次，钱不多，春赈无款，多不愿归。既办资遣，何能任其留恋？除再极力劝谕务令回籍外，该处如果人多，款不敷放，弟饥溺为怀，能宽筹更好。恒。鱼。

又界首来电

初五二鼓奉宪台札，奉督宪电，饬会同朱、刘二绅查明杨令冬赈如何散放，转饬电复等因。遵查积谷六千，杨令饬仓董陈仰承径拨各董；宪发五千，亦由该董领存钱店，各董随领随发，均有领状收条可凭。查放之人，杨令派徐次文等多人担任。型抵任，嗣经移询杨令冬振如何查放、有无底册，迄未移复，是以户口尚未详悉。兹询各勇，佥谓原造灾户册，系由各乡董保所造，杨令以款少灾重，即照乡董册按数匀摊，极贫大口二百五十，次贫一百二十五，小口均减半。因有闻振归来之户，款不敷放，各董复在摊定数内匀拨散放，各户领数互有参差，以致啧有烦言。杨令未先逐增细查，遗漏自更不免，侵扣察无其事。至春振已由崧等派人挨户往查，遵嘱核实办理，会议章程，由型专呈钧鉴。积谷粜价已严追购补，以慰慈怀。除电复督宪外，崧生、启彦、启型禀。鱼。

又南京来电

接久香来电：廿七八两日至悔南镇、林西镇调查，灾重甚于所闻。晴掘草根、拆屋草炊食，雨雪惟有僵卧。壮者乞食，十步五跌，老者饿死不少，小儿长号而已。沭境初振本宽，舍活尚众，业已难继。海境散冬振一次，亦甚得力，奈灾广难普及。幸平粜称实惠，倘能源源接济，尚可补救。已函嘱章牧章守多运粜粮，至外镇灾重之区粜卖。州城亦拟设粥厂，绅捐尚踊跃。乞宪台先拨米三千石，可胜出粜粮，多济多镇。最可虑者，海、沭灾重各镇仅种麦四五成，非补种春麦，多种玉米、高粱不可，更非借给牛种不可。宿迁、安桃亦然。倘能息借洋款二百万，可饬印委会同义绅核实清查，每亩借给若干，由董事庄长担保与灾户十家环保，俟秋收加息五厘归还，即可保全大局，并可节省春振。或托华洋义振转借二百万，宪台担任归还，免出息钱。此系借款，有宪台担任，洋人教士不致干预查户矣等语。查海、沭两属冬振共放钱四十余万串，几与徐州五属相埒，而灾重尚难普及。现在振捐奇绌，春振从何措手，思之焦急欲死。补种春麦，前已电饬各属赶紧劝谕。海州粥厂绅捐既甚踊跃，开办自属不难，惟已收捐款若干，未经叙明。应由杨道酌量拨给米石，以助煮粥之用。借给牛种亦关紧要，并饬各属妥速办理。方。鱼。

又扬州来电

在扬饥民办理资遣，讵该饥民竟尚留连，坚执不行。知府等赴圩弹压，竟敢恃众抗拒，仓猝之间，致将官绅轿马衣服遭蹋不堪。扬地兵力有限，已禀由运台电请督宪，转电提帅，迅速派兵数营来扬，以资镇摄，并乞宪台主持指示为叩。普、钧国同禀叩。鱼。

又南京来电

顷电桂守、胡令云，去年山邑水灾本不甚重，乃缘查户口冒滥甚多，甚至殷户铺家亦在其内，迭次电饬剔除，迄未切实遵办。冬赈一次用去钱八九万串，而每口仅得钱五百文，似此浮冒，他邑灾重之区更将从何应付？本部堂昕夕筹维，焦急欲死。现清河冒振之人经杨道委员清查，将武生齐文焕提案严究，其余退缴振款，颇知畏惧。其中非极贫而经剔除者为数不少。山邑何独不能照此办理？特该印委等不肯如杨道之任劳任怨耳。查淮安桂守办事尚属认真，今正开办春振，应即责成桂守督率该印委等将灾民户口复加清查，凡可以自存之户一律剔除，毋得稍有宽滥；一面查明冒领冬振之殷户铺家，拘案从重罚惩，以昭儆戒。总之振款奇绌，多一分冒滥，灾民即少一分实惠，顷已奏明严办冒振，不稍姑容。该守务须督率印委认真遵办，倘有刁徒滋闹以及造作谣言诬谤，本部堂担其责任，万勿瞻顾因循，致干未便，仍先电复等语。特闻。方。鱼。

又南京来电

去年江北各属水灾奇重，饥民众多，官义振款异常艰窘，自非广劝绅捐，不足以资接济。查徐州各属被灾最重，经府县极力劝办，已共集绅富捐钱十余万串，现在续劝者尚不在内。淮海各属，惟山阳丁方伯、海州沈京堂、许观察捐有数千不等，此外各处，捐数甚属寥寥。此皆由于该地方官不能认真劝办之故。闻山阳富户甚多，囤积粮米亦复不少，其余各州县更多殷富之家，应即责成各该牧令督率绅董切实劝导。要知救灾恤患，人有同情，况共居一邑之中，目击夫饥饿流离种种惨状，当必有测然不安者；且以本邑之款拯本邑之灾，尤与别项捐输不同。如果劝导有方，何难踊跃输将，集成巨数？所捐之款即留拨该邑春赈，交由义绅散放。如有慨捐钜万，许即专案具详，以凭奏奖。其囤积米粮之家，务即劝令减价粜售，接济民命。仍将各遵办情形明白电复查核。方。鱼。

初七日上海来电

春义振铜元十八万千，镇局已雇轮运浦，请查收分拨。面粉九百余包，请交众兴镇巢令平粜。宣。虞。

又海州来电

海州房山、兴谷、南榴、青伊、新安、大瑲、大后、大南、大北、大前、大西、大伊、莞渎、板浦十四镇，已于客腊新正先后粜粮。附城申明亭、西门、臣洪、石湫四大镇，户已查清，初八开粜。余正督董复查，容即分别开办，仰慰宪廑。堂珏直叩。阳。

又南京来电

近闻复有饥民结队来至清江。有无其事，希即查明，预为防范截留。一面严饬各属印委，会同义绅，将春振事宜妥为布置，毋任饥民外出为要。方。虞。

又南京来电

接刘朴生太守电云，春荒粮贵，请饬各处募款数千，择加急振，有起死回生、暗抵两振之用等语。极为妥善。希飞饬各印委会商义绅，查照办理。如募款一时难得，即酌拨官款三五千，总以急拯民命为主。仍各将遵办情形电复。方。阳。

又南京来电

转许久香观察：初一电悉。残年风雪，跋涉艰辛，从者困惫，执事无恙。天佑善人，闻之忻慰。海沭两处冬振共用出钱四十余万串，几与徐州五属相埒，而灾境尚难普及。现在振款奇绌，春振从何措手，思之焦急欲死。补种春麦，久已电饬各属认真劝谕。开设粥厂、借给牛种两事，亦经电属杨道督饬妥速办理。至请按亩担保借钱，秋后加息归还，洵属法良意美，惟息款省城苦无妥人可托。顷杨俊卿称欲赴沪，亦为借款一事，应请执事与俊卿妥为商筹借银二百万，或向户部银行商借，或托华洋义赈转借，作为商会会议之事。款由鄙人担任归还。至应如何散放及按亩拨借，均由官绅办理，应与借款截然分为两事，洋人不得与闻，以防流弊而箝杂言。想高明亦必以为然也。至俊翁用捐款息借商款五十万，亦请妥商，期在必成，无费灾振，至幸。宁省现不名一钱，桂捐尚未议定，碍难遽拨。俟瑞莘儒初十边到宁，先将亲贵出洋经费通融挪解，以济急需。商定再闻，盼复。

方。阳。

又上海来电

许久翁鱼电悉。安、清、阜、桃，俊翁已设转运接收就济，极慰。弟前电窦守等，嘱运众兴镇高梁六千袋，窦复盘坝费重需时，请由镇直抵。正拟将海轮改放镇江，尊电似与窦异，希商俊卿复夺。宣。虞。

初八日苏州来电

顷接赵运司电，扬州饥民不遵资遣，竟有抗官情事，诚恐激生事端。执事在浦办理此事，极为妥速，望即迅赴扬州，会同运司，体察情形，设法妥办，以免滋事而竟全功。此事总宜安置妥贴，徒用压力，恐于事无济耳。盼复。龙。庚。

又扬州来电

鱼电计邀慈鉴。扬州饥民自初六哄闹以后，尚无举动，知府等仍派人剀切开导，内虽有愿走者，为不愿走者所挨制。只要有大队兵到，先将愿走者保护启程，其余则易为力。务乞就近禀高提帅速派二三营来扬，并恳饬带帐栅，正气自充，不难就我范围。否则所发之粮将尽，必至分忧四乡，则更难为继。事机迫促，乞速施行。顷接宁电，初八日头批约千余名、船二十只，已转知谢丞矣。镇江所遣者亦未就绪，合并陈明。知府普、知县国策同叩。龄。

又淮安来电

前府县面恳协拨赈米二万石，未荷允准。嗣经前县胡令一再面求，蒙恩允酌量拨济。现平粜局需米甚急，乞赐拨四千石来淮接济。又山西丁方伯汇宪台三千余元，全数协拨山阳，乞赐发，以便电复。殿华、鸿仪禀。庚。

又扬州来电

府县电谅邀慈览。初六南北分办，策同袁令赴南局舌桥口，痛资遣不行。黄昏北局冲突，策留宿南局宝轮寺，商知袁令，率同石冷司事解谕，一夜遣动百余户。乙圩圩段长面禀愿去，须兵送，商询袁令，谓兵力太单，乙圩动，戊、亥圩必力阻，牵动北局，大局有碍。俟兵队到再办。袁令不分彼此，力任其难，无论如何，事在必遣，意见相同。现北局诸绅有议加米五升、三升者，尚无成说。许守虞复电，初八南京饥民头起开行船二十只千人，先遣徐、淮、海。又闻南京饥民约十万人，策局设城外福缘寺，已妥为预备。策禀。齐。

又镇江来电

阳电悉。饥民日来劝谕有愿回籍者。现轮船已雇六只资遣。初十如果上船启行，即电老弟，一切费心。感谢。恒。庚。

又扬州来电

扬州饥民遣之不去，并敢滋闹，府县请兵弹压，甚恐分扰四乡。昨今两日仍饬善为劝导，尚无操切情事。去冬公遣清江饥民极为神速，此间屡遗不动，必是未得善遣之法，请公速来会商妥办为盼。乞复。滨。庚。

又扬州来电

扬电悉。宪谕恐专用压力，以致生事。知府等自当仰体，惟现在刁风已长，开导一层，虽舌敝唇焦，亦无所用。不过欲籍兵队震慑，以免再有暴动，然后仍分头劝谕，始克有济。其办法已详齐电，计邀慈鉴。并非将以兵力压制，仍恳宪台俯如前电所请。至叩。知府普、知县策国同叩。齐。

又南京来电

转许久香观察：电悉。海州春赈，已经吕、盛两大臣加派朱守祖荫会同宋绅办理。令弟愿来，得资臂助，甚妙。现已电商张宫保，调其回籍办振。方。庚。

又南京来电

阳电悉。所见极是。顷电赵运司云，阳电悉。扬州留养饥民，诸从优厚，又有本地好善之人施钱施米，江北人懒惰性成，遂觉此间乐，不愿回籍。去腊本拟一律资遣，因其再三吁恳，暂准度年。乃该饥民不知感激，反谓一经要求，便可遂欲。兹经荣守等督率资遣，辄敢任意抗违，侮辱官长，实属目无法纪。第风闻此次办理资遣，布置尚未周妥，船只亦未备办，不免有所藉口。总之饥民人数众多，易聚难散，不宜过于操切，更未便专以兵力压制，以致别酿事端。顷接杨道来电，亦以勿遽派兵为是。应即责成地方官会同委员切实开导，或选择老成明白、众情翕服之人派为栅长，以若干人为一起，饬令率领回籍，不准迁延。似此分起遣散，当可逐渐就范，不致再生意外之虞。现已电属杨道即日来扬商办，希即与之细商，俾增周妥等语。此事关系重要，务希执事刻日赴扬一行，与赵运司妥为商办，俾得迅速遣回，至为盼祷。再，袁令国钧当场拿获二人，仍要重办。此案京沪谣言必多，难免有人说话，留此二犯以为结案归宿之地。至要。方。庚。

初九日苏州来电

庚电悉。匪徒四起，意在裹胁饥民，亟应督饬营队分处巡缉，极力弹压，妥为防范，勿任蔓延为患；一面通饬各属认真劝谕饥民静待振抚，勿为煽惑。至拨款一节，应候午帅核示遵行。仍望将办理情形随时续报。龙。青。

又南京来电

支电悉。镇江饥民定于初十日送至清江资遣，需费五六千由浦暂行垫发，具见深明缓急。惟前据荣道电，已汇拨银二万两，专为办理资遣之用。所有此项垫款，应即移由荣道归还，以清款目。方。青。

又南京来电

杨道台、宋义绅、汪直牧：宋绅三勘电均悉。海州东南十镇多系匪徒出役〔没〕之区，现在冬赈放清，地方安静，具见宋绅办事平允，深为佩慰。其余各赈系由筹防公所绅士查放，近接久香来电，有填票散钱口数不符之谣。即由宋绅与汪牧调查明白，电复核夺。平粜杂粮既甚得力，自须多办接济。前筹银十万两交吕、盛大臣辘轳起运，近又托金仍珠观察在奉加购数万石，亦由海道运往该州平粜，并告窦守、章牧知之。方。青。

又南京来电

杨道台并转许久香观察、汪牧、宋义绅：九香（按：前文均作“久香”。此不改，下同。）初三电悉。海州西镇既有填票放钱口数不符之谣，应即由汪牧会同宋义绅严密查明，电复核夺。至请榜示及设投文箱之处，非特足杜弊端，且可以昭信而免口实，已电商吕、盛两大臣，得复再闻。方。青。

又扬州来电

连日剀切劝谕，昨日已走百余户；今日南局缴大票换路票者已四百余户，北局六百余户。此大有转机。适奉宪台庚电，嘱稍从缓，然此等风声未便传播，只得虚与委蛇作为，恐怕沿途拥挤，逐日少走为词。全未走者，六日行粮食尽，拟仍作绅士接济，官不再发，庶日后易于转圜。是否有当，仍乞示遵。知府普、知县国禀。青。

又南京来电

艳、卅、东、江四电均悉。春振及借款各节，前已分别电告，想均阅悉。倪道所购之米原以预备各属平粜之用，一俟运到，即行分拨。今春为日甚长，米粮必致缺乏，鄙人去冬各电迭次提及，兹拟由道委员赴芜购米二万石最为要着，容与藩司筹商拨款，汇浦济用。惟司库挪垫已数十万，借款之事众议纷纷，迄无成说，鄙人独身撑拄，焦急万分。芜湖运到之米，现将干洁可以久储者分拨各属，潮湿者就近减价平粜，所办甚是。仍将分拨各属及霉变折耗钱数，据实电告，以凭饬令赔偿。舞弊之船户，仍应严究，不可放松为要。方。青。

初十日南京来电

宁厂饥民头批初九开行，逐日接遣，派员押获至瓜，与宪委接洽。惟查饥民中有自驾小舟甚多，轮拖不便，只可听其自行，律给发护照、钱饼。到浦后，请宪处凭照一体验换。星璧禀。灰。

又南京来电

杨道台、许道台、魏太守歌电，俊卿庚电均悉。淮海各属冬振现已一律放完，究竟每处灾民若干，放过钱数若干，原拨之款有无余存，未据截数具报。现已正初，所有春振一切事宜自应早为布置，不宜再迟。惟来电云海淮入属散放春振，一次需钱一百六十万串，疏河代振之款尚不在内。查官款有著者不过百十余万，非惟用尽，且有亏损。息借洋款一事，众论纷纷，自去冬以至今正，迄无成说。即如九香前电所云息借洋款二百万，或向华详义赈暂借二百万，具见热忱。当经电嘱俊卿与久香商筹，亦未见复。来电词甚迫切，此中情形鄙人非不深知，苦于款项奇绌，筹措万难，思之焦急欲死。清河匪盗蠢动，乱象已见，现经派队巡缉，拿获首要，一面示谕灾民勿为所煽惑，办理甚属切要。淮海伏莽甚多，民情强悍，自非赶速查放春振，不足以定人心而弭隐患。惟运库、沪关均系达部正款，恐未能多借。运库前已借银卅万，兹不得已属藩司借银十万，财政局借银十万，并令许守将户部银行所借之十万共银卅万，即刻电汇清江，一面电臻沪道暂就间款借银四十万，一并解清江，以备分拨春振之需。朱、冯两守，已电吕、盛大臣催令速来，应即由道严饬各属印委，会同各义绅复查户口，严加剔除，专救极贫，勿稍宽滥。倘该印委等仍凭董保造册，并不亲自确查，致有浮冒情弊，定即从严参办，断不能稍从宽贷。一面将缉捕事宜认真整顿，倘有匪徒煽惑，立即拿获究办。清江春赈，前接俊翁来电，本拟专就粜价散放，亦即切饬委员赶速清查户口，务须力求核实为要。其余七属，各应拨绅振款若干，务望会同商明，核定数目，电复核夺。拿获之匪首，由道督饬委员讯明，如果情真罪当，即行就地正法，以昭炯戒。仍盼复。方。蒸。

又南京来电

冬电悉。阜邑季令于清查积谷一事，输已多颟顸；至振款关系灾黎生命，尤为紧要，季令乃将收到赈款并不即交义绅，谬妄已极。惟季令已经撤任，由司饬委何令毓骏署理，尚未到任，应由该道先行委员代理具报。除札饬外，电到即遵办。方。蒸。

又南京来电

匪徒诱买饥民妇女，久已电饬严禁。仅据镇江拿获一起，此外未据具报有案。兹访闻得各处兴贩妇女仍复肆无忌惮，该地方官任意玩违，深可痛恨。应即由道严行通饬，务各认真查缉，遇有匪徒诱买饥民妇女，兴贩渔利，立即拿获禀办。倘再不知振作，定即严参。仍令各将遵办情形具复。方。蒸。

又南京来电

据阜宁县季令、委员路丞电称，阜邑积谷，遵谕碾米平粜，价交义绅散放。正月初五日，忽有徐楚沭、芮乐山、高恪香、薛以高勾引十余人，纷纷来署，声言谷系阖境公积，意在随时按户摊给，恃众滋闹，理喻不遵，恐酿事，乞示遵等语。查积谷专备灾荒，断无因阖境公积，遂欲按户摊给而不准拯济灾民之理。徐楚沭等聚众滋闹，意欲何为，显系刁生劣董从中主唆，希图藉此挟制，必遂其欲壑而后已。情殊可恨。现因振款奇绌，已经奏明动用积谷，当振散放，如敢阻挠，即与闹振无异，速由该道府严饬季令、路丞切实开导，解散愚民，毋再疏忽，致干重咎。一面由府季员密查主唆之绅董、滋闹之棍徒，提府严审禀办。仍将遵办情形电复。方。蒸。

又海州来电

蒙发振米万石，感戴。第二批已派人带款来浦领运，先行禀明。钟大使复再请款，伏乞早赐批示祇遵。恭贺年禧。板浦振局经理张福森九叩。

又宿迁来电

传闻运河清、桃交界双金闸等处，初七日有饥民拦劫商粜粮船之事，必严办为首，乃可遏乱之萌。否则道梗无食，可虑。乞速查办。鼎霖。蒸。

又镇江来电

镇江饥民今日四点钟由小轮资遣第一批，计大小一千零十一人。除派员司押送并委张县丞赴浦叩谒一切，惟各饥民携带车锅各件太多，到浦时恳饬营县多派兵丁照料为祷。恒。蒸。

又南京来电

两庚电悉。安东灾民外出，已经押送回籍，并于各要隘派队堵截。匪徒勾结饥民抢劫米粮，亦经饬派文武弁兵分驰查缉。所办甚是。至所筹择加急振一事，亦甚切要。应饬各属印委会商义绅，妥筹办法，再行酌拨官款三五千，以资散放，务使真正极贫得沾实惠，不可稍有冒滥，是为至要。余悉如电办理。方。蒸。

又苏州来电

电悉。昨电计达。获案朱立富等果系供证确凿，罪恶昭著，自应照章严办，期遏乱萌。近来匪势猖獗，大都因江北办振，钱米麇集，意图乘机饱掠，必须认真防范，务保无虞。已分电徐州镇道一体派队巡缉，以资联络而免梗阻。至兵队捕匪，遇有持械拒捕者格杀勿论一节，事属可行，希即转饬附近营县遵照，但须辨明良莠，不得误伤平民。春振早放最是要着，清河提前散放甚好。此外各属，亦宜督饬从速开办振抚，俾饥民得所，不致为匪协诱，是所切盼。龙。卦。

又上海来电

杨道台、魏太守并抄寄众兴镇巢令凤翔：海州运到奉粮不少，已拨定桃源高梁〔粱〕六千石、芋干二千石，共八千袋。顷接汪牧、窦守、章牧泰电，海粜转运兼顾，沭赣断难再及，淮属桃源拨粮已飞函令速来领等语。巢令凤翔只能在桃办粜，务难管运。九翁来电，俊翁已设转运局。应如何派员分运，乞速酌办。昨有捐助桃源面粉九面廿袋、又三千袋，分两次由镇运浦，系交晏莲渠转运众兴镇，并祈照料。海宣。卦。

十一日南京来电

接吕、盛大臣佳电，按亩借钱，不宜动官款，只可另集。灾区地亩借钱，公司绅董办而官维护章程，定息六厘，还时不妨豁免。所难在一熟全还，民力不逮；再熟分还，商情难允。如果筹本一百二十万两，分作三分，一官借，请公由盐务、沪关分借四十万，一沪借，由弟等纠集绅商分借四十万，一本地借，由袁杨道、许道督饬十二州县绅商分借四十万，得此可敷一振等语。查所筹办法甚属周妥。吕、盛大臣既慨允筹借银四十万，其官款银四十万，鄙人当与司道竭力认筹。本地借款，即由袁、杨二道与许久香孕筹办理。惟筹款固属不易，善后尤复为难。人情于借钱之际无不乐从，秋后归还，恐难踊跃。若须差保催收，尤滋扰累。古来法良意美之事，奉行不善，流弊甚多，务望会同详细筹商，电复核夺。方。真。

又苏州来电

蒸电悉。昨接来电，已分电徐州镇道派拨营队挨段巡缉，与准兵联络一气，俾匪徒无隙可乘，并电复尊处在案。执事添募马队护送粮运，甚妥，希仍督饬文武加意防范为要。龙。真。

又上海来电

杨道台、魏太守、巢令：庚电初七到。众兴觅屋甚难，苦无堆粮大屋。即面粉等共不过二千石，已属无处安置，十分为难。此外又无临河集镇可办平粜。海州、高邮乞电阻缓运，俟面粉等销竣再行酌办。此次粜价，昨与许道面定。徐县丞一两日回浦，另事赴海云。巢令生疏，请饬桃源印委会同多设分局方好。海宣。真。

又南京来电

杨道台转许久香、魏梅生：久香江电悉。平粜杂粮前筹银十万，托吕、盛代办；近又托奉天金仍珠加购数万石，均由海道运往海州。久香定分拨办法本可行，惟安桃等县粮亦贵，自宜酌量分拨，希会商酌办，总期兼筹并顾，无缺民食为要。盼复。方。真。

又南京来电

杨道台并转许久香观察、魏梅生太守：歌电悉。疏浚海州、赣榆、沭阳淮属各河道，以工代赈，洵属要举。维前据吕、盛大臣来电，须将灾民强壮者全归河工，奉赈只放老弱等语，当已电属俊卿与久香、梅生筹商。兹阅来电，未经提及。查徐州各属民堤，前经拨给官款择要兴修，亦须以工代赈。顷刘仆生来函，各处工段多无人夫，或相隔三四十里，间有人夫数十名工作，亦系敷衍塞责等语。可见工赈兼施，易生影射。且江北人性尤懒惰，有赈可领处，遂各不愿赴工。必须如吕、盛大臣前电办法，方为扼要。至估计工费共需银四十余万，为数颇巨，官款异常支绌，现在拨放春赈，业已挪垫一空，无从筹拨。只好俟款项借定，再行筹议举行。如久香能于本地绅富商议，先行垫款兴办，尤妙。望即会同商酌电复。补种、平粜两事已另复矣。方。真。

又南京来电

吕、盛两大臣歌电内言借给麦种、多粜杂粮、就近办工、借钱押地四事，想已阅悉。兹接许久香、魏梅生阳电：一、借种春麦已迟，且麦种贵，每亩须五百。高粱、玉米二月下种，六七月收获，种贱每亩须三十，可多购。二、平粜杂粮尤利淮北，能源源来，全活必多。三、工振复淮，测量需时，难济急。议先挑州县各河，补春振不给。四、借钱可普及。有田饥民贱卖贱当，后更不能。轻息借钱，以地作押，保全甚大。借种、借钱，均令呈田契粮串，并立当据作押，秋后由官再还，定可有着。惟须从鼎霖前请息借二百万，至少百万，始能开办等语。查补种春麦为时既迟，应即通饬各属认真劝谕补种杂粮接济。海州及赣榆、沭阳两县平粜，前曾筹银十万，电托吕、盛两大臣代办杂粮，嗣又电嘱金道还另在奉天加购杂粮数万石，均由海道运赴海州平粜。惟徐州各属须由内地运往，前经电属袁道，于汇到官款项下拨银五万两办理平粜，应即多购杂粮，辘轳运济，一面广招商运，以平市价。导淮一事，诚如久香来电缓难济急。弟〔第〕疏浚海淮各属内河，亦共需银四十余万，为款极巨。现在筹拨春振款项，业已挪垫两穷，不敷尚巨，此事只好俟借款定议，方可实行。按亩借钱一事，顷接吕、盛两大臣另电，筹有妥善办法，已照转矣。方。真。

又上海来电

青电悉。公将来沪，甚盼。华洋赈会在沪，大洋商并不在意。借垫数十万，亦不易办。七项捐难收巨款，究竟指何归还银行，须借镑。海宣。真。

十二日南京来电

两蒸电悉。匪首朱立富、赵立全两名聚众抢掠，拒捕伤人，既据该署道讯明供认不讳，自应照章就地正法，以昭炯戒。其拿获会匪头目章志成并获积匪多名，应即提道察讯录供，分别禀办。由淮至徐运河一带，已电饬徐州镇道一面派队巡缉，以保粮运。嗣后凡系执持刀械拒捕之匪，准其格杀勿论。清河春振亟应提前散放，昨电已详细奉复，望即照办。方。真。

又扬州来电

金陵饥民船十二只、一千一百九十二名，十二早六点钟过扬。镇江饥民船三只、约七百人，十一晚八句钟过扬。扬郡饥民，策遵奉宪谕和平缓办，详商袁令，主持不遣自遣之义。走万余人，自愿去，难中止，已妥商魏丞矣。策禀。侵。

又淮安来电

阜宁乡民聚众哄闹积谷，昨奉督宪电谕，已委员密查。顷闻该处乡民愈聚愈多，已集七八千人，并有冲打县署及仓董、经承等家，暨殴伤护兵之事。此外各乡，闻尚多号召者。刁风万不可能长，请速派兵队星夜驰往镇定；仍求遵派明干大员驰往查办，以肃赈务而卫地方。殿华叩。文。

又南京来电

荫提台、杨道台：扬州资遣饥民，事正吃紧。据赵运司一再电请调兵，并云恐有匪徒从中勾结，不可不防，应请午翁赐派步队一营开赴扬州，遥为驻扎，藉壮声威。惟由浦至徐一带，途中匪势亦甚猖獗，亦须派队分头驻扎，藉保粮运。如一营分屯不开，或请抽调两营前往，并希切嘱该营官不可露出弹压饥民之举动，别生枝节。杨道青五电自系实情，刻下既难分军，祗可暂缓前往。方。文。

又上海来电

杨道台、魏太守、晏刺史，速送众兴巢绅，桃源县廉绅、冯绅：第三批白面三千袋计十五万斤，白粮糠五百袋计五万斤，十三由镇小轮拖运至浦。原船至众兴镇，交巢绅查收。三成面七成糠搭食，甚好，惜糠不多。面价每四十斤一两三钱二分，糠价每百斤洋一元，民船运脚一角一分，轮拖加一角九分。桃源市价若干，平粜定价若干，速示。请俊翁、梅翁速商印委，各镇设分局，方可辘轳运济。所粜之款即交桃源县留拨官振，半月一报，弟处知会午帅，抵解铜元欠项。海宣。文。

十三日南京来电

速转安东县章令：青电悉。赈款奇绌，全赖绅富捐助接济。务即认真广为劝办，以期集腋成裘，不得以地方贫瘠为词，意存诿卸。方。元。

又南京来电

速转沭阳刘义绅、俞令：各电均悉。刻下冬赈想已放完，计共放过人数若干、钱数若干，即由俞令先行电告，一面将平粜事宜妥为办理，务使实惠均沾。方。元。

又镇江来电

蒸电敬悉。谕办转运，是否用轮赶运，抑由民船径运？如须轮拖，此时资遣饥民，镇江无轮可雇，非预赴上海雇轮，价目想不致巨。轮价约需七八千元，候示并汇款，俾可早为布置。请复电。镇江总巡公所恭宽德标禀。

又南京来电

顷电吕、盛两大臣云：佳电悉。所筹各节，切要周详，莫名感佩。朱、冯两守已到，今日赴清江，与杨道晤商后，分赴桃源两邑。委札已经另缮发给，日前寄呈之札即请涂销。海州地广，朱守与宋绅自官分投查户，俾期迅速。朱绅云程现因朴生在睢患病，迭电嘱招前往相助，只好照准。桃源春赈应由冯守专办，以一事权。惟该邑冬赈冒滥甚多，断非严剔不可。至严禁冒赈告示，已经撰就饬刊，即日偏发张贴。本地之人弊多，而尤以董保书差为尤甚。公嘱朱、冯两守严防，固甚切要。鄙意如有舞弊之人，仅可密函径达敝处，当作为访闻提案严究，便可无虞掣肘也等语。特闻。并给朱、冯二守一阅。方。元。

又南京来电

蒸电悉。由浦至徐，匪徒抢劫商贩，殊于大局有碍。前接来电，已分电提帅暨徐州镇道拨队按段防护，顷又加电徐州镇道务饬迅速遵办，以保贩运。清江添募马队四十名梭巡护送，由赈局核发，并即照准。方。元。

又南京来电

杨道台：五青电悉。清河春赈定于廿五日开办，甚好。至云该邑民多游惰，钱一到手，不知樽节，批〔拟〕分作两期，正月内放一次，每大口先给五百，三月初再给一次五百，以符每口一千之数。事属可行。其余各属，并候电商吕、盛两大臣酌复办理。春赈款项，昨已饬汇银三十万两，计已陆续收到。清邑春赈前拟即就粜米价钱散放，自足敷用。赣榆去年冬赈共散钱二万二千余串，固田严绅办事认真，然亦足见九香前云赣灾甚轻，其言不谬。春赈即使加倍，亦不过需钱四五万串。现已有上年存款钱二万串之数，新拨义赈钱二万串，加以积谷三四万串，实属有盈无绌。海州、沭阳各共发赈款钱廿余万串，每大口仅给钱五百文，以原查卅万口计之，应各尚有余款。安东、桃源曾各拨给平粜米二万，所获粜价已用若干、尚存若干，均未据具报有案。应即飞饬各属地方官，将冬赈散过人数若干、钱数若干、有无余款以及实存若干，即行截数电达，一面由道酌定分拨银数，电复核定。各属平粜，据前电云欲赴芜湖购米三万石，所需价银商之藩司，委实无从筹拨，似可于汇到银两内酌拨十万购米，分运各属平粜，即将粜价归赈散放，较为两便。疏浚各属河道，洵属以工代赈善举，惟其中尚有三难！工费四十余万，一时难以筹集，若零星凑拨，恐有停工待费之虞。一也。工赈兼施，易滋朦混，懒惰者安于食赈而不肯办工，强壮者虽肯办工而仍复食赈。今令老弱妇女废疾始行食赈，其余壮丁全行办工，因是以清界限，第恐各属饥民众多，区区河工断难容纳。二也。时已正月，转瞬春水即来，恐致半途废辍。三也。事关重要，不厌求详，仍希与许、魏两公复加查核，商筹见复。无论如何为难，款必照拨。匪事已另复，山阳赈务亦已径电桂守遵办矣。余悉如电办理。方。元。

又南京来电

荫提台、杨道台：顷据淮安桂守、阜宁路丞、季令先后电禀，阜邑乡民，初五日聚众千余人哄闹积谷，愈聚愈多。初六抢掠仓董及积谷经承两家。初十又来二千余人到署哄闹。经李令谕令各乡各举代表，商酌禀办，人虽出城，仍未解散。此次闹事，实有匪徒在内，海州前车可鉴等语。查阜邑乡民因动用积谷，辄敢聚集数千人吵闹，并抄掠仓董及积谷经承等家，难保无匪徒从中煽惑。除饬李镇定明赶紧驰回，酌带所部赴阜，应请尊处迅即酌派兵队前往弹压，相机开导，妥为解散，并饬拿为首滋事之人，以资镇慑而遏乱萌。一面饬委妥员前往查办。前电请酌调一二队赴扬州弹压，现闻该处饥民已遣散二万余人，扬州即毋庸调队前往矣。方。元。

十四日南京来电

朱绅学程来电，初八两句钟，义赈运面粉、芋干船于双金闸被抢，且闻不取他物，非愚民所能为等语。徐州粮路亟须设法保护。顷接提帅电，已派十三协及巡防队分段驻扎，望再随时督饬防护，并转告朱绅。方。盐。

十五日扬州来电

文电悉。已飞饬高宝并邵伯、界首两局员，俟饥民过境，一体凛遵宪谕照料矣。普叩。咸。

又南京来电

荫提台、杨道台、杨镇台、袁道台：接吕、盛两大臣官电，义赈合购奉天小米一万石，由镇用民船径运徐属窑宿等处，望饬沿途兵队妥为轮替护送，或派炮船轮送，以资防护。至要。方。咸。

又扬州来电

连日饥民遣散，截至十四止，已走九千余户，约计四万五千口。适奉元电，敬悉谕令改用船装饥民，既免跋涉之劳，沿途亦无骚扰之弊，原极妥洽。当即禀商运宪，而运意则谓饥民遣散已逾七成，今忽改变，不但船只难雇，而未走各户必至因此加索行粮，转多枝节。运宪已电复，计邀钧鉴矣。普国禀。删。

又南京来电

荫提台、杨道台：元电请酌派兵队往阜宁弹压，计已达鉴。顷又据季令电禀，十一日又聚众四五千人哄闹县署，殴伤警兵等情。查积谷本为济荒而设，江北春赈动用积谷之处甚多，此等刁风何可任长？除饬委陆守树声驰往查办外，应请迅速派队前往弹压解散，以遏乱萌。至要。方。咸。

又上海来电

杨道台、窦守：元电桃源杂粮，已商许道由海州盐河运至双金闸，交清淮局转运到桃。顷又得许道文电云，清河、桃源交界处饥民叠劫粮船，前嘱运芋干、高粱至双金闸，乞暂缓，俟平静再发等语。候平静后再遵运。汪牧赴省，未聊衔。谨禀。珏直叩云云。桃源局员派定，何时可运？请公知照窦守、章牧赶运。海宣。咸。

又南京来电

蒸、真二电悉。淮海各属春赈开查在即，自应先将振款拨定，以备散放。查清河未拨义赈，即将粜米价钱散放春赈，自可敷用。海州冬赈办理核实，尚存赈款钱八万余串。现拨给官赈银四万两、平粜米二万石，可得粜价十余万串，连同义赈四万串，共合钱二十八九万串，绅富捐款尚不在内。沭阳冬赈有无存款，未据截数禀报。现拨给官赈银四万两、平粜米二万石，又据该县俞令电称劝获绅捐一万八千元，连同义赈四万串，已共有钱二十二万余串。赣榆灾情本轻，冬赈共放钱二万二千余串，春赈即使加倍，当亦不过四五万串。查该县已有冬赈余款钱三万串、义赈钱二万串，益以该县积谷钱三四万串，散放春赈已可有盈无绌，官款银两暂从缓拨。应先拨给米千石，办理平粜。安东去腊请加拨钱六万串，旋经拨给官款银二万两、平粜米二万石，除用过外，约有余钱六七万串。现拨给官款银四万两、米二万石，连同义赈四万串，共合钱二十六七万串。桃源去腊请加拨钱十万串，旋经加拨义赈钱二万串，又加拨官款银二万两、平粜米二万石，除用过外，约可余钱五六万串。现拨给官款银四万两、米五千石、豆饼一万石，可得粜价六万串，连同义赈四万串，共合钱二十一二万串。山阳去腊加拨银一万两，除归垫外，应尚余银三千两。现拨给官款银二万两、米二千石，又义赈钱二万串，加以杨莲帅、丁方伯捐款，共可得钱八万余串。该县殷富素多，仍责成府县劝募接济。阜宁冬赈有无余款，未据截数禀报。现拨给官款银三万两，合之义赈钱三万串，共钱七万五千串。所有安、桃两县银米，由道派兵运往；其余飞饬领运。一面属由各义绅速复查户口，核实散放，严剔冒滥，专拯极贫。除电明吕、盛两大臣外，希即分别电饬遵照。至请拨银七万赴芜购米，应即照办，惟须切属押运委员沿途严密稽查防范，勿任船户偷米搀水，致有霉变为要。再，昨接沪道覆电，允暂借四十万，以半个月为期，除扣还杂粮、棉衣等项垫款外，尚余银二十余万。现已赴鄂订购铜元三十万串，即以沪道借款留付价银，一俟铜元运到，拨送清江，预备春赈不敷酌量加拨之用。方。咸。

十六日徐州来电

接邳州刘义绅电称，闻清桃窦板集劫去胡国瑞洋面船一只，杨庄劫两米船，类皆匪冒饥民甚众，半持枪刀。徐属粜船均泊杨庄，不敢前近，请求饬护云。伏乞派队查拿，并派炮船保护运道至恳。廉庚。铣。

又扬州来电

寒电敬悉。扬郡资遣饥民，高宝加发米一升，小口减半。系临时酌定，星夜派人带米驰往，并檄该州县遵照。因拖米小轮行抵露筋，机器忽坏，以致到高稍迟一日，致杨牧皇皇无措。昨接杨牧禀称，该米船第二日即到，一切平安。至杨牧折钱垫发之款，应由筹赈款归还。除批饬妥慎照料外，合亟禀复。十五计走饥民三百余户，约一千五百名。连前共已走九千四百余户，约四万七千余名。知府普。禀。

十七日南京来电

文、元、删电均悉。宁镇等处遣送到浦饥民，已经扼要设局，分别接收遣回。办理妥协，甚为佩慰。扬郡饥民，已电饬运司切饬地方官、委员等，务须多雇船只，将饥民装送到浦。每起十船，酌派舢板押送，以免沿途上岸逗遛，四处滋扰。方。篠。

又南京来电

荫提台、杨道台：午翁咸电、俊翁寒电均悉。阜宁乡民滋闹，桂守以人已解散、应无庸前往为词，而季令寒电尚称乡民满街扬言，歃血盟誓，约会十五、十六来城拼闹，阖城惊慌等语。可见桂守之言全是饰词卸诿，实属畏葸无能。尊处仍令带队速往，藉资镇慑，极合机宜。敝处已派陆守树声今日动身驰往查办，请就近督饬办理，俾弭隐患。至要。方。篠。

又扬州来电

铣电敬悉。当即禀商运宪兑储小麦、芦秫二千担，扯价三元九角余，由扬至浦水脚在外。容即派人装送。是否应用轮拖，乞电示。此间饥民十六七两日共走一千一百余户，约五千五百余名，连前共走一万百余户，约五万五百余名。国钧禀。篠。

又南京来电

速转许九香观察、魏梅生太守：接吕、盛两大臣寒电，赈钱作一期散放，从前直东各省均是如此。譬如一户四五口给钱四五千，小民得此数，藉营生计。北民俭啬，无有不知樽节者。杨道所请分期散放，自是南北民情不同，变通办法。惟查户繁重，只可仍归一次，赈票不防两次，用后收回。义绅不致过难，民情亦无不顺。淮海一体照行，有无窒碍，仍乞主持饬遵为盼。以工代赈缓不济急，鄙见亦同。尊论三难，尤为洞达，可佩等语。查淮海各属春赈共需钱一百数十万千，款项既未筹齐，铜元亦难赶到；且江北人性多懒，领钱到手，不免浪费，将来三四月间，势必复索加赈。杨道请将春赈一千分作两次，正月先放五百，三月续放五百，系为因地制宜，应即通饬照办。第查户应以正月为准，三月续放，不必复查，以省繁冗。余照吕、盛大臣来电办理。希即分电各属义绅印委一体遵照，迅即复查户口，核实散放，不可再迟。所拨款项如有赢余，即以留备续放，总望严剔冒滥，专拯极贫为要。方。篠。

又海州来电

客腊细查有近处流民乞食于此者，若辈未到清江就食，各人盘川及护照之赈皆向隅。及查彼镇，彼已流亡，忽来忽去，实为官义赈平粜所不及。基悯此若情，于除夕夜、元旦日专查此项流民，共五百口，近每日给芋干一斤。上年冬赈放毕，基因感冒，在大伊山就医，顺便物色人才。叠奉上宪电谕，办赈全在司事查户认真。诚哉至语！基上年所用司事，贤者留，次者去。今年添选学界中勤劳洁己之士，商由客籍中才品兼优之商，择尤者具帖敦请为分董，谅可各尽义务，竭力办事。现定二十日派第一起，先查入州首站新安镇、张家店、铁牛、湖坊等镇，挨次逐起分查，随查随放，照义赈章程亲查，填给大票为凭。今接陈丞翰电，蒙拨义赈铜元四万千，请运大伊山，以便就东南散放。度活至麦熟，本镇平粜八千余口内，无力缴半价者一千口，基与董事分认代缴一千五百口，均不至饿毙。再本镇粜米经费不足，米少价昂，可否援石板浦粥厂例，乞恩拨运米若干来此接济，应缴米价，饬董集款呈缴。是否可行，候示祗遵。基叩。

又海州来电

州城粜局开将十日，灾民欢颂德恩。本地粮价日渐平减，人心大定，堪慰宪廑。惟灾广人众，且须兼顾转运。外府安、桃、清、阜暨本属沭、赣六县城局兼粜附近各大镇，复查极贫、次贫共七千六百二十二户，计大小共二万四千零二十七口，日销粜粮三百余石，定价照市八折，一律城斛，四乡相同。其余各灾镇已经复查开办者十之六七，余亦分投按册复查，次第开办。总期毋滥毋遗，俾灾民得沾实惠，款不虚糜。所虑粜粮无多，若不未雨绸缪，运道于曲，恐难持久。乞电请吕、盛宪，转托奉天、山东续购玉米、高粮〔粱〕，雇轮速运，庶源源接济，不致中辍。此次锦州高粱、山东玉米均极佳美，仍请电致仿办。粜价现收龙元，约合规元二万之谱。此间买银不易，汇兑须时，春抚在即，必有赈款。已禀商督宪，能否以发春赈之款拨汇规元二三万两，交吕、盛宪作为粜粮缴价，俾吕、盛宪续购杂粮；一面电示此款应交何处，所存铜元即行解交，将来续收随时径兑，固可免以钱易银之弊，亦可省往返运费之资，当可请电示。前奉吕、盛宪拨桃源高粱六千，顷得杨道台来电，双金闸不靖，已派队分扎保护，当即派人起运。汪牧晋省面禀要公，不联衔。珏直叩。霰。

十八日南京南电

文电悉。此次江宁、镇江资遣饥民，沿途州县并不妥为照料，亦不雇夫拉送。似此延耽安逸，玩视民瘼，殊属可恨。姑先由道严加申饬，如再不知振奋，即行据实详参，以儆玩泄。方。巧。

又镇江来电

巧电悉。今日资遣一千二百三十八人，昨遣者约有一万四五千人。日来常熟及句容各县，有遣送到此即不愿走。同是徐海灾民，自应一律。资遣确数最难预定。恒。巧。

又南京来电

元电悉。海州汪直牧、赣榆愃令会同查放冬赈，既能核实，殊堪嘉尚。应如该道所请，将汪直牧记功二次，愃令给还顶戴，以示鼓励。除行司注册外，希仍饬令益加奋勉，将春赈事宜会同切实办理，勿稍松懈为属。方。巧。

又南京来电

接许九香电称，桃源民情刁悍，廉绅心地慈柔。查冬赈口数，前被饥民殴辱碎衣，未忍究惩，致长刁风，后见不服清查。畏事者只得多散赈票，省事者竟托乡董代查，遂有假名请票之弊。印委凭票放钱，无从办〔辨〕伪，人言啧啧，恐非无因。前请饬发总榜，可杜假名等弊，义绅但将票根交官，按户照给，似可无虑费事，否则春赈冒滥仍恐不免。能省一户冒滥，可活垂死数人。再春赈查户，贵出示严禁滋闹。一村滋闹，停放一村，一保滋闹，停放一保，并拿为首重办，然后饥民始能受查。真正饥民面皆改色，一望而知，自可无滥无遗。并宜坚持划一办法，查后不可任求补票。桃源饥民入城求补，偶补十数人，即集至数百人，莫辨真伪，势难偏补。久留城内，饥寒交迫，日死数人，情极可悯。有善心无善法，弊遂至此。前车可鉴，请嘱义绅勿蹈覆辙等语。查所论桃源冬赈积弊甚属透辟，其能省一户冒滥可活垂死数人二语，最为扼要。至请春赈查户须出示严禁滋闹，一村滋闹停放一村，一保滋闹停放一保，并拿为首重办，尤为切实可行，正与鄙人意见相合，希即电致冯守并分电各属义绅印委一体照办。至请饬发总榜之处，近有人言其不便，并饬各就地方情形参酌办理。方。啸。

十九日南京来电

吕大臣、盛宫保、杨道台：顷电桂守、沈令云，山邑去岁水灾本不甚重，周前部堂两次电奏案内并未提及山阳，是其明证。嗣经本部堂查得该邑亦间有被灾处，故与吕、盛大臣相商官义合放冬赈，系为专济极贫而设。乃原查不实，浮冒甚多，殷户铺家亦在其内，因将府县参革，故未严行追究。此次春赈，久经电饬清查户口，从严剔除，一面奏明惩办冒赈，并已颁分〔令〕剀切晓谕，原欲使地方官放心办事，无所顾虑。兹来电云工赈所需，非二十万不能济事。阅之殊堪骇异。查江北水灾，徐属最重，而以邳、宿为尤甚。上年冬赈，邳、宿各仅放钱十三万串有奇，而每口均给钱一千文，今欲以灾情最轻之山阳驾夫邳宿之上，冒滥至此，而犹谓系切实清查，实属情同欺诳。须知散粮以拯民命，非为济贫，断不能以多方搜索之款而为地方官见好绅民之地。姑念沈令到任未久，再予明白指饬，务即查照迭电覆查户口，切实剔除，至多以十万口为度，不准丝毫冒滥。义绅高守长颐办事向来结实，本部堂久所深悉，亦必能核实查放，断不致溢出此数。沈令当以李令为鉴，勿得希图尝试，致贻后悔。桂守前次迭电颇知事理，此电想系曲循绅士所请，惟既为知府大员，总宜不顾情面，不避劳怨，方为得体。嗣后务望督率沈令认真办理，力求核实为要。该邑赈款，昨已拨给官款银二万两、米二千石、义赈钱二万串，连同冬赈余款及杨莲帅、丁方伯捐项，约共八万串之谱。如有不敷，该县殷富甚多，谅不乏行善好施之士，应即广为劝募接济，并告周绅等知之等语。特闻。方。巧。

又扬州来电

篠电计邀慈鉴。运浦杂粮业已派人雇船装载，是否雇轮拖送，籍候示遵。此间饥民十八九两日已走一千四百余户，约七千余名，连前共走一万一千五百余户，五万七千五百余名。国钧禀。皓。

又南京来电

并转许九香观察、魏梅生太守：前电言疏浚河道有三难，近接吕、盛大臣电，亦以为然。惟去岁水灾之巨，大半由于河道淤浅所致，必须择要开疏，方足以弭后患。兹向沪道借银十万汇解清江，以备疏河之用。应由杨道会同九香、梅生两公，详加筹议，选择河道最关紧要处赶办兴工疏浚，总期于水利、灾民两有裨益。仍电复。方。效。

又南京来电

速转阜宁宋义绅：三电均悉。冬赈已经放竣，甚慰。其于开放后始投灾册之户，自难补查，应即归入春赈办理。该县赈款已由杨道拨给银三万两，连义赈三万串，共钱七万五千串之谱。现将春赈一千改作二次散放，每次仅放五百，以查放一次，谅有盈余。时已正月，务即迅速复查户口，核实散放为属。刁民聚众滋闹一事，已饬派桂守带兵赴阜弹压查办矣。方。效。

又南京来电

真、文、元、寒、谏各电均悉。近来筹拨各属春赈，接收宁、扬、镇等处饥民，益以捕匪、运粮等事，兼管并顾，备极辛劳。来电以躬行实践为主，绰有古君子风，深可佩仰。海州灾重地广，用款反较沭阳、桃源减少，固由宋义绅查放核实而汪牧办事认真，亦堪嘉许。赣榆存款尚多，官款应缓拨。冯守已往桃源，沭阳改派樊牧、溥霖接办。该二员均谙练赈务，必能严剔冒滥，专放极贫。惟先宽后紧，事较繁难，务须切属地方官妥为照料，勿稍疏懈。昨接袁道电请留樊牧在铜帮查，已电复不准，并催令樊牧迅速赴沭矣。仍由执事电催，俾免迟误。河工经费，昨向沪道借银十万汇浦，另电俙闻。按亩借钱一事，前经吕、盛大臣酌定办法，由吕、盛督同沪商借筹四十万，九香督同各属绅富就近筹借四十万，官筹四十万，甚属允当。如能办到，实与民生大有裨益。此事系九香创议，俟其来浦，即望切实妥商见覆。方。效。

又南京来电

顷电海州宋义绅云，各电悉。海邑灾重地广，去年冬赈较之沭阳桃源等处用款减少，具见办事核实。微电言草棚流民散给杂粮，并捐千口平粜半价，尤见好善不倦之意，深可佩感。情恙自是因放赈劳瘁，兼受风寒所致，近想已康复矣。御电所陈海赈办法三条，悉中肯綮。现与吕、盛大臣相商，派委朱越亭会同执事，合办海州春赈，与来电州县大者必须会办之意正复相同。司事得力者亦经商定，俟赈务办毕，择尤汇案保奖，其次奖送赈捐虚衔，以酬劳勩。霁电沥详为难情形，尤极透辟。此次春赈，务望不避劳怨，勉为其难，与朱越亭妥为办理，总使真正极贫咸沾实惠为要。如有浮言，鄙人当力为主持，决不使有所掣肘也。前接许九香电，州城开设粥厂，款由绅富自筹等语，当即电属杨道酌量拨米接济。兹歌电请将积谷仓存豌豆二千一百余石拨充粥厂，甚属合宜，应即照办，速由汪直牧谕令拨交经管粥厂首士应用，无须再拨浦米，以省解运之烦。并将此电送朱越亭一阅等语。特闻。方。效。

二十日南京来电

巧电谨悉。饥民截至十九，计换照三万二千零，已行二万二千零。外籍约五万，有就食不愿去者，月杪撤局，方有准数。璧禀。帑。

又上海来电

敝会面船蒙公惠助，均已安抵灾区，深感盛德。惟运粮商船三百艘麇集闸口，如专恃日工盘运，须一个月始得过闸。仰公关心民瘼，可否饬闸夫特加夜工，俾粮船速抵灾区，早济民食。灾民幸甚！华洋义赈会。

又海州来电

皓电敬悉。海属各河工，去腊汪直牧、愔令、许观察谕董从省勘估，约共需银十一万四千两，电禀督宪有案。遵即核实复勘凛〔禀〕报。惟工赈须急办，时在惊蛰，宜防春水，早日开工。请先酌拨工款备用，庶免迟误。是否有当，乞示遵行。邦直禀。号。

又南京来电

速转沭阳俞令：青电悉。此次江北灾赈，各省官商士民以及妇女、优伶无不量力捐集，乃以同居一邑之人坐拥巨资，意存悭吝，实属不明大义。应由该令再向切实劝导，务令解囊乐助，以济赈需。否则惟有赠给为富不仁匾额，或可以示警戒。方。号。

又南京来电

袁道台、田太守、杨道台、桂太守、汪直牧：接许久香电称，沭地低下，土质肥美，宜种柳五年，可高三丈。本年有柳，饥民解板劈柴，赖以存活。俞令精干，有志兴利，可饬广购柳枝，以高五尺径寸半为度，谕董设立林业总会，发给沿河、沿路、沿沟塘饥民领栽，即令灌溉看守。每人准栽百株，先给栽工五文。四月初查验，再给五文。派至九成以上，加赏一千；八成以上，五百；七成以上，二百；不及七成，罚令补足七成。违误重责惩；作践偷窜，禀官罚办。逐年推广，既开风气，且可备荒。或劝集林业公司补助官款亦可。如有绅富仿办，养五百人，道府奖给匾额；养千人，督抚奖给匾额；养万人，奏请旌奖，以资鼓励。运河、黄河两岸均可种柳，邳、宿、安、桃亦皆宜。是否，统候钧裁等语。查种树为实业根本，洵足以辟地利而厚民生。应即由该道府州等，切饬各属，体察地方情形，切实广为劝办，仍各先行筹议办法，禀复核夺，毋稍迁延。方。号。

又南京来电

铣电悉。筹办情形甚属严密，匪首已办，地方安靖，闻之佩慰。所购鄂省铜元三十万，昨因徐州五属春赈需款，酌拨十万运交袁道分拨济用；其余二十万，已令解送清江，以备凑赈粜之用。方。号。

又南京来电

铣电悉。淮海各属春赈，前接执事来电，当与吕、盛大臣商定，改作两次散放，大口五百，小口减半。昨已电闻，想达青览。海州冬赈办理核实，尚余钱八万余串，合之现在拨给官款银两、平粜米石，连同义赈，共钱二十八九万串，以之散放两次，足可敷用。赣榆冬赈余款三万、义赈二万，连同积谷，约有八万串之谱。较之所放冬赈钱数，已加两倍有余，自属有盈无绌，官款万两应即暂缓拨给。惟前电拟拨平粜米六千石，来电仅言千石；又青口粥厂，前电请将该县仓谷碾用，来电又称拨给米三千石。先后不符，望即查复。去年腊月加拨安东、桃源平粜米各二万石、沭阳平粜米一万石，原令粜价归赈，旋接来电，由道借垫沭阳洋五万元、桃源钱二万串、安东钱一万五千串，复令在于粜价归还。嗣后前项米石既尚未拨，该县等冬赈余款自亦无多，现拨之官款铜元、平粜米粮及义赈等项恐尚不敷两次春赈之用。上年借垫钱洋，乃系冬赈所用，应无须于春赈拨款内画扣，以清界限而示体恤。一俟鄂省铜元二十万运解到浦，再行拨还。山阳、阜宁二次春赈恐须加拨，应俟临时酌度办理。前接桂守、沈令来电，山阳工振非二十万不能齐事，当已严电申饬，勒令覆查户口，从严剔除，以十万口为度，不准稍有冒滥，并望就近严饬切实遵办。再，去腊加拨山邑冬赈钱一万串已未拨给，用过之外是否尚存三千串，即查明见覆。时已正月，春赈不宜太迟，恳速分电各属义绅，合〔会〕同印委，赶紧开查，以救民命。沭阳义绅未到，即责成俞令先行复查，务饬力求核实为要。平粜米粮最关重要，执事拟赴芜湖购米三万石，宁波购山芋干二万石，天津购玉米二万石，所筹极是，应需价钱即于余款九万及运到铜元内匀拨济用。余悉如电办理。方。号。

廿一日镇江来电

今日资遣一千零八人。现华洋义赈面粉等物，运往各灾区者甚多。前招商局运往灾区之面粉，闻有途中被抢者，恳饬营护送为感。恒。箇。

又海州来电

祃电谨悉。前奉饬转运桃源，比恐道阻费重，禀商改道，决不敢有畏难之心。奉酌定清、安、桃、阜、海、赣、沭等七属，均由海州转运。想宪虑周详，必已熟筹，无复便于海州之路。珏上承委任，下对灾黎，惟有先事不敢顾虑，临事矢以慎勤，为江海效涓流之助而已。然先事之撙节，除运费外，不开支一钱。今商埠局原有文案司事四人，万不敷用，正初始添押运勇丁八名。外口巡𨍏船走漏坐划两艘。兹四属转运，分司监视斗秤、管理收发与夫起卸、押运之事。拟再添员司朴诚可靠二三人，再募勇丁八名，俾共巡守等事，薪饷均从节俭。潮河义〔叉〕港纷歧，又拟借用海管炮艇一二艘，补巡划耳目之所及。于临河近岸围筑堆厂，以省搬力之费。此奉饬后预备之大略也。然盐河船集无多，加以淮北借运东盐，需船尤亟，日内运桃源高粱、芋干共八千包，约船卅余艘，幸免雇集，价亦尚廉，先往各镇封雇，费力不少，盐局尚有争论。以后惟有略仿盐局办法，遇闲稍贴船户住日之价，俾免一散，不易再集。俟盐运稍松，即不用此法，以冀省费而不误饥民盼食。是否有当，俟训示祗遵。珏叩。马。

廿二日上海来电

杨道台：午帅电云，欲添办芜米二万、玉米二万，甚是。惟宁波、温州山芋干，浙抚复电不愿出口。奉天彭子嘉个电，小米每石六两上下，高粱每石四两上下。敝处粮款搁煞，不能转头；尊处力大，望速行之。海宣。祃。

廿三日南京来电

电转沭阳县俞令：接吕、盛两大臣电，刘绅增电，沭阳灾民危急，求食无所，日饥死无数，可惨。粥店开一处，每杓六文，本十文。一处无济，须多设，可救数万人，功胜急赈。海等与曾少卿已认捐三千两，电令各镇多设粥店，嘱刘绅留沭专办此事。樊牧到后，查户放款必不能速，赖此粥店，稍可救急。可否求恩准援照赣榆，发米若干石专办粥店，沭灾实重于赣灾也。乞示等语。查粥店拯饥，立法甚善，应即在于现拨沭邑平粜米内匀拨四千石，交给刘绅，以备煮粥之用。其余米石，仍照前电粜售，归赈散放。并由俞令将此电送刘义绅一阅，并电复。方。漾。

廿四日南京来电

上年江南北水灾，久经奏明筹办赈粜，惟现距麦收甚远，粮价增昂，深恐有匪徒籍端煽惑，愚民抢米滋事，扰害地方。应即责成该道府严饬所属各州县一体认真查缉防范，并出示严禁。如有匪徒假米贵为名，纠众抢劫，立即会营严拿到案，审明就地惩办，以慑匪胆而定人心。一面劝谕行店及囤积米粮之家，不得抬价居奇，俾昭平允。该州县等倘敢漫不经心，以致地方出有巨案，定即撤参不贷。仍各将遵办情形禀复查核。督抚院。敬。

又南京来电

接刘朴生太守电称，睢邑近日运粮较少，价渐增，请饬防营认真缉护，以通商贩，广运接济。务即移行各防营严密巡查防护，遇有匪徒抢劫，立拿送交地方官严办，一面设法招商运粜，以济民食。方。敬。

廿六日南京来电

巧皓及九马电悉。各属春振分拨款项、米粮以及查缉抢匪、防护运道、接收资遣饥民等事，至为繁重，执事兼营并顾，条理秩然，一切渐已就绪，正如东风嘘枯，转瞬变色，佩甚慰甚。春振一千，前与吕、盛大臣商定，改作两次散放，正月放五百，三月再放五百，俾使款项得资周转，灾民不致浪费。想已通电淮海各属，一体照办。查海州灾情最重，冬振每口仅放五百，桃源、山阳亦各系每口五百，沭阳每口六百。今春振两次，每次五百，较之冬振不相上下，务望坚持此议，切属各义绅核实办理，毋任彼此参差。现已正月下旬，并希催令迅速查放为要。此次拨款三十万，除收到十三万及拨购米七万外，海州官振四万已经汇沪转拨，余银六万，询据官钱局声称，业经汇浦，刻下自已收到。前借给堤工局何道银二万两，如能于前拨修筑运堤银十万内匀还最妙，缘同系办工所用也。倘实在难以匀拨，即于此次汇到银内提还清款。汤董运到之米，计亏短霉变米二千余石，自应责令汤董如数赔补。惟偷米搀水之船户亦应从严惩究，庶足以儆效尤。分拨各属之米不敷二万余石，准在浦局存米内匀拨济急。俟续购芜米三万石运到，再行拨还。办理平粜最关紧要，现已赴天津采办玉米、高粱，甚是。望即设法赶办。疏浚六塘河事，已另电俙闻矣。方。宥。

又南京来电

据桂守来电，阜事已平，闻之甚慰。究系如何办理，应先择要电闻。再顷电吕、盛大臣云，效、个两电均悉。谷虽公积，专为备荒，若本境有偏灾不能拯济，而必专待官义款项散赈，殊失积谷本意。此次各属积谷多已动用，阜邑滋事乃因刁绅劣董从中唆使，而季令又不能明白开导所致。前经派委陆守树声、杜守殿华酌带营队前往查办，原令解散愚民，严惩首要。昨接桂守来电，事已平静，惟如何办理，未据详复。尊意拟将积谷全办平粜，甚为切要，已电饬杨道、桂守体察情形，妥速筹办。总之愚民宜悯，刁风亦不可长，卓见必当为然也。阜邑春振拨给官款银三万两，合之义振，约共钱七万五千串之谱，应即电致宋绅，即就此款迅速查放春振，不可再迟等语。即照办。方。宥。

又南京来电

清江杨道台、淮安桂太守、山阳高义绅、沈令：高个电、沈马电均悉。山邑冬振，系已革之李令全凭董保造册，冒滥之户，岂止一半。今春振以十万大口为限，决不为苛。昨接吕、盛大臣来电，亦以切属万勿溢出，足见彼此意见相同。春振原定每大口一千，近与吕、盛大臣商定，改作两次散放，正月放五百，三月再放五百，以符一千之数。现拨官款银二万两、义赈钱二万串，连同上年冬振余款，杨莲帅、丁方伯捐款以及二千石平粜米价，约共有钱八万串之谱。望即先仅此款迅速核实散放。如有不敷，先本责令府县劝捐接济。倘捐不足数，再当酌量加拨，以竟全功。方。宥。

又南京来电

杨道台：访闻沭阳县富户秦以孝、秦仕进、耿绍实等坐拥厚资，乡里被灾甚重，并不抚恤，转将米粮囤积，抬价渔利，且钱粮一概停征，该富户因本邑被灾，一律得邀恩典，又向佃户催租，追呼甚急，以致灾黎更形困苦。似此为富不仁，深可痛恨。应即由道委提来浦，从重罚究详报，以谢灾黎。仍将办理情形电复。方。有。

又南京来电

杨道台：皓电悉。所筹十节均极切实可行，甚佩。各属河工既以六塘河为最有益，与九香商议意见相符，应俟梅生勘竣迅速开办，即以梅生为总办，文牍另寄。前汇来之十万两，准如所请，专备六塘河工经费。至海、沭、赣应疏河道，昨经电催赶速测量，兹由道电饬章直牧查勘，甚好。希即催令会同各该州县确切测量，撙节估计，妥议电复核办。所需工费，前九香来电与吕、盛大臣来电，均称十一万有奇，现经执事与九香商明，先于春振款内匀拨，并饬沭阳县俞令劝导富户捐助；如不敷，再设法筹济，极为核实。惟昨接吕、盛大臣电，海州义振平粜存规元银二万，请拨还宁局铜元欠款等语。当已电嘱将此项留备疏浚海、沭、赣河道工费之用，其余悉照来电办理，即转致梅生太守并饬汪章二直牧、俞愃二令查照。共计工、赈、粜三项，不敷甚巨，自非借款不可。执事能拨冗往沪商借固妙，惟清江事极繁重，务望速去速回为属。方。有。

二十七南京来电

接刘朴生太守电：真谕借钱善后难，流弊多，仁明洞烛。开办不得人，实惠难及，催缴不易。淮北地瘠民愚，交通不易，不筑路，灾无穷期，贫愚无穷期。琳于淮徐皖北乞振时，皆力言此救贫、开智、备灾，利及百世。倘先集款，于淮徐筑土工，续设轨，十年必丕变。乞钧裁。又接续电按亩借钱，初见多弊难办，继思利民，拟简章乞设饥民质田公司，宪委人经理。邑设一所，限一亩至十亩，价分三，令饥民觅保投质，三月续一分，半年分半，一年二分，并劝绅富按田入股，照公司章与以权利，可使囤户售谷，利民无形各等语。此事关系至重，筹议不厌精详，应由该道等再行妥为核议电复。如果真能利民，自应举办，另筹杜弊之法，以维持之，亦不可因噎而废食也。或再与九香、梅生酌商，期臻妥善。盼复。方。沁。

江北赈务电报录第六册

二月初二日南京来电

接吕、盛大臣电云，山阳高绅宥电，奉督宪篠电，以扬道台禀称赈钱分期分放等因，语诚切要，第民情素称怠惰，想此时极贫之户急求存活，断不肯浪费赈钱。来日方长，仍宜放一千，俾得稍分余资，补种芋米等类，较有实济，示遵云。若为补种，似宜酌办等语。查山阳民情极刁而灾情极轻，若将春赈一千全放，是否不致浪费？将来三五月间能否不再要索？速由杨道督同桂守妥筹电复，勿稍迁就，并告高绅。方。东。

初三日南京来电

接海州朱尹元义绅电称，春赈一千两次放，当遵办。一票两用，需斟酌。盖放款时对簿标数，仍着饥民向发钱所缴票领钱。若票不收回，发钱所无凭，难以核数，保无蜚语。荫基会商查放一镇，照样填写副本联票，如放款时将先给之票标明钱数，并将后填之票一并交原人收执，发钱所收回标数之票给钱，而饥民仍有板票可以购平粜粮。办赈者放一次，则是一次之赈票，可以杜弊端。虽多烦笔墨，可以省一次查户之烦等语。查所拟办法甚属简要可行，业经电复照办。惟淮海各属春赈均以改作两次散放，希即分电各义绅、印委体察情形，参酌仿办。方。江。

又南京来电

据沭阳俞令电称，河工已请人测量勘估，将来开工即在领有振票之户挑选赴工，呈票验明。如挑一人，振票内批明除去一口，无振票呈验者不收，庶无影射冒滥等语。查所陈办法尚属切实可行，希会商九香观察酌核饬遵，并分行海、赣两邑查照。盼复。方。江。

初五日南京来电

梅生江支两电均悉。查勘六塘河工情形甚为详细，所筹办法亦极核实，深堪佩慰。钱集以下两河旧堤既属残缺卑狭，兼有堤形俱无者，亟宜赶紧修筑，以资保卫。应由俊卿选派得力委员，迅速招雇人夫，刻期开办，并请以梅生总理堤工事宜，随时督率挑浚，俾臻妥协。所需工费银七万两，即在前次汇到十万两内动用。至各处缺口，建修闸坝尤为扼要，共需工费若干，并望梅生预为核实估计，电复核夺。方。歌。

初六日魏守来电

六塘河堤，最关紧要。察勘民人受害之烈，现在河堤缺口，清、安、沭、海境内共七处，其大者辄殃及数十里。全行堵塞，则运堤以北大水积潦，无处宣泄，为害民田；以其开放，则六塘夏秋盛长，又必从缺口倒泻，同一受害。清安等处，每遇大水，辄被奇荒，困苦颠连，平日无告，固属天灾使然。究其原因，亦由堤防残缺、闸洞废圮、水利不修以致于此。查乾隆八年六塘修堤之后，曾建坝闸涵洞数十处，具详《淮郡志》。可见事贵交资，不能缺一，业经电禀帅座，于工赈款内量予留存。俟秋末冬初，择最要之处修建，俾新筑堤防得收全效。当否，乞钧裁。家骅禀。鱼。

又南京来电

接宋义绅电称，初三日温河二庄甫经开查，有匪棍聚众要索户户照给未遂，抢去帐簿，复聚数百人围困司事十三人，并现任惠泽司逃出二人。该匪复至寓抢劫物食，董团在场坐视，由州嘱单令同定字营官前往救护。恐人地生疏，难以得力，乞电饬李镇多带水队兵弁前往缉匪弹压。汪牧如无暇去，基愿同往等语。查匪徒籍索利为名，煽惑滋闹，甚且聚众抢劫，实属横蛮不法，亟须遵照奏案，从严惩办，以挽风气而维振务。应即由李镇、王牧、汪令立即酌带得力营队，会同宋绅，迅速驰往该处，先将被诱协从愚民弹压解散，一面查缉滋事匪首，务获严讯重办。事关紧要，该镇等毋稍玩延，致酿巨患，然须分别是匪是民，相机妥办，不可一味操切，是为至要。仍各将办理情形电复等语。特闻。杨道所办各事如大致就绪，务望速回。方。麻。

又南京来电

平粜以济民命，关系重要。近闻海州乡董办粜，因改小票索钱，如果属实，亟宜查明究惩。应即派委王牧曜为各乡平粜总稽查，随时严密查考，如有乡董舞弊勒索，立即据实电请提究；一面仍由窦守、张牧将平粜事宜妥为经理，总期实惠及民为要。并电复。方。麻。

又南京来电

转安东、桃源、阜宁、沭阳、赣榆各印委、义绅：此次江北灾广款绌，迭饬广劝绅富捐助接济。徐州五属前已劝获绅捐十余万，又加募急赈，亦有万金。淮海各属，除山阳杨莲帅、丁方伯、海州沈丞堂、许观察各助捐款外，其余捐数甚属寥寥，总由各地方官不能认真劝导之故。现在各属春赈业已开办，惟地广人多，虽系随查随放，而即此先后之间，恐极贫中尚有不及待者。周济乡党乃绅富应尽之义务，应即责成各属印委剀切劝谕，凡振款未放之前，由本地绅富将附近饥民设法拯济；至其亲故佃户人等，尤宜责令量力周恤。倘任其饥毙，定即提案究罚。义绅所到之处，亦望广为劝导，以拯民命。仍将办理情形电复查核。方。麻。

又南京来电

桂太守：接冯筱青义绅电，桃源民食缺乏，盛大臣运来平粜米五百包，每斤十文，饥民争买，两日即完。能速运米糠万石，或麸皮皆可救急等语。桃民争买米糠，足见粮米之少，应速设法多购粮麸等项运往接济为要，并转电冯义绅知之。再桂守江电已悉，应催刘令迅速遵电提犯严讯，速办勿延。方。麻。

又魏守来电

江北现受睢、沂、泗之害，较淮尤烈。废黄河堤南如铜、萧、睢、宿处，均睢水为害；废黄河堤北如邳、宿、桃、清、安、沭、海，均沂泗为害。去年水灾，昭然可见。六塘专泄沂、泗，沭海是其尾闾，汛滥溃溢，无法减轻，只有择可防护之处稍资补救，乞钧裁。骅叩。鱼。

又南京来电

顷电海州汪牧、李镇、王牧，文曰：接宋义绅电称，初三日温河二庄甫经开查，有匪棍聚众要索户户照给未遂，抢去帐簿，复聚数百人围困司事十三人，并现任惠泽司逃出二人。该匪复至寓抢劫食物，董团在场坐视，由州嘱单令同定字营官前往救护。恐人地生疏，难以得力，乞电饬李镇多带水队兵弁前往缉匪弹压。汪牧如无暇去，基愿同往等语。查匪徒籍利为名，煽惑滋闹，甚且聚众抢劫，实属横蛮不法，亟须遵照奏案，从严惩办，以挽风气而维振务。应即由李镇、王牧、汪令立即酌带得力营队，会同宋义绅，迅速驰往该处，先将被诱协从愚民弹压解散，一面查缉滋事匪首，务获严讯重办。事关紧要，该镇等毋稍玩延，致酿巨患，然须分别是匪是民，相机妥办，亦不可一味操切，是为至要。仍将办理情表电复等语。特闻。扬道所办各事如大致就绪，务望速回。方。麻。

又南京来电

接吕、盛大臣支电：久香电，阜宁绅耆佥称款少灾重，春末夏初时极危险，前禀借钱五万修筑海堰七千里，以工代振，可活饥民五万余人。堰成，可收领价六万余，以此抵还，有盈无绌。由印委代收，结实可靠。宪台能向银行挪借，该绅耆愿认折息，一转移间，可救一时灾黎，并可除数世水患。乞宪台大发慈悲，功德无量云。海堰应否修筑？堰成可收领价六万余，是否可靠？如果应修可靠，似应仍请官中筹借。此间义振借款甚难，究非官力可比，乞酌复等语。查阜宁去岁灾情并不甚重，官义合筹，连同积谷粜价，共钱十三万余串，较之皖北灾情最重之宿、泗等处，拨款几加一倍，为数已属不少。绅耆希望过奢，动以危险之语相迫，博济无术，言之殊堪愤懑。检查阜境海堰，并无兴修。案据吕、盛大臣来电所云，实已洞见情伪，希即就近查明妥议，电复察夺。如非勘不明，即派妥员往勘，以昭核实。方。麻。

又南京来电

顷电吕、盛大臣云：冬电悉。放振原以春灾，所有无灾之处断无普查之理，应请切嘱宋绅抱定救命不救贫之宗旨，勿因绅委要求，致涉宽滥。如该绅士捏造谣谤，鄙人自当力与主持，倘有与之为难者，并许密电敝处，以凭严拿重办。再，阜宁灾情并非甚重，春振以十二万为度，较之冬振加四五万，似属不少。现拨之款共十三万余串，约计已可敷用。宋绅电云极贫十五万口，想因民情刁悍，未能严加剔除所致。应请速令宋绅先尽现有之款，将第一次春振核实散放，俟放竣截数，再行察酌办理。公意如以为然，盼电宋绅照办为祷等语。希即分电何令、路丞等查照。方。麻。

初七日上海来电

前接许观察电，承备小轮泊杨庄拖赈，感佩。兹又接电，谓贵道恐居民惊凝阻之，嘱电请林教士与贵道确商办法。已据情电咨林教士矣。但灾黎待赈孔亟，请勿耽延为祷。华洋义赈会李。阳。

又南京来电

桃邑现经冯绅与刘令商筹设当田局，办法甚好，足以济振抚所不及。其应需款项，系由冯绅托人在鄂劝募三四万金、刘令之弟捐助铜元二万千、吕盛大臣拨给义振粜款一万串。一面劝集绅富捐款接济，现已具有端倪。安东灾情与桃源相埒，宜仿设当田局，以惠贫民。惟应如何选派妥人筹集款项，迅即由道妥速筹议，电复核办。方。阳。

又南京来电

据朱绅祖荫禀称，板浦镇之本街及中正街两处围子以内，经绅商雇款粜粥，去冬故未给振。惟粜粥每碗仍取五分，能救次贫而不能救极贫。应准给振极贫一次，每大口给钱五百，小口减半，他处不能援以为例。速由许、吴二牧复加清查，核实散放，专救极贫，勿稍泛滥为要。仍电复。方。阳。

又上海来电

江电悉。连接窑湾朴生、鹤庄来电，粮因水浅，起驳故迟，可见过闸后小轮亦难畅行。华洋会绅云许道允商督帅，另电小轮过闸，专拖该会振粮。现到美国面粉八万数千包，正来询此小轮已否全备，顷已将尊电嘱沈道转告，但求尊处多派能干员弁，并严饬厅县设法，无分日夜，挽运过闸，勿任拥挤担搁，尤为紧要。海宣。虞。

又南京来电

海州高墟镇董孙彩亭、兴谷镇董单国瑞平粜舞弊，前经电饬严审拟办，未据电复。现在各处灾民全赖粜粮接济，必须经理得人，灾民乃可保全生命。该董等平粜舞弊，事与吞振无异，本应遵照奏案正法，姑宽各予监禁五年，并将其田产全数追出，充公济振，不准稍有隐匿。电到，速由汪牧切实遵办，并将办理情形电复查核，毋延。方。阳。

又南京来电

速转桃源县刘令：邑现创设当田局，事务繁重。虞倅树荪、伍令诚协同办理春振，诸臻妥协，应即留在该邑协办当田事宜，务祈始终其事，灾民幸甚。除另札行知外，电到转靠虞倅五令知照。方。阳。

初八日南京来电

接袁道电，饥民购食河内杂草，有毒虫遗子，多肿毙，请通饬查禁等语。希即通饬各属一体查明谕禁为要。方。庚。

又魏守来电

南北两堤分十八段，工员均由万提调选派。现陆续赴工。分局设三处，均通水工次。平粜无大宗杂粮不敢轻举，然粮价骤涨，工夫食贵，亦可虑。因在大丰购四五面一千五百袋，筹赈局旧存七百袋一并由盐河运至巡家沟存储，以备工赈之需。家骅日内仍返钱集，功甫同行，俟全工安置妥帖，再回浦面陈一切。家骅。庚。

又南京来电

淮安桂守、山阳高绅、沈令云：山阳春赈已剔除十之三四，办理尚属核实。既云查放竣事已在三月间，灾民不致浪费，仍行要索，该府县与高绅意见相同，应准即作一次散放。其不敷之款，加拨银二万两，即电属杨道筹给，一面即由府县广捐绅富捐助接济等语。所有山阳加拨银二万两，希即由道匀拨，或设法暂借，俟此间借款定局，再行拨还。方。庚。

又海州来电

督宪、藩宪鉴：海属河工，除沭境六塘河已奉拨款挑办外，至海赣以工代赈，原估河道甚多，奉道委直会同堂与愃令复勘，时届春分，似已稍迟；且两番雨雪，春水恐生。直既办州城粜局，堂又会查春赈，如其周历估工，似非二十日不可，均觉兼顾弗及，未敢舍糊。谨将实情电禀，可否另派专员覆勘，或缓至今秋场毕从速估办，伏候钧裁。直、堂禀。庚。

又淮安来电

山阳春振，现遵督宪电谕紧查紧放，月望当可放竣。鸿仪放手办事，无所顾忌，剔中饱，杜冒滥，力矫冬振陋习，总期实惠均沾，以副上宪拯救灾民之至意。鸿仪禀。庚。

又上海来电

顷奉致电盛宫保云，运河浅，不利小轮，但灾黎待振孔急，万难延搁。现备小轮前往拖带，倘有意外事，自行担任。华洋义振会齐。

又南京来电

据朱绅祖荫禀称，海州灾情以皂王河、平明、下坊、高墟、卸甲坊、王家沟、高桥为最重，若与其余各镇每大口给振千文，仍恐不能全活。现商之汪牧、章牧，就镇购包谷五千石，分设上坊街、青伊镇两局，拟将第二次春振改放钱为放粮，所有被灾最重之皂王河等七镇与兴谷东半迤东各庄以及新坝镇西北各庄第二次春振，每大口给官斗包谷二斗，小口减半，其余被灾稍次各镇村庄第二次春赈，每大口给官斗包谷一斗四升，小口减半。凡向在上坊局领粜各处及新坝镇西北各处相距较近者，在上坊局散放赈粮。向在青伊局领粜各处，在青伊局散放赈粮。此外各镇经镇董领有粜粮者，即用粜粮放赈。附近城粜局者，在城粜局拨粮散放。若无镇董承领粜粮而又距城较远之区，则仍放钱等语。应准照办，即由汪牧希商许、吴二牧，妥速办理。惟现有之粮食能否敷放，并须通盘筹画，电复核夺。方。庚。

又南京来电

接山阳高义绅歌电，滋闹停查数庄，似应酌补查，先由钱庄挪放，再求拨银等语。究竟滋闹停查共有几庄，灾情奚若，人口若干，应否准予补查，速即就近查明，电复核夺。方。庚。

又南京来电

阳电悉。已据情电商袁宫保，得复再闻。如仍不允，只邓退还金山麦。道远价昂，自以不办为是。许九香如尚在浦，即转告；如不在浦，亦乞转电。方。庚。

初九日海州来电

阳电敬悉。此间驳运各船均已齐备，惟查外海内河及过坝起运水脚等项，每包约需二百文，作四万包计，连局用，需用钱一万余串。除已领外，不敷尚巨。海汇不通，领运非易，已商章守在平粜项下先挪用，请电示饬遵。委员恭懿叩禀。佳。

十二日南京来电

接宋绅电称，初次春振十日约可竣事，三月下旬又须接收第二次春振。惟振款尚少十数万串，祈电窦守、章牧将平粜款项全数拨交东西两路散放等语。查该州春振原拨款项二十七八万串，即使少收米一万石，亦止短钱五万串。何以现电加拨十数万串，甚不可解。恐系上年余存之七八万串中有亏挪，宋绅不愿结怨于本地官绅，故不得不请增官款。究竟此次春振东西两路人数各有若干，第一次放过钱数若干，现存款项实有若干，有无亏短，速由汪牧刻日查明电复，不准稍有含糊。昨据朱守祖荫电禀，该绅所收各处，现经购办包谷，拟请第二次春赈改放钱为放粮，当即电饬照办。既有包谷并放，则赈款钱文自可减少，亦即通盘筹画，议复核夺，运到米一万石，务须迅速粜售，以凭将价归振时放。其所运之一万即存清江候拨，不必再运。并饬窦守、章牧将平粜价积存若干电复查核，仍由汪牧先告宋绅及许、吴两牧知照。方。文。

又南京来电

接吕、盛大臣电，安东当田局如果开办，拟在海州义振平粜项下就近先拨一万千。其实宋治基等皆言开河已来不及，确有此理，议者虑振事完，更难拨款，亦是恒情。似不如将准备开河之款先办当田局，秋成收赎，回令办工，则一款可办两事，乞酌之等语。安东贫民当田一事，望即查照前电速为筹复。至云将准备开河之款先办当田局，徇属一举两得，并希与许久香同年妥为商酌，电复核办。方。文。

又南京来电

袁道阳电悉。查前据杨道电，徐属米二万石已经照数拨给，乃据刘绅来电，邳州拨米四千石，仅领到二千五百石等语。所短米一千五百石现存何处，速即会查明确，据实电覆，勿稍推延。至云邳州春振尚短钱一万千，应由袁道就近查明。如果必不可少，即由道就近暂行垫给，将来即于摊捐款内扣还，以省往返。方。支。

又南京来电

速转阜宁宋义绅、何令：虞电悉。该邑绅富现经切实劝导，已集捐款七千余串，足见好善之心，人所同具。乡董倡捐三千，尤为难得，应由何令专文详请奏奖，以昭旌劝。一面仍广为劝办，务使多多益善，藉济赈需。方。文。

又海州来电

真电祗悉。朱两义绅所查第一次春赈将竣，尚未截清口数。今春奉发官赈四万两，由许绅汇来，发交赈务公所收存；又奉发义赈铜元四万串，经陈丞解来，为宋义绅截留备放。宋义绅所用系官赈，已函嘱堂拨解四万串，仍有未经放完者。至宋义绅所用系义赈，数未开来。陈丞在彼随查，亦未能知其确数。惟恐即办二赈，接不上放，是以公电禀请迅筹二赈接济。复查海境上年冬赈所放口数并许绅等赈务公所查户杂用，共钱下三万零一百余千文。今春两赈，灾民困苦更甚，前估约需二十八万千，亦恐虑有不足，宽为之备，银款、铜元均蒙拨给。惟原定拨米二万石，嗣改先拨一万石，均奉行知有案。前次电请照米价拨给，情急失当，蒙谕惶悚，惟求恩原，容即会商宋、朱二绅，初赈究竟需用若干，二赈计少若干，恳求加拨。嗣奉饬知专差请领，并尊谕函知宋义绅、陈丞遵办。堂禀。文。

十四日上海来电

文电悉。义赈不敷钱五万千，除赣榆二万千已交九翁拨划外，其余三万千，已于二月初九电致镇局朱丙君，以阁下过镇，应即交去等语。望公速即派人赴镇领运为祷。海宜。翰。

又淮安来电

山阳春赈拟十六撤局，严剔中饱冒滥，约散钱十二万串左右，较冬赈户口计只六折有奇，甚属安靖。俟撤局后核算详细数目，再行禀陈。鸿仪禀。寒。

又南京来电

两文电悉。有田被灾，方谓饥民。现在放赈，专为此等人而设，无业之贫民本不在内。今安东官绅声称饥民不尽有田，殊属误会，应再由执事复加查明，另行议复核夺。安东赈款，前电至多以三十万为度，乃系照唐义绅原请，续放半赈即在其中。原拨之款共有廿一二万串，本只须加拨八九万串，今请加拨十万，如果确有把握，事关急救民命，亦不必与之计较一二万之数。昨已两次饬由官钱局运浦钱卅万串，届时即由执事酌量拨给可也。再山阳停放各村，现经义绅补查，已挪借钱九千余串。将来结数，并希执事复查补拨，并告该县高绅，沈令知照。方。盐。

又南京来电

真电悉。淮海各属第二次春振，本月下旬即须开放，待款用亟，自系实情。询据官钱局复称，海、沭、赣河工钱十万串及前次加拨春振钱十五万串，已经分别运解清江局转交。其二次加拨春振钱十五万串，因官钱局铜元骤难铸齐，现改为由官钱局垫汇库平银十万两，速汇清江官钱局转交候拨，以应急需。希将收到日期电告。至沭阳、阜宁、安东、桃源各拨款数目、办法，前电迭次言明，并即查照办理。方。盐。

又南京来电

三寒电均悉。邵伯东西两堤，已饬堤工局速办。导准办法，俟禀到再行酌核。方。盐。

又南京来电

速转桃源县刘令：蒸电悉。桃邑第一次春赈，刻下想已放竣，即将放钱总数电达，以凭将二次振款速为拨定。所拟当田办法均尚妥协，应准照办，仍即会商冯绅及虞倅、伍令，将未尽事宜妥速筹议开办具覆。方。盐。

又南京来电

宿迁黄令托病废弛，有贪猾名，民横盗滋。赈粜为徐属袁道委冷令利南至芜购米三万金，乃于南京朦购极劣老仓杂色米分拨邳宿，俱勒各司事运送，为执事所闻，有冷令太视为优差之谏。徐属多盗，数百成群，挟快枪，屯伏边界，各处有魁会党亦多蔓延，不早除，患将大等语。事虽隶徐，距公甚近，务请逐节就近详细查明，据实见复。江北赈务取济一时，察吏、弭盗为经久至计，必须惩贪劣、清盗源，民生乃有起色。想卓见亦以为然。迅复至盼。方。盐。

十五日淮安来电

山阳春振，四乡一律查放完竣，每大口放钱一千，小口五百。小口折大口，可计大口十一万五千七百余口，严剔冒滥，较冬振已减三分之一。计收官赈四万两、东抚宪一万两、山东无名氏五百两、山西丁方伯二千七百两，其合计钱八万六百八十八千文。义赈二万串，山阳筹赈公所募三千二百五十串、平粜米价一万串，鸿仪捐廉一千串，共十一万四千九百三十八千文，放十一万五千七百余千文。修筑福公堤，禀明在东抚宪振款内提银四千两，合钱六千零六十千文。冬春两振经费二千余串，下缺九千五百串，系由钱庄挪借，求赐拨还。拟十六日撤局，细数报销容日造具清册，恭呈宪鉴。长颐、殿华、鸿仪禀。删。

又南京来电

昨商清江雇小轮运粮，须由上海转雇，已饬派崇安来浦。顷据财政局禀称，崇安船身已旧，难上三闸。此外各官轮均已奉差在外等语。崇安既难上闸，若不另雇小轮拖送，洋人必拟自派轮送，将来诸多窒碍。仍请执事在浦向公司商议，无论如何，总以由官自雇小轮拖送相宜，租费仍由振款项下开报。请速照办。方。咸。

又上海来电

文电敬悉。承准由浦雇轮拖运，在杨庄候拖，费用由官筹给等因。从此源源接济，迟速悬殊，无所隔绝，俾此百万灾民共庆存活，感激目无既极。闸西行输，事系创举。固知非大力不成，同所深佩，并荷仁施，特复鸣谢。华洋义振会。

十六日海州来电

寒电敬悉。裕宁款到，仍望速拨款。导淮事请公主稿，弟月杪可至。袁浦霖。谏。

又南京来电

顷电海州汪牧云：禀悉。该犯杨万春，以已革营勇胆敢冒捏实艺公司之名，假造放振施衣等票，诓骗饥民得钱，并捏平粜旗帜，向各船户讹诈，实属藐法妄为，较之寻常吞振冒赈情节尤重。应即遵照奏案，明正典刑，以昭炯戒。电到，即由该牧速提杨万春正法具报，仍勒拿逸犯下安佐等，务获究办。余详禀批等语。特闻。方。铣。

又海州来电

宋义绅所称接放二赈赈款，尚少十数万串。查今年春赈原拨二十八万串，内银款、铜元均已解到。惟粜米二万石，已解到一万石，遵饬粜存备放，尚少拨一万石，即短缺五万余串。所奉原拨春赈，因系两赈，照上年冬赈加倍派拨，惟恐不足，宽为之备。宋义绅所查西南各镇并板浦中正围内给赈一次，第一赈约在四万串，第二赈无板浦中正围内，约在四万以内，大致不过七万余串，尚知大概。惟宋义绅所查始而不明其数，迨奉谕询，树堂函准复禀，已查十二镇，用五万多串。莞南各庄地广，查犹未清，尚无把握，约需二万余串。统共约需七万数千串。如以两赈计之，共需十五六万串。树堂将东西两路合计，总在二十三四万串之谱。就春赈已经解到并去冬所剩，似尚短缺一万串，恳求宪恩拨给备用。现亦遵饬转告许、吴二牧知之。以珏、帮直、树堂禀。谏。

又海州来电

海州前缺粜粮，已电禀督宪准购商粮接济。现在又尤缺乏，甚为急迫。海口运到，皆系宪台所购淮属粜粮，可否暂借三四千石济粜价，或俟奉粮运到归还？淮海同隶帡幪，谨代灾黎乞恩，求电示遵。邦直、树堂禀。谏。

又南京来电

杨道台、桂太守、汪直牧并速转所属各州县：徐、海、淮、安各属春赈，久经出示晓谕严禁冒滥，专放极贫，并奏明如有并非极贫仍行冒领，甚或不服任意滋事，即当严拿惩办。兹桃源差役曹友藉索赈为名，鸣锣聚众滋闹，由县拿获讯明，经本部堂电饬就地正法。因思各处现正散放春赈，查剔从严，保无匪徒煽惑愚民，误罹重典，应即通饬现在办赈各州县剀切出示晓谕，务使触目惊心，互知警戒。倘敢仍前藉赈滋闹，定照曹友案一律严办，断不姑宽。仍各将示谕录呈查核。方。谏。

又南京来电

杨道台并速转冯绅筱青、桃源刘令：冯绅文电悉。桃邑唐家圩吴城乡三号、四号、七号等处不服剔除，聚众滋闹，一由于冬赈太滥，咸思效尤，一由闹赈之县差曹友正法过迟，人未知儆，虽经提台酌拨防勇六十名前往弹压，兵数太少，难资镇慑。然若多派营队，非惟惊扰无辜，且恐易滋疑谤，现在惟有仿照杨道、久香所陈海州办法，将闹赈之唐家圩及吴城乡三号、四号、七号一律暂行停赈。如有公正绅董将闹赈之人捆送来案，再行电请酌办。此外各处待放甚急，冯绅务速回桃妥速办理，是所切嘱。司事所带铜元在王家集被抢，应即责成刘令严密查拿，务获惩办，勿稍纵延。至应否加派营队之处，即由杨道就近酌核办理，仍各电复。方。铣。

十七日南京来电

窦章元电悉。运到奉粮二批，其仅海斗一万余石，是头批二万石尚未运齐。惟迭据朴生太守来电，睢宁平粜需粮甚急，若待三批运到，恐致迟延。应即在于此次运到奉粮内，先拨二千石运赴睢宁平粜，以资接济。至于由西坝转运徐州，应如何设转运局，速由杨道酌核办理。所有粜价，应责成该道等督饬各州县印委人等如数照缴，不准稍有短少，并由袁道转告朴生太守知之。方。洽。

又南京来电

速转冯小青太守：元电悉。桃邑春赈经执事认真严剔，共放钱十四万二千余串，较之冬赈节省五万之多，极贫蒙惠，公款受益，感佩殊深。顷接俊卿函称，执事面述现已开办当田局，无须再放二次之赈，所言甚为切实，惟当田既以代二次春赈之用，款项必须宽筹。现仅吕、盛大臣拨款一万、刘令之弟捐助铜元两万，执事托由张道等捐集三万余金，春赈余款四万余金，恐尚不敷。查该邑第二次春赈本拟加拨铜元十万，兹既无须再放，应于前项铜元内拨给五万，以助当田之用。一面由印委遵照前札劝集绅捐，俾资接济。所有当田事宜，仍希会同刘令等妥速办理，以期惠济灾民，是为至要。并由杨道电饬刘令查照。方。洽。

又南京来电

速转桃源县刘令：接吕、盛大臣电开，桃邑刘令蒸电所拟当田局简章，甚妥；不假手胥吏，尤善。惟二年赎期加息，鄙意至多只可一分，以示体恤等语。仍由刘会商冯绅，体察情形，酌核办理，仍电复。方。洽。

又南京来电

速转魏梅生太守：运河两岸堤工，上自桃源，下至宝应，工段绵长，据称现已完工。应请梅生太守亲自周历详细验收，如各段中有草率偷减情弊，据实电告，幸勿稍任含糊，是所切托。方。洽。

十八日南京来电

杨道台、章直牧、汪直牧：咸电悉。据陈平粜办法尚属妥协，惟前闻各乡董有升改小票加钱之弊，务须随时调查整顿，有犯必惩。至金道所购奉省杂粮，前本派分徐、淮、海三属。昨按吕、盛大臣来电，伊处所购小米、高粱，均由镇江运往徐属，足资分拨。此项奉粮应即先仅海州粜售，不必分运徐属。已分电袁道及窦守查照矣。赣邑去岁灾情极经，穷民较少，近查得前拨杂粮尚未粜尽，仓存谷粟全未动用，必拘定二成之例，多运以附益之，应由该牧等与愃令彼此筹商，斟酌缓急，妥为办理具报。方。啸。

又南京来电

杨道台速转沭阳樊义绅、俞令：电悉。沭邑灾情不及邳州之重，地方不必海州之宽，上年冬赈放钱至二十一万千之多，较之邳、海，几加三分之一，实属冒滥过甚。此次必须抱定吕、盛大臣救命不救贫之宗旨，从严查剔，庶可节省公款，拯救极贫。今该绅等深知筹款之难频，尽心以救民、竭力以节用，甚慰所望，务祈妥为切实办理，亦践此言为嘱。至第二次春赈，原拨之款有无不敷，应俟此次查放就绪，再行察酌办理。方。啸。

又南京来电

袁道台、田太守、杨道台、桂太守、汪直牧，速转所属各州县：去年灾荒，农民耕种之犁锄等项类皆典质糊［餬］口，现当春耕之际，无钱取赎，大与农事有妨。应即通饬各州县剀切示谕，各典所当一切农具，凡在本年五月以前取赎者，一概免利，以济农民之急。此事典商让利无多，农民受益甚大，该州县务各认真劝导，勿任推阻为要。仍将办理情形电复。方。啸。

又南京来电

杨道台、汪直牧、朱宋二义绅、窦太守：汪牧元电悉。该州仓存谷粟豌豆，去冬即已饬令粜售，其价归赈散放，迄未遵办。兹仅将豌豆拨归粥厂，谷粟乃复扣留，而乃托词于留作缓急之备，试思如此巨灾，就该州一邑论，冬春两赈拨给官义款项至数十万之多，而专备年歉之积谷坚不肯动，必如何始可谓之缓急？实不可解。现闻该州粜粮尚未续到，市价日盈增昂，正是缓急之时，勒令汪牧立将仓存谷粟全数拨交窦守，一并平粜，所得粜价即交朱、宋两义绅归入春赈散放，不准再延。至沈京堂、许观察捐款，上年十月即据汪牧禀明，而该州粥厂今正始议开办，何以彼时预有俟开粥厂再缴之语，恐系汪牧事后捏饰，应由杨道就近查明，电复核夺；一面责成汪牧督饬绅董将粥厂事宜妥为办理，务使实惠及民，仍各电复。方。巧。

又南京来电

杨道台速转沭阳粥厂刘义绅：电悉。沭阳粥厂承该绅筹画开办，惠济灾黎，甚为佩慰。米四千石既经俞令拨到，望即督同各司事等妥为经理。第粜价不宜过贱，人数不宜过多，俾不致于难乎为继。方。啸。

又南京来电

杨道台并转赣榆县愃令：元电悉。积谷原以备荒，并非专为官绅利用而设。今遇灾荒散振，不能动用积谷而专欲求索官款，此中情形不言可知。现在奉旨查办，不容再有把持。应即严饬愃令迅将仓存粟谷平价粜售，所得粜价并连同存项钱三万六千余串，一并交给严绅，归入春振散放。倘敢再延，定即从严参办。再该道代为请发官款银二万之处，应毋庸议。方。啸。

又南京来电

俊卿霰电、唐绅筱电俱悉。当田一事既经俊卿与唐绅熟商，安东实难仿办，应毋庸议。初次春振已经放竣，应即查照前议加拨钱十万串，续放半赈，以竟全功。惟唐绅过于慈厚，颇有宽滥之诮，应由道酌派妥人帮同办理，以昭核实。希即斟酌办理具复。方。啸。

又南京来电

据洋商李德立致温道函称，查有运河一道，由徐州城以达大运河，约长九十华里，未悉其名，只知其为小支流，与大运河无干。地方官绅商民均称有益，故极力赞成。窃思饥民受灾如此其重，善后事宜刻不容缓，华洋义振想再集十万元，亦意中事等语。查由徐至淮，如果有支河一道，与民有益，自应由官拨款兴修，以除水患。速由杨、袁二道查明该支河坐落处所，是否即系奎河，迅派熟悉河工之员驰往会勘明确，分别有无窒碍，妥速筹议禀复，以凭核办，毋稍率延。方。啸。

又南京来电

顷据何道电称，邵伯以北东堤河工，勘估时均逐细查看，并无泄漏残缺。近来饥民过境，挖灶甚多，满处灶洞，业经派员补砌。西堤自昭关坝向北，均各铺碎石。昭关坝向南卧竞闸对障止，未曾砌石，土工稍矮。现在节逾谷雨，估修不及，惟有秋后详勘，冬春动工。目前尚无甚紧要等语。除电饬将补砌灶洞务须坚固并随时防护外，仍请执事随时查察，如有险要工程，即速会商何道禀办为要。方。啸。

十九日镇江刘道台来电

淮关黑暗久矣，得公董理，直欲举数百年积弊一扫空之，不特裨益振务，并可宣惠商旅，感甚佩甚。仍望公将来电大张晓谕，俾众周知。一得之愚，倘蒙采择。树屏。效。

又海州来电

寒电谨悉。海境河道蔷薇关系十镇水利，连日会勘，择淤浅处疏浚，必须筑坝彻水方能细估，计时万来不及。且该河内民船数百只往来谋生，商之九香观察及城绅，暂可从缓。其五龙等河赶紧履勘，但能施工，立即兴办。树堂、桂芬叩。效。

又南京来电

桂守、高绅、沈令：删电想已阅悉。山阳春振，经高绅认真查剔，较之冬振人数减去三分之一，办理甚为核实，深可佩慰。据云工振两项不敷钱九千五百串，系由钱庄挪借，应即由道复加查明，在于前次存款二万余串内拨给归垫具报。福公堤工程现有几成，是否核实，并即就近查明覆夺。方。皓。

又南京来电

接吕、盛大臣电开，刘令泽青蒸电云，桃邑灾荒，仰赖宫保维持，灾黎得庆有生，知县亦代叩恩。近日粜款未能旺收，诚恐后难为济，现由知县筹垫规元一万两，由清江泰生庄汇申，务乞宪台查收，添购杂粮，饬运桃源以济民食云。顷复电云，蒸电悉。承电汇规银一万两，嘱即添购杂粮，具征爱民实意，已转知督帅。日内奉天高粱有一千四百余包、每包一百五十斤到镇，本已派定徐属，尊处既米垫款，即饬镇局改运桃源，请即会商冯守收粜。目前子种最要，陈黄豆如可作种，候示即购。运粜局须四乡分设，重在平市价。当田开办，运粮尤急，现办川米四千初间可到，尊处要否云。谨闻等语。查桃邑此次春振改为当田，粜粮尤关紧要。尊处办有直省杂粮，如已运到，务即酌拨接济，并询冯绅、刘令如须川米，亦可量为拨给也。方。皓。

又南京来电

谏电悉。据陈二次春振改放钱为放粮，中有三难，包谷难买，振款不足，均系实在情形。至云多寡不均，钱粮各异，风潮易起，尤属应有之虑。许、吴二牧系朱绅所保之人，既与汪牧等商酌意见相同，应准照旧放钱，以归划一。至该州春振原先拨钱二十八串，嗣少拨粜米一万石，计短钱五万串之谱。查挑〔桃〕源原拟加拨振款铜元十万，现因改为当田，仅止拨给五万，尚余五万。应即加拨海州，以补米价不足之数；仍切属宋义绅及许、吴二牧核实办理，勿稍宽泛为要。再上年冬振余款有无亏挪，初次春振共放钱数若干，仍由汪牧速遵前电查明，电复核夺，并告宋义绅知照。方。皓。

又徐州来电

巧电悉。奉粮二千石拨睢宁，已电饬刘令玉衡就近会商彭令办理，并电饬睢宁黄令速派妥绅赴坝领运。前奉铣电，已电饬沿途地方文武妥为照料，保护小轮过境。廉。效。

又南京来电

元电悉。以河工款办当田，不敷分拨，系属实在情形。利归绅董、穷民无益二语，尤为洞见症结，应毋庸议。方。效。

又扬州来电

效电敬悉。代办工程，奉督宪电派魏太守验收，应呈册折已饬局飞递。扬州荣守、堤工局何道台均赴省，铸候府回即来。元铸谨禀。

又南京来电

速转阜宁县何令：该县八滩之通济河及裔工堤究系如何情形，应如何择要修疏，各需工费若干，未据将勘估情形详细声明，无从核悉。且前电迭云振款不敷，是以电饬劝捐济用，兹忽云此项河工如振款有余，即行拨用，未免前后矛盾。至宋义绅公正勤能，留办河工固好，惟工未勘明，款未筹定，事尚毫无把握，碍难遽向电商。既经道委王丞诣勘，应候勘明电复，再行核夺。方。皓。

又南京来电

速转赣榆县愃令：接许九香电称，积谷由愃令严追，河工过半，冯令复勘，堤工即开办等语。该邑河工前据电报开办，而勘估情形并未详细电达，已属疏率。至堤工共有几处，如何坍塌残缺，共需工费若干，亦未电达有案。不知该令所司何事，应即严加申饬，勒令刻日分别明白电复，不准稍有含糊。至各零户积谷已经追获若干，亦即据实复夺。该令近来办事复渐玩泄，务望由道严加督率，俾知振奋为要。方。皓。

又南京来电

速转冯大令廷栋：删电悉。赣邑各处河工，该印委等并未将勘估情形详细电达，遽尔开工，其中必有弊端。该令于河工熟悉，办事认真，即向恒令索聚底册复加勘估，一面往来监视，如有草率偷减及克扣侵蚀情弊，立即电闻，以凭严究。青口堆工是否紧要，并望勘明，酌议复夺。方。皓。

二十日上海来电

荫提台、杨道台、袁道台、田守：十六日由镇江起运小米，头批一万一千五百九十五包，计廿三船，委员王令清涛押运，赴新滩。二批六千八百五十六包，计十三船，三批六千七百六十一包，计八船，委员宗牧能征押赴皂沅、宿迁。大批民船挽运，恐多牵制，徐属灾民待粮尤急，务求荫午师、杨俊翁饬厅提前上闸，愈速愈妙，并交道府派弁勇迎护至祷。海宣。廿。

又海州来电

效电敬悉。各属盼食正切，奉粮急不能来，津粮购运适承其乏，宪恩高厚，欣感莫铭。惟该粮何日可运，轮载若干，到后是否全数办运大关，均乞飞电示悉，以便预备一切。珏叩。号。

又海州来电

祖荫分查海州本南乡，多半水镇，地极洼下，瘠苦特甚。去年灾最重，水涸种麦，现尚瘦小，成熟必晚。且地僻粮缺贩少，价较他乡尤昂。祖荫亲率司事，无分星夜雨雪，赶查赴放，严剔冒滥，现查完十四镇，内八镇已放钱。惟饥民以高价买粮，赈钱立尽，正深焦虑，奉钦宪覃电饬添设平粜方可全活，周历察看，特与树堂等会商，拟在距城四十里之上坊街设局粜济。卓王、下坊、高墟、卸甲坊、平明五镇与湖东口东半镇暨兴谷东半镇迤东各庄，派湖南候补巡检谭倬云会同卓王镇董胡锡五等经理。又距城九十里之青伊镇，亦设局粜济。青伊、涛泥洪两镇与湖东口西半地暨兴谷东半镇迤西各庄，派四川试用巡检谭建屏会同青伊镇董张振宗经理。谭倬云、谭建屏随同祖荫在鄂办理振粜，廉干耐劳，勇于为善，妥任粜事，该员等必能实心经理，拯救燃眉。后放二次春粜，便可放粮，救人救彻，饥黎戴恩，祖荫等亦同感大德。祖荫进城公同会议，适树堂正以缺粮电请添购商粮二三千石，权顾目前，与祖荫复加统筹，非请加玉米五千石不能添设乡粜。树堂并拟于大伊镇设局，分粜东南各镇，容与宋直牧治基商派妥人经理。堂荫与窦守、章直牧反复筹议，意见相同急迫，谨合词电禀。是否有当，伏乞钧裁。以珏、邦直、树堂、祖荫禀。号。

又海州来电

祖荫分查二十一镇，已经查放十四镇。现与树堂会商，申明亭一镇与西门之东半镇、临洪之西半镇，皆近城厢，极贫食粥，次贫给粜，毋庸再振。所省振款，抵放去冬次贫今春变极贫者。赤岸一镇，俟亲往勘明另办。板浦镇地广户多，祖荫等即日亲往，会同查放。均三月内可竣事，堪慰宪廑。祖荫、树堂禀。号。

又青口来电

前奉饬查赣邑积谷，随即调齐案卷，逐一查核，截至上年底，共连实积谷、亩捐、民捐并应交生息钱四万五千余串。现经催缴二万余串内，已凑拨振款一万八千五百串余，存库粟谷三千念六石余，开仓过斛，数目相符，存仓实属并无侵蚀情事。至商领未缴本息二万五千余串，内有歇业当商福康欠缴五千串，另结有案。余已由愃令严谕追缴。所有西北乡门楼河等念镇上年虽未成灾，收成不无减色，今值青黄不接，粮价日增，穷民度日维艰，亦系实情。应否量予调剂，伏候钧裁。赣邑工款拨海丰公司二万串，已于十五交到。青口堆工逐一诣勘，最要之南堆王家楼缺口、北堆大西门外坐湾险工应修石坝、小西门外坍塌旧砖石坝，应即修整，均与庄镇田休戚有关，拟请分别修堵。然土质夹沙，究非坚结，除大西门外险工料不应手，只可缓至秋后再办，先修王家楼、小西门二处，核实估计，共需制钱三千八百串左右。赣邑共发工费四万串，挑河已支三万八，只剩二千，堆工不敷，许绅拟动上年青口绅富捐振之款。其十里堤庄东并李家城子等处堆身较低，固应加堆，但一片沙漠，工段绵长，且届麦秋不远，可否暂从缓议，乞速示遵。除禀督宪外，栋叩。

二十一日青口来电

效电敬悉。头次春赈放竣，青口粥厂于新正十八开放，廿四电禀在案。至领办，系商会崔国铎、朱莳馨、陆文吉、朱凤章等诸绅经理，照来米六千石斤重、折合青斗三千石零放粥，章程照许观察议定办法，以青斗计算，每升食大口四人，每人合粥米二合五，收钱十文，小口减半，约可收钱一万。奉电开办以来，龄时往督查，各绅均照章核实经理，实惠及民。现在穷民安谧，并慰宪廑。龄。马。

又淮安来电

山阳春赈尚有十之一二未查，已于十七日次第开放，大口一千文。今日结算，计放四万余串，民情安静，乞纾廑念。长颐禀。篠。

又南京来电

杨道台送沭阳俞令、汪直牧、窦太守、章直牧送赣榆愷令：据杨道函称，昨叩辞后，复与许道商量海、沭、赣三属河工，现择其最要者先行开办，拟海属拨款四万，赣、沭各拨二万五千。惟省城既无可筹，若俟收回平粜，勒提积谷，殊恐缓不济急。许道在沪曾与广西官银号朱道荣璪商明，由朱道暂行挪借，将来即以平粜收回之款及提出各属积谷抵还，如有不敷，随后再为筹拨等语。查海、沭、赣三邑河道，如果开浚深通，不独以工代赈，可济灾民，且于该处商务大有稗〔裨〕益。惟现在春水将生，兼恐与运粮运盐有碍，筹办殊属不易。今久香观察复申前议，坚请择要兴修，系为利益民生、力顾大局起见，所需工费，久香初次来电仅称十一万有奇，嗣改称十四万，现既择最要者开办，并不全疏，拨款九万自已敷用。前经吕、盛大臣归还义振欠款规银二万，已饬拨归河工应用，尚短银七万两。该州铜元无多，兑换不易，应即加拨铜元五万串、官票钱五万串，发交杨道分拨。所有朱道借款改解瑞道，另候拨用。原委测量河工之章直牧，现办平粜，恐难兼顾，速由杨道改派委员分投前往会同，明确勘估，刻日择要兴工，勿再迁延致误。一面知会朱、樊、宋、严各义绅，如饥民有愿赴工作者，即给与票据，赴河工委员处验明收用，扣除春振，以免彼此影射。至朱道借款还法，仍照来函办理；并令将开工日期及勘估情形电复查核。方。箇。

又南京来电

啸电悉。清河上年本未散放冬振，此次酌量加振，事属可行，所筹办法亦甚周妥，应准照办。他邑不得援以为例，是为至要。方。箇。

又南京来电

速转沭阳县俞令：筱电悉。匪徒抢割麦苗及挟嫌强割者，大与民食有妨。该县于未奉电饬之前，业经分谕各董督带练丁并募壮勇六十名轮班巡查保护，可谓知所先务，殊堪嘉许。惟现距麦收尚有月余，仍随时督饬认真防护，勿稍疏懈。方。马。

又南通州来电

海州粥厂待款。去冬大生花款，请速拨助，交海州粥厂章直牧。邦直、謇。马。

又南京来电

速转桃源冯绅、刘令：筱、啸两电均悉。查阅当田章程，甚属周妥，惟续息分作数等，原期该灾民等迅速取赎起见，而加至二分半，似觉稍重。前接吕、盛两大臣来电，内有取息宜只一分之语，本年承灾荒之后，秋后即使丰收，民力终属拮据，应即改为本年秋收取赎，并不取息；明年麦收取赎，每当本一千，取息一百文；明年秋后取赎，每当本一千，取息一千五百文；后年麦收取赎，每当本一千，取息二百文。以示体恤。当田款项，现有春振余款五万串、吕盛大臣拨款一万串、刘令之弟捐助二万串，由汉运米麦豆粮乃二万串，昨又电属杨道加拨官款钱五万串，共钱十五万余串。时已三月，灾民需钱购种，不宜再迟。应由冯绅、刘令速就现有之款，照拟定章程妥速举办。再，桃源富户查有八十余家，昨经派委沈道佺前往劝捐，刻下想已抵县，并饬刘令协同沈道，按照札开各富户传集来县，明白开导，劝令量力认捐，凑作当田之用。如有情愿借助巨款以济急需者，准予立案，将来当田事竣，仍可如数发还。至无田之佃户，自应责成田主自行酌借，以免向隅。其有向来小贸易糊［餬］口及无业游民，本不在应振之列，前发春振已属格外，此次不得藉有振票，无理取闹。伍、朱诸君当即各给委札，并由刘令先告知之。余悉如电办理。方。箇。

又海州来电

效电谅蒙垂察。连日偕胡从九勘估五龙河，拟筑坝挡水，由董募夫兴办。瞬届农忙，亟须赶办。林介镛已到，乞饬曹杰、吴国钧速来。顷晤久香观察，商及车轴、界圩两河一二日内覆勘。树堂、桂芬叩。箇。

二十二日南京来电

顷据海州汪牧云，谏电悉。海州两次春振，共约需钱廿三四万串，尚不足原拨之数。具见宋朱义绅、许吴二牧办事均甚核实，深堪佩慰。昨曾电属扬〔杨〕道加拨铜元五万，以补粜米所短之数，兹既仅不敷钱一万串，应由杨道速运铜元一万串，赴海交给汪牧凑济赈需等语。海州振款只需加拨一万串，希由尊处迅拨铜元一万串运往济振，其余四万存储尊处另候拨用。方。祃。

又南京来电

速转冯筱青太守：啸电悉。桃邑得雨，麦苗递长，所种杂粮亦已萌芽，岁可大熟。此皆执事查办振务实心实力，得以感召天和，莫名感慰。当田事已另电奉复，望即照办。方。养。

又南京来电

速转所属各州县：徐、淮、海灾区米麦杂粮厘税，前经奏加展免，至本年三月底为止。瞬将届满，究竟各处粮米价值若何，希即督率各州县，迅催商赈〔贩〕趁此赶紧畅运，以济民食，勿任延误为要。方。祃。

又南京来电

接黄慎之学士诸公马电，山阳、高宝一带运河久失治，兼受小轮弃煤，淤尤甚。可否挖浚，预防水患，斯民幸甚等语。查挖浚运河，迭经电饬筹办，希即迅速体察情形，商酌办法，刻日电复核夺。方。养。

又南京来电

号电悉。赣邑积谷乃系历任所为，堤工更非愃令经手，惟其并不及时据实禀明，殊难宽其责备。惟既经执事称其人尚老实，姑勿深求。至积谷系奉旨清查之件，兹既半归无着，何能据以入告？应由执事派员帮同清查，禀候复奏。方。祃。

又南京来电

据沈道电称，闸西行轮事，官轮以外，兼顾商轮，转辗图维，颇费苼筹。中西会员同深钦感。本会仰体宪台为难情形，拟遣本会所购往来淮扬之浅水快轮一艘，听候宪派运用，运竣仍乞拨还。乞示遵等语。当复以电悉，闸西运粮，拟添派赈会小轮，亦无不可，惟须改悬龙旗。煤费即归官出，作为官家租用，以免民间疑阻。事竣驶还，已照电杨道接派云。望即查照办理。方。祃。

又南京来电

速转桃源县刘令：查该县仓谷积弊甚多，仓董陈锦明家本寒素，经管积谷十有八年，遂置田三十余顷，其故可想。现在该邑奇灾，振需甚亟，应即责成刘令查明该董陈锦明田实数，酌提三分之一，迅速变价，凑作当田局之用。倘敢抗延，定即提省严究。除备文行知外，电到，务即切实照办具复。督院。养。

又南京来电

速转沭阳樊绅、俞令：巧电悉。沭邑春赈经该牧等严查严剔，杜绝冒滥，两次共需放钱二十三万余串，较之冬赈人数几减一半。所办极为核实，深堪嘉许。其余各节，均照来电办理。方。祃。

又南京来电

速转所属各州县：月前钦奉谕旨清查积谷，迭经电饬宁属各州县查明具复，并派委员前往会查，先后禀复前来，复核数目，参差不一，声叙亦不详尽，且有与底案未符者。似此舛错舍〔含〕糊，何能据以入告？应即责成各道府州，督率所属各州县，将积谷项下所有若干、历年所放若干、历年动用若干、钱谷两项各存若干以及谷石是否实储在仓、钱文存放何处生息、有无官绅侵挪及存放倒塌之项，造具详细清册，限于五日内呈送藩司汇核详办。事关奉旨清查要件，倘有错漏迟延，定即详参不贷，仍造清册，一面赍辕备查。督院。祃。

二十三日南京来电

电悉。阜邑去岁水灾尚非极重，冬赈放至八九万口，春振即使增多，亦未必加至一倍。应即以十二万口为限，以示体恤。原拨官赈款共止七万五六千串，尚有不敷，准加拨铜元三万串，由省城官钱局发给济赈。再，积谷粜价若干，未据报明，无从核悉。现在钦奉谕旨严查积谷济赈，不容再有把持，速由桂守督同阜宁县，将所有粜价全交宋义绅，归入春赈散放，当可有盈无绌，仍先电复。方。漾。

又南京来电

魏梅生太守：电悉。六塘南北堤工分十八段一律开工，闻之甚慰。节候已迟，春水将泛，务望督率人夫赶紧兴修，俾资保障。此系以工代赈，尤望严密稽查，勿任员司工头侵克工费为要。方。漾。

又南京来电

宋义绅、汪直牧：电悉。既云莞北镇地方甚大，仅止温、何两庄闹赈扰事，余尚安静，应准如电将温、何两庄停放，余俱照常办理，以示区别。仍责成汪牧会营查拿匪首，务获惩办。方。漾。

又徐州来电

皓电悉。所询之河系徐城东十八里之荆山河，一名泉河，距通运河之邳境龙家渡约一百六十三里，疏浚深通，居民均便，尚无窒碍。已电复督帅请示遵行。廉。漾。

又扬州来电

督宪养电谅已奉到。浚河一事，日前何、凤两观察暨姚守查勘回扬晤商一切，弟已转托何观察诸君回省禀陈情形，恭请宪示。日内何观察谅已禀明，弟仍候帅示，再行商酌办法。先此电达。滨彦。漾。

又青口来电

赣邑春振已竣，挑河亦过半，惟青口堆工情形，帑电请示，乞速示遵。栋叩。梗。

二十四日南京来电

近闻盐城属湖垛镇、建阳镇、安丰镇下四十里荡口一带，又阜宁县属东溜镇、东坎镇、北沙镇入滩河一带，均有饥民饿毙。速由桂守立派妥员，分赴各该处确切查明，据实禀复，如需拨款振济，即由杨道酌核办理具报。方。敬。

又海州来电

张季直允准海州粥厂二千元，允在尊处棉花价内拨付，望即交清江钱庄划汇海州汪、章二直牧领收。再山西丁衡甫廉访筹捐四千两，如已汇到，并望转汇海州为叩。霖。敬。

又淮安来电

皓电敬悉。福公堤工长四千一百七十三丈八尺，共估二万方土，每方土给面八斗、钱八十文。石蛾三十架，亦照二万方土估算，每方给面一斤、钱三十五文。约四月廿后竣工。头涵洞工月底可竣，乞委员验收。殿华禀。敬。

二十五日南京来电

海、沭、赣三邑河工，业经筹拨银二万两、钱十万串，饬令迅速勘估，择要兴工。前据俞令电称，沭邑河道业经分投勘估，约需钱五万余串，拟在春振内扣除强壮做工二万人赈款，留抵方价，尚不敷钱三万串，乞恩接济，仍在地亩按年摊捐归款等语。所筹极为核实，与本部堂前电意见相符。海、赣两邑亦可仿照办理。现已二月下旬，春水将生，不宜再缓，应即派委方守桂芬办理海州河工，冯令廷栋办理赣榆河工，宋道康复办理沭阳河工，务速驰往各处，会同该牧令等赶紧择要开办，仍以许久香观察总查海、赣、沭三邑河工，俾臻妥协。原拨款项，以钱三万千拨给沭阳，以四万千拨给赣榆，以银二万两、钱三万千拨给海州济用。至海赣饥民中之强壮者，应拨若干赴河工作，统由朱、宋、严各义绅斟酌办理。除分别札委外，电到，即照办，并电复。仍将此电各送义绅一阅。方。有。

又南京来电

顷准度支部咨，原奏内开，查囤户居奇，最为民害，全在地方官敦劝出粜，劝之不从，严绳以法；偷漏出洋，严行稽查等因。囤积与漏洋二者实相表里，当此年荒米贵，闾阎愁叹，访闻各处奸商屯积米粮，专备运动出洋之计，情节甚为可恨。应即责成该道府州督饬各属查明囤积米粮之户，如有一二百石至千石者，立即劝令粜售，以平市价而济民食。倘仍措勒不粜、任劝不理者，即行指名电禀，以凭查照大部奏案，从重究罚。其听劝出粜之家，倘有刁徒前往滋扰，仍由地方官妥为保护。至近海地方港汊纷歧，米石偷运出洋，兵役、董保得规匿庇，事所必有。务须遵照迭次电饬，会营严密巡查，有犯必获，勿稍疏懈，致干重咎，一面录电遍谕各城乡保知儆惧。方。有。

又南京来电

转赣榆愃令：查该县积谷存款共有三万八千余串，究竟存典若干、存库若干、分存零户若干以及零户共有几家、系何名姓，未据叙明，已属含混。积谷原以备凶，值此巨灾，奉旨请查动用，乃以三万八千之钜款，仅七八千串可以抵用，未免骇人听闻。至云放出多年，催收棘手，该令身任地方，所司何事，乃以此等积谷重款并不早为清理，亦属有忝厥职。应将该令严加申饬，先行明白电复。一面勒限半月，将各零户存款严追齐全，交给严绅归入第二次春振散放。如有抗延不交之户，并许据实电闻，以凭提省从重罚究。此系奉旨饬查之件，勿再祖延，致干重咎，并告严绅知之。方。有。

又天津来电

昨派人赴北河照前价购定玉米一万石，又在津照原价购定高粮〔粱〕五千石，按四万原数，月内总可办齐。已电知蒋委放轮来津，俟定期起运，再行电禀。锦州人言高粮〔粱〕价每石较津贵二角以外，并闻。桢叩。径。

又南京来电

前准部咨议复王侍御等奏移民实边一片，令商筹奏明办理。经札饬会议详办在案。此事究应如何办理，望速筹定办法，务期事可实行，于民情亦无碍窒，乃为妥洽。先行切实电复，立候核奏，勿延为盼。方。有。

又徐州来电

据邳州刘义绅电，窑湾缺粮甚急，所有邳振粮船甫上天妃闸，求速饬泊杨庄之小轮船仅先拖运邳振粮船，以济急需。至叩，乞电复。廉。径。

又南京来电

送桃源冯小青太守：贫民取赎农具，前经电饬劝谕各典商免利，嗣据冯绅晓青面禀桃源典商，仅允让利一分，此外未据复到。时已春耕，农具甚关紧要，如能免利取赎，典商所捐甚微，贫民受益甚大，务望切饬各地方官转向各典商认真劝导，勿任推延。方。有。

廿六日青口来电

赣邑河工，振东等到后分投复勘，择要从省估计，于廿二日一律设局开工，暂用粜款，另绘图开折通禀。除电督宪外，振东、春泽、愃龄。宥。

又南京来电

梗电悉。赣榆河工、绅捐以及青口粥厂、平粜米价四项，既经执事电饬冯令一并确查速复，甚是。青口堆工亦即照冯令所拟办理。方。宥。

又南京来电

顷电吕、盛大臣云，马电悉。安东当田事本系鄙人创议，电属杨道与唐绅一再熟筹。迭接电复，安邑灾民不尽有田，即有田者亦多已当卖，且殷富甚少，筹办尤属为难。不若加放半振，灾黎较得实惠等语。而杨道之意，以为桃邑当田赖有冯绅、刘令等经理得宜，故可期有成效。此外设或用非其人，徒饱绅董侵渔，仍与灾民无益，是以作为罢论。安东地瘠民贫，灾情甚重，此次赈务深得唐绅之力，惟宽滥之失实所不免。现在加放半振，仍祈电属唐绅力求核实为祷等语。特闻。方。宥。

又南京来电

顷电吕、盛大臣云，接许九香电称，海州佃户责成田主抚养，系蒯道创议，鼎霖赞成。若田主在内，贫苦租户、住户不在此例。宋义绅误会，于租户、住户概不给振，青黄不接，饿毙时闻。可否电饬补给之处，出自仁施。查宋义绅查振颇称核实，佃户不振，已据轸电声明。至租户、住户，自与佃户不同，应不至于误会。中有与房主系属亲故，亦应劝令房主周恤，不在应振之列。惟来电有饿毙时闻字样，祈饬宋义绅查明酌办等语。究竟租户、佃户有无饿毙之处，希密电方守桂芳查明，据实电复核夺。方。宥。

又南京来电

速转沭阳县宋道及俞令：宋道马电悉。据陈办法尚属切实。所称段董不能尽谙工程，恐有贻误，请多派熟悉河工委员数人随时指示，俾资补助。事属可行，惟亦不宜过多，致滋縻费。即将委员衔名先行报查，余悉照电办理。现已节交夏令，务速昕夕催攒赶办，勿任迟误。此项河工经费，前经俞令扣存赈款钱二万串，兹既估需三万余串，即再由杨道拨给钱一万串，当可敷用。原估之工是否核实，仍由宋道复加勘估，电复核夺。方。宥。

又南京来电

前因各处米粮价昂，人心恐惧，奏明息借商部存款采办川米，运回平粜，以济民命而平市价。惟查去年各处办理平粜，多未能如数还款，甚至有粜价全归无著者。此次各处具领粜米，必须先缴价银，方足以昭核实。应即在于镇江设立川米转运局，即由荣道妥为经理。川米运镇存局，将米价运费核明数目，酌川每石价银若干，电知各属赴镇局缴价领米。其由镇转运之费，均归各处自认。镇局收回原价，仍可辘轳转运。除札委并分饬遵照外，电到，即先转饬各属遵照。方。宥。

又青口来电

去冬由裕宁钱号兑汇振款铜元一万串，系庄伙汪仲伯监收。数至千串，内有砂铜、瓦块，少数八千零。当经该伙照补无缺，斌曾电禀宪台在案。该伙回浦，即托青口恒孚慎钱庄监收，代换代补，万串收毕，又少数十三千零，砂铜、砖块约五十千。业经恒孚慎照数换补，收列钱折。讵该伙汪仲伯恃符反对，藐抗不归，款关振务，胆敢舞弊，应请澈究。斌不得不稍缓行期，会同追缴，以重公款。俊斌禀。宥。

二十七日南京来电

电悉。西坝各贩集捐万串，期列捐册。应准另案禀报，留为本地以工代赈，由淮扬道派员监修。方。沁。

又南京来电

箇电悉。六塘河开工迅速，地方安静，良由梅生太守措注攸宜，希代致感佩之意。各属振款，桃源加拨四万千，安东加拨五万千，自是正办。惟桃源振款，现在经刘令之弟捐助铜元二万千，并原拨官义赈款、米粮粜价及加拨钱文，已有二十余万，果能查剔从严，当已可敷散放两次春赈之用。安东赈务，昨唐义绅禀陈办法，当已批遵，现系如何酌筹饬遵，望即电开为盼。上海借款未到，已饬官钱局于新铸铜元顷下拨给十五万千，铜元、官票各半，即日解浦，以济急需。方。沁。

又南京来电

顷有省城遣送饥民二起，一起一千五百余名，计装民船十六只；一起一千三四百名，计装民船四十只，派轮拖交瓜洲镇，加派炮船押送至浦。希俟到后，即将该饥民等查明籍贯，分别资遣回籍就赈；一面切饬原派扼要堵截之员加意巡查，勿任再有南下为嘱。方。沁。

又南京来电

奉帅谕：草鞋夹复来难民甚多，饬即一律资遣等因。现派轮准二十八日拖船十六只，计难民一千五百余名，已给护照赴浦。外有难民自行船约四十余只，另轮拖送扬州，给钱不给照，由江都县接递赴浦。谨闻。知府星璧、知县枚宝荣叩。沁。

又南京来电

速转阜宁县何令：敬电悉。振款重件，地方官既互相推诿，义绅又多方刁难，均属不成事体。已据实电请吕、盛大臣，转致宋绅迅速妥办矣。至续拨铜元三万，应催何令来浦领运。倘再颟顸玩泄，即由该道详请撤参。方。沁。

又海州来电

漾电敬悉。上年省拨平粜银二万五千两内，海州分派银一万两，系许绅经办。亏折究有若干，俟许绅下月初间回浦，给算另报。堂禀。沁。

又南京来电

速转严义绅国钧：祃、漾两电均悉。赣邑第一次春振已经放竣，共钱三万五千四百三十七千五百文，办理甚为妥速核实，深可感佩。三月中旬即须接放第二次春赈，仍望回赣料理，俾竟全功。方。沁。

又南京来电

速转沭阳县俞令：个电悉。春赈剔户较冬赈为严，甚好。时已二月下旬，务与樊牧赶紧查放，以拯民命。取赎农具免利，已经示谕各典照办，仍随时密加查考，勿任阳奉阴违为要。方。沁。

又南京来电

桂守敬电、何令等两号电均悉。阜宁春赈人数以十二万为度，已不为少，赈款加拨铜元三万，连同原拨官义各款及仓谷粜价，何致尚有不敷？向来各处办赈，大都就镇筹集捐款，由官补助。此次江北水灾，该地方官始则玩视民瘼，延不举办；迨经严加整顿，宗旨一变，专以要索官款为事，不劝绅捐，不动仓谷；迨经严电申饬，置若罔闻，言之可恨。阜邑仓谷粜价，既经桂守飞饬全数充赈，仍责成何令迅速广劝绅富，咸各量力捐助，以期集腋成裘，凑放春赈，勿任推延致误。一面并请宋绅会同劝导，俾易信从。方。沁。

又青口来电

南乡各镇灾赈头次放竣，平粜正运粮办，各该处民甚安静。惟西北乡门槽河等二十镇概无赈粜，群以春荒粮贵，小民粒食孔艰，纷来县城投告拦舆，请放积谷赈济，苦求不已。龄当严谕令归候禀，一面赴乡查视恺劝，婉导稍丰者各顾各庄，就镇收养贫民。各镇庄或钱或米，凑集抚恤，均经遵办，第以量力而行、有无相通之义，民力难以持久。现距麦季尚远，粮食价昂向所未有，现请仓谷拨济，似可俯如所请。查现储仓粟谷三千二十六石零，援拟照二十四年王署令成案，以镇之大小派数之多寡，专济该镇极贫之户，不问田地有无，只问贫乏与否，惟田产较多可以自存者，不许以曾经捐助，藉口妄争。会绅公议，约定每镇派领谷数，俟查户齐全，登册摊给，补赈粜之所不及，俾免向隅而靖众情。谨驰禀乞示。各该镇每户派给谷数，当督董前往监放，先期榜示，勿任弊混，再行禀详。再，道转帅电粟谷可平粜拨赈，查春赈已尽提谷款凑拨，沪运粜粮亦接续平粜，仓谷请济门楼河等贫民，以剂其平，并陈。除电督抚宪外，愃龄叩。

又南京来电

顷电海州方守、汪牧云：养、敬电均悉。所陈勘明河道情形，甚属明晰。挖河夏令非宜，自是不刊之论，惟议者谓该州历年水患，皆由河道淤塞所致，不得不勉为其难。既云五龙河关系西北乡水利，勘明尚可赶办，估需工费四千余串，亦尚核实，希即刻日兴工，以期渐除水患。车轴、界圩全河并希勘明复夺等语。特闻。方。感。

又镇江来电

感电悉。汉口刘子陶观察运桃源高粱、黄豆业经运浦。至汉口刘商人详奉督宪饬购豆麦，系在徒江各洲搭放，已由义绅领去。此外查无运桃源豆麦。转复。恒。沁。

又南京来电

山阳沈令电悉。拐犯横行，由于约保得规，隐匿不报。今经沈令查出严惩，已得要领。刘张氏、毕玉龙两起，办理亦尚妥协。顾得贵一犯，应即复审明确，严拟禀办。一面仍认真查缉，勿稍疏懈。再，约保包庇拐犯，何处蔑有，速即由道通饬海淮各属切实查究，有犯必惩，勿得稍涉循庇。仍令电复。督院。沁。

又南京来电

速转安东县章令：据报拐案一起系何名姓，速即具文详报，并比差缉捕，务获究办。再闻江北自灾荒以来，拐风甚炽，何以仅止一起？恐有约保得规、隐匿不报情事，并饬从严查究，有犯必惩，勿得稍涉循庇。切切。督院。沁。

又南京来电

梗电悉。各属雨旸应时，春麦秀实，所种杂粮亦好，丰收可必。此皆执事与各官绅查办振抚竭尽心力，得以感召和甘，鄙人藉免愆尤，莫名感慰。方。沁。

二十八日海州来电

宥电敬悉。窃查奉粮可不日到海，万一两轮同至，现驳船多出口取鱼，综就近十口，仅得四五十驳，焦灼曷胜！邗曾请示一切，邀览否？前奉谕径运大关，今谕运送盐河坝，是否并运，抑分运？轮何日由津开海？均请示遵。珏叩。勘。

又南京来电

速转各属州县：上年江北巨灾，米粮缺乏，全赖本年麦收接济。近闻各处饥民将所种大小麦苗挖食充饥，遗害甚大。应饬各州县迅速剀切示谕，禁食麦苗，并转致各义绅，于查振时明白开导，是为至要。倘不能认真禁阻，各州县皆当力任其咎。方。俭。

又南京来电

漾、寝电均悉。海、赣二邑河工，现已奏派方守、冯令承办，由道所派之阮牧等自可无须前往。春水将泛，节候已迟，务催方守、冯令速往勘估兴工。铜元五万、官票五万，已属官钱局迅速汇浦矣。方。勘。

又徐州来电

承饬小轮先拖邳粮，感甚。睢粮已由睢派绅接运，并饬刘令玉衡照料。窑湾一带粮缺，接邳州刘义绅电，前劝商赴南运粮未到，免厘税已届期，恐沿途阻滞，乞公通饬关卡，仍速予放行，以顾民食。并祈婉达提宪，乞电复员绅衔名册，遵速办。廉。勘。

又海州来电

曹令杰到海，解到宪发大生厂花价洋二千八百三十六元九角九分五厘，拨归海州粥厂。比即会同汪直牧交厂董领用。除报告张殿撰外，理合禀复，以慰廑念。邦直禀。俭。

又南京来电

速转桃源冯筱青太守：据潘委员呈阅两电均悉。矾蓉圩地方泷属灾重款绌，饥民难以救活，应请加拨铜元三千元，汇交吕、盛大臣转发，核实散放，以拯灾黎。桃邑设五粥厂，以备贫户买食，甚善。惟粥价不可大减，致又流为留养局面为嘱。方。俭。

二十九日海州来电

捷三奉委勘估海境河工，会商树堂，以工代赈，洵为善政。惟时逾清明，春水恐生，而冬水又未退，开办须先辗水，已非易易。况饬估河有六道，非两月难以估齐，既无熟手，兵效纵往调，亦迫不及，此时尤觉太迟。捷三等非敢畏难，惟虞旋开辍，虚糜公款，谨据实禀。陈捷三、树堂禀。艳。

三十日南京来电

接许久香兄电，义赈现拟用小轮，由天妃闸西拖振至窑湾，恐民阻止，请电公作为官输专拖赈粮，租价、煤工由会开支云。当以已电尊处，如天妃闸西可用轮拖至窑湾，即由公催轮专拖赈粮，租价、煤工均由官付等语。电复，望体察情形妥办电复。方。卅。

又安庆冯方伯来电

皖北官义各赈转运银钱粮食，轮至清江后，挽闸渡湖，均关紧要。查有现署洪湖营都司汤怀仁，人甚耐劳，情形熟悉，就近雇船照料，必能得力。拟请转致代办，并禀明提帅为荷。煦叩。卅。

三月初一日南京来电

速送赣榆县愃令：四电均悉。该县西喀恩河等二十镇去岁并未成灾，不在应振之列，所有应完丁漕一律停收，已属恩施格外。今忽请将积谷匀摊散放，此风一开，各处不应放赈之区势必纷纷援请，试问从何应付？且以三千余石积谷匀放各镇，贫民所得为数无几，而徒以供董保之侵蚀分肥，尤恐毫无实际。总之放赈以救民命，并非为周济贫穷而设，即使西喀等二十镇果系春荒粮贵，粒食孔艰，亦只能设法筹办平粜，断无遽将积谷散放之理。且该查令前电尚称灾区春赈不敷，恳请力拨官款，今乃拟将积谷散给未经被灾之处，先后歧异，尤所不解。保无此项积谷业已侵蚀，无可粜售，藉此以为搪塞之计。兹有冯令廷栋赴赣挑河，应由杨道就近饬令查明赣邑积谷实存若干、有无侵吞情事，西喀等二十镇是否春荒粮贵、民食维艰，务得实情，电复核办。冯令办事结实，不避嫌怨，澈底清查，以副所托。方。东。

又南京来电

速转冯小青太守、桃源刘令：勘电悉。江北赈款经冯绅托由张道等劝集三四万金，愿力宏大，惠溥灾民，甚为感佩。此项捐款除已购杂粮外，余俟解到，即当尽数拨归桃源，以济春赈之需。刘令之弟解到铜元，请作为当田款，应准照办，速即会议办法，电候核夺。方。东。

又徐州来电

勘电悉。奉拨徐属平粜银三万五千两，系由府详明发邳、宿、睢、铜、萧成灾五州县领交典商购粮，就近发局平粜。春初奉督宪电，饬将粮粜价交各义绅凑收。该五州县春赈尚未据报粜竣，其减耗及收回粜价各数，容俟催复再告。廉。东。

初二日南京来电

安东唐义绅：文牍想已并达尊处。查正月沁电所云前接禀牍当已批准，乃指唐绅条陈赈务办法之禀而言，故有通行各属参酌办理云云。至其请于原拨钱廿万串之外加拨十万并续放半赈各禀，当即批道酌筹议复。昨尚由电催询，并未批准，何尝有电允拨卅万之事。是否电码错讹，抑其中别有误会，殊难索解。希即切实查明，电复察核。再，唐绅前禀原请以钱廿万串散放一振，以十万串加放半振，鄙人尚恐巨款难筹，且虑他处不察细情，各拟加振之说，任意要求，曾于批内明白指饬。今复于卅万外复求加拨，真可谓好善优于天下者矣。兹安东振款由道加给五万，较之唐绅原请之数，所短无几，应速由执事将安东唐绅迭次禀批及往来电报详细查明，电告唐绅查照，不可稍涉含糊，致滋轇轕。官款奇绌，仍希切属唐绅核实散放，幸勿因已加拨，任意宽滥为要，并盼复。方。冬。

又南京来电

送赣榆恺令：艳电悉。各零户既经存放谷本，自皆殷实之家，当时亦必有的实保户，务即迅速从严追缴积谷，分文为重。现奉谕旨澈底清查，不容短少迟延。再，盛大臣转义绅之电既已俱到，何以本部堂饬该县之电反尚未到？系在何处迟延？即由杨道督饬查明具复。方。冬。

初三日南京来电

速转桃源冯晓青太守、刘令：吕、盛大臣复电，想已阅悉。查昨接由浦来电，内云据将刘令之弟运来铜元二万作当田款，其冯绅所托张道等捐助之款但云解宁，并未声明据作何用，是以电复准拨桃邑春赈。今吕、盛大臣作为一款，自系误会。惟当田一经开办，需款必多，应否一并拨充应用，即由冯绅与刘令斟酌轻重缓急，妥筹办理。至吕、盛大臣所筹一户当田限定一亩及还款取息各办法，甚属妥协，自可照办。其余未尽事宜，仍照前电详议电复察核。方。江。

又南京来电

艳电及来函俱悉。宁、扬、镇三处资遣饥民共十数万，均已转送回籍就赈，办理甚属妥协。城外搭棚居住既系本镇贫民，均属安分，且堪藉以工作，自可听从其便。近来粮价甚平，麦苗滋润，闻之极慰。梅生太守诚恩切实，素所佩任。此次办理六塘河工，躬亲往来，督率劳苦，卓绝尤为可感。希即转致鄙意。海、沭、赣三邑河工款项，原拨规元二万，系吕、盛大臣归还义振款，款存窦守处。方守到海，即可就近拨用。铜元五万、官票五万已饬官钱局汇解清江，听由执事分拨。至云事须勘估确实，必系有益民生，方可兴办，倘为时过迟，不能兴作，未便迁就。甚属切要，望即催令方守、冯令迅速前复勘估明确，如尚可以施工，立即开办具报。余照所议办理。安东振款事已另行电告。再，顷接沪电，桂捐溢款已拟到，并闻。方。江。

又南京来电

转沭阳县俞令：初一日五电俱悉。据称近来凡遇办工，积弊甚深，工未开而群思染指，实已洞见蕰结。所拟督催责成绅董考核责成段委，已得要领；其余亦颇切实，均可照办。惟该令兼须料理春振，事务甚繁，昨已派委宋道康复来沭专办河工事宜。然节候已深，春水将至，应由该令将一切事宜妥为布置，不可因待宋道，致滋延误。应用之绅董，务须慎选公正殷实之人，勿任刁衿劣监及素有劣迹者滥竽充数。宋道办事核实，尚无道员习气，必能和衷商办也。加拨河工款项三万千，已饬官钱局汇解清江，即由该令派人赴杨道处领运济用。该邑振款，昨据来电，已允加拨五万串，并靠樊牧告之。方。江。

又海州来电

基于望后即分驰东南查放皖南、皖北。除温河二庄遵宪示不振，所有东南十六大镇，至二月杪已一律放清，惟剩莞渎一镇。该镇有一邑之大，周围数十里，地方辽阔，民灶杂居，匪枭群集，且多绅富庄田，佃户恃势凌人，在所不免。查放颇不容易。若不放振，内中无告饥民亦属不少。兹商李镇拨兵一哨，基亲带司事数十人往彼随查随放，约需十天方可竣事。因各处缺粜粮，缘放款时随放粜票，凭此购谷。日与朱绅商议东西两处多设粜局，以济民食。伊山现另选妥董经理，并选调查二员。基就近督率，一俟布置莞渎粜粮就绪，即日运粮运钱前往，赈粜兼施，以广宪泽。朱绅现查板浦将次放清，今得春雨二麦滋长。春水已生，开办河工大非其时，运粮运盐多有窒碍。基叩。江。

初四日南京来电

资遣撤局后，复遣难民两批，计均饬散。陆续有难民约五百名，定初五小轮拖到瓜口，另雇商轮来浦。用特禀陈。知府星璧叩。支。

又南京来电

运河淤浅之处必须开浚深通，庶使水患暂除，运道亦称便益。现有日本筹助振洋八万元，拟即拨充浚河经费。用挑泥船试办，事在必行，径由赵运司会同杨道妥速筹商办法，电复核夺。方。支。

初六日南京来电

支电悉。此次袁宫保来电，以天津粮价昂贵，民食不敷，坚请另赴他处采办。语甚切至，未便强人所难，已电复减购，连前运之数，以二万石为度，希即电饬王大使照办。再闻李德立云，新金山麦约五十三两一吨，许久香已还过五十两一吨，并希与久香酌商。如果核之中国时价较为便宜，尚可酌购，否则不必多此一举也。方。麻。

又南京来电

支电悉。赣邑河工既已开办，需款甚亟，应由执事酌量与款，发交省派之冯令具领应用，仍候再饬省城官钱局迅速汇还。至赣邑河道究系如何情形，淤浅共有几处，现拟分作几段如何疏浚，共需工费若干，务速严饬恒令等迅将勘估情形，刻日详细电复察核，一面饬由冯令复加确切勘估，以昭核实。方。鱼。

又徐州来电

冬电敬悉。小轮运粮一节，当饬厅县查复。现据厅禀，以水小河窄，恐有重船，难免滋事。又据邳、宿州县禀，以民情轻悍，船户梗强，难保不生阻力；且水大时如行小轮，堤工必有大损。查属实情，尊见如何？乞统筹酌办，并祈径复督帅，仍乞电示。廉。鱼。

又扬州来电

鱼电悉。拟浚深运河。日前，堤工何道台暨凤道台、姚守带同洋员，已将运河上下勘丈。弟拟俟凤、姚查回到扬，询问情形，再行电请阁下筹商办法，禀陈师座。先此电复。滨彦。鱼。

又南京来电

支电悉。此次被灾各属情形以邳州为最重，地方以海州为最大。邳州春振拨款不过三十万串，尚连酌加之急振在内，海州拨款共收廿七八万串。兹执事函告唐绅，安东无论如何散放，总不得过卅万串之数，已属格外从优，断难再有加拨款。昨接部咨，内有江北振务稍欠核实，值此财政奇绌，终虞施济为艰等语。唐绅人甚公正诚笃，惟心地过于慈厚，恐未能办剔从严，仍由执事切致唐绅，务须力求核实，专放极贫，不可稍涉浮滥，是为至要。再，执事正月来电，安东拨给官粜米两万，翩接唐绅来禀，官粜米两批共一万八千石，而此次来电仅云官粜米一万石，究系因何不符，希即查明示复。方。麻。

又南京来电

现购运川米，头批已到宜昌。徐州、清江等处如须川米平粜，即电知，当饬运至镇江，由尊处设法转运。计川斛一石价银六两八钱，约合江斛两石半左右。由重庆至宜运费八钱，宜昌以下另加。如须川米平粜，将来粜价收回，必须尽数归还，不能丝毫短少，且款项不能另拨他用。特电闻。方。鱼。

四月初一日徐州来电

艳电悉。睢粮已迭催速运。淮海两属春振次第告竣，麦秀民安，公德惠洋溢，敬佩之至。徐属春振亦已告竣，因宿睢等处以赈余款补放急赈，俾接麦熟，稍需时日。俟各属报齐后，即具禀。此间麦亦尚好，告慰。廉。东。

又宿迁电

免厘原奏以三月杪为限，本月朔起，除赈务船只外，商运米麦杂粮应否照章收税，只候电示遵行。宿关委员嘉、琛、芾谨禀。东。

又上海电

前月有义绅章钧自愿赴江北办拾遗，当即发钱二千串遣往。顷接章电，赏拨之款已交挑〔桃〕源冯道，顷于清江西圩门外业基之间，见有难民席蓬七八百个，询皆徐之人，为官义赈所未及，而赖清江钱业等施粥以幸存者。今天热雨多，蓬小人挤，日处泥中，约已去死不远。商诸钱业，云东圩门外之遣散，款尚不敷，然此亦刻不可缓放，已与泰生庄履祥典友先行查数。惟约计款项非四千串不可，如蒙赐拨，实足活民数千，惟须电汇泰生庄，以求速放。实已朝不保暮，乞电示云。即已由义赈内拨四千串，交该义绅查放矣。海宣。东。

又南京电

并速转桃源冯义绅、刘令：勘、艳电均悉。桃源当田既已开办，自可无须更改。惟本年民力不免拮据，所云俟秋收前出示，尽秋收取赎，不取利息，事在必行，以示体恤。冯绅托人在汉所募之款，本已准作当田之用。所有批解杨道处杂粮价洋一万元，应即迅速拨给；其另解江宁筹赈局二万元，亦经饬令如数电汇，以济要需。沈道计已抵县，速由刘令遵照前电，与之上紧劝募绅富捐助，俾可集腋成裘。如实缓不济急，应由杨道酌量借垫，即以劝获之绅捐归还。方。东。

初二日南京电

上年被水之地鱼虾遗子，今年恐有蝻孽萌生，亟应认真查捕，以防蝗灾。现值夏令，正当萌动之时，希严饬各地方官通查境内，如有蝗子踪迹，立即一面申报，一面亲往督捕，并出价收买，务期捕除净尽具报。其收买费用、兵役人工饭食及酌给伤践田禾价值，有赈款处，准其动用赈款；无赈款处，准其动用地方公项，据实报销，不准扰累民间。定例地方遇有蝻蝗讳饰不报及不早扑除者，州县草职拿问，该管上司均干严重谴。诚以蝗子初生，就地扑灭，人力可施，其办理不力者，实系有心玩忽，是以定例极为严厉。上年春赈业已备极巨难，今年若再酿出蝗灾，真属无从措手。惟有冀我同僚共体时艰，实心任事，倘所有视为具文、因循敷衍者，一经查明，定即从严参办，决不姑宽。希转行各属懔遵为要。督抚院。冬。

又海州电

海州春赈，治基所查东路湖坊等五镇已查放，只有莞渎地方太广，查户极难，当饬单令随带勇役协查弹压，树堂复亲往杨家集再查。治堂督饬司事，于莞渎竭二十日之力始行查清。随放海州西路乾赈，省诗等竭力赶办，已于四月初三日开放。先饬三处放完，并拟分投并放，约在本月二十边可竣。二麦将收，粮价日跌，贫民购食亦易，堪慰慈廑。省诗、同潞、树堂禀。江。

又海州电

头赈已一律完竣，共计十六镇并莞渎一镇，分为八区，按合大口一十一万九千九百口半，放振五万九千九百五十千二百五十文。亦即接办二赈，以速为佳。治基等会商，亦拟仿照西路，分投开放，刻期可竣，仍以单今助之。治基、树堂禀。江。

初四日南京电

顷电清江、山阳、安东、桃源、阜宁、铜山、邳州、宿迁、睢宁、萧县、海州、沭阳、赣榆各州县云：匪徒诱买饥民妇女幼孩，兴贩图利，迭经电饬认真查缉，岂止三令五申！乃查各州县电复，惟山阳、沭阳语尚切实，此外多将已获之案空言搪塞，甚且有讳称并无拐引者。本部堂深知各州县积习甚深，所言难信，密派缉捕营员分别侦缉，现已拿获拐案十数起，讯据被拐子女供称，均系徐、海、淮、安所属人民。是各牧令视屡次电饬为具文，并未切实遵办，并敢饰词电复，情同欺诳，以致拐匪横行，闾阎受害。其中更难保无差役、约保得贿包庇情弊，言之深可痛恨。现即将犯事地方经过处所之各州县一律撤参，亦属咎由自取。姑再格外从宽，明切申饬，务各振奋精神，凛遵各前电，切实查禁缉拿，一面密查差役、约保如有得贿包庇情事，立即提案严究，勿稍徇庇。自此次严饬之后，倘再仍前玩忽，定即撤参不贷，仍各明白电复等语。务望就近严加督率，俾各认真遵办。其有玩视民瘼专事敷衍之员，并希据实详揭，以昭警戒。切属。方。支。

又南京电

速转桃源冯义绅、刘令：江电悉。冯绅在汉募来捐款二万元，现经切实藩司速汇，日内即可汇到。前解杨道处之杂粮价一万元，已发还否？此外如尚不敷，或实在缓不济急，应由杨道暂行借垫，以济急需；仍俟劝获绅捐归还。至嘱。再沈道何日到县，绅富捐输已未办有眉目，即由刘令电复查核。方。支。

又南京电

东电悉。据陈各节，甚属切实。所云挑河非比修堤，堤工中辍，有土可稽；河工中辍，无从考核。尤能言人所不肯言，极佩。五龙河工，前电属令勉为其难，原期为民除患起见。第现已四月，节候太迟，如果万万不能兴工，徒耗公款，无裨民生，亦只好暂从缓议，仍望方守斟酌行之为属。方。支。

又南京电

速转阜宁宋义绅、何令：艳电复到。春赈约十六万口，殊恐未尽核实。浦领米麦一千石归赈搭放，免其缴价，事尚可行。海州拨杂粮二千石，如系奉天所购，专恃此项粜价归还奉省，请免缴价之处，断难准行。速即由道查明，饬遵具复。方。支。

初五日南京电

冬电筹极是，惟灾区米麦杂粮厘税，昨已奉准展免半个月矣。特闻。方。歌。

又南京电

并转桃源冯义绅、刘令：各支电悉。桃邑当田款，现经杨道暂向清江商号挪借钱四万千交给应用，具见深明缓急，所办甚是。已属令江宁筹赈局，将由汉解来洋二万元改汇清江归垫，余俟沈道劝获捐款清还。方。歌。

又海州电

念四单禀，谅蒙垂察。车轴河关系盐务，苇荡水屈盛涡，两岸受泄。庚子朔由南岸孙家田沟开通泄水，达善后河，近被潮淤。车轴正河载运便民，刻不便挑，拟仍就孙家田沟浚深宣通。有益工勘估，即谕原禀请修，乡董兴办，据称该河淤泥工多棘手，且须筑坝彻水，近因农忙，恐赶办不及，须公议禀复再定等语。其五龙河，因奉督宪感电，有自应共为其难训示，遵即会州谕催该董赶办。据称此河一经遇雨，山水滔滔下注，且春田耘锄，麦收在即，雇夫不易，乞缓秋后再办。又奉督宪支电，仰蒙体察下情，暂从缓议。其界圩已估亦不敢迁就从事，容续陈。曹令杰、吴闸官国钧于念六日到任。树堂、桂芬叩。微。

初六日南京电

顷电海州宋义绅、汪牧云：两江民悉。海州东南各镇灾区户多，莞渎地尤辽阔，现经宋绅竭力清查，已将第一次春赈放竣，共用钱五万九千余串，并连闻赈归来之户在内，较之冬赈有减无增，办理甚为核实，灾民蒙惠，公款受益，感佩殊深。刻下已将四月，务望将二振迅速散放为属。查前据许、吴二牧来电，西北各镇亦已放竣，统计阖州共放赈款不过需钱二十万串上下，原拨之款尚有盈余，加拨钱一万串如尚未解，应即无须拨运，望照办电复。方。麻。

又南京电

江电。海州人民既属不喜食米，该牧于正月拨米之时，乃不禀请改拨，迨玉米拨到，又不迅速出粜，办理殊有未妥。好在该州春振，经朱宋两绅、许吴二牧核实清查，第一次赈款共尚不足钱十万串。二振照此合算，总共不过二十万串上下，原拨之款本有赢余，应仍严催粜米价钱济用。即有不敷，谅亦无几，速由该牧暂为设法借垫，一俟粜价收齐，即行归垫。至奉粮粜价，急待汇还奉省，万难准其挪用，并告窦守、章牧及宋义绅知照。方。麻。

又南京电

速转冯义绅、刘令：俭、江电均悉。桃邑同裕典取赎农具，既经该绅等力请只减一分，且已出示，应即照办，以示体恤。粥厂不取分文，固为惠济贫民起见，第恐万众争赴，成一留养局面，将何应之？仍望速筹善后之法，是为至要。募款不敷如在二三千金之内，应准据实开报。方。麻。

又南京电

各属工振将毕，麦收可望，民情安谧。此皆执事暨各员绅尽心筹办之力，良深感慰。所有在事出力员绅，希即择尤开列清单，迅速赍送来省，以凭先行咨部立案，事竣汇案奏保。惟近来大部于各省保案限制极严，务望力求核实，是所切属。方。麻。

初八日海州电

州境拟挑四河均已勘估，为日太迟，万来不及。如蔷薇、车轴两河船多便民，先后禀电宪鉴。五龙河，奉督宪支电，望从缓议。界河原议民社董筹捐一半、官款一半，民社捐未缴，董捐亦不交，应请缓办，已电禀督宪。其孙田沟乡董因河淤棘手，限于时候，佥称公议禀复再定。卑职回城后，已催未来。昨奉督宪歌电，谕饬原禀照催乡董妥议举办，遵即会催，但该河城董高寿彭来称，麦忙在即，乡董均愿缓办等情。时交夏令，挖河非宜，未便迁就，致糜公款，应请一律缓办。桂芬荷蒙知遇，岂敢自外生成！惟有仰恳宪恩，迅赐转电督宪，如蒙俯准缓办，桂芬暨各员司均可回浦，免耗经费，不胜企祷。树堂、桂芬叩。齐。

初九日海州电

道宪鉴：阳电悉。现赶办二赈，西路于四月初三开放，东路亦于初六开放，约本月二十内外一律放竣。惟此次各镇口数已经核定，两赈统计原拨可敷，已备文批续请给一万串，应请停发。树堂禀。佳。

又南京电

速转沭阳县俞令、樊牧：歌电悉。沭邑两次春赈已经放竣，办理甚为核实。由于该牧等不避嫌怨所致，感佩殊深。至云二麦开花结实，如果旸雨得时，丰收可卜等语，闻之尤为感慰。再刘绅所开之粜粥店，现在情形若何、究于何时停止，即由俞令就近查明电复。方。青。

初十日南京电

海州方太守、汪直牧：鱼电悉。海州河道难办情形，现已据以入告。五龙河既属山水下注，募夫为难，应准缓办。界圩开沟一事，原议筹捐一半、官费一半，应由杨道督同汪牧预将苇营民灶田户各捐款迅速筹集，以凭秋后举办，勿任推延。方。蒸。

又清江电

桂芬奉饬来浦，履勘蔷薇、五龙、车轴、孙家田沟、界圩、丁当各河，因为时太迟，概从缓办，已迭次电禀在案。一面勘估情形，容即绘图贴说，分行详禀。桂芬拟将带来委员、司事、兵勇先遣回浦，前领经费三百两外，计尚不敷钱七百千，商明树堂即由海州赈局内暂行拨用。又五龙河尾同分去芦滩五百四十余丈，已派李董中书承办，需款三百十七千三百四十一文，亦由赈款拨用，以免动用河工整款。桂芬前准平粜局移解河工规元二万两，已解交树堂暂行储库，候示。惟桂所勘各工均关系农田水利，此外高桥东滩各河亦系必不可缓之工，只愁筹款维艰，以至蹉跎至此，年复一年，伊于胡底！蒙宪恩筹画，得此巨款，拟请将此款存储清江；拨定之三万串可否一并发下同储，一俟秋后农工告竣，即行兴办。查海州新设裕宁官钱分号即日开张，如蒙俯允，拟请将补拨之三万串，即交清江之官钱号划拨海号；树堂即将粜局拨角之二万两，一并交存海号，酌取利息，将来随时提用，庶不误事。桂芬俟图禀缮齐，亦即回浦销差。是否有当，伏候核示电复遵办。树堂、桂芬禀。蒸。

又南京电

杨道台：青电悉。江北赈务月内可以结束，大麦行将收割，小麦亦不日登场，闻之极为忻慰。现已据实电奏并行知矣。方。蒸。

又海州电

道宪鉴：青电悉。前因盐运万紧，派勇四处催雇盐船，因在刘家渡封船中，有一只系装运面粉，与船户口角，各船遂相率偕来，并未封雇教士振船。已从严申饬该哨弁，并仍令安东县原派小队迅速押回，以济要需。叩求传谕清江教士代为解说，勿任船户籍口，是所叩祷。世传叩。蒸。

又南京电

速转桃源沈道台、刘令：齐电悉。此次灾重款绌，必须绅捐接济。徐州各属睢宁最少，尚劝获捐款五万余串。桃源富户较多，所云三万之数断断不能再少，速即将所到之户催传来县，切实劝令捐助。至缴款，佥求望宽旬余，姑如所请，惟不得任其藉此久延。切属。方。蒸。

又南京电

速转沭阳宋道台、俞令：查阅来电，语尚切要，与专事敷衍者不同。所云此次经手用款，一概实用实销，决不肯浪费一文，不忍苟取一文，如果真肯办到，方谓不负期望。现在节候已迟，务须催督赶办，勿稍延误。余悉如电办理。麦秀青葱，已无荒象，闻之深为忻慰。方。蒸。

十一日清江电

西坝转运彭令电。运睢高粮四千袋，睢宁领运人云，奉粮只收二千袋，其余应拨何处，请电示。又接押运刘委电，未接收之睢粮二千，已请彭令禀请宪示，不能久滞西坝各等语。窃查奉督宪前月洽电，饬拨该邑二千石，自系指奉斗大石而言，节次均按每袋分拨，非好多与。今忽少收，讵有运回之理？若请徐道宪转饬接收，亦属辗转需时。应请宪台饬该领运人照数速领，俾多济民食而节运费，不得为一人省事，任意推诿。又屡奉督宪电饬严催各属送缴粜价，汇还奉款。珏催收恐仍延玩，谨请台电谕安、桃阜、三属克日批解，径解宪辕汇收最便；并请饬知若解海多误时日，睢宁亦乞并案催收。各该属麻袋，宪谕不必缴还，应如何变价，更望通谕遵办。珏叩。真。

又清江电

蒸电敬悉。已遵饬派人出口守候，一俟新康船到，即转告改运镇江。前饬加拨安东之粮，拟借运奉粮二千包，以足其数。是否可行，请示只遵。以珏恭懿叩禀。真。

十三日南京电

速转桃源冯义绅、刘令：佳、青各电均悉。桃邑当田一事，截至本月十一告竣，办理甚为妥速。此次春振及当田两事，全赖冯绅及五令等尽心筹办，灾民受惠良多，莫名感佩。惟当田局善后各事均关紧要，应由冯绅、刘令慎选妥人经管，俾专责成。至将来贫民取绩如何预防需索留难，收到赎田本息如何汇缴，俾无亏短侵挪之处，并即妥为筹订章程，以防流弊。粥厂停止，所有极贫之老弱妇女四千余口，应准给资遣散，在于官款开支，以示体恤。至云现开青捐总局筹拨淮北振款二万千，未准电咨有案，难以冒昧向商。张尧臣观察代购之黄豆千石，既已承其捐银五百，其余不敷之款亦难累其久垫，应即于桃邑当田余款项下如数拨付，将来收回粜价，即可归还清款。余悉照办。督院。元。

又镇江电

奉督宪电，因各处米缺价昂，息借商款奏办川米，运镇设局，令各州县先缴价银购领平粜。其由镇转运之费，均归各处自认，以昭核实，勿许推延等因。现川米陆续到镇，业已验收，米色干洁。按照原购价值，加以运镇水脚等项匀核，上米漕斛一石，重天平秤，连袋一百四十斤，价二七漕平银三两八钱一分；中三两七钱七分；下三两七钱二分。前禀明督宪电饬照价购领，希即转饬各属刻速备价来镇购领平粜，以济民食。盼切。恒。元。

十四日清江电

接海州来电云：教士面粉船到，安东司事以未奉教士电，不肯开回。当托杨都司一再婉商，盖教士始允作函，交马队专送安东崔教士加函，令该司事将船放回。惟云哨弁王雄魁请为重究，经杨都司复伊候宪驾回再行究办。椿琛禀。寒。

十五日海州电

两盐电均谨悉。广济只装一批三千包，已经运抵王营。新康共装二万三千包，于十三日由海开行赴镇。天津来电全数报竣，应拨安东二千包，只好由王营转拨款。懿已撤局回浦。以珏恭懿叩禀。删。

十六海州电

盐电敬悉。粜粮发至各属，因斗秤大小不同，市价参差无定，转运局只用海秤十五两三钱砝计数。其各属斗合斤重若干，照各该市价如何折粜，均由其自行禀定，卑局无从计其石数、价值。谨将所发高粱海秤数目开呈，乞饬报明秤斗粜价，照数速缴。计拨安东重五十六万二千四百斤，阜宁重五十四万五千二百九十一斤，桃源重五十五万六千六百七十四斤、睢宁重五十五万五千四百七十七斤正，均各四千包。其斤重计袋皮，每包已去二斤。查运至四坝接收秤砝系足十六两，又略有搬移，万耗亦不能划一。又睢宁尚朱〔未〕全数收领，合并声明。至海州粜价，系按市价八折随时禀定，海斗合二十七斤，先粜六百四十文，四月朔减五百六十文，今日又议禀减，并陈。珏叩。铣。

又海州电

督宪、道宪、吕盛宪鉴：东南乡今日放清十三大镇，资遣大伊山流民五万口，每给十天粮，另钱二百文买筐，令各回乡拾麦。孝子高已代其赁屋另居，伊山再酌给菽水承欢之费。孝媳方金氏亦代其营坟立碑，给资养姑，以全其孝思。大伊镇绅董已联名具公禀求州尊上详请奖。十七日分驰两路赶放，请陈丞捷三、单令琳带司事营勇，赴莞渎散放八蕙。基赶赴新安镇，放新安一镇五庄并莞南、莞北二镇，并资遣新安镇粥厂流民。约计东南乡二次振，二十日一律放毕，请舒轸念。基叩。铣。

十八日清江电

镇江电：奉督宪川电，米价落，每石合原定价银核减四分。近闻里下河通、如、泰及高宝一带仍属米缺价昂，望电知各处备价赴镇领运，勿任推延等因。现到镇川米甚多，请电饬各属赶速来领。盼复。恒。巧。

又镇江电

新康轮十六午到镇，十九卸清，计赈粮二万三千袋，装船四十七号，已遵照王令电传谕用轮拖。惟宝淮一轮不敷用，因添雇庆丰商轮分批拖送邵伯矣。宽禀。效。

二十日赣榆电

道宪鉴：赣邑官粥厂四所，于十八日一律停撤，容即督绅董造册报叙详。民捐之本城粥厂，于十五日停放。又西关粥厂，于初十日停放。民情安靖，二麦转瞬登场，谨先电慰宪廑。愃龄。号。

廿一日清江电

基赶东乡放新安、莞南、莞北三镇，单令琳、陈丞捷三赴南乡放莞渎一镇八处，于二十日两路一律放毕，均各安静。正在青黄不接，贫民得赈，购粮收麦，欢呼载道。基等二十一日各回大伊镇接办善后事宜。基叩。马。

二十二日清江电

海州电：板浦粥粜二十日截止，地方安谧，二麦甚好，特此禀报，并乞转禀督宪。州同黄学讦、赈局粮绅张福森同叩。养。

又南京电

署转阜宁宋义绅、何令：各訉电悉。阜宁春振现经宋绅查放完竣，一切安谧。捐款两万，亦由宋绅会募。热心毅力，劳瘁不辞，深可感佩。所有捐款务于端节以前一律催缴齐全，无任日久延宕，并希宋绅暂留阜邑会催，以期迅速。奉粮二千石归振散放，请加拨一万二千串归还粜价之处，候饬杨道酌核办理具报。方。养。

廿三海州电

州城粥振于四月二十三日撤厂，板浦镇粜粥亦于四月二十日停止，分催各绅董赶造报销。堂。禀。

又南京电

道署转沭阳俞令：二麦登场，粥厂已撤，河工日内亦可告竣，闻之甚慰。振务、平粜、粥厂自须分册造报，以期明晰。仍将余款总数先行电告，余照办。督院。敬。

二十五日清江电

清河县境望雨甚殷，廿四日酉初得大雨，檐流如注一小时，复断续丝雨，至次晨晴。饬查附城各乡一律深透，农情欢忭，二麦登场及半，新麦市上已见、粥厂饥民亦资遣过半，全境平安。维钧叩。有。

廿六日南京电

道署速转桃源县刘令：该县二麦成熟约有七分，民食得资接济。惟田禾待雨甚殷，甚为记念。如已得雨，即望电告。劝获之捐款，务即协同沈道赶紧催缴，勿任宕延。方。宥。

又南京电

转沭阳刘义绅：廿四来电悉。沭邑粜粥各厂，经该绅尽心筹办，诸称妥洽，灾民受惠良多，深可感佩。余照办。方。宥。

又南京电

杨道台：据海州窦守、章牧、汪牧电称，睢宁、安东、阜宁所领奉粮粜价，请电袁、杨二道就近催缴等语。查前据阜宁县何令等电称，所拨奉粮归振搭放，请于振款项下拨还粜价等语。已电杨道酌核办理具复，望即照办。其睢宁、安东两县粜价，即由该道等分别就近催令速缴，勿任短少宕延。盼复。方。宥。

二十七日南京电

杨道台并转所属各州县：现在徐、淮、海各属春赈、补振均已完竣，所有官拨振款项下余存银钱两项，务须涓滴吾缴，不得藉口地方善举，任意截留，并责成该道府等切实清查催缴，以重官款。倘有短少亏挪情事，除将该牧令参追外，定惟该道府等是问。仍先将振余存款总电告察核。方。沁。

二十九日南京电

道署速转沭阳宋道台、速送赣榆冯令、愃令：赣邑河道堤坝各工现已一律竣，应即派委宋道康复就近驰赴赣邑，会同冯令、愃令，将所有疏筑各工调齐底册，详细验收，据实禀复汇办，余由愃令照前电办理。方。艳。

又南京电

道署速转安东唐义绅、章令：安邑冬春振各既有票根存查，资遣局用杂项开支均由自备，自可无须造具户名细数清单。至各司事等放振辛勤，历七八月之久，急欲归家休息，亦系人情，应即责成章令将收支各款开列清单，呈候汇核。但须将某乡某镇某里某口总数若干分别开载，以便稽查，不必查造花名细数，致滋繁冗。方。艳。

五月初三日赣榆电

道宪鉴：奉州转行东电谕悉。赣邑向北一带二麦已全数收割，只南乡间有未割约十分之一二，遵即出示催收。入夏以来，雨旸时若，麦季堪慰宪廑。愃龄。江。

初七日南京电

杨道台：汉口绅商垫捐铜元四万五千串，公举刘道选青暨职员吴祖栋、王厚昌、叶震、高承稷、吴德惺、胡精宏、谭学云、潘曾炎等运赴安东、桃源、宿迁三县散放，于初二日附江新船运镇，转运清江。望饬安、桃、宿三县备船迎运，分别接收拨派，弹压保护。除札行外，特闻。督院。阳。

初八日南京电

杨道台：前在奉天所购振粮，已由海州陆续进口，派查直牧溥霞在西坝接收。经过漕捐宿关，请饬免完厘税放行。方。庚。

十八日南京电

接吕、盛大臣电，以冯守面禀桃源极贫，因口多款少，只给五百钱，较他县为薄。当地而无地者难当，麦好而无麦者难收，平粜无钱者难粜，意似歉然。春振票尚未收回，义振尚存高粱五千七百石、玉米五百石，已派余、周二绅前往验票散放。又有刘令泽青电称，督帅拨到高粱四千石平粜，亦难畅销，务恳转电恩施一律散入等因。查此灾振地广人众，办理本已不易，博施济众，西圣犹难，每人而悦，日亦不足。刘令所请高粱四千石，再章直牧由海州运去之奉粮，昨据刘令电禀请示，已电饬平价粜卖。今又电请吕、盛大臣商请散放，究竟桃源情形是否仍须补放，请即就近察酌情形妥办，并先电复。方。啸。

二十一日南京电

近日宁、扬、镇江一带粮价颇涨，淮、徐、海等处粮价较前当亦加增，所存奉粮不得以销路未能大旺，遽行减价。现在每石售价若干，望示知。嗣后市价涨落，并望随时电告。督院。马。

二十四日南京电

前接径电，以麦收丰稔，请将本年上忙于麦后开征，业经照准。顷据沭阳俞令电，沭邑水灾振务甫毕，二麦俱已登场，本年新赋似应五月开征。惟民间喘息方除，靠地者俱以新麦粜卖完纳，拟于六月设柜征收，缓不过旬日等情。自可照准。惟徐海各属情形均同，必须办理一律，请即酌核迅饬遵照。方。敬。

二十八日南京电

转沭阳县俞令：有电悉。沭阳近日二麦价平，禾苗得雨，闻之甚慰。工赈余款一万三千余串既已解交扬道兑收，应速由杨道发清江官钱局，汇解省城官钱局，以凭归垫，仍先电复。督院。俭。

六月初四日南京电

东宪悉。沭阳工振两项余款、桃源刘令捐款、春振余款，已饬省城官钱局一俟汇到，即行查收备还借款。此外各处工振余款，仍望查明催缴汇解，毋任宕延。方。支。

救荒法戒录

清光绪年间刻本

（清）黄贻楫　辑
夏明方　点校

救荒法戒录

晋江黄贻楫谨辑

善　　报

熊勉庵曰：救荒不患无奇策，只患无真心。真心即奇策也。又曰：请蠲请赈，姑了目前之事。不知汰一苛吏、革一弊法、痛裁冗费、务省虚文，乃永远便民之事。杨守默曰：办荒当求古人成法，而运用之妙存乎一心，要在随地制宜，达此满腔恻隐，则造福不浅耳。先正绪言未及博引，就所记忆者，书于简端。救荒大旨，不外乎是。汰苛吏，革弊法，尤在上位者平日所当加意也。列善报四十则于左。

春秋之时，郑饥。未及麦，民病。子皮饩国人粟，户一钟，是以得郑国之民。故罕氏世掌国政，以为上卿。宋饥，时司城子罕出公粟以贷，使大夫皆贷。司城氏贷而不书，为大夫之无者贷。宋无饥人。晋叔向闻之曰：郑之罕、宋之乐，二者皆得国乎！（原书眉注：董熠曰：罕氏果世掌国政于郑，乐氏遂有后于宋。此所谓天灾流行，国家代有，行道有福，理之必然也。）

班书。宣帝五凤四年，耿寿昌建言令边郡皆筑仓。谷贱时增价而籴以利农，谷贵时减价而粜以利民，名曰常平仓。民便之。赐爵关内侯。（原书眉注：陆曾禹曰：一建仓而民农两便，固本之法莫逾于此。岂为有司应急而成哉？所以官司必不可令那用，小民欲贷，不必待乎奏闻。）

赵熹守平原，青州大蝗侵，平原荒甚。乃出俸赈之，劝富民出谷济饥，所活万计。官太傅，封侯世爵。（原书眉批：以何忍独饱存于胸中，分俸救人，伏湛行之矣。今又见于赵公且劝富民出谷赈济，所活万计，何平原之多幸也。）

晋王浚为巴蜀太守。岁饥，邑人生子皆不举。浚严其科条，宽其徭役，所活数千人。及后伐吴，所活者皆堪为兵，其父母戒之曰：王府君生汝，汝必死之。用是破吴而建大功。（原书眉批：去其致死之由，开其得生之路，其谁敢异！何以今不多见也。全人骨肉，因建大功食报之速，捷于影响。）

唐代宗广德中，岁大饥。萧复家百口不自振，曦鬻昭应墅。宰相王缙欲得之，使其弟纮说曰：以君之才，宜在左右。胡不以墅奉丞相，取右职？复曰：鬻先人之墅以济孀单，吾何用美官，使门内寒且馁乎？缙憾之，由是坐废。数岁改同州刺史。岁歉，有京畿观察使储粟，复发之以贷百姓。有司劾治，诏削停刺史。或吊之，复曰：苟利于人，胡责之辞？其后拜兵部尚书。（原书眉注：张光大曰：一时龃龉后，亦为兵部尚书。赈济者但当诚心为民，可行即行。一己利害，非所当计。纵使济饥民坐罪，终身不叙，损一身以活千百人命，又复何憾！况未必至此乎？）

僖宗文德元年四月，以郭禹为荆南留后。初禹励精为治，抚集雕残，赈瘴粥，给孤贫，通商务农。时藩镇莫以养民为事，独华州刺史韩建招抚流散，劝课农桑，数年之间，民富军赡。时人谓之北韩南郭，流誉无穷。（原书眉注：陆曾禹曰：人生天地间，惠在一时，名垂万世，始可告无忝于生平。北韩南郭近之矣！若专以功名为重者，生则显荣，死则泯焉，不亦大可慨哉！）

宋张文定咏镇蜀时，梦谒紫府真君。接语未久，吏忽报请到西门黄兼济。黄幅巾道服，真君降阶迎接甚谨。且揖咏坐黄之下，询颇详款，似有钦叹之意。咏翌日命吏请黄，戒令常服来。比至，一如梦中所见，遂以梦告。因问黄有何阴德，蒙真君礼遇如此。黄曰：无他长。惟每岁禾麦熟时，以三万缗收籴。民或艰食，即以元籴斗斛不增价粜之。在兼济初无损，于小民颇有补。咏曰：此君所以居咏上也。命二吏掖扶黄，令坐，索公裳拜之。（原书眉批：一见即从阴德问起，既悉，即敬服下拜。今之贵人，谁能如此？于己无损，于人有益，即此而推，添许多为善法门，在人肯用其心耳。）三四世之富民，逸居饱暖，无所用心，不为嗜欲所惑，则必为悭慢贪嫉强横奸诈所恼矣。黄能如此，宜为真君所重。

庆历三年，陕西饥，诏韩琦抚之。琦至，宽征徭，免租税，给复一年；逐贪残不职之吏，罢冗员六百七十人。时河中同华等州饥，民相率东徙。琦发廪赈之，凡活一百五十万人。琦后为相，封魏郡王。五子皆贵，忠彦继为相。（原书眉注：陆曾禹曰：韩公赈救，法出万全，堪为济世之嘉谟，永作活人之大典。）

富郑公知郓时，河北流民东下者六七十万人。公皆招纳之，自为区画。（原书眉批：安流之要惟三：一得食，二有居，三可归。郑公尽得其妙，故为千古名臣。其法详见《康济录》。）此大胆而处以细心者。其劝民出粟也，虚己以情劝之。任事之官吏，皆书其劳，使他日得论绩受赏。五日辄以酒食款劳之，奖励有加。故人皆尽力。（原书眉批：虚己极紧要，恃威力则不从矣。）或曰此非弭谤自全计也。公曰：吾岂惜以一身易此五六十万人之命哉！上闻，遣使劳公，拜礼部侍郎。公辞不受，曰：此臣职也。敢受赏乎？公尝与所厚书曰：在青州二年，偶能全活得数万人，胜二十四考中书令远矣。公不避谤，不受赏，满腔恻隐出以经纶妙手，卓然有以自信，始怡然有以自慊也。

滕元发知郓州。时淮南京东饥，元发虑流民且至，将蒸为疠疫，先度城外废营地，召谕富室，使出力为席屋。一夕成二千五百间，井灶器用皆具。民至如归，所全活五万。后为龙图阁学士，谥章敏。（原书眉批：陆曾禹曰：安流者，心不慈，所需必不备；法不严，混乱不循规。滕君经济之才，令人惊服。）

眉州苏杲，遇岁凶卖田，以赈邻里。乡党及熟人将偿之，辞不受，以致数败其业而不悔。子洵，孙轼、辙，为世大儒。（原书眉批：必如此，方为真心济人。）（阅者另批：旌德汪氏尝值道光中水灾，买金保圩田。其田尽没水中，汪氏悉如旧值而与之。此于交易之中而隐行赈济之仁者也。）

邵灵甫，宜兴人，储谷数千斛。岁大饥，或请乘时粜之。曰：是急利也。或请损值粜之，曰：此近名也。或曰：将自丰乎？曰：有成画矣。乃尽发所储，雇佣除道，自县至湖镇四十里，浚蠡湖横塘等水道八十余里，通罨画溪，入震泽。邑人争受役，皆赖全活，水陆又俱得利。子梁登第，孙纲魁南省。（原书眉批：救人之功，上关天厅。灵甫子孙连登高第，于理何疑！）

叶梦得为许昌令，值水灾，道中多遗弃小儿。一日询左右曰：无子者何不收以自养？对曰：人固所愿，但患既长，或来认识。梦得乃为立法，凡灾伤遗儿，父母不得复取。夫儿为所弃，则父母之恩已绝，人不收之，能自活乎？遂作空券数千，具载本未〔末〕。凡得儿者，使明所从来，书券付之。又为载籍记数，收多者赏，贫者给米以为食。事定，按籍计三千八百余儿。此皆夺诸沟壑而致之襁褓者。（原书眉批：凡欲救人，不立一善法，则人必不为我救。如叶公之救三千余人，假使不立印券，勿令父母不许复认，救之焉能如此之众。故宋时有慈幼局，近世有吉婴堂，不可不尽法之以广吾仁爱也。）后官至尚书左丞，封侯。子皆登第。

秀州录事洪皓，见民田尽为水没，饥民塞路，仓库空虚，白郡守以荒政自任。悉籍境内之粟，留一年食，发其余，粜于城之四隅。本境民有不能自食者，洪亦为主之。凡流民，皆立屋于城之西南两废寺，男女异处，樵汲有职。稍有所犯，以民饥不可杖，逐而去之。借用所司发运钱粮，不足，会浙东运常平米四万过城下，洪遣使锁津栅，语运官截留。官噤不肯，曰：此御笔所起也，罪死不赦。公曰：民仰哺，当至麦熟。今腊犹未尽，中道而止，则如不救。宁以一身易十万人之命。竟留之。未几，廉访使至，验其立法，曰：吾行边军之法，不过如是。违制抵罪，为君脱之。又请得米二十万石，所活九万五千余人。后官端明学士，谥文惠。（原书眉批：洪公之活民也，始则心伤饿殍，竭力何辞。继则米尽，官民虽死勿恤。故遣吏锁栅，强遏皇粮。当斯时也，但知有万民之命，不知有一己之身，认罪活民，究无所罪，后且身膺上爵，子拜相公，谁谓作福而无福报哉！）

朱承逸居霅城东，为本州孔目官，轻财好义。值岁饥，以米八百石作粥散贫。是岁生孙服，熙宁中登进士第二。次孙肱，亦登第。（原书眉批：八百石米得此厚报，况过之者乎？）

陈亢，金坛人，中年无子。熙宁八年，饿殍无数。作万人坑，每一坑设饭一瓯、席一领、纸四帖，藏尸不可胜纪。是岁生子廓，后又生度，皆相继为监司。子孙仕宦不绝。（原书眉批：急为掩埋，不惟死者沾恩，而生者亦免疠疫之患。）

祝染，延平沙县人。遇岁歉，为粥以施贫民。（原书眉批：散粥当多立厂所，给票注明某厂就食，使不得东西冒领，并免壅积。）后生一子，省试举首。春榜将开，里人梦报人手持状元大旗，上书“施粥之报”四字。及榜发，果状元及第。（阅者另批：近闻颍寿粥厂赈时举旗点炮，参用兵法，甚善。）

倪闪好施与，每出遇贫，则以钱掷其家。绍兴四年大饥，道殍相枕。闪设糜厂济之，活者万计。次年赴试，梦竖旗门首，书“瘅粥阴功”四字。果魁天下。后至尚书。（原书眉批：谚云饥时一口，胜如一斗。死在须臾，即能行走。救荒煮粥最善，然易丛弊，须耐劳耐久，细心审察，方能法密惠周。）

蜀有长者李发，遇岁不登，辄为食以食饥者。自春徂冬，日以千数。乾道戊子，民饥甚。官为发廪劝分，而就食李家者，日至三四万人。明年流庸未复，而荒政已罢，民愈困弊。数百里间，扶老携幼，挈釜束薪而以李为归者，其众又倍于前。盖李之为此，自绍兴之丙辰，至此三十余年，岁以为常。所出捐不知其若干斛，所全活不知其几何人矣。（原书眉批：长者发此宏愿，自是赀多，然行之三十余年不厌，岂非人中第一？）及是而惠益广，绩益茂，故州郡及诸使者始上其事，孝宗皇帝嘉之，授初品官。其后孙寅仲登第，唱名第三，至礼部侍郎，出为潼川路安抚使、敷文阁直学士。

明瞿兴嗣，好行阴德。洪武时，岁大俭。来依者数千人，择旁舍处之。会疠作，病者相枕藉。公亲携粥药抚视，卒赖以全。（原书眉批：难在亲携。）有一贫人，值大雪，饿不能起。晨往，以钱二十缗投窗隙而去。有人来籴米，受其钱五千，佯忘曰：汝钱十千耶？倍与之。凡负贩者，必多偿其值，曰：彼胼手胝足以求利，忍与较乎？年八十，子孙荣显。事见《常熟志》。（原书眉批：善事阴行，其功倍大。）

杨少师文敏公荣，先世以济度为生。久雨溪涨，冲毁民居，被溺者顺流而下。他舟皆争取财物，独文敏之曾祖及祖专事救人，他物一无所取。（原书眉批：操舟之子孙能为卿相，其立心行事必有异于人者。）

成化乙未科状元费宏之父，捐馆资十二金，赎妇还夫，狼狈而归。夜闻窗外神人曰：今宵采苦菜作饭，明年产状元为儿。宏果十九而登乡荐，翁生受吏部侍郎之封。（原书眉批：歉岁赎人，俾得完聚，政之美者。贫士而能为此，所以感动神人。）

萧达，汉阳人。嘉靖甲辰，楚大饥，出粟济之。粟尽，复措千金易粟作粥食饥者。时未有子也。一夕梦中见数百人罗拜，曰：来报凶年活命恩。一人手携两孺子，曰：请以为嗣，所以报也。庚戌长子良有生，丙戌仲子良誉生，先后中乡举。万历庚辰，良有以会元及第，良誉亦登高第。楚人有汉阳双凤之谣。（原书眉批：杨景仁曰：救荒有生生之理，天必佑之而生贤子孙。黄山谷诗有云：能与贫人共年谷，必有明月生珠胎。理有固然也。）

万历间，姚思仁巡按河南，杀贼甚多。忽病，被摄冥司。主者诘曰：尔何好杀如此？姚曰：某为天子执法耳。主者曰：凡为官当体上天好生恶杀之心，尔不以哀矜自省，理应受罪。（原书眉批："好生恶杀"四字，有权位者亟宜体玩。）姚曰：固也。当两省凶荒，某曾上疏请赈，所活不下数千万。独不可相准乎？（原书眉批：此上疏请赈，与作疏人同心救荒之报。）主者曰：此尔幕宾贺灿然所为，已注其中年富贵矣。姚曰：稿虽贺作，疏由某上，独不可分其半乎？主者依言，令其生还。贺从姚于官，因见凶荒，特作疏稿，劝姚上之。后贺年四十登第，累官冢宰，姚官至工部尚书。

尚书冯琢庵之父为庠生，隆冬早赴学，路遇一人倒卧雪中，扪之已半僵矣。遂解棉衣衣之，扶归救苏。是夜梦神告曰：汝救人出自诚心，当令韩琦为汝子。后生琢庵，遂名琦。（原书眉注：杨景仁曰：足见救人冻与救人饿，皆有拯死之功，而为神明所佑也。）

徐孝祥隐居吴江，家甚贫。忽于后园树下得白金一瓮，亟掩之，人无知者。后二十余年，值岁大歉，孝祥曰：是物当出世耶！乃启瓮，日取数锭，籴米以散贫人，全活不可胜计。银尽乃已。子纯夫官翰林，后甚昌盛。（原书眉批：不贪分外之财，而又勇于为义，是真能载福者。）

当湖陆氏，堂中挂一轴字，乃其先世两代出粟赈饥而人赠之者。文中历叙古时济饥之人子孙皆膺高位，谓陆氏他日必有显者。今自东滨公而下，三代皆为九卿。其言果如左券。（原书眉注：袁黄曰：凡系世家，未有不由祖德深厚而科第绵延者。今之闭籴射利、剥众自肥者，可反观矣。）

夏云蒸入山东济宁刺史幕。刺史年五十无子。蒸五十余，仅一子，有血疾。每与刺史叹曰：我父子相依为命，而子血疾，寿必不永。刺史曰：我尚无子。目下妾有孕，医曰右手脉大，仍是女胎。奈何！未几地方旱荒，蒸劝刺史设法补救，焦心劳思，凡一切事关赈济，次第举行，陋弊悉除。饥民俱沾实惠，救活无算。越三月，刺史妾双生二子，喜谓蒸曰：我明是救荒报应。世言官与幕功过平分，先生报在何处？蒸曰：吾子血证久不犯，岂不是报？刺史曰：此犹未显。买一婢送之。甫一年，亦双生二子。（原书眉注：徐敬斋曰：经理赈务，灾民生死待命须臾。作福作孽，报应最速。当事者宜藉立善基，不可转投孽海。观此则身在事中，无论职分崇卑，苟不急切救民，但安居自适，岂能逃罪乎？）

黄岩王思敏，为县刑房。岁大水，巡方御史至。敏时已由三考补典史，具饥民册求赈。御史弗许，敏抱册投水。御史急令人救之，允所请，全活无算。孙济，进士，官参政。曾孙廷瞻，官刑部尚书，廷栋官翰林。后犹科第联绵。（原书眉批：徐敬斋曰：赈饥一节，是公门中果报大关头，不可错过。）

徐栻父素富，遇年荒，即先蠲租为倡，又分谷济贫。栻联捷进士。父益积阴德，尽心济人。栻后官至两浙巡抚。（原书眉批：富室蠲租济贫，足辅当途之荒政，亦所以自保其富。）

国朝朱右君尚书之弼，议事能抉其要。顺治十七年夏旱，奏山东抚臣耿焞、河南抚臣贾瀚复垦荒不实，岁增数十万之赋，百姓重困，怨苦之气积为沴厉，宜加勘豁。河南报灾，户部言：六月内旱，旋经得雨，处处有秋。何以彰德、卫辉独请蠲恤？应令覆勘。右君固争，以为地有窳隆，泽有赢缩，雨露所滋，岂无枯槁？因极言覆勘无益，与户部尚书王宏祚力争于朝。宏祚辞屈。康熙七年，累迁工部尚书。归老于家，与魏公象枢并称畿辅名臣。（原书眉批：彭绍升《思贤咏》曰：右君议国是，如彼三世医。能扶幽隐疾，判若黑白棋。盖指此也。）

大学士李文定公天馥，居乡好施予，穷民归之者众。岁旱，为坛斋三日，祷于天方。蒲伏雨大作。及秋，飞蝗蔽天。复祷如前，而蝗尽去。再以大学士召，卒于位。乡人哭之，如丧所亲。子孚青，官编修。（原书眉批：文定在位，以静而治。遇狱事，多所省释。或众议当死，独谓无死法，卒宥之。天下咸被春温。）

江南江西总督于清端公成龙，任直隶巡抚时，值宣府所属东西两城及保安等处灾。已奉准平粜粮石，复疏言：平粜止救稍能措粜之民，不能救囊无一钱僵卧待毙之民。即再请赈，候部议须一月。此一月内，民之饥死者又不知凡几矣。臣先动支平粜仓粮，确察饥困不能谋生穷民，每口赈给二斗，俾少延月余，另与守道等酌议题请。（时以守道管布政使事）。（原书眉批：大臣任事，当为即为，况赈饥不容少待。先有一番措置而后循例题请，清端优于干略二林之论不虚。）更以清节自励，屑糠杂米为粥，举家食之。客至，亦以进。谓曰：如法行之，可得留余以赈饥民也。（原书眉批：对客语何等恳挚！）康熙二十年正月入觐，谕曰：尔为今时清官第一，殊属难得。尔前劾知县赵履谦侵蚀赈银，甚当。奏曰：履谦过而不改，臣不得已而劾之。（原书眉批：不得已而劾之，故令人知畏知感。）谕曰：为政之道，当知大体。小聪小察，不足为多。寻因其家计凉薄，特赐内帑银一千两，亲乘良马一匹，以示鼓励。（原书眉批：圣主体恤荩臣，无微不至。）擢总督，卒于官，加太子太保。雍正十年，入祀贤良祠。孙准，官江苏巡抚。

蒋莘田学道伊，官御史时，以江南江西洊饥，上救荒策。大略言：赈济之法莫善于分，莫不善于聚。县各为赈，勿聚于府；乡各为赈，勿聚于城；人各为赈，勿委于吏。如臣在康熙十年赈荒于乡，分设三厂，所活者众，所耗者少。城中官设二厂，所活者少，所耗者多。此其明验也。并绘十二图上之。（原书眉注：杨景仁曰：莘田先生所进《万世玉衡录》，足资启沃。《臣鉴录》，法戒昭然，有裨持身经世。兹论荒政，恺切简明，具见荩臣丰采。）寻出为广东粮储参议，革除苛政，与民休息。日市干鱼自给，誓不取民间一物。顷之移河南学道，士论翕然。其居乡好施予，放鱼鸟诸物，岁千万计。子孙再世为相，累叶簪缨。

陈勤恪公鹏年，知苏州府。苏大疫，巡视所属境，人予之药，饿者予之粟及钱。所至疫立起。后擢河道总督，以劳卒于工所，入祀河南贤良祠。江南人亦祀之，以配海忠介。两地馨香之报，洵不朽矣。

陈德荣任贵州布政使，垦荒田三万六千亩，督民种桑，募蚕师教之蚕，开野蚕山场百余所，比户机杼声相闻。恤流民，给孤老，益囚食，善政不可枚举。至今安州陈氏科第不绝。（原书眉注：乾隆初，苗疆新定，将吏多锋锐。陈公见经略张公曰：苗亦人耳，可尽杀乎？经略感动，为之止兵。）

沈起元，自吏部员外郎出为福建知府。时大吏方严查仓谷，有司多被劾，受代者率尚苛切。（原书眉批：废法固不可，苛切尤不可。因清查而兴大狱者，多非仁人。）因戒所属得当即止，毋多求也。乾隆二年，擢河南按察使。夏大雨，灾被四十六县，饥民四走。议以边境州县未被水者安插流亡，给口粮，俾无出境。属吏报盐枭四十余，拒捕伤人。已而获者过半，法皆当斩。讯之，自四五人外，皆饥民。斩三人，戍二人，余杖遣而已。七年，迁直隶布政使。明年大旱，入秋议赈，总督以户口未清，欲迟至仲冬。力请先赈一月，再查户口，分别加赈。（原书眉批：散赈知先救农，亲履其乡，则审户之法亦易行。）许之。（后定例，地方遇水旱等灾，先将贫民普赈一月，不论成灾分数，不分极贫、次贫。是曰抚恤，即为正赈。及查明分数，区别极次，具题加赈。是为大赈。赈毕后，或系连年积歉，或当年又有重灾，临时又奏请再加赈恤，是为展赈。方敏恪公曰：赈之大发正帑，首重救农。其余乏食之民，不过为区别斯可矣，未可与农民并论也。）有一县令倡言赈户不赈口，怒责之，曰：民饥且死，一口之粮，能活数口乎？是岁发赈，视他岁加数倍焉。九年转光禄卿，乞归，讲学于乡。及卒，端坐如生。

叶文沚先生佩荪，巡抚湖南，著有惠政。手订保甲规条，简而当，要而赅。既收除莠安良之效，而偶逢灾歉，户口按册参稽，无由舞弊。不专为救荒设，而荒政之根柢在焉。（原书眉批：陆曾禹曰：保甲行之有素，按籍而稽，奸宄不得容留，贫富了然在目，冒破者无有矣。故不论赈济、赈贷、赈粜，饥年皆不可少。）慈怀茂矩，论治术者宗之。哲嗣琴柯、芸潭两公，皆入翰林，先后开府陈臬，克绍家声。

教谕王之麟，在安东任。值淮安属大水，奉檄分勘饥户。乘小舟行田中，舟胶乘马，马踬乃易牛，邮入泥淖，遍历诸村落，得饥民二万余口以报（原书眉批：水灾查勘尤难。如王公者，方为实心实力。）县令愕曰：君所勘一隅耳，多若此。如含县何！请减之。怒曰：是嗷嗷者，不赈且不活。减之，孰当死者？争不得，驰诉于府，府难之。适布政使白公按行至，遂痛哭，诉民困饿状，请按册全赈。白公心动，许之。旋委载白金以赈，亲核户口，析封万余。三日夜，目眶尽赤。乃按行居民，亲给之。时饥民方汹汹，令出，裂其舆。丞往，并脱其须。乃教谕至，皆欢曰：师爷活我。（原书眉批：张静持曰：勘灾之际，饥民围绕，妇女喧闹，甚至毁辱官长，亦不得不略加惩责。然民已困苦流离，官仍自养威重，又安能尽咎民哉！）于是上官更檄教谕覆勘所未至。自安东及邻县境，复得应赈者数万户。如所报，悉予赈，全活甚众。有一诸生逋赋当斥，怜其贫，典衣得二十金，代之偿。不足，请以俸抵。既卒，士民建祠以祀。二林居士有诗咏其事。

吴门董个亭封翁，尝于歉岁见农夫无力卒岁，以耕牛售诸屠肆，乃倡义邀诸绅集赀，于城外辟一园，如所售之价，买牛而牧之。迨春作时，听人自赎。每岁活牛无算，乡农并沾其惠。子孙荣显，身享大年。（原书眉批：汪凝夫曰：多留一物躯命，即多培一日善根。举斯心加诸彼，由爱物之心推之，福德何量！）

林文忠公则徐，陈臬江苏。时值水灾，赈饥皆受实惠。后抚吴，又值连年灾歉。所定赈章，力除积弊，责令委员户必亲填，人必面验，票必亲给。查完一户，即以油灰书其门首；查完一村，即将户口榜诸通衢，俾人人共闻共见，胥吏不得为奸。时人谓之清赈。（原书眉批：文忠惠政可师，实遵古法，尽心行之而已。按《筹济编》审户条下注曰：向来查户有应减之口，常不令知之。今必论以应减之故，使人心折。假令彼有言，而委员不能夺之，即仍入应赈。如此委员不致任情率办。又计口授食，半月一发，在彼既省奔走工夫，住家力作，在我亦省人工杂费，可多活几人。或恐冒滥，曰是有措置。且先施粥三五日，男女异处，许带瓶来，归养老幼。人给一筹，每村人，记其姓氏，不许四散，便可约一村人数矣。然后到乡亲查，分别中贫、极贫，约其持药授粮而归。老弱寡妇不能负重者，照时价折钱，多与加一勿少，于精核之中寓宽仁之意，皆善法也。）劝谕绅商大户，捐集赈银至三百余万。被灾之区，俱按图按户分关给钱。附近城市，则多设粥厂，以养流民。犹恐拥挤滋事，老弱向隅，又率属捐廉挑施担粥，每一担约可给百人以上。绅庶之有力及力薄者，咸相效法。或独施数担，或合数人以成一担，各就所居邻近地段，同时挑担分施。自城关至于僻壤，粥担相属于道。隆冬之际，竟少饿毙之人。并收买牛畜，春融听赎，农事藉以补苴。（原书眉注：乾隆八年，直隶庆云县地瘠民贫，旱灾后耕牛甚少。高文定公斌奏准给银三千两，委官赴张家湾采买耕牛，遂交庆云县田少者，三户共给一牛，俾得广行播种。事见方恪敏公《赈纪》。）三吴士民至今称感弗衰。公官至云贵总督，乞归，召为钦差大臣。赴粤剿贼。卒于潮州途次，赠太子太傅。陕西建立专祠，入祀云南、江苏名宦祠。子汝舟，官编修；聪彝，官杭嘉湖道；拱枢，官御史。孙曾登贤书者，现已五人。（荒年买牛以备春耕，善矣。如灾重用繁，此事先未举办，及耕作之时，民已无牛。即用代耕架，其法创自前明泾阳王忠节公，著有图说。曾依式制而试之，甚为灵捷，足抵牛马之力，诚农家利器也。图说详见《药善堂丛书》，汴梁聚文斋有刻本。）

恶　报

济源卫我愚先生善于救荒，尝自矢曰：有敢侵赈粮一分者，吾子孙其世为饥民矣！著《灾赈条略》数千言，纤悉尽事实。林文忠公抚吴时，戒谕属僚曰：地方官办理命盗案件，如有故勘致死，即干抵偿，然犹不过一人一事。若办赈有所侵蚀，是直向千万垂毙之民夺之食而速其死。即使幸逃法网，天理必不能容。尤时时指述救灾迁延果报，以为炯戒。闻者莫不股栗。录恶报二十则于左。

范书。永初二年夏旱，太后录囚。有囚实不杀人而被拷自诬，羸困舆见，畏吏不敢言。将去，举头若欲自诉。太后察视觉之，即呼还问状。具得枉实，即时收洛阳令下狱抵罪。未还宫，大雨。（原书眉注：陆曾禹曰：刑之所加，何招不得？怨触上苍，遂成闭塞。）

隋齐州刺史卢贲，坐民饥闭籴，除名。皇太子为言，贲有佐命功，不可废。帝谓卢贲等功虽甚伟，然皆挟诈扰政，不可免也。乃如律治之。（原书眉批：欲以闭籴为爱民，殊不如邻邦均赤子也。高祖之罪卢贲，快举哉!）

唐大历二年，秋霖损稼。渭南令刘藻称县境苗独不损。上曰：霖雨溥博，岂渭南独无？更命御史朱敖视之，损三千余顷。上叹曰：县令字民之官，不损犹应言损，乃不仁如是乎？贬藻南浦尉。（原书眉注：张光大曰：代宗斯言，真得人君之体。）

韩滉以户部侍郎判度支。大历十二年秋，大雨害稼什八。京兆尹黎幹言状，滉恐有所蠲贷，固表不实。代宗命御史行视，实损田三万余顷。如渭南令刘藻附滉，言部田无害，御史赵计按验如藻言。帝又遣御史朱敖覆实害田三千顷。帝怒曰：县令所以养民而田损不问，岂恤隐意耶？即贬为南浦员外尉，计亦斥为丰州司户员外参军。（原书眉批：国朝定例，州县官不将民生苦情详报上司，使民无处可诉，革职，永不叙用。若州县官已详报，上司不接准题达者，将上司革职，视前代立法倍严矣。）

贞元十四年旱，民请蠲租。京兆尹韩皋虑帑已空，奏不敢实。其后事闻于上，贬抚州司马。（原书眉注：张光大曰：不蠲租则催科日福，民必畏死，其祸有不可测者。韩皋之贬也，宜哉!）

咸通十年，陕民诉旱。观察使崔荛指庭树曰：此尚有叶，何旱之有！杖之。民怒作乱，逐荛，道毙。（原书眉批：不知以民为念，其祸必至于此。）

宋熙宁间，浙西旱灾米贵。大吏沈起、张靓不先事奏闻，但立赏闭籴，富民皆事藏谷，小民无从得食。饥馑既成，继之以疫，流殍塞途。然后朝廷知之，始命运米拦街散粥，终不能救。沈起、张靓被谴，旋以恶疾卒。（原书眉注：陆曾禹曰：救荒政务，须早为裁酌。沈起、张靓平日失于稽古，遂至于此。可为闭籴者戒。）

王安石以新法误天下，不止为当时唾骂也。其出镇金陵时，江左大蝗。有无名子题诗赏心亭曰：青苗免役两妨农，天下嗷嗷怨相公。惟有蝗虫感盛德，又随钧旆过江东。安石一日饯客，至亭上，览之不悦。命左右物色之，竟莫能得。（原书眉批：荆公恃才妄作，天怒人怨，乖戾之气随之而行，势所必有。不思扑灭蝗蝻，反欲捕捉诗人，即或得之，亦不过江左之诗人，而能捕天下后世之诗人哉!）

钱某为如皋令，会岁旱，蝗大起。而泰兴令独绐郡将云：县界无蝗。已而蝗亦大起，郡将诘之。令辞穷，乃言县本无蝗，盖自如皋飞来。仍檄如皋请严捕蝗，无使侵邻境。钱得檄，书其纸尾，报之曰：蝗虫本是天灾，实非县令不才。既是敝邑飞去，却请贵县押来。未几传至都下，无不绝倒。二令皆罢。（原书眉注：陆曾禹曰：当此飞蝗食稼、困害良民之际，不思自罪，敬警格天，一欲委罪于人，一以批辞为戏，则其平日之政必不善矣。可受百里生民之寄乎？）

淳熙初，王浚明晓为司农少卿。尝以平旦出访林景度给事，值其在省。林之妻，浚明侄女也，垂泪而诉曰：林氏灭矣！惊问之，曰：天将晓，梦朱衣人持天符来，言上帝有敕。林机论事害民，特令灭门。悸而寤，犹然在目也。浚明固不知何事，姑慰安之曰：果如是，自是林氏将获谴，吾族何预焉？无为深戚戚以自苦。因留食，俟林归，从容扣近日所论奏，林曰：蜀帅以部内旱歉，奏乞拨米十万石赈赡，即有旨如其请。机以为米数太多，蜀道不易致，当审实斟酌而后与。故封还敕黄，上谕宰相云：西川往覆万里，更复待报，恐于事无及。姑与其半可也。只此一事耳。浚明颦蹙而去。未几，林以病乞归，到福州捐馆。有子继踵而亡。王氏求诸林近亲以为嗣，亦辄不久，其后竟绝。（原书眉批：只此一事，已足灭门。乌得不慎！乌得不惧！）

施汴，庐州人，为营田吏。乘荒恃势夺民田数十顷，其田主退为耕夫，不能自理。数年汴卒，其田主家生一牛，腹有白毛方数寸。既长，渐斑驳。不逾年，现施汴二字，点画无缺。道士邵修默亲见之。（原书眉注：徐敬斋曰：生前让尔专田，死后让尔耕田。仍是如尔所好，但恐屠刀还免不得。）

明季岁荒，州县官赈粥，仅务支饰。探听勘荒官明日从某路将到，始连夜于所经由处寺院中设厂垒灶，堆储柴米盐菜炒豆，高竿挂黄旗，书“奉宪赈粥”四大字于上，集村民等候。官到，鸣钟散粥；未到，则枵腹待至下午；官去，随撤厂平灶，寂然矣。后流贼所过州县，官弃城而逃，隐匿山谷间，全家饿毙者不可胜数。散见稗乘中，不具录。（原书眉注：陆曾禹曰：皆耳闻目睹之事。由是推之，民安得不困，国安得不扰？后世官长赈粥，可不视此为戒哉？）

崇祯庚辰年，浙江海宁县双忠庙赈粥。人食热粥，方毕即死，每日午后必埋数十人。与宋时湖州赈粥，粥方离锅，犹沸滚器中，饥人急食之，食已，未百步而即死者无异。在事官绅不加详察，赈务未毕，亦多恶死。（原书眉批：旧传新锅煮粥、煮饭、煮菜，饥民食之，未有不死者。故厂中须用旧锅。万一旧锅不足，须用新锅，或向庵堂寺院，或向饭铺酒家，换取旧锅备用，庶不致损人之命。此又一要法也。）惟杭人何敬德推其故而知之，遂于夜半煮粥，置大缸中，明旦分给，死者寡矣。（陆曾禹曰：凡食粥者，身寒腹馁，必然之势。身寒则热粥是好，腹馁则饱餐自调。殊不知此皆杀身之道，立死无疑。故赈饥民，其粥万不可过热，令其徐徐食之，戒其万勿过饱，始可得生。赈粥时，尤须大书数纸，多贴于粥厂左右，上书饿久之人，若食粥骤饱者，立死无救。若食粥太热者，亦立死无救。犹当令人时时高唱，于粥厂之中，使瞽目者与不识字之人皆知之，庶可自警。否则乌能知其久饥与不久饥，而岂可概薄其粥，令其不饱哉？不论官赈、民赈，皆宜如是。人之生死击焉，仁人幸勿忽也。）

国朝山东巡抚耿焞，开垦屯地不实，岁增数十万之赋，百姓重困。又徇庇营弁私占荒田九百余顷，侵隐正供。适值岁旱，言官先后以怨苦之气所积劾奏。逮问，死于狱，家产籍没。（原书眉批：焞为明贡生，顺治二年投诚。其人本无足论，而怨气致灾，实不易之理，临民者鉴之。）

乾隆二十年秋，浙西被虫灾，无人告者。学政雷鋐致书巡抚某，责之弗省，遂自以闻。奏旨赈恤，巡抚得罪去。时论快之。（原书眉批：地方大吏不受善言，适自误耳。）

乾隆末年，闽省清查仓库亏空之案，发于福州将军魁伦。伦性本苛刻，专意绳人短长。久于闽，尽知仓库出入。绅士林某在幕中，善阿意旨，伦章疏悉以委之。遂详晰敷陈，不留余地。奏入，授伦为闽浙总督，使穷治其事，成大狱。自抚藩以下，咸懔栗待罪，守令纷纷更替。水旱灾伤，转致无人过问。是狱，大小官吏伏法遣戍者数十人。（原书眉批：立法不可不严，奉法不可不恕。先哲名言，宜时时在念。）逾年，林赴部谒选，见太傅朱文正公。林本门下士，于文正前素多正论，蒙许可。兹忽厉色待之，曰：魁某兴大狱，闻皆汝怂恿之。信乎？林力辨〔辩〕其无，且谓亏空于理应办，于法难容，但不料其牵连诛戮至此耳。公曰：汝代人捉刀，固应未减。若魁某之好杀，断无好结局也。无何，魁调四川总督，以教匪偷渡嘉陵江，失机伏法。林选四川彭县，即以那移库款，被劾遣戍，卒于边外。（朱文正每言人有三途转世，一为星，二为僧，三为精。相传魁伦在闽，遇决囚，必令庖人盗其首，煮熟，置之厨案而出。深夜自入厨取啖。有匿视者，则见一虎。证以文正所言，而知好杀之人，前身皆恶兽也。）（原书眉注：徐敬斋曰：好杀之人，无好结局。朱公数言，断之以理。人心即天心，故其言旋应。）

嘉庆六年，直隶州县被灾，命奉天、山东、河南采办米麦高粱三十万石，运往灾区平粜。有富商许受珍贿属官吏，串通斛手，与其伙更番往籴。日得米麦数十石，转卖于粮贵之地，获利无算。（原书眉批：陆曾禹曰：赈粜当兼行保甲之法。此法一行，既无冒滥，亦不失恩。赈粜者察之。）未几，许为雷击死。其夥亦因讼破产，死于道路。两家妻女均流落为娼。管粜官朱某，旋得痰疾溺死。

嘉庆十七年，江北被灾。山阳一县领赈银九万九千余两，县令王申翰多侵吞入己，粥厂悉假手家丁胥吏。远乡饥民赴厂，多不得食，道毙无数。申翰素贪婪残忍，淮安守某受贿徇隐。事发，守令皆罹大辟，大吏亦干严谴。前鉴不远，司赈务者懔之。（原书眉批：即不侵吞入己，而经理未善，民多死亡，虽逃法网，亦难免于天诛。）

江都县吏王某，值江洲大水赈济，私吞赈银三十千。同房查问，王力辨〔辩〕。众曰：尔如未吞此钱，敢往郡庙发誓乎？王不得已，同往誓神曰：某如得赈钱，愿幼子三日死。众散。是夜子忽得暴疾，次日死。（原书眉批：徐敬斋曰：吞赈必报，况敢誓神，是速之祸也。故神罚不待三日。）

河南禹州牧李某，在道光时，因侵蚀赈银数百金被劾，并其长子论遣，死于戍所。其妾及幼子流落汴梁，行丐于市。至光绪三年河南旱灾，省城设厂赈粥。有饥民一女一男，随众抱器而来，忽仆毙于龙亭坊下。路人有识之者曰：此即当年侵蚀赈银某官某名之妾与子也。报应昭昭，在人耳目。可不惧哉！（原书眉批：少数百赈银，即多死数百人命。李某父子虽已戍死，未足相抵。故越三十余年，天再以恶报示人，使人知儆也。）

附　　录

备　水　患

梁太祖乾化元年二月，敕曰：今载春寒颇甚，雨泽仍愆，司天监占以夏秋必多霖潦。宜令所在郡县告谕百姓，备淫雨之患。

陆曾禹曰：无知之小民，乌能测上天之水旱。司天监既有明占，理宜谕众，使知所备。虽未悉当，要亦不远。总赖后之治民者得思患豫防之道，时时敬体天心，不使一毫怠忽，斯为上策。

明季戊申，河南大旱。知登封令梅传见麦俱枯槁，因思荞麦可种，劝民备种而待之。祈祷毕，信步行数里，遇一隐士揖曰：令君勤苦，然雨关天行，非旦夕之可得也。梅曰：荞麦尚可种乎？其人叹息曰：可惜一片仁心。向树下一指曰：公欲活民，非此不可。视之则菜也。梅遂令民广收菜子，与荞麦并种。未几又霪雨不止，荞无一生者，惟菜则勃然透发矣，且逾常年数倍，民赖以不死。（阅者另批：明永乐时，周宪王备藩河南，作《救荒本草》。所征引草木米蔬谷菜之属，凡四百十四种。正德时，王磐作《野菜谱》，凡六十余种，俱可拯饥。吴仪洛著《本草从新》，所收救荒本草，较易取求。）

陆曾禹曰：苟以难必之事教民，不若以得饱之道率众。令君意在活民，诚心祈祷，虽不能必雨旸之协应，亦可得隐士之指迷。噫！此隐士者，乌知非神人之化身。不然，何以知荞之不生而菜之必茂也？乃知一诚所感，万类俱通，怨天尤人者徒增罪戾耳。此亦救雨灾之一法，留心民瘼者不可不知也。（阅者另注：《荒政全书》，明徐光启著；《荒政考》屠隆著。《筹济编》最佳。《救荒活民书》。）

国朝康熙戊子春，江苏旱荒，给赈。秋大雨，败城垣，赈之。冬旱，又赈之。己丑春夏，瘟疫大作，给医药以救病民。患气相乘，在极盛之时，犹见不一见。有心拯恤者，所当事事熟筹，豫为防范也。

杨静闲《济荒总论》曰：夫金穰、水毁、木饥、火旱，天运有常。《礼祀》疏引汉志曰：三统为一元，一元有四千五百六十岁。初入元有阳九，谓旱九年；次阴九，谓水九年。次阳九，次阴七，次阳七，次阴五，次阳五，次阴三，次阳三。从入元至阳三，灾岁总有五十七年。并前四千五百六十年，通为四千六百一十七岁，一元之气终矣。此阴阳水旱之大数。中间旷隔数百年，久近不齐，而莫逃其厄。五行递嬗，不能无偏胜，而患气相乘，若由前定，所赖有人事以补救之耳。范祖禹序《唐鉴·表》云：言之于已然，不若防之于未然；虑之于未有，不若视之于既有。旨哉论乎！

乾隆二十二年，河南灾，被水州县至六十余。诏发金数百万，移粟数十万以赈。巡抚胡恪靖公宝瑔（字泰舒）核户口，招流亡，葺屋宇，贷种具，浚诸河渠六十七道，亘二千五百七十余里，俾下流深通，会濉、淝、淮诸水达于洪泽。半岁讫工，岁以有收，民气和乐。上下诏褒美，加太子少傅。二十五年，再调江西。明年河决阳桥，遣大臣往塞决口，调泰舒河南襄其事。时河工日需夫数万，刍茭无算。阌乡人马现龙等不应征，杀衙胥十余，煽居人为乱。官皆逃。泰舒闻变，自工所立驰往，移檄邻县，截其去路。榜示百姓：窜者诛，居者免。由是贼党多散去，不数日事定，斩现龙等数人以徇。

李文贞公饬兴水利牒曰：近代讲备荒者，止于仓贮蓄积而已。岂知千有余里，有数十州县之寥阔，以百余万米谷散于民间，大祲之年济一郡尚不足，况又有赴县城领给之烦、吏胥乡长侵蚀之弊，将来又有追比还仓之扰，是仓米在今日，殊不足赖也。本部院思北土地宜，大约病潦者十之二，而苦旱者十之八。然北方苦旱，遂至于不可支，不能如南人补救者，非独惰农自安，盖根在于水利不修，束手无措故也。今岁本部院因春夏微旱，屡行通饬，凡州县各因其山川高下之宜，如近山者导泉通沟，近河者引流酾渠。若夫无山无河平衍之处，则劝民凿井，亦可稍资灌溉。若一县开一万井，则可溉十万亩。约计亩获米一石，十县之入，已当通直全属之仓储矣。一沟之水又可当百井，一渠之水又可当十沟，以此推之，水利之兴，其与积谷备荒，其利不止于倍蓰而什伯也。用地利以济天时之穷，用人力以补天地之缺，自古为政，莫不以此为先。只因近来守令但恤身谋，无能以民事为家事者，故视此等议论邈若河汉。今直隶经浚河筑堤、蠲灾释逋之后，孚诚下洽，吏习民安，有所兴利，莫便此时，仰该司道府厅乘此农隙，令各州县亲履境内，按视山川形势，何处可通沟渠，何处应修堤障，水之源委何去何从，地之高下何蓄何泄，何处平壤宜劝穿井，何处水乡应疏河道，一一绘图具说，务须简洁详明，以俟檄发画一遵行。至于此事原为百姓筹谋，非如钦工上差诸务，期会征发，随以督责也。该府州县履历民间，务要减省徒从，只马单车，劳问父老，询以农事，不得骚动闾阎，费民一草一木。胥役有藉此作一名色惊扰编氓者，立毙杖下。到彼时兴修，有应用官民力之处，另行详请。

爱惜米谷*

雍正五年，奉上谕：朕生平爱惜米谷，每食之时，虽粒米不肯抛弃。以朕玉食万方，岂虑天庾之不给？而所以如此撙节爱惜者，实出于天性自然之敬慎，并不由勉强。且以米谷乃上天所赐以生养万民计，不敢轻忽天贶。尔等绅士百姓，独不自为一身一家计乎？若恣情纵欲，暴殄天物，则必上干天怒，水旱灾侵〔祲〕等事皆所不免等因。钦此。

五谷乃养命之源，为上天最重，故狼藉不敬者，往往上干天怒，立降灾殃。雷电之警，所在多有。天语煌煌，世所传诵，永宜遵行。

一、灶前置一瓮，将稻柴上谷摘净，饭米中谷拣净，厨房内外收食净尽，汇收投入，通年给与贫丐。

一、各居家婴孩吃饭，长者及乳母格外照应爱惜，此亦为孩儿增寿。

一、典栈各米行以及砻坊、确坊、面坊、糟坊、糕饼点心各店并人口繁多之户最易狼籍，宜格外惜福，时时存心爱惜，俾免遭蹋。宜另雇贫老男妇专司拣收打扫。

一、坑中往往遗入钱谷，若不每年淘取，造孽极大。如能每岁一淘，造福最大。

抄慈恩玉历汇录

观敬惜字纸民

一、凡宦家书室，宜捐赀创会，收买残书废文，拾取街坊道路遗字并墙壁披挂者，更买大场墨卷及小试卷焚化，不可徒务虚名，致干神怒。

一、凡现任当道，宜禁绝贩卖大场墨卷、小试卷为烟纸及一切纸筋，功德无量。不许书役轻抛字纸，并出示遍行晓谕，自然感化者多矣。

一、凡读书之家，宜实心敬惜，并聚赀建惜字炉，遍地置木柜，以便贮积收取焚化。

一、凡无力之家，宜随手捡拾，不得糊窗覆瓶、拭桌点火、以书作枕、房中亵秽。见不全经书及淫词小说，随手焚化。

一、凡授生徒者，广布惜字训言，详述慢字果报，劝化生徒。

一、凡公门吏胥，一切改抹草稿，每房置一小篓，积付僧人，或建小炉，随手焚化。

一、凡僧道随缘募食，不若拾字。有已食会主斋粮者，勿偷闲，勿避秽，便是无边功德。

一、凡工商铺户，勿以字纸包裹货物，勿糊裱书籍，勿于枕坛砖瓦、靴袜伞柄上刻字号。即用纸包者，须写在一边，令人好裁去。

一、凡星相医卜，勿滥贴招纸于湫隘处。及抄刻刷印之家一切样稿印版割差铺错讹，慎勿轻弃只字。

一、凡许愿上幡，务将剪字缝于幡上，恐日后变卖其字，易于拆去。祭文不可用绸缎写，须用纸书，恐绸缎染作被褥、小衣。至于乡民烛心蚕扁，易用白纸，妇女不可用书作针线本，亦用白纸，便消无边罪孽。况妇女无知，责在男子。农工何知，责在士人。

同治八年岁次己巳仲春江邑同人公启

（按：以下文字系佚名读者或收藏者所加。）

以工代振（河渠、城郭、桥梁、道路，庙宇），物力艰难，宜先所亟。

遇灾求言，以通下情。（饥民中所谗字者，令得进见，人具一纸，勿书姓名，各将所当兴与当革者及官吏豪猾侵刻者，一一开列搜罗于之佥用者而察之）

资送留养、佣工代佃、给种、贷牛、通商。

《筹济编》、《农政全书》、《荒政考》、《康济录》、《救荒本草》（《本草从新》中有引用者）、《野菜谱》。

请屠佩泗速查照写一分，附寄唐东桂西山先生高兄大人。

山东赈捐章程

清光绪年间刻本

（清）佚名 辑
夏明方 点校

山东赈捐章程

捐　贡　监

一、贡生

由监生附生，捐银一百四十四两；由增生，捐银一百二十两；由廪生，捐银一百八两。

一、监生

由俊秀，捐银一百八两；由附生，捐银九十两；由增生，捐银八十两；由廪生，捐银六十两；由俊秀部捐十成从九未入职衔人员改捐监生，应补捐银二十八两。

捐　职　衔

一、郎中

由贡监生，捐银三千八百四十两；由同知，捐银一千八百四十两。

一、员外郎

由贡监生，捐银三千二百两。

一、主事、都察院都事、都察院经历、大理寺寺丞

由贡监生，捐银一千六百六十两。

一、光禄寺署正

由贡监生，捐银九百两。

一、大理寺评事、太常寺博士、太常寺典簿、通政司经历、通政司知事

由贡监生，捐银七百五十两。

一、銮仪卫经历、中书科中书、詹事府主簿、光禄寺典簿

由贡监生，捐银六百五十两。

一、部寺司务

由贡监生，捐银六百两。

一、国子监典簿

由贡监生，捐银五百两。

一、国子监典籍、翰林院待诏

由贡监生，捐银三百六十两。

一、翰林院孔目

由贡监生，捐银三百二十两。

一、道员

由贡监生，捐银五千二百四十八两。

一、知府

由贡监生，捐银四千二百五十六两。

一、盐运司运同

由贡监生，捐银三千八百四十两。

一、同知

由贡监生，捐银二千两。

一、通判

由贡监生，捐银一千六百两。

一、布政司经历、布政司理问、州同

由贡监生，捐银三百两；由恩拔副贡生，捐银一百二十两。

一、按察司经历、布政司都事、盐运司经历、州判

由贡监生，捐银二百五十两；由恩拔副贡生，捐银七十两。

一、盐库各大使、按察司知事、府经历、县丞、盐运司知事、布政司照磨

由贡监生，捐银二百两。

一、按察司照磨、府知事、县主簿、州吏目、茶马大使

由贡监生，捐银一百二十两；由从九品未入流，捐银一百八十两。

一、从九品、未入流

由俊秀，捐银八十两；由未满吏，捐银六十五两；由已满吏，捐银五十两。

一、各馆誊录举人，准捐同知职衔，照常例贡监生报捐银数酌加五成；生监准捐通判职衔，照贡监生报捐，银数酌加三成；其余职衔，仍按常例银数办理。

一、各馆供事报捐七品，按经布都盐经职衔，各照常例贡监生报捐银数加倍报捐；其捐府经、县丞各职衔，应按未满吏递捐例银三百二十五两；捐县主簿、州吏目各职衔，例银二百四十五两。

文进士、举人报捐京外四五品文职衔，并五贡报捐四五六品文职衔，均应扣除原资银数。

已截取进士，作银一千二百九十五两；未截取进士，作银一千一百五十五两。已截取举人，作银一千十五两；未截取举人，作银八百七十五两；未拣选举人，作银七百三十五两。五贡，作银四百三十四两。

一、游击

由监生、武生，捐银一千八百二十四两。

一、都司

由监生、武生，捐银九百两。

一、营卫守备

由监生、武生，捐银六百两。

一、守御所千总

由监生、武生，捐银四百两。

一、卫千总

由监生、武生，捐银二百五十两。

一、营千总

由监生、武生，捐银二百十两。

一、把总

由监生、武生，捐银一百二十两；由俊秀捐银二百三十两。

以上各项文武职衔，凡小衔加捐大衔，准将原捐小衔银数抵算。惟文京职衔加捐，文外官职衔往往有原捐银数浮于加捐者，只准照对品外衔银数作抵。其文衔改捐武衔、武衔改捐文衔，照例不能作抵银数。

捐升衔

一、现任部司务捐六品升衔，应银一千一百三十一两；候补候选，应银一千三百四十七两。

一、现任国学正、国学录、国典簿捐六品升衔，应银一千零七十三两；候补候选，应银一千一百八十八两。

一、现任理评事、科中书、阁中书、銮经历、常博士捐五品升衔，应银二千七百七十二两；候补候选，应银二千九百四十五两。

一、现任通经历、通知事、常典簿、国监丞捐五品升衔，应银三千一百七十六两；候补候选，应银三千三百六十三两。

一、现任副指挥捐五品升衔，应银三千八百九十六两；候补候选，应银四千二百十三两。

一、现任光典簿、詹主簿捐五品升衔，应银三千八百三十一两；候补候选，应银四千零六十二两。

一、现任京府经历捐提举升衔，应银一千九百五十二两；候补候选，应银二千二十四两。

一、现任京通判捐同知升衔，应银一千三十七两；候补候选，应银一千二百六十八两。

一、现任光署正捐员外郎升衔，应银二千五百九十二两；候补候选，应银二千七百二十二两。

一、现任正指挥捐员外郎升衔，应银二千八百六十六两；候补候选，应银三千零七十五两。

一、现任主事、都都事、都经历、大理寺丞捐员外郎升衔，应银一千二百五十三两；候补候选，应银一千九百四十四两。

一、现任教谕捐国典簿升衔，应银二百四十五两；候补候选，应银三百一十两。

一、现任教谕捐科中书升衔，应银八百二十一两；候补候选，应银九百三十六两。

一、现任教谕捐翰待诏升衔，应银一百八十八两；候补候选，应银二百四十五两。

一、举人出身现任教谕捐内阁中书升衔，应银八百二十一两；候补候选，应银九百三十六两。

一、五贡出身现任教谕捐内阁中书升衔，应银一千一百三十七两；候补候选，应银一千二百五十二两。

一、现任训导捐国典簿升衔，应银六百一十三两；候补候选，应银六百七十八两。

一、举人出身现任训导捐内阁中书升衔，应银一千二百三十九两；候补候选，应银一千三百四两。

一、五贡出身现任训导捐内阁中书升衔，应银一千五百五十五两；候补候选，应银一千六百二十两。

一、现任按知事、府经历捐布理问升衔，应银六百六十三两；候补候选，应银七百三十五两。

一、现任县丞捐布理问升衔，应银三百二十四两；候补候选，应银四百十八两。

一、现任布照磨、盐知事捐布理问升衔，应银五百九十一两；候补候选，应银六百二十七两。

一、现任盐库各大使捐运判升衔，应银一千七百二十八两；候补候选，应银一千九百五十九两。

一、现任按经历捐提举升衔，应银一千六百四十九两；候补候选，应银一千七百六十五两。

一、现任布都事、盐经历、直州判、州判捐提举升衔，应银一千九百五十二两；候补候选，应银二千二十四两。

一、现任知县捐同知升衔，应银一千三十七两；候补候选，应银一千二百六十八两。

一、现任通判捐提举升衔，应银五百七十六两；候补候选，应银七百十三两。

一、现任运判捐提举升衔，应银一千三十七两；候补候选，应银一千一百七十四两。

一、现任布经历、布理问捐提举升衔，应银一千五百五十六两；候补候选，应银一千七百两。

一、现任州同捐提举升衔，应银一千四百四两；候补候选，应银一千六百七两。

一、现任直州同捐知州升衔，应银一千六百三十五两；候补候选，应银二千一百五十三两。

一、现任提举、运副捐运同升衔，应银三千四百五十六两；候补候选，应银四千三百二十两。

一、现任直知州捐知府升衔，应银二千九十六两；候补候选，应银二千七百八十七两。

一、现任同知捐运同升衔，应银二千四百二十两；候补候选，应银二千九百八十一两。

一、现任知州捐运同升衔，应银二千九百九十六两；候补候选，应银三千四百四十二两。

以上常例准捐升衔条款，大致备载。其余如八九品递捐各条，查阅本条捐升官阶双月银数，减二成，即系报捐升衔例银数目。

捐推广顶戴升衔

一、现任九品未入流京官捐六品顶戴，应银一千四百九十一两；候补候选，应银一千五百九十九两。

一、现任八品京官捐五品衔，应银三千八百六十七两；候补候选，应银四千零四两。

一、现任七品京官捐四品衔，应银四千六百七十三两；候补候选，应银五千二百四十九两。

一、现任编修检讨庶吉士捐四品衔，均比照汉京官七品报捐银数办理。

一、现任六品京官捐四品衔，应银四千三百七十八两；候补候选，应银四千六百三十两。

一、现任修撰中允赞善捐四品衔，均比照汉京官六品报捐银数办理。

一、现任员外郎捐四品衔，应银四千六百八两；候补候选，应银四千八百四十两。

一、现任郎中捐四品衔，应银二千五百三十五两；候补候选，应银三千九百十七两。

一、现任员外郎捐三品衔，应银九千二百十六两；候补候选，应银九千六百八十两。

一、现任郎中捐三品衔，应银五千六十九两；候补候选，应银七千八百三十四两。

一、庶子、侍讲、侍读、洗马捐四品三品衔，均比照汉现任郎中报捐银数办理。

满洲蒙古人员

一、现任九品捐六品顶戴，应银二千三百二十六两；候补候选，应银二千四百六十三两。

一、现任八品捐五品衔，应银四千二百二十七两；候补候选，应银四千三百六十四两。

一、现任七品捐四品衔，应银六千二百六十四两；候补候选，应银六千四百零一两。

一、现任六品捐四品衔，应银四千三百七十八两；候补候选，应银四千六百三十两。

一、满洲蒙古员外郎郎中捐四品三品衔，均比照汉员报捐银数办理。

一、现任九品未入流外官捐六品顶戴，应银一千一百八十一两；候补候选，应银一千二百一十两。

一、现任府经历、县丞、盐知事、布照磨捐五品衔，应银二千二百九十七两；候补候选，应银二千三百六十九两。

一、现任盐库各大使捐五品衔，应银三千八百二两；候补候选，应银四千零三十二两。

一、现任训导捐五品衔，应银二千六百三十六两；候补候选，应银二千六百七十二两。

一、现任教谕捐五品衔，应银三千一百六十一两；候补候选，应银三千二百七十六两。

一、现任布都事、盐经历、直州判、州判、按经历、京府经历、京县丞捐四品衔，应银六千二百七十二两；候补候选，应银六千三百四十四两。

一、现任外县知县捐四品衔，应银四千七百六十七两；候补候选，应银四千九百九十七两。

一、现任府教授捐四品衔，应银七千五百六十两；候补候选，应银七千八百四十八两。

一、现任京县知县、通判、盐运判、州同、布经历、布理问捐四品衔，应银四千八百九十六两；候补候选，应银五千零三十三两。

一、现任直隶州知州捐三品衔，应银六千一百六十八两；候补候选，应银七千二百零四两。

一、现任同知捐三品衔，应银六千九百十二两；候补候选，应银八千六百十九两。

一、现任知州捐三品衔，应银九千一百零五两；候补候选，应银九千三百一十两。

一、现任盐运同捐三品衔，应银六千零七十一两；候补候选，应银六千二百零九两。

一、现任知府捐三品衔，应银四千六百零八两；候补候选，应银五千七百四十七两。

一、现任道员捐三品衔，应银四千一百十四两；候补候选，应银四千八百零四两。

以上各项顶戴升衔，毋论京外各官，凡有已保已捐升衔顶戴，俱不准作抵银数。

捐封典

一、京外文武现任及候补候选各官并捐职人员报捐封典

一品实官捐银一千两，二品实官捐银九百两，三品实官捐职捐银八百两九百六十两，四品实官捐职捐银七百两八百四十两，五品实官捐职捐银四百两，六、七品实官捐职捐银三百两，八、九品实官捐职捐银二百两，未入流实官捐职捐银一百两。

以上实官捐职各捐封例银数目，其由虚衔人员加级报捐一二品封者，应照实职捐封银数办理。

一、在京文职加级

一品捐银二百二十五两，二品捐银二百五两，三品捐银一百八十五两，四品捐银一百六十五两，五品捐银一百四十五两，六品捐银一百二十五两，七品捐银一百五两，八品捐银八十五两，九品以下捐银六十五两。

一、在外文职加级

一品捐银四百五十两，二品捐银四百一十两，三品捐银三百七十两，四品捐银三百三十两，五品捐银二百九十两，六品捐银二百五十两，七品捐银二百一十两，八品捐银一百七十两，九品以下捐银一百三十两。

一、在京武职加级

一品捐银一百五十两，二品捐银一百四十两，三品捐银一百三十两，四品捐银一百二十两，五品捐银一百十两，六品捐银一百两，七品捐银九十两，八品捐银八十两，九品捐银七十两。

一、在外武职加级

一品捐银三百两，二品捐银二百八十两，三品捐银二百六十两，四品捐银二百四十两，五品捐银二百二十两，六品捐银二百两，七品捐银一百八十两，八品捐银一百六十两，九品捐银一百四十两。

以上京外文武职官报捐寻常加级例银数目。其由文虚衔职衔人员加级请封，其级应按京外文品职加级，例银加倍报捐，即所谓随带级。至武虚衔职衔人员加级请封，不分京外，悉照在外武职，例银加倍报捐。如有情愿多捐加级者，各照实官职衔品级例定银数分别报捐，准照所加之级捐封。

一、加级捐封，向例三四品不得逾二品，五六品不得逾四品，七品不得逾五品，八品

以下不得逾七品，各照常例捐级捐封银数办理，毋庸加倍。

一、二品实职及虚衔人员捐级请从一品封，其封典银数应按一品例定银数加倍报捐。

一、三品实职人员加级请封，准捐至二品为止。推广案内准加级捐至从一品封，应照例定一品封银数加倍报捐。

一、三品虚衔人员捐级请从一品封，其封银应按一品例定银数加倍，再加五成，共交银三千两核算。

一、三品虚衔人员捐级请二品封，其封银应按二品例定银数加倍报捐。

一、四品虚衔人员捐级请二品封，其封银应按二品例定银数加一倍半报捐。

一、五六品实职虚衔人员捐级请三品封，照常例加倍交封银；其捐至二品封者，照二品例定银数加一倍半报捐。

一、七品实职虚衔人员捐级请三四品封，其封银各照常例加倍报捐。

一、八品以下实职虚衔人员捐级请五六品封，其封典银数各照常例加倍报捐。

一、捐封之级，准其续行捐请封典，惟不准将捐封之级抵销处分，以示区别。

一、三品以上各官捐请封赠，准赠封曾祖父母。

一、四品至七品官，准其貤封曾祖父母；八品官以下，准其貤封祖父母。照例加倍交银报捐。

一、三品以上各官，欲捐请本生曾祖父母封赠者，准照貤封曾祖父母之例报捐。

一、外曾祖父母、妻祖父母亦准捐请貤封。

一、京外大小各官貤封曾祖父母、伯叔祖父母、伯叔父母、庶母兄嫂及外祖父母，均准其貤封。

一、捐封人员准其捐请貤封嫡堂伯叔祖父母、嫡堂伯叔父母、嫡堂兄嫂并从堂、再从堂各尊长，以广尊崇。

一、官员之母舅、舅母、姑夫、姑母、姨夫、姨母、妻父、妻母，均准捐请貤封。生母应归应封办理，毋庸另请貤封。

一、八品以下职官，向例止封本身。如欲封本身及妻室者，应照常例捐封加倍报捐。

一、京外文武各官例得捐封第三继室，应先封本身及原继配妻室，方能另捐请封。

一、第三继妻以后，谊同敌体，应准其按次递捐，以昭旷典。

一、休致人员亦准按原官品级报捐。

一、子孙为伊祖父、父原职品级追请封典者，亦准一体捐请。

一、凡为人妇、为人后者欲为其已故夫之祖若父捐职请封，并为祖若父貤封其先人者，均准捐请，以遂其报本之忱。

一、貤封世代，以曾祖父母为断。即捐至一二品，亦不得貤封高祖父母，以示限制。

添收推广赈捐顶戴衔翎条款

捐升衔一二品顶戴

如道员有三品衔及盐运使衔者，例银五千四百两；如无三品衔，加倍报捐。今按此数一律减五成收捐。

捐 职 衔

一、盐运使衔

由贡监生，捐银七千八百七十二两。

一、副将衔

由监生、武生，捐银三千六百四十八两。

一、参将衔

由监生、武生，捐银二千七百三十六两。

以上各项，均按五成实银收捐。

捐 翎 枝

一、花翎

三品以上捐银二千两，四品以下捐银一千两。

一、蓝翎

捐银五百两。

如蓝翎捐换花翎，其蓝翎系由捐资者，准扣抵银五百两；若由劳绩保举者，不准抵算。

山东奏定赈捐章程

清光绪年间铅印本

（清）佚名 辑
夏明方 点校

山东奏定赈捐章程

章　　程*

山东赈抚总局为捐赈事。案蒙钦抚宪奏明仿照直隶赈捐成案，劝捐济赈，遵部议覆按实银收捐封典虚衔，所有章程、银数开列于后：

计开

一、现奉部文，俊秀暨各生报用贡监，准东省按照实银一律收捐。

一、现任候补候选各官报捐升衔，按照筹饷例各本职例定捐升双月银减二成，作为升衔例银，再按例银十成收捐造报。其推广捐请升衔，应按各职捐升双月银数不减二成，作为升衔例银办理。

每奖银百两，外加部饭库平银一两五钱，每名照费银三钱，均随册解部。又津局造册请奖，每百两随交一切公费银七钱五分。此案一律照收。

捐　贡　监

（每捐银百两随交户部饭食银三两照费三钱；国子监饭食银一两五钱，照费二钱；公费七钱五分。）

一、贡生

由附监生，捐银一百四十四两；由增生，捐银一百二十两；由廪生，捐银一百零八两。

一、监生

由俊秀，捐银一百零八两；由附生，捐银九十两；由增生，捐银八十两；由廪生，捐银六十两；由俊秀捐纳从九未入职衔人员，改作监生，补交银二十八两。

京 官 职 衔

一、郎中

由贡监生捐银三千八百四十两；由同知，捐银一千六百五十六两。

一、员外郎

由贡监生，捐银三千二百两。

一、主事、都察院都事、都察院经历、大理寺寺丞

由贡监生，捐银一千六百六十两。

一、光禄寺署正

由贡监生，捐银九百两。
一、大理寺都事、太常寺博士、太常寺典簿、通政司经历、通政司知事
由贡监生，捐银七百五十两。
一、銮仪卫经历、中书科中书、詹事府主簿、光禄寺典簿
由贡监生，捐银六百五十两。
一、部寺司务
由贡监生，捐银六百两。
一、国子监典簿
由贡监生，捐银五百两。
一、国子监典籍、翰林院待诏
由贡监生，捐银三百六十两。
一、翰林院孔目
由贡监生，捐银三百二十两。

外官职衔

一、道员
由贡监生，捐银五千二百四十八两。
一、知府
由贡监生，捐银四千二百五十六两。
一、盐运司运同
由贡监生，捐银三千八百四十两。
一、同知
由贡监生，捐银二千两。
一、通判
由贡监生，捐银一千六百两。
一、布政司经历、布政司理问、州同
由贡监生，捐银三百两；由恩拔副贡生，捐银一百二十两。
一、按察司经历、布政司都事、盐运司经历、州判
由贡监生，捐银二百五十两；由恩拔副贡生，捐银七十两。
一、盐库各大使、按察司知事、府经历、县丞、盐运司知事、布政司照磨
由贡监生，捐银二百两。
一、按察司照磨、府知事、县主簿、州吏目、茶马大使
由贡监生，捐银一百二十两；由从九品未入流，捐银一百八十两。
一、从九品、未入流
由俊秀，捐银八十两；由未满吏，捐银六十五两；由已满吏，捐银五十两。

文进士、举人报捐京外四五品职衔应扣除原资银数

一、进士

已截取者，作银一千二百九十五两；未截取者，作银一千一百五十五两。

一、举人

已截取者，作银一千零一十五两；未截取者，作银八百七十五两；未拣选者，作银七百三十五两。

外官报捐升衔

（部章升衔上不准再加升衔，属员不准加本管上司衔，外官不准加京官衔，教职不在此例。）

一、道员衔

由现任知府，例银一千八百两，折实银一千四百四十两；候补候选者，例银二千五百二十两，折实银二千零一十六两。

由现任运同，例银四千二百四十八两，折实银三千三百九十九两；候补候选者，例银五千六百八十八两，折实银四千五百五十一两。

一、知府衔

由现任直隶州，例银二千六百一十九两，折实银二千零九十六两；候补候选者，例银三千四百八十三两，折实银二千七百八十七两。

由现任同知，例银三千二百四十两，折实银二千五百九十二两；候补候选者，例银四千六百六十二两，折实银三千七百三十两。

一、运同衔

由现任同知，例银三千零二十四两，折实银二千四百二十两；候补候选者，例银三千七百二十六两，折实银二千九百八十一两。

由现任知州，例银三千七百四十四两，折实银二千九百九十六两；候补候选者，例银四千三百零二两，折实银三千四百四十二两。

由现任运副、提举，例银四千三百二十两，折实银三千四百五十六两；候补候选者，例银五千四百两，折实银四千三百二十两。

一、同知衔

由现任知县，例银一千二百九十六两，折实银一千零三十七两；候补候选者，例银一千五百八十四两，折实银一千二百六十八两。

由现任直隶州州同，例银二千六百一十九两，折实银二千零九十六两；候补候选者，例银三千二百六十七两，折实银二千六百一十四两。

由现任通判，例银一千九百一十七两，折实银一千五百三十四两；候补候选者，例银二千四百四十八两，折实银一千九百五十九两。

一、运副衔

由现任通判，例银一千六百一十一两，折实银一千二百八十九两；候补候选者，例银一千八百五十四两，折实银一千四百八十四两。

由现任知县、运判，例银二千四百四十八两，折实银一千九百五十九两；候补候选者，例银二千五百九十二两，折实银二千零七十四两。

由现任州同，例银二千八百三十五两，折实银二千二百六十八两；候补候选者，例银三千零八十七两，折实银二千四百七十两。

一、提举衔

由现任通判，例银七百二十两，折实银五百七十六两；候补候选者，例银八百九十一两，折实银七百一十三两。

由现任运判，例银一千二百九十六两，折实银一千零三十七两；候补候选者，例银一千四百六十七两，折实银一千一百七十四两。

由现任布经历、州同、布理问，例银一千七百五十五两，折实银一千四百零四两；候补候选者，例银二千零七两，折实银一千六百零六两。

由现任盐经历、直隶州州判、州判，例银二千一百八十七两，折实银一千七百五十两；候补候选者，例银二千五百二十九两，折实银二千零二十四两。

一、布经历、布理问、州同衔

由现任布都事、盐经历，例银三百三十三两，折实银二百六十七两；候补候选者，例银四百五十两，折实银三百六十两。

由现任直隶州州判、州判，例银三百七十八两，折实银三百零三两；候补候选者，例银四百八十六两，折实银三百八十九两。

由现任县丞，例银四百零五两，折实银三百二十四两；候补候选者，例银五百二十二两，折实银四百一十八两。

由现任按经历，例银五百八十五两，折实银四百六十八两；候补候选者，例银六百六十六两，折实银五百三十三两。

由现任府照磨、府知事、按照磨、布照磨、县主簿、训导、盐知事，例银六百二十一两。此在推广例内，不准减成。候补候选者，例银七百八十三两。此在推广例内，不准减成。

由现任从九、未入，例银七百四十七两。此在推广例内，不准减成。候补候选者，例银九百五十四两。此在推广例内，不准减成。

教职捐京官职衔

一、翰林院待诏衔

由现任学正、教谕，例银二百三十四两，折实银一百八十八两；候补候选者，例银三百零六两，折实银二百四十五两。

一、国子监典簿籍衔

由现任学正、教谕，例银三百零六两，折实银二百四十五两；候补候选者，例银三百八十七两，折实银三百一十两。

一、翰林院孔目衔

由现任训导，例银三百二十四两，折实银二百六十两；候补候选者，例银四百八十六两，折实银三百八十九两。

武官职衔

一、游击

由监生、武生，捐银一千八百二十四两。

一、都司

由监生、武生，捐银九百两。

一、营卫守备

由监生、武生，捐银六百两。

一、守御所千总

由监生、武生，捐银四百两。

一、卫千总

由监生、武生，捐银二百五十两。

一、营千总

由监生、武生，捐银二百十两。

一、把总

由监生、武生，捐银一百二十两；由俊秀，捐银二百三十两。

捐封典

一、京外文武现任及候补候选人员

二品捐银九百两，三品捐银八百两，四品捐银七百两，五品捐银四百两，六、七品捐银三百两。八品以下捐银二百两，均给与应得封典。未入流捐银一百两，亦给予从九品封典。

一、捐纳京外文武职衔人员

三品捐银九百六十两；四品捐银八百四十两；五品以下，照现任候补候选人员一律报捐。

一、京外文武现任及候补候选人员加级请封，应分别京职外职，各照寻常加级银数报捐。

在京文职：

二品捐银二百五两，三品捐银一百八十五两，四品捐银一百六十五两，五品捐银一百四十五两，六品捐银一百二十五两，七品捐银一百五两，八品捐银八十五两，九品以下捐银六十五两。

在外文职：

二品捐银四百十两，三品捐银三百七十两，四品捐银三百三十两；五品捐银二百九十两，六品捐银二百五十两，七品捐银二百十两，八品捐银一百七十两，九品以下捐银一百三十两。

在京武职：

二品捐银一百四十两，三品捐银一百三十两，四品捐银一百二十两，五品捐银一百十两，六品捐银一百两，七品捐银九十两，八品捐银八十两，九品捐银七十两。

在外武职：

二品捐银二百八十两，三品捐银二百六十两，四品捐银二百四十两，五品捐银二百二十两，六品捐银二百两，七品捐银一百八十两，八品捐银一百六十两，九品捐银一百四十两。

一、捐纳文职衔人员加级请封，亦分别京职外职，各照随带加级银数报捐。武职衔不分京外，悉照在外武职捐寻常级银数加倍报捐。

在京文职：

五品捐银二百九十两，六品捐银二百五十两，七品捐银二百十两，八品捐银一百七十两，九品以下捐银一百三十两。

在外文职：

四品捐银六百六十两，五品捐银五百八十两，六品捐银五百两，七品捐银四百二十两，八品捐银三百四十两，九品以下捐银二百六十两。

武职：

三品捐银五百二十两，四品捐银四百八十两，五品捐银四百四十两，六品捐银四百两，七品捐银三百六十两。俱准其加一级。再有情愿多捐加级者，悉照此数报捐，准照所加之级捐封。

一、京外大小各官貤封曾祖父母、伯叔祖父母、伯叔父母、庶母兄嫂及外祖父母，均准其貤封。

一、八品以下职官，向例止封本身，不封妻室。如八品以下至未入流等官欲封本身及妻室者，准照常例捐封银数加倍报捐，给予本身及妻室封典。如止封本身、不封妻室，仍照常例银数报捐。

一、京外文武各官以及捐职人员有为第三继妻捐封，俱照本身品级一体交银，给予应得封典。如为第三继妻捐封，应令先封本身及原配、继配妻室，再照本身品级捐封银数，另为第三继室请封。如本身及原配、继配本有封典，亦毋庸重复捐请。

一、子孙为伊祖父、父原职品级追请封典者，亦准一体捐请。

一、京外各官及捐职人员由加级及捐加之级捐封者，准照加级给封，限制报捐。（八品以下不得逾六品，七品不得逾五品，五、六品不得逾四品，三、四品不得逾二品。）惟捐职四品人员，止准捐至三品。现任及候补候选三四品人员，准其捐至二品。其五六品以下京外各官及捐职人员有加等捐封者，照常例加倍交银，各准其加一等报捐；仍定限制，五六品准捐至三品，七品准捐至四品，八品以下准捐至六品。

一、加等请封人员，无论现任、候补、候选职衔，概令按品照现定捐请封典银数加倍报捐。其捐衔人员请封，仍不得至二品。

一、三品以上各官，欲捐请本生曾祖父母封赠者，准照貤封曾祖父母之例报捐。

一、官生有自幼受外家抚养之母舅、舅母、姑夫、姑母、姨夫、姨母、妻父、妻母，均照恩抚，伯叔父母，例准其具呈捐请貤封；生母应归应封办理，毋庸另请貤封。

一、议叙四品职衔人员加级捐请二品封典，准其加倍交银，照现任及候补候选人员例一体给封。

一、捐纳分发各部院学习行走人员，恭遇覃恩，例不及封，应令具呈户部，照常例报捐封典。

山东赈捐局簡明册

清光绪年间刻本

（清）佚名 辑
夏明方 点校

山东赈捐局简明册

（按：原书版心题为“顺直赈捐章程”*）

捐　贡　监

贡生由监附生捐银五十七两六钱（另解部监饭、照费、经费等银十一两三钱）；由增生捐银四十八两，（另解部监饭、照费、经费等银九两五钱）；由廪生捐银四十三两二钱（另解部监饭、照费、经费等银八两六钱）。

监生，由俊秀捐银四十三两二钱（另解部监饭、照费、经费等银八两六钱）；如捐十成足银一百零八两，准其南北一体乡试（另解部监饭、照费、经费等银八两六钱）。由附生捐银三十六两（另解部监饭、照费、经费等银七两三钱）。由增生捐银三十二两（另解部监饭、照费、经费等银六两五钱）；由廪生捐银二十四两（另解部监饭、照费、经费等银五两）。

以上俱系实银。

捐京外官职衔

郎中，由贡监生捐银一千五百三十六两，另解部饭、照费、经费等银二百三十两零七钱。

员外，由贡监生捐银一千二百八十两，另解部饭、照费、经费等银一百九十二两二钱。

主事，由贡监生捐银六百六十四两，另解部饭、照费、经费等银九十九两九钱。

光禄寺署正，由贡监生捐银三百六十两，另解部饭、照费、经费等银五十四两三钱。

太常寺博士衔、大理寺评事衔，由贡监生捐银三百九十六两，另解部饭、照费、经费等银四十五两三钱。

中书科中书、詹士府主簿衔，由贡监生捐银二百六十两，另解部饭、照费、经费等银三十九两三钱。

国子监典簿衔，由贡监生捐银二百两，另解部饭、照费、经费等银三十两零三钱。

翰林院待诏衔、国子监典籍衔，由贡监生捐银一百四十四两，另解部饭、照费、经费等银二十一两九钱。

翰林院孔目衔，由贡监生捐银一百二十八两，另解部饭、照费、经费等银十九两五钱。

道员衔，由贡监生捐银二千零九十九两二钱，另解部饭、照费、经费等银三百一十五两二钱。

知府衔，由贡监生捐银一千七百零二两四钱，另解部饭、照费、经费三百五十五两七钱。

运同衔，由贡监生捐银一千五百三十六两，另解部饭、照费、经费等银二百三十两零七钱。

同知衔，由贡监生捐银八百两，另解部饭、照费、经费等银一百二十两零三钱。

通判衔，由贡监生捐银六百四十两，另解部饭、照费、经费等银九十六两三钱。

布政司经历、理问衔、州同衔，贡监生捐银一百二十两，另解部饭、照费、经费等银十八两三钱；由恩拔副贡生捐银四十八两，另解部饭、照费、经费等银七两五钱。

按察司经历衔、布政司都事衔、盐运司经历衔、州判衔，由贡监生捐银一百两，另解部饭、照费、经费等银十五两三钱；由恩拔副贡生捐银二十八两，另解部饭、照费、经费等银四两五钱。

盐库各大使衔、按察司知事衔、府经历衔、县丞衔、盐知事衔，由贡监生捐银八十两，另解部饭、照费、经费等银十二两三钱。

按察司照磨衔、府知事衔、县主簿衔、州吏目衔、茶马大使衔，由贡监生捐银四十八两，另解部饭、照费、经费等银七两五钱。

从九衔，由俊秀捐银三十二两，另解部饭、照费、经费等银五两一钱；由未满吏捐银二十六两，另解部饭、照费、经费等银四两二钱；由已满吏捐银二十两，另解部饭、照费、经费等银三两三钱。

游击衔，由武监生捐银七百二十九两六钱，另解部饭、照费、经费等银一百零九两八钱。

都司衔，由武监生捐银三百六十两，另解部饭、照费、经费等银五十四两三钱。

营卫守备衔，由武监生捐银二百四十两，另解部饭、照费、经费等银三十六两三钱。

守御所千总衔，由武监生捐银一百六十两，另解部饭、照费、经费等银二十四两三钱。

卫千总衔，由武监生捐银一百两，另解部饭、照费、经费等银十五两三钱。

营千总衔，由武监生捐银八十四两，另解部饭、照费、经费等银十二两九钱。

把总衔，由武监生捐银四十八两，另解部饭、照费、经费等银七两五钱。

外官报捐升衔

道员衔，由现任知府捐银五百七十六两，另解部饭、照费、经费等银八十六两七钱；候补候选者捐银八百零六两四钱，另解部饭、照费、经费等银一百二十一两三钱。

知府衔，由现任直隶州捐银八百三十八两四钱，另解部饭、照费、经费等银一百二十六两一钱；候补候选者捐银一千一百一十四两八钱，另解部饭、照费、经费等银一百六十七两五钱。由现任同知捐银一千零三十六两八钱，另解部饭、照费、经费等银一百五十五两八钱；候补候选者捐银一千四百九十二两，另解部饭、照费、经费等银二百二十四两一钱。

运同衔，由现任同知捐银九百六十八两，另解部饭、照费、经费等银一百四十五两五钱；候补候选者捐银一千一百九十二两四钱，另解部饭、照费、经费等银一百七十九两三钱。由现任知州捐银一千一百九十八两四钱，另解部饭、照费、经费等银一百八十两一钱；候补候选者捐银一千三百七十六两八钱，另解部饭、照费、经费等银二百零六两八钱。由现任运副、提举捐银一千三百八十二两四钱，另解部饭、照费、经费等银二百零□两七钱；候补候选者捐银一千七百二十八两，另解部饭、照费、经费等银二百五十九两五钱。

同知衔，由现任知县捐银四百一十四两八钱，另解部饭、照费、经费等银六十二两五钱；候补候选者捐银五百零七两二钱，另解部饭、照费、经费等银七十六两四钱。由现任直隶州州同捐银八百三十八两四钱，另解部饭、照费、经费等银一百二十六两一钱；候补候选者捐银一千零四十五两六钱，另解部饭、照费、经费等银一百五十七两二钱。由现任通判捐银六百一十三两六钱，另解部饭、照费、经费等银九十二两三钱；候补候选者捐银七百八十三两六钱，另解部饭、照费、经费等银一百一十七两八钱。

知州衔，由现任知县捐银三百六十八两八钱，另解部饭、照费、经费等银五十五两六钱；候补候选者捐银五百零七两二钱，另解部饭、照费、经费等银七十五两四钱。

提举衔，由现任通判捐银二百三十两零四钱，另解部饭、照费、经费等银三十四两九钱；候补候选者捐银二百八十五两二钱，另解部饭、照费、经费等银四十三两一钱。由现任布经历、州同、布理问捐银六百二十二两四钱，另解部饭、照费、经费等银九十三两钱；候补候选者捐银六百八十两，另解部饭、照费、经费等银一百零二两三钱。由现任直州判、州判捐银八百两零八钱，另解部饭、照费、经费等银一百二十两五钱；候补候选者捐银八百三十五两二钱，另解部饭、照费、经费等银一百二十五两六钱。

布经历、布理问、州同衔，由现任布都事、盐经历捐银一百零六两八钱，另解部饭、照费、经费等银十六两三钱；候补候选者捐银一百四十四两，另解部饭、照费、经费等银二十二两九钱。由现任直州判、州判捐银一百二十一两二钱，另解部饭、照费、经费等银十八两五钱；候补候选者捐银一百五十五两六钱，另解部饭、照费、经费等银二十三两六钱。由现任县丞捐银一百二十九两六钱，另解部饭、照费、经费等银十九两七钱；候补候选者捐银一百六十七两二钱，另解部饭、照费、经费等银二十五两四钱。由现任按经历捐银一百八十七两二钱，另解部饭、照费、经费等银二十八两四钱；候补候选者捐银二百一十三两二钱，另解部饭、照费、经费等银三十二两二钱。由现任府照磨、县主簿捐银二百三十六两四钱，另解部饭、照费、经费等银三十五两八钱；候补候选者捐银二百五十两零八钱，另解部饭、照费、经费等银三十八两。由现任从九、未入捐银二百九十八两八钱，另解部饭、照费、经费等银四十五两一钱；候补候选者捐银三百八十一两六钱，另解部饭、照费、经费等银三十七两五钱。

教职〔职〕捐京官升衔

翰林院待诏衔，由现任学正、教谕捐银七十五两二钱，另解部饭、照费、经费等银十一两六钱；候补候选者捐银九十八两，另解部饭、照费、经费等银十五两三钱。

国子监典籍衔，由现任学正、教谕捐银九十八两，另解部饭、照费、经费等银十五两三钱；候补候选者捐银一百二十四两，另解部饭、照费、经费等银十八两九钱。

翰林院孔目衔，由现任训导捐银一百零四两，另解部饭、照费、经费等银十五两九钱；候补候选者捐银一百五十五两六钱，另解部饭、照费、经费等银二十三两六钱。

推广升衔职衔

由三品衔道员捐二品顶戴，正项银二千七百两，部饭银三百二十四两二钱。

由候补道捐二品顶戴，正项银五千四百两，部饭银六百四十八两三钱。

由贡监生捐盐运司衔，正项银七千八百七十二两，部饭银九百四十五两二钱。

由武监生捐副将衔，正项银三千六百四十八两，部饭银四百三十八两一钱。

由武监生捐参将衔，正项银二千七百三十六两，部饭银三百二十八两七钱。

捐花翎

三品以上捐银二千两，另解部饭、照费、经费等银一百二十两零三钱。

四品以下捐银一千两，另解部饭、照费、经费等银六十两零三钱。

蓝翎捐银五百两，另解部饭、照费、经费等银三十两零三钱。

浙江赈捐局简明册

清光绪年间刻本

（清）佚名 辑

夏明方 点校

浙江赈捐章程*

捐　贡　监

贡生，由监、附生捐银七十二两，另解部监饭、照费、经费等银十一两三钱；由增生捐银六十两，另解部监饭、照费、经费等银九两五钱；由廪生捐银五十四两，另解部监饭、照费、经费等银八两六钱。

监生，由俊秀捐银五十四两，另解部监饭、照费、经费等银八两六钱；如捐十成足银一百零八两，准其南北一体乡试，另解部监饭、照费、经费等银八两六钱。由附生捐银四十五两，另解部监饭、照费、经费等银七两二钱五分。由增生捐银四十两，另解部监饭、照费、经费等银六两五钱；由廪生捐银三十两，另解部监饭、照费、经费等银五两。

以上俱系实银。

捐京外官职衔

郎中，由贡监生捐银一千九百二十两，另解部饭、照费、经费等银二百三十两零七钱。

员外，由贡监生捐银一千六百两，另解部饭、照费、经费等银一百九十二两三钱。

主事，由贡监生捐银八百三十两，另解部饭、照费、经费等银九十九两九钱。

光禄寺署正，由贡监生捐银四百五十两，另解部饭、照费、经费等银五十四两三钱。

太常寺博士衔、大理寺评事衔，由贡监生捐银三百七十五两，另解部饭、照费、经费等银四十五两三钱。

中书科中书、詹士府主簿衔，由贡监生捐银三百二十五两，另解部饭、照费、经费等银三十九两三钱。

国子监典簿衔，由贡监生捐银二百五十两，另解部饭、照费、经费等银三十两零三钱。

翰林院待诏衔、国子监典籍衔，由贡监生捐银一百八十两，另解部饭、照费、经费等银二十一两九钱。

翰林院孔目衔，由贡监生捐银一百六十两，另解部饭、照费、经费等银十九两五钱。

道员衔，由贡监生捐银二千六百二十四两，另解部饭、照费、经费等银三百一十五两二钱。

知府衔，由贡监生捐银二千一百二十八两，另解部饭、照费、经费等银二百五十五两七钱。

运同衔，由贡监生捐银一千九百二十两，另解部饭、照费、经费等银二百三十两零七钱。

同知衔，由贡监生捐银一千两，另解部饭、照费、经费等银一百二十两零三钱。

通判衔，由贡监生捐银八百两，另解部饭、照费、经费等银九十六两三钱。

布政司经历、理问衔、州同衔，贡监生捐银一百五十两，另解部饭、照费、经费等银十八两三钱；由恩拔副贡生捐银六十两，另解部饭、照费、经费等银七两五钱。

按察司经历衔、布政司都事衔、盐运司经历衔、州判衔，由贡监生捐银一百二十五两，另解部饭、照费、经费等银十五两三钱；由恩拔副贡生捐银三十五两，另解部饭、照费、经费等银四两五钱。

盐库各大使衔、按察司知事衔、府经历衔、县丞衔、盐知事衔，由贡监生捐银一百两，另解部饭、照费、经费等银十二两三钱。

按察司照磨衔、府知事衔、县主簿衔、州吏目衔、茶马大使衔，由贡监生捐银六十两，另解部饭、照费、经费等银七两五钱。

从九衔，由俊秀捐银四十两，另解部饭、照费、经费等银五两一钱；由未满吏捐银三十二两五钱，另解部饭、照费、经费等银四两二钱；由已满吏捐银二十五两，另解部饭、照费、经费等银三两三钱。

游击衔，由武监生捐银九百十二两，另解部饭、照费、经费等银一百零九两八钱。

都司衔，由武监生捐银四百五十两，另解部饭、照费、经费等银五十四两三钱。

营卫守备衔，由武监生捐银三百两，另解部饭、照费、经费等银三十六两三钱。

守御所千总衔，由武监生捐银二百两，另解部饭、照费、经费等银二十四两三钱。

卫千总衔，由武监生捐银一百二十五两，另解部饭、照费、经费等银十五两三钱。

营千总衔，由武监生捐银一百零五两，另解部饭、照费、经费等银十二两九钱。

把总衔，由武监生捐银六十两，另解部饭、照费、经费等银七两五钱。

外官报捐升衔

道员衔，由现任知府捐银七百二十两，另解部饭、照费、经费等银八十六两七钱；候补候选者捐银一千零八两，另解部饭、照费、经费等银一百二十一两三钱。

知府衔，由现任直隶州捐银一千零四十八两，另解部饭、照费、经费等银一百二十六两一钱；候补候选者捐银一千三百九十三两五钱，另解部饭、照费、经费等银一百六十七两五钱。由现任同知捐银一千二百九十六两，另解部饭、照费、经费等银一百五十五两八钱；候补候选者捐银一千八百六十五两，另解部饭、照费、经费等银二百二十四两一钱。

运同衔，由现任同知捐银一千二百一十两，另解部饭、照费、经费等银一百四十五两五钱；候补候选者捐银一千四百九十两零五钱，另解部饭、照费、经费等银一百七十九两二钱。由现任知州捐银一千四百九十八两，另解部饭、照费、经费等银一百八十两一钱；候补候选者捐银一千七百二十一两，另解部饭、照费、经费等银二百零六两八钱。由现任运副、提举捐银一千七百二十八两，另解部饭、照费、经费等银二百零七两七钱；候补候选者捐银二千一百六十两，另解部饭、照费、经费等银二百五十九两五钱。

同知衔，由现任知县捐银五百十八两五钱，另解部饭、照费、经费等银六十二两七钱；候补候选者捐银六百三十四两，另解部饭、照费、经费等银七十六两四钱。由现任直隶州州同捐银一千零四十八两，另解部饭、照费、经费等银一百二十六两一钱；候补候选者捐银一千三百零七两，另解部饭、照费、经费等银一百五十七两一钱。由现任通判捐银七百六十七两，另解部饭、照费、经费等银九十二两三钱；候补候选者捐银九百七十九两五钱，另解部饭、照费、经费等银一百一十七两八钱。

知州衔，由现任知县捐银四百六十一两，另解部饭、照费、经费等银五十五两六钱；候补候选者捐银六百三十四两，另解部饭、照费、经费等银七十六两四钱。

提举衔，由现任通判捐银二百八十八两，另解部饭、照费、经费等银三十四两九钱；候补候选者捐银三百五十六两五钱，另解部饭、照费、经费等银四十三两一钱。由现任布经历、州同、布理问捐银七百零二两，另解部饭、照费、经费等银八十四两五钱；候补候选者捐银八百零三两，另解部饭、照费、经费等银九十六两七钱。由现任盐经历、直州判、州判捐银八百七十五两，另解部饭、照费、经费等银一百零五两三钱；候补候选者捐银一千零十二两，另解部饭、照费、经费等银一百二十一两七钱。

布经历、布理问、州同衔，由现任布都事、盐经历捐银一百三十三两五钱，另解部饭、照费、经费等银十六两三钱；候补候选者捐银一百八十两，另解部饭、照费、经费等银二十一两九钱。由现任直州判、州判捐银一百五十一两五钱，另解部饭、照费、经费等银十八两五钱；候补候选者捐银一百九十四两五钱，另解部饭、照费、经费等银二十三两六钱。由现任县丞捐银一百六十二两，另解部饭、照费、经费等银十九两七钱；候补候选者捐银二百零九两，另解部饭、照费、经费等银二十五两四钱。由现任按经历捐银二百三十四两，另解部饭、照费、经费等银二十八两四钱；候补候选者捐银二百六十六两五钱，另解部饭、照费、经费等银三十二两三钱。由现任府照磨、县主簿捐银三百一十两五钱，另解部饭、照费、经费等银三十七两六钱；候补候选者捐银三百九十一两五钱，另解部饭、照费、经费等银四十七两三钱。由现任从九、未入捐银三百七十三两五钱，另解部饭、照费、经费等银四十五两一钱；候补候选者捐银四百七十七两，另解部饭、照费、经费等银五十七两五钱。

教职捐京官升衔

翰林院待诏衔，由现任学正、教谕捐银九十四两，另解部饭、照费、经费等银十一两六钱；候补候选者捐银一百二十二两五钱，另解部饭、照费、经费等银十五两。

国子监典簿、籍衔，由现任学正、教谕捐银一百二十二两五钱，另解部饭、照费、经费等银十五两；候补候选者捐银一百五十五两，另解部饭、照费、经费等银十八两九钱。

翰林院孔目衔，由现任训导捐银一百三十两，另解部饭、照费、经费等银十五两九钱；候补候选者捐银一百九十四两五钱，另解部饭、照费、经费等银二十三两六钱。

捐　封　典

京外文武现任及候补候选人员

二品捐银四百五十两，另解部饭、照费、经费等银五十四两三钱。

三品捐银四百两，另解部饭、照费、经费等银四十八两三钱。

四品捐银三百五十两，另解部饭、照费、经费等银四十二两三钱。

五品捐银二百两，另解部饭、照费、经费等银二十四两三钱。

六、七品捐银一百五十两，另解部饭、照费、经费等银十八两三钱。

八、九品捐银一百两，另解部饭、照费、经费等银十二两三钱。

未入捐银五十两，另解部饭、照费、经费等银六两三钱。

由捐纳及保举虚衔人员

三品捐银四百八十两，另解部饭、照费、经费等银五十七两九钱。

四品捐银四百二十两，另解部饭、照费、经费等银五十两零七钱。

五品以下与实官同。

有愿加级捐封者，层折烦多，不能备载，到局核办可也。查筹饷例载：二三品实职虚衔人员，均可捐请至一品；四五六品实职虚衔人员，均可捐请至二品；七品实职升衔人员，准捐请至三品；八九品实职虚衔人员，准捐请至五品。

又查筹饷例载：四品至七品官，准貤封曾祖父母；八品以下，准貤封祖父母。此外，胞兄嫂及庶母胞伯叔父母、嫡堂伯叔父母、嫡堂兄嫂与外姻之母舅、舅母、姑夫、母姨夫、姨母、妻父母，均准捐请貤封。

捐　花　翎

三品以上捐银二千两，另解部饭、照费、经费等银一百二十两零三钱。

四品以下捐银一千两，另解部饭、照费、经费等银六十两零三钱。

蓝翎捐银五百两，另解部饭、照费、经费等银三十两零三钱。

凡前在海防郑工及苏皖山东赈捐案内捐纳之蓝翎，捐换花翎，准其作抵一半。如保举蓝翎，不能抵捐。

江苏淮徐海等属赈捐请奖章程

清光绪年间刻本

（清）佚 名 辑
李文海 点校

江苏赈捐章程

江苏赈捐章程目录

贡监
职衔
升衔
推广升衔顶戴
封典（附京外文武加级）

捐　贡　盐

一、贡生

由监生、附生，捐银一百四十四两；由增生，捐银一百二十两；由廪生，捐银一百八两。

一、监生

由俊秀，捐银一百八两；由附生，捐银九十两；由增生，捐银八十两；由廪生，捐银六十两。由俊秀已捐从九、未入职衔改捐监生，概不作抵，仍缴例银一百八两。

捐　职　衔

一、郎中

由贡监生，捐银三千八百四十两；由同知，捐银一千八百十两。

一、员外郎

由贡监生，捐银三千二百两。

一、主事、都察院都事、都察院经历、大理寺寺丞

由贡监生，捐银一千六百六十两。

一、光禄寺署正

由贡监生，捐银九百两。

一、大理寺评事、太常寺博士、太常寺典簿、通政司经历、通政司知事

由贡监生，捐银七百五十两。

一、鉴仪卫经历、中书科中书、詹事府主簿、光禄寺典簿

由贡监生，捐银六百五十两。

一、部寺司务

由贡监生，捐银六百两。

一、国子监典簿

由贡监生，捐银五百两。

一、国子监典簿、翰林院侍诏

由贡监生，捐银三百六十两。

一、翰林院孔目

由贡监生，捐银三百二十两。

一、道员

由贡监生，捐银五千二百四十八两。

一、知府

由贡监生，捐银四千二百五十六两。

一、盐运司运同

由贡监生，捐银三千八百四十两。

一、同知

由贡监生，捐银二千两。

一、盐提举、知州

由贡监生，捐银一千八百两。

一、通判

由贡监生，捐银一千六百两。

一、布政司经历、布政司理问、州同

由贡监生，捐银三百两；由恩拔副贡生，捐银一百二十两。

一、按察司经历、布政司都事、盐运司经历、州判

由贡监生，捐银二百五十两；由恩拔副贡生，捐银七十两。

一、盐库各大使、按察司知事、府经历、县丞、盐运司知事、布政司照磨

由贡监生，捐银二百两。

一、按察司照磨、府知事、县主簿、州吏目、茶马大使

由贡监生，捐银一百二十两；由从九品未入流，捐银一百八十两。

一、从九品、未入流

由俊秀，捐银八十两；由未满吏，捐银六十五两；由已满吏，捐银五十两。

一、各馆謄录、举人准捐同知职衔，照常例贡、监生报捐银数酌加五成。生监准捐通判职衔，照贡、监生报捐银数酌加三成。其余职衔，仍按常例银数办理。

一、各馆供事，报捐七品按经、布、都、盐、经职衔各照常例贡、监生报捐银数加倍报捐。其捐府、经、县丞各职衔，应按未满吏递捐例银三百二十五两，捐县主簿、州吏目各职衔，例银二百四十五两。

文进士举人报捐京外四、五品文职衔，并五贡报捐四、五、六品文职衔，均应扣除原资银数。

已截取进士，作银一千二百九十五两；未截取进士，作银一千一百五十五两；已截取举人，作银一千十五两；未截取举人，作银八百七十五两；未拣选举人，作银七百三十五两；五贡，作银四百三十四两。

一、游击

由监生武生，捐银一千八百二十四两。

一、都司

由监生武生，捐银九百两。

一、营卫守备

由监生武生，捐银六百两。

一、守御所千总

由监生武生，捐银四百两。

一、卫千总

由监生武生，捐银二百五十两。

一、营千总

由监生武生，捐银二百十两。

一、把总

由监生武生，捐银一百二十两；由俊秀，捐银二百三十两。

以上各项文武职衔，凡小衔加捐大衔，准将原捐小衔银数抵算。惟文京职衔加捐文外官职衔，往往有原捐银数浮于加捐者，只准照对品外衔银数作抵。其文衔改捐武衔、武衔改捐文衔，照例不能作抵银数。

捐　升　衔

一、现任部司务捐六品升衔，应银一千一百三十一角；候补、候选，应银一千三百四十七两。

一、现任国学正、国学录、国典簿捐六品升衔，应银一千零七十三两；候补、候选，应银一千一百八十八两。

一、现任理评事、科中书、阁中书、鉴经历、常博士捐五品升衔，应银二千七百七十二两；候补、候选，应银二千九百四十五两。

一、现任通经历、通知事、常典簿、国监丞捐五品升衔，应银三千一百七十六两；候补、候选，应银三千三百六十三两。

一、现任副指挥捐五品升衔，应银三千八百九十六两；候补、候，选应银四千二百十三两。

一、现任光典簿、詹主簿捐五品升衔，应银三千八百三十一两；候补、候选，应银四千零六十二两。

一、现任京府经历捐提举升衔，应银一千九百五十二两；候补、候选，应银二千二十四两。

一、现任京通判捐同知升衔，应银一千三十七两；候补、候选，应银一千二百六十八两。

一、现任光署正捐员外郎升衔，应银二千五百九十二两；候补、候选，应银二千七百二十二两。

一、现任正指挥捐员外郎升衔，应银二千八百六十六两；候补、候选，应银三千零七十五两。

一、现任主事、都都事、都经历、大理寺丞捐员外郎升衔，应银一千二百五十三两；候补、候选，应银一千九百四十四两。

一、现任教谕捐国典簿升衔，应银二百四十五两；候补、候选，应银三百一十两。

一、现任教谕捐科中书升衔，应银八百二十一两；候补、候选，应银九百三十六两。

一、现任教谕捐翰待诏升衔，应银一百八十八两；候补、候选，应银二百四十五两。

一、举人出身现任教谕捐内阁中书升衔，应银八百二十一两；候补、候选，应银九百三十六两。

一、五贡出身现任教谕捐内阁中书升衔，应银一千一百三十七两；候补、候选，应银一千二百五十二两。

一、现任训导捐国典簿升衔，应银六百一十三两；候补、候选，应银六百七十七两。

一、举人出身现任训导捐内阁中书升衔，应银一千二百三十九两；候补、候选，应银一千三百四两。

一、五贡出身现任训导捐内阁中书升衔，应银一千五百五十五两；候补、候选，应银一千六百二十两。

一、现任按知事、府经历捐布理问升衔，应银六百六十三两；候补、候选，应银七百三十五两。

一、现任县丞捐布理问升衔，应银三百二十四两；候补、候选，应银四百十八两。

一、现任布照磨、盐知事捐布理问升衔，应银五百九十一两；候补、候选，应银六百二十七两。

一、现任盐库各大使捐运判升衔，应银一千七百二十八两；候补、候选，应银一千九百五十九两。

一、现任按经历捐提举升衔，应银一千六百四十九两；候补、候选，应银一千七百六十五两。

一、现任布都事、盐经历、一直州判、州判捐提举升衔，应银一千九百五十二两；候补、候选，应银二千二十四两。

一、现任知县捐同知升衔，应银一千三十七两；候补、候选，应银一千二百六十八两。

一、现任通判捐提举升衔，应银五百七十六两；候补、候选，应银七百十三两。

一、现任运判捐提举升衔，应银一千三十七两；候补、候选，应银一千一百七十四两。

一、现任布经历、布理问捐提举升衔，应银一千五百五十六两；候补、候选，应银一千七百两。

一、现任州同捐提举升衔，应银一千四百四两；候补、候选，应银一千六百七两。

一、现任直州同捐知州升衔，应银一千六百三十五两；候补、候选，应银二千一百五十三两。

一、现任提举、运副捐运同升衔，应银三千四百五十六两；候补、候选，应银四千三百二十两。

一、现任直知州捐知府升衔，应银二千九十六两；候补、候选，应银二千七百八十七两。

一、现任同知捐运同升衔，应银二千四百二十两；候补、候选，应银二千九百八十一两。

一、现任知州捐运同升衔，应银二千九百九十六两；候补、候选，应银三千四百四十二两。

以上常例各官准捐升衔条款，大致备载。其余如八、九品递捐各条，查阅本条捐升官阶双月银数减二成，即系报捐升衔例银数目。

办理〈推广升衔〉

一、现任员外郎捐四品衔，应银四千六百八两；候补、候选，应银四千八百四十两。

一、现任郎中捐四品衔，应银二千五百三十五两；候补、候选，应银三千九百十七两。

一、现任员外郎捐三品衔，应银九千二百十六两；候补、候选，应银九千六百八十两。

一、现任郎中捐三品衔，应银五千六十九两；候补、候选，应银七千八百三十四两。

一、庶子、侍讲、侍读、洗马捐四品、三品衔，均比照汉现任郎中报捐银数办理。

满洲蒙古人员

一、现任九品捐六品顶戴，应银二千三百二十六两；候补、候选，应银二千四百六十三两。

一、现任八品捐五品衔，应银四千二百二十七两；候补、便〔候〕选，应银四千三百六十四两。

一、现任七品捐四品衔，应银六千二百六十四两；候补、候选，应银六千四百零一两。

一、现任六品捐四品衔，应银四千三百七十八两；候补、候选，应银四千六百三十两。

一、满洲蒙古员外郎、郎中捐四品、三品衔，均比照汉员报捐银数办理。

一、现任九品、未入流外官捐六品顶戴，应银一千一百八十一两；候补、候选，应银一千二百一十两。

一、现任府经历、县丞、盐知事、布照磨捐五品衔，应银二千二百九十七两；候补、候选，应银二千三百六十九两。

一、现任盐库各大使捐五品衔，应银三千八百二两；候补、候选，应银四千零三十二两。

一、现任教谕捐五品衔，应银二千六百三十六两；候补、候选，应银二千六百七十二两。

一、现任训导五品衔，应银三千一百六十一两；候补、候选，应银三千二百七十六两。

一、现任布都事、盐经历、直州判、州判、按经历、京府经历、京县丞捐四品衔，应银六千二百七十二两；候补、候选，应银六千三百四十四两。

一、现任外县知县捐四品衔，应银四千七百六十七两；候补、候选，应银四千九百九十七两。

一、现任府教授捐四品衔，应银七千五百六十两；候补、候选，应银七千八百四十八两。

一、现任京县知县、通判、盐运判、州同、布经历、布理问捐四品衔，应银四千八百九十六两；候补、候选，应银五千零三十三两。

一、现任直隶州知州捐三品衔，应银六千一百六十八两；候补、候选，应银七千二百零四两。

一、现任同知捐三品衔，应银六千九百十二两；候补、候选，应银八千六百十九两。

一、现任知州捐三品衔，应银九千一百零五两；候补、候选，应银九千三百一十两。

一、现任盐运同捐三品衔，应银六千零七十一两；候补、候选，应银六千二百零九两。

一、现任知府捐三品衔，应银四千六百零八两；候补、候选，应银五千七百四十七两。

一、现任道员捐三品衔，应银四千一百十四两；候补、候选，应银四千八百零四两。

以上各项顶戴升衔，毋论京外各官，凡有已保、已捐升衔顶戴，俱不准作抵银数。

捐封典

一、京外文武现任及候补、候选各官并捐职人员，报捐封典：

一品实官捐银一千两，二品实官捐银九百两，三品实官捐职捐银八百两九百六十两，四品实官捐职捐银七百两八百四十两，五品实官捐职捐银四百两，六、七品实官捐职捐银三百两，八、九品实官捐职捐银二百两，未入流实官捐职捐银一百两。

以上实官、捐职各捐封例银数目，其由虚衔人员加级报捐一、二品封者，应照实职捐封银数办理。

一、在京文职加级：

一品捐银二百二十五两，二品捐银二百五两，三品捐银一百八十五两，四品捐银一百六十五两，五品捐银一百四十五两，六品捐银一百二十五两，七品捐银一百五两，八品捐银八十五两，九品以下捐银六十五两。

一、在外文职加级：

一品捐银四百五十两，二品捐银四百一十两，三品捐银三百七十两，四品捐银三百三十两，五品捐银二百九十两，六品捐银二百五十两，七品捐银二百一十两，八品捐银一百七十两，九品以下捐银一百三十两。

一、在京武职加级：

一品捐银一百五十两，二品捐银一百四十两，三品捐银一百三十两，四品捐银一百二十两，五品捐银一百十两，六品捐银一百两，七品捐银九十两，八品捐银八十两，九品捐银七十两。

一、在外武职加级：

一品捐银三百两，二品捐银二百八十两，三品捐银二百六十两，四品捐银二百四十两，五品捐银二百二十两，六品捐银二百两，七品捐银一百八十两，八品捐银一百六十两，九品捐银一百四十两。

以上京外文武职官报捐寻常加级例银数目，其由文虚衔职衔人员加级请封，其级应按京外文品职加例银加倍报捐，即所谓随带级。至武虚衔职衔人员加级请封，不分京外，悉照在外武职例银加倍报捐。如有情愿多捐加级者，各照实官职衔品级例定银数分别报捐，准照所加之级捐封。

一、加级捐封，向例三、四品不得逾二品，五、六品不得逾四品，七品不得逾五品，八品以下不得逾七品，各照常例捐级捐封银数办理，毋庸加倍。

一、二品实职及虚衔人员捐级，请从一品封，其封典银数，应按一品例定银数加倍报捐。

一、三品实职人员加级请封，准捐至二品为止，推广案内准加级捐至从一品封，应照例定一品封银数加倍报捐。

一、三品虚衔人员捐级，请从一品封，其封银应按一品例定银数加倍再加五成，共交银三千两核算。

一、三品虚衔人员捐级，请二品封，其封银应按二品例定银数加倍报捐。

一、四品虚衔人员捐级，请二品封，其封银应按二品例定银数加一倍半报捐。

一、五、六品实职虚衔人员捐级，请三品封，照常例加倍交封银，其捐至二品封者，照二品例定银数加一倍半报捐。

一、七品实职虚衔人员捐级，请三、四品封，其封银各照常例加倍报捐。

一、八品以下实职虚衔人员捐级，请五、六品封，其封典银数各照常例加倍报捐。

一、捐封之级准其续行捐请封典，惟不准将捐封之级抵销处分，以示区别。

一、三品以上各官捐请封赠，准赠封曾祖父母。

一、四品至七品官，准其貤封曾祖父母；八品官以下，准其貤封祖父母。照例加倍交银报捐。

一、三品以上各官，欲捐请本生曾祖父母封赠者，准照貤封曾祖父母之例报捐。

一、外曾祖父母、妻祖父母，亦准捐请貤封。

一、京外大小各官貤封曾祖父母、伯叔祖父母、伯叔父母、庶母兄嫂及外祖父母，均准其貤封。

一、捐封人员准其捐请貤封嫡堂伯叔祖父母、嫡堂伯叔父母、嫡堂兄嫂并从堂各尊长，以广尊崇。

一、官员之母舅、舅母、姑夫、姑母、姨夫、姨母、妻父、妻母，均准捐请貤封。生母应归应封办理，毋庸另请貤封。

一、八品以下职官，向例止封本身。如欲封本身及妻室者，应照常例捐封加倍报捐。

一、京外文武各官，例得捐封第三继室，应先封本身及原、继配妻室，方能另捐请封。

一、第三继妻以后谊同敵体，应准其按次递捐，以昭旷典。

一、休致人员，亦准按原官品级报捐。

一、子孙为伊祖父、父原职品级追请封典者，亦准一体捐请。

一、凡为人妇、为人后者，欲为其已故夫之祖若父捐职请封，并为祖若父貤封其先人者，均准捐请，以遂其报本之忱。

一、貤封世代以曾祖父母为断，即捐至一、二品，亦不得貤封高祖父母，以示限制。

一、一品至三品下〔不〕得貤封高祖父母。推广章程准为已故祖若父捐职请封，并貤封其先人，自应以现在捐请之人核计世代，至曾祖为断，不得貤封高祖。

添收推广赈捐顶戴衔翎条款

捐升衔

一、二品顶戴

如道员有三品衔及盐运使衔者，例银五千四百两；如无三品衔，加倍报捐。今按此数，一律减五成收捐。

捐职衔

一、盐运使衔

由贡监生，捐银七千八百七十二两。

一、副将衔

由监生武生，捐银三千六百四十八两。

一、参将衔

由监生武生，捐银二千七百三十六两。

以上四项，均按五成银数填写实收。

捐翎枝

一、花翎

三品以上捐银一千八百两，四品以下捐银九百两。

一、蓝翎

捐银四百五十两。

如蓝翎捐换花翎，其蓝翎系由捐资者，准其扣抵。若由劳绩保举者，不准抵算。

己酉甘肃赈务往来电稿

清宣统元年官报书局排印本

（清）佚名 辑

夏明方 点校

宣统元年四月十七日，奉上谕：升允电奏，甘肃连年旱歉，兰州、凉州、巩昌各属前岁被灾，去秋尤甚。入春雪雨愆期，迄今尚未得有透雨。碾伯、会宁及各土司先后报灾。现在粮少价昂，饥民哀号乞命，牲畜多致饿仆等语。览奏殊堪悯恻，加恩着赏给帑银六万两，由度支部给发。着该督派委妥员，按照所属灾区查明户口、灾情轻重，分往散放，务使实惠均沾，毋任失所，用副朝廷轸念灾黎至意。该部知道。钦此。

己酉甘肃赈务往来电稿

致军机处请代奏电(宣统元年四月十六日，此系代升吉帅拟稿，已照发)

军机处钧鉴：甘省连年旱歉，兰州所属皋兰、靖远、金县河州、狄道、红水并凉州属平番、巩昌属安定等处，前岁被灾，去秋尤甚，哀鸿遍野。当饬属妥筹赈抚。今春雨雪愆期，接办春赈。近碾伯、会宁及各土司亦先后报灾。一面饬由新任藩司遴员查勘，并携银粮分投散放，仍率同司道设坛步祷。乃时届四月，迄未能得透雨，灾象已成，官民惶惧。允等奉职无状，天降之灾，民则何罪！屈计芒种节近，倘再过此不雨，则夏秋又复失种，民命何堪？现在粮少价昂，穷民艰食，日取菜根、树皮为生，乡间牲畜多饿踣者。且到处山路崎岖，转运劳费。甘省素称贫瘠，专恃协款。近岁欠解甚巨，度支困难，新政迭兴，左支右绌。计上年办赈以及供给达赖，所费不赀，而数十万饥民哀号乞命，尤属惨不忍闻。各省近年水旱偏灾，一经入告，无不立荷恩施。甘省地瘠民贫，复遭荒旱，拟恳天恩赏拨帑项，以活灾黎。如数日内天降甘霖，民能播种，即当电奏，仰慰宸廑。万一旬日之内泽不下逮，则灾区甚广，来日方长，再当吁恳圣慈，无任迫切待命之至。除具奏并电恳各省外，谨请代奏。升允叩。篠印。

咨各省电(四月十六日)

某省某制台、某抚台、某藩台鉴：甘省连岁苦旱，兰州府七属暨凉州、平番、巩昌、安定等县前岁被灾，去秋尤甚，当经筹办赈抚。今春雨雪愆期，复办春赈。近会宁、碾伯及各土司又先后报灾。边地高寒，水泉素乏，童山弥望，生殖不饶，一遇旱干，即成凶岁。盖藏既鲜，民食至艰，被灾之区，菜根、树皮掘取将尽，乡间人口、牲畜亦多饿毙。允等不德，天降之灾，民则何罪！现虽派员分投赈恤，而灾区十数州县之广、灾民百数十万之多，非得巨款，不足以资接济。甘本受协省分，库藏匮乏，罗掘已空，一面奏恳天恩赏拨帑项，而哀鸿遍野，来日方长，不得不远呼将伯，为民请命。夙谂公忠体国，救灾恤邻，无分畛域，敢恳筹拨赈款，活此饥黎，陇上官民同声叩祷，曷胜感激翘盼之至！升允、毛庆蕃叩。篠印。

度支部来电(四月二十一日)

兰州陕甘总督鉴：洪。甘肃旱灾，恩赏帑银六万两由部给发。已电柯大臣，由土税分局就近拨用。度支部。箇印。

黑龙江陈剑池中丞、盛京锡清弼制军、吉林周少朴中丞来电
（四月二十三日）

兰州升制台鉴：篠电悉。甘省旱灾，东三省共筹赈款银五千两，交由商号汇寄，希俟汇到见覆。良、常、模。马印。

南昌冯星岩中丞、刘雨方伯来电（四月二十三日）

兰州升督帅、毛方伯鉴：电悉。贵省灾赈，谊应协济。已筹银五千两，交商汇寄。棉薄滋愧。骙霖。箇印。

武昌陈筱石制军来电（四月二十三日）

兰州升制台、毛藩台：篠电悉。贵省旱灾，闻之悯恻。鄂虽财政奇窘，自应勉力拯助。已饬司筹拨银五千两，即日汇寄。先电复。龙。帮印。

天津杨莲甫制军来电（四月二十三日）

兰州升吉帅、毛方伯鉴：篠电敬悉。即饬赈抚局筹拨银万两，迅速解往，以资接济，藉副荩怀。骧。号印。

太原宝芗士中丞来电（四月二十三日）

兰州升吉帅、毛藩台：篠电悉。贵省十余州县旱灾，饥民嗷嗷，实堪悯恻，亟思竭力协助。惟晋亦苦旱，现值青黄不接，库空如洗，无可腾挪。顾念贵省灾情既重且广，与丁方伯筹商协济银二千两，勉尽棉薄，力不从心，毋任愧歉。棻。号印。

西安恩艺堂中丞、许子纯方伯来电（四月二十三日）

兰州升督帅、毛方伯鉴：洪。篠电悉。陇旱成灾，饥黎待赈孔殷，闻之同声焦灼，应速筹济。寿等公同商酌，先行挪措库平银六千两，发由票商电汇呈交，以应急需。特此布闻。寿、涵同叩。箇印。

福州松鹤龄制军、尚惠臣方伯来电（四月二十三日）

兰州升制台、毛藩台鉴：篠电悉。贵省连年苦旱，遍野哀鸿，同深悯恻。当即筹备银一万两，以济灾需。另咨由商号汇甘，到祈咨复。寿、亨。箇印。

开封吴仲彝中丞、朱曼伯方伯来电(四月二十四日)

兰州升督帅、毛方伯鉴：贵治兰州等属亢旱成灾，需赈孔亟。敝处勉筹银一万两，先行汇解。到祈电复。熏镛。祃印。

长沙岑尧阶中丞、庄心庵方伯来电(四月二十四日)

兰州升制台、毛藩台鉴：篠电敬悉。贵省连年苦旱，会宁等处近又成灾，哀鸿遍野，闻之同深焦灼。兹勉筹垫银一万两，汇到乞饬收，另文咨达。春蓂、赓良。养印。

四川赵次珊制军来电(四月二十四日)

兰州升制台、毛藩台鉴：贵省旱灾，亟应协济。但川境现亦苦旱，正在筹备乏术。惟承电告，勉挪三千金，交商汇解，少资补助。谨复。巽印。

南京端午桥制军、陈伯平中丞来电(四月二十五日)

兰州升制台、毛藩台：篠电悉。甘省大灾，同深焦系。兹苏宁共筹银一万两，即日汇解，以助赈需，请察收。方、启泰。祃印。

济南袁海观中丞来电(四月二十五日)

兰州制台升吉帅鉴：奉电，知贵省因旱成灾。患难相恤，义无可辞。奈东省连年歉收，今岁又麦收失望，秋成难卜。现办平粜，款苦难筹，官民交困情形，计尊处早已想见。今商诸司道，先汇上银五千两，聊为杯水之助，歉仄殊难言状。倘有可图，再当报命。树勋。漾印。

复度支部电(四月二十六日代升吉帅拟，已照发)

北京度支部鉴：箇电敬悉。甘省蒙恩赏拨赈银六万，承大部垂念急需，就近由甘土税局划拨，俾边区灾黎早得接济，实深感佩。允叩。宥印。

致柯大臣电(四月二十六日)

武昌柯大臣鉴：甘省连年旱歉，奏蒙圣恩赏银六万。顷准度支部电，就近由甘土税项下划拨，俾济急需。希即迅饬拨用，无任盼祷。蕃。宥印。

复西安恩艺堂中丞电(四月二十六日)

抚宪恩钧鉴：甘省旱灾，筹款艰窘，仰蒙垂拯，感激同深。赈款六千，复承许藩司电汇到甘，即饬查收。活此灾黎，用宣德意。庆蕃叩。宥印。

复西安许子纯方伯电(四月二十六日)

许方伯鉴：蕃赴金县山中请水，廿三归读祃电，感甚。赈款六千，已由协同庆电汇到甘，散放灾黎，奉扬德意。蕃叩。宥印。

广东张安圃制军、胡葵甫方伯来电(四月二十七日)

兰州升制台、毛藩台鉴：篠电敬悉。甘省旱灾，重劳荩画，至为系念。本应宽筹协济，因粤省财政艰窘，今年复遇水涨决围，赈需浩繁，殊愧心余力绌。兹饬善后局设法筹拨银二万两，交商汇解。到日，祈查收充赈。人骏、湘林。敬印。

桂林张坚伯中丞、王铁珊方伯来电(四月二十七日)

兰州升制台、毛方伯：篠电敬悉。陇右苦旱，同深焦灼。荩筹赈恤，泽润生民，无任钦佩。桂本岩疆，近多水患，赈输弗尽，自顾不遑。本年平、梧、浔、泗等属又告水灾，乞粜纷来，兴嗟仰屋。天南塞北，境异情同。谨竭棉微，措解桂平花银二千两，聊为斗粟勺浆之助，敬祈鉴谅。张鸣岐、王芝祥叩。有印。

云南沈幼岚制军、叶伯高方伯来电(四月二十六日)

兰州升督帅、毛藩台鉴：篠电箇奉。甘省奇荒，哀鸿遍野，深堪悯念。惟滇省连年荒旱，去年河口乱后，又淫雨为灾，亦复罗掘一空。现由司筹备纹银一千两，交宝丰隆汇陕西转甘，勺水车薪，良用愧歉，伏祈鉴原。沈秉堃、叶尔恺叩。沁印。

杭州增子固中丞来电(四月二十八日)

兰州升制台、毛藩台同鉴：篆电敬悉。遵在司库筹银五千两，催解到日，即行电汇，以赈灾民。增韫。沁印。

复天津杨莲甫中丞电(四月二十九日)

督宪杨钧鉴：甘省旱歉，筹赈至艰。仰蒙垂念边陇灾黎，力维大局，饬局筹拨万金，至深感叩。庆蕃禀。艳印。

复江宁端午桥制军苏陈伯平中丞电（四月二十九日）

督宪端、抚宪陈钧鉴：蕃甫抵兰州，正逢旱岁，库空如洗，筹赈至艰。仰蒙垂拯灾黎，合筹万两，曷胜感叩！蕃。艳印。

迪化联星樵中丞、王晋卿方伯来电（四月二十九日）

兰州升大帅、毛方伯鉴：甘境被旱，灾黎待赈，拟助湘平银二千两，请由后批饷内划扣。新省到处旱干，借粮平粜，而奇台流民抢劫，屡电告急；省垣饥民麇集，已正设法安抚。特闻。魁、枬叩。有印

杭州颜筱夏方伯、王耜云都转来电（四月三十日）

兰州升督宪、毛藩台钧鉴：篠电敬悉。甘省灾重且广，待赈孔殷，谨译所述情形，同深悯恻。奉固帅谕饬藩运两库协筹，兹勉备库纹五千两，交合盛元号商电汇，收到赐复为盼。浙中帑绌异常，迥非昔比，深愧棉薄，并乞鉴原。钟骥、庆平。勘印。

上海盛杏荪宫保来电（四月三十日）

兰州毛方伯：顷接端午帅、樊方伯电述甘灾情形，切嘱筹捐助赈。兹已筹垫规银五千两，恐汇兑太迟，特交端、樊二公电汇甘省，俾可凑齐，从速施放。现在灾区若干？灾状如何？已否得雨？如果灾重，须照义赈实在办法，遴派朴诚耐劳员绅，亲查户口，分别极次，随查随放，扫尽向来官赈各弊，方能救民救澈。乞电速示，以便续劝接济。宣。勘印。

复上海盛杏荪宫保电（五月初一日）

盛宫保鉴：闻公养疾东瀛，元旋康吉，至为驰仰。勘电敬悉。甘省旱灾，吉帅电恳圣恩赏发库帑，并乞赈邻封各省。昨宁、苏两帅合筹万金，今复蒙宫保慨助赈款五千，谨为灾黎叩谢。已陈之帅座，并荷指示利弊，极佩。蕃曩高阳，嘱办赈，即以扫尽官赈各弊为宗旨。此次甫经受事，即接办赈务，迄今未得透雨，饥黎遍野，昕夕不遑。遴选员绅，分投四出，随时随事，面为讲求，差鲜隔阂。知关荩虑，谨陈。蕃叩。东印。

安庆朱经田中丞、沈子培方伯来电（五月初二日）

兰州升大帅、毛方伯鉴：洪密。篠电敬悉。甘凉比年苦旱，谷价奇昂，同殷焦灼。承嘱速筹赈款，义不容辞。惟皖省度支奇绌，客冬兵变后，补苴整饬，费尤不赀，几有库空如洗之势。刻勉措银三千两，发商汇解，以尽棉薄。祈届时饬收是荷。家宝、曾植。卅

印。

上海周金箴、严子均两观察来电(五月初三日)

兰州藩台毛方伯钧鉴：报章甘省亢旱成灾，同人恻然。究竟灾情如何，乞速电示。沪商会周晋镳、严义彬。卅。

上海盛杏荪宫保来电(五月初四日)

急。兰州毛方伯：勘电计邀台览。弟垫捐五千两，已由午帅电汇尊处。此间纠集同人焦乐山诸君，各处劝募，已得捐银四万两，另交大清银行电汇，到日即祈电复。传闻凉州、平番、巩昌、安定等县被灾已久，会宁、碾伯及各土司饥毙尤甚。但未奉尊电，疑信参半。公保赤为怀，谅早分筹查放。敝处所解义赈捐款，务求先择被灾最重之处，遴派结实可靠员绅，查户按口给散。至少每口散给千钱，救人救澈。并求速电办法，俾示同人，以劝后来。祷甚。宣等。东印。

上海陈润夫观察来电(五月初四日)

兰州藩台毛方伯鉴：盛宫保接电，公议须请方伯专理。俟奉复，源源汇款。除禀帅。陈作霖。东印。

上海舆论报馆江君来电(五月初五日)

兰州毛方伯鉴：甘赈甚亟，墀等竭力倡捐劝募，积有成数，即行电汇，以救灾黎。恳将灾情电示，尤感。《舆论时报》江绍墀叩。江。

上海甘肃筹赈公所来电(五月初五日，此电系由升帅发下)

兰州督宪钧鉴：前盛宫保筹急赈银五千，由午帅转汇，祈大帅迅电重托，续筹巨款。兹由蔚丰厚汇上捐银库平二千两，请收到赐覆。绅等为民命起见，倘有一毫名利之心，神明殛殒。上海望平街甘肃筹赈公所。

上海陈润夫观察来电(五月初五日)

兰州毛方伯鉴：昨电请公专理，意在随时电商，希照办。现盛宫保与同人合筹就银四万两，因汇费大，候电示照交。请再电盛宫保、周金箴、严子均、沈仲礼、罗焕章、黄公续、朱葆三、焦乐山诸君续筹，尚可集腋。希回院并示复。霖。冬印。

南京端午桥制军来电（五月初五日）

兰州升制台、毛藩台鉴：甘省旱灾，时深焦灼。昨与云门方伯电商盛杏荪宫保，请其劝募义赈，并恳先垫巨款，解济急需。顷接复电云：宥电悉。甘灾甚重，自以筹捐助赈为急务。惟物力之艰，又非前年江北水灾时可比，募劝殊无把握。谨即先垫规银五千两，本日交义善源汇上，乞电汇甘省，俾资凑济等语。除俟银到即汇外，合先电闻，祈径电盛杏翁致谢为祷。方。东印。

复上海陈润夫观察电（五月初六日）

上海后马路天顺祥陈润翁鉴：别来念甚，东电敬悉。甘省灾黎，重劳垂注。公夙宏善量，用情尤笃，相爱相助之雅，感何可言！吉帅廉正爱民，赈务尤藩司专责，谊当尽力，用副盛心。蕃。鱼印。

上海盛杏荪宫保来电（五月初七日）

兰州毛方伯：东电初四奉到，敝处东电尚未接复。承示饥黎遍野，遴派员绅，分投查放。此间绅商知公热心老手，必肯力为其难，故愿互相劝募。现已凑集湘平足银四万两，初六日交蔚丰厚电汇尊处，请即向收。如欲续募，务须将灾重情形、查放办法三日发电一次，以便登报遍劝，或可多收巨款，以助涓埃。宣等。歌印。

上海盛杏荪宫保来电（五月初七日）

急。兰州毛方伯：东电初四奉到，敝处东电尚未接复。承示饥黎遍野，遴选员绅，分投查放。此间绅商知公热心老手，必肯力为其难，故愿互相劝募。大清银行罗焕章、顾公毅、焦乐山诸君已凑集规银四万两，初六日交明蔚丰厚电汇，请即向收。如欲续募，务须将灾重情形、查放办法三日发电一次，以便登报遍劝，或可多收巨款，以助涓埃。宣等。歌印。

复上海陈润夫观察电（五月初七日）

上海天顺祥陈润翁鉴：初四奉东电，午日两奉冬电。甘省灾民，远劳垂拯。蕃本有专理之责，义何可辞！承盛宫保诸公暨我兄复合筹四万两，今日已到。款巨汇速，荩画周至，感荷非常。吉帅已另电致谢周、严、沈、罗、黄、朱、焦、虞、苏、袁、邵诸君子，均乞道感为荷。蕃。阳印。

复上海盛杏荪宫保电(五月初七日)

上海盛宫保诸公鉴：东歌等电敬悉。我公一闻甘灾，慨助五千；复荷诸公合筹赈款四万两，今日蔚丰厚电汇到甘。款巨汇速，荩画周挚，铭感非常。罗、顾、焦诸君子均乞道感为荷。承示随查随放，每口千钱，皆至论也。公事理精详，以后乞随时指示，匪独灾黎之幸。省至安定，电线时断，答复迟滞，并陈。蕃敬覆。阳印。

复上海盛杏荪宫保电(五月初七日)

上海盛宫保鉴：朔日电复，度邀钧鉴。复奉东电重荷，纠集同人，至为佩仰，并承焦乐山诸君劝募捐银四万两。润兄电亦佩悉。吉帅感荷，谨率饥黎，南向泥首。蕃曩管沪局，与诸君子气义相孚。今远官陇上，猥劳垂念灾黎，感同身受矣。蕃自陕西行，即闻甘境皋兰数县久旱，陇东较可。愈西愈旱。行至安定，则去秋即已议赈，春麦失种。小民纷纷拦舆具禀，或乞赈济，或借籽种，或请缓征，不绝于途。盖灾区以兰州近省各属为最甚，被灾各州县电奏颇详。兹饬电知沪局，抄呈奉览，用慰远廑。边地高寒，水泉缺乏，童山弥望，道路险阻。一遇荒岁，民食至艰，转运劳费。甘素贫瘠，自去秋帅饬办赈，皋、金、平复办春赈，费已不赀。蕃三月初八日受事，即接办赈务。此本藩司责任，吉帅清正爱民，属望尤切。惟办赈首在得人。莅官之初，见闻未稔，遴选诚实耐苦员绅，悉凭推举，一一接见而别择之。筹画灾赈银粮，分投四出查放，昕夕鲜暇。办法则先从被灾最重之区入手，承示数语，实为办赈金针，曷胜佩服！远劳筹济，益当勉副厚期。知念敬陈，并祈转达诸君子为幸。蕃叩。阳印。

复上海商会诸公电(五月初七日)

商会周严诸公鉴：卅电佩悉。甘省苦旱，重承垂念饥黎，至感。晋、蜀、鲁、粤，闻均被灾。大江南北，亦甚盼雨。私窃忧惧，想同此心。此间灾情已详盛宫保电内矣。敬覆。蕃。阳印。

昌黎郑大令元浚来电(五月十一日)

兰州藩宪毛大人钧鉴：甘省连年不雨，民情惶急。大公祖设法救拯。治晚谊属梓乡，不敢坐视。谨捐廉千金，聊资赈济。除电汇外，治晚郑元浚电禀。

上海盛杏荪宫保来电(五月十二日)

兰州护督毛实帅：宣怀叩贺兼圻大喜。奉两阳电，知四万两已汇到。承示办法，严择员绅，先从灾重处入手，公为此事昕夕不遑。国以民为本。尝见州县讳灾，非先办蠲缓不能振。弟官直东，亲查灾振，方知官查官办均不可靠。如粮贵，尤非运粮平粜不可，救急尤非粥厂不可。甘虽贫瘠，公来其苏，务望放手为之，天不负公也。顷将尊电出示同人，又公集银六万两，即日电汇。如公有切实电来，当可再图接济。公事忙，须派一友专司发电。甘既电奏，能否援照各省奏奖，乞示。宣。卦印。

上海舆论报馆江君来电（五月十三日）

兰州护督宪实帅钧鉴：庚电敬悉。兹交协同庆汇库平二千，乞转发灾区，希赐覆。俟积有成数，续汇。江绍墀叩。真。

上海新闻报馆来电（五月十四日）

兰州护督毛实帅钧鉴：甘灾待赈孔急，除竭力劝募外，兹先筹甘肃湘平银二千两，交义善源汇上，乞查收转发灾区，并祈赐覆。俟募有成数，续行电汇。新闻报协赈所同人叩。文。

上海王君筱斋来电（五月十五日）

兰州护督毛实帅鉴：今募由蔚丰厚汇上银七百两，祈代赈。京王筱斋由申转达。元。

复上海盛杏荪宫保电（五月十五日）

盛宫保鉴：暂护疆符，兢惶万分，辱贺感悚。诸祈诲启，公与同人又集银六万两，感何可言！公谓州县讳灾，非先办蠲缓不可，诚为洞见症结。蕃此来道出旱区，灾民拦舆禀诉，有苦差役催征，并有勒扣籽种银两、代完上秋课赋者。蕃严加训诫。故此次查灾放赈，不敢属之地方官，亦诚知其不可靠也。甘省州县冈岭丛亙，辖境太广。有一乡周围四五百里者，一县之广可知，势难兼顾。蕃皆拣可信之员绅任之。此间官场有谓甘肃向不办赈，此为第二次。亦因山多路远，不通车道，并有骑马不能到，非健步不可者；又有素乏井渠之处，员绅数日不得水饮者。故放赈之员绅，均须能耐劳受苦，是以宽给资斧，许以酬劳，以资鼓励。凡派员绅，必举我朝成宪。玩视赈务者，革职遣戍；侵吞赈款者，正法以为儆戒。其办法首选委员，各赴被灾州县，密查各乡灾情，孰为极重，孰为次重，孰为无灾，先记村庄大小、户口多寡，然后再派员查放，且先从最重之乡村入手。庶赈员经过之处，不至为灾民环呼所困。又查灾，必挨村挨户，亲入其家查勘，尝有由极贫而改次贫者。即乡约绅耆册报，不足为凭。其已放春赈而灾最重者，蕃到官即已加赈一次，尚须续放秋赈，总以民命得全活为主。现省城安定，均已设局平粜，系放豌豆、青稞、油麦三种。粥厂一层，外州县居民零星散处，山峦村落相距太远，领粥甚难。省城如饥民就食者众，亦设厂。知系荩筹，用特缕述。承询甘既电奏，能否援照各省奏奖。各省办法若何，祈详示。蕃出勘渠工，昨始旋省，畲覆稍迟为罪。蕃。咸印。

上海盛杏荪宫保来电（五月十五日）

兰州毛护院：顷仍交蔚泰厚电汇义赈银六万两，汇费已给，到日即盼电复。吉帅奏内所望四月内得雨，现过夏至，想已得甘霖。公下车后方办赈，沪报言之凿凿。现已放过赈款若干？官义赈或分或合，沪捐十万五千两，现放何处？每口发钱若干？粮贵，已否运粮接济？公必救人救澈，约尚需款若干？因南省亦有水灾，同人欲询甘灾实情，用敢渎问，立盼详电。宣等。文印。

复上海盛杏荪宫保电（五月十五日）

盛宫保鉴：昨奉文电，续汇义赈银六万两领到，汇费已给，尤感周挚。本月初九、十三、十五，省城幸得雨，每次不过二三寸。被旱州县亦得雨，深浅不一。节过夏至，向系补种小糜、荞麦，仍续盼雨泽。其未尽深透者，或仍难播种，或勉强播种，计秋熟尚须时日。此两三月中赈务，应如何接济，尚须加意体察，随时规画。甘省连岁苦旱，去秋今春即经办赈，用款几二十万两。尤以提运州县仓粮脚价逾十万两为大宗，用粮亦五万石有奇。蕃三月受事，赈务吃紧。前者查放银粮，委员稍欠认真，借给籽种，或粮或银，系照地亩核发。无田之家，何所得食？其时乡村人畜已有饿毙，来日方长，而库空如洗。不得已禀商大府，吉帅意亦相同，爰有电告灾情、恳发内帑之奏。重荷诸公大德，沪捐十万五千两。前由午帅汇寄五千，尚未收到；而十万则已如数全收，此时亦尚未动用。现在放赈之处，则皋兰、金县、靖远、狄道、平番、会宁、安定、碾伯及三土司，亦一律查放。有前赈已罄而复赈者；有前未给赈，及闻赈遄归而补赈者。运粮一事，安定则运之马营，省城等处则运之西宁。所幸粮不缺，价亦不甚过昂，惟转运异常劳费。谨遵救人救澈之旨，尽心力而为之，冀活灾黎，用推善量。统计此间赈款，目前似可敷衍。但求再得透雨，膏泽应时，秋苗有收，庶免大咎。万一秋收失望，则冬赈异常吃紧。私窃悬悬，惟有小心惕厉，冀回天怒。并将此间情形随时电陈，用慰廑注，祈转致诸公为荷。南省水灾，闻之同深焦灼，度更劳筹画也。蕃叩。咸印。

复上海舆论报馆江君电（五月十五日）

舆论时报馆江鉴：真电佩悉。承汇赈款库平二千收到，感谢。蕃。咸印。

复上海甘肃筹赈公所电（五月十五日）

望平街甘肃筹赈公所刘耀翁诸君鉴：电诵悉。关怀桑梓，敬佩盛心。赈款库平二千，鱼日收到。蕃出勘渠工，顷始旋省。蕃。咸印。

致上海舆论报馆江君电（五月十五日）

舆论时报馆江鉴：甘灾承惠济库平二千两，今日汇到，感谢。顷接南中函，言沪上报纸载有甘省人相食之说，在言者之故甚其词，意在动人闻听，以大发其恻隐之心，而未免失实。请觅甘省十五致盛宫保两电并此电，登之报章，则此间灾情庶得其真矣。此托。蕃。谏印。

复杭州颜筱夏方伯电（五月十八日）

杭州颜方伯鉴：暂护疆符，辱贺感悚，诸求诲迪为幸。甘灾远劳垂拯，赈款五千午日收到，谨率灾黎叩谢。帅座前，乞代达谢忱。蕃。巧印。

复上海施子谦太守电（五月十八日）

施子谦兄鉴：函悉。承汇赈款库平二千，照收遵办。孝思善量，敬佩无已。前尤未及复，罪甚。所需枸杞，遵示采办。蕃。马印。

复上海新闻报馆电（五月十八日）

新闻报馆鉴：甘灾远劳垂拯。赈款湘平二千两，已于望日收讫。谨率灾黎叩谢。蕃。马印。

复黑龙江陈剑池中丞、盛京锡清弼制军、吉林周少朴中丞电（五月二十二日）

盛京锡制帅、陈抚帅、周抚帅钧鉴：甘灾远蒙垂拯，至感。赈银兰平五千，四月廿八日收到。谨率灾黎叩谢。养印。

复湖南岑尧阶中丞庄心庵方伯电（五月二十二日）

长沙岑大帅、庄方伯钧鉴：甘灾远蒙垂拯，至感。赈银湘平万两，十八收到。谨率灾黎叩谢。蕃。养印。

复云南沈幼岚、护院叶伯高方伯电（五月二十二日）

云南沈护帅、叶方伯钧鉴：甘灾远蒙垂拯，至感。赈款滇平一千，午日收到。谨率灾黎叩谢。蕃。养印。

复迪化联星樵中丞、王晋卿方伯电（五月二十二日）

迪化联大帅、王方伯鉴：甘灾远蒙垂拯，至感。赈银二千，遵谕如数划扣。谨率灾黎叩谢。蕃。养印。

致军机处清代奏电（五月二十二日）

军机处钧鉴：洪。庆蕃只奉恩旨，暂护督篆，复奉电谕，著以藩司兼护。闻命之下，惶悚万分，已于十八受事。甘省旱灾吃重，仰荷圣慈，赏发库帑六万，士民同声感叩。本月初九、十三、十五、十七等日，叠次得雨，或三四寸，或二三寸。被灾各州县，亦先后得雨，民情稍定。节逾夏至，现系赶种小糜、荞麦。其得雨寸许而勉强播种者，仍亟望透雨。亦有不能播种者，地方尚不甚宽。凡夏苗失望之处，非待秋粮成熟，饥民无从得食。各州县赈务，仍不敢稍涉松懈。各省皆关怀大局，拨款协赈，上海义赈官商亦皆捐资合力筹济。庆蕃惟有认真督率办理，冀慰宸廑。除具折叩谢天恩外，恳代奏。庆蕃谨叩。养印。

致度支部电（五月二十五日）

度支部钧鉴：洪。甘省素称贫瘠，财政艰窘，近年协饷日减，岌岌难支。蕃今春赴甘履任，即闻皋兰一带连年旱歉。行至安定以西，目睹春麦失种，灾民乞赈不绝于途。三月初八受事，窃念民为邦本，赈务尤藩司专责，不敢不先其所急，以全力竭蹶图之。遴选员绅，查灾放赈，分投四出，筹银筹粮筹转运，事繁才短，昕夕鲜暇。灾区既广，来日方长，而库空如洗，腾挪乏术，万分焦灼。禀商督帅电奏，幸蒙圣恩赏拨库帑，各省皆拨款协赈，上海义赈官商亦皆合力筹济。谨先就各款核实放赈，权衡次第，力戒虚縻。本月幸屡次得雨，民心稍定。然或三四寸或一二寸，未尽一律深透。现赶种小糜、荞麦，亦尚有未能播种者。凡灾情最重、夏苗失望之区，全赖秋苗成熟，方能得食；而秋熟以前，又必赖官为赈济。其秋苗未种者，需赈尤殷，历时更久。将来赈款不敷，再当据实奏请。现惟督饬在事员绅，毋许松懈。至先后奉特旨派委监理官并责成藩司综核款目，两月以来，赈务始稍有头绪，谨当遴员设局，照章举办。窃谓清理财政，设局非难，得人为难。必先得通知款目习于吏事之人，始不至有隔膜之患。而其人又必深明治体，周知民隐，洞悉本省利弊、官场情伪，而一以公平正大之心出之，庶几办事始能中肯，始能核实，始能持久，不至以操切酿成事端，亦不至以因循流为泄沓，藉可匡庆蕃之不逮。惟上驷难逢，亦何敢过悬高格？但求中驷之选，取足济用而止。近来延见僚属，辗转求才，得人甚难。私窃悚惧，未敢轻率派委，搪塞了事。现正多方考核，恭绎谕旨，饬令通盘筹画，认真整顿，容俟正副监理官到日，相与悉心讲求，冀收实际。蕃赋性迂拙，回忆廿年郎署，不敢敷衍欺饰。今犹此心，在官一日，要当尽一日之责，勉任劳怨，以副朝旨。此间实在情形，随时陈之大部。总期合朝野为一心，合内外为一气，务持大体，破除积习，力所能及者不敢诿卸，事之不可行者亦不敢迁就，区区愚诚，统乞钧诲是幸。庆蕃叩。有印。

致湖南善后总局电（五月二十二日）

长沙善后总局鉴：陇灾奇重，蒙尧帅垂念边瘠，惠拨巨款。兹奉赐函，承贵局设法筹垫，由票商汇到湘平银一万两，遵即查收散放，俾亿万灾黎速沾实惠，感荷莫名。谨电鸣谢。庆蕃。养印。

复开封吴仲彝中丞、朱曼伯方伯电（五月二十二日）

吴大帅、朱方伯钧鉴：甘灾远蒙垂拯，至感。赈银汴平一万两，十四收到。谨率灾黎叩谢。蕃。养印。

南昌李之鼎来电（五月二十三日）

兰州毛实帅钧鉴：同人赈甘协会成立，附设官报局，款集即汇。乡晚李之鼎。皓。

上海甘肃筹赈公所来电（五月二十三日）

兰州护督宪毛鉴：咸电悉。据吉帅奏，连年不雨，牛马饿仆，是灾必甚重。前闻得雨，而此间商号来电，又称秋禾尚不能种。昨间由兰来电，有灾情甚淡、款尚未动之语。究竟灾情如何，被灾共几处，何处最重，雨有济否，赈果放否，如放尚需款否，请详复。筹赈公所叩。

致南昌冯星岩中丞、刘雨方伯电（五月二十四日）

冯抚帅、刘方伯鉴：甘灾承筹赈五千，同深感佩。顷得省城李之鼎来电，称同人赈甘协会成立，附设官报局，款集即汇等语。查李本劾罢知县，籍隶南城，声名素劣，为乡评所不许，与蕃素不相识。西江士绅果肯解囊助赈，远济边氓，蕃方感叩之不及。惟近来好事者多以筹赈为名，藉此集资，流弊杂出，诳骗亲友，探霍营私。曩在南北洋，知之颇稔。义赈一事，断非无品者所可插足其间，自欺欺人，实乖政体。敬恳我公立饬将赈甘协会名目撤销，并出示晓谕，以肃士风而重赈务。并祈赐覆。蕃叩。敬印。

复天津赈抚局电（五月二十九日）

赈抚局惠鉴：甘灾远蒙垂拯。赈款公砝平一万两，廿六收到。谨率灾黎叩谢。蕃。艳印。

上海盛杏荪宫保来电(六月初一日)

兰州毛护院：奉两咸电，藉悉详情，深为钦佩。五月初寄南京五千两未到，已电请樊护院速汇，乞收到电复。甘省得雨，自有来苏之望。目前放赈，谅不可少。沪上现设甘肃筹赈公所，颇形踊跃。武汉以下，淫雨为灾，难免分力耳。公所已公请徐志远、张廷浚二君驰赴兰州，助办义赈。然道远行迟，仍乞尊处速将沪款择最苦之处赶紧查放。在官赈固求普放，其势难；在义赈但求先救极贫，其势尚易。同人之意，总盼已汇之款从速放完，则未来之捐自可续劝。众意相同，公必以为然也。仍祈电复。宣等。沁印。

天津丁春农观察来电(六月初一日)

兰州毛护院：震与茂公协筹甘赈，请将灾情详示。象震。感院代印。

北京甘肃同乡官来电(六月初一日)

兰州护院鉴：灾重开常捐、再拨帑两事，请电奏。京捐五千，汇讫。同乡官叩。养印。

天津刘牧凤镳来电(六月初一日)

兰州护督宪毛钧鉴：闻甘灾惨，集同志由蔚丰厚电汇兰平银一千两，请派取分赈，后续募再汇。滦州知州刘凤镳由津源丰润叩。马院代印。

上海舆论报馆江君来电(六月初一日)

兰州毛大帅钧鉴：谏电谨悉。即送登各报。今交协同庆续汇库平二千两，连前共四千两，乞复。江绍墀叩。养印。

上海申报馆席观察子佩来电(六月初一日)

兰州毛督帅钧鉴：敝处前解墨洋四千元，曾托本埠甘肃筹赈公所汇解。今又集洋五千元，合折湘平银三千五百十七两七钱一分。此六月八期，由蔚丰厚解奉，敬恳察收汇放，并乞电复。申报馆协赈所席裕福叩。俭印。

武昌王南轩观察来电(六月初一日)

兰州督宪鉴：敝省奇荒，荩筹拯济，同声感德。已商之武汉商会及各善士，发起筹赈。兹先与山陕同乡凑集汉估平足银二千四百两，又黄守庆澜六百两，交天成亨电汇应急，乞饬收见覆。均问灾情，并求详示。湖北善后局会办职道王舍棠禀。回印。

致上海岑云阶宫保电（六月初三日）

岑宫保钧鉴：甘省连年旱歉，我公关怀旧治，慨赈千元，谨率灾黎叩谢。近已得雨，藉慰钧廑。蕃叩。江印。

致军机处请代奏电（六月初六日）

军机处钧鉴：甘肃省城自初一日薄暮大雨起，至次日黎明止，滂沱达旦。查探四乡，一律深透。各属州县亦皆沾足，尚可补种晚荞。民情大定，差堪仰慰宸廑。边地高寒，此后但盼秋季霜迟，农田可期收获。祈代奏。庆蕃叩。鱼印。

复天津丁春农观察、京师乔茂萱丞堂电（六月初六日）

天津造币分厂丁春翁、京师学部丞堂乔茂翁鉴：感艳电悉。甘省旱灾，远劳垂念，至感。此间于五月初九、十三、十五、十七叠次得雨，或三四寸，或二三寸，多补种小糜、荞麦。六月初一日大雨倾盆，滂沱彻旦，当可深透。是邦地寒霜早，惟祝秋收有获，庶资民食。所有赈款，计恩帑六万，各省协赈十万余金，上海义赈官商亦十万余金。就目前而论，似可敷衍。闻近畿亦颇苦旱，未敢远分财力。如款实不给，当再恳求。蕃。鱼印。

复上海席子佩观察电（六月初六日）

申报馆席君鉴：俭电悉。迭筹巨款，垂拯灾黎，同深感谢。蔚丰厚汇到洋五千元，合新湘平三千五百十八两，昨已收讫。至贵处前解墨洋四千元，系托甘肃筹赈公所汇解敝处，至今尚未收到。惟该公所曾于上月汇寄升帅赈银二千两，弟护篆时收到具覆。此后并无续寄款项。尊款是否即在二千两之内，道远未能深悉，祈就近查询为幸。蕃。鱼印。

复昌黎郑大令元浚电（六月初六日）

郑大令鉴：电悉。关怀桑梓，远拯灾黎，分挹廉泉，同深感荷。循良益懋，怀想弥殷。捐款库平千两，已收到。敬谢。蕃。鱼印。

复滦州刘刺史凤镳电（六月初六日）

源丰润转滦州刘刺史鉴：电悉。陇右灾黎，远劳垂拯，集资推惠，感佩良深。赈款湘平银一千两，已收到。谨此鸣谢。蕃。鱼印。

上海甘肃筹赈公所来电（六月初六日）

兰州督宪毛鉴：甘灾近日何如，前电未蒙赐复，盼甚。现上海绅商公举张謇予、徐志鸿来甘，诸希指示，无任感祷。甘肃筹赈公所义赈协会同叩。

农工商部来电（六月初六日）

兰州毛护督鉴：据上海甘肃义赈协会电称，甘省旱灾，公举张謇予、徐志鸿两绅赴甘筹办赈济，恳电咨照料等情，希饬属遵照。农工商部。支印。

上海新闻报馆来电（六月初六日）

兰州护督毛宪钧鉴：马电悉。刻又交义善源庄汇上湘平银二千两，乞电复。新闻报馆协赈所仝叩。

长春唐观察来电（六月初六日）

兰州督宪毛大帅钧鉴：甘省亢旱，灾象若何？被灾几县？何县最重？乞电示。长春大清银行职道唐宗愈叩。东印。

太原丁衡甫方伯来电（六月初七日）

兰州毛护督宪鉴：贵省旱灾，前经商明抚宪勉筹公款二千，交商汇解。惟闻灾情甚重，杯水车薪，于事无济。兹商由陕甘同乡官赖牧庆荣等广为筹劝，一面通饬各属一律劝捐，并先由司酌垫银一千两电汇济用。俟赖牧等捐款收起，再当即时源源济解。谨先电闻。本司宝铨叩。歌印。

民政部来电（六月初八日）

兰州护督毛鉴：贵治巨灾，已筹赈抚。目前麦豆可否成熟？民情尚否安贴？善后若何？希速确查示覆。民政部。鱼印。

安庆朱经田中丞来电（六月初八日）

兰州毛大帅鉴：奉养电敬悉。荣任大喜，即拜真除，曷胜预贺！再前接篠电，当饬司局筹拨漕平三千金，已由其昌祥商号汇交上海甘肃义赈公所转解矣。知念并闻。宝。江印。

上海来电(六月初八日到)

兰州护督宪毛钧鉴：午密。陕西人于右任，在上海英租界开设民呼报馆。现借陕甘灾重为名，在报馆设筹赈公所，募收款项，数已三万有余。未知曾否汇解灾区。外间谣言甚多，谓其敛钱肥己。某未便越谋，务请我帅作为访闻，电饬沪道札行英界，饬令查明收款若干，勒令解清，以重赈务。谨此密陈。鱼印。

北京秦少观主政来电(六月初九日到)

兰州护院鉴：筹赈极感。现灾情乞复。秦望澜等叩。

复安徽朱经田中丞电(六月初九日发)

抚帅朱鉴：江电只悉，承贺感悚。惠协赈款三千金，敬谢。上海甘肃筹赈公所，闻系附设民呼报馆内，其举动多不可靠，与盛宫保暨商会诸君所办义赈，并非一事。系一陕人忽同知忽道员者出名，自设公所以来，并未将办法禀知，亦未将所收赈款、姓名、数目、时日，按照向来义赈办法，逐一登报声明。昨申报馆电称，前曾交付赈款墨洋四千元，至今迄未汇到尊处。由其昌祥汇交之款，祈即电查追回，另行汇甘为荷。蕃叩。青印。

武昌黄筱鲁观察来电(六月初十日到)

兰州督宪毛鉴：愚生已行。代筹振万金，交蔚丰厚。东叩。支。

复武昌王南轩观察电(六月初十日发)

善后局会办王观察鉴：初二奉回电，关怀桑梓，善量宏敷。山陕先集款二千四百两，又黄太守庆澜六百两，已如数收到，敬率灾黎叩谢。贵省灾重者，为近省十数州县。据查灾委员回称，乡间人畜间有饿毙者。闻泸报传有人相食之说，则实无其事也。幸自五月初九后叠次得雨，民间多补种小糜、荞麦。六月初一、初九，大雨滂沱达旦，可期深透。贵省地寒霜早，但祝秋收有获，惠此灾黎耳。现计赈款恩帑六万，各省大吏协赈及上海义赈官商概助约共二十余万，秋粮未熟以前，赖以接济。目前赈务未敢稍涉松懈，并闻。蕃。蒸印。

新授陕甘督宪长帅来电(六月初十日到)

兰州毛护院鉴：洪密。甘省亢旱，前经升吉帅奏请颁赈，已邀俞允。现在执事筹画办理，自必诸臻周密。惟旱象如何，民情如何，此间相距较远，未能深悉。良殷鄙系，尚祈详赐电示，俾慰远怀，不胜盼企。庚。鱼印。

复上海新闻报馆电(六月初十日发)

新闻报馆鉴：电悉。续寄赈款湘平二千两已收到。叠筹巨款，远赈灾黎，曷胜感谢！蕃。蒸印。

复上海舆论报馆江君电(六月初十日发)

舆论报馆江鉴：养电悉。续汇二千两已收到，连前共四千两矣。叠筹巨款，远振灾黎，曷胜感佩！蕃。蒸印。

致上海道蔡伯浩观察电(六月十一日发)

道台蔡伯翁鉴：甘省旱灾，不容假义赈之名揽收捐款，任意营私。上海所设甘肃筹赈公所，四月间曾电致升督帅，末署上海土药统税职道刘定荣，旋汇赈款二千两。经弟电查，始悉该公所设于一民呼报馆之内，与盛宫保暨商会诸君所办义赈并非一事。刘某系一忽同知忽道员之陕人，其土药税差，查系江苏土药统税局洪道槃所委。且该公所自设立以来，并未将办法函告，亦未将所收赈款、姓名、数目、时日，按照义赈向例，逐一登报声明。昨申报馆席裕福电称，前有墨洋四千元交其汇解，至今敝处并未收到。又顷朱经帅电称，已汇赈款三千两，亦交其解甘。访闻该公所在沪募收赈款，数已三万余金。人言啧啧，多谓其敛钱肥己，意图渔利，实于甘省赈务大有关碍。用特电请我公，迅赐札行英界廨员，饬令查明该公所收款若干，勒令解清，以重赈务。以后各处善士助赈，请送交盛宫保暨商会周、严、焦、陈诸君代收汇甘，最为妥速。并请将电登报，俾众周知为荷。除电达江苏督抚暨农工商部柯大臣外，谨闻。蕃。真印。

广东李简斋观察来电(六月十二日到)

兰州藩台鉴：汧陇奇灾，同人集议倡捐。兹托大德恒汇上库纹乙千两，祈收代赈为祷。旅粤山陕甘同乡李光宇等仝叩。庚。

复京师甘肃同乡官电(六月十二日发)

甘肃同乡京官诸公鉴：养电诵悉。甘灾承示两事，容当妥酌。筹赈五千，关怀桑梓，敬佩。俟汇到再行奉覆。贵省自五月初九、十三、十五、十七叠次得雨，或三四寸，或二三寸，被灾各州县亦先后得雨，民间多补种小糜、荞麦。六月初一大雨倾盆，滂沱达旦，农亩多已深透，民情渐定。初九复大雨彻夜，赈务仍未敢松懈。并闻。蕃。文印。

上海甘肃筹赈公所来电（六月十二日到）

兰州护督宪毛鉴：适接商电，称得透雨，并云非急散子种，恐三年荒变为四年。兹托蔚丰厚电汇布平万两。如散子种需款，即请动用，否则留待义赈员散放。因救灾以青黄不接时为最要也。连电未蒙复，盼甚。绅等再三哀求，尽此心而已。筹赈公所。鱼。

复广州李简斋观察电（六月十三日发）

四百三十八号山陕甘同乡诸公鉴：庚电诵悉。关怀桑梓，敬佩盛心。惠筹赈款库纹一千两，远拯灾黎，同声叩谢。款到再当电覆。蕃。元印。

复农工商部电（六月十三日发）

农工商部钧鉴：洪。奉支电，以上海甘肃义赈协会电称，公举张謇予、徐志鸿两绅赴甘筹办赈济等情，嘱饬属遵照等因。查甘肃义赈会，即系甘肃筹赈公所。敝处昨有致沪道一电，其文曰：甘省旱灾，不容假义赈之名揽收捐款，任意营私。上海所设甘肃筹赈公所，四月间曾电致升督帅，末署上海土药统税职道刘定荣，旋汇赈款二千两。经电查，始悉该公所设于一民呼报馆之内，与盛宫保暨商会诸君所办义赈并非一事。刘某系一忽同知忽道员之陕人，其土药税差，查系江苏土药统税局洪道所委。且该公所自设立以来，并未将办法函告，亦未将所收赈款、姓名、数目、时日，按照义赈向例，逐一登报声明。昨申报馆席裕福电称，前有墨洋四千元交其汇解，至今敝处并未收到。又顷朱绂帅电称，已汇赈款三千两，亦文其解甘。访闻该公所在沪募收赈款，数已三万余金。人言啧啧，多谓其敛钱肥已，意图渔利，实于甘省赈务大有关碍。用特电请贵道迅赐札行英界廨员，饬令查明该公所收款若干，勒令解清，以重赈务。以后各处善士助赈，请送交盛宫保暨商会周、严、焦、陈诸君代收汇甘。最为妥速。并请将此电登报，俾众周知为荷。又有致江西巡抚藩司一电，其文曰：顷得省城李之鼎来电称，同人赈甘协会成立，附设官报局，款集即汇等语。查李本劾罢知县，籍隶南城，声名素劣，为乡评所不许，与蕃向不相识。西江士绅果肯解囊助赈，远济边氓，蕃方感叩之不遑。惟近来好事者多以筹赈为名，藉此集资，流弊杂出，诳骗亲友，探霍营私。曩在南北洋，如之颇稔。义赈一事，断非无品者所可插足其间，自欺欺人，实乖政体。敬恳台端立饬，将赈甘协会名目撤销，并出示晓谕，以肃士风而重赈务各等语。蕃为慎重灾赈、综核名实起见，不敢稍避嫌怨。此后如有托名义赈、迹近招摇、胆敢电渎大部者，应请严加驳饬，则嚣风可戢，而赈款亦可免影射侵渔矣。谨此奉闻，伏乞垂察。庆蕃叩。元印。

复陕甘督宪长帅电（六月十三日发）

督宪钧鉴：洪鱼电敬悉。甘省旱灾情状，仰荷垂询，兹谨将节次电奏、电咨及电致盛宫保、江西抚帅、上海道各件，另电具呈。其目前情形，则敬陈大略如左，庶本末可邀钧察。此间灾区各州县，如安定、皋兰、红水、靖远、金县、平番等处，现正加赈；会宁、碾伯、洮州、循化及连城土司等处，现正补赈；慎选员绅，总期实惠及民为主。幸自五月初九、十三、十五、十七等日，仰托福庇，先后得雨。六月朔日，复得大雨深透。据各州县禀报，可赶补种小糜、荞麦，民心大定。惟秋粮未熟以前，赈务仍未敢放松。省城设平粜局两处，每日约可粜面四千余斤，地面均称安谧，堪慰荩廑。庆蕃叩。元印。

复太原丁衡甫方伯电(六月十三日)

丁方伯鉴：甘省旱灾，又劳筹劝。垫汇一千，感谢无已。旱区现得大雨，可种荞麦。并闻渥荷谦光，弥增愧悚。蕃叩。元印。

复长春唐观察电(六月十三日)

大清银行唐观察鉴：甘省旱灾，承念感甚。附省各县分被灾最重旱区，现已得雨，可望补种荞麦。各省协赈，目前略可敷用。蕃。元印。

陕甘督宪长帅来电(六月十四日)

兰州毛护院鉴：绛电敬悉。甘省旱灾，殊深悬系。已电托杏荪宫保广劝东南士绅，代筹义赈。昨接上海筹赈公所来电，又电恳各督抚广为劝助，仍乞台端，饬属妥筹赈抚，毋使灾黎失所。闻甘凉境内近已得雨，不识省垣附近及甘南一带景象如何？刻下补种秋粮，能否赶及？统乞电示为祷。庚。佳印。

安庆朱经田中丞来电(六月十八日)

兰州毛大帅鉴：洪。青电敬悉。敝省协振三千金，因甘省灾重，急欲汇寄。时盛宫保及商会所办义振尚未见报，沪上仅有甘肃筹振公所，以为官办可靠。顷承电示，始悉内容如此。已饬商号电查追回，另行设法妥汇。特先电复。家宝。寒印。

复上海盛杏荪宫保电(六月十八日)

盛宫保鉴：洪奉卦电，复奉沁电，读至放手为之，天不负公之语，恳挚入骨，感佩非常。蕃初到甘，见灾情甚重而库款已空，私窃悚惧，禀商大府电奏，蒙恩发帑六万，各省协赈十万有奇，而汇寄稍迟。独公一闻灾信，拨款五千；又与诸同志筹济大批，嘱蕃专理。初四万，继六万，电汇神速。既全付汇资，复许源源筹济，使办赈者气为之壮。故得公电后，谨奉救人救澈之旨，放手为之；亦知公与诸君子所以为灾民计者，正所以为庆蕃计也。前辱电询沪款曾否动用，时放赈方过六万余金，窃拟先动恩帑。其时亦未审尊意所属，故据实以对，沪款现尚未动。然非始终不动也。今所用已至十数万两，则已尽尊款先用矣。来电谆谆以沪款择最苦之处赶紧查放，谓官款求普及，义赈先极贫，词最明透。又谓同人之意，总盼已汇之款从速放完，则未来之捐自可续劝，众意相同，公必谓然等语。尤为情见乎词，感佩何似！蕃实无别存意见，置沪款不动之理。性虽迂介，尚不至偏执若此。惟蕃所以自处者，念目前筹款甚艰，则不敢因诸公相爱之殷，使赈款或流于滥；念各省多有偏灾，则不欲以陇右一隅而竭东南之力，使甘省独专其惠。倘以后赈款果有不敷，必当随时熟筹，电恳大力，并奉恳诸君子。兹将接护督篆电奏一件并致度支部，论财政兼及赈务一件另电具陈，便知梗概。承示宜委一员专司电报，蕃意亦同，然实难其选。此间文案需材，深以为苦。事冗才短，致稽答复，曷胜疚歉！并祈转达商会周、严、焦、陈诸君子为荷。再省城初一、初九、十四复大雨，自暮达旦，知念并闻。蕃。巧印。

南昌曾平斋主政、夏季临副运来电（六月十九日）

兰州护督宪毛鉴：兰灾极重，过劳荩筹。敝处垫济二千元，汇号难通，应交何处，乞复。南昌商会曾秉钰、辅善公所夏敬庄。真。

复上海甘肃筹赈公所电（六月十九日）

望平街甘肃筹赈公所：鱼电悉。前汇赈款库平二千，此次泾布平一万，均收到。惟各款由贵公所经募，究系何人所捐，未承示悉。甚念。沪上捐款，闻颇踊跃。贵公所先后共收过赈款若干，向来义赈办法，凡捐赈者姓名及捐银数目、交银日期，皆应逐一登报声明，以示大信。各善士既助甘赈，应并按旬报知甘省，俾陇右官民得识芳名，同深铭感。贵公所曾否逐一登报，何以并未报知甘省？又上海席君裕福来电续汇赈款，道及前曾交贵公所墨洋四千元，安徽朱中丞来电，亦交协赈漕平银三千两。何以贵公所两次汇款，电中并无一字提及？人言啧啧，惟望慎之。督署。印。

复成都曾笃斋部郎电（六月二十日）

铁路总局曾笃兄鉴：久别每深怀想。顷由协同庆汇到川平银一千两，远赈甘灾。念甘民即念鄙人也，感何可言！谨率灾黎叩谢。此间已得透雨，秋收可望，并闻。蕃。哿印。

复南昌曾平斋主政、夏季临副运电（六月二十日）

商会曾平翁、夏季翁鉴：效日奉真电。甘省灾黎，远劳垂拯。垫济二千元，善量宏敷，曷胜感谢！款请交蔚丰厚。此间已得透雨，并闻。蕃叩。哿印。

上海道蔡伯浩观察来电（六月二十一日）

兰州毛督宪鉴：洪。甘赈事已提追。该公所有无续汇到之款，乞速示。乃煌叩。皓印。

复安徽朱经田中丞电(六月二十一日)

朱抚帅鉴：洪。寒电敬悉。赈款漕平银三千两，今日由沪汇到。重荷荩筹，曷胜感谢！谨当速放灾黎，共铭大德。蕃叩。箇印。

成都高少农观察等来电(六月二十二日)

兰州督宪毛大公祖钧鉴：乡父老叠有函告，具悉今岁奇荒，待哺孔亟。我公抚绥安辑，荩劳百倍。增爵等念切枌榆，理无膜视。今与在蜀同乡分途劝募义赈，力棉呼助，多少难必。恐募缓无以济急，特预向商号垫借川九七平银一万两，由协同庆、蔚丰厚、天成亨三号汇寄，乞验收查饬散放。此款俟募齐填补。如能多募，并即陆续禀闻。肃叩崇安。高增爵、武鼎昌、武镳、田泽、鼎培成、杨耀东叩。

长春唐观察来电(六月二十二日到)

兰州毛督宪钧鉴：文电敬悉。家严承先曾祖遗志，谕助规银千两，由沪电汇，请拨放灾重区急赈，并求电复。职道宗愈叩。效印。

农工商部来电(六月二十二日到)

兰州毛护督鉴：洽电悉。本部上月二十九日所收上海甘肃义赈协会王震、庄箓、朱大经、李锺珏、李厚垣、张嘉年、吴庆第、叶增铭、姚曾槃、顾履桂、林世杰、沈懋昭等电，列名者多系体面绅商，与来电所称甘肃筹赈公所刘定荣名目姓字皆不相符。是否一事，当札行上海商会查明核办。农工商部。号印。

复民政部电(六月二十二日)

民政部鉴：齐日奉鱼电，甘灾远劳垂注，顾念西陲，曷胜感佩！自五月初九、十三、十五、十七叠次得雨，或三四寸，或二三寸，或灾区多补种小糜、荞麦。六月初一，大雨自暮达旦，远近一律深透。被旱之麦谷，亦勃然兴，秋苗芃茂。惟地寒霜早，亟盼秋收有获，庶资民食。三月以来，遴选员绅，查灾放赈，分投四出，昕夕鲜暇。灾重之区，秋粮未熟以前，赈务仍不敢稍懈。昨亲诣金县兴龙山谢雨旋省，政繁才短，奉覆稍稽为罪。庆蕃叩。养叩。

复成都高少农观察电(六月二十二日)

巡警道台高少翁诸公鉴：电佩悉。关怀桑梓，远拯灾黎，垫款万金，宏敷善量。俟汇到即行分布灾区，曷胜感谢！此间自五月初九、十三、十五、十七叠次得雨，或三四寸，或二三寸，灾区多赶种小糜、荞麦。六月朔日大雨，自暮达旦，远近一律深透，民情大定，秋苗芃茂。地寒霜早，亟盼秋收有获，庶资民食。灾重之区，秋粮未熟以前，赈务仍未敢稍懈。赈款计恩帑、各省协赈、上海义赈官商济款，约敷应用。知关远注，敬以奉闻。蕃叩。养印。

复京师秦少观主政电(六月二十三日发)

民政部秦主政鉴：陇右灾情，远劳垂注，关怀桑梓，钦佩奚如！贵省自五月初九、十三、十五、十七叠得雨，或三四寸，或二三寸，各灾区多补种小糜、荞麦。六月初一大雨，自暮达旦，远近一律深透。被旱之麦谷亦勃然兴，秋苗芃茂。惟地寒霜早，亟盼秋收有获，庶资民食。三月以来，遴选员绅，查灾放赈，分投四出，昕夕鲜暇。灾重之区，秋粮未熟以前，赈务仍不敢稍懈。昨亲诣金县兴龙山谢雨旋省，答复稍迟为歉。蕃。养印。

保定崔磐石方伯、何秋辇廉访来电(六月二十四日)

兰州毛督宪钧鉴：保定习艺所各罪犯，愿提物品余利京足一千两助赈。由津蔚丰厚号电汇，乞即察收。详牍。随寄永安。彦升叩。养印。

汉口齐来电(六月二十四日到)

兰州督宪毛帅钧鉴：闻贵省兰、平、凉各属旱灾甚重，兹由卑会筹垫赈款库平银一万两，由蔚丰厚汇上，汇费付讫。至请查收，转灾区，并乞电复。汉口商务总会总理齐贤等叩。

西安陆荫庐大令来电(六月二十四日)

护督宪毛帅钧鉴：甘灾待振孔亟，故父襄钺在日筹有备振库平银二千两。现嘱天成亨号电兑至宪辕交纳，敬求饬发灾区分赈为叩。山西候补知县陆咏桐谨禀。

复上海道蔡伯皓观察电(六月二十五日)

道台蔡伯翁鉴：洪。皓电只悉。公办事素具风力，甘赈承提追，佩甚。该甘肃筹赈公所有无续汇之款并汇款来电如何声叙，敝处正饬详查奉闻。查该公所自汇到库平银二千两月余，并无续汇款项。本月托蔚丰厚汇来布平一万两，电云如散子种需款，即请动用，否则留待义赈员散放。此款敝处现仍暂存未动。此外闻甘省票号声称，近日另有万两汇存该号，嘱径交其派来义赈员。亦未电知敝处。至申报馆席君裕福前托汇甘之墨洋四千元，迄今未据汇到，亦未据报明。其安徽协赈三千两，则已电达，经帅电追，现另由沪号汇甘收到矣。综计历时两月，该公所始终并未将在沪收过捐赈者姓名、银洋数目报告，不审是何居心？应请提取该公所经收赈款簿据并存根，逐一查明究追，以挽浇风而示大信。再风闻该公所以办义赈为名，曾借申报馆银款，久未归还。似此恐所骗者不止申报馆一处，并恐以代收代汇赈款欺哄远近好义之人，实为赈务中败类，不可不从严惩究，统祈垂察。此次甘灾，承上海义赈官商及各省捐助，目前尚可敷用，实不系乎该公所汇款。尊处如查明果有藉办义赈借款不还之处，即恳电示，蕃当将所汇之款如数寄交尊处，发还本主，免致为所拖累。惟公裁之。蕃叩。敬印。

致上海道蔡伯浩观察电(六月二十五日)

道台蔡伯翁鉴：洪。近阅沪报载甘肃筹赈公所告白，有易子而食、飞蝗蔽天之语。阅之诧异。甘灾如果若此，为大吏者未有不早日奏闻。我辈虽至不肖，亦何至目睹奇灾，讳不上达？该公所附设一小报馆内，但藉此腾报章之口说，求耸动远近之听闻，不过图赈款之招徕，绝不问地方之情实，变乱是非，其莠言已属难宽。又该公所五月廿三来电，询问灾赈情形，乃谓兰电有灾情甚淡之语。敝处与沪上盛宫保、商会诸公往来电文具在，该公所岂未之见？更何得有意矫诬，颠倒黑白。似此数千里外任意造谣，而复托名义赈，居心既不可问，流弊尤不堪言，于赈务实大有关碍。惟公酌夺施行是幸。蕃叩。敬印。

复武昌黄筱鲁观察电(六月二十五日)

汉阳中学堂黄筱兄鉴：蒸日奉支电。甘灾承筹赈万两，远拯灾黎，掖助交旧，善量恢宏，曷胜感谢！汉口商会亦助万金，度皆公力也。此间幸得透雨，秋收可望。弟昨诣金县山中谢雨旋省，奉复稽迟为罪。愚生已入潼关，并闻。蕃叩。有印。

复长春唐观察电(六月二十五日)

大清银行唐观察鉴：效电佩悉。尊大人仰承世德，远拯甘灾，慨解千金，孝思义举。执事一门好善，养志承欢，曷胜感仰！银到再复谢。蕃。有印。

济南孙慕韩中丞来电(六月二十五日)

兰州毛大帅：甘省旱荒，此间曾汇寄五竿。兹准长少帅电称灾重地广，嘱为协济，顷饬司续拨五千两，电汇上海，交甘省筹赈公所查收。请察照。琦。马印。

苏州瑞莘儒中丞来电(六月二十五日)

兰州毛护督帅鉴：巧电只悉。苏续拨五千两，已饬司交沪商会寄甘，勿交筹赈公所矣。特复。澂。马印。

复保定崔磐石方伯、何秋辇廉访电(六月二十五日)

崔方伯、何廉访鉴：养电佩悉。甘灾远承垂念。习艺所罪犯愿提品物余利助赈，诸公德教之覃敷，该所工艺之精进，曷胜感仰！京足银乙千两收到，敬谢。蕃叩。有印。

复汉口齐电(六月二十五日)

商务总会总理齐鉴：电佩悉。甘省旱灾，远劳垂拯。筹助库平银一万两，今日领到。款巨汇速，复将汇费付清，善量恢宏，谨率灾黎叩谢。此间自五月初叠次得雨，或二三寸，或三四寸，灾区多赶种小糜、荞麦。六月朔日大雨倾盆，初九、十四亦滂沱达旦，远近早已一律深透，秋苗芃茂。惟地寒霜早，亟盼秋收有获，庶资民食。灾重之区，秋粮未熟以前，赈务仍未敢稍懈。知关远注，敬以奉闻。蕃叩。有印。

上海新闻报馆来电(六月二十五日)

兰州护督毛宪钧鉴：刻又交义善源庄汇上湘平银二千两，连前共六千两，乞电复。新闻报馆协赈所。漾印。

上海甘肃筹赈公所来电(六月二十五日)

兰州护督宪毛鉴：效电悉。捐赈花名，确系每日登民呼报声明。席款即在万金中，皖款约期月底到甘。承问各款系何人所捐，此皆由零星集来者，人名不下万余，有赈簿旧报存根为凭。此间余款，即交公堂。被累之于伯循，尚未释。筹赈公所。

复济南孙慕韩中丞电(六月二十八日)

孙抚帅鉴：洪。马电敬悉。陇右旱灾，远劳垂拯。续拨赈银五千两，善量恢宏，曷胜感佩！惟电称汇沪交甘省筹赈公所一节，查甘肃筹赈公所附设于一民呼小报馆内，系一忽同知忽道员之陕人出名，与盛宫保暨商会诸君所办义赈并非一事。前接沪上知交密电，谓其募收款项，数已三万余金。人言啧啧，多谓其敛钱肥己。且该公所设立以来，并未将所收赈捐姓名、数目，按照向来义赈办法，逐款声明，亦未报知敝处。前申报馆电称，曾交赈款墨洋四千元，迄今并未汇寄。安徽朱经帅亦交伊协赈三千两，经敝处电请追回，昨始由沪寄到。经帅覆电，并言刘定荣等电称该公所业已撤销等语。现得沪道覆电，已提追矣。尊款如已汇沪，务恳从速追回为盼。至贵省前次所汇赈款五千，系交何处汇寄，至今未到，并乞饬查为荷。蕃叩。勘印。

复西安陆荫庐大令电（六月二十八日）

湘子庙街陆荫庐大令鉴：电佩悉。执事仰承世德，远拯甘灾，慨助库平二千两，孝思义举，曷胜感仰！款已收到，谨率灾黎叩谢。蕃。勘印。

复上海新闻报馆电（六月二十八日）

新闻报馆鉴：漾电悉。甘赈又承续汇湘平二千两，已收到。连前共六千两，曷胜感谢！屡叨厚惠，而陇右官绅士庶迄未一识芳名，良以为憾。贵馆主人暨贵主笔名号、籍贯，统希电示，用志弗谖。蕃。勘印。

复成都商会电（六月二十八日）

商会诸公鉴：陇右旱灾，远劳垂拯。赈款九七平乙千两，昨由票商汇到。善量宏敷，谨率灾黎叩谢。蕃。勘印。

云南沈幼岚护院来电（六月二十九日）

兰州毛实帅台鉴：阅报读致盛宫保两电，备悉灾区甚广。办赈之法，派员比户查勘，分季散放，严惩侵蚀，奖励勤劳，遍野哀鸿，全活无算。孰谓救荒无善策耶！钦佩之至。惟滇处瘠边，又承饥馑，师旅之后，心余力薄，集腋无方。重劳电谢，愧良多矣！天人感召，必已大沛甘霖，曷胜祷祝！秉坤叩。宥印。

陕甘督宪长帅来电（六月三十日）

兰州毛护帅鉴：洪密。顷接盛宫保所复咸电，知绅商捐垫赈款已解十万五千，公所零捐另汇数万，并遴派两人至甘，详探灾情，并续发报，遍告同人，多为集股等语。实属可感。惟来电又以各省赈捐向皆奏奖，甘省似当援办，属庚电商执事办理。恳请查明各省向来奏奖之案，预为陈明，以便将来汇核请奖，俾资鼓励。是所跂祷。庚。径印。

致京师葛振卿沈子敦尚书、林赞虞沈侍郎电（七月初一日）

葛沈尚书、林沈侍郎鉴：甘省旱灾，远劳垂注。京都筹赈，重承鼎力。登高而呼，善量宏敷。边氓蒙福，谨谢。此间自五月得雨四次，六月朔大雨自暮达旦，远近一律深透，补种小糜、荞麦，可望有获。惟被灾最重之区，秋粮未熟以前，赈务仍未敢稍懈。幸民情大定，堪慰荩廑。庆蕃叩。鉴印。

致长春唐观察电(七月初一日)

唐观察鉴：有电当邀览。赈款沪规银千两，顷收到。敬谢。蕃。鉴印。

上海甘肃筹赈公所来电(七月初二日)

兰州毛护督宪鉴：庚由蔚丰厚电汇万两，收到否？前收皖省协赈漕平三千，即加费四十三两零，托蔚丰厚汇甘。约月底交，因有回批，未能电汇。再，义赈员携带万金；此间陆续收数尚好，几及四万圆。并闻。沪甘赈所刘定荣、李岳瑞等叩。

南昌冯星岩中丞来电(七月初二日)

兰州毛护制台鉴：前接来电，以李令之鼎创设协甘赈会，饬令撤销等因。当即电复行司，移赈捐局转饬遵照停止。现据该令禀缴已收之款，合计英洋五百五十七元、钱三百四文。查李令登报劝募，尚系热心义务，并无他意。既据缴到，由局暂存，拟合银代为汇寄甘省，散放灾区。并饬告知以后停止收捐矣。骙。敬印。

上海商会来电(七月初二日)

兰州毛护院鉴：昨由苏抚饬藩司左拨助赈款库平银五千两，嘱会径解。今由协同庆汇奉尊处甘肃库平银四千八百八十两，请台收，分别电覆。上海商会。艳。

北京何仲瑾观察来电(七月初二日)

兰州护督宪毛大人钧鉴：甘省奇灾，谨竭棉薄。由蔚丰厚票号汇上湓平足银六千两，请代赈灾黎。年愚侄何宗炳莹叩。

陕甘督宪长帅来电(七月初二日)

兰州毛护院鉴：昨接两江樊护院巧电云，已由荣道恒会商劝募甘赈，俟有成数，即行汇寄等因。庚已电复，请其径寄兰州，用以电闻。庚。勘印。

上海舆论报馆江君来电(七月初三日)

兰州毛制军钧鉴：蒸电敬悉。兹仍交协同庆汇库平二千两，连前共六千两，乞验收赐覆，江绍墀叩。号。

上海陈润夫观察来电(七月初三日)

兰州毛护院鉴：支阳电悉。盛与同人并未派人来陇。前汇甘赈款，宫保均希公主持速放。霖。锐。

上海甘肃筹赈公所来电(七月初三日)

兰州毛护督宪鉴：绅等知罪，振款及账全交公堂，义振员已电嘱折回。所携万金，谨知会由蔚丰票汇，到时请宪台查收。筹赈公所遵谕撤销。职绅刘定荣、李岳瑞同叩。

复南昌冯星岩中丞电(七月初四日)

冯抚帅鉴：敬电悉。李令之鼎禀缴已收赈款，合洋五百五十七元、钱三百四文，请由贵局代为合银汇甘是荷。该令此次登报募劝，既承示以并无他意，现在该会业经撤销，自以停止收捐为要义。甘省已连得透雨，秋苗芃芃，可望有获。并闻。蕃叩。支印。

致苏州瑞莘儒中丞、左子异方伯电(七月初四日)

瑞抚帅、左方伯鉴：贵省续赐赈款，拨由上海商会转汇银五千两，昨已收到，敬谢。蕃叩。支印。

复上海商会电(七月初四日)

商务总会鉴：艳电悉。贵会代汇苏抚藩拨助赈款五千两，计甘肃库平银四千八百八十两，冬日收到。诸费清神感谢并电复苏抚藩矣。蕃。支印。

复济南筹赈局电(七月初四日)

筹赈总局鉴：卅电悉。贵省四月底所拨库平银五千两，昨由天成亨汇到。其续拨银五千两，汇到再复。屡承惠济，曷胜感谢，并祈转陈帅座为荷。蕃。支印。

复陕甘督宪长帅电(七月初五日)

陕甘督宪钧鉴：勘电谨悉。荣道恒与蕃卅年夙好，远念甘灾。顷并接两江司道联衔公禀，已具电奉复矣。蕃叩。歌印。

南京张安圃制军来电(七月初五日)

兰州毛护院鉴：洪电悉。查甘省赈款，盛宫保助规平银五千两，折合库平银四千五百六十余两。又苏宁共筹一万两，据宁藩司呈报，已于五月十八日交裕宁官银钱局领汇，限六月二十到甘兑收。业经樊护院咨报。此复。骏。冬印。

复陕甘督宪长帅电(七月初五日)

乌苏电局投呈陕甘督宪长钧鉴：洪。奉敬、径、宥三电，过蒙奖勖，曷胜佩悚！甘省被灾各区，五六两月以来即已办理加赈，有尚须秋赈者，有更须冬赈者，有明年仍须春赈者。得透雨后，又复添放籽种。日来雨旸时若，秋苗芃茂，可望有收。承询谨陈。至赈捐奏奖一节，昨接盛宫保详函并江鄂奖案，容再熟筹奉闻。蕃叩。微印。

复农工商部电(七月初五日)

农工商部鉴：奉号电，以大部所收上海甘肃义赈协会之电，与所称筹赈公所刘定荣名目姓字不符，札行商会查明核办，具仰实事求是之盛心。蕃前以筹赈公所各情弊，电请沪道查究。顷接刘定荣、李岳瑞电称，绅等知罪，振款及账全交公堂，义振员已电嘱折回。所携万金，谨知会由蔚丰票汇，到时请宪台查收。筹赈公所遵谕撤销等语。同日又接商会陈道作霖电称，盛与同人并未派人来甘。前汇甘赈款，宫保均希公主持速放等语。谨并奉闻，惟祈垂察。蕃叩。微印。

致上海道蔡伯浩观察电(七月初五日)

道台蔡伯翁鉴：洪。甘赈承公大力扶持纲纪。江日接刘定荣、李岳瑞六月二十日来电，云绅等知罪，振款及账全交公堂，义赈员已电嘱折回。所携万金，谨知会由蔚丰票汇，到时请宪台查收。筹赈公所遵谕撤销等语。果否属实，乞公垂察示复。庆蕃叩。微印。

致江宁陈子励方伯等电(七月初五日)

陈方伯、李学使、王荣三观察同鉴：甘省旱灾，远劳筹赈，惠济边氓，掖助交旧，至为感谢。五六两月屡得大雨，秋收可望，差慰荩廑。来牍过事㧑谦，尤用惶悚，万勿再施为幸。蕃叩。支。

致江宁荣心庄观察电(七月初五日)

正任盐道荣心弟鉴：函佩悉。所谕祷雨各节，搔中肯綮，实获我心。蕃四月廿二诣金县兴龙山祷雨，辰初下山，午后雷雨大作。五月迭次得雨。至六月朔，大雨滂沱达旦，一律深透，补种小糜、荞麦。现在芃芃满目，民情大定。承公垂念，集赀筹赈。念甘民即念鄙人也，感何可言！尊体渐次康复，甚慰，尤望静摄。蕃。支印。

致苏州潘济之观察电(七月初五日)

海红坊潘济翁诸君子鉴：奉职吴门，诸承垂爱。甘灾重劳高谊，力筹赈款，远拯边氓，拜诵华函，弥增佩仰。江浙苦水，同此告灾。诸公当南国霖潦之秋，犹念及陇外旱荒之苦，谨率陇右绅民叩谢。张、尤、曹、倪、杭五君，均乞代达。此间自六月朔大雨澈夜，一律深透，民间补种小糜、荞麦。月来两旸甚调，秋收可望。赈务仍不敢稍懈。幸民情大定，差慰盛心。赈款一千五百元，俟汇到再复。蕃叩。微印。

复天津何仲瑾观察电(七月初五日)

东马路何观察鉴：两奉电音并函，均佩悉。陇右旱灾，远劳垂拯。慨捐赈款甘平足银六千两，昨已收到。款巨汇速，善量恢宏，谨率灾黎叩谢。惟捐输巨款，理宜奏奖。两兄欲邀何项奖励之处，务祈示知。一俟赈务告竣，当即照章举办。此间甘霖迭沛，秋禾芃茂，可望有收。并闻。蕃叩。歌印。

致天津日日新闻报馆电(七月初五日)

日日新闻报馆鉴：甘省旱灾，远劳垂拯，至感。赈款公砝平五百五十两，前日收到。谨率灾黎叩谢。蕃。歌印。

陕甘督宪长帅来电(七月初六日)

兰州毛护院鉴：顷得四川赵制军啓电，甘赈已先汇三千。兹复劝据学商两界各汇千金，陕甘人筹募尤力。现由商号垫汇万两等因。合亟电闻。庚。冬印。

复陕甘督宪长帅电(七月初七日)

陕甘督宪长钧鉴：冬电谨悉。查六月二十日，兰商协同庆交到四川赈款一千两，系铁路总局曾部郎培所汇。又二十二日，四川巡警道高观察增爵来电云，预向商号垫借银一万两交商汇甘，已到。又二十六日，协同庆复交到赈款银一千两，系四川商会所汇，未具名。三共一万二千两，已由蕃分别电致谢矣。谨闻。蕃叩。虞印。

北京李二尹兆年等来电(七月初八日)

兰州护督毛实宪钧鉴：闻甘灾甚巨，谨集兰州平八百两，由蔚丰厚电汇灾区，乞先分赈。清单容呈，收到乞覆。卑职李兆年、李福铭、王治安、章晋墀、陈锡福等叩。

天津刘刺史凤镳来电(七月初八日)

兰州护督宪毛钧鉴：鱼电敬悉。由蔚丰厚汇上续赈一千两，请收覆。凤镳等叩。微院代印。

致京师恒裕金店电(七月初八日)

骡马市恒裕金店鉴：前接京函并甘赈捐册，知款由贵号代收。昨尊处汇到京足市银一千两，想即所收赈款。诸费清神，当为灾黎感谢；并希转达倡捐诸公，代申谢悃为荷。蕃。庚印。

复云南沈幼岚护院电(七月初八日)

沈护帅台鉴：宥电佩悉。过承奖饰，至为感愧。救荒善策，非所敢言，但求稍尽此心。而事繁才短，负疚滋多，惟公教之。此间赈款，蒙各省协助并义赈官商筹济，始不至窘手。勺水寸金，民胥受赐，公犹以力薄为憾，仁人之心何其厚也！自五月以来屡次得雨，六月朔大雨彻夜，一律深透，补种秋禾，可望有获。民情大定，差慰远廑。蕃叩。庚印。

复上海舆论报馆江君电(七月初八日)

舆论时报馆江鉴：号电佩悉。甘灾又承汇赈款库平银二千两，已收到。连前共六千两，善量益宏，边氓戴德敬谢。蕃。庚印。

上海盛杏荪宫保来电(七月初九日)

兰州毛护院：顷得少帅勘电，已电商尊处查照各省奏奖之案，先行陈明，以便将来汇核请奖等因。弟前寄一函，附抄各件，计可递到之日，如何核办，乞电示。宣。鱼印。

上海盛杏荪宫保来电(七月初九日)

兰州毛护院：奉巧电，仰承俯纳萏荛，办法切实恳挚，即已抄送各处。五月奏及致部电，擘画精详，均登各报，使阅者一目了解。敝处仅汇十万五千，已经赶放，杯水不足助公，猥蒙一再齿及，同人愧汗。现因湖广水灾尤重，海州等处亦有偏灾，在沪绅商具有热心，又须兼筹并顾。尊电不欲以一隅竭东南之力，仁人之言，其利溥哉！得雨后补种秋粮，尤为要着。陇中水利有无办法，能否凿井开渠，为斯民防永远之患。灾后议办，绅民或不畏难也。宣。麻。

济南孙慕韩中丞来电(七月初九日)

兰州毛护帅鉴：前接勘电查询东省协济赈款，当即饬查。去后，现据筹赈局详称，原拨五千两，系四月廿七日汇往。据天成亨汇庄云，须三个月方能到甘。续拨五千两，系上月廿八日由上海协同庆电汇，已由局电询甘肃藩署，尚未准覆电等情。特此奏覆，请转饬查照。琦。麻印。

上海道蔡伯浩观察来电(七月十一日)

兰州督宪钧鉴：电敬悉。筹赈公所已撤销。所收赈款，已饬廨员与于伯循等当堂核算，是否收解相符，再行电禀。乃煌谨复。庚印。

上海商会来电(七月十一日)

兰州毛护院鉴：奉贵州庞抚宪汇来甘赈银二千两，合上海规银二千一百二十五两。今托协同庆号汇奉甘肃库银一千八百八十八两八钱八分，乞核收，分别电复。沪商会。支。

天津何仲瑾观察来电(七月十二日)

兰州督院大帅钧鉴：歌电敬悉。竭棉助赈，聊尽微忱，原不敢存希冀。今承钧谕，感甚。容俟详禀。世愚侄何炳宗、炳莹叩。

复济南孙慕韩中丞电(七月十三日)

孙抚帅鉴：江麻电佩悉。贵省初拨赈款五千，本月初三收到。曾电复筹赈局，度邀垂察。续拨赈款五千，十二日由上海协同庆汇到。两款均收讫，请释荩廑为叩。蕃。元印。

复济南筹赈总局电(七月十三日)

筹赈总局鉴：鱼电佩悉。贵省续拨赈款五千，由上海协同庆转汇，十二日收到。曷胜感谢！蕃。元印。

致长春唐观察、西安陆荫庐、天津郑镜泉大令电(七月十三日)

长春大清银行唐观察、陕西湘子庙街陆荫庐大令、天津蔚丰厚转昌黎郑大令鉴：甘灾远劳垂振，慨捐巨赀，例应奏奖。未审执事欲邀何项奖励，务祈示知。此间甘霖迭沛，秋苗芃茂，可圣有收。并闻。蕃。元印。

复天津刘刺史凤镳电(七月十三日)

蔚丰厚转滦州刘刺史：微电悉。承续赈一千两，已收到。远振边氓，屡叩高谊，曷胜感谢！蕃。卦印。

复永定河员李二尹兆年等电(七月十三日)

固安永定道署转李子寿锡五暨王、章、陈五君：电悉。甘灾，承集兰平银八百两，远振边黎，宏敷善量，曷胜感谢！款到再复。蕃。卦印。

致贵州庞渠庵中丞电(七月十五日)

庞抚帅鉴：陇右旱灾，远劳荩注。贵省前交上海商会二千两，本月十二日转汇到甘。垂拯边氓，吏民戴德，曷胜感谢！此间自五六两月迭沛甘霖，秋禾芃茂，可圣有收。并闻。蕃叩。篠印。

复上海商会电(七月十五日)

商务总会鉴：支电佩悉。贵抚协甘赈款二千两，十二日收到。诸费清神，曷胜感谢！蕃。咸印。

武昌王南轩观察来电(七月十五日)

兰州督宪鉴：奉蒸电邮禀，谅鉴。及督办土药统税大臣柯助甘赈银库平一千两，径电兰局拨交，禀闻。职道棠禀。微。

复上海盛杏荪宫保电(七月十七日)

盛宫保鉴：鱼电只悉。赈捐奖案、惠书并抄件，均收到。少帅亦有电来，容熟筹，再奉闻。蕃叩。篠印。

致福州崧鹤龄制军、尚惠臣方伯电(七月十九日)

崧督帅、尚方伯鉴：甘省旱灾，远劳垂拯。赈款库平银一万两，十六收到，谨率陇右吏民叩谢。此间甘霖迭沛，秋苗可望有收。并闻。蕃叩。巧印。

武昌王南轩观察来电(七月二十日)

兰州督宪鉴：微电谅达钧览。续筹赈银估平一千九百四十一两二分，由土税总局转拨，收乞电示。除细数造册外，职道棠禀。删印。

开封吴仲彝中丞来电(七月二十一日)

兰州毛实帅鉴：洪。前准长制军宥电开，如劝募甘省赈款，务寄由上海，交盛宫保商会诸君便为收汇，以免迟误等因。兹有豫省尉氏县一品命妇刘马氏，捐助甘赈洋银二千圆，即将该款寄交上海，由盛宫保处汇寄。特此电达。该命妇所捐数千，随应由尊处奏请建坊，以示奖励，并乞电达长制军为祷。熏。效印。

西安陆荫庐大令来电(七月二十一日)

兰州护督宪毛大人钧鉴：敬覆者。前奉勘电，获以棉薄赈款，过蒙奖励，惶愧莫名。顷接示，此案例应奏奖，仰荷谦光下逮，垂询殷挚，感激实深！伏思故父襄钺，以浙江粮道致仕，本膺二品封。此项备赈之举，系遵遗嘱，自应恩及九原。可否奏奖赐给一品封典之处，出自逾格鸿施，是所叩祷。卑职陆咏桐谨禀。皓。

致南京张安圃制军、樊云门方伯电(七月二十二日)

张督帅、樊方伯鉴：协甘赈款，承宁苏台筹库平银一万两暨盛宫保转汇五千两，合库平四千五百六十二两零，均于本月廿日收到。惠济边氓，曷胜感谢！蕃叩。祃印。

致苏州瑞莘儒中丞、左子异方伯电(七月二十二日)

瑞抚帅、左方伯鉴：支电计邀垂察。协甘赈款，承宁苏初次合筹库平银一万两，于本月廿日收到。惠济边氓，曷胜感谢！蕃叩。祃印。

致上海盛杏荪宫保电(七月二十二日)

盛宫保鉴：赈款承公初次惠拨规银五千两，交由江宁转汇，本月廿日收到。远济边氓，曷胜感谢！蕃叩。祃印。

复武昌王南轩观察电(七月二十二日)

善后局王观察鉴：微电悉。惠函尚未达。承示柯大臣助甘赈银库平一千两，已由兰局拨交矣。蕃。祃印。

复武昌王南轩观察电(七月二十二日)

善后局王观察鉴：删电佩悉。续筹赈银估平一千九百四十一两二分，屡承大力，远惠灾黎，曷胜感谢！蕃。祃印。

呼兰府黄申甫太守来电(七月二十三日)

兰州毛护督钧鉴：顷在呼兰筹集赈捐四百两，汇京转寄，乞察收。黄维翰叩。箇。

上海道蔡伯浩观察来电(七月二十八日)

兰州督宪钧鉴：民呼日报馆案结。其经手甘赈余款计规银五千六百余两、大洋六千五百余元、小洋一千二百余角、钱一百三十余千，及银元、玉器、古玩、书籍等物，已解道转送上海商务总会查收，分别变价汇寄。另详报。乃煌。敬印。

云南叶伯高方伯来电(八月初一日)

兰州陕甘督宪钧鉴：前奉长军督帅来电，甘灾需款，饬为劝募等因。兹于在省北八省同乡官募集滇平银五百两，交宝丰隆商号先行电汇应用。仍即广为劝募，俟续有集数，再当随时电汇。外署云南布政使叶尔恺。印。

天津赈抚局来电(八月初一日)

兰州督宪毛鉴：兹有商会义赈五千、丁道象震筹集三千，共津公足银八千两，已交蔚丰厚电汇，乞查收电复。赈抚局司道叩。感印。

天津郑镜泉大令来电(八月初一日)

兰州护督宪毛大帅钧鉴：电敬悉。前捐赈款，治晚谊关桑梓，分所应为，未敢仰邀奖叙。叨蒙关垂，惟有心感。劝募千元，已交同乡京官转汇。再，治晚现因永属盐务事撤省交御到津，细情另禀。先此附陈。治晚郑元浚电。禀。

复广州袁海观制军、胡葵甫方伯电(八月初一日)

袁督帅、胡方伯鉴：陇右旱灾，远劳垂拯。赈款纹银二万两，本月廿七收到，谨率灾黎叩谢。此间自五六两月叠沛甘霖，秋禾芃茂，可望有收。并闻。蕃叩。东印。

致京师恒裕金店电（八月初一日）

骡马市恒裕金店鉴：甘灾又承汇到赈款京市平银二千两，连前共三千两，希转达倡捐诸公，代致谢忱为荷。蕃。东印。

致南昌冯星岩中丞、刘雨仓方伯电（八月初一日）

冯抚帅、刘方伯鉴：陇右旱灾，远劳垂拯。赈款银五千两，本月廿六收到，谨率灾黎叩谢。此间自五六两月叠沛甘霖，秋禾芃茂，可望有收。并闻。蕃叩。东印。

致西安甘肃会馆首事电（八月初七日）

甘肃会馆首事张、康、陈诸君鉴：函佩悉。关怀桑梓，拯济灾黎，赈款陕平二千两收到。诸君宦况非裕，集此多金，良非易易。谨为灾民叩谢。此间连得透雨，秋苗芃茂，可望有收。灾区赈款，约计各省汇到之数，似可敷冬春之赈，此后勿再募捐为望。蕃。阳印。

上海道蔡伯浩观察来电（八月初八日）

兰州督宪钧鉴：程尧章捐赈，合足新湘平一千八百十两。兹由蔚丰厚汇到，祈察收电示。乃煌。东印。

致长沙谭震青刺史电（八月初八日）

蔚丰厚转郴州谭刺史鉴：甘灾远劳垂拯，慨分廉泉长平银一千两收到，谨率灾黎致谢。惟捐助巨款，例应请奖。执事拟邀何项奖叙，务祈速示，以便汇办。此间目前旸雨应时，秋禾可望有收。并闻。蕃。庚印。

复天津赈抚局电（八月初十日）

赈抚局鉴：感电悉。甘灾远劳垂拯，筹集巨资，谨率灾黎叩谢。公足银八千两已收到，望转致商会诸君及丁观察为感。此间叠次得雨，秋禾芃茂，可望有收。各省捐款络绎，一时似已敷用。并闻。蕃。蒸印。

复云南叶伯高方伯电（八月初十日）

叶方伯鉴：电佩悉。甘省旱灾，远劳荩注，筹集赈款五百两，善量恢宏，曷胜感谢！贵处北八省同乡，眷念梓桑，共襄义举，均乞代致谢忱为叩。此间叠沛甘霖，秋苗芃茂，可望有收。各省捐款络绎，一时似已敷用。并闻。蕃。蒸印。

致固安李二尹兆年等电（八月初十日）

永定道署转李子寿暨李、王、章、陈诸君鉴：前电想已达览。赈款兰平银八百两已收到，谨率灾黎叩谢。蕃。蒸印。

致天津丁春农观察电（八月十二日）

三才里丁春兄鉴：陇右旱灾，极承硕画。兹又收到赈款银三千两，谨代灾黎叩谢。函诵悉，日内布复。蕃。真印。

复天津赈抚局电（八月十二日）

赈抚局鉴：电悉。甘省旱灾，一再重劳荩画。兹又承示津门商会筹赈五千两，具征挚谊。银已收到，回首同舟，曷胜感谢！蕃。真印。

复上海道蔡伯浩观察电（八月十二日）

道台蔡伯翁鉴：奉东电，程君捐赈新湘平一千八百十两已收到。程君籍贯、官阶，在沪何事，此款是否独力捐助，抑系筹集，均祈电示，并代致谢悃为荷。蕃。文印。

复开封吴仲彝中丞电（八月十二日）

抚帅鉴：效电只悉。尉氏县一品命妇刘马氏捐助甘赈洋银二千元，具见善量恢宏，灾黎感谢。除照章奏请建坊、电达长帅外，乞公转致谢悃为荷。蕃。真印。

致上海盛杏荪宫保、陕甘督宪长帅电（八月十二日）

盛宫保暨商会诸公陕甘督宪长钧鉴：前奉昨接开封吴抚帅效电内开，前准长制军宥电开，如劝募甘肃赈款，务寄由上海，交盛宫保商会诸君便为收汇，以免迟误等因。兹有豫省尉氏县一品命妇刘马氏捐助甘赈洋银二千元，即将该款寄交上海，由盛宫保处汇寄，特此电达。该命妇所捐数逾千金，应由尊处奏请建坊，以示奖励，并乞电达长制军为祷等语。除电复致谢并予奏请外，专谨此奉电闻陈。蕃叩。文印。

致成都高少农观察电（八月十六日）

巡警道台高少翁鉴：前承协助赈款万金，业经电复。该款汇到后，以票号电码错误，往返函询，昨始照收。曷胜感谢！并祈转致贵同乡诸公为荷。蕃。铣印。

南京筹办甘肃义赈所来电(八月十七日)

兰州护督宪毛鉴：敝所现劝募各户捐助甘赈新湘平银二千五百两，已汇至甘肃协同庆票号，兑交宪署。祈查收赐覆。江南筹办甘肃义赈所。文叩。

南京筹办甘肃义赈所来电(八月十七日)

兰州护督宪毛鉴：敝处因甘省旱灾，立所劝办义赈。兹据江苏丹徒县四品封职钱茂功之妻钱许氏呈称，伊故夫钱茂功临终时念及灾民，嘱伊捐助甘赈银一千两。伊家道并非素丰，勉凑成数，呈请解济灾区等情。另有电。文。

南京筹办甘肃义赈所来电(八月十七日)

兰州护督宪毛鉴：接续文电。查钱许氏遵其故夫遗言，慨捐巨资助赈，洵属克承其志，好义急公。仰祈照例奏请，准其建坊，给与乐善好施字样，以昭激劝。今将其新湘平银一千两，已汇至甘肃协同庆票号，兑交宪署，查收赐覆。江南筹办甘肃义赈所。文。

苏州盛杏荪宫保来电(八月十七日)

兰州毛护院：真电悉。河南刘马氏捐助甘赈，昨甫汇到。已一面咨请尊处援奏建坊，一面汇交票号兑解。宣。删印。

芜湖杨蔚霞观察来电(八月十八日)

兰州毛制台：世晟偕皖南道郭募赈千五，若何汇最妥，乞复。

广东李简斋观察来电(八月十八日)

兰州毛藩宪鉴：水提李军门经捐义赈洋银一千四伯余两，汇沪公所转甘，请宪电谢。道员李光宇等。麻。

复江宁筹办甘肃义赈所电(八月十八日)

筹办甘肃义赈所鉴：三、文电均悉。垂惠边氓，远劳筹赈。汇款共新湘平银三千五百两，已由协同庆交到，谨率灾黎叩谢。丹徒钱许氏，家非素丰，慨捐巨款，尤为难得。自当奏请建坊，以昭激劝。蕃。巧印。

复广州李简斋观察电（八月十九日）

李简斋观察鉴：麻电悉。甘灾屡承垂念，感甚！李军门经捐洋银一千四伯余两，已由大德恒汇到库平一千二百三十两，自当另电致谢。至前此贵同乡捐集之一千两，早已收到，均请转致谢忱。蕃。效印。

致上海包辉章观察电（八月二十一日）

后马路信昌隆包辉翁鉴：甘灾远劳垂拯。昨汇到西和泰捐款规银一千两，谨率灾黎叩谢。惟捐助巨款，例应请奖。执事拟邀何项奖叙，务祈速示，以便汇办。蕃。箇印。

致广州李军门电（八月二十一日）

水师提台李军门鉴：甘灾远劳垂拯。经捐义赈洋银一千四百余两，昨由大德恒汇到库平银一千二百三十两，已收讫。善量恢宏，谨率灾黎叩谢。蕃。箇印。

天津造胰公司董事来电（八月二十一日）

兰州毛制军大人钧鉴：赈款二百六十三元八角七分，随商会汇呈，请验收。天津造胰公司董事宋寿恒、严智怡、王锡瑜禀。巧。

致北京恒裕金店电（八月二十一日）

骡马市恒裕金店鉴：甘灾又承汇到京市平银二千两，连前共五千两，并希转达倡捐诸公，代致谢忱为荷。蕃。箇印。

复天津造胰公司董事电（八月二十二日）

造胰公司宋、严、王诸君鉴：巧电佩悉。甘省旱灾，远劳垂拯。承示赈款二百六十三元八角七分，随商会汇下，当即在赈抚局所汇五千两之中，现已收到，曷胜感谢！蕃。养印。

复呼兰府黄申甫太守电（八月二十三日）

黄申翁鉴：前奉箇电，以陇右旱灾，远劳垂拯，筹集捐款四百两。顷由兰州大德恒汇到，折合七厘京市平银三百九十七两，如数收讫。善量宏敷，曷胜感谢！蕃。漾印。

上海道蔡伯浩观察来电(八月二十五日)

兰州督宪钧鉴：文电敬悉。程系三品衔分部郎中，安徽颍州府人，款系独力捐助。官名垚章，前电误作尧章。谨复。乃煌。养印。

复芜湖杨蔚霞观察电(八月二十五日)

米厘杨蔚霞观察鉴：甘灾远劳垂拯，感谢！赈款可由芜湖票号直汇兰州。郭子翁处，祈代达谢忱为荷。蕃。有印。

复上海道蔡伯浩观察电(八月二十五日)

道台蔡伯翁鉴：洪。敬电佩悉。民呼报馆甘肃赈款及玉器、古玩、书籍等件，统交商务总会办理妥协。非公风力，曷克及此！敬谢。于伯循是否释放，抑已交县，乞电示为盼。蕃叩。有印。

致上海道蔡伯浩观察电(八月二十五日)

道台蔡转程部郎鉴：甘灾远劳垂拯，慨助巨资新湘平一千八百十两收到，谨率灾黎叩谢。惟捐款千金以上，例应奏请旌奖，抑或请给衔封，特此奉闻，乞速电复。蕃。有印。

致武昌陈筱石制军电(八月二十八日)

督帅钧鉴：陇右旱灾，仰劳助赈，至为感佩。鄂省今年亦复大水成灾，荡析离居，闻之心恻。重以秋旱，我公忧劳，尤可想见。甘省岁蒙协济，休戚同之。兹谨筹拨银五千两，聊将微意，电汇呈交。曷胜愧歉，祇祈垂察。蕃叩。勘印。

致武昌李少东方伯电(八月二十八日)

李方伯鉴：陇右旱灾，仰劳助赈，至为感佩。贵省今年亦复大水成灾，荡析离居，闻之心恻。重以秋旱，我公忧劳，尤可想见。甘省岁蒙协济，休戚同之。兹谨筹拨银五千两，聊将微意，电汇呈交。曷胜愧歉！蕃叩。勘印。

贵阳商会公所来电(九月初四日)

兰州甘督宪毛钧鉴：传闻甘省被灾甚重，兹由同人捐集贵平票色赈银二千两，特向天顺祥由渠转电汇甘，祈饬汇收付赈，并乞电覆。黔省商会公所职商等公叩。卅。

致太原丁衡甫方伯电(九月初七日)

丁方伯鉴：甘省旱灾，前承执事酌垫千金，并商由赖牧庆荣等广为筹劝，至深佩仰。顷由大德恒汇到兰库平银二千两垂拯边氓，敬为此邦灾黎拜谢。赖牧关怀桑梓，并祈代致谢悃为叩。蕃。阳印。

复贵阳商会公所电(九月初七日)

商会公所诸君鉴：卅电佩悉。甘省旱灾，远劳垂注。捐集赈银二千两，惠济边氓，曷胜感谢！俟款到再行奉复。蕃。阳印。

致西安余子厚学使电(九月初十日)

余学台鉴：惠函佩悉。清操善量，桃李从风，敬谢。汇来库平银一千四百四十两，已收到。此间秋苗逐次登场，民气稍苏，堪纾荩注。谦光远贲，感愧弥深！蕃叩。佳印。

上海盛杏荪宫保来电(九月十二日)

兰州毛护院：洪。现在各捐户纷纷前来请奖，贵省振捐、常捐章程想已援照各省奏准，请速发实收一千张捐章十本，以便核办，随时咨报。宣。佳印。

天津丁春农观察来电(九月十五日)

兰州毛方伯鉴：由协同庆、蔚丰厚汇上京津共筹赈款兰平足银六千五百两，希电复。震。文。

致京师恒裕金店电(九月十九日)

骡马市恒裕金店鉴：顷由蔚丰厚汇来赈款三千两，连前共八千两。其另由天津转汇之三千两，亦并收到矣。费神感谢。蕃。皓印。

致天津丁春农观察电(九月十九日)

三才里丁春农兄鉴：文电佩悉。赈款兰平足六千五百两已收到，敬谢。蕃。皓印。

致西安恩艺堂中丞、许子纯方伯电(九月二十三日)

恩抚帅、许方伯鉴：入秋以来，雨水过多，两省同之。甘省秋收幸获，惟秦州等处水灾颇重，前已派员量为赈恤。商州禀报水灾亦重，华阴、耀延亦有偏灾，良深廑念。兹谨于义赈款内拨汇库平银二千两，销资协赈，祇希察收酌散是荷。蕃。漾印。

致贵州商会电(九月二十五日)

商会公所诸君鉴：阳电计达。承助赈款二千两，昨已汇到。敬谢。蕃。有印。

上海包斯眉观察来电(九月二十五日)

兰州护督藩宪毛大人钧鉴：八月个电敬悉。甘赈职道先后捐汇银三千两，谅蒙察收。承示保奖，已嘱小儿发鸾由绍兴径禀，伏乞察核施行。职道包暄章叩禀。

致上海陈润夫观察电(九月二十七日)

上海后马路天顺祥陈润兄鉴：甘省旱灾，承兄与诸君子筹捐巨款，远振灾黎，俾弟不至窘手，感甚谢甚！目前秋稼登场，民气大苏，足慰远注。恳者赈款例得请奖衔封，各省办法，每例银百两，报部四十子者，收捐仅八字，皆系设法融销，必得大造一篇假赈。升帅难之，弟意亦苦之。查赈捐有愿请奖者，有不愿请奖者，究应作何办法方得其平，恳兄示我周行为幸。弟之愚见，凡义赈募解至实银万两以上者，先奏请传旨嘉奖。并闻。蕃。感印。

西安恩艺堂中丞来电(九月二十九日)

兰州毛护督鉴：漾电悉。承念灾区，并拨汇义赈银二千两。即当转发被灾各属，妥为赈济。仁恩广被，纫佩同深，谨代灾民望云肃谢。寿。感印。

西安许子纯方伯来电(九月二十九日)

兰州护督部堂鉴：漾电敬悉。承念陕灾，拨给赈款银二千两，感谢实深。查商州水灾较重，当经筹款赈恤。其余报灾各属，亦饬印委确查，分别动散仓粮，民情现属安谧，堪纾廑注。兹奉惠大款，拟由解甘饷项内如数截留，即饬发各属，按照灾情轻重，妥为散放，藉沾德惠。本司涵度谨禀。沁印。

复西安恩艺堂中丞电(十月初一日)

恩抚帅鉴：感电只悉。陕甘本属同省，赈款无多，念念愧赧，辱谢感悚。长帅初三入城，初八接篆。谨闻，蕃叩。东印。

复西安许子纯方伯电(十月初一日)

许方伯鉴：沁电佩悉。陕甘本属同省，赈款无多，念念愧赧。该款已饬电汇，仍请查收散放是荷。蕃敬复。东印。

致成都曾笃斋部郎电(十月十四日)

铁路总局曾笃兄鉴：函诵悉。甘灾复承惠济千金，远赈灾黎，益宏善量，感甚！前次赈款，六月廿日收到，当即电达贵局致谢。何以未尘清览为念。此间秋收尚好，民气渐苏，堪纾荩注。并闻。蕃。寒印。

上海陈润夫观察来电(十月十六日)

兰州毛藩台鉴：两电敬悉。筹赈皆盛公领袖。此次盛会所筹将半，应请与盛商酌。至各同人向随盛后，当无不可电示，故未与众商及。霖。寒印。

致太原丁衡甫方伯电(十月二十日)

抚宪丁钧鉴：陇右旱灾，承公垂注殷拳，赖牧等亦谊关桑梓，屡汇巨资。昨大德恒又交到库平银三千两，曷胜感谢，并祈转致该牧为祷。此间秋禾已一律登场，民气稍苏，知念并陈。蕃叩。哿印。

致上海包斯眉观察电(十月二十日)

上海西合泰包斯翁鉴：令郎函诵悉。台端慨捐赈款三千金，善量恢宏，至为感佩。惟敝处两次共收尊处规元二千两，数目不符。查五月间曾收上海介眉堂一千两，未将姓名示知。是否尊处所寄，乞电示为祷。蕃。哿印。

致京师恒裕金店电(十月二十日)

恒裕金店鉴：赈款二千五百两已汇到。倡捐诸公，祈转致谢悃为荷。蕃。哿印。

西安许子纯方伯来电(十月二十二日)

兰州护督宪毛鉴：奉拨赈银二千两，已由票商汇到。只领之余，纫感无已。遵即分别灾情轻重，核发各属，妥为散放，藉宣德惠。除将分派银数另文详咨外，谨先电覆，以慰廑念。本司涵度。皓印。

致泾州杨署牧丙荣电（十月二十二日）

泾州杨牧：顷闻泾城西至六盘山二百余里，路工尚多，王母宫五里许尽成泥坑等语，至为廑系。希速派妥人密查确情，电复为盼。藩。署印。

上海包斯眉观察来电（十月二十七日）

兰州藩宪毛大人钧鉴：电悉。五月介眉堂规元一竿，即职道堂名。晖叩禀。

保定商会来电（十月二十八日）

兰州藩台毛方伯鉴：直隶保定商务总会劝办甘赈兰平足银一千三百一十四两五钱五分二厘，十月廿三汇兰州大德恒，到请照收，清册另邮寄。保定商务总会敬禀。

复保定商会电（十一月初一日）

商务总会诸君鉴：电佩悉。陇右旱灾，远劳寿赈。惠边氓，即所以念鄙人也。畿疆回首，感谢莫名。汇款一千三百余两，俟收到再复。蕃叩。东印。

天津丁春农观察来电（十一月初一日）

兰州毛藩台鉴：赈款截止，余二千六七百金。应否汇甘，抑移赈他处，电复。电东。

泾州杨署牧丙荣来电（十一月初一日）

兰州藩宪钧鉴：廿五奉钧电，知路工深系宪怀。卑职因恐派查不确，随一骑一从，亲往密勘。念七行抵距平凉城东廿余里之甲积峪，该处正在工作。复驰赴蒿店，该处亦在兴修。未修之路，自甲积至蒿店，其中约九十余里，工程难易相间。王母宫近数里，并无泥坑。朱委员等已修之路，现在均尚平坦。惟前从间有以官道泥滑绕走地畔者，朱委员等图节工资，因势修补。卑州迤东窄险处，间筑护墙，行旅称便，均颂宪恩。肃电禀复。卑职丙荣谨禀。陷印。

复天津丁春农观察电（十一月初五日）

三才里丁春翁鉴：东电佩悉。此次甘灾，承公远拯边氓，笃念交旧，筹集巨款，源源接济，感不去心。截止之项，请以千金移赈湖北沔阳水灾，交陆军部李主政心地。余应济何处，悉听尊裁。如畿辅有灾，即请就近拨赈是幸。事冗答迟，罪甚。蕃。微印。

论赈刍言

清宣统元年铅印本

（清）刘锺琳　撰
夏明方　点校

论 赈 刍 言

上 谕*

宣统元年七月二十一日，奉电传上谕：翰林院侍读学士恽毓鼎奏，直省仓谷有名无实，请饬实行储积，以备凶荒一折。地方建仓积谷，实为备荒要政，自应认真稽核，荡除积弊。如该侍读学士所奏，殊属有名无实。着直省各督抚将豫备各仓切实稽查整顿，勿使稍有弊窦，并责成地方官，督率绅衿，悉心经理，务期循名核实，庶足以防凶荒而植元气。钦此。

论赈刍言小引

尝读曾子固氏《救灾议》，怒然而叹救荒之难也。盖聚饿殍之民，与以升合之食，非无益救死补败于目前，而农不复修畎亩，商不复治货贿，工不复利器用，妇女不复织纴操作，而使之专意待食于上，以偷一日之视息而失其常生之计，则上之惠有时而惑穷，而下卒无以自脱沟壑之患，甚非公家百姓之长计也。继又读越州赵公《救灾记》，记公前民之未饥，为书问属县，凡灾所被而民当廪者几何，使为书对而谨其备。及事，则使男女异日而受二日之粟，多为给粟之所，使各以便受之。出官粟平价与民，多为粜粟之所，使便粜如受粟。告富人毋得闭籴。僦民完城，计佣与以钱若粟。债取息者纵予之，弃男女者收养之，病者处之坊而时其药食，死者瘗之。是时吴越巨灾，死者殆半，越独以公先事为计，民忘其灾。曾氏为之识其详，以谓不幸而遇凶岁，推公所已试其科条，可不待顷而具。然则救荒之难，亦难于长民者克先为之计，吏之任事人恪尽其力，而所以振抚之者，又有成法可循耳。余抚湘之二年，岁戊申，沣州大水，毁城垣。越明年己酉，水益大，濒湖州邑胥遭昏垫。余既飞章入告，发仓谷、库钱，遣吏四出，以勘以赈，俾无失所。而邻省监、沔公、石灾民转徙入境求食者，又日以千计。虽夙夜惫心，力不少懈，犹惴惴然，恐拊循之无善法。刘君朴荪适以《论赈刍言》见寄，发而读之，其言质而显，约而可行。盖刘君于徐皖秦蜀诸邦从事义赈者久，所条列皆所经验。亦如清献之于越科条皆其所已试者，非若河北有司之常行法也。赈事方殷，沈灾未澹，乃亟刊而授之于吾吏若绅，将使有志于民者，于救荒之事有所取，则而不难其有裨于时政，岂弱于曾氏之议若记哉！闽中赖子佩观察实左右振局。两年以来，凡所规画，不斩而合于古。斯编之刊甫竣，请叙于余，曰：毋使受而读之者，至与感应篇、阴骘文等视也。夫有阴德者，阳报之。又曰：活千人者，子孙必封。散见于经传记载百家之说，如影响之丽于形声，如左手操契券而责偿于右手，殆未可以更仆数计。世俗求之于幽怪恍惚而不于其灿著者，素所蓄积无其具，设诚致行无其本。一旦临民上，猝有缓急，皇惑无所措，则煦煦焉涕泣分食，饮以为惠。至于形格势禁，为德不终，弱者呼，强者閧，则又咨嗟太息于善之不可为，且借以尧舜犹病为解。此感应阴骘等篇所以为高明所诟病，南丰之议所以为难，刘君斯编之所以为可贵也。余故徇观察之请而书数语以质之，并以本年七月二十日重积储之上谕恭录而弁诸卷首。宣统元年八月，抚湘使者岑春蓂谨识。

义赈刍言

癸卯开岁二日，自成都幕府偕华阳徐子修孝廉襆被出南城，履勘灾区。越日至彭山县之青龙镇，主周紫庭比部家。同历山村，见烟户萧条，民多菜色，以人款俱绌，慨然东归。徐君人日返成都，前一日属具为赈章程，以召其乡人。锺琳自丁酉暨辛丑，凡赈徐州、赈皖、赈秦，死生艰阻，五岁于兹。因忆昔所实行之端，倚装半日，草创以陈。至其事意之繁赜、条理之精密，非愚虑仓卒所能尽也。

其略曰履勘。凡拟赈某地，倡之者先往灾区，周历四境，相其受灾之轻重缓急、户口之多寡贫富，见其官绅，商量入手之处、开办之法、需人款若干或赈钱赈粮。得其端倪，仍回集人款，克日来办。（此以近地言。如在数百里外或隔省，则不必亲回，须于来勘灾之前商集人款大概，托同志代为续筹。俟勘灾之人电信一到即行。如不能亲往履勘，必请精熟赈事、至诚恻怛之友先往。）

曰集人。须邀实心救人、实力办事、虚己从善、能任劳怨之人自发愿往赈者，乃不致贻误。否则宁少无滥。

曰筹款。赈款集有成数，（近地偏灾，集数千百金便可暂救目前。远地广灾或赈一州县之地，非二三万金不能开办。）即日自运以行。如陆路荒远，可请沿途地方官拨兵勇护送，惟万不可受供应。凡赈款分厘，皆须给于饥民。办赈之人川资食用，皆须自备。或力不能备者，则倡首者为之筹备。

曰设局。到灾区，择适中要地（或治所，或巨镇），借公所或寺庙为局，集人款于其地（顾一二村民，司炊爨门户。）一面与官绅商兑赈银（灾区兑银，往往棘手。平色价值，务要公平，不可吃亏，暗耗赈金。多一金可救一命也）以钱为先，粮次之（购粮弊多而日缓，非本地多诚心乐善、肯任劳怨之绅分司采运放给者，不可办）；一面分人四出查户，局中留一二人收钱（每十千，须亲数一二千。夹沙短数，一律严禁。初犯退换，三犯请官酌罚。每日收钱，屯集看守之）发钱（自查户之日始，即日发急赈。若发总赈，须多集友相助），与官绅商办赈事及与查户之友往来通函，并考察灾情，调剂捐益。留局之人，关系亦甚重要。

曰查户。办赈得失，全系查户为最要关键。既至灾地，即日审清途境，绘图（各分划所查之界线图乡庄名，慎勿于交界处重复）、分路（分四路查户，人多固可既速且详，然不能胜查户之任者，万勿令勉充其数。一人一日查百余家，则千口之命系此一人，必慎之又慎），各带在官户口清册（此言州县官户房平日之户口册。如已办官赈之处，必并取其官赈之户口册以行），每友雇一小手车或驴襆被，携笔册（此指按户写给饥民之票册），沿路挨村查勘。将至一村，先遥视其大概景象。至村口，下车驴（令车驴夫停俟村外），觅村中长老问明若干户，请其引路。至一户，呼家长出，令引入室，逐细察度。视其一家老幼身面、年岁、衣履、行坐、言语，视其室之器具、厨箸及平日藏贮米谷之所，视其儿童牛犬之肥瘠衰旺，问其人平日之所业，一一详审熟筹，相其家受灾之轻重缓急，为算至收稼之日（春赈筹至麦季，夏赈筹至秋季）约赈给若干，乃能救其一家之命，变通量剂。故有户同口同或其人之老弱壮羸不同，情形缓急之不同，田庐器畜之不同，所赈给多寡因之有过半、倍蓰之殊（如男畜丁壮，可持者十口八口，大率须酌折口数给票）。如恂独死病、不能支持、毫无生计者，必给兼人之食。盖所赈者灾，不能遍赈贫穷。必为缩羡补不足，减次贫，加极贫，以不均为均，期于救人救澈。（有持宁滥无遗之说者，不分轻重缓急，普遍给赈，以为无伤阴德。不知赈款止有此数，如一碗饭给与一真饥者，食之可度一日之命。若令二三不饥者分食，此真饥者必不能救。盖滥给不饥之民，必贻害真饥之民。且不饥之民滥与之，或因以为利，或恣其酒肉烟赌，仍不啻以赈害之。且屡赈之地，其民必贪必诈必惰，赈者盖不得已而用之。故查户之人，遇可以不给而强求者，必谆谆再四劝谕，令其让与真饥之家，亦彼之功德。且凡至一村，无论赈给与不赈之民，见必劝谕以忠孝公正直道，而行之大义。其言易人，必有观感。慎勿缄默寡言，模糊普给，博一时之称颂，以为积阴德于子孙，而其无形之遗孽，盖不可以数计矣。总之，当赈者，虽倍给不可靳；不当赈者，虽强求必勿与。慎有所瞻徇曲从也。）此查户之所以极重。非其人之心地、精力、眼光、智识俱优，难胜其任。即四者俱优，亦断无胜任愉快之日。虽圣贤豪杰为之，亦无自足之时，无可止之境。故尧舜犹病，文王如伤（犹云如已伤之也），禹稷犹已饥溺，伊尹若已内沟。古语云：救荒无善策。旨哉言矣！惟有专诚殚精，始终罔懈，非赈无思，非赈无言，非赈无事（开赈之日，凡看书、题咏、寻览古迹之类，均当停止。即友朋缄札家书，亦当可已即已），自然无一时不知疚病，无一事不觉殃害，庶舛失差减。查十户，行十事，或有二三不误者。若以矜心、躁心、忮心、懦心临之，一日不知殃几千百人。（官赈、义赈之人往往志得意满，谓我境我赈，无一死者。皆其心目未稍省察、毫未历此中之艰苦者也。）是人不死于灾而死于赈之之人矣。谨举《经》曰：如保赤子，心诚求之。为赈之心之体，时时念念当如此。复举《传》曰：险阻艰难，备尝之矣；民之情伪，尽知之矣。为赈之用与效如此。

曰急赈。查户时，择尤饥之户不能待至发总赈之日者，先给一小赈票，写明某村某人给钱若干，率自一千起，递加至十千止，票上注日月，亲书字押，（此票亦由局制备百张，编一号用图章，分交各查户之友。）令即日往发赈局所领钱，暂济待赈。至总赈大票查时，仍审酌写给。

曰总赈。须俟查户十之七八，约算每口应给若干，（视赈款之数，酌定大口或一千或一千或千数百至二三千为率，小口半之。临时以款与灾情权之。）计于赈银大数无甚赢奇绌，定日期，写告条，曰：某月某日放某某乡赈钱。凡领赈者，务于是日黎明齐集某所，亲身持票，每村之人各聚一处，听候挨村点名，亲手给与赈钱。在三五日前，将告条分贴城市及所放之乡场。至发赈日，局友先将钱运至宽广之处（如书院讲堂、寺观大殿之内），分友至局所总要门口设几，按赈票根册，挨乡村逐一点名验票，令饥民亲身持票进内，至发钱所领钱。发钱之友接票给钱，随时注销原票。（如放数赈，将赈票印一初赈讫、二赈讫红章，仍将原票与钱亲手交该饥民领回，告知后期再来领赈。）领钱饥民，令其由后门出入，不得出入一门。（放赈局所必须有前后门，以便一出一入。凡出入一门者，往往挤踏死伤多人，且延时刻。若前有二三门，点名后，止一门令领赈者由之出，尚无碍。惟各门令人守之，入者不得出，出者不得入。即局内友仆，亦不得随意混乱出入。）是日一俟放毕，尽晚截算钱数，请本地绅士襄算赈票。（如放数赈，点名处友另开一条，书明某村某人初赈钱若干，即据此算）。俟赈蒇之日，将赈票与根册算清，开明大数，交地方州县官，请据报详，册票存案。（放赈之日，先期请地方文武官来弹压，并派勇守前后门。每门二三名，不必多。仍须局友时出查察有无需索等事。发钱算票，仍须多请绅士或商铺司计者相助。此须先期请州县官传谕邀集。）

赈票式长约四五寸，宽约六寸。刻板用坚纸印，百张一本。中缝盖地方官印，花押处用图章。

曰平粜。凡灾区丁户过繁，无款遍赈，须另筹垫若干金，集本地绅士之廉正仁明者十人或七八人，分任购米、发粜等事。或募集若干金，顶备粜亏之款，周转运粜，亏尽为

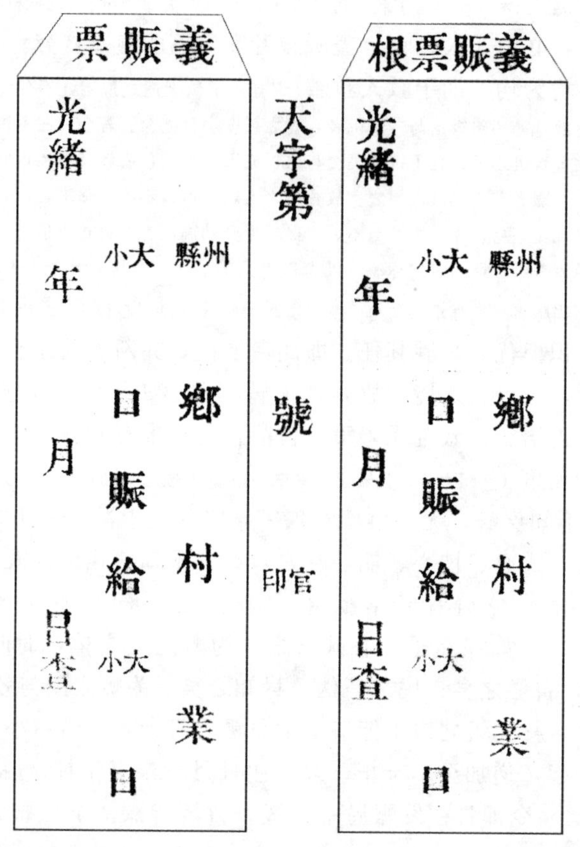

義賑票根

州縣　鄉　村　業

大小　口　賑給　大小　口

光緒　年　月　日查

天字第　號

官印

義賑票

州縣　鄉　村　業

大小　口　賑給　大小　口

光緒　年　月　日查

止。其应粜之民，即由查户友人，于查时分别次贫之户，给一平粜票，写明某某大小若干、每名应粜若干。或路远与老弱妇女不能日日来粜者，准予三、五、七日一粜，皆于票中注明。若灾轻不赈，止须平粜之邑，亦必先认真查户，给票发粜。总之无论官义赈粜，皆必自查户入手。查户真切，则事事有济；查户颟顸，则事事虚糜。

曰育孩。凡无依之幼孩不能自存者，与灾民幼孩之弃于路而饥欲死者，分友设局收育之。俟赈蒇，设法留款，令人分领或留养。此须经理得人，始不致聚而殃之。盖赈灾宜分不宜聚，或行寄养之法，以无收之孩，给赀寄养于慈谨中老妇人之家，令十日一验孩发钱。亦有饥苦不能自育其孩者，酌给钱，令养之勿弃。亦十日一送验发钱。

曰兴工。此须与地方官同心同力，始可举行。纲目繁多，不备志。

曰预防粮涨。放赈之地，奸商必先期屯粮，抬价以罔利。须先将该处近数日内市价与附近州邑粮价亲查明确，先期请官出示，自开赈之日始，不准抬长粮价，以赈蒇之日为止，违者重罚。然抑价必有闭粜之患，先须暗密察访屯粮之商民若干家，临时请官谆谆劝谕令粜。若果为富不仁，官得以搜罚之。尤须与地方官先请大府筹款，购粮平粜，或即照本值发卖；并请援案奏免关税，发护照招商，自运粮至灾区发售，则粮日多，价日贱。昔于徐于皖，皆行之奇效。

曰禁贩人口。灾区贩卖妇女幼孩，须先请官严禁。仍与同人到处察访，凡有窝家贩户，确查指名，请官拿办。此似于义赈无涉。然妇稚出贩，则灾后之生聚益凋，元气难复，所以不得不防杜綦严。

曰医药。灾区必有疫。凡将赈之初，必先筹百金数百金，购时疫良药。大约水灾之疫，宜热药，如塘栖痧药、纯阳正气丸、立生丹之类；寒热温邪，宜菩提丸；泻痢，宜治痢散（治泻痢极效。不过五百余文一料，每料可服二百余人）；疟疾，宜十钱已虐方；旱灾之疫，宜凉药，如清瘟败毒饮、太清丸之类。若能访聘良医，设施医局，尤善。

曰瘗埋。遇有死丧之家，看其情形，给与棺瘗之费。路有饿殍及残骨，随呼地保雇人出赀，督视深埋。有停柩久者，劝助令葬。此皆吊死防疫之义。

曰善后。赈款有余，如所赈之地官若绅有实心实力勤恤民隐者，与商量留款，兴办水利、习艺、种植、育婴、栖流等善举。如无其人则已。

曰程限。同赈之人，率数人公雇一谨愿之仆或二仆，不得一人一仆。在途在局，甘苦与共。每饭一蔬，不得受官绅一切微末之馈。查户之友，酌定每人一日须食用川资若干，皆须一律，不得稍岐。天明出查，日暮随所至借宿。非自买之物，分粒不食。（借宿之地，须先告以不得供应。或不从而仍供应者，次早行时，酌给与薪米钱。）非亲查之户，不得给票。（已查之户，在其家临时写票。凡事先据人所告，事后勉强相求，皆万万不可给票。）所查之村，或令地保引路，亦止令立于门外，不得令其谗言。亦不得令各村之人先来迎接，或备车驴来者，必婉言令反。虽固邀请，亦宜却之。开局之日，即请官出示办法，令灾民各还家候查，不得在局门求乞。出查之友，各请官给乡董谕帖，令互相开导，并带一简明牌示（纸约尺余，用篾席粘贴，细竹为柄随行），略言查户章程与自备资斧、不须供应及严禁董保借端需索等事。总之在局与查户之友，于绅士必择善请助，于书差必预为严绝。（仍须明察暗访。凡有书差因他事在外，捏借赈务需索灾民者，请官严究。此风到处皆有，慎之。）凡于赈可以益助之事，同求进步；有妨害之事，共相杜绝。庶乎可期核实，差免诟病而济穷民。

曰虚己。凡至一邑一乡，必先访求公正廉明、众望所归之绅士耆老，商清相助。或其地当事绅董不尽可恃，必旁咨博采，求不当事之端人正士。或必不能出身相助，能于事直言无隐，可以知灾情、民俗及所应办之事、办法之当改革損益，于赈亦大有益。在局每遇绅商耆老，必详问情形与在局及查户之友宽严得失，并访问其所知一乡之善士，邀为臂助。且来助者，属其随时留心访察赈务情形，尽以相告。查户之友，每日于所历之乡村，遇人辄详加访问。到此村，必问未查之村情形若何；过彼村，仍问已查之村当否若何。遇有乡居好善之士，必邀其在乡或至局相助。十室之邑，必有忠信。以善及人，信从者众，亦至要之端也。

曰和衷。办赈之人，各行心之所安，同求于事有济。乃反身而诚，同群维恤之实义，同人须化一切意见，闻见互相告，过失互相规，起居饮食与俱，艰苦疾痛与共。本为救死扶伤而来，目击灾民之相继而毙，不能尽拯，即粗粝不忍饱，奔走不遑处，更何忍求饫甘脆，自耽安逸！凡查户之人，每日须将所至情形及所给多寡函告于局；在局之人，须日访察四乡灾情与查户者之或宽或严，随时函告，持一邑之平以量剂。或在局之友，亲出覆勘抽查。见查户之友，必以得失尽情相告，无少隐讳；或相隔，亦必恳恳函告，总期于灾民有济。即有一二浮言谰语，亦彼此有闻必告，惟期多尽一分心力，多救一分民命。万隐默曲，从平日友道尚不可，况当此十百千万灾民生死呼吸之际，而忍为此世态酬酢，自问此心能为人乎？能对天乎？总之，凡有害于赈、有背于义者，同人必去之务尽，防之维严，或稍免殃民之罪耳。

官赈刍言

朱子曰：赈济之策，且理会大处。此等事，必须上下一心，方了得。又曰：东边赈济，西边赈济，只讨得几个紫绫册子，更有何策！紫绫册子，即今之户口册也。所谓上下一心者，必地方官吏与公正绅耆合力筹画，而后赈事方了得。理会大处，约举之，不过两端：曰查户口，曰放钱谷。

凡州县办赈，须先延访在城在乡廉正绅士若干人会议，令各举所知，由官邀请（至少须一二十人，能多更善），择公所或寺院立筹赈公局，众绅公举德望素优者二三人住局，总理一邑之赈。即由总理之绅与集议诸绅商推四乡查户之人，每乡多或四五人，少或三四人，各分地段，亲至各村各堡，逐户清查。二人查一路，由官及总理赈事之绅筹给川资，不得受乡民一丝一粒供应，亦不得令书差等同行。绅士各携赈票若干册，由筹赈公局刊刻二联赈票，用坚白纸刷印编号，每百张为一册，骑缝用官印。票书某邑某乡某村某人大口若干、小口若干、执何业，末书年月日某某查某户。绅士挨户清查，逐一登注，分极贫、次贫字样（必以受灾轻重为率，不得随意为上下，与不饥而给票），亲手给之饥民，票根缴公局。由总绅饬人录榜，书某乡某村某某绅亲查，得极贫户若干、次贫户若干、大小口共若干，一一详书，并根册同送官核校。仍发局雇人，分路榜贴于所查之乡，令人共见。如所查不实，准令该民至筹赈局陈诉，总绅更选一二人覆查。查户既毕，由地方官核勘赈票根册，或亲身邀同教官、丞尉或请幕友之公正者，同日分路轻骑减从，四出抽查，将给饥民之赈票与根票校对，详勘各该绅所查之秉公核实与否。一面将某乡某村极次贫户口若干开列总数，详报上宪，以昭核实。此查户口之大略也。（若平粜之处，亦须先行查户，举绅分办，榜示某村某户若干口、应粜若干。）

凡州县发赈，亦须先与筹赈绅士会商共领帑银若干、仓谷若干、捐款若干、合计总数须赈几次，议定择日开放，由官出示某日放某乡，令各灾户亲身持票，至公局听候挨村点名给赈。每大口应给钱或粮若干、小口若干，皆先于告示中注明。凡董保书差，不得分毫需索，有犯禀官严办。发赈之日，官与绅黎明同集公局，务尽申酉时前将一日应放之村尽数发完，饬令饥民即日各还其家。如某乡村落较多，先酌量出示，分二三日放一乡，今日所发之赈不得迟至次日。发赈时分，派绅士于公局总门口，据根册挨村点名，令饥民亲身持票入内，至发钱与粮之所验票给领。如发初赈，即于票上加初赈讫大字朱印，仍将原票给饥民领回，告知下日亲身再领。赈竣之日，将票收回。凡办赈地方，州县官务严密查饬书差保勇等，不得在外索诈分文，有犯重惩勿贷。赈务既蒇，由局绅公同清厘，详开某乡某村若干户大小若干口，初赈发若干钱粮，再赈、三赈发若干，榜示通衢，俾众周知，仍造册详报。此放钱谷之大略也。（凡赈银及粮，必官绅公收公发，不得存于官署。赈竣，大府必择尤保奖，并惩劾不肖之官若绅。）

赈之所以难办者，以种种弊窦皆伏于查户口、放钱谷二者之中。陶文毅公论办赈之弊十，所以除弊之法有四。备录之，以告尽心民事之君子。

委员下乡，不知道路，或不谙土语，多藉书役随行，而书役每多与乡保勾结，互滋朦混。弊一。

委员夫轿及随行书役所得饭食不敷，或责之乡保；乡保承应难支，或更雇人帮办，则又添食用，不免暗地取赀。弊二。

各处村庄人稠势众，委员一到，往往捏增口数，或纵令妇女喧哓要挟，甚至拦舟围轿，故作搅混，责惩难加，理谕莫遣。弊三。

或空屋无人，村邻代称外出；或携挈妇子，自称道远归来。纷纷求票，即恐系别堡之人搀入，难以猝辨。弊四。

查赈之期不过半月兼旬，其间有村庄辽隔或雨雪阻滞，乡保知其不能久稽，故意引向远处难处，以促其期、疲其力。迨时日迫促，则未到之处，仍衹〔只〕凭乡保所开给票。弊五。

乡保户口偶错，地方刁棍因挟其短而讹索，稍不遂意，纠党连控。承办者畏其拖累，遂预留地步，以浮冒为弥缝之具。弊六。

乡保固多狡猾，亦有愚民不谙例应赈否，概求赈票，乡保驳斥，辄被殴辱。致有乡保不敢跟查，转听本境土棍开报者。弊七。

或灾本轻微，乡保、土棍敛钱雇穷老劣衿，连名求赈，不准则奔控求勘。印委各官，惧以讳灾取戾或蹈办理不善之咎，随亦不能坚执。弊八。

放赈时，不于酌中之地设厂散给，以致道途辽远，老病妇女不能赴领；或赴领口数较少，仅敷往返食用；或不能赴领而托人兼领，被其侵扣。弊九。

地方为富不仁之家，乘灾民窘迫，先给钱值买其赈票。一俟放赈，即持票雇人包领，暗削脂膏，而灾民不能言，委员不及知。弊十。

查赈之限宜宽，宽则挨查之力舒而不致草率。放赈之日宜分，分则领赈之人少而不致拥挤。其委员又宜假之以权，一有阻挠滋扰，解赴印官，即行惩处，俾知严惮，自不敢藐玩以滋事。除弊之法一。

委员携带跟查之人，必须宽给工食，使之有力当差。如查竣一庄，毫无弊混，并应量加犒赏。稍有弊窦，立即重惩斥换。俾赏罚分明，自不致有勾结欺罔之事。除弊之法二。

委员户必亲到，口必亲点。点验既确，然后入册给票。每查竣一庄，即将一庄内所有极次贫花名户口及应领钱数开列榜示，黏贴庄前。如有诡户及舛错之处，许于数日内首告更正。则共见共闻，自无所施其捏冒之技。除弊之法三。

多设赈厂，各就四乡灾民之便，老幼不难赴领，雨雪不虞阻止。自不致为代领者侵扣，亦不甘以贱值而卖其赈票。除弊之法四。

右稿癸卯年一印于成都，后再印于济南、安庆。岁丙午、丁未，淮、徐、海、凤、颍、泗诸府州洊饥为振，诸同志多手此编为标本，均谓可见施行。自此次实习研究，则凡所条列者，似可目为经验之方。迺者陇帅电奏旱灾，闻长江迤北、长城以南诸行省亦多苦旱，都门同人复谋印行，谨识数语于末。岁己酉四月，宝应刘锺琳。

徽属义赈征信录

清宣统二年刻本

（清）洪廷俊　辑

夏明方　点校

徽属义赈征信录

叙*

光绪三十四年五月二十五日，蛟水暴发，为我徽百年未有奇灾。寓沪诸同乡举办义赈，函来嘱俊经理。复蒙前两江督宪端电汇万金，札委俊汇入散放。继而旅寄各省诸君子分筹赈款，源源以来。因与同人商筹办法，分急赈、普赈、补赈各项，次第从事，并办米平粜、购绵衣冬赈。其后又接筹赈诸公函，称赈米赈衣，已济一时饥寒。灾区道路、桥梁若不修补，尤碍贫民生计，亦善后之要图也。俊等韪之。凡确因水冲致坏者，均量为修葺，择本地绅耆董其事。自戊申秋至庚戌春，乃底于成。仍剩赈银，并入茶总局所拨积谷余款，建仓储谷。是役也，诸同乡见义勇为，各善士施当其厄，热心毅力，钦感同深。俊忘其愚，肩斯巨任，兹幸告竣，乃将收支一切款目刊为一册，并志其始末云。

宣统二年，岁在庚戌夏四月，洪廷俊自叙

照会　禀复*

头品顶戴陆军部尚书两江部督部堂端为札饬事。照得徽州此次陡发蛟水，歙、休、祁、婺等邑灾情均极惨重，闻竟有全村漂没、人畜无存之处。其屯溪沿河街市房屋亦被水冲坍无算，灾民荡析流离，殊堪悯恻。应饬振捐局迅即筹拨湘平银一万两，交由裕宁官银钱局电汇屯溪，即交该处公济善局绅董洪廷俊汇入上海义振款内，派友分赴灾区查户散放，事竣造报，并饬地方官妥为照料，以拯灾黎。除咨安抚部院查照并分行外，合行札饬。札到，该绅即便遵照。一俟前项振款汇到，即汇入上海义振款内，分派妥友，速赴灾区查户散放，事竣造报。仍先将收到振款日期报查勿违，此札。

安徽屯溪公济善局董事洪绅廷俊光绪三十四年六月念四日移

禀覆两江总督部堂

为领到振款，遵札禀复事。窃职等于七月初八日恭奉大帅札开：徽州此次陡发蛟水，歙、休、祁婺等县灾情均极惨重，闻竟有全村漂没、人畜无存之处。其屯溪沿河街市房屋亦被水冲坍无算，灾民荡析流离，殊堪悯恻。应饬振捐局迅即筹拨湘平银一万两，交由裕宁官银钱局电汇屯溪，交公济局，由职等汇入上海义振款内，派友分赴灾区查户散放，事竣造报，并饬地方官妥为照料，以拯灾黎等因。奉此，仰见痌瘝在抱，轸恤优加。凡属灾黎，同声感泣。伏查此次蛟水之大、灾情之重，实为徽属数百年所未有。灾民抢头蹋足，实堪惨目伤心。职等叠接上海各义绅来信，即已邀集同志，遣派妥友，分往灾区详细稿查，已十得八九。兹蒙颁到前项振银，遵即汇入上海义振款内，分赴灾区查户散放，以期速解倒悬，仰慰慈廑。除事竣据实造报外，理合将领到振款日期禀求大帅查考，并代数十万灾黎九叩首以谢。谨禀。

江南赈捐总局为照会事。案奉督宪札开：照得徽州此次陡发蛟水，歙、休、祁、婺等县灾情均极惨重，闻竟有全村漂没、人畜无存之处。其屯溪沿河街市房屋，亦被水冲坍无算，灾民荡析流离，殊堪悯恻。应饬赈捐局迅即筹拨湘平银一万两，交由裕宁官银钱局电汇屯溪，即交该处公济善局绅董洪廷后汇入上海义赈款内，派友分赴灾区查户散放，事竣造报，并饬地方官妥为照料，以拯灾黎。除咨安抚部院查照并分行外，札局，即便遵照筹拨，交裕宁官银钱局迅速汇寄具报，勿稍违延等因到局。奉此，除于振捐款内筹湘平银一万两，交由裕宁官银钱局迅速电汇屯溪，交贵绅董兑收汇放，一面详报督宪及移知江藩司外，相应备文照会。为此照会贵绅董，请烦查照。一俟前项振银汇到，即希见复，并备墨领同送。望切。须至照会者。

右照会安徽屯溪公济善局绅董洪

光绪三十四年六月二十九日移

禀覆江南振捐总局

为领到振款，遵札禀覆事。窃职等于七月初十日奉到局宪札开，转奉督宪札饬于振款内筹拨湘平银一万两，交由裕宁官银钱局电汇屯溪，交职等兑收汇放等因。奉此，伏查此次徽郡蛟水之大、灾情之重，为从来所未有。灾黎抢头蹋足，实堪惨日伤心。职等叠接上海各义绅来函，当即邀集同志，遣派妥友，分往各灾区详细碻查，现已十得八九。兹蒙颁到所有前项振银，于六月念七日电汇到屯，即汇入义振款内分投散放。除俟事竣据实造报外，理合将领到振银数目、日期补缮具默领，禀叩局宪大人查考。公便德便。谨禀。

江南赈捐总局为照会事。案奉督宪端札开：光绪三十四年八月二十七日，准度支部咨，漕仓司案呈内阁，抄出两江总督端筹拨徽州振款，先由江南赈捐局拨银一万两，派委员绅散放一片。

光绪三十四年八月二日，奉朱批：度支部知道。钦此。钦遵抄出到部，相庆恭录朱批，飞咨两江总督遵照。所有该省筹集义振、查放急抚及此次动拨振捐银两，应由该督抚等督饬员绅，查明灾民户口，核实散放。事竣分晰造册，报部核销。至以后应否续筹接济之处，仍由该督抚酌察情形，奏明办理可也等因到本部堂。准此合就札局，即便移行遵照，分别办理等因到局。奉此相应备文照会。为此照会贵绅董，请烦查照办理。须至照会者。

右照会安徽屯溪公济善局绅董洪

光绪三十四年十月初二日移

休宁县正堂刘为照会事。奉府宪刘札，奉安徽振捐总局司、道宪札开：案奉抚宪札，准度支部，内阁抄出两江总督端奏筹拨徽州振款，先由江南振捐局拨银一万两，派委员绅散放一片。光绪三十四年八月二日，奉朱批：度支部知道。钦此。钦遵到部，相应恭录朱批，飞咨安徽巡抚遵照。所有该省筹集义振、查放急抚及此次动拨振捐银两，应由该督抚等督饬员绅，查明灾民户口，核实散放。事竣分晰造册，报部核销。至以后应否接济之处，仍由该督抚酌察情形，奏明办理可也等因到本护院。承准此，合就札行。札到，希即分饬遵照办理等因到局札府。奉此合亟札饬。札到，该县立即照会洪绅廷俊等一体知照。一俟攻放事竣，即行分晰造册，详请咨销，勿稍稽延等因到县。奉此合行照会。为此照会贵绅，诅烦查照，希将散放事竣，即行分晰造册，详请咨销，幸勿稽延。望切望切。

右〈照〉会屯溪公济局绅董洪廷俊

光绪三十四年十一月初九日会

告　　示*

钦加同知衔、署理江南徽州府休宁县正堂、加一级纪录二次、记大功一次刘，为出示严禁事。据屯溪茶业绅商洪廷俊、程丰厚、程恩浚等禀，以前因在沪绅商函属代放婺、休、歙水灾急赈，又奉两江督宪电示委放徽属协振，除婺、歙已派人分头查勘外，休之西北两乡，已与城绅议定就城设局，东南两乡归屯设局。查南乡自东流西溪，东南自桃林，东自万安街，距屯百数十里不等。其间灾区甚广，即差人往查，恒恐耳目难周。本地绅衿每有引嫌远避，但凭地保查报，乡民良莠不齐，刁狡者多希冒领，弊窦丛生。振款无多，多一冒滥之人，即多一向隅之户。若不严加区别，将何以功归实济，款不虚靡。为此叩求鉴准，即给示五十张，严饬各虚地保据实查报。如有扶同冒领情弊，一经查出或被人告发，本户倍罚充振，地保从重枷责。其灾册应由本地绅衿监造，并请照会各绅竭诚相助。谊关桑梓，均宜不避劳怨。册中倘有虚冒之名，即祈拈出，俾灾户得沾实惠，地方不启刁风等情到县。据此，除照谕灾区都董督保查办外，合行示谕严禁。为此示，仰东南两乡灾户人等一体知悉，尔等被灾各户，务须邀同族户各长、里保人等，查明被灾口，开一清单，送交该都董汇造总册，就近交由屯溪振局洪绅廷俊等会同复查，核实散放。如该族房里保人等敢有扶同冒滥情事，经县查出或被告发，除将本户倍罚允振，并提该族房里保到案，从严究惩，决不稍宽。其各凛遵毋违。切切。特示。

光绪三十四年七月初五日示

钦加同知衔、署理江南徽州府休宁县正堂、加一级纪录二次、记大功一次刘，为给示晓谕事。据义赈董事职员洪廷俊、程恩浚、程道元禀称，缘职等前奉督宪及各省同乡汇款，委办徽属义振事宜，曾将休邑开办一切情形禀衣批示在案。现届急普两振行将放竣，惟补振一切节办理维艰，似非以工代赈，不足以善其后。查休邑各处桥梁道路，因灾冲塌者何可胜计。择尤兴修，即由山斗以上，至搭岭与婺交界一路，所有卷洞大硚及石矼平桥，崩摧不下十余座。沿途路径倾陷，又不下千百丈。工多费重，必俟劝募款足再议开工，实有迫不及待之势。瞬届冬令，雨雪载涂，其危不可思议。必致断绝往来，灾黎即不能以担负谋生，后患更何堪设想。职等拟拣紧要处筹办工振，修一桥则少一阻隔，修一路则多一坦途。惟恐乡愚无知，如修桥必开石硐，彼此或存畛域，桥架必须树木，业主或不愿输助，以致一切细故。及所雇石工，或挟嫌龃龉，或不遵管束，皆足阻挠善举，据乱安宁。为此陈乞赏即颁发告示，张贴以工代振各处，俾人人咸知事关公益，理宜各尽义务，不准借端生事，恣意妄为。倘有不遵，准由地方绅董商仝督修人员指名禀究，立予提惩，以维振事而儆刁顽等情到县。据此，除批“以工代振，洵属妥筹善后良法。本县曾以此为请，正与该绅等意见不谋而同。惟兴修之始，或有如来牍所称阻挠各节，应即给示晓谕，以维振务。希即择要兴工，款或不敷，另行劝募绅富，集资补助。事关公益，务望始终勤劳，力为其难，匡予未逮，是为至要”榜示外，合亟出示晓谕。为此示，仰该处附近人等知悉：须知被水冲坏桥路，现经兴绅等拨款，以工代振，择要兴修，灾黎既可觅食，穷民亦能谋生，善后之法无过如此。自示之后，凡有需用石块、树木，务各量力捐输，勿存吝啬，以全公益。如有殷实富绅乐善好施，期多多而益善，虽少少亦无妨。能慨助千金以上者，本县定即专案详请奏奖。倘或从中阻挠以及藉端滋事，准由地方绅董商仝督工人员指名禀县，以凭提案究惩，决不宽贷。各宜凛遵毋违。特示。

光绪三十四年九月十二日示

钦加四品衔、赏戴花翎、在任即补直隶州、特授江南徽州府婺源县正堂、加三级纪录四次魏，为，剀切晓谕事。照得天灾流行，贫富一致原不择人而施。本年五月间阴雨连绵，乡民以为霉雨之常，均未设备。迨二十五日下午，阴云四合，迷漫天空，霎时山洪陡发，蛟水奔腾，卷地而来，房屋冲倒，人口淹毙，田地被砂石填压，财物随波涛荡尽，哭泣之声惨不忍闻。事后据报，踏勘被灾之区，良堪悯恻。两次详报省宪，正在静候遵办间，适接屯溪茶业公所董事洪、程二绅及司理江绅来信，内称蛟洪暴发，被灾之广，我婺以上东乡为尤甚。徽郡在沪绅商阅报及由徽赴沪者传说，此灾为近百年来所未有，爰集同乡公议，设立徽州水灾义赈公所，广为劝募。先由各局所报馆筹垫洋五千元，汇兑屯溪，托即发振等语。似此远在异乡，尚皆好义救灾，凡在乡里，目见耳闻，岂忍膜然！我婺蒙旅沪绅商函托江绅铁臣、江绅丹圃切实调查，分别散振，梓谊攸关，万不容辞。除照会认真办理外，为此未仰被灾各村绅民人等一体知悉：尔等须知振款虽巨，灾区亦广，合三邑被灾之人以求普及，即先圣所云“博施济众，尧舜犹病”也。各灾区绅董等洞明此理，务各遵示明白开导。此次灾振款由商集远道而来，专为周急济困之用，既不应冒领，亦不致遗漏。其各静候司理振务绅董调查散给，勿得藉口被灾，妄相争竞，致干未便。切切。特示。

光绪三十四年七月初九日示

钦加同知衔、特授繁昌县代理婺源县正堂杨为给示晓谕事。据义振分局绅董江忠抡、江福桢禀称，承驻屯义振总局委办婺源义振，亲诣各灾区调查，先放急振，继放加振、普振。所放之款不为不巨，但村镇有大小，灾情有轻重，人数有多寡，皆与总局再四信商。各村应得之款，或数千洋，或数百洋，或数十洋，悉交各处公正绅耆经发。先贴清单散票，凭票兑洋，均无异议。今幸告竣，尚属和平公允。惟各村道路桥梁多被洪水冲坏，不堪投足，各村绅耆因议于散去赈款多寡不等内酌提若干，以工代振，为地方公益，诚善举也。因代函请总局，意见相同，但只能为造路修桥之用，别项不得开支。嘱即转致各村，须趁冬间水涸，刻期兴工。路成即作灾户捐输，勒石通衢，以昭信实，庶几款不虚糜，功归实济等情到县。据此，除批“以工代振为地方公益，最是善后良法”榜示外，合亟出示晓谕。为此示，仰各灾区绅耆以及诸色人等知悉：须知酌提振款，以工代振，专为修桥造路支用，别项不得开销。尤须早日告成，以便行人。如有阻挠，妄议更张，准由地方绅董指名禀县，以凭提案究惩，决不宽贷。各宜凛遵毋违。切切。特示。

光绪三十四年十月　　日示

钦加同知衔、授江南太平府繁昌县、代理徽州府婺源县正堂杨为给示晓谕事。据义振分局绅董江忠抡、江福桢禀称，驻屯义振总局董事洪绅廷俊函，以前奉督宪及各省汇款，委办徽属义振在案。查婺源自塔坑至官亭砚山，因灾冲塌道路桥岭，修整工多费重。现届冬令，雨雪载涂，其危除不可思议。以拣紧要处所筹办工振，修一桥即少一阻隔，修一路即多一坦途。惟恐乡愚无知，如修桥路，必开石伐木，或业主不愿输助，雇工匠或不遵管束，皆足阻挠善举。为此陈乞赏发告示，张贴以工代振各处，俾人人皆知事关公益，理宜各尽义务，不准借端滋事。倘有不遵，准由该地绅董商仝督修人员指史禀究，以维振事而儆刁玩等情到县。据此，除批“振余之款兴修桥路，实为地方善举。以工代振，尤属妥筹善后良法，准如所禀，给示可也”榜示外，合亟出示晓谕。为此示，仰该处附近人等知悉：须知被水冲坏桥路，现经洪绅等拨款，以工代振，择要兴修，灾黎既可觅食，穷民亦能谋生，善后之法无逾于此。自示之后，凡有需用石块、树木，务各量力捐输，勿存吝啬。倘有地棍从中阻拦滋事，准由地方绅董商同督工人员指名禀县，以凭提案究惩，决不宽贷。各宜凛遵毋违。切切。特示。

光绪三十四年十月　　日示

禀　呈*

头品顶戴、陆军部尚书、两江总督部堂端抄内批发一件，皖绅汪嘉棠等禀请将徽属办振余资修理道路由。查前据宁道宁本瑜等禀请将徽属办振余资购米平粜，收回之价移作修岭补路，以工地等情，当经批饬安藩司体察酌办，并未照准。据禀请以振余之款修理道路，询〔洵〕为一举两得，仰候札行安藩司一并酌核办理具报。此缴。抄由批发。(十四日)

皖绅汪嘉棠等十月二十四日到

委办徽州义赈花翎四品封职洪廷俊谨禀

大人阁下：敬禀者。窃职于本年六月二十七日奉到电传宪谕，并由裕宁银号汇交湘平银一万两。领到之日，当即禀覆在案，懔遵札谕，汇入上海义赈款内查放。时职开办义赈，事方创始，正恐敷布难周。自奉宪札后，不特旅沪绅商劝募更形踊跃，各省亦闻风继起，接济纷来。灾民得保余生，胥赖提倡之德。其彼〔被〕灾之歙、休、婺、祁、黟五县，此即会同在局诸绅，分派妥友查勘，量灾情之轻重，为散放之等差，总以实事求是为宗旨。现已一律查放完竣，计共英洋伍万七千零三十二元五角。除前领到湘平银一万两易洋一万四千零七十六元二角零三厘，仍支四万六千九百五十六元二角九分七厘，比在沪及各省义赈款内支放。此次徽之水灾，道路桥梁冲毁最重，到处艰阻，几断往来。当查赈时，灾民咸来请款兴工，以便往来觅食。嗣接各处义绅来函，亦谓佣工负重，若累不堪，必设工赈，以期两利。职与在事诸人再四妥酌，若概行估筑，计非十余万金不能。当即遣人查勘，委本地绅耆经理，择要迅速施工。计自八月至本月初十日止，已支出英洋两万零七百四十六元二角。除平粜米及冬赈绵衣外，仍存规银一万八千五百两、英洋一万四千五百七十一元七角一分三厘，来春接展工赈。再有不敷，由附近绅富捐助。虽未能旧观顿复，但得交通便利，贫民自易谋生。工竣之日，当刊义赈征信录分致各省善士阅看，以昭核实。职任重才疏，时虞陨越，惟以慎勤自矢。所收各处赈款，必令涓滴归公。查赈伕马各项事费，均由职与在局诸绅另行筹措，款存钱铺，并令计日酌认子金，以资挹注。捐赈正款不动分毫。刻值查放已竣，谨遍义赈一览表恭呈大人鉴核，准予咨销，实为公便。再，各县田地多崩坍，不复可垦者，闻已由县造册详报。查赈时未暇详稽亩数多寡，故表中不能备列，合并陈明，仰祈批示备查。肃具寸禀，虔叩钧安，伏乞垂鉴。职廷俊谨禀。

计呈义赈一鉴表五份。

光绪三十四年十二月十五日，委办徽州义赈洪廷俊谨呈委办徽州义赈洪廷俊禀遵札散赈，汇表呈核，请准禀销由。

督批：

查此案现据徽州府具详，当以该绅等上年查放徽属水灾官义两赈，极为得力，于灾区大有裨益。究应如何优加奖励，批司核议详夺在案。据禀前情，查核收放实存各款，均属核实，应准报销。仰安徽布政司转饬知照。缴。表折均存。（十二日发行）

府批：

据送义赈一览表，以灾情之轻重，为赈抚之等差，详明清简，朗若列眉。沪汉诸君子奔走呼号，于炎天烈日之中，高义凤麟，固堪景跂。贵绅等呕心区画，于漂风撼雨之间，覆巢既完，梗道兼通，赈工并策，劳怨不辞，所造福于维桑者尤大，正不独为距心谢謗已也。至查赈另筹伕马，存款酌认子金，尤足见涓滴归公，屋漏不愧。容城孙征君论人必求其足色者，如是如是！曷胜佩慰！候即如禀转详抚宪立案，以彰劳勚而奖义行。希即查照。此覆。各表存送。

收　款

戊	六月廿七	收南京两江督宪由赈捐局汇来	湘平银一万两正
戊	六月廿日	收上海徽州水灾劝赈公所汇来	英洋五千元正
戊	六月廿六	收又　　　又	尪规元五千两正
戊	七月初七	收又　　　又	尪规元五千两正
戊	七月十五	收又　　　又	尪规元五千两正
戊	七月廿一	收又　　　又	尪规元五千两正
戊	七月廿五	收又　　　又	尪规元七千五百两正
戊	八月初六	收上海徽州水灾劝赈公所汇来	尪规元一万两正
戊	八月十三	收又　　　汇杭办米	英洋二千七百十一元四角一分三厘
戊	八月十四	收上海徽州水灾劝赈公所汇来	尪规元五千两正
戊	九月十四	收又　　　章华夫	英洋二百元正
戊补	九月初一	收又　　　谢筠亭寿礼移赈	英洋二十元正
戊	十二月廿四	收上海徽州水灾劝赈公所汇来	尪规元五千两正

戊	七月初九	收苏州	孙培卿	英洋五十元正
戊	七月廿四	收又	德成典　汪伟三	英洋二十元正
戊	七月廿四	收苏州新安义赈公会何子豪手汇来		英洋四千元正
戊	八月廿一	收又	又	英洋五百元正
戊	九月廿日	收又	又	由福春祥汇来英洋三百元正
戊补	九月十五	收又	又	何子豪手汇来英洋二百元正
戊	七月初九	收常熟	孙莲旭记汇来	英洋二元正
戊	七月廿九	收通州	梁缙卿江易园经汇来	英洋一千元正
戊	八月廿二	收又	又	英洋一千元正
戊	十月初十	收又	又	英洋一千元正
戊	七月廿九	收清江	戴纯甫汇来	英洋五百元正
戊	七月初三	收杭州保商会项华卿、金仲勤、吴心如汇来		英洋一千五百元正
戊	七月初八	收又	宁琯香、李蠡莼、汪子谷汇来	英洋一千元正
戊	八月初六	收又	潘赤文汇来	英洋一千五百元正
己	二月廿八	收又	汪子谷汇来	英洋一千一百九十八元零二分五厘(内有铜洋一元)
戊	六月廿六	收又	于天顺由克成布店交来	英洋十元正
戊	七月廿四	收嘉兴海盐息老程受卿汇来		英洋五百元正
己	正月廿五	收漂阳	章莘夫汇来	英洋二百零八元正
戊	十月初八	收菱湖	程炳文汇来	英洋一千元正
戊	六月十九	收玉山	怀远旧人	英洋一百元正
戊	七月初七	收江西	俞仲康汇来	英洋二百元正
戊	七月十五	收又	又	英洋二百元正
戊	七月十八	收又	洪明度经募	英洋一百元正
戊	八月初十	收又	俞仲康汇来	英洋一百念五元正
戊补	八月初六	收又	洪明度经募	英洋七十二元正
戊	八月廿六	收又	俞仲康汇来	英洋二十六元正
戊	八月初三	收九江	徽州笃谊堂等经募	英洋二千元正
戊	九月十九	收景镇	康特璋手由益和庄汇来	英洋九百三十七元正
戊	七月廿六	收汉镇	新安书院汇来	胣规元六千两正
戊	七月初九	收芜湖	新安会馆汇来	英洋二千元正
戊	十月廿三	收又		龙洋八元正
戊	八月十八	收北洋	皖省筹济善会汇来	英洋四千元正
戊	十月初六	收又	又	英洋四千元正
戊	十二月廿日	收又	又	英洋三千五百元正

戊	十月初五	收安庆	清节堂黄肇初手汇来	英洋三千元正
戊	十一月廿五	收婺源	江思训堂江铁臣手交来	英洋二百六十元正
巳	二月廿五	收又	渔潭程汪口来	英洋六元正

以上总共计收尫规元银五万三千五百两正、湘平银一万两正、英洋四万三千九百五十三元四角三分八厘（内有龙洋一千九百三十元、铜洋一元）。

外

收上海	办绵衣价	尫规元一千六百四十二两正（计衣二千零一十件）	
收上海	解面粉水脚	英洋二百九十八元六角七分	
收上海	痧药	一千八百瓶	（由公济局经散）
收上海	药水	一千瓶	又
收上海	药茶	一万八千小包	又

赈　款

休宁县酌急普加赈并抚恤淹毙周济屋伤每村总数开列于左：

二十八都	东流	经发人吴廷选	共英洋六百二十一元正
二十八都	溪西	经发人俞子奇	共英洋五百三十元正
二十八都	岭南	经发人张德卿	共英洋五百七十五元正
二十八都	云溪	经发人王宗鲁、梓卿	共英洋五百四十元正
二十八都	璜川	经发人程子明、陈荣堂	共英洋五百七十五元正
二十八都	蛇颈、千金坦、燕源	经发人程子明	共英洋三百二十八元正
二十八都	山斗	经发人程子明	共英洋一百六十九元正
二十八都	青山	经发人吴文治	共英洋一百十一元正
二十八都	下坦	经发人俞子奇	共英洋七十六元正
二十八都	九龙	经发人张德卿	共英洋八十元正
二十八都	稠坑山	经发人俞子奇	共英洋五十七元正
二十八都	韩村	经发人程子明	共英洋一百三十五元正
二十八都	黄浦	经发人程子明	共英洋五十元正
二十八都	坚钩树	经发人程子明	共英洋四十元正
二十八都	牛岭	经发人吴文治	共英洋六十八元正
二十八都	古汶	经发人吴文治	共英洋四十三元正
二十八都	石川、蓝田	经发人张德卿	共英洋七十三元正
二十八都	塘尾、霞坞	经发人程子明	共英洋九十元零五角
二十八都	黄土岭	经发人吴廷选	共英洋三十四元正
二十八都	五城、龙湾、商塘	经发人黄维明	共英洋八十七元正
二十八都	浯田岭	经发人吴警咸	共英洋一千一百九十元正

二十八都	垄头	经发人吴警咸	共英洋二百六十七元正
二十都	玉石潭	经发人吴警咸	共英洋二百十元零五角
二十都	桃林	经发人　又	共英洋五百九十五元五角
二十都	陈村	经发人　又	共英洋一百二十五元五角
二十都	古楼坦	经发人　又	共英洋二百七十四元五角
二十都	江田	经发人　又	共英洋三百六十元零五角
二十都	西坑口	经发人　又	共英洋七十七元正
二十三都	荪田	经发人姚鸿椿	共英洋二百八十七元正
二十都	遮源	经发人　又	共英洋四十一元正
二十三都	水充	经发人姚鸿椿	共英洋二十九元五角
二十都	浯田	经发人　又	共英洋二百八十五元五角
二十三都	何坑	经发人　又	共英洋十二元五角
二十三都	汪村	经发人　又	共英洋六十三元五角
二十三都	土阜源	经发人　又	共英洋五十一元正
二十三都	溪西	经发人　又	共英洋十七元正
二十三都	竹垄头	经发人　又	共英洋十八元五角
二十三都	小贺	经发人　又	共英洋三十七元五角
二十三都	古迹田	经发人姚鸿椿	共英洋二十三元五角
二十三都	黄溪	经发人　又	共英洋五十二元五角
二十三都	培村	经发人　又	共英洋十五元五角
二十三都	商山	经发人吴存礼	共英洋八百三十元零五角
二十三都	邵家村	经发人　又	共英洋三十二元正
二十三都	朱光	经发人　又	共英洋四十元零五角
二十三都	新渡	经发人　又	共英洋三十三元正
十七都	江村	经发人汪显庄	共英洋十三元五角
十七都	合干、郁源	经发人汪显庄	共英洋二十四元正
十七都	溪边村	经发人程闵蕃	共英洋四十七元五角
一都	长塘	经发人金磬山	共英洋十九元五角
一都	下坟溪、洪水塘	经发人吴左铭	共英洋十六元正
一都	源尾	经发人　又	共英洋二十九元正
一都	麦岐村	经发人金磬山	共英洋三十二元五角
二十七都	汪金桥、梅结	经发人金子松	共英洋六百五十八元正
二十七都	陈村、霞瀛	经发人朱云舫	共英洋九十三元五角
二十七都	上里	经发人金子松	共英洋六十六元五角
二十七都	鸡坑、傅竹	经发人　又	共英洋四十一元五角
二十七都	塘口	经发人　又	共英洋十六元正
二十五都	溪头、余家塘、岭后	经发人吴左铭	共英洋二百九十六元五角
二十五都	瑶溪	经发人程雄甫	共英洋六十三元正
二十五都	隐塘、巴沙、霞庄	经发人　又	共英洋四十四元正

二十五都　东洲　经发人朱光辅　共英洋四十四元五角
二十五都　瑶干　经发人范序东　共英洋三十八元正
二十五都　洪坊　经发人黄厚基、汪卓群　共英洋三十九元五角
二十五都　马鞍山　经发人范序东　共英洋二十七元正
二十四都　洪家山、牛家湾　经发人吴左铭　共英洋四十一元正
二十四都　黄溪、竹培后　经发人黄培基、程雄甫　共英洋六十六元正
二十四都　南山下、石佛　经发人金磬山、黄维周　共英洋三十元正
二十四都　大路、霞阜　经发人黄维周　共英洋二十五元五角
二十四都　孚塘、井巷、古塘　经发人金磬山　共英洋一百二十元零五角
二十四都　钗坑　经发人　又　共英洋二百六十五元五角
二十四都　芳干　经发人汪卓群　共英洋六十四元正
二十六都　梅田　经发人金子松　共英洋五十九元五角
十八都　高枧、芳口　经发人程佩章　共英洋一百零四元正
二十二都　阳湖　经发人曹祖香　共英洋二百八十九元五角
十六都　屯溪　经发人应汇川程桐卿　共英洋一千二百七十七元五角
十八都　隆阜　经发人程桐卿　共英洋二百六十八元五角
十八都　黎阳　经发人宁尧三、镛斋等　共英洋六百二十元正
十六都　率口等村　经发人程雄甫 廷箴 倚园 晋功　共英洋六百三十二元五角
十六都　湖边　经发人俞仰霞、程仲沂　共英洋二百二十元零五角
十六都　尤溪、溪东　经发人孙百耆、程肇麟　共英洋一百四十八元正
十六都　草市　经发人孙介卿、俞仰霞　共英洋三百五十五元正
十三都　山培　经发人汪璧清　共英洋三百零一元正
十三都　章干　经发人　又　共英洋一百二十元正
十三都　横坑　经发人　又　共英洋六十四元正
十三都　旌城　经发人　又　共英洋八十六元五角
二十九都　月潭　经发人朱惠陔　共英洋九十八元正
二十九都　伦堂　经发人朱同人　共英洋一百十一元正
二十九都　藕堂　经发人　又　共英洋一百十五元五角
二十九都　上塘　经发人　又　共英洋五十八元五角
二十九都　下坞　经发人　又　共英洋三十二元五角
二十九都　言田　经发人　又　共英洋十一元正
二十九都　甘坾　经发人　又　共英洋四十一元正
二十九都　杉木圩　经发人　又　共英洋四十三元五角
二十九都　下岩溪　经发人　又　共英洋一百二十七元五角
二十九都　广山岭　经发人朱同人　共英洋八十一元五角
二十九都　横塘　经发人　又　共英洋七十六元正

五都	落石坑	经发人许勉之	共英洋一百八十三元正
五都		经发人胡祥坪、朱有年	共英洋一百九十二元五角
七都	珊溪等村	经发人潘继秋、朱甫田 张百和	共英洋四百七十六元正
九都	渭桥等村	经发人余书臣	共英洋一千零五十二元正
十都	板桥等村	经发人朱阿泰、胡昌年 汪进保、陈绍彬 李干山、戴瑞之 杨旭升、汪德罄	共英洋一千零十七元正
三十都	长丰等村	经发人朱芾棠、朱品三 朱承伯	共英洋七百十三元五角
十二都	杨梅山等村	经发人汪玉林、朱顺保 朱观寿、朱义桢	共英洋三百五十六元正
二十三都	唐家洲	经发人吴存礼	共英洋三十五元正
三都	万安街	经发人韩寿年	共英洋三十四元正

以上共一百念八村等村，合给赈英洋二万零八百七十七元五角。

各村姓名繁多，不及备载，存有放赈灾册票根可查。

婺源县酌急普加赈并抚恤淹毙周济屋伤每村总数开列于左：

七都	浯村	经发人汪鼎臣	共英洋一千二百九十六元正
十都	下溪头	经发人程赞臣 心如	共英洋四千一百五十五元五角
八都	大畈	经发人汪禀经	共英洋二千三百四十八元正
四都	塔坑	经发人毕发培	共英洋六百零四元正
十都	里外古蜀地	经发人吴汉昌 万资	共英洋一千五百十四元五角
十都	上溪头	经发人程考言 绍川	共英洋三千四百十六元五角
八都	岭里	经发人　又	共英洋二百三十元正
八都	方坑假	经发人汪子和	共英洋二百四十九元正
八都	黄泥坦	经发人汪禀经	共英洋一百二十元零五角
八都	岭下	经发人　又	共英洋四百十九元五角
十都	砚山	经发人鲍肇修	共英洋四百六十八元正
十都	官亭铺	经发人叶锡卿	共英洋一百三十二元正
十都	排楼底	经发人　又	共英洋二百零五元五角
十都	桐木源	经发人叶以和	共英洋九十九元五角
十都	冷水亭	经发人叶锡卿	共英洋三十三元正
十都	打鼓墩	经发人　又	共英洋八十元正
十都	云庄	经发人　又	共英洋三百零五元五角

七都	江湾	经发人江秉文 问渠	共英洋二千二百八十四元正
七都	上湖山	经发人汪礼堂	共英洋三十元正
七都	下湖山	经发人　又	共英洋九十四元正
七都	张村	经发人　又	共英洋二十二元五角
十都	上城口	经发人江少圃	共英洋六百零九元正
十都	霞城口	经发人　又	共英洋六百七十一元正
十都	港口	经发人　又	共英洋五百五十一元正
十都	城坦	经发人　又	共英洋四百二十二元正
十都	汪潭	经发人　又	共英洋二百三十三元正
十都	半山	经发人江少圃	共英洋一百零六元正
十都	上坦	经发人孙吉孚 鉴湖	共英洋五十四元正
十都	下坦	经发人　又	共英洋四十二元正
十都	井坞确	经发人江少圃	共英洋十八元正
十都	十亩假	经发人　又	共英洋九十七元五角
七都	杨家溪	经发人江时达	共英洋一百六十七元五角
七都	水路	经发人江安澜	共英洋一百二十二元正
七都	石鼻头	经发人江秋圃	共英洋二十四元正
七都	镇头	经发人江时达	共英洋二十二元正
七都	山松	经发人汪礼堂	共英洋九元正
六都	汪口	经发人俞振声 沛三	共英洋一千一百三十六元五角
五都	晓秋口	经发人王瑞祥	共英洋九十元正
婺城	西门外	经发人汪蠡安、郑熙臣	共英洋一百三十元零五角
十都	高枧假	经发人汪渭川	共英洋二百零四元正
十都	下晓起	经发人汪祝清	共英洋三十九元五角
十都	桃源	经发人吴以明	共英洋一百零七元正
十都	假公田	经发人汪声扬、叶锡卿	共英洋八十五元五角
十都	羊斗岭	经发人叶锡卿	共英洋三十元正
六都	汪下坑	经发人俞振声	共英洋二十四元正
一都	杨林	经发人汪渭溪、王渭南	共英洋七十九元正
二都	蕾坞	经发人汪超群	共英洋五十八元五角
一都	陂头	经发人程荣茂	共英洋四十三元正
二都	寺前	经发人俞左泉	共英洋二十一元正
一都	雍家溪	经发人汪超群	共英洋三十一元正
七都	中平确	经发人孙雨公	共英洋十九元五角
二都	湖村上坦	经发人胡士章	共英洋七十四元正
二都	杨梅山	经发人程汝铭、陈福庭	共英洋七十五元五角
二都	庄村	经发人张灶林 福清	共英洋五十元正

二都　程家坞　经发人朱伯林　共英洋二十一元正
二都　新兴坞　经发人詹发清、汪焕如　共英洋三十一元正
二都　狮坞龙陂　经发人程树滋福和　共英洋四十九元五角
二都　江坞　经发人俞玉光炳炎　共英洋四十六元五角
二都　罗坦　经发人罗金富、韩允坚　共英洋三十一元正
二都　安口　经发人程志远　共英洋四十元正
二都　车前坦　经发人程茂清、朱永年　共英洋十五元正
一都　坑头　经发人胡荫南、程福如
　　胡盛清　共英洋五十元正
二都　横坑　经发人朱敬昭　共英洋五十元正
二都　横坑口　经发人罗廷金　共英洋二十三元正
二都　枕霞　经发人程问吾、朱进兴　共英洋二十元正
二都　东山　经发人俞左泉、陈观泰　共英洋一百九十三元五角
十都　波滩　经发人孙光远　共英洋五十元正
十都　上湖村　经发人孙雨公　共英洋六元正
二都　下湖村　经发人俞左泉　共英洋八元正
二都　朱村　经发人胡印南　共英洋六元五角
婺城　经发人郑熙臣　共英洋十一元正
二都　汪曹家坦　经发人程福如　共英洋二元正
二都　镇头湾口　经发人汪荣华　共英洋二元正
二都　陂下汤坞　经发人程树滋福如　共英洋五元正
二都　里边村　经发人程松茂　共英洋九元正

以上共七十八村等村，合给赈英洋二万四千二百二十四元正。

各村姓名繁多，不及备载，存有放赈灾册票根可查。

歙县酌急普加赈并抚恤淹毙周济屋伤每村总数开列于左：

二十八都　柘林、岑册渡、航埠头经发人程大珊、王连臣胡爱金、程全奎　共英洋八百二十五元正
二十七、八都　王村上店、杏村
　　下王村等处　经发人余星垣　共英洋一千零四十一元五角
二十七都　礼堂厦　经发人郑晋帆　共英洋六十八元正
二十七都　烟村渡　经发人余星垣　共英洋五十七元五角
二十七都　大观、王仪川、后塘　经发人余星垣　共英洋一百八十一元五角
二十七都　浯村　经发人又　共英洋一百六十六元正
二十七都　富墩、下埠　经发人程源大　共英洋一百四十八元正
古关都　古虹桥　经发人程以仁　共英洋一百零八元正
二十三都　西山边、沙坑　经发人汪天衢　共英洋一百五十四元正

二十二都	黄口、田冲	经发人程绮园、叶象文	共英洋一十七元正
二十五都	南溪南、汉沙	经发人吴日法	共英洋三百七十二元五角
二十五都	乔亭村	经发人程受卿	共英洋三十八元正
二十四都	烟村、朱家堡	经发人余星垣	共英洋一百七十八元五角
二十五都	篁墩	经发人程渭贤	共英洋二百八十五元正
二十六都	珠琪	经发人余星垣	共英洋八十五元正
二十六都	珠川、塘坦	经发人余星垣、佩芬	共英洋一百零三元五角
二十六都	岭口、接驼	经发人余佩芬、程致和	共英洋八十四元五角
二十六都	朱陈、石耳	经发人又	共英洋八十六元正
二十六都	绍廉、上村	经发人程致和	共英洋八十五元五角
三十七都	朱家村、李树园	经发人徐承祜、方九余	共英洋一百二十八元正
三十九都	渔岸	经发人王慎士	共英洋六十七元正
三十七都	雄村	经发人曹占甫	共英洋三百四十七元正
三十七都	梅口	经发人江绳武	共英洋二百三十九元
三十六都	沦岭下	经发人汪泽生	共英洋四十元零五角
三十七都	小梅口	经发人江涛	共英洋六十七元正
三十七都	南源口	经发人汪松高	共英洋四十元零五角
三十七都	汪家琪、官滩	经发人章献南	共英洋五十二元正
三十七都	忠堡	经发人程顺卿	共英洋五十七元正
三十都	胡埠村	经发人王成来	共英洋二十四元正

以上共四十五村等村，合给赈英洋五千一百四十七元正。

各村姓名繁多，不及备载，存有放赈灾册票根可查。

黟县酌急普加赈并抚恤周济淹毙屋伤每村总数开列于左：

六都	田培、霭山、前村、湖村	经发人余理堂、欧阳芬廷	共英洋一百八十一元五角
六都	苦竹林、古竹林	经发人　又	共英洋九十八元五角
六都	扎川、栈搁岭、大坑	经发人　又	共英洋一百二十六元正
六都	金家村、青里山、严里	经发人　又	共英洋一百三十五元五角
六都	詹家	经发人余理堂、欧阳芬廷	共英洋一百二十四元五角
六都	松川、长演岭、源头、上充	经发人　又	共英洋四十五元五角
里六都、上村		经发人　又	共英洋三百零九元五角
七都	渔亭、下坦	经发人　又	共英洋三百零九元五角
七都	河滩、玛川	经发人　又	共英洋六十五元五角
七都	察坑、水板桥、风坑、乔岭	经发人　又	共英洋一百九十九元正

七都	下横坑、朱家坑、燕窝、周家	经发人　又	共英洋六十元正
七都	楠岭、金家、英山、石门坦	经发人　又	共英洋一百四十五元正
七都	岩下、周村	经发人余理堂、欧阳芬廷	共英洋一百八十一元五角
七都	乞坟、下圩、新亭	经发人　又	共英洋七十三元正
七都	霞阜、阴坑口、葛坑、汪村	经发人　又	共英洋二百十六元五角
七都	里村、老岔、艾坑	经发人　又	共英洋三百十九元正
七都	霭冈、里岸、樟坑、界首	经发人　又	共英洋一百五十元正
七都	戴渡河、岩山、汾水坳、江坑	经发人　又	共英洋八十一元正
七都	查家、八角亭	经发人　又	共英洋一百零七元正
七都	葛山、后金、各蓬氏	经发人　又	共英洋八十二元五角
七都	瑞村、欧村、韩村、潘村	经发人余理堂、欧阳芬廷	共英洋一百五十一元
七都	杭坑、颍川口、茅蓬店、吴家许	经发人　又	共英洋九十七元正
七都	何六坑、程祥坑、猪皮坑、八家	经发人　又	共英洋八十二元正
七都	下坳、汪家等村	经发人　又	共英洋九十七元五角
七都	半查等村	经发人　又	共英洋五十六元正
八都	洋坞等村	经发人吴仲臣	共英洋二百六十五元五角
八都	程村等村	经发人　又	共英洋二百四十九元五角
八都	海川等村	经发人　又	共英洋三百十四元五角
八都	汪村等村	经发人吴仲臣	共英洋二百二十元零五角
里六都	大坞等村	经发人余锦堂	共英洋二百元正
上中八都	上坞等村	经发人吴仲臣、胡小圃	共英洋二百元正

以上共八十村等村，合给赈英洋四千八百五十四元正。

各村姓名繁多，不及备载，存有放赈灾册票根可查。

祁门县酌急普加赈并抚恤淹毙周济屋伤每村总数开列于左：

九都	莲花塘	经发人吴永涛畅基	共英洋四百七十六元正
九都	社景	经发人黄志卿藻华	共英洋四百九十四元正
十一都	社峰	经发人方光灼、许桂龄	共英洋四百四十三元正
九都	黄土坑	经发人吴永涛、许步云、吴畅基	共英洋一百五十四元正
九都	横路头	经发人许铁群、陈有功	共英洋一百三十一元正
九都	双溪流	经发人　又	共英洋九十三元正
五都	榉墅	经发人洪绍闻承徽	共英洋八十七元正

九都	金字牌	经发人朱作仁、洪灶辉	共英洋五十二元正

以上共八村等村，合给赈英洋一千九百三十元正。

各村姓名繁多，不及备载，存有放赈灾册票根可查。

黟县、婺源、休宁、歙县、祁门五县，合共给赈英洋五万七千零三十二元五角正。

己酉赈济各县水火灾计总：

歙县	廿六都坑中等村　张纯卿、项晓岭手	共英洋四百元正
休宁	屯溪韭菜园	共英洋二百八十四元正
歙县	上孤岭　毕柏松手	共英洋九十六元正
婺源	栗树坦　汪禀经手	共英洋一百元正
又	大畈　汪惟善手	共英洋四元正
又	长源岭　夏新屋手	共英洋三元正
又	大秋岭　詹廷树、胡裕祥、詹朗山手	共英洋一百元正

共赈英洋九百八十七元正。

衣　赈*

绵衣计总并到埠分散各县开列于左：

支英洋六百六十五元六角零五厘	浙新坝吴笃生经办绵衣一千零九件
支英洋一千五百零二元三角六分	杭州汪侣生经手、同记庄办绵衣二千件
支英洋四百念四元零三分六厘	本屯溪甡记、大源两衣店办绵衣四百六十二件
支英洋十九元二角二分八厘	申、杭来绵衣找船力上力等用
支英洋七十八元四角二分	分散各县绵衣船挑力上下力等用

五共计支英洋二千六百八十九元六角四分九厘。

外，支虍规元一千六百四十二两，上海绵衣价计二千零二十件。

绵衣收付计数：

收上海徽宁会馆来两次共二千零二十件。

收浙江杭州本屯溪三处共办来三千四百七十一件。

休宁县

桃林、中山、玉石潭	由吴警咸、程绮园、程福堂经散	共五百六十八件（在璜源设局）
田均、马金岭、古楼墩		
陇头、西坑口、陈村		
江田村、浯田岭一带等村		
汪金桥、钗坑等村	金子松经散	共二百件
湖村一带等村	朱若梁经散	共四百件
三都水南	吴仲容经散	一百件
古林等村	黄味兰经散	二百件

溪西、山斗、璜茅、塔坑	张德卿、程子明	
东流、岭南、沙溪等处	程守余、王宗鲁经散	共四百件
岭脚	经散	五十件
商山等村	吴吟甫经散	共五十件
藏溪	经散	二十五件
	朱惠陔经散	十件
	顺祥经散	六件
	朱鼎臣经散	十五件
	黄维周经散	十五件
屯溪邻村	厷厦司 本局 经散	六百九十七件 一百十二件

共计二千八百四十八件

婺源县

浯村〤十、大畈〧十、岭下廿〇		
方坑段廿〇、黄泥坦廿〇		
岭里卅、里外古蜀地〤十	江禀经经散	共二百五十件
上城口廿〇、港口廿〇、城坦廿〇		
十亩段8件、霞城口廿〇		
半山十〇、汪潭十8件	江少圃经散	共一百十件
汪口〦十、汪下坑十〇	俞 叶和 振声 沛三 经散	共七十件
杨家溪、水路、镇头、石鼻头	江 安澜 时达 秋圃 经散	共四十件
下溪头、岭背	程 蓝田 赞臣 经散	共一百件
上溪头、高枧假		
桃源、远坑	程 考言 绍川 经散	共一百三十件
砚山	鲍肇修经散	共二十件
塔坑卄件、云庄、桐木源		
排楼底、打鼓墩		
冷水亭、官亭铺	修路程局江益田经散	共九十件
上湖山、张村		
下湖山、湖山上坦	汪礼堂经散	共二十六件
江湾	江 庸耕 问渠 经散	共八十件
上下晓起、上下坦、湖村	井坞 汪祝青、江品钊	
	孙雨公经散	共七十四件
上坦	孙芷香经散	共三十件

共计一千零二十件

歙　县

篁墩	邵源大经散	共四十件
上店	苏德盛店经散	共三十件
下王村	程广兴酱坊经散	共四十件
烟村渡	聚隆店经散	共三十件
皋径	同升船行、江印芝经散	共七十件
满田	同升船行经散	共三十件
柘林	徐丹甫经散	共五十件
雄村	又　经散	共二十件
朱家村	江怡盛店经散	共三十件
西乡渔梁	程以仁经散	共二百件
朱陈、石川、岭口、接驼		
孤岭、枧桥、上下泽、上溪	余星垣经散	共三百六十件
绍濂、上村、上坞、南源、长垓	程伯敬经散	共一百件

共计一千件正

黟　县

里六都、上中八都、下八都	余鲁卿经散	共一百七十件
渔亭	盐公堂、孙福生经散	共三十件
詹家、霭山、严岭、田培、葛川		
黄坑、韩村、汪村、李村、札川		
朱家坞、上充、外村、苦竹林		
一带等村	由余理堂、欧阳芬廷 吴仲臣、余锦堂、胡小圃经散	共四百二十三件

共计六百二十三件

歙、休、婺、黟四县，大共散去绵衣五千四百九十一件（如数收付两清）

面　　赈*

面粉计总

收上海徽宁会馆朱砚涛幼鸿观察一千包

收上海　　余鲁卿君经募来一百二十包

付歙	程伯敬手	七百念二包	经散石门坑、徐家村、磻坑、南源山 长垓、上村、苏田、古祝、枣山、皋径 小源、上店、仁山、叶西、上溪 上泽、下泽、枧桥、泗口、汪坑 朱陈、石川、石耳山、绍濂、接驼 岭口、黄茅、低岭、六公坑、孤岭等处
付黟	余鲁卿手	三百五十二包	经散渔亭、苦竹岭、田背、汪家、查家 岩脚、半山、霭山、玛川、霞阜

艾坑、吴村、六都、张村等处

付船上破包并蚀耗，四十六包。

以上收付两抵合记（分送各处使用开后）。

外

支英洋二百九十八元六角七分八厘，上海付解面粉水脚

平　粜*

平粜米收支钱洋总目

付英洋二千七百十一元四角一分三厘，杭州办米四百九十五担（复屯局斗计，实四百七十三担七斗八升。抵计蚀斗二十一担二斗二升）；

付英洋六十一元三角六分九厘，杭州运米到屯水脚；

付英洋四百五十四元九角五分，屯溪办米九十三担六斗。

收逐日粜出杭米十七担五斗八升（每升〥十），钱八十七千九百文，

收又　　四百三十四担七斗二升（每升〤〥），钱一千九百五十六千二百四十文（两笔零升量出，计蚀耗去米念一担四斗八升）；

收逐曰粜出屯米九十七零三斗四升（每升〤〥），钱四百零六千五百三十文（此笔屯米复零升量出，计蚀耗去八斗六升。其米到此结总，仍存二担四斗。后笔原价收回）。

三笔钱扯合〡千〢百〡十〥，入英洋一千九百三十七元二角八分八厘。

收平粜米仍余二担四斗（至此合讫，原价计回），英洋十一元六角四分

付十九、二十都汉口英洋五百元程受卿手经办米平粜

付十八都　　高枧英洋四百元王景尧手经办米平粜

收付统抵，平粜米款计净支英洋二千一百七十八元八角零四厘。

以 工 代 赈

休　宁　县

朱若梁	三次具字领去	英洋三千元	修渭桥并路
朱若梁	具字领去	英洋一千元（原书行间注：并该处赈余及未领洋三百零六元归入路工，另有细帐交局）	修西北两乡路
程 子明 筠光 思贤	仝具字领去	英洋四百元	修山斗村口通衢大术桥，并两岸石磅东边大路
程 恩灿 鸿均 之沼	仝具字领去	英洋一百元	修韩村水口大路

程 子明 思贤	仝具字领去	英洋四百十七元	修稠竑岭脚大路
叶墨卿	具字领去	英洋八百元	修扶车岭路
余静波	具字领去	英洋一千一百元	修马金岭外路
张德卿、汪禀经	仝具字领去	英洋六百八十九元	修溪西村之方胜桥路
方文会、王吉卿			
刘长林	仝具字领去	英洋二百元	修芳山路
吴警咸	具字领去	英洋一百三十元	修璜源一带路
吴警咸	具字领去	英洋二十元	修廿都许家墩路
吴警咸	具字领去	英洋一百元	修桃林路
程馥堂、吴警咸			
程惟一、程俊元	仝具字领去	英洋二百五十元	修浯田岭等处路
程兆才、汪观保			
张锡排	仝具字领去	英洋二十元	修玉石潭路
程 兆光 金大 福喜 金袍	仝具字领去	英洋八十元	修垄头路
吴 德孙 八宝	仝具字领去	英洋十九元	修马金岭北边路
张新田、吴芝			
吴江、张新年	仝具字领去	英洋三十元	修江田路
吴警咸	具字领去	英洋四十六元	修璜源中村磅岭脚路
吴警咸	具字领去	英洋七十八元	修富竹岭、大岭脚等处路
巴顺子	石作领去	英洋十四元	修三官亭路
金磬山、程雄甫			
程绮园、金懋功	仝具字领去	英洋五百元	修汪金桥、汪村等处路
金磬山	具字领去	英洋二百元	修广武桥、三望源等处路
金磬山	具字领去	英洋三百五十元	修乌木岭等村路
范国镛	具字领去	英洋一百元	修屏风山等路
程绶卿	具字领去	英洋五百元	修四角堂通衢要路
汪沧涛、吴滋生			
汪继绪、吴荣光			
汪志泽	仝具字领去	英洋二百四十元	修西乡十三都、金竺上庄等处路
程绶卿	具字领去	英洋八百元	修汉口通达马金、白砌两岭河堤岭磅路
程采南	具字领去	英洋一百六十元	修芳干路
吴仲容、汪孚吉			
吴树棠、吴菊如	仝具字领去	英洋一千二百元	修三都水南石桥桥尖之用
黄维周	三次具字领去	英洋一千元	修筑孚潭至林田路
黄以规	具字领去	英洋四十元	修古林黄坟、黄家庄木桥

吴璞山	具字领去	英洋十五元	修环田口路
金恺卿、汪子勤			
金兆丰	仝具字领去	英洋四百元	修小珰一带大路
徐怀之、王景尧			
胡光甫	仝具字领去	英洋六百元	修范家墩路
程老小	经手	英洋四十元零二角二分八厘	修古楼坦、西坑口桥练
程老小	经手	英洋十五元	修西坑路
程老小	具字领去	英洋一百元	修古楼坦路
许勉之 云甫	仝具字领去	英洋二百十七元	修落石坑路
桃荒	石作领去	英洋八元	修屯溪杨子坑路
程老小	经手	英洋十元	修金竺岭亭
余震承	具字领去	英洋八十元	修紫溪源路塝
王志成、毕理堂	仝具字领去	英洋六十八元三角	修闵口路
朱钰源、程翼如			
吴和记	仝具字领去	英洋四百二十元	修长丰至田庄水冲路磅兼山崩等
吴俊德	具字领去	英洋八百八	修洽阳桥路
章祝三、王国臣			
吴锦棠	仝具字领去	英洋二百元	修洽阳路
王景尧	具字领去	英洋二百元	修高枧灵秀桥
程绥卿	具字领去	英洋八百元	修四角堂地方并各村通白砌、仰山两岭及路
吴贞铎	具字领去	英洋一百五十元	修桃林村头大路
王宗鲁 莱孙	仝具字领去	英洋五百五十元	修三溪路
吴以培	具字领去	英洋五百元	修东流假路
程廷箴	具字领去	英洋四百五十元	修长圩磅路
程守余、陈荣堂	仝具字领去	英洋三百十元	修横茅东边源路
程绥卿	具字领去	英洋二百元	修汊口上边溪路磅
吴紫绶 成章	仝具字领去	英洋一百元	修千金坦内外通衢塍磅路
吴紫绶	具字领去	英洋八十元	修燕源蛇径路
范序东	具字领去	英洋四百元	修岭后郗、溪头、屏风山、瑶干村等处并沿溪之路
黄以规	具字领去	英洋五百元	修五城街头路并石桥
吴子铨 乐山 谦六	仝具字领去	英洋五百元	修里东流路
吴秉章 文治 采芳	仝具字领去	英洋六十元	修青山、龙岭等处路

张德卿	具字领去	英洋二千四百元	修造三宝寺石桥
张德卿	具字领去	英洋一千二百元	修造岭南至溪西路

璜茅工程局	经理人洪朗霄、程雄甫、程荣锦	支款列后
付程志瑞	修山斗张梨坑起至新岭石狮止路	工洋六十二元
汪天顺	造新岭石桥一洞	工洋五百二十元
胡同庆	修新岭路	工洋三十一元
洪大	修新岭路	工洋十三元
余礼寿	造璜茅大石桥一洞	工洋二千零零五元一角五分四厘
吴添亮等	修璜茅石桥头至狮头湾止路	工洋九十二元
吴旺光等	修水确湾石板桥路	工洋四十一元二角三分一厘
吴起琇等	修水确湾村头方塍路	工洋一百十元
陈遐年等	修花亭新路方塍、双河 口路塝外塔坑村心路塝、 外塔坑村口路塝路	工洋一百八十四元
程尧民等	造璧林亭转洞桥一洞、 又十转洞石桥一洞桥	工洋二百四十二元
俞当等	修塔坑村头至圩头石桥止路	工洋一百五十六元
吴添亮等	修柏树底至石车下止路	工洋一百十四元
黄来富	修大夫岭石桥缺角又路塝	工洋六十八元五角六分三厘
程祥泰等	修尧岭脚至石桥头止路	工洋七十五元二角九分二厘
又	修尧岭脚石桥	工洋二十五元
吴观福	修茶坞口至尧岭头止路	工洋一百六十五元二角八分六厘
程祥泰等	修塔岭头至榨坑口止路	工洋八十八元
又	修头坑口路、莱园坞口路 里毕林亭路、外毕林路	工洋七十三元七角零八厘
吴观福等	造塔岭头转洞石桥一洞	工洋一百零二元
汪樟祥	造塔岭源转洞石桥 一洞兼打墁路石板	工洋五百五十元零三角六分九厘
吴添亮等	修黄土岭上自塌头下至村脚止路	工洋一百六十元
章福	打墁路石板并修新岭	工洋二百二十六元
程祥泰等	修双河口路	工洋十三元二角六分九厘
汪天才	造新岭转洞小石桥一洞	工洋五十元

石灰一万斤休南钗川公泰窑办	计洋四十五元
又　运至璜茅挑力	计洋六十元零五角六分九厘
璧林亭搭木桥	工洋二元
九龙村修路	工洋十元
程守余具领字修水口庙等处路	工洋五十六元四角
本局经造新岭靠桥水鳖兼员杉树及 重修各路贴饭米并搭各处木桥等	工洋八十八元九角八分八厘

舆金伙食等　　计洋一百三十五元零六分五厘

共英洋五千五百六十五元八角九分四厘

汪缉之	具字领去	英洋一百元	修商山桥路
张汉臣	具字领去	英洋五十元	修桃林路

婺　源　县

砚山工程局孙吉孚、汪学文 汪汝成、汪仲甫、江少圃 江丹圃、江铁臣三次	仝具字领去	英洋四千四百九十六元	修造官亭至港口一带通衢大路并砚山石桥(另有细赈交局)
官亭工程局江 品钊等　八次	具字领去	英洋四千七百零七元八角三分九厘	修造官亭至休宁通衢大路并石桥四乘路亭三座(另有细赈交局)
汪禀经	具字领去	英洋二千三百元	修造大畈岭里岭下方坑假等村及济口假至溪西水口路(另有细赈交局)
江淦泉、焕文、汉臣、树滋　三次	仝具字领去	英洋三千元	修造湖山石桥
程履安、汪汝成　三次	仝具字领去	英洋一千九百元	修造百文冲石桥三洞
程叶池	具字领去	英洋一百六十元	修造溪头至塔坑路
程宜卿、敦本众	仝具字领去	英洋七十元	修造远坑路
汪连富、洪让三、胡新泰 胡明标、李起旺 胡周隆　四次	仝具字领去	英洋六百元	修造燕竹岭并路
汪杰文、禀经	仝具字领去	英洋五十元	修造水路村桥渡
汪禀经、吴镜蓉	仝具字领去	英洋五十元	修造古蜀地水冲之路
汪时达、达五	仝具字领去	英洋二百元	修造镇头一带路
胡品庄、俞步瀛	仝具字领去	英洋一百元	修造婺东田湾桥路
俞左泉	具字领去	英洋八十元	修造婺东东山路
洪晋卿	具字领去	英洋六十元	修造新渡桥路
叶锡卿	具字领去	英洋八十元	重造官亭路亭
毕发培	具字领去	英洋四百元	修造塔坑左边东流坑口至岭头路并石桥四洞

歙　县

程以仁	具字领去	英洋一千元	修郡城张公堤、练影桥
余星垣、程致和	手领去	英洋二百元	修横茅岭北桥路
余星垣、程致和 余佩芬	仝具字领去	英洋六千五百元	修歙岭及长垓外路
晋茂昌、方日章	仝具字领去	英洋一千元	修小梅口村头至丰村大路
程勤甫	具字领去	英洋四百三十七元	修王村源枧桥后塘庄头等路
郑晋帆	具字领去	英洋一百元	修篁南路

黟　县

余鲁卿	具字领去	英洋一千元	修艾溪里岸等处路桥塝碣并渔亭镇之下工赈
余震承、欧阳芬廷 三次	仝具字领去	英洋二千七百元	修渔亭小河及以上各村桥塝工程

祁　门　县

胡绶卿、叶成美等 三次	仝具字领去	英洋二千元	修东大路一带

婺、休、歙、黟、祁五县共赈英洋六万三千八百六十三元三角六分一厘。

总　结

正　款

收湘平银一万两正（易英洋一万四千零七十六元二角零三厘）

收规元五万三千五百两（除拨三千两付积谷仓，易英洋六万七千七百六十三元二角五分照各庄折随时结价入来）

收英洋，四万三千九百五十三元四角三分八厘（内龙洋一千九百三十元、铜洋一元）

息　款

收裕宁局规银一百二十七两九钱八分一厘、英洋二十一元四角零八厘

收万康庄规银三百九十三两正、英洋四百二十六元零八分三厘

收益和庄规银三百十四两二钱、英洋二百九十一元六角九分六厘

收通裕庄规银二百九十九两零零九厘、英洋一百三十五元六角七分七厘

收致祥庄规银三百四十六两五钱、英洋二百二十九元五角二分五厘

收德源庄规银五百四十三两九钱、英洋一百五十八元六角五分二厘

共收息规银二千零二十四两五钱九分，[illegible]易洋二千七百十七元，英洋一千二百六

十三元零四分一厘

外　筹　款

收英洋五百元正（屯溪各钱庄捐助开办查赈费未列报销）

支　　款

戊申放赈五县	共英洋五万七千零三十二元五角
己酉散赈水火灾	共英洋九百八十七元正
衣赈	共英洋二千六百八十九元六角四分九厘
平粜	共英洋二千一百七十八元八角零四厘
工赈	共英洋六万三千八百六十三元三角六分一厘
补龙洋水	计英洋三十八元六角

付积谷仓款

造屋	英洋一千元正（吴俊德手）
办谷	规银三千两正

费用（另有细帐存局）

认公济局伙食（戊申年）	英洋一百元正
聚文堂刊印灾册、赈票	英洋五十五元正
查赈伕马伙食及各分局支销	英洋六百九十八元五角
笔墨印色纸张	英洋五十七元六角
挑洋脚力、信资汇费、开发差工	英洋一百四十八元八角九分
面粉发力	英洋一百三十六元四角
笔友薪金、倩人帮忙	英洋一百八十五元正
杂支	英洋七十五元九角七分四厘
征信录（四百本）	英洋一百四十元正

统共收英洋十三万零二百七十二元九角三分二厘，支英洋十二万九千三百八十七元二角七分八厘。

两抵，仍余英洋八百八十五元六角五分四厘（归入积谷仓）

江皖筹振新捐例章

清宣统二年铅印本

(清)佚名 辑

夏明方 点校

江皖筹振新捐例章

江皖筹振新捐例章总目

计开：

振捐

一、贡监

一、职衔

一、升衔

一、推广升衔

一、顶戴六职大衔

一、翎枝

一、封典

常捐

一、捐免补本班离任，以升阶仍留原省试用

一、捐离任

一、捐分发指省

一、捐免坐补

一、捐免试俸历俸

一、捐免实授

一、捐离原省

部捐

一、十成贡监生

一、捐免保举

一、补交留省

捐　贡　监

一、贡生

由监生、附生，捐银一百四十四两；由增生，捐银一百二十两；由廪生，捐银一百八两。

一、监生

由俊秀，捐银一百八两；由附生，捐银九十两；由增生，捐银八十两；由廪生，捐银六十两。由俊秀已捐从九未入职衔改捐监生，概不作抵，仍缴例银一百八两。

捐 职 衔

一、郎中

由贡、监生，捐银三千八百四十两；由同知，捐银一千六百五十六两。

一、员外郎

由贡、监生，捐银三千二百两。

一、主事、都察院都事、都察院经历

由贡、监生，捐银一千六百六十两。

一、銮舆卫经历、中书科中书

由贡、监生，捐银六百五十两。

一、部寺司务

由贡、监生，捐银六百两。

一、翰林院待诏

由贡、监生，捐银三百六十两。

一、翰林院孔目

由贡、监生，捐银三百二十两。

一、道员

由贡、监生，捐银五千二百四十八两。

一、知府

由贡、监生，捐银四千二百五十六两。

一、盐运司运同

由贡、监生，捐银三千八百四十两。

一、同知

由贡、监生，捐银二千两。

一、通判

由贡、监生，捐银一千六百两。

一、布政司经历、布政司理问、州同

由贡、监生，捐银三百两；由恩、拔、副贡生，捐银一百二十两。

一、按察司经历、布政司都事、盐运司经历、州判

由贡、监生，捐银二百五十两；由恩、拔、副贡生捐银七十两。

一、盐库各大使、按察司知事、府经历、县丞、盐运司知事、布政司照磨

由贡、监生，捐银二百两。

一、按察司照磨、府知事、县主簿、州吏目

由贡、监生，捐银一百二十两；由从九品、未入流，捐银一百八十两。

一、从九品、未入流

由俊秀，捐银八十两；由未满吏，捐银六十五两；由已满吏，捐银五十两。

一、各馆誊录，举人准捐同知职衔，照常例贡、监生报捐，银数酌加五成。生监准捐通判职衔，照贡、监生报捐，银数酌加三成。其余职衔仍按常例银数办理。

一、各馆供事，报捐七品按经、布、都、盐、经职衔，各照常例贡、监生报捐银数加倍报捐。其捐府经、县丞各职衔，应按未满吏递捐例银三百二十五两；捐县主簿、州吏目各职衔，例银二百四十五两。

文进士、举人报捐京外四、五品文职衔并五贡报捐四、五、六品文职衔，均应扣除原资银数。

已截取进士，作银一千二百九十五两；未截取进士，作银一千一百五十五两。已截取举人，作银一千十五两；未截取举人，作银八百七十五两；未拣选举人，作银七百三十五两。五贡，作银四百三十四两。

以上京外文职各衔，凡小衔加捐大衔，准将原捐小衔银数抵算。惟文京职衔加捐文外官职衔，往往有原捐银数浮于加捐者，只准照对品外衔银数作抵。

捐升衔

一、现任部司务捐六品升衔，应银一千一百三十一两，候补、候选应银一千三百四十七两。

一、科中书、阁中书、銮经历捐五品升衔，应银二千七百七十二两，候补、候选应银二千九百四十五两。

一、现任京府经历捐提举升衔，应银一千九百五十二两，候补、候选应银二千二十四两。

一、现任京通判捐同知升衔，应银一千三十七两，候补、候选应银一千二百六十八两。

一、现任主事、都都事、都经历捐员外郎升衔，应银一千二百五十三两，候补、候选应银一千九百四十四两。

一、现任教谕捐科中书升衔，应银八百二十一两，候补、候选应银九百三十六两。

一、现任教谕捐翰待诏升衔，应银一百八十八两，候补、候选应银二百四十五两。

一、举人出身现任教谕捐内阁中书升衔，应银八百二十一两，候补、候选应银九百三十六两。

一、五贡出身现任教谕捐内阁中书升衔，应银一千一百三十七两，候补、候选应银一千二百五十二两。

一、举人出身现任训导捐内阁中书升衔，应银一千二百三十九两，候补、候选应银一千三百四两。

一、五贡出身现任训导捐内阁中书升衔，应银一千五百五十五两，候补、候选应银一千六百二十两。

一、现任按知事、府经历捐布理问升衔，应银六百六十三两，候补、候选应银七百三十五两。

一、现任县丞捐布理问升衔，应银三百二十四两，候补、候选应银四百十八两。

一、现任布照磨、盐知事捐布理问升衔，应银五百九十一两，候补、候选应银六百二十七两。

一、现任盐库各大使捐运判升衔，应银一千七百二十八两，候补、候选应银一千九百五十九两。

一、现任按经历捐提举升衔，应银一千六百四十九两，候补、候选应银一千七百六十五两。

一、现任布都事、盐经历、直州判、州判捐提举升衔，应银一千九百五十二两，候补、候选应银二千二十四两。

一、现任知县捐同知升衔，应银一千三十七两，候补、候选应银一千二百六十八两。

一、现任通判捐提举升衔，应银五百七十六两，候补、候选应银七百十三两。

一、现任运判捐提举升衔，应银一千三十七两，候补、候选应银一千一百七十四两。

一、现任布经历、布理问捐提举升衔，应银一千五百五十六两，候补、候选应银一千七百两。

一、现任州同捐提举升衔，应银一千四百四两，候补、候选应银一千六百七两。

一、现任直州同捐知州升衔，应银一千六百三十五两，候补、候选应银二千一百五十三两。

一、现任提举、运副捐运同升衔，应银三千四百五十六两，候补、候选应银四千三百二十两。

一、现任直知州捐知府升衔，应银二千九十六两，候补、候选应银二千七百八十七两。

一、现任同知捐运同升衔，应银二千四百二十两，候补、候选应银二千九百八十一两。

一、现任知州捐运同升衔，应银二千九百九十六两，候补、候选应银三千四百四十二两。

一、现任同知捐知府衔，应银二千五百九十二两，候补、候选应银三千七百三十两。

一、现任学正、教谕捐翰林院待诏衔，应银一百八十八两，候补、候选应银二百四十五两。

以上常例准捐升衔条款大致备载，其余如八、九品递捐各条，查阅本条捐升官阶双月银数减二成，即系报捐升衔例银数目。

捐推广顶戴升衔

一、现任九品、未入流京官捐六品顶戴，应银一千四百九十一两，候补、候选应银一千五百九十九两。

一、现任八品京官捐五品衔，应银三千八百六十七两，候补、候选应银四千零四两。

一、现任七品京官捐四品衔，应银四千六百七十三两，候补、候选应银五千二百四十九两。

一、现任编修、检讨、庶吉士捐四品衔，均比照汉京官七品报捐银数办理。

一、现任六品京官捐四品衔，应银四千三百七十八两，候补、候选应银四千六百三十两。

一、现任修撰捐四品衔，均比照汉京官六品报捐银数办理。

一、现任员外郎捐四品衔，应银四千六百八两，候补、候选应银四千八百四十两。

一、现任郎中捐四品衔，应银二千五百三十五两，候补、候选应银三千九百十七两。

一、现任员外郎捐三品衔，应银九千二百十六两，候补、候选应银九千六百八十两。

一、现任郎中捐三品衔，应银五千六十九两，候补、候选应银七千八百三十四两。

一、侍讲、侍读捐四品、三品衔，均比照汉现任郎中报捐银数办理。

满洲蒙古人员

一、现任九品捐六品顶戴，应银二千三百二十六两，候补、候选应银二千四百六十三两。

一、现任八品捐五品衔，应银四千二百二十七两，候补、候选应银四千三百六十四两。

一、现任七品捐四品衔，应银六千二百六十四两，候补、候选应银六千四百零一两。

一、现任六品捐四品衔，应银四千三百七十八两，候补、候选应银四千六百三十两。

一、满洲蒙古员外郎、郎中捐四品、三品衔，均比照汉员报捐银数办理。

一、现任九品、未入流外官捐六品顶戴，应银一千一百八十一两，候补、候选应银一千二百一十两。

一、现任府经历、县丞、盐知事、布照磨捐五品衔，应银二千二百九十七两，候补、候选应银二千三百六十九两。

一、现任盐库各大使捐五品衔，应银三千八百二两，候补、候选应银四千零三十二两。

一、现任训导捐五品衔，应银二千六百三十六两，候补、候选应银二千六百七十二两。

一、现任教谕捐五品衔，应银三千一百六十一两，候补、候选应银三千二百七十六两。

一、现任布都事、盐经历、直州判、州判、按经历、京府经历、京县丞捐四品衔，应银六千二百七十二两，候补、候选应银六千三百四十四两。

一、现任外县知县捐四品衔，应银四千七百六十七两，候补、候选应银四千九百九十七两。

一、现任府教授捐四品衔，应银七千五百六十两，候补、候选应银七千八百四十八两。

一、现任京县知县、通判、盐运判、州同、布经历、布理问捐四品衔，应银四千八百九十六两，候补、候选应银五千零三十三两。

一、现任直隶州知州捐三品衔，应银六千一百六十八两，候补、候选应银七千二百零四两。

一、现任同知捐三品衔，应银六千九百十二两，候补、候选应银八千六百十九两。

一、现任知州捐三品衔，应银九千一百零五两，候补、候选应银九千三百一十两。

一、现任盐运同捐三品衔，应银六千零七十一两，候补、候选应银六千二百零九两。

一、现任知府捐三品衔，应银四千六百零八两，候补、候选应银五千七百四十七两。

一、现任道员捐三品衔，应银四千一百十四两，候补、候选应银四千八百零四两。

以上各项顶戴升衔，毋论京外各官，凡有已保已捐升衔顶戴，俱不准作抵银数。

捐顶戴文职大衔*

捐　顶　戴

一、二品顶戴

如道员有三品衔及盐运使衔者，应银五千四百两；如无三品衔及盐运使衔者，加倍报捐。

捐文职大衔

一、盐运使衔

由贡、监生，捐银七千八百七十二两。

捐　翎　枝

一、花翎

一品实职，应银四千两。

二品实职，应银三千两。

三品实职，应银二千两。

三品以上虚衔人员，应银一千八百两。

四品以下实职虚衔人员，应银九百两（蓝翎减半）。

如蓝翎捐换花翎，其蓝翎系由捐资者，准其扣低；若由劳绩保举者，不准抵算。

捐　封　典

一、京外文武现任及候补、候选各官并捐职人员报捐封典，一品实官捐银一千两，二品实官捐银九百两，三品实官/捐职捐银八百两/九百六十两，四品实官/捐职捐银七百两/八百四十两，五品实官/捐职捐银四百两，六、七品实官/捐职捐银三百两，八、九品实官/捐职捐银二百两，未入流实官/捐职捐银一百两。

以上实官捐职各捐封例银数目，其由虚衔人员加级报捐一、二品封者，应照实职捐封银数办理。

一、在京文职加级

一品捐银二百二十五两，二品捐银二百五两，三品捐银一百八十五两，四品捐银一百六十五两，五品捐银一百四十五两，六品捐银一百二十五两，七品捐银一百五两，八品捐银八十五两，九品以下捐银六十五两。

一、在外文职加级

一品捐银四百五十两，二品捐银四百一十两，三品捐银三百七十两，四品捐银三百三十两，五品捐银二百九十两，六品捐银二百五十两，七品捐银二百一十两，八品捐银一百七十两，九品以下捐银一百三十两。

以上京外文职官报捐寻常加级例银数目，其由文虚衔职衔人员加级请封，其级应按京外文品职加级例银加倍报捐，即所谓随带级。如有情愿多捐加级者，各照实官职衔品级例定银数分别报捐，准照所加之级捐封。

一、加级捐封，向例三、四品不得逾二品，五、六品不得逾四品，七品不得逾五品，八品以下不得逾七品，各照常例捐级捐封银数办理，毋庸加倍。

一、二品实职及虚衔人员捐级请从一品封，其封典银数应按一品例定银数加倍报捐。

一、三品实职人员加级请封，准捐至二品为止。推广案内准加级捐至从一品封，应照例定一品封银数加倍报捐。

一、三品虚衔人员捐级请从一品封，其封银应按一品例定银数加倍再加五成，共交银三千两核算。

一、三品虚衔人员捐级请二品封，其封银应按二品例定银数加倍报捐。

一、四品虚衔人员捐级请二品封，其封银应按二品例定银数加一倍半报捐。

一、五、六品实职虚衔人员捐级请三品封，照常例加倍交封银，其捐至二品者，照二品例定银数加一倍半报捐。

一、七品实职虚衔人员捐级请三、四品封，其封银各照常例加倍报捐。

一、八品以下实职虚衔人员捐级请五、六品封，其封典银数各照常例加倍报捐。

一、捐封之级准其续行捐请封典，惟不准将捐封之级抵销处分，以示区别。

一、三品以上各官捐请封赠，准赠封曾祖父母。

一、四品至七品官，准其貤封曾祖父母；八品官以下，准其貤封祖父母。照例加倍交银报捐。

一、三品以上各官欲捐请本生曾祖父母封赠者，准照貤封曾祖父母之例报捐。

一、外曾祖父母、妻祖父母亦准捐请貤封。

一、京外大小各官貤封曾祖父母、伯叔祖父母、伯叔父母、庶母兄嫂及外祖父母，均准其貤封。

一、捐封人员准其捐请貤封嫡堂伯叔祖父母、嫡堂伯叔父母、嫡堂兄嫂并从堂、再从堂各尊长，以广尊崇。

一、官员之母舅、舅母、姑夫、姑母、姨夫、姨母、妻父、妻母，均准捐请貤封生母应归应封办理，毋庸另请貤封。

一、八品以下职官向例止封本身。如欲封本身及妻室者，应照常例捐封加倍报捐。

一、京外文武各官例得捐封第三继室，应先封本身及原、继配妻室，方能另捐请封。

一、第三继妻以后谊同嫡体，应准其按次递捐，以昭旷典。

一、休致人员亦准按原官品级报捐。

一、子孙为伊祖父、父原职品级追请封典者，亦准一体捐请。

一、凡为人妇、为人后者，欲为其已故夫之祖若父捐职请封，并为祖若父貤封其先人者，均准捐请，以遂其报本之忱。

一、貤封世代以曾祖父母为断，即捐至一、二品，亦不得貤封高祖父母，以示限制。

捐免补本班

一、候补委用试用人员，因各项劳绩出力，奉旨俟补缺后以何项官用者，令先捐免补本班，并捐离任，其捐免补本班银数，应按升阶补足三班银两，方准以升阶留省试用。兹将捐免补本班、离任各银数开列数条，以备查核。

一、候补知府保举补缺后以道员用，今捐免补本班（道员三班），例银二千五百九十二两，（知府）离任例银一千四百四十两，共例银四千零三十二两。

一、候补直隶州知州保举补缺后以知府用，今捐免补本班（知府三班），例银二千三百七十六两，（直隶州）离任例银一千零零八两，共例银三千三百八十四两。

一、候补知县保举补缺后以直隶州知州用，今捐免补本班（直隶州三班），例银一千五百十二两，（知县）离任例银四百九十五两，共例银二千零零七两。

一、候补县丞保举补缺后以知县用，今捐免补本班（知县三班），例银一千四百三十一两，（县丞）离任例银三百四十七两，共例银一千七百七十八两。

一、候补委用试用人员，因各项劳绩出力，奉旨俟补缺后以何项升用者，仍先令其捐免补本班，并捐离任，再按其升阶补足三班银两，亦准以升阶留省试用。兹将捐免补本班、离任并补足升阶三班银两开列数条，以备查核。

一、候补知府保举补缺后以道员升用，今捐免补本班（道员三班），例银二千五百九十二两，（知府）离任例银一千四百四十两，再补足道员升阶三班例银二千五百九十二两，共例银六千六百二十四两。

一、候补直隶州知州保举补缺后以知府升用，今捐免补本班（知府三班），例银二千三百七十六两，（直隶州）离任例银一千零零八两，再补足知府升阶三班例银二千三百七十六两，共例银五千七百六十两。

一、候补知县保举补缺后以直隶州知州升用，今捐免补本班（直隶州知州三班），例银一千五百十二两，（知县）离任例银四百九十五两，再补足直隶州知州升阶三班例银一千五百十二两，共例银三千五百十九两。

一、候补县丞保举补缺后以知县升用，今捐免补本班（知县三班），例银一千四百三十一两，（县丞）离任例银三百四十七两，再补足知县升阶三班例银一千四百三十一两，共例银三千二百零九两。

一、保举应升之缺升用，并未指项何官，捐免补本班、离任、再补足指定应升一项官阶三班，其报捐银两与前同。

一、候补委用试用人员劳绩出力，保举补缺以后何项官用者，令其先行捐免补本班，并捐离任，准以补用之官留省试用。其部选人员保举选缺后以何项官用者，先就本职分发指省，复经捐免补本班、离任并补交升阶分发留省一层银两，亦准留省试用。

道员至未入流各项三班银数暨应捐离任银数列后以备查核

道员三班例银二千五百九十二两，离任例银一千四百四十两。

知府三班例银二千三百七十六两，离任例银一千四百四十两。

直隶州三班例银一千五百十二两，离任例银一千零零八两。

同知三班例银一千四百三十一两，离任例银一千零零八两。

知州三班例银一千四百三十一两，离任例银一千零零八两。

通判三班例银一千零二十六两，离任例银七百零六两。

知县三班例银一千四百三十一两，离任例银四百九十五两。

运同三班例银二千一百六十两，离任例银一千四百四十两。

提举三班例银一千零八十两，离任例银一千零零八两。

直州三班例银六百四十八两，离任例银七百零六两。

布理问、布经历三班例银七百五十六两，离任例银七百零六两。

按经历、京府经历、布都事、盐经历三班例银六百四十八两，离任例银四百九十五两。

直州三班例银三百七十八两，离任例银四百九十五两。

外府经历、县丞、按知事、盐知事、布照磨三班例银三百五十一两，离任例银三百四十七两。

按照磨、府知事、县主簿、州吏目三班例银二百七十两，离任例银二百四十三两。

从九、未入指项人员二班例银一百二十六两，离任例银二百四十三两。

教谕二班例银二百三十四两，离任例银三百四十七两。

训导二班例银一百八十两，离任例银三百四十七两。

州同三班例银七百五十六两，离任例银七百零六两。

州判三班例银六百四十八两，离任例银四百九十五两。

盐运副离任例银一千零零八两。

盐运判离任例银七百零六两。

外官捐分发指省

一、候选人员今捐分发，应各按三班银两交足，再交分发银两。

道员分发例银一千四百四十两。指省同。

知府分发例银一千二百八十两。指省同。

直隶州分发例银一千一百二十两。指省同。

同知分发例银六百四十两。指省同。

知州分发例银九百六十两。指省同。

通判分发例银六百四十两。指省同。

知县分发例银九百六十两。指省同。

运同分发例银一千二百八十两。指省同。

提举分发例银一千一百二十两。

直州同分发例银二百四十两。指省同。

布理问、布经历分发例银二百四十两。指省同。

按经历、京府经历、布都事、盐经历、直州判、外府经历、县丞、按知事、盐知事、布照磨分发例银一百六十两。指省同。

按照磨、县主簿、府知事、州吏目、从九、未入指项人员分发例银二百二十两，指省例银一百三十二两。

教谕分发例银一百六十两。

训导分发例银一百三十两。

州同分发例银二百四十两。指省同。

州判分发例银一百六十两。指省同。

盐运副、盐运判分发例银一千一百二十两。指省同。

九品以下考选议叙分发例银一百二十两。指省同。

布库大吏、运库大使、盐课大使、批验大使分发例银四百八十两。指省同

京官捐分发

一、由不论双单月选用郎中报捐，应例银八百两。

一、由不论双单月选用员外郎报捐，应例银六百四十两。

一、由不论双单月选用主事报捐，应例银四百八十两。

以上报捐后均准知照吏部验看，分发各部学习行走，仍令投供按次铨选，其由进士出身者，方准分发吏、礼两部。

一、由不论双单月选用内阁中书、中书科中书、銮舆卫经历、部寺司务、翰林院待诏、翰林院孔目报捐，应例银三百二十两。

一、由不论双单月选用笔帖式报捐，应例银一百八十两。

一、旗籍各官指分六部寺院，应令按照分发银两加倍报捐。

一、京官捐免试俸历俸，均按品级论，与外官同。

京官捐三班

一、双月候选郎中今捐以郎中不论双单月选用，例银一千七百二十八两。

一、双月候选员外郎今捐以员外郎不论双单月选用，例银一千四百四十两。

一、双月候选主事、都察院都事、都察院经历、京府通判今各依本职捐不论双单月选用，例银一千四百三十一两。

一、双月候选中书科中书、内阁中书、銮舆卫经历今各依本职捐不论双单月选用，例银八百六十四两。

一、双月候选部寺司务今捐以部寺司务不论双单月选用，例银六百四十八两。

一、双月候选翰林院待诏、翰林院孔目今各依本职捐不论双单月选用，例银三百六十两。

捐免坐补

一、常例坐补原缺人员，准其报捐分发原省，仍令坐补原缺，不准题咨别缺。如有续行捐免坐补者，归部铨选等语。查此项续行捐免坐补人员，既已分发到省，自应准其捐足

留省遇有别缺题咨补用。嗣后凡在原省续行捐免坐补原缺者，应照捐免坐补在部候选人员请捐分发之例，令其逐层捐足，并补捐分发，准免坐补原缺留省补用。如仅止捐免坐补，并未逐层捐足分发者，仍照例归部铨选。查旧例各项已经实授分发在省坐补人员续行捐免坐补者，归部入于应补班内铨选，其有逐层捐足并捐分发者，签分各省试用。嗣经酌增事例奏准，凡在原省续行捐免坐补人员有逐屋捐足并捐分发者，准其留省补用。兹酌增事例既经截止，凡捐免坐补人员，仍应照旧例归部铨选，其有逐层捐足并捐分发者，仍签分各省试用，不准留省补用。再查坐补人员有原任内未经实授者，一经捐免坐补，即归委用班内，仍赴原省尽先补用。其业经实授各员，必须逐层报捐，方准归于试用班内俟捐班三缺后补用一人。查业经实授人未经实授人员同一告病、离任，同一病痊捐免坐补，而所捐银两多寡悬殊，即如从九品、未入流二项，业经实授人员病痊捐免，坐补银七十两，再捐双月、单月、双单月分发银两，方准分发各省归于应补三缺班内序补，未经实授人员病痊捐免坐补，止交银七十两，即归委用班内尽先补用，办理似未平允。今拟定此项未经实授捐坐补仍赴原省委用人员，除知县以上例应引见各员应专候升调，所遗之缺，方准补用，仍照旧办理外，其余各项佐杂，查系捐免坐补后即归委用班补用者，应照原定捐免银数加二倍报捐。如从九品、未入流原定捐银七十两，加二倍应捐银二百一十两，余俱照此办理，方准归入委用班内补用。

一、文职坐补原缺各员，其原任内业经实授者，如捐免坐补原缺，道员捐银二千两，知府捐银一千六百六十两，运同捐银一千五百两，直隶州知州捐银一千五十七两，同知捐银八百八十二两，知州捐银八百二两，运副、提举俱捐银六百两，运判捐银五百二十两，通判捐银四百八十五两，知县捐银六百六十二两，直隶州州同捐银二百十七两，布政司理问、布政司经历、州同俱捐银二百七十七两，按察司经历、京府经历俱捐银二百五十两，布政司都事、盐运司经历俱捐银二百三十两，直隶州州判捐银一百四十九两，州判捐银二百三十两，盐课大使、布政司库大使、批验所大使、盐运司库大使俱捐银三百两，按察司知事、府经历、县丞俱捐银一百四十七两，盐运司知事捐银一百三十九两，布政司照磨捐银一百二十七两，按察司照磨、府知事、县主簿俱捐银九十八两，州吏目捐银七十四两，京外府照磨、宣课司大使、道库大使、府税课司大使、按察司司狱、府司狱、巡检、府仓大使、未入流、礼部铸印局大使、京外县典史、崇文门副使、关大使、府检校、长官司吏目、茶引批验所大使、府库大使、盐茶大使、州库大使、州税课大使、县税课大使、税课司分司大使、驿丞、河泊所所官、各闸闸官、道仓大使、州仓大使、县仓大使俱捐银三十五两，府教授捐银一百四十两，州学正、县教谕俱捐银一百三十两，府州县训导捐银九十两，俱免其坐补原缺另行捐升，其有不能捐升止捐免坐补原缺者，照此数加倍报捐，亦免其坐补原缺，归入应补班一体补用。其告病在籍人员应坐补原缺，有情愿报捐者，亦准其一体报捐。

一、文职坐补原缺各员，其原任内未经实授者，如捐免坐补原缺应仍赴原省归入委用班内补用，此项人员除知县以上例应引见各员，应专候升调，所遗之缺，方准补用，仍照旧办理外，其余各项佐杂查系捐免坐补后即归委用班补用者，应照原定捐免银数加二倍报捐，直隶州州同捐银一千三百二两，布政司理问、布政司经历、州同俱捐银一千六百六十二两，按察司经历捐银一千五百两，布政司都事、盐运司经历俱捐银一千三百八十两，直隶州州判捐银八百九十四两，州判捐银一千三百八十两，盐课大使、布政司库大使、批验所大使、盐运司库大使俱捐银一千八百两，按察司知事、府经历、县丞俱捐银八百八十二两，盐运司知事捐银八百三十四两，布政司照磨捐银七百六十二两，按察司照磨、府知事、县主簿俱捐银五百八十八两，州吏目捐银四百四十四两，府照磨、宣课司大使、道库大使、府税课司大使、按察司司狱、府司狱、巡检、府仓大使、未入流、礼部铸印局大使、京外县典史、关大使、府检校、长官司吏目、茶引批验所大使、府库大使、盐茶大使、州库大使、州税课大使、县税课大使、税课司分司大使、驿丞、河泊所所官、各闸闸官、道仓大使、州仓大使、县仓大使俱捐银二百十两，方准归入委用班内补用。

捐免试俸

一、正途出身捐免试俸，四品捐银九百六十两，五品捐银八百两，六品捐银六百四十两，七品捐银四百八十两，八品捐银三百二十两，九品以下捐银二百四十两，俱准免试俸三年。至捐纳人员捐免试俸，应各照品级加倍报捐，准免试俸三年。

一、捐免试俸，凡正途出身并捐纳各员，俱准捐免。其由捐纳议叙者，照捐纳人员银数捐免，由正途议叙者，照正途人员银数捐免。

外任官员准捐免实授试俸及历俸年限

一、各省地方知府直隶州并州县等官，定例原应于现任内历俸五年、三年以上，方准拣选升调。现任捐纳出身人员，俟实授后试俸三年，方准升用。此次新例，外省现任人员，如有未请实授、未销试俸及历俸未满者，均准其捐免。捐免历俸照捐免试俸银数报捐，佐杂等官并无捐免实授，银数亦照捐免试俸银数报捐。

捐免实授

一、州县等官历俸三年，准其升补。历俸未满三年，准其升署。连前任、本任接算三年，准其实授。如历俸未满三年，升署人员升署任内并无违碍处分者，于升署后即准其各按本职随带加一级银数酌加两倍捐免实授。

知府捐银一千九百八十两，同知、直隶州、知州，知州捐银一千七百四十两，通判捐银一千五百两，知县捐银一千二百六十两，俱准免其实授。

捐离原省

道员，例银八百六十四两。

知府、运同，例银七百六十八两。

直隶州、提举、运副、运判，例银六百七十二两。

知州、知县，例银五百七十六两。

同知、通判，例银三百八十四两。

盐课大使、布政司库大使、批验所大使、盐运司库大使，例银二百八十八两。

布理问、布经历、直州同、州同，例银一百四十四两。

按经历、按知事、布都事、盐经历、盐知事、直州判、州判、府经历、县丞、布照磨，例银九十六两。

九品以下考选议叙，例银七十二两。

九品以下捐纳，例银八十八两。

捐十成贡监

一、贡生

一、监生

以上二项报捐各银数，应照例定银数办理。

捐免保举

一、京外正印各官由生监吏员出身人员，应先令捐免保举，再行捐升。

四品，应银一千二百两。

五品，应银一千两。

六品，应银八百两。

七品，应银六百两。

八品以下，应银四百两。

捐补交留省

一、劳绩保举人员，今捐补交留省，应各按后开银数报捐。

道员，应银一千四百四十两。

知府，应银一千二百八十两。

运同，应银一千二百八十两。

直隶州，应银一千一百二十两。

同知，应银六百四十两。

知州，应银九百六十两。

运副，应银一千一百二十两。

运判，应银一千一百二十两。

提举，应银一千一百二十两。

通判，应银六百四十两。

知县，应银九百六十两。

直州同，应银二百四十两。

布理问，应银二百四十两。

布经历，应银二百四十两。

按经历，应银一百六十两。

京府经历，应银一百六十两。

布都事，应银一百六十两。

盐经历，应银一百六十两。

直州判，应银一百六十两。

盐库各大使，应银四百八十两。

府经历，应银一百六十两。

按知事，应银一百六十两。

盐知事，应银一百六十两。

布照磨，应银一百六十两。

按照磨，应银二百二十两。

府知事，应银二百二十两。

州吏目，应银二百二十两。

从九未入，应银二百二十两。

州同，应银二百四十两。

州判，应银一百六十两。

县丞，应银一百六十两。

县主簿，应银二百二十两。

江皖筹振新捐奏稿

清宣统三年石印本

（清）陆润庠 拟

夏明方 点校

江皖筹振新捐奏稿

奏为江皖新捐收数甚薄，借垫各款尚难归偿，吁请查照两次部议，准予展期劝办，以清款目，并将灾区善后事宜妥速筹办，恭折仰祈圣鉴事。窃照宣统二年十一月间，大学士臣陆润庠等奏称，江皖灾区延蔓千数百里，灾民数十百万，天寒粮尽，饿莩枕藉，请简派臣为筹振大臣，筹垫巨款，赶放急振。钦奉谕旨，著照所请等因。钦此。臣奉命后，即经拟请饬由度支部预垫捐款银三十万两，邮传部暂借路款银三十万两，并饬通商银行等设法息借，迅解灾区，妥为散放。一面请设筹振公所，凡现在准办各项捐输，统归公所照章劝办，由臣分别奏咨请奖；其各省现办新旧振捐，一律暂行停止。于宣统二年十二月初四日奏，奉谕旨：盛宣怀奏江皖灾重，拟请设立筹振公所各折片，均著照所请，该部知道。钦此。嗣因东三省、直隶省办理防疫事宜，需用浩大，该督臣等先后电奏请借巨款，奉旨著该部议奏等因，钦此。即经度支部两次遵议覆奏，均请归入江皖振捐案内展期劝办，清偿借款。奉旨依议，钦此钦遵，咨行查照在案。臣查上年江北皖北水患，波及邻省，灾深地广，款绌用繁，实非寻常偏灾可比。自筹振以来，拨解江皖两省及河南、山东毗连各州县振款振粮以及运费川资、平粜粥、厂，约计已在一百四十万两以上。头绪纷纭，应俟各路员绅禀报到齐，会同查振，大臣冯煦分别核明，专案奏报。江皖新捐自上年十二月初四日奉旨之日起，除去封印一个月，计至本年闰六月初四日，已届原奏六个月之期。惟现在各省均已纷纷奏请展限，虽经部议准展，仍声明俟江皖灾振奏明停止后，方准收捐造报。诚恐捐生因此观望减成，收数更难起色。且各省远近不一，臣咨请各省督抚臣并照会藩司，分派委员，广为劝办。近省所收甚绌，其远省皆甫经接到实收捐章，转瞬期满，即赶办亦恐无多。公所已收各项捐款，咨部核奖者计十二次，共收捐款银三十一万三千余两。官绅报效巨款，奏请优奖者计五次，共收捐款银五十五万两。以之抵偿灾振垫款、防疫借款，所短甚巨。并查度支部所拨江皖振银三十万两，原拟将部收捐复银两抵还。现在捐复难办，亦应由臣所收之捐款内如数拨还。其尤虽者，各灾区善后事宜，一切尚未举办。臣与冯煦往返电商，如积谷、恳荒等事，须由地方官次第认真办理。目下惟有择地先设贫儿院、工艺厂，将查振时收留幼稚妥为安置，先养后教，俾免失所。灾民承饥馑之后，气体本弱，外感易侵，所食草根树皮亦蕴而生疠，皖北为重，江北次之。与东省鼠疫虽不相同，然据各处义绅报告，死亡颇多，救不胜救。现已商由冯煦分饬各州县延医购药，设局施济，所需经费作正支销，并由华洋义振会仿照红十字会办法，选派西法华医备带药料及看护人等前往救治，力尽人事，以感召天和，或不致酿成大疫。然此数省历年频遭水患，皆因水利不修。倘不及早图维，稍遇偏灾，即成泽国。所有支河沟洫，先经义绅禀请疏浚，如清江之六塘河、凌沟口、刘老涧等处，业已拨款交绅筹办。而欲除后患，必须大举导淮，始可一带永逸。其工非寻常之工，其款亦非寻常之款，自应凛遵前旨，会同江皖豫等省督抚臣，并商谘议局，另筹办理。昨接美使函称，彼国红十会已派工程师詹美生来华，前赴江苏、安徽一带测量被灾地方河道深浅高下，先定尾闾，方能依次浚治。先称经内阁电咨两江督臣查照在案。该洋工程师来华以后，勘河川资工费初拟由华洋义振会担任，臣以事关内政，已与美使及该会妥商，仍由筹振项下开支，以顾大体。凡此善后应办之事，需款均属繁重，则新捐实有不能不展之势。臣与度支部臣再四熟商，意见相同，拟请仍照前奏所请，振捐、常捐、部捐及报效等项捐款，一律展期半年，仍归江皖筹振公所照章核收。所收款项，除筹办善后事宜外，随时归还借垫各款，以期陆续清偿。至各省原办新旧振捐，均已历次请展，与江皖新捐情形确有轻重缓急之分。各督抚臣公忠夙著，谅能共体时艰，照案仍暂停收，移缓就急，并免互相减跌，于国体财政皆有损碍。合无仰恳天恩俯准，仍照前奏所请各节展办半年，以清款目。出自鸿施，无任惶悚。所有江皖新捐拟请查照两次部议展期劝办各缘由，理合恭折具陈，伏乞皇上圣鉴训示。谨奏。宣统三年六月二十二日具奏，本日钦奉谕旨：筹办江皖振务大臣盛宣怀奏江皖新捐收款甚薄，借垫各款尚难归偿，请查照两次部议，展期劝办，以清款目，并将灾区善后事宜妥速筹办一折，著依议。钦此。